叶大春　著

叶大春文集

①

WUHAN UNIVERSITY PRESS
武汉大学出版社

图书在版编目（CIP）数据

叶大春文集：全三册/叶大春著．—武汉：武汉大学出版社，2020.12
芳草文库
ISBN 978-7-307-21776-8

Ⅰ.叶… Ⅱ.叶… Ⅲ.①小说集—中国—当代 ②散文集—中国—当代 Ⅳ.I217.2

中国版本图书馆 CIP 数据核字（2020）第 172866 号

责任编辑：杨 欢

出版发行：**武汉大学出版社** （430072 武昌 珞珈山）
（电子邮箱：cbs22@whu.edu.cn 网址：www.wdp.com.cn）
印刷：广东虎彩云印刷有限公司
开本：720×1000 1/16 印张：68.25 字数：1257 千字 插页：9
版次：2020 年 12 月第 1 版 2020 年 12 月第 1 次印刷
ISBN 978-7-307-21776-8 定价：158.00 元（全 3 册）

《芳草文库》序

刘醒龙

武汉有一批年纪不算太老，但肯定不再年轻的作家，既往作品每出无不风行江汉，后来平淡了些。二〇一五年年初，恰逢一场小聚，其间有老朋友提议给这些在文学创作上颇有成就的作家出版文集，且当场做出关键决策。老朋友提及的作家也是我的朋友，他们的处境很有代表性。

世事流逝到今天，说一点不残酷是不真实的，说太残酷似乎也不科学。值此宁翔雁前羞跟牛后世风，普天之下莫不借口追求日新月异，其实是乡下俗语说的，人人都想一锄头挖出一口井。宁肯臭名远播，哪管丑态百出。忘却不该忘却的，强化不该强化的，是世情中一大不敬。这几年为一位已故作家出版文集，好不容易才成，一来二往之间，见识了足够多的现世生态。似这等才华出众的作家，若非上苍失察，弃之英年，敢不是当今文坛大旗一帜？同理，那些在喧嚣背后悄然尘封的作品，谁能说不是日后人有所诵的典范？天地同根，不是没有高下之分，而是天有天的高度，地有地的厚重。

常住武汉三镇之人，最能体会大江东去、流水落花深意。也是体恤的缘故，又于旷野之间留下高山流水千古知音，以为勉励，兼作念想。朋友提议，饱含诗情，深藏灵性。没有太多商量，三言两语之间，就达成共识，以《芳草》杂志名义，逐年排选，将这批作家的代表性作品编成文集出版。只是由于执业所限，本套书只能以《芳草文库》相称，名头虽小，相信分量不轻。

哲学教会人们认知正确与错误，自然科学是要让人懂得成功与失败。然而，短短人生，包罗万象，其善其美，何止兴衰胜败！文学的存世与流传，其意义正是超然前二者，不以成败对错为目的，也不以卑微尊贵定价值。人非草木，却如同草木，这是文学理由之一，生命不能永恒，却绝对永恒，这是文学理由之二。文学根本理由是，协助芸芸众生在庞杂得无可把握的宇宙间，在神与鬼、灵与欲、虚与实等一切冲突与对立之间，寻找适合每一个体的美妙平衡。

二〇一五年十月十五日

叶大春文集①

小小说卷

目　录

穷人的良心

那天黄昏，瘸子鞋匠冯三收摊时，亲眼目睹了小巷口的一场车祸：一个骑摩托车的男人将一位老大娘撞倒在地，那男人见势不妙，仓皇逃逸。冯三没看清那男人的脸，他戴着头盔。冯三也没看清车牌号码，当时天色朦胧，加上他老眼昏花。交警闻讯赶来勘查肇事现场寻找目击者，自然要询问冯三。

冯三没什么可说的。交警以为冯三怕惹麻烦遭报复，就给他壮胆："你别怕，我们会给你保密的！"冯三仍然说不出什么，甚至连肇事逃逸者长什么身材、穿什么衣服、开什么摩托车，也说不出来，当时他吓傻了，脑袋一片空白。交警苦口婆心地劝说半天，仍没问出什么，急了，沉下脸吓唬冯三："你要包庇罪犯，是要负法律责任的！"冯三指天赌咒："我要知道了不说，天打雷劈！你知道我这腿是怎么瘸的？也是车祸害的，肇事者也跑了，我能包庇这号没良心的人吗？"

第二天早晨，瘸子鞋匠冯三一出摊，一位明眸皓齿的姑娘提着一双旧皮鞋来修鞋。姑娘愁眉苦脸，心事重重。冯三惊讶地问："姑娘，你有什么心事吗？"姑娘顿时泪眼婆娑，啜泣道："我是来求你帮忙的……"冯三一愣："帮什么忙？你说，只要我能帮得上的！"姑娘喃喃道："昨天黄昏这儿发生了一桩车祸，我奶奶被撞成了植物人。你一定亲眼看见了那个肇事逃逸的家伙吧？"冯三喟叹："唉！姑娘，我帮不了你这忙呀！都怪大叔老眼昏花，又吓傻了，什么也没看清，昨晚交警来问过我了，我要知道早跟交警说了……"姑娘怏怏而去。

不一会儿，一位烫卷发戴墨镜的小伙子，来到冯三的鞋摊前，坐在小凳上脱下皮鞋。冯三一看皮鞋完好，感到蹊跷："你这鞋好端端的，修什么？"小伙子说："这鬼皮鞋夹脚，请你帮忙改成凉鞋吧！"冯三边改鞋边嘟哝："真不忍心动手，糟蹋一双好皮鞋哟！"小伙子抢白道："我不心疼你心疼什么？改好了，我给你双倍价钱！"过了一会儿，小伙子漫不经心地问："听说昨天黄昏这里发生了一桩车祸，你看见了吗？"冯三点头："我看见了。"小伙子凑近冯三低声追问："你看清那人那车了？"冯三一惊，脑子里绷紧了一根弦，警觉地反问："你问这干嘛？"小伙子掩饰道："哦，随便问问。听说肇事者跑了，这种人抓住真该枪毙！"冯三瓮声瓮气地说："恶有恶报，他逃脱不了惩罚的！"小伙子脸色沉郁，眼神惊惶。

第二天早晨，那姑娘又来找冯三修鞋了。冯三知道她的真实来意，说："姑娘，我真的没法帮你。"姑娘叹息道："唉！我知道大叔是好人，只是怕坏人报复，我理解大叔的难处。我跟你打个商量，你跟我说出那家伙的车牌号，我给你一大笔钱去做其他生意，或给你一套房子，你搬到那里摆鞋摊，这样就不怕坏人报复了，你看行吗？"冯三苦笑："姑娘，要是别人这么说，我会骂她侮辱我的人格的，我知道你寻仇心切，就原谅你。你要记住：穷人没什么东西值钱，只有良心值钱！你要相信大叔的良心！"姑娘凝望着瘸子鞋匠，肃然起敬。

接踵而来的是那小伙子。冯三戏谑道："今天是不是把凉鞋改拖鞋呀？"小伙子惊诧："你真神呀，咋猜出来的？"冯三唬他："我当过算命先生，现在改行了。"小伙子说："你给我算算命吧！"冯三煞有介事地凝视着他的脸良久，喟叹道："唉！不好说。"小伙子忐忑不安："照直说。"冯三说："最近你要大祸临头呀！"小伙子觳觫地问："您老指点迷津，怎么禳解？"冯三诡谲地一笑："你应该明白怎么办嘛！"小伙子脸色煞白，浑身颤抖："我明白，我马上给你去拿钱，你要多少？只求你别说出我来……"冯三睥睨着他说："笑话！你以为钱能摆平一切吗？能收买穷人的良心吗？实话告诉你，我为什么没告诉警察，就是等你良心发现后去自首！"

小伙子果然去自首了，他做梦也不会想到冯三是诈出他的。冯三没收一分钱的酬金，但得到了最高的奖赏——大家的口碑：这瘸老头穷得只剩下良心了！

可 怜 的 人

　　牛娃与羊娃同在柿坡村，同在柿坡乡中学读书，高考时竟以一分之差，牛娃读了大学，进了城，当了机关干部，娶了城里女人；而羊娃回乡务农，后当了几年民办教师，被村支书的侄女开后门挤下来，又当了泥腿子。

　　一年春节，已当上局长的牛娃携妻带子坐着轿车衣锦还乡，正巧路遇上山砍柴归来的羊娃。羊娃听见车喇叭声躲闪不及，柴梢将轿车上的油漆擦掉了一点点，司机很恼火，破口大骂，硬拽着羊娃赔偿损失。牛娃被吵醒了，朝窗外一瞥，认出是羊娃，忙下车扯劝："不得无礼，他是我的童年朋友！"

　　眼前的羊娃衣衫褴褛，身材佝偻，青铜色的脸庞上皱纹若沟壑，无情的岁月和贫寒的生活将他磨蚀得惨不忍睹，四十岁不到的汉子竟像个半老头子。牛娃在心里暗自怜悯：真是一个可怜的人！世上的事真是阴错阳差，要是当年羊娃多考一分，就会是另一种命运呀！

　　春节那天，羊娃热情地邀请牛娃一家去做客。吃的年饭很简单，有腌野兔、卤猪头肉、烧干笋、炒山菇四碟菜，喝的是自酿的苞谷酒。羊娃抱歉道："没什么好招待你的，只是想与你聚一聚。"牛娃一看羊娃家徒四壁，穷困潦倒，恻隐之心更浓：唉，可怜的羊娃命真苦！咋把日子过得这般悲惨窘困？羊娃轻描淡写地说："前几年两老相继生重病办丧事，扯下了一屁股债；去年又因超生了第三个女孩，被乡里罚款，牵走了猪羊，抬走了家具，连一盘石磨也抬走了。但羊娃是个乐天派，从不愁眉苦脸，整日嘻嘻哈哈、哼哼唱唱。席间，羊娃与牛娃大碗喝酒，大声谈笑，羊娃讲的许多诙谐幽默的山里故事把牛娃逗得前俯后仰、喷饭溅泪。

　　年饭从午间直吃到黄昏，这时有人喊羊娃快去化妆演戏。羊娃这才恍然记起，他晚上还要参加首场向乡亲们拜年的现代花鼓戏演出，他在戏中扮演一位廉洁奉公、爱民如子的乡干部。羊娃抱歉地说："要不是晚上要演出，我一定陪你喝个一醉方休。现在不能再喝了，喝醉了演砸了戏事小，败坏了乡干部的形象事大。"羊娃邀请牛娃去看戏，牛娃答应去的，终因酒力不胜，昏昏沉沉地睡去。

　　牛娃临别柿坡村时，将五百元钱硬塞到羊娃的手上，说："给孩子们买点新衣穿，买点肉吃⋯⋯"羊娃推辞了许久，直到牛娃生了气，才收下钱。羊娃是不轻易接受别人的怜悯和施舍的硬汉子。不久，他将这五百元钱买了一些山参、灵芝等补品给牛娃寄了去，谎称是自己采的。

牛娃久在官场浸泡，渐渐染上了一些官场上的毛病，比如公款豪宴、唱卡拉OK、泡"三陪"小姐、逛洗脚屋按摩城、洗桑拿浴、打保龄球和高尔夫球⋯⋯不久，牛娃觉得有些事情、有些场合带着司机不大方便，便用公款学车，更加潇洒、逍遥起来。一次，牛娃酒后开车带着"三陪"小姐去某风景区兜风，乐极生悲，在急转弯处翻下了悬崖绝壁⋯⋯

羊娃获悉噩耗后，不怕耽误了犁耙水响的春耕农忙时节，进城去参加童年好友的葬礼。在殡仪馆里，在牛娃的遗体告别仪式上，羊娃看到牛娃的脑袋被白纱布包扎得严严实实。羊娃不满地嘟哝："咋不解开纱布，让大家再看他一眼？"别人悄悄告诉他："死者的脑袋被撞得粉碎，只得用纱布包起一只大葫芦来代替⋯⋯"羊娃愕然、恻然："牛娃死得真惨，真可怜⋯⋯"

羊娃回村后逢人就讲："牛娃真是一个可怜的人！要是他当年少考一分，现在还不是跟咱们一样有滋有味地活着？活着多好！活着就是幸福，就是胜利⋯⋯"

高粱秸门帘

那时候知青屋只有大门门板，房门没有门板。那地方土地贫瘠，不长树，木料金贵。好多人家连大门门板都置不起咧！置不起大门门板的人家通常用灌木棒棒钉个门板，这是真正的"柴扉"，或用高粱秸秆编扎成门板，挡个风遮个雨的，连猫狗都拦不住，自然也防不了贼。不过，山里人家一般都穷得叮当响，坛坛罐罐里都空荡荡的，也用不上防贼。

知青屋刚建成时，也没有木料做大门门板。知青们虽说没什么值钱的东西，但衣服鞋袜、脸盆水瓶，还有口琴、二胡、笛子、手风琴等还是蛮吸引山里人的，更让人放心不下的是那些水灵灵白嫩嫩的女知青，万一让色胆包天的贼偷了嘴，生产队可脱不了干系。

生产队长高娃急得抓耳挠腮，最后忍痛挨骂，带人砍倒了村里唯一的老枫树，给知青屋做了大门门板。照说，老枫树做知青屋的房门门板也绰绰有余，但生产队的仓库门板被人端开，盗走了两麻袋高粱种子，高娃只好挪出老枫树的木料做了一副仓库门板。

知青屋男女混住，没有房门，有诸多不便。一天夜里，一位男知青小解，迷迷糊糊摸进了女知青的房里，引起一场轩然大波。高娃给知青屋做了两副高粱秸门帘，还在下乡货郎那里买了一对小铃铛，悬挂在女知青房门的高粱秸门帘上。这样，虽不能防小人，却能防君子，男知青若是误闯女知青的房门，小铃铛一响，就知道摸错了房门。相反，女知青半夜起床小解，若是听不到小铃铛响，也会知道摸错了房门。从此，半夜摸错房门的误会再也没有发生过，相安无事。

知青返城风刮起，鱼有鱼路，蛇有蛇道，渐渐地，知青屋走得只剩下林子一个女知青了。那年除夕，林子的父母还没平反昭雪，林子无家可归，孑然一身蜷缩在知青屋里饮泪伤心。黄昏时分，知青屋的大门门板被人叩响了，林子狐疑惊喜：莫非是小蔡良心发现回心转意了，从城里赶来陪我过年？小蔡就是那位半夜小解摸错房门钻进林子被窝的男知青，他们错中结缘，秘密恋爱了几年，可小蔡被推荐上大学后，就和林子"吹"了。林子急忙起床开门一看，原来是高娃端来了一大碗热腾腾的饺子。

高娃转身要走。林子忽然哀求道："队长，你……别走，我害怕……"外面风在吼，知青屋像一只风口浪尖上的破船在猛烈颠簸摇晃，椽檩间发出阵阵呻吟般的怪响，仿佛随时就要坍塌。近处的狗在莫名其妙地狂吠着，远处荒原上隐约传来凄厉的狼嗥。林子一下扑在高娃的怀抱里。高娃呆若木鸡，浑身颤抖，说："我也害怕……"林子娇嗔："你害怕什么？"高娃指着那高粱秸门帘上的小铃铛，喃喃："我害怕它……"林子叹气道："那你就睡男知青房里吧，反正今夜你得给我作伴！"高娃裹着男知青扔下的一床破被睡去了。一夜，高粱秸门帘上的小铃铛没响……林子回城时，带走了那副高粱秸门帘和那对小铃铛。

一晃，二十年过去了。高娃已当上了乡长。一天，高娃正在为乡里财政拮据而愁眉苦脸时，一位明眸皓齿的女人来拜访他。高娃大吃一惊："林子，是你吗？"林子寒暄片刻，拿出当年高娃编扎的高粱秸门帘，问："你还记得这东西吧？"高娃憨厚地一笑："嘻嘻，你咋还保存着？"林子说："给我照这样子，编扎高粱秸门帘，五十元一副，编扎多少我要多少。"高娃半信半疑："你不是开玩笑吧？"林子说："生意人不开玩笑的。不瞒你说，一位香港老板到我家里做客，看中了你当年做的这副高粱秸门帘，说香港正在刮返璞归真之风，这种高粱秸门帘简直是化腐朽为神奇的工艺品，在香港肯定畅销。"

从此，高娃的乡成了高粱秸门帘之乡。过去当柴火烧的高粱秸成了摇钱树。高娃万分感激林子："你救了我们乡！"林子慨叹："不，应该说是你救了我的公司！"

猫 的 故 事

一只猫扭转了一场战役的局势,更扭转了一个人的命运。

那年冬天,爷爷在延安犯了错误,他借酒装疯,把与他谈恋爱三年却移情他人的女朋友、鲁艺女学生用马鞭狠狠抽打了一顿。为此,爷爷付出了惨痛代价,被撤销了中央警卫团副团长的职务,为平民愤,挽回影响,还被判刑三年。

那年抗日前线战局严峻,日寇疯狂扫荡,我军伤亡惨重。一天,爷爷正在狱中读书看报,一个粗犷汉子跑来了,劈头就骂:"格老子,我们在前方流血打仗,你在后方蛮安逸咧!"爷爷一看,乐了,原来是与他一起跑出来投奔红军的老乡、八路军某师师长廖大胡子。

爷爷像看到救星一样,央求廖大胡子:"你得看在老乡、战友的交情上,拉我一把!将士们都在前线打日本鬼子,我却在延安监狱里吃饭睡觉、无所事事,都快把我憋疯了!你替我去找上级求求情,让我上前线去戴罪立功,拼死在战场上比憋死在监狱里强多了!"

廖大胡子诡谲地一笑:"我这趟回延安就是来招兵买马的。我已跟监狱长打招呼了,把你借出去,监外执行吧!格老子,为你的事费了我不少口舌,还破费了我三包烟哩!上前线后,你得给我挣面子!"

爷爷喜出望外:"廖大胡子,我知道你那烟瘾,破费了三包烟像被剜了心肝一样,我上前线后一定多缴获战利品,把烟留下来回报你!"

几天后,爷爷就到了抗日前线。那年冬天,雪下得很大,两军对峙,都在战壕中猫着,谁也不敢轻举妄动。

这天中午,爷爷用望远镜观察日军阵地,发现了一只猫在一个山包上晒太阳。爷爷惊喜地喊:"廖大胡子,我发现了重要情报!你快来看呀!"

廖大胡子急忙拿过望远镜,看了半天,茫然地说:"什么也没有呀?"

爷爷生气地说:"你难道没看见一只猫?"

廖大胡子说:"猫?哦,是有一只猫。这算什么重要情报?乱弹琴!"

爷爷说:"这只猫下面一定是日军高级指挥部!"

廖大胡子惊诧:"何以见得?"

7

爷爷说："这方圆十里没人烟，哪来的猫？那山包上有猫晒太阳，就说明山包下是个掩蔽工事。一般军官上战场有雅兴和资格玩猫吗？至少是个旅长！"

廖大胡子不以为然："万一是只野猫呢？"

爷爷说："野猫昼伏夜出，不会白天出来晒太阳！"

廖大胡子说："也许是只无家可归的弃猫吧？"

爷爷说："明天，这猫如果还出现在山包上，就说明它不是到处流浪的猫。"

第二天太阳出来时，那猫又出现在山包上。

廖大胡子信服了爷爷的判断，立即调集全师的炮火猛烈轰击猫晒太阳的山包。果然，那是日军某旅的高级指挥部，旅部军官全部与猫一起丧命。廖大胡子挥师乘胜出击，日军失去指挥，丢盔弃甲，溃不成军，伤亡惨重。

据说，日军把这一惨败教训记录在军事备忘录中，并通令所有高级军官在战争期间不准玩猫、狗、鹦鹉、鹰、鸽子等宠物。

打扫战场时，爷爷找到了那只猫——著名的日本神户猫——被炮弹炸飞上天，落在百余米远的雪地上。爷爷很感激这只猫，无论如何它是有功的，就把它装在一个炮弹箱里，掩埋在山包上。

爷爷因猫得福，将功折罪，被调至抗日大学任军事教官。他在讲军事侦察时，就爱讲一只猫的故事……

羚 羊 角 梳

那家山在帕米尔高原边防军里当连长。这年冬天，那家山千里迢迢回到江南小村探亲。在村口，那家山遇到一位约莫六七岁的小女孩。小女孩背着一捆比她高得多、重得多的柴火，步履维艰地蹒跚着。那家山顿生恻隐之心，跑上前去，一把抢过那捆柴火。

那家山问："你是谁家的孩子？"小女孩轻声说："那家的。"那家山一愣："你爹叫啥？"小女孩爽声答："那家山。"那家山浑身如痉挛一般，心如锥刺，颤声问："你就是……小草？"小女孩怯生生地打量着这位陌生的军人，喃喃道："叔叔，你怎么知道我的名字？"那家山扔掉柴火，一把搂抱住小女孩，泪如泉涌，啜泣道："小草，难道你认不出我？我是你爹呀！"小草挣脱身子，茫然警惕地审视着那家山。在她眼里，面前的陌生人无论如何也难得与照片上英姿飒爽的爹相吻合呀！小草拔腿就跑，也许是怕遇到披着军装的人贩子哩！那家山喊了几声，没喊住小女孩，无奈地苦笑几声，蹲在村头抽了一支闷烟，背起柴火沉缓而归。

那家山一进院子，就看见枯瘦如柴的妻子挂着竹杖倚门凄笑着迎接他。那家山豁然明白，她的封封家书都隐瞒实情，她的老毛病风湿性关节炎越来越厉害了。那家山搀扶住颤巍巍的妻子，歉疚地说："真苦了你！"妻子怆然一笑："没什么，你在高原更苦咧！"妻子忙拽过躲在身后的小草，催促道："小草，快喊爹！"小草低着头，咬住小辫梢，磨蹭不喊。妻子嗔怪道："傻丫头，咋不喊爹呀？你不是总是念叨着爹吗？不是好多次梦见爹回家了吗？今天爹真回家来了，你咋哑巴啦？"妻子扬起竹杖吓唬小草。那家山忙挡住了竹杖，打圆场道："我有三年多没回家来了，小草没印象了。再说……"那家山欲言又止，不想触动脸上的伤疤。

那家山在家书里已向妻子说明了脸上伤疤的来历：一块是巡逻时滑落雪坑被困一夜落下的冻疮，一块是追捕偷越国境分子时留下的刀疤，还有一块是站岗时被高原野狼偷袭咬下的伤痕。那家山在信中调侃道："我现在满脸都是帕米尔高原地图，这次回家你可要作好心理准备，假如你嫌我太丑，离婚也行！"从不骂

9

人的妻子在回信中骂道："放你帕米尔高原的屁！"这骂语不知咋的被战士们知道了，相互逗趣："帕米尔高原的屁是什么屁呢？""放得高传得远呗！""可高原缺氧，很难放屁呀！""正因为很难放屁，放的屁才叫珍贵，才显水平！"战士们开怀大笑。

一夜无眠，妻子没提那家山脸上的疤痕。翌晨，小草妈让小草去喊在院子里挥汗劈柴的爹吃早饭。小草不挪步，冷不丁地问："妈，他真是我爹吗？"小草妈一怔："傻丫头，这还有假吗？"小草狐疑："怎么一点儿也不像照片上的爹？倒挺像电影里的坏人！"小草妈慌忙捂住小草的嘴："别瞎说，让你爹听见，他会伤心的。你爹脸上的疤痕是在高原受伤落下的，长大后你就会明白，你爹脸丑，心却美！"

小草仍然转不过弯来。小草妈恼怒了："这丫头，咋这么不懂事？"她操起竹杖狠狠地抽打了小草一顿。小草赌气，独自跑到姥姥家去。小草问姥姥："那人是我爹吗？"姥姥噙泪哽咽："是的……"小草相信了，姥姥是不会骗她的！小草急忙往家里赶。真不凑巧，那家山接到边防军的加急电报催其速归。军令如山，那家山顾不得去找小草，就往汽车站赶。小草回家见爹走了，号啕大哭。小草妈心软了，带她抄小路去追赶爹。在另一个小站，小草终于与爹见上最后一面，她甜脆脆地喊了一声爹。汽车开动了，那家山问："小草，你要什么礼物？爹下次探亲捎给你……"小草追赶着风尘仆仆的汽车喊："爹，我要一把小梳子！"

不久，那家山就回家了。是几位军人送回来的，他魁梧剽悍的身躯竟装进了那么狭小的骨灰盒。军人们还捎来一把小巧玲珑的羚羊角梳子，是那家山临牺牲时嘱托带给女儿小草的……

鸽　子　迷

　　石涛除了驯养鸽子，似乎没有其他爱好了。石涛至今仍然独身，伴随他的总是一群群鸽子，有人调侃他："鸽子就是你的爱人！"石涛很喜欢听这话，傻乎乎地笑着默认。后来石涛也对别人动情地说："鸽子就是我的爱人！"

　　石涛年轻时谈过恋爱。一次，女朋友过生日，石涛送了一对心爱的鸽子给她，想让鸽子充当爱情的信使，每天给他带来一个亲切的问候。这该是多么古典的诗意，多么浪漫的情调呀！没想到女朋友是个嘴巴馋、讲实惠的姑娘，竟把这对鸽子炖汤喝了。石涛听说这消息后目瞪口呆，当场就与女朋友分手了。

　　后来，石涛又结交过几个女朋友，不是因为他驯养鸽子忘了幽会或女朋友的生日宴会，就是因为驯养鸽子花钱太厉害，女朋友最终都和他分道扬镳了。其中有一个叫白鸽的姑娘，石涛很喜欢她，不仅因为她美丽温柔，而且因为她也喜欢鸽子。但是，喜欢鸽子的姑娘还是没法容忍痴迷鸽子的石涛，最后含泪给石涛下了最后通牒：要么要鸽子，要么要我！石涛没法断绝对鸽子的痴情，只好忍痛割爱，让白鸽飞走了。

　　石涛思忖：与其结婚后为驯养鸽子与妻子发生龃龉冲突而离异，不如干脆就不结婚，与心爱的鸽子相依为命、厮守一生。石涛从此断了婚念，身如磐石、心若古井。石涛独居一室，将另外两室做了鸽棚。石涛的鸽子越养越多，越养越有名气，每年在全国鸽赛中都能获奖。

　　那年秋天，石涛所在的那座城市发生了大地震，无数的街道楼房成了废墟。石涛没能逃脱这场劫难，被埋在废墟下的瓦砾中不能动弹，四肢都失去知觉，脑袋上的伤口流着血，黏糊糊的血把眼睛都糊住了，不久便昏死过去。

　　不知过了多久，石涛忽然被一阵鸽子的咕咕声吵醒了。石涛以为是在做梦，或以为已经进入了天国，拼命睁开眼睛，发现有一缕纤细的光透进来，仔细一听，真有鸽子在咕咕地叫着。石涛惊喜：这一定是我的鸽群！它们在呼唤我归来，盼望我脱险，永远不要离开它们！

　　在无水无粮的危境中，石涛的生命火焰渐渐微弱下去，摇曳欲熄。但那群在废墟上盘旋哀叫的鸽子给了石涛力量源泉和生命支柱，石涛边聆听着鸽子的叫

11

声，边回忆着与鸽子朝夕相处的美好时光。

夜幕降临了，鸽子仍在盘旋哀叫着，也许它们已经敏锐地嗅出了主人的气息，在呼唤、鼓励着主人坚持下去，等待营救。石涛有几次昏死过去，都是被鸽子的叫声唤醒过来的。鸽子仿佛在与阴鸷觊觎着石涛的死神作殊死的搏斗。

七天后，营救人员发现了这群久久盘旋哀叫的鸽子。连老鼠、麻雀都吓跑光了，这群鸽子为什么不逃命去呢？营救人员忽然悟出：莫非废墟下埋着它们的主人？莫非它们的主人还活着？营救人员越过许多废墟，径直奔向鸽群盘旋哀叫的那片废墟，经过一阵紧张艰难的挖掘，终于救出了奄奄一息的石涛。

石涛被送往临时医院进行急救，那群鸽子也跟着飞去。石涛在临时医院里昏迷了几天，医生断言他会成植物人，还是他的鸽群把他叫醒过来。石涛睁眼一看，他的鸽群在他的帐篷上空飞翔欢叫，如可爱的小天使一样庆贺他的再生。

石涛残疾了，只能拄着双拐走路。但他仍然对鸽子一往情深。鸽子给了他第二次生命，他是不会忘恩负义的。石涛住在简陋狭窄的临建棚里，仍然腾出一大部分面积搭鸽棚；石涛身残下岗，靠领救济金艰难度日，但他宁肯自己冻着饿着，也不让他的鸽群受煎熬。

后来，鸽子救石涛的事传开后，许多爱鸽者慕名来买石涛的鸽子，石涛不讲价钱，但很讲究买主是否爱鸽。真的爱鸽者，不给钱也可以奉送；若不是真的爱鸽者，就是给再多的钱他也不卖……

吹口哨的结巴

　　结巴叫什么名字，乌衣巷的人大多不知道，或过去知道后来忘了。满巷里的人都喊他结巴，结巴不恼也不怨，满不在意地答应着。结巴并没有因为结巴而怨天尤人、自暴自弃，也没有因为结巴而封闭自己不与人们交往。结巴喜欢串门聊天，只不过聊起天来重叠词、半截话太多，像一挺老卡壳老熄火的机关枪；结巴喜欢讲故事说笑话，往往结巴得嘴唇乌紫，眼珠直翻，脸上的肌肉痉挛，脖上的青筋虬突，他的故事笑话经常一开头就惹起哄笑，不是内容精彩，而是结巴滑稽逗笑。结巴端碗就吃，上床就睡，憨实坦荡，无忧无愁，是乌衣巷里出名的乐天派。

　　别看结巴说话不利索，可挺会吹口哨。结巴读小学时就学会了吹口哨，那时吹口哨与穿牛仔裤、戴蛤蟆镜、烫卷发一样还属于"流氓阿飞习气"，他为此不知挨过老师和父母的多少批评打骂。上中学后，学校不再禁止吹口哨了，而且在联欢会上准许口哨表演，结巴吹口哨吹来好多奖状奖品，还吹动了一位女生的芳心。那位女生伶牙俐齿，怎么会看上结巴呢？人们百思不得其解。直到她当了结巴的老婆，人们才从结巴嘴里打听到她的怪论："男人嘴笨心好，结巴更好，免得吵架怄气！"据说，她是被她爹妈三天两头吵架吵伤了心。结巴不跟她吵架，结巴口吃起来惹她开心，结巴吹口哨更叫她心旷神怡，她觉得嫁给结巴不吃亏，是福气。

　　老婆唯一对结巴不满的是，他不该挑错工种。当年招工时，商店营业员和工厂锅炉工由他挑。他想，站柜台要说话，结巴不得，烧锅炉不用说话，还可吹口哨，就挑了烧锅炉。谁知几年后工厂就倒闭了，结巴为养家糊口，只好买了辆三轮车，在陶瓷建材城和蔬菜批发市场揽活干。结巴人缘好，又因为口吃和吹口哨给人印象深，雇主都喜欢找他拉活。

　　一次，结巴拉三轮车闯了红灯，被交警逮住了。谁知交警也是个结巴，训斥他时结结巴巴的。结巴傻眼了，想开口求情吧，又怕交警闹误会，以为故意学他结巴羞辱他，只好装哑巴哇哇乱叫。交警哭笑不得：哑巴怎么能拉三轮车呢？乱弹琴！就把结巴的三轮车扣下了。结巴无奈，只好尾随着交警哀求。交警更恼火了："你——你什么态——态——态度？刚才装——装——装哑巴，现在又学——学——学我结巴……我决不轻饶——饶——饶你！"后来，一些好心的雇主去找交警说情解释，交警才原谅了结巴，退还了他的三轮车。不打不相识，两个结巴成了好朋友。没事时，交警教结巴打指挥交通的手势，结巴则教交警吹口哨，其乐悠悠，其情融融。

后来，结巴蹬三轮车拉货时，被一辆醉鬼开的轿车撞残了双腿，只能拄着双拐到乌衣巷口摆修鞋摊。结巴修鞋时照样吹口哨，照样结结巴巴地与顾客闲聊，讲故事和笑话，当小丑逗大家开心。

一位暴富却不快乐的大款被结巴的谈笑声和口哨声感染了，驻足好奇地问："我就搞不懂，你为什么这么快乐？你有什么秘诀吗？"

结巴一怔，沉思片刻，说："我这人总往——往好处想，比如我结巴，我就想幸亏我——我不是哑巴；我个子矮，我就想幸亏我不——不是侏儒；我下岗了，我就想幸亏我能找——找——找到工作养家糊口；我出了车祸被撞残了双腿，我就想幸亏没夺——夺——夺走我的生命；我老婆动手术切除三分之二的胃，我安慰她幸亏没——没——没得胃癌；我儿子在学校踢——踢——踢足球把门牙摔掉了一颗，我劝儿子莫伤心，幸亏没摔掉满——满——满口的牙齿……我不知道这——这——这算不算快乐秘诀？"

大款恍然大悟，若有所思，踉踉跄跄出老远，还能听见修鞋摊上的结巴在吹悠扬动听的口哨……

一天早晨，乌衣巷的人惊讶地发现每天准时出摊风雨无阻的结巴鞋匠没有来出摊，是病了，家里出事了？还是挪位置了，改行了？大家正在七嘴八舌地猜测时，结巴拄着拐杖来了，在他修鞋摊位旁的墙壁上贴了一张告示：尊敬的顾客，因本人要参加全省口哨艺术大赛，暂停修鞋三天，敬请谅解！

墙角下的乌龟

旋子的媳妇上山砍柴，不小心跌下悬崖，瘫痪了。

旋子平时就不喜欢媳妇，嫌她丑，嫌她脏，嫌她懒，嫌她馋，嫌她笨，嫌她唠叨。媳妇瘫痪了，旋子更嫌弃媳妇了，巴望她快死，他好再娶新妇。

村主任说："旋子，把你媳妇送到县城医院里去治治吧，城里大夫医术高明，兴许能治好。"旋子嬉皮笑脸地说："我没钱呀，村主任能不能发善心借钱给我？"村主任一愣，骂道："格老子！你抽烟喝酒有钱，抹牌赌博有钱，就没钱给媳妇治病？我看你是没安好心！你要不治，当心我告你虐待媳妇罪，把你绑去坐牢！"

邻居辣椒嫂说："旋子，你媳妇都生褥疮了，你要给她勤擦身洗澡，多背她出来晒太阳。"旋子瓮声瓮气地说："你要是喜欢吃家食屙野屎管闲事，就帮帮忙，我没空！"辣椒嫂抢白他："旋子，你有空喝酒，有空赌博，有空听戏看电影，就没空照料你媳妇？我看你是没安好心，黑了良心！当心恶有恶报，遭天打雷劈！"

旋子的媳妇哀求："旋子，我好久没吃荤了，给我熬点肉汤解解馋好吗？"旋子没好气地吼："你想吃肉汤就起来干活！成天躺着还嘴馋，不饿死你就算我行善积德了！"旋子的媳妇噤若寒蝉，把苦泪往肚子里咽。

旋子的媳妇多次寻短见，可阎王不收她，不是上吊的绳子断了，就是喝的农药鼠药是假的。乡亲们怜悯旋子的媳妇，纷纷谴责旋子虐待媳妇的恶行。村干部、乡干部闻讯也斥责旋子。旋子表面装孙子，心里骂："狗×的，虱子不在自己的身上不痒，沙子不在自己的眼里不疼，要是你们的媳妇也瘫痪了，也许还不如我咧！"

那年冬天，山上的小庙要修缮，旋子随村里的几个泥瓦匠上山干活去了。下山后，旋子仿佛变成另一个人，对媳妇莫名其妙地好起来。旋子把干了一冬苦活挣来的血汗钱拿出来，送媳妇去县城医院治病。住院钱不够，旋子还偷偷卖了几次血。旋子戒了烟瘾酒瘾赌瘾，攒钱给媳妇买补药熬肉汤。旋子还上山打野鸡野兔，下湖摸螃蟹鱼虾，给媳妇滋补身子。旋子听说蛇肉营养价值高又活血化瘀，对瘫痪病人疗效好，就去荒坟废墟挖洞掏蛇，几次被毒蛇咬伤，险些丢命。

村里人看到旋子改邪归正的变化，又惊喜，又纳闷：莫非是旋子在小庙干活时，菩萨超度了他，将顽石点成了金？莫非是和尚感化了他，让他弃恶从善了？乡干部闻知旋子"浪子回头"的事迹，要旋子到各村镇去巡回演讲、现身说法。县报社的记者也闻讯赶来了，采访旋子的转变过程和原因。

旋子招架不住记者的纠缠，只好说出实情：

原来，旋子那年冬天在山上修庙时，发现一堵墙脚的大石头下，竟压着一只老乌龟，这也许是修庙的工匠玩恶作剧，故意将乌龟嵌在石头下的。更令旋子惊奇的是，那老乌龟居然还活着，乌黑的脑袋还能伸出墙外窥探。

旋子倍感蹊跷：这堵墙壁少说也垒了50年以上，乌龟的寿命再坚韧绵长，它也抵抗不住岁月的侵蚀和饥渴的折磨呀！老乌龟靠什么活下来的呢？好奇心驱使旋子去偷觑那只老乌龟。终于，旋子发现，在附近的山洞里还藏着一只老乌龟，每天偷偷地给压在大石头下的老乌龟送水送食物，它用嘴含着，一趟一趟地跑，一口一口地去喂，那是真正的"相濡以沫"！这两只老乌龟是夫妻？是兄妹？还是朋友？

旋子被这幅乌龟相濡图感动得流泪了。他拿来了工具，凿开了那块大石头，解救了那只老乌龟。老乌龟被压得太久太久，已不会爬行了。旋子将它送到了山洞里。

旋子想起了自己的瘫痪媳妇，想起自己虐待瘫痪媳妇的亏心事，顿时良心发现，深感罪孽，忏悔地大哭了一场。旋子想：难道我还不如乌龟吗？

摆 渡 老 人

　　摆渡老人从少年起，就从爷爷手上接过渡船和撑篙，开始了摆渡生涯，与这条默默流淌的小河结下生死之缘。他摆渡过多少货物，只有这条小河知道；他摆渡过多少行人，只有这条渡船知道；他流过多少汗，只有这根撑篙知道；他唱过多少歌，只有这酒壶知道。

　　花开花落，雁来雁去，摆渡老人都伴随着这条小河，厮守着这只渡船，像伴随着一个古老的传统，像厮守着一个人生的诺言。

　　在他的生涯中至少有三次离去的机遇：

　　第一次是年轻时他救过一个被还乡团追杀的区长，后来那区长当上了县长，要他到县里去吃公家饭穿公家衣，他婉拒了，说："我走了，谁来摆渡？"

　　第二次是中年时他救过一个跳河自尽的人，这人原是县煤矿厂的矿长，因为住牛棚受迫害而寻短见。后来矿长平反昭雪、官复原职，就请他去煤矿看守仓库，他仍是那句话："我走了，谁来摆渡？"

　　第三次是老年时他当官的养子要接他进城享福去，他仍旧执拗地不肯离去，还是那句老话："我走了，谁来摆渡？"养子说："爹，您老管那么多干嘛？"他很生气，悻悻地说："你咋这么说话？我不管那么多，你哪有今天，早喂野狗了！小子记住，你可以忘记我，但不能忘记父老乡亲！"

　　摆渡老人一辈子没结婚，据说他年轻时痴恋的姑娘被恶霸强抢去后，他就断了婚念。中年时他收养了一个弃婴，一把屎一把尿地拉扯大，供养子读到大学，进城当了官。养子很孝敬他，多次要接他进城去住，有一次竟跪下哀求他："爹，您老该享享福了，还这样辛劳我真于心不忍。再说，知道的人清楚是您老不愿进城，不知道的人还以为是我忘恩负义，会戳着我的脊梁骨骂的。就算儿子求您老了。"他才终于吐露了心头的夙愿："我想在这小河上造一座桥后再走……"

　　几年后，摆渡老人捐献出一辈子摆渡的积蓄，在小河上造了一座漂亮的小桥。小桥竣工剪彩那天，养子闻讯赶回来接他进城。他仍然摇头。养子困惑地问："往年您老不肯离开，是要替人摆渡，是想造一座桥，如今您老的心愿实现了，咋还不愿离开？"他痴迷地说："我离不开这河这船……"

摆渡老人没有生意了。人们既怜悯他，又讥笑他："真傻！把一辈子的血汗钱拿来造桥，又不收过桥费，这不等于自己断了自己的财路！"没人坐渡船，摆渡老人只有靠钓鱼捞虾度日。摆渡瘾发了，他就恳求放学的孩子们坐渡船玩，渡来渡去，不收一分钱，累出一身汗，心里却舒畅多了。

后来，孩子们也不坐他的渡船了，一是孩子们坐厌了，二是怕耽误了回家做作业，三是家长担心不安全。摆渡老人无奈，抱着酒壶喝闷酒。喝得醉醺醺时就唱歌，常常把自己喝得泪洒襟怀。

摆渡老人忽然养起一群羊来，人们感到蹊跷：怎么突然养羊呢？养羊又不赚钱，好多养过羊的人家都亏本了，他不是不知道。人们观察了多日，才恍然大悟：这古怪老头哪里是养羊，纯粹是把羊当成他的义务摆渡对象。他把一群羊分成两拨，把这一拨羊摆渡到小河彼岸去放牧，接着把那一拨羊摆渡到小河此岸来吃草，从早到晚，周而复始，乐此不疲，优哉游哉。

这老头，亏他想出这么一个傻到家的点子，真是吃饱了撑的。人们笑过之后，细细咀嚼：傻点子中也有精明之处，自己找活儿干，免得闲出病来嘛！这哪里是在摆渡羊，分明是摆渡他自己，摆渡他的时光与心灵。

喜欢蜘蛛的人

走进逻辑学教授季老的屋子，我惊异地发现，他家的客厅、书房、厨房里都结满了蜘蛛网。我见过一位专门研究蜘蛛的著名生物学家，家里也是这般情景，满屋养着蜘蛛，摆满蜘蛛标本，像蜘蛛王国。难道季老也有这种业余爱好？也许是季老博览群书，做学问太忙，没时间打扫房屋吧？也许季老是不忍杀生的仁者，甘愿与蜘蛛和平共处吧？

我疑惑地问季老。季老沉思片刻，说："我喜欢蜘蛛，因为蜘蛛是我的患难之交，也是我的生命图腾。本来，过去的事就让它过去了，我不爱咀嚼痛苦屈辱的历史，不愿去揭开人生的伤疤，既然你问起这事，我只好从头说起……

"那年，我从美国读完逻辑学博士归来，在北京一所著名大学里教逻辑学。那时我很年轻，初生牛犊不怕虎，动辄就拿逻辑学定理去抠人家，譬如议论《人民日报》元旦社论哪句话不合逻辑，指责某文豪的一篇文章里出现了逻辑性漏洞，讥笑某大学校长在开学典礼上的讲话哪处犯了逻辑错误。不久，'反右运动'开始，人家早就对我耿耿于怀，不把我打成'右派'，那才叫'不合逻辑'哩！更要命的是，那一年的《人民日报》元旦社论后来忽然变成了最高指示，我曾大放厥词挑剔它的某句不合逻辑。有人揭发了我，我的问题升级了，从'右派'变成了'反革命分子'，被判了无期徒刑。

"我被关在秦城监狱。我新婚不久的妻子节娜来探监时，我逼她在离婚协议书上签字，她凄惨地哭成泪人。我说：'你要不同意离婚，我负疚感太沉重，心理压力太大，肯定会自杀；你要同意离婚了，我心无牵挂，情无孽债，就能坦荡超脱地消磨无尽的囚徒岁月。'节娜惊问：'这是什么逻辑？'我凄楚地一笑：'这是无期囚徒的逻辑，让你和我一起来背负人生十字架太残酷了，太自私了，你要是不想逼我自杀，就快点在离婚协议书上签字吧！'

"节娜一直不肯签字，我说到做到，只好自杀。可惜割腕自杀未遂，被救活了。狱方给节娜转达了我的恳求。节娜含泪在离婚协议书上签了字。那时我身陷囹圄，并不知道节娜已怀上了宝宝。节娜离婚后仍然独身，艰难地抚养着我们的女儿季节。每年，节娜仍然千里迢迢来探监。一次，节娜给我捎来了御寒的棉衣，是她亲手做的，在棉衣口袋里，悄悄藏着一只蜘蛛。我原以为是蜘蛛不小心钻进棉衣口袋里，被带进监狱来的。仔细一看，一根细线一头拴住蜘蛛的腿，一头系在纽扣上。显然，是节娜做的手脚，巧妙地逃过了狱方的检查。我豁然明白了节娜的良苦用心：她是让我学习蜘蛛不辍织网的精神，坚强地活下去！

"这只蜘蛛来后，我不再是孑然一身了。我把它当成了我的难友。我痴情地与它说着悄悄话，我凝视着它呕心沥血地吐丝织网。秦城监狱是模范监狱，监牢里是绝对不允许蜘蛛结网的。每次突击检查，我都把蜘蛛网打扫掉，而这只蜘蛛却历逃劫数。它曾失踪了几天，我怅然若失，心情抑郁了好久。后来，这只蜘蛛又回到我的牢房，还带回来几只小蜘蛛。原来，它是寻找爱情去了！在放风时我把几只小蜘蛛分送给几个难友。从此，蜘蛛成为我们之间的秘密话题。我们都从蜘蛛不辍织网的精神中获得了生命的启迪，坚强地活到了平反昭雪的日子。

"记得节娜第一次带我们的女儿季节来探监时，我又惊又喜，没什么东西送给女儿，就用火柴盒装了一只小蜘蛛送给她。女儿很珍爱这只小蜘蛛，等我出狱回到南方的家，看到女儿的小屋里快成了蜘蛛园。可是，节娜在我出狱后的第三年就病逝了。我女儿在美国当生物学博士生导师，现在是颇有名气的蜘蛛专家，我这里的好多外国蜘蛛都是她送给我的。现在轮到我睹蜘蛛思念她了……"

百 衲 衣

故乡风俗：常生病遭灾的小孩，需吃千家饭，穿百衲衣，方能祛病化灾、长命百岁。我小时候经常生病，有几次昏迷不醒、气息奄奄，差点就夭折了。父母就让我吃千家饭，穿百衲衣。

吃千家饭，就是挨家挨户讨一把米混在一起煮饭吃；穿百衲衣，就是挨家挨户讨一块布缝在一起做衣穿。千家饭象征性地吃上一顿就够了，百衲衣却要常穿，颇有点护身符般的神秘用途。孩子们穿的百衲衣与寺庙里的和尚穿的百衲衣不同，后者是象征性的百衲衣，而前者是实打实的用一百块碎布拼接而成的百衲衣。穿上这种五颜六色、七零八碎的百衲衣，可想而知有多滑稽丢人。

小时候，我不愿意穿百衲衣，爹娘不知说了多少好话，就差没跪下磕头了。依稀记得有年冬天，我穿百衲衣上学时遭到小伙伴们的嘲笑侮辱，我气急败坏，将百衲衣扔进了深潭里。这可把爹娘吓坏了，生怕灾祸降临，急忙连夜打着灯笼去深潭捞百衲衣。寒风凛冽、潭水结冰，爹捞起那件百衲衣的时候，冻得脸色苍白、嘴唇乌紫，说不出话走不动路了。爹冻病了一场，我很难过。

十岁那年，妹妹在灶前烧红苕吃，把柴堆烧着了，烈火忽地上了房顶。娘冲进火中，没有去抢救粮食和铺盖，也没有去抱那只祖传的闹钟，而是抢出了那件百衲衣。娘的头发烧焦了，脸上被火燎伤了一大块。我啜泣着埋怨娘："冒这么大危险抢那破衣服值得吗？"娘说："值得值得！房子和东西烧了还可以再修建再添置，娘烧伤了点皮肉过几天就会好的，百衲衣烧了就不吉利了，再做的百衲衣就不灵验了！"我在心里嘀咕："百衲衣就那么灵验吗？"

在故乡，十三岁就算成人了。我十三岁就可以不穿百衲衣了，脱下百衲衣时，我如同飞出樊笼的小鸟一样自由快乐。我不知道娘仍然珍藏着那件百衲衣，她真以为我能平平安安地长大，都多亏了灵验的百衲衣。她很感激百衲衣。在我考上大学进城时，娘把百衲衣放进了我的行李箱里，说："要出远门了，带上它，让它庇护你，提醒你！你是吃千家饭穿百衲衣长大的山里孩子，要好好读书，替山里人争气！无论你走到哪里，干什么事，都不要忘了山里人！"

后来，我结识了一位民俗学家，便向他谈穿百衲衣的风俗。民俗学家说：

"按照风俗习惯，穿百衲衣的孩子长大后，要像求神拜佛还愿一样，父母需向当年讨过布的人家还情的。你家还情了吗?"我惊诧:"怎么还情?"民俗学家说:"一般来说，得向讨过布的人家还一截能做一件衣服的布。要不，就会遭人家的诅咒，就会影响孩子将来的前程。"我恍然大悟:难怪我满十三岁那年，娘通宵达旦地纺线织布，原来娘已经悄悄替我还情了!

我想，这获之碎布、报之衣料的百衲衣风俗多像"滴水之恩，当以涌泉相报"的古训呀!推而广之，农民丰收后就应该思土地之恩，热爱土地;工人增产后就应该思机器之恩，珍惜机器;军人打胜仗后就应该思武器之恩，爱护武器;学子们毕业后就应该思教育之恩，报效祖国;演员成名后就应该思观众之恩，报效观众;公仆当官后就应该思人民养育之恩，报效人民……但是，现在有几多人明白这么简单质朴的人生哲理呢?越来越多的人在忘恩负义，悲哀的是，他们从没意识到自己在忘恩负义，甚至意识到自己忘恩负义后仍脸不变色心不跳。

其实，我们每个人都穿过百衲衣——人生的百衲衣。每个人在人生征途上，都会或多或少地得到生活的馈赠、命运的庇护、时代的恩泽和社会的援助，那么就不应该忘记报答。知恩图报，是一种传统美德，也是一种人生境界。其实报答并不一定要鞠躬尽瘁、赴汤蹈火，往往只是拔一羽以利天下、伸一手以救众生的事，就像给穿百衲衣的人一块碎布而已……

手

女钢琴家司马琳中风住院,右半身瘫痪了,尤其是右手毫无知觉,就像一只安上去的假肢。医生说,完全康复的希望很渺茫,除非出现奇迹。半年过去了,司马琳一直卧在病榻上,奇迹始终没出现。她悲观绝望了,就试图自杀。

司马琳自杀过三次,吞安眠药、割腕、吞发卡,都未遂。假如司马琳是一位作家、画家、哲学家或科学家,失去了一条腿、一只手,或许不会闹自杀。但她是钢琴家,失去一只手,就等于断送了艺术生命。司马琳是那种视艺术为第二生命的人,如果她不能搞艺术了,还保留这生命的空壳干嘛?

在住院治疗和回家疗养的日子里,司马琳一直没放弃自杀的念头。司马琳虔诚地向上苍祈祷:"快让我的手痊愈吧!"她又恶毒地诅咒上苍:"你瞎了眼黑了心呀,干嘛要这么折磨我呢?要么还我手,要么让我爽爽快快地死去!"

司马琳住进了老人康复疗养院。在那儿她邂逅了伊藤先生。

伊藤先生是省城医学院著名的眼科教授,又是医学院附属医院大名鼎鼎的眼科专家。伊藤先生过去有一双灵巧神奇的手,能在细小的眼神经血管上飞针走线,不知抢救了多少双眼睛。一天,伊藤先生刚走出手术室,眼前忽然一黑,栽倒在医院的走廊上,等他苏醒过来,左半身不遂,恐怕很难重返手术台了。

在摇着轮椅"散步"时,司马琳和伊藤聊得很投机,不知怎的聊到儿童时的理想上。司马琳说:"其实我小时候梦想当医生。后来,母亲说我的一双手天生就是当钢琴家的料子,就硬逼着我学钢琴。我这钢琴家可是母亲逼出来的!"

伊藤说:"我跟你恰好相反,我从小就喜欢弹钢琴,可到了上高中时,父亲把我的钢琴锁了起来,不让我去圆钢琴家的梦,而逼着我去报考医学院。不过,我一直没丢掉这项业余爱好,每次我在做重大眼科手术前,都要弹一首钢琴曲,以稳定情绪、排除杂念。一次我从外地开会回来,被人直接拉到手术室,要给一位首长做眼科手术,这个手术不算太难,但阴错阳差地失败了。当然旁人看不出破绽,况且经过补救措施,手术事故被遮掩得天衣无缝,但我心里明白如镜。从此,我就给自己立下一条古怪的规矩:每次做重大眼科手术前,必须弹一支钢琴曲。我还幻想过,退休后把钢琴好好练练,开一个钢琴专场音乐会……"

突然，伊藤先生沉默了。司马琳知道他为什么要沉默：失去了一只手，他再也不能做眼科手术了，再也不能弹钢琴了！

一天，司马琳发现疗养院俱乐部里有一台钢琴，她琴瘾发作，忽然有了一个主意：让伊藤先生用右手弹奏高音部，自己用左手弹奏低音部，两人联手弹中音部，不就可以弹钢琴了吗？两人一试，效果不错，经过一阵子磨合，他们的配合默契起来，效果很出色。

在疗养院新年联欢会上，司马琳与伊藤联手弹奏了贝多芬的《命运交响曲》，引起巨大轰动。消息不胫而走，许多晚会、聚会、仪式的主办者都邀请他们去演奏，最多的是为医院的残疾人演出。

这几年中，司马琳的老伴因心脏病猝死，一直鳏居的伊藤失去了儿子，儿子遭遇车祸身亡。两人相依为命，分担痛苦，相互鼓励，共渡难关。

伊藤说："司马琳的老伴死的那天，正是我们要演出的日子，她强忍着悲痛演奏完了才去参加老伴的葬礼。"司马琳说："记得那天是在肿瘤医院为癌症病人演奏，开始我发现伊藤弹奏得不对劲，几分钟后他的演奏才恢复正常。后来我才知道，伊藤临出发时刚接到电话，他儿子被车撞死了。"

又过了几年，两个同命运共患难的人结成了夫妇。司马琳说："我是伊藤的左手，伊藤是我的右手。我们两人相会真是一个奇迹！"伊藤说："有时我真不明白命运为什么让我中风，可至少它给了我司马琳，就冲这，我也不诅咒命运了！"

雪 之 殇

  司马在柿坡村住队那年的冬天，一次从县城里开会回来，突然下起了鹅毛大雪。前不着村后不靠店的，司马没处躲雪，硬着头皮往柿坡村赶路。地上一片白茫茫，山路不见了。司马踽踽独行，步履维艰地蹒跚着。忽然，一个趔趄，司马跌进了一个大雪坑。

  雪坑有七八尺深，积雪齐膝，坑沿光溜溜的，没树根荆棘藤条可攀登，只有几丛干枯的衰草。司马抓住衰草试图往上爬，衰草连根拔起，他摔了个倒栽葱。司马试了许多次都失败了，他沮丧极了。他拼命地喊救命，祈求有路人或猎人听见他的呼救声来救他。可山谷里只有风雪声和林涛声，不时还有凄厉瘆人的狐叫狼嗥声。司马绝望了，看来今夜要在这雪坑里当雪殇了。

  司马的手冻僵了，颤抖地划了几根火柴才点燃了一根烟。这烟是女朋友上官给他买的。上官含情脉脉地要留他在县城住一宿，想邀他跳舞看电影，可司马婉言谢绝了。司马给生病的齐大娘买了几服中草药，早一宿煎服就早一点让齐大娘痊愈。雪如撕棉扯絮般越下越大，司马惶恐地悲叹："唉，我还这么年轻，难道就这么窝囊地死去？不！我不能向死神屈服，只要我不昏睡过去，就不会冻死！"司马就在雪坑里不停地蹦跳、唱歌……

  说来真神奇，柿坡村的齐大娘夜里做梦，梦见了司马对她说："我给您老买药了，可我掉进雪坑里爬不起来了，快叫乡亲们来救救我吧！"齐大娘猛地惊醒，爬起就去找村主任。村主任笑着说："这么大的雪天，司马会在县城里住一宿的，别迷信梦了！"齐大娘执拗地说："你不信我信，小伙子心眼好，给我买到了药就会往回赶的，这么晚没回村一定是出事了！"村主任一想有道理，也急了，匆忙地喊了几个壮汉，一路沿山谷寻去，果然发现了冻得奄奄一息的司马……

  15年后，司马当上了柿坡乡乡长。一天，司马骑着摩托车去参加柿坡村养貂专业户老黄的婚礼。老黄腰缠万贯，已是第三次结婚，新娘是一位比他整整小30岁的黄花闺女。司马当了一会儿证婚人，讲了一通雅俗混杂、庄谐搭配的话，就得到了老黄私下塞的一千元红包。司马那天格外高兴，仿佛是他当了新郎官似的，在推杯换盏中不知不觉地喝多了一些。打了一下午麻将，晚上又接着喝喜

25

酒，司马架不住众人巧言令色的劝酒，又喝了个豪爽壮烈。跨上摩托车时，他有点头重脚轻、腾云驾雾的感觉。但司马挺逞能，不能把面子丢在群众面前，还是仗着酒劲硬着头皮出发了。

司马刚走，老黄的老母、年逾八旬的齐大娘闻讯颤巍巍地出来，问儿子："你让司马乡长走了？他喝了那么多酒，要是有个三长两短，你可就造孽了！还不快去把他追回来？"老黄不耐烦地说："娘，您老就别操这心了！如今的干部个个都是经过'酒精'考验的特殊人物，千杯万盏也不会醉！再说，咋个追法？他骑的是摩托车，一蹿老远，这会儿只怕已出山口了。"齐大娘自言自语地嘀咕道："司马住队那时滴酒不沾，也不打麻将，现在咋就变成这样……"

那个晚上，突然北风呼啸、大雪纷飞，齐大娘一夜没睡着，总是担心着司马乡长。在天快亮时好不容易做了一个梦，却梦见司马乡长嬉闹着在与她的新儿媳喝交杯酒，还在趁人没注意的瞬间飞快地摸了一下新娘子的屁股……

第二天中午，一位猎人才发现雪坑中有死尸。喊来众人捞起来一看，原来是司马乡长！他是酒劲上来后连人带车蹿下当年他跌入过的那大坑的，只受了一点轻伤，呼呼大睡之时，天突降了一场大雪，司马也就阴错阳差地当了雪天的牺牲品。

考　试

第三医院住院部外科老护士长退休后，这个职位一直空着。许多护士觊觎着这职位，院长也接到许多电话和条子。新护士长由谁来当？先搞民主制，在护士中投票选举，夏小芬与柳青青票数相同；再搞集中制，可院、科领导意见有分歧：分管住院部外科的副院长推荐夏小芬来当，而外科老主任则提议选拔柳青青。公说公有理，婆说婆有理。这事一时定不下来，就推到了院长面前，由院长一锤定音。

院长也对由谁来当护士长最合适的问题颇费脑筋，举棋不定。夏小芬和柳青青都是出类拔萃、旗鼓相当的护士，都是他看着成长起来的医护能手，提拔谁不提拔谁自然由他说了算，但总得说得出提拔谁的子丑寅卯，不提拔谁的甲乙丙丁，要不然，对落选者是一种伤害，对群众不好交代，自己良心上也不会安宁。

夏小芬是市卫生局夏副局长的女儿，市护士学校毕业，能歌善舞，本来可以调入市歌舞团的，但她热爱护士这一行，毅然放弃了这个机会。她在全市护士护理技能大比赛中获过银奖，在全市"我爱这一行"演讲比赛中获过一等奖。柳青青是来自大别山革命老区的农家女儿，毕业于省护士学校，在第三医院默默无闻地干了近 20 年，没得过任何奖，但收到过许许多多伤病员的感谢信，她的医护技能与夏小芬不相上下。院长还知道，柳青青因临时护理一个高危的车祸伤员，没能参加全市护士护理技能大比赛。这一事在院长心里留下深刻印象，在为夏小芬等获奖护士颁奖的庆功会上，院长特别表扬了柳青青这种宁弃比赛不耽误护理伤病员的精神。

院长在办公会上说，他要出题考考夏小芬和柳青青。夏小芬很快知道了院长要出题考试的内部消息，她开始紧锣密鼓地复习理论知识和操练护理技能，力争做到精益求精、万无一失。她还怕时间精力不足，请了几个要好的姐妹上酒店饕餮一顿，央求她们代值夜班。而柳青青还蒙在鼓里，该干什么还干什么，加班加点累得心力交瘁。外科老主任实在不忍心了，也给柳青青透露了院长要出题考试的消息，让柳青青找人代几个夜班，或干脆请几天病事假在家复习。柳青青淡然一笑："当不当护士长并不重要，重要的是心里要装着病人。要我放下病人去复习，我于心不忍……"

这天，外科突然送来了一个危急病人，据说是院长的老朋友，院长要亲自操刀动手术。院长点名要夏小芬和柳青青进手术小组。谁都知道，这是一场不是考试的考试，谁在手术中表现佳，谁就会在院长的心秤上多加一个砝码；谁要有点闪失，谁就会给院长留下坏印象，护士长一职将与她失之交臂。夏小芬和柳青青心里都铆足了劲，整个手术中，她们都表现出色，动作娴熟，只是夏小芬略显紧张，而柳青青镇定自如。院长对她俩都很满意，这可从他的眼神、手势和语气中窥探出来。

在进行伤口缝合时，柳青青突然说："院长，还差一块纱布没取出来!"院长一愣："不可能吧？是不是你记错了？"柳青青说："17块纱布，我记得清清楚楚，不可能记错的。"院长有点不高兴："难道是我记错了？助手，再找找!"助手在病人腹腔内认真地找了一遍，肯定地说："没有!"院长对夏小芬说："在手术台和地上找找!"夏小芬环视一周说："没有。院长，我记得只有16块纱布。"院长果断地说："那就缝上伤口!"柳青青斩钉截铁地说："院长，差一块纱布没找到，是不能缝上伤口的，万一出了手术事故，您是要负责任的!"院长恼羞成怒，瓮声瓮气地说："用不着你来教训我，我是院长，又是主刀，出了事故我负责，缝!"柳青青声色俱厉地说："不能缝! 您身为院长，怎么能没医德和良心呢？您对病人的生命不负责就是犯罪呀!"

僵持、沉寂片刻，院长转怒为喜，把手伸向柳青青，缓缓打开，手掌上有一块血染的纱布。院长语重心长地说："责任感是医生护士最重要的素质! 祝贺你，在这次特殊考试中得了最高分!"

梁教授和梁子

梁教授的心病，是他的独生儿子梁子。梁子上小学时不幸患了脑膜炎，痴呆了。梁子吃喝拉撒还勉强能自理，他不乱跑，不惹祸，就是智商低，说话结巴，爱傻笑，爱发呆，易被人调戏摆弄，干什么事脑子里都少根弦。梁教授夫妇节衣缩食，拼命攒钱，想留一大笔遗产给痴呆的儿子，在他们去世后无法呵护儿子时，让梁子能安度余生。

梁子20岁时，忽然向梁教授请求："爸，我要工作……"梁教授又惊又喜又忧：我儿子居然知道要工作了！可上哪儿给梁子找工作呢？这年头待业青年还没安置完，又来了下岗潮，连刚毕业的大学生都难找到饭碗，谁会要一个痴呆人？梁教授哄劝梁子："爸能养活你，你就在家待着，不出去惹祸，不让我和你妈担忧，就算烧高香了！"梁子执拗地说："爸，我不想吃闲饭，我要工作！你要不想给我找工作，我就自己到外面去找……"梁教授吓坏了，儿子若真的离家出走去找工作，在外面有个三长两短，老两口就没法活下去了！看来，这事敷衍不了儿子了，得认真去操办了。

梁教授找到校领导，想为儿子申请一份工作。校领导在德高望重的梁教授面前显出爱莫能助的样子，说："学校的教工子弟中，待业的、下岗的、大学毕业待分配的一大排，咋轮得上你儿子呢？希望能体谅我们的难处，还是想想其他门路吧！"

梁教授有许多得意门生现在都有了一官半职，梁教授硬着头皮去找了他们。他们一听说他儿子是痴呆人，都不敢答应了。有两个门生看在恩师的情面上，答应给他儿子一份干薪。梁教授苦笑："谢谢你们的好意，我不缺钱花，我只是想满足儿子工作的愿望。"

梁教授每次回家，梁子就催问："爸，你给我找到工作了吗？"梁教授努力抑制住沮丧失望的神情，强颜欢笑："快了，有眉目了……"

梁教授又找到校领导商量："能不能以学校的名义，给我儿子一份假工作，从我的工资里拨出一部分来给他发工资？"校领导为难了，问："给你儿子找份什么假工作呢？你儿子能干什么工作呢？"梁教授小声说："扫校园马路怎样？"

校领导被梁教授的拳拳之心感动了，答应让他儿子去扫校园马路。

梁子兴高采烈地上班了，他每天清晨拿着梁教授买回的扫帚、撮箕、垃圾桶去扫校园马路。校园马路两旁的梧桐树多，正值秋风落叶季节，梁子前面刚扫干净，后面又被秋风摇落了一层黄叶。梁子不停地扫来扫去，常常忙得忘了回家吃饭睡觉。梁教授有一天去喊儿子回家吃饭，正巧遇上几个大学生在调戏梁子，他们不停地往马路上扔纸屑果皮，梁子傻乎乎地跟在他们屁股后面扫。大学生的哄笑声像锥子刺着梁教授的心，梁教授真恨不得冲上去痛揍他们一顿。

不久，校领导把梁教授请去，说："梁教授，你儿子不能扫校园马路了。"梁教授惊诧："为什么？"校领导坦言："群众意见很大，谣传也很多呀！说我们偏心眼，安置了你痴呆的儿子，不安置他们的子女，这里面一定有猫腻，话说得很难听呀！"梁教授说："你没解释这是假安置吗？"校领导喟叹："假作真时真亦假，我浑身长嘴也说不清楚呀！这年头，人心不古，看人都往坏处看。要想平息谣言风波，只有委屈你儿子，叫他别去扫校园马路了！"梁教授悲戚愤然。

梁教授双腿灌铅般蹒跚到家，几番欲言又止。清晨，梁子要去扫马路了，梁教授还是对梁子说了实情。梁子瞠目结舌："爸，是不是我没扫好马路，被人家开除了？"梁教授颤声说："儿子，这不怪你……爸再给你找个好工作！"

梁子爱上了扫马路的工作。他每天趴在窗台上，痴痴地望着那条校园马路。那马路好几天没人扫了，落叶满地，脏兮兮的。梁子想去扫，被爸妈拦住了。梁子哀求："我去学雷锋做好事，还不行吗？"爸妈也哀求："儿子，别去扫，少给爸妈惹麻烦。"梁子只好深夜趁爸妈熟睡时去扫，他不忍心那条美丽的马路脏兮兮的。一个风雨交加的深夜，一名醉鬼驾驶的汽车将正在弓身扫马路的梁子撞倒了。梁子临死时问梁教授："爸，为什么……不让我……扫马路？"

扣　子

　　作家南岛爱写金戈铁马的历史战争小说，他整日匍匐在秦月汉云、唐风宋雨下笔耕，衣带渐宽，憔悴不堪，迂腐执拗。他的妻子矫燕是舞蹈演员，过了舞蹈青春期，退下来当了舞蹈学校教师。矫燕看不惯南岛的许多毛病，比如爱抽烟，爱打鼾，爱熬夜，爱乱扔东西，不爱洗澡，不爱理发，不爱锻炼，不爱做家务……矫燕看不惯就心烦，心烦就唠叨怄气，怄气就回娘家。眼不见心不烦，矫燕住娘家的日子多，可怜南岛经常孑然一身，啃面包吃方便面，颇像鳏夫。

　　这日，南岛写到岳飞被秦桧陷害押往风波亭砍头台之处，想设计一个细节：岳妻与岳飞诀别，忽然发现丈夫的衣襟上掉了一颗扣子，便哀求监斩官让她给丈夫缀上。针线，她随身带着，可扣子，一时上哪儿找呢？这消息被刑场周围的百姓知道了，能让岳将军用上自己的扣子真是三生有幸哇！不一会儿，一颗颗扣子传送到岳飞面前，竟堆成了一座扣子冢，连监斩官都含泪拽下了自己衣襟上的扣子献给岳飞……南岛被自己虚构的扣子情节感动得泪眼婆娑。突然，南岛心头升起疑云：南宋有扣子吗？删除扣子情节吧，他心有不甘；不删除吧，又怕弄巧成拙惹出笑话。南岛想去图书馆查查资料，弄清楚南宋是否有扣子。

　　南岛在路上邂逅了大学女同学小霖。小霖当年是校花，高傲得如公主，身后有不少狂蜂浪蝶。南岛来自农村，自卑自弃，连正面瞧她都不敢。南岛写书出了名，小霖才瞧得起他，要邀他去咖啡馆小酌。小霖说："你的书写得真好，读得过瘾！你是用什么诀窍把那些古人写活的？"南岛说："过奖啦！哪有什么诀窍？想象虚构呗！比如我写虞姬的美丽，就是以你为模特……"南岛煞住话柄，大学时代，他曾视小霖为女神，陷入单相思，梦中与她欢愉嬉戏，梦醒唏嘘流泪。

　　小霖优雅地啜了一口咖啡，问："你生活得好吗？"南岛说："还好……"小霖狡黠地笑了："鸭子死了嘴巴硬！好个鬼，你老婆根本不爱你！"南岛讷讷地说："你听谁瞎说？"小霖扑哧一笑："谁也没瞎说，是我看出来的。"南岛纳闷："你会看相？"小霖娇嗔："我又不是巫婆！"南岛狐疑："那你咋看出我老婆不爱我？"小霖诡谲地眨眨眼："等一会儿到我家里去，你就知道了……"南岛脸红了，他好久没与妻子干那种事了，莫非性饥渴能浮现在脸上？莫非小霖能看得出来？

　　小霖离婚了，南岛想入非非地跟她走，想起矫燕，不仅没歉疚之意，反生报复快感。小霖把南岛领回家，叫他快脱衣。南岛暗喜：真是干柴遇烈火呀！等到南岛脱成半裸，小霖在卧室磨蹭片刻后跑出来，惊呼："南岛，你想干嘛？"南岛尴尬地呆站着，窘紫了脸，结结巴巴起来："不是你叫……叫我……脱……脱衣吗？"小霖哈哈大笑一阵，扬起手中的针线和扣子说："我叫你脱下外套，你外套上的一颗装饰扣子掉了，我帮你缀上……没想到你竟想歪了！"南岛狼狈得恨不得抱头逃窜。不过，倏地，小霖情不自禁地扑上来，搂抱住半裸的南岛，梦幻般呢喃："我早就偷偷爱上你了，你的每一部书我都读了，不过今天我真的不是有意勾引你，我不是那种放荡女人。既然你想要我，我就给你……"

　　小霖为南岛缀上了扣子，却拽断了南岛的婚姻结。南岛想：外套上的装饰扣子已掉了几年，矫燕都没看见，也许看见了也懒得缝，可见小霖的话一针见血，她不爱我了！既然她不爱我就犯不上与她厮守在一起了。何况，他已与小霖如胶似漆地好上了，连南宋的扣子悬案也忘到爪哇国去了。

　　矫燕怎么也不相信南岛会真闹离婚，这书呆子咋也学会赶时髦了？十年恩爱咋说离就离？海誓山盟还算不算数？啥时生的贼心色胆？是不是有比她更有魅力和竞争力的女人在勾引争夺他？她哪儿知道，她与南岛之间的爱情婚姻，竟毁于一颗扣子！至少可说扣子是导火索！

两个人的车站

夏接到加急电报，要回城去探望生重病的母亲。母亲思儿心切，仨月半载就发一封这种"母病重，望儿速归"的电报，不知道这次是否真的病重。夏像听腻了撒谎的牧羊娃喊"狼来了"一样，没有惊慌悲伤，慢悠悠地收拾行囊，向油田钻井队队长请了假，搭了一辆油罐车去火车站。

火车站离油田约七十里路，每天早晨和黄昏时分各有一列火车在小站停留三分钟吐纳旅客。夏搭的油罐车阴错阳差地在半路上抛锚了，等到他气喘吁吁地跑到火车站的瞬间，火车已拉响汽笛轰轰隆隆驶去了。夏沮丧极了，看来要在这荒原上的小站过夜等候明早的火车了。

夏饥肠辘辘，找小站附近的人家讨了一杯开水，啃起了干粮。等夏回到小站候车室时，他惊诧地看见一位美丽的姑娘孤零零地坐在那里。显然她也是一名误车者。夏不是那种见了女孩就心旌摇动、死乞白赖的男孩，而是见了女孩忐忑不安，莫名其妙地脸红，说起话来也语无伦次。夏蜷缩一团，头枕着行囊，在候车椅上睡觉。

不一会儿，夏听见一阵轻微响声，睁眼一看，原来那姑娘挪到了他身边。姑娘顾不得矜持，小声道："我……好害怕，想坐在你身边，行吗？"夏面红耳赤，点点头。姑娘挺感激，掏出一只烤红薯递给夏。夏推辞，喃喃道："我吃过了……"姑娘娇嗔："一只烤红薯不会把你的肚子撑破吧？是不是怕我在烤红薯里下了麻醉药？"夏尴尬地苦笑了，接过烤红薯狼吞虎咽起来。

姑娘问："你在油田工作吧？"夏点头。这不奇怪，油田人脸黑，身上泛油味，再多的肥皂洗涤剂也洗不掉。许多姑娘嗅觉灵敏，厌恶怪怪的油味，加上油田人工作偏僻辛苦，油田人的婚事成了老大难问题，夏就经历了七次失败的恋爱。

姑娘主动告诉夏，她叫静，是油田附近一家医院的护士。夏问："是不是麻风病医院？"静说："正是。我没说全名，是怕吓着你。许多人听说我在那种鬼医院工作，都不敢与我交往，怕沾染上了麻风病。"静心头不平静起来，想起数次恋爱的无言结局和深深创伤就不寒而栗。这次匆匆回城，也是一位亲戚为她安排的相亲机会，若是再失败了，她将锁闭芳心，潜心事业，独身一辈子。

静讲了一个笑话：油田的几个年轻人跑到麻风病医院来，把一条看院狗给勒死偷走了。他们在工棚里乐陶陶地烹狗煮酒，饱餐了一顿，医院里的保安人员追寻来了，人赃俱获，小伙子们却百般抵赖、死不认账。静当时也去看热闹，心生一计，诈称那狗是试验品，注射过麻风病毒，若是他们偷杀吃了，就请速到麻风病医院去接受治疗。话音未落，小伙子们吓得鬼哭狼嚎，蹲在地上干哕猛呕，对偷狗之事供认不讳，哀求医院救他们的命。

夏情不自禁地笑起来。静说："该你讲个笑话了。"夏磨蹭半天，说："我不会讲笑话，我给你吹一段口哨吧！"静饶了他："也行。"夏就抑扬顿挫地吹起了《三套车》《在那遥远的地方》《草原之夜》，空荡荡的候车室回荡起口哨声。这夜，静讲一个笑话，夏就吹一段口哨，漫漫的冬夜似乎眨眼就过去了……

夏赶回家中，母亲安然无恙，在为他织着毛衣，唠叨道："这么大的人了，还找不到一个给你织毛衣的人！这是我给你织的最后一件毛衣……"原来，母亲发假电报是要他回城来相亲的。第二天，夏到公园与那姑娘见面时，他们都大吃一惊，继而捧腹大笑。不用我说，读者也能猜出那姑娘是谁了……

诺 言

　　1949 年，柿坡大地主魏百万的三姨太婉云在逃奔台湾的前夜，将一只小檀木匣悄悄拜托女佣吴妈保管。吴妈说："你放心，只要我在，这小木匣就在！"

　　受人之托，忠人之事。吴妈将小檀木匣锁在自己的大木箱里珍藏着，看得比生命还贵重。

　　不久，柿坡解放了，吴妈的男人八哥当上了贫协组长。一天，八哥翻箱找衣服时，发现了小檀木匣，狐疑起来：哪来的这么漂亮的木匣？装的什么宝贝？吴妈说："那是别人托我保管的！你别乱动！"八哥追问："谁？是不是魏百万那老家伙？"吴妈说："不不，是……婉云。"八哥阴鸷地说："打开看看，也许是变天账和浮财！"吴妈急傻了眼："这……这怎么能行！我给她许诺过……"八哥狠狠瞪她一眼："你咋这么糊涂，替地主婆窝藏东西？还许诺哩！你要不是我老婆，我真要把你捆绑起来去批斗游村！"吴妈央求："婉云也是苦命人，被魏百万强娶的。她信得过我才托我保管。看在咱们夫妻一场的分上，求你别动这小木匣！"八哥说："我得把它交上去！"吴妈说："你要动这小木匣或把它交上去，我就上吊！我说到做到！"八哥胆怯了，他不敢透露这个秘密，不愿铤而走险，为了一个小木匣失去老婆。

　　转眼到了自然灾害严重的那年，柿坡饿死了不少人。吴妈和八哥都饿得浑身浮肿，两个儿女也饿得奄奄一息。八哥忽然想起了小木匣，就与吴妈商量："小木匣里也许有什么值钱东西，咱们拿它换些粮食渡过眼下难关，以后想法赔给她！"吴妈说："不行，我是许过愿的！你就别打这馊主意了！"八哥咆哮如雷："难道咱们的命还不如你的狗屁诺言吗？"吴妈斩钉截铁地说："宁可饿死，不可失信！人不信守诺言，就等于死了！"

　　"文革"期间，吴妈患了癌症，没钱住院。八哥又想起那小木匣，向吴妈要钥匙去开那大木箱。吴妈警觉地问："开箱干嘛？"八哥说："哦，我找件衣服。"吴妈说："那箱内没你的衣服。"八哥说："我给你找一件换洗的衣服……"吴妈声色俱厉地说："我知道你的鬼心肠！唉，这么多年都熬过来了，咋又打起小木匣的主意呢？你咋这么没出息？你就当没它的！就当它已被小偷偷走，红卫兵抄家抄走了!"八哥噙着热泪说:"你呀你,做人咋这么认死理呢?我是为救你的命,才……命都快没了,你还守着那诺言干啥?"吴妈说:"你要是去动那小木匣,我到阴间也不会饶你!"

十年后,已是台湾亿万富婆的婉云回到了柿坡,鳏居多年的八哥将小檀木匣郑重地交给了她。婉云一愣:"这是什么?"八哥说:"你忘了?这是你交给吴妈保管的呀!"婉云恍然大悟:"哦哦,吴妈呢?"八哥说:"她死了……"

婉云早就把小木匣的钥匙丢了,就是有钥匙恐怕也打不开这锈死的锁了。婉云叫八哥帮忙把小木匣撬开了。原来,匣内只有一大摞信笺,几件不值钱的信物——贝壳手镯、雨花石、木雕饰物、竹笛……

八哥瞠目结舌,疑惑不解。婉云泣诉道:"这是我童年伙伴九斤哥的,我当年去台湾时怕弄丢了,也怕老家伙发现了,就托吴妈保管。我来柿坡前,已去县城烈士陵园给九斤哥扫墓了,我没想到他跑出去后当上了解放军,在攻打县城时牺牲了……我要知道他回来了,我就不会跑到台湾去……"

婉云在柿坡投资千万元建厂。在签字仪式上,婉云热泪盈眶地讲了吴妈的故事,坦言:"是吴妈的人格魅力促使我下了投资决心的。柿坡有这么讲信用、守诺言的美德乡风,什么事都能成功!"

一 颗 图 钉

　　小米在总经理办公室外等待应聘面试的时候，忐忑不安，就用硬币占过卦：徽面受聘，字面不聘。三次都是抛的徽面，小米心存一份侥幸和欣慰。

　　轮到小米面试时，阴错阳差地，小米一走进总经理办公室，突然打了一个大喷嚏。总经理皱了皱眉头，脸色阴沉起来。小米心慌意乱，把想好的谈话内容忘到爪哇国去了，结结巴巴地谈了一通。她看见总经理已对她的谈话不感兴趣，在自顾自地揉着太阳穴。小米心更慌了，语无伦次。总经理委婉地下了逐客令，小米的泪水在眼眶里打着转转。

　　该死的喷嚏！小米恨得牙痒痒的，眼看有些希望的受聘机会被喷嚏搅黄了。小米到深圳闯世界的三个多月里，已是第四十九次求职受挫了。她疲惫不堪，精神沮丧，连下楼梯的劲都没有了。

　　小米真想站在楼梯间里号啕大哭一场。但深圳不相信眼泪，哭也白搭，只会让人瞧不起。真是鬼迷心窍，小米在内地一家市直机关里吃皇粮挺安逸的，忽然心血来潮，想跳出人浮于事、臃肿不堪的机关，破釜沉舟到南方去闯荡一番。

　　小米的父母苦劝，小米的男朋友力阻，都没能动摇小米南徙的决心。别看小米是个妩媚温柔的女孩，倔起来却如犟牛。父母无奈，只得串通小米的男朋友，将小米反锁在房间里"软禁"起来，想让小米冷静下来，打消南徙的念头。小米去意如磐，心已展翅，翻窗跳楼，背起简单的行囊，一瘸一拐地乘上了夜行列车。

　　小米到深圳后，才发现这儿美女如云，人才如林，求职者更是摩肩接踵、熙熙攘攘。小米貌不惊人，才不出众，到深圳闯荡的硕士、博士多如牛毛，哪还轮得上她这样的夜大毕业生。她屡碰钉子，吃闭门羹，把身上的盘缠都花光了，眼看要沦落到盲流乞丐的窘境，被送到收容遣返所去了。

　　小米一阵眩晕，急忙扶住楼梯扶手才没跌倒。她想起来了，昨晚失眠了，天快亮时才睡着。早晨醒来，时间不早了，顾不得吃早餐，就往应聘的单位匆匆赶。她又饿又急，自然眩晕。小米在低头的瞬间，看见了一颗图钉。她怕这颗图钉扎了行人的脚，就把它拾起来，扔进了垃圾箱。

就在小米转身要离去时，总经理办公室的门开了，秘书小姐笑吟吟地跑出来，喊住小米："米小姐，请留步！总经理叫你！"小米一愣，疑惑地随着秘书小姐进了总经理办公室。总经理说："恭喜你，米小姐，你被聘用了！"小米简直不相信自己的耳朵，以为是幻觉。总经理说："你一定感到奇怪，我为什么突然改变了主意吧？不瞒你说，你已经通过了我的特殊考试！"小米如坠云里雾里："什么特殊考试？"总经理叫秘书小姐放一段录像带，小米看到了自己拾图钉扔进垃圾箱的镜头。小米倍感蹊跷："这算什么特殊考试？一件小事嘛……"

　　总经理喟然慨叹："唉，如今的年轻人越来越不注意这种小事了！我年轻的时候，也曾八方求职、四处碰壁。一次，我去一家银行求职时受挫，下楼时，我看见了一颗图钉，就拾起来扔进了垃圾箱。这一件小事恰好被行长撞上了，他大受感动，就聘用了我。这次招聘，我叫人在办公室周围放了十颗图钉，暗地里用录像机监视，几天来只有你细心地拾起了它。我的公司里就是需要你这样细心的人！"

霍 夫 曼

霍夫曼是 W 城大学的外籍德语教师，他的理想是在中国边教书边玩遍中国的名山大川，吃遍中国的美味佳肴。

霍夫曼的业余生活有三种兴趣：一是骑着自行车到大街小巷瞎转悠，二是到郊外湖里去钓鱼，三是到恺撒啤酒城去喝啤酒。霍夫曼买自行车从来懒得安锁，他到 W 城不到两年，就丢了八辆自行车。有的是小偷偷走了，有的是忘记搁在哪儿了。霍夫曼钓鱼的瘾很大，奇怪的是，他不喜欢吃鱼，不是把鱼放生了，就是把鱼送给中国同事和学生。人们问他为什么不喜欢吃鱼，霍夫曼说，他小时候吃鱼被鱼刺卡过喉咙，从此就怕吃鱼了。霍夫曼来自啤酒故乡慕尼黑，啤酒量大得惊人。自从霍夫曼来到 W 城后，在恺撒啤酒城一年一度的喝啤酒比赛中，冠军非他莫属，已经蝉联三届了。

霍夫曼每次到恺撒啤酒城喝啤酒都不用掏钱，因为冠军的奖励就是免费喝一年的啤酒。当然，下酒菜和点心等是要收费的。但霍夫曼每次去喝啤酒都不点下酒菜和点心，甚至连餐巾纸都不要，服务生都暗骂这老外太贼精抠门儿。

这年，霍夫曼翘首盼望的喝啤酒比赛迟迟没有举行。霍夫曼按捺不住了，跑去问恺撒啤酒城的张老板。张老板说，接到上面通知，今年喝啤酒比赛不举行了。霍夫曼很失望，这意味着他再不能白喝啤酒了。霍夫曼正欲怏怏而去，张老板忽然叫住他："霍夫曼先生，你愿意当我们恺撒啤酒城的形象大使吗？"霍夫曼问："什么叫形象大使？"张老板说："就是当广告模特。"霍夫曼问："你给我什么报酬？"张老板说："你开个价吧！"霍夫曼沉思片刻，爽快地说："跟冠军一样的待遇就行了！"张老板喜出望外，他原以为霍夫曼会狮子大张口哩！

霍夫曼做的电视广告和街头广告效果都不错，恺撒啤酒城生意火爆，顾客盈门。霍夫曼只有一句广告词："又喝到家乡的啤酒了！"接着 W 城一家经营意大利披萨饼的西餐店邀请霍夫曼做披萨饼广告，让霍夫曼只说一句广告词："又吃到家乡的披萨饼了！"霍夫曼摇头说："我不是意大利人，不能欺骗顾客呀！"西餐店老板说："霍夫曼先生，你别太认真了！其实，在中国人眼里，意大利人与德国人没什么区别，我们的披萨饼与意大利披萨饼也没多大差别，你放心，不会有什么问题的!"西餐店老板答应让霍夫曼在该店永久性免费进餐,只要西餐店不倒闭,只要霍夫曼住在 W 城。霍夫曼禁不住诱惑,又当上了披萨饼的形象大使。霍夫曼的披萨饼广告一炮打响,让一度生意冷清的西餐店红火起来了。

霍夫曼在 W 城名声大噪,甚至有人崇拜他是个财神,做什么广告老板就大发。于是,W 城好多企业争先恐后地找霍夫曼做广告,大到汽车、别墅、家电,小到眼镜、剃须刀、卫生纸……霍夫曼摇身变成广告明星,忙得不可开交,再也没有闲暇与雅兴去瞎转悠、钓鱼、喝啤酒了。霍夫曼索性不教书了,专门从事起这种洋混混的职业,还雇佣了女秘书、翻译、经纪人与保镖。霍夫曼捞鼓了腰包,得意忘形之时,直言不讳地说:"真没想到 W 城的钱这么好赚!W 城的人这么傻帽!"

前不久,霍夫曼栽了,他参与了一个诈骗公司的虚假广告制作,不仅被课以重罚,而且被驱逐出境。霍夫曼灰溜溜地来到机场时,忽然看见他在 W 城大学任教时的一些中国同事和学生来送行,他既感激,又羞愧,不禁流下了热泪,痛心疾首地忏悔道:"我在 W 城没吃鱼,却被人生的鱼刺卡了喉咙,都怪我太贪心了!教训太惨痛了!我相信,这一辈子再也不会被鱼刺卡住了……"

牛 顿 定 律

一天中午，姚易人上街买东西，在小巷口看见许多路人围观着什么。喜欢看热闹的他来劲儿了，蹭蹭蹭几步窜上去，挤进人群一看，原来是一位自称大学生的女孩在摆摊乞讨。

女孩看上去文静清秀，像个大学生，而且胸前佩戴着某大学的校徽，地摊上摆着她的学生证，还有一张求救书，大意是她父亡母瘫，家中一贫如洗，望过路君子伸出博爱慈善之手搭救一把，让她母亲的病早日治好，让她能重返校园……

一位老太婆颤巍巍地挤上前去，将五元钱放到了女孩的手上，流泪唏嘘："唉，这闺女也怪可怜的，乡下孩子好不容易考上大学，便遇上天灾人祸……"

一名中年人却冷嘲热讽："这年头，什么样的骗子都有！玩这种骗人把戏的已不算新鲜事了，前几天报纸上还披露过一起冒充辍学大学生乞讨的骗案哩！"

一个小伙子抬杠："你也别把天下人都当成骗子！这女孩有校徽、学生证为证，还会有假吗？"

中年人反唇相讥："真是孤陋寡闻！现在连文凭、身份证、人民币都能造假，什么不能造假？"

小伙子赌气说："我宁愿上当受骗，也比当一毛不拔的铁公鸡、见难不救的冷血动物要强！就算这女孩子是骗子，也比那些靠出卖肉体灵魂赚钱的女孩来得干净点、高雅点！就冲这点，我宁愿受骗！"

小伙子说罢，掏出一张百元大钞，掷进女孩地摊上的钱盒内，欲去。

中年人冷笑着嘟哝："我看，八成是个'媒子'！"

小伙子怒不可遏地冲过去，一把揪住中年人的衣领咆哮如雷："什么？你说我是她的'媒子'！老子今天跟你练几手，叫你尝尝厉害！"

路人急忙上前扯劝。中年人还是挨了两拳头，捂着肿脸狼狈而逃。

这女孩到底是不是骗子？路人闹糊涂了。许多有爱心的路人左右为难：给吧，怕上当受骗；不给吧，万一这女孩真有困难，都不帮她，很可怜的。

姚易人在一旁，看在眼里急在心里，突然他想起一个好主意，问那女孩："有一位英国物理学家，在散步时，一只熟透的苹果从树上掉下来，打在他的头上。他从苹果落地现象中忽然发现了万有引力定律。你说说他是谁?"

这一招太厉害了!那女孩支支吾吾,半天也说不出是谁。

姚易人声色俱厉地说:"你连牛顿都不知道,也敢冒充大学生行骗!"

路人愕然,哗然,围住那女孩纷纷谴责起来。

有人嘲讽:"年纪轻轻的,跑出来招摇撞骗,真不要脸!"

有人喟叹:"唉,这年头世风日下、人心不古,骗子多如牛毛,真是防不胜防啊!"

有人怒吼:"把她扭送到派出所去,闹个水落石出!"

那女孩嘤嘤哭泣:"大叔大婶大哥大嫂们,饶了我吧!我没全骗大家,我不是大学生,可我妹是的。我爹出了车祸身亡,我娘患了风湿病瘫痪了。我妹……她要退学,要给一位包工头当二奶,换钱给我娘治病。我听说这消息赶去,把我妹骂了一顿,要她安心读书,我去挣钱给娘治病,供她读书。我就拿着我妹的校徽、学生证出来乞讨了。我知道我妹脸面薄,打死她也不会干这事……"

路人听了女孩的这一番话,面面相觑,不知咋办。有人嘀咕:"谁知道她是不是又在撒谎?"这时从人群外挤进来一个穿红衣的女孩,满脸泪花,说道:"她是我姐!她说的是真话,我是大学生,不信,我把牛顿定律都背给你们听……"

红衣女孩滚瓜烂熟地背出了牛顿的三大定律和万有引力定律,路人瞠目结舌,半晌,掌声响起,大家纷纷慷慨解囊。姚易人把上街买东西的钱全掏出来给了那不知道牛顿是谁的女孩,他觉得那女孩更可爱可敬!

救 命 帽 子

那年秋天的一个傍晚，我下班后在湖滨路等公交车，准备赶到樱花街去与女朋友约会。我们在电话里商量好了，先在樱花街吃一顿麦当劳，再到附近的狂欢岛娱乐城去跳迪斯科。

一位老翁颤巍巍地来到我的身边，看得出他也是等车的。老翁戴着一顶黑色礼帽，这种礼帽只有在旧电影里看得到，现在生活中很少见。从这礼帽上，百无聊赖的我猜测着这老翁的身份：是归国老华侨、退休老教师，还是药店老掌柜、账房老先生？

忽然，一阵旋风吹来，把老翁的礼帽吹落在地。老翁嘀咕了一声，俯身去拾，但又一阵旋风袭来，礼帽骨碌骨碌滚出几十步远。老翁蹒跚着上前，弓下腰正欲逮住礼帽，不知是旋风故意戏弄老翁，还是礼帽故意跟主人捉迷藏，礼帽又窜出几十步远。老翁尴尬一笑，又蹀躞着去追赶礼帽。礼帽七滚八蹦，跌入湖滨荷塘里。老翁站在荷塘边踟蹰了片刻，苦恼地摇晃了几下脑袋，又冲荷塘啐了一口痰，沮丧地返回到车站。

这一幕全被我看在眼里，我顿生恻隐和侠义之心，对老翁说："大爷，我帮您把礼帽捞起来吧！"老翁急忙阻止："别别别，那破礼帽值不了几个钱，用不着去捞了！那荷塘看上去很深的，犯不上去冒险。谢谢你的好意！"我执拗要下荷塘，说："我的水性好得很，您放心好了！"我毅然跳下荷塘，游过去，把礼帽捞了起来。

就在我往荷塘埂上爬的时候，麻烦事发生了。我的左脚板心突然感到一阵钻心的疼痛，不好！我踩着玻璃、石块或铁片了，一定戳开了口子。我不想惊动老翁，若是他知道我为他捞礼帽而受了伤，会内疚不安的，甚至会破费拦出租车送我上医院包扎、打破伤风预防针。本是举手之劳，替老翁做点好事，怎忍心给他添麻烦呢？我站在荷塘的稀泥中，对老翁说："您把礼帽拿着去赶车吧，我还想下去摘点莲蓬……"老翁感到蹊跷："这季节哪来的莲蓬？我咋没看见莲蓬？"我掩饰道："我刚才发现了几个老莲蓬，藏在枯荷中……"老翁将信将疑，磨蹭了一会儿，走了。

我爬上荷塘，果然看见左脚板心在汩汩流血。我急忙撕开衬衫下摆，包扎了伤口。然后我拦了一辆出租车到医院。等我从医院出来时，才想起与女朋友的约会，可已经耽误了一个多小时了。当我搭出租车赶到约会地点时，女朋友已经等得不耐烦，独自回家去了。

　　我在街头电话亭给她家打电话，她恼怒地骂了我一通，赌气地摔下了电话筒。我惶恐不安，懊丧极了：今天真是阴错阳差，倒霉透顶了！若是为捞一顶帽子，失去一位女朋友，真是天大的冤枉啊！那天夜里，我像一个失恋的流浪者，孑然一身在街头闲逛，又钻进一个小酒吧把自己灌得酩酊大醉，踉踉跄跄地摸回宿舍，一头栽倒在床上昏睡过去……

　　当我被一阵急促的敲门声惊醒过来时，已是第二天上午十点钟左右。我挣扎起来，开门一看，是我的女朋友。她一头扑进我的怀抱里痛哭起来。我慌忙请罪："昨晚都怪我不好，惹你生气了……"女朋友啜泣道："不不，多亏你迟到，救了我们……"我蒙了："我怎么越听越糊涂呀？"女朋友将一张报纸递给我看，我一看瞠目结舌：昨晚狂欢岛娱乐城发生特大火灾，烧死156名舞客……

　　后来我越想越害怕：若是旋风没吹落老翁的帽子，若是老翁利落地捡起了被旋风吹落的帽子，若是我不愿下荷塘去帮老翁捞帽子，若是我的左脚板心没有受伤，若是我懒得上医院去包扎打针，若是女朋友不赌气回家，我们就会成为一对火中凤凰了！女朋友感慨道："这只能理解成老天有眼，善有善报！"

阿　芒

　　阿芒沿着马路漫无目标地蹒跚独行，远远看见一大群人在围观什么。阿芒紧跑几步，挤进去一看，两辆自行车撞在一起，两个年轻人揎拳捋袖正要打架。袖手旁观的人群中谁也不去扯劝他们，甚至有人迫不及待地起哄："打呀！快打呀！还磨蹭什么？光打雷不下雨算什么男子汉？一看二位就是花拳绣腿虚把式哟！"两个年轻人受这氛围的撺掇，真的拳打脚踢厮打起来。阿芒冲上前大喝一声："住手！"两个年轻人便停战了，一瞧阿芒不像便衣警察，便瓮声瓮气地问："你是干什么的？少他妈的管闲事！"阿芒冷笑："我刚从里面出来，你们要想进去，就打吧打吧！"两个年轻人像听了谶语似的，傻了眼，蔫了神，各自扶起自行车，灰溜溜地跑了。围观的人群惊叹："这年头，从号子里出来的人真威风呀！"

　　阿芒继续往前走。一个骑车人从阿芒身边飞驰而过，掉下一个黑包。阿芒喊："你的包掉了！"骑车人仿佛没听见。后面上来一个年轻人，鬼鬼祟祟地对阿芒说："别喊了，快看看包里有没有钱，见者有份，咱俩分了！"阿芒摇头："不行，得还给人家！"年轻人喟叹："唉，你真傻，又不是偷的抢的，捡来的分了也不犯法！"阿芒冷笑："我刚从里面出来，你要想进去，就分吧分吧！"年轻人脸色陡变，慌忙赔罪："大哥，都怪我们瞎了眼，玩骗局玩到大哥头上了，你大人大量，饶了我们吧！"这时那骑车人回来了，拿上黑包与年轻人一道快快而去。

　　阿芒经过集贸市场。两个欺行霸市的地痞正在砸一个菜摊子，并殴打菜贩子。菜贩子头破血流，凄厉呼号，围观者或冷眼看热闹，或敢怒不敢言。阿芒跑上去，劝阻道："别打了别打了！"地痞吹胡子瞪眼："你是骨头痒还是血发胀呀？想让老子给你修理修理？"阿芒面不改色心不跳，冷笑："我刚从里面出来，你们要想进去，就打吧打吧！"两地痞面面相觑，瞠目结舌，俯耳嘀咕一阵，拂袖而去。围观者唏嘘："卤水点豆腐，一物降一物，这年头，地痞也怕蹲过号子的！"

　　阿芒上了电车。电车上有个小偷，正在掏一位女人的钱包。那女人正在打盹儿，浑然不知。旁边的乘客看见了这一幕，忙闭上眼；售票员也瞥了一眼，转过身去。只有一个小女孩喊起来：“妈妈，那个人在偷阿姨的钱包！”妈妈慌忙捂住小女孩的嘴，讨好地冲小偷笑了笑，说：“那是叔叔在跟阿姨玩游戏。”小偷见没人敢管，更大胆地下手了。阿芒挤过去，轻轻拍了拍小偷的肩头。小偷倏地掏出刀来，恶狠狠地威胁道：“你想找死呀？”阿芒毫无惧色，冷笑：“我刚从里面出来，你要想进去，就偷吧偷吧！”小偷大惊失色，颤抖着收起刀，趁电车到站之机狼狈开溜。乘客们窃窃私语：“难怪敢这么玩命，原来是从号子里出来的！”

阿芒不知不觉地走进一个小胡同。小胡同里有个卤肉作坊，黑心的老板刚偷偷买进一批瘟猪肉，正率领几个伙计手忙脚乱地加工卤肉。阿芒冷不丁地走进卤肉作坊，把老板吓得脸色煞白，老板结结巴巴地问：“你、你、你是谁？来干什么？”阿芒说：“我来讨碗水喝。”老板虚惊一场，吆喝伙计：“给他一碗水，喝了快滚蛋！”阿芒喝完水，扔下碗，冷笑：“我刚从里面出来，你要想进去，就干吧干吧！”老板呆若木鸡，像中邪了一样瘫软在地。

阿芒无处栖身，只好蜷缩在建筑工地上的水泥管里睡觉。深夜，他被一阵说话声吵醒了。阿芒伸头窥探，是一男一女靠在水泥管上低声争吵什么。阿芒侧耳聆听，不是爱情纠葛或打情骂俏，而是为建筑承包商送来的贿金分赃不匀发生争吵。阿芒冷笑：“我刚从里面出来，你们要想进去，就贪吧贪吧！”那女的吓飞了魂，惨叫一声：“妈呀，闹鬼了！”那男的拽着女的仓皇逃窜了。

第二天，阿芒又被抓进去了。原来他是从精神病院偷跑出来的。据说阿芒过去本事大哩！红道黑道都摆得平玩得转，后来脑袋挨了仇家一闷棍，就傻了……

胖子与瘦子

　　胖子与瘦子是老乡，又是高中同学。那年秋天，两人都考上了大学，在家乡小镇的火车站上，两人握手告别，胖子北上读政法大学，瘦子南下念师范学院。胖子祝福瘦子："希望你好梦成真，当个大教授！"瘦子勉励胖子："但愿你实现理想，当个大法官！"那时候，胖子还不是名副其实的胖子，瘦子也不是正儿八经的瘦子，严格说来，他俩还很难分出胖瘦来。

　　五年后，胖子和瘦子又在小镇火车站邂逅相遇了。两人泪眼汪汪，惊喜交加，热情拥抱，然后互诉思念之情、别后遭遇和近来境况。胖子郁郁不快地说："看来我的大法官梦永远破灭了！我被分到省直机关当了秘书，其实跟契诃夫笔下可怜猥琐的小公务员差不多，整天写狗屁公文，跟着领导的屁股转，真没意思！"瘦子神情黯淡地说："你总比我强多了！我被分在南方小城的一所郊区中学教书，住的是危房，晚上常停电，工资老被拖欠，更讨厌的是，还得经常协助当地政府到学生家里去催缴提留款。唉，当教授的美梦成泡影啰！"那时的胖子已有点发胖的趋势，瘦子也有点消瘦的苗头，但区别不大，反差不强。

　　十年后，胖子和瘦子第三次在小镇火车站相逢。胖子是名副其实的胖子了，脑满肠肥，大腹便便，一切描述胖的词汇都可以堆砌在胖子身上。瘦子是正儿八经的瘦子了，高颧凹眼，瘦骨嶙峋，乍一看还以为是非洲来的饥民。胖子调侃瘦子："我看见你，仿佛看见了全世界都在闹饥荒。"瘦子立即接上一句："我看见你，就明白了全世界闹饥荒的缘故。"两人哈哈大笑，他们模仿的是肥胖富翁与瘦文豪萧伯纳的对话。胖子已当处长，不无炫耀地叫苦："唉，这官场应酬、朋友交际真是累呀，赶不完的场子，吃不完的宴席，还能不胖？唉，谁想海吃胡喝糟蹋身体，都是被逼的！我这身子算是不可救药啰！我真羡慕你还这么瘦！"瘦子揶揄道："别得了便宜唱雅调，身在福中不知福！要瘦还不容易，到我们山沟里当穷教师去，整天吃腌菜豆酱辣萝卜，嘴里能淡出鸟来，看你还能不能长胖？"

　　从此，瘦子每次回家乡小镇探亲度假，都很想碰到胖子，但再没碰到过。听说胖子已被提拔为局长了，每次衣锦还乡都坐小车，怎么会去挤火车呢？难怪在火车站碰不到他。瘦子想：胖子的官当大了，应酬会更多了，身子会更胖了吧？

胖子真的不能再胖了，要知道有许多病都青睐胖子呀！瘦子不是嫉妒，而是真的为胖子担心。瘦子做了一个荒唐的梦，梦见胖子在医院里做开膛剖油减肥手术，像杀猪一样，剖下一大脸盆肥油。胖子叮嘱医生别把那肥油扔了，他要送给他的朋友瘦子，他瘦得太可怜了！梦醒后瘦子感到太滑稽可笑了，这世界真的是不公平，有人为胖而发愁，有人为瘦而烦恼。

　　胖子与瘦子第四次在小镇火车站相逢，是在二十年后的春天。瘦子不敢相信自己的眼睛，胖子不像他想象的那么胖了，甚至还没有第三次碰到时那么胖，难道胖子真的节制食欲了？真的剖油减肥了？为什么胖子不坐小车而跑来挤火车？为什么胖子躲躲闪闪、遮遮掩掩像生怕见到熟人似的？瘦子跑上去热情地与胖子拥抱，寒暄后突然问："你怎么不坐小车回家？"胖子脸色陡变，尴尬地说："你不是在嘲讽我吧？"瘦子感到蹊跷："你说这话是什么意思？"胖子沮丧地说："我栽了，现在是保外就医……"瘦子大吃一惊："为什么栽的？"胖子长喟一声，自嘲道："嗨，贪心呗！好了还想好，多了还想多，好比胖了还想胖，还能不出事？老弟，我真羡慕你，一身瘦骨，一颗素心！"瘦子怦然心动，似乎悟出了什么。

　　瘦子从此像变了一个人似的，不再软缠硬磨闹调动了，不再稀里糊涂误人子弟了，不再恃才傲物与同事闹别扭了，不再撒酒疯打老婆孩子了，不再愁眉苦脸怨自己穷了，不再顾影自怜嫌自己瘦了……

三　舅

三舅早年曾当过荷塘区区长。我儿时记忆中的三舅身材魁梧，黑脸红鼻，浓眉粗髯，穿一身旧军装，背一只帆布包，骑一辆破自行车。母亲曾说，三舅现在骑破自行车已是鸟枪换炮了，在我还没出生时，三舅下乡办公都是骑毛驴。

一次，毛驴贪吃路边的草，蹄子踉跄了几步，把打盹的三舅颠下驴背，摔伤了腰。通讯员抡起树枝抽打了几下毛驴。三舅急忙喝止："这是公家的毛驴，是能随便打的吗？打伤了咋办？"

三舅清廉俭朴，在荷塘区有口皆碑。一天，三舅邀请区里几个同事来家里吃饭。众人从清早谈工作到中午，都饥肠辘辘了，三舅才召唤三舅妈："去了毛，蒸熟一些，不要把脖子折断了。"众人相互看了看，暗自高兴，咽着口水，以为不是蒸鸭就是蒸鹅。不一会儿，三舅妈端出来一个大盘子，盛着酱醋等作料，但接着端上来的不是蒸鸭蒸鹅，而是每人一只蒸葫芦和一碗小米饭。众人面面相觑，哭笑不得。三舅却吃得很香，同事们也只得勉强吃了葫芦饭就走了。

三舅生性节俭，最恨浪费。一次，三舅接待县里派来的调研员，正巧荷塘区的食堂师傅病了，暂停开伙。三舅把调研员领到家里来，招待他的只有清炒葫芦和煎饼。调研员嫌葫芦不嫩，扔了满地，又把稍微烤糊了的煎饼皮撕掉。三舅看了很不高兴，把调研员扔在地上的葫芦块和煎饼皮捡起来吃了，并教训调研员："粮食瓜菜来之不易，都浸透了农民的血汗。你这样挑挑拣拣，肯定还不饿。"于是喊来三舅妈把葫芦饭撤去。调研员目瞪口呆，万分尴尬。

三舅为官清廉，洁身自好，从不收取贿赂，也无力接济亲人。三舅的几个亲人都在乡下，生活饥寒交迫，但他从未给予资助，也无力资助。一次三舅到乡下去看望我母亲，我母亲故意摆出葫芦煮稀粥，希望引起三舅怜悯，提供点资助。谁知，三舅狼吞虎咽吃光了，连声赞叹："真是农家好饭！"我母亲十分尴尬，满脸羞红。

闹饥荒那年，荷塘区一万多名百姓断了炊，出现饿殍。三舅急得抓耳挠腮，不得不向他的一位老战友求援。他的老战友在平原地区当区长，答应借给荷塘区十万斤玉米、三十万斤萝卜，以解燃眉之急。三舅怕出事，亲自率领民兵排和运粮队去了平原地区。怕出事还是出了事,运粮队进入苇塘区境内,忽然一声呼哨,从树林里蜂拥而出上千名饥民,将运粮队团团围住。三舅命令民兵排朝天开枪示警,但饿疯了的饥民仍哄抢起粮食,局面很难控制。民兵排长向三舅请示是否开枪镇压。三舅痛苦地摇摇头:"都是农民兄弟,怎能朝他们开枪呢?让他们抢吧!"

哄抢粮食事件后,三舅就被上级撤职并被开除公职,罪名是"纵容暴徒哄抢救济粮"。三舅也没申辩喊冤,默默地回家当了农民。有人说三舅真傻,干嘛不下令开枪呢?开枪既能保住粮食,又能保住官位。三舅说:"我去找老战友借粮,为的是救荷塘区的人命!我不忍心为救荷塘区的人命,就下令枪杀苇塘区的人,手背手心都是肉呀!再说,这些粮食被抢去一部分,也救了苇塘区的不少人命呀!我一人受冤枉背黑锅也值得!"

三舅没了公职,就没了工资和配给粮,和农民一样挨饿,靠吃野菜、树皮、糠麸度日。不久,三舅就患了浮肿病,胳膊大腿一按一个凹窝,走路摇摇晃晃的,眼睛凹陷得厉害,满脸菜青色。荷塘区的同事知道三舅的情况后,就偷偷凑集了一些粮食送到乡下来,总算没让三舅饿死。

几年后,由于苇塘区上万名百姓联名上书为三舅喊冤,三舅才被平反,调往苇塘区当区长。三舅下乡时,不知多少次遇到这些情景:或突然被一群人拦住,他们跪下磕头连声称他为救命恩人;或忽然跑上来一位小媳妇,塞给他一双布鞋就跑了;或在他的自行车架上,不知谁悄悄搁上了一篮鸡蛋或山核桃;或在他的帆布包里,不知谁偷偷塞进了一包烟叶或茶叶……

三 舅 的 车

　　三舅退休后，每当看见一些区乡干部坐着小车进城来办事，或读到报纸上披露的区乡干部截留挪用教育费救济款买小车的事，就火气攻心、血压升高，或义愤填膺地骂："瞧这帮败家子！太不像话……"或牢骚满腹地叹："唉，有权时没小车坐，有小车坐时又没权了……"

　　三舅曾当过荷塘区区长，也许是他的文化水平偏低了一点，也许是他的个性太强了一点，总之官运不亨通，从二十世纪五十年代初到七十年代末，除去"文革"住了几年牛棚外，三舅干了二十五年区长，真像一颗革命螺丝钉铆在荷塘区。

　　三舅说，在二十世纪六十年代初，区长一级才配备了一辆自行车。那年头，自行车像宝贝疙瘩似的，尤其在穷乡僻壤更稀罕更让人羡妒。三舅爱车如命，遇上凹凸之地泥泞之路，他宁肯扛车，也不忍心骑车。遇上亲朋好友找他借车兜兜风，或骑去相亲摆摆阔气，或借车去迎接新娘，三舅会虎着脸说："公车咋能私用？亏你开得了这口！"

　　三舅说，他当了二十五年区长，因为爱惜车，只用了公家两辆自行车。在"文革"中造反派居然还把他骑公车的待遇扣上了生活腐化堕落、搞特殊化的罪名。三舅退休时，区里就把那辆破烂不堪的车送给了他。三舅还骑着它去郊外公园里练太极拳，去郊外小河里钓鱼，去乡下换点玉米荞麦面，去福利院看看老人孩子，去医院探望一下生病的老战友……

　　三舅刚当区长那年，不到三十岁。那时他刚发新车，骑着车下乡去检查秋播情况。在回来的路上，三舅隐隐约约听见一阵呻吟声。三舅倍感蹊跷：在这荒山野岭中，哪来的哭声？莫非真有狐仙？三舅战战兢兢地循声寻去，只见一农家女孩捂着脚啜泣。原来，她上山采草药去山区收购站换学费，不幸被毒蛇咬伤了脚。

　　三舅为女孩包扎伤口，将她背到山路上，用自行车驮着她，往区卫生院飞驰。在一个大陡坡，三舅的车翻了，他的两颗门牙被摔掉了，腰部也跌伤了，生疼生疼的，女孩的前额也被尖利的石子划开了一道月牙儿血口，汩汩地流着血。

三舅的车摔得更惨，全变形了。

　　三舅着急了：这鬼地方前不着村后不着店的，车也不能骑了，女孩的伤又耽误不得，咋办呢？三舅急中生智，撕掉自己的衬衫给女孩包扎前额的血口，又抱住女孩的伤脚，用嘴对着伤口拼命吮吸蛇毒。三舅忍着腰痛跟跟跄跄地背着女孩来到区卫生院时，已是深夜。医生说，要不是三舅用嘴吮吸了蛇毒，这女孩不丢命，也得丢一条腿。

　　女孩得救了，可三舅的嘴巴肿得厉害，说话吃饭都很困难。尤其糟糕的是，三舅的腰伤从此落下了病根，一到阴雨天就犯痛。

　　那女孩几年后考上了地区师范学校，毕生后分在荷塘区小学教书。有一次小学开学典礼，邀请三舅去讲话。三舅讲话时，就瞥见了额上有月牙儿伤疤的女教师，那女教师也认出了她的救命恩人。不到半年，那女教师就成了我的三舅妈。三舅说，结婚时老战友送来一副对联：革命姻缘蛇牵线，恩爱伴侣车为媒！

　　三舅到了晚年腰伤作祟得更猖獗，时常痛得下不了床。三舅妈每当看见三舅备受腰伤折磨，就禁不住唏嘘流泪："唉，这都是我作的孽……"三舅苦笑着说："你那月牙儿伤疤也是我作的孽，咱俩扯平了！再说，古代唐伯虎与秋香三笑才结姻缘，我们只一摔就结了姻缘，太值得了！"

四　舅

　　四舅一生中有过几次大难不死的故事：攻打海南岛时脑袋受过重伤，湘西剿匪时挨了冷枪，肠子流了出来，抗美援朝时差点冻死在雪地里，三年自然灾害时下乡办案晕倒在溪水中险些淹死……

　　我当上法官时，离休的四舅把我叫去，沉缓地讲了他在"文革"中的一段难忘的历险故事……

　　那年，当了十几年法官的四舅，一夜之间竟被造反派打成了"走资派的鹰犬爪牙"，四舅遭遇了批斗游街、严刑拷打，他们硬要四舅承认某件案子是受某走资派指使，办的冤假错案。四舅不愿昧着良心坑害别人，死不承认。造反派就往死里打他。四舅受不了这折磨，心想，不逃也是死，逃出去兴许能逢生。四舅磨断绳子，翻墙跑了。造反派发觉了，派人追赶。

　　天刚蒙蒙亮，四舅逃到了小河边，正好那儿停着一只小渡船。四舅气喘吁吁地跳上小渡船，急催摆渡的中年人："老乡，快送我过河，我有急事！"

　　中年人问："这么早，过河办案吗？"

　　四舅一愣："你怎么知道我是法官？"

　　中年人说："我认识你。你办过我的案……"

　　四舅想问个清楚，一看不远处造反派已追来，拼命呐喊并鸣枪示警，忙央求："老乡，坏人在追我，快救我一命吧！"

　　中年人见势不妙，急忙拿起竹篙奋力撑起船来。

　　造反派追到小河边，鸣枪喝令小渡船赶快回头靠岸。

　　中年人偏不买账："干嘛惊风扯火的？摆渡人家有摆渡的规矩，讲个先来后到嘛！你们要过河，等下一趟嘛！"

　　造反派急得顿足捶胸，嗷嗷乱叫，朝着远去的渡船乱射击。

　　中年人愤愤不平地嘟哝："这帮家伙，一看就不是好东西！把老子的船打得大窟小眼的，造孽呀！他们干嘛要抓你？你是法官呀！应是你抓别人呀！"

　　四舅苦笑："唉，这事也不是三言两语能说清楚的！你救了我，我该怎么感谢你呢？哦，你刚才说，我办过你的案子……"

中年人停下竹篙，掏出旱烟抽了起来，叹息一声："唉，十二年啦，我老婆被人拐跑了，我带人追到县城里，把那野男人打残了……是你判的我的案子，判了咱十年！当时我真不服呀，发誓出狱后要找你算账！"

　　四舅惊呆了：原以为中年人曾有过冤假错案，自己替他撑过腰，伸过冤，有恩于他，今日得回报，哪知冤家路窄，仇人眼红，他会不会一篙子将自己戳到小河里去淹死？

　　四舅在心里哀叹：才出狼窝，又落虎口，命中注定要死呀！

　　中年人见四舅浑身氄棘，哈哈大笑起来："法官同志，你误会啰！我要是想报复你，早就借刀杀人，把你交给那帮家伙啦！不瞒你说，我原来恨过你，可在劳改农场学了法律，懂得了我坐牢是罪有应得，不能怪罪于你！平心静气地想想，在办我的案时，你也是再三考虑、斟酌，希望能减轻我的刑罚，尽量能判得公正些。在宣判的时候，你的脸上很忧郁、难过。我看得出来，你是一个有良心和同情心的法官，你不是以私心来判我的罪，这就是我敬重你、保护你的原因！"

　　"文革"后，四舅找到那个小渡口，撑渡船的换了一名老人。四舅一问，才知当年摆渡的中年人被造反派打得吐血，瘫痪在床上熬了半年，就一命呜呼了。

　　每年清明节，四舅都要去那个中年人的坟上扫墓献花。

　　四舅讲完这个故事，语重心长地叮嘱我："只要你明镜高悬，秉公执法，不徇私情，不倚权势，不光老百姓会敬重你，就是那罪犯也会信服你！"

五　舅

　　五舅是乡下的剃头佬，在方圆十里的山村水寨里数十年如一日地巡回剃头，名声极好。五舅名声极好的主要原因是从不逼债，有人欠他上十年的剃头钱，他也不开口讨要。五舅剃头，按人头收钱，每人每年一元钱，这在现在看来，是不可思议的便宜。而且可用大米、鸡蛋、豆子、麻油等抵剃头钱。五舅将货物拿到集市上去卖，卖来的钱一大半交给生产队打工分，能留给自己的寥寥无几。

　　五舅每年该上交的剃头钱总是拖拖拉拉交不上来，生产队知道是乡亲们穷，欠他的剃头钱，也知道他上山打虎易开口讨债难，就派会计沿村挨户去替他讨债。五舅闻讯后，很生气，惴惴不安地说："这像什么话？这不是让我不好做人吗？你们再要去讨债，我……我就不剃头了……"

　　五舅一犟起来，也是九头牛也拉不回的汉子。生产队真有点怕他不干剃头的活了，就只有顺着他。于是，五舅的剃头钱就像一笔永远难收齐的狗肉账。许多次年关，五舅眼看交不齐生产队的剃头钱，就默默地把自家卖猪的钱、全家准备添新衣的钱交给了队里。为此，五舅没少挨五舅妈的数落和咒骂。

　　每年腊月是五舅最忙的时候。穷人有钱无钱，都要剃个头过年。五舅常常腊月初出门，挨村挨寨剃头，剃到哪儿吃住在哪儿，除夕夜才能归家，给自家人剃头。

　　那年除夕夜，五舅妈做好了年饭，好不容易盼回了五舅。谁知五舅吃了一半年饭，忽然想起漏掉了老姜头没剃头。他背起剃头箱就要往外走。

　　五舅妈叉腰挡住他："天下哪里去找你这样的大傻瓜，老姜头只怕有五六年的剃头钱没给了，你还惦记着他没剃头咧！不剃头就不过年啦？我看他是没脸剃头，在躲你哩！"

　　五舅说："正因为他不好意思剃头，我得去找他。漏掉一个人没剃头过年，传出去名声多不好，不知道底细的人还会说我没收到钱就不给人家剃头了，没点穷帮穷的人情味儿。这会儿他也该回家了，我准能逮住他。"

　　五舅妈又生气又心疼，只好给他找来一盏小马灯："把它带上吧！唉，谁叫我倒了八辈子霉摊上你这么个傻男人。外面雪大路滑，要是跌进悬崖雪坑里摔死冻死倒也省事，成个残废可就害苦我了……"

五舅摸到老姜头家里，正撞上刚从外面躲债回来的老姜头。老姜头见五舅半夜上门，面红耳赤地喃喃道："我的这债那债欠了人家一屁股，真没法还你的剃头钱了。要不，我家里还有一口铁锅，你端去吧……"五舅瓮声瓮气地说："你把我看成黄世仁了吗?"五舅一把按住唉声叹气的老姜头，把剃头围巾往他身上一围，说："你可把我看外了! 我会是那种人吗? 穷人无钱，也得剃头过年，把霉运剃掉，精精神神地去迎接新年好运呗!"老姜头禁不住啜泣起来，五舅叮嘱："你哭啥? 别哭! 小心剃破了脸皮，不吉利!"

五舅后来患了骨髓炎，左腿上溃烂了一个碗口大的洞，流出腥臭的脓血，在那年的冬天锯去了左腿。五舅再也不能走村串户去剃头了，就在家里等客上门。但乡下人渐渐富裕起来，对剃头手艺挑剔起来，尤其是后生们，很少光顾五舅的剃头铺，嫌他的手艺老化，只有老人爱找五舅剃光头、掏耳洞、推拿按摩。

在五舅的老主顾中，就有老姜头。老姜头后来成为家乡有名的烧砖窑能手，四乡八寨的砖窑场争着高薪聘请他。老姜头无论多忙、走得多远，都得找五舅剃头。

五舅死的那天，老姜头来迟了一步，没能最后看上五舅一面。老姜头跪在五舅的灵位前号啕大哭，石破天惊般地泣诉："老弟呀，那年除夕夜你冒着那么大的风雪上我家为我剃头，你知道吗? 是你救了我一家老小的命呀! 我哪里是去躲债了，是去山里挖了一些黄藤，准备除夕夜熬汤，让全家人喝了去见阎王的。是你的一片真心感染了我，就打消了这念头呀……"

三　叔

三叔十八岁就去当兵，在敦煌附近的一个部队里服役，直到四十岁才转业回故乡，安排在县税务局工作。三叔年轻时身体很棒，剽悍魁梧，可转业回来时却瘦骨嶙峋、精神萎靡。三婶问他："你是不是有病？要不要去医院检查一下？"三叔憨厚地一笑："吃得睡得，有什么病？敦煌那地方气候冷风沙大，成年累月吃咸菜啃饼干，巡逻施工任务又重，还能不瘦？"三婶信了他的话，就三天两头炖鸡煨汤逼他补养身体。怪哉，仍然不见三叔长肉。

三叔有一次在院子里教女儿学骑车。三叔扶着车尾边推边跑，累得大汗淋漓、气喘吁吁，突然跟跄几步，晕倒在地，吓得他女儿哇哇大哭。三婶闻声出屋，把三叔抱进屋，又掐人中又揉太阳穴，手忙脚乱折腾了好一阵，三叔才苏醒过来。三婶忧心忡忡地说："你的身体一定出毛病了！"三叔摇摇头，淡然一笑："没什么大毛病，体质虚弱了，中暑了。"

不久，三叔在扛煤气罐上楼时，又昏倒了。煤气罐沿着楼梯往下滚，险些撞伤买菜回来的邻居王大妈。王大妈生气地骂："谁这么缺德，滚煤气罐玩？撞伤了老娘跟你没完！"王大妈骂了半天没动静，上楼一看，三叔昏倒在地，被摔得鼻青脸肿，门牙也摔掉了一颗。王大妈喊来邻居们，七手八脚地把三叔送到附近小诊所抢救。三叔苏醒过来，对医生说："没什么大毛病，就是贫血。"三叔又叮嘱邻居们："千万别告诉我爱人，要不，她又会瞎担忧！"

几年后，三叔在办公室里昏厥了，被同事们送进了医院。医生给三叔做了许多检查，脸色沉郁地把三婶叫到办公室里问话："你丈夫是干什么工作的？"三婶心里狐疑：看病问工作干嘛？又不是公安局查户口、组织部查档案！三婶说："在税务局工作。"医生又问："他以前是干什么的？"三婶说："在部队干过。"医生追问："哪个部队？什么兵种？"三婶摇摇头："他从来没告诉过我，说那是保密的。"医生叹了一口气，说："你丈夫的病很严重，我们怀疑是受到放射性物质的辐射造成的……"

为了治疗的需要，医院终于通过有关部门迅速了解到三叔的病因。三叔在敦煌服役时，在一次施工事故中，他和七个战友都受到放射性物质的辐射，患上同一种不治之症。那七个战友最终都躺在了部队疗养院的病榻上，相继去世了，唯有三叔当初不愿待在部队疗养院里绝望恐惧地等死，坚决闹着转业，回家乡与家人团聚，享受天伦之乐。这样，三叔成了这批战友中的最后一个幸存者。

三婶知道三叔的病因后，号啕大哭了一场，但在三叔面前，三婶强颜欢笑，总是编造一些美丽的谎话来抚慰三叔。三叔也装出浑然不知的样子，不时在病榻上与三婶说笑话做怪脸，给女儿讲故事做游戏。三叔还说，等他病好了，就带三婶与女儿去看看世界著名的敦煌石窟。三婶接着说："也去看看你待过二十多年的默默无闻的小军营！"

直到奄奄一息，三叔才对三婶说实话："我生的什么病，我早就知道了。七个战友每走一个，我的心里就增加了一份沉痛和恐惧，但我实在不忍心让你知道。值得欣慰的是，我总算在亲人身边过了几年舒心的日子，也尽了一份做丈夫、做父亲的责任……"三婶的泪水顿时像决堤的水奔涌而出。

三叔最后说的一句话是："很抱歉，我不能带你们去看敦煌石窟了……"

三叔死后，三婶带着女儿去了一趟敦煌。因为三叔在日记中写过一个愿望：希望把他的骨灰撒在敦煌附近的那个默默无闻的小军营里。

约 会

姑婆一辈子没结婚。

听奶奶说，姑婆年轻时是小镇上的大美人，追求她的男人太多了，有钱庄老板的二少爷，有县太爷的恶少，有保安团长的弟弟，有杂牌军营长的侄子，有喝过洋墨水的假洋鬼子，有风流倜傥的师范学校书生……姑婆却鬼迷心窍，偏偏与附近煤矿的一位矿工好上了。

曾祖父是腰缠万贯的绸布店老板，得知姑婆与煤黑子好上了，大为恼火，想棒打鸳鸯。曾祖父先是来软的，把矿工找来，拿出五百块大洋，让他去做小生意，从此不要纠缠姑婆。矿工不收大洋，冷冷地说："爱情是无价的!"曾祖父恼羞成怒："这小子敬酒不吃吃罚酒! 哼，咱们走着瞧!"曾祖父就用五百块大洋买通了杂牌军营长，抓了那矿工的壮丁。

抓壮丁那天，是腊月初八，矿工和姑婆已经商量好了，准备私奔。他们约定在小镇东头树林里的废窑内见面。在废窑内，他们已偷偷藏了一些钱、衣物和干粮。没想到姑婆头天夜里说梦话，被起床小解的曾祖母听见了，曾祖父就把她反锁在闺房里。第二天，曾祖父还姑婆自由后，姑婆急颠颠跑到废窑内，不见矿工的影子。姑婆跑到矿上去找，工友们说他没来上班，不知他上哪儿去了。

姑婆很纳闷：他上哪儿去了呢? 难道是等我不来，便以为我变了心，挥泪悄然远走高飞了? 难道是被什么人暗算了? 难道是……这谜团一直到杂牌军营长的侄子死缠烂打她时才解开。那家伙遭到姑婆冷落，且在动手动脚时挨了一耳光后狠狠地说："哼! 你心里是不是还想着那个煤黑子? 实话告诉你，他早就被抓去当炮灰了，这一辈子恐怕也回不来了!"姑婆大吃一惊，以为有诈，问："你怎么知道?"那家伙冷笑："嘿! 还不是你父亲干的好事! 你回家去问你父亲吧!"姑婆回家就逼问曾祖父，曾祖父认了账，哀叹不得已而为之。姑婆先是大哭，继而大笑，就疯了，每天赤身裸体往小镇东头的废窑里跑。

姑婆是曾祖父的掌上明珠，曾祖父倾家荡产也要给她治病。中医西医巫婆神汉都求遍了，钱花了不少，总算把姑婆的疯病治好了，她不再赤身裸体地往外跑了，不再在大庭广众中说疯话了。她从此不哭不笑，寡言少语，每天的功课就是到废窑去转悠……

第二年春天，姑婆从废窑捡回一个女弃婴。曾祖父呵斥："从哪儿捡的，抱回到哪儿去！"姑婆斩钉截铁地说："你们要不收留她，我就带着她一起走好了，我讨饭也要养活她！"曾祖父无奈，只好收养了那女弃婴。后来那弃婴越长越像姑婆，人们才恍然大悟：她就是姑婆的私生女吧！

那女孩叫小蕙，从小读书刻苦，长大后有出息，考入省城名牌大学。她回家来度寒假，见母亲仍日复一日年复一年地执着赴约，痴痴苦等，就劝母亲："娘，你何必这么苦苦折磨自己呢？爹活不见人死不见尸，你这样能等出什么结果？有什么实际意义？人生苦短，岁月流金，你不如趁早找个老伴过过好日子！"姑婆第一次冲小蕙发了火："你懂什么？娘的事不要你插嘴！只要我没听到他的死讯，只要我还活着，我就要去等，一直等下去！只要心诚，石头也能开花；只要我在等他，他会回来的！一定会回来的！"

后来，小蕙的女儿成了作家，她把外祖母的事写进了小说。阴错阳差地，一位老将军在疗养院里看到了小蕙的女儿的小说。老将军觉得这小说中的事咋跟他遭遇过的事那么相像呢？老将军当年在那小镇当过矿工，与绸布店老板的女儿恋爱过，就是在赴初恋情人的约会途中被抓壮丁的，幸运的是，他后来逃跑了，投奔了红军……老将军想向小蕙的女儿打听打听，但又不知小蕙的女儿在哪里。老将军思忖：与其颇费周折地去找小蕙的女儿，不如去那小镇重游，倘若真有此事，见见初恋情人，了结一桩心愿，还要向她忏悔，他当年错怪了她，以为是她变了心，勾结军阀抓了他的壮丁……

老将军到达小镇的那天，恰巧是腊月初八，下了一场大雪，四周一片白茫茫。老将军转悠了半天，总算望见了小树林中的那座废窑。他忽然发现雪地上有两行脚印通向废窑。他心里咯噔一跳：莫非她真的还活着？真的在等我？

老将军踉踉跄跄地跑过去，摸进废窑，果见一位老妪在闭目祈祷。他颤声喊了一声："凤娇！"姑婆以为是梦幻，喃喃道："这是真的吗？你……是不是阿虎？"老将军扑上去，扑通一声跪在地上，哭着说："我就是阿虎！"姑婆问："你真的还活着？"老将军说："我还活着。我……我不知道你还等着我……我该死！我要是早知道……我会回来的！"姑婆微笑着："我等了你整整五十年，能见到你一面，总算如愿了……"

说罢，姑婆就栽倒在地，猝死于脑出血。奶奶说，姑婆的遗容很好看，满脸笑容。奶奶还说，那老将军不久也无疾而终，他去天国和姑婆约会了……

奶奶的木匣

奶奶有一只紫色檀香木匣，长年锁在大木箱里，从不让人看。每年清明节、中秋节，奶奶关门闭户，小心翼翼地将木匣捧出来，睹物思人，暗自啜泣，有时竟咿咿哑哑呜咽起来。

我问过奶奶："木匣里装的什么？"奶奶嗔怪："小鬼头，不该你知道的，不许乱问！"我问过爸爸妈妈，爸爸妈妈都说："我们也不知道木匣里装的什么。"这更增添了木匣的神秘色彩和我的好奇心，有好几次，我跃跃欲试，想偷来奶奶的钥匙，打开木匣看个究竟。无奈奶奶的钥匙不离身，我没法得逞。

奶奶喜欢给我讲一些陈芝麻烂谷子的故事。其中有一个财主女儿被绑票的故事，她给我讲过几次，不过每次她都讲得热泪盈眶，我也听得惊心动魄。

那是1929年的冬天，盘踞在抱犊崮的葛大麻子匪部下山来抢劫，把轱辘寨魏财主的独生女儿金枝抢上了抱犊崮，勒令五日之内送来五千块大洋赎人，过期则撕票。魏财主是远近出了名的吝啬鬼，虽说金枝是他的掌上明珠，但用五千块大洋赎票，就等于剜他的心头之肉。何况，葛大麻子凶残无道，奸淫无度，黄花闺女落到他手中，还指望有好结果？到头来落得人财两空，岂不雪上加霜？魏财主没筹钱赎票，径直去县衙门报了案。

抱犊崮，山峰上的高地，四周悬崖峭壁，只有一条羊肠小径蜿蜒而上，一夫当关，万夫莫开。崮上有瘦地数亩，须抱犊上崮，喂养大后耕种，故名"抱犊崮"。县衙门多次派兵围剿，都未攻克，且伤亡惨重。这样更助长了葛大麻子的嚣张气焰，葛大麻子根本不把官兵放在眼里，仍打家劫舍，杀人如麻。县衙门接到魏财主的报案后，也只是派了一小队官兵，跑到抱犊崮下放了一阵冷枪，做了做表面文章，掩人耳目，然后溜回城去。

五日后，葛大麻子见魏财主没来赎票，就要按山规将金枝赏给喽啰们轮奸后，再推下抱犊崮。葛大麻子手下有个小喽啰叫蛮牛，原是魏财主家的长工的儿子，与金枝青梅竹马，耳鬓厮磨，渐渐生出男女情愫。魏财主看出端倪，一怒之下，将蛮牛一家赶走了。蛮牛的爹妈饥寒交迫，相继成为饿殍冻骨。蛮牛走投无路，上抱犊崮入了伙。金枝被抢上崮来时，蛮牛化装成小贩到别处"踩点"去了，刚回崮就遇上"撕票"。等喽啰们将金枝拽上来，蛮牛大吃一惊，立马向葛大麻子央求："她是我的旧相好，请你高抬贵手，把她赏给我！"

葛大麻子脸一沉，阴鸷地说："别怪我无情无义，咱不能破了抱犊崮的山规。"蛮牛再三哀求，葛大麻子沉思良久，说："看在你救过我的命的分上，我就斗胆破一回山规，把这小妞的初夜权赏给你吧！"

那夜，金枝与蛮牛抱头痛哭一场，又窃窃私语到很晚。

第二天，喽啰们进岩洞争抢小妞，赫然发现穿着小妞衣服的竟是蛮牛。原来，蛮牛让金枝穿上他的衣服，戴着他的腰牌，悄悄混在下崮背水的喽啰中逃走了。葛大麻子恼羞成怒，将破了山规的蛮牛扔下了抱犊崮。

为了躲避葛大麻子的追杀，金枝逃往他乡隐居，执拗地生下了蛮牛的遗腹子，含辛茹苦地将其养大。蛮牛的遗腹子练就了神枪手的硬功夫，后来在协助解放军攻打抱犊崮时，一猎枪击毙了葛大麻子……

奶奶死后，我郑重地打开了奶奶的木匣，欲揭开她珍藏了半个世纪的秘密。木匣中只有一套灰色男衣，还有一个竹板做的腰牌，上面写着"蛮牛"的名字。

我恍然大悟：原来奶奶就是那金枝……

纽 扣 之 恋

那年，我高考落榜后，随乡建筑队在远离家乡的一个小镇上施工。

一天，我的棉袄上掉了一颗纽扣，就去小商店里买纽扣。卖纽扣的是一位非常漂亮的女孩，尤其是那两个迷人的酒窝让人过目难忘。情窦初开的我一下子陷入了单相思，夜晚辗转反侧想她，做梦时梦见她，更糟糕的是，白天干活时脑海里和眼前也常浮现出她的样子，几次因走神险些从脚手架上摔下去。

我被这种强烈的单相思煎熬着，走火入魔起来，一有空闲就往那个小商店里跑。我是一个腼腆的小伙子，不敢与那女孩说话，只是站在门外，隔着橱窗偷偷地瞅她几眼。渐渐地，我的胆子大了一点，便心怀鬼胎假装去买纽扣，每次只买一颗，故意磨蹭着东挑西拣，争取多看她几眼，在她身边多待一会儿。

我的怪诞行为，终于引起那女孩的惊异好奇。一天，她禁不住问我："你买那么多纽扣干嘛？"我脸红了，但很快镇静下来，用早已编好的理由回答她："我……收藏纽扣。"女孩诡谲地一笑，用揶揄的口吻戳穿我并不高明的谎言："既然是收藏纽扣，为什么不一次都买上，何必一次只买一颗？看来，你还没学会撒谎！"我的脸顿时火辣辣的，我恼羞成怒地反诘她："难道不可以一次买一颗纽扣吗？"女孩见我生气了，连声道歉："对不起，我并没有那意思，只是感到好奇而已……"

谎言被那女孩戳穿以后，我就不好意思去买纽扣了。我发誓要忘了那女孩，但心里很难抹去她的情影。苦憋硬撑了 20 天后，我鼓起勇气又去小商店买纽扣了。但卖纽扣的换成了一个胖大嫂，我心里凉了半截。我心乱如麻，胡乱猜想：那女孩生病了？调走了？被老板炒了鱿鱼？还是出嫁了？

我在小商店前徘徊了好半天，涨红着脸去问胖大嫂："原先卖纽扣的女孩哪儿去了？"胖大嫂问："你是她的中学同学吧？"我支支吾吾地点点头。胖大嫂不无炫耀地说："咱这小商店里也出了一名女秀才哩！她高考落榜后不气馁，坚持业余自学，终于考上了省城大学。那妹子有志气，不看电影，不跳舞，不逛街，不打牌，不闲聊，不谈朋友，一有空闲就捧着书本学习。我早看出她有出息！"

我怅然若失，神情黯淡地离开了那小商店，也离开了那远方的小镇。我回到家乡重新捧起书本自学起来。我的脑海里时常浮现出那女孩的身影，每当我产生颓唐、沮丧、烦躁、气馁等情绪时，我就用那女孩的自学精神来砥砺自己；每当我想念那女孩时，我就久久摩挲那上百颗纽扣，仿佛那纽扣上还残留着女孩的指温和手香。我发誓一定要考上省城大学，去追寻那女孩！

　　第二年夏天，我如愿以偿考上了省城大学。我煞费苦心地设计了一封独特的"情书"：在一方红绒布上，用从那女孩手上买来的纽扣缀成三个字——我爱你。我将在找到那女孩时勇敢地交给她。可万万没想到，我在大学校园里没找到那女孩，她已回了那远方的小镇，并长眠在小镇旁的青山上。那女孩患的是白血病……

　　仿佛晴天霹雳，我悲恸欲绝、神情恍惚地去那小镇，在青山上寻觅到女孩的芳冢。我在墓碑上才知道她的芳名叫宋如月。我将我的"情书"恭恭敬敬地献祭在她的墓碑前。我在如月的墓前轻轻诉说："如月，你知道吗？你是我的初恋情人！你像一轮明月，驱散了我心头的迷雾，照亮了我的人生征途。如月，你醒来吧，让我们重新回到从前的时光，我情愿每次跑老远的路来买一颗纽扣，来看看你温馨的微笑，来听听你迷人的话音……"

喊　魂

一阵凄厉的警报声惊扰了矿区温馨宁静的夜。

新娘马月霞从甜梦中惊醒过来，她不知道矿区出了什么事。她是鄂南一所乡村中学的教师，暑假千里迢迢地赶到北方的矿区，与青梅竹马的韩小刚结婚。

韩小刚原准备带马月霞到矿区附近的大草甸子去打猎的，要是运气好的话，能打到一只獐子或火鸡，在野外生堆篝火一烤，让新娘尝尝北方的野味。还在野外搭个帐篷过夜，那将给蜜月生活增添诗情画意，留下美好珍贵的回忆。谁知，蜜月的第二天，韩小刚就要下井了。有个工友病倒了，韩小刚是采掘班班长，要顶班。

韩小刚满脸歉疚、依恋。马月霞微笑着戏谑："没关系，我等着你……采掘。"新婚之夜，新娘突然来了例假，憋足了劲的韩小刚却没法"采掘"。韩小刚暧昧地一笑："也好，等我上井来，就带你去大草甸子，在那野合，生下的娃一定聪明！"马月霞送韩小刚到井口，在众目睽睽下，她热吻了韩小刚。

深夜，传来一阵咚咚咚的敲门声。隔壁萧大嫂喊："大妹子，快开门！"马月霞开了门，问："深更半夜干嘛拉警报？"萧大嫂颤声说："千不怕，万不怕，就怕矿区警报拉。警报一拉，准是哪儿出了大事故，不知哪些人要遭殃了！走，去看看！"马月霞心儿怦怦乱跳，跟随萧大嫂跌跌撞撞地往矿井口跑去。

矿井口已聚满人。坏消息很快传开了：矿井下发生坍塌事故，采掘三班的16位矿工全封死在里面了。马月霞顿觉天旋地转：妈呀，韩小刚不就是采掘三班的班长吗？萧大嫂急忙搀扶住了几近瘫倒的马月霞，劝慰道："大妹子，别急坏身子，韩小刚他们会出来的，你看矿里正在组织紧急抢救……"马月霞突然挣脱开身子，朝着井口跑去。她被人拦住了。马月霞扑通一声跪在井口旁，撕心裂肺地呼喊："韩小刚，你出来呀！你给我出来呀！"

马月霞杜鹃啼血般地呼喊到黎明，昏死过去，被人送到矿区医院。黄昏，马月霞苏醒过来，又挣扎着来到井口，跪着虔诚地喊着魂，谁也劝不走她。头发花白的老矿长走过来递给她一瓶矿泉水，流着泪劝说："闺女，喝点水吧，你的嗓子都喊哑了，也把我们的心喊碎了！求求你，回家吧，你放心，我们会不惜一切代价全力抢救遇险矿工！"马月霞喃喃道："我不能回家，我要喊魂！在我们老家，有喊魂的风俗，亲人若是得了绝症或遇到凶险灾难，每天夜里喊亲人的名字，能感动阎王爷，让阎王爷把亲人的魂放回来。"

有些遇险矿工的家属也学马月霞来跪着喊魂。10天过去了，15天过去了，亲人生还的希望越来越渺茫，来喊魂的渐渐少了，最后，只剩下马月霞。马月霞坚信：我一定能把韩小刚的魂喊回来！要是我都没信心了，韩小刚就没救了！马月霞的嗓子已严重嘶哑，拼命喊出的声音也仅仅如虫鸣。马月霞坚信：用爱心喊出的声音再小，也能传得很远，很远！

23天后的深夜，矿里经过艰苦卓绝的抢救，终于挖通了巷道，找到了15位矿工的尸体。只有一人奄奄一息，那就是韩小刚！韩小刚苏醒过来的第一句话竟是："月霞，每当我感到快不行时，就好像听见你在喊我的名字。"

伤心琵琶

那年春天，秦娥下乡插队。接她的是一位小伙子，叫马小宝。马小宝帮秦娥挑上了行李，只是一只长形布袋，秦娥不放心，硬要自己抱着。

马小宝纳闷："什么宝贝？"秦娥说："琵琶。"马小宝又问："琵琶是什么东西？"秦娥说："乐器。"马小宝还问："是吹的、拉的，还是弹的？"秦娥说："弹的。"马小宝说："琵琶一定很好听，能给我弹一曲吗？"秦娥有点为难，喃喃道："琵琶得装弦调音粘假指甲才能弹，挺麻烦的，晚上给你弹吧！"

那天晚上，秦娥顾不得旅途劳顿，在月光下给马小宝弹了一曲《月儿高》。马小宝沉醉地说："真好听！连月亮都听醉了！"

从此，马家小院里热闹起来，琵琶给山村增添了欢乐和生气。

一个冬夜，秦娥思念陷冤狱蹲牛棚的父母，弹起琵琶曲《十面埋伏》，竟莫名其妙地连断了两根弦。不久，从劳改农场传来了她的父母双双自杀的噩耗。秦娥悲恸欲绝，万念俱灰，抱着心爱的琵琶跳了崖。幸亏悬崖半腰间一棵歪脖子檀树钩住了秦娥的衣服，幸亏马小宝及时寻找到秦娥并冒死攀崖救了她，但琵琶摔得粉碎。

没有琵琶，秦娥也没有了生活乐趣和生命激情，整天精神萎靡，脸色憔悴。

马小宝想给秦娥弄一只琵琶。那年头，琵琶等乐器也被当作"封资修"黑货禁锢起来了，县城的商店里根本看不到琵琶的影子，地区、省城的乐器商店里有琵琶，但须凭公社以上宣传队的证明才能购买。何况，就算不要证明，马小宝也买不起，琵琶的价格令人咋舌。

一天夜里，县剧团到山村巡回演出样板戏。马小宝忽然发现县剧团里有一只琵琶，顿生盗心。马小宝装作戏迷，跟踪着县剧团转悠了好几个晚上。终于，他瞅准一个机会，把琵琶偷到了手。但没跑多远，就被人逮住，马小宝被判犯有"破坏宣传普及革命样板戏"罪，蹲了五年监狱。

马小宝出狱后，带回来一只琵琶。原来，一位狱友知道马小宝是为女朋友偷琵琶而坐牢的，十分怜悯他，就写了一张便条，让他家人把他病逝的女儿的一只琵琶送给马小宝，祝马小宝时来运转获得爱情。秦娥不顾知青姐妹的劝说和带队干部的阻挠，毅然决然嫁给了马小宝。人们都说秦娥真傻，为一只琵琶误了一生！

秦娥后来抽调到县剧团弹琵琶。县剧团团长是个老淫棍，多次引诱骚扰秦娥，秦娥严词拒绝。一天老淫棍欲火烧心，强行抱住秦娥欲行非礼。秦娥在反抗中，愤怒地抡起琵琶砸在老淫棍的脑袋上，竟把老淫棍砸死了。秦娥因防卫过当造成人身伤害而坐了五年监狱。

秦娥出狱后，县剧团已解散，她成了无业游民。秦娥在县城租了房子，办了琵琶培训班。秦娥的学生在市、省乃至全国少儿民乐大赛中频频获奖，秦娥名声大噪，又扩办了琵琶培训学校。小城里弹琵琶的人如滚雪球般增多起来，这里成为远近闻名的"琵琶之乡"。秦娥的一些女学生远走他乡当了卖艺的琵琶女，有的甚至当了靠琵琶傍大款的二奶。人们再说起"琵琶之乡"时，就有了鄙夷讥讽之意。这是秦娥始料未及的，怎么种下龙种，收获的却是跳蚤？她感到伤心耻辱，不再办琵琶培训学校了。

更令秦娥瞠目结舌的是，她最得意的女门生邢小红竟与当上建筑包工头的马小宝私奔了。秦娥悲愤地砸了琵琶，发誓从此不再弹琵琶……

山 核 桃 墓

  林风在一所山区小诊所里当医生。柳莺在一所山区小学里当老师。一天，林风出诊，邂逅了背学生过溪河的柳莺。林风见柳莺的身子太单薄瘦弱了，背着学生在溪河中摇摇晃晃地蹚着水，顿生恻隐之心，飞快地跳下溪河，接过柳莺背上的学生，抱过了溪河。

  从此，林风与柳莺成为好朋友。林风只要不出诊，就在溪河旁等候，帮柳莺背学生过溪河。后来，林风的女朋友见他不能抽调回城，就与他吹了。柳莺的男朋友已给她打通了回城的关节，可柳莺舍不得离开山区小学和可爱的学生，这门婚事也黄了。林风与柳莺就顺理成章地成为恋人。

  林风与柳莺结婚了。柳莺流产了几次，林风最清楚，柳莺的习惯性流产，是因不服水土和不适应山区高寒气候造成的。林风没有说，说了也白搭，柳莺不会为了生孩子而放弃那么多求知若渴的山里孩子。柳莺很想生孩子当母亲，就激将林风，嗔怪道："亏你还是个医生咧，连自己老婆流产的毛病都治不好，不是叫人家笑掉大牙吗？"林风憋不住了，就说了实话："你要是想生孩子，要么回城里去，要么怀孕后卧床静养十个月。"柳莺沉默了，半晌，流着泪说："林风，请原谅我，这两种选择，我都没法做到……"

  林风从一位山里老郎中那里讨教来一个治疗习惯性流产的偏方：大量吃山核桃。林风就时常去小镇买山核桃。买不到山核桃时，林风就上山去采。一次，林风爬险峰时不慎跌下山谷，幸亏被一棵歪脖子树钩住了衣服，才没丢命，只跌瘸了右腿。

  林风在山里人缘口碑极好，遇到穷苦人家看病没钱，林风不收诊费，连药钱都是他悄悄垫付的。病人们送些家禽、野味和山货给林风，林风要么坚决不收，要么作价付钱，常常搞得山里人很尴尬。山里人抱怨道："林医生什么都好，就这一点不好，太认真死板，把山里人看外了！"山里人听说林风是上山采山核桃跌伤的，心里很难过：谁知道林医生喜欢吃山核桃？要早知道他喜欢吃山核桃，要多少咱们给他采多少，哪还用得上他亲自去采？从此，林风的小诊所窗台上，总是放满了山里人悄悄送来的一袋袋、一篮篮的山核桃。

柳莺从小不喜欢吃核桃，更不喜欢吃山核桃，但为了生孩子，她得强咽苦嚼山核桃。在林风面前，柳莺装出十分喜欢吃山核桃的样子。柳莺吃山核桃的情景被学生们看在眼里记在心里，学生们以为自己的老师喜欢吃山核桃，也纷纷给柳莺带山核桃。柳莺每天清晨来到学校，就会看到讲台上摆满了山核桃。柳莺问是谁放的，谁都摇头，不承认。柳莺常常情不自禁地哽咽、流泪。

那年冬天，下了一场罕见的大雪。深夜，柳莺难产，大雪封山，根本无法送往医院。柳莺声嘶力竭地惨叫，最后连呻吟的力气也没有了。林风只好硬着头皮给柳莺做剖腹产手术。黎明时分，双胞胎女婴呱呱落地了，而柳莺因流血过多，永远闭上了眼睛。柳莺临死前叮嘱："把我埋在学校旁的山坡上，让我永远听见学校的钟声……"

柳莺的坟墓上，覆盖满了山核桃，那是她的学生们和家长们祭奠她时摆上的，还有山里人送给林风，林风又给柳莺送来的。天长日久，山核桃越积越多，成了一座巨大、别致的山核桃墓。

钢 轨 钟

阿林从县师范学校毕业后，分配到一个偏僻的山区小学教书。小学的校舍是一座历经二百多年沧桑的古庙改建的，到处是残垣断壁，朽梁烂檩，满目疮痍，破烂不堪。就连那校钟也是用一块破犁头做的，敲起来尖厉刺耳，毫无美感。阿林一听这破犁头发出的声音，就不由得联想起小时候邻家补锅修桶铺里敲打洋铁皮子的噪音，心里就烦躁不安，浑身起鸡皮疙瘩。

阿林的女朋友小菲在县邮电局当投递员。阿林在师范学校读书时喜欢写诗，写着写着就成了小有名气的校园诗人，要是稍微留意的话，就可在校园墙报、校刊上读到他的抒情诗，在学校篝火晚会、节日庆祝会上听到他的朗诵诗，在县城小报和文化馆油印诗刊上看到他的爱情诗。县城小报和文化馆油印诗刊有点微薄的稿费，小菲就是在给阿林送稿费单时认识他的。两人一见钟情，热恋得如痴如醉，如胶似漆。阿林被分到山区小学，小菲的父母极力反对这门婚事，小菲斩钉截铁地说："别说他去山区小学教书，就是他被遣送到山区去劳改，我也要嫁给他！"

小菲为了多见到心上人，主动申请跑阿林所在的山区小学这条邮路。这条邮路山高水远，人烟稀少，好多地方不通公路，连骑自行车的山路也没有，全靠以步代车，跋山涉水；而且常有生命危险，春有山洪暴发，夏有毒蛇出没，秋有野猪袭击，冬有风雪封山，许多小伙子都不敢跑这条邮路。可爱情的力量是惊人的，小菲毅然决然地背起大邮包出发了，一个星期跑一个来回。

当小菲第一次伤痕累累、疲惫不堪地出现在阿林面前时，阿林的心像被刀割了般痛楚。阿林说："是我连累你了。明年我申请调回县城去，要是不被批准，我就辞职当个流浪诗人，或在县城里摆个小生意摊。"小菲嗔怪道："别说些忘恩负义的话，国家培养你几年容易吗？你要敢这样，我就不爱你了！你在这山区也有好处，教书之余还可静下心来多写些诗，在县城里娱乐多应酬多，爱把人心玩懒玩花……"

小菲临下山时，问阿林需要捎带什么东西。阿林说："给我捎一节钢轨来。"说完又觉得不妥："算了，钢轨太重，你背它跋山涉水更艰难。"小菲问："你要钢轨干嘛?"阿林说:"我想拿它做校钟。"小菲说:"你们的校钟真的蛮难听。下次我就给你背来。"阿林说:"别逞能了,你看你,背邮包都摔成这副模样,真的别背钢轨了。这校钟声音虽难听,还能对付一些日子,放寒假时我下山去背。"小菲是个倔强的姑娘,暗自发誓:别说是一节钢轨,就是要一个火车头,我也要用蚂蚁啃骨头的精神给你背上去!

第二次跑邮路,小菲就把一节重20多斤的钢轨装进邮包里背着上了山。阴错阳差地,那天突然狂风大作、暴雨倾盆,小菲正走在前不着村后不着店的邮路上,生怕淋湿了邮件,急忙蜷缩在一块巨石下躲雨。忽然惊天动地一声霹雳,将小菲连人带包击下山崖。邮包中的钢轨飞落下山崖,在岩石上翻滚着,发出一阵阵清脆铿锵的响声,久久地回荡在山谷里……

那天,阿林像有预兆似的,一早就心神不定,担心小菲要背钢轨上山来,就下山去接。阿林走到半山腰,就遇上暴风雨,他顾不得躲雨,步履维艰地前行。那声炸雷响过,阿林亲眼看见了一个穿红裙白衫的人影坠落下了山崖,他心头咯噔一跳:千万别是小菲呀!等到山谷里回荡起钢与石的撞击声,阿林什么都明白了,发疯般地奔跑起来,悲恸地哭喊:"小菲!小菲!小——菲!"

阿林在山谷里找回了那节钢轨,把它郑重地吊在古庙小学前的古槐上。每当怀念小菲夜不能寐时,他就爬起来敲那钢轨钟。山里的大人和孩子们一听到夜半钟声,就知道林老师又在伤心失眠了……

蝴 蝶 情 书

张默吟从师范学院毕业后，被分配到偏僻的黑松岭中学教书。杨森林到县城来接张默吟，一头挑着她的行李，一头挑着一桶柴油。

张默吟好奇地问："挑柴油干嘛？"杨森林憨厚地一笑："山区经常停电，挑回去给老师晚办公、学生晚自习时点灯。"张默吟纳闷："为什么不买煤油？煤油点灯不冒烟，不爆火星。"杨森林惊讶："你还懂这呀！"张默吟说："我爸告诉我的，他当过知青。"杨森林叹息："煤油好是好，就是比柴油贵多了。学校穷，省一点是一点。"

山高路远，不通公路，到黑松岭中学，要翻四座大山，蹚三道溪河。张默吟只背着一把吉他，提着一只网袋，就累得大汗淋漓、气喘吁吁，还没走到一小半路程，她就瘫软在路旁，趴在岩石上呻吟。杨森林挑着重担，却汗不流气不喘，沿途不是吹木叶学鸟叫，就是唱山歌喊号子，还顺手摘山果采野花。

小憩时，杨森林问："你背的是什么乐器？"张默吟答："吉他。"他嘿嘿笑起来："这就是吉他呀！在山区可没这洋乐器。"她问："山区有些什么乐器？"他说："二胡、笛子、口琴、唢呐。"他又补了一句："还有木叶。"她问："木叶是什么乐器？"他说："木叶就是树叶，含在口里吹起来，就是乐器了——土乐器。"她笑了："照你这么说，哨子也是乐器？"他懂得她的讥意，说："你别小看吹木叶，我向我的学生学了半年才会吹的。不信，你试试。"她摘了一片树叶含在口里使劲吹，也没吹出声音来。他却含着树叶轻松地吹了一曲《绣荷包》。

忽然，张默吟惊喜地喊："蝴蝶！"杨森林说："山里蝴蝶太多了。"她眼里闪烁着异彩："我最喜欢蝴蝶了！你能给我逮一只蝴蝶吗？"他点点头，跑到路边的草丛里，很快逮来一只黑蝴蝶。她问："你知道这里有多少种蝴蝶吗？"他说："118 种蝴蝶。"她惊讶："你怎么这么清楚？"他说："我是生物老师。每年带学生逮蝴蝶做标本，还在学校搞了一个蝴蝶标本展览室。这里有个蝴蝶谷，那儿的蝴蝶才叫多咧，夸张点说，你脱下鞋子往天上一扔，就能打下几十只蝴蝶来，像下蝴蝶雨一样。"她被他的讲述迷住了，恨不得马上亲临其境："你得带我去蝴蝶谷呀！"他答应："这没问题。"她问："蝴蝶谷离学校远吗？"他说：

"不远，就在学校后面。每天清晨黄昏，都可以到蝴蝶谷去散步，看蝴蝶，当然是有蝴蝶的季节才行。"

张默吟初到黑松岭中学，每天清晨黄昏跟着杨森林去蝴蝶谷散步，赞叹这里真是世外桃源、人间仙境，看蝴蝶，吹木叶，仿佛是活神仙，她感慨这里比城里好玩多了。美景最容易催生爱情，张默吟与杨森林很快步入爱河，他们甚至在蝴蝶谷里献出了彼此的初吻。但没过两个月，张默吟的新鲜劲过去了，就害怕了顿顿吃腌萝卜、夜夜点柴油灯的艰苦生活，渐渐没有了到蝴蝶谷散步的雅兴，去了也是一副"感时花溅泪，恨别鸟惊心"的苦脸。张默吟终于退却了，在那年暑假后没回到黑松岭中学。她到省城一家公司当了秘书，后来嫁给了公司老板。

杨森林不知怎么打听到张默吟的地址，不断给她写信。但她从来不看，怕勾起那段甜酸交加的回忆，触动初恋夭折的伤疤。但她又舍不得毁掉这些信，悄悄把它们保存起来。她每月都能收到他的一封信，已经装满了她的大密码箱。他那始终不渝的痴情使她惊愕怜悯，但她心里美滋滋的，虚荣心得到了极大的满足。

十年过去了。张默吟的婚姻出现了危机，她老公在外面包养了二奶。在一个孤独幽怨的夜晚，张默吟忽然想起她有两个月没接到他的信了。她嘟囔："难道他也抛弃了我？"她忽然涌起巨大的好奇心，想看看他在信里写了些什么。她拆开了最近的一封信，信封里没有信，只有一只蝴蝶标本。她又信手拆了一封，再拆了一封……所有的信封里装的都是蝴蝶标本。她仔细数了数，一共是118种蝴蝶标本……

汽　笛

在京九线上，火车司机大韩每次路过三棵树山坡时，都要拉响汽笛。久而久之，同事们看出了蹊跷，便在一起猜测：这儿既不是车站，又不是转弯处，为什么要拉响汽笛呢？是不是为了纪念什么人？是因公殉职的老养路工，还是鞠躬尽瘁的老扳道工？是舍生擒飞盗的铁路警察，还是冒死救火车的少先队员？

关于汽笛之谜，众说纷纭。被强烈的好奇心驱使的人就去问大韩。大韩磨蹭半天，最终禁不住软磨硬泡，讲述了一段刻骨铭心、凄婉动人的爱情故事……

"25 年前我插队落户到三棵树山坡旁的苦竹寨，那时那儿还没有铁路火车，连公路汽车也没有。老支书邢大叔推了一整天鸡公车，将我从公社接回了苦竹寨。山路崎岖，我先是打了满脚血泡，接着崴伤了脚，狼狈不堪地坐上了邢大叔的鸡公车，一路上颠簸，屁股也磨起了血泡，沮丧极了。

"邢大叔办了家宴给我洗尘，还叫回在村小教书的女儿小红来陪客。小红嗓子极好，给我唱了许多山歌，令我如痴如醉，疲惫痛楚顿时忘却。我也拿出口琴，尽情地吹奏起来，记得我吹那首《火车向着韶山跑》的曲子时，将铿锵的车轮声和尖厉的汽笛声模仿得很像，把小红逗得咯咯直笑。小红问：'火车是什么样子？'我掏出钢笔和纸给她画了火车。小红又问：'火车的汽笛能传多远呢？'我说：'大约十几里路吧。'小红疑惑地嘀咕：'不止十几里路吧？我有一年上县城去开教师会，隐约听见火车汽笛声，忽然心血来潮，约了三个女教师结伴去山外看火车，我们跋山涉水三十多里路，也没看见火车的影子，怕耽误了开会，又急忙往回赶。'

"几天后，小红将我请到村小，给孩子们讲城里的新鲜事，讲飞机轮船火车。孩子们问得最多的是火车，也许是因为他们跟着大人到县城去赶集时偶尔有幸听到过火车汽笛声，毕竟火车离他们的生活近一点儿。他们七嘴八舌地问：'火车的力气有没有一百头牛的力气大？火车有多少节车厢多少个车轮？火车能不能拉一个学校的人一个生产队的粮食？火车能不能脱离铁轨满地跑？火车汽笛声会不会把乘客的耳朵震聋……'我不觉得他们问得幼稚可笑，而是严肃认真地作答。小红因势利导：'同学们，只要你们好好学习，将来飞出山窝，不仅能见到火车，

坐上火车，甚至可以造火车、开火车！'

"那年春节探亲归来，我给村小带了两件礼物：一个火车模型，一节铁轨。我用铁轨换下破犁头做的校钟，敲起来洪亮多了。我还许愿：明年寒假我将邀请小红和两位成绩优秀的学生代表去坐火车逛省城。小红喜得满脸通红，学生们欢呼雀跃。我和小红一来二去就好上了。老支书看在眼里喜在心头，生怕城里娃瞧不起山里妹，就紧锣密鼓地上下活动，想让小红上工农兵大学。老支书费尽心机总算搞来一个招生名额，谁知小红不愿离开村小，不愿丢下求知若渴的学生去奔自己的前程。老支书急得抓耳挠腮，连夜找到我央求，一来帮忙劝劝小红，二来顶替小红教书。我和小红谈过后，小红答应去读工农兵大学了。谁知灾祸突降，那天小红正在给学生上课，两头斗架的疯牛撞倒了村小简陋破烂的教室，在大梁砰然塌下的瞬间，小红猛然扑上去，用身躯保护了三名学生……

"我在那村小教了五年书，每次招工招生我都不愿走，直到县里派来公办教师接替我，我才最后一个回城。每年回城探亲，我都揣着小红的照片，让小红也坐坐火车，听听火车汽笛声。后来我当上了火车司机，京九线通车后，我就申请跑这条线。每次经过三棵树山坡时，我就想起初恋女友小红，想起那所村小和那群山里孩子，就要情不自禁地拉响汽笛……"

梦　呓

　　焦二爱说梦话。这毛病最先是他老婆发现的。焦二有个初恋情人，后来分了手。那女人嫁了个司机，没几年那司机出了车祸，女人成了寡妇，带着一个男孩过日子，很可怜的。那女人又下了岗，只好在小巷口卖盒饭养家糊口。焦二怜悯她，就帮她推销盒饭，还帮她扛煤气罐、修电灯、掏下水道。焦二真的没怀非分之想，但瞒着老婆怕她吃醋。哪知他在梦中把那点秘密全抖落了。幸亏焦二没做什么亏心事，不然老婆绝饶不了他。焦二有了梦呓的毛病，在老婆面前就成了透明人。这也好，逼得焦二生活很检点，不敢有好色心和桃花运。

　　后来，与焦二住队、出差过的同事也发现他有梦呓的毛病。别人梦呓只说只言片语，语无伦次，东扯西拉，断断续续，虚虚实实，而他梦呓清晰流畅，娓娓而谈，很有逻辑和感情色彩。焦二梦呓的内容大多是郁积在心的块垒，不便公开宣泄的牢骚，对什么事有什么看法，对谁有腹诽和意见，知道谁的隐私猫腻等，无非都是白天不敢说、不愿说、不能说的话，而在梦里就会像放鞭炮一样，噼里啪啦说个痛快淋漓。更要命的是，焦二还能在梦中回答人家的问话，口无遮拦，心无设防，问什么说什么，有什么说什么，想什么说什么，宛若醉鬼被人套出许多真话。同事戏谑焦二："幸亏不是战争年代，要不，你被敌人逮住了，不用灌辣椒水坐老虎凳，在梦呓中你就当了叛徒！将来你要当了大官，可不能贪赃枉法哟，要不，不用审讯，梦呓就把你出卖了。"

　　焦二开始不相信，就让老婆把自己的梦呓录下来，一听吓了一大跳，老天呀，这些话要是让别人听了，怎么得了！焦二跑了几家医院，医生都说失眠易治，梦呓难疗，再说梦呓不是病，用不着治呀！焦二有苦难言，梦呓虽然不是病，可比什么病都可怕呀！祸从口出，白天我能管住口，晚上我却管不住梦呀！焦二从此养成独睡习惯，在家与老婆分室睡觉，在外决不与任何人同睡一房。

　　一次，处长出门考察，要带焦二一起去。处里一位副处长病逝了，早有人觊觎这空位置，在紧锣密鼓地活动。焦二是科长，学历高，业务精，能力强，人正派，照说是挺合适的人选，但这年头懂行的不如懂拍的，能干的不如能送的，焦二没后台背景，又不拍马送礼，看来希望渺茫，他也没奢望。就在这关头，处长要带焦二一道出差，这无疑是一个可喜的信号。说不定处长对焦二有意向了，趁出差再考察考察他。处长若是鼎力推荐谁当副处长，那还不是十拿九稳的事。同事都看出了个中奥妙，嚷着要焦二请客。焦二暗自欣喜，忽然想起自己梦呓的毛病，不由得神情黯淡。唉，处长是个有名的抠门精，肯定不会答应两人分居，要是与处长睡在一起，让他听见自己的梦呓，那可怎么办？焦二心里对处长也有一些不满和反感呀！焦二犹豫不决：是不是装病推了这次出差？不行，这会引起处长的误会与不快，等于自己断送了被考察提拔的机会。焦二忽然想到：住店时我就扯打鼾很厉害、怕影响处长睡眠的理由，跟他分居。

住店时，焦二对处长说："我爱打鼾，挺厉害的，您单独住吧！"哪知处长诙谐地说："我打鼾也挺厉害的，刚才还担心你会受不了，让你单独睡呢！这下好了，两人都打鼾，谁也不怕谁，公平！咱俩来个鼾声二重奏，有味！"焦二暗自叫苦不迭，只好坦白："我还爱说梦话，怪吓人的！"处长狡黠地一笑："好哇！只听同事说你爱说梦话，还没听过，这次让我领教领教。"焦二灵机一动，计上心头……

处长考察回来，果然很快推荐焦二当上了副处长。焦二暗喜：多亏自己将计就计，装作梦呓说了处长许多好话，在处长套自己梦呓时，也表演得相当成功。只是那几天苦了自己，不敢真的睡着了，瞌睡一来就使劲掐自己的脖子和人中，实在困得受不了，就偷偷用毛巾堵上嘴巴，小睡一会儿……

梦　游

　　胡局长深夜从女秘书的房间出来的时候，被几个喝酒夜归的单身汉撞见了，被传得沸沸扬扬的。这绯闻先是传到女秘书的男朋友耳朵里，那个男朋友跑到胡局长的办公室里来，威胁敲诈他："是公了，还是私了？"胡局长自然愿意私了，支付了他一大笔损失费。

　　后来，组织部知道了胡局长的绯闻，在换届选举前夕，派人来考察他。考察人员紧锣密鼓地找人谈话。局里出现了倒胡和拥胡两派。倒胡派反映，胡局长与女秘书长期眉来眼去，情意缠绵，无论是出差还是应酬，胡局长都带着女秘书，他们形影不离，关系暧昧。胡局长深更半夜从女秘书的房间里出来被人撞见，更是人人皆知的事实，他想狡辩恐怕也难自圆其说。拥胡派则辩护，胡局长作风正派，生活检点，与女秘书纯粹是正当纯洁的同志关系。他工作繁忙，日理万机，夜晚亲自动手赶写一篇汇报材料，有几处数字不实，就跑去找女秘书核实，谁料到被别有用心的人撞见，那些人大做文章，乱泼污水，诽谤诬陷胡局长。

　　组织部考察人员糊涂了：胡局长到底是哪一种人呢？为什么会出现两种截然不同的评价呢？不过，考察人员还是有点不相信胡局长深夜到女秘书的房间里去核实数字一说，瓜田不系履，李下不整冠，深更半夜跑到女秘书的房间里去也太不注意避嫌了，就算是与女秘书没什么猫腻，给人撞见了也是跳进黄河也难洗清呀！胡局长看来是个精明能干的人，不会不考虑到这点吧？这么一琢磨，考察人员还是怀疑胡局长有作风问题。

　　正在这关系到胡局长仕途进退的节骨眼上，秘书科科长小丁挺身而出，力排众议，抛出了一种奇特说法：胡局长有梦游症！小丁确凿地说："一天深夜，我从朋友家喝酒回来，看见一个人在扫院子。我以为是守门的曹师傅，一看竟是胡局长！我正要打招呼，胡局长摇摇晃晃地上楼去了。第二天，胡局长让我查查，谁昨晚默默做好事打扫院子了。我说：'查什么呀，我昨晚亲眼看见你打扫院子了！'胡局长一愣：'别瞎说，我昨晚头疼，看完《新闻联播》就睡了，我的魂去打扫院子了？'我猜想，胡局长大概有梦游症，他自己还不知道吧？我留心观察了几天，果然又发现胡局长深夜爬起来打扫院子了……"

全局哗然，连胡局长本人也瞠目结舌，但转念一想，暗自高兴：这小丁真聪明，关键时刻救了我呀！只有梦游能掩饰那次丑闻，堵住倒胡派的嘴巴，排除上级的疑心，这主意太妙了！果然，组织部考察人员认为这一说法合情合理，便把胡局长患梦游症、误闯女秘书的房间一事作了结论，打道回府。在换届选举中，胡局长又当选了局长，秘书科科长小丁也顺理成章地当上了办公室主任。

一次，酒酣耳热之际，铁哥们问小丁："胡局长真的有梦游症吗？"小丁没答，而是讲了一个古代故事："从前有一位独眼国王，叫画家给他画像。第一个画家如实画下了国王的独眼，国王恼羞成怒，把画家杀了。第二个画家不敢把国王画成独眼，而把两眼都画得炯炯有神，国王认为这是故意戏弄他，也把画家杀了。第三个画家苦心孤诣，把国王画成狩猎姿态，闭起一只眼瞄准猎物，这一开一闭正好掩盖了瞎眼的弊端，又宣扬了国王的威武，使国王大喜，画家因此获得重赏。"铁哥们恍然大悟："哦，你编造的梦游症正好巧妙地掩盖了胡局长的丑闻，又凭空宣扬了胡局长深夜扫院子的美德，一举两得呀，难怪胡局长要提拔重用你！"

小丁忽然沮丧地说："最近胡局长挺烦我的。"铁哥们纳闷："你咋得罪他了？"小丁喟叹："唉，最近上级组织局级领导出国考察，单单没让胡局长去，一问理由，上级说他患有梦游症，怕他出国梦游会出事，就不敢让他去了。胡局长哑巴吃黄连——有口说不出，就冲我撒气发火，我这几天正躲着他咧！"

高老夫子

　　高老夫子并不太老，刚逾知天命之年，只是夫子气太重，太迂腐。他酷爱《三国演义》，沉溺《水浒传》，痴迷《红楼梦》，醉心《聊斋志异》，尊称这四书为人生四味，一生读这四书足矣，快哉！高老夫子从少年时就钻入了四书围城，就连"文革"风暴也没惊醒他的读书梦。他当了逍遥派，装病躲进深山亲戚家里，倚着柴扉石碾读，伴着明月松涛读，品着粗茶烧酒读。直读得眼昏头秃，身似野鹤，心如闲云，浑然不知人间烟火味。

　　高老夫子至今独身。他年轻时谈过几次恋爱，不是人家姑娘被他的酸腐味气跑了，就是他用四书将人家姑娘考跑了。他约会时要人家姑娘说出红楼金陵十二钗与水浒一百单八将，背出诸葛亮前后出师表和宋江醉书在浔阳楼上的反诗，你说够呛不够呛？这种怪癖，注定了他要打一辈子光棍。

　　高老夫子自学成才，被 W 大学破格聘为讲师，因没文凭，没专著，他当了十几年的讲师也没被评上副教授。但他的课讲得极好，就连博士生导师也不敢小觑他。一次，一位博士生导师误以为高老夫子在课堂上讲的一个学术观点影射了他，恼羞成怒，赌气要与高老夫子决斗。决斗的方式不是耍拳舞剑，而是打擂台背红楼。学生们闻讯蜂拥而至，将阶梯教室挤得水泄不通。决斗的结果是，博士生导师与高老夫子握手言和。博士生导师还力荐高老夫子破格提升为副教授。

　　高老夫子喜写词，尤其喜写《满江红》《沁园春》《贺新郎》《水调歌头》等词。他写的词不拿出去发表，也不与人唱和交流，仅供自娱自乐，且用小楷抄在宣纸上，密藏在皮箱里，据说他嘱亲友待到他离世后为他做一个诗冢。

　　近年来，高老夫子忽然热衷于写《蝶恋花》《虞美人》《踏莎行》《点绛唇》等词，原来，他爱上了他的女弟子、上师训班的中学老师虞。虞也喜读四书，喜写诗词，虽徐娘半老，但风韵犹存。一个秋风秋雨愁煞人的黄昏，虞约见高老夫子，将一大摞爱情诗词还给了他，含泪说道："请原谅，我考虑了好久，还是没有勇气嫁给你，我们不能老是生活在四书和诗词里……"

　　虞决定嫁给一位老华侨，他有高老夫子所没有的轿车、别墅、家产和地位。高老夫子不惊不惧，无悲无怨，静若秋水般说："做不成伉俪，就做诗友吧！也好，在一起生活了，人间烟火味会毁了诗情才气的。我别无他求，只希望咱们继续寄诗唱和，切磋诗艺。"

高老夫子频繁地与虞通诗信。老华侨娶少妻，疑心重醋意浓，对虞盯得紧，见虞的来信多，就偷拆了几封，见是诗词，虽没淫词艳语，但字里行间蕴藏的男女之情，稍加琢磨还是能够破译的。老华侨把这些诗信当作"性骚扰"的罪证，拿到学校来告状。

老华侨是重点统战对象，又是市政协常委，位尊言威。校长诚惶诚恐，急召高老夫子训话。高老夫子一脸不屑，嗤之以鼻："什么性骚扰？谈诗赏词犯了哪条王法？"校长声色俱厉："你要端正态度，深刻反省，从明天起，停职停薪，几时写出悔过书，向人家负荆请罪求得宽恕，几时再来上班！"

士可杀，不可辱。高老夫子一怒之下，喝得半醉，登上了学校最高的教学楼顶，欲跳楼自杀。全校大哗，观者如云。高老夫子振臂怒呼："我冤枉呀！我是清白的！我没搞性骚扰！我写的不是淫诗艳词，是艺术品！不信，我背给大伙听听，评评！"他一口气背了几十首，仿佛在搞个人诗词朗诵会，不时激起人们的喝彩和掌声，好多人还掏出笔纸飞快地记录着。

校长闻讯赶来了，焦急地大喊："我冤枉你了！你下来吧！"高老夫子摇头："不！我不信你的话……"虞也踉跄而来，扯嗓疾呼："你下来，我……我答应嫁给你！"高老夫子更摇头："不！那样我更是难洗清白！"虞沉思片刻，呐喊："你下来，我又写了一首好诗！"高老夫子一愣，喊："你念给我听听！"虞呼："我是写给你的，怎好念给大伙听？"高老夫子喊："君子坦荡荡，念！"虞执拗地答："你不下来，我决不念！"对峙了好一会儿，高老夫子缓缓走下楼房，走近虞，说："好诗呢？"虞猛地扑上去，狂吻起高老夫子，喃喃道："我可爱的老夫子，这就是我献给你的最好的诗！"

印 石 缘

　　石老师在县城中学教化学，业余爱好印石篆刻。石老师看到好的印石，就如痴如醉，尽管薪水不丰、囊中羞涩，但仍东借西凑想法买到手。一次，石老师看中了一方鸡血石，魂牵梦绕，仿佛害了相思病，终于偷卖了妻子的手镯买了鸡血石。

　　他妻子早就对石老师的印石癖积怨怀恨，手镯是导火索，夫妻之间倏地爆发一场家庭战争。妻子伤心绝望地说："你跟你的印石去过日子吧！"然后以一纸离婚诉状告上法庭。不久，石老师气喘吁吁地扛着沉甸甸的樟木箱，住进了中学实验楼不足四平方米的楼梯间。那樟木箱里装满印石，石老师在离婚分割财产时什么也没要，就要了这箱印石。

　　县城里有个印石协会，每年要组织几次欣赏研讨交流联谊活动。石老师在一次研讨会上结识了吕女士。吕女士大学毕业时跟随男友去了北方一座石油城，几年前一场车祸夺去了她丈夫的生命，她悲恸欲绝，万念俱灰，离开了那座令她永远心痛的城市，回到了故乡小城。吕女士的丈夫生前是个印石迷，她千里迢迢地背回了丈夫的遗物——一箱印石。每当夜深人静、辗转难眠时，吕女士抚石思人，哽咽泣诉，泪湿衣襟。被思念亡夫之情所驱，吕女士不知不觉地迷上了印石。

　　石老师默默地爱上了吕女士，他日思夜想，神魂颠倒，几次欲言又止、欲书又罢，怕火候不到，冒昧行事，会弄巧成拙，闹得彼此尴尬。石老师忽然心生一计，刻了一方印章给吕女士，印章上只有一个字：路。意即投石问路。吕女士心如明镜、情若冰雪，一看就明白。她回送石老师一方印章，也在印章上刻了一个字：顽。意思是说：我是顽石。石老师心头一喜：有回应，就有希望！石老师又用鸡血石刻了一方印章送她，这次刻了两字：精诚。取"精诚所至，金石为开"之意。不几天，吕女士也回送了一方孔雀绿印章，上刻两字：古井。意思是：我的心就像死水无澜的古井。

　　石老师真有点灰心丧气了，转念一想，好事多磨呗！只要心诚，石头也能开花，古井也能涌泉。石老师第三次送石印，上刻三字：癞蛤蟆。有两层寓意：一是"癞蛤蟆想吃天鹅肉"的自谦自嘲，二是我愿做一只癞蛤蟆，永远蹲在你的古井里。吕女士收到这方石印，笑了。她迅即回赠一方石印，上刻三字：丑小鸭。意思是说：我不是天鹅，而是丑小鸭。石老师的眉头舒展、心湖荡漾，思忖：吕女士的心开始复苏了！原是死水无澜的古井，现在是"白毛浮绿水，红掌拨清波"的丑小鸭啦！石老师夜不能寐，治印一方，上刻四字：春江水暖。取"春江水暖鸭先知"之诗意。吕女士欣然挥刀，刻石回赠，也是四字：寒江钓翁。取"孤舟蓑笠翁，独钓寒江雪"之诗意。石老师如醍醐灌顶，豁然开朗：吕女士是暗示我在"千山鸟飞绝，万径人踪灭"的境况里，孤守自己的信念，独钓自己的希望呀！这希望里自然也包含着爱情。

石老师与吕女士之间的独特情书——印石传情播爱了五年，终于使顽石点头，古井生波，两人结为伉俪，印石缘在小城传为佳话。每逢两人的生日和结婚纪念日，两人仍以印石表明心迹，抒发情愫。现在，他们买印石时，总选那些长形的，因为要刻的字越来越长了，譬如"但愿人长久，千里共婵娟"，"在天愿作比翼鸟，在地愿为连理枝"，"两情若是久长时，又岂在朝朝暮暮"。

石老师与吕女士有了一双龙凤胎儿，男孩取名石磊，女孩取名吕品。小城人都说，龙凤胎儿的名字起得怪兮兮、文绉绉的。石老师和吕女士最大的心愿，就是在晚年时办个家庭印石收藏展览室。

一 笑 了 之

　　兰亭先生是个散淡的人，脾气好得像婆娘。当然是那种贤妻良母、低眉顺眼的婆娘，不是那种河东狮吼、总想骑在男人头上拉屎拉尿的悍妻泼妇。兰亭先生的为人处世哲学就是与世无争，凡事忍让，一笑了之。兰亭先生把"一笑了之"当作人生座右铭，写成条幅挂在中堂上，刻成印章盖在书画上。

　　兰亭先生过去有个很铁的画家朋友徽，他们常在一起饮酒品茗、画画吟诗、推心置腹、肝胆相照。"文革"中，朋友徽为保全自己的政治生命，把兰亭出卖了，几句酒后牢骚成了铁板钉钉的"恶攻"罪行，兰亭先生为此蹲了八年冤狱。兰亭先生平反昭雪后，还当上了书画界的权威人士。有人挑拨道："你现在有权有势了，把徽整治整治，出出冤气！"兰亭先生一笑了之："大难临头，连夫妻都各自逃命，何况朋友？算了算了，冤家宜解不宜结。"

　　兰亭先生的老婆在他蹲冤狱的时候闹着离了婚，嫁给一个造反派头头。兰亭先生出狱之时，造反派头头因武斗，蹲了大狱。兰亭先生的前妻跑到兰亭先生的住处痛哭流涕，哀求饶恕，说造反派头头骗她说，只要嫁给他，就可帮助斡旋让兰亭先生免受铁窗之苦。没想到那坏蛋是个大骗子。若兰亭先生不肯饶恕她，她就当着兰亭先生的面跳楼自杀。兰亭先生心一软，拉住了欲扑向窗口的她。亲戚朋友都悄悄提醒兰亭先生："那女人很势利眼的，你别被她的谎言与眼泪迷惑住了！"兰亭先生一笑了之："女人嘛，头发长见识短，不能用君子标准严格要求她。她说的过去的事也许是谎言，但今天的眼泪一定是真的。她又不是演员，不伤心是流不出眼泪的。就冲这忏悔的眼泪，我也得饶恕她……"

　　兰亭先生有个得意门生松，是他上神农架林区写生时"捡"来的。松是业余绘画爱好者，专画神农架风景，不慎跌下崖伤了腿。兰亭先生发现了松，把松背出了深山，从此师徒结缘。松在兰亭先生的传授下，绘画技艺进步神速，以一组神农架风景画轰动画坛，并荣获全国美术展览会金奖。在一次绘画理论研讨会上，松以"我爱我师，更爱真理"的气魄向兰亭先生"开火"。朋友们对松的"忘恩负义""目中无人""高傲轻狂"极为不满，在兰亭先生面前谴责松。兰亭先生一笑了之："松没有什么错。我很高兴他超过我，我也很喜欢松的轻狂劲，

'目中无人'不要紧，只要目中有艺术。"

兰亭先生的女儿与一位青年画家同居了，未婚先孕，哪知青年画家又交新欢，去了南方。兰亭先生的老婆恨得牙痒痒的，叫嚷道："跑了和尚跑不了庙，找他父母扯皮去！"兰亭先生一笑了之："本来就丢丑了，哪还有脸再去扯皮惹羞辱？没有缘分，早分手比迟分手好！一切随女儿的便，生下来行，堕胎也行！"

兰亭先生的儿子经常偷父亲的画去拉关系走后门，或换些钱挥霍潇洒，兰亭先生睁只眼闭只眼，也一笑了之。一次，朋友悄悄告诉他，当地一位既贪财又贪色的官员家里挂着他的画。兰亭先生大吃一惊，猜想八成是儿子偷去送的。这次兰亭先生没有一笑了之，冲着儿子咆哮如雷："你他妈不要脸，老子还要脸呀！我的画挂在这种人家里，真是亵渎了艺术，腌臜了我的名声！你不去讨回来，老子去讨！讨不回这幅画，老子跟你门槛上剁甘蔗——一刀两断！"

沈教授之死

沈教授是 W 大学研究《楚辞》的专家，他的新著《楚辞新注》在学术界引起强烈反响。M 出版社闻讯欲出版这一新著，但磨磨蹭蹭了一年多，新著仍没付梓。沈教授很着急，便去出版社打听消息。

M 出版社老总热情接待了沈教授，面有难色地喟叹："近年来出版社效益每况愈下，亏损严重。不是我们不愿意出这么好的学术论著，而是实在力不从心呀！我们正想找您商量，看您有没有门路和经济实力，能包销四五千册，我们就敢开印啰！"

沈教授说："我一介书生，清贫度日，哪来的门路和经济实力？"

老总点拨道："沈教授，据我所知，您的许多学生在做官、做生意，就是做学问的学生也能帮得上您的忙呀！他们向学生们推销您的书还不是轻巧的事吗？"

沈教授说："这……叫我怎么好意思向学生们开口？我这副老脸往哪儿搁？"

老总见沈教授不愿觍着老脸去求学生，就另辟蹊径："要不这样，沈教授，这书我们赔本出，您呀，再给我们写本畅销点的书……"

沈教授闹糊涂了："我是研究《楚辞》的，咋能写得出畅销书？"

老总诡谲地一笑："您呀，就写一本《屈原外传》或《屈原情史》什么的，写屈原与楚王妃郑袖有暧昧关系而被放逐的绯闻，写屈原与学生宋玉为争夺侍女婵娟而决斗的艳事，写屈原在流放途中单相思绝色湘女神情恍惚而投汨罗江……"

沈教授紧蹙眉头，压抑着心中怒火说："我提醒你们，屈原在老百姓心中的分量是很重很重的，这样冒天下之大不韪，肆意朝屈原身上泼污水，是会触犯众怒、引起民愤的！这种昧良心的事我不能做，也劝你们不要出这种乱七八糟的书！这种书也不可能畅销！"

老总十分尴尬："哦哦，那就算了……我们只有表示遗憾！"

沈教授把《楚辞新注》拿回来了。五年间，这本书稿又辗转游历了四家出版社，都因怕赔本而搁浅了。沈教授欲哭无泪，仰天长啸，真恨不得将这呕心沥血十余年的书稿付之一炬，然后也像屈原那样去投江自杀！

事情突然有了转机。沈教授的研究生贾小岛，没毕业就弃学经商，当上了楚天公司总经理。贾小岛听说沈教授的书稿出版屡屡受困，愿慷慨解囊，资助出版。

沈教授想起来了，贾小岛是他的得意门生，要是闭门潜心做学问，将来一定有造化，可惜他财迷心窍，执拗地退学下海了。沈教授当初恨铁不成钢，气愤地把贾小岛骂了个狗血淋头。现在，要接受他的捐助出书，还真不好意思咧！

捐款签字那天，贾小岛向沈教授提了一个条件："楚天公司在蒲圻赤壁雪峰山建有度假别墅和避暑山庄，为了扩大知名度，招揽游客，我们想请您这位《楚辞》专家帮我们宣传一下……"

沈教授如坠云里雾里："我咋个给你们宣传？关于赤壁之争的文章，你们可找研究《三国演义》的专家去做呀，谈《三国演义》，我可没有发言权！"

贾小岛说："赤壁之争的文章已做到头啰，谁不知道黄州为文赤壁，蒲圻为武赤壁？现在要做新的爆炸性文章，制造新热点和轰动效应。我们想在屈原身上打打主意，杜撰一个传说：屈原是在赤壁投江的，或说屈原上雪峰山做了和尚……"

沈教授瓮声瓮气地说："贾小岛，你是学《楚辞》的，应知道屈原投汨罗江已有定论，咋能随便乱改呢？"

贾小岛振振有词："古为今用嘛！李自成明明死在湖北通山九宫山下，可湖南人硬是把他考究到湘西半夹山去当了和尚。咱也学学这一手，把咱湖北老乡屈原从湖南汨罗江争回来！他凭什么要死在异乡？老师，以您的名气做出这篇文章，一定会引起学术界大轰动，尤其是湖北人会感谢您！"

沈教授气急攻心，当即就栽倒在地，一命呜呼了。沈教授的遗著《楚辞新注》终于出版了，不过在书尾缀了一条不光彩的狗尾巴，那就是贾小岛代笔的伪作《屈原之死新探》……

瘦　驴

　　李白骑着一头瘦驴慢悠悠地进了长安。长安人一看瘦驴，就睥睨李白。古时以骑马与骑驴来区别身份，骑马者，非官宦即富豪；骑驴者，非布衣即文人。何况骑的是瘦驴，更显其穷酸。李白四处碰壁，盘缠花光了，被客栈老板撵出来，他饥肠辘辘，忧心忡忡。瘦驴两天没吃草料，饿得咴咴乱叫，瘦骨更显嶙峋。好心人劝他，把驴卖给屠宰场，可换几日温饱。李白断然拒绝："宁可饿死，也不卖驴！"

　　瘦驴伴随李白从西蜀到长安，一路生死与共，肝胆相照，曾两次救过李白：一次是李白野宿时遭到一头老狼的偷袭，瘦驴拼命叫醒李白，又用身躯阻挡老狼，被老狼咬伤了腚部；又一次，李白蹚山溪时被急流卷走，瘦驴纵身跳下急流，咬住李白的衣服拽上了岸。人非草木，孰能无情？李白可不愿做卸磨杀驴、忘恩负义的小人！

　　这天，李白骑着瘦驴在长安大街上闲逛，瘦驴忽然撞惊一头白马，骑马人摔下地，龇牙咧嘴地呻吟。骑马人的随从冲上来，揪住李白和瘦驴欲打。骑马人喝令："住手！"他见李白像个秀才，瘦驴上驮满书籍，便询问李白。李白倾诉了闯长安的遭遇，又拿出诗稿给骑马人看。骑马人读到《蜀道难》时击掌惊呼："你真是天上的谪仙人啊！"随即解下佩戴的金龟，拉李白上酒馆换酒喝。骑马人就是太子宾客兼秘书监贺知章。贺知章吩咐随从给瘦驴喂精料，多亏瘦驴才有缘逢李白啊！不久，贺知章把李白引荐给唐玄宗。唐玄宗也惊羡李白的诗才，召他当了翰林。

　　李白当上翰林仍骑瘦驴上朝。官员总拿瘦驴讥讽他，给他起了绰号"瘦驴翰林"。一天，大太监高力士当众嘲笑李白："你的驴瘦得可怜，让人以为天下都在闹饥荒哟！"李白反唇相讥："瞧你肥得可笑，让我明白了为何天下闹饥荒！"高力士气得翻白眼："怎能把我堂堂大太监与你的瘦驴相比，岂有此理！辱人太甚！是可忍，孰不可忍！"高力士怀恨在心，频频向唐玄宗说李白的坏话。唐玄宗器重李白，不理睬。高力士又到杨贵妃面前极力挑拨："李白给你写了一首《清平调》：一枝红艳露凝香，云雨巫山枉断肠。借问汉宫谁得似，可怜飞燕倚新妆。他把你与赵飞燕相比，意在以飞燕之瘦来暗讽贵妃之肥，侮辱你!"杨贵妃信以为真，向唐玄宗大吹枕边风，硬逼着他罢黜了李白。

李白骑着瘦驴出了长安。三年的长安生活，李白和驴仍是那么瘦，那么倔。李白登华山，骑驴过华阴衙门。县吏扭他上公堂。县令怒斥："你是何人，胆敢无礼，藐视公堂?"李白傲然提笔在供状上写道："无姓名，曾用龙巾拭吐，御手调羹，力士脱靴，贵妃捧砚。天子殿前，尚容走马，华阴县内，不得骑驴!"县令大惊，慌忙赔礼："小人有眼不识泰山，冒犯得罪大人了!"县令要宴请李白，想讨李白的诗歌墨宝留作纪念，正巧，瘦驴在县衙门前拉了一堆粪蛋，李白戏谑道："我看，你就把这驴粪蛋留作纪念吧!"县令瞠目结舌。李白哈哈大笑，骑驴扬长而去。

李白骑驴做逍遥游，沿途踯躅细细赏景，看山光水色，听天籁地音，身若闲云野鹤，心如春水秋叶，真是优哉游哉、飘飘欲仙。

这一日，李白骑驴来到安徽泾县桃花潭村，瘦驴病倒了，不吃草料，高烧痉挛。李白急傻了眼，大声呼救："快来人呀! 救救我的驴!"村人闻声赶来围观，或唏嘘，或嗤笑："这驴又瘦又老，有什么好救的? 杀肉煮着吃还抵不上柴火钱哩!"这时，一个叫汪伦的中年人挤上来，对痛哭流涕的李白说: "让我试试看!"汪伦叫来一个帮手，抬起瘦驴回了家。汪伦采来草药熬汤喂驴喝，又拿出腊肉烧酒款待李白。李白很感动，问："你为什么要救我的驴?"汪伦憨厚地说:"我看见你和驴都在流泪，心就软了。真的，我还是第一次看见人驴之间有这么深的感情，连农夫都难得做到啊!"

汪伦回天无力，没能救活瘦驴。汪伦帮李白把瘦驴埋在桃花潭旁，垒了一个坟堆，李白还为瘦驴写了诔文，烧在瘦驴坟前。汪伦沉吟："瘦驴真幸福呀! 遇上这么好的主人!"

第二天，李白乘船去当涂，汪伦把他送到青弋江边，船快开了，李白忽然发现汪伦还在岸上踏歌招手。于是一首《赠汪伦》从心中喷薄而出:

李白乘舟将欲行，忽闻岸上踏歌声。

桃花潭水深千尺，不及汪伦送我情。

这是李白九百多首诗歌中唯一写给农夫的赠别诗，一头瘦驴竟成全了李白与农夫汪伦的友谊，也催生了一首千古流传的诗歌!

草 堂

一场大风袭击了杜甫的成都浣花溪草堂，草堂四周新栽的桃树松树、绿李黄梅、绵竹芭蕉或被吹折了，或被刮跑了，草堂顶上的茅草被席卷上天，漫天飞舞。杜甫一家蜷缩在墙角里，在风雨雷电中瑟瑟发抖。杜甫忧心如焚，一首《茅屋为秋风所破歌》诞生了："……安得广厦千万间，大庇天下寒士俱欢颜，风雨不动安如山？呜呼！何时眼前突兀见此屋，吾庐独破受冻死亦足!"

杜甫在长安求仕无门，困顿十年，好不容易混上一个名为右卫率府兵曹参军、实为看守兵器仓库的芝麻官，又碰上安史之乱，成了乱军的俘虏，险些丢了小命。他脱险后潜奔凤翔投肃宗，被任为左拾遗。不久，杜甫因上书营救被罢相的房琯而触怒肃宗，被贬为华州司功参军。仕途失意，世态炎凉，奸佞当道，杜甫心灰意冷，愤然弃官，携家入蜀投奔故友、四川节度使严武。严武欲送一幢豪宅给杜甫，杜甫婉言谢绝，在浣花溪畔修建草堂定居下来。

杜甫过去往来无白丁，谈笑皆鸿儒，经过安史之乱后，杜甫深深同情百姓，写下了著名的"三吏三别"，从此乐于与百姓交往。在浣花溪畔建草堂后，杜甫与左邻右舍交往颇密，常常与朱山人一起喝酒品茗下棋，跑到黄四娘家去看花观蝶听莺，看吴大鼻子打鱼耕地砍柴，在陶瘸子的指导下开垦药圃、栽种芋栗。朱山人的独生儿子被抓了壮丁，多亏杜甫出面找严武，才被放回来；成都徐少尹的公子踏青赏花时看中黄四娘的小女儿，要强抢去做小妾，杜甫挺身而出斥走徐少尹的公子；吴大鼻子砍柴时摔断双腿无钱医治，杜甫上街卖字画给他请医买药；陶瘸子娶媳妇送不起彩礼，杜甫把刚为富豪人家写诔文赚的润笔费全部送给了他。这次杜甫的草堂被大风破坏了，邻居们自愿前来帮他修缮，朱山人上山割来了茅草荆条，黄四娘连夜搓好了草绳麻绳，吴大鼻子迁来树竹，陶瘸子移来花草……几天工夫，杜甫草堂被修缮一新，比历经秋风浩劫前还漂亮。

不久，成都徐少尹叛乱。早对杜甫恨之入骨的徐少尹的公子率叛兵来捉拿杜甫，幸亏被砍柴的吴大鼻子发现，急忙通报杜甫一家仓皇逃亡。叛兵将杜甫草堂砸了个稀巴烂，临走时放了一把火。多亏邻居们舍身救火，杜甫草堂才没化为废墟。邻居们有钱出钱、有物出物、有力出力，又把杜甫草堂修缮一新，翘盼着芳邻杜甫归来。

　　两年后，蜀中叛乱平定，严武重来镇守四川，辗转流浪梓州、阆州的杜甫又回到成都，被严武推荐任命为节度使参谋检校工部员外郎。劫后归来，杜甫看到由邻居们第二次修复的草堂，感激涕零："真是远亲不如近邻呀!"严武让杜甫一家搬迁到节度使府里去住，杜甫舍不得离开邻居们，婉言谢绝了。

　　第二年，严武病逝，杜甫失去靠山，只好携家离开成都去漂泊。成都一隐士欲出大价钱买草堂，杜甫拒绝了，而把草堂无偿送给了房屋失火无地栖身的吴大鼻子一家。吴大鼻子想到杜甫一路漂泊总得要些盘缠，就把祖传的一只玉镯硬塞进杜甫怀里。杜甫临走时，将那只玉镯悄悄放在了草堂。

　　"飘飘何所似，天地一沙鸥。"杜甫四处漂泊，还惦念着成都草堂的邻居们，经常给其写信嘘寒问暖，寄钱排忧解难。一次，杜甫收到吴大鼻子的信，吴大鼻子唠叨孤苦伶仃的黄四娘经常偷草堂的枣，他想用竹篱笆把枣树围起来。杜甫立即回信，写下一首诗："堂前扑枣任西邻，无食无儿一妇人。不为困穷宁有此？只缘恐惧转须亲。即防远客虽多事，便插疏篱却甚真。已诉征求贫到骨，正思戎马泪盈巾。"杜甫虽然穷困潦倒、饥寒交迫，仍典当衣物寄钱给黄四娘。

　　大历五年（770 年），杜甫在湘江上的一条破船里，于奄奄一息中低诵着："……旧犬喜我归，低徊入衣裾。邻舍喜我归，酤酒携葫芦……"他的妻子俯身贴耳才听清，杜甫念的是他当年重归成都草堂时欣喜写下的一首《草堂》。恍惚中，杜甫仿佛第三次回到草堂，他清癯的脸上浮现出灿烂的笑容，渐渐地，这笑容僵硬了……

琵　琶

　　元和十年（815年），白居易因越职上疏言事，被唐宪宗削去左拾遗之职，贬为江州司马。第二年深秋，白居易送客到浔阳江头，忽闻江上琵琶声，他们乘舟循声寻去，原来是一位当年名扬长安城、老大嫁作商人妇的琵琶歌女。白居易由琵琶歌女的身世联想到自己的处境，感慨万千，哀怨情深："同是天涯沦落人，相逢何必曾相识。""座中泣下谁最多？江州司马青衫湿！"那夜，送走客人后，白居易又折身回到了琵琶歌女的船上。

　　琵琶歌女与楚霸王的红颜知己同名，叫虞姬。虞姬嫁的是茶商，茶商到浮梁贩茶去了。她见江州司马回到船上，这次可没"千呼万唤始出来，犹抱琵琶半遮面"，而是一头扑进白居易的怀抱，悲喜交加，声泪俱下。两人相见恨晚，情意缠绵，一夜巫山云雨，犹如干柴遇烈火，枯苗逢甘霖。清晨，白居易拖着疲惫的身子下船时，虞姬凄婉地叮咛道："霸王，你可要再来啊！"虞姬把白居易当作了她心目中的霸王。她仿佛有一种预感：她的霸王不会再来了！她的心头上有一种浓浓的愁云惨雾笼罩着，宛若当年霸王别姬般的生离死别……

　　果然，虞姬的预感很灵，白居易从此再没上虞姬的船。是生病了，还是出事了？虞姬日夜思念白居易，受不了情感煎熬，便跑到江州衙门去打听，这才知道白居易调任忠州刺史了。虞姬想：他为什么不来告别一声呢？是怕我受不了离别的打击，还是压根儿没把我这个风尘女子放在心上呢？虞姬边弹琵琶，边唱起了白居易写的《琵琶行》。琵琶声伴随着歌声，好似"杜鹃啼血猿哀鸣"。

　　虞姬害起了相思病，坐立不安，茶饭不思，第一次这么深沉痴迷地爱上一个男人。当年在长安城，多少纨绔子弟拜倒在她的石榴裙下，虞姬都没动心过。虞姬只爱琵琶歌舞，只争教坊第一部。虞姬打定主意，沿途卖艺，私奔忠州，去问问白居易到底爱不爱她！要是白居易不爱她，虞姬就砸了琵琶投水自尽。

　　白居易没料到自己会调任忠州刺史，且催他十万火急上任。他本想与虞姬告别，但转念一想：这种风尘女子能重情伤别离吗？别多情反被无情恼！我得考验她一下，等我到忠州安置好了，再回江州来幽会她，她若是还思念着我，就纳她为妾接到忠州去。半年后，白居易来到浔阳江头寻找虞姬，不见她的船，不闻她的琵琶声，一打听，她弃船私奔了，茶商一气之下，把虞姬的船烧了。白居易唱叹："唉，风尘女子哪能不水性杨花？江山易改本性难移呀！"白居易没什么惋惜的，只有一点，那夜他将在虞姬船上即兴写的《琵琶行》赠给了她，却没留底稿，至今时过境迁、物是人非，记忆模糊了，那些佳句再也想不起来了。

元和十五年（820年），穆宗即位，白居易被召回长安，任中书舍人。他惊奇地发现长安歌女都会唱悱恻哀婉的《琵琶行》，比他的《长恨歌》还流行卖座。白居易思忖：难道虞姬又重操旧业了？要不，这首《琵琶行》怎么会流传到京城呢？这么说来，虞姬心中还有我！那么当初她为什么跟人私奔呢？

不久，夔州刺史刘某调任京官，与白居易聚首时忽然问："你是不是与一位琵琶歌女有染？"白居易瞠目结舌："你听谁说的？"刘某说："哦，三年前，有个琵琶歌女踉踉跄跄地跌倒在夔州衙门前，原来她患了恶性疟疾，奄奄一息了，她声称从江州千里迢迢奔忠州找你的，看来没法支撑到忠州了，她托我将她的琵琶转送给你。我以为她是疯言疯语，就没在意，也没派人把琵琶转送给你……"白居易倏地头昏眼花，浑身痉挛，惨叫一声，栽倒在地……

白居易大病了一场，病吃时喊叫着"虞姬虞姬"，他明白了虞姬沿途卖艺投奔自己，该受了多大的苦罪，冒了多大的风险，她沿途唱的《琵琶行》流传到了京城，她却死在了夔州！从夔州到忠州只有百里之遥，她却含恨而去了！是他杀了她呀！是他的偏见杀了她呀！

"天长地久有时尽，此恨绵绵无绝期。"这是白居易的《长恨歌》，白居易的《霸王别姬》……

炸 药

二憨找表哥讨炸药。表哥问："你要炸药干嘛?"二憨说："炸鱼。"表哥在采石场干活,搞炸药是小菜一碟,只要不拿去炸人就行。表哥就给二憨偷偷搞了一小包炸药。二憨说："少了。"表哥瓮声瓮气地说："你要那么多干嘛?莫非拿去炸古墓?那可是犯法的事!别把我牵扯进去背黑锅!"二憨说："我真的去炸鱼,再多搞一点吧!"表哥看二憨那副憨憨的样子,不像是说谎,就答应了。

二憨搞炸药,不是去炸鱼,而是去炸仇人。二憨的仇人是四喜。照说,二憨与四喜是穿开裆裤的好伙伴。后来,四喜进县城开了一家小酒店,人一阔脸就变,回村撞见二憨爱理不理的。脸变不说,心也渐渐变黑了。俗话说,兔子不吃窝边草。四喜连窝边草都吃,连乡亲们都坑。四喜从村里挑了一些女孩,说是去当服务员,实际上是当三陪小姐。二憨的妹妹三丫进城的第三天就出事了。

三丫长得最好看,便被一名温州老板看上了,温州老板让四喜去喊三丫来陪酒。三丫不会喝酒,温州老板又是软劝又是硬灌,就把傻乎乎的三丫灌醉了。温州老板顿起淫心,就在包房里把三丫糟蹋了。三丫苏醒过来,羞愤难当,跳楼自杀了。温州老板吓坏了,拿出一大笔钱,让四喜做伪证,说三丫卖淫,被四喜撞见,四喜训斥了几句,还吓唬她要报警,三丫又怕又羞才跳楼自杀的。

二憨深信妹妹三丫是清白无辜的。二憨到处告状喊冤,但温州老板和四喜花钱行贿、拉关系找后台,三丫的冤案始终悬着,一拖就是五年多。温州老板已逃回温州,四喜也逍遥法外。眼看三丫的冤案不了了之,二憨心冷齿寒,咽不下这口恶气,打定主意:搞一包炸药,把四喜和他的酒店炸了!

二憨把炸药绑在胸前,思忖:进了酒店就把四喜抱住,叫不相干的人快跑,叫四喜的老婆孩子也快跑,只炸四喜和酒店。要是能把那狗×的温州老板一起炸死就好了,可惜让他逃跑了。那就让四喜替他抵罪孽吧!

二憨上了长途汽车。车厢里乘客很多,二憨小心翼翼地保护着胸前的炸药,躲避着烟火与拥挤,生怕炸药意外爆炸,伤害了无辜。二憨心系炸药,没留神汽车猛一颠簸,他闹了个趔趄,倒在一少妇的身上。少妇仿佛遭到强暴似地尖叫起来,然后臭骂,紧接着少妇的男人一拳打在二憨的脸上,二憨的眼睛顿时青肿了，鼻孔淌起血来。凭二憨的身躯和力气，打赢少妇的男人应该没问题。二憨想：一来自己倒在人家女人身上确实输了理；二来自己身上有炸药，怕厮打起来发生爆炸；三来总是要去阎王那里报到的，哪在乎这点委屈侮辱和皮肉之苦？二憨没还嘴，没还手，憨厚笨拙地赔礼道歉。一场风波戛然而止。

半途，突然冲上来五个持刀舞棒的车匪路霸，挨个搜起钱包来。搜到二憨面前，二憨说："我没钱。"车匪路霸吼道："少废话，老实把钱交出来!"二憨说："我真没钱!"车匪路霸骂："他妈的！不给你放点血是不会老实的!"说罢，就在二憨的脸颊上划了一刀，鲜血像蚯蚓顺着脖子往胸脯上流。二憨仍然说："我真的没钱!"车匪路霸怒问："你怀里是什么？快打开看看!"二憨说："不能看!"车匪路霸狞笑："不让看，一定是钱！别他妈的要钱不要命了，再不乖乖拿出来，老子捅死你!"

二憨忽然觉得，生活中还有比四喜更坏的人！二憨改变了主意，装出害怕的样子，支支吾吾地说："我……我怀里绑的都是钱，想进城买……买拖拉机的。你们别杀我，我全给你们，只是绑得紧，车厢里解衣解裤不方便，我跟你们一起下车吧……"车匪路霸见抢到一条"大鱼"，欣喜若狂，簇拥着二憨下了车。

长途汽车开出不远，突然传来一声巨响，二憨拉响了炸药，与团团围住他的五个车匪路霸同归于尽了。

城 市 唢 呐

　　要不是媳妇桂花到这座城市擦皮鞋失踪了，曹大牛今生今世也不会流落在这座城市。本来，曹大牛的小日子过得还算滋润，五亩田地一头牛，老婆孩子热炕头。可恨村里马家老三的媳妇巧珍春节从城里回来神吹鬼诌，说在城市里擦皮鞋能赚大钱，比在乡下脸朝黄土背朝天干农活强百倍，硬是把桂花的心说动了，跟着巧珍闯城市去了。

　　开始半年，桂花还经常寄信寄钱回家来。渐渐地，信和钱稀少了。后来，信钱断了，杳无音信。难道桂花生了重病或受了重伤？难道桂花被人拐卖了？难道桂花负义变心与野男人私奔了？难道……曹大牛忧心忡忡，吃不下饭睡不着觉，就把一对儿女托付给邻居照管，披着唢呐进了城。

　　城市车水马龙，人海茫茫，找一个无固定住所的人谈何容易。一个月过去了，曹大牛的盘缠花光了，眼看要沦为乞丐了，仍没找到桂花的踪影。曹大牛回家去，把一头牛卖了，把两头猪卖了，把三间房卖了，把一对儿女送到姥姥家寄养，二进城市，破釜沉舟要寻找桂花回来。

　　曹大牛终于找到了巧珍。巧珍吞吞吐吐地说，她因涉嫌卖淫蹲了一年女子劳教所，刚刚放出来，也不知道桂花的下落。曹大牛心里一沉：桂花会不会也走了这条沉沦之路？曹大牛到城里几个女子劳教所去查询，没有桂花。曹大牛又找遍了全城的医院，也没有桂花。人们提醒他："也许你媳妇被人拐卖到他乡了，或流落到其他城市了，你老在这城市里咋能找到呢？"曹大牛也想到过此，但他想，与其漫无目标地去寻找桂花，不如在桂花失踪的源头搜寻蛛丝马迹。

　　曹大牛在天桥墩下过夜时，身上的盘缠被丐帮洗劫一空。曹大牛只好靠吹唢呐乞讨度日。曹大牛的唢呐吹得好，城里人喜欢听。曹大牛写了一张寻人启事，贴上桂花的照片，吹唢呐时就拿出来摆上。围观者中，有的唏嘘同情曹大牛的遭遇，有的讥笑曹大牛的老婆一定跟野男人跑了还这么痴情找个屁……

　　一天，一位老奶奶从吹唢呐的曹大牛身边路过，忽然看见寻人启事上桂花的照片，大吃一惊：这照片真像我儿子捡回来的女人呀！原来，老奶奶的儿子是踩三轮车拉客送货的，一天深夜他发现一个女人躺在血泊中昏迷不醒，一看就知道她是被车撞了，肇事司机逃跑了。他把受伤的女人送到医院抢救，女人的命是保住了，但成为植物人。他到派出所报过案，又在报纸上登过寻亲启事，那女人的亲人始终没有露面。他没有钱支付昂贵的住院费，又不忍抛弃那女人，只好把那女人拉回了家，听天由命了。那女人命大，总咽不了气。

曹大牛跟着老奶奶去一看，正是他踏破铁鞋无觅处的桂花。曹大牛把桂花背进了医院。每天，他除了照顾桂花，就上街吹唢呐讨钱。那张寻人启事换成了一张呼救书，他把桂花进城擦皮鞋、被汽车撞成植物人、肇事司机逃跑、好心的三轮车夫搭救、他两次进城寻妻及卖艺救妻的经过写得悱恻动人，呼救书上贴着桂花的病历和她躺在病床上的照片，不由得众人不相信。遭遇悲惨，唢呐动听，曹大牛每天讨的钱勉强能糊口和维持桂花的住院费。

我遇到曹大牛时，他刚吹完一支很欢快的唢呐曲。我问："你吹的是《小开门》吧？"曹大牛惊喜："你咋知道？"我说："我下乡时跟房东大爷学过吹唢呐。"曹大牛把唢呐递给我："过过瘾吧！"我说："当年学个半瓢水就回城了，20年没吹它，早忘光了。"我掏出一张大钞票点吹《将军令》，曹大牛吹得激越雄浑，我听得壮怀动容。我赞叹："你算得上是民间艺人呀！你可以靠这把唢呐在城市里长期混下去……"曹大牛流着泪说道："不，我爱唢呐，更爱土地，等桂花一醒过来，我就带她回家种地去！"

乡村唢呐手

在柿坡乡，有两个有名的唢呐手。一个专吹喜乐，一个专吹丧乐。专吹喜乐的叫金锁，外号"铁嘴"；专吹丧乐的叫铁蛋，外号"铜腮"。

两个唢呐手在同一个村，金锁住村东头，铁蛋住村西头。他们的唢呐手艺是一个师傅教的，分工也是师傅授意的。师傅说："同行是冤家，分了工，谁也别抢谁的饭碗，别坏了规矩伤了和气。"两个唢呐手都把师傅的话当作圣旨，恪守规矩。请他们的户主也有讲究，不可乱来，比如办喜事的，请来专吹丧乐的铁蛋，不吉利；办丧事的，请来专吹喜乐的金锁，犯忌讳，即使是老辈人的喜丧也不妥当。

这世上，办喜事的总比办丧事的多，何况生子、做寿、盖房、买车、竣工、办厂、开业、上大学、参军、招工、升官等都可归为喜事。因而金锁的生意比铁蛋的要好得多，金锁忙得屁颠颠的，经常把腮帮子吹肿了；而铁蛋闲得无聊，不是躺在山坡上晒太阳，就是吹着唢呐撵着老狗逗乐。铁蛋不嫉妒，不怨天尤人；金锁不得意忘形，他怜悯、救济铁蛋，总是把出去吹喜乐赚来的好酒好烟拿来与铁蛋分享。

一晃，金锁和铁蛋都成了花甲老人了，吹起唢呐来也显得中气不足、力不从心了。过去，金锁可以行云流水地吹完《凤还巢》，如今总在高潮处塌音走调；昔日，铁蛋能一口气吹完《小寡妇上坟》，现在得歇三歇。金锁与铁蛋在清风明月下对饮时，不由得慨叹："毕竟年岁不饶人哇！该收徒弟了！"

金锁四十多岁时还在打光棍，近五十岁才娶了一名从河南逃荒来的寡妇，生下一个"秋葫芦"，取名小锁。铁蛋一生未娶，从小镇上捡回一弃婴，抚养成人，叫大牛。金锁说："我家小锁脾气倔，我管不了，也教不好，就送给你管教吧，让我来收你家大牛当徒弟。"铁蛋知道金锁故意照顾他家的饭碗，说："老兄，何必这样呢？你的好心我领了，我还是自己教自己的儿子吧！"金锁犟脾气犯了，说："不行！我宁肯让手艺荒废掉，也不会教自己的儿子！"

第二天清晨，金锁领着儿子小锁提着烟酒来敲铁蛋家的门，小锁跪地就拜师傅。铁蛋无奈，也只好拽过大牛，让他跪在金锁面前拜师傅。

金锁和铁蛋都拿出看家本领教徒弟。三年后，小锁与大牛都满徒出师了。小锁吹的《小寡妇上坟》呜咽悲切，把铁蛋的心吹得一颤一颤的；大牛吹的《凤还巢》热烈欢快，把金锁的眉吹得一抖一抖的。两家合办了满徒谢师酒宴，金锁和铁蛋一合计，从此"封嘴"，让徒弟们出山。

不久，柿坡乡首富、运输专业户胡老板休老妻娶新妇，请金锁去吹喜乐。金锁谎称有病，就让大牛去了。胡老板一看来的是金锁的徒弟，心里很不高兴，又听说这徒弟竟是专吹丧乐的铁蛋的儿子，便恼羞成怒："妈的，这太不吉利了，明摆着是欺负人呀！"胡老板便吆喝几个喽啰把大牛的脸捆肿了，唢呐砸瘪了，放狼狗咬得他狼狈逃窜。

几天后，万乡长的老母死了，要出大殡，请铁蛋去吹丧乐。铁蛋的牙病犯了，腮帮肿得厉害，连说话喝水都困难，哪能吹唢呐？就喊小锁去吹丧乐。万乡长一看来的是铁蛋的徒弟，觉得很丢面子，阴沉着脸，眉头紧蹙，青筋偾张，但碍于身份，不便发作。万乡长的老父一看来的是专吹喜乐的金锁的儿子，咆哮如雷，把小锁骂了个狗血淋头，奋力夺过他的唢呐扔进了院子前的臭水沟。

从此，柿坡乡人无论是办喜事，还是办丧事，都不请金锁、大牛与铁蛋、小锁，宁可跑远路，花高价去请外乡的唢呐手。

墓地上的婚礼

急促的敲门声，将秋妮惊醒了。秋妮以为是男人根娃卖菜回来了，开门一看，是大汗淋漓、气喘吁吁的辣椒嫂。辣椒嫂说："根娃……出事了！"秋妮问："遭人抢了？跟人打架了？"辣椒嫂说："在柿坡桥被汽车轧死了……"秋妮仿佛猛遭雷击，踉跄几步，辣椒嫂忙把她搀扶住。秋妮猛地挣脱辣椒嫂，发疯般地往柿坡桥跑去。

柿坡桥旁，翻了一辆卡车。根娃躺在血泊中，脑袋压扁了。肇事司机也受了重伤，满脸鲜血，卡在驾驶室中呻吟着。愤怒的村民们将司机生拖硬拽了出来，正你一拳我一脚地痛打。司机抱着脑袋蜷缩成一团在地上痛苦地打滚、求饶。

秋妮停止了号丧，跑过去阻拦失去理智的村民们："别打了！别打了！把他打死了，能让根娃复活吗？人家不小心轧死人没死罪，咱们故意打死人是要偿命的！求求你们别给我帮倒忙了！"村民们愣住了：这婆娘说话在理！司机轧死人由政府治罪，擅自打死他就没理了，犯法了。村民们纷纷停止了手脚和棍棒。

秋妮瞧司机的脑袋在流血，右腿好像也骨折了，忙吩咐村民们去拦过路的汽车送医院抢救。村民们嘀咕："这婆娘是不是急疯了？咋胳膊肘往外拐？他轧死了你男人，就是冤家仇人，不打死他就算积德了，还要救他？"村民们袖手旁观，说风凉话。秋妮沉思片刻，说："求求你们帮个忙，他要死了，我找谁去讨赔偿费？"村民们豁然：这婆娘临危不乱，挺有主见，了不起！不像有些婆娘遇到这种天灾人祸就乱了方寸，只晓得傻哭、死号！村民们拦了一辆汽车，将司机送到医院。

在医院急诊室里，医生要先交钱后抢救。司机昏迷了，搜遍司机的全身，只搜出几十元钱。医生嗤笑："这点钱，还不够给他包扎伤口的费用哟！"秋妮说："我来垫上！"村民们劝她："万一他死了，你不白破费了？别犯傻了！"秋妮说："不救他，谁赔我钱？用小钱换大钱吧！"村民们唏嘘："这婆娘豁出去了，在下赌注咧！"

司机进了手术室。又冒出难题：司机急需输血，医院血库却缺血。司机气息奄奄、危在旦夕。医生问村民们："你们是他的家人朋友吗？能不能输血救他？"

村民们面面相觑，纷纷往后躲。秋妮毫不犹豫地捋起袖子："抽我的吧，我是 O 型血。"医生以为秋妮是司机的妻子，知道真相后感慨万千："我接诊的车祸伤员不少，跑到医院来扯皮打架的太多了，还没见过像她这么善良宽容、通情达理的女人！"

司机叫牛汉，退伍兵，贷款买卡车跑运输，因疲劳过度而打盹肇事。家有多病的老母和年幼的妹妹。秋妮在事故调解时噙泪说："人死了，要钱有什么用？他家那么穷，咋忍心逼他赔钱？一家不幸算了，咋能叫两家都不幸？"秋妮硬是没要牛汉的钱。牛汉跪在秋妮面前哭了："姐姐，我的好姐姐……"

牛汉拜秋妮为干姐，春种夏忙秋收，经常来秋妮家干农活。秋妮的公公患癌症住院，秋妮不方便照料，多亏牛汉像亲儿子般陪伴半年，送菜送饭，擦屎接尿，直至送终。祸不单行，秋妮积劳成疾，得了肺结核病，住进了医院。牛汉不怕传染，日夜守在干姐的病榻旁照顾，体贴入微，人见人夸。一天，新来的病人冒昧地对秋妮说："你爱人对你真好！"秋妮面红耳赤："他是我干弟……"牛汉在一旁听见了，诡谲地做了一个鬼脸，索性戳破了这层窗户纸："迟早是爱人嘛！干姐，出了院，我就娶你！"秋妮嗔骂："讨厌！再胡说，我不理你了！"

秋妮出院后，牛汉真的叫媒人来提亲。秋妮冷着脸说："他是小伙子，我是寡妇，还大他一个放牛娃，咋般配幸福？他这是可怜我！再这样，我不认他这干弟了！"媒人回去传了话，牛汉不气馁，跑来跪在秋妮面前求婚。秋妮为了让他死心，顺手抓起一瓶农药吓唬他："你再胡闹，我就……死给你看看！"牛汉手疾眼快，扑上前抢过农药瓶，反要挟她："你要不答应嫁给我，我也……死给你看看！"话音刚落，他一仰颈，咕咚咕咚喝起来。秋妮没拦他，哭了。牛汉没倒，嘀咕："怎么像酒？"秋妮破涕为笑："本来就是酒！"牛汉急了："你骗我？你以为我不敢喝农药？你要不答应嫁给我，我去买瓶真农药喝给你看看！"轮到秋妮急了："别真喝了，我答应你……"

根娃忌日满三年后，秋妮与牛汉在根娃的墓地上举行了婚礼。

牛　二

　　牛二是牯岭乡的头号刺头、刁民。这小子一不偷抢，二不拐骗，三不打架，四不奸淫，就是爱当出头鸟，与乡村干部作对。牛二高中毕业，能说会写，又当过几年兵，见过大世面。要不是违反军纪与驻地女子谈恋爱，牛二就会入党、进军校，转业回乡也会捞个乡村干部当当。可惜，他家的祖坟没被鸡扒动猪拱动，牛二复员回乡来，仍当泥腿子，与他恋爱了五年的桂花姑娘大失所望、心灰意冷，抛弃了牛二，嫁给了牯岭乡刚死了老婆的吴副乡长。

　　一天，吴副乡长坐着吉普车下村检查工作，轧破了侯三家正在抽水的塑料水管。侯三见是官车，连屁都不敢放一个。牛二知道了，就去替侯三打抱不平、讨个公道。村干部正在小酒店里用八盘十碟款待吴副乡长，牛二闯进去了，要吴副乡长赔塑料水管钱。村干部们面面相觑、瞠目结舌。吴副乡长恼羞成怒，吼道："你给我滚出去！"牛二不但没滚，还冲上去把酒宴掀翻了……

　　牛二掀吴副乡长的酒宴的消息不胫而走，传得沸沸扬扬。牛二名声大噪。乡村干部视他为刺头、刁民，山民却把他当作救星，有什么冤屈事都找他诉苦求援。

　　几位农民在牯岭乡种子站买的玉米种子只长秆不结棒，因为种子站站长的姐夫是副县长，农民告状无门。牛二给他们代书状纸，直接寄给了地委书记。地委书记亲自过问此事，农民的官司打赢了，获得了赔偿。

　　不久，牯岭乡政府想盖办公楼，就悄悄地在水利提成款上"搭车"，每亩多收五元钱。村干部收到牛二名下，牛二狐疑："咋比去年涨了五元钱？"村干部知道他是刺头不好惹，就打马虎眼："乡里叫咋收就咋收，你要不想多交就算了，别嚷嚷！"牛二明白个中一定有猫腻，偏要满世界去嚷嚷，鼓动山民们拒交"搭车"费。乡政府以"煽动抗税"罪把牛二抓去关押起来，打得遍体鳞伤。牛二事先料到会遭到报复，写好了一份揭发材料，在被抓走前交给妹妹，叮嘱妹妹他若回不来了就把揭发材料发出去。这份揭发材料寄到了省报，省报派来了记者采访调查，救出了牛二，把牯岭乡政府变相加重农民负担的事曝了光。

　　后来，牯岭乡又爆出"贿选"丑闻，吴副乡长在乡政府换届选举前夕，唆

103

使喽啰走村串户送红包拉选票。牛二在一次喜宴上偶然听见某醉汉的呓语，就秘密进行调查取证，终于将吴副乡长拉下了马。丢官后的吴某与牛二在牯岭上狠狠干了一架，两败俱伤。吴某讥笑情敌牛二："你不就是为了桂花报复我吗？其实，我已经玩腻了她，跟我打一声招呼，我把她让给你得了，何必断我的官路哟！"牛二奋力一拳，砸在吴某的脸上，吴某顿时鼻血喷涌、门牙脱落。牛二咬牙切齿地说："这一拳是替桂花打的！"

后来牯岭乡调来一位新书记。乡村干部都提醒新书记，牯岭乡的牛二是个危险人物，几届书记乡长都栽在他手里，得提防他！新书记是个《水浒》迷，深知"招安"的奥妙，授意把牛二选为村主任。

牛二当上村主任后，一来村务缠身，无心管闲事；二来身份地位变了，不便管其他村的闲事，怕影响村与村之间的关系；三来尝到了当官的苦乐滋味，就滋生了惺惺相惜、官官相护的思想，对乡村官场上那些猫腻事也就睁只眼闭只眼了。渐渐地，牛二也用村款大吃大喝，也乱向农民摊派收费，也带头闯进超生户家里牵牛拽猪、抬柜搬箱，也学会在上级面前吹牛浮夸了，也在换届选举前夕提着烟酒揣着红包往书记乡长家跑……

山民们慨叹："牛二变了！多好的人咋一当官就变坏了呢？"

六 指

六指是魏大林的绰号，因他从娘肚子里出来时右手有六指而得名。

六指上小学时，家里穷，买不起文具盒。一次，六指看中了一位同学的文具盒，他在上体育课时假装上厕所，从操场上旋风般跑回教室，将同学的文具盒偷到了手。活该六指栽，这一幕刚巧被巡查的校长撞见了。要不是六指的娘一把鼻涕一把泪地跪在校长面前求情，六指肯定会被学校开除。六指从此落下"小偷"的臭名。同学们讥笑他："天生就是当贼的，要不怎么生出六指？"

六指读中学时，白老师的一支钢笔不翼而飞了。白老师是个刚从县城分配来的女师范毕业生，钢笔是男朋友送给她的信物，丢失了后她心疼得要命，眼里噙着泪花。同学们的目光齐刷刷地射向六指，六指急忙申辩："我……我真的没拿……"几位男同学怒不可遏，冲上去将六指按住，搜遍了他的全身和书包，没搜出赃物。同学们背后议论："肯定是六指偷了钢笔藏起来了！"白老师也将信将疑，虽奈何不了六指，却少不了冷言冷语、含沙射影。六指感到压抑难受，就辍学回家种地。

那个年代，口粮很紧张，社员们饿疯了，就偷瓜摸豆。一天，生产队丢失了一小袋黄豆，治保主任怀疑是六指偷了。村支书问："有证据吗？"治保主任说："六指在学校里就偷过东西，瞧他那六指就像个天生的贼！"村支书叮嘱："不能乱猜疑冤枉好人，要有证据！"治保主任诡谲地一笑："我会找到证据的！"治保主任将六指吊打了半夜，六指宁死不招。治保主任气急败坏，又给六指灌了辣椒水，六指上吐下泻，治保主任蹲在地上仔细扒那一大摊污秽物，也没扒出一点黄豆末来。

六指的名声坏了，家境又穷，快三十岁了还是光棍，没有姑娘愿意嫁给他。后来，靠山屯有位寡妇愿意招六指当上门女婿，六指万般无奈，灰溜溜地卷起铺盖去了靠山屯。六指后来成了养貂专业户，富得流油，人模狗样风光得很。但想起往事，六指就耿耿于怀、闷闷不乐。老婆揶揄他："咋还记恨着那些陈芝麻烂谷子的事呀？你就别憋在心里，自己跟自己过不去了！就算你当年有小偷小摸的毛病，那也是穷逼出来的，怪那个年代不好。当初我就没嫌弃鄙夷你，靠山屯人也没讥笑欺负你。"六指瓮声瓮气地说:"人,就应该活出精神和志气来,我没偷老师的钢笔和队里的黄豆,该到了去讨还清白的时候了!"

六指先去了家乡中学,昔日的白老师已当了校长。校长怔了半天也没认出衣冠楚楚的六指来。六指亮出右手的六指,又提起当年的"钢笔事件",校长这才恍然大悟:"哦,你就是魏大林……当年真是冤枉死你了,我那钢笔是叫猫叼跑的,后来在猫窝里找到了。"六指看到学校仍是破烂不堪的旧模样,就慷慨地捐献了一大笔钱修缮校舍。六指只提了一个条件:在全校师生大会上为他平反。

六指衣锦还乡,惹来乡亲们的阵阵唏嘘羡慕。老治保主任已是古稀老人,他颤巍巍地拉着六指的手夸奖道:"我早看出六指这孩子有大出息,天生是个耙钱的大能人!"乡亲们纷纷附和:"六指天生有出息!天生会耙钱!"

六指办了十几桌酒宴,喝得微醺时,提起当年的"黄豆悬案",大伙面面相觑,治保主任老人更是尴尬万分。六指平心静气地说:"我并不记恨,也不想复仇,只是想讨个清白,探个究竟:到底是谁偷了黄豆?"大伙瞠目结舌,噤若寒蝉。半晌,老支书举杯劝解:"莫提过去的荒唐事了,相聚是缘分,喝酒喝酒!"六指从手提箱里掏出一大摞钞票,往酒桌上一拍,说:"今天趁酒兴寻个开心,我出一万元悬赏,买一句真话,当年是谁偷了黄豆?"话音刚落,就有几人喊:"是我偷的!"更有性急的,边喊边窜上来抢钱。更让六指惊愕的是,老支书与老治保主任也挺身而出,赌咒发誓是自己偷了黄豆……

鞋 的 故 事

  靠山屯人被种子公司的假种子坑害苦了，几千亩玉米只长秆不结棒。告到乡里、区里、县里、省里，都被当成皮球踢来踢去，该磕的头磕了，该烧的香烧了，就是没有一个包青天站出来，为靠山屯的父老乡亲们评评理断个公道。

  人们说，那家种子公司是县太爷的二公子开的黑店，谁能奈何得了他吗？俗话说，胳膊拧不过大腿，就算告到天涯海角也是白搭！又说，那家种子公司有许多当官的吃干股，没吃干股的也送钱把嘴封死了，官官相护、狼狈为奸，谁会为乡巴佬泥腿子撑腰说话？谁会把老百姓的疾苦冤屈放在心坎上？别花冤枉钱受窝囊气了，认栽吧！

  靠山屯的父老乡亲们叫天天不应，叫地地不灵，趴在地里恸哭，捧起黑土仰天长啸："包青天呀，你在哪里？你怎么不明镜高悬铡了这帮黑心肠的骗子！老天爷呀，你怎么不管管这人间不平事？发发天威，天打雷劈了那些坑害农民的坏蛋！"

  靠山屯人人穷志硬，爱认死理，不蒸馒头蒸（争）口气，就是告到全屯倾家荡产、家破人亡，也要讨回公道、伸张正义。全屯人或当掉祖传的古瓶，或卖了陪嫁的手镯，或掏出准备结婚的钱，或挪用盖房的款子，交给村主任，发誓要打赢这场官司，不获全胜决不罢休，实在不行到北京去喊冤告御状！

  说到北京，人们猛地想起一个人来：毛奶奶的干儿子，他不是在北京当大官吗？哎呀，怎么就没想到去拜他这尊大佛呢？要是找到他，他一定会给咱们靠山屯人做主申冤的！可是，北京城那么大，到哪里去找他呢？像他那么大的官一定住在戒备森严的高墙深院里，有哨兵站岗，有秘书挡驾，哪能随便见到的。就算他心里还装着靠山屯的老百姓，可他没法知道靠山屯人的冤情呀！再说，大首长心系社稷、日理万机，咋有精力过问靠山屯的区区小事？给他写的状子恐怕不一定到得了他手上。要么被秘书压在文件堆里或扔进废纸篓中，要么被秘书们公事公办、原封不动地批转给下面处理吧？

  毛奶奶咋冒出这么个干儿子呢？说来话长，在打鬼子那年头，毛奶奶上山砍柴，在乱草丛中发现了一位浑身是血、奄奄一息的八路军战士，就把他背回家来，又是给他包扎伤口，又是喂米汤，硬是从死神魔爪中夺回了他。后来，屯里伪保长告密，引着鬼子来抓八路军伤员。毛奶奶把伤员藏在山洞里，自己却被鬼子抓住吊起来毒打了一夜，她宁死不交出八路军伤员。毛奶奶昏死过去，鬼子以为她死了，就走了。从此，八路军伤员就认救命恩人毛奶奶做了干娘。干儿子伤好归队时，毛奶奶送给他两双粗布鞋。毛奶奶心很细，把粗布鞋做成左鞋长右鞋短，因为干儿子在一次战斗中踩响了地雷，把右脚趾全炸飞了。只有穿上这种异形粗布鞋才合脚舒服。1949年后，干儿子在省城工作时还经常来信，央求毛奶奶给他做粗布鞋。只是后来干儿子调到北京去做官，毛奶奶也人老眼花了，才没有寄粗布鞋了。

年逾九十的毛奶奶不知咋的也知道了这事儿，说："给我备驴车、备干粮，让我上北京去找干儿子吧！他要敢不见我，不愿给咱们百姓撑腰做主，我就拄着拐杖站在他门前骂大街，问他那条小命当年是怎么被捡回的？问他的良心是不是被狗吃了？"村主任哭笑不得，说："我的老祖宗，你以为上北京跟上一趟县城一样容易吗？几千里路，乘车搭船得折腾好几天，您老这副身子骨不被颠簸得散架才怪咧！"毛奶奶嘀咕："哦，我还以为坐驴车两三天就可以到北京呢！那我就不去了，给你们写一张路条，他见了不会不管的……"村主任愣了：毛奶奶是不是老糊涂了？她还会写路条？她不是大字不识吗？毛奶奶神秘兮兮地说："怎么？不相信我会写路条？明天你们上我家里来拿吧！"

第二天一早，村主任将信将疑地去了毛奶奶家。毛奶奶一夜未睡，盘坐在炕头上做粗布鞋。毛奶奶见村主任来了，喟叹："唉，人老眼花手无力啰，不中用了！打鬼子那年头，我一夜要赶做七八双军鞋呢！如今忙一夜，才做完一双……"村主任纳闷："毛奶奶，您老的路条呢？"毛奶奶锥完最后一针，咬断最后一个线头，笑着说："这就是我赶'写'了一夜的'路条'，我干儿子最喜欢穿粗布鞋。你们去送鞋，人家会挡你们的驾，却会把鞋转交给他。你们把告状信塞在鞋内，他一穿鞋，不就发现了吗？"村主任恍然大悟："哦，这主意真不错！"

果然不出所料，毛奶奶的干儿子收到了这双粗布鞋，发现了粗布鞋中的告状信，很快批示责成有关部门严肃查处这一坑农事件。靠山屯人扬眉吐气，奔走相告。

就在种子公司把赔款乖乖送到靠山屯来的那天，毛奶奶寿终正寝，溘然长逝，临终前她嘱咐村主任："我的丧事，不要惊动我干儿子……他很忙，别让他分心……我给他还做了几双粗布鞋，什么时候遇到难事了，就带上它……去找他……他认得我做的鞋！"

住　队

　　春上，刚分配到县政府机关的大学毕业生王小波被派到疙瘩寨住队。

　　疙瘩寨的老村主任旺叔开门见山地说："你来蹲点呀，不用在东家帮忙干活、西家扫盲教识字了，只要你回城去替咱们这穷寨活动活动，叫叫穷化化缘就行了。去年来的孟科长整天躲在县城里喝酒打牌，下来几天不是打猎就是钓鱼，可他通过关系给咱们搞来了一笔扶贫款。你学学孟科长，到头来我给你把鉴定写得好上加好！"

　　王小波尴尬地解释："我不是来蹲点的，而是来住队劳动锻炼的。"

　　旺叔哈哈一笑："在山里人看来，你们都是从城里来的，蹲点住队都是一样的！"

　　王小波说："蹲点与住队不一样的。蹲点的大小是个官，有点权，为村里办事就方便点；住队的要么是新干部，要么是犯了错误的干部，下来主要是与乡亲们同吃同住同劳动的。我真的一点搞钱的门路也没有，你就饶了我吧！"

　　旺叔狡黠地望了王小波一眼，说："俗话说鱼有鱼路、虾有虾路，你去替咱们疙瘩寨出马试试吧，就算我厚着老脸求你了！"

　　话说到这份上，王小波没法再推辞了，就硬着头皮回了县城。父母很高兴，女朋友更高兴，好像王小波是在流放充军途中获大赦归来的。王小波却愁眉苦脸，神情沮丧："我上哪儿去替疙瘩寨化缘呢？"父母劝慰他："别愁坏了身子！干嘛那么认真？化不到缘他们还能把你怎么样？"女朋友也给他壮胆宽心："就是！你只管在城里逍遥玩耍，等住队期限一到，你就说化不到缘，拍屁股走人！"

　　王小波不忍欺骗善良老实的乡亲们，还是在县城里跑了几天，找了一些同学和朋友化缘。可他一无所获，处处碰壁，有的笑他这年头不为自己捞，还为穷乡巴佬化缘，真是傻得可爱呀！有的讥讽他可落多少回扣，是不是结婚差钱花？有的劝他别在那县政府机关里吃皇粮，还住什么鸟队，干脆下海经商算了，哥儿们保他三年成个大款！有的更邪乎，说捐个十万二十万元的小菜一碟，不过有个小小条件，把那山疙瘩里的黄花闺女送几个来让哥儿们玩玩……

　　王小波又去找了一个远房亲戚——一家石材厂厂长。王小波把来意一说，那人把头摇摆得像拨浪鼓："不行不行！我的钱又不是风吹浪打来的，全是辛苦挣来的血汗钱！我可没有拯救全世界劳苦大众出苦海的胸怀气魄。要是你推荐一些采石劳力来，我还可以考虑考虑。"王小波心头一亮：这倒是个变通办法！

王小波连夜赶回疙瘩寨，把情况给旺叔汇报了。旺叔很高兴："我说吧，鱼有鱼路、虾有虾路！咱们穷山沟里，要别的没有，要劳力一喊一大群。明早就跟你出山！"这一夜，疙瘩寨像过年闹节一样，乡亲们喜气洋洋地奔走相告，缠着旺叔要去当采石工。旺叔召开了村民大会，把王小波歌功颂德了一番，接着约法三章：工钱由村里提成40％；干活不许偷懒耍滑，丢疙瘩寨人和王干部的脸；无死人翻船的事不许往家里颠，抓住谁该谁倒霉坚决换下他！再接着抓阄决定人选。

三个月下来，疙瘩寨人靠勤扒苦干，为村里挣回了一台拖拉机。可不久就发生了一次大塌方，疙瘩寨人一下子死伤了七人。王小波因此受到全县通报批评，说他逃避劳动锻炼，为亲戚招募采石劳力，从中拿回扣。王小波尽管受了冤屈，但一想起那些死伤的疙瘩寨人，也就强咽下了冤气。

疙瘩寨人并没怨恨王小波，老村主任旺叔为他写的鉴定比孟科长的还要好，还设酒宴为王小波钱行。王小波走的那天，用一个月的工资，特地从小镇上买回来一大筐碗，按人头发给大家作纪念，连死去的采石工的坟头上也放了一只碗。王小波住队最大的收获就是：知道了这世上有的人家穷得连吃饭的碗也买不起！

乡间说书人

　　在春雨淅沥的屋檐下，在夏天的老槐树下，在金秋的禾场上，在冬日的炭火旁，吴老爹总爱津津乐道地摆开龙门阵，说起《三国演义》《水浒传》《西游记》《封神榜》，说起岳飞、包公、杨家将、李闯王……吴老爹是妇孺皆知、小有名气的乡间说书人，尽管他大字不识一箩筐，常常闹出"张飞杀岳飞，杀得满天飞"的笑话，但他能自圆其说，把破绽补得天衣无缝，何况乡亲们中也没有摆古谈今、吹毛求疵的角色。

　　吴老爹说书时一手攥着旱烟袋，一手捧着粗陶茶壶，说到惊心动魄、石破天惊处，他就有意无意间卖一下关子，或慢吞吞地吧嗒吧嗒咂烟，或乐悠悠地吱溜吱溜啜茶，让大伙急得抓耳挠腮，恨不得给他磕头作揖。吴老爹就在这千呼万唤中获得快感，满脸酡红，比喝了一壶上好的烧酒还要惬意。

　　吴老爹早年在小镇茶馆里当小跑堂。南来北往的说书人在茶馆里来卖艺，吴老爹成为小听书迷，经常听到痴迷处，竟将水壶里的开水浇到茶客的手上或腿上，或将抹布当汗巾递给茶客，或将张三点的碧螺春送给了点铁观音的李四，于是没少挨过老板的打骂。

　　一次吴老爹听《说岳》入了迷，又将开水浇在一位茶客手上，烫得那茶客如杀猪般尖嚎，他恼怒地朝吴老爹拳打脚踢，并将一杯滚烫的茶汤迎面泼在吴老爹脸上。吴老爹惨叫一声，捂住伤脸，蜷缩成一团，在地上痛苦地打滚号哭。老板慌忙迭声给被烫伤的茶客赔礼道歉，还朝昏迷的吴老爹踢了一脚，啐了三口唾沫。突然，说书人将醒木猛地一拍，大喝一声："住手！你们这帮狼心狗肺的东西，比他妈的秦桧还要坏！"说书人拨开人群冲了上来，抱起吴老爹就往小镇诊所里跑。吴老爹破了相，脸上留下了丑陋的烫痕。那说书人也因抱不平而惹恼了老板，没领到十来天说书的酬金，还被老板唆使的地痞毒打一顿，撵出了小镇。

　　吴老爹后来见到这说书人时，是在全区"土改"动员大会上，他居然当上了区长。吴老爹以为区长酷似那说书人，没敢认。谁知，区长由有烫痕的丑脸认出了吴老爹。吴老爹问："你不说书了？"区长哈哈大笑："我当年是地下党，被叛徒出卖了，遭敌人通缉，走投无路，就化装成说书人潜伏下来。"吴老爹说：

"你还真像地道的说书人哩！"区长说："我爹就是说了一辈子书的老艺人，在汉口沦陷时，因违抗日寇禁令说岳飞惨遭杀害。我跟爹学了几年艺，爹惨死后我就投身革命了。"

区长想让吴老爹到区里当干部，吴老爹自惭没文化，胆怯不敢去。区长说："没文化，边干边学嘛，我教你！"吴老爹到区里当了几个月干部，参加群众大会上台讲话时就舌头打结、腿肚打颤，脑袋里一锅粥，把区长苦口婆心教的那些新词、新道理早忘到爪哇国了。区长恨铁不成钢，纳闷："讲话不就跟说书一样吗？我听你跟别人说书还蛮像那么回事呀，咋就怯场怕讲话呢？"吴老爹叹息："我天生就不是当干部的料子，饶了我吧，我还是回家种田轻松快活。"区长只好批给吴老爹50斤大米，将自己的一件呢子军大衣送给了吴老爹，送吴老爹上了回山村的小路。临别时，区长意味深长地喟叹："你将来会后悔的！到那时可别骂我不挽留你！"吴老爹坦荡地说："区长，我从不后悔，我没有当干部的命，咋会骂你呢？"

区长后来当了县长。县长到小山村视察时，见到吴老爹在烈日下挥汗如雨地耕田，顿生恻隐之心："后悔吗？后悔还来得及！"吴老爹咧嘴一笑："真的没啥后悔的。不是那块料，却占着茅坑拉不出屎，自己憋得慌，还挨人骂，何苦哟！"

后来，人们常有意无意地在吴老爹面前鼓噪："当干部多威风享福呀，吃得好，穿得好，住得好，娶的媳妇好，养的娃子好，你是有官不愿当，有福不会享，跑回家来当泥腿子。你要不跑回家来，现在至少当个镇长乡长吧，只怕是要悔断肠子了吧？"吴老爹淡然地答："不悔！"众人耻笑："不悔？鸭子死了嘴巴硬咧！"

吴老爹是个乐天派，劳作之余，给乡亲们说了大半辈子书，让穷人快活，给寂寞沉闷的山村生活添了乐趣韵味。吴老爹死后，乡亲们给他立了一块碑，在吴老爹的名字前面冠上这么一个古怪头衔：决不后悔的乡间说书人……

血染的村路

石娃是旮旯寨的退伍兵。石娃参军那年，旮旯寨就在闹着修公路。三年后，石娃回寨时，仍爬那崎岖蜿蜒的羊肠山路。石娃问爹："公路咋没修成？"爹说："劈山放炮炸死了三个人，就停下来了。"石娃说："我在部队当的是铁道工程兵，劈山放炮打隧洞都熟悉，让我领头来干！"爹忙阻拦："巫婆说了，劈山放炮惊扰了山神爷，山神爷才发怒降下灾祸的。要是再干，山神爷要索去九九八十一条命哇！你别去闯祸啦！"石娃哈哈大笑："巫婆胡说八道！哪有什么山神爷？"

石娃去找村支书请战修路。村支书喟叹："难呀！三年前死了三个人，我没坐牢撤职就算烧高香了。想起那幕惨景，我就心惊肉跳，至今还常做噩梦呀！"石娃知道，村支书的儿子也是在劈山放炮中遇难的，就激将道："大叔，难道你忍心让你儿子的血白流？难道你忍心让乡亲们永远穷下去？"村支书喃喃道："大叔老了，不敢折腾了，不求有功只求无过，穷就穷吧，只要人平安……"

石娃在村中沮丧地蹒跚而行，迎面有女人喊他："石娃哥！"石娃抬头一看，是村支书的女儿小燕。小燕害羞地说："找你好难呀！你跑哪儿去了？"石娃说："刚从你家出来哩！"小燕见石娃脸色阴郁，心头一沉，问："是不是我爹……不同意咱俩的事？"小燕与石娃在秘密恋爱，彼此已写了一年多的情书。石娃说："还没顾得上谈咱俩的事，我谈的是修路的事。"小燕说："碰壁了吧？自从我哥死后，我爹就像变了个人似的，谁提起修路，他就心惊肉跳，脸色煞白，别指望他支持你！"

石娃与小燕幽会到很晚，谈得最多的话题还是修路。小燕出谋划策："要修路，先夺权。指望我爹修路肯定不行，你是党员，村支部马上要改选了，你争取竞选上支书！"石娃嘟哝："你是不是替你爹来试探我？我可没这野心，我最关心的是把路修通！"小燕恼怒地戳了石娃一指头："真没心肝，难道你还不相信我是你的人？"石娃扮个鬼脸："嫁给我的那一天我才相信！"小燕红了脸："你坏！美死你了！你不修通公路，我就不嫁给你，咱嫁到山外去！"

村支部改选，小燕爹仍被选为支书。石娃又去找小燕爹游说修路。小燕爹说："修路缓一步再说，山那边的采石场急需劳力，向咱们求援了，你带队去接了这活吧，每人每天 50 元钱，工钱村里只收三成管理费。"石娃铁青着脸说："我真不明白，采石只能赚取一时温饱，修路是为乡亲们谋长久之福，这笔账怎么就算不过来呢?"

石娃豁出去了，将退伍费和积攒的盖房钱、结婚钱全拿出来招募民工，自费修路。石娃与乡里、村里分别签下协议，公路修通后设卡收费直至收回投资为止。隧洞打到一大半时，资金没有了，钢钎、锤子、炸药买不回来，民工领不到工钱要散伙。石娃急红了眼睛，多亏小燕以买嫁妆为名找七大姑八大姨借钱，才没让公路半途而废。

三年后，公路修通了。在竣工典礼那天，石娃与小燕索性举行了结婚典礼。这对恋人在修路中一个砸瘸了右腿，一个炸瞎了左眼，为这条血染的村路付出了惨重代价。但他们不后悔，毕竟为乡亲们和子孙后代奉献出了一条致富路，看着一车车的山货拉出山去，两人幸福地笑出了泪水。

不久，公路局稽查队来到旮旯寨，勒令石娃撤除私设的收费站，并课以重罚。石娃拿出与乡里村里签的协议，稽查队说，乡里村里越权了，只有公路局才有权审批收费站。石娃悲怆地问："那我找谁去收回修路的投资呀?"稽查队冷冷地说："我们管不了那么多!"石娃与小燕四处投诉告状，仍无济于事。如今，这对患难夫妻债台高筑，生活拮据，但仍当着义务养路工呵护着那条不寻常的路。

毡　帽

　　德顺爷是柿坡村的五保户。他年迈体衰，仍上山采山货去卖，想攒些钱，给自己做口柏木棺材。他这辈子唯一的奢望就是想睡柏木棺材，他怕孙辈的村主任水云说话不算话，在他闭眼后不给他买棺材，而将他拉到火葬场去火化了。

　　一天，德顺爷在山上采山货，村主任水云气喘吁吁地跑来找他，说村里来了一辆乌龟壳车，一位大干部，要找一位救命恩人。大干部说不出名字，只能说出救命恩人的左脸颊上有颗黑痣。水云一听，就猜十有八九是德顺爷。

　　大干部一见德顺爷就连呼"救命恩人"。德顺爷怎么也想不起来在哪儿救过这人的命，问道："你是谁？是不是找错了人？"大干部提醒道："那年，在溪河中你救了我，大水冲走了你的毡帽，我还欠你一顶毡帽哩！"德顺爷恍然大悟："哦，你就是当年那个放牛的'走资派''干虾子'？瞧你现在胖成这副模样，咋叫我认得出来呀？"

　　当年，德顺爷在溪河边放牛，正在枯草地上仰躺着晒太阳，忽然听见溪河对面传来呼喊救命的声音。德顺爷一望，只见一头牛驮着一个人蹚进了溪河激流。德顺爷拔腿就往溪河跑，一猛扎子跳进溪河，拼命朝那人那牛游去。那牛会水，那人却不会水，更糟糕的是那人惊慌失措，竟从牛背上滑落下来，在激流中浮沉几下，就不见了。好在那人拼命拽住牛绳没放。德顺爷游拢去，顺着牛绳摸人，就把奄奄一息的那人救上了岸。

　　德顺爷把那人卧放在地上，用脚踩那人灌满水的肚子。哇的一声，水从那人嘴中涌出，那人哼了一声，活过来了。德顺爷问："从城里下放来的？"那人答："犯错误的'走资派'，来这里接受监督劳动改造……"德顺爷顾不得与那人聊天，说："我的毡帽被水冲跑了，我得去找我的毡帽！"那人挣扎起身呼喊："激流太危险，你就别找毡帽了，我赔你一顶好吗？"德顺爷哈哈一笑："你放心，我从小就在溪河里打滚玩耍，它可不敢收我！"

　　德顺爷没找回那顶旧毡帽，很懊恼了一阵。那人隔河问过德顺爷："毡帽找到了吗？"德顺爷说："没找到。"那人许诺："我回城时，一定赔你一顶新毡帽！"德顺爷说："不用你赔，要不，会让城里人笑话咱乡下人小气！"那人说：

115

"一条命与一顶毡帽谁贵？我就是给你买一万顶毡帽也报答不了你的救命之恩呀！"

不久，德顺爷在溪河旁再没看见那人放牛了。一问，才知道那人"罪行"升级了，被送进了监狱。德顺爷思忖：救得了他的命，救不了他的运！他走了坏运，别指望他赔毡帽了！有时，德顺爷到溪河边放牛，就情不自禁地往溪河对岸望望，没见到那人身影，心里怅然若失。德顺爷不是指望那人来赔毡帽，而是希望那人平安归来……

一晃，三十年过去了，那人终于平安归来了。那人拉着德顺爷枯瘦的双手歉疚地说："早就该来看望你的，只是公务缠身，总脱不开身。现在离休了，无官一身轻，就抽空专程来了。"那人听说德顺爷是五保户，执拗地要带德顺爷进城去住。那人真诚地说："我离休了，又死了老伴，闲得慌，咱老哥们凑在一起摆摆龙门阵，下下棋，种种花草，把咱院子里的几棵果树和一块菜地拾掇好，蛮快活咧！"德顺爷不愿去，说："我住不惯城里，再说，我想死后睡柏木棺材，去了城里就睡不成了。"那人千劝万劝，德顺爷就是不动心。

那人临走时，悄悄塞给村主任水云一大摞钱，叮嘱一定要照顾好德顺爷。那人从提包中掏出一顶崭新的毡帽，恭恭敬敬地给德顺爷戴上。那人上车时，流了泪。谁也不知道，那人已患上癌症，且是晚期。他要在离开这个世界前，把该还的心债都还上，德顺爷的毡帽是最后一笔……

奶奶的谎言

　　在柿坡乡，都知道奶奶是个了不起的人物。当年鬼子扫荡时，奶奶将一位新四军伤病员藏在地窖里，鬼子把东洋刀架在她的脖子上，要她交出新四军伤病员，奶奶宁死不开口。那位新四军伤病员后来当上了区长，专程来柿坡乡看望过奶奶。后来区长升任县长，就没工夫来柿坡乡了，只托人捎带些糖呀水果呀布呀老花镜之类的东西来。再后来，县长当上了地区行署专员，就没再见他往柿坡乡寄过信或捎带过东西。乡亲们想：专员忙，加上山高路远的，怨不着人家。

　　奶奶每年都要去地区城市玩一趟，说是专员邀她去的，盘缠是专员给的，吃住也是专员管的。奶奶逢人便说，首长待她好，她要哪年不去住上一次，首长就很生气。乡亲们听后就很羡妒奶奶，很敬佩那位身居高位不忘恩义的首长。

　　奶奶与地区首长有交情，在柿坡乡几乎是妇孺皆知。柿坡乡的乡村干部见了奶奶都得点头哈腰，柿坡乡的乡亲们有什么冤屈事、为难事都爱找奶奶诉苦求助。奶奶便大大咧咧地说："豁出我这张老脸，我给你在干部面前去说说……"奶奶的话很有作用，乡村干部都怕她，实际上是怕她背后的行署专员。

　　有一年，乡长的吉普车把老刘头的一头母猪撞死了。乡长口里说赔，拖了半年没音讯。老刘头去乡里讨要过几次，都被乡长搪塞过去了。奶奶生气了："我帮你去讨！"奶奶走进乡长办公室，不动声色地说："乡长，我想跟你借个电话，给专员说个事儿，行啵？"乡长一听是给专员打电话，忙说："行行行！您老要给专员说什么事呀？"奶奶说："我想问问他，我村村民的母猪被乡干部的车撞死了，该不该赔？"乡长的脸唰地红如熟蟹，他央求道："您老就别惊动专员了，我赔还不行吗？"

　　那年冬天，村支书家的狗跟着主人去吃宴，吃多了醉汉呕吐的酒秽，也醉了，瞪着醉眼伸着长舌满村撵孩子。大憨以为狗疯了，抡起铁锹将醉狗击毙。村支书爱狗如命，气急败坏，要逼大憨买棺立碑，并为狗披麻戴孝。奶奶闻讯，气冲冲地赶去，把村支书骂得狗血淋头："你当上芝麻大一点官，就想在乡亲们头上作威作福吗？村民在你眼里还不如你的狗吗？要大憨为狗披麻戴孝，我陪着！"村支书哪敢让行署专员的救命恩人陪着为狗披麻戴孝，只好偃旗息鼓，让闹剧收场。

柿坡乡要盖办公大楼，每亩摊派 50 元"建设费"。乡亲们不堪重负，怨声载道，纷纷找奶奶告状。奶奶到乡里一本正经地说："建一座漂亮气派的乡政府办公大楼，我举双手赞成！我觉得每亩缴 50 元钱太少了，出 100 元钱也不为多。不愿出的刁民，可以派人去抄他们的家、牵他们的猪牛，可以带人去抓他们关押吊打。我可以到专员那里去给你们请功邀赏……"乡干部听得出这是反话正说，真要让奶奶在专员那里告一刁状，可就吃不了兜着走了，急忙通知各村停止乱收费。

奶奶那年溘然长逝，乡亲们派代表去地区请专员来参加奶奶的葬礼。谁知专员愣神半天，才想起奶奶："哦，我是有这么一位救命恩人，只怕二十几年没见到她了，她生活得好吗？"乡亲代表糊涂了，嘀咕："难道奶奶在撒谎？她每年没来看望专员？"专员遗憾地表示歉意：他有心脏病不能亲自去柿坡乡参加奶奶的葬礼。

一路上乡亲代表琢磨：奶奶为何要撒谎呢？是为虚荣心吗？不！奶奶是为柿坡乡的乡亲们造一尊保护神！尽管这神是假的，可也镇住了不少小鬼，还得让这假神保留下去。于是他们买了一个大花圈，假托专员名义送的，还编造了谎话："专员请他们吃酒宴睡宾馆，说乡亲们遇到什么冤屈事为难事，只管去找他……"

瘸　叔

瘸叔年轻时并不瘸，他在九寨林场当临时工，整天挖山栽树，生龙活虎的。林场场长哄着他们："谁干得好，就给谁转正。"这好比给大伙画了一个大馅饼，大伙干活更拼命了。结果干得最好的瘸叔没转正，两个偷懒耍滑的家伙却转正了，一个是场长的表弟，另一个给场长送了一大笔钱。

瘸叔那时血气方刚，喝得酩酊大醉，跑到场长办公室里去讨个公道。场长嬉皮笑脸地说："你别气，也别闹，你这次受了委屈，我心里有数。林场马上要辞退所有临时工，我只留下你！另外，我还给你一个转正机会，把七塔沟交给你，什么时候让它长成树林了，什么时候给你转正！"瘸叔沉思片刻，瓮声瓮气地说："你要是又耍我呢？"场长说："这次咱们立字据为凭证，还要盖上林场大印。"

瘸叔第二天就去了七塔沟。七塔沟是林场最偏僻的地盘，也是最难啃的骨头，满坡石头，一沟烂泥，兔不拉屎，鸟不歇翅。七塔沟有一个天然石窟，晒不进阳光也淋不到雨，瘸叔赶走了蝙蝠和山鼠，凑合着住在石窟里。

瘸叔破石筑坝，挖土栽树，忙了冬春两季，谁知初夏一场山洪，将石坝冲垮了，树苗也冲跑了。瘸叔跳进激流中捞树苗时，被湍急的洪水狠狠地揉到一尊怪石上，瘸叔的右腿粉碎性骨折，成了瘸子。

场长闻讯后托人捎信给瘸叔："林场补贴你一笔钱，你回家去吧！"瘸叔一瘸一拐地来到林场，愤懑地对场长说："你看到我瘸了就要撕毁合同，还有没有良心？两条路由你们选，要么把我养起来，要么合同继续有效。"场长想：就凭你这瘸子能绿化七塔沟？做梦去吧！看来这傻子不见棺材不掉泪，非得把命扔到七塔沟不可，就让你去折腾吧！就算你折腾成功了，我也该退休了，诺言不算数了。

瘸叔这次琢磨出一种新办法：在沟底淤泥中种植芦苇和柳树，沟底的淤泥牢固了，沟上的泥土就好栽树了。果然，这一招成功了！瘸叔整整用了五年时间，把沟里都栽上了树。又花了五年时间，把坡上栽满了树。瘸叔在山沟里待了十年，每年只有买粮食和树苗时才出几次山沟。

瘸叔头发胡子蓄得很长，冬天裹一件破皮袄，春夏秋常常赤身裸体。一次，一位城里人进山沟打猎，看见瘸叔在山坡上晃动，以为是"野人"，差点把他射杀了。还有一次，一辆骡车路过七塔沟，拉车的骡子突然瑟瑟打颤，任凭赶车人怎么鞭打也不敢前行。赶车人觉得蹊跷，朝前一望，只见不远的山坡上有个黑乎乎、弯曲曲的"怪物"挡在那里。赶车人战战兢兢地走近一看，原来是瘸叔正呼呼大睡，一条瘸腿还随着鼾声左右摆动哩！

瘸叔栽树走火入魔了，瘸婶受不了，与山货贩子私奔了。人们讥笑他："栽树不要家，是个大傻瓜！给荒山披了绿装，也给自己戴了绿帽！"瘸叔苦笑着，自信地说："等我转正了，还怕娶不到老婆吗？"

那年林场场长患了绝症。瘸叔去探望他时，场长已奄奄一息，处在回光返照之际。

瘸叔说："我还等你去验收我种的树林，给我转正咧！你可不能走呀！"

场长忏悔道："我开始真的是想要你，让你知难而退，有怨说不出。不过十几年来，你真的把七塔沟变成了树林，我派人悄悄去丈量计算过，你造了一百三十多亩林，栽了十万四千多棵树，林场这十几年植树造林的总和也没你多哇！你是植树的英雄、林场的愚公啊！我服你了，我没法帮你转正了，但我已在遗嘱中向上级请求要履行这一诺言。"

瘸叔泪眼婆娑地说："场长，无论如何我也得感谢你！当初我真的很在乎转正，后来渐渐与七塔沟有了感情，栽树栽出了瘾，人生也就活出了滋味。现在转正不转正都无所谓了，只是希望余生还让我在七塔沟当护林员，我死后能埋在七塔沟的树林里……"

象 牙 筷 子

醒老爹是个乡间说书人，乡亲们操办红白喜事，总请他去捧场凑热闹。醒老爹性子随和，不摆架子，谁请都去，不收钱，混个肚儿圆。醒老爹说书有两个毛病：一是爱错朝串代，牛腚扯到马胯里，人们讥讽他"张飞杀岳飞，杀得满天飞"；二是喜欢卖关子。照说说书人卖关子没错呀！可醒老爹卖关子不是卖的悬念，而是卖弄小常识。譬如讲诸葛亮，必问诸葛亮的鹅毛扇产于何地；讲武大郎，必问武大郎的烧饼是甜的还是咸的，是麻油炕的还是猪油炕的。

一天，醒老爹讲到皇帝吃御膳时又开始卖关子了，问听众："谁知道皇帝吃饭用什么筷子？"听众七嘴八舌地猜："金筷子、银筷子、玉筷子、鹿角筷子、牛角筷子、红木筷子、香樟筷子……"醒老爹把脑袋摇得像拨浪鼓，等卖足了关子才告诉大家："皇帝吃饭用的是象牙筷子。"山里人孤陋寡闻，从没看见过大象，有的啧啧称奇："我的妈呀，大象的牙齿能做筷子，那大象的脑袋有多大呀？"有的窃窃私语："别听醒老爹瞎吹牛，大象怎么可能有那么长的牙齿，要说用象角做筷子还有点谱。"醒老爹继续问："谁知道皇帝吃饭为什么要用象牙筷子呢？"听众傻了眼，谁也回答不上来。醒老爹说："皇帝总担心身边的侍臣下毒谋害他，于是每天吃饭时就用象牙筷子往饭菜里一插，如果有毒，象牙筷子很快就由白变黑了，灵验得很。"听众面面相觑，瞠目结舌。有人唏嘘慨叹："要是有一双象牙筷子多好呀！吃饭时往饭菜里一插，就知道有毒没毒。"旁人立即讥笑他："你要象牙筷子有什么用？既没有权，也没有钱，连老婆都没有，谁会谋害你？"人们哄堂大笑。

醒老爹七十寿辰时，在云南边境做生意的幺儿子送给醒老爹的寿礼，就是一双象牙筷子。醒老爹最喜欢这件寿礼了，乐得合不拢嘴，夸奖道："还是幺儿子精明孝敬，挠到老子的痒处了！"醒老爹说了一辈子书，也说了一辈子象牙筷子，还没见过象牙筷子哩！这下自己有了象牙筷子，不就等于有了皇帝的规格和福分了吗？醒老爹从此说书时必带着象牙筷子，必说到皇帝吃御膳用象牙筷子，这时他会不无炫耀地打开一个精美小匣子，让大家开开眼界。

这样，听醒老爹说书的人越来越多，其中不少人是冲着他的象牙筷子来的。

醒老爹只让看，不让摸，怕摸脏了，象牙筷子就不灵验了。

醒老爹的老亲家想借象牙筷子吃饭，过过皇帝的瘾，被醒老爹断然拒绝了，醒老爹抢白道："连我自己都没舍得用象牙筷子吃过饭咧！"老亲家恼羞成怒，拂袖而去。

可是，乡镇一些干部闻讯要借用象牙筷子，醒老爹只得硬着头皮忍痛割爱。别看醒老爹在说书时鄙薄官，可他骨子里却怕官，就是一个稻草人戴上乌纱帽他也会点头哈腰。醒老爹借出象牙筷子，只有一个卑微的请求，他得守候在旁边，筷子用完后就拿走，言下之意，怕别人掉包了。于是，每次干部们借象牙筷子摆招待宴时，醒老爹要么在旁边斟酒酌茶，要么陪席说几个荤段子给客人佐酒。

一天，县长下乡检查工作，乡长摆宴时又借用醒老爹的象牙筷子。酒过三巡、菜过五味，县长心血来潮，想试试象牙筷子到底能不能验毒。乡长叫人弄来一小瓶农药，倒一小勺在残菜中，用象牙筷子一插，筷子没丝毫反应。用它在菜碗中反复搅几下，也没什么变化。干脆将象牙筷子插进农药瓶中，拿出来一看，象牙筷子仍然没由白变黑，倒是乡长和醒老爹的脸色由白变黑了。乡长压低声音冷冷地怨怼醒老爹："你让我丢大丑了！把我坑苦了！"醒老爹恍然大悟，暗自叫骂："龟儿子，竟骗到老子头上了！唉，我咋就忘了这小子是专卖假货的……"

醒老爹将那双假象牙筷子扔进了臭水沟。幺儿子回家过年时，醒老爹把他骂得狗血淋头。幺儿子嬉皮笑脸地说："爹，大象都快被偷猎光了，哪里买得到真象牙筷子？再说，你又没什么遗产，谁会下毒谋害你？你要什么象牙筷子呀？"

醒醒老爹进城

深秋的一天，醒醒老爹到县城卖了棉花，在商场里给老伴买了一件藏青色的棉袄，又给孙女买了糖果和几件学习用品，正准备返回，忽然有人喊他。醒醒老爹回头一看，喊他的是同村的养鸡专业户蒋老三。

蒋老三说："县城东头刚办起一家自选商场，卖的东西和买东西的人多得很，去逛逛看看热闹吧！"醒醒老爹摇头："我该买的东西都买了，去逛耽误工夫，我懒得去。"蒋老三极力撺掇，并悬赏："你陪我去逛一趟，我给你一包大公鸡香烟。"醒醒老爹思忖："耽误一些时间，白赚一包烟，值得！"

醒醒老爹陪蒋老三逛自选商场时，因人多场大，与蒋老三走散了。醒醒老爹以为蒋老三要滑头想赖掉一包烟，故意金蝉脱壳溜了，心里狠狠骂了几句蒋老三，自认倒霉，快快地往外走。过收费口时，突然警铃大作，保安人员闻声而出，将醒醒老爹拦住，前拽后搡进了保安室。醒醒老爹惶惶不安，听说城里人规矩特多，一不小心就会被斥责或罚款，比如闯红灯、翻栏杆、踏草坪、随地吐痰、扔果皮纸屑、大声喧哗、在墙上碑上树上乱刻画……他不知道自己触犯了人家什么规矩。

保安人员像审讯犯人般咋咋呼呼："你放老实点，坦白从宽抗拒从严！"醒醒老爹小声说："我没吐痰，也没乱扔脏东西……"保安人员冷笑："老家伙别装糊涂，别让我们动手，快把东西交出来！"醒醒老爹大惊失色，疾呼冤枉："你们是不是搞错了，我没拿你们什么东西呀？"保安人员凶神恶煞："看来不动手，你是不会老实把东西交出来的！"保安人员强行按住醒醒老爹搜身，可搜遍全身，也没搜出什么。

保安人员傻眼了，面面相觑，小声嘀咕："是不是监视设备出了毛病？真是冤枉人家了。"他们忙赔礼道歉，并愿意送给醒醒老爹一条烟。轮到醒醒老爹理直气壮了："我活了七十岁，胡子一大把，儿孙一大群，从没拿过别人一根针一粒谷，也从没被人怀疑是贼。你们今天无端把我当贼，这是打我的脸挖我的祖坟！一条烟就想把我的嘴封住？不行，我得站在你们商场门前大骂一场，出出心中的鸟气！"

123

保安人员知道闯了祸，事态严重，忙请来了商场经理。经理是一位漂亮的姑娘，花言巧语想让醒醒老爹私了，答应赔偿醒醒老爹一床价值不菲的鸭绒被。醒醒老爹心想自己的尊严重于鸭绒被，断然拒绝私了。经理突然变了脸，冷若冰霜地威吓道："别敬酒不吃吃罚酒，你要敢在大街上骂我们，我就叫警察来抓你！"醒醒老爹犟起来，就是九牛二虎也难拉回他："我就不信警察也会跟你们一样乱冤枉好人！"醒醒老爹犟得像一头斗红眼的老牯牛，他双手叉腰，向来来往往的顾客大声诉说着自己受到的冤屈侮辱……

一位女律师听到醒醒老爹的倾诉，主动要求帮助他打官司。醒醒老爹骂完街，胸中的怨气宣泄得差不多了，便息事宁人地说："算了，为这点小事去打官司耽误工夫精力不划算。"女律师哀其不幸怒其不争："他们侮辱你的人格尊严咋是小事？打官司可让他们赔偿你的精神损失费。"醒醒老爹如坠五里雾中："什么叫精神损失费？"女律师耐心地给他讲解什么叫精神损失费，赔偿精神损失费是要付钱的，上海一例自选商场强行搜身案胜诉获赔达三万元哩！醒醒老爹如闻天方夜谭，瞠目结舌。

醒醒老爹的诉讼案在女律师的帮助下胜诉，获赔一万元。他拿到这一大笔钱后心事重重，茶饭不思，坐卧不安，总在扪心自问：我这是不是敲诈勒索呀？是不是不义之财呀？要是被搜身也能获赔一万元精神损失费，那么，村主任为逼超生费把我儿子吊打了一顿该赔多少钱？乡派出所所长因老林头的羊群挡住了他的吉普车而扇了老林头两耳光该赔多少钱？乡采石场老板撒酒疯把根娃的下身踢伤了该赔多少钱？乡长老婆聚众将不愿与她儿子谈恋爱的姑娘的衣裳当街脱光示众该赔多少钱……

醒醒老爹百思不得其解。

老姜头的困惑

老姜头死了老伴。他儿子在县城里做官，儿子要接他到县城里去享清福。老姜头说城里人多车多，又拥挤又吵闹，上厕所要交钱，吐痰要罚款，过马路要看红绿灯，不自由自在，犟着不肯去。老姜头故土难离，农民情结重，干活惯了的身子闲不住，力气不使出来憋得慌，仍在自己的责任田里躬耕苦作。

这年夏天，一场罕见的大洪水冲垮了河堤，淹没了好多房屋、庄稼。老姜头辛辛苦苦种下的四亩棉花眼看要摘头茬花了，一夜之间泡了汤。老姜头欲哭无泪，蹲在河堤上叹息啜泣，抽闷烟。县电视台的记者采访灾情，撞上了老姜头，就把老姜头摄进了镜头。老姜头的儿子看见了电视新闻中的父亲的镜头，怕父亲积郁成疾，就驱车回老家，把老姜头接进县城散散心。

老姜头还没从棉花被淹的忧伤中摆脱出来，黯然神伤，寡言少语，烟抽得更凶。儿子劝慰他："爹，别难过了。不就是四亩棉花吗？值几个钱？我补偿您！"老姜头瞪了儿子一眼，瓮声瓮气地说："你在城里当了几天官，就忘了农民的甘苦和感情。农民不心疼庄稼还心疼什么？"儿子面红耳赤，不吭声了。

老姜头进城的第二天晚上，县城的大款老阎闻讯在醉月酒楼给老姜头摆宴接风。老姜头狐疑："我又不认识他，要他摆什么宴接什么风？不去！"老姜头的儿子尴尬地说："人家也是好心好意，看在您儿子的面子上才巴结您，您要不去，搞得人家多难堪没面子呀！"老姜头说："我这几天肚子不舒服，吃不得喝不得，光想喝点稀粥。再说，我一个大老粗，不会说话应酬，呆坐着难受，还是不去吧！"儿子仍耐着性子哄劝，终于把老姜头说服了。

在醉月酒楼，大款老阎热情恭迎着。老姜头的儿子演戏般责怪道："老阎，你什么都好，就这好客多礼的毛病不好，让人家知道了影响也不好哇！"老阎谄笑："哪里哪里，小意思小意思，能请老爷子吃顿便饭是我的造化！"

宴席上，山珍海味，极其丰盛。老姜头心情不好，加上肠胃不好，几乎不想动筷子，勉强吃几口菜也味同嚼蜡。更烦人的是，老阎等人一口一声"老爷子"，频繁给老姜头劝酒夹菜。老姜头觉得很累，很无聊，就借上厕所之机，躲在厕所里抽烟磨蹭。老姜头躲久了，儿子觉得奇怪，怕爹中了风，跑到厕所来看。儿子见爹躲在厕所里抽闷烟，小声央求道："爹，您别泼了人家的面子……"

老姜头如俘虏般回到宴席上。儿子解释："我爹这几天身子不好，心情也不好，他种的四亩棉花被洪水淹了。"老阎一愣："姜局长，这就是你的不对了！再清廉，也不能还让老爷子在乡下受苦呀！把老爷子接到城里来享福吧！"老姜头忙替儿子打圆场："不能怪我儿子，是我自愿待在乡下的，我闲不住。"老阎说："老爷子若真闲不住，就到我公司里去看仓库吧！"老姜头嗫嚅："我喜欢种庄稼……"老阎问："老爷子，种四亩棉花能赚多少钱？"老姜头答："除掉成本、提留款，只赚两千元钱。"老阎快人爽语："老爷子，我请您看仓库，每月给您种四亩棉花的钱。"老姜头当场摇头拒绝："不，我还是喜欢种棉花！都不种棉花，就会有人挨冻了……"

赴宴归来，老姜头悄声问儿子："这顿饭花了多少钱？"儿子剔着牙打着酒嗝答："没吃多少，两千元钱。"老姜头又问："人家送的那两瓶人参酒呢？"儿子说："不值多少，两千元钱吧！"老姜头瞠目结舌，半晌，才喃喃自语："一顿饭吃了四亩棉花的钱，两瓶酒又花了四亩棉花的钱，城里人咋那么有钱？出手咋那么大方？"

玻 璃 风 波

  阿姣进城打工以来，第一次逛自选商场。因为在春节期间要回乡下探亲，她买了好多东西。阿姣捧着东西突然感到内急，急忙去寻找厕所。她瞥见了厕所标志，急匆匆地沿着通道跑去……

  忽然，阿姣发出一声惨叫，随之爆发出一阵稀里哗啦的轰响。人们闻声赶来，发现破碎的玻璃幕墙边呆立着满脸血污的阿姣。惊恐万分的阿姣还没缓过神来，自选商场的保安员已向她索赔高达 3000 元的玻璃钱，阿姣当场吓晕过去。

  阿姣被好心人送到医院救治，脸上被缝了 20 针，她美丽姣好的脸庞上留下了难愈的疤痕。阿姣望着镜中脸上缠满绷带的自己，悲恸欲绝。这时，自选商场到医院来催讨玻璃赔款，更搅得她心烦意乱，她走投无路，恨不得跳楼自杀。

  绝望之际，阿姣忽然想起了打工的公司里聘请的法律顾问王律师。要是王律师能替阿姣出面斡旋说情，也许能让自选商场大发慈悲，怜悯她受伤且破相的不幸遭遇，不再追讨那 3000 元玻璃赔款，就算不幸中的万幸了。

  阿姣找到王律师倾诉了玻璃风波。王律师顿生恻隐之心，说他代理过自选商场的一桩经济纠纷案，与商场总经理有一些交情，可以出面说说情。没料到，两天后，王律师气急败坏地找到阿姣，说道："那总经理过河拆桥，一点交情都不讲，真不是个东西！"阿姣一听，浑身凉了半截。

  王律师宽慰阿姣："你别着急，我还有一个杀手锏没用哩！"阿姣问："什么杀手锏？"王律师诡谲地说："我在秘密调查玻璃质量问题，如果他们安装的是安全玻璃，是不大可能被你这么柔弱的姑娘撞碎的。我怀疑他们偷工减料了……"阿姣困惑不解："他们偷工减料与我撞碎玻璃有什么关系？"王律师说："关系可大哩！本市颁布实施的《建筑物使用安装安全玻璃规定》明确规定：'幕墙、天棚等公共建筑物的出入口、门厅等部位和易受撞击、冲击而造成人体伤害的其他部位，必须使用安全玻璃。'若是商场未依法安装，过错方就在商场，而你就成了受害者，不但不应该赔玻璃，反而应向商场索赔住院费和精神损失费……"

  阿姣仿佛听到天方夜谭，自古损坏东西要赔，天经地义，自己撞破了人家的玻璃，咋好意思找人家索赔呢？这在乡下人看来，就是敲诈勒索，就是胡搅蛮缠！阿姣喃喃道："我知道你是好心，给我说说笑话，让我想开些……"王律师急了："我不是说的笑话，我要用法律武器帮助你讨回公道，保护你的合法权益。"

王律师跑到商场去现场勘察，发现玻璃幕墙的碎玻璃荡然无存。他不气馁，以核实玻璃原始发票金额为由不露声色地将重要证据搞到了手。果然不出所料，该商场的玻璃幕墙采用的是厚度仅为 5 毫米的普通玻璃且无任何警示性标识。

王律师胸有成竹，鼓励阿姣振作起来，勇敢地起诉自选商场，与之对簿公堂。法庭上，原告、被告之间唇枪舌剑，展开激烈的辩论，在大量确凿的证据面前，自选商场败诉，不得不沮丧地认错。通过协商，双方达成了协议，自选商场不得不赔偿阿姣 5 万元。这么一大笔钱对阿姣说来，简直是一个天文数字！

阿姣恍若梦中，既为因祸得福而欣喜若狂，又为钱多生祸而惴惴不安，就觉得这笔钱来之不义，用之不安。晚上，阿姣经常做噩梦，或梦见乡亲们戳着她的脊梁骨骂她有悖山里人的厚道善良竟诈人钱财，或梦见山里那些长舌妇造谣惑众说她的钱是当三陪小姐赚来的肮脏钱，或梦见黑道歹徒给她写恐吓信、打恐吓电话、半路打劫绑架她，逼她交出胜诉得来的横财……阿姣在回乡度春节时，毅然决然将这笔巨款捐给了村里的希望小学。从此，她不再做噩梦，不再良心不安。她总认为：还是靠自己的心血汗水挣来的钱攒得甜蜜，花得快乐……

西 瓜 汁

　　小宋大学毕业后，在南方某省城的一家外资企业工作。今年夏天，小宋结婚，请来了鄂东乡下的老父亲。小宋的老父亲颇像罗中立的油画《父亲》中的那位饱经沧桑的老农民。新娘嘟哝："我们不是要去乡下探望老父亲吗？别让他老人家千里迢迢遭受车船之苦了……"

　　小宋听得出新娘的弦外之音，她是怕土里土气的老父亲在婚礼上大煞风景，怕亲朋好友耻笑她有这么个乡巴佬公公。小宋执意要请老父亲来城里参加婚礼，说："不请老父亲来，我的良心一辈子不得安宁！"

　　小宋五岁那年，母亲就积劳成疾去世了。老父亲又当爹来又当妈，一把屎一把尿地拉扯大他。为给他治病，老父亲曾多次悄悄卖血，昏倒在医院的走廊上；为供他上学，老父亲在风雪天上山打柴曾摔伤过腿；为帮他买房结婚，老父亲将守鳏二十多年勤扒苦做积攒下的五万多元血汗钱揣给了他……难道这样的好父亲还没有资格参加儿子的婚礼吗？要是不让这样慈爱的父亲来分享儿子婚礼的幸福快乐，岂不亵渎了崇高纯洁的父爱，让天下的父亲寒心吗？

　　小宋的老父亲风尘仆仆地赶到了儿子成家的那座城市。老父亲本来衰老得厉害，加上旅途劳累，一来就病恹恹的，只是瞒着儿子，硬撑着，强颜欢笑，怕给儿子添麻烦，怕冲了儿子的喜气。婚宴上，老父亲面对着山珍海味，一点胃口也没有，勉强夹了几筷子菜塞进嘴巴里，也是味同嚼蜡。老父亲一生不沾烟酒，在婚宴上不抽烟不喝酒，又不吃菜，就显得拘谨古怪，与喜庆气氛不协调。

　　老父亲怕自己呆坐着引人生疑，要么就频繁往洗手间里跑，要么就拼命喝西瓜汁。在所有的婚宴饮料中，老父亲不是嫌奶腥味太浓，就是嫌味道太怪，只喝得惯西瓜汁。西瓜汁原汁原味，喝起来真过瘾！城里人真会变花样享受，把西瓜榨成汁喝，真的感觉好喝些，怎么自己种了几十年的西瓜，也没想到变一种吃法呢？老父亲独自喝着，想着，咧嘴偷笑了。

　　一杯西瓜汁，老父亲两口就牛饮下肚了。在乡下，他一次能吃一只十几斤的大西瓜。十几斤的西瓜至少要榨20杯西瓜汁吧？老父亲暗忖着，西瓜在乡下是贱物，一只大西瓜值不了10元钱。有一年，西瓜贱得连搬运费都抵不上，只好翻耕在地里做了沤肥。笑容可掬的服务小姐莺声问他："斟上吗?"老父亲点头。

　　老父亲想起那年他送儿子进县城参加高考时的情景。山路上,班车抛了锚,老父亲怕耽误了儿子的高考,心急火燎地拦进县城的汽车,可汽车司机不理睬。老父亲将一担西瓜横摆在山路上,像布下的一长排地雷阵。汽车司机绕不过去了,只得停车。老父亲老泪纵横地央求:"求求你发发善心,把我儿子带进县城去高考,这担西瓜就抵车钱吧……"老父亲想到此,噗嗤笑出声来。美丽温柔的服务小姐又上前来给他斟满了西瓜汁。

　　老父亲想起那年暑假儿子说回却没回家,他精心挑选的几只大西瓜一直留到寒假,儿子回家来,居然还有一只大西瓜没烂。老父亲与儿子在雪夜围着炭火吃西瓜,其情融融,其乐悠悠。儿子慨叹:"这真是奇迹!莫非是父亲的爱心感动了上苍,才让大西瓜历经夏秋冬而没烂。"老父亲想到此,心里像灌了西瓜汁般甜蜜。善解人意的服务小姐笑盈盈地又给老父亲斟满西瓜汁……

　　正在老父亲陶醉之际,新娘铁青着脸跑过来,俯身低语:"爹,您爱喝西瓜汁,回家我给您榨。这儿的西瓜汁每杯30元,宰死人了!"老父亲吓了一跳:"什么?每杯30元?开黑店吗?我找他们老板评理去,我们黑汗水流地种一担西瓜也卖不了30元钱,凭什么一杯西瓜汁要30元钱?"新娘恼羞成怒地拽住老父亲,嗔怪道:"别嚷了,会惹人笑话的!"老父亲以为西瓜汁最便宜,一口气喝下15杯,竟额外花费了儿子450元钱。老父亲回到乡下想起这事就生气,大骂城里人黑了良心。

老调的秘密

弹棉花的人把棉花弹得蓬蓬松松的，也把菊花娘的心弹得兴致勃勃的。弹棉花的人嘴很甜，也很油，爱讲些不伤大雅的笑话和比较含蓄的荤故事，特别爱对着菊花娘讲，菊花娘抿着嘴却情不自禁地嗤嗤发笑，嘴里骂弹棉花的人是"流氓邪货"，眼角眉梢却挂着兴奋欢乐，磨磨蹭蹭地不愿离去。

一个风雨交加的深夜，突然小山村铜锣响起，人们穿着蓑衣戴着斗笠打着火把来到村头旧祠堂里，原来老调抓住了正在通奸的弹棉花的人和菊花娘，奸夫淫妇被打得遍体鳞伤，五花大绑在旧祠堂前的柱子上。

老调是村里的鳏夫，觊觎菊花娘已久，多次勾引调戏菊花娘，菊花娘扇过他的耳光，用洗脚水泼过他的身，拿打狗棒敲过他的头，操纳鞋锥锥过他的手。老调仍不死心，一双贼溜溜色迷迷的眼睛早晚都盯住菊花娘。弹棉花的人一来，老调就看出弹棉花的人和菊花娘之间的端倪，他鬼鬼祟祟地窥视跟踪了几天，终于把这一对奸夫淫妇逮住了。

其实，菊花娘与弹棉花的人不是萍水相逢、一见钟情，而是青梅竹马的恋人。只因菊花娘的娘家穷，扯下许多债，她爹就狠心要彩礼，弹棉花的人家境也穷，拿不出来，她爹就把菊花娘明许暗卖给了柿坡的独眼龙。独眼龙是在打猎时猎枪突然炸膛而炸瞎一只眼的。不到五年，独眼龙在一次冬季围猎中，被雪崩夺去生命。弹棉花的人闻讯赶来，要带菊花娘走。菊花娘说："我和他夫妻一场，还是为他守满三年寡再说吧！"三年后弹棉花的人又来了，于是就发生了这桩抓奸的事。

弹棉花的人为救菊花娘，就大包大揽说是他强暴她的，与她无关。菊花娘哭诉了她与弹棉花的人被她爹棒打鸳鸯的痛苦往事，她铁骨铮铮地说："要活一起活，要死一起死！"族长气得吹胡子瞪眼，手杖捣得石阶咚咚直响，他吆喝老调带几个后生快把这一对伤风败俗的奸夫淫妇拉去沉水。

老调他们搬来两个石磨绑在菊花娘和弹棉花的人身上，把他们推上小船，由老调划到河中心去推他们下水。不一会儿，河中心传来两声"扑通"，老调划着小船回来，愤愤地骂道："妈的，临死还要做风流鬼，央求我把他俩捆绑在一

131

起……"

老调收养了菊花。菊花知道是老调弄死她娘的，恨死他了。一天，老调带菊花去小镇上赶集，菊花突然失踪了。老调孤苦伶仃，后来成了队里的五保户。奇怪的事发生了，有人不定期地给老调寄钱来，寄钱人没署名，寄钱的地址也是东南西北地瞎变。队长问："老调，你真有福气！谁给你寄的钱呀？"老调说："我也不知道，琢磨不透这事咧！是不是寄错人了？我把这钱都留着，不敢用，到时人家来追查，我好还给人家。"队长嗤笑："老调你别小心眼，我不会找你开口借钱的！"老调也打哈哈："我真怕你不让我当五保户！"

老调死的那天，把村干部全叫到床头，拿出一大葫芦的钱，气喘吁吁地说："这笔钱……全是菊花娘和弹棉花的人寄来的……"村干部瞠目结舌："他们当年不是被沉水了吗？"老调喃喃道："我听菊花娘讲了她与弹棉花的人相恋的往事，也勾起了我与豆花姑娘相爱又生离死别的往事，就心软了，偷偷在河心将他们放跑了，又把菊花送到他们身边去了……"

村干部噙泪唏嘘："看来人都有美好的一面，谁都没想到这么一个糟老头还干过这么一桩慈悲积德的事，珍藏着这么一段惊险动人的秘密呀！"老调喃喃道："我抓他们，放他们，一恶一善勾销了，这钱我受之有愧，用之不安，就一直攒着……就把它交给队里，把小学的房子修修，把五保户的房子修修……菊花娘和弹棉花的人若有一天知道这钱派上了好用场，也会高兴的！有机会请他们回柿坡来玩玩，落户也行，叫他们别恨柿坡，柿坡人都大变样了……"

抛　锚

在大甸子草地上，西昌的拖拉机抛锚了。拖拉机上满载着化肥，那是农民馋得眼睛滴血的宝贝疙瘩，谁见了都会迸发出非分之想，西昌须臾不敢离开半步。

西昌对押车的姑娘南方说："你要么往后走三十里到小镇上去投宿，要么朝前走四十里赶回农场。"

南方说："往后走我怕狼，朝前走我怕鬼，还是陪伴着你在这草地上过夜吧！多一个人多一份胆量。"

西昌瓮声瓮气地说："不行！孤男寡女的在荒野草地上过夜，我怕人家乱嚼舌头，更怕你的男朋友大林误会。你还是走吧！"

南方执拗地说："我偏不走！身正不怕影子斜。我就不信大林就那般鼠肚鸡肠？今夜我偏要考验考验他！若他真的那么小心眼，我还不愿嫁给他哩！"

西昌说："你不走，我走！"

南方说："你走吧，吓不倒我！把一个姑娘孤零零地扔在荒野草地上过夜，算什么男子汉大丈夫？叫人家知道了还不知怎么耻笑你！"

西昌假装走出百余步，又无可奈何地折了回来。西昌和南方点起篝火，或望夜空数星星，或唱歌讲故事说笑话。后来困急了，两人枕着化肥袋睡着了。

第二天中午，西昌和南方回到农场时，风言风语已流传得不堪入耳。大林气急败坏，狠狠扇了南方两耳光，扬长而去。西昌的女朋友小馨也听信谣传，与西昌分道扬镳。两个名誉"败坏"的人惺惺相惜，相互舐着爱情创伤，在那年雪花飘飘、北风啸啸的冬季结成了伉俪。

光阴似箭，日月如梭，转眼就是十五年。西昌买下了农场的拖拉机，到采石场去拉石料了，十天半月才回家一趟。南方在家种大棚蔬菜，收入也不错。

一天，南方请了一辆农用卡车进城去拉薄膜和化肥，真不凑巧，车也在野外草地上抛了锚。司机是个刚死了老婆的中年鳏夫，人很憨厚朴实，他沮丧地对南方说："看来车是修不好了，我只好在这里过夜了。往后走二十里可在小镇上去投宿，朝前走五十里可赶回农场，你看着办吧！"

南方犹豫不决，往小镇方向走了几百步又转身回来。她舍不得掏钱住店，就在农用卡车车厢里蜷缩着凑合了一宿。司机很规矩本分，没用言语挑逗她，更没对她动手动脚，只是他那肆无忌惮的粗鼾声搅得她一夜辗转难眠。

与十五年前的情境相似，南方与野男人在荒野草地上过夜的消息在农场内外沸沸扬扬地传开了，各种难听的话都有，最邪乎的谣传是，南方早已与那中年鳏夫勾搭成奸，合伙谋杀了人家的妻子。

流言蜚语传到西昌的耳里，西昌不由得想起十五年前的那场抛锚风波，自然不相信南方会对自己不忠。但西昌在采石场已和一位叫金秀的女孩好上了，而且让她珠胎暗结，金秀正寻死觅活地闹着要与他结婚。西昌正在焦头烂额、左右为难之际，不知咋样开口跟南方提离婚的事，没想到阴错阳差地出了这抛锚之事，西昌正好抓住把柄，逼南方在离婚协议书上签字。南方泪眼婆娑地哀怨道："西昌，真没想到你也是那种鼠肚鸡肠的男人，算我看错你了！"西昌心里歉疚得慌，灵魂在悸动，但一想起水灵灵的金秀，就咬咬牙拂袖而去了。

有时谣言就是媒婆。南方寡居几年后，就与那开农用卡车的中年鳏夫结了婚。一天，南方的男人多喝了几杯酒，就跟南方吐出真言：那次抛锚是他耍的一个阴谋，他早已知道西昌在外有了小情人，他想在那夜跟南方挑明了，劝南方改嫁给他。可老实巴交的他一夜也不敢开这个口。南方听了，嘤嘤地哭得很伤心。

几年后，南方的男人出车祸死了。西昌与金秀结婚后，因脾气不合，三天一小吵五日一大闹，也离了婚。西昌悔恨交加，多次向南方忏悔要求复婚。南方心软了，让他进了家门，一语双关地嗔道："你可不能再抛锚了！"

雕　像

柿坡的狗剩儿办石材场成了暴发户。他看看今天富得流油的日子，想想过去缺吃少穿、备受欺凌的光阴，就悲喜交加、感慨万千，不由得想起苦命的娘。娘临死前，想吃一个肉包子，他都没钱买；娘留下遗嘱想睡一口薄棺材，他也没本事尽这份最后的孝心。

狗剩儿暴富后，给娘买了厚棺重葬，又修了豪华气派的陵墓。这还不够，狗剩儿还想给娘塑一座跟真人一样大小的青铜雕像，立在石材场办公大楼门前。

狗剩儿要给娘塑像的消息一传开，麻烦事就来了。首先，村支书德山大叔来了，语重心长地说："虽说如今不讲成分与阶级斗争了，可你也要注意政治影响呀！你娘过去是富农婆，你现在给她塑像，理解的说你在行孝，不理解的会说你别有用心地搞翻案，给乡亲们示威……"狗剩儿大叫冤屈："我真的没那意思，请您老人家替我在乡亲们面前疏通疏通吧……"

狗剩儿给德山大叔塞过去五百元钱。德山大叔推辞了几下，收下了。德山大叔临走时说："村后那座庙里的铜菩萨年久失修了，你塑像时叫工匠顺便修补一下，也算笼笼络络人心，好让我跟乡亲们有个交代！"狗剩儿爽快地答应："行！"

不几天，乡长蹀躞而来，找狗剩儿发难："你小子别有了几个臭钱就发烧，想些花花点子！咱乡古往今来也出过几个英雄烈士和高官名人，他们都没塑像，你娘有什么资格塑像？这事要是被人捅到上面去，不是要我们替你挨批评担风险吗？"

狗剩儿听出了话外之音："乡里领导就替我担担风险吧！以后，乡里有什么为难事，用得着我，打声招呼，好说好说！"

乡长狡黠地笑了："有你这句话就行！乡中学的危楼得重盖了，你得带头放放血！万一上面有人要追查你塑像的事，我们就可以用你捐款修学校的事来堵他的嘴！"狗剩儿一想，是这么个理，就慷慨激昂地拍了拍胸膛："该出手时就出手！我带头捐五万！"

雕像快落成时，县城来了人，自称是城乡建筑艺术、文物管理部门的，声色俱厉地勒令狗剩儿停工："塑像属于建筑艺术、文物范畴，不能随便乱塑的！你没有申办塑像手续，得罚款、停工！"

狗剩儿已见惯了这种借公事公办之名行敲诈勒索之实的把戏，摆酒把来人灌得半醉，问："有什么需要我帮忙的，尽管说！"来人就说："县城那座城雕资金缺口大，停工了，领导急得抓耳挠腮，撵我们下来各显神通化缘。我们可逮住你了！"

狗剩儿不含糊，愿出八万元赞助费修城雕。来人喜出望外，连声说："你只管塑像，我们睁只眼闭只眼！有人再找你的麻烦，你就说经我们口头同意了的！"

狗剩儿为他娘塑像，雕塑费、材料费、工钱只花了六七万元，而花在塑像外的钱却是十三万多元。狗剩儿的媳妇心疼地嗔骂："花二十万塑这么个铜疙瘩，发烧！败家子！"

狗剩儿瞪眼凶她："你懂个屁！我每天看见娘的身影，就会想起娘的吃苦耐劳精神，浑身就有使不完的劲，就能不忘本，不满足，激励我去赚回更多的钱。这就叫精神变物质！再说呀，来找我做生意的人，一听说我舍得花二十万元钱为母亲塑像，肯定是个大孝子、大富翁，就会放心地跟我做生意。"

他媳妇抢白他："哇，你是拿娘的塑像给你做广告打招牌呀！"

狗剩儿恼羞成怒："闭上你的臭嘴！什么话到了你嘴里就不中听了！"

半年后的一天早上，狗剩儿起来去给娘的雕像请安，忽然惊愕地发现雕像不翼而飞！狗剩儿暗中猜测：这一定是怀恨在心的乡亲们干的！他感到齿寒心冷。

后来案破了，是几位外乡人在石材场打了半年工没拿到工钱，狗剩儿要赶他们走，他们一怒之下，深夜把铜像抬到僻静处砸铜换钱了。

桩　子

　　桩子听人说，城里人懒，好多脏活累活危险活都不愿干，等着乡下人去干，只要人勤快，就能赚到钱。桩子想，自己没什么赚钱的手艺，倒有一身蛮劲，不怕干脏活累活。说到危险活，总不至于比下窑挖煤还危险吧？桩子曾在乡下小煤窑里挖过煤，跟他一起挖煤的伙伴死的死、伤的伤，就他命大福大，落下个囫囵身子。不是小煤窑被政府强行关闭了，桩子还得干那"埋了没死"的危险活哩！桩子得挣钱给瘫痪的母亲看病抓药，得给读高中的弟弟挣回学费，还得给自己娶媳妇准备彩礼，他不得不背起行囊，扒上货车来到了这座南方城市。

　　桩子没料到城里活多人更多，满街都是进城卖苦力的乡下人，他们腿子跑肿了，嗓子说嘶了，疲惫地蜷缩在屋檐下角落里打盹，或向人家讨一碗开水啃那又黑又硬的冷馒头。许多人盘缠花光了，仍没找上工，就成为盲流流落街头；有的则沦为乞丐和小偷，成为城市里的不安定因素，受到城里人的睥睨谴责。

　　桩子可不愿成为盲流，更不愿当乞丐和小偷。他要凭自己的一身力气挣来血汗钱，问心无愧地待在城市。谁知城市不稀罕他的一身力气，他四处碰壁，不知遭到多少白眼和讥笑，仍然没找到一份活。他带的干粮吃完了，盘缠花光了，饥肠辘辘时，只得在垃圾堆里捡菜叶烂果吃。桩子羞于到那些小饭馆小吃摊上讨食吃或蹭残菜剩饭，饿死也不能丢人现眼。

　　人是铁饭是钢，几天没吃饭的桩子就像一根摇摇晃晃的芦苇，终于昏倒在街头上。他苏醒过来时，发现自己躺在阿芳的粥店里。阿芳欣喜地笑了，嗔怪桩子："唉，没见过你这么臭硬的男人！"桩子初到城市时常上阿芳的粥店里买粥，后来桩子没钱就不来。阿芳知道桩子囊中羞涩，看见桩子路过就拉他喝粥，说赊着账，日后挣了钱再还。桩子脸面薄，不肯赊粥喝。

　　阿芳端上一大海碗肉粥，催促道："快喝吧！喝完了有力气，帮我干点活。"桩子的犟脾气又上来了，说："有什么活，我先干了，再喝粥！"阿芳喟叹道："唉，我真服你了，又憨又犟！你不喝粥，咋有力气干活呀？"阿芳逼着桩子喝了肉粥，让他帮忙到煤气站去换一罐煤气。

　　桩子刚把煤气罐扛回来，坐下喘口气。突然，一个疤脸男人闯进粥店，把阿芳堵在角落里，硬逼着阿芳答应与他复婚，否则就炸掉粥店，与阿芳同归于尽。疤脸撕开了前襟，露出一排捆绑着的管状炸药，他一手擎着导火索，一手举着打火机。桩子慌忙地说："别忙别忙，大哥，冤有头债有主，你不能把我一起炸死呀！我不能当这冤鬼，你得让我走呀！"疤脸一想有道理，就侧身让桩子快滚。桩子走近疤脸的瞬间，倏地扑上去，死死地抱住疤脸的双臂和腰，狠狠地把疤脸摔倒在地……这时巡警闻讯赶来了，把疤脸带走了。阿芳扑在桩子怀里哽咽起来，桩子轻轻推开她，喃喃道："我肚子还饿着，再给我盛一碗粥，行吗?"

　　当天的晚报上就刊登了进城打工者桩子勇斗歹徒、制止一桩恶性爆炸案的事迹，满城鼎沸，街谈巷议，都夸桩子是当之无愧的英雄。晚报还披露了桩子十几天找不到工作，饿昏在街头的内幕，这下阿芳的粥店可热闹了，许多单位慕名前来聘请桩子去打工，有的老板还许以高薪聘请桩子当保镖。桩子一一拒绝了，他答应了阿芳，在粥店里打工。

　　阿芳的粥店的生意遽然红火起来，许多人来的真正意图不是吃粥，而是来看看英雄桩子。其实，桩子与千万个进城打工者一样，那么土里土气、憨厚老实，那么任劳任怨、安贫乐道。如果有一天有一位进城打工者昏倒在你的门前，请你像阿芳一样去扶起他，也许你扶起的就是一位英雄。

　　阿芳与桩子渐渐有了那层意思，桩子赞叹："你熬的粥真好吃！"阿芳含情脉脉地说："你要是觉得好吃，我给你熬一辈子粥吧……"

除 夕 夜

除夕，大马拉最后一车山货到县城里去，归途中卡车突然熄火抛锚了。大马趴在车头上捣鼓了好一阵子，卡车仍然发动不了。大马抓耳挠腮，捶胸顿足，焦急万分。这里前不着村后不着店的，眼看天要黑了，又飘起雪花，这可怎么办呢？家里人还盼望自己快回家吃团年饭哩！

忽然，有人给大马打招呼："喂，要人帮忙吗？"大马抬头一看，一位赶骡子的汉子站在他身边。大马思忖："说得倒轻巧，你一个赶骡子的能帮什么忙？"大马没搭腔，仍趴下修这辆老爷车，死马当活马医，希望能碰巧修好。赶骡子的汉子讨了个没趣，知道大马瞧不起自己，便自我介绍道："大兄弟，我在青藏高原运输连开过八年汽车，你就让我试试吧！"大马惊喜："这可遇到救星了！"大马立即掏出香烟请赶骡子的汉子抽。一根烟工夫，赶骡子的汉子就把车修好了。

大马握住赶骡子的汉子的双手激动地说："大哥，我该怎么感谢你呢？"赶骡子的汉子说："举手之劳，感谢个啥？不过，我有个小小请求……"大马说："你说吧！"赶骡子的汉子说："我想过过车瘾，自从复员后有一年多没摸方向盘了，看见车就手痒心痒的。"大马满足了他的愿望。他把骡子拴在路边树林里，开起大马的卡车跑了一段路，又折回到拴骡子处，恋恋不舍地停下。大马说："大哥，你开车修车都这么好，咋就不买辆车开呢？"赶骡子的汉子苦笑："你问到我的心病了。我做梦都想买车啊！可不能偷不能抢呀，还得老老实实赶骡子攒钱啰！"

夜幕降临了，雪下得更大了。大马仿佛看见老婆做好了团年饭温好了酒，老母亲拄着拐杖倚门盼儿归，不由得踩大了油门。忽然，前方有人站在路中拦车。大马紧急刹车。原来，一位农家孕妇突然发作了，乡村接生员诊断是难产，必须马上送往县医院，否则母子俩都有生命危险。大马没有犹豫，让他们赶快把孕妇抬上车。大马在帮忙抬担架时突然愣住了，顿时脑嗡耳鸣，眼睛发昏，身子不由得摇晃了几下。大马沉缓地爬上驾驶室，脸色铁青，血脉偾张，阴鸷地猛抽着香烟，暗自慨叹："真是冤家路窄，怎么偏偏遇上她？"

那年头大马家穷，娶不上媳妇，就托媒婆找人家换亲。大马的妹妹去给一个傻子当媳妇，傻子的妹妹给大马做老婆。哪知新婚之夜，大马的新娘偷跑了，并跑到乡里告她父母、哥哥和大马破坏军婚，原来，她正在与一位边防军人恋爱。大马险些吃了官司，更悲惨的是，大马的妹妹忍受不了傻子的凌辱折磨，跳河自杀了。大马的父亲气成重病，撒手西去。那时，大马恨不得揣把刀子宰了那害人精。直到现在，这怨恨还埋藏在心头，今天天赐复仇的良机……

　　大马推说卡车坏了，揭开车盖假装修车。突然，他耳边响起赶骡子的汉子的声音："大兄弟，咋又坏了？"大马惊异地四处看，不见他，原来是幻觉。大马东摸摸西扭扭，耳边又响起赶骡子的汉子的声音："大兄弟，你的车没坏！你还磨蹭个啥？快开车救人呀！这可是两条人命呀！"大马盖上车盖，钻进驾驶室，赶骡子的汉子仿佛看透他的心思，揶揄道："男子汉咋能这般鼠肚鸡肠？都什么年代了，还记着陈芝麻烂谷子的冤仇呀？再说，婴儿是无辜的，你可不能见死不救呀！"

　　大马的心震撼了，忙发动卡车，调头往县城疾驶。大马为难产的孕妇赢得了宝贵时间，她生下一个男婴。她产后大出血，昏迷过去，生命垂危，糟糕的是医院里缺血浆。大马想："救人救到底！他将袖对医生说："我是 O 型血，抽我的血吧！"血缓缓地流进她的体内，她苏醒过来，认出了大马，泣不成声……

　　新年的爆竹响了。她的男人匆匆赶到了医院。大马瞠目结舌：真巧呀，竟是赶骡子的汉子！他拥抱着大马哽咽道："大兄弟，谢谢你救了我家两条命！"大马说："不，应该说是你救的，你不帮我修好车，我的车还趴在那山坳里过夜哩……"

村　印

　　柿坡村村委会换届选举，老村主任潘大叔落选了，他茶饭不思，寝食不安，足足在家躲了半个月没出门。新村主任石娃三上潘家都吃了闭门羹，潘大叔装病不见。石娃知道潘大叔闹情绪，也就不好意思提村印的事，怕火上浇油、落井下石，惹得潘大叔急火攻心真的得大病，更怕他一时想不开寻短见。

　　可柿坡村几桩事急等着村印盖章：县水产局欲与柿坡村签合同联合创办百亩牛蛙基地，柿坡村欲向农业银行申请贷款改造电网，几位村民集资创办采石场要申请办执照，两对年轻人要村委会出具证明去办理结婚证……

　　石娃这个新官上任后却没有村印，是件多么尴尬、窝囊、沮丧的事呀！他想，潘大叔正在气头上，也许气糊涂了，等他冷静下来会主动交出村印的，这是迟早的事，何必性急，惹得潘大叔反感生气呢？石娃耐下性子等，也劝别人平心静气地等。一晃，一个月过去了，潘大叔还没有交村印的迹象。

　　这天，石娃喝了几盅酒，壮了壮胆，第四次登潘大叔家的门去讨村印。本是理直气壮的事，石娃不知怎的莫名其妙地心虚胆怯起来，见了潘大叔的面，竟支支吾吾起来："潘大叔，您看那村印……"潘大叔瓮声瓮气地说："那天我去桃花村喝喜酒，醉了，把村印丢了。"石娃瞠目结舌："丢了？这、这怎么办？"潘大叔轻描淡写地说："这还不好办？你去找乡里打个证明，再去雕个村印呗！"

　　石娃思忖：潘大叔过去视村印如生命，总把它锁在木箱里，咋会随身带着喝醉酒丢了呢？分明是假话！石娃很生气：哼，这不是成心跟我作对吗？敬酒不吃吃罚酒，就怪不得我了！石娃去乡里告了潘大叔一状。乡长闻知此事，去柿坡村劝说潘大叔交印。潘大叔火冒三丈："是石娃告的刁状吧？我跟他说得清清楚楚，去桃花村喝醉酒把印丢了，要不信就抄我的家，把我抓去坐牢好了！"乡长与潘大叔私交较好，也奈何不了潘大叔，只好让石娃重新去雕一枚村印。

　　不久，石娃偶然发现潘大叔暗地里用老村印替人办事，他大吃一惊：一个村委会，两枚村印，这成何体统？岂不乱套了？石娃气冲冲地跑到乡里告状。乡长很恼火：姓潘的也太无法无天了！这不是存心捣蛋吗？得杀杀他的气焰！就派了一个调查组去调查处理此事。潘大叔理亏词穷，狡辩道："老村印真的丢了！那是过去留下的一张盖了村印的空白介绍信，人家求上门来，我看没什么原则性问题就给办理了。要是违反了党纪国法，我甘愿受惩处。"潘大叔一副死猪不怕开水烫的样子，调查组奈何不了他，在村里胡吃海喝了几顿，撤回乡里，不了了之。本来乡长就叮嘱过调查组组长，此案只可做做官样文章，不可深究严办。

一天，石娃到县土地管理所去办事。人家怀疑石娃所持证明上的村印是假的，竟喊来保安审查盘问石娃半天。原来就在前几天，柿坡村一村民持潘大叔用老村印盖章的证明来办理过一份屋宅地契。老村印与新村印明显不同，就闹出如此误会。石娃这次可气炸了肺，到县里告状。县领导公务缠身，没闲空管这等鸡毛蒜皮事，就给石娃出主意，在县报上花钱登则声明，宣布老村印作废。今后闹出什么事来，一切后果由潘大叔自负。石娃立即去县报登了声明。但县报发行量小，影响不大，老村印仍可奏效。一些在石娃那里办不通的事，在潘大叔那里有求必应。村民戏谑地称潘大叔为"地下村主任"。

两年后，潘大叔患了绝症，留下遗嘱：将老村印当陪葬品。潘大婶是个明白人，将老村印交给了石娃，歉疚地说："石娃，你大叔当了三十多年村干部，舍不得交出老村印，生前为难委屈你了，看在我的面子上，你别怨恨他！你大叔一辈子喜欢排场热闹，出殡那天求你去送送他。"石娃对潘大叔的怨恨烟消云散了。出殡那天，石娃郑重地将老村印放进了潘大叔的棺材里……

拖　鞋

蛮牛打了通宵麻将，天蒙蒙亮时回家来，拍了半天门，老婆桂花才揉着惺忪的眼睛，不满地嘟哝着，懒洋洋地来开门。蛮牛手气糟糕透了，将准备买化肥的钱输个精光，正窝着火，听桂花嘟哝，劈脸就是一巴掌。

桂花明白了，蛮牛输钱了，而且输得惨。蛮牛就是这德性，赢了钱就呼儿唤女去打酒割肉，就抱住桂花亲热。输了钱就发火捣怪，输得少就砸东西打牲口，输得多就打老婆揍孩子。桂花只好忍气吞声，若是哭闹蛮牛会骂得更凶，若是反抗蛮牛会打得更毒。孤掌难鸣，蛮牛撒完了气就会上床睡得像死猪一样。

蛮牛骂累了，气消了，踉踉跄跄地进了卧房。忽然，蛮牛看见卧房窗台下扔着一只拖鞋。蛮牛心里咯噔一跳：谁的拖鞋？乡下人一般穿木屐，不穿拖鞋，只有村干部、老师、在外做生意的人舍得穿拖鞋。蛮牛脑袋一炸：莫非老婆与别人私通？要不，别人的拖鞋咋跑到我家卧房里来了？蛮牛的无名火又蹿上来了，他揪住桂花的头发就往卧房死拽，质问："这是什么？"桂花一看拖鞋，傻眼了：这分明是一只男人的拖鞋！是哪个缺德鬼挑拨陷害，将拖鞋扔进我家卧房来？这真是黄泥巴掉进裤裆里——不是屎也是屎呀！

蛮牛把桂花打得遍体鳞伤，也没逼问出奸夫来。蛮牛想，哼！跑了奸夫，凭这拖鞋不愁挖不出奸夫。蛮牛明察暗访起来。有人说："这拖鞋好面熟！哦，记起来了，是住队干部小张的。"蛮牛的脑海里顿时浮现出小张冬天在村里开办学电脑讲座，手把手教桂花学电脑的情景，那时候蛮牛就醋意浓浓，瓮声瓮气地警告过桂花："城里来的干部花花肠子多，可别让他占了你的便宜！"看来，这小子真是个馋猫，竟敢偷食到老子头上来，哼，看老子咋收拾他！

蛮牛气冲冲地去找小张算账。小张不在，村支书却在小张的住房里寻找什么。蛮牛生气地问："姓张的躲到哪儿去了？"村支书一愣："你这是说的什么话？小张凭什么要躲？"蛮牛说："他干了亏心事，不躲，我打破他的脑袋！"村支书越听越糊涂："小张干啥亏心事了？"蛮牛拿出小张的拖鞋。村支书一看拖鞋，咧嘴笑了："刚才我找半天，也没找到另一只拖鞋，咦，咋跑到你手上了？"蛮牛冷笑："我正要找姓张的问个究竟，他的拖鞋咋跑到我家卧房里去了？"村

143

支书听出了弦外之音，沉着脸说："你不要瞎咋唬，人家小张是小伙子，又是城里干部，咋会看中你的黄脸老婆？"蛮牛嘟囔："那他的拖鞋咋跑到我家卧房去的？"

村支书问："你几时发现拖鞋的？"蛮牛说："就在刚才。"村支书追问："你昨晚去哪了？"蛮牛支支吾吾："我……我……"村支书抢白："你又去赌博了。真是狗改不了吃屎！像你这样鬼混下去，不是输掉老婆，就是气跑老婆！别疑神疑鬼了，实话告诉你吧，小张这两天在城里为村里跑办小水电站的资金，总算跑到手了，昨晚搭拖拉机回村报喜时，拖拉机翻进沟里，小张的一只腿摔骨折了，住在乡卫生院里。我这就准备去看望他，顺便把他的毛巾、衣服、鞋袜等东西带去。"

蛮牛将信将疑，嘀咕道："他的拖鞋咋跑到我家卧房去的呢？莫非真是哪个缺德的捣鬼？"正在这时，蛮牛瞥见自家的黑狗在附近转悠，猛地明白过来：哦，一定是黑狗把小张的拖鞋偷叼回家的！去年，它曾把羊娃媳妇的绣花鞋叼回家，咋就气糊涂了，忘了这事？蛮牛嘿嘿地傻笑着，向村支书说破了谜团。村支书唏嘘："人家为咱们办事差点把命都搭上了，可你还往人家头上扣屎盆子，你说你混不混账？"蛮牛无地自容，小声说："我混账，我不是人！这双拖鞋给我吧……"村支书一怔："你还想扯歪皮吗？"蛮牛喃喃道："不是那意思。我看这双拖鞋破得不像样子了，想买双新拖鞋送给小张！"村支书眯着眼微笑了："你小子还有点良心！"

牛 拐 告 状

　　牛拐生在柿坡村。牛拐那天从亲戚家喝醉了酒回来，把村主任家的黑狗踹了一脚。黑狗尖声哀叫着跑回家，引来了村主任。

　　村主任问："牛拐，你小子知不知道打狗欺主？我哪一点得罪你了，你要下毒手打我的狗？"牛拐酒壮胆气，竟顶嘴："好狗不拦路，你家黑狗拦了我的路，还要咬我，我不该踹它？这叫正当防卫！"村主任气急败坏，冲上来猛踹一脚，踹在牛拐的胯间。牛拐惨叫一声，顿时瘫倒在地，双手紧捂胯间痛苦呻吟、翻滚着。村主任说："我这也叫正当防卫！"便扬长而去。

　　牛拐胯间的东西红肿了半月，险些成为废物。牛拐看过电影《秋菊打官司》，秋菊的男人也是被村主任踢伤了胯间的东西，秋菊百折不挠地去打官司，终于胜诉，让村主任蹲了牢。可惜牛拐没有一个秋菊似的媳妇，他还是一个光棍。牛拐想：难道我一个大老爷们，连秋菊都不如吗？我也要去告状，去"讨个说法"！

　　牛拐先去乡里告状。乡长问："村主任把你踢废了没有？"牛拐嗫嚅："没……"乡长打着哈哈："没踢废告个鸟状？回去好好干活，发家致富，娶个媳妇好好过日子。娶不上媳妇，胯间的东西再好也是废物。"

　　牛拐心里窝着气，又去区里告状。区长助理接待了牛拐。区长助理问明情况，各打五十大板："村主任踢你不对，可你踹村主任家的狗也不对呀！这纠纷的导火索还是你点燃的，咋说你也有点责任，是吧？既然没把你踢废，我看这事就大事化小、小事化了，都是一个村里，低头不见抬头见，何必结冤仇？我们责成村主任赔偿你的医药费、误工费，你就别到处去告状了！"牛拐想起秋菊，喃喃道："我不要钱，我只要村主任当众给我认个错！"区长助理说："你别为难他了！你们村主任那犟脾气我太清楚了，上山打虎易，开口认错难，一犟起来九头牛都拽不回头。那年他聚众械斗抢水，区长叫他认错他都没认的。"牛拐瓮声瓮气地说："他犟，我比他还要犟！要不，我咋叫牛拐？"

　　牛拐到县法院里告状。法官问："你有没有证人？"牛拐摇头："没有证人，当时只有我和村主任。"法官又问："你有没有医院鉴定？"牛拐说："没有。我怕羞，没上医院，请郎中给我治好的。"法官肩头一耸，两手一摊："你既没证人，又没医院鉴定，这案子我没法帮你审，你就是告到天边也没法告倒村主任。"牛拐沮丧地问："难道就没办法了？就白让他踢了？"法官说："好在没踢废你！小伙子，吃一堑长一智，日后遭了欺负，要记得找证人、留证据。"牛拐突然问："要是村主任承认是他踢伤了我呢？"法官一愣，摇头："不会有这么傻的村主任吧？只要他认账，这案子你准赢！"

牛拐回村，将状纸往村主任的饭桌前一拍，激将道："好汉做事好汉当，有种的在这状纸上签个字。"村主任果然在状纸上签下了"情况属实"四字和他的名字。

当晚，牛拐辗转难眠：真的赌气把村主任告去坐牢吗？平心而论，村主任除了性子急、脾气犟，还算是个好人，他真心带领村民脱贫致富奔小康，从不多吃多占，总把自家的钱粮捐给困难户。五年前，咱娘患重病没钱住院，还不是村主任挪出自家盖房的钱救了咱娘一命？只记仇，不念恩，咱牛拐还算是个人吗？这么一想，憋在牛拐心头十几天的怨气慢慢泄了……

第二天日上三竿，牛拐才起床。牛拐娘蹀躞着进房来唠叨："刚才我在小河边洗衣，碰到村主任挑水。村主任说，他家的黑狗怀着崽，你把它踢流产了。那狗救过村主任的命，村主任才看得那么金贵，才气糊涂了踢伤了你。村主任说，幸亏没把孩子踢废，要不，就造大孽了。村主任还说，他很喜欢你那股天不怕地不怕的犟劲，过些时要给你做媒，把他的外甥女介绍给你。"牛拐咧嘴暗笑了：这个犟老头，总算是认错了！亏他想得出这么一个巧妙认错的点子！

满娃的故事

当年，县剧团到柿坡乡招演员苗子，柿坡乡乡长把孤儿满娃当"搭头"要硬塞给县剧团。剧团团长说："他长得丑，又没好嗓子，不是当演员的料子。"乡长说："长得丑，就当丑角吧；没好嗓子，就学武戏。"团长仍摇头。乡长倏地变了脸，阴鸷地说："你们不要满娃，休想带走一棵苗子。"团长愕然，惶然。乡长又拉团长去喝酒吃狗肉，还塞给团长一条烟一包茶，团长无奈，只好顺坡下驴。

一晃20年，满娃默默无闻地演着土匪、鬼子兵、翻译官、狗腿子、流氓、地痞、叫花子等丑角中的配角，连鸠山、胡传魁、刁德一、座山雕、南霸天这样的主要丑角都轮不上他演。满娃喝醉酒时发过"怀才不遇"的牢骚，被人打了小报告。团长就揭他的老底："别忘了当初你咋进剧团的？像猪下水、槽头肉搭进来的，你还敢翘尾巴？树活皮，人活脸。"满娃蔫了，从此夹起尾巴做人。

满娃单相思唱小旦的红云。但见到红云，满娃就两腿哆嗦，说话结巴。红云后来嫁给了演小生的大林。红云出嫁那天，满娃躲在剧团道具室里喝闷酒，酩酊大醉。不久，大林和红云吵架了。满娃很纳闷：这么天造地设的一对人儿干嘛要吵架呢？要是我娶了红云非把她当观音供着不可！一年后，大林与红云离了婚。大林找满娃喝酒时透露："红云不是处女，给老子戴了一顶绿帽子！妈的，打死她也不说出那龟孙子。我猜八成是狗×的团长！老子恨不得宰了他！"

寡妇门前是非多。狂蜂浪蝶常窜来骚扰红云。满娃自愿当起了护花使者，每夜在红云屋前的草地上练武功、打太极拳、喝酒品茶、纳凉散步，让那些好色之徒望而却步。一天深夜，风狂雨暴，满娃辗转难眠，怕有色狼欺侮红云，起床去了红云屋前。正巧有人在纠缠红云。满娃大喝一声，吓得那人狼狈逃窜。满娃疾追，在死巷里堵住了那人。满娃用手电筒一照，瞠目结舌：原来，色狼竟是自己的恩人，当年柿坡乡的乡长，如今文化局的局长。局长瓮声瓮气地说："满娃，你要坏了我的事，我饶不了你！"满娃呆若木鸡，望着局长扬长而去。满娃狠狠掴了自己几耳光。

县剧团不景气，每况愈下，惨淡经营，仍入不敷出，没钱排新戏、发工资，于是搞承包、裁人。满娃拉起一支丑角演出队，专排一些哑剧、闹剧、喜剧、小品、相声、双簧戏，到工矿乡村演出，名声大噪，收入颇丰。说过风凉话的大林也眼馋起丑角演出队，屈尊降贵拉满娃喝酒，央求进丑角演出队。满娃一口回绝："你长得太帅，嗓子太亮，不是丑角料子，没喜剧细胞，观众笑不起来，会砸台的！"可满娃三顾茅庐请红云加盟丑角演出队。满娃与红云演喜剧小品，一丑一美，相映成趣，一谐一庄，搭档默契。他俩的喜剧小品还在全省文艺汇演中获奖，上了电视。

满娃仍单恋着红云。奇怪，在台上满娃与红云表演自如，在台下他见了红云仍脸红心跳。满娃想给红云写封情书，他写了撕，撕了写，仍不敢递出或寄出。红云是满娃的晴雨表，红云有男朋友了，满娃就蔫了；红云与男朋友吹了，满娃就活了。满娃是红云的出气筒，红云高兴时冲满娃撒娇气；红云烦恼时冲满娃发脾气。

一次，丑角演出队下乡巡演，半途中大篷车翻下山沟，红云的脸被道具划开了一道很深的伤痕，破了相，丑陋可怕。红云不敢照镜子，几次闹自杀，幸亏满娃寸步不离她，她才自杀未遂。满娃跪下哀求她："你别死，你死了我也会死的！"红云大吃一惊："满娃哥，你心里真的有我？你该不会只是怜悯我吧？"满娃嗫嚅："其实，我早就爱上了你，只是我长得丑，自卑……"红云喃喃："满娃哥，这些年来，我也渐渐爱上了你，你虽然很丑，但很正直善良。其实，近年来我不断地谈朋友，就是想让你吃醋，激将你，可你还是没给我说一句情话，写一封情书，我等得好苦呀！"

满娃娶了红云，夫妻俩离开了丑角演出队，回柿坡乡承包了一座荒坡，辟为苹果园。苹果丰收季节，夫妻俩在苹果园前搭起戏台，请来县剧团演戏，报酬是每人一大筐苹果。附近的乡亲们跑来免费看戏，想吃苹果就得掏钱。戏散场，苹果也卖光了，不亦乐乎？昔日的丑角力邀满娃重出江湖，满娃说："没有红云当搭档，我就没戏了，何苦硬撑着呢？演戏快活，种苹果更快活咧！"

纽　带

一次去神农架林区旅游，在幽谷宿营时，一群青年围在篝火旁谈笑风生，不知怎的兴致盎然地谈论起"什么是维系婚姻的纽带"的问题。大伙畅所欲言、各抒己见，争论得面红耳赤。这时有人发现萧君一直沉默着，不时用树枝拨动着篝火。于是，大伙催萧君发表见解。萧君不善言谈，还有点口吃的毛病，在大庭广众中一说话脸就红，舌头就打卷，声音就颤抖。可这次，他给大家娓娓地讲了一个故事。

"我的父亲是一位乡间木匠，长年累月游村串户做手艺活，每年只在端午节、中秋节、春节回家与家人团聚。我母亲是农民，勤劳贤惠，不苟言笑，只知道埋头干农活、做家务事。父亲回家后，母亲忙着给父亲烧几样好菜，温一壶烈酒，然后边做针线活，边听父亲讲游村串户时耳闻目睹的趣事。

"儿时，我总觉得我的父母与别人的父母很不一样，我从没听见他们说过甜蜜温柔的话语，也没看见他们有过抚摸、拥抱、接吻等亲昵举止。我曾纳闷过：他们有爱情吗？也曾惶恐不安过：他们会不会有一天突然要离婚？万一他们离婚了我可怎么办呢？我与谁一起过日子呢？我甚至做过噩梦，梦见父母离婚时一人拉着我的一只胳膊争抢我，活生生地将我的两只小胳膊拉断了……

"我十二岁那年夏天，家乡发了大水，洪水冲垮了河堤，淹没了平原，我们的小村庄也成了泽国。那天黄昏，洪水袭来时，正巧父亲赶回家来了。父亲麻利地用几块门板、几只木盆扎了一只小木筏，将我和母亲，还有鸡、猪崽放在木筏上。父亲蹚着齐胸深的洪水艰难地推着木筏前进，有几次他被洪水冲得跟跟跄跄，幸亏他水性好才没被洪水卷走。父亲将我们转移到一处高地，还没喘匀气，忽然想起什么，与母亲嘀咕起来。父亲要凫水回家去取，母亲担心他有生命危险，硬拽住他。父亲爽朗一笑：'我是水猫子，不会淹死的！'

"父亲一个猛扎子跳下急流，朝着眼看就要淹没的村庄游去。不一会儿，狂风大作，暴雨滂沱，电闪雷鸣，洪水更湍急凶猛了。我和母亲站在高地上，大声呼喊父亲回来，父亲不知是听不见我们的呼喊声，还是执拗着要游回家去，只看见他的脑袋在急流中沉浮着，越来越远，越来越小了。我和母亲颤抖着紧紧地搂

149

在一起，为父亲的生死安危揪心着，祈祷着。那个夜晚，父亲没有回来，我和母亲是在恐惧和悲伤中煎熬过来的。

"我问母亲：'父亲游回家去拿什么东西？是钱还是首饰？'母亲抽泣着说：'是我和你爹年轻时的纪念物……'我追问：'什么纪念物？'母亲说：'是你爹给我刻的一些木人和我给他绣的一些花巾……'我惊讶：'难道这些木人、花巾比生命还贵重吗？'母亲喃喃：'这些木人、花巾可以让我们想起年轻时的时光和欢乐……'

"第二天清晨，父亲满身泥泞地回来了。昨晚他游回家里抢救出装木人、花巾的匣子后，就被洪水冲到下游去了。他几次险遭不测，都没舍得扔掉那匣子。

"从此，我不再为他们没有甜言蜜语和亲昵举止而忐忑不安了。我理解，他们拥有一条世界上最牢固的纽带：深沉执着的爱情。"

萧君说完已是泪眼婆娑。此刻，大伙若有所思、静默无声，只听见林涛在澎湃，夜莺在歌唱，篝火在呼呼燃烧……

乡 仇

　　苦艾寨的张铁匠为人正直，性格豪爽，但是个酒鬼，又有吹牛的毛病。一次，张铁匠喝醉酒后，吹嘘他睡过李剃头佬的老婆。

　　李剃头佬的老婆是当年从四川逃荒来的，她的母亲死在苦艾寨旁的山谷里，李剃头佬碰见扑在母亲尸体上号啕的女人，顿生恻隐之心，便掏钱帮她买棺材埋葬了母亲。女人为报答李剃头佬，就嫁给了比她大 20 岁的跛脚男人。女人年轻漂亮，李剃头佬怕她红杏出墙，严密监视着她，也防贼似地防着她周围的男人。

　　张铁匠的酒话传到李剃头佬的耳朵里，他知道张铁匠喜欢吹牛，但酒后吐真言，不能不引起他的怀疑。李剃头佬害怕张铁匠的拳头和铁锤，不敢找他当面对质，只好审问老婆："张铁匠说的酒话是不是真的?"老婆矢口否认，骂道："死铁匠，一张臭嘴瞎臭人! 他曾吹他睡过乡长的老婆，你相信吗?"乡长的老婆是张铁匠的表妹，张铁匠年轻时单相思过他的表妹，他吃不到葡萄就说葡萄酸，娶不到表妹就吹他睡过表妹。乡长曾找张铁匠算账。张铁匠嬉皮笑脸地说："乡长莫误会，我是说穿开裆裤时在草堆里与我表妹睡过。李剃头佬不相信张铁匠的酒话。"

　　张铁匠说睡过乡长的老婆，没人会相信；但说睡过李剃头佬的老婆，乡人都相信，传得沸沸扬扬。李剃头佬走到哪里，都有人神秘兮兮地在他背后指指戳戳，搞得李剃头佬灰头土脸、狼狈不堪。三人成虎，众口铄金，李剃头佬又怀疑起张铁匠与自己的老婆私通，把老婆狠狠地揍了一顿，并拿着剃刀威胁她，也没逼问出什么来。老婆愈不承认，李剃头佬愈疑心重重，总觉得戴了绿帽子。李剃头佬咬牙切齿地发誓："总有一天，我要用剃刀割断他的喉管!"

　　李剃头佬的老婆怕出事，就托人给张铁匠捎口信，让他再不要找李剃头佬剃头了，狗急跳墙，猫急爬树，别看他孱弱老实，真要惹急了也会杀人的! 张铁匠听说李剃头佬要割他的喉管，哈哈大笑，讥讽道："瞧他那副窝囊劲，他还敢杀人? 我看他连鸡都不敢杀! 不过，他能说这赌气的话，也算有点男人味!"

　　张铁匠若无其事，仍去找李剃头佬剃头。李剃头佬眼里冒着仇恨的火花，但瞬间平静下来，不露声色地给他剃头。桥归桥路归路，职业道德与报仇雪耻是两码事，就是要割断他的喉管，也得给他剃个好头，让他体面地去见阎王。张铁匠闭目养神，脸不变色心不跳，任李剃头佬随意摆弄头颅，仿佛压根儿不知道李剃头佬要杀他。李剃头佬不禁在心里嘀咕起来：是张铁匠装得镇静自若，还是真的心中无鬼、坦荡无畏？莫非他真的说的酒话？莫非我真的冤枉张铁匠了？

李剃头佬满腹心事，刮胡子时稍一走神就将张铁匠的下巴割开了一道小口子，渗出血来。李剃头佬习惯性地忙赔礼道歉。

张铁匠半睁着眼，说："没什么！"李剃头佬的手莫名其妙地颤抖起来，又在张铁匠的下巴上拉开一道口子。张铁匠故意问："老弟，你今天心里有事吧？说出来我给你合计合计！"

李剃头佬沮丧地说："我今天……心里真有事，不剃了，你走吧！"

张铁匠诡谲地一笑："你这不是故意出我的丑吗？给我刮了半边脸胡子，叫我怎么见人呢？"

李剃头佬阴鸷地问："你就不怕我再拉口子？"

张铁匠一语双关："要怕老弟拉口子，我就不会来了。"

李剃头佬红着脸喃喃："我真的不是有意拉你的口子……"

张铁匠爽朗一笑："老弟，打开窗户说亮话吧，我是来给你和弟媳道歉的，都怪我喝多了猫尿，说了一句醉话，你拉了我两道口子，就算摆平了！"

李剃头佬叹息："唉，你以后别开这种玩笑了！"

张铁匠说："我没开玩笑……"

李剃头佬大吃一惊："你真睡过我老婆？"

张铁匠说："你急什么，听我把话说完嘛！我是睡过你老婆，不过是在梦中，醉酒后就把梦境当真了。做梦和醉呓身不由己哇！你要原谅我就给我剃完头，不原谅我就割了我的喉管！"

李剃头佬默默地给张铁匠剃起头来，手不颤抖了……

西 瓜 兄 弟

在解放战争中，西瓜兄弟一个在山南种瓜，遇到溃退的国民党军队，这帮匪兵蜂拥而上，把西瓜抢个精光；另一个在山北种瓜，遇到急行军的解放军，解放军秋毫无犯，没一人下地摘瓜吃。随军记者写了一篇战地通讯《西瓜兄弟》，刊登在《新华日报》上。后来，这篇通讯被选入小学课本。

当我读到这篇课文时，像课文中的西瓜兄弟一样被解放军不拿群众一针一线的事迹感动得热泪盈眶。我却万万没想到，那西瓜兄弟，就是我的伯父和父亲。

父亲对我说，其实随军记者还写掉了一件事：解放军首长骑马过西瓜地时，不远处传来一声炮响，马突然受惊了，长嘶一声窜进西瓜地，踢破踩碎了几个西瓜。首长硬要照价赔偿，把几块银元硬塞到父亲手中。这几块银元父亲一直舍不得花，几年后把它献给了县革命博物馆。

后来，西瓜兄弟除去三年自然灾害和十年"文革"动乱没种瓜外，断断续续地种了近四十年的西瓜。前年春节，我回老家探亲，围炉烤火闲聊时，西瓜老兄弟又给我讲了这年夏天截然不同的遭遇。

西瓜兄——也就是我的伯父仍在山南种瓜。烈日当空的暑天，乡长领着一群下乡检查工作的干部路过西瓜地。干部们的眼光就被磁铁般的西瓜吸引住了，他们的嗓子眼里干渴得冒烟，一见到又大又甜的西瓜谁不想饕餮一顿？干部们不由自主地停下了脚步，站在西瓜地头夸起西瓜来，夸着夸着便涎水欲淌。乡长便对西瓜兄说："快摘几个大西瓜，让大家解解渴！"西瓜兄摘了十几个大西瓜，让大家吃得眉开眼笑。乡长临走时塞给西瓜兄一张百元大钞。西瓜兄哪找得开零钱？乡长便说："那就欠着吧，下次我来你村，或你到乡里来，我再还你。"说罢，扬长而去。

西瓜兄把这事讲给村支书听，村支书说："你糊涂一生总算聪明了一回，幸亏你没找开乡长的钱，要不你可要小心他报复你。"西瓜兄惊诧："我一个平头百姓，他咋样来报复我？"村支书说："报复你太容易了！比如他跟村里说，山南在马路边，来来往往的领导多，要注意影响，别给领导留下'只抓钱不抓粮'的坏印象，不能种西瓜了，要改种水稻，谁还敢顶着不办？"西瓜兄不吭声了。

村支书神秘兮兮地透露："拿百元大钞付钱是乡长的惯伎，你要找不开，他就说欠着，别指望他还你；你要找开了就得倒霉，李庄养鱼专业户老扁、张湾果树大王小顺都因找开过他的百元大钞，吃过他的大亏哩!"西瓜兄听罢心寒齿冷，自认倒霉，只当西瓜喂了狗。

西瓜弟——也就是我父亲那天正在山北瓜棚看瓜，迷迷糊糊地打着盹。这时一声招呼喊醒了他："老人家，你这瓜卖吗?"西瓜弟说："卖，种着就是卖的。"来人说："给我挑一个又大又甜的瓜吧!"来人边吃瓜，边和西瓜弟聊天，问西瓜收成如何，卖得怎样。西瓜弟唉声叹气："西瓜丰收成灾，瓜贱伤农，只怕有一半要烂在地里哟!"付钱时，来人掏出一张百元大钞。西瓜弟一怔，犯愁了："这么大的钱我可找不开……"来人沉思片刻，说："那就不用找了，全买了西瓜，待会儿我带走。"西瓜弟倍感蹊跷："一百元的西瓜有二三百斤哩，你咋带走?"来人笑着说："哦，我的车出了点小毛病，就在不远的转弯处，待会儿司机修好就开过来。"

果然，一辆吉普车开过来了。从车上跳下司机："刘县长，你买这么多瓜干嘛?"刘县长说："老大爷找不开钱。"司机说："我这有零钱呀!"西瓜弟慌忙说："我不知道你是县长，哪有县长吃个瓜还收钱的道理? 不收钱了!"刘县长严肃地说："哪有县长吃瓜不收钱的道理? 不收可不行，你可不能让我犯错误受处分。"西瓜弟拗不过刘县长，说："那就让这位师傅替你垫付零钱吧，用不着买这么多瓜了。"刘县长说："刚才我忽然想起，把这些瓜带回去摆个西瓜鸿门宴，请县政府所属单位头头脑脑都来吃瓜，让他们表态尽快下乡收购瓜，切实解决农民卖瓜难的问题，同时号召全县干部职工都来献爱心吃扶贫救农瓜……"

柿 坡 牛 事

　　柿坡村发生了几起偷牛案。村民到派出所报过案，公安人员到现场勘查一下，询问几句，笔录几段，走走过场，便不了了之了。若村民上派出所去催问："案子查了没有？有没有一点线索？"公安人员便不耐烦地说："眼下连人命案都忙不过来，哪有精力去查偷牛案？等忙完了这阵再说吧，回去等着吧！"

　　一等再等，偷牛案就成了无头案。也有破了案的，叶老汉家里的黄牯就从偷牛贼手中追回来了。但叶老汉并不欢喜，他为追牛请客送礼花的钱，大大超过了黄牯的价值。村民怨声载道，一怨偷牛贼猖狂，二怨派出所办案不力。那年县公安局搞民主评议，柿坡村所在的乡的派出所得了一块"人民不满意派出所"的黑牌。去县里领黑牌的是刚调来不到一个月的年轻所长石坚。众目睽睽下，石坚捧着黑牌，面红耳赤，犹如芒刺在背，恨不得遁地而逃。

　　石坚领回黑牌的当天深夜，召开全所紧急会议。干警们看到黑牌心里沉甸甸的，既感到耻辱，又感到委屈："难道我们破的人命案也一笔勾销了？"更替石坚鸣冤叫屈："你这不是替人受过背黑锅吗？"石坚沉痛地说："同志们，老百姓心里有杆秤，能冤枉我们吗？这黑牌是耻辱，但也能转化为动力，我们要知耻后勇，勇于解剖自己，找出人民不满意的原因，把工作搞好，力争摘黑牌夺红牌！"

　　派出所的会议通宵达旦，讨论鼎沸，各抒己见，终于抓住了牛鼻子：以大抓偷牛案为突破口，狠狠打击偷牛贼团伙，保护农民的命根子，让农民安农乐耕。全所干警当即划分各村耕牛责任人，要求建立耕牛档案和联防网。石坚亲自到柿坡村蹲点，当耕牛责任人。

　　石坚一到柿坡村，就找叶老汉聊天。一扯到黄牯之事，叶老汉心有隐痛和余悸。石坚说："您别怕，我给您撑腰！"叶老汉吞吞吐吐地说出了请客送礼的名单，还说出了偷牛贼逍遥法外的内幕：原来，叶老汉的黄牯是被乡长的外甥赖成偷的，赖成把黄牯秘密圈养着，准备待风声过后再销赃。不料，黄牯挣脱绳索逃了出来，被人发现了，报了案。原派出所所长与乡长是连襟，该所长竟教赖成撒谎说牛是从偷牛贼手上买来的，使其逃脱了法律的惩罚。更气人的是，他还逼着叶老汉拿出两千元钱来"补贴"赖成的"损失"。石坚说："您放心，我会替您把钱追回来，把偷牛贼送到他该去的地方。"

石坚真绝，按叶老汉请客送礼的名单，逐一发了退赔催款通知书，限令五日之内把钱送到派出所汇总，否则将此名单寄给纪检部门。五日之后，石坚将三千多元退赔款送到了叶老汉的手中，叶老汉感动得热泪盈眶。

一个多月后，石坚就生擒了偷牛贼赖成。那天深夜风狂雨暴、电闪雷鸣，赖成偷偷溜到桃岭村偷牛，刚刚得手，一副锃亮冰冷的手铐铐住了他的双手。赖成以为月黑风高天偷牛会神不知、鬼不觉，哪知竟栽在石坚的手里。他做梦也没想到，石坚为擒他，夜夜独自潜伏在赖成家门前的草堆里，被蚊虫叮得浑身起红疗，被马蜂蜇得眼睛歪斜，被蜈蚣咬得双腿浮肿⋯⋯

顺藤摸瓜，石坚带领派出所干警又破获了几个偷牛贼团伙，还捣毁了一个地下屠牛场。猖獗一时的偷牛犯罪活动销声匿迹了，柿坡村农民拍手称快，给派出所送来了锦旗金匾。一看到赫然高挂的黑牌，农民们一呼而上，要把它摘下来砸了。石坚慌忙劝阻："别⋯⋯别⋯⋯别摘下它，留着它吧，当一面镜子，可时刻提醒鞭策我们！"农民们不依，说："看见这黑牌，咱们心里难受，堵得慌，你要不同意摘下来，咱们就联名上书请愿，呼吁给你们摘掉黑牌！"第二年春天，石坚从县里领回了"人民满意派出所"的红牌，但仍把黑牌与红牌一起悬挂着。

铿锵玫瑰

我是一位被世人讥笑的傻博士，谈了许多女朋友，总没进入热恋阶段，她们不是嫌我迂腐、穷酸，就是怨我身矮、体弱。光阴似箭，不知不觉，我跻身婚姻老大难行列，成为世人讥讽的"垃圾股"。情场屡败，渐渐地，亲朋好友也没信心给我牵线搭桥了，我更是心灰意冷，准备打一辈子光棍了。

兴许憨人有憨福，天无绝人之路，我在一个大龄男女联谊舞会上结识了岚。岚不算漂亮，却也不丑，个子不算高，却结实、有劲。看上去，她像个假小子，说话泼辣，举止粗犷，跳舞时我就领教了她的厉害，她反配角为主角，将我的胳膊拉酸了，两腿拽疼了，浑身汗涔涔的。舞会散场后，岚要了我的电话号码。几天后的黄昏，岚约我去水族公园约会。岚含情脉脉地说："我就喜欢你这股书呆子气！"还没容我陶醉激动，岚又大大咧咧地冒出一句："书呆子没花心，没反骨，好管！"我瞠目结舌：天呀！还没结婚，就想当家庭女皇了！若真娶了她，岂不注定要戴一辈子"妻管严"的帽子呀？

岚坦言告诉我，她是经过爱情炼狱的，她之前的男朋友风流倜傥，英俊魁梧，是生意场上的佼佼者。一次突击扫黄打非，岚竟在玫瑰酒店抓住了正与"姊妹花"鬼混的男朋友。从没违反过纪律的岚愤懑至极，飞起一脚踢向他的胯间，险些将人家踢成废人。岚因此挨了处分，从治安警调为户籍警。我认清了她的庐山真面目后，倒抽了一口凉气：天呀！真要成家过日子，哪有齿舌不相撞、锅碗不相碰的？若是发生矛盾冲突，她发起雌威来，我这副身子哪经得起她几拳脚？岚似乎看出了我的顾虑，爽朗一笑："你别吓破了胆，我可是侠骨柔肠，只要你真心爱我，不花心，我决不会动你一根指头！哈哈，我还可以给你当私人保镖咧！"

一天，我和岚在小巷散步时，一位小伙子骑摩托车横冲直闯，将躲避不及的我撞倒了，我的眼镜摔碎了，膝盖跌出了血。小伙子也连人带车摔在地上，他龇牙咧嘴地爬起来，凶神恶煞地逼向我，揪住我的衣领要揍人。我气得白眼直翻，颤声抗议："你撞了我，反倒有理啦？还有没有王法？"小伙子强词夺理："我揿喇叭你干嘛不让？你今天不赔老子的车和医药费就没好果子吃！"岚柔声劝小伙子："有话好好说，干嘛要行蛮？不就是这点小事故吗？我们还会纠缠敲诈你不成？男子汉大丈夫咋这么鼠肚鸡肠？舍不得赔眼镜赔医药费，你赔个礼走人也行！"小伙子一怔，脸红如熟蟹，说道："不瞒你们说，我还真怕你们纠缠敲诈我，就来了个下马威。我错了，我认赔，不过，实在不好意思，我身上只剩下五十元钱了，要不，我回家去拿……"岚没等我表态，就息事宁人地说："就五十元钱吧，你走人，以后骑车小心点！"小伙子如受大赦，骑上摩托车一溜烟地跑了。我嘀咕道："你就这么当我的私人保镖？"岚淡淡一笑："人民内部矛盾呗，该马虎就马虎！"继而，她吹嘘道："别看他五大三粗的，真要行蛮，可不是我的对手！"

不久，我在公共汽车上亲睹了岚的雌威。那天，岚和我在车厢一隅窃窃私语。忽然，她拨开我，闪电般冲出老远，撞歪几个乘客，一只手如钳子般抓住一男子偷钱包的手，另一只手麻利地掏出手铐。谁知，小偷的两个帮凶拔出匕首扑向她。岚毫不畏惧，挥拳飞腿与之搏斗，几个招式就揍得小偷们鬼哭狼嚎，伏首就擒。我一直呆若木鸡。事后我羞愧地说："我枉为男子汉，吓破了胆，竟没帮你的忙……"岚扑哧一笑："幸亏你胆小没帮忙，要不你碍手碍脚的，我还得分神保护你。不过，这次抓贼你也间接立功了，你我在车上谈笑，有意无意间用了障眼法，掩护了我，麻痹了小偷。"

今年春天，我和岚订了婚。岚问我对她的印象如何，我沉思片刻，忽然想起一个近来很流行的词汇，深情地喃喃："你是一朵铿锵玫瑰！"

老　枪

　　老枪是个退休刑警。老枪在退休前最后一次追捕毒枭的行动中，为掩护同事腿部受了伤，成了瘸子。老枪干了一辈子刑警，枪林弹雨都闯过来了，临到快退休了闹成个残疾人，他感到很窝囊很沮丧。

　　老枪退休后仍闲不住，三天两头往刑警队里跑，蹭些杂活干，譬如在同事们忙得不可开交时帮忙跑腿买烟、买饮料、买盒饭，接个电话、发封传真，在同事们侦破案件时当个参谋，当个线人，当个掩护同事、麻痹罪犯的角色。有一次，刑警队又成功破获一起连环杀人案，老枪也立下汗马功劳。局里给刑警队记了集体一等功，但也通报批评了刑警队，不该启用既是退休者、又是残疾人的老枪，这样既违反政策，又于心不忍。若是老枪真有个三长两短，跟上级不好交代，跟老枪的家属更不好交代，传出去影响也不好。当然，老枪的精神可嘉，但还是得爱护老同志，耐心劝他保重身体、安度晚年。

　　老枪知道自己害得刑警队挨了批评，心里很不是滋味，再也不敢随便到刑警队去瞎掺和了。老枪试图改变一下自己的兴趣和习惯，但屡屡失败了：种花花蔫，喂鸟鸟死，玩猫猫跑，养狗狗疯，没少挨老伴的唠叨；到郊外钓了一次鱼就厌腻了，傻坐在小马扎上，痴盯着浮标，没那份执着和耐心；到老年活动中心去寻乐子，打牌下棋输了钱还惹人笑话，打门球时常为输赢惹一肚子闲气；到老年大学去学书画，握惯枪的手怎么也握不好笔，满纸涂鸦让自己汗颜，没那份勇气继续折磨自己了；到公园戏剧角去当当票友，开始几天还觉得新鲜有趣，后来就觉得索然无味……老枪觉得什么都不如当警察有滋味。

　　老枪思忖：唉，这把老骨头落下职业病了，不干警察就浑身痒痒的，心里空荡荡的，这日子实在难熬呀！就当个业余警察吧！于是，老枪每天早出晚归，在公共汽车上抓小偷，在江滩上抓流氓，在火车站抓扒车皮的，在发廊抓嫖客，在酒吧抓毒贩子，在劳务市场上抓人贩子，在集贸市场抓欺行霸市的歹徒，在校门前抓"搐肥"的小混混，在街头巷尾抓设象棋残局、扔钱包诱饵的骗子……

　　一次，老枪说回老家去串串亲戚会会童年伙伴，谁知半个多月没回来，恰巧老家来人，说没见他回去。这下老枪的家人慌了，急忙报了案，还在报纸上登了寻人启事。刑警队的同事也为他捏了一把冷汗，生怕老枪的"神秘失踪"是仇杀，你想老枪干了一辈子刑警，不会没有仇人呀！还好这次大家虚惊一场，老枪脏兮兮、笑吟吟地回来了。原来，老枪化装成一个老乞丐，混入丐帮当线人，帮助刑警队破获了一起特大丐帮盗窃集团案件。

老枪就这样快快活活地当了五年业余警察。那天是老枪的六十五岁生日，老伴劝他："今天别出门了，孩子们都要来给你祝寿的。"老枪说："我出去溜达半天，误不了祝寿。"老伴叮嘱："一定早点回来呀！"老枪蹀躞着出了门，再也没回家来。

原来，老枪听附近一家超市店员反映，最近经常有小偷跑到超市偷东西，小偷很猖獗，一旦偷窃败露，就拔刀威胁店员，扬长而去。老枪那天去布控，果然当场抓住了一个小偷。小偷一看老枪是个残疾老人，拔出刀威胁道："老家伙，别他妈的多管闲事，闪开，不然老子捅了你！"老枪忽然掏出手枪，厉声喝道："我是警察！别动！不然我就开枪了！"小偷一怔，但仍凶残地扑上来捅了老枪一刀。老枪踉跄倒下时顺势抱住小偷的腿。小偷拼命挣扎，朝老枪的身上乱捅数刀，但老枪死死不放手，硬是让闻讯赶来的巡警抓住了小偷。

老枪死了。围观的群众都说老枪死得悲壮，也窝囊，他在危急关头干嘛不开枪呢？是怕误伤了群众吗？他们哪里知道，那是老枪当业余警察的道具——一只仿真玩具手枪。

警 哨

老警察从睡梦中被吵醒了。吵醒他的又是隔壁那个"老妖精",据说是老年合唱团的演员,每天清晨都要站在阳台上吊嗓子练声。

老警察曾向"老妖精"下过通牒:"你要再这样不讲公德吵闹折磨我,我可就要反击了。"至于怎么反击,老警察暂时保密。"老妖精"嬉皮笑脸地说:"你长得像头肥猪,还睡什么懒觉?起早床锻炼去吧!要不,跟我学练声,我推荐你参加老年合唱团!"老警察嗤之以鼻:"哼,我才懒得出风头!"

"老妖精"吵扰照旧,老警察忍无可忍,开始反击了。他掏出使用过不知多少年的警哨,拼命吹了起来。尖厉刺耳的警哨声要多难听有多难听,压倒了"老妖精"的吊嗓子声。"老妖精"恼羞成怒,噔噔噔地跑过来,嘭嘭嘭地敲门,愤怒抗议:"你在吹什么鬼东西?你这不是成心捣蛋吗?"老警察开门,回敬道:"你有唱歌的自由,我也有吹哨的自由,咱们井水不犯河水。""老妖精"反驳:"我这是搞艺术,你这是故意制造噪音,成心捣蛋欺负人!"

突然,楼下传来哭喊声。老警察一惊,凭着职业习惯,飞身下楼。原来,是楼下的小保姆在哭喊。小保姆出门倒垃圾,没带钥匙,穿堂风猛地吹来,把门反锁上了。煤气灶上煮着稀饭,摇篮里睡着婴儿,小保姆又急又吓,哇地大哭起来。小保姆一哭,惊醒了门内的婴儿,婴儿也一声紧一声地啼哭起来。

老警察问小保姆:"你家主人离家近吗?"小保姆哽咽着说:"不近,他们晚上才能回家……""老妖精"也下楼来,不失时机地讥讽老警察:"你快吹你那鬼哨子吧,兴许能把门吹开!"老警察瞪了她一眼,瓮声瓮气地说:"情况这么危急,你还在说风凉话,也不脸红!""老妖精"真的脸红了,不吭声了。

老警察想踹开门,可门包着一层铁皮,很坚固,踹了几下丝毫不动。老警察对"老妖精"说:"我想从你家阳台翻进他家阳台,行吗?""老妖精"一怔,担忧道:"这多危险!瞧你这笨熊般的身体,能行吗?"老警察爽朗一笑:"哈哈,爬墙翻窗是我的老本行,小菜一碟!""老妖精"惊愕地问:"你是小偷?"老警察更乐了:"看你想到哪儿去了?我是抓小偷的人!""老妖精"明白了他是警察,但仍替他担心:"还是打110报警吧!你得服老呀,万一有个闪失怎么得了？”

老警察急着要翻阳台，“老妖精”拉住了他：“等等，我有一根晾衣服的绳子，你拴上它！”老警察做了一个鬼脸：“别拴了，摔死了就没人干涉你吊嗓子，没人吹哨子捣蛋了！”“老妖精”嗔怪道：“讨厌！拴上它！你以为我心疼你？美死你了！我是怕你从我的阳台上摔死了，不吉利，怕冤魂缠住我！”

老警察迅捷地翻进楼下的阳台。“老妖精”悬着的心落了地，她情不自禁地哼起了歌。老警察上楼来，搭讪道：“唱歌其实是蛮快活的事，不知我这嗓子行不行？”“老妖精”兴奋地说：“你说话嗓门亮中气足，唱歌一定行！我教你！不过，你得改改你那睡懒觉的毛病，还有别吹那刺耳的哨子了！”老警察说：“睡懒觉的毛病我可以改，可哨子不能不吹，你知道吗？这是警哨，跟我几十年了，像老伴儿，离不开它。一吹，我就想起过去的战友和时光……”

戒毒所一幕

我去戒毒所采访那天，正巧逢上探视日。在戒毒所张所长的办公室里，我一边听着张所长枯燥无味的介绍，一边将目光越过他的肩头朝窗外望去。在熙熙攘攘的探视人群中，我发现了一位漂亮的女人。这女人无论是身材，还是脸蛋都能够引起人们的注意，甚至会让男人们心旌摇曳。我猜想：她来探望谁呢？是男友还是丈夫？是兄弟还是姐妹？是父母还是亲戚？是邻居还是同事？

张所长瞥了窗外一眼，忽然停止了介绍，说："对不起，我得耽误一会儿。"说罢，张所长扔下我，急匆匆地奔向等待探视的人群。不一会儿，张所长领着一位女人进了办公室。我一看愣住了：这不就是我刚才发现的那位漂亮女人吗？她与张所长是什么关系？为什么张所长对她这么热情礼待，又是让座倒茶又是寒暄问候的？张所长颇巴结地说："怎么能让你们在探视室会面呢？那儿人多眼杂声吵，多不方便，我把办公室让给你们亲热亲热嘛！"那女人脸倏地晕红了……

张所长也不管我是否在意，就领着我另找了一个地方，又大谈特谈起戒毒所的政绩来。我的心思早就飞到那漂亮神秘的女人身上去了，除了她到底探视谁的疑问，又增加了她到底与张所长是什么关系的谜团。我胡思乱想起来：她是张所长的亲戚吗？是他的童年伙伴或同学吧？是他的老熟人或旧同事吗？张所长和她丈夫是朋友吧？他与她父母是邻居吗？他跟她兄弟是战友吧？也许她和他是情人吧？也许他在利用职权勾引要挟她吧？也许她向他行贿过吧？也许从这女人身上打开突破口，可以捞到不少新闻素材，可以揭开戒毒所的黑幕吧……

我不耐烦地打断了张所长的啰嗦，提出想采访几个有典型性的戒毒人员。张所长说："可以，我给你安排。不过，今天上午是探视时间，要采访得等到下午吧！"我装作漫不经心地问："刚才那女人也是来探视的吗？"张所长答："是呀，来探视她丈夫，她丈夫已是第三次进戒毒所了。"我感到蹊跷，也在替她惋惜："她怎么那么痴情呀？干嘛不跟屡教不改的丈夫离婚呢？"张所长说："离了婚，现在才搞清楚内幕，又来找她丈夫复婚。"我如坠五里雾中："什么内幕？"张所长自知说漏了嘴，支支吾吾起来。但他经不住我死缠硬磨，终于说道："不过，现在可以说这内幕了，但你得保证，不能在报刊上发表。"我只好答应了。

张所长娓娓道来："我与她丈夫是警校同学、知心朋友，她是歌舞团舞蹈演员，当初他们结婚时，我还真有些羡妒哩！后来她丈夫染上毒瘾，被开除出警察队伍，别说她伤心，我也痛心呀！当他两次进戒毒所戒毒时，说实在话，我都讥讽睥睨他，没给他好脸色，更没讲情面关照他。后来他们离婚了，孩子因寄养在乡下姥姥家患急病夭折了，一个好端端的家就这样给毒魔毁了！我气愤极了，喝得大醉，也不顾政策纪律，跑到戒毒室里臭骂了朋友一顿，狠狠抽打了他两耳光，还发誓与他断交。直到现在，我都在为这事后悔哟！"

我纳闷："你与他断交做得对呀！他挨打骂也是活该的！"张所长喟叹："唉，我哪知道他竟是个缉毒英雄呀！"我大吃一惊："三进戒毒所的吸毒者咋变成缉毒英雄了？"张所长说："前不久我市破获一个特大贩毒集团案件，将毒贩子一网打尽，最大的功臣就是我的朋友。原来，他当卧底打入贩毒集团内部，不得已才染上毒瘾的……"张所长哽咽起来："我朋友过去身体多棒呀，当卧底后把身体给毁惨了！他是为了成千上万人不吸毒才去吸毒的呀！亏我还是警校毕业的，怎么就没想到卧底计策呢？我能不悔恨吗？"我潸然泪下，对那位缉毒英雄肃然起敬。

经过张所长办公室时，我隐约听见门里的抽泣声、低语声，我多想看看这位缉毒英雄哟，但又怕打搅了他们的幽会，只好蹑手蹑脚地离去。

老 莫 钓 鱼

老莫从市纪委书记的岗位上退下来后，倍感寂寞无聊。到老年大学学了一阵书法国画，老莫终觉自己欠天赋造诣而半途而废；到气功学会练了一阵气功，老莫反感气功大师神吹鬼捣，有诓人诈财之嫌，拂袖而去；被老战友硬拽进老同志合唱团唱了几天，老莫自惭五音不全七声不分，颇似滥竽充数的南郭先生，便知趣地称病退团；老莫到老干部活动中心消遣了一段时光，也因棋牌球技不如人，常遭人埋怨讥笑，惹一些闲气，便不再去掺和了。

老莫闭门不出，在家陪老伴种花养鱼。老伴爱唠叨，这毛病愈老愈顽固厉害。老莫袖手旁观，她嗔怪老莫退休回家来还摆官架子；老莫帮她的忙，她又抱怨老莫帮倒忙反添乱。老莫哭笑不得，就想出去逃避。老莫想起自己年轻时是钓鱼好手，只是涉足官场后全身心陷入文山会海，竟几十年无心无缘钓鱼了；现在无官一身轻，该重温一下钓鱼的乐趣了。老莫心血来潮，立马跑到钓鱼商店买了钓具，又旋风般地去邀钓鱼伙伴。

奇怪的是，那些隔三差五去钓鱼的老干部都不愿当他的钓鱼伙伴，或假装身体欠佳罢钓了，或谎称近来迷上养花玩鸟腻厌钓鱼了，或推说要去走亲戚出门旅游不能奉陪，或发牢骚说人家新贵们公车公款钓鱼，咱去凑热闹，丢不起那份脸……老莫渐渐明白过来，他们都不愿与自己同钓。老莫感到不可名状的悲哀：职业使他或多或少、或明或暗、或重或轻得罪过不少人，即使没有得罪，人家也有了戒备心，因而他的人缘竟如此"糟糕"，难怪有些老干部退下来后比在台上还忙、还吃香，而他退下来后毫无"余热"，瞬间门庭冷落车马稀。

老莫越想越沮丧懊恼，刚勃发的钓鱼兴趣顿时溜到爪哇国去了。老莫在家里生了几天闷气，终因受不了老伴的唠叨，又因可惜买的高级钓具没派上用场，赌气要去独钓。"哼！我就不信没有钓鱼伙伴带路，就找不到钓鱼的地方，就钓不到鱼！"

老莫坐公共汽车，又搭轮渡，再转去郊区的中巴车，辗转来到青龙湖钓鱼场。在那儿，老莫遇到了不少熟人，有仕途正火的新贵，有余热尚存的老干部，其中竟有拒绝与老莫做伴的人，都很尴尬地跟老莫打招呼。老莫选了一个僻静处，聚精会神地投入钓趣。几个钟头后，老莫就钓绩斐然，尽管他钓兴仍酣，心里却盘算：见好就收吧，再钓下去拿不动了，也付不起鱼钱了。

老莫起身招呼钓鱼场老板称鱼。老板笑盈盈地走拢来，说："莫书记，咋这么早就收竿呀？今天您手气蛮好，天还早咧，您老难得一钓，尽兴钓吧！"老莫感到蹊跷："你咋认识我呀？"老板说："您一来，我就觉得有些面熟。一想，又一问，就知道是您大驾光临。我早就想过来打声招呼，又怕惊跑了鱼，扫了您老的钓兴。您忘了，当年，我在养鱼场当青工时，给市里写过一封控告信，控告一些干部跑来白钓白拿鱼，是您亲自调查处理的。您当年可是救了养鱼场！我们在春节时送给您几条鱼感谢您，您还寄来了钱。大伙儿说：'您这样的好干部真是太少了！'"

老莫顺便问："这些年有没有白钓白拿现象？"老板连声说："没有，绝对没有！"老莫给他壮胆："拿出你当年的勇气，说真话，谁也别怕！我虽不当纪委书记了，但还能说得上话……"老板说："真没有，现在谁还白钓白拿激起民怨、招惹是非呀？大多是用公款兑现，咱们养鱼场改钓鱼场后，生意兴隆呐！"老莫疑惑："纪委发过文，严禁公款钓鱼和此项报销，他们咋走账呀？"老板一笑："上有政策下有对策嘛，咱可弄其他发票呀！譬如餐票、汽油票、汽车零件票、办公用品票……还可巧立名目唡！譬如扶贫款、治污费、城郊共建费、工程承办款、希望工程赞助费……"

老莫心头一沉，忙要老板称鱼。老板拒绝："咋能收您的鱼钱呀？"老莫执意要付，老板坚拒："您不在位了，干嘛还要那么认真？以后，我每月给您送鱼去，免得您老吃舟车之苦。只是有一事相求……"老莫问："啥事？"老板诡谲一笑："嘻嘻，以后您想钓鱼，我请您上我们城内的钓鱼馆钓。您上这里来，把我的钓客都吓跑了……"老莫举目环视，真邪门儿，钓客济济的钓鱼场只剩下稀疏几人了。

田县长养狗

　　田县长养了一条大狼狗，十分凶猛。没有主人的同意，大狼狗是不让陌生人靠近田宅的。田县长养大狼狗，是受韩非子的寓言《狗猛酒酸》的启示。那寓言讲：宋国有个卖酒的人，量酒公平，待客周到，酒味醇香，酒旗高挂，可酒越积越多，卖不出去，都变酸了。卖酒的人感到奇怪，就去请教邻居老人。邻居老人点拨他："都怪你的看门狗太凶了，人家怕它咬，都不敢上门来买酒了！"田县长琢磨：狗猛使酒酸，可也能使人廉呀！我要养条猛狗，就能阻挡住那些走后门送贿礼的人，就能避免许多不必要的纠缠烦扰，洁身自好拒腐防变了。

　　于是田县长心血来潮，真的托人买了一条大狼狗。大狼狗很尽职尽责，忠心耿耿地看门。果然，许多跑官者行贿者开后门的人都不敢靠近田宅了，任凭喊破嗓子，田县长也装聋没听见。那些人登门受阻后，就想收买大狼狗，给它扔肉包子肉骨头，扔鸡子兔子，扔皮球布娃娃，甚至牵来一条搔首翘尾发情叫春的母狗，也没能笼络住大狼狗。从某种意义上说，狗比人更忠诚、正直、廉洁。还有，狗比人更有可塑性，跟好人成好狗，跟坏人成坏狗，跟清官不吃嗟来之食，跟贪官满地乱抢骨头。

　　后来，有人给纪委写匿名信，说田县长严重脱离群众，门庭壁垒森严，像旧社会的地主恶霸一样养条大狼狗看门，说不定哪天养家丁护院了，群众意见很大。纪委书记找田县长谈了话，当弄清田县长养狗的真实意图后，纪委书记愤慨地说："这些家伙故意颠倒黑白，混淆是非，朝这么廉洁正直的干部身上泼污水，真是可恶啊！"

　　一天深夜，田县长的大狼狗挨了黑枪，倒在血泊中。田县长抱住奄奄一息的大狼狗，哽咽道："是我害了你呀！这帮家伙心真歹毒哇，连一条看门狗都不放过！为什么讲廉政要受气？当清官这么难？"

　　田县长又托人买来一条大狼狗。这条大狼狗既凶猛，又机灵，能分辨得出来客的贵贱亲疏，田县长的亲朋好友和熟人，只要来过一次，田县长又热情接待过的，大狼狗都记下了，下次他们即便是化装成乞丐疯子，它也能认出来，绝不失礼乱吠。这是一绝，更有一怪，每位来客，无论贵贱亲疏，都不得空手上门，否则很难过关。即使是田县长的座上宾，也得捡块石头砖块什么的，包得像礼物状，蒙哄大狼狗，才能跨过铁门槛。这传闻不胫而走，在县城传得沸沸扬扬。

那些过去走后门行贿赂受阻的人将信将疑，跑到田县长家门前来一试，果然如此。那些喜欢看稀奇热闹的人，也包块石头砖块什么的，来哄哄田县长的大狼狗，一哄，果然如此。田县长也觉得奇怪：大狼狗每夜叫得挺凶的，那些走后门行贿赂的人怎么还是钻进来了？难道他们先贿赂了大狼狗？

一天深夜，纪委书记来找田县长，大狼狗虽然认出了他，但他空着双手，礼物面前，人人平等，大狼狗虽然不冲他乱叫，却咬住他的裤腿不让他进门。纪委书记大吃一惊：难道群众的反映是真的？这条大狼狗真的是认礼不认人？纪委书记苦笑起来，往回走出老远，包了个砖头再折回来，大狼狗爽快地放他进了门。田县长惊诧地问："这么晚了，有什么急事吗？"纪委书记把包着的砖头搁在田县长面前，揶揄道："给你送礼呗！"田县长一愣："你搞什么鬼名堂？有话直说吧！"纪委书记把群众的反映和刚才的见闻说了。田县长大吃一惊："还有这等怪事？这不是败坏我的声誉吗？明天我观察一下，如果属实，我决不轻饶它！"

第二天，田县长一观察，这真是一只可恶的贪狗。他打电话问买狗的人，从哪里搞来的狗。那人问："出什么事了？"田县长愤懑地说了大狼狗的怪癖。那人打着哈哈说："哎哟，都怪我，不该从拍卖会上买来一条贪官的看门狗！"

当天，田县长就请人把贪狗杀了。

腰 带

虞老看到一则"黄昏恋公司"广告，心里就动了寻找杏花的念头。广告词说："可以帮助鳏寡孤独老人寻找初恋对象，重搭黄昏恋的鹊桥，圆朝花夕拾之爱梦……"还说："寻觅不到，分文不收，旧梦能圆，凭心付酬。"

这广告策划得很有诱惑力，把虞老诱惑住了，他就情不自禁地想起了杏花。杏花若是活着，也该有六十多岁了吧？会不会儿孙绕膝呢？

在太行山"反扫荡"那年，小虞打日本鬼子挂了花，左腿骨被炮弹炸断了，在一个叫羊脖庄的村子里养伤，房东大娘和她的女儿杏花对他可好哩！杏花为了给他补身子，忍痛把她心爱的牧羊狗宰杀了，寒冬腊月下湖去摸鱼，又冻又饿昏倒在湖里，险些送了命。鬼子汉奸三天两头来搜查，小虞就被隐藏在地道里。有人告密，地道也不安全，他又被转移到山洞里养伤，由杏花给他送饭送药送信。杏花喜欢缠着小虞学唱歌、讲故事，后来小虞才意识到，杏花爱上他了。她给他绣的烟荷包和做的布鞋上不是鸳鸯戏水就是凤凰唱枝。她开始说些傻话，希望小虞快快养好伤，好重返战场；又怕他伤好得太快，离别也太快，问小虞在家乡娶没娶过亲，要是她大了给他做媳妇要不要……

小虞说实话很喜欢她，但她才十三四岁，他却比她大一倍，再说小虞伤好后还要上战场，还不知道能不能闯过枪林弹雨、尸山血海，何苦让她牵肠挂肚苦等一场。小虞就撒谎，说他在家里已娶了媳妇。杏花不相信，怪小虞一定是大英雄眼界高，嫌她小，嫌她没文化、不漂亮。她没文化是真，不漂亮是假，简直漂亮得令男人心旌摇曳、夜不能寐。小虞承认当时有过几次想抱她、亲她的冲动欲望，都被克制住了，他在心里把自己骂得狗血淋头。

小虞的伤养好了，在归队的那天，杏花说好要来给他送别的，她还神秘兮兮地说，她要送一件小虞绝对猜不出来的礼物，她只请求小虞送她一顶军帽，外加一个吻，像大哥哥亲小妹一样。

可杏花没有来，来送饭的是一位老大爷。小虞问："杏花呢？"老大爷说："杏花被鬼子抓走了……"小虞大吃一惊："咋回事？"老大爷噙着泪喃喃道："鬼子作孽呗！"原来，汉奸告密，鬼子化装成樵夫盯上了杏花的梢。杏花看到樵夫鬼鬼祟祟的不对劲，便警觉起来，在山上带着鬼子兜圈子，把鬼子拖得晕头转向、精疲力竭。鬼子恼羞成怒，便抓住杏花严刑拷打，逼她说出八路军伤病员藏在哪儿。杏花宁死不屈，就被鬼子抓走了……

小虞离开那个村庄时，杏花娘递给他一件东西，说是杏花准备送给他的。小虞一看，是一条用红丝线和黑发丝编织成的腰带。杏花娘说，按当地的风俗，杏花编这条腰带送给小虞是希望他能避邪化凶，上战场后能平安凯旋。

虞老戎马倥偬、南征北战，八年后才有机会去羊脖庄寻访房东大娘和杏花。可羊脖庄已被日寇烧成一片废墟，成为一处无人区。周围村庄的人都不知道杏花一家的下落。虞老也秘密打听过杏花一家的下落，同样音信全无。后来，虞老下放到太行山区"五七干校"劳动锻炼，仍怀抱侥幸心理，四处打听搜索杏花一家的消息，一无所获。

如今，虞老年逾八旬，老妻病故已十年，两儿三女或出国留学，或远嫁异域，或服役边陲，或赴粤淘金，都不在身边，他孤独落寞地度着风烛残年。愈是临近地狱之门，他愈是觉得没找到杏花是块心病，是个永远的遗憾。要是他还年轻十岁，身子骨还硬朗一点，他就会亲赴太行山区，跋山涉水，风餐露宿，踏破铁鞋也得寻找到杏花一家的下落。可他毕竟年岁已高，病魔缠身，力不从心，只好求助于"黄昏恋公司"，倘若能找到杏花，即使倾家荡产也值得！

虞老循着广告上登的"黄昏恋公司"地址找上门来，公司经理一听虞老的坎坷经历，当即表示，就是赔血本贴盘缠也得不遗余力地替老革命找到初恋情人，就算是做了一次活广告。虞老没作多大指望，在偌大一个太行山区去找一个生死未卜的人，无疑像大海捞针，也太为难公司了。

那天下午，虞老在公园下完棋回来，就接到"黄昏恋公司"的电话，向他报告喜讯："杏花找到了！而且就在这座城市里！"

虞老喜出望外，踉踉跄跄地跑去见杏花，一见面，虞老就傻了眼：天啊！她不就是隔壁那栋楼房里的老保姆吗？

不错，就是她！过去，虞老从没注意到她。有一次，虞老的心脏病突然发作了，是她给他喂急救药，扶他回家的。他打那次起，才算认识她了，但也没正儿八经地去看清她的相貌，只记得大概轮廓。还有一次，虞老在院子里跟人下棋时，入了迷，有个小偷把他的古藤手杖顺手牵羊偷走了。刚出大院，就被买菜回来的杏花发现了，她抓住古藤手杖就喊："抓小偷呀！"小偷吓得推倒杏花，夺路而逃。杏花的脑袋被摔破了一道口子，鲜血直淌。虞老过意不去，要送她去医院包扎一下，她死活不肯去，说乡下人没那么金贵娇嫩，流点血用不着大惊小怪的，抓把灰抹一下止住血就行了……

虞老万万没想到，自己的初恋情人、救命恩人，远在天边，近在眼前，大约与他朝夕相处了几年，或十几年，他竟然没认出她来！是她的身上完全没有了过去杏花的影子了吗？还是他过去养尊处优，一直漠视睥睨身贱位卑者？

虞老暗忖：杏花过去认出我来了吗？是不是她早已认出我来了，可不愿以救命恩人的身份出现在我面前，搅乱了我平静的生活？

虞老深情地喊了一声："杏花！跟我回家去吧……"就泣不成声，一头栽倒在地上。杏花把虞老送进医院，后又送回家。就在她要出门槛时，虞老凄怆地喊道："你别走！你要走，我就活不下去了……"

杏花的身子猛地颤抖了一下，喃喃道："你真的还想着我吗？你真的……不嫌弃我？"

虞老缓缓地解开了上衣，深情地唤着杏花："你过来看看，这是什么？"

杏花上前一看，虞老的腰间系着一条用红丝线和黑发丝编织的腰带……

蚂蚁专家

何研究员一辈子研究蚂蚁，人称"蚂蚁专家"。

当初生物研究所设立研究蚂蚁的课题时，就有争议，反对者讥笑道："这不是吃饱了撑的？什么不好研究，偏要去研究蚂蚁？这不是拿人民的血汗钱打水漂吗？这不是庸俗无聊的课题吗？只有不懂事的孩子才趴在地上研究蚂蚁哩！"何研究员愤然驳斥道："只有无知的人才说出这种无知的话！我们研究蚂蚁，不是像孩子那样观察蚂蚁搬家和打仗，而是研究蚂蚁的功害利弊问题，譬如白蚁危害枕木、桥梁、房屋和堤防，红蚁则可消灭柑橘、甘蔗、高粱和竹子上的害虫，黑蚁则是棉铃虫、麦蚜虫和稻螟虫的天敌，怎么能说没有研究价值呢？"

何研究员力排众议，游说领导，终于保住了研究蚂蚁的课题。但好景不长，"文革"开始了，何研究员被遣送到农场进行劳动改造。农场种植甘蔗，但螟虫很厉害，而且抗药性越来越强，一般农药很难消灭它们。何研究员主动向场长请缨，要用红蚁治螟虫。场长如听天方夜谭，以为他想借机逃避劳动，就没理睬他。何研究员就在繁重的劳动之余，搜寻培育红蚁，在他负责管理的那块甘蔗地里搞试验。秋后，唯有何研究员管理的那一地甘蔗虫害最轻，产量最高。场长信服了，让何研究员专门培育红蚁。

谁知有人告了密，说何研究员蛊惑场长，场长包庇何研究员，于是把场长撤了职，把何研究员抓去坐牢。那年初夏，军代表跑到监狱里来找何研究员，何研究员诚惶诚恐，以为又有什么灾祸临头。原来，一座大型水库出现严重的渗水现象，估计是白蚁在作祟，眼看汛期就要来临，若水库堤坝溃于蚁穴，会危及几百万人的生命。军代表说："这可是将功折罪的好机会，希望你能帮忙找出蚁穴来。"何研究员在水库堤坝上勘察了半月多，硬是指导工程队挖出上百窝白蚁，让水库堤坝安全度汛。何研究员没再回监狱了，就留在水库管理区当了防蚁技术员。

何研究员平反后，仍回生物研究所研究蚂蚁。蚂蚁研究课题已拓展到药疗、食补、美容等范畴，由冷门倏地变成热门的研究科目。何研究员很忙，一会儿飞海南岛出席蚂蚁药疗研讨会，一会儿赴峨眉山参加蚂蚁食补鉴定会，一会儿奔深圳开蚂蚁美容品博览会，何研究员老来运转，成为全国著名的蚂蚁专家。

当年反对过搞蚂蚁研究课题的一些人妒红了眼，说开了风凉话："这年头怪事多，研究蚂蚁也能出名。蚂蚁真的有那么多作用吗？是不是这家伙拿蚂蚁故弄玄虚、招摇撞骗吧？研究蚂蚁到底有什么价值意义？我看都是虚的，蒙人的！"

不久，一家地毯厂来人向何研究员求援。原来，这家地毯厂价值上千万美元的地毯出口到日本，竟遭到日本订货商的退货与索赔，对方声称地毯中发现大量的蚂蚁。哪来的蚂蚁呢？地毯厂的人感到蹊跷，请蚂蚁专家去解开疑团。何研究员一看那地毯中的蚂蚁，不露声色地说："谈判时我到场就行了，这官司日方输定了！"谈判桌上，日方代表咄咄逼人、气焰嚣张，何研究员胸有成竹，单刀直入地问："地毯中的蚂蚁不是中国的蚂蚁，你们知道吗？"日方代表目瞪口呆："这……这不可能！你这话是什么意思？"何研究员不卑不亢地说："什么意思你们应该清楚，地毯中的蚂蚁是日本褐蚁！我从事蚂蚁研究四十多年，与贵国的蚂蚁专家池田一郎先生是至交，你们不相信我，可以去问他！"日方代表理亏词穷，乖乖认输。

蚂蚁专家的一句话竟挽回上千万美元的损失，挽救了陷入绝境的地毯厂。地毯厂的老板万分感激，慷慨地拿出五百万元人民币赞助生物研究所。所里拿这钱盖了一座宿舍楼，人们戏谑地称为"蚂蚁楼"。滑稽的是，那些说过蚂蚁专家风凉话的人纷纷搬进了"蚂蚁楼"，而何研究员却不够分房资格，仍蜗居在筒子楼里。据说原因有二：一是他独身鳏居屋大无益，二是他的蚂蚁研究是"小儿科"。

车 祸

深夜，司机小王刚打完麻将回家，就接到魏局长的电话。

魏局长惊魂未定，结结巴巴地说："小王，我出、出了车祸……"小王大吃一惊。魏局长夜晚出行，是从不带司机的，自己开车图个方便，避人耳目。魏局长过去出过一些小车祸，譬如撞死一只羊羔呀，压死一头母猪呀，撞倒了人家的自行车呀，压断了人家的腿呀……魏局长是从来不会在深夜这么惊慌地打电话给他的，看来这次车祸不小！

小王忐忑不安地问："魏局长，车祸严重吗？"魏局长说："几个朋友聚会，一高兴，我喝多了酒，恍恍惚惚的，在彩虹桥旁把一个人撞倒了，我很害怕，就……就开车跑了，我不知道那人被撞得怎么样了……"小王一愣：这不是肇事逃逸吗？不过，也有许多司机一逃了之的。

小王问："现场有没有目击者？"魏局长说："我喝多了酒，没看清……"小王说："不过，就算现场有目击者，在突发车祸时也来不及去看车牌照，又加上夜晚天黑，不一定看得清楚车牌号。"魏局长忧心忡忡地说："万一现场目击者记住了车牌号呢？万一交通警察查到我们这辆车呢？万一查到我头上来了呢？"

小王思忖：这正是图表现献忠心的机会哇！过去替魏局长顶替了几次小车祸，捞到了房子、票子，魏局长够意思，还帮他把老婆从乡下调进了县城，把儿子安插进了重点小学，这次若掩护魏局长过关，一定会捞到更大的好处，说不定捞个一官半职当当哩！

小王美滋滋地幻想着，就镇定自若地给魏局长出主意："咱们连夜出发，跑出去躲几天，搞一张假住店发票，证明我们当天夜晚不在县城就行了呗！"

于是，小王与魏局长一起去了一个著名的旅游风景区，花钱搞到一张假住店发票，把日期往前多开了一天。魏局长的心石仍没落地，无论小王怎么宽慰他，他都心事重重，愁眉苦脸，再好的风景也没了游兴雅趣。小王拍拍胸膛，说："魏局长，你放心，退一万步说，就算这事儿露馅了，我替你兜着，舍车保帅嘛，这道理我懂，你对我恩重如山，这情义我不能忘！大不了坐几年牢，为你赴汤蹈火，值得！"魏局长感激涕零，搂住小王颤声说："好兄弟，有你这句话，我就放心了！日后我决不会亏待你！万一事儿露馅了，你替我顶着，我好说话些，千方百计也会把事儿摆平，你也放心，说什么我也不会让你去坐牢的！"

第二天，魏局长放下包袱，美美地游玩了一天。黄昏时分，他疲惫地回到宾馆，手机响了。魏局长心里咯噔一跳：会不会是事儿露馅了，警察找我？手机像烫手的山芋，魏局长真有点不敢接。手机响了老半天，魏局长想，是祸躲不过，是灾挡不住，就战战兢兢地接了。手机是小王的老婆打来的，问小王在不在他身边。魏局长说："小王在洗澡。"小王的老婆说："小王的爹死了，叫他快回家奔丧。"

魏局长怕噩耗影响小王开车，就没告诉小王实话，谎说局里有点急事要回去处理。小王回家来，十分蹊跷：家门前咋摆满花圈，挤满哭泣的人？一看花圈上写着他爹的名字，他傻了：爹身体那么棒，啥病都没有，咋说走就走了呢？

人们告诉他："你爹串门回来时出了车祸，被撞成重伤后，肇事司机逃跑了，你爹昏迷到天亮，才被人发现，送到医院抢救，但因流血过多，就……"小王急切地问："是不是大前天深夜在彩虹桥旁撞的？"人们惊诧："你咋知道的？"

小王踉跄几步，扑通一声跪在爹的遗像面前，号啕大哭起来："爹呀，你死得好惨好冤枉呀！我哪知道是你被撞了呀！我要是知道是撞了你，就会去救你呀！怪儿不孝呀！怪儿良心不好遭天报应呀！我好后悔痛心呀！姓魏的你不得好死呀！我要找你赔爹呀！我不会轻饶你的呀！"众人面面相觑，瞠目结舌。

试　婿

　　曹师傅在那幢宿舍楼前踯躅了好半天。送礼，早了，人多眼杂；晚了，人家睡了，吵了瞌睡惹人家不高兴。曹师傅平生没给人送过礼，当然是指这种行贿性质的礼。曹师傅第一次送贿礼，心情有些紧张，颇像做贼一样心虚。若不是为了宝贝女儿，曹师傅才不做这下作事哩！

　　曹师傅的爱人病逝得早，留下宝贝女儿曹珊。曹师傅鳏居上十年，不愿续弦，就是怕娶个后妻，让女儿遭虐待受委屈。女儿是曹师傅的掌上珠、心头肉，为女儿别说是低声下气送贿礼，就是赴汤蹈火也在所不辞。曹师傅为女儿求人家办什么事呢？上学吗？不是的，曹珊已大学毕业。找工作吗？不是的，曹珊已在一家局级机关当公务员。分房子吗？也不是的，曹珊已分到一套住房……曹师傅关心女儿的这件事比上学、找工作、分房子等事重要得多，要不，他也不会亲自出马，硬着头皮厚着脸皮来送贿礼。

　　那户人家在摆家宴，曹师傅站在百步之外，隐约能听见喧闹的劝酒声。曹师傅站在春寒料峭的夜风中思忖：谁知这家宴要闹到什么时辰才散，改天再来吧！曹师傅转身刚走了几步，转念一想：这有关女儿前途的大事，耽误一天或许会铸成千古之恨，何况女儿还急切地等着我的回音咧！曹师傅在夜风中突然打了一个大喷嚏。他嘀咕道："这是什么兆头呢？"说实在话，曹师傅心中挺矛盾：既希望人家收贿礼，又希望人家不收贿礼……

　　这户人家的夜宴还在继续。曹师傅琢磨：这个主人到底是不是贪官呢？你说他是贪官吧，他为什么不上酒楼进包房去用公款大吃大喝，而用家宴招待客人？说他不是贪官吧，听说求他办事的人很多，给他送贿礼的人也多，常在河边走，哪能不湿鞋？听曹珊说，她在他家里吃过一顿晚餐，来送贿礼的就有好几拨人，全叫他拒绝了。他一律对来人说："要谈事莫送礼，要送礼就免谈！"这会不会是在曹珊面前演戏呢？

　　深夜宴散客去。曹师傅敲响了他家的门。他来开门，狐疑地问："你找谁？"曹师傅问："你就是张处长吧？"张处长点头："你是谁？找我有什么事？"曹师傅神秘兮兮地说："黄老板派我来的……"张处长一愣："哪个黄老板？"曹师傅说："就是承包过你局办公大楼工程的黄老板。"张处长记起来了："哦,那个黄老板,好像我们不欠你们的工程款吧?"曹师傅说："不欠不欠,你别误会,我是黄老板派来还人情债的。"张处长警觉地问："还什么人情债?"曹师傅说:"黄老板是个挺讲情义的人,念叨你帮过我们的大忙,听说你最近要出国考察,就让我送来……"张处长很生气地说:"回去跟你们黄老板说,别总是搞这一套害人!上次他派人来,偷偷扔下两万元钱就跑了,我把钱交给局纪委,有人竟然还怀疑我交了小头留了大头,害得我背黑锅!"说罢,张处长叭地摔上门。

曹师傅吃了张处长的闭门羹,却并不沮丧。他哼着戏回家来。曹珊问:"你去考察了?印象怎么样?"曹师傅说:"他没让我进门。"曹珊大吃一惊:"不可能吧?他敢不让你进门?你没说是我爹吗?"曹师傅说:"我没说,说了还怎么考察?"曹珊说:"你没说怎么考察?他怎么会放一个陌生人进门呢?"曹师傅诡谲一笑:"正因为他没让我进门,我才考察得十分满意。"曹珊惊诧:"爹,我怎么越听越糊涂呀?"曹师傅说:"我冒充黄老板的人去给他送钱……"曹珊哭笑不得,嗔怪道:"爹,你就这么考察呀?"曹师傅严肃认真地说:"我尊重你的选择,不嫌弃他又瘦又矮又黑,比你大十几岁,离过婚,还带着一个男孩,我只担心一条:他是不是贪官?若找个贪官当女婿,咱丢不起那份脸!再说,贪官迟早会坐牢的,咱不能眼巴巴地看着你嫁错人,日后后悔呀!"

不吃葡萄的女人

你问我为什么不喜欢吃葡萄？其实，我过去是很喜欢吃葡萄的。我姥爷种过一架葡萄，每年夏秋之间，葡萄一串串地长出来了，我就绕着葡萄架转悠，眼睛瞪得葡萄般圆，骨碌碌地转，就像《伊索寓言》中的那只馋嘴的狐狸。姥爷戏谑地笑我："小丫头，别馋别急，耐心等待葡萄熟了，全给你吃，一颗也跑不了！"

葡萄熟后，姥爷姥姥一颗葡萄都不吃，说怕酸。我惊讶地说："葡萄一点也不酸，甜极了！"姥爷姥姥说："我们老了，牙齿不好，吃甜东西也酸。"我那时不懂事，哪知道姥爷姥姥舍不得吃葡萄，全让给我吃。后来姥爷姥姥相继去世了，那架葡萄也死去了。听说姥姥咽气时，还念叨着想吃葡萄，可那时不是葡萄成熟的季节。我哭了，恨自己小时候是多么不懂事呀！我扑在姥姥身上大声哭喊："姥姥，你醒醒，你别走，等我长大了，种好多好多的葡萄，让你吃个够！"

你问我是不是因为这事受刺激才不吃葡萄的？不是的。我读高中时还喜欢吃葡萄。偷偷追求我的男生许灵家里也有一架葡萄，葡萄熟了的季节里他就悄悄给我带葡萄，吃得我嘴唇牙齿染成紫红色，打起饱嗝来一股浓浓的酸甜味。许灵还给我起了个昵称：葡萄美女。我还不知是不是真的爱许灵，心里总在犹豫矛盾。但我吃多了许灵的葡萄，仿佛葡萄上抹着爱情催化剂似的，脑袋就糊涂了，爱情防线就崩溃了。

一天，我到许灵家去玩，忽然很想吃那青葡萄，一串串地吃起来也不觉得酸涩……因为打胎、休养，我耽误了学业，高考时落第了。而许灵考上了名牌大学，在他父母的强烈反对下，许灵终于狠心抛弃了我！我万念俱灰，曾三次割腕喝药自杀，没成功。我恨死葡萄了，都是葡萄惹的祸！

你问我是不是因为落第失恋才不吃葡萄的？也不是的。我到省城打工，领到第一笔薪水就买了一篮葡萄，关在房里从早吃到晚，葡萄在肚子里发酵了，嘴里咕噜噜地冒泡沫流酸水。我的婚恋屡次遭挫，我喜欢的男人，一知道我不是处女就吓跑了；不嫌弃我不是处女的，又是我不喜欢的男人。就好比喜欢吃葡萄的人没钱买，有钱人又不喜欢吃葡萄。世上许多事情就这么拗着，让人不遂意，别扭难受。我的心成了废墟，爱成了枯树，我决定不再在爱河之畔徘徊寻觅，而另辟蹊径、重整旗鼓，在事业上拼搏一番，做一个成功女性、单身富婆。

命运之神终于朝我微笑了。我成功了，从小职员奋斗起，直到当上公司老板，成了亿万富婆。一天，礼仪公司突然给我送来一篮巴西紫葡萄，说是一位不愿透露姓名的男士送的。我感到蹊跷：他是谁？怎么知道我最喜欢吃葡萄？我猜来猜去，也猜不出是谁。但我知道，送葡萄是爱情的前奏，我实在被爱情伤害太深，抛弃太久，所以爱情一旦来临，我既怕又盼。每个星期，那个男士都托礼仪公司送来葡萄，美国红葡萄、墨西哥白葡萄、日本紫葡萄、非洲黑葡萄、澳洲褐葡萄……我津津有味地享用着各国的名葡萄，忐忑不安地等待着送葡萄的神秘男士露面。

一个多月后，他露面了，我已知道是许灵，他在最后一篮葡萄上写道：献给葡萄美女。许灵不是来向我求爱的，而是来借债的。他挪用五百万元公款炒股，被套牢了，单位要查账了，若东窗事发，他很可能会去坐牢。许灵竟跪在我面前哀求，我睥睨着他，心凉透了：我真傻，过去怎么会爱上他？居然还为他殉情自杀！但毕竟同学恋人一场，不能见死不救呀！我还是心软了，借给他五百万元。他送我几篮葡萄，我借他五百万元，这算得上世界上最贵重的葡萄吧！我没指望他能还，尽管他信誓旦旦的。但我做梦也没想到，他把我的钱拿去做毒品生意，想孤注一掷捞回股市上的损失，更没想到他会卑鄙到以怨报德的地步，诬陷我是给他提供资金贩毒的合伙人。我真傻呀，竟做了现代版东郭先生！

我被羁押了半个月，等到真相大白我出来后，公司员工们为我开了一个小型庆祝会，摆了许多葡萄。我看见葡萄仿佛看见瘟神怪物，浑身颤抖，尖叫起来："快！快把葡萄扔出去！"从此，我就落下这毛病，一看见葡萄就发抖，更不敢吃葡萄了……

该 死 的 猫

那个老女人声称是魏局长的远房亲戚,三番五次上门,时而絮絮叨叨,时而哭哭泣泣,哀求魏局长给他下岗的儿子找份工作。魏局长记不起有这个远房亲戚,可那老女人却说得有鼻有眼、有声有色,说魏局长的父亲那年帮她家造屋上梁时摔伤过腿,说魏局长的母亲那年出嫁时还是她当的伴娘,说魏局长小时候还吃过她的奶,偷过她家的枣,打破过她家的水缸,被她家的狗咬伤过⋯⋯

魏局长一点印象也没有。魏局长的父母早已去世,也无从对证。可那老女人仍津津有味地咀嚼着那些陈芝麻烂谷子的往事,信誓旦旦地赌咒说她是魏局长的远房亲戚。魏局长对她的执拗纠缠厌烦透了,溢于言表,就差没呵斥推搡驱逐她。魏局长的爱人更是厌不可掩,怒不可遏,当着老女人的面摔盆砸碗、骂鸡撵狗。老女人不屈不挠,近似于耍赖般地说:"反正我没别的门路了,说句不要老脸的横话,你要不答应帮忙,我就三天两头来打扰你!"

魏局长气恼地说:"这年头到处人满为患,你以为找工作蛮容易?"老女人苦笑:"不难,我就不会找你呗!"魏局长无奈,松了嘴:"好吧,我帮你打听打听,不过,这年头人求人都得破费,你得做好准备。"老女人哭穷起来:"我要有请客送礼的钱,将这钱做点小本生意,还求你给儿子找工作干嘛?"魏局长暗骂:"这老女人真像一块牛皮糖,粘上了身就难甩掉!"魏局长的爱人迫不及待地吹枕边风:"那老女人身上多黑,衣服多脏,说话溅唾沫,随地乱吐痰,肆意放屁打喷嚏,要多恶心有多恶心,我真受不了了,快帮她把事办了让她走人吧!"

魏局长没辙,破天荒地没受贿给老女人的儿子找了一份工作。老女人感激魏局长,将一只心爱的花猫送到了魏局长家。老女人心特细,听魏局长的爱人说过家中闹鼠患。这花猫虽不是什么名猫,但玲珑可爱,憨态可掬,据说是捕鼠能手,魏局长的爱人高兴地收下了。魏局长当时皱了皱眉头:"养这种上不了档次的土猫,不是要惹邻居们讥笑吗?听说隔壁家的波斯猫值几万元钱哩!"魏局长的爱人嗔怪道:"波斯猫好看不中用,听说还怕老鼠咧!你要玩波斯猫,是不是想让人家都知道你是贪官?养这土猫,不显山露水,正好说明咱们家清贫廉洁。"魏局长一听,心头毂觫,深深佩服爱人言之有理,不吭声了。

花猫落户到魏局长家，却郁郁寡欢，不捉老鼠，不吃不喝。一不留神，花猫就逃回了老女人家。老女人养了几天，又强颜欢笑地把花猫送回魏局长家。花猫又逃，老女人再送。就这样，半年中不知折腾了多少次。魏局长的爱人很苦恼、怅惘：为什么我们家的进口猫食还拴不住花猫的心？真是一只没良心的贱种猫！

魏局长更是厌恶花猫，甚至莫名其妙地惧怕花猫，怕它眼中射出的绿莹莹的冷光，怕它深夜凄惨哀婉的叫声，怕它不卑不亢、不屈不挠的神态……有几次，魏局长做噩梦，梦见花猫抓瞎了他的眼睛，或咬断了他的喉咙……要不是征服欲极强的爱人拗着性子要驯服花猫，魏局长早就会将花猫撵走或打死了。

这天，纪检部门接到群众举报，来调查有重大贪污受贿嫌疑的魏局长。纪检干部们在魏局长的豪宅里篦头发般搜查了几遍，一无所获，沮丧极了。正欲撤离豪宅，忽然花猫蹿起，将一尊菩萨雕像撞翻，砰然落地而碎。纪检干部们一瞥，惊呆了：菩萨的大肚里塞满了票据和存折……

魏局长的爱人号啕大哭，捶胸顿足地骂道："该死的猫！千刀万剐的猫！我男人的前程就葬送在这贱种猫身上！悔不该当初没听我男人的话把猫撵走呀，我怎么就没想到，我男人属鼠，猫是克鼠的哇！我好糊涂呀！"

真 假 局 长

那天黄昏，梦溪小学刚放学，一位山货贩子径直走进熊校长的办公室，要讨碗水喝。熊校长在递水的瞬间，忽然瞥见山货贩子好面熟，他沉思片刻，便恍然大悟：这不就是县教育局的王局长吗？熊校长虽只见过王局长一面，但王局长矮胖的身材，鹰钩鼻、鲤鱼嘴、扫帚眉、山羊胡的尊容，简直令人过目不忘，印象颇深刻。

熊校长纳闷：王局长咋变成了山货贩子？莫非这山货贩子酷似王局长吧？熊校长不露声色，再细看，不会错的，越看越像！熊校长倏地豁然开朗：哦，一定是王局长化装成山货贩子微服私访来了！前不久，两头疯牛斗架，撞塌了学校危房的南墙，幸好学生们放学了，没伤着人。学校第九次给县教育局打了申请拨款的报告，莫非王局长就冲着这事而来？熊校长心中暗喜：看来这事有眉目了！

山货贩子喝完水，熊校长忙殷勤地递上烟。山货贩子忙掏出好烟敬给熊校长。熊校长接过烟，一看烟牌，依稀记得王局长那次接见他时也是抽的这种烟。山货贩子环视了一下熊校长的办公室，感叹道："你这办公室也太破烂寒酸了！花点钱装修一下，撑撑校长的面子呀！"熊校长心里咯噔一跳：真的是王局长！绕弯子试探我，看拨款下来后，是用来装修校长办公室，还是修缮学校危房。熊校长叫苦不迭："学校穷得连墨水粉笔都买不起，哪来钱装修办公室？就是从天上掉下、地上冒出一笔钱，我也会先去修缮学校危房，再不修缮，出了人命，我这校长就得去蹲监狱了！"

山货贩子漫不经心地问："学校危房危险到什么程度？"熊校长就讲了疯牛打架撞塌教室南墙的险情，还领着山货贩子去看了塌墙现场。山货贩子唏嘘不已："这事你们向上级反映过吗？"熊校长说："反映过九次了……都石沉大海。"山货贩子愤愤地嘟哝："这帮官僚主义者真不像话！"熊校长暗忖：九次报告大概都被阻截了，王局长很生气。王局长一生气，这拨款的事准成。

山货贩子要告辞，熊校长说什么也不让他走，非要他在学校食堂吃饭不可。山货贩子推辞不了只好入席。熊校长拿出储藏多年舍不得喝的好酒款待山货贩子。酒过三巡，熊校长一不留神说漏了嘴："王局长，我代表梦溪小学再敬你一杯!"山货贩子惊诧道:"王局长?我不是王局长,你是不是喝醉了?"熊校长忙掩饰:"哦,怪我喝多了,喊错了……"熊校长思忖:王局长微服私访,得配合他,干嘛要捅破这层窗户纸呢?

山货贩子喝得七成醉,摇摇晃晃地要告辞。熊校长再三挽留不住,只好提着灯笼将山货贩子送到山口。临别时,熊校长禁不住又说了一声:"王局长,塌墙的事请你多关照!"山货贩子打着酒嗝信誓旦旦地说:"这事放心,我说话算数!"

两个月后,熊校长盼星星盼月亮,仍没盼来县教育局的拨款。他心急火燎,亲自跑到县教育局去找王局长。接待他的人讥讽道:"王局长早在半年前就病逝了,你撞到他的魂了吧?堂堂的一校之长竟跑到教育局来诈骗,真是胆大包天!"熊校长满脸羞愧,一头雾水,狼狈地逃出教育局,咬牙切齿地骂:"真他妈的撞到活鬼了!难道那山货贩子真是王局长的鬼魂?"

又过了两个月,一个雨后黄昏,熊校长猛然看见山货贩子走来了,顿时吓得面如土色,哆嗦着问:"你……你……你到底是人还是鬼?"山货贩子笑着说:"当然是人!别怪我说话不算数,那天你我分手后,我踉跄着栽进了山崖,把腿跌伤了,住了四个月医院。这不,一出院,我就给你送钱来,生怕误了学校的事,砸伤了师生,那可是一辈子都洗不净的罪孽!"熊校长激动万分,握住山货贩子的手仍问:"你到底是不是王局长?"山货贩子铿锵回答:"我不是什么王局长,我是山货贩子老张!"

校　长

　　校长只读过五年书，在部队里补习文化，获得了初中文凭。复员回到家乡，本来乡里看中了他，要他去当乡武装部长，他婉言谢绝，要在荒山秃岭上边开荒种果树，边自费办一所小学。

　　村民都知道，校长心爱的小弟弟在翻山越岭去上学的路上不慎跌落下山崖死了，祸不单行，他的侄女又在放学的途中突遇山洪暴发而丧命。校长痛定思痛，发誓再不让这种悲剧重演，就自办了深山小学，让村里的孩子们就近读书。一位省报记者发现了他自办深山小学的事迹，写了一篇通讯登了报，引起县教委的重视，就把这座深山小学正式收编，委任他为校长。

　　校长其实是光杆司令。他既是校长，又是老师，还是敲钟、种菜、砍柴、挑水、烧火的校役。以前来过一位公办老师，还没待满一个学期，就嫌这儿太偏僻落后，太清苦寂寞，不告而辞了。据说他连档案也没要，就下南方闯荡世界去了。后来，又来了一位民办老师，女的，没教上一年书，就嫁到山外去了。校长只好一肩挑几副担子，一人教二十几名学生的复式班，整天忙得不亦乐乎。

　　校长最近愁眉苦脸的，山里人都知道，他在为冬妮失学的事焦急。冬妮娘去年患上不治之症死了，还拉下一大屁股债。债主三天两头上门来催债，冬妮爹万般无奈，就把冬妮明许暗抵给了债主。这债主刚死了老婆，看中了如花似玉的冬妮。冬妮爹噙着泪对冬妮说："你就行行孝心，救爹一条命吧！要不爹会被债主逼死的……"冬妮只好痛别校园，整日以泪洗面，神情恍惚。

　　校长去冬妮家劝学，冬妮爹唉声叹气："咱是苦命人家，就走苦命路，谁不愿女儿读书将来有出息？谁忍心把女儿往火坑里推？没法子呀！"校长正色说："我可要警告你，冬妮还是个不满十四岁的孩子，你要硬逼她嫁人，可要犯法坐牢的！"冬妮爹犯混了："你别吓唬我！我可不怕坐牢咧，坐牢不用躲债了，还不愁吃穿，谁要告我去坐牢，我朝谁磕三个响头！"冬妮爹的话噎得校长瞠目结舌，沮丧而走。校长回校躺在床上生闷气，茶饭不思，忐忑不安，忽然想起：冬妮爹不怕坐牢，难道那债主也不怕坐牢吗？对了，去找债主摆摆道理说说后果。

　　校长连夜摸到债主家里，一说明来意，没想到债主也耍起横来："借债还钱，天经地义，走遍天下我也不输这个理！你别拿犯法坐牢来吓唬我，我也不是法盲，知道娶未满十四岁的女孩以强奸罪论处，我为什么要把婚事推在冬季举行，就是在等冬妮满十四岁。过了这个坎，谁他妈的也告不倒我，给我撑腰的朋友多着哩！你不信，我办婚事的那天，请你赏光来开开眼，县、区、乡的领导都会来给我捧场……"校长气得白眼直翻，青筋虬突，恨不得狠狠捆他几巴掌。

校长想起一个下策：去搬苕货当救兵。苕货是他的学生，当年最调皮捣蛋，学习一塌糊涂，校长几次想开除他，都因他的爹妈来哀求，校长才心软了。苕货毕业后参与群殴，闹出人命，坐过几年牢，在劳改农场里向一狱友学得高超武艺。出狱后，苕货拉起一帮人成立了保镖公司，据说好多大款大腕都高薪聘请他们当保镖。过去，校长对这种保镖公司冷嘲热讽，说他们跟旧社会的跟班狗腿子没什么两样，苕货提着脑袋玩，总有一天会栽得惨。可今天要救冬妮，他不得不觍着脸皮去求苕货。

苕货一见校长来求他办事，喜不自禁："校长，你这是看得起我，给我大面子呀！这事你放心，在这块地盘上，还没人敢跟我要横的！"校长担忧："不过，可别闹出什么事来……"苕货哈哈一笑："小菜一碟，我立马给你搞定！"

苕货当即打电话："老盏，校长到我这里来把你告了，说你横刀夺爱，想把他未来的儿媳妇抢去，有这事吗？你不知道冬妮是校长的儿媳？不知不为罪，我也就不生你的气了。至于债吧，你老盏还缺那几个钱花吗？少赌一场博，少泡几次妞也就回来了，就算你扶扶贫积积德吧！要不给我个面子，让人家慢慢还你的债……好，爽快！我苕货欠你一笔人情债，什么时候用得着我跟我说一声，我赴汤蹈火在所不辞！"

校长在一旁急得跳脚："你、你咋瞎说冬妮是我未来的儿媳呢？张扬出去影响多不好？"

苕货大大咧咧地说："不这么说，他老盏会放过冬妮吗？说不定弄假成真，我可做了一桩大好事咧！"

烟囱歪了

柿坡乡政府新建了一座食堂，砌了一座十几米高的烟囱。

一天黄昏，乡政府大院看门老头邢老爹喝得七八成醉，踉踉跄跄地去上厕所，透过厕所里的窗户望去，赫然发现新砌的烟囱歪斜得厉害。邢老爹跑到大院中间再定睛细看，烟囱的的确确歪了。邢老爹的酒被惊醒了一大半，思忖：烟囱歪了，得赶紧给领导反映，万一倒了砸着人，可是人命关天的事呀！

这时，王副乡长剔着牙打着饱嗝从食堂里出来。邢老爹急忙拦住他："王乡长，你看这烟囱歪了！"王副乡长一愣："莫瞎说！"邢老爹说："不信，你仔细瞧瞧。"王副乡长朝烟囱瞟了一眼，嘲讽道："我看烟囱没歪嘛！一定是你喝多了酒，要不就是老眼昏花了。"邢老爹还想争辩，王副乡长已撇下他，哼着小调走了。

邢老爹也以为自己喝多了酒眼睛出了毛病，就没再对别人声张了。第二天一早，邢老爹醒了酒，神清气爽、耳聪目明，跑去观看烟囱。烟囱还是歪的！

邢老爹急忙跑到张副乡长的办公室里汇报："张乡长，我们食堂的烟囱歪了！"张副乡长正在埋头写着什么，漫不经心地说："不会吧？怎么会歪呢？"邢老爹说："真的歪了，你去看看就知道了！"张副乡长皱了皱眉头，沉思片刻，说道："我没空去看。再说，这烟囱歪了的事不该我管，你去找谭副乡长反映吧！这修食堂烟囱的事是他亲手抓的，我去管，他会有想法的……"

邢老爹又去找谭副乡长。谭副乡长瓮声瓮气地说："邢老爹，你把大院门看好就行了，管那烟囱歪不歪干嘛？"邢老爹委屈地嘟哝道："我也是一片好心，怕烟囱倒了砸着人……"谭副乡长阴鸷地说："你要想在乡政府继续看大门，就不要乱嚷嚷了，影响不好！"邢老爹瞠目结舌，思忖：反映烟囱歪了的情况有什么影响不好？难道是我反映错了？

邢老爹几天里茶饭不思、坐立不安，晚上尽做噩梦，梦见烟囱倒了，把食堂砸塌了，好多进餐的人被砸在里面，血肉模糊，惨不忍睹。邢老爹憋不住了，给下乡归来的赵乡长说了烟囱歪了的事。

赵乡长微笑着问："邢老爹，你知道披萨斜塔吗？"邢老爹摇头。赵乡长笑吟吟地说："这烟囱歪有歪的学问咧！你看这烟囱朝哪边歪？"邢老爹答："朝南歪。"赵乡长和蔼地解释："咱们这儿春夏秋三季刮南风厉害，山口又正对着这大院，要是烟囱砌得正，长年累月刮南风还不把它刮歪？现在把烟囱砌得朝南歪，南风刮久了就会把烟囱刮正的。"邢老爹恍然大悟：嗨，活了这么一大把年纪，怎么不明白这么浅显的道理呢？还是领导肚子里有货呀！

邢老爹与乡政府办公室的杨主任是一对忘年之交，常在闲暇时下棋。邢老爹把烟囱歪了的事和赵乡长的话给他讲了，杨主任在别人面前谨小慎微，可在邢老爹面前口无遮拦："你真信了赵乡长的话？"邢老爹说："他讲得有道理，咋不信？"杨主任朝地上吐了一口痰："呸！全是骗人的鬼话！谁不知道这烟囱是他发包给他侄儿的建筑队砌的，他从中捞了多少油水只有天知地知！"杨主任举棋狠狠地往棋盘上一敲："将！"邢老爹大惊失色：既为眼前的死棋，也为烟囱背后的勾当。

这年冬天的一个早晨，北风呼啸，大雪纷飞，烟囱砰然倒塌了，将一辆正要出院门的吉普车砸扁了。吉普车里坐着的正是准备去赴宴的赵乡长。

乡亲们暗地里拍手叫好："真是老天有眼，恶有恶报！"被辞退回家的邢老爹听说烟囱倒了砸死了赵乡长，喃喃道："烟囱歪了不可怕，就怕歪理、歪风、歪心……"

红蝴蝶、黑蝴蝶

　　娘将瑶生在开满野菊花的山坡上。母亲用嘴咬断了瑶的脐带。山里习俗：咬断脐带的娃福大命大。瑶的第一声啼哭，惊飞了一只流连在花丛中的红蝴蝶。

　　瑶看见小伙伴们上学去，号啕大哭："我也要上学！"爹吼："女孩子是赔钱货，读什么书？"娘哀求："这妞聪明伶俐，让她去读书吧，兴许有出息。"爹瓮声瓮气地说："她去读书，谁砍柴烧饭打猪草？"娘说："我多干些活，只要妞有出息，累死也心甜！"

　　瑶考上县中学。爹患癌症去世。瑶懂事地说："娘，我不读书了，在家帮你干活。"娘噙泪哽咽："娘有你这份孝心就够了，再苦再累，娘也要供你读书！"

　　瑶考上了大学。瑶与同学彪初恋。在校园葡萄架下，瑶与彪初尝禁果，指月盟誓。毕业后，彪闪电般与丑女卞结婚，因为卞的父亲是高干，能把彪留在省城机关。瑶像受伤的猫躲在僻静处舔伤啜泣。

　　瑶被分配在银行工作。同事浩对瑶一见钟情，瑶爱火复燃。新婚之夜，浩发现瑶竟不是处女，大跌眼镜，咆哮如雷。从此他们反目成仇，分居、离婚。

　　瑶在婚姻介绍所结识熊。熊是画家，怀才不遇，穷困潦倒。瑶怜悯他，慷慨解囊帮他租画室、办画展、出画集。熊却忘恩负义，跟一位富孀私奔日本。瑶痛苦反思：为什么男人的心焐不热、拴不住？

　　在红色恋人舞厅，瑶与鹏邂逅相遇。舞过三曲，鹏就拜倒在瑶的石榴裙下。瑶嘀咕："这帅哥是不是爱情骗子？骗色乎？骗财乎？"约会时，瑶就多长了一个心眼。但鹏如正人君子般彬彬有礼，花钱也大方。

　　鹏的生日到了。鹏邀瑶游东湖。鹏讲了他伤心的初恋，那姑娘叫雪，患白血病死了。鹏发誓独身。鹏说："你很像雪，一看见你，我的爱情就复活了！你是爱神派来拯救我的！"鹏将瑶揽进怀里。瑶飘飘然，让鹏的船进入她的港湾。

　　鹏突然打来电话，说他正站在海关大楼上。瑶问："观景还是吟诗？"鹏说："自杀！"瑶嗔怪："别吓唬我！"鹏说："真的，我想最后看你一眼。"瑶问："为啥要自杀？"鹏说："我的股票遇熊市，血本无归，债台高筑，不自杀也会遭债主追杀。"瑶顿生恻隐之心和侠女之情："自杀还算男子汉大丈夫吗？要多少钱还债？我给你！"

瑶倾尽积蓄不够鹏还债，只好打公款的主意。第一次作案时，她像小时候偷邻居的桃子一样心怦怦乱跳。她白天神情恍惚，老做错事，晚上老做噩梦说胡话。

鹏再次向瑶借钱炒股票。瑶说："我怕扯大了窟窿补不上……"鹏说："我就是想赌一把，赚了钱给你补窟窿。"瑶觳觫。鹏冷笑："看来，你不是真心爱我！"瑶赌咒："我若不是真心爱你，天打雷劈！"鹏做鬼脸："那就再为我们的爱情赌一把吧！"

鹏欲壑难填，频繁向瑶借钱。瑶不给他钱，鹏要么闹自杀，要么故意勾搭金融界女人虹，激起瑶的嫉妒。瑶质问鹏："你怎么又与虹鬼混？"鹏嬉皮笑脸："逢场作戏而已，无非是想巴结她，给我多贷点款。"瑶说："再不准你与她来往了，那女人是狐狸精！你不是要钱吗？我给你！"瑶走火入魔地用金钱捍卫爱情。

鹏与瑶在别墅里翻云覆雨。鹏说："再大搞几笔钱出国定居吧……"瑶忧虑："这几天我右眼老跳，晚上总做噩梦，会不会要出事？"鹏给她打气壮胆："一不做二不休，怕什么？"忽然警笛声尖厉，敲门声猛烈，有人喝令："快开门，我们是警察！"

法庭上，法官问鹏："瑶给你巨款炒股、开公司、买别墅、买轿车，你知道是她贪污挪用的公款吗？"鹏摇头："不知道。"法官又追问："你问过她哪来这么多钱吗？"鹏说："问过她，她说是继承华侨舅舅的遗产。"法官问瑶："鹏说的是实话吗？他知道你贪污挪用公款吗？"瑶沉思片刻，喃喃道："鹏说的是实话，他……不知道。"

瑶坐在囚车中，急切地张望着，没有鹏的身影。她绝望地哭了。法官宣读完死刑执行令，问："你还有什么话要说吗？"瑶说："求求你们，再给鹏捎个口信，让他来看我一眼。就说我仍爱他，我死而无憾。"

刑场在开满野菊花的山坡上。瑶跪在野菊花丛中，枪声响起的瞬间，一只黑蝴蝶从花蕊里惊飞而去……

可 可 叔

可可叔在机关里当了20多年副局长,一直想把这个讨厌的"副"字甩掉,可他官运不亨通,无论是兢兢业业埋头苦干,还是机关算尽勾心斗角,还是没当成局长。可可叔积郁成疾,临近离休得了一场重病,险些丢了老命。可可叔提前半年离休了,享受正局级待遇,虽然甩掉了"副"字,却没有了在台上时的风光。

可可叔在鬼门关的门槛上被拽回来,照说应该把官场、红尘看得淡泊些,为人处世应该豁达些。但可可叔整天阴沉着脸,牢骚满腹,稍不如意就拍桌踢椅、摔盆砸碗。他总怀疑他的仕途不顺,是机关一把手张某背后作梗,在打击迫害他,于是他离休后每天的必修之课,就是向上级机关写诸如《张某其人其事》《我受张某打击迫害的始末》《强烈要求还我政治清白》等申诉揭发材料。

一次,我到可可叔家去串门,见可可叔正在写材料,便劝可可叔:"官场上的那点恩恩怨怨斩不断、理还乱,退下来了何苦去折腾纠缠呢?不如换一种心境和活法,去钓鱼打猎,或打牌下棋,或养鸟种花……"可可叔瓮声瓮气地说:"我活到这大把年纪了,难道还越活越糊涂了,用得着你们年轻人来指点迷津?"可可叔见噎得我狼狈不堪,忙又递烟给我抽。可可叔不敢得罪我,是因为他的文化程度不高,材料中难免有许多错别字和语病,过去依赖秘书代劳,离休后少不了抓我的差。

一个冬天的深夜,我睡梦正酣,一阵急促的电话铃声惊醒了我。我恼怒地接电话,刚要出言不逊,一听是可可叔打来的,才忍住了气。原来,可可叔执着控告的那位张局长下台了,可可叔欣喜若狂,夜不能寐,要邀我去喝酒。我感到很无聊,也替可可叔感到悲哀,没好声气地推辞。不料,可可叔狡黠地"威胁"我:"我已在醉乡小酒店等你,家里人都知道我出来邀你喝酒去了,你若不来,我要是独饮喝醉了,跌入护城河里淹死了,或撞死在汽车轱辘下,你可要背骂名咧!"那天,可可叔喝得酩酊大醉,要不是我送他回家,他很可能倒在街头上成为冻尸。

后来,我听说了事情真相,那位张局长不是可可叔告下台的,而是他高风亮

190

节，自愿让贤，力荐提拔了一位有博士学历的年轻人。可可叔觉得不可思议，怀疑幕后定有不可告人的肮脏交易。于是，可可叔又绷紧了弦，紧锣密鼓地查蛛丝追马迹，渴望能捕捉到石破天惊的爆炸性内幕新闻。比如那年轻人是不是张局长的未来女婿或亲戚；比如那年轻人是不是有很强大的官场后台和政治靠山，与张某是不是同属一个派系；比如那年轻人是不是贿赂了张局长或捏住了张局长的致命把柄；比如张局长的儿子出国留学与那年轻人的突然提拔有没有什么瓜葛……

可可叔还在忙于搞侦探式的明察暗访，赋闲的张局长却频邀可可叔钓鱼了。可可叔虽然怨恨张局长，但还没撕破面和心不和的温柔面纱，难却张局长再三邀请的盛情，就去钓了一次鱼。湖光山色，钓鱼容易心静，张局长由侃钓鱼经，闲聊到这辈子的功过恩怨，不由得声泪俱下地喟叹："老可，我有几件事对不起你……"可可叔没想到在台上刚愎自用的张局长如今如此豁达自省，心里咯噔一跳，也情不自禁地自我解剖了一番。从此，两人握手言和，尽释前嫌，成为钓友。

一次，我故意问起此事，可可叔颇难为情地说："人有时钻进牛角尖里，就会鬼使神差地干些糊涂事。其实，人与人之间的隔阂并没有鸿沟宽、城墙厚，有的只隔着一张纸、一层纱，一语就能道破，关键就在于有没有勇气说出这句认错的话来……"

亲　家

　　张老与李老是同乡，又是八路军老战友，后来都当上了厅长，再后来都离了休。张老与李老是亲家，而且是双亲家，张老的大儿子娶了李老的二女儿，李老的三儿子娶了张老的四姑娘。

　　张老与李老儿时就喜欢钓鱼，戎马倥偬和宦海沉浮的生涯中没闲情雅兴钓鱼，即使偷得浮生半日闲，去春池夏塘秋湖冬河垂钓，也是意未浓、兴不酣。离休了，没有了文山会海，没有了车水马龙，没有了酒池肉林，正好一门心思去钓鱼。张老与李老同时参加了老干部钓鱼协会，同时被选为钓鱼协会理事。

　　张老与李老在钓鱼协会理事了半年，就兴味索然，怨气在胸，都不愿搅和了。张老冷笑着嗤之以鼻："哼！这哪叫钓鱼？纯粹是在人家鱼塘里捞鱼，一点技巧和雅趣都不讲！什么老干部钓鱼协会？拿着公家的钱去打水漂，钓到了鱼往自家里提，纯粹是貌似高雅的腐败！长此以往，败坏了党风，毁了老干部的晚节，老百姓会戳我们的脊梁骨骂娘的！"张老从此不再参加老干部钓鱼协会的公款钓鱼活动，若实在是钓瘾大发，就骑着自行车到郊外寻一野塘荒湖独钓一日半晌，钓得仨虾俩鱼，累得腰酸腿痛，也兴致勃勃、心情舒畅。

　　李老却在为老干部钓鱼协会那"排排坐，吃果果"的空头衔而正儿八经地生闷气、发牢骚："姓姜的跟我一样是厅局级，凭什么可以当钓鱼协会理事长？老杨过去还是我的下级，离休时也只是个副厅级，凭什么名字还排在我的前面，这不是成心让我难堪？老莫当组织部长时就十分霸道，整人很阴，离休了捞个钓鱼协会会长当也是官瘾不减，动不动就打官腔发号施令，看见他那副德性就大倒胃口，哪还有钓鱼的雅兴？"

　　张老有时也约李老去郊外钓鱼。钓野鱼自然收获甚微，常常高兴而去扫兴而归。一次，张老与李老还误钓了人家养鱼塘里的鱼，被人家没收了钓鱼工具，罚了款，还被狠狠地羞辱了一顿。两人狼狈极了，沮丧而归。从此，张老再去约李老钓鱼，李老不是装病，就是推托有事，不再钓这种窝囊的鱼了。

　　半年后，李老去张老家串门，见张老刚从郊外钓野鱼回来，就惊讶地说："唉，我的老亲家，你咋还迷钓鱼呀？"张老问："不迷钓鱼，迷什么？"李老点拨道："你这榆木脑袋就是不开窍！现在谁还有工夫钓鱼？就说老干部钓鱼协会的那帮老伙计，十有八九都去捞实惠了，有的当了开发总公司的名誉总裁，有的当了财团顾问，有的当了大型丛书的总策划，有的出任影视片的总监制……"张老问："你最近在忙什么？也去捞实惠了？"李老说："不瞒你说，我也在一家房地产开发公司当顾问。"张老惊诧："你什么时候学会了房地产开发业务？"李老说："什么业务不业务？说穿了，人家还不是拉大旗做虎皮，让我们这帮老干部去发挥权力余热，开发关系资源。老亲家，另一家房地产公司也在物色一位顾问，你要是有意去，我给你牵个线。"张老婉言谢绝："我不是这块料子！也奉劝你好自为之，别让人家把你给钓了去！"

这话不幸成了谶言，李老被卷入一件贪污受贿案里，东窗事发、锒铛入狱。张老去探监时，捎去了油炸小鱼，一语双关地说："老亲家，这是我钓的野鱼，虽小，刺也小，你放心地吃，不会卡喉咙的。"李老痛心疾首地说："老亲家呀，都怪我当初没听你的劝告，本来可以自由自在地去钓鱼的，没想到晚节不保，上了贪心的钩，被人家当鱼钓了！现在想钓鱼也钓不成了……"

头　发

　　我珍藏着一绺头发。一绺女人带血的头发。

　　一天，我爱人无意间翻出了这绺藏在红绒小匣里的头发，不由得生出浓浓的好奇心和淡淡的醋意，狐疑地盘问我："你珍藏着谁的头发？是初恋的情人，还是现在的相好？"我沉思良久，说："这是一位素不相识的女孩的头发……"爱人冷冷嗤笑："素不相识的女孩的头发干嘛要珍藏？编什么谎话，哄谁呀？"我说："你先别生气，听我讲完这故事，你再来评说这头发值不值得珍藏……"

　　那是20多年前的一场惊心动魄的车祸。公共汽车司机玩了一宿麻将，开车时迷迷糊糊打起盹来，公共汽车驶上长江大桥后突然失控，冲上人行道，撞断铁栏杆，眼看就要栽下长江。瞬间，司机惊醒了，慌忙猛踩刹车。奇迹出现了，公共汽车竟戛然刹住，半悬在桥边，摇晃欲坠。

　　公共汽车上满载着乘客，在突如其来的车祸和狰狞的死神面前，乘客们惊呆了，颤栗着，先是一片死寂，不一会儿，乘客们清醒过来，在求生欲的驱使下纷纷夺路逃生。车厢里一片惊慌、嘈杂、拥挤，人们拼命往后车厢挤。有的人砸玻璃欲翻后车窗，但争先恐后扭作一团，根本没法翻窗；更多的人想开后车门逃命，负责开关后车门的女售票员却宁死不开门。

　　那是一位20岁左右的女孩，说不上漂亮，却有一头乌黑发亮的秀发。她的左脸颊上有块很刺眼的伤疤，后来我才听说那是她刚当售票员时，两个小偷在公共汽车上行窃，遭窃的乘客发现钱包不见了，央求司机将公共汽车开到公安局去。小偷们惶恐不安，吵闹着要下车，那女孩不肯。小偷掏出匕首威胁她，她脸不变色眼不眨，说不开就不开。小偷狗急跳墙，凶狠地刺了她一刀……

　　车祸发生的瞬间，那女孩也吓蒙了，而且，她的嘴巴重重地磕在售票台上，两颗门牙当场脱落，鲜血淋漓。她要是想逃命，只要将电钮轻轻一揿，就能从后车门脱身。可她马上意识到：若是将后车门打开，乘客鱼贯而出，公共汽车就会失去平衡坠江，多数人都会来不及跑出车厢而送命。要避免车毁人亡的惨剧发生，只能死死关住后车门，维持车厢里的重量平衡，等待救援。

　　乘客们吼叫着："开门！快开门！"那女孩试图解释，立即被粗暴的吼骂声压住了，有人甚至伸手来揿电钮。那女孩急中生智，将电源线一把拽断了，没有电源启动，车门很难打开。周围的乘客愤怒了，疯狂地扑上来撕扯她的头发，拽她离开售票台，好接上电源打开后车门逃命。那女孩死劲抱住售票台，凄厉地哭叫着："不能开门！不能开门！"她的头发一绺绺地被撕扯掉了，脸上、脖子上被抓挠出一道道血痕，但她赢来了宝贵的十分钟，救援车辆和人员及时赶来了。

那女孩的头发几乎被撕扯光了，头皮血肉模糊，惨不忍睹。救护车将她紧急送往医院救治。当晚电视新闻说，那女孩拼死赢来十分钟，救了一车乘客，堪称当代英雄！还说，女孩已脱离生命危险，但医生说她很难恢复一头秀发了……

我沉默了。爱人显然被那女孩的故事打动了，流了泪。半晌，爱人忽然问："哎，你是怎么得到那女孩的头发的？"我的心像被蜂蜇了般疼痛，忏悔道："我就在那辆车上，下车后，我惊奇地发现自己手上抓着一绺带血的头发……"爱人瞠目结舌："你……你也打过她？"我说："我很可能在吓得失去理智的情况下打了她。她是英雄，我却是胆小鬼，我珍藏这绺头发，就是想以此为鉴，以她为镜，做个像样的人……"

石 狮 悬 案

采石场郝老板暴富后，修了小洋楼。小洋楼鹤立鸡群，显得很威风神气。更威风神气的是，郝老板花几万元钱买回一对石狮，立在小洋楼门前。那对石狮龇牙咧嘴，狰狞凶猛，惟妙惟肖，连村里最厉害的狗都怕走近它。

郝老板立石狮惹起一场轩然大波。要是普通人家立石狮屁事没有，而郝老板是郝百万的孙子。郝百万何许人也？"土改"时被镇压的恶霸地主。当年郝百万的四合院前也曾立着一对石狮，"土改"时被群众砸碎了，垒了猪圈。现在政策变了，不讲成分和阶级斗争了，可也不能太猖狂嚣张，有了几个臭钱就不知天高地厚，立石狮抖威风，叫全村人心理失去平衡，总觉得还乡团又回来了。

村人就把郝老板立石狮的事告到乡里、区里、县里，可都石沉大海，这事儿没违规犯法，谁也不好出面管。何况郝老板与乡、区、县领导都熟，握过手、合过影、喝过酒，甚至打过牌、跳过舞、洗过桑拿，别说立石狮，就是建座炮楼，他们也会睁只眼闭只眼的。

一个月黑风高之夜，小洋楼前那对耀武扬威的石狮被人砸成碎片……

立石狮没人管，砸石狮立马就有人管了。郝老板请来了乡公安人员，折腾了几天，也没弄个水落石出。倒是来人又吃又拿，郝老板等于又损失了一对石狮子的钱。郝老板自认倒霉，再次花钱买回一对石狮。

这对石狮没在小洋楼前待几天，又被砸毁了。这次，郝老板请来了县刑侦队，把几个重点嫌疑人盘查了一番，也没撬开他们的嘴巴。郝老板又花了一对石狮的钱，招待打发县刑侦队。

郝老板是个犟性子，第三次花钱买回一对石狮。这次，郝老板请了一位外地老汉来守夜看狮。这位老汉很负责、很警觉，稍有风吹草动就起身巡视，砸石狮的人无隙可钻。郝老板的石狮三个多月安然无恙。

老虎也有打盹的时候。一天夜里，守夜老汉喝醉酒睡成死猪般。一对石狮又被人砸碎了。

郝老板无可奈何，请来德高望重的村支书喝酒，央求他做做乡亲们的思想工作，别与他的石狮过不去。又说他立石狮真没有其他意思，因为风水先生看过风水，说他的小洋楼前必须立一对石狮，才能守住家业，拦住厄运，吓跑瘟神。

村支书说："你不找我，我也会来找你的。说来这事也蛮蹊跷，问遍全村人，都说不是他们砸的。看来不像撒谎，他们什么事也没瞒过我呀！我琢磨，这里面一定有鬼！是不是外村人干的？咱们一起把这鬼抓出来！"郝老板豪爽慷慨地说："只要帮我把这悬案破了，我向村小学捐款三万元维修教室。"

郝老板不久又买回第四对石狮。村支书安排村人轮流守夜抓"鬼"。终于在一个风雨夜，将两名来砸石狮的外乡人抓住了。一审问，石破天惊，原来这两人是卖石狮的不法商人花钱雇来专门四处砸石狮的地痞。

石狮悬案一破，误会烟消云散。郝老板与乡亲们和好如初……

第一次坐火车的扳道工

如果说一个山沟里的老农民，或一个大海边的老渔夫，或一个森林中的老护林员，或一个草原上的老牧民，一辈子没坐过火车，一定没有谁质疑。可是要说一个干了四十年的扳道工一辈子没坐过火车，很少有人会相信。可不管你信不信，姜师傅临退休了，真的没坐过火车。姜师傅不知给多少列火车扳过道，打过信号灯，不知认识多少火车司机、列车员和乘警，可就是没坐过火车。

照说，姜师傅坐火车很方便的，他不用买票，在这条铁路线上掏出铁路职工证就能坐车，出了这条铁路线持铁路单位证明也能随便坐火车。但小站人少事多，每个人都得像道钉铆着枕木铁轨，谁有闲工夫去坐火车兜风？

姜师傅的家乡在深山里，不通火车，他早年回家探亲总是坐汽车转轮船。后来家乡通火车了，他又与老婆不和，从此不回家探亲。人们很奇怪，像姜师傅这样和蔼老实的人，怎么会与老婆相处不好呢？每年只有姜师傅的儿女坐火车来看望他，走时揣着钱和粮票，背着大包小袋。姜师傅很犟，儿女婚嫁也不回去，怕见到发誓不再相见的老婆，不知他老婆怎么使他如此伤心绝情。

铁路段偶尔给小站分配了去旅游胜地疗养的名额，几次轮到姜师傅，他都发扬风格让给工友了。一次，姜师傅在站长的耐心劝说下，勉强答应坐火车去青岛海滨疗养，但出发前夕，姜师傅忽然做了一个噩梦，梦见给他顶班的工友扳错了道，造成两车相撞的惨烈事故。姜师傅吓出一身冷汗，说什么也不去了。站长感到蹊跷："怎么答应得好好的又变卦了？"姜师傅撒谎说："我忘了自己有火车恐惧症，一坐火车就晕车呕吐，就脑胀心慌，就浑身奇痒，就筋脉抽搐，就失眠尿频……"站长信以为真，从此就不再考虑姜师傅疗养了。

姜师傅退休时，小站开了欢送会。站长决定租借一辆面包车，披红挂彩、敲锣打鼓，将他送回家乡去安度晚年。姜师傅把脑袋摇得像拨浪鼓："使不得使不得，花那份冤枉钱干嘛？抽人送我耽误工作影响安全咋得了？大伙的心意我领了，就不用送了，我坐火车回去。"站长惊诧地问："你不是有火车恐惧症吗？"姜师傅诡谲地一笑："我那是蒙你玩的，哪有什么火车恐惧症？说真的，我当了四十年扳道工，还没坐过火车哩，这次该过过火车瘾了！"站长和工友们面面相觑、瞠目结舌，仿佛听了天方夜谭，眼睛潮湿了……

姜师傅恋恋不舍地离开了厮守了四十年的小站，临走时，他只请求带走了那盏伴随他多年的信号灯。姜师傅上了火车，好比刘姥姥进了大观园，看到一切都感到新鲜惊奇，这儿瞧瞧，那儿摸摸。周围的旅伴纷纷好奇地猜测他的身份：老农民？老渔夫？老护林员？老牧民？老乡村教师？老赤脚医生？守信号塔的老人？看陵园的老翁？……一问，都猜错了，但大家都不相信姜师傅是老扳道工。姜师傅问："你们凭什么怀疑我不是老扳道工？"大家异口同声地说："就凭你第一次坐火车！"姜师傅诙谐地说："这有什么奇怪的。我就见过一个屠夫，杀了一辈子猪，没吃一口猪肉；还听说过一位酿酒师，酿了一辈子酒，没喝过一口酒。他们不吃肉，不喝酒，但并不影响他们勤快地杀猪、认真地酿酒呀！"大家仍然将信将疑，姜师傅无奈地拿出退休证和信号灯，大家这才相信，唏嘘并赞叹不已。

正在这时，火车紧急刹车，旅客惊疑不安。不一会儿，列车员传来消息："这里小站上的一个年轻扳道工违章喝酒，稀里糊涂扳错了道，要不是老站长发现得早，就会酿成火车相撞或出轨颠覆的惨剧。"姜师傅愤懑地说："这种没责任心的人怎么能当扳道工呢？我要是他的师傅非揍扁这小子不可！一火车人的生命就捏在扳道工手上，怎能当儿戏？我干了四十年扳道工没出一点差错，没什么诀窍，就是每次扳道时都将心比心：假如我坐在这趟火车上……"

一则新闻是怎样出笼的

　　魏奶奶上街买菜，踩到一块香蕉皮，把脚崴伤了。她孙女小娜叫了一辆三轮车拉着魏奶奶去了一趟医院，医生给她推拿按摩了一阵，搽了一些治跌打损伤的药水。这时，一位小伙子一瘸一拐地走进来，是小娜的同学。小娜惊讶地问："你怎么啦？"小伙子沮丧地说："骑摩托车摔了一跤……"

　　小娜在电话亭给她妈打电话，被不远处看车棚的张二嫂听见了。张二嫂跟修鞋匠添油加醋地说："魏奶奶上街买菜，踩到一块香蕉皮，把脚摔断了。小娜送魏奶奶到医院里，碰到了她的同学，那小伙子骑摩托车轧上香蕉皮一滑摔得鼻青脸肿。你说巧不巧，都是香蕉皮惹的祸！"

　　修鞋匠在吃晚饭时给老婆讲："魏奶奶上街买香蕉，与挑担卖香蕉的小贩争吵起来，小贩一推，魏奶奶摔倒在地，腿部骨折了。小贩见闯了祸，挑起担子跑了。小娜送魏奶奶上医院，碰到了她的男朋友，骑摩托车时摔得头破血流，跑到急诊室里去包扎。你猜怎么摔的？我料定你猜不出来，他是为躲闪一个突然横穿马路的挑担人而摔的，那挑担人就是推倒魏奶奶的卖香蕉的小贩！"

　　修鞋匠的老婆在麻将桌上说："你们听说没有？魏奶奶上街买香蕉，讨价还价时跟小贩吵起来了，魏奶奶气糊涂了，把人家的摊子掀了，香蕉撒了一地，全被踩烂了。小贩把她推倒在地，抢了她的金耳环就跑。魏奶奶想爬起来去追，却动弹不得，原来双腿摔断了。她孙女小娜一边张罗着送魏奶奶去医院，一边呼叫她的男朋友，骑摩托车去追，眼看就要逮住小贩了，没想到小贩很狡猾，急忙扔了几根香蕉，摩托车轧在香蕉上一滑，小娜的男朋友连人带车摔倒了，他也摔断了腿，与魏奶奶一起住了院。"

　　卖牛奶的李大姐深夜打完麻将回家，对踩三轮车的丈夫王大哥说："你听说了吗？魏奶奶出事了！她上街买香蕉，一个踩三轮车卖香蕉的小贩见财起心，突然抢了她的金戒指，踩起三轮车就跑。魏奶奶上前阻挡，被三轮车撞倒在地，坐骨骨折了。她孙女小娜急忙喊男朋友骑摩托车去追小贩，那小贩见摩托车追来，突然弃车逃跑，摩托车手躲闪不及，撞上了三轮车，小娜的男朋友摔断了腰椎骨，被人送往医院急诊室时，正好碰上了魏奶奶……"

王大哥小憩时，对修车铺的老杨师傅说："我给你讲个新鲜事儿，我隔壁的魏奶奶上街买香蕉，一个踩（王大哥觉得自己也是踩三轮车的，不能往自己头上扣屎盆，他临时改了嘴）……不，一个骑摩托车的家伙（王大哥没说是卖香蕉的，哪有骑摩托车卖香蕉的），看见魏奶奶的祖母绿钻石项链，拽了就跑。他这一拽，把魏奶奶拽倒了，摔断了脊椎骨，她孙女小娜急忙送魏奶奶到医院抢救。小娜的男朋友闻讯骑摩托车去追赶抢项链的家伙，由于车速太快，撞上了栏杆，撞断了几根肋骨，与魏奶奶住在一个医院。"

老杨师傅给家人说了这故事。他儿子是个自由撰稿人，觉得这故事有点意思，就又虚构处理了一番，投给了本市晚报。晚报很快刊登了这个新闻故事，标题是《巧：抢项链者，竟是孙女婿！怪：仓皇逃窜，撞成植物人！好：老天有眼，恶人有恶报！》：住在海口街牛皮巷的魏奶奶上街买东西，一辆摩托车在她身边戛然停下，摩托车手猛然拽下她的红宝石项链疾驰而去。魏奶奶被拽倒在地，摔断了脊椎骨。她孙女小娜急忙拦车把她送往医院。这时，急诊室又来了一个浑身是血、昏迷不醒的伤员，小娜认出那是她新结交的男朋友，魏奶奶也认出他就是刚抢了她红宝石项链的摩托车手。小娜不信，就在男朋友身上搜，果然搜出了一串红宝石项链。小娜忽然想起，她曾向男朋友要过一串红宝石项链，没想到他竟……摩托车手是仓皇逃窜时撞上汽车受的重伤，成了植物人。

蓝宝石戒指

　　唐琳爬上阁楼拿吉他。吉他的盒子被老鼠咬了很多洞，吉他却完好无缺。唐琳好几年没弹吉他了。明天，单位要到月亮岛去春游，在岛上别墅住一宿，还要开篝火晚会，让每人出一个节目。唐琳想：我不会唱歌跳舞，就弹一支吉他曲吧。唐琳忽然发现什么东西闪了一下眼睛。仔细一瞧，唐琳愣住了：躺在阁楼角落里熠熠闪光的是一枚蓝宝石戒指。倏地，她想起十年前的一桩悬案……

　　唐琳和宋叶既是邻居同学，又是好朋友，她们都默默爱上了班上的男生刘筝。唐琳貌不惊人，但成绩好，家庭条件也好，父母都是干部；宋叶妩媚动人，成绩却很糟糕，家庭条件更糟糕，父亲是个鞋匠，中年病逝，母亲靠捡破烂、当钟点工养家糊口。宋叶经常为拖欠学费而遭到老师的斥责和同学的嘲笑，她多次趴在教室里痛哭流涕过，也曾央求母亲让她辍学帮母亲捡破烂。母亲不答应："不读书没出息，将来只能跟你没文化的爹妈一样一辈子修鞋捡破烂！"宋叶的成绩每况愈下，要不是因为每天能与刘筝说笑，她早就破罐子破摔，懒得上学了。

　　那天，唐琳被一道数学题难住了，去请教刘筝。突然，宋叶慌慌张张地跑进刘筝家来，结结巴巴地哀求刘筝："有人在追我，快帮帮我，我是冤枉的……"她闪身躲进里屋。紧随而来的是一对青年夫妻，凶神恶煞地说，宋叶到他们家去找打钟点工的母亲，顺手牵羊偷走了一枚蓝宝石戒指，快把她交出来，好搜她的身，把她扭送至派出所。刘筝不相信美丽的宋叶会偷东西，仿佛自己受到侮辱，气冲冲地与他们吵了起来。唐琳也不相信好朋友会干这种蠢事，面红耳赤地为宋叶呼冤叫屈。那对青年夫妻没有真凭实据，不好随便行蛮搜身，只好报警。

　　警察来后，审问了宋叶，搜了她的身，还把宋叶刚才待过的房间仔细搜查了，没发现蓝宝石戒指，就放了宋叶。那对青年夫妻悻悻地走了。宋叶脸色煞白，浑身颤抖，嘤嘤地哭了。刘筝走上去，默默地掏出手绢为她擦泪。宋叶啜泣道："因为穷，才被别人怀疑成贼，受这种侮辱，这种日子没法活下去了，不如死了的好！"刘筝温柔地劝慰她："别说傻话了，穷不是罪过，用不着自卑，我喜欢你！"唐琳在一旁听了，心里一阵酸楚，但暗暗发誓：决不嫉妒，成全宋叶！

谁知宋叶没有好福气，没几天在下河游泳时脚抽筋淹死了。刘筝悲恸欲绝，大病一场。唐琳后来嫁给了刘筝，但唐琳知道，刘筝灵魂深处里仍然有宋叶的地位，宋叶在他心目中是完美无瑕的女神。

　　他们的婚姻一开始并不牢固，后来又发生了龃龉和裂痕，刘筝总怀疑唐琳与教她弹吉他的表哥关系暧昧，只要唐琳一弹吉他，就会拨动刘筝那根敏感的神经，他就联想起唐琳与她表哥不清不白的事，于是焦躁不安、寻衅吵架，甚至还摔过她的吉他。唐琳只得忍痛割爱告别了吉他。幸亏，这几天刘筝出差了，唐琳可以偷偷拿吉他出去春游了。

　　唐琳望着那枚蓝宝石戒指唏嘘：这无疑是宋叶那天慌乱之间扔上阁楼的。唉，要是刘筝知道事情真相，不知道会多么伤心呀！唐琳捧着戒指像捧着一团炭火，发愁了：留下吧，怕刘筝看见，会破坏他心目中宋叶的形象；扔掉吧，这么贵的戒指又太可惜了。唐琳忽然想起，表哥快要结婚了，把戒指送给他的新娘吧。唐琳刚出门，就与匆匆归来的刘筝碰了面。唐琳惊讶："你怎么提前回来了？"刘铮看见她背着吉他就来气，阴阳怪气地说："是不是搅了你的好事？嘿，幽会还带吉他呀，够浪漫的！"唐琳说："你别误会了，我是去参加单位的春游……"刘筝忽然抓住唐琳的手，阴鸷地冷笑："这是什么？好漂亮的蓝宝石戒指，你的魅力不小呀，趁我出差几天，就有人送你戒指了。"唐琳真后悔，忘了摘下戒指，只好撒谎："我买的。"刘筝发疯般扑上来，大声吼叫："住嘴！我再不想听你撒谎了！"唐琳感觉到一阵绝望……

画 家 奇 遇

　　画家流沙湖雄心万丈，背起梦的行囊，去南方求职。在那座淘金者如云的城市，流沙湖跑了许多冤枉路，说了许多好话，受了许多窝囊气，花光了身上的盘缠，也没找到工作。眼看连买方便面和矿泉水的钱都没有了，流沙湖无奈，只好上街给人画像赚点小费。在人们眼里，这就是艺丐。流沙湖一次次地忍受着过路人的睥睨和讥笑。他在心里一遍遍地给自己打气：这没什么，艺术大师梵高、毕加索早年穷困潦倒时都上街给人画过像。

　　过路人行色匆匆，心情浮躁，哪有闲情雅致画像？每天请流沙湖画像的人寥寥无几。流沙湖赚不到钱，经常挨饿。流沙湖住不起旅店，只好蜷缩在建筑工地上的水泥管中过夜。这座城市开始紧锣密鼓地清查遣返盲流，流沙湖每夜都提心吊胆，一有风声就逃窜，怕被逮住送进收容遣返站。

　　一天深夜，流沙湖在水泥管中刚进入梦乡，突然被一阵哭喊挣扎声惊醒了。流沙湖钻出水泥管，循声望去，见一个大汉正在抢劫一个女人。流沙湖血性豪气上涌，怒吼着冲过去。大汉拔腿逃窜，不一会儿便无踪无影了。女人号啕大哭，说丈夫出了车祸，住院急需抢救，她好不容易从朋友那里借到一笔救命钱，却被丧尽天良的强盗抢劫去了。女人的精神几乎要崩溃，寻死觅活要去自杀。流沙湖哄劝了半晌，女人才停止了哭闹。

　　流沙湖问："强盗没蒙面吧？你看清楚了强盗的脸吗？"女人叹息："看清楚了也没用，这座城市几百万人，上哪儿去找他？还不等于大海捞针？"流沙湖说："你来说说他的长相，我帮你画幅模拟像，拿着这模拟像去公安局报案，兴许会抓到强盗。"女人将信将疑，抱着一线希望，极力回忆强盗的长相，让流沙湖画强盗的模拟像。经过反反复复的修改，强盗的模拟像画出来了。女人咬牙切齿地说："挺像他！抓住了这坏蛋，我非咬他几口不可！"

　　流沙湖陪女人去报案。公安局连夜将强盗的模拟像复印，发给值勤干警去车站、码头、旅店、酒楼、歌舞厅搜捕。说来真神，居然在一家小酒店里逮住了那强盗。这家伙刚从北方流窜到这座城市，没想到刚一出手，就栽在一位穷画家的手上。

几天后，流沙湖的事迹登了报。公安局将流沙湖请进了"5·8"专案组画模拟像。这座城市在去年5月8日发生了一起抢劫银行的血案，几名蒙面歹徒枪杀了数名银行职员，抢劫了400多万元钱逃之夭夭。流沙湖为难了：蒙面歹徒我咋画？专案组组长说："这伙歹徒抢劫了银行后，劫持了一辆出租车逃跑，在郊区朝出租车司机开了两枪。司机命大，抢救活了。司机说他清晰地记得那名打喷嚏瞬间面纱脱落过的歹徒的长相。"流沙湖与那司机合作，很快画出了歹徒的模拟像。公安局将这幅模拟像发往全国警方协查通缉，不出一个月，这伙穷凶极恶的歹徒落入法网。

　　流沙湖名声大噪。这座城市的警方破格录用了他。他现在每天忙着画那些犯罪嫌疑人的模拟像，枯燥乏味，艺术的灵感和创作的快感渐渐远离了他，但为了饭碗，还得硬着头皮去画。流沙湖暗忖：人要知足，总比当初蹲大街画像、睡水泥管的处境强多了！流沙湖偶尔喝酒时也发些人生感慨和牢骚，夜深人静时也重温一下艺术梦，翻看凡·高、毕加索的名画，情不自禁地流下清泪……

芳　邻

　　石上泉对这座城市失望厌倦了。这座城市让他尝够了失恋、失业、失足的人生滋味，他的肉体与灵魂皆伤痕累累。他曾邂逅了一位来闯荡世界的北方姑娘，与姑娘一见钟情、相见恨晚，两人花前月下、山盟海誓，可他一失业，爱情没了润滑油和营养液，恋人悄悄地离开了他。他到处找不到工作，没钱交房租买面包，一念之差偷了别人的钱包，被人家当场逮住打得半死，扭送到公安局。公安局念他初犯，又看他被打得够惨的，没送他去蹲监狱，劳教了一个月，释放了。

　　石上泉正想逃离这座城市，隔壁搬来了一位天使般的姑娘。在楼梯间擦肩而过时，姑娘冲石上泉莞尔一笑。这一笑勾魂摄魄，让石上泉心旌摇荡、热血淙淙，顿时忘记了昔日失恋的痛苦屈辱，走火入魔地坠入了单相思。石上泉生性腼腆，加上姑娘太美丽，他的自卑感更强烈，不敢跟姑娘说话，更不敢向姑娘求爱。他想：要是姑娘拒绝了我，该是多么悲惨的结局呀，说不定我承受不了这种沉重打击，会疯狂或自杀的。要是姑娘感到难堪或担心骚扰，悄然搬走，我也会活不下去的。还是不要急于捅破这层窗户纸，相安无事地做邻居吧！

　　石上泉默默地忍受着单相思的煎熬，从窗帘里窥视她的倩影，从墙壁中聆听她的声音，然后把自己的观察、感受和心情写进日记里。石上泉过去没写日记的习惯，自从来了芳邻，写日记成了他每天必修的功课。日记成了他的知心朋友，只有日记任他尽情地倾诉。他遐想：要是有那么一天，芳邻成了他的红颜知己，他将把日记献给她，作为爱情的见证。

　　一天深夜，石上泉在梦乡中突然被一声女人的尖叫惊醒了。他立即警觉起来：是不是芳邻出了什么事？是小偷潜入她的室内盗窃，还是流氓闯入她的室内欲强暴她？石上泉腾地跳起来，顾不得穿衣趿鞋，裸着上身赤着双脚去拍芳邻家的门。芳邻隔着门不好意思地说："对不起，我做噩梦，惊醒你了！"石上泉好失望，他多么想有个英雄救美人的机会呀，哪怕是抛头颅洒热血也值得呀！

　　第二天，芳邻从外面回来，送给石上泉一只沙田柚，算是对昨夜虚惊一场的道歉与犒劳。石上泉受宠若惊，舍不得吃那只沙田柚，让它风干成了纪念品。来而无往非礼也。石上泉买了一袋新上市的荔枝送给芳邻。他思忖：像她那样的美人，一定喜欢吃荔枝的，那玉笋般的手拈着荔枝塞进樱桃般的小嘴里慢慢嚼着，那姿势一定优美高雅极了！

几天后的深夜，芳邻突然来敲门，央求石上泉到她的房间去，冒充一回她的男朋友。原来，她的老板是条色狼，软硬兼施要逼她做"二奶"。刚才在歌舞厅里老板借酒装疯调戏她，她拂袖而走。她刚上楼来，就听见楼下有汽车声，一看，是她的老板追赶来了。石上泉当时没来得及搞清楚内幕，别说是临时客串一回男朋友，就是让他赴汤蹈火也在所不辞。石上泉与芳邻成功地演出了双簧戏，将那死皮赖脸的色狼吓跑了。芳邻请石上泉共饮了葡萄酒，然后她醉眼蒙眬、含情脉脉地喃喃道："大哥瞧得起小妹，就留下，我陪你一夜……"石上泉默默地掰开了她的玉手，狼狈地逃回了他的小屋。他听见芳邻啜泣了半夜。

第二天黄昏，石上泉买了一篮红玫瑰，在精美的小卡片上写了一行字：不求一时拥有，但愿天长地久！他想等待着芳邻归来。回家时，他忽见门缝里有一封信。他一看信就傻了：是芳邻写给他的，她被老板炒了鱿鱼，在这座伤心的城市待不下去，只好回家乡去了。芳邻还写道，她已从房东的唠叨中知道他欠下半年的房租，她已替他缴了。最后写道：祝大哥在他乡生活得好！芳邻没留下姓名、地址和电话。

一晃三年过去了，石上泉还住在那座城市的那间小屋里，执拗痴心地等待着芳邻归来。他坚信奇迹会发生，她会归来的！

伞

我在 4 路电车上当了十几年售票员。我捡的最多的是伞，有时一天可以捡到上十把伞，我不知道人们怎么总是忘了伞。我每天喊得最多的就是两句话："请各位乘客注意你的钱包！别忘记拿上你的伞！"

我在电车上看到的关于伞的笑话也最多。

一次，一位戴眼镜的书呆子错拿了一位胖大嫂的伞，胖大嫂误以为他偷伞，狠狠奚落了他一顿。几天后，那位书呆子抱着几把伞上了电车，不知是去送伞，还是去修伞，正巧撞上了胖大嫂。胖大嫂冷笑着讥讽道："嘿，今天运气不错呀！"

我曾经看到过一则以伞为媒的爱情故事。

那还是十年前一个春雨潇潇的早晨，一位漂亮文静的姑娘上了 4 路电车。我猜她八成是刚分配到附近单位的大学生，戴着一副眼镜，上车把伞挂在座位旁，就埋头看书。到航空路时，我提醒她该下车了，她慌张地往车门奔去。我忽然看见她的伞，就边喊她，边把伞从车窗里递给她。

第二天早晨，天晴，姑娘没带伞，照样上车就看书。一个小伙子上车来，一看见姑娘就眼睛闪光，拿现在的时髦话说就是"来电了"。这不奇怪，像这么漂亮文静的姑娘不能不引起男人的爱慕。我看得出来，小伙子心旌摇荡了，车厢后面有空座位也不去坐，情愿站在姑娘身边，眼睛像聚光灯一样盯着她。但姑娘旁若无人埋头看书，根本没注意身边站着的小伙子，没感觉到他火辣辣的目光。到站后，姑娘匆匆下了车，瞟也没瞟小伙子一眼。小伙子趴在车窗口，目送着姑娘娉娉婷婷而去。

这以后的几天，我观察到小伙子早早就在车站等候着姑娘。照说，我们售票员工作辛苦繁忙，是没心思和工夫观察这些生活细节的。但我喜欢看爱情书籍和爱情电影，这不等于在看一部活生生的爱情书籍、电影吗？我深信这是一个良好开头，后来一定有精彩的戏！干我们这一行的太枯燥单调，跟踪观察这个小伙子和姑娘，也是一种消遣调剂。

小伙子每天跟着姑娘上车后，就默默地站在她身边，痴痴地凝视着她，那种单相思的神情太明显了。姑娘仍是埋头看书，没瞟他一眼。看得出小伙子很腼腆，为找不到机会和她说话、引起她注意而抓耳挠腮、焦急不安。我很怜悯他，恨不得给他面授机宜，譬如假装不小心踩她的脚再拿手绢为她擦皮鞋，或趁紧急刹车时的惯性假装趔趄扑进她怀里再给她彬彬有礼地道歉，或故意将十元钱悄悄扔在她身边然后问是不是她丢失的，或套近乎地问她这本书在什么书店买的自己早就想买这本书……我既替单相思的小伙子焦急，也为这爱情故事的情节不能进展而遗憾。不过，幸亏小伙子没想出我这样的臭招，也许会弄巧成拙。

俗话说：好事多磨。小伙子在电车上与姑娘相识一个多月了，他们仍是身在咫尺心在天涯。我几乎没信心没耐心看这无望的爱情故事了，暗骂这小伙子窝囊无能。这天早晨又下起小雨，姑娘带着一把小红伞，小伙子带着一把小黑伞。姑娘上车就埋头看书，到站匆匆下车，又忘了拿伞。我正要喊她，欲言又止。为什么？我忽然看见小伙子拿起她的小红伞飞奔下车，去追赶姑娘了。这真是天赐的良机呀！我为自己把这好机会留给小伙子而感到高兴！

爱情其实像窗户纸一样一捅就破。这对以伞为媒的恋人很快结婚了。他们一起坐车，耳鬓厮磨、谈笑风生。后来，他们抱着女儿来坐车，也算和谐温馨。

可十年后，他们上车后板着脸互不搭理，甚至不愿坐在一起。一次，女人下车又忘了拿伞，男人凶巴巴地喊道："你的伞！怎么不长记性，老丢伞！"

我的心仿佛被马蜂蜇了一口，宛若读到一本狗尾续貂的爱情书籍，看到一部爱情电影的蹩脚结尾……

门外的烟头

一天清晨，妻子出门上班，忽然神色慌张地回来了。我以为她忘了带什么东西，或者要嘱咐我什么。妻子神秘兮兮地招手让我出门来看什么。我思忖：有什么看头？不是左邻的男人又有人上门给他送礼了，就是右居的女人又勾引野男人了。妻子市侩味十足，喜欢管闲事看稀奇。

妻子不耐烦地催促："快来看嘛，谁在我家门口扔了这么多烟头！"我漫不经心地嘟哝："不就是扔了几个烟头吗？又不是扔了炸弹和毒品，犯不上大惊小怪的，把它们扫进垃圾箱不就完了？"妻子说："可没你说得那么简单！这不像是随意扔的烟头，而是谁在这里抽了这么多烟。这是什么人呢？为什么要在我家门前抽这么多烟呢？这难道不该大惊小怪吗？"

妻子福尔摩斯般的话语引起了我的警觉。我立马跑到门前，仔细观察这些烟头。一共有十三个烟头，从每个烟头长短相等、都是在墙壁上拧熄的迹象看，是同一个人抽的。从十三个烟头推算，这个人在我家门前至少待了两个小时。妻子问："会不会是乞丐、盲流？"过去，遇上暴风雨或风雪天，碰到全城搜查遣返"三无人员"，乞丐、盲流偶尔也钻进我们这幢楼房来躲避。我摇头说："不像，蹲人家屋檐的乞丐、盲流抽不起这么高级的烟，抽得起这么高级的烟的乞丐、盲流绝不会蹲人家的屋檐。"

妻子忽然惊喜地说："是不是小涛回来了？"小涛是妻子的幺弟，在家待业多年，游手好闲，惹是生非，被他爹臭骂一顿，竟赌气出走，三年音信全无。我沉思片刻，说："不像是小涛。小涛爱抽洋烟，这烟是国产烟。"妻子说："小涛出外闯荡三年，还不能改变嗜好？再说，也许他穷得抽不起洋烟了嘛！"我说："这话有点道理。小涛外出三年，嗜好也许改变了，但他的个性不会轻易改变。你想，他是个急性子，能在我家门前磨蹭两个小时吗？再说，我们对他不薄，也无怨结，他既然大老远跑回来了，不会不进来看望一下我们。"妻子嘀咕："也是的，就算是他来找我讨钱，也不会不好意思在门前待这久。他的脸皮是很厚的，外出三年还能把脸皮变薄吗？"

妻子眨巴着眼睛，忽然阴阳怪气地说："我看，是简妮的男人来找你算账来了!"简妮是我的高中同学,又是同事,她男人因贪污罪锒铛入狱后,我曾关心帮助过她,譬如帮她解决女儿上重点小学的问题,帮她跑房管所找关系修缮漏雨灌风的房子,帮她摆平邻居男人性骚扰的纠纷,等等,一些闲言碎语就传到了妻子的耳朵里,妻子耿耿于怀,一有机会就敲打我。我愤愤地说:"她男人还有上十年刑期哩,难道能越狱来找我算账吗?再说,我和简妮屁事也没有,他找我算哪门子账?我倒觉得是魏林又在害单相思吧?"魏林是妻子的初恋情人,他们分道扬镳后他曾无休无止地纠缠妻子,后来竟成了疯子。妻子脸红了,说:"他进了精神病院,难道跑出来了?再说,上次我和你去精神病院探望他时,他都不认识我了,怎么还会害单相思?"

门外的烟头成了悬案。这悬案无意间叫楼下的赵大妈一语道破了。那天,我在楼梯口碰上赵大妈,她问我:"前天,有个老住户跑来串门,上你家了吗?"我摇头:"没有呀,哪个老住户?"赵大妈说:"就是原来住你家那屋的老住户,他媳妇病死在这里,他想看看旧居。奇怪,他从南方大老远跑来就是想看看旧居的,咋就没看呢?该不是你们不让他看吧?"

我豁然明白:那烟头原来是那个老住户扔的!他为什么不敲门进来坐坐呢?是不是怕吵闹了我们?是不是担心说破了此屋死过人的秘密会打破我们生活的平静?我没把这事告诉妻子,她若知道了,一定会嫌这屋不吉利,要吵着搬家的……

貂 皮 大 氅

老马被晚报上一则消息吸引住了：曾国藩的后人欲拍卖曾国藩的貂皮大氅。晚报上刊登了貂皮大氅的彩色照片。老马大吃一惊：这不就是爷爷的貂皮大氅吗？想不到失踪了30年的貂皮大氅冒出来了！咋变成了曾国藩的貂皮大氅呢？

老马的爷爷曾是清朝遗老，官至翰林，貂皮大氅乃皇帝所赐。中华人民共和国成立初期，老马将爷爷遗留下来的古董文物捐献给了国家，只留下一件貂皮大氅。老马怕冷，每到冬天，这件貂皮大氅就成为他御寒的宝贝。"文革"开始时，红卫兵抄家破"四旧"，老马忽然想起貂皮大氅乃御赐品，典型的"四旧"货色，难逃劫数，就央求来串门下棋的澡堂修脚师傅老蒋帮他收藏起来。

老蒋原是老马家的人力车夫，每天负责接送老马上下学。老蒋比老马大十岁，而且他们地位悬殊，但两人成了好朋友。因为他俩都有一桩爱好：斗蟋蟀。老蒋善捉、养蟋蟀，老马喜斗、赌蟋蟀。后来，斗蟋场被铲除了，两人又有了新的共同爱好：下象棋。那时，老蒋已改行当上了澡堂修脚师傅，老马在一家糖果店当店员。黄昏时，修脚的手与抓糖果的手在一起斗弈，情酣意浓。

老蒋忙把貂皮大氅披在身上，大摇大摆地走出去。老蒋成分好，红卫兵不敢惹他。这件貂皮大氅逃过破"四旧"的大劫。几年后的冬天，老蒋患了绝症，老马去探望他时，老蒋让他把貂皮大氅拿回去，并歉疚地说，去年冬天太冷，他穿了几天貂皮大氅，抽烟时不小心，把大氅的下摆处烧了一个小洞。老马虽心疼得要命，但强装笑颜说："烧个小洞算什么？要不是因为你，红卫兵早把它烧成灰啦！今年冬天也很冷，你身子有病，就穿它防寒暖身吧！再说，我拿回去也是提心吊胆的，眼下这形势乱得很，说不定哪天又来抄家……"

那年冬天，孑然一身的老蒋溘然撒手西去，貂皮大氅不翼而飞。是小偷翻窗撬门偷跑了，还是邻居熟人顺手牵羊拿走了，成为悬案。那时正值狠抓阶级斗争的年头，老马不便报案，就是报了案，也有可能追不回貂皮大氅，反而会给自己招惹麻烦灾祸。老马只好把痛苦隐藏在心里，多少次梦见貂皮大氅，醒来后呜咽流泪。

"文革"结束后，老马报了案，但人死线索断，茫茫人海中哪儿去追寻一件貂皮大氅？老马明察暗访了很长一段时间，也毫无结果，终于心灰意冷，劝慰自己：生不带来死不带去，何苦为身外之物耗神费心？

谁知，晚报上的消息又勾起老马的心事。他夜不能寐，清晨就去见那位写消息的记者。老马诉说了貂皮大氅的往事，记者惊呆了，没想到上了人家的圈套，制造了一则假新闻。

老马在记者和警察的陪同下，去找那位"曾国藩的后人"。那老太太问："你凭什么说是你的貂皮大氅？"老马说："大氅下摆处有一个烟烧的小洞。"老太太冷笑："哼，你是从晚报上的照片看出来的，还是从记者嘴里套出来的？"老马沉郁地说："我还有一个证据，在大氅左下摆处，有一排很深的牙痕，那是老蒋患绝症疼痛难忍时咬下的。"老太太拿出貂皮大氅一看，果然有一排清晰的牙痕，顿时瘫软了，喃喃道："看来你真是我要找的貂皮大氅的主人……"

老马一愣。老太太揭开谜团，她儿子早就觊觎这件貂皮大氅，趁老蒋病危时溜进屋偷它。不料，老蒋苏醒过来，死死拽住大氅，挣扎着说："我家的东西……你全拿走都行……这是别人的……东西，可不能……拿走！"她儿子掐昏了老蒋，抢走了大氅。

这年头古董文物走俏，她儿子就逼她冒充"曾国藩的后人"，把貂皮大氅谎说成曾国藩的遗物，到处招摇撞骗想发横财，一外商真被骗信了，欲出价30万元买它。也许老天有眼要惩罚她儿子，她儿子突遇车祸暴死，这场骗局才中止。这些日子里，不断有鬼鬼祟祟的人来打听貂皮大氅，老太太坐立不安，认定它是邪物，留着是祸根，正寻思要去报案，让它回归主人……

情　绪　链

电车司机赵永世昨晚与老婆争频道，老婆要看肥皂剧《孽缘》，他要看足球赛，结果老婆锁定了肥皂剧，气得他捶胸顿足翻白眼。清晨上班，赵永世心里窝着的那股怨气还没消去，见什么都不顺眼，说话瓮声瓮气，第一趟车就与一名匆匆赶车的女乘客吵起架来。在那女乘客下车的瞬间，赵永世眼疾手快按动关门钮，稳准狠地将女乘客夹在电车门中。她凄厉地尖叫起来。

女乘客是 A 医院注射室护士李娜。本来无忧无虑、心情舒畅的姑娘，一大早被电车门夹得腿部青一块紫一块，情绪陡然坏到了极点，这不能不影响她的工作。终于，李娜把一位女病人的臀部扎得痛楚难忍，女病人惨嚎一声，继而大骂起来。李娜正愁找不到对象宣泄心头的无名怨气，就与女病人唇枪舌剑地对骂起来。

女病人是某幼儿园老师夏云。平心而论，夏云素来脾气温和，心地善良，喜欢孩子，可被该死的女护士扎痛了臀部，又大吵一架后，她的脾气阴错阳差地暴躁起来。刚巧遇上一名顽皮的男孩打哭了一名女孩，夏云怒不可遏，逼男孩扇自己的耳光。正巧，男孩的父亲看见了这一幕，气咻咻地跑到园长办公室里去告状，并扬言若不严肃查处，他将邀人来教训夏云。

男孩的父亲是个体屠户，姓胡。胡屠户花了一大笔"赞助费"，又送了不少礼金，才把儿子塞进这所重点幼儿园，没想到儿子仍受老师的"歧视虐待"，他心如刀割，泪如泉涌，越想越生气，恨不得提着屠宰刀闯到幼儿园去大闹一场，给她们一点厉害瞧瞧。这时，一位老妇人走近胡屠户的肉摊要买肉，讨价还价、挑肥拣瘦了好一阵。素日和蔼慈厚的胡屠户一反常态，无名怒火一蹿老高，将老妇人手上的肉猛地夺下，重重地往肉摊上一掷，凶神恶煞地吼道："老子不卖了！"

老妇人是退休教师杨大妈。杨大妈的毛脚女婿今天要来做客，她要买肉煨汤。本来人逢喜事精神爽，没想到遇上这么一个屠户，真是把杨大妈的心肺气炸了。杨大妈回到家里就莫名其妙地发脾气，一会儿埋怨女儿不争气没考上大学当了卖服装的个体户，一会儿唠叨老伴越老越糊涂，竟老夫聊发少年狂迷上了写律诗、拉二胡。待到毛脚女婿来吃中饭时，杨大妈更是左看不顺眼右瞧不遂心，不是嫌他个矮体瘦，就是嫌他言谈没教养、举止欠风度，最后把毛脚女婿晾在那里，跑到老姐妹家里去打麻将。

毛脚女婿谈三是靠卖水果富起来的暴发户。谈三因讲哥们义气，参与了聚众斗殴，闹出了人命，曾坐过几年牢。谈三与女朋友交往时就坦诚地说出了他的前科，女朋友不在乎他的过去，只看重他的今天和将来。这令谈三很感动。但女朋友不敢把他的前科告诉她妈。相亲时杨大妈的言谈举止都表明她不喜欢他，若是知道了他还有前科会更厌恶他，女儿十有八九听娘的，过不了丈母娘这·关，婚事十有八九不会成功。谈三在路边小酒摊上喝得醉醺醺，跟跟跄跄地踽踽独行。这时正巧迎面碰上下夜班的女工邓小菱，谈三酒壮色胆，拦住邓小菱欲行非礼。邓小菱一面使劲挣扎，一面拼命呼救。几个路人闻声追赶了过来，谈三的酒吓醒了一大半，想夺路而逃，衣袖却被邓小菱死拽住了。谈三急中生恶胆，抢起酒瓶就砸邓小菱的脑袋……

邓小菱住院十天后回到家里，迫不及待地对丈夫赵永世说："快开电视机！今天要播《孽缘》的大团圆结尾……"赵永世唉声叹气："今晚的足球赛又看不成了……"

钢 笔

老校长过去是教私塾的"冬烘先生"，写惯了毛笔，学用钢笔时很不习惯，不是将墨水溅脏了纸，就是用力太猛笔尖戳穿了纸。老校长赌气拒绝用钢笔了，尽管钢笔随身携带方便，而使用毛笔得携带墨砚很不方便，但老校长还是执拗地偏爱毛笔。老校长走到哪里都带着一只布袋，里面装着毛笔、墨砚和老花镜。

一天，一辆轿车驶到学校，来拜访老校长的是地区行署专员。专员见面就喊老校长"恩师"，原来老校长当私塾先生时教过他，还接济过他。专员临走，送给老校长一支老式派克纯金钢笔。老校长嘀咕："莫非是我拒用钢笔的事传到了专员耳里，专员送钢笔给我，是让我接受新鲜事物，跟上时代潮流？"从此，老校长刻苦练习写钢笔字。天长日久，他练就了一手遒劲峭拔的钢笔字，与他的毛笔字一样惹人喜爱和敬慕。

专员是老校长的学生，还送给老校长一支派克金笔。这消息不胫而走，妇孺皆知，连县长来学校视察时都问起这事，还看了派克金笔。老校长也难脱俗，总是把那金笔别在胸襟口袋上，逢人问起，就不无炫耀地谈起这支金笔的来历，回忆专员蒙童时代的趣闻轶事。

老校长格外珍爱这支钢笔。一次，老校长到县里开会，把钢笔遗失在招待所里。等他回家后才发现钢笔丢了，惊出一身冷汗，急急忙忙往县城赶路。等他气喘吁吁地赶到县招待所时，已是深夜。服务员说，他住过的房已住进了一位女房客，深更半夜不好意思叫醒人家。老校长就在走廊角落里蜷缩着忐忑不安地等了一夜。第二天一早，等那女房客一起床，老校长进屋，在抽屉里找到了自己的钢笔。

还有一次，老校长带学生下乡劳动，在弯腰洗脚时，将钢笔滑落到小河里。钢笔像一条小梭鱼顺着河水向深水处漂移。那时正是隆冬，寒风凛冽，河水刺骨，老校长水性不大好，等不及喊人来帮忙，心急火燎地往河里跳。钢笔是逮住了，可人却冻僵了，又呛了几口水昏头昏脑的，再加上河水湍急，老校长怎么挣扎也游不上岸来。要不是摆渡的老船工发现驾船来救他，老校长就会成河殇了。

一天，一位收藏家闻讯找到老校长，想出大价钱买走金笔。老校长嗤之以鼻："哼！别说我现在不缺钱花，就是真到了饥寒交迫的地步，也不会拿它换钱！"

老校长的独生儿子在省城读大学，毕业后想到省教育厅谋差。一位关键人物不知怎的知道了老校长的金笔，拐弯抹角地索讨。儿子想，明地跟父亲讨要，等于剜他的心头肉，他也不赞成走后门，就偷偷地把金笔藏起来。老校长失笔后，茶饭不思、坐立不安，整天像丢了魂似的神情恍惚，脸色憔悴。儿子怕父亲积郁成疾，酿成大患，无奈地拿出了钢笔。

老校长退休后，除了养花、种菜、打拳、散步的兴趣，就是爱写点古体诗词和教育杂谈。老校长养成了习惯：写古体诗词用毛笔，写教育杂谈用钢笔，绝不用混了。

一日，老校长看报时，忽然惊呼一声，老花镜砰然落地，人也歪倒在地。原来，报上登载，他的学生、送他钢笔的专员昧着良心巧取豪夺，大肆贪污水利工程款和灾民救济款，已锒铛入狱。老校长中风后，瘫了左腿。再也看不见他的胸襟口袋上的金笔了，听说他愤然砸碎了金笔，扔进了茅坑。每次遇到有人开玩笑地问他："老校长，您那金笔呢？拿给我们开开眼界！"老校长仿佛遭受奇耻大辱，面红耳赤、恼羞成怒："你别这样，不如扇我的耳光、啐我的唾沫！"

老校长从此不再用钢笔。

櫻　花

经老年婚姻介绍所牵线，吴老与蒋老在茶社里会面了。他们没有年轻恋人相亲时的那番激动忸怩，颇像一对耳鬓厮磨、白头到老的夫妇。话儿像微风中的树叶沙沙响，谈网球围棋，谈京剧太极拳，谈菜价又跌了，谈电费又涨了……

夕阳西下，该分手了。情感已在平淡琐碎的交谈中水乳般相融，自然要敲定下次约会的时间、地点。他们不约而同地提出去珞珈山看樱花。吴老说她带羽毛球拍，她炫耀过她年轻时是大学羽毛球名将；蒋老说他带围棋，他吹嘘过他至今在老年围棋协会仍算霸主。他们诙谐地说："下次相会，是骡子是马拉出来遛遛！"还顽童般地拉了拉钩："樱花园见，风雨无阻，不见不散！"

吴老回家后，儿孙们缠着她问相亲的情况。听说蒋老是从厅长岗位上退下来的，儿孙们欢呼雀跃。大儿子兴奋地说："得让这老头发挥余热，在我公司里当个顾问，利用他的关系网招财进宝！"吴老摇头："别为难他了，他说过退下来后，什么虚衔闲职都不接受的！"二儿子沉思半晌说："孙子祥娃还在待业，托他找份工作，他不会不管吧？"吴老叹息："蒋老说他是一辈子不求人开后门的倔性子，硬要他为祥娃的事去求人开后门，不是有悖他的性情，有辱他的晚节吗？"三儿媳见丈夫蔫蔫的，急忙开了腔："孙子如意要办婚事了，房子还没着落，求您在蒋老面前多美言几句，找关系搞套房子。"吴老说："别打这主意了，他不是这号人！听说他儿子打着他的招牌搞了一套新房，被他臭骂了一顿，硬逼着儿子退了新房。"四儿子哭丧着脸哀求："妈，我炒股票挪用了一大笔公款，血本无归，你总不会看着我去坐牢或自杀吧？托你跟蒋老要一大笔钱，就算我借他的！"吴老哀怨地喃喃道："妈刚结识人家，咋开得了这口？妈也要这张老脸呀！别逼妈了……"吴老泪眼婆娑，踉跄着跑进卧室，哭得浑身痉挛、冰凉。

四个儿子组成统一战线，给吴老下了最后通牒：倘若蒋老不答应他们的条件，不为这个家作些贡献，就别想娶走妈！吴老气愤极了，颤声骂："你们这群忘恩负义的东西！早知道你们这般没良心，当初真不该含辛茹苦养活你们！"

看樱花的约会日子一晃就到了。吴老想去见蒋老最后一面，向他倾诉她的愤慨与无奈，祈求他的理解和原谅："这辈子无缘，来生再结缘吧！"

吴老早早地赶到珞珈山下的樱花园里。樱花灿烂，香气浓烈，倩影双双，笑语阵阵。吴老在樱花园中徘徊着，寻觅着，始终不见蒋老的身影。她狐疑：难道他忘了约会？遭到儿女反对不能来赴约了？突然病倒了？有急事缠住了身？

中午时分，看樱花的人稀少了。吴老虽饥肠辘辘，仍执拗地等待蒋老来分享她做的野餐佳肴。吴老痴痴地等到夕阳西下，仍不肯离去。蒋老不会轻易爽约，会赶来的！万一他赶来了她却走了多不好。等下去吧，一生能有几次这种等呢？

吴老困了，倚在樱花树上做了一个梦。梦见她做了新娘，披着白色婚纱，蒋老搀扶着她在樱花园里散步。蒋老调皮地摇晃着樱花树，樱花如雨落在她身上。蒋老咯咯地笑着，亲吻了她。

吴老醒来，面前蹲着一位漂亮姑娘。姑娘问："您是吴奶奶吗？"吴老点头，疑惑地问："你是……"姑娘哽咽着说："我爷爷前天犯心脏病去世了……"吴老惊愕，唏嘘流泪。姑娘啜泣着说："爷爷跟我爸吵了一架，就犯了病……临终前念叨着'樱花、樱花'，家人都不懂什么意思。今天我整理爷爷的遗物，看了他的日记才知道，他是惦记着看樱花的约会。我怕您久等，急忙打的赶来找您。吴奶奶，谢谢您对我爷爷的这份真情，爷爷该含笑九泉了！"

吴老呜咽起来。她万万没想到，她还没跟他提出分手，他就抢先与她诀别了！本来他们是可以结伴欢度晚年的，可命运作祟，让他们生离死别、情天恨海！

吴老找到樱花园管理处买了一大簇樱花，对姑娘说："请代我献在你爷爷灵前，并捎句话，那个世界也会有樱花园的，等着我一起去看樱花吧，不见不散！"

绣云的故事

绣云最担心的事终于发生了，最怕见到的场合竟撞上了。绣云流着泪，翻看着影集。每张照片，都是人生瞬间的定格，都能勾起她清晰甜蜜的回忆。

那张中学时代的照片上，绣云多青春浪漫呀！她与同学们在篝火旁跳舞唱歌，脸庞上洋溢着幸福欢乐。那个拉手风琴的小伙子，就是绣云现在的丈夫胡浩。那时候绣云是校花，追求她的小伙子太多了，胡浩能征服绣云的芳心，多亏了他拉得一手好手风琴，写得一手好情书。

翻到结婚照，蜜月旅行照。胡浩在大海礁石旁山盟海誓："海枯石烂不变心！"胡浩在华山之巅喊着穿山号子："绣云，我永远爱你！"胡浩与绣云在戈壁滩上迷路了，胡浩将最后一个面包、最后一口水让给绣云。在神农架大森林里，胡浩将吃野果中毒的绣云连夜背往小诊所，自己跌伤了腿……

翻到女儿点点的照片。绣云习惯性流产，有时连打个喷嚏都能引起流产。绣云保胎静卧了半年，吃喝拉撒都在床上，胡浩什么家务活都干，对绣云关怀备至。绣云难产，大出血，医生问胡浩："要大人还是要小孩？"胡浩跪下哀求："都要！"绣云剖腹产，险些死在手术台上。胡浩啜泣："绣云，我将永远记住这一天！"

翻到绣云与点点的合影。胡浩被派往西藏。点点经常生病，绣云独自担惊受怕，背点点去医院。一天深夜，外面下着大雪，点点突然发高烧说胡话。绣云背点点去医院途中跌了一跤，把腰摔伤了，从此落下病根，一到阴雨天就腰痛。点点在幼儿园里玩耍，从秋千上飞下来，摔断了右臂，绣云背着点点不知跑了多少趟医院。点点在上小学时被汽车轧断了双腿，医生说："点点能重新站起来，这奇迹一半是母亲创造的。"绣云独自支撑着家，承受着苦难，每次给胡浩写信，都是报平安，寄去的都是母女俩笑意荡漾的照片。

翻到全家福。胡浩从西藏归来，被提升为局长。点点考上了北京大学。双喜临门，全家游览了东湖，在显真楼照了一张全家福。点点说："我要把这张全家福挂在我的床前，早中晚都要看一眼。"绣云说："那样太耽误学习了，也招惹同学们笑话，你只晚上看一眼就够了！"

翻到结婚 20 周年纪念照。胡浩下海，当了总经理。胡浩已嫌绣云人老珠黄，不愿与绣云照相。绣云发现胡浩许多偎红依翠的照片。胡浩说："人在江湖，身不由己，只不过逢场作戏罢了，别当真!"绣云心里有了阴影。胡浩把结婚 20 周年纪念日忘了，绣云提醒他，他竟嘟哝："老夫老妻了，咋还搞年轻人那一套，不怕人讥笑?"绣云执拗地拖他去照纪念照，流了泪，才让胡浩心软了。绣云照完像后惨淡一笑，说："我们会有银婚照、金婚照吗?"胡浩心不在焉地答："会有的……"

后来，没有了照片。胡浩很忙，经常不回家，或深更半夜才回家。胡浩的绯闻传到绣云耳里，绣云不敢相信，也不愿相信。她不是一个喜欢吃醋的女人，没盘问胡浩，没搜查他的皮包、衣服和抽屉，没私拆过他的信件、偷听过他的电话，更没鬼鬼祟祟地跟踪他。绣云后悔极了，大不该上班时突然心血来潮，回家来换一件风衣。这样，她才撞见了胡浩与他的秘书鬼混的龌龊场面……

绣云是那种宁为玉碎、不为瓦全的完美主义者，一旦婚变的窗户纸捅破了，爱情的温馨梦破灭了，绣云只好选择殉情这条不归路，以此捍卫自己的尊严和人格。她不再犹豫，毅然决然爬上四楼的窗台，做了一个悲壮美丽的俯冲。

绣云重重地落在一个人身上。那个人就是胡浩，他是回家来替秘书小姐拿狼狈逃窜时丢下的坤包的。阴错阳差地，在进楼的瞬间，绣云落在他的头上，他没弄清楚是怎么回事就死了，而绣云只跌伤了一条腿……

珍 珠 项 链

　　那天吃罢晚饭，我正准备写作，邻居谢胖子捧着茶杯趿着拖鞋来了，一屁股坐在我的沙发里，打开了他的话匣子。我沮丧，在心里哀叹：今晚又算浪费了！

　　谢胖子原是某工厂供销科科长，工厂破产倒闭被私人老板兼并后，谢胖子当不成科长了，又不愿掉价给私人老板当打工仔，更不愿自谋生计找活干，就赋闲在家。谢胖子有祖传的私房，出租足以解决全家的温饱问题，因而他稳得住神，不必猴急去跑再就业市场，可以白天泡茶馆、养花鸟、睡懒觉，晚上四处串门摆龙门阵。

　　我刚与谢胖子做邻居时，还不厌恶谢胖子的串门聊天。尽管谢胖子有一些令我妻子蹙眉阴脸的坏习惯，譬如不爱揿门铃偏爱把门擂得山响，喜欢抽烟且爱乱弹烟灰乱扔烟屁股，大大咧咧地抠鼻孔挠脚丫，说话粗野庸俗且带脏字眼，但我还能容忍他。他在聊天中，的确给我提供了一些人物原型和生活素材，有些鲜活的俚语、民谣、趣闻、笑话，写进小说中确实起到了点缀作用。

　　谁知谢胖子竟然以"功臣"自居，总在街坊邻居们面前吹嘘我的哪篇作品是他提供的素材，哪篇文章是借用了他的点子。当然，谢胖子吹嘘图的是虚荣，并没有"分一杯羹"的意思。我曾想请他上酒楼撮一顿，或送他烟酒茶，都被他"生气"地拒绝了。谢胖子动情地说："要说，我应该感谢你才对呀！这年头，能找个知心朋友聊聊天不容易哇！"谢胖子把我当作他的知心朋友，串门更频繁了，聊天更"马拉松"了。我这人天生脸皮薄心软，不忍怠慢了人家，只好强颜欢笑，曲意应酬。事后，我又心疼流逝的时间，喟然长叹，牢骚满腹，怨怼谢胖子"等于谋财害命"。妻子冷笑着讥讽我："有本事，你当着人家的面去发牢骚呀！要不，明天谢胖子再来串门时，我替你说……"我慌忙摆手："别、别、别！"

　　今天，谢胖子给我说了一个笑话："一个包工头想竞争一项工程，就拎着一盒蛋糕去了主管工程的局长家。局长嗤之以鼻，冷笑暗忖：啥年头了，还送这玩意儿？真是不懂世道的土老鳖！包工头刚出门，局长想扔掉那蛋糕，谁知蛋糕被孙子偷吃了一块，孙子突然大哭起来……"谢胖子卖了个关子，问："你知道局长的孙子为什么哭？"我心不在焉地说："吃出了戒指，把牙硌掉了呗！"谢胖子一愣："你怎么知道的？"我说："这笑话太老套了，也太假了！"谢胖子面红耳赤地说："怎么可能太假了？这笑话是真的，前几天才发生，不信你问我老婆去，就发生在她们单位……"

这时，妻子阴沉着脸进来了，问我："你看见我的珍珠项链了吗？"我摇头。妻子狐疑地嘀咕："奇怪呀，我记得下班回家时随手挂在衣架上，咋就没见了呢？"我说："你再好好找找吧，是不是掉在衣架下了？是不是放在别的地方忘记了？"妻子说："都找遍了，就是找不到，难道鬼吃了？哦，刚才我下楼去买洗衣粉了，有没有外人来过？"我说："没、没有呀！谢胖子坐不住了，"尴尬地说："我是外人呀……"我慌忙说："谢先生可不是外人！"妻子不冷不热地说："谢先生，我一急就口无遮拦，你可别多心，我是怕来过上门订报的、订牛奶的、卖菜刀的、卖保险的，顺手牵羊把珍珠项链偷走了。"谢胖子自知无趣，怏怏而去。

从此，谢胖子不再上我家来串门聊天。我思忖：我们得罪他了？后来，我发现妻子戴着那串珍珠项链，感到蹊跷："在哪儿找到的？"妻子狡黠地一笑："傻瓜，我故意撒的谎！"我惊愕："为什么要撒谎？"妻子坦言："你不是总在背后怨谢胖子吗？我做恶人，帮你驱逐他嘛！"我生气了："胡闹！你怎么能用这种侮辱人格的方式去驱逐人家呢？这不是让人家背黑锅吗？"妻子振振有词："他是没偷我的珍珠项链，可他偷走了你的时间呀！你说，项链与时间，哪个更贵重？"我瞠目结舌。

夫 妻 之 间

　　那年，诸葛林所在的知青点倏地刮起回城风，知青们鱼有鱼路虾有虾路，走得只剩下他和东方樱了。东方樱幽幽地说："我回不了城，是因为家庭出身不好，你干嘛不想办法走？真想当扎根派呀！"诸葛林懒洋洋地拉着二胡，漫不经心地说："想啥办法？叫我半夜三更偷鸡摸狗去送给干部吃，叫我拿着刀子和农药去跟干部闹，还是叫我变个女人陪干部睡觉？我都做不到，只好听天由命吧！"

　　憨人有憨福。诸葛林与东方樱在知青点同搅了两年饭勺，就搅成了一对患难夫妻。新婚之夜，东方樱问诸葛林："你老实说，是不是为了我才不回城？"诸葛林说："我不想回城，一是舍不得离开你；二是讨厌我的继父，住怕了我家的阁楼；三是舍不得这片我们亲手栽种的杏林，眼看就要长杏了，要是吃不到杏就走了，会后悔的！"东方樱对这句话老是耿耿于怀："你竟把我与杏相提并论了！"

　　最后笑的人笑得最好。诸葛林和东方樱最后回城，分配的工厂、工种却比知青点的其他知青们都要好。但好景不长，夫妻间有了磨擦和龃龉。东方樱劝诸葛林一起补习文化考大学，诸葛林不以为然："工厂、工种都这么好，你咋还不安分守己呀？我要爱厂如家，干一行爱一行，不想分散精力影响干活。"诸葛林老实干活，一年干了三年的活，被评为市劳模。东方樱因经常请假去补习文化，常挨领导的批评。诸葛林嫌老婆给他这个市劳模的脸上抹了黑，就劝她："你何苦呢？工人的本分就是好好干活，要那么高的文化干嘛？文化再高待在工厂里也是高射炮打蚊子。你就别好高骛远了！"东方樱讥笑他："亏你还是一个大男人，咋就只看见脚尖？"

　　东方樱考上大学，工厂不放人，说她若硬要去读，就要被除名。后来工厂看在诸葛林这个市劳模的面子上，让东方樱办了停薪留职手续。东方樱把家里的电视机、洗衣机、电冰箱全卖掉了去缴学费，最不可容忍的是她竟偷偷打掉了胎儿。诸葛林满腹怨怼，喝得半醉，将东方樱的大学课本撕碎了，与东方樱厮打了一场。

　　几年后，东方樱学成归来，在工厂里当上了工程师。三十年河东四十年河西，如今劳模不吃香了，知识分子却比麝香还香。流汗的诸葛林好久没领奖状戴大红花了，而不流汗的东方樱却风光得很，今日这项科研发明受嘉奖，明日那项技术革新受表彰。莫怪别人要嫉妒，就是诸葛林都有点眼红心酸。为了心态平衡，诸葛林经常故意当着众人面，或大大咧咧地吩咐东方樱回家做饭、洗衣、接孩子等，或骂骂咧咧地斥责东方樱不顾家、不检点、不近人情等，以捞回一点男子汉大丈夫的面子。

又过了几年，诸葛林所在的工厂不景气了，每况愈下，工友们怨声载道，都谴责厂长不懂行歪辦、私心严重，把工厂搞穷了，把厂长搞富了。职代会民主选举，大家一致推荐东方樱当厂长。东方樱一上任，就搞优化组合、竞争上岗，搞产品换代、设备更新，诸葛林因新技术知识考试不合格，上不了新流水作业线，被列入下岗名单。厂办征求东方樱的意见："诸葛林是市劳模，就别让他下岗了吧？"东方樱铿铿锵锵地答："他还是厂长的丈夫，他不下岗难以服众，他下岗了才有震慑力！"

诸葛林下岗后，喝得酩酊大醉，站在工厂门前把东方樱骂得狗血淋头，还不让东方樱进家门。好心的工友点拨他："这是臭招，大忌！你不让老婆进家门，不是等于把老婆往人家怀里推吗？"诸葛林一惊：要是老婆有外遇，岂不更令他难堪？诸葛林只好忍气吞声、负荆请罪请回东方樱。东方樱正色说："当初叫你学习你懒得学，现在尝到改革的阵痛和淘汰的滋味了吧？从明天起，你老老实实去工厂再就业培训中心学习，要是不及格，别说工厂要除你的名，就是我也要炒你的鱿鱼……"

红　鞋

　　大唐是位小有名气的作家，他的妻子小云曾是舞蹈演员，年轻时也辉煌过。他们结婚 20 多年来，过着幸福美满的生活。儿子和女儿像羽毛丰满的鸟飞到别的城市做窝了，一年半载才回家一趟。老夫老妻的生活越过越平淡，越过越宁静，越过越乏味。

　　大唐在一次笔会上结识了一位年轻浪漫的女诗人，两人情意缠绵，相见恨晚。临别时，女诗人含情脉脉，塞给他一叠情诗。好家伙，她把大唐比作爱情天狗，偷吃了她的心。大唐回家的第二天，女诗人就打来电话，邀请他到东湖落雁岛幽会。大唐抵抗不住青春的诱惑，悄悄去赴会。大唐这一去就陷入了婚外恋的泥沼，爱得不能自拔了。

　　女诗人看到爱情火候已到，就像撒娇要一件新奇首饰或时髦服装一样，要求与大唐结婚。大唐为难了。他与小云的婚姻生活虽说有些平淡乏味，但还没到反目分手的地步，他也实在找不出非要抛弃小云不可的理由与借口，冷不丁地向小云提出离婚要求，他真难以启齿。再说，小云还不知能不能承受得了这种猝然打击，她会不会自杀或跟自己拼命呢？

　　大唐犹豫了好久，经不住女诗人的软磨硬泡甚至恫吓，还是决定向小云摊牌。在摊牌之前，大唐想先向小云摸摸底、吹吹风，看他在她的心目中到底占多大的分量，看他在她的感情天平上到底是多重的砝码。

　　大唐想出了一个巧妙办法：他编了一个婚变的故事，把他与小云之间平淡无奇的婚姻生活以及他的婚外恋安在一对虚构的夫妻身上，为了能让小云领悟，他还着意引用了他们的婚姻生活中若干特有的细节以及各自的癖好。在故事的结尾，大唐让那对夫妻心平气和地离了婚，而且顺应潮流赶时髦，还上照相馆照了离婚纪念照，上酒楼吃了离婚宴，上风景名胜地旅行离婚。

　　大唐把手稿交给小云誊写。小云下了岗，经常帮他誊写手稿，还帮他去邮寄。晚上大唐回家，心里很虚，原以为会爆发家庭战争，小云会哭哭啼啼、吵吵闹闹的，谁知小云像平常一样安详和蔼，殷勤热情地为他做饭洗衣。难道她没看懂？也许她今天没空誊写吧？大唐狐疑，一问，小云已将他的手稿誊写好，已寄给他指定的刊物。大唐纳闷：小云不是马大哈呀？她应该看得懂呀？她为什么不吭声呢？是不是故意装糊涂？

故事在刊物上发表后，大唐才恍然大悟，原来，小云已将故事的结尾悄悄改动了：那负心薄情的丈夫提出了离婚要求，万念俱灰的妻子压抑着屈辱悲愤在离婚协议书上签了字。丈夫刚走下楼，忽然听见妻子在呼喊着他的名字，他回眸的瞬间，他的妻子穿着初恋时他送给她的芭蕾舞红鞋，从五楼做了一个美丽悲壮的俯冲……这就是小云的回答！

大唐震惊了。大唐回家偷偷找出那双芭蕾舞红鞋，惊奇地发现，小云的一封未写完的遗书藏在里面，遗书中写着这么一段话：大唐说过，夫妻好比脚与鞋。既然脚觉得鞋子不合脚，要抛弃鞋子了，鞋子还有什么存在的意义呢？大唐忏悔了：我对不起小云呀！看来，小云是执拗深沉地爱着我呀！我可不能让她穿着那红鞋去跳那死之舞呀！

大唐装作什么也没看见，什么事也没发生，毅然决然与那位多情的女诗人分手了。一次，大唐随作家代表团出国访问，回来时给小云带了一双昂贵的芭蕾舞红鞋。小云心里喜欢，嘴里却嗔怪："这么贵买它干嘛？我又不能跳舞了……"大唐动情地说："身不能跳舞了，心却能跳舞呀！送你这双红鞋，就是祝愿你青春不老，永远快乐！"

歌　手

茜又瞥见了那张高仓健型的脸，神色阴森森的，眼光也冷飕飕的，叫人不寒而栗。那张脸似乎浓缩着中国五千年的沧桑，一看就知是从刀山火海、水深火热中闯荡过来的，一定吃过苦中苦，受过罪中罪。茜不清楚他的身份，这是个怪人，总是悄悄而来，静静地坐在角落里，默默地喝酒听歌，他不跳舞，不泡妞，不撒酒疯，不向歌舞女调情献媚，不拿着大哥大吆三喝四地摆阔气、耍威风……

茜是皇冠歌舞厅的红歌星。她是常青藤和摇钱树，因她的名气，皇冠歌舞厅的生意很红火。有不少同行想挖墙脚勾走茜，甚至有歌舞团想聘她，茜都没动心。茜不动心的原因很简单，皇冠歌舞厅的吴老板是她的救命恩人和伯乐。吴老板和茜是高中同学，又是邻居，吴老板曾经狂热地追求过茜，茜觉得他不是自己心目中的白马王子，就拒绝了他。

后来茜得了一种很重的病，急需大笔款子住院开刀，茜待业，茜母下岗，时常为生计发愁，上哪儿去筹钱？吴老板闻讯把钱送来，救了茜的命。茜问吴老板："这么多的钱，这么重的情，我咋还你呢？你要是……不嫌弃我，我就……就给你吧……"吴老板已结婚，不是狂蜂浪蝶之辈，他说道："我不是那种人……你若硬要还，就到我的歌舞厅来帮帮忙吧。"茜以为是到歌舞厅当招待员，没料到吴老板要她当歌手。茜胆怯求饶："我不行不行……"吴老板笑了："你的嗓子好极了，你一定能行！咱们可丑话说在先，签个约，你别将来唱红了，就开溜了。"

茜果真唱红了。吴老板当着她的面把签约撕碎了，说："茜，我这小庙供不了大神了，你要想走，随时都可走。"茜知道他的一片好心，嗔怪道："你别想炒我的鱿鱼！你要敢撵我走，小心我煽动我的歌迷来砸了你的歌舞厅！"

茜不知那个神秘的冷面汉子是哪一天晚上开始光顾皇冠歌舞厅的。茜第一次注意到他，是在一伙醉鬼调戏茜的危急关头。当时，醉鬼们踉跄扑上台，要吻茜，且摸她的胸部和屁股。吴老板见势不妙，慌忙出面解围，不料被醉鬼一拳打趴在地。冷面汉子冷不丁地从角落里窜出来，三拳两脚，干净利落地把醉鬼们打得屁滚尿流，磕头求饶。茜从惶恐中清醒过来时，冷面汉子已扬长而去。茜只依稀记得，他魁梧结实，冷面怒目，打扮得挺时髦。古戏古书中常有"英雄救美人"的故事，茜每次看到这种情节就感动得一塌糊涂，今天在生活中遇见了活生生的"英雄"，扫兴的是没来得及谢人家一声，就让人家走了。

好在第二天晚上，冷面汉子又来了。茜发现他仍静静地坐在角落里，默默地喝酒听歌。茜仔细打量了他，他魁梧有余，英俊不足，甚至可列入丑男人之列，而且年龄也偏大了点，那胡子，那皱纹，像个半拉子老头，与她心目中的白马王子形象相差悬殊。茜的浪漫幻梦悄然破灭了。出于感激之心，茜送了他一杯法国红葡萄酒，为他唱了一首《大哥你好吗》。冷面汉子也点她唱了一首老歌《茉莉花》，为她献了小花篮。

第三天晚上，冷面汉子又来了。他照旧躲在角落里喝酒听歌，点她唱了《洪湖水浪打浪》，献给她一个小花篮。茜一愣，暗忖：莫非他想入非非，在打我的主意？莫非那场"英雄救美人"的戏，是他策划导演的？茜听说过有些男人爱玩这种把戏，她的一位女同学就是被这种鬼把戏迷住心窍，死心塌地嫁给一个放荡无羁的老男人的。茜当时提醒她，会不会会中有诈？女同学觉得茜亵渎了她的"英雄"和他们的"爱情"，嘟哝道："你看他被打得鼻青脸肿，脑袋都打开了花，哪会有诈？就算有诈，他能为我把苦肉计演得这么惨烈，难得一片痴情，我认了！"茜的女同学婚后悄悄告诉茜，茜的直觉真灵验，她老公坦白，果真玩了爱情苦肉计，不过，"狐狸再狡猾也斗不过好猎手"，她把老公管得服服帖帖，简直脱胎换骨了。茜感慨万分：难怪有人说好女人是一所学校。茜胡思乱想起来，要是冷面汉子是个英俊潇洒、侠肠义胆的小伙子多好！就是他玩了"英雄救美人"的苦肉计，她也不计较。爱情嘛，形形色色，"条条大路通罗马"，支支爱箭射穿心，"不管白猫黑猫、逮住老鼠就是好猫"，不管哪种求爱法，能求到真正的爱情就好。

冷面汉子连续一星期都来皇冠歌舞厅。只要冷面汉子一露面，茜就莫名其妙地心慌意乱，忐忑不安，冥冥间似乎有什么不祥之兆。茜有时暗骂自己：神经病！人家来听你的歌，捧你的场，你怕个鬼！但直觉告诉她，这位神秘的冷面汉子不像是普普通通的歌迷，倒像是心怀着什么企图或鬼胎。茜在娱乐场所混饭吃，经常遇到一些打她主意的男人，有的嬉皮笑脸、动手动脚，有的道貌岸然、彬彬有礼，有的逢场作戏，有的海誓山盟，有的用金钱、首饰、豪车、别墅作诱饵，有的许愿出国旅游、留学、定居，有的炫耀自己的门第、地位、才华，还有的夸富摆阔玩潇洒……茜还是第一次遇上这样古怪神秘的歌迷，不吭不哈，不卑不亢，不死乞活赖，只晓得天天点歌送花。茜寻思：他是干什么的呢？哪来的这么多闲钱、闲工夫？是游手好闲的豪门子弟、官宦后裔？是巧取豪夺暴发后洗手不干的阔佬？是偷得半宿浮生闲来放松放松的大腕大款？是腰缠万贯的归国华侨？还是黑社会的大佬？茜怎么观察冷面汉子也琢磨不透他，越是琢磨不透他就越是怕他。

这天晚上，冷面汉子点茜唱了《妈妈的吻》，在献的小花篮上，比往常多了一条红色缎带，上面写着：祝你生日快乐！茜大吃一惊，万分蹊跷：他咋知道今天是我的生日？他到底是什么人？茜浑身不由自主地颤抖，竟在台上忘了歌词，出了大洋相。茜毅然决定约冷面汉子谈谈，解开谜团，免得总是提心吊胆、神经兮兮的。茜卸了妆，去那角落里找冷面汉子，但已人去茶凉。茜怅然若失。

从此以后，冷面汉子没再光顾皇冠歌舞厅。茜每次唱歌时，都下意识地瞥一下那个角落，心情说不清楚的复杂矛盾，既怕冷面汉子来，又盼他来。茜小憩时常常痴痴地想：他到底是个什么人物？为什么那般痴迷执着地为我点歌送花？怎么知道我的生日？为何突然离去不再露面？他会不会有什么心事和隐情？他也许与我或我家有什么瓜葛吧？也许妈妈对我隐瞒着什么？那冷面汉子会不会是死去的爸爸的亲人或妈妈的旧友相好呢？

茜把这件怪事告诉了妈妈。妈妈神情陡变，泪水夺眶而出，喃喃道："他是你爸爸……"茜惊愕："我爸爸？你不是说，我爸爸死了吗？这到底是怎么回事？"妈妈啜泣道："死了的是你的继父。他是你的亲爸爸！当年，妈妈下乡插队落户在鸡鸣屯，你的亲爸爸是屯里的业余宣传队文艺骨干，拉得一手好胡琴，不管是登台演出，还是田边地头小憩娱乐，总是你爸爸拉琴，我唱歌。久而久之，我们就好上了。有一年冬天的晚上，我们躲在麦草垛里幽会，被巡夜的人逮住了。审讯我的知青带队干部就是你的继父，他威吓我：'你要是承认了与他乱搞是自愿的，就会被挂破鞋游屯批斗，搞得身败名裂的，今后你就别想被招工进城，一辈子待在鸡鸣屯吃苦受罪吧！只要你告他强奸，你就成了受害人，会受到照顾安抚，优先被招工进城的。'我……我就……"茜瞠目结舌："妈妈，你、你……你怎么能这样，太懦弱、卑鄙了！"妈妈叹息："我害得你的亲爸爸无辜蹲了十年狱……我为了减轻一点心头的罪孽感，在与你的继父结婚后，誓死把你生下来。上帝已经惩罚了我们的罪孽，我与你的继父结婚后总是流产，你的继父后来死于车祸，现在我下岗失业了，落下一身病……"

茜惘然："他来干什么呢？瞧他那副冷面孔，是不是来找你讨债复仇的？"妈妈颤声说："他要真是来讨债复仇，我的良心也好受些哇！他是来找我商量结婚的事，想接我们回鸡鸣屯……"茜问："回鸡鸣屯？有没有搞错嘛？回鸡鸣屯干嘛去？栽秧割麦，还是养鸡喂鸭？亏他敢想！"妈妈感慨道："如今的鸡鸣屯已不是过去妈妈插队时的模样，它成了全省乡村的模范村，脱贫致富的榜样，你爸爸就是鸡鸣屯的带头人，我多次在报纸和电视上看见他的名字和身影。他这次来是想接我回去当鸡鸣屯电子集团公司的技术顾问，他还说，鸡鸣屯有一个很不错的歌舞团，聘请了不少城里的音乐人才，还有一座大型娱乐城，里面的歌舞厅比皇冠歌舞厅豪华气派多了，你要是愿意去，也有用武之地。"

茜显然有些动心，问："妈妈，你答应去吗？"妈妈黯然神伤："我是无颜见鸡鸣屯的父老乡亲们了！"茜沉思良久，问："妈妈，你同意我去吗？"妈妈喟然长叹："我不让他认你，就是怕他把你从我身边夺走；现在我想通了，他是个大好人，这样对他太不公平了，太残酷了！你也长成大人了，何去何从，你自己拿主意吧！"

那年的秋天，茜告别妈妈，去了鸡鸣屯当了一名乡村歌手。茜与另一名从城里招聘来的青年作曲家相爱了，他们不像父母辈那样躲在麦草垛里幽会，而是勾肩搭背、招摇过市，在大街上搂抱接吻，在舞厅里跳贴面舞，在酒店里同居，爱得轰轰烈烈。茜和男朋友共同创作的爱情歌曲《爱的风车还在转吗》，在全国民歌大赛中获了一等奖……

永远的回眸

　　我为什么要去那个小镇？因为那里孀居着我的初恋情人。那是半个世纪前的事，现在回忆起来，仍像是昨天发生的，那么清晰，那么刻骨铭心。

　　我的初恋是在故乡，一个"人家尽枕河"的江南小镇。我在小镇上的私塾小学读书。一天，班上来了一位从另外一个小镇转学来的女学生，她的名字我只想透露其中一个字：月。月长得真是漂亮，她走进教室的瞬间，让大家眼睛倏地一亮，许多学生情不自禁地惊呼了一声。

　　月和我是同桌。这真是缘分。原来与我同桌的那位女孩退学了，据说她父亲病死了，母亲只好逼她退学，嫁人。近水楼台先得月，这令许多心旌摇曳的男孩嫉妒死我了。有一位糖果店老板的浪荡公子拿许多好吃的糖果来收买我，要我把座位让给他，我没答应。他又邀了几个小痞子在放学路上揍了我一顿，威胁我再不让座位没好果子吃，我仍没屈服。

　　我舍不得让出与月朝夕相处、耳鬓厮磨的座位，更不想让月遭受浪荡公子的骚扰欺辱。一天，糖果店老板的儿子又找我寻衅闹事，我从书包里掏出裁纸刀，猛地戳向他的脸。他的脸上被戳开了一长条血口，后来破了相，留下红蚯蚓般的伤疤。我家赔了不少钱，而那家伙从此不敢惹我了。

　　月不知怎的知道了我是为她而打架的，像犒劳英雄一样，送给我一支钢笔。那年代钢笔还是时髦货，只有城里学生才用得起，更因为是月送给我的礼物，我很珍视它。那年初春，小溪河涨水了，淹没了石墩。我在蹚溪水上学时，不慎滑倒了，浑身湿透了，更要命的是钢笔被溪流卷走了。我潜水在寒冷刺骨的溪水中摸了半天，终于摸上来钢笔。那天，我冻病了，发高烧说胡话，在家躺了几天。月知道我是在溪河里摸钢笔冻病的，嗔怪道："你真傻，不就是一支钢笔吗？值得吗？"我在心里说："值得！"

　　我与月情投意合，交往频繁，与月在一起做功课很快乐，与月在一起玩耍更开心。我家住在镇郊，月常跑到我家来玩，缠着我带她去捕蝴蝶、逮蚱蜢、摸螃蟹、捉蟋蟀、放风筝、采蘑菇。月最喜欢猫，一来就抱起我家的猫没完没了地亲热嬉戏；月最怕狗，一看见狗或听见狗吠就吓得手脚发抖，尖叫着往我怀里躲。

有时我想搂抱月了，就恶作剧地装一声狗吠。她发觉上当后捶打我："你真坏，你真坏！"

月也邀我去她家玩。她的母亲很喜欢我，而她那曾在旧军队里当过副官的父亲总拿阴鸷的眼光盯我，仿佛怕我抢走他的女儿。一次，我上月家玩，看见一位学生模样的年轻人在教月打羽毛球，我的心像被马蜂蜇了一下，莫名其妙地嫉妒起来。月向我介绍，他是她表哥，刚从美国留学归来。我的心中生出不祥之兆：也许她表哥就是我的情敌！果然，月的父亲找我谈话，警告我："月已与她表哥订婚，人家是学贯中西的博士，你是什么？希望你好自为之，不要来纠缠月了！"

月临出嫁时与我最后幽会。月哭诉："我对不起你……我要不答应嫁给表哥，我父亲就要自杀……"月临别时吻了我，一步三回眸而去。月的回眸像在我心目中永远定格了！我在失恋后没沉沦颓废，在"文革"挨整坐牢时没自杀，在沉疴缠身时没灰心丧气，就因为心目中有这幅永远的回眸像。我用她送给我的钢笔笔耕不辍，写了不少论著，在史学界赢得一定知名度。

据说，月的表哥，也就是她的丈夫被打成"右派"，在边疆劳改 20 多年。月也随他去了边疆，吃尽了苦头。丈夫"平反"后没过上几年好日子，他又患了癌症，也是苦命人！丈夫死后，月回到故乡小镇与九十高龄的母亲住在一起，相依为命。

我回到故乡小镇时没见到月。月躲着不见我。她母亲安慰我："不见也好，与其相见老朽的模样，不如永远留存年少的美好印象。"我豁然开朗：是呀，这么多年来，我从没想过她也会和我一样发会白，脸会皱，牙会落，背会驼。在我的心目中，她永远是与我分手回眸时的模样，永远是我人生征途上的一轮明月。就让我留下这美丽动人的心影，伴我度完风烛残年吧！

大 哥

　　大哥因家境艰窘，没读完初中就辍学了，进厂当了学徒，学的是精密模具。他的师傅是八级工匠，对他说："你把我的手艺学到家了，走遍天下也饿不死了！"他师傅的手艺堪称鬼斧神工，有什么样的图纸，就能制作出什么样的精密模具，连北京、上海、广州的一些厂家都慕名跑来找他做绝活。

　　大哥精明聪慧，勤奋好学，为人正直，质朴憨厚，师傅很喜欢他，不但毫无保留地传授手艺给大哥，而且把他的独生女儿许配给了大哥。八年后，师傅患绝症撒手西去了，大哥把师傅的手艺全学到家了，成了厂里的"摇钱树"。那年头，做一个精密模具少则上千元，多则上万元，有些厂家图省钱，悄悄笼络大哥，想让他偷偷干私活，让他捞点外快。大哥正色说："这不是走歪门邪道吗？咱这手艺是厂里培训出来的，可不能背着厂里吃独食赚黑心钱！"

　　大哥要是那阵子开始干私活，或干脆离开工厂揽活干，肯定早发大财了。人们在背后讥笑他："傻盖帽，好像跟钱有冤仇似的。"也有好心人劝大哥："现在政策允许一部分人先富起来，凭你的绝活一定能富起来，还怕什么？还等什么？"大哥说："我总觉得这样做对不起工厂，对不起工友们，对不起死去的师傅，也对不起自己的良心！"大哥忠诚于自己的工厂，自觉与工厂同呼吸、共命运，与工友们有福同享、有难同当。

　　大哥带的几茬徒弟可没有那么高的觉悟，都跳槽挣大钱去了，有的自立门户接活干，有的在乡镇企业拿高薪当宝贝疙瘩。这些徒弟逢年过节都要拎着好烟好酒来看望大哥，起初总要撺掇大哥离开工厂下海去。一向温和的大哥生气了，瓮声瓮气地说："哼，都要像你们一样离开工厂捞大钱去，工厂早垮了，上千号工友早喝西北风了！人各有其志，不可强求，日后谁要再在我面前提这事儿，别怪我翻脸！"

　　大哥所在的工厂不景气，产品积压，债台高筑。第一次裁员，就把大嫂裁下来了。大嫂闹情绪发牢骚，冲大哥撒气："厂里不看僧面看佛面，就冲你这棵摇钱树，也不该裁我！你这窝囊废，咋就不敢找厂长闹闹去？你去吓吓他们，要裁我，你也别给工厂卖命了，咱们干个体去！"大哥说："全厂双职工都要下一个，别人能下咱们为什么不能下？连厂长都没搞特殊化，我凭什么要搞特殊化？你这不是逼我去胡搅蛮缠、丢人现眼吗？咱们要体谅工厂的难处，不能让厂长为难。"

工厂惨淡经营，每况愈下，终于濒临破产，被外商收购去了。其实外商看中的是工厂的地盘和厂房，地盘搞房地产开发，厂房改作服装市场和歌舞娱乐城。大哥的绝活没了用武之地，幸亏老厂长给外商打过招呼，念大哥是市里劳模和厂里功臣，才没让他下岗，安排他去扫厕所。大哥很沮丧，百思不得其解：好端端的工厂怎么说垮就垮了呢？顶呱呱的绝活怎么说废就废了呢？

徒弟们闻讯，纷纷为大哥打抱不平，谴责外商有眼无珠，糟蹋人才，竟然让八级工匠去扫厕所！但如今行情大变，精密模具的活越来越难揽了，精密模具的生意越来越难做了，徒弟们谁也不提让大哥跳槽的事，大哥也不好意思重提想干老本行的话题了。

不能干自己喜欢的绝活，大哥怅然若失，郁郁寡欢，衰老得很快，五十刚出头就两鬓花白了。不久，大哥喝闷酒后，在回家路上踉跄到公共汽车的轮下，被撞成了植物人。医生说："看来没救了，除非出现奇迹！"那天，退休的老厂长闻讯跑来探望大哥，老泪纵横地喊道："叶师傅，快醒醒吧！厂里刚接了一批精密模具的活等着你去干哩！你可不能睡懒觉呀！"谁知，大哥真的睁开了眼睛……

不　死　花

　　在老年婚姻介绍所的撮合下，老张与老李开始了黄昏恋。老张的儿子儿媳不反对他续弦，但有个条件，不准将老伴娶进门，得无条件地搬出去住，拱手让出老张名下的三室一厅。老李的女儿女婿拼命阻挠她改嫁，要是老李一意孤行，他们将与她断绝关系，从此老死不相往来。

　　老张与老李的黄昏恋遭到了毁灭性的打击，但两人并没有心灰意冷，反而因受挫愈加坚韧执着，如痴如醉地陷入青春期般的热恋中。在公园草坪上，在湖畔沙滩上，在闹市茶馆里，在僻巷小吃店里，在近郊树丛中，在假山曲径中，都能捕捉到老张和老李躲躲闪闪的身影。

　　老张大发感慨："爱情真是一副良药！"自从有了黄昏恋后，他就没上过医院，身上的大病小疾全化为乌有，耳聪目明，神清气爽。老李也半羞半嗔地说："老不正经的，原来你是把我当作药引子来混钟点呀！不过也真有这么怪，自从心里有了你后，我的心脏病、神经衰弱症也减轻多了……"

　　天渐渐冷起来，他们再不便在外面幽会了，老在茶馆小吃店相聚花销吃不消。老李说："我女儿女婿白天上班去了，你就上我家里来吧！"老张很惭愧，他儿媳就在家门口上班，不时溜回家来洗衣、拖地、做饭、织毛线，他不可能把老李往家里引，万一叫儿媳撞上会很尴尬狼狈的。

　　老张给老李买了一盆不死花，说："这花儿很贱，几乎不要人伺候，你就养着玩吧。另外把不死花当信号，你女儿女婿不在家时，你就把不死花摆在阳台上，我看见不死花就上楼来。"老李很喜欢这花，幽幽地说："这花儿好看，名字也好听，不死花，就像我们不死的心，不死的爱……"

　　几个月后的一天上午，老张从马路对面眺望到了那盆红艳艳的不死花，他欣然赴约，心情雀跃、步履轻盈，兴冲冲地横穿马路，被一辆疾驰的摩托车撞倒……

　　十几天后，一位佩戴黑纱的年轻人敲响了老李家的门。开门的是老李的女儿，她一愣："您找谁？"年轻人说："我找李伯母，你是她的女儿吗？"老李的女儿恍然大悟："你就是张伯伯的儿子吧！"

老张的儿子点头，沉缓地说："我爸爸十几天前出了车祸，昨天去世了。我是遵照爸爸的遗嘱来告诉李伯母一声的，还有这条血染的红围巾，本来是我爸爸想亲自送给李伯母的生日礼物……"

老李的女儿一听，禁不住嘤嘤哭泣起来。老张的儿子一怔，忽然瞥见了悬挂在正厅的老李遗像，他大吃一惊，心中暗自唏嘘：莫非两位老人真有心灵感应，相邀着一起去了天国？

老李的女儿啜泣着说："就在我妈六十岁生日那天，来给她祝寿的亲朋好友欢聚一堂，敬酒献花，唱歌跳舞，千方百计逗她开心，可她心事重重，神情沉郁，坐立不安，茶饭不思。就在当夜心脏病突发而猝死。我在整理她的遗物时，才从她的日记中知道了不死花的秘密。我在我妈的遗像前号啕大哭了一场，想起过去粗暴干涉她的婚姻的蠢事就悔恨交加、痛心疾首。这些天来，我特地请了长假，每天都把不死花摆到阳台上去，等待着张伯伯到来，我好当面向他老人家倾吐一下忏悔之意，想不到他老人家也……"

两位年轻人凝视着不死花，羞愧满面，相觑无言。

将军与剃头佬

　　将军与剃头佬是童年伙伴。将军从小胆小，怕蛇、怕蜂、怕狗、怕牛、怕爬树、怕攀崖、怕玩水、怕玩火、怕摔跤、怕走夜路……剃头佬胆大，什么都不怕。命运阴错阳差，胆小的成为铁马金戈、叱咤风云的将军，胆大的却只是个默默无闻的剃头佬。

　　茶前饭后，或剃头闲聊，剃头佬便爱带着淡淡的羡妒之意谈起将军，扼腕悔叹："唉，要不是我娘寻死觅活地阻拦我去当兵，我也是将军了！"有老伙计抬杠："你以为将军那么好当？没见将军身上十几处弹孔刀疤？枪林弹雨、尸山血海里能爬出来几人？你要去当兵，说不定尸骨都没处收咧！"剃头佬一想，是这么个道理，便红着脸，不吭声了。

　　将军离休后，不愿待在车马喧闹的大城市里，回到家乡小镇上隐居。将军没架子，又与剃头佬等老伙计聚在一起，下棋打牌呀，打拳练剑呀，养花喂鸟呀，钓鱼捉蟹呀，唱戏讲书呀，不亦乐乎。将军与剃头佬交往更密，他喜欢与剃头佬下棋，更喜欢找剃头佬剃头刮胡、推拿按摩，常获得飘飘欲仙的享受。将军的头受过多次伤，凹凸不平，很难剃，稍不小心就会剃伤皮肉。年轻的理发匠望而生畏，只有剃头佬敢接这活。一次，剃头佬给将军推拿按摩时，将军痉挛地呻吟起来，一问，才知将军的体内还残存着一块日本鬼子的炮弹片。剃头佬肃然起敬。

　　一天，剃头佬给将军剃头时，手一颤抖，拉开了一道小血口。剃头佬忙不迭地赔不是，将军幽默地宽慰他："比起敌人给我留下的弹孔刀疤来，这点血口算个啥？"将军明察秋毫："你心头有事？"剃头佬慌忙掩饰："没、没事……"将军逼问他："你心头肯定有事，说出来我听听。"剃头佬踌躇良久，说："桂花千叮咛万嘱咐，不要对你透漏风声的……"

　　桂花是剃头佬的老伴，也是将军青梅竹马的童年伙伴。要不是将军去当兵，兴许桂花会给将军当媳妇哩！剃头佬一次酒后吐真言："当年没去当兵，一半是娘阻挡，一半是牵挂桂花。"

　　半年前，桂花得了重病，没钱住院，瘫痪在床，奄奄一息。将军知道了，慷慨解囊，送桂花住院，硬是从死亡线上将桂花拽了回来。将军心头一惊："是不是桂花的病又犯了？"剃头佬摇头："不是……"将军是个急性子，见不得这般吞吞吐吐，嚷道："什么事？你快说呀！要是在战场上，像你这样的兵我早拿马鞭抽你了！"剃头佬流着泪硬着头皮喃喃道："我的孙女昨夜投河自杀了……"将军一愣："这事我听说了，谁知是你的孙女，她为什么自杀？"剃头佬唏嘘道："她在镇招待所打工，前不久被一位从省城来的老板给害了……"

将军忽然想起儿子前不久来小镇上探望过自己，心头一震："是不是我儿子？"剃头佬点头："是你儿子……"将军扼腕痛骂："这孽子！咋干出这种伤天害理的事？你告了他吗？"剃头佬叹息："唉，桂花说了，你的救命之恩都没报答，怎好在你晚年时让你的心头上再添一道伤痕呢？镇政府的人也来劝我们，将军就这么一个独子，用钱私了算了，闹出去影响将军的声誉……"将军怒吼道："你们好糊涂呀！要是容忍我儿子逍遥法外，才真正影响我的声誉哩！"

将军没让剃头佬剃完头就生气地走了，临走时扔下一句掷地有声的话："我要不让我那孽子去自首，就没脸再请你剃头了！不，我再来剃头时，你可以用剃刀割断我的喉管，我死而无怨！"

将军将自己的儿子送进监狱后，来找剃头佬剃头了。剃头佬的手抽搐得厉害，剃刀如风中树叶婆娑颤抖得难下手。剃头佬忽然失声痛哭起来。将军沉郁着脸吼道："有什么好哭的？眼泪也太不值钱了！打起精神来，好好给我剃头……"

老诗人与小贩

老诗人在过去的年代里因年轻气盛写过一首"反诗"而坐了二十年牢。动乱结束后，诗人平反昭雪，因祸得福，被诗坛誉为"最有骨气的诗人"，各出版社竞相出版他的诗集，他的名字、声音和身影频繁地出现在报纸、广播、电视里，他天南地北地参加诗会，甚至赴中国香港、法国、挪威、澳大利亚、马来西亚等地出席过国际诗歌年会、联谊会、研讨会、恳谈会，总之，名扬神州，誉满全球。

可近些年来，诗坛疲软萧条，诗人惨淡经营，诗歌声名狼藉，写诗的人比读诗的人多，出版社怕亏血本"封杀"诗集，报刊吝啬得只让诗歌填角落空白处且稿费低得可怜，于是诗人们每况愈下，为稻粱谋纷纷挥泪改行。

老诗人十分忧愤，却难挽诗坛颓势，他心灰意冷，也懒得写诗了，每日喝闷酒，种瘦花，养闲鸟，牢骚满腹，常仰天长啸，俯首啜泣。

一日，老诗人去城西探访一位老朋友未遇，饥肠辘辘，在一个烧饼小摊上买了两个烧饼狼吞虎咽地吃起来。老诗人吃完烧饼，才发现包烧饼的废纸上写着诗句，不由得读了起来。这些诗虽说只算得上打油诗的水平，但写得质朴、清新、诙谐、情趣盎然。老诗人情不自禁地咧嘴笑了，拍案叫绝。卖烧饼的小贩闻声凑过来，不好意思地搓着双手，憨笑着说："老人家，见笑了，我胡乱写的，请多指教……"

老诗人真不敢相信这些打油诗出自眼前那双黑黝黝的小贩之手。小贩看出了老诗人的狐疑神色，便讲了自己的经历：他只读了五年书，父亲病死后就辍学了，跟表叔进城学做烧饼。他每天起早睡晚做烧饼卖，忙里偷闲就写诗。当学徒时，他因构思诗句走了神，把面粉和稀了，把烧饼烤糊了，没少挨过表叔的打骂。终于有一天，表叔忍无可忍，把他的诗歌小本本全撕碎扔进了火炉，将他赶走了。小贩另起炉灶，别出心裁，做起"诗饼"来，他将自己平时写的诗工工整整地抄在包烧饼的纸上，让顾客边吃烧饼边品诗，能给他提出修改意见的，还可免收烧饼钱。小贩对老诗人说："今天你老人家的烧饼就算我送的了！"老诗人执意要给，但拗不过小贩只好作罢，无功受禄心不安，老诗人就给小贩的打油诗提了一些修改意见。

从小贩那里回来，老诗人心潮澎湃、热血沸腾，在日记里写道："这个只读过五年书的小贩，每天在街头上卖烧饼，起早贪黑，烟熏火燎，风雨无阻，寒暑不辍，但他那么虔诚地热爱诗，忙里偷闲地写诗，还用卖'诗饼'的形式来'推销'他的诗。他才是真爱诗啊！比起可敬的小贩来，我们这些拿国家俸禄的专业诗人真是太惭愧了！我们还有什么资格牢骚满腹、怨天尤人呢？还有什么理由不写出好诗来呢？"

从此，老诗人不再喝闷酒、发牢骚，又开始勤奋写诗，尽管没有了诗歌轰动效应，没有了功利色彩，他仍默默无闻地写诗。老诗人与小贩已成为忘年之交，彼此每得好诗就欣喜若狂，或老诗人乘车搭船到城西烧饼摊上来切磋，或小贩踩着自行车深夜上作家协会宿舍楼来请教。他们一老一少谈诗论词起来，嚼的是黄灿灿、香喷喷的烧饼，喝的是小贩从老家带来的自酿高粱酒，情浓意酣，不亦乐乎。

老诗人写了不少好诗，找到出版社洽谈出版，碰了软钉子。人家说出诗集太亏血本，要他拿两万元自费出版。老诗人思忖即便倾家荡产也凑不齐这钱，悻悻然拂袖而去。他本想一气之下把诗稿全烧掉，忽然想起小贩的"诗饼"，何不给小贩包烧饼以飨食客？小贩将老诗人的诗恭恭敬敬地抄在烧饼包装纸上，一时间，烧饼生意陡然兴隆起来，许多文人墨客闻讯专程赶到城西来品尝"诗饼"……

泥 人 曹

天津有个泥人张，黄州有个泥人曹。当然，泥人曹没有泥人张那么大名气，泥人曹只在黄州一带很出名，泥人曹的泥人不光小孩喜欢，大人也青睐。据说，泥人曹的祖先从宋代就开始捏泥人了，曾在黄州当团练副使、写下著名《前赤壁赋》的苏东坡都珍藏过泥人曹祖先的泥人。

按祖训，泥人曹的手艺传男不传女，传单不传双，传孙不传儿，据说这三条既能防止手艺外传，又能控制泥人曹泛滥。祖祖辈辈隔代单传下来，至今黄州城里只有一家泥人曹，别无他店。捏泥人是高难度的技巧活，既要秘诀，又要灵性，旁人是很难剽学去手艺的。

现在的泥人曹已是第36代泥人曹传人。老泥人曹七十多岁，白发皓首，瘦骨嶙峋，却精神矍铄。小泥人曹二十来岁，瘦削黝黑，眼神炯炯，透射出精明聪慧。爷孙俩厮守在一爿破烂的老铺里，整天与泥巴打交道，面壁而坐，寡笑少语，如坐禅一般，在旁人看来，似乎毫无人生乐趣。殊不知，他们习惯了这种生活方式，不是麻木了，而是痴迷了，什么东西只要痴迷了，就有滋味，就有快乐。

泥人曹捏泥人是没有图谱和模型的，心想手捏，即兴创作，即使捏《水浒传》108将、《红楼梦》金陵十二钗、《三国演义》群雄、《二十四孝》人物，也是随心所欲、信手"捏"来。泥人曹从来不捏雷同的泥人，比如捏一千个林妹妹，就有一千种风情媚姿。不雷同，就要潜心创造；创造，就不枯燥，就有乐趣。

一天，一位港商来到黄州城旅游，看中了老泥人曹捏的一尊泥人作品《钟馗打鬼》。港商惊喜交加，爱不释手，思忖：弄一批这样的泥人到香港去卖一定能赚大钱！港商一问价，一尊《钟馗打鬼》卖五十元，不算贵。港商讨价还价："老先生，我买一千个这样的泥人，你能给我什么价钱？"老泥人曹一怔，沉思片刻，说："一个一百元。"港商一头雾水，不满地问："我买得多按道理应该便宜一些呀，干嘛还贵出一倍呢？"老泥人曹说："这有什么奇怪的，要捏一千个同样的泥人，多枯燥无味折磨人呀！你嫌贵了，我还真不愿意捏哩！"

老泥人曹把祖辈传下来的捏泥人秘诀都教给了小泥人曹，但仍然不让小泥人曹满师立业。按祖训，徒弟一满师，师傅就交出店铺，自己隐居起来，不再捏泥人卖。小泥人曹表面不急不怨，心里却在嘀咕："爷爷对我还有什么不放心的呢？难道还嫌我的手艺不到家吗？"终于有一件事，让小泥人曹明白了，自己还没把爷爷的本领学到手。

　　一天黄昏，天色朦胧，下着小雨，街上行人稀疏，店铺纷纷打烊。泥人曹老铺里爷孙俩正要关门，只见两个蒙面人仓皇逃窜而来，在十字路口，他们慌忙摘下了黑面罩，朝右边巷口一扔，又朝左边小巷跑去。爷孙俩正感到蹊跷，忽听附近传来喊叫声："抓强盗呀！强盗抢珠宝店啦！"等到警察赶来时，强盗已跑得无影无踪。老泥人曹吩咐小泥人曹："你把那两个强盗的像捏给警察看看。"小泥人瞠目结舌，脸红如熟蟹："爷爷，我、我捏不出来……"

　　平时，小泥人曹给人捏像，都是边看人边捏的，那两个强盗一闪而过，加上天色朦胧，要捏出他们来，实在太为难小泥人曹了。老泥人曹只好自己动手，七捏八捏，一袋烟工夫，就把两个强盗惟妙惟肖地捏出来了。警察一看，就认出是黄州城里两个臭名昭著的地痞，抓来一审，果然是抢珠宝店的强盗。

　　那天，小泥人曹从赤壁山下挖泥巴回到老铺里，只见老泥人曹倒在血泊中，腹部上挨了三刀。凶手犯了一个致命的疏忽，没有等到老泥人曹当场咽气就跑了，或者没有剁掉老泥人曹的十指。老泥人曹在生命的最后一刻，挣扎着完成了他的绝作，捏出了那个凶手的泥像。凶手是那抢珠宝店的强盗的同伙……

蜈 蚣 信 件

　　大学生柳萌近来很苦恼，她惊奇地发现，她的男朋友的几封来信，都被人悄悄私拆过。尽管拆后复封得似乎天衣无缝，但过细一看仍可发现拆过的痕迹。

　　在大学校园里，邮递员只把信件送到大学代邮点，再由代邮点分发到各系的信袋里，或由大学生们自取，或由各年级派代表来取。信件搁在没上锁的信袋里，谁都可以冒领偷取。

　　柳萌第一个怀疑的是年级委派的取信代表张长弓。这家伙曾给柳萌写过热情浪漫的爱情十四行诗，还死皮赖脸地纠缠过她。有一次下晚自习后，柳萌回宿舍经过小树林，张长弓突然从黑暗中闪出来，嬉皮笑脸地邀她去校园外吃夜宵。柳萌婉言谢绝，张长弓拉拉扯扯不让她走，柳萌急了，朝他的手腕上狠狠咬了一口，挣脱身子跑了。是不是这家伙爱不成反为仇，妒火猛烧，醋水乱泼，偷拆她的信以便窥视她的隐私，传播她的流言蜚语？

　　柳萌第二个怀疑的是同班女生刘霞。刘霞单恋上了班上的宣传委员董大为，董大为却对柳萌脉脉含情频频"放电"，不是邀柳萌去郊游，就是请柳萌去跳舞。只是柳萌从来没有"触电"的感觉，也就没对董大为敞开爱情的心扉。然而董大为仍苦恋着柳萌，大有"非柳不娶"的痴情。刘霞会不会偷拆她的信，破译出她爱的秘密，好劝董大为死了痴心，拜倒在刘霞的石榴裙下呢？

　　当然，还有一些人也值得怀疑，比如董大为，那个与柳萌在竞争文艺委员中结过怨的小林，那位心怀叵测、色眼迷迷的辅导员，那位想让柳萌当她的儿媳的教授……但怀疑归怀疑，未抓到证据，柳萌是不敢向人家诘问发难的，只能在大庭广众中泛泛地发几句牢骚，诅咒谩骂一通。可偷拆信件者我行我素，且变本加厉，连某杂志编辑部给柳萌的退稿信也拆了。柳萌沮丧极了，夜里老做噩梦，梦见一只黑手在撕她的衣服，揪她的头发，扼她的喉咙，掏她的心肝……

　　周末，柳萌与男朋友约会时，将心中的苦恼倾吐了出来。男朋友义愤填膺："这人真缺德，纯粹是法盲！一定得好好整治一下这家伙！"柳萌问："有什么好办法吗？"男朋友眉头一皱，计上心头："有了，抓一只蜈蚣，装进信封里，放进校园的信袋里，偷拆信件的人一不小心就会被蜈蚣咬伤，吃一次哑巴亏后就不敢再干这亏心事了！"柳萌也觉得这办法好，但转念一想，忧虑道："这办法虽解恨，就怕蜈蚣毒性大，真要出了人命，会吃官司，良心也不忍。"男朋友说："你呀，总是心太软！这好说，先把蜈蚣的毒液挤掉。"柳萌又犯愁："到哪儿去抓蜈蚣呢？"男朋友说："现在时兴吃炸蜈蚣、醉蜈蚣，菜市上、酒店里都能买到。"

说干就干。柳萌与男朋友很快就装好了蜈蚣信件，悄悄地放进了校园信袋中，静候偷拆信件者入彀。第二天一早，柳萌溜到代邮点一看，一阵窃喜：蜈蚣信件被人取走了！柳萌不露声色地仔细观察那些被她怀疑的对象，可他们一个个安然无事，神态自若。柳萌暗忖：难道蜈蚣在信封里被闷死了，或咬破信封逃跑了？

当天中午，柳萌的父亲打来电话，急召她回去，说她母亲受伤住院了。柳萌的家离大学不远，她急切地赶到医院，见母亲昏睡不醒，一问，父亲吞吞吐吐地说："被蜈蚣咬伤的……"柳萌的脑袋倏地一炸，瞠目结舌："蜈蚣？是不是信封中的蜈蚣？"父亲惊诧："你咋知道？"柳萌气恼地嚷道："谁叫你们私拆我的信？这就叫恶报应！"父亲喟叹："做父母的，还不是一片苦心，怕你早恋影响学习，上了坏男孩的当……这不，哪个坏男孩在信里寄蜈蚣，要不是你妈替你挨一咬，躺在床上昏睡的就是你了……"柳萌忽然想起：天呀，男朋友忘了挤掉蜈蚣的毒液！

饶 舌 的 人

一上火车，饶舌的人就逮住左边的老大爷聊上了："老大爷，上哪儿呀……哦，上北京。干嘛去……哦，看孙子。孙子在北京干嘛……哦，读大学。读什么大学……哦，读北京师范大学！哈，老大爷，您有这么争气的孙子，好福气呀！您老是第一次上北京吧？北京城好玩，有故宫、颐和园、香山、八达岭、十三陵……您最想看看毛主席？莫担心，毛主席纪念堂向普通老百姓开放了，不要证明，不用关系就能看着！您老还可以登上天安门城楼开开眼界哩！北京的全聚德烤鸭、涮羊肉、冰糖葫芦您老一定得尝尝，要不就算没去北京城了……"

老大爷起身上厕所去。饶舌的人又缠住右边的中年胖子拉呱起来："听您口音像是赣北人……哈，真让我猜着了！我有个表叔是赣北人，与您的口音挺相似。赣北过去很穷吧？往年，我表叔每次进城来，我爸妈都要给他粮票和钱度饥荒。现在是不是脱贫了？通了京九铁路是不是更好些……哦，山里的山货可以运出去了，山外的信息可以传进来了……哦，你们村也办起山货加工厂？这些蘑菇、木耳、笋干、柿饼、果酱都是你们的产品……哦，真不简单！您是推销员吗……哦，您是厂长……哦，这趟是去北京与老外签订出口合同的……哦，真了不起呀！您有名片吗？给我一张吧，我在北京有些朋友，若联系到销路，就与您联系……提成？说这话羞死人了，帮老区人民办点事还提什么成呀……"

中年胖子显然是拉呱累了，不搭腔，甚至假寐起来。饶舌的人继而与斜对面的山妹子攀谈起来："妹子，这么专心致志看的啥书……哦，《猎人笔记》，现在还有心思读屠格涅夫散文的人还真不多，女孩就更少了……哦，你喜欢文学，想进城边打工边上文学培训班，想圆作家梦。有志者事竟成，只要功夫深，铁杵磨成针，只要刻苦努力，你会成功的！你还喜欢读哪些书籍？金庸、古龙、梁羽生的武侠小说喜欢读吗？嘻嘻，不怕你笑话，我可是武侠小说迷，只要看见武侠小说就买，就读，也喜欢看武侠电视剧……"

饶舌的人与山妹子谈了好久文学、书籍之类的话题，又没话找话地与对面带着小女孩的大嫂套上近乎了："大嫂，这是你女儿吧？长得好可爱呀！几岁啦……哦，七岁。读书了吧……哦，油田勘探队里没学校，送她回老家去读书。

是呀，不能耽误了孩子读书！老家有哪些亲人……没亲人了！没亲人谁来照顾孩子读书……哦，寄养在村主任家里……哦，村主任是孩子她爹的童年伙伴，也是你的小学同学……哦，这关系铁，你也就放心了。老家的学校咋样……哦，是新建的希望小学，还有从城里抽调来的老师，这你就更放心了……"

饶舌的人说了好多好多的话，大约是口焦舌枯了，拿着茶杯去开水房打水。饶舌的人回到座位上来时，小女孩冷不丁地问："叔叔，什么叫饶舌的人？"饶舌的人一愣，面红耳赤地说："饶舌的人，就是话很多的人……"小女孩又问："这是坏话吗？"饶舌的人沉思片刻，摇头："不是坏话。"小女孩天真无邪地说："那我就告诉你，是我妈说你是饶舌的人。"小女孩的妈妈尴尬极了，呵斥："小孩子别瞎说！"

过了一会儿，小女孩问："叔叔，你为啥这么喜欢说话？"饶舌的人喃喃道："叔叔在小海岛上孤独地守了十年信号塔，没有人说话，憋得慌，就跟海鸥说话，跟海螺说话，跟礁石说话，跟灯塔说话，跟月亮星星说话……我回家探亲，见到人就感到亲切，就情不自禁地想说话……"

周围的人闻之面面相觑，羞愧不已，对饶舌的人肃然起敬，纷纷找他攀谈。

拾破烂的女人

　　木头爹在柿坡镇上当木工。木头娘带着五岁的木头从乡下来到柿坡镇。乡下遭了水灾，房子被冲塌了。木头爹租了一间简陋破烂的小木房，一家人蜗居在里面。木头爹的工资低，只够买柴米油盐，买不起鱼肉。

　　一天晚上，木头爹给一家丧户做棺材，吃丧宴时悄悄带回家一块红烧肉。好久不闻肉味的木头狼吞虎咽下红烧肉，哽得眼睛直翻，竟翻胃呕吐出来。木头欲捡起呕吐出来的未嚼烂的红烧肉往嘴里塞，被木头爹呵斥住了。木头娘看见这情景，流了泪，斩钉截铁地说："我一定要让木头吃上肉！"

　　木头娘开始拾破烂。那时，拾破烂是最下贱的活路，比讨饭强不了多少。而且，柿坡镇上拾破烂的全是又老又丑的男人，木头娘既年轻又有几分姿色，拾破烂很惹眼，有冷嘲热讽的，有调戏纠缠的。木头爹瓮声瓮气地呵斥木头娘："别给我丢人现眼了！"木头娘倔强地说："拾破烂也是劳动，劳动是光荣的，不偷不抢，不奸不淫，有什么丢人现眼的？"木头爹将斧头狠狠劈在木头疙瘩上，咆哮道："你再去拾破烂，我劈断你的腿！"木头娘冷冷地说："你要是有本事养活我们母子俩，让木头吃上肉，我何苦去拾破烂？你要没这本事，我还得去拾！"

　　木头娘靠拾破烂，让小日子有了起色，木头吃上了肉，还穿上了新衣。木头娘还让木头爹抽上了烟，喝上了酒。木头爹尝到了甜头，不再阻挠木头娘拾破烂了，还抽空帮木头娘拾破烂，卖破烂。

　　木头七岁，该上学了。但木头是黑户口，镇上的小学不收木头入学。木头看见邻居家的孩子们唱着儿歌活蹦乱跳地上学去，羡妒得不得了，朝娘哭闹起来："娘，我也要上学！"木头娘哄他："木头乖，别哭闹了，娘给你买肉吃！"木头哭闹得更凶了："我不要吃肉，我要读书！"木头娘心如刀绞，泪似泉涌，对儿子发誓："娘一定要让你上学读书！"

　　木头娘用拾破烂的钱买了一盒碧螺春茶。她不知怎么打听到校长有喝茶的嗜好。趁暮夜无人时，木头娘寻到校长家。可校长不让她进门，校长夫人在门缝里嗤嗤发笑："这不是那个拾破烂的女人吗？儿子读什么书哟，长大了还不是拾破烂，何必糟蹋钱？"木头娘忍气吞声地哀求道："校长，求您发发善心吧！就是为了让我儿子长大后不再拾破烂，我才求您开开恩让我儿子读书。我给您跪下了，您要不答应，我就不起来！"校长冷笑："别给我来这一套，我见得多！"说罢，砰的一声把门关上。

校长看了好一阵子书，从窗帘缝里忽然瞥见拾破烂的女人还跪在他家的门前。校长大吃一惊：这女人真犟呀！看谁犟得过谁！校长又练起书法来。等他临摹完诸葛亮的《前出师表》《后出师表》，再往窗外一窥，天空悄然飘起鹅毛大雪，朦胧夜色中，那拾破烂的女人竟还跪在那里，成了雪人。校长心里咯噔一跳：这女人真虔诚执拗啊！再不答应她，会出人命的！校长急忙开门，将已冻僵的木头娘搀扶起来，哽咽道："回去吧，叫你儿子明天来上学……"

后来，木头考上了师范学校。再后来，木头当上了柿坡镇小学校长。一天黄昏，一位女人来哀求木头收下她的女儿读书，木头斩钉截铁地说："说一千道一万，不缴借读费也白搭！"那女人在木头家门前跪下了。木头冷冷地说："这是啥年月了，下跪不灵了！你就是跪上七天七夜，我也不会答应你！"

这时，木头娘颤巍巍地出来，骂道："放屁！啥年月也得讲良心，有同情心，不能冷落了母亲的心！我看你钻入钱眼里去了，就不配当校长！"木头娘走上前把那下跪的女人搀扶起来……

杨 师 傅

　　杨师傅堪称故乡小镇一怪。他在小镇裁缝店里当了三十多年裁缝师傅，居然不会裁缝，连最简单的大裤衩子都裁缝不了。但杨师傅绝非吃干饭的货色，他有一手绝活，就是擅长给人量体。经他量体后而去裁衣的，没有不合身的。再高明精通的裁缝师傅都佩服杨师傅的这手绝活，不敢小觑他。

　　杨师傅早年从师范学校毕业，因出身不好，哪所学校都不敢收留他。阴错阳差地，他被分配到了裁缝店。杨师傅先打了几年杂差，后拜师傅学裁缝，笨钝无长进，学了半年还不会裁缝大裤衩子，把师傅气得要吐血，被师傅骂为"猪脑壳"。谁知，杨师傅忽然喜欢上了给人量体的活儿。那位在柜台前整天给人量体接活的老师傅退休后，杨师傅就接替了他。

　　杨师傅刚开始量体接活时，裁缝店的领导和师傅们都有些担心，这可是门面活儿，要是量体不准，出了纰漏，衣服做出来，顾客不合身，赔布料是小事，丢了裁缝店名誉是大事呀！奇怪的是，杨师傅量体接的活，一件也没出现纰漏和纠葛。杨师傅声名鹊起，指名道姓找他量体的顾客越来越多，夸他量体而裁缝的衣服就是合身，就是舒服，就是顺眼顺心。

　　杨师傅是个随心所欲的人，没见过他潜心钻研过量体的手艺，没听过他得到过哪位裁缝高师的指点，似乎是无师自通，有种说不清道不明的天赋造化。这真是个谜。到后来，杨师傅的量体手艺炉火纯青，不用皮尺，往人身上瞥上一眼，就能准确地说出他的胸围、腰围、臀围、身高、肩宽、臂长、腿粗等数据来。有的师傅不信，打赌，拿皮尺去复量，果然丝毫不差，引得大家惊叹叫绝。

　　一次，一位老大娘找上店门，要给在北方修铁路的儿子做一套寒衣寄去。杨师傅问老大娘："你儿子身高多少，体瘦还是胖？"老大娘回答不上来。杨师傅又问："有没有你儿子的照片？"老大娘说："有，在家里挂着哩！"杨师傅说："去拿给我看看就行了。"后来，老大娘专门提着一篮鸡蛋来感谢杨师傅，说她儿子来信了，说寄去的寒衣很合身。

　　又一次，几位学生来到裁缝店里央求杨师傅，让他去他们学校目测一下他们的班主任女老师的身材。这位女老师很爱自己的学生，经常慷慨解囊接济穷苦学生，而自己的棉衣破烂不堪也舍不得换新的。受过她接济的学生悄悄商议，在毕业前夕凑钱为她做一件棉衣以谢师恩，但要去公开为她量体裁衣肯定会被她拒绝，只能秘密进行目测。杨师傅被这师生情感动了，满口答应，随学生们去了校园。后来女老师穿上学生送给她的棉衣时，大惑不解：怎么这么合身？学生们怎么知道我的身材的？

前些年，小镇裁缝店生意锐减，每况愈下，只好改做花圈、寿衣、冥钱、香烛、挽幛等生意，惨淡经营维持几十号人的生计。杨师傅呢？他那绝活还有用途吗？我看到杨师傅时，他已退休，在家门前摆个香烟摊。他的小儿子在北京读大学，每月得寄去五六百元钱，害得杨师傅退而不休。

我邀杨师傅在路旁小酒店喝酒。酒过三巡，我问杨师傅："您为什么不重操旧业，再显绝活，说不定在服装市场上很吃香的。"杨师傅苦笑："别笑话我了，我那点雕虫小技早落伍啰！过去的服装只讲究合身、舒服、朴素、大方、结实，如今的服装追求的是新、奇、异、美，满街都是怪怪的服装，胖子偏爱穿紧身衣，瘦子偏爱穿宽肥装，长子偏爱穿超短裙，矮子偏爱穿长衫，好像越不合身越新潮，越气派，越漂亮，真是邪乎，让人越琢磨越糊涂！你说，谁还稀罕我这老朽去量体裁衣？"

杨师傅不由得说起他的小儿子："这小子在大学里学的是服装设计专业，我看过他设计的一些奇装异服，什么玩意儿，简直不敢恭维。可他的作品还在服装博览会表演赛上获了奖，邪门不？他野心还不小咧，说毕业后要去闯荡巴黎，将来当一名国际服装设计大师。真不知天高地厚！"杨师傅的菲薄中不无炫耀，他在心里一定认输了：儿子比老子大有出息！

邱　师　傅

　　邱师傅，湖北鄂城县人。从我记事时起，他就在我父亲所在的小镇裁缝店里当伙房师傅。邱师傅烹调手艺好，人品更好。他打饭菜一视同仁，从不厚此薄彼、克扣谁巴结谁。有时候临时来了客人，饭菜不够，邱师傅让出自己的饭菜，自己吃腌菜啃锅巴充饥，或不厌其烦地重跑菜场再生炉灶煮饭炒菜。

　　那年头，小镇裁缝店里生意不错，裁缝师傅们经常加夜班。邱师傅也就跟着加夜班做夜宵。忙完夜宵，还要主动护送那些住在僻巷远郊的女裁缝师傅回家，回到店里刷锅洗碗后，睡不上一会儿，又得起早床跑菜场、做早点。有时遇上值夜班的人临时有急事，还得请邱师傅顶替，邱师傅就得一夜不合眼地连轴转了。

　　邱师傅从不沾大伙的油水，相反，总是拿钱买些鱼肉或将儿子送来的腌鱼腊肉给大伙打牙祭。那年头，肉食供应紧张，大伙时常十天半月不知肉味，裁缝师傅们馋得慌。一次，大伙凑份子买来一只老狗，请邱师傅屠烹。邱师傅在吊狗灌水时，绳子突然被老狗挣断了。邱师傅去抓老狗，老狗凶猛地咬了他大腿一口，活生生地撕下一大块血淋淋的肉。老狗夺路而逃，大伙分头去找，也不见踪影。邱师傅瘸着腿跑到乡下用自己的钱买了一条老狗，谎说跑掉的老狗找回来了。

　　邱师傅没有老伴，只有一个过继的儿子。邱师傅拿出多年的积蓄让儿子娶了媳妇。过继儿子像永远填不满的穷洞，不是娃病了要住院写信来催钱，就是房垮了要翻修上门来讨钱。邱师傅不抽烟不喝酒，节衣缩食，任凭儿子搜刮。有的裁缝师傅看不过眼了，提醒邱师傅："你这样巴心巴肝地接济儿子，小心把儿子喂成了白眼狼，到头来不养你的老。你还是多长一个心眼，攒点钱养老防老呀！"邱师傅憨厚地笑着说："咋会呢？是块石头也焐得热呀，好心会有好报的！"

　　可惜邱师傅的晚景不幸被裁缝师傅们言中。邱师傅中了风，跛了一条腿，瘸了一只手，只好回老家与过继的儿子一起生活。邱师傅一直是临时工，他的积蓄又寥寥无几，中风时住院治病的钱没法报销，还是大伙捐献的。邱师傅回老家没住上半年，就独自背着铺盖蹒跚着回到了小镇裁缝店。大伙询问他过得如何，他老泪纵横，泣不成声。原来，儿媳恶，经常在他面前发脾气，指桑骂槐，嫌弃他是废物累赘。儿子极怕儿媳，不敢放半个屁。邱师傅终于受不了这份窝囊气，离家出走了。邱师傅扑通一声跪在裁缝店领导面前，哀求道："你要是不收留我，我只有去讨饭了，要不就去寻短路！"

裁缝店领导心软了，就让邱师傅干了守夜的差事。其实，邱师傅跛脚瘸手的，哪能胜任守夜的差事？只不过是有意照顾他，让他当个聋子的耳朵——摆设罢了，店里照旧安排人值夜班。邱师傅可不马虎，尽职尽责，不像别人守夜那样觑个空子溜出去玩耍，或趴在案板上打盹，或钻进衣堆里睡觉，他总是拄着拐杖警惕地在车间里、院子里蹀躞巡查，不时地大声咳嗽或杖击地面，让那些窥探的贼心惊胆跳，不敢轻举妄动。不幸的事还是发生了，一天深夜，两个贼翻墙入院，被邱师傅发觉了，他大喊抓贼，被贼一棒敲在脑袋上，砰然倒地。

邱师傅死了。他因为是临时工，没被评为见义勇为的人，甚至没抚恤金。邱师傅的儿子跑到裁缝店大吵大闹，责怪裁缝店领导不该派邱师傅守夜，等于间接谋杀了邱师傅，这笔账要算清楚，不然要上告。领导无奈，只好又赔了一大笔钱息事宁人。邱师傅的儿子拿到钱，扔下邱师傅的遗体就溜走了。

裁缝店给邱师傅买了一口柏木棺材，做了一身寿衣，给他出了大殡，把他安葬在小镇旁的小山上。直到现在，一些健在的裁缝师傅们还在清明节时去为他扫墓、献花、供祭品……

吹埙的男孩

埙是从远古流传下来的民间乐器，在屈原那个时代，埙曾被选入楚国宫廷乐器。随着屈原沉江、楚国灭亡，埙又沦落到民间。如今，只有在深山僻壤还能找到制埙、吹埙的人。

吹埙的男孩来自屈原的故乡。他家祖祖辈辈都会吹埙。一天，从荆州城来了一位罗老板，要招会吹埙的人。山里会吹埙的人本来就稀少，又加上有的老了，有的丑了，有的不愿离开土地、牛和老婆、娃娃，罗老板只招到了吹埙的男孩。

罗老板在荆州城里开了一家楚乐宫美食娱乐城，准备了一批埙、篪、箫、竽、筷、古筝、磬、编钟等古代乐器，以招徕食客。吹埙的男孩经过一阵子紧张的排练，学会了吹奏《哀郢》《国殇》《山鬼》等乐曲。吹埙的男孩一夜之间成为楚乐宫的一颗耀眼的新星，成为罗老板的一棵神奇的摇钱树。

罗老板还从深山僻壤里招来了一些水灵灵的女孩，姿色出众的上台表演楚宫舞蹈，姿色稍逊的当跑堂应侍的小姐。女孩们都打扮成古代楚国宫女模样。为吹埙的男孩伴舞的是一位叫阿吟的女孩，身材窈窕，姿色靓丽，尤其是一双勾魂摄魄的眼睛，总让吹埙的男孩心旌摇曳，浮想联翩。

吹埙的男孩不光会吹埙，还学会了勾女孩的心。他经常向阿吟献小殷勤，譬如请她吃烤羊肉串看电影，陪她逛商店游公园，帮她打饭菜洗衣服，在她过生日时送她蛋糕，在城里人风靡过情人节时送她玫瑰。久而久之，阿吟看出了吹埙的男孩的心思，就有意疏远他一点，怕他走火入魔，与他保持若即若离的关系。

阿吟打心眼里喜欢吹埙的男孩，但她又不甘心当穷人的媳妇。这里是别人的城市，吹埙的男孩不可能在这里吹一辈子埙，终究会回到那深山僻壤里去过山民日子，她要是嫁给了他，还是摆脱不了勤扒苦干、受穷吃苦的命运。因此，阿吟在彷徨、犹豫，她想把握住自己的人生命运，要让飞出山窝的金凤凰落在梧桐树上栖息。总而言之，她想堂而皇之地当城里人，她不想一嫁错成千古恨。

阿吟把眼光投向那些风度翩翩、钱囊鼓鼓的食客，想从中追寻到她梦中的白马王子。她还没把白马王子的美梦做圆，却落入了罗老板的陷阱。罗老板送给她许多贵重首饰、名牌服装和进口化妆品，邀请她频繁出入豪华酒店舞厅。在一个春风沉醉、新月如钩之夜，阿吟喝下了罗老板下了迷药的葡萄酒，糊里糊涂地失去了贞操。阿吟大哭大闹了一场，但终究奈何不了有钱有势的罗老板，只好破罐子破摔，忍气吞声地当了罗老板的二奶。

吹埙的男孩几天没见阿吟的身影，丢了魂般焦急不安，吹埙时没了阿吟的伴舞，更是无精打采，走神跑调。他去问阿吟的伙伴们，他们都摇头不知道阿吟的去向；他又去问罗老板，罗老板冷冷地说："我炒了阿吟的鱿鱼！"他觉得阿吟的失踪神秘而突然，背后肯定有鬼。他夜里辗转难眠，脑海里和眼前总浮现出阿吟哭泣哀求的影子，做噩梦时也梦见阿吟在呼唤他："快来救我！"吹埙的男孩就去报了警。

后来，真相大白了。吹埙的男孩在一幢豪华别墅前亲眼看见了抱着哈巴狗的阿吟，一副幸福透顶的模样。吹埙的男孩问阿吟："你真的……幸福吗？"阿吟神经质地一笑："什么叫幸福？什么叫不幸福？谁他妈的说得清楚！"吹埙的男孩浑身痉挛了一下，颤声说："你愿意跟我回家乡去吗？"阿吟泪眼婆娑地哽咽："你走吧，我已不是从前的我，已没脸回家乡去了……"

吹埙的男孩站在阿吟的别墅前吹奏了最后一曲《哀郢》，含泪而别。吹埙的男孩将埙砸向罗老板，罗老板身子一闪，埙击中泥塑的财神爷，埙和财神爷同时落地粉碎。罗老板深感晦气，兆头不好，凶神恶煞地吆喝来几个保安人员，将吹埙的男孩拳打脚踢了一顿，撵出了楚乐宫。

吹埙的男孩回了家乡。据说他后来成为赫赫有名的农民企业家。据说他到现在还是独身，怀念着阿吟……

失 火

　　唐朝和宋月是一所著名大学经济管理系的硕士生同学。唐朝毕业后南下淘金，在顺德一家赫赫有名的镇办企业里当智囊人物，颇得老板赏识。唐朝想把宋月引荐给老板，老板踌躇满志地说："来吧，来吧，人才难得，多多益善！"

　　唐朝又是寄快信，又是发急电，催促宋月速来顺德一展雄才。宋月很快回信了，说要是三年前，他听到这喜讯会高兴得翻跟头。可现在他结了婚，添了娃，白天在人浮于事的机关混点，晚上帮老婆打点一家小吃店，生意还算兴隆红火，日子也过得安稳滋润，也就不想去异乡闯荡拼搏了……

　　唐朝很失望，很惋惜：像宋月这样的高材生竟安心于"一杯茶一根烟，一张报纸看半天"的机关生活，满足于夫唱妇随、勤扒苦做的小日子，真是辜负了时代，浪费了才华，荒废了青春呀！老板听说了，喟叹："唉，可惜，可惜！不过，像这般胸无大志、安于平庸的人，不来也罢！"

　　不过两月，唐朝忽然接到宋月的加急电报：11 日来顺德，请到机场接我。唐朝纳闷：这家伙咋想通了？是不是凑巧来顺德出公差的？唐朝更犯难的是，要是宋月是来应聘的，怎样启齿替宋月跟老板说情呢？万一老板搞僵了不聘宋月，岂不尴尬狼狈？唐朝惴惴不安，几次见到老板欲言又止。

　　宋月来到顺德，果然是来应聘的。唐朝问："你咋想通的？"宋月沮丧地说："不是想通的，是被一场大火逼来的！"唐朝大吃一惊："咋回事？"宋月哽咽着说："大火把咱家那小吃店烧了个精光，老婆孩子都烧伤了，治伤扯了一大屁股债，光靠机关那点死薪水咋还债？就申请停薪留职来打工了。"唐朝唏嘘不已，百般抚慰，为他设宴接风，休憩半晌，便硬着头皮带宋月去谒见老板。

　　老板宽宏大量，答应收留宋月。不过，有个条件：须到公司的快餐店去打工半年，而且薪水、待遇跟打工仔一样。这不是故意报复、羞辱宋月吗？士可杀不可辱！别说宋月很难堪，就连唐朝也变了脸，恼羞成怒地谴责老板："你、你怎么能这样侮慢……我的朋友！"老板刚愎自用地说："我自有我的用意，不想干请另谋高就吧！"宋月忍住心头怒火，冷冷地说："我干！"

　　快餐店的活又脏又累，好在宋月过去在自己的小吃店里吃苦耐劳磨炼出来了，也能挺住。唐朝每次来快餐店吃工作快餐时，看见宋月累得满头大汗，身子瘦了，脸黑了，手粗糙了，心里既怜悯又歉疚，多次对宋月嘀咕："是我害得你吃苦了！你要真受不了了，就跳槽或回家去吧！你要等钱还债，我有一笔积蓄你拿去吧！"宋月倔强地说："没什么，既来之则安之，不就是半年吗？这点苦累和委屈都受不了，还谈什么闯荡世界、拼搏人生？"

宋月终于咬紧牙关，在快餐店干满了半年。那天，老板亲自出席了快餐店的欢送宴会，并向宋月敬酒："祝贺你在卧薪尝胆般的考验中得了满分！希望你别怨恨我，我当初是这么想的，你是被一把大火逼到我们这里来的，急需赚大钱还债，急功近利怎么能静下心来当智囊人物？我让你在快餐店干半年，也是放了一把火，想烧掉你的傲气和浮躁气。"

还有一个秘密，老板没有透露：半年前，老板派一名女秘书千里迢迢去宋月的家乡，送去一大笔安抚费，让宋月的老婆治伤、还债，但须在半年内向宋月保密。宋月不负老板厚望，很快成为乡镇企业智囊团的核心人物。

闹　钟

　　闹钟急促地响了。熊斌腾地从床上跳起来，就在慌忙穿裤子的瞬间，他才沮丧地意识到：从今天起，他可以睡懒觉了，不必急急忙忙地挤车去上班了，不必看考勤员的脸色挨车间主任的斥骂了……熊斌烦躁地将裤子扔到床下，一头钻进温暖的被窝里，想续那做了一大半的美梦。他梦见厂长的小妹与他幽会，在东湖的幽篁丛中亲吻拥抱，正欲步入爱的港湾时，该死的闹钟响了。

　　厂长的小妹叫夏斐，是厂里的技术员。她梅花鹿似的身姿、瀑布般的黑长发、银铃一样的笑声勾得熊斌心旌摇曳、魂牵梦萦，仿佛害了相思病。夏斐对熊斌也有那么一点意思，但就是朦朦胧胧、闪闪烁烁的，对熊斌的求爱既不点头也不摇头，他们总处于一种若即若离的关系。在熊斌爱火熊熊时，她撒点娇耍点泼，如不接熊斌的电话，不与熊斌幽会，让熊斌惶惶不安，丢了魂似的；在熊斌心灰意冷时，她又暗送秋波、频射爱箭，约熊斌跳舞、溜冰、郊游、爬山。旁观者一眼就看明白了：夏斐是在故意折磨、考验熊斌！熊斌还有戏，就看这小子有没有桃花运了！

　　可谁料到，厂里第一批裁人，就裁到熊斌头上。熊斌要力气有力气，要技术有技术，要人品有人品，凭什么要裁他？明眼人一看就清楚，熊斌这小子得罪了厂长！厂长不愿他的小妹与熊斌交朋友，曾阻挠作梗过，但没奏效，厂长就借这次裁人机会泄私愤整治熊斌，想横刀斩爱、利剑断缘。熊斌也怀疑是厂长作祟，气头上也曾想掂把菜刀去找厂长闹，但一想到夏斐，就打消了这念头。

　　夏斐去北方某城培训了。她闻知熊斌下岗了，打来电话，劝他下岗不坠志，挺起精神来争取再就业，活人的路多着哩！熊斌心里嘟哝：饱汉不知饿汉饥。要是轮到你下岗了，说不定要哭鼻子寻死觅活哩！熊斌起过疑心：哼！莫非夏斐去北方培训，是为了疏远冷淡我？莫非夏斐想甩了我，与她哥串通好了整治我？

　　闹钟又响了。这闹钟是熊斌满 28 岁那天，夏斐送给他的生日礼物，是她哥出访美国时给她买的。熊斌爱睡懒觉，上班老迟到，总推说闹钟出了毛病，该闹时不闹，不该闹时瞎闹。夏斐就送了他这高级电子闹钟，高级得熊斌没法摆弄它，夏斐替他设置的闹铃时间想改改不了，想停也停不了。要不是夏斐送的礼物，熊斌早就将闹钟砸了或扔到垃圾箱里去了，现在只好蒙着被子捂着耳朵睡懒觉。

每天闹钟照闹两遍，熊斌照烦两次，照睡懒觉。一天，闹钟没闹。熊斌睡到日上三竿，慵懒地欠起身一看，一惊：闹钟不翼而飞了！窗户开着，是邻居开玩笑藏起来了，还是小偷顺手牵羊偷走了？熊斌急出满头大汗来：这真是，人倒霉，喝凉水也硌坏牙齿，放屁也砸伤脚跟。这可是夏斐送的爱情信物，要是夏斐知道闹钟丢了，该怎么猜疑伤心？闹钟丢了，会不会预兆爱情也会丢失？

熊斌丢魂失魄般坐卧不安，他跑遍了全城所有的商场钟表店，都没发现那种电子闹钟。世界上许多东西，人们失去了，才懂得它的珍贵可爱。熊斌忆起当初，那闹钟的悦耳音乐响起，仿佛听见夏斐的口令声，不敢睡懒觉，立马起床上班，那时感觉多美妙，精神多抖擞，生活多充实快乐！熊斌不由得流下酸楚的泪水。

那天夜里，熊斌做了一个怪梦，梦见闹钟回来了，他欣喜若狂地欲拥抱闹钟，闹钟却跳出老远，哀怨地说："我回来是要跟你说清楚，别冤枉人家，是我自己逃亡的，像你这样胸无志气、爱睡懒觉、虚度时光的家伙，根本不配做我的主人！我去寻找珍惜时光、热爱生活、自强不息的主人！"熊斌声嘶力竭地哀求："闹钟，你别走，我改还不行吗？"闹钟喃喃道："大丈夫就该一言九鼎，你改了，我再回来！"熊斌惊醒了，浑身痉挛，冷汗淋漓，灵魂在颤抖。

第二天，熊斌起了早床，去再就业劳务市场找活干。一个星期都碰壁、失望。终于，熊斌被一位个体老板看中，请他去当技术师傅。熊斌在那个体小作坊里干得很卖力，颇受老板赏识，老板给他加了薪，买了上班用的摩托车。熊斌又神气起来！

那闹钟没有回来，但夏斐回到他身边，她嫁给了熊斌，并在新婚喜宴上向亲朋好友们坦露心声："我爱他不向困难低头、敢向命运挑战的男子汉气魄……"

梅 花 纽 扣

　　梅子在水塘旁洗衣服，忽然听见石埠上一声清脆的细响，恍惚看见一个圆东西滚进水中。梅子以为是口袋中的硬币，仔细一看，是自己上衣上的梅花纽扣掉了。梅子心里咯噔一跳，黯然神伤，手中的棒槌滑落在石埠上，潸然泪下：上次掉了一颗梅花纽扣，丈夫就出了车祸。难道这次掉梅花纽扣又是不祥之兆？

　　这件花格子上衣是丈夫和梅子相亲时给她买的。丈夫说："我看中这件上衣，主要是看中了梅花纽扣。"梅子惊喜："你咋知道我喜欢梅花？"丈夫诡谲地一笑："我会算命呗！"其实，她丈夫是蒙对的，他断定一个叫梅子的姑娘一定会喜欢梅花的。

　　十年后的一天，梅子带着儿子搭丈夫的拖拉机进县城去照全家福。丈夫让梅子穿花格子上衣，有纪念意义。到了照相馆，梅子忽然发现上衣上掉了一颗梅花纽扣。她很纳闷：出门时还在，什么时候掉的？到哪里去配这种梅花纽扣呢？照完全家福，吃罢火锅，丈夫说："你带儿子逛逛县城，我到采石场拉几趟石料，黄昏在火锅店等我。"梅子给儿子买了不少玩具、食品和连环画，但逛遍县城也没配上梅花纽扣。黄昏时分，还不见丈夫。火锅店打烊了，丈夫仍没影子。梅子预感到丈夫一定出事了，不然，他决不会让母子俩在寒夜中挨冻受饿。

　　果然，丈夫出了车祸，当场死亡。丈夫开的拖拉机严重超载，在下坡急转弯处刹车失灵，撞死了两个老人，翻车后又砸塌了坡下的牛棚，压死了三头牛。丈夫的拖拉机保险过了期，梅子得替丈夫承担沉重的赔偿债务。梅子卖掉了家具、耕牛和房子，卖掉了陪嫁衣服和结婚首饰，就是没舍得卖那件花格子上衣。

　　梅子带着儿子，在县郊租了一间小瓦房居住。一张床，一张桌子，两把椅子，一个炭炉，一只水缸，几床破被褥和一些旧衣服，这是梅子的全部家当。梅子靠贩蔬菜和捡破烂来赔偿余债、养家糊口和供儿子读书。儿子读书要缴不菲的借读费，还要遭受老师的歧视和同学的欺侮。儿子经常不明不白地被老师训斥体罚，无缘无故地被同学打得鼻青脸肿。儿子回家后委屈地嘟哝："妈妈，我不想读书了，让我帮你卖菜捡破烂吧！"梅子狠狠地打了儿子一巴掌，骂道："你这没出息的东西，气死我了！我白为你辛苦了！"儿子啜泣道："我知道妈妈很辛苦，我不想惹妈妈着急伤心，我发誓好好读书将来报答妈妈。可我不知道我错在哪里？我怎么得罪他们了？为什么他们都不喜欢我？"梅子搂住儿子，抱头痛哭。

不久，儿子在学校闯祸了，他把镇长儿子的脑袋砸破了。镇长儿子先骂他妈妈是"臭捡破烂的"，又把他的书包扔进了垃圾箱，儿子忍无可忍才动手。学校迫于镇长的压力，不让他上学了。梅子去找校长求情说理，仍无济于事。儿子辍学了，帮梅子卖菜捡破烂。梅子叮嘱儿子："你不能把书本丢了，把心玩野了，等我再想办法给你找学校，你还得去读书。要不，你爸爸在阴间会骂我的!"

梅子在水塘里捞了半天，没捞起梅花纽扣。梅子沮丧地回家来，儿子问："妈妈怎么不高兴？"梅子说："我的纽扣掉进水塘了。"这天是儿子十岁的生日，梅子做了一大碗红烧肉，让久未沾荤的儿子吃个饱。不料，债主上门催债了，瓮声瓮气地说："有钱吃肉，没钱还债，真他妈的不要脸!"梅子气紫了脸，泪水直淌。儿子停止了吃肉，愤然将那碗红烧肉摔在债主的脚下。做母亲的哪能忍心孩子跟着自己吃苦受罪？梅子想带着儿子一起离开人间，去找孩子他爸大团圆。

第二天，梅子买回了一块猪肉和一包老鼠药，打算当晚与儿子一块死去。梅子进屋来，儿子欢快地扑上来，让妈妈闭上眼睛："妈妈，你猜一猜我要送给你什么礼物？"梅子猜了半天也没猜中。儿子打开手掌，掌心上是衣服上她的梅花纽扣。梅子惊喜地问："你是怎么找到的？"儿子说："我下水塘摸起来的!"梅子吓得脸色变了："你不怕淹死了？"儿子得意地说："妈妈，我早就瞒着你学会玩水了!"

梅子打消了自杀的念头，从此把那颗梅花纽扣当作护身符带在身上，无论遇到多大困难挫折，只要看看梅花纽扣，她就有了生活下去的勇气。十年后，儿子长大了，考上了名牌大学。梅子感慨万千："是梅花纽扣，不，是儿子挽救了我……"

山顶上的雪

　　小时候，一场大病，夺去了陆羽的双眼视力。

　　18岁那年，一次车祸，夺去了小鹿的双腿。

　　在小城残疾人艺术团里，陆羽与小鹿相识了。

　　陆羽的二胡拉得小鹿心湖荡漾，小鹿的歌声唱得陆羽胸若鹿撞。他们陷入了初恋。陆羽对小鹿说："以后我就是你的双腿。"小鹿喃喃道："那我就是你的双眼。"

　　后来，他们结为伉俪。再后来，他们有了儿子。他们含辛茹苦地养育儿子，付出了比正常人艰难困苦许多倍的代价。

　　儿子考上大学，去北京读书了。儿子学习忙，家书写得少，谈了女朋友后，家书更少了。好不容易盼回儿子一封家书，却是寥寥数语，要爸妈寄钱寄衣。

　　一次，儿子突然打回来长途电话，吞吞吐吐地吐央求爸妈："求你们要么旅游，要么走亲访友，出去回避几天吧，我要带女朋友回家来玩……"

　　儿子竟然怕瞎父瘸母在女朋友面前丢面子！陆羽和小鹿面面相觑，抱头啜泣。"山雀尾巴长又长，娶了媳妇忘了娘。"儿子忘恩负义，还没娶媳妇就忘了爹娘，叫爹娘真齿冷心寒呀！上哪儿回避几天呢？附近没有亲朋好友，出远门旅游又囊中羞涩。

　　陆羽忽然说："咱们去爬雪鹤山吧！你曾说过少女时代就想去看看那山顶上的雪。"小鹿摇头："我的腿……"陆羽说："我背你上去！"小鹿的头摇得更厉害："不行不行，那山很陡很险，好眼好脚的人爬起来都很困难，我们怎么爬得上去？"陆羽笑她："还没爬，你怎么就知道爬不上去？当初不是也有好多人劝咱们别结婚，后来又劝咱们别生孩子，咱们不信邪，不畏难，还不是挺过来了吗？"

　　小鹿被陆羽的话感动了，同意去爬雪鹤山。雪鹤山离他们居住的小城不远。小鹿读高中时来雪鹤山度过冬令营。爬山那天，小鹿崴了脚，留在山腰，心想：以后有的是机会，一定爬上山顶看看雪。谁料到她会出车祸呢？旧地重游，小鹿心潮澎湃：山顶上的雪还是那么洁白，令人神往！要不是那次崴了脚，要不是后来出了车祸，她早就来看山顶上的雪了！她迟到25年了！

山脚下，小鹿问："真爬呀？"陆羽说："真爬！"

山腰中，小鹿颤声问："还爬吗？"陆羽气喘吁吁地答："还爬！"

临近山顶处，陆羽又滑倒了。小鹿惊呼："哇，你的腿流血了！别爬了，咱们回去吧！"陆羽咬咬牙，说："不到山顶非好汉！我要爬上山顶，给你堆个雪娃娃！"

爬山那天，正巧遇上一家电视台的记者，他们灵机一动，全程跟随拍摄了一部纪录片。电视纪录片播出后，反响强烈，感人至深，以致默默无闻的雪鹤山陡地成了旅游热地。

某日，一位女大学生过生日，吃完生日蛋糕后，正蜷缩在沙发上看电视，忽然看见了陆羽与小鹿攀上雪鹤山顶看雪的电视纪录片，她忙喊在窗台边看书的男朋友："游，快来看，这一对老夫妻多勇敢！多伟大呀！"

游过来一看，脸顿时煞白：这不就是我的爸妈吗？他们干嘛要出这风头？

电视纪录片结尾镜头：他们终于胜利登上了山顶，激动地捧起那雪摸着，吻着，吃着，玩着，像回到了童年时光。画外音：山顶上的雪意味着什么呢？也许雪是追求的象征。山顶上的雪不是金子，不是桂冠，却让这对残疾夫妻获得了攀登的快乐和征服的喜悦，证实了自己的生命激情和勇敢精神！

女大学生流泪了，依偎着游说："咱们什么时候也去看看山顶上的雪吧？"

风　铃

　　小岛去参军时，送给女朋友小雪一只风铃。小岛含情脉脉地说："只要风铃响了，就是我回家看你来了！想我时，就和风铃说说话吧，它会录下你的心声的。"小雪把风铃挂在窗前，只要是想兵哥哥了，就推开窗户，让风撩拨风铃，风铃发出清脆悦耳的响声，小雪闭上眼想象着，陶醉着。那风铃多像在边陲线上巡逻的兵哥哥的马铃声，多像在戈壁沙漠上往哨所运给养的兵哥哥的驼铃声……

　　渐渐地，小雪有了"风铃情结"。每天见不到风铃就怅然若失，要出远门了，也把风铃随身带着，不听见风铃响，她简直难以入梦，风铃声成了她的摇篮曲。小雪每天的必修功课，就是痴痴地凝望着风铃，跟它说悄悄话，若遇到开心的事，就冲风铃粲然而笑，扮个鬼脸，或亲吻风铃；若遇到不顺心的事，就对着风铃流泪、泣诉、发脾气。在小雪心目中，风铃就是兵哥哥。

　　高中同学小岳给小雪写来情书。小岳在一所名牌大学读书，读高中时就暗恋上小雪。但他自卑、胆怯、长得丑，且家境穷。他发现小岛与小雪在恋爱，嫉妒的毒焰在胸中燃烧，恨不得杀了小岛。小岳躲在僻静处啜泣，舔着自己心灵的创伤。小岳记起了《红旗谱》中的那句名言："出水才看两腿泥。"他暗自发誓：卧薪尝胆断恋，悬梁锥股读书，一定考上名牌大学，将来把小雪夺回来！现在，小岳觉得该是收复爱情失地夺回小雪的时候了！自古郎才女貌，小雪不会不对自己倾心，大学生与大兵在爱情的天平上孰重孰轻不是明摆着的现实吗？

　　小岳第一次登门造访小雪，也给她买了一只风铃，法国进口的。他知道如今女孩都喜欢风铃，既高雅又时髦。小雪淡淡地说："你拿回去吧，我已有一只风铃。"小岳瞟了瞟那风铃，鄙夷地说："水货！造型、音质、色彩、花纹、材料与我这风铃相比差老远了。趁早扔掉吧，免得惹人笑话你！"说罢，小岳就去动手摘那风铃。小雪生气了，喝止道："别动！我喜欢这风铃！不错，这风铃哪方面都比不上你的风铃，但它是我的男朋友送的信物，在我心目中超过世界上的任何风铃！你一定知道'爱屋及乌'的典故吧？我这叫'爱人及铃'。小岳的那份踌躇满志的得意劲和自信心被小雪撕得粉碎，他狼狈地逃离了小雪的住处。

　　小雪的舅舅从美国回来探亲，也给小雪带来一只风铃。小雪说："这风铃真漂亮!"说罢，就把舅舅送的风铃与小岛送的风铃挂在一起。微风吹来，两只风铃发出各自不同的声响，仿佛在吵嘴。狂风袭来，两只风铃剧烈地摇摆相撞，宛如打架。舅舅临走前的晚宴上，诡谲地问小雪："喜欢我送的风铃吗?"小雪说："喜欢。"舅舅凑近小雪耳语："其实，这风铃是我的一个得意门生托我送给你的，他叫张约翰，美籍华裔人，物理学博士生，前途无量，我希望你能像喜欢这风铃一样喜欢他。"小雪瞠目结舌："这……"舅舅语重心长地说："是你的美丽征服了张约翰，他在我家里做客时看见了你的照片，就一见倾心，缠着我给他做媒。舅舅知道他品学兼优，也乐意为你们牵线。只要你答应，他马上给你办理到美国留学、结婚、定居的手续。这可是许多女孩梦寐以求的大好事呀!"小雪默默地摘下舅舅送来的风铃，娓娓地给舅舅讲了另一只风铃的故事。舅舅被小雪纯真的爱情感动得老泪纵横，唏嘘道："孩子，你做得对!只要有真爱，就会有幸福快乐!我祝福你们!"

后来，小岛在巡逻时遭遇上了偷越国境的贩毒分子，在枪战中牺牲了。小雪悲恸欲绝，好长时期里神情恍惚，一听见风铃声，就喊："小岛回来了!小岛回家看我来了!你听，这是小岛的脚步声，是小岛的呼哨声，是小岛的马铃、驼铃声……"

绳

琳是个满脑子浪漫幻想的女孩。从情窦初开到跻身大龄女行列，琳都在祈盼着浪漫曲折、惊险奇特的爱情，呼唤着能让她惊心动魄、让她的爱海波澜壮阔的白马王子。比如在戈壁沙漠里迷路了，他把最后一壶水、最后一块面包留给了她；比如在登雪山时遇到雪崩，他将她一把推出了危险区，自己却被雪葬了；比如在汽车上遇到歹徒掠财劫色时，他挺胸振臂、浴血肉搏，负重伤倒在她的怀抱里；比如她患了白血病，他天天在病榻旁照料她，给她送玫瑰、讲故事，给她输血、献骨髓……

世俗的生活、平凡的人中很少出现充满浪漫色彩、冒险趣味的爱情。琳在寻寻觅觅中误了佳期，她在世俗舆论的压力下，在亲朋好友苦口婆心的劝告下，嫁给了工程师骧。骧是个书呆子，不跳舞、不听音乐、不看电影、不种花养鸟、不钓鱼打猎、不抽烟喝酒、不打牌下棋，只知道啃书本画图纸，唯一的业余爱好就是集邮。骧有几大本集邮册，是他爷爷遗留给他的，也把集邮的兴趣遗传给了他。

一次，骧与琳的房子被小偷撬了，小偷偷走了琳的手镯项链等细软。骧回家看见集邮册安在，轻嘘一口气，笑骂："这小偷一定没文化不识货，最值钱的东西不晓得偷！"琳不懂集邮，问："那些小画片真比金子还值钱吗？"骧得意地说："你以为我瞎吹？我这张《全国山河一片红》少说也能卖个10万元！"琳瞠目结舌："妈呀，一张邮票真值那么多钱？那就卖一张，给我买手镯、项链和金表，行啵？"骧摇头如拨浪鼓："不行不行！这是珍品，全国也没几张咧！物以稀为贵，集邮者称这种珍品叫'心跳张'，玩的就是这种心跳！"琳娇嗔："你就不能巴结一下老婆玩玩爱的心跳？跟你这种书呆子过日子真没意思，永远体验不到爱的惊喜和心跳！"

一天晚上，骧看见琳泪眼婆娑，狐疑地问："你哭什么？"琳将一本杂志递给骧。骧读了溅满泪痕的那页：一对美国爱侣去攀崖，攀到悬崖半腰时，妻子脚下的钢钉突然松脱了，霎时坠落下去。所幸的是妻子身上的绳子与丈夫相连，使她吊在空中。丈夫尽了一切努力救她，无奈悬崖上毫无可以使力的东西，而支撑着丈夫的钢钉因妻子的下坠重量随时有滑脱的危险。悬在半空中的妻子嘶声哀求："你救不了我，把绳子割断，让我走！与其一起摔死，不如我一人死！"丈夫没有割断绳子，而是高喊："要死，我们一起死！"他顺着绳子溜了下去……

　　琳停止啜泣，考问骧："你若是那丈夫会咋办？"骧回避："我不是那丈夫。"琳逼问："假设嘛，你咋办？"骧嘀咕："我不会攀崖。"琳生气了："你怎么这死板？让你设身处地回答嘛！"骧面有难色："说真话还是假话？"琳瞪眼："当然要说真话！"骧说："割绳！"琳大惊失色："割绳？"骧平静地说："当悲剧无法挽回时，割绳是最明智的选择！"琳哀怨地喟叹："你真冷酷可怕！我真后悔，干嘛嫁给你这样的冷血动物！"

　　琳想过离婚，但转念一想，再找也许一蟹不如一蟹，世上有几多真爱夫妻？都不是凑合着过日子？浪漫的爱情和完美的爱人是凤毛麟角的，可遇不可求。何况骧是有事业心与责任感的男人，不是嫖赌之徒和酒囊饭袋。琳与骧磕磕绊绊地过了15年。

　　那年冬天，琳忽患肾功能衰竭症。骧毫不犹豫地卖了所有的集邮品，供琳住院。家贫如洗了，但换肾还需一大笔钱。躺在病榻上的琳望着憔悴的骧，噙泪喃喃道："割绳吧……"骧一愣，忽有所悟，悲怆而执拗地说："不，我决不割绳！"琳惨淡一笑，劝他："你说过，割绳是最明智的选择。我这病治不好的，你救不了我，与其到头来人财两空，不如现在狠狠心让我走，你还有抚养儿子的重任。把儿子培养成有出息的人，我在九泉下就安息了……"从不流泪的骧哽咽着说："琳，挺住！别松开绳子！我能救你，我要给你一个肾！"琳抱住骧的头泣不成声："骧，我到现在才明白你真爱我，我听你的话，挺住，不松开绳子……"

雪　崩

　　登山队员司马在攀登珠穆朗玛峰时遭到雪崩袭击，遇难了。

　　噩耗传来，司马的女友东方悲恸欲绝。他们早已置齐结婚用品，布置好洞房，但为了成功攀登珠穆朗玛峰，司马已三次推迟婚期。司马临行时说："征服珠穆朗玛峰，是我给你的最有人生价值、最有纪念意义的结婚礼物！你等着我的胜利消息吧！"没想到等来的却是噩耗……

　　东方万念俱灰，心如古井，矢志不嫁。这可急坏了东方的父母和亲朋好友，无论怎么苦口婆心地劝说，深入浅出地诱导，都无法打开东方的爱情心扉。一晃二十年过去了，东方已由妙龄少女变成了憔悴的中年妇女，岁月的风霜和心灵的创伤过早地侵蚀摧残了她的容貌。但仍然有人在向东方发射爱情之箭，有才高八斗、学富五车的教授，有腰缠万贯、财大气粗的老板，有官运亨通、中年丧偶的官员，有漂泊海外、叶落归根的老华侨……东方仍不思嫁，独守闺房。每天早晚，东方都要虔诚地朝着珠穆朗玛峰的方向祈祷，她始终不相信司马遇难了，永远盼望着司马归来……

　　也许是东方的痴情感动了命运之神，珠穆朗玛峰下的雪融化了，登山队员发现了司马的尸体，将他运回到医学实验馆。据说那里的科学家们能用最先进的科学技术，让埋于冰冻之中的千年古尸复活。还据说能否让古尸复活有一个重要的条件，就是看死者的心脏里有没有爱情基因。司马自然有爱情基因，很快就复活了，他比同龄人看上去年轻了二十岁，还是一个英俊的小伙子。

　　司马复活后就急着打听东方的下落，当他知道东方还在守身如玉痴盼苦恋着他时，更是欣喜若狂、热泪盈眶，恨不得马上飞到东方的身边。司马的家人嘀咕："东方已是人老珠黄，你还这么年轻，只怕不般配吧？日后的夫妻生活恐怕不会幸福、和谐、美满，还是不要惊扰她的宁静生活和爱情之梦，另择佳偶吧！"司马愤懑地说："这像人说的话吗？你们有没有良心？不管东方变得多么老丑，我都要娶她！别说我和她曾有过山盟海誓和热恋痴爱，就冲她能痴心等我二十年，我也不能没心没肝当负心汉、薄情郎！若不能娶她，我宁愿再回到雪山中去！"

一个痴心，一个钟情，司马与东方终于结成伉俪。新婚之夜，一对患难情侣心潮澎湃，有说不尽的情话。夜深了，两人相拥而眠同入爱港。忽然，司马翻身起床，阴沉着脸，抽起闷烟来。东方小心翼翼地问："你……咋了?"司马冷冷地说："你有事瞒着我!"东方不解地问："我有啥事瞒着你?"司马瓮声瓮气地说："你心里最清楚!"东方委屈极了，泪眼婆娑："我真的不清楚……"司马恶狠狠地低吼："你不是处女了，还想蒙混过关吗?"

　　东方嘤嘤地哭泣了一夜，天亮时分，她趁司马酣睡之际，留下一张字条走了。字条上写着：司马，想不到一位能征服珠穆朗玛峰的勇士，却匍匐在封建世俗的小丘前。我仿佛突遭一场雪崩，一场情感雪崩，埋葬了我的心灵。真没想到我痴等你二十年，竟等到这般心在流血的结局! 没想到你这么看重处女膜! 那么，我就告诉你事情真相吧，就在你遭雪崩遇难的噩耗传来的那天，我痛不欲生地去跳海，摔在礁石上，处女膜就这样被撕裂了……司马，你惊醒了我的爱情痴梦，永别了，我去寻找我的真爱!

　　司马读罢字条，撕心裂肺地悔恨，四处去找东方，无奈人海茫茫，杳无踪迹。司马心力交瘁，几天就由小伙子变成了小老头。司马死乞活赖地又去了登山队，极想再遭遇一场雪崩，埋葬他的烦恼悲伤，可雪崩不再理睬他了……

湖畔小木屋

　　一场车祸夺去了妻子阿馨和女儿小琳的生命，也夺走了贾岛的一条腿。贾岛出院后，拄着拐杖回到了他们一家曾住过的湖畔小木屋。小木屋曾是他们温馨的窝巢、幸福的港湾，但如今屋存家毁，物是人非，贾岛心若废墟，情如灰烬，准备放一把火烧了小木屋，自己也投身烈焰去另一个世界与妻子女儿团圆。

　　小木屋原是湖畔人家搁船放网的地方，后来禁海了，湖畔人家卖了船和网，还要拆掉小木屋。刚巧，在湖畔写生的贾岛发现了，觉得太可惜了，就倾囊把它买了下来。柴扉上那副对联斑驳褪色，依稀可辨：一间东倒西歪屋，两个南腔北调人。那是贾岛与阿馨结婚时写下的自嘲对联。贾岛想了许多横联，不是太雅，就是太俗。后来阿馨一锤定音：湖畔之恋。

　　小木屋的墙上挂着一幅油画《湖畔天使》。阿馨是环境保护系大学生，大三暑期考察小湖环境时邂逅了贾岛。两人一见钟情，共堕爱网。贾岛是个流浪画家，四处漂泊，却独独钟情小湖，在小木屋安了家，要在远离尘嚣的地方画出梵高、高更那样的杰作。阿馨成全他，毕业后在小湖环境监测站找了一份工作。《湖畔天使》画的是黑发飘逸的阿馨在绿波荡漾的小湖中沐浴，从初恋到结婚，贾岛三年间修改数十次，终于使其成为贾岛的成名作，在全国美术大赛中夺得金奖。

　　小木屋里挂着一只吉他。婚后生活免不了烦恼和龃龉，贾岛痴迷创作时冷落阿馨，创作受挫时又冲她发脾气。阿馨寂寞忧伤时独自去湖畔弹吉他。吉他是外号"吉他王子"的大学同学送给她的，他手把手地教会了阿馨弹吉他，却没能拨动她的心弦。吉他王子曾给阿馨写信说：你生活得幸福快乐吗？如果不幸福快乐，带上吉他，回到我的身边来吧！我永远等着你！贾岛无意间看了这信，醋意大发，把吉他砸烂了。但阿馨没去投奔吉他王子。贾岛为她买了一把贵重的吉他，可阿馨平静地说："我知道你不喜欢听吉他，我再也不会弹吉他了。"

　　橱柜里摆着一尊地球仪奖杯。阿馨的论文《湖泊环境保护初探》获得全国环保论文奖，但她身怀六甲，不能进京领奖。阿馨生产时难产，在生死线上挣扎了两天两夜才生下小琳。阿馨产后大出血，昏迷过去，生命垂危，贾岛捋袖为她献了血。阿馨苏醒后凄然一笑："咱们的血流在一起了……"贾岛说："是的，咱们永远不分开了，除非咱们的血能分开！"

橱柜里还摆着一只缎绒小匣，装的不是首饰，也不是奖章，而是一颗牙齿。那天深夜，小琳忽然发高烧，像一团炭火灼手。贾岛抱起小琳飞快地朝附近小镇诊所跑去，像舒伯特的名曲《魔王》中那位抱着病危的儿子与魔鬼赛跑的父亲。贾岛赢得了时间，父爱救了女儿。贾岛在小镇诊所里昏倒了，磕掉了一颗牙齿。阿馨啜泣道："把它珍藏起来，等小琳长大了，把这牙齿的故事讲给她听……"

床上有一只橡皮娃娃。那是小琳三岁生日时贾岛买的。小琳很喜欢橡皮娃娃，只是觉得她应该穿上漂亮的衣裳，要不，到冬天会冻坏的。几天后，阿馨突然发现自己很喜欢的花裙子被谁剪了，心疼得快流泪了。小琳却偷偷笑了，原来她看中了妈妈的花裙子，悄悄剪了一大块，给橡皮娃娃做了一件衣裳。

床头上摆着一只小相框，安放着贾岛一家湖上荡舟的照片。小琳清脆幼稚的声音仿佛回荡在贾岛的耳畔：爸爸，要是船翻了，你是先救妈妈，还是先救我？贾岛瞠目结舌。阿馨嗔怪道："小孩子，怎么问这种傻问题？"贾岛沉思后说："这真是世上最难答的问题！"想不到这竟是谶语，不是船翻，而是车翻了……

贾岛点燃了小木屋，然后盘坐着，想象着凤凰涅槃。突然，柴扉被人踹开了，神情恍惚的贾岛被人拽出了浓烟烈焰的小木屋。小木屋砰然倒塌，就像贾岛幸福快乐的生活瞬间化为废墟。

贾岛呆滞地问："你是谁？为什么救我？"那人说："我是吉他王子。你总比我强，还快乐地拥有过，幸福地生活过，我要像你，还不早自杀了？你要坚强些，阿馨喜欢坚强的男人，她在天上看着你哩！"贾岛仰望着天空喃喃道："阿馨在天上看着我，小琳也看着我，我一定要坚强地活下去！"

苹　果

　　全国现代雕塑造型艺术展览会在 M 城隆重开幕了。展览会上前卫、荒诞的作品令参观者或大开眼界，或大跌眼镜。譬如用各种废轮胎堆成的怪塔，用一次性方便筷粘贴而成的大树，用上十万只空酒瓶垒成的长城，用许多充气的避孕套扎成的维纳斯，用牦牛皮和羚羊皮剪出的《霸王别姬图》……最叫人惊叹唏嘘的，是一件命名为《美丽芬芳的腐烂》的实物造型作品，它的造型再简单不过了，就是在一个心形的水池里，倒进一万千克红彤彤的苹果，让它们泡在水里腐烂变臭……

　　《美丽芬芳的腐烂》得到大多数评委专家的好评，少数评委专家虽有腹诽异议，但怕别人讥讽自己僵化保守，只得附和或敛声。各种媒体记者竞相报道，或盛赞其"构思大胆，寓意深刻，不愧为惊世骇俗的杰作"，或评价其"既有触目惊心的视觉冲击力，又有振聋发聩的警世思辨力，是针砭时弊、鞭挞恶俗的奇葩"，或分析其寓意"既可理解为社会风气渐趋恶化，又可理解成人性道德悄然沦丧；既可形容为官场腐败现象，又可形容为女性堕落轨迹"……电视台还开辟专栏，每天跟踪报道《美丽芬芳的腐烂》，展现苹果的腐烂过程。

　　《美丽芬芳的腐烂》获得展览会金奖。授奖那天，《美丽芬芳的腐烂》的创意者石小川满面春风地上台领奖，摄像机、摄影机、话筒包围着他。石小川踌躇满志地清了清嗓子，正要代表获奖者们讲话，突然，会场上冲上来一个老人，揪住石小川左右开弓，给了他两记响亮的耳光。会场哗然、众人愕然。石小川捂住腮帮，呆若木鸡。

　　保安人员冲上来，扭住老人要往会场外搡。老人喊叫着："放开我，放开我!"人们都以为老人是疯子。谁知，石小川喊道："放开他吧!"保安人员说："他捣乱会场，还随便打人，不能轻饶了他!"石小川说："放了他吧! 他是我爹……"老人暴跳而骂："王八羔子! 我不是你爹，我没有你这忘本的儿子! 你快把老子活活气死了!"会场顿时炸开了锅，人声鼎沸，大家都以为石小川是个虐待老人、忘恩负义的不孝之子。

　　记者们更是敏锐地感觉到这个事件背后一定隐藏着不同寻常的内幕，把它挖出来一定很有新闻价值。于是，记者们争先恐后、蜂拥而上围住老人，问他为什么要打儿子。老人蹲在地上呜咽起来。记者们七嘴八舌地说："老人家，别哭了！您有什么委屈，只管对我们说，我们替您主持公道、伸张正义！是不是您儿子虐待您遗弃您了？"老人哽咽道："你们想错了，他算得上是大孝子，没少寄钱给我花，没少给我买好烟好酒，没少带我逛风景见世面，村里人都说我有福气，养了一个有出息有孝心的儿子……"记者们搞糊涂了："那您为什么还要打他呢？"

老人又怨愤起来："我为什么要打他？他不该欺骗我！"记者们一头雾水："欺骗您什么了？"老人说："我辛辛苦苦种的苹果，指望他帮忙找个好买主，万没想到被他骗来泡在水池里当了沤肥……"记者们问："他没给您钱吗？"老人说："给钱了，给得还挺多。"记者们纳闷："那您还生什么气？"老人瓮声瓮气地说："我生什么气？他这是暴殄天物，要遭天杀雷劈！他这是糟蹋血汗成果，戳老子的心窝！他这是忘本，忘了小时候爬树摘一个冻烂的苹果摔断了腿的往事，忘了他娘咽气时想吃一个苹果都没钱买的情景，忘了乡亲们为试验种苹果吃了多大苦遭了多大罪！乡亲们在电视里看到他这么糟蹋苹果，都生气流泪了，骂这是什么狗屁艺术，完全是以浪费为荣，以糟蹋为乐，难道就不能讲点良心，把苹果送到孤儿院养老院去吗？有些话更难听，说我们父子俩串通一气，打着艺术幌子来推销苹果捞黑心钱。我气不过，就搭车赶来打了儿子两耳光！儿子长这么大，我还是第一次打他呀！我打他，是要他长记性莫忘本，别过了几天好日子就癫狂，也让乡亲们看看，我老汉跟儿子不一样，没昧着良心变着花样捞黑心钱！"

麻 区 长

麻区长姓马。儿时害天花落得满脸都是坑坑洼洼的麻子，极丑。马麻谐音，故称麻区长。麻区长在幕阜山名气挺大。他早年被恶霸地主逼上梁山，当了匪首。抗日时投奔了新四军游击队，后来他当上了榆叶区区长。

麻区长性情粗犷，为人豁达，心肠有时极慈善，有时却极冷酷。早年，他手下有个拜把兄弟，双手使枪，百发百中，外号"神枪吴"。一天夜里，游击队宿在桃溪村。深夜，一位老爹哭哭泣泣地找麻区长告状，说神枪吴奸污了他的守寡儿媳。麻区长气得满脸麻子颗颗红，一飞镖竟击中了神枪吴胯间的那东西……多年后，麻区长到神枪吴家去串门，看见他的老婆，瞠目结舌："这不就是当年神枪吴糟蹋过的小寡妇吗？"神枪吴解开了谜团：原来，神枪吴与小寡妇是青梅竹马。神枪吴打游击去了，小寡妇被酒鬼父亲逼嫁到桃溪村，丈夫是个痨鬼，半年后就死了。公婆想将小寡妇转卖给商人，小寡妇誓死不从。既然矢志守寡，也罢，公婆只好断了此念。可她却勾引上了"野男人"，公婆便串通了几个本家亲戚演了一场抓奸告状戏。这么一说，麻区长深感罪孽，悔恨不已。

麻区长战功显赫，但官运不通。不怨天，不怨地，只怨生就的暴脾气。他的老战友最低的也捞了个县长，而他连个区长也当不安稳，像温度计一样时升时降。麻区长走马上任遇到的第一件头疼事，便是禁止封建迷信活动。榆叶区是全县最偏僻、最落后的山区，长期以来封建迷信活动猖獗。据说，旧时县令都不敢触犯神汉巫婆，遇到设坛祭天、抬佛求雨、跳神下马，县令都得下轿让路。县令派人催税催粮，乡民可以软拖硬抗；而神汉巫婆号召捐修庙堂，各村各寨雷厉风行，有钱出钱，有料出料，有粮出粮，有力出力，村民们被驯服得虔诚极了。

麻区长三令五申取缔封建迷信活动，但在榆叶区丝毫不见效。神汉巫婆明里收敛了点，暗地里我行我素猖獗极了。麻区长几次抓巫都因有人通风报信而扑空，他很恼火："奶奶的，跟老子打起游击来!"一天深夜，麻区长拍醒酣睡的通讯员长途奔袭枣溪庄，果然撞上了正在跳神的巫婆。

众人惊慌失措，噤若寒蝉，空气似乎凝固了。巫婆的眼直了，手僵了，脚瘫了，抖抖索索欲开溜。麻区长歪叼着烟斗，冷笑一声："跑个么事？我来迟了，没欣赏到你的精彩表演，赏个面子，跳给我看看！"巫婆愣在那里，不解其意，尴尬万分："区长，我再也不敢跳了，饶了我这一回吧！"麻区长吐了一口烟雾，漫不经心地说："叫你跳你就跳呗！拿什么架子？我这人就喜欢看稀奇凑热闹……"巫婆无奈，硬着头皮跳起来。她不时偷觑麻区长的脸色，果真没啥恶意，还荡起丝丝笑容。她受宠若惊，跳得更起劲了。

麻区长俯身向通讯员嘀咕了几声。通讯员钻出人群，端来一盆滚烫的开水。众人也没在意，以为麻区长要洗脸烫脚。突然，麻区长端起盆，猛地朝巫婆泼去。巫婆惨叫一声，一蹿老高，重重跌下，翻滚嚎叫，惨不忍睹。她的头发大绺大绺地脱落在地，脸上泛起一层水泡，光着的上身脱了一层皮，露出红肿的肉，流着血水。众人面面相觑，瞠目结舌，陷入极度的恐惧中。

麻区长一声不吭，"吧嗒吧嗒"地吸着烟斗。然后，在众目睽睽下，磕掉烟灰，冷笑一声，扬长而去。众人诚惶诚恐地等待着，满以为麻区长去换个烟袋或拉泡尿就要回头来训话的。但半天不见人影。有人壮胆出去一窥，麻区长的火把已过了枣溪庄……

巫婆当晚就死了。这消息不胫而走，榆叶区的神汉巫婆丧魂落魄，不敢再犯了。乡民骂麻区长"心狠手辣""狼心狗肺"，但也悟出了一些道理：原以为神汉巫婆真有神灵保佑，刀枪不入，铁打金刚，没想到一盆开水就让她露了马脚。都他娘的骗子！麻区长不久就调走了。据说，麻区长经常做噩梦，梦见巫婆咬牙切齿、捶胸顿足地诅咒他……

盲 人 夫 妇

　　我的楼下住着一对盲人夫妇。他们在自己并不宽敞的住室里腾出一间房子，开了一个家庭按摩所。我有腰椎病，一犯病就去盲人夫妇那里按摩。盲人夫妇的按摩技术真不赖，我的腰椎病在他们那里按摩过几个疗程后，就没犯过了。

　　我听邻居们不无羡妒地议论过，这对盲人夫妇几年前还是街道小厂的工人，后来摇身一变成了按摩师，办起了按摩所，生意兴隆，日子红火。他们的宝贝女儿在一所重点中学里读书，他们为她买了钢琴，请了钢琴教师，每天清脆悦耳的钢琴声飘荡，给我们这条僻静的小巷增添了盎然生气。

　　我与盲人夫妇聊天时问过："你们的手艺是祖传的，还是在按摩学校学的？"盲人夫妇赧然一笑："真人面前不说假话，我们刚开张时也打过祖传的假招牌，有人不认手艺，只信祖传，迫不得已而为之。其实，我们的祖祖辈辈都是工人农民，哪来什么祖传的按摩手艺？我们的按摩手艺，说来也是被逼出来的……"

　　那年，盲人夫妇所在的街道小厂产品积压，债台高筑，每况愈下，要裁人了。那些日子里人人自危，许多人紧锣密鼓地请客送礼拉关系，巴结厂长想保住饭碗。盲人夫妇也想请客送礼，但家里穷得叮当响，无可奈何，只好将他们结婚时买的一件皮袄卖了，买了几只大乌龟送给厂长。哪知厂长嫌他们的礼物太轻，还是将他们裁减下来了。残疾人协会闻知此事上门去做厂长的工作，厂长瓮声瓮气地说："裁人不裁歪瓜裂枣，还裁好脚好手的人吗？我们小厂又不是福利工厂、慈善机构，咋能长期背这些包袱？你们要管闲事就收下他们吧！"

　　残疾人协会怜悯盲人夫妇，帮忙联系了盲人按摩学校，还资助了一笔学费。盲人夫妇每天天不亮起床，相携着乘车搭船辗转数十里路去盲人按摩学校学习，披星戴月，风雨无阻。一年后，他们拿到了按摩技能证书。

　　这些年城市下岗大军陡增，到处人满为患，盲人夫妇四处找工作，都碰了壁，沮丧极了。在心情最阴郁惆怅的日子里，他们甚至想到了上吊或跳江自杀，但一想到宝贝女儿会成为孤儿，就不忍心了。残疾人协会没忘记这对盲人夫妇，又上门来嘘寒问暖、排忧解难了，鼓励他们开办一个家庭按摩所。

　　在残疾人协会的关怀支持下，盲人夫妇的家庭按摩所很快开张了。开张第一周里，门可罗雀，只接待了三个顾客。从第二周开始，顾客多起来。盲人夫妇蒙在鼓里，这是残疾人协会动员他们的工作人员和亲朋好友来捧场的。渐渐地，盲人夫妇的家庭按摩所声名鹊起，门庭若市。饮水思源，盲人夫妇富裕后，向残疾人基金会捐款三万元。

去年，盲人夫妇的女儿考上了北京大学。这喜讯轰动了我们这条小巷，在羡慕祝贺盲人夫妇之余，人们都在默默地扪心自问："人家盲人夫妇都能培养出高才生，我们的家教差在哪里？我们的孩子输在哪里？"邻居们涌来讨教家教奥秘，盲人夫妇木讷地说："我们整天为生计奔波操劳，真的没管孩子……"记者闻讯赶来采访盲人夫妇，他们也说不出什么奥秘来。记者只好采访他们的女儿。

盲人夫妇的女儿沉思良久，给记者讲了一件动人的小事："那是我10岁生日那天，我征求爸妈的意见，想请几位要好的同学来家里过生日，爸妈愣了愣，还是同意了。晚上，我带同学们来到家里，爸妈不在家，饭桌上却摆着生日蛋糕和彩色蜡烛。很晚了爸妈才回家来，见我哭了，抱歉地解释，厂里临时加了夜班。后来我才知道，爸妈就躲在邻居家里听电视，他们是怕我的同学们瞧不起他们，继而瞧不起我。他们哪里知道，在我的心目中，他们是我最尊敬最热爱的人，我从没把他们当残疾人看。从此我默默发誓，一定好好读书，将来有所作为，为爸妈争光，让他们不再自卑自弃，让他们成为最受世人尊重羡慕的人！"

女儿哽咽着说不下去了，最后央求记者给她与爸妈照张合影，她要带着这张合影去北京上大学，什么时候想念爸妈了，就看看合影。

教授绑架悬案

两年前冬天的一个黎明，A大学化学系B教授在校园中的小树林里打太极拳时被人绑架了，在一个神秘的别墅里被关了17天，没挨打受骂，让吃饱喝足睡好，虽说像神仙过的日子，但人身失去自由的滋味和时刻折磨人的恐惧感，使B教授精神恍惚，面容憔悴，度日如年。至今他回忆起那段被神秘绑架的历险经历，仍心有余悸，痛苦犹新。B教授曾向我讲过那些梦魇般的日子：

"那天，我正在打太极拳，两个年轻人走过来，问我：'你就是B教授吧？'我点头，问：'你们是什么人？找我有什么事？'年轻人说：'K老板请你去一趟。'我一愣：'K老板？我不认识他！'年轻人说：'去了不就认识了。'说罢不由分说地左右一架，拽着我就走。我欲呼喊，他们掏出毛巾塞进我嘴里，又迅速用一块黑纱布将我的眼睛蒙上了。我这才意识到：我被绑架了！

"我被拽上小汽车，行驶了一个多小时，我被搀扶进了那座别墅。他们这才解除我嘴里和眼睛上的毛巾纱布，警告我：'只要你学乖点，不乱喊不逃跑，绝不会让你吃皮肉之苦，更不会有生命危险。'我问：'你们到底要干什么？要钱吗？你们没听说"傻得像博士，穷得像教授"的俗话吗？是替谁报仇雪耻？可我没得罪谁呀！'他们坦率地说：'我们也是替K老板办事，他怎么吩咐我们就怎么干。'

"不一会儿，他们在手机里接到K老板的指令，叫我打电话回家，奇怪的是没提到要钱，而要我撒谎临时去外地参加一个紧急学术会议，可能要一个星期后才能回家。他们虎视眈眈地持刀逼着我，我难以违抗，无法把被绑架的信息传递给家人。此后，我被软禁起来，吃喝拉撒都在小别墅里，两个年轻人轮流监视我，给我好烟好酒好茶好饭菜，就是不给我自由，连上厕所也要跟踪。

"几天来，我和两个年轻人混熟了，就用计套他们的话，想摸清楚他们的雇主葫芦里到底卖的什么药。可他们坦言：'我们算碰到最古怪的雇主了，除了限制你的自由外，要让你吃好喝好睡好，不准伤害你一根毫毛，当然你要不配合则另当别论。'我问：'K老板是谁？'他们说：'得保密，这是干我们这一行的规矩。'我又问：'得关我多久？'他们说：'这得听K老板的指令。'

"第6天，年轻人又逼着我给家里打电话，撒谎说紧急学术会议结束后，要去一个化工基地考察，还得耽误几天。第9天，年轻人继续逼我撒谎，说当地的老朋友要尽地主之谊，邀请我逛几个风景区，还要逗留几天。第12天，年轻人又给我编织了一个谎言，要我说在逛风景区时崴伤了脚，行走困难，还得在宾馆里滞留几天才能回家。我彻头彻尾地被他们搞糊涂了，百思不得其解：那个神秘的雇主到底有什么绑架企图？是不是在搞恶作剧？是不是有精神病？第17天的黎明，我被两个年轻人塞上嘴蒙上眼送回到校园中的小树林里，恍若噩梦一场。

"我受到惊吓大病一场，因没受到皮肉之苦和敲诈勒索，也就没报警。我想就是报警，警察也没法侦破这种古怪的绑架案，也许还会讥笑我脑袋出了毛病报假案；再说若是那神秘的雇主知道我报案了，一怒之下来报复我岂不惹火烧身？

我后来慢慢琢磨出这起绑架悬案大约有三种企图：

一、商界竞争行为——G公司要请我做化工新产品权威鉴定，也许是生意上的冤家对头要拆G公司的台，就策划了绑架行动；

二、官场之争的阴谋——风传A大学要民主选举一位教授当副校长，当时选我的呼声最高，我失踪后没参加竞选演说，等于自动弃权，似乎是哪个官瘾大的家伙买通了黑手进行了绑架；

三、在文凭学位考核问题上暗结下的怨仇——我这人死板正直，在论文答辩、学位考核时卡过一些不学无术混文凭学位的人，其中不乏拿钱来'镀金'的大款大腕，也许是他们操纵的绑架行动……"

打　赌

小巷口有三个摆地摊的：一个卖菜刀的假哑巴，一个卖老鼠药的年轻人，一个卖报纸杂志的中年人。

平时，他们井水不犯河水，各忙各的生意，倒也相安无事。这天，生意格外清淡，几乎无人光顾，他们彼此闲得无聊，便摆起龙门阵来。谁知卖菜刀的与卖老鼠药的话不投机，就发生龃龉，差点捎拳捋袖动起手来。

卖老鼠药的先嘲笑卖菜刀的："老弟，你装哑巴还真像呀！我就不明白，你的菜刀那么过硬，何苦去装哑巴骗人家呢？"

假哑巴反唇相讥："老兄，我是假哑巴，可货是真的。再说货硬才不用吆喝。像你那样拼命吆喝，八成是卖的假老鼠药。别说毒老鼠，恐怕连人都毒不死。"

卖老鼠药的急了："毒不死人？你敢不敢打赌吃一包？"

假哑巴来劲了："真要打赌？你要下什么赌注？"

卖老鼠药的虚张声势："你吃死了只当是自杀的，吃不死我赔你一万元！"

假哑巴冷笑："你也太小气了，拿一万元钱与我赌命。"

卖老鼠药的激将道："我看你是怕死了吧？怕死就别打赌了，别扯其他理由。"

假哑巴咬牙切齿，眼放凶光，说："龟孙子才怕死咧！一万就一万，大丈夫说话驷马难追，你可别反悔哟！"

卖老鼠药的对卖报纸杂志的中年人说："老兄，给我们当个证人吧！"

中年人连连摆手："饶了我吧，这种玩命的证人我可不敢当。我劝你们还是别意气用事打这种赌了，莫把性命当儿戏！"

假哑巴斩钉截铁地说："没有证人，我也跟你赌！"

卖老鼠药的有些心虚胆怯："没有证人，赌出人命来，我可说不清道不明。我不跟你打赌了……"

假哑巴眼看快到手的一万元钱不翼而飞，恼羞成怒，抓起一把菜刀，扑上去揪住中年人的衣领威胁道："你到底当不当证人？"

中年人傻了眼，结结巴巴地说："我当，我当……"

假哑巴得意地笑了，对卖老鼠药的说："咱们开始打赌吧！"

卖老鼠药的战战兢兢地哀求道："老弟，我看就别赌了，算我开个玩笑的……"

假哑巴凶神恶煞地说："你撤赌也行，乖乖地拿一万元钱来！"

卖老鼠药的额上青筋虬突、虚汗直淌，欲卷摊而逃。

假哑巴眼疾手快地抓住他，举起菜刀恶狠狠地说："你想要赖，小心我劈了你！"

卖老鼠药的哭丧着脸乞求："老弟，饶了我吧，我家里还有老母和老婆孩子……"

假哑巴铁青着脸阴鸷地说："老兄，我女朋友还躺在医院里等钱救命咧！"

卖老鼠药的被逼得没退路了，瓮声瓮气地说："是你自己要玩命的，可别怨我！"

假哑巴吃下一包老鼠药，不到一分钟就毒性发作，口吐白沫，浑身抽搐。卖老鼠药的吓得发抖，央求卖报纸杂志的中年人帮忙把假哑巴抬到医院去抢救。

假哑巴的性命保住了，毒性却把声带烧坏了，他成了真哑巴。真哑巴后来仍在小巷口卖菜刀，只不过卖老鼠药的和卖报纸杂志的都挪到别的地方摆摊去了。

据说，哑巴的女朋友在一位老年大款的资助下治好了重病，就当了老年大款的二奶。人们都唏嘘："哑巴真傻，当初真不该为爱情而玩命！唉，到头来落得这般下场……"

阿 里 之 变

　　阿里长得挺像当今影视界一位大红大紫的丑星X。阿里惊诧：像他那样一副狗不理的尊容，居然还能红遍大江南北，这世道真有点琢磨不透！阿里嫉妒：真是人比人气死人！老子跟他长得如出一娘胎的丑容，他能大把大把地捞钞票，娶如花似玉的老婆，泡追星族小妞，玩名车名犬名猫，而老子穷困潦倒，连个老婆都娶不到！对象一谈就吹，女孩不是嫌弃他太穷，就是鄙夷他太丑。不过，阿里活得很轻松洒脱，端碗就吃，上床就睡，不知道着急忧愁，从没失过眠叹过气。阿里转眼过了而立之年，婚事八字还没一撇，急得他娘白发搔更短。

　　这天，隔壁邻居张大婶又给阿里介绍了一个姑娘，约好在"红色恋人"茶座见面。阿里娘塞给阿里五百元钱，叮嘱道："相亲时不能光喝茶，还得请人家姑娘吃顿饭，再陪着去逛逛商店买点见面礼，该出手时就出手，不要小里小气的。"

　　在茶座里，姑娘一见到阿里不禁噗嗤一笑。阿里被笑糊涂了，很尴尬。阿里与姑娘边品茗边聊天，谈得还算投机。不知不觉到了午饭时刻，阿里点了几样小吃和酒菜，与姑娘对酌共饮。阿里问："你一见到我时笑什么？"姑娘说："你长得真像X！"阿里幽了一默："我很丑，但很温柔善良……"姑娘坦率地说："这年头温柔善良不值钱了，实话实说，要不是你长得太像X，我见到你第一眼后就会走人的！"阿里倍感蹊跷："X与我们有什么关系？"姑娘说："不瞒你说，我就是X的崇拜者，他演的影视片我全看过，他的相片剧照招贴画我收藏了几大本，贴了一满屋。X去年冬天来我城参加新片首映式时，我和一些追星族冒着风雪在酒店外等候了一夜，想请他合个影签个名，他却从后门溜了。"阿里一怔，给姑娘提个醒："我毕竟不是X。再说，恋爱结婚是很实际的事，不像追星那般浪漫潇洒。"

　　结账时，尴尬的事发生了，阿里伸手去掏钱包，钱包却不翼而飞。阿里惊出一头冷汗，这才想起在挤公共汽车时被人无端撞了一下，想必就是那一撞偷走的钱包。阿里瞠目结舌，正欲央求女老板赊账或用手表抵押，女老板翩翩而来，笑容灿烂地说："X先生光临敝店，我感到万分荣幸。这顿饭就算我请客，只想请

X先生给我店留个墨宝，行吗?"阿里急忙解释："我不是X！我叫阿里……"女老板嘻嘻一笑："X先生真不愧是幽默大师，您在《奇恋》中演的男主角就叫'阿里'。X先生，我不会亏待您，还会给您一份润笔费。"阿里万般无奈，只好胡乱涂鸦，写了"红色恋人"四个极难看的毛笔字。女老板当即送上四千元钱。阿里欲推辞，被姑娘代收下了。阿里忐忑不安，与姑娘嘀咕："把钱还给人家吧，要不咱成了诈骗犯！"姑娘做了一个鬼脸："又不是你成心诈骗人家，怕什么?这年头撑死胆大的、饿死胆小的，再说十个商人九个黑，宰客没商量，这不义之财不收白不收、收了也白收、白收就要收。"阿里惊愕：这姑娘真是不寻常，歪门邪道一套套的……

从此以后，接二连三地发生了几桩阿里被人错认为X的喜剧，他捞到了许多油水。从善如登，从恶如崩。在姑娘的撺掇下，尝到甜头的阿里鬼迷心窍，竟然冒充丑星X到处流窜招摇撞骗起来。阿里与姑娘合计，等诈骗到一百万元后就洗手不干，结婚成家，开个发廊酒店，过舒适的日子。

一天，阿里与姑娘在南方某城行骗时，被人扭送到派出所。警察审讯阿里："你到底是不是X?"阿里信誓旦旦地说："我从娘肚子里生下来就叫X！"警察又审问姑娘："你的男朋友真的是X吗?"姑娘脸不变色心不跳地撒谎："他千真万确就是X！"警察大喜："那太好了！你在京城大酒店喝醉酒与人斗殴打死人，又醉驾开车逃亡撞死撞伤多人，已在全国通缉你几天了，想不到你撞到我们的罗网里来了，哈哈哈!"阿里和姑娘面面相觑，呆若木鸡……

小 雨 伞

　　小蕙到我家来作客那天，春雨潇潇。她围着一条红纱巾，打着一把小雨伞，我不由得想起戴望舒笔下的结着丁香花哀怨的少女。小蕙高中毕业没考上大学，就迷上了文学，诗、散文、小说乱写一气，几年下来，退稿盈尺，仍没发表一个铅字。跟她一般大的姐妹或外出打工，或嫁人，或做小买卖，就她走火入魔地往文学独木桥上挤，还坚信：走过去，前面就是天！她发誓：这辈子就嫁给文学了，不成功，便成仁，为文学殉情，找个有诗情画意的地方悄然自杀。

　　小蕙的爹娘替她扼腕担忧：想不到女儿读书读出了毛病，染上了文学病。文学是能当饭吃当衣穿，还是能当屋住当钱花？再这么好高骛远下去，会变成文疯子的。小蕙家与我家拐弯抹角沾点亲戚，就托信给我这个舞文弄墨的，帮忙鉴定一下小蕙是否有文学基础和潜力，若无造化，请为她指点迷津，劝她回头是岸。

　　小蕙带来了一大摞稿子，捧给我。然后，她帮我爱人包饺子去了。吃饺子时，她显得忐忑不安，又想问我，又怕问我。我浏览了她的稿子，印象是精神可嘉，质量太差，很遗憾，她显然不是搞文学的料子。她对文学苦恋单相思，而文学却对她冷酷薄情，肆意折磨她、玩弄她，让她心力交瘁、憔悴恍惚。我真想大喝一声："小蕙，你醒来吧，别在文学这棵树上吊死呀！"可我不忍心戳破这层美丽的窗户纸，让她的文学美梦破灭、精神支柱坍塌，万一她真的受到刺激万念俱灰，跑到长江大桥上来个美丽的俯冲，我岂不无端造下一桩罪孽？

　　我避而不谈文学，仿佛她就是专程来我家吃饺子的。临走时，小蕙小心翼翼地问起我读了她的稿子的印象，我闪烁其词，支支吾吾："稿子嘛，我没细读，待我细读后，给你谈印象好吗？"小蕙黯然失色，神情沮丧地走了。我忽然发现她的小雨伞忘在我家里了，急忙拿上伞追出小巷口，她已无影无踪。

　　我把小蕙的小雨伞收藏着，待她来取稿子时还给她。可半年、一年过去了，小蕙仍没来。我倍感蹊跷：小蕙为什么不来了？她的文学梦醒了吗？她是不是真的为文学殉情自杀了？

　　今年春节，小蕙突然来访，还带来一位小伙子。她说，小伙子是她的男朋友，在一家集团公司当总裁。元宵节，他们就要结婚，请我全家去参加他们的婚礼。我惊讶：她不是发誓不在文学上搞出点名堂誓不谈恋爱嫁人的吗？她的文学梦是怎么醒的呢？我说："小蕙，你那稿子我细看了，总的印象是……"小蕙莞尔一笑："表叔，别说了，我知道那些稿子太臭了，我也不是搞文学的料子。就像不是白雪公主，偏要去做那嫁给白马王子的美梦一样可怜可笑！其实，生活是丰富多彩的，行行出状元，条条路通罗马。"

我问："你是怎么想通这道理的？"小蕙说："就多亏到你家来一趟哩！"我纳闷："我没开导你半句呀？"小蕙说："那天我把小雨伞忘在你家了。在公共汽车上，我顺手将一把与我的伞一模一样的小雨伞拿着下了车。小雨伞的主人凶神恶煞地追上来，不问青红皂白就拳打脚踢，把我打得鼻青脸肿。这时，一辆豪华轿车突然停在我们面前，跳下来一位西装革履的先生拦住了打我的人，替我打抱不平，愤怒地谴责那人的野蛮粗暴行径。然后，他又用车送我去医院治伤，询问我为什么挨打。我就讲了事情的来龙去脉。他就现身说法开导我：他原来也是一个文学狂热者，大学毕业后放弃专业，去当流浪诗人。后来在流浪中他看到许多与诗情画意格格不入的现象，如破烂不堪的校舍、失学的孩子、穷困落后的农民、无钱住院的病人……他的文学梦就醒了，恍然大悟：中国需要诗，更需要经济腾飞！他就弃诗经商了。谁知，有心栽花花不开，无心插柳柳成荫，他成了成功商人。他的话一下子点亮了我的心，我决心摆脱文学的梦魇，就在他的公司里当了一名公关小姐。我干得很出色，很快提升为公关部长，也赢得了总裁的爱情……"

我把小蕙的稿子和小雨伞还给了她。小蕙深情地吻了一下小雨伞，喃喃道："谢谢你——可爱的小雨伞！改变我命运的小雨伞！"

阳台上招手的女人

司机阿翱在这条偏僻的铁路运输线上跑了四十年火车。退休那天,他叫他的徒弟把他捎到一个叫五棵树的小站。徒弟感到蹊跷,问:"师傅,您到五棵树去干嘛?从没听说您在五棵树有什么亲人或朋友呀?"阿翱撒谎:"那里,埋着我的一位老战友,不知这辈子还有没有机会到五棵树去了,我去扫扫墓,告告别。"

其实,阿翱是去看一位女人的。这是一位神秘的女人。阿翱每次开着火车经过五棵树小站时,都能看见她在阳台上朝他招手致意。开始,阿翱没在意,年月久了,阳台上招手的女人就成为他心中的一尊雕像,一盏灯火,一泓温泉。阿翱每次看见那招手的女人,便回报似地拉响一声汽笛。四十年来,这已成为他与那女人之间的一种礼仪,一种默契,一种心灵交流。

阿翱总在心中嘀咕:这神秘的女人是什么身份?为什么总是冲着我招手致意呢?如果说她喜欢看火车,这兴趣恐怕不会持续如此漫长的岁月吧?如果说她钟情于自己,为何不趁小站停车的三分钟来找我呢?阿翱年轻时想入非非过,甚至冒出过大胆念头:趁小站停车的空隙,去见见那女人!但三分钟要绕过小站围墙,爬上几层楼的阳台,显然时间来不及;何况,司机擅自离开岗位,是要受严重处分的;更何况,人家女人只不过朝你招招手,你就自作多情,馋猫骚狗似地去找别人,会不会自讨没趣?要是人家已有恋人或丈夫,岂不要闹出误会或纠葛?好在阿翱不久后在老家找了一位好媳妇,这浪漫念头就烟消云散了。

阿翱死了老伴后,这浪漫念头又从记忆的深处悄悄滋生了。阿翱甚至做过一个梦:他去拜访那女人时,那女人心潮澎湃、热泪盈眶,一头扑进他的怀抱里哽咽:"我等了你四十年,等得我好苦呀,你终于来了!"每次经过五棵树,看见那女人在阳台上招手,他就发誓:下次休假,一定专程来五棵树拜访这女人!阴错阳差地,阿翱总是错过了机会。直到临近退休,直到经过五棵树小站时忽不见那女人站在阳台上招手,阿翱才怅然若失,忐忑不安,心生不祥之兆:她是不是被家人逼着搬家了?她是不是生病住院了?她是不是离开了人世?

阿翱找到那座楼房,叩响了那个阳台的房门。半天无人开门。邻居闻声探出一个脑袋,说:"搬家了!"阿翱问:"搬到哪儿去了?"那人说:"房门上留着条。"阿翱循着留言条上的地址找到一户远离铁路的人家。开门的是一位四十来岁的女人。阿翱吞吞吐吐地说明来意。女人恍然大悟："您是找我霞姑吧？她死了，就在上个月，她突然疯病发作，偷跑出去，翻过小站栅栏，迎着火车头扑上去，被轧死了……"

阿翱终于问清楚了阳台上的女人的招手之谜：原来，霞姑的初恋情人是一位叫阿牛的火车司机，抗美援朝时，阿牛上了前线开军用火车，被美国飞机炸死了。霞姑闻知噩耗后悲恸过度就疯了。但只要看到火车，她就不疯不闹，痴笑着说："阿牛回来了！是阿牛开着火车回来了！"没办法，亲人们只好搬到小站旁住，让霞姑每天能看见火车。霞姑看见火车来了，就痴笑，就呼喊"阿牛开着火车回来了"，就激动地跑到阳台上朝火车招手。她四十年如一日，风雨无阻，寒暑不断，日夜不辍，持之以恒。亲人和邻居开始闻之生悲，生怜，久而久之则生厌，生气，怨声满楼。你想，整天火车吵疯女闹的，咋活下去？邻居们则避之若瘟神，走马灯般地搬家。霞姑一死，霞姑的亲人也搬家了，搬到远离铁路的地方享受一份宁静。

阿翱问："霞姑的坟墓在哪里？"霞姑的侄女说："在五棵树小站旁的小山坡上，是座新坟，好找的。"阿翱亲手采了一簇野菊花，找到霞姑的坟，敬献在墓前。阿翱跪在墓前说："阿霞，就冲你对咱们火车司机的这份痴心，我也会每年替阿牛来看你，给你扫墓献花！"

匿 名 者

邮递员在小院门前喊："岳奶奶，拿图章!"每个月，邮递员就这么喊一次，老奶奶应声蹀躞而出，拿图章领汇款。每月不迟不早，恰在月中；每次不多不少，总是五百元。

去年的一天深夜，五岁的岳红跟着父母走亲戚回来，突然，一辆疾驰的大卡车朝他们撞来。瞬间，父亲猛地搡了岳红一把，岳红被轧成瘸子，而父母当场身亡。车祸肇事者吓得仓皇驱车逃窜。当时天黑路僻，杳无行人，肇事者畏罪逃逸，车祸成了一桩悬案。交警侦查了好久，仍然没破案。

可怜的岳红只好与奶奶住在一起，靠奶奶拾破烂艰难度日，相依为命。街坊邻居看到这孤老残幼，就悱恻唏嘘："真是苦命呀!要是抓住造孽的肇事者，就能获得一大笔伤亡赔偿费，奶孙俩的生活也不至于这么艰窘贫困呀!"

车祸发生后的第一个月，匿名者就寄来了第一笔汇款。当时，当地报纸报道过这桩车祸悲剧，社会各界强烈谴责肇事逃逸者，深切同情岳家的不幸，纷纷捐钱寄款。匿名者第一笔寄款也就没引起惊诧。后来匿名者源源不断地寄款来，岳家奶孙便由感激转为怀疑：这位匿名者莫非是肇事逃逸者?是不是他造孽后良心不安才偷偷寄款来，想减轻精神压力和良心折磨呢?

街坊邻居也对这怪事议论纷纷，有的说这家伙八成是肇事逃逸者，赶快报警去抓这家伙，把这家伙绳之以法；有的说这司机还算有点良心，遇上黑了良心的人，逃脱了法律惩罚，才不会干这种傻事咧，若报警总显得有点不合情理；也有的说这匿名者说不定是活雷锋哩，要真是活雷锋做好事，去报警把人家当罪犯追查，岂不亵渎了人家的精神，让人家心冷齿寒吗?

岳奶奶心里很矛盾，踌躇不定。岳红的姑姑闻讯后，毅然去报了警。警方获悉这一重要线索，立即立案侦查，试图顺藤摸瓜，逮住那个肇事逃逸的罪犯。但是，警方一着手侦查就感到非常困难：一是匿名者似乎早有防备，寄款全用的化名、假地址；二是寄款单上的字迹全是娃娃体的字，要么真是请娃娃代写的，要么是故意模仿的娃娃体的字，靠查字迹是很难查出此人的；三是寄款地点总在变动，时而在城内，时而在市郊，时而在附近小镇。警方费了很大周折，也没查个水落石出，这桩案子仍然悬着。

匿名者仍然按时寄款来。从此，岳家奶孙每次取款时，都把钱如数存起来，她们发誓无论多困难，也不能花这不明不白的钱。等搞清楚寄款人的真实身份与意图后，花起来心里踏实些，好受些。若真是那该死的肇事逃逸者寄来的臭钱，她们就是冻死饿死也不会花的，人穷志不短，做人讲骨气。要不，岳红父母的冤魂在九泉之下也不会安宁的。

几年来，这个神秘的匿名者已寄来近两万元钱。随着钱数的增加，岳奶奶的心病越来越重：这到底是什么人呢？凭什么给我们寄这么多钱来？到底是学雷锋的好人，还是想赎罪的肇事逃逸者？这事情不搞清楚，就是死也不瞑目呀！岳奶奶想在风烛残年里揭开这谜团。于是，岳奶奶走遍了全城上百家邮电所，央求他们帮忙，一旦这匿名者一露面，就及时通知她或警方。

警方终于接到某邮电所的报警，"抓"住了寄款的匿名者。谁料到，这位三十多岁的男人竟是个拄双拐的瘸子，显然他不可能是肇事逃逸者。警方询问他寄款的动机，他石破天惊地说："十年前，我疯狂追求过岳红的母亲，后来她嫁给了别人，我就跳楼自杀，摔残了。大难不死，我的爱心也不死。没想到她竟死于车祸……我想，既然是我所爱的人的遗孤，我就有责任默默关心照顾她。这就是我的动机吧！那岳奶奶很倔，求你们千万别让她知道这真相……"

书 奴

爹妈生下他时，给他起名书奴，希望他长大后喜欢读书，出人头地。抓周时，他没抓算盘、锤子、镰刀、玩具枪，抓了书，喜得爹妈眯眼咧嘴笑呵呵。

书奴的爷爷是睁眼瞎，当年栽在地主做了手脚的借契上，吃了大亏，积郁而死。书奴的爹只读过半年私塾，斗大的字识不得几箩筐。"土改"那年，乡政府调他去当干部，他做不了笔记和报告，灰溜溜地卷铺盖回了村。与他一起当干部的贵生多喝了几年墨水，几年后当上了乡长，后来爬上县长宝座。书奴的爹悔断了肠子，想起这事就窝火憋气。他发誓：要让儿子好好读书，将来也捞个乡长县长当当！

书奴很争气，读小学时就出类拔萃，常获奖状红花。老师每次家访，都夸奖书奴是块读书的好料子，将来一定有大出息！书奴的爹妈喜滋滋的，将鸡蛋、红枣、核桃、板栗、豌豆、花生往老师家送。书奴有一次掏鸟窝，旷了课，书奴的爹闻讯，从来没舍得动儿子一根指头的他咆哮如雷，将书奴吊在老枣树上，抽打断了三根枣树枝。这一打，书奴真成了书奴，再也不敢贪玩逃学了，就连上学、放学路上都在捧读书本。

书奴不负爹妈厚望，考上了县城重点中学。人们都说，进了这所学校，考大学如瓮中捉鳖，考清华北大都不太困难。书奴想入非非，他要是考入清华北大，将来还不留京当官？可是好梦难圆，好景不长，"文革"开始了，学生停课闹革命，搞"文攻武卫"。书奴当了逍遥派，溜回家白天帮爹妈干活，晚上挑灯读书。韬光养晦的书奴熬到十年动乱结束，高考制度恢复，考上了省城大学。

书奴毕业后没当上官，回到家乡中学教书。这让书奴的爹妈很沮丧失望，少不了唠叨、嘟囔、发牢骚。书奴一如既往地爱读书，眼镜越读越厚，身体越读越瘦，性格越读越怪，清高孤傲，迂腐执拗。他居然路遇乡长不打招呼只顾读书，他竟敢批评校长不学无术、误人子弟。书奴的爹又担忧又气恼："唉，人家读书可当官，我儿子怎么就读成了书呆子呀？悔不该当初给他起了书奴的名字呀，真的成了书的奴隶哟！"

琳 的 故 事

　　琳是哈尔滨人。她肯嫁到武汉来实在需要勇气与虔诚。她曾跟虎坦白过，那年暑假她随虎到火炉般的武汉煎熬了一周，爱情似乎动摇过……

　　那个暑假，武汉的酷夏给琳留下刻骨铭心的印象。树叶呆滞地挂着，一丝风也没有，令人怀疑空气也凝固了。蝉疯狂地叫着，让人更心烦意乱。月亮通红的，仿佛在燃烧，琳望而生畏，不由得想到"吴牛喘月"的典故。

　　琳更看不惯满街遍巷、宛若长龙的竹床阵。当她第一次看见这支男女不忌、亲疏不分、一律赤膊裸腿、抵足而眠的乘凉大军时，惊愕地问虎："这是武汉的风俗吗?"

　　虎苦笑："不，是生存风景……"

　　琳又狡黠地问："这样男女混杂，咫尺而眠，该惹出不少风流韵事吧?"

　　虎巧妙地答："火车卧铺也是陌路男女咫尺而眠，你听说过有什么风流韵事吗?"

　　琳斥责："狡辩!"

　　虎反驳："是雄辩! 道理一样，越是公共场所，道德风范越高。连流氓地痞滋扰的事也极少，他们知道众怒难犯，一呼百应，则插翅难逃。倒是小偷偷拖鞋凉鞋的事时有发生，夜深人静鼾声一片时，小偷钻进竹床阵下，用绑钩的竹竿一勾，拖鞋凉鞋就神不知鬼不觉到了手，他们再成袋成袋地背到旧货摊上去卖。人们被偷怕了，索性枕着拖鞋凉鞋睡。"

　　琳被逗得咯咯笑。虎怂恿琳体验武汉乘凉的风情，琳羞涩地拒绝，实在不敢为伍，硬是在闷热的阁楼上捂出满身痱子，狼狈地逃回哈尔滨。

　　琳劝虎调到哈尔滨去。虎说他十分向往迷人的太阳岛，但他不能撇下体弱多病的老母，更难撇下打拼多年刚有起色的律师事务所。琳赌气下了爱的最后通牒，虎岿然不动。琳在这场爱的持久战中向虎投降了。

　　琳调到武汉时是冬天。初夏，她已成了大腹便便的孕妇。盛夏酷暑咄咄逼人，琳十分害怕，忧伤地央求虎，要么回哈尔滨避暑去，要么安空调。但琳的父母来信说弟弟已完婚，屋太窄，没法安置琳。而空调别说买不起，就是买了也不让安，得控制用电。只有咬紧牙关迎接酷暑了。

武汉的夏天说热就热，顿施淫威，将人们驱赶出屋。琳固执地坚守在阁楼上，不光是长痱子的问题，而且呕吐心慌发昏。虎劝说："怕什么丑呀？夏天无君子，出去乘凉吧！别死要面子活受罪！"婆婆也劝："入乡随俗，上哪座山唱哪座山的歌嘛！别憋坏了胎儿哟！"

琳抵抗不住酷热，羞羞答答地下楼乘凉。琳正襟危坐在靠椅上，不敢大大咧咧地躺在竹床上睡觉。夜深人静时，琳就悄悄地摸回阁楼上去睡，悄悄地跟虎议论谁家的媳妇狐臭太难闻，谁家的老爹鼾声太难听，谁家的小子讲的故事太下流，谁家的姑娘穿的超短裙太暴露……虎笑而不答，挥汗如雨地伏案工作。

某夜，琳往阁楼摸索时踏空了楼梯，摔倒了。最先听到琳呻吟的是那有狐臭的邻家媳妇，她惊呼着箭步冲上去搀扶琳；爱打粗鼾的老爹忙去借三轮车；爱讲荤故事的邻家小子慷慨地借出 500 元钱；穿超短裙的姑娘是护士，热心陪伴琳上医院……

虎恰巧出差了，琳的婆婆先是吓得号啕大哭，六神无主，后见街坊邻居们七手八脚地热心帮忙，渐渐放了心。

凌晨，琳在医院顺利产下一男婴。琳的婆婆向街坊邻居们边撒糖敬烟报喜，边感激致歉："谢谢大家，让大家费力了，吵了大家的瞌睡……"

虎归来那夜，琳已出院了。虎看见琳坦然地躺在竹床上乘凉，旁边多了一只小摇篮。虎忽地感到一阵莫名的激动：琳终于融进了这幅生存的风景，她是无法抗拒这环境与氛围呢，还是认同了这独特风俗中的人情味呢？

朦胧的月光下，琳的睡姿挺美，虎情不自禁地去抚摸她的脸。琳尖叫了一声。

虎嘟囔道："傻瓜，是我！"

琳甜蜜地嗔怪："讨厌！"

旁边传来嗤嗤的笑声。

虎猛然看见琳的竹枕下垫着一双凉鞋，感到蹊跷："干嘛要垫凉鞋？嫌竹枕低了吗？"

琳答道："真是贵人多忘事，这不是你当初教的防盗法吗？"

虎恍然大悟："嘿嘿！我是逗你玩的，那是穷困年代的事，现在谁还愿干偷鞋的勾当？倒是要提防着人贩子偷小宝宝咧！"

琳一本正经地嘀咕："我还真防着这一手，在摇篮上安了报警器咧！"

虎调侃："你学的无线电专业在家里也派上用场了！"

"夏绿蒂"的悲剧

这原是一只美丽的野鸽,是被夏原的鸽群勾引回家的。它的上部是灰色,腹部是暗紫色,颈部却有两圈光环。夏原亲昵地唤它"夏绿蒂",并颇为得意这名字的高雅、美丽。

"夏绿蒂"机灵聪敏,经过一番训练,很快成为一只出类拔萃的信鸽,在一次十大城市信鸽大赛中夺得"银鸽奖"。"夏绿蒂"更招人喜爱的是通人性,只要是主人忧郁惆怅的时候,它就咕咕叫个不停,仿佛在说着温柔的安慰话。"夏绿蒂"还救过夏原的命哩!那年冬天,夏原进山打猎,跌进一个雪谷里,喊天天不应,叫地地不灵,幸亏他带着"夏绿蒂"送去救命信……

夏原在最窘困的时候,曾卖过成群的鸽子,但从未动过卖"夏绿蒂"的念头,似乎有那么一闪念也是对感情的亵渎。可是现在,夏原不得不忍痛割爱,要把"夏绿蒂"送给工商管理所所长老杜。

说起来,老杜也是个热心肠的人。夏原的老母病瘫,妻子无职业,全家生活全靠夏原的三级工薪维持。夏原曾申请小贩执照,想让妻子在门前摆点香烟、水果卖卖,几次都碰了壁。后来老杜上了台,不仅批准了夏原的申请,还亲自把营业执照送上门。全家人感恩戴德,恨不得给老杜磕头作揖。想到老杜非亲非故,如此热心帮忙,不报答一下非礼也。请喝酒吧,太张扬,影响不好,老杜不会来,咱们也不能给他抹黑;送礼吧,多了送不起,少了拿不出手。唉!真是难煞人,夏家商量了半天无结果。

正巧,小摊买卖开张前一天,老杜又来了,看看夏家的筹备情况。他正碰上夏原在跟"夏绿蒂"嬉戏,顺口夸赞了"夏绿蒂"几句。老杜一走,夏原的妻子发现新大陆般惊叫道:"有了!杜所长一定喜欢鸽子,把咱们家的'夏绿蒂'送给他吧!"夏原的心像刀剜般痛:"这怎么行呢?要不,我们买只鸽子送给他。"妻子瞪了他一眼:"傻瓜!人家说不定就是冲着'夏绿蒂'来的……"夏原听了这话,心里涌起本能的厌恶,执拗地说:"我偏不给!"妻子忙来软的,抹着泪哀求:"行行好吧,别砸了全家的饭碗,以后少不了要求人家,到时候想巴结人家还巴结不上哩!"

夏原拗了三天，妻子哀求了三天，后来老母也劝他。夏原无奈，眼巴巴地让妻子抱走了"夏绿蒂"。他躲进小阁楼里，娘儿们般大哭了一场，仿佛是心爱的姑娘叫人家抢夺去了。

第二天，夏原憋不住了，偷偷去老杜家小院外徘徊，想看一眼"夏绿蒂"，可不见鸽影，不闻鸽声。夏原想，兴许养在笼中，去看看吧，又怕老杜多心，嫌咱小气。第三天，第四天，夏原都去转悠几次，仍不见"夏绿蒂"。他有点失控了，硬着头皮上老杜家去问。

老杜刚吃罢饭，边剔着牙边打着哈哈："夏原呀，咋不早点来陪我喝几杯？你那鸽子咱还得给钱咧，不要可不行，我要生气的……什么？你要看看鸽子，你那鸽子三天不吃不喝，不叫不飞，我怕他饿瘦了，宰了打了牙祭，肉真鲜哟！"

夏原只觉得天旋地转，眼花耳嗡，扶住门框才没摔倒。他悲怆地转身离去，喃喃道："'夏绿蒂'，'夏绿蒂'，你死得好冤枉，我对不起你……"

还　愿

六年前，玉萍回城待业的时候，就默默地许过愿：将来领第一个月工资，一定给房东大娘买口水缸。

玉萍刚插队时条件十分艰苦，连水缸都置不起，只好搭着用房东大娘家的水缸。每次收工回来，揭开缸盖一看，总是满满的，都是房东大娘从山下一桶桶拎回来的。玉萍心里总是热乎乎的，房东大娘多么像自己的亲娘哟！

一天黄昏，房东大娘病了，玉萍收工回来去挑水，在往水缸里倒水时，她没用匀力气，水桶磕在缸沿上，咣！水缸破了两大块，水哗啦啦流了一厨房。她惊呆了，眼里含着泪水，像做错事的孩子似地低头呆站在水中。房东大娘听见声响，爬起来拉她，烧火给她烤湿裤湿鞋。

后来，房东大娘请人给水缸打了两道竹箍还能将就着用，但常渗水，厨房的地面再没干过……

玉萍当时实在拿不出钱来给房东大娘买一口水缸，一年的工分还不够口粮钱，回趟城还得向家里讨路费。这口水缸就成了玉萍的心病，她临别时还念念不忘。

哪料到，玉萍回城不久，就患病瘫痪了，在医院的病床上和自家的小阁楼上躺了漫长的六个寒暑。

玉萍想到自己是快三十岁的人，还孩子似地趴在妈妈背上，成为累赘，心就像刀绞油煎。她多次想自杀，但一看到妈妈的白发与皱纹，心就软了：不，不能让妈妈承受打击了！我一定要活下去！要站起来！将来挣钱赡养妈妈。还有，那口水缸……

六年了，玉萍还没有站起来，但坚强地活下来了。

一天，玉萍在收音机里听了张海迪的故事，伤心地哭了。那天正好是她的生日，妈妈早早地下班回家，拎着一个大蛋糕。妈妈见女儿的眼哭肿了，惊慌地追问她怎么回事。她沉默不语，半天才央求妈妈："给我买点稿纸回吧！"妈妈纳闷："给谁写信吗？"玉萍摇摇头，但很快点点头。

从此玉萍静卧床头，悄悄地写起来。在她的笔下，淌出了纯洁的小溪、欢乐的河流，绘出了贫困的茅棚、盛满友谊的山谷，倾诉了农家少女的哀怨、父老乡亲的惆怅，还有她这一代人的青春蹉跎和狂热追求……

写着写着，玉萍脸上有了红晕。妈妈迷惑了："萍儿，你写给谁呀？是小伙子吗？""妈！"她娇嗔地瞪了妈妈一眼，羞涩地低下头。

是的，她在写情书。诗，是写给世人的情书！

诗寄出去了，她虔诚地等待着，像等情书般地等待着回音。

终于，编辑部来信了，约她去谈稿。她欣喜若狂，闹着要妈妈借车推她去。妈妈费了九牛二虎之力，把她推到了编辑部，但编辑在五楼办公。妈妈望而生畏，为难地说："让我去请编辑下来吧！"玉萍急忙阻止："妈妈，这多不礼貌呀！"当母女俩大汗淋漓地爬上五楼时，编辑惊呆了，埋怨她："怎么不早告诉我？我可以上你家去谈呀！"玉萍腼腆地喃喃道："我怕……""怕啥？""怕人怜悯我……"

玉萍的诗发表了！

她把第一笔稿费寄给了房东大娘，还写了一封长信，把她的诗也夹上。

不久，玉萍就收到房东大娘的回信和包裹单。信是别人代写的：

玉萍闺女：

六年了，你还没忘记我这老婆子，真叫我高兴！你真是个憨闺女，那缸早换成新的了，我在拿破缸装米。照理说，你第一次领钱不该寄给我，应该孝敬你娘呀！这么多年来，你没工作，够她操劳的，没男人的日子我知道有多难！本想叫我儿子把钱退了，又怕伤了你的心，只好收下。如今山里富起来了，大娘可不像原来那么穷酸，去年盖了新房，今年娶了新儿媳。你那诗都是说的旧光景，有空回来转转，你会写得更好……我给你寄了一张狗皮，你那腰肌劳损的毛病不知好了没有，垫着睡觉有好处。闺女，大娘说了你别笑话，那年你走时，我穷得啥也拿不出来送给你，本想把狗杀了，请你吃顿像样的饭，再把狗皮送给你防寒，唉！一想到可以拿狗换一年的油盐钱，大娘就小气了。六年了，我总算去了这块心病，还了愿……

第 四 棵 树

三棵树站虽小，但停车十分钟，除加煤加水外，还得挂上一节火车头推，那坡太陡了。

几年前，我到过那小站，北风呼啸，风雪弥漫，崖上的怪石如狰狞怪兽，几排平房工棚匍匐蜷缩着似乎在瑟瑟发抖。一切显得萧条枯燥，只是那站名显得有点怪趣。

我感到蹊跷，伏在窗口问一位扳道工人："为什么叫三棵树站？"他说："修路那年塌方，死了三个工友，埋在崖上，坟头栽上三棵树，建站时就以三棵树命名。"他说完，用手朝崖上指去。朦胧苍茫中，隐约可见三棵如剑似柱的树，我心中肃然起敬。

20年后，我出差又经过此站，小站变化惊人，这儿已变成一座小镇。仍然停车十分钟，加煤加水加挂火车头。旅客们涌出车厢到月台上购物或溜达。

忽然，我发现那站名改了，站牌上赫然写着：四棵树站。我大惑不解。刚巧，身边上来一位当地老年旅客。我敬烟，寒暄，并询问。他有滋有味地抽起烟，打开了话匣……

"这站名呀，五年前改的。为改这站名，全镇人都联名请愿咧，还惊动过铁道部部长哩！不容易呐！为啥要改？为纪念一位女教师咧……她是捡来的。那年她昏死在铁轨上，是站长巡道时救了她。她从哪里来？干什么的？为啥落到这境况？说什么她也不肯透露。工友们怜悯她，收留她在食堂做饭。

"后来，工友们或迁来家属或结婚生子。小站却没学校，孩子们得翻山越岭去山外小镇学校念书。某日，两个孩子被狼叼走了。小站哗然。孩子们再也不敢到山外上学了。工友们纷纷闹调动，他们不怕吃苦受累，但不忍心耽误孩子的前途。站长抓耳挠腮，向上级告急。上级说，要钱办校不难解决，要教师比登天还难，谁愿意上那鬼地方去受罪？

"站长急傻眼了，几天吃不下饭，睡不好觉。一天，站长实在饿极了，闷头往食堂闯，忽然愣住了：原来窗口新挂出一块菜谱黑板。站长如发现新大陆似地惊喜地喊叫：'这是谁写的？'她惊慌地跑出来，支支吾吾地说道：'我写的……

是不是不该写？''对、对、对，哦，不、不、不……'站长竟喜得语无伦次起来，'我的意思是你不该在食堂黑板上写，而该在学校黑板上写！'就这样，她当上了小站学校第一任教师。多少年后，站长还在炫耀他一生最大的政绩就是发现了她这颗'人参'。

"她天天与孩子们厮守在一起，似乎够不上丰功伟绩，但没有她，不会有小站今日的繁荣，兴许小站工友们早就走光了。她是病死的，医生说像她这种病要早治还有救，她太忙，舍不得耽误孩子，就把自己耽误了！站长痛哭流涕：'都是我的罪孽呀！为什么早没想到催她去治病呢？'站长至今仍在忏悔：他一生中最不可饶恕的过错就是让病魔掠走了她这颗'人参'。

"临死前，她才透露：她是'逃犯'，某一年一个地痞对她欲行非礼，她在慌乱中抓起剪刀捅了那家伙，混进一辆货运列车仓皇出逃。没想到地痞的同伙追了上来，她在当年的三棵树小站被抛下了火车……"

汽笛长鸣，缓缓驶出四棵树站。我从窗口伸出头去想眺望一下崖上那第四棵树，好遗憾，没看见。但那棵树却从此长在我的脑海中……

老 鞋 匠

老鞋匠在小巷口摆修鞋摊一晃十几年了。

老鞋匠不会说"日月如梭，光阴似箭"，只会说"日子过得比飞锥走线还要快"。

老鞋匠原来是一家资本家鞋铺的学徒，后是一家国营皮鞋厂的做鞋师傅，再后来退休了，就当上了小摊上的修鞋匠。

老鞋匠干活不管有人无人，都爱嘟哝，牢骚满腹，像九斤老太那样喋喋不休着"今不如昔"的论调。当然，老鞋匠从不借鞋发挥，指点江山，针砭时弊，抨击世风，谴责官场，影射政治，而是实事求是，就鞋论鞋，或赞叹过去私人鞋业老板视顾客为衣食父母，视皮鞋质量如生命；或感慨当年国营皮鞋厂的红火兴旺景象，咋说衰亡就衰亡了，落得如今皮鞋滞销、债台高筑的窘境；或诅咒如今的皮鞋厂家老板黑心烂肝，尽搞水货，赚造孽钱；或讥讽如今的人买皮鞋重式样不重质量，喜时髦不喜耐用；或自嘲做皮鞋的不如修皮鞋的，他堂堂正正的皮鞋工艺师做的老字号皮鞋摆在商店无人问津，而修鞋小摊却生意络绎不绝……

老鞋匠经常边修鞋，边嗤之以鼻："哼！这也配叫皮鞋？这哪像人做的皮鞋？修这样的皮鞋真是一种耻辱！简直腌臜了我的手！"当然，他又不得不修，一是要讲职业道德，摆摊不修鞋说不过去；二是为生计所迫超脱不了。老鞋匠的老伴身患沉疴，瘫痪在床，需要花钱；老鞋匠的儿子死于车祸，抛下两个未成年的孩子，需要抚养；老鞋匠的女儿下了岗，经济拮据，需要接济。老鞋匠超脱不了，只得日复一日、年复一年地摆摊，忍辱负重地为他人修鞋（他觉得做鞋比修鞋档次高多了，光彩多了）。其实，他多么想开办一个做鞋铺，或回老家去种菜养鱼哟！

一日，一位穿着时髦的青年来到老鞋匠的小摊前，磨蹭半天，问："老师傅，你能不能修我的鞋？"老鞋匠一听，颇有点生气："天下什么样的鞋我不能修？"青年将信将疑："老师傅，我这可是法国凯撒牌名鞋，几万元钱一双，修坏了你可赔不起啰！"老鞋匠冷笑："嘿！你这鞋也值几万元钱？我看人家把你当冤大头宰了！瞧这工艺，我也做得出来！"青年说："这你就不懂了，穿的就是这种名牌味！"

老鞋匠接过皮鞋一看，不禁惊叹："嗬，这是个真正手艺人的绝活！"老鞋匠不由得颤抖起来。每当他看见做工讲究的好皮鞋都会这么激动。老鞋匠赞不绝口："真是一双好皮鞋！做鞋的是个不错的手艺人！"老鞋匠小心翼翼地补好凯撒牌名鞋，青年扔下二百元钱。老鞋匠忙说："只收十元！"

青年一笑："看得出你的手艺也挺棒的，值这个价！"老鞋匠执拗不收："鞋好鞋坏，我都认真修，都只一个价！"老鞋匠硬是把多余的钱退给了青年。

第二天早上，老鞋匠一出摊，那青年又来了。老鞋匠一惊，暗忖：是不是来扯歪皮的？青年说："老师傅，你这么棒的手艺修鞋，太屈才了！我想请你出山，不知你干不干？"老鞋匠喜出望外："你是说，请我去做皮鞋？"青年点头："是的，我想办个皮鞋精品店，请你去当高级工匠！"

老鞋匠激动得有些眩晕了。多少年来，他的手艺荒废着，只能摆摊修鞋，就像优秀的骑手变成了喂马的，戏班的台柱子变成了跑龙套的一样，心里真不是滋味！

青年以为老鞋匠在犹豫，忙抛出高薪为诱饵："我不会亏待你老人家的，月薪三万元，行呗？"老鞋匠简直不敢相信自己的耳朵：月薪三万元？抵自己辛辛苦苦摆一年的修鞋摊赚的钱呀！这……这是不是太多了？太多的钱，就是不义之财哟！

老鞋匠去了那个皮鞋精品店。

不到三个月，老鞋匠又回到小巷口来摆摊修鞋了。

街坊邻居都议论他："真是又傻又倔，放着金娃娃不抱，跑回来捡衣胞。"

原来，那青年让老鞋匠专门仿制外国名牌皮鞋，赚顾客的黑心钱。老鞋匠知道事情真相后，忐忑不安，坐卧不安，认为这不是真正手艺人干的勾当，简直是为虎作伥，狼狈为奸，就跑回了家。

从此，老鞋匠修鞋时牢骚少多了，不时高兴地哼一两段京戏，或跟顾客闲聊一阵……

老 铁 匠

老铁匠老态龙钟了，仍坚守着小镇东头的那爿打铁铺。

老铁匠的儿子在省城里做官。知情人都劝老铁匠："老人家，该去省城儿子那里享享清福了，何苦这么大年纪还汗流浃背地打铁呀？"老铁匠嘿嘿一笑："儿子接我去住过，住不惯城里，生就的勤扒苦做命，一闲就闲出病来，三天不抡铁锤浑身骨头痒……"

老铁匠的打铁铺是小镇上唯一的打铁铺。现在，小到铁钉铁钩，大到铁门铁窗，百货商店里应有尽有，价廉物美，人们才没耐心去打铁铺等着老铁匠一锤一锤地打。

老铁匠的生意每况愈下，惨淡经营，但老铁匠从不关铺熄炉，即使没接到活，也把炉火烧得通红，随便烧块铁，放在铁砧上抡锤将方的锤成圆的，又将圆的锤成方的，熟练麻利，一丝不苟。

老铁匠的传统服务项目，是免费提供茶水。左邻右舍的街坊，南来北往的路人，都可到打铁铺来歇息、喝茶、聊天。

老铁匠不喝酒，不抽烟，喜欢喝茶。他喝茶不讲究好坏，西湖龙井等极品喝，花红叶子等次品也喝。他喝什么茶，就给街坊、路人喝什么茶，从不掖着藏着，从不看人打发。

老铁匠的儿子常给他送来许多好茶，老铁匠总是慷慨地拿出来让大家分享。有人不过意，悄悄放下一些钱，若被他发觉了，是会遭到他一通埋怨甚至斥责的，仿佛这侮辱了他的人格，亵渎了他的善心。

有的人既怜悯又感激老铁匠，就提来一些废铁，请老铁匠打成斧头、锄头、镐头、锤子、菜刀、铲子什么的，纯粹是照顾老铁匠的生意。

老铁匠虽说生意惨淡，但仍有一些痴迷的老主顾。

譬如小镇西头的采药老人总爱找老铁匠打药锄，说老铁匠打的药锄不仅好用，还很神奇，总能挖到稀罕珍贵的草药；小镇北头的杨老木匠爱用老铁匠打的斧头，说老铁匠打的斧头没有劈不开的木头疙瘩；附近昝兄寨的老姜头是个左撇子，一生都是找老铁匠打左撇子用的铁器；附近圀囵庄的醒醒老爹是个民间飞镖艺人，挺迷信老铁匠打的飞镖，说只有老铁匠打的飞镖他才能胸有成竹地百步穿杨。

老铁匠曾自豪而悲壮地说："我就为这些老主顾守着打铁铺，只要还有一个老主顾活着，我就不关掉打铁铺熄灭火炉！"

近年来，老铁匠的生意倏地红火起来。他的打铁铺日夜炉火熊熊、锤声铿锵，还收了两名年轻力壮的徒弟。原来，小镇来了一位芜湖商人，拿出一大摞山水花卉、虫鱼鸟兽图案，问老铁匠能不能用铁打出来。

老铁匠一看，说："这不就是芜湖一带流行的铁画吗？早年我跟师傅学过，多年没打铁画了，就怕手艺荒废了，我试试吧！"

老铁匠一试，竟然成功了！

芜湖商人欣喜若狂，说："老人家，您暗藏着这门绝艺，真是聚宝盆、摇钱树呀！我保证您几年就能成为百万富翁！"

老铁匠淡淡一笑："年轻人，我这大一把年纪，还要那么多钱干嘛？"

任凭芜湖商人好说歹说，老铁匠就是不愿为他制作大批的铁画。芜湖商人知道老铁匠犟，就去找镇政府，许诺捐赠一大笔钱修建小镇小学，并架一座溪河小桥，让镇领导去游说老铁匠。

老铁匠思忖：这可是积德的事，心动了，便答应给芜湖商人打铁画。

老铁匠生意再忙，免费茶水照常供应。老主顾来了，立马放下铁画去接活。老铁匠经常语重心长地对徒弟说："要善待老主顾，视他们为衣食父母。这是我的师傅传下来的规矩，没有这规矩，就做不好人，打不好铁！"

大　彪

　　大彪从小就想当英雄。他恨自己生不逢时，怨娘没把他生在英雄辈出的战争年代。大彪想当英雄走火入魔时，常到铁路旁、长江边转悠，想撞上炸铁路的歹徒、卧轨自杀的人、呆立在铁轨中的疯牛惊马、翻船落水的旅客、跳江自杀的人、游泳溺水的倒霉鬼……可总是失望，沮丧。

　　大彪从报纸上看到一些歹徒到恋人们喜欢幽会的地方去抢劫强奸，便邀请女朋友也去那些地方散步谈心。大彪心不在焉地与女朋友在一起，东张西望，左顾右盼。女朋友狐疑："你心里有事？"大彪遮掩："没、没事……"这时，附近小树林里忽然传来呼救声。大彪心花怒放，拔腿飞奔过去。两个持刀歹徒正在抢劫一对恋人，见魁梧剽悍的大彪勇猛扑来，吓破了胆，逃之夭夭。大彪很恼火，大骂歹徒："他妈的孬种！"要是歹徒凶残野蛮，搏斗起来受了重伤或牺牲了，他就当成了英雄呀！眼看到手的当英雄的机会溜走了，真遗憾！

　　大彪听说长途汽车上经常出现车匪路霸，有人因与车匪路霸搏斗当了英雄。他也在双休日去坐长途汽车，好多次扑了空。一天，大彪终于在长途汽车上等来了两名持枪歹徒。大彪大吼一声，冲上前去赤手空拳痛击歹徒。一呼百应，车上的乘客群起攻之。两歹徒弃枪跳车而逃。大彪嘀咕："混蛋，为什么不开枪？"捡起枪一看，原来是足以乱真的玩具枪。大彪顿觉晦气："妈的，当英雄的机会又泡汤了！"

　　一天，大彪从睡梦中被一阵凄厉瘆人的警笛声惊醒了。消防车呼啸着从楼前而过。大彪迅疾起床，蹬起自行车朝消防车去的方向追去。原来不远处的一幢民居失火了。大彪冲进火海，抱出来一位瘫痪在床的老大爷，然后，他又冲进摇摇欲塌的民居，抱出来随时都有爆炸危险的煤气罐。这次救火，产生了两位英雄，一位是扑火时被倒塌的墙砸死的消防战士，一位是救人时被严重烧伤的街道干部，英雄的称号与大彪失之交臂，因为大彪除了头发、眉毛、胡子烧焦了一些外，没受一点伤。大彪很困惑、懊恼，嘀咕道："妈的，早知如此，咱就在火里磨蹭一会儿，尝尝火烧烟燎的滋味……"

　　大彪情绪低落了好久。他满腹委屈牢骚，没法说出来，说出来别人也不会理解同情，还会讥笑他。大彪灰心丧气了，觉得他天生不是当英雄的料子，八字里就没有当英雄的命，还是老老实实当个平头老百姓吧！大彪不再做英雄的美梦了，上班埋头干活，回家蒙头睡觉，不闻窗外事，管它春与秋。

一天黄昏，大彪下班回家，走在小巷中，忽然听见呼救声："杀人啦！救命呀！"大彪抬头一看，只见迎面跑来一名披头散发的女人，后面疾追着一名高举菜刀的大汉。狭巷相遇，分外眼红。大彪挺身而出，一手叉腰，一手前伸，大喝一声："站住！放下你的刀！"大汉狂奔上前，劈头盖脸地乱剁大彪。大彪头破血流，眼睛被血糊住了，脑袋疼痛欲炸，但仍使出浑身力气，一把抱住了行凶的大汉，任凭大汉狂暴地剁砍他的身体，大彪都没松手。当警察赶来时，大彪因伤势严重，流血过多，昏迷过去。警察用了很大的力气，才把大彪的双手掰开。

大彪虽被抢救活了，但成了傻子。大彪这次也没当上英雄，一是那挥刀乱砍的大汉是个疯子，疯子砍人不负法律责任，大彪自然算不上英雄；二是大彪成了傻子，哪有傻子当英雄的？要是让傻子当英雄，有失体统，不好宣传。大彪没日没夜地在街头巷尾转悠，作寻找状。过路人问："你找什么？大彪傻笑，答：我找英雄……"

旧　船　票

　　女歌星芳草以一曲《旧船票》一夜走红，名声大噪。她再不是孤儿院的丑小鸭，再不是昔日流落街头以卖唱为生的流浪艺人，再不是昔日疲于奔命、穿梭于歌榭舞厅的走穴歌手，她成为歌坛耀眼的新星，倏地身价百倍，出场费猛增到十万元，邀请她演出、拍 MV、录歌带歌碟、拍广告片的纷至沓来，门庭若市。芳草苦尽甘来，真正尝到了当明星的滋味。

　　芳草成名后，并没有像某些明星那样癫狂骄横，闹出一些劣迹丑闻。芳草是在孤儿院长大的孤儿，自卑的阴影无形地笼罩着她的心，她懂得莫张狂，悠着点。夜深人静时，芳草就拿出一张旧船票凝视，悲伤就像虫子爬上心头。这张旧船票是孤儿院年逾古稀的老院长为她珍藏的，在芳草成人后外出去闯世界的那天，老院长将旧船票送给了她，慈祥地说：“孩子，也许有一天，你会很想去寻找自己的生母，探索自己的身世之谜，这张旧船票也许能当向导，它是你母亲送你到孤儿院来时遗留在你的襁褓中的……”

　　芳草从小就恨母亲，多少个寂寞忧伤的夜晚，她痴痴地想：母亲既然生下了我，为什么又狠心遗弃我呢？芳草不想去寻找母亲，即使母亲来寻找她，并号啕着跪在她面前忏悔求情，她也不会认母亲的。这不能怪芳草铁石心肠，因为芳草尝尽了没有母爱的痛苦与屈辱。随着年龄、名气的增长，芳草渐渐生起寻找母亲、探索身世的念头。这念头一旦生根，就在心头悄悄发芽，然后疯长。一个歌星再怎么出名，却连自己的母亲和身世都不知道，该是多么悲哀呀！人家会怎么讥笑歧视她呢？芳草黯然：自己自卑的根就在这里！

　　芳草决定去寻找母亲了，她推辞了几个很重要的演出、拍片、录歌活动。她觉得寻找自己的根更重要，更迫切。按照旧船票上的起点，芳草来到了紫陌渡小镇。芳草专问那些斜倚门框晒太阳或缝补衣裳的老人：“30 年前，这儿有谁将女婴送给孤儿院了？”老人们都茫然摇头。芳草想：母亲也许不是在紫陌渡小镇，会不会在周围村庄呢？一连数天，芳草如箆头发般地问遍了周围的村庄，一点收获也没有。芳草几乎绝望了。她想：自己不能老耗在这穷乡僻壤，城市在呼唤着她，舞台在盼望着她。

芳草在紫陌渡渡口上船。老艄公古怪地盯着她，欲言又止。芳草想：是不是怀疑我没买船票呢？她拿出船票朝老艄公扬了扬。老艄公爽朗地笑了，说："孩子，你误会了。我是看你好像一个人，世上真有这种奇事，长得太像了！"芳草心里咯噔一跳，急问："像谁？"老艄公回忆道："像紫陌渡小学的柳校长。32年前，她就是坐我的船来到紫陌渡小镇教书的，和她同来的还有一个小伙子，后来小伙子耐不住清苦，就溜回城里去了。柳校长舍不得水乡的孩子们，留下了。"芳草心头狂跳："她现在在哪里？"老艄公痛楚地说："紫陌渡对不起柳校长呀！她一辈子独身，把水乡孩子当作自己的孩子，到头来却被危房砸死了，在房子倒塌的瞬间，柳校长用身子顶住歪斜的柱子，掩护十几名学生跑了出来……"

　　芳草来到了母亲的墓前，从碑上知道母亲有个好听的名字：柳莺。芳草猜得出母亲的秘密：她与同来的小伙子恋爱了，而且怀孕了，小伙子却卑鄙狠狈地逃跑了。母亲为了维护为人师表的名声，只好忍痛割爱，将女儿悄悄送进了孤儿院。母亲无法爱自己的女儿，却把深邃博大的爱献给了水乡孩子。芳草不怨恨母亲了，她觉得自己的母亲伟大、善良、无私，自己生命的根粗壮、深沉、扎实，自己没有白找！芳草找到了紫陌渡小学，以母亲的名义捐献了200万元。她想：假如母亲九泉之下有灵，一定会微笑的！

卖　袜

辛明硬着头皮出了门。

老婆所在的袜厂不景气，发了一大堆袜子抵工资。老婆病倒在床，辛明责无旁贷地要去卖袜。不然，这个月的开销就会吃紧，女儿的营养费、老婆的医药费就会抓瞎。

辛明觉得挺窝囊。堂堂男子汉大丈夫满街去叫卖娘们的袜子，真是丢人现眼！何况，自己好歹还是个管着几十号人的车间主任。要是撞上工友，不知怎么遭人耻笑咧！辛明想，还是到远离厂子的地方去卖，宁可多走冤枉路也不能出丑。

辛明搭船乘车辗转来到钢城。在他的印象里，工友们似乎都不住这一方。辛明笨拙畏缩地卖着袜，价格也贱得诱人，因而袜子卖得较快。

正在辛明的吆喝声由生怯转流畅的时候，有一对年轻男女迎面走来。辛明愣了神，顿时面红耳赤，失魂落魄地卷起袜子匆匆开溜。辛明躲在树丛中心还在忐忑不安，仿佛做了小偷似的。他分明看清那女的，就是他车间的女工丽华。阴错阳差，偏偏让她撞上了。

前几天，丽华旷工陪男友去旅游，被辛明狠狠地训过一顿，还流过泪哩！这下让她抓住把柄了，明天在厂子里一"广播"，辛明可就没法做人了！人家会怎么议论呢？哼！嘴上一套，行动不对号。嘿！带头赚外快，上班磨洋工……

那夜，辛明失眠了。听着老婆的呻吟声，想着工友们的耻笑声，他的脑袋简直快炸裂了。快到天亮时，他才勉强入睡，却做了一个噩梦：丽华站在厂子门前模仿他摇晃着袜子吆喝，工友们发出一阵阵哄笑声……

辛明硬着头皮往厂子里赶。偏偏倒霉，他乘坐的那辆车出了盗窃案，要到派出所检查。等到辛明脱了干系赶到工厂时，已迟到半个小时。要是往常，跟领导和工友们打声招呼也就没事了，今日不行，有卖袜的亏心事，说不清楚，也没人相信。辛明凄惨地对考勤员说，因私事迟到半小时。这就意味着要扣100元钱，昨晚的袜子白卖了。

辛明整天神情恍惚，烦躁郁闷，仿佛工友们都在用异样的眼光睥睨着他，都在内心里讥讽着他。那个胡小伟，夜里去卖牛仔服，白天装病号，他训过；那个杨大宝，通宵达旦打麻将，白天打盹险些闹出工伤事故，他训过；那个韩美，到舞厅当客串歌手，白天干活无精打采，他也训过……可现在自己和他们一样，还有什么脸去管别人哟！辛明痛苦地折磨着自己，考虑要不要辞去车间主任的职务，要不要向工友们作深刻检讨……

下班了。辛明总是最晚出车间，今日更是磨磨蹭蹭不肯离去。与其说想补回迟到的半小时，不如说想耽误掉卖袜的时光。他怕回家后见到老婆那张凄苦的脸，自己又会硬着头皮去卖袜。

该回家了，该给老婆女儿做饭了。辛明拖着疲惫沉重的身子推开了家门。

病恹恹的老婆劈头盖脸地埋怨道："唉！我说你当了那么点芝麻官就学会摆架子了，这点小事还惊动大伙来帮忙，也不怕人家笑话？"

辛明如坠五里雾中："什么事？"

"卖袜呗！"

"卖袜？谁帮我们卖袜？"

"丽华、小伟、大宝、韩美一帮年轻人……"

"哦！"辛明热泪盈眶，困扰了他一夜一日的卖袜烦恼顿时烟消云散。

陶老师的故事

地理老师陶涛抽烟厉害，备课改作业熬夜更厉害，经常闹胃病，瘦骨嶙峋，面容憔悴，同事们常戏谑地喊他"烟鬼"。一次，陶老师与同事聚会时乐极生悲，喝得酩酊大醉，胃疼吐血，昏迷倒地，深夜被同事们手忙脚乱地送到医院抢救。更糟糕的是，医院一检查，竟发现陶老师患上了胃癌，而且是晚期。

陶老师是个精明人，从同事闪闪烁烁的言辞和妻子隐隐约约的郁伤中，预感到自己的病凶多吉少，他惨淡一笑，说："你们别瞒我了，迟早我会知道的。你们放心，我挺得住，精神不会崩溃。我只是想知道，我还能活多久，能不能去游游名山，看看大海。我教了20多年地理，还没出过远门哩……"

陶老师照说还是有出远门旅游的机会的，比如学校组织的跨省教研考察观摩、优秀教师疗养度假、学生夏令营，老师们都可以轮流出去游山玩水。可陶老师总是阴错阳差地失去了机会，有时是为了侍候瘫痪的父亲，有时是照料临产的妻子，有时是因参加高考阅卷，有时因参加在职读研，有时要突击编写地理教材，有时要主持学科攻关项目，有时发扬风格把机会让给了同事，有时人家看他好说话抢走了机会，有时老婆或儿子病了，有时他自己病了……

陶老师虽没出过远门，但祖国的锦绣河山尽在他心中，无论是名城圣地、名山大川，还是天涯海角、穷乡僻壤，他都能熟稔地绘出地图来，坐标准确，经纬分明，这是他的绝活，有人将他信手绘的地图与出版的地图对照，几乎一模一样，大家惊叹陶老师堪称"活地图"。陶老师还能如数家珍地说出各地的人口面积、物产资源、气候土壤、历史沿革、辖域变化、风俗习惯、特产品牌……陶老师还有一个特殊爱好，收藏各地的地图和游览图，20多年来，他托旅游、出差的同事、亲戚，托外地的朋友、熟人，收集到了上千幅地图、游览图。他梦想积攒下一大笔钱，将来退休后，到祖国各地去游览采风，亲自收集地图、游览图，再买一所大房子，办一座私人收藏的中国各地地图、游览图博物馆。没想到壮志未酬身先"癌"……

陶老师不愿待在医院里坐以待毙，与其把钱大把大把地花在治癌上，不如痛痛快快地去旅游一圈，死而无憾。医院、学校和家人都拗不过陶老师，只好遂他的心愿。学校破例补助了一笔钱，亲戚朋友慷慨解囊，他的妻子也倾尽积蓄陪他去旅游。

两个多月后，陶老师夫妇把钱花得精光归来。他们游览了庐山、黄山、泰山、华山、上海、杭州、青岛、北京、西安……奇怪，陶老师的胃癌一路上没作祟，精神越游越好，身体也越游越棒，压根儿不像病入膏肓的人。而陶老师的妻子一路不是伤风感冒拉肚子，就是崴伤了脚扭痛了腰，反而拖累了陶老师。

陶老师上医院复查，医生大吃一惊：他的肿瘤不翼而飞了！陶老师怀疑医院上次误诊了，或张冠李戴搞错了化验单，可医院死不认错，一口咬定是旅游的特异功能使陶老师恢复了健康。说是旅游使人心旷神怡，促进了新陈代谢；湖光山色滋润了身心，大自然信息协调了人体基因密码；还有逢庙寺就求神拜佛、烧香磕头，也许感动了上苍神灵……

陶老师既惊喜，又忧虑：这咋跟学校说得清楚呢？知道的，怪医院误诊了，害得我虚惊一场；不知道的，还怀疑我与医生串通一气，故意设骗局，骗钱骗病假去游山玩水。

果然，学校领导怀疑陶老师癌中有诈，派人到医院明察暗访，虽没查出什么把柄，却留下了不明不白的印象；虽没逼着陶老师退赔那笔补助费，却也借机"报复"了陶老师，莫名其妙地取消了他的新房分配资格。陶老师很苦恼伤心：原拟将新房办个私人博物馆，收藏中国各地地图、游览图的梦想，看来又破灭了……

关于鸭子的谣言

在愚人节那天，我心血来潮，也赶了一个时髦，制造了一个小小谣言：我表哥昨天晚上上街买鸭子，竟在鸭子的食囊里掏出了几粒砂金，拿到金银店一鉴定，砂金含金量高达90%。

因我过去从没撒谎过，同事们都相信了。同事们羡慕地说："你表哥真是走好运，买一只鸭子得几粒金子，只怕值上十只鸭子吧？"我吹嘘："至少值一百只鸭子。"同事们感到蹊跷："鸭子食囊里的砂金是哪来的呢？"我自圆其说："八成是养鸭地区贮藏着金子，鸭子下河吃鱼虾螺蛳就把砂金囫囵吞进肚里了。"同事们恍然大悟："有道理！有道理！"

我去了一趟厕所，回到办公室时，见只剩下新来的公务员小张在打电话。我感到奇怪：一眨眼工夫，同事们都到哪里去了？小张说："老李突然胃疼要上医院，老夏要上档案馆查份资料，大林要去火车站接几个客人，小王要去邮电局取个包裹，小杨要上街道办事处办点事。"我嘀咕："今天咋这么巧，大家的事都凑到一堆来了，险些要唱《空城计》啰！"小张央求我："叶科长，你来得正好，求你帮我守一下电话吧，我女朋友约我去有点儿急事。"我挥挥手："去吧去吧！"

中午下班后我回宿舍楼，门房刘大爷跟我打招呼："你的鸭子呢？"我一愣："什么鸭子？"刘大爷嘿嘿一笑："你别小气，以为我跟你讨鸭子吃，我是怕你忘了带回家，搁在办公室里喂了老鼠！"我更糊涂了："谁送我鸭子啦？"刘大爷见我不像故意装蒜，嘟哝道："这就怪了！我看见你的同事们都拎着鸭子回家来，都说是单位分的呀！"我猛然明白：哦，我的谣言已产生了效应！他们都悄悄跑去抢购鸭子去了！

回到家里，我更是瞠目结舌，哭笑不得。我老婆正在厨房里大摆屠鸭阵，亲手宰杀了十几只鸭子。我纳闷：她不是最怕杀鸡宰鸭吗？不是见血就发晕吗？今天咋不怕了呢？

我问："你们单位分的？"老婆说："人都快下岗了，还分鸭子，想得美！"我明白了，八成她也是谣言的受骗者。便问："是不是杀鸭找金子？"老婆惊诧：

"你咋知道？"我追问："你是怎么知道这消息的？"老婆说："是我一个很要好的姐妹打电话说的，她也是听她的好朋友打电话说的。"我说："是不是说有人买了一只鸭子，在鸭肚里掏出几粒砂金，能值一百只鸭子！"老婆纠正道："不是砂金，是金坨坨，值上千只鸭子咧！"我问："你真信了？"老婆说："是我好朋友告诉我的，还会有假吗？她是从不撒谎的！"我问："那你找到金坨坨了？"老婆沮丧地摇摇头："没找到……"我说："你永远也找不到！"老婆说："是的，我运气老是不好！"我苦笑道："不是你运气不好，是因为这消息是个谣言，是愚人节人家造的一个谣言！"老婆目瞪口呆："真的吗？这家伙吃饱了撑的！咋这么缺德呀！"

自然，我不敢坦白我就是始作俑者，怕老婆发起雌威来，决不会轻饶我。我思忖：幸亏只是造了一个小谣言，让卖鸭的小贩多赚了钱。要是造个大谣言，社会就会一片混乱呀！谣言咋就这么流行神速、畅通无阻呢？

晚上，我翻开当天的晚报，在社会新闻版里，惊讶地读到一则消息：本埠一市民昨晚从集市上买回一只鸭子，剖开肚子发现十几粒含金量高达98%的金坨坨，这事引起有关部门和专家的高度重视和关注，近日将普查全市的鸭子，顺藤摸瓜找出金矿。我愕然、喟然：呜呼！鸭子的大难临头了，明日一早，本市将会出现抢购鸭子风。鸭价恐怕要飙升啰！

红蝴蝶之谜

　　当了一辈子火车司机的爷爷有一个小木匣，平时总是上着锁，藏在大木箱里，谁也不让看，连奶奶也不例外。奶奶曾嗔怪过："什么见不得人的东西，莫非是年轻时的老相好的照片、情书或纪念品？哼！老马不死旧心在，看我不把它劈开才怪哩！"爷爷淡然一笑，揶揄道："老婆子，都是黄土埋到脖子的人了，还吃哪门子醋？提那陈芝麻烂谷子的事也不怕儿孙们笑话呀？"奶奶自然是说说而已，她哪敢随便劈开爷爷的小木匣，揭开爷爷心灵深处的秘密？

　　我曾问过爷爷："小木匣里装着什么？"爷爷神情沉郁地说："装着爷爷的心病……"我再追问："到底装着什么？"爷爷支支吾吾，不肯说。我思忖：也许小木匣里的东西真连着爷爷的心病，何必去触动爷爷的伤疤呢？

　　读大三时，我突然接到家里的电报，说爷爷病危，望速归。我回到家，爷爷已奄奄一息。爷爷也许是看见我才神志清醒些，也许是回光返照而精神好点，忙叫我去拿那小木匣。爷爷从内衣口袋里缓缓掏出一把钥匙，让我打开小木匣。小木匣里藏着一个包裹，用油布、棉布、缎布、绒布、绸布包了五层，最里层是一只小巧玲珑的玻璃匣子，玻璃匣子里珍藏着一只红蝴蝶。也许是时间太久，红蝴蝶已褪色，不再鲜亮。但红蝴蝶在爷爷的记忆里永远鲜亮而不褪色，我分明看见爷爷的脸庞发光，眼睛发亮，心情激动，像邂逅久违的情侣或故交。

　　我猜想：红蝴蝶一定与爷爷的情史有关，一定蕴藏着一段凄婉动人的爱情故事。爷爷知道我喜欢搜集故事写小说，又不愿把这秘密带进棺材，所以要把红蝴蝶的谜底告诉我。谁知，红蝴蝶与爱情无关，它是爷爷的救命恩物，是爷爷当上全国劳动模范的牺牲品……

　　那年，爷爷突然接到紧急任务，开着火车头去拉一趟国际专列，据说专列上有中央首长和许多国际友人，安全责任重于泰山。专列行驶在崇山峻岭间，雾浓夜深，能见度很差。爷爷全神贯注、小心翼翼地驾驶着专列。突然，爷爷的右眼莫名其妙地跳动了数下，"左跳财右跳灾"，爷爷心头掠过不祥阴影。爷爷不敢说，怕别人说他愚昧迷信，觉悟太低。爷爷只能如临深池、如履薄冰地往前开。钻出隧道，前边出现S形弯道。突然，爷爷透过浓雾隐约看见前方有红色东西在

313

晃动，爷爷以为是神经绷得太紧产生的幻觉，急忙揉揉酸痛的眼睛，再仔细一看，红色东西仍在前方晃动着。爷爷惊出一身冷汗，心想：八成是前方出了事！不怕一万，就怕万一，晚点事小，安全事大！爷爷果断地紧急刹车。

专列喘着粗气，强烈晃荡着停了下来。人们下车一看，大惊失色：就在专列前方三十多米处，一段路基被山洪冲毁了，要不是爷爷紧急刹车，一场车毁人亡、震惊世界的悲剧就会发生。爷爷说："有人在前方发出了危险信号。"可人们四处寻找，也没发现人影。这荒山野岭，深更半夜，哪来的人呢？

人们就把发现险情的功劳记在爷爷头上，夸他有一双千里眼，能穿云破雾。可在爷爷心里，埋下了谜团，爷爷可不愿贪功盗誉。天亮时，爷爷忽然发现一只红蝴蝶粘在车灯上死去了。爷爷豁然：哦，原来是红蝴蝶扑车灯垂死挣扎时扇动双翅，宛若有人在晃动红布或红灯。要是贪人之功，杀了爷爷也不会干的，但这是贪蝶之功，爷爷就悄悄藏起了红蝴蝶，藏起了这谜底。

爷爷因救了国际专列，当年被评为特等英雄、全国劳模，很风光了一阵。但从此爷爷落下心病，眼前总出现蝴蝶，睡觉也总梦见蝴蝶。爷爷给领导说了红蝴蝶的谜底，领导以为爷爷在编故事，瞎谦虚。爷爷在退休时又郑重地声明当年的功劳应该是红蝴蝶的，领导认为此说荒唐，怀疑爷爷的精神方面有点毛病。爷爷只好叮嘱我一定要把这故事写出来，让他在九泉之下安息，不再受蝴蝶的惊扰……

失　手

从上火车起，墨镜就盯住了老华侨。老华侨带着一只旅行包，一直小心翼翼地捂在怀抱里，连上厕所、去餐厅也拎着，须臾不离身。显然，旅行包里有值钱的东西，是现金、金条、首饰、海洛因，还是古董、名画、兵马俑头、恐龙蛋化石？墨镜猜不出，也没套出老华侨的真话。

墨镜说："老人家，看你一直抱着旅行包，多累呀！我帮您搁在行李架上去吧！"老华侨连忙摆手摇头："谢谢你，不用不用！我抱着心里踏实些……"墨镜问："里面装的什么？怕摔怕撞是吗？"老华侨支吾："是的，是的……"墨镜更断定旅行包里有价值连城的宝贝，像他这样打扮阔绰、气宇轩昂的人如此珍视这旅行包，那包里东西能不贵重吗？这是一条大鱼，一定要钓到手！

墨镜几次想下手，但老华侨睡觉时都抱着旅行包，叫他无隙可钻。无奈，墨镜只好从长计议，伺机行事。老虎也会有打盹之时，还怕老家伙没大意失荆州的时候？墨镜安慰着自己，让急躁的心平静下来，极力装出一副悠闲的样子吞云吐雾抽着烟。墨镜在这趟车上"干活"，还从来没有遇到这么棘手的事，看来这次要过大瑶山隧道才能行事了。

过了大瑶山隧道就是另外一个省。按黑道上的规矩，在人家的地盘上"干活"是要付买路钱的，买路钱一般是所获财物价值的一半。若是不守黑道规矩独吞了，后患无穷，或在黑道上坏你的名声，让你走到哪里都受到耻笑排挤；或派杀手追杀你；或借刀杀人，密报警察来收拾你。墨镜过去"干活"干净、利落、漂亮，从不过大瑶山隧道，在黑道上有些口碑和名气。墨镜想到自己提着脑袋搞到手的宝贝要与人家平分，心里就不是滋味，比心爱的女人被人分享还要感到耻辱痛苦。

墨镜决定铤而走险，在隧道里把这桩"大活"干完。在隧道里"干活"是黑道大忌，一是跳车危险，稍不留神就撞在隧道石壁上脑袋迸裂、手脚骨折，或被旋风卷入车轮碾成肉泥；二是不好逃跑，一旦失窃者报警，乘警把隧道两头一堵，就成了瓮中之鳖。墨镜很自信，他有一套从小练就的扒车跳车神技。

快进隧道了。墨镜的心怦怦跳动，那不是胆怯慌乱，而是"干活"前的激动兴奋。他喜欢这种冒险、刺激的感觉。他瞥了一眼对面的老华侨，他仍死死抱着旅行包在假寐。进入隧道的瞬间，一片漆黑，墨镜如猛虎扑羊般扼住老华侨的喉咙，老华侨挣扎了几下，就瘫软了。

墨镜抓过旅行包，动若脱兔地跳出车窗。墨镜生怕旅行包里的宝贝摔坏了，只好选择了让自己皮肉吃苦的跳车姿势，他的右腿摔骨折了。恰逢一列货车从对面开过来，墨镜忍住钻心疼痛滚出铁轨，倏地飞身扒上风驰电掣的货车。他蜷缩在货车煤堆上，借着隧道昏暗的路灯光，窥见乘警在搜索隧道，他心里一阵窃喜，狰狞阴鸷地笑了。

墨镜在打开旅行包时，颇有些像小时候拆生日礼物或春节礼物包装盒时的心情，那份独特的神秘感拨弄得人一阵阵躁动、狂喜。旅行包内装满了一些书信、日记，还有一个黑纱包裹着的小木匣。墨镜迫不及待地撕开那黑纱，一位慈祥的老太太的照片映入眼帘。墨镜脑袋嗡地一响，瞠目结舌："他妈的，怎么会是骨灰盒？那老家伙耍了我！"墨镜感到晦气、耻辱，仿佛听见世人在耻笑他，他恨不得将那骨灰盒扔下货车。

墨镜看完了那些书信、日记后，才知道老华侨原是台湾老兵，在新婚之夜突然接到开拔命令，从此与新娘一别近半个世纪。新娘空守洞房，靠写日记、书信抚慰自己的寂寞忧伤的心灵。就在两位苦难情人重逢时，她突然乐极生悲、溘然去世。

墨镜顿生恻隐之心，将这些书信、日记和骨灰盒寄给了一家报社，并付了一笔昂贵的广告费，嘱托登报寻找那位老华侨。

壶　痴

老壶是个壶痴。老壶不姓胡，许多人以为他姓胡，其实他是伍子胥的后代。伍子胥就是那个过昭关一夜愁白头的古代人。相传伍子胥从伍婿庙路过，与一位滩姐好上了，有了后代。伍子胥离别时，滩姐替腹中婴儿向他讨个姓。伍子胥不便透露真实姓氏，走出老远一回头，恋恋不舍而去。滩姐是个灵性之女，喜形于色。众人问她为何而喜，她说："老爷回头一望，分明是赐给孩子的姓就是望，希望孩子将来有出息！"这也许是滩姐的一厢情愿、自圆其说，可一番好彩头把这个望姓一锤定音地留下来。

老壶的本名挺有意思，叫望岳，颇有诗情画意。可街坊邻居都不叫他望岳，而喊他的外号老壶。老壶的外号自然与他的壶痴有关：一是喜欢收藏壶，酒壶、茶壶、水壶、油壶、醋壶、鼻烟壶，连夜壶也收藏。据说他收藏了"三大夜壶"，即大太监李莲英、大贪官和珅与大军阀张作霖的夜壶。我估计，不是他瞎吹牛，就是他被人骗了，怎么证明这几个是那些大人物用过的夜壶呢？二是老壶整天手不离壶，不是端把茶壶，就是捏把酒壶，不是故意显露旧绅士派头，而是养成习惯了，改不了，就像过去的人喜欢整天拿烟斗折扇，现代人整天拿手机一样，有瘾。

老壶因为收藏壶，花光了家里的积蓄，若不是老婆实行财权独揽与经济封锁，老壶甚至会卖掉房子去收藏壶。老壶家的客厅、卧室、书房都放满了各种各样的壶，琳琅满目，却也杂乱无序，散发着氤氲的陈腐气息，夹杂着酒味、烟味、茶味、尿骚味。老壶对他的壶充满挚爱，视为心肝宝贝。走进老壶家的门，就能看到两条醒目的标语：非壶友勿扰！壶与老婆概不外借！每月除了收水电费燃气费的人，基本没人进他家的门。老壶的壶友也少，因为他蛮过分，逼着人家进门必穿鞋套、戴手套，好多壶只让看不让摸，甚至有的壶锁在箱子里不让看实物，只让看照片。这么一来，得罪壶友太多，上门赏壶的越来越少。老壶要的就是这个效果。

老壶家的亲戚都知道他这个壶痴的臭德性，一般不进他家的门，怕看他脸色，更怕一不小心撞碎了他的壶赔不起。实在有事要来他家，也只是在家门口站着说事，说完就走，绝不流连，仿佛逃离是非之地。老壶唯一敬畏又无奈的是儿子望海的老师们，这些老师前来家访，可不忌讳你壶痴的臭德性，俨然像颐指气使的钦差大臣，径直闯入，大大咧咧地在他家里转悠，观赏着那些壶，叽叽喳喳，指指戳戳，摸摸抱抱，甚至还敲敲打打，让老壶提心吊胆、心惊肉跳，生怕老师们一使劲、一失手，敲破摔碎了壶。

老婆每次打扫房间时，都是小心谨慎，生怕打碎撞破了壶。那天活该出鬼，老婆拖地，突然从柜子底下窜出来一只大老鼠，吓得老婆一哆嗦，拖把脱手，打碎了一把清代酒壶。老壶心疼肝疼，竟然一巴掌将老婆的两颗门牙打掉了！老婆心里拔凉拔凉的，终于看清他的真面目：老婆不如壶！那就让你跟壶过日子吧！任凭老壶怎么赔礼道歉，老婆执拗地闹离婚。老婆的弟弟是个律师，很难缠的，要为他姐姐争家产。房子、存款平分，壶也要平分。老壶爽快答应，让他老婆来随便拿。他老婆不懂壶，自然挑最光亮、最顺眼的，锁在箱子、柜子里的壶拿，结果挑走的多是不值钱的赝品、次品。其实，这是老壶使的障眼法。倒不是专门对付老婆的，而是防备小偷的。小偷曾进过他家一次，撬箱砸柜偷走的大多是不值钱的壶，而真正金贵的壶就随随便便地摆放在博古架上。

一天黄昏，儿子望海的班主任柳老师上门告状，望海成绩滑坡得厉害，疑似早恋了。老壶觉得不可思议：自己读大学时见到女孩还脸红，害怕谈恋爱，怎么儿子读初中就学会早恋了呢？怎么没有继承他的遗传基因呢？柳老师继续披露：望海还给那个心仪的女孩在五星级酒店举办了一个豪华的生日烛光晚宴，害得好多同学为赴宴而逃掉了晚自习课。老壶大吃一惊：儿子哪来那么多的钱？在老壶声色俱厉的逼问下，儿子承认偷了一把茶壶去卖掉了。若不是柳老师在场，老壶肯定要暴打儿子一顿。柳老师忽然看中了博古架上的一只小酒壶，想买来送给自己的老爸当七十岁生日礼物。老壶怎么好意思收柳老师的钱，硬着头皮装着笑脸将小酒壶送给柳老师了。那天晚上，老壶怒不可遏，狠狠打了儿子一顿。就因为这个败家子，让他白白损失了一个茶壶、一个酒壶。儿子愤然离家出走，留下一张绝望的字条：这个家没有父爱，只有壶！儿子不如壶，让壶当儿子！字条上的每一字都像无情的子弹射中了他的心……

儿子的离家出走对老壶打击很大，他如伍子胥过昭关一般一夜愁白头。再怎么说，儿子是心头之肉，壶是身外之物。为了寻找儿子，老壶开始一件件地卖掉心爱的壶，像一块块地割掉他的心头肉。要知道，卖壶对一个壶痴来说，那份痛苦与绝望无法用语言来形容。等到老壶把满屋的壶卖光了，儿子回家来了，还把他妈妈请回来了。一家人破镜重圆，开始了新生活。说起来你们不相信，现在的老壶一看见壶就色变，一听见谁喊他老壶就翻脸……

拈 阄

张姐与王妹相约一起逛商场，在餐厅吃饭。

张姐说："昨晚我打牌赢了你的钱，今天该我埋单!"

王妹讥笑："你打牌赢的是小钱，我玩股票赚了一笔大钱，还是我埋单吧!"

张姐说："不争了，干脆我们也时髦一回，来个 AA 制!"

王妹摇头："我们这好的姐妹搞 AA 制，传出去让人笑话，还是我埋单吧，你要再跟我争，我就要生气了!"

张姐提议："要不，我们来拈阄吧!"

王妹兴趣盎然："好哇，拈就拈!"

两姐妹做阄、拈阄。

王妹笑了："哈哈，我拈中了，该我埋单!"

两姐妹点了几个菜与几罐啤酒，边喝酒边聊天。

张姐拉开一只易拉罐，高兴地叫喊："中奖了!"

王妹拿过易拉罐拉盖一看大笑："哈哈，中了 5000 元!"

张姐兴奋异常："我最近手气真是好哇，打牌场场赢钱，喝酒喝出 5000 元!没说的，今天这单该我埋了!"

王妹一愣： "不、不、不，我们先拈阄就定了的，这客归我请! 这单该我埋!"

张姐说："我中奖了，当然该我请客埋单呀! 你莫跟我争了!"

王妹脸色陡变："这话我就不爱听了!"

张姐说："你不爱听我也要说，这单我埋定了! 要不然，显得我太小气，太不够朋友!"

王妹瓮声瓮气地说："你没听懂我的意思……"

张姐一愣："我没听懂你的意思? 你什么意思呀?"

王妹冷冷地说："我的意思是说，这个客是我拈阄拈中了请的，那么中的奖金应该是我的，你看是不是这个理呀?"

张姐惊诧："你是跟我开玩笑的吧?"

王妹脸色冷若冰霜："我没跟你开玩笑，亲姐妹明算账嘛！"

张姐抢白道："我信了你的邪！你那么有钱，还在乎这个奖呀？"

王妹说："我本来不在乎这个奖，但你让我不舒服了。"

张姐问："我怎么让你不舒服呀？"

王妹说："你一开始就认定是你中奖了，这点让我不舒服！"

张姐嗤之以鼻："哼！本来就是我中奖了，你凭什么不舒服呀？你不舒服，那是眼红！"

王妹愠怒了："我眼红？你就是中了一百万元大奖，我也不得眼红哟！我真的不在乎这个钱，而在乎这个理，是我请的客，中的奖理所当然应该是我的！"

张姐沉思片刻后说："就算是你请的客，这罐啤酒就相当于你送给我的礼物，这礼物中奖了，难道归你吗？你不能不讲理呀！"

王妹反唇相讥："你才不讲理！我请你喝酒，但并没有说把中奖的权利也转让给你了呀！好比我请你到我家吃饭，难道你吃完了饭可以把我的碗和筷子也带走吗？"

张姐气得发抖："你这完全是诡辩！强词夺理！"

王妹冷言冷语："我没有理是不跟你争的，我晓得你缺钱花，这个钱我可以不要，这个理我得要！"

张姐说："我是缺钱花，我是比你穷，但穷不夺志，穷也要讲人格和尊严！不该我要的钱我一分一厘都不要，该我要的钱我一分一厘都要！"

王妹说："这个奖就不该你要！"

张姐说："怎么不该我要？你快把拉盖给我！"

王妹说："我不给！"

张姐说："你要不给，我就抢了！"

王妹说："你抢，我也不给！"

张姐扑上去，与王妹争抢拉盖。

张姐把拉盖抢到手。

王妹很恼怒，端起一杯啤酒泼在张姐脸上。

张姐与王妹厮打起来……

张姐的男人与王妹的男人一起来做两姐妹的调解工作。

他们避而不谈今天的奖金到底归谁，而是回忆起当年两次拈阄的往事。

第一次拈阄是为房子。当年她们一起向厂里申请房子结婚。厂里只能腾出一间房子，让她们拈阄。张姐手气好，拈到了房子。当她得知王妹已怀孕三个月，毅然将房子让给了王妹先结婚。

第二次拈阄是为下岗，车间只有她们两个女工，要裁减一个，车间主任很为难，不忍心裁谁，知道她们关系好，就把皮球踢给她们，让她们自己商量谁下岗。当时下岗可是天塌地陷的事呀，谁都不想下岗呀，下岗就等于丢了饭碗，生活没有希望了。她们抱头痛哭，怨恨命运残酷，竟把厄运降临到她们头上，更残酷的是让她们自己抉择！张姐拈到了"留"阄，殊不知，这是王妹悄悄央求车间主任，在两个阄上都写上"留"，她把下岗的痛苦独自扛了起来。

这么一回忆，两姐妹抱头痛哭。

王妹慷慨表态："你不是想开小吃店吗？这奖金就给你吧！你莫见怪，都怪我一时赌气，跟你争这奖金，差点伤了和气，毁了我们姐妹情谊！"

张姐面红耳赤地说："快别这么说了，应该怪我一时糊涂，看到中奖喜昏了头，没有顾及你的感受，我太自私了，不该为了这奖金跟你闹翻脸的。我跟你赔个不是……"

王妹懊悔："都怪那个易拉罐惹的祸，就像神话故事中的魔瓶，一打开魔鬼就跑出来了。"

张姐愧疚："是呀，就为了这点钱，我们姐妹就阴错阳差地闹起不愉快来，真是不应该呀！"

油 漆 桶

秀秀抱着油漆桶走着，小偷鬼鬼祟祟地一路跟踪。秀秀来到小吃店买了一碗面，吃面时仍然一只手紧抱着油漆桶。小偷掏出十元钱，往秀秀背后一扔，说："哎，你的钱掉了！"秀秀扭头一看，放下桶去捡钱。瞬间，小偷抢起油漆桶就跑，钻进了小巷。秀秀把钱捡起来，看见油漆桶不翼而飞，傻了眼，号啕大哭起来："我的桶呀！我的5000元钱呀！"

哭声招来许多人围观，大伙议论纷纷："现在小偷太厉害了！连藏在桶里的钱都晓得了！""这有什么？有的农民工把钱绑在腰上，藏在鞋里，都叫小偷偷跑了的！"

小偷在油漆桶里掏了半天，也没掏出什么东西来，纳闷：奇怪呀！怎么没钱呀？那个乡下女人那么看重桶，难道是她要我呀？难道她脑子有病呀？

秀秀来到茶馆，见到苕货哭诉起来："表哥，你得帮我呀！要不然我没法活下去了呀！"

苕货劝说："表妹，别哭了！是不是憨头又喝醉酒打你了，要跟你离婚？"

秀秀哽咽："不是的……"

苕货又问："憨头又跑去赌博了？搞传销了？"

秀秀答道："也不是的，他生病住院了……"

苕货猜测："你是来找我借钱，给他交住院费的？"

秀秀说："不是找你借钱，是来找王老板要钱的……"

王老板是苕货茶馆的常客，秀秀的男人憨头是苕货推荐到王老板公司打工的。

苕货一听生气了："啊？王老板敢拖欠农民工工资，而且是我亲戚，太不够意思了！"

秀秀哭诉："憨头叫我来找王老板要钱，可我却把桶丢了呀！"

苕货糊涂了："什么桶丢了值得你这么伤心呀？这跟要钱有什么关系？"

秀秀说，年关时，王老板欠下憨头5000元钱，当时在工地没有纸笔，他顺手在油漆桶底部用油漆写了欠条，谁知被小偷偷跑了油漆桶。

苕货扑哧一笑："就这点事，值得你这么伤心呀？表妹，你放心，包在我身上！我跟王老板是老朋友了，他不敢不认账的！"

苕货带着秀秀来到王老板家。王老板笑脸相迎。苕货说明来意，王老板脸色陡变："你莫提憨头了，提起我就生气！"

苕货疑窦丛生："你拖欠他5000元工钱，生气的应该是他呀！"

王老板愤愤地说："我是看他干活不错，怕他开年后被人家挖跑了，故意拖欠他5000元钱，想放个线把他钓回来的。当时他跟我赌咒，没想到还是不守信用，跳槽了，我就生他这个气！"

秀秀忙申辩："王老板，憨头没跳槽，他生病住院了……"

王老板说："你莫扯谎！我公司的人看到憨头在别的公司干活，跟他打招呼，他还不理睬！跳槽就跳槽，打声招呼呀，莫让我苕等呀！"

秀秀喊冤："王老板，你真的冤枉憨头了！他真的是病了！你说的可能是他的堂弟，长得蛮像他，肯定是误会了！"

王老板说："算了算了，我也懒得管他是跳槽了还是生病了。你把桶带来了没？"

秀秀支吾："桶、桶……"

苕货急忙掩饰："桶忘了带来！"

王老板沉下脸："那不行，我跟憨头说好了的，要么见人给钱，要么见桶给钱。你没带桶来，我怎么给钱呢？"

苕货说："不就是一个破桶吗？桶没带来，我来了呀！我来担保总该可以吧？"

王老板执拗地说："不是我不给你面子，你来担保也不行！"

苕货怒发冲冠："难道我还不如一个破桶呀？就算你不讲义气，你还讲不讲道理呀？"

王老板苦笑："你莫生气！不怪我不讲义气和道理，我真的吃过这种闷亏哟！去年，有个农民工跑来结账，没带欠条，说老婆洗衣服洗了，我就通融把钱给他了。没想到他出车祸死了，他老婆在家里找出了那张欠条，又跑来要钱。后来把我告上了法庭，人家有欠条，我输了官司，赔钱不说，还落下想赖死人账的坏名声！好心没落好报，你说我冤不冤？"

苕货哭笑不得："你这是一朝被蛇咬，十年怕井绳呀！这样，我给你写个保证书，保证不找你扯歪皮！"

王老板一根筋："还是叫你表妹把桶拿来吧，这样我心里踏实些！"

秀秀只好坦言："王老板，不是忘带了，是丢了……"

秀秀讲了小偷偷桶的经过。

王老板分析:"小偷发现桶里没钱,肯定要扔掉桶,你们快点到附近去找桶,很有可能找得到!"

苕货怨怼道:"你硬是不给我面子,硬是要这个破桶呀?难道我们的交情就不值一个破桶呀?"

王老板说:"交情归交情,事情归事情,一码归一码!"

苕货与表妹找遍丢桶地点的附近,都没发现油漆桶。

苕货忽然想到:"我们这样到处瞎找,好比大海捞针,不如求社区广播站播个寻桶启事,发动街坊邻居都来找。"

社区广播里播出寻桶启事后,街坊邻居陆续送来各种各样的桶,但都不是写着欠条的油漆桶。

这天,二憨提着一桶鱼走进茶馆。二憨的老娘生重病住院,央求苕货借了一大笔救命钱。二憨为感激苕货的救母之恩,特地钓来鱼送给苕货。

苕货寻思:何不借花献佛,将这桶鱼送给王老板,让他开恩通融一下。苕货提着一桶鱼,满脸堆笑地走进王老板家。

王老板一惊:"怎么?这么快就把桶找到了呀?"

苕货尴尬一笑:"哪里?我是来给你送鱼的,你看,几肥的鲫鱼,给你老婆发奶蛮好!"

王老板说:"伙计,你昏了头吧?我老婆刚怀孕,发个么鬼奶呀?"

苕货憨笑:"哦,那就让你老婆增强营养,这鲫鱼对婴儿的大脑发育蛮有好处,多吃鲫鱼,小孩生下来后肯定是神童!"

王老板说:"那我就收下了!不过,鱼归鱼,桶归桶,找不到桶,我还是不能给钱哟!"

苕货急傻眼了:"伙计,你不能这样无情,软硬不吃、油盐不进呀!"

王老板沉下脸:"你这鱼不好吃,我怕鱼有刺,卡了我的喉咙!你把鱼拿走好不好?"

苕货冷笑:"嘿,你这不是成心赖账吧?"

王老板说:"笑话!我这么大的老板,还会赖这笔小钱?没找到桶,你叫憨头来,我还是给钱他!"

苕货急了:"憨头生病住院,来不了!"

王老板不急:"那就等他病好了,再来拿钱吧!"

苕货央求:"他要等钱交住院费呀,这不光是他的血汗钱,还是他的救命钱哟!你就发发慈悲,献献爱心,把钱给了吧!"

王老板冷冷地说："我这不是慈善机构，也不是爱心组织，你莫跟我说这些废话！"

茗货气急败坏："王老板，你不跟我讲义气，别怪我对你不客气！"

王老板冷笑："你怎么对我不客气呀？"

茗货吼叫："我去喊你的街！找记者曝你的光，让你臭名远扬！让你的公司倒闭！"

王老板犟了："我也不客气了！拿不来桶我不认账，憨头来了我也不给钱！就是把我告上法庭，我也输不了官司！"

茗货跺跺脚："我就不信治不了你！我们走着瞧！"

王老板喊："把你的鱼拿走！"

茗货骂道："我懒得拿了！留着你吃！卡死你！毒死你！"

王老板冲着他的背影，连桶带鱼摔了出去。

突然，王老板大喊起来："茗货，你回来！桶找到了！"

茗货将信将疑。王老板指着装鱼的桶："你看，这不是我写的欠条吗？"

茗货一看，还真是！这到底是怎么回事呀？原来二憨在湖边钓鱼时，捡到油漆桶，就拿来装鱼了。

椅 子 官 司

那天，胖子阿昌去某宾馆拜访一位来本城出差的老同学。天太热，两人便到宾馆冷饮部去喝冰镇啤酒。谁料到胖子阿昌往椅子上一坐，竟把椅子坐散了架。胖子阿昌重重地摔在地上，屁股好疼，腰也在隐隐作痛。他十分狼狈，挣扎了半天，还是老同学上来搀扶，他才爬起来。

女服务员忙喊来老板。老板劈头就说："先生，不好意思，这椅子被您坐坏了，得照价赔偿。"胖子阿昌当过兵，最清楚《三大纪律八项注意》，其中就有"损坏东西要赔偿"，这天经地义、无可争议。他连声说："我赔我赔……"老板看他态度好，便说："扣除折旧费，再打个八折，把零头抹去，你就赔 3000 元吧！"胖子阿昌目瞪口呆："什么？要赔 3000 元？我没听错吧？你别是把我当冤大头宰吧？"老板委屈地说："真是好心不得好报！你要不信，我叫人去拿买椅子的发票给你看。"不一会儿，发票拿来了，白纸黑字，红木椅子，是那个价。胖子阿昌自认倒霉，掏尽腰包，又向老同学借了一些钱，才赔了椅子钱。

胖子阿昌有腰椎间盘突出的老毛病，被那椅子一摔，就发病了，躺在床上动弹不得，疼得龇牙咧嘴，只好住院。推拿按摩、扎针灸、拔火罐、机械牵引、电子治疗仪照射、吃西药、敷中药膏……折腾了一个多月，花费一万多元，身体才痊愈。

胖子阿昌虽说是个提得起放得下的男人，但倒了这次大霉后，也憋不住气了，逢人就要宣泄一通，发点牢骚，唉声叹气几声。一次，胖子阿昌去参加工友的婚礼，喝多了酒，又唠叨起这事。说者无意，听者有心。新娘当即打抱不平起来，惊讶地说："这事完全搞反了，应该是宾馆赔偿你的损失，而不是你赔宾馆的椅子钱！"胖子阿昌以为是天方夜谭，脑袋摇晃得像拨浪鼓："你别逗我了！损坏人家东西不赔，还让人家赔我？走遍天下也说不通这理呀！我自认倒霉，不干那胡搅蛮缠的事！"新娘严肃认真地说："你这官司准能打赢！你大概没学过《消费者权益保护法》吧？你到宾馆喝啤酒就成了消费者，你坐垮了他们的椅子，不是你的错，而是他们的过失。服务员为什么不叮嘱你一声，或给你换一把结实的椅子呢？你不但可让宾馆退还你的赔偿费，还可找宾馆索赔你的住院费、精神损失费、误工费……"新娘把胖子阿昌说得一愣一愣的，大伙也面面相觑、瞠目结舌。新娘说："相信我，我是律师，你要是愿意打这场官司的话，我可以帮助你的！"

胖子阿昌犹豫不决，说："这事总觉得理亏，有点不厚道……"大伙极力怂恿他去打这官司。胖子阿昌咬咬牙，狠狠心："打就打，打赢了官司，我请大伙喝酒！"

胖子阿昌在女律师的授意下，一纸状文递到区法院，与宾馆老板对簿公堂。果然，胖子阿昌胜诉了。法院判决，宾馆除了退还胖子阿昌的3000元钱外，还赔偿住院费、精神损失费、误工费、营养费等两万多元。宾馆觉得吃了大亏，咽不下这口恶气，随后把椅子的生产厂家告了并赢了官司，那赔偿给胖子阿昌的两万多元钱该椅子的生产厂家掏。活该！谁叫他们生产假冒红木的劣质椅子？

胖子阿昌做梦也没想到，会因祸得福、阴错阳差地赚了一大笔钱。按说，这场椅子风波到此应该结束了，可胖子阿昌尝到了甜头后，竟生出了以此发财的念头。他专挑那些椅子不结实的酒店、宾馆、茶楼、商场去转悠寻事，竟接二连三地坐垮椅子，轻车熟路地打起官司。不到一年，胖子阿昌靠打椅子官司赚了十多万元钱，被人们戏称为"椅子官司专业户"。

同事们骂他："好端端的人，就这样黑了良心！"以前，胖子阿昌因太胖而一直未娶，如今因太胖而获生财之道娶了邻居之女。如今在本城，许多店铺见胖色变，专备了铁椅子，以防阿昌式的胖子来寻找索赔机会。

哑巴鞋匠

哑巴鞋匠是我们大杂院的老房客。他是一位 40 多岁的鳏夫。每天早晨七点半钟,哑巴鞋匠准时出摊。哑巴鞋匠出摊时弓腰弯背,拉着一只四角带轮子的鞋箱。一条旧绳子一头系在鞋箱把手上,一头搭在肩上,绳子深深嵌进肉中。

哑巴鞋匠的修鞋出摊,固定在小巷口的墙根处。

哑巴鞋匠修鞋手艺极好,一只只该进垃圾箱的旧鞋,经他的手一摆弄就会焕然一新。哑巴鞋匠的人缘也极好,找哑巴鞋匠修鞋的人都夸他手艺过硬,价钱也低廉,而且大杂院的人找他修鞋,他一律不收分文。人们说不出哑巴鞋匠半句坏话。不过,后来发生了这么一件事,人们对哑巴鞋匠有了一些微词。

那年冬天的一个黄昏,哑巴鞋匠正在收摊,一位八旬老妪颤巍巍地蹀躞到哑巴鞋匠身旁,一把搂抱住哑巴鞋匠痛哭流涕:"儿呀,儿呀,我找了你 20 多年,找得好苦呀!总算老天有眼,让咱们母子俩团圆了!"哑巴鞋匠目瞪口呆,边哇哇乱叫边挣脱身子。老妪抱住鞋箱不走了,一把鼻涕一把泪地向过路人倾诉:"孩子他爹给我儿说了一门亲,我儿不乐意,孩子他爹气不过,打了他一顿,我儿赌气离家出走了。"哑巴鞋匠面红耳赤,心急火燎地打手势比画着,哇哇叫唤着,但谁也不懂。人们都数落哑巴鞋匠不对,不该这般绝情寡义,为了一点纠葛,就狠心撇下爹娘 20 多年不归家,都劝说哑巴鞋匠,要么跟老母回老家去,要么把老母留下好好赡养。哑巴鞋匠只好将老妪领回了家。

第二天,哑巴鞋匠要去出摊修鞋,老妪拉住他,哭喊:"儿呀,我好不容易把你找到,你别想撇下我跑了……"哑巴鞋匠捶胸顿足,大约在发誓。大杂院的人闻声出来,替哑巴鞋匠解释:"他是去出摊修鞋,不会跑的,跑了和尚跑不了庙呀!"老妪向众人哭诉:"我儿离家出走时好端端的,咋成了哑巴呢?是不是他不愿说话,装成了哑巴?"大杂院的人仿佛听到天方夜谭,顿时议论纷纷:有的怀疑老妪在说疯话,有的相信鞋匠在装聋作哑……

老妪病倒了,发高烧说胡话,骂哑巴鞋匠忘恩负义,不孝不忠,20 多年不归家,害得她快哭瞎了眼睛,到处讨饭寻儿,走了多少冤枉路,受了多少窝囊气,吃了多少黄连苦。哑巴鞋匠没有出摊修鞋,为老妪求医买药、煮汤喂饭、端屎接尿，日夜服侍。老妪终于停止了叫骂，露出了笑容，说："儿呀，你别装哑巴了！娘知道你心里很苦，知道你还在恨你爹，可你爹毕竟是入了土的人，临咽气时还叮嘱我，找到儿后替他道一声歉，让儿快回家来……"

老妪的病越来越严重，已气息奄奄了。哑巴鞋匠请来一辆三轮车，将老妪送到了医院。住院需要押金800元，医生比画着告诉哑巴鞋匠。哑巴鞋匠带的钱不够，他回家去取。不一会儿，他气喘吁吁地跑回来，拿出一个铁匣子，里面装满了分币和毛票。哑巴鞋匠对医生指指钱又指指老妪，然后跪在医生面前，磕了三个响头。

老妪病好出院了。这天，老妪的家人找到了大杂院，人们才知道老妪是从精神病院里跑出来的疯子。老妪的家人很感激哑巴鞋匠，硬塞给哑巴鞋匠一摞钱，哑巴鞋匠拒绝了。老妪临走时流着泪呼喊："儿呀，我会来看你的！你有空一定来看我呀！"哑巴鞋匠果真经常去精神病院看望老妪，后来认了老妪做干娘。据说，老妪的疯病渐渐好了，老妪说，哑巴鞋匠真像她失踪了20多年的儿子……

刀　疤

　　楚小宝去南方打工三年，回到小镇上时仍是穷光蛋，只是脸上多了一道可怕的刀疤。小镇人好奇地问楚小宝："刀疤是怎么留下的？"楚小宝诡谲地笑着不说，问急了也只说半截话："被人砍了的。"至于为什么被人砍了，不肯透露半句。小镇人揣测：八成是因为做不光彩的事叫人砍伤的，要不，他怎么不肯说呢？

　　很长一段时间，楚小宝的刀疤成了小镇人茶前饭后的话题，各种传闻揣测都有。或说楚小宝是聚众斗殴时被人砍伤的，或说楚小宝是入室偷盗时被人砍伤的，或说楚小宝是与人通奸时被人砍伤的，或说楚小宝是欠债被追债人追杀时砍伤的，或说楚小宝是帮人讨债时被人砍伤的，或说楚小宝是赌博玩老千时被人砍伤的……更有稀奇古怪的说法，说楚小宝是当电影替身时被人失手砍伤的，或说楚小宝是逛街时被疯子砍伤的。

　　楚小宝不知道围绕着他的刀疤有这么多说法，他知道了也懒得理睬申辩。世上好多事越想说清楚越说不清楚，谣言只能让它自生自灭。楚小宝又重操旧业，在小镇东头摆个水果摊谋生。但楚小宝的生意大大不如从前了，一则水果摊多了，二则人们不信任楚小宝了，总认为他是个危险人物，凡事躲避他一点，免得惹是非。

　　楚小宝本来就其貌不扬，脸上有了刀疤后，更显得丑陋凶狠，像个危险人物。楚小宝走到哪里，哪里的人就对他望而生畏，避若瘟疫。小镇上只要发生什么案件，譬如某女工下夜班遭人抢劫了，某小媳妇晚上打麻将回来被人强奸了，某老板家里的钱柜被人撬了，某干部子弟被蒙面人划伤了脸破了相，某旅店的电视机深夜被人偷跑了，某农家鱼塘的鱼让人毒死了……小镇人不由得怀疑到楚小宝头上。

　　小镇上的地痞流氓以为楚小宝见过大世面经过大风浪，要拜他为大哥，楚小宝睥睨他们，婉言推辞了，一副大梦初醒、金盆洗手的派头，更令地痞流氓敬畏。小镇上的几家歌舞厅、酒楼、茶馆争先恐后用高薪聘请楚小宝当他们的保镖或后台老板，楚小宝哭笑不得，断然拒绝了，这更增加了他的神秘感，人们说他是"真人不露相"。

一天深夜，小镇上又发生一起抢劫女工案件。女工报案说，抢劫她的歹徒脸上有一道刀疤。警察不由得想起了楚小宝，就传讯了他。楚小宝说："我女朋友从南方来了，我一直陪着她，怎么可能去抢劫呢？"警察又传讯了楚小宝的女朋友，她女朋友也证明楚小宝一夜没离开过她。警察还是有些怀疑：他俩会不会串供呢？女朋友见警察那副不相信的神色，急了，从挎包里掏出一张旧报纸给警察看："你们不相信我的话，总该相信报纸吧，你看这照片，这报道……"

警察们面面相觑，瞠目结舌：原来楚小宝是个勇斗持刀歹徒、挺身救打工妹的无名英雄啊！楚小宝脸上的刀疤就是那次义举留下的，楚小宝的女朋友就是他救的打工妹。打工妹千里迢迢地追寻到小镇上，非要嫁给楚小宝不可。警察生怕这场误会挫伤了楚小宝的心，尤其是影响了这门亲事，一再赔礼道歉。

不久，抢劫女工案件侦破了。原来是小镇上一名身材长相颇像楚小宝的地痞干的，他脸上那道刀疤是故意画上去的。其用意很阴险毒辣，朝楚小宝身上扣屎盆子，好拉他下水，逼他出山当他们的大哥。殊不知，楚小宝和他们根本不是一路人，那刀疤也没有什么传奇神秘色彩。

小镇人知道楚小宝的义举后，再看楚小宝脸上的刀疤，就不觉得丑陋可怕了，还能窥出温和、善良、幽默、睿智等成分来。

楚小宝的水果摊生意红火起来，他准备赚足一笔钱后，去上海把脸上的刀疤整容掉，他不想带着这触目惊心的刀疤与女朋友走进结婚的殿堂……

古　钱

　　古玩店老板看中了张扁担，找他当托。张扁担脑袋摇得像拨浪鼓："不行不行！我胆小怕事，你莫害我咧！犯法的事我不干，毒人的东西我不给别人吃，这是诈骗，被人抓到要坐牢的！"

　　古玩店老板给他壮胆："古玩这行没有骗不骗的，买对了就是捡漏，买错了就是交学费，保证没人追究你！"

　　张扁担不解："你把假的冒充真的，那不就是诈骗吗？"

　　古玩店老板说："古玩行当有两句话：一句是，'三年不开张，开张吃三年'；另一句是，'不怕交百次学费，只要捡一次大漏'。这两句话说明古玩这一行有高风险，也有高利润。"

　　张扁担纳闷："老板，你把古钱摆在店里卖不好吗？为什么让我帮忙卖，让我赚一道钱呢？"

　　古玩店老板诡谲地一笑："这你就不懂了，我用你，实际上是在利用城里人的捡漏心理，也就是占便宜心理。因为你是乡下人，肯定不懂得古钱的价值，编的故事也容易麻痹城里人的警惕性，比摆在古玩店里好卖些，好哄钱些。"

　　张扁担问："我需要吆喝吗？"

　　古玩店老板说："不需要你吆喝，你就做个姜太公……"

　　张扁担问："姜太公是哪个呀？他也在替你卖古钱吗？"

　　古玩店老板被逗乐了："姜太公是古代人，有句歇后语：姜太公钓鱼——愿者上钩。当年的姜太公钓鱼，用的是直钩，还没有钓饵……"

　　张扁担糊涂了："他老糊涂了吧，这样钓一百年也钓不到鱼呀！"

　　古玩店老板说："他不钓鱼，钓的是人！"

　　张扁担醒悟了："你要我用古钱当诱饵去钓人呀！"

　　古玩店老板夸赞："莫看你文化不高，悟性还是蛮高的。我相信，你会钓到蛮多人的，轻轻松松赚到蛮多钱的，这比你辛辛苦苦当扁担强得多！你赚几多钱我不管，我只收你的批发钱，每个古钱收两百元，你卖完了再找我拿货。"

　　张扁担将信将疑，把古钱系上细绳挂在脖子上在大街上晃荡起来。一个路人匆匆凑上来，叫："扁担！"

张扁担问："你叫我挑货吗？"

路人说："不挑货，我看看你脖子上挂的古钱。"

张扁担说："哦，你看，你看！"

路人看了半天，问："是真的还是假的呀？"

张扁担装糊涂："我也不晓得是真是假的，只晓得是我祖上传下来的！"

路人暗喜："哦，祖上传下来的！那你舍不舍得卖给我？"

张扁担说："舍得，也不舍得！"

路人不解："这是个么鬼话呀？到底舍不舍得？"

张扁担说："给的钱多，我就舍得；给的钱少，我就舍不得！"

路人问："两百元，你舍得卖吗？"

张扁担憨厚地一笑："两百元？那我舍不得！"

路人说："我给你三百元，总该可以了吧！"

张扁担从脖子上取下古钱递上："那我就舍得了！"

路人走远，张扁担又拿出一枚古钱挂在脖子上。

不几天，张扁担就把上百枚假古钱卖出去了，大赚了一笔。

这天，张扁担在妙墩茶馆门前揽活，前来喝茶的徐老爹喊："扁担，过来！"

张扁担跑过去："要挑货吗？"

徐老爹问："不挑货。我能看看你的古钱吗？"

张扁担求之不得，爽快答应。

徐老爹拿出放大镜，把古钱看了又看，脸上露出欣喜："你的古钱哪来的呀？"

张扁担编起瞎话来："这是我爷爷的遗物，我爷爷当年是财主，也是一个大赌徒。每次出去赌博之前，他就用这枚古钱占卦，如果是正面，就去赌博；如果是反面，就不去。那最后一次赌博，我爷爷抛了个正面，但输得惨烈，把家产输光了，我爷爷悔恨莫及，就吞下这枚古钱自杀了……"

徐老爹疑惑："不对呀，你爷爷吞古钱自杀了，怎么古钱跑到你手上来了？"

张扁担一愣，马上圆了谎："去年我们那里修公路，我爷爷的坟要搬迁，清理爷爷的遗骨时就找到了这枚古钱。我就把它带在身边做个纪念！"

徐老爹问："你卖不卖呀？"

张扁担说："卖，也不卖！"

徐老爹糊涂了："到底卖不卖呀？"

张扁担说："这是我爷爷的遗物，我不卖，可你要多给点钱，我就卖！"

徐老爹说："年轻人，爽快点，开个价吧！"

张扁担伸出三根指头："起码这个价！"

徐老爹问："这是多少？"

张扁担说："三百元！"

徐老爹大吃一惊："三百元？你真不识货呀！我给你三千元吧！"

张扁担瞪目结舌："三千元？老人家，这古钱真的能值那么多钱？你没看走眼吧？再看看吧！"

徐老爹胸有成竹："我相信我的眼力，绝对不会看走眼！"

张扁担怕老人的家人来扯皮，真的告他诈骗罪，那可要摊上官司了，于是说："老人家，我这古钱值不了那么多钱，我不想昧着良心宰你！"

徐老爹乐了："哈哈！今天幸亏碰上我，要是碰上别人，给你三百元你就喜颠颠地卖了，人家可就捡了个大漏，发一笔大财哟！"

张扁担疑惑："老人家，我这古钱真的那么值钱呀？"

徐老爹说："按说，我要成心捡你的大漏，就不跟你说出实际价值，还会跟你杀价，可一看你就是个外行，又是个农民工，我怎么忍心捡你的漏、杀你的价呢？这样吧，我给你五千元钱！"

张扁担简直不敢相信自己的耳朵："老人家，你不会是跟我开玩笑吧？"

徐老爹爽朗一笑，说："哈哈！我会用钱来开玩笑吗？这是一枚罕见的南明古钱，南明有个流亡皇太子，他的名字叫朱本铉，自封韩王，定年号为定武，你看这古钱正面就有'韩王定武'四个字。他不是皇帝，他铸造的钱就成为不合法的钱，古代称私钱，这种古钱还没流通开来，就被清朝政府收缴、销毁了，几乎绝迹了。现在能找到南明古钱，那真是稀罕呀，幸运呀！"

张扁担忽然夺回古钱："我不想卖了！"

徐老爹问："是不是刚才我讲了南明古钱的珍贵稀罕，你变卦了，想抬价呀？"

张扁担说："不是的，我觉得你出的钱太高了，我、我有点害怕……"

徐老爹不解："你害怕什么呀？是怕钱多了咬手，还是怕钱多了烧心？"

张扁担惴惴不安："我总觉得这古钱值不了那么多钱，我怕你家人找我扯皮，还怕他们报警害得我吃官司……"

徐老爹发誓："我们一手交钱，一手交货，我立字据画押，绝不反悔！"

张扁担卖掉古钱，又拿出一枚假古钱挂在脖子上，在大街上晃荡起来。

古玩店老板急匆匆地跑来："你今天拿的古钱卖出去多少呀？"

张扁担说："只卖出去两枚。"

古玩店老板急忙说："你快把剩下的古钱给我看看！"

张扁担掏出古钱，放在地上，古玩店老板拿着放大镜，仔细观看每一枚古钱，看完后哀叹："完了，完了！"

张扁担问："老板，怎么了？"

古玩店老板说："你把我的真古钱卖了！"

张扁担一愣："你给我的不都是假古钱吗？"

古玩店老板哭丧着脸说："我有一枚真古钱，我就是按这样子做了蛮多假古钱。哪晓得我那调皮的儿子把真古钱偷出来玩，被我老婆看见了，顺手放进了假古钱里，你来拿假古钱时，我就顺手给了你。你把真古钱卖给谁了？你得给我把它追回来！"

张扁担面有难色："追不回来了！"

古玩店老板说："卖给陌生人了是不是？"

张扁担说："卖给熟人了，但我们立下了字据，决不反悔。你看……"

古玩店老板接过字据，一看，气得发抖："我那枚古钱少说也值五万元，你竟然五千元就卖了！真是气死我了哇！"

鸽　子

妈妈是喝农药死的。妈妈在临断气时艰难地给鸽子讲了不堪回首的往事。

当年，她是千里之外的某县城的初中学生，作文写得好，歌唱得好，舞跳得好，字写得好，画画得好，剪纸剪得好，黑板报办得好，跳绳跳得好，乒乓球打得好，被同学们戏称为"九好学生"。

那年暑假，她无意中听人说，百里外有处旅游风景区，栖息着一大群鸽子，据说那里的鸽子很有灵性，能从人的气味来分辨好歹善恶。是好人善人，鸽子会落在你身上、手上，在你身边翻飞、散步；是歹人恶人，鸽子绝不靠近你，而是高高地在你的头顶上盘旋，甚至还会恶作剧地朝你拉鸽屎。颇有猎奇心的她心血来潮，偷了家里的两百多元钱，搭上开往旅游风景区的班车。没想到，鸽子能分辨出好歹善恶，她却分辨不出好歹善恶，她在班车上喝了"好心人"送的一瓶饮料，等她苏醒过来时，已成了人贩子手中待价而沽的"奇货"。她拼命反抗，又被人贩子注射了迷药，等她再次苏醒过来，已成了大山深处瘸腿男人的新娘。

妈妈曾多次寻死，都阴错阳差地被阻止了，或被救活了。后来她暂时放弃了自杀念头，因为发现自己怀孕了。这是一个无辜的小生命，将其扼杀在胎中就是罪过。妈妈决定生下胎儿再去自杀。等到生下鸽子，看到她可爱的小脸蛋，听到她清脆的啼哭声，蛰伏在妈妈心灵深处的母爱被唤醒了，她喟然长叹，舍不得死了。

妈妈无数次想逃离大山，可都悲惨地失败了。大山实在太大了，妈妈走不出去。妈妈逃不脱大山的魔爪，也许是逃不脱厄运的怪圈，总能被抓回来。后来妈妈不逃了，不是她屈服了，而是她找到了待下去的理由与乐趣。妈妈在大山深处的小学里当了一名民办老师。她要逃了，这群求知若渴的山里孩子就会辍学沦为文盲或半文盲。当年的"九好学生"成了大山深处的"九好老师"，孩子们的笑声歌声抚平了她心灵的创伤。

可厄运再次降临到妈妈头上。妈妈不幸患上了白血病，从医生嘴里得知治疗费是天文数字后，妈妈毅然决然地放弃治疗，喝农药自杀。她的瘸腿男人吆喝村人要抬她送往镇卫生院抢救，发誓砸锅卖铁、拆房卖瓦也要救活她。她抓住床柱子死死不松手，哀声乞求："你就尊重我的选择，让我去死吧，别拿钱去打水漂了！留着钱好好把鸽子抚养大，不要再喝酒赌钱了，给鸽子留个好父亲的印象……"瘸腿男人郑重地点头。妈妈说："我要单独跟鸽子说说话……"

妈妈跟鸽子讲述完她的悲惨往事，惨淡一笑，说："鸽子，妈妈要走了，继续十三年前的旅行，去看风景区的那群神奇的鸽子去了……"妈妈脸上的笑容凝固了，眼睛失去了光彩，空洞地大睁着。鸽子知道：妈妈生不顺心，死不瞑目！大山人为妈妈举行了隆重热闹的葬礼，将她安葬在风景绝美的鸽子崖上。妈妈组建的大山放牛娃合唱团唱了一首《苔花》作为老师的安魂曲："白日不到处，青春恰自来，苔花如米小，也学牡丹开……"

鸽子想念妈妈，经常跑到鸽子崖上妈妈的坟前流泪哭诉。有一天，鸽子忽然发现，有一只鸽子立在妈妈的坟头静静地凝视着她。奇怪呀！大山人传说，鸽子崖是因有块飞来巨石酷似鸽子而得名，可从来没见过鸽子呀！难道是飞累了的信鸽偶然停歇在此？鸽子细看，它腿上没有圈圈，不像是信鸽。难道是妈妈的幽灵变的？

当天夜里，妈妈走进了鸽子的梦境。鸽子问妈妈："那只鸽子是你变的吗？"妈妈笑而不答，飘然飞去。第二天，鸽子又跑上鸽子崖。妈妈的坟头上竟然停歇着两只鸽子！鸽子亲热地和它们打招呼："嗨！我也叫鸽子！我们做好朋友好吗？"两只鸽子惊飞了，绕崖几圈后，又停歇在坟前。鸽子开始跟它们讲述妈妈的悲惨故事，抒发她对妈妈的思念之情。渐渐地，两只鸽子没有了戒备，调皮地绕着她翻飞鸣叫，又亲昵地站在她的肩上、头上、手上厮磨嬉戏。

渐渐地，鸽子上鸽子崖的次数越来越多，在妈妈坟前聚集的鸽子也越来越多。鸽子每次去给它们带玉米、芝麻、小麦、大米。鸽子们一看见鸽子来了，争先恐后地停歇在她的身上，呈现出众星捧月之势。鸽子跟它们嬉戏、说话、唱歌，其乐融融，其情悠悠。

鸽子爹，也就是那个瘸腿男人在打柴时偶然发现了这个奇观，让鸽子抓几只鸽子给他下酒。鸽子严词拒绝。鸽子爹恼羞成怒，威胁道："你要不听爹的话，我就不给饭你吃，不让你上学！"鸽子不屈服："大不了，我也学妈妈喝农药，我去陪妈妈算了！"鸽子爹倒是吓坏了，沮丧地哀叹："跟你妈妈一样刚烈哟！看来在你眼里，你爹还不如野鸽子哟！"

鸽子与同桌小雪是无话不谈的好朋友。小雪知道了鸽子崖的秘密，央求鸽子带她去观摩这一奇观。鸽子带小雪上了鸽子崖，奇怪的是，鸽群看见鸽子带了一个生人去了，一哄而散，飞得无影无踪。小雪嗔怪鸽子扯谎："鸽子怎么跟你亲热呀？它们都怕你呀！"鸽子说："它们不是怕我，是怕你……"小雪感到莫名其妙："怕我？我怎么了？我比你长得丑？还是心眼坏、心灵恶呀？"鸽子急忙申辩："你误会了，我是说鸽子认生，得慢慢来，我刚与鸽子认识时，它们也这样认生……"

小雪与鸽子去了多次，鸽群都不给面子，惊飞而去。小雪感到深深的失望与侮辱，不再去了。鸽子独自去时，鸽群又与她恢复了亲昵嬉戏的奇观。鸽子忽然想起妈妈的往事，妈妈要去看的神奇鸽子，不就是能分辨人的好歹善恶吗？难道鸽子崖上的这群野鸽子也有这种奇异功能吗？难道小雪怀着歹意恶念吗？

不久，小雪央求鸽子："帮我抓一只野鸽子吧！"鸽子惊讶："你要抓野鸽子干什么？不会是想杀它煨汤喝吧？"小雪诡谲地一笑："我哪有那么残忍呀？不瞒你说，我爹是个信鸽爱好者，听说你与野鸽子交情不错，想让你抓只野鸽子配个种，完事后就放野鸽子归山。"鸽子犹豫不决，小雪死缠烂打，并以断交为要挟。鸽子问："真的不杀它？"小雪答："绝对不杀！"鸽子又问："真的要放它？"小雪答："绝对要放它！"鸽子说："你发誓！"小雪信誓旦旦："我发誓，我要说话不算话，就跟学校老槐树上的铜钟一样被雷劈成几块！"

第二天，鸽子上了鸽子崖，鸽群看见她来了，不像昔日那样蜂拥而上，停歇在她身上，而是在她的头顶上盘旋鸣叫。鸽子惊呆了，倏地醒悟过来，鸽群已经在冥冥间知悉了她的歹意恶念。鸽子趴在妈妈坟前号啕大哭，又仰天长啸："我错了！请原谅我吧！让我们重新做好朋友吧！"

独　眼　龙

　　柿村的龙叔是个独眼，村人都不恭地喊他的外号"独眼龙"。连小娃娃都这么喊，他也不生气。生气也没用，大家根本不在乎他的感受，因为他是个"黑五类"分子。

　　早年，独眼龙是光荣的志愿军战士。他参军时还真没有那么高的觉悟，是被柿村最漂亮的姑娘秀云逼去的。秀云要挟他："你要不参军，我就跟你吹了!"他在犹豫之际，秀云竟然做出了更狂热的决定："只要柿村哪个男人愿意去参军，我就嫁给他!"一时间，柿村好几个男人争先恐后地报名参军。可秀云只有一个呀，照理说，哪个最先报名参军的，秀云应该嫁给他。可秀云仍然嫁给了独眼龙，尽管他是最后一个报名参军的。

　　跟独眼龙一起去参军的男人，有的成了烈士，有的成了英雄，有的当了将军，有的当了官员，唯独独眼龙当了不光彩的俘虏。他回国后被遣送回村劳动，与"黑五类"分子同等待遇。秀云自然与独眼龙离婚了，改嫁给当了志愿军英雄后又当了公社社长的王大雷。

　　秀云私下懊悔："都是我害了他呀！我要知道他那么孬种，竟然无耻地当美国佬的俘虏，当初就不该逼他参军哟！这'黑五类'分子的帽子得压得他一辈子抬不起头、翻不了身哟！"

　　王大雷动了恻隐之心："这不能怪你，更不能怪龙哥，只怪他运气不好，我能当英雄是我运气好哇！要是我在他那个部队，也被美国鬼子'包了饺子'，还不得当俘虏！说老实话，龙哥还算不错的，好歹带着一大批战友在俘虏营里与美国鬼子、国民党特务斗争，誓死不当汉奸叛徒，坚决要求回大陆而不去台湾，算是一条铁骨铮铮的汉子呀！"

　　那年，公社放映队来柿村放电影《英雄儿女》。英雄王成在阵地上朝着步话机高喊："为了胜利，向我开炮!"王成操起爆破筒冲向美国鬼子群，独眼龙看到这里号啕大哭起来。立刻，全场炸锅了，都认为独眼龙的哭是羞愧忏悔，是对英雄的亵渎不恭。怎能轮到一个俘虏去为英雄而哭？俘虏有什么脸面与资格去哭？人们愤怒地朝他吐唾沫、扔土块、骂脏话，叫他滚蛋，认为一个俘虏不配观看这部英雄电影。独眼龙被赶走了，谁都不知道，他悄悄地跟着公社放映队到各村去看《英雄儿女》，竟然看了十多遍。每看到王成牺牲的时候，他都要哭。不敢号啕大哭，只能咬住毛巾捂住嘴巴偷偷哭泣。

独眼龙离婚后一直鳏居，没有哪个女人愿意嫁给一个可耻的俘虏、"黑五类"分子。连他的亲生女儿也不认他，跟他划清阶级界限，连结婚都不让他参加。独眼龙只得躲在迎亲路上偷偷看一眼女儿坐的大红轿，那喜庆的鞭炮声唢呐声把他的心都炸裂吹碎了。倒是他的女婿是一个有良心的好人，偷偷认了他这个地下岳父，经常提着酒肉潜入他家和他喝酒聊天。

这一聊，聊出了惊天秘密：原来独眼龙就是英雄王成的原型人物。独眼龙也朝步话机高喊过："为了胜利，向我开炮！"也握着爆破筒冲向美国鬼子群。只不过，他当时被炸得昏死过去了，等到苏醒过来时，已当了俘虏，瞎了一只眼。女婿开始以为他是看《英雄女儿》走火入魔了，把英雄王成的事迹安插在自己头上；要么就是喝多了，想入非非、胡说八道了。女婿警告他："这话可不能乱讲，要是被别人知道了，要惹大麻烦！"

忽然有一天，女婿兴冲冲地跑来找岳父："你说的是真的呀！你的老上级罗将军提到你了！"原来，女婿在单位上班，上厕所时随意抓了张报纸，看到了罗将军给青少年作革命英雄主义报告，提到了《英雄儿女》的原型人物就是龙大宝。并说，他一直在寻找龙大宝！

照说，独眼龙听到这喜讯会高兴得跳起来，但蜷缩在破屋前石磨上晒太阳的独眼龙无悲无喜，嘟哝道："怎么现在才想起寻找我呀？我都苦苦等了几十年呀！等到石头都要开花了！不过也好，总算可以帮我洗净不白之冤了！"

罗将军亲自上门来看望独眼龙，县政府官员也信誓旦旦地要给他巨额补偿与特殊待遇，独眼龙都拒绝了，只提出一个要求：希望能得到一枚志愿军纪念章。军方特地为他制作了一枚志愿军纪念章，由罗将军亲自为他颁发。

如今的龙叔仍然住在柿村，当着农民，不过心情舒畅多了，显得神采奕奕。他早晚都戴着那枚志愿军纪念章，村人再也不敢喊他独眼龙，而尊敬地喊他龙叔、龙爷、龙大英雄。他女婿为了孝敬他，给他买了一部光碟机，让他专门播放《英雄儿女》，他百看不厌，每次看都哭成泪人。人们说："他的魂还没从上甘岭回来……"

辣　椒　婶

　　辣椒婶是从四川逃荒来柿坡村的女人，当时饿得瘦骨嶙峋、凸颧凹眼，走路摇摇晃晃，说话有气无力。旮旯叔近四十岁也没娶上女人，村人想撮合这门亲事，就悄声问辣椒婶愿不愿意嫁给旮旯叔。辣椒婶只问了一句："他勤不勤快？"村人说："他是柿坡村少有的勤快人。"辣椒婶二话没说，就在当夜与旮旯叔成了亲。

　　辣椒婶有个很好听的名字，叫红霞。辣椒婶是村人给她起的外号，一是因为她喜欢吃辣椒，二是她挺会种辣椒。辣椒婶让不爱吃辣椒不会种辣椒的柿坡人也迷上了辣椒。在乡下，享有"辣椒"外号的女人一般都是泼辣刁钻的角色。但辣椒婶憨厚温和、颇讲情义，挺结人缘，没和谁红过脸拌过嘴。

　　一天黄昏，辣椒婶与旮旯叔在树下纳凉吃晚饭，蹒跚而来一个讨饭的。辣椒婶进屋盛饭出来，那讨饭的喊道："红霞，我可找到你了！"辣椒婶大吃一惊，失手将一碗饭摔在地上。旮旯叔问讨饭的："你是什么人？"讨饭的说："我是她男人……"旮旯叔惊愕地望着辣椒婶："咋回事？"辣椒婶呜咽着跑进屋里。讨饭的哀求："红霞，看在夫妻一场的分上，我求求你，跟我回去吧！"辣椒婶哭累了，心平气和地走出屋。旮旯叔颤声劝辣椒婶："你跟他回去吧……"辣椒婶语轻意绝："我不走！谁要是硬逼我走，我就死给谁看！"辣椒婶掏出了明晃晃的剪刀……

　　讨饭的见辣椒婶执拗刚烈，怕逼出人命，灰溜溜地走了。旮旯叔生出恻隐之心，把仅有的积蓄和存粮全给了那讨饭的。辣椒婶喟叹："他本是好端端的人，阴错阳差地当了一阵子村干部，就染上了好吃懒做的毛病，唉！提起他我就恨得牙痒，他把我借来给女儿治病的钱抢去喝酒赌博，硬是把女儿的病情给耽误了！我要不逃出来，迟早要被他卖掉抵赌债或活活打死……"

　　旮旯叔从此心里有了抹不去的阴影，整天战战兢兢、提心吊胆，生怕那讨饭的再来胡搅蛮缠，讨要辣椒婶，要是他突然聚众械斗、血洗柿坡村，要是他趁月黑风高放火烧村庄，要是他神不知鬼不觉地溜来往水井里投毒，岂不要殃及村人？辣椒婶宽慰他："别疑神疑鬼的，他虽好吃懒做，但不是心狠手辣的家伙。"

谢天谢地，呇旯叔担忧的事始终没发生，十年平安无事地过去了。

这年冬里，呇旯叔上山打柴，不慎跌下山崖，瘫痪在床。第二年春天，呇旯叔拄着双杖才能勉强出屋晒太阳，呼吸新鲜空气。一位穿着皮夹克的中年人骑着摩托车进了柿坡村。呇旯叔正在猜测这是哪家的客人或是下乡来收什么山货的生意人，那摩托车眨眼工夫就窜到了他面前，并稳稳地停在他身边。

呇旯叔正感蹊跷，中年人说话了："大哥你好，我是来你们县城谈生意的，顺便来看看红霞。"呇旯叔定睛一看，瞠目结舌：这不就是当年那讨饭的吗？中年人这才注意到呇旯叔的残腿，十分惊诧："大哥，你的腿咋了？"呇旯叔冷笑："你是不是挺幸灾乐祸的？"中年人尴尬地苦笑："哪里哪里，我真没这意思……"呇旯叔瓮声瓮气地说："别装模作样了，山里人喜欢直来直去！看来你混出个人模狗样来了，你要是还有点良心，还念过去的情分，把红霞带走吧，别让她跟着我这瘸子吃苦受罪！"中年人连连摇手："大哥，你误会了，我不是来找你讨还媳妇的……"

辣椒婶闻声走出屋来，看到过去的男人混出了人样，她又惊又喜，但喜色从脸上一掠而散，她平静地说："我不会走的！呇旯哥离不开我，村里的姐妹们也离不开我！我和村里的姐妹们联合搞了一个辣椒生产基地，我是技术顾问和销售总管，要不了几年，咱柿坡村的日子也会像熟透了的辣椒一样红红火火起来……"

姚公的手杖

　　姚公是姚家庄的老寿星，九十多岁了，依然拄着手杖蹒跚在村庄里，蹀躞在田野上。姚公是从六十大寿后拄手杖的。那时姚公身子骨还算硬朗，眼不花耳不聋，气不喘腿不颤，照说用不着拄手杖。但姚公觉得拄手杖更符合自己的身份与气质，更体现自己的威严与名望，就开始拄手杖了。

　　姚公早年当过乡长，因为正派耿直，不愿搞浮夸风，被上级贬回姚家庄当村支书。村支书没干两年，姚公又因得罪了某些人，被撤了职当了农民。给姚公平反时，姚公已拄手杖多年了，自然不能出山主事了。但姚公仍喜欢到处管闲事，只要是看不过眼的人与事，就要管，就要骂，就要打。姚公打人一般都用他的手杖，有时用手杖敲点，有时用手杖捅击，有时用手杖抽打，有时用手杖直劈。手杖力量的轻重则表明姚公愤怒程度的深浅。姚公不轻易发火，更不轻易用手杖打人，他要发火或用手杖打人，一定是姚公占着理、很气愤的事。

　　在乡里、村里，姚公德高望重，疾恶如仇，谁若吃了姚公的手杖，是不会顶撞反抗的，更不会怀恨在心，伺机报复，只会忍气吞声，闭门思过，或扮个鬼脸，狼狈而逃。在故乡有一句民谣："千不怕，万不怕，就怕姚公手杖打。"姚公的手杖打了谁，就等于给谁插了一面黑旗，名声上抹了一个污点。走在大庭广众面前，人们会戳着他的脊背窃窃私语："这家伙吃过姚公的手杖哩！"

　　姚公的手杖打过挪用救济款买小车的乡长，打过拖欠教师工资的镇长，打过给农民打白条的粮站主任，打过乱收学生费用的校长，打过卖假化肥、假农药、假种子的老板，打过逼人家为狗披麻戴孝大办丧事的暴发户，打过把人家处女诬为卖淫女关押起来要罚款的派出所所长，打过抗旱时节乱拉闸的供电站站长，打过用贷款作诱饵玩弄妇女的信用社主任，打过把污水排放进人家养鱼塘而不认赔的化工厂厂长，打过霸占邻家屋基的村主任，打过赌博输红了眼而偷牛去卖的治保主任，打过喝醉酒撒酒疯打老婆的民兵连长……

　　姚公的手杖替乡亲们出气申冤了，让乡亲们扬眉吐气了。乡亲们说："姚公是一方百姓的保护神，姚公的手杖是惩恶祛邪的正义杖！"于是，姚家庄一带的乡亲们遇到不平事，都跑来向姚公诉说，请姚公主持公道，久而久之就有了"请手杖"一说。姚公的名声越传越远，外乡的百姓也跑来"请手杖"，姚公虽义愤填膺，却无奈苦笑，喟叹道："我这手杖，出了地界就不灵了哟!"

姚公的手杖也错打过一个人，那就是乡里新调来的马书记。马书记一来，就大力修路。修路要经过一座烈士陵园，在那里长眠着的是姚公的老战友，他在那年抗洪抢险中，为堵塞水库的决口牺牲了。乡亲们自愿捐款捐物出力，姚公亲自主持修建了这座烈士陵园。可马书记一声令下，说炸就炸了。姚公闻讯气得五脏六腑都要炸了，跑到修路工地上，当众狠抽了马书记三手杖。后来，姚公才知道，这马书记就是他老战友的亲孙子……

姚公临终前还不肯原谅自己，当马书记闻讯到病榻前来看望他时，他颤巍巍地指着手杖说："你……你打我三手杖吧……你要不忍心……打我这老头子，就打打我的衣服……要不，我会死不瞑目的……"马书记无奈，只好拿起姚公的手杖，在他的衣服上轻轻敲打了三下。姚公微笑了，安详地闭上了眼睛。

马书记把姚公的手杖挂在办公室里当警杖，每天看见手杖，就会时刻想着乡亲们。只要是哪件事没给百姓办好，他就取下手杖敲打自己几下。后来，马书记当了县长，把姚公的手杖带走了，也不知现在手杖是否挂在办公室里当警杖……

老　单

　　忽然有一天，老单发现这世道变了。原来老单下班后就急匆匆回家，家务事全包揽了，老婆逢人便夸男人勤快，街坊都夸老单是正宗的模范丈夫。街坊女人与丈夫拌起嘴来，便把老单抬出来作参照物："你瞧人家老单多勤快多会心疼女人，谁像你懒惯了身子，不是跳舞打麻将，就是东游西荡的……"每当听到这种话，老单如喝了几盅烧酒一般心里乐滋滋的。

　　可这几年，这种话越来越少了，老婆的唠叨数落却愈来愈多了。老单还是那般勤快，那般细心，老婆的心绪却每况愈下，今日嫌他菜烧咸了饭煮稀了，明天怨他衣服没洗干净地板没擦清洁。老单很惊讶，很困惑。

　　一天，老单看一份地摊小报，里面有《婚外恋大观》一文，老单看出一身冷汗，回家蒙头便睡。老婆也吓出一身冷汗，以为老单生了大病趴窝了。

　　老单瓮声瓮气地问老婆："你是不是在外面有相好的？"

　　老婆大呼冤枉："谁乱嚼舌头了？"

　　老单把小报掷给老婆："这里面写的情况跟你的表现一模一样……"

　　老婆大惑，拾起小报飞快扫完，噗嗤一笑，说道："还真看不出我的模范丈夫是个醋罐子咧！实话说了吧，我是有点嫌你窝在家里，像女人一样做家务事没出息。你看隔壁左右的男人，下班后都出去揽活干挣外快了，瘸子老姜那号窝囊废，夜里在巷口摆个小摊炸臭干子卖，也能赚个二三十元钱咧！"

　　老单嗤之以鼻："你是想，撺我去炸臭干子蹬三轮车吗？这太丢人现眼了，刀架在脖子上我也不去！"

　　老婆嗤笑："你就臭清高，清高能换电冰箱吗？能换回儿子的电子琴吗？你不去，我去！"

　　老单急傻了眼："你去？你去干嘛？"

　　老婆故弄玄虚："你说我能去干嘛？去陪酒伴舞呗！去勾引人家有钱的男人呗……"

　　老单知道老婆说的气话，但老婆真要出去摆地摊做小买卖，既丢男人的脸面，也惹男人提心吊胆。老单想，也许老婆是开玩笑吧。不料，老婆真的从街道小厂批发回一些袜子，要去摆地摊了。老单真想把那些袜子全烧了，把老婆反锁在房里。老婆犟着上街去了，老单心里忐忑不安，把儿子哄睡着了，便上街去找老婆。老单寻了几条街，终于看见老婆在地摊群中拼命吆喝兜售她的袜子。她的热情并没招徕几多顾客，她不懂得那条名言："在市场上谁的吆喝声最高，谁就最急于兜售掉最糟糕的货品。"老单为老婆而羞辱，真想冲上去拽起老婆就走。但老单知道老婆的倔劲，只好躲在附近的电线杆后抽烟。

夜深了，街上行人稀少了，地摊渐渐疏散了。老单看见老婆正在抓紧时间收拾地摊，准备挎着提包回家去。老单半是幸灾乐祸，半是怜悯心疼，他想上前去帮老婆挎提包，转念一想，就让她多吃点苦头，断了这份念头。老单叼着烟，尾随着老婆回家。

行至小巷口，老单忽然听见老婆惊叫。老单冲上去，只见一条黑影已窜去老远。老婆见是老单，惊悸未定："好吓人呀！他装作问路，就抢走了我的提包……"老单要去追，老婆拽住他："他手上有刀呐！算了，提包里尽是袜子，不值钱的……"

经过这场虚惊，老单再也不让老婆上街做小生意了。还有一些袜子，老单硬着头皮拿到街上去贱卖了。老单琢磨起如何正经弄钱来稳定家庭阵线，莫让老婆孩子去羡慕别的家庭，莫让街坊邻居笑话咱们穷酸。老单忽然想起在农村插队时跟老艺人学的那手削木头鸟兽的绝活，兴许这玩意儿在城市里还有销路。老单买了木料，在家精心削了一组十二生肖，老婆拿到街上一摆，一下被哄抢光了。老单没想到十二生肖竟赚了一百多元钱，欣喜若狂，削得更起劲了，经常通宵达旦，以致在上班时打瞌睡，叫车间主任训了几次。老单索性办了停薪留职手续，在家一门心思削木头鸟兽。他声名鹊起，生意兴隆，竟然有老外找上门来订货，还有外贸部门聘他当工艺大师、当工艺厂厂长的。老单哪儿也不去，在家办了个私营工艺品作坊，请了几个心灵手巧的打工妹来当学徒。

日月如梭，转眼几个学徒出师了，都自立门户，在城市扎根立足了。老单成了百万富翁，不再为金钱发愁了，却在为感情生闷气。老婆成了富婆后，整日不是搓麻将玩宠物，就是上商场美容院，与老单的感情反而比贫贱夫妻时那种相濡以沫的情愫差之千里。老单想女人时，老婆却在麻将桌上酣战，终于有一天，老单的一位女学徒乘虚而入，钻进了老单的被窝。

离婚那天，老单把存折全部给了前妻。分手时，老单流了泪，哽咽道："真想回到当年上街卖袜子的时光里去……"前妻也伤感地慨叹："当初真不该撺你下海的……"

前些日子见到老单时，老单刚从狱中出来。原来，他的工艺品作坊渐渐不景气，产品积压，债台高筑，新妻席卷细软存款与野汉子私奔了。老单染上酗酒恶习，一日在酒馆中与人发生口角，用酒瓶把对方打瞎了一只眼。老单说，他再也懒得削木头鸟兽了，还是想申请回厂上班。老单不无怀念地说："还是在厂当模范工人、在家当模范丈夫的滋味过瘾……"

老 邢

    和平路小学是市重点小学。老邢望子成龙，想把儿子邢小可转入该校。老邢托了个熟人，写了张便条，去找该校的吴校长。

    吴校长开门见山地说："要转学入校可以，你得作贡献，有钱出钱，有料出料，学校要盖教学楼了……"

    老邢面有难色："我既没钱，也没料，倒是有一技之长，看能否为学校作点贡献。"

    吴校长乜斜了老邢一眼："啥一技之长？"

    老邢说："我会气功，既能发功治病，也能武打护身，要是遇到流氓地痞窜到学校捣蛋，我保准把他们打得落花流水！"

    吴校长面呈惊喜之色："真的吗？"

    老邢耍贫嘴的毛病又犯了："火车不是推的，牛皮不是吹的，不信我当场发功表演给你看看！"

    吴校长陡来兴致："那好，我这几天牙痛病犯了，劳驾你发功治治吧！"

    老邢爽声答应，很卖力地运气发功，折腾了半天，吴校长果然牙痛减轻，喜不自禁。

    老邢还想炫耀一下他的硬气功，随手操起一只教具圆规，递给吴校长："你用这圆规尖锥戳我的喉咙和胸膛吧。"

    吴校长双手抖索得厉害，不敢动手用力戳。

    老邢鼓励道："戳吧戳吧！使劲戳，没关系！"

    吴校长将信将疑地戳了两下，果真像戳在皮球上反弹回来。吴校长咬着牙使劲戳了一下，没伤着老邢半点皮肉，反被气功击退几步。

    吴校长领教了老邢的气功，显得前倨后恭，对老邢殷勤起来，连声答应："你儿子入学的事没问题，放心好了。至于作贡献嘛，不要你出钱出料，只要你出气功，把黄油条撵走……"

    老邢问："黄油条是谁？"

    吴校长长地叹了一口气，诉说了学校的一块心病："你看教室后面的那间炸油条的简易棚，就是黄油条强行搭的，这家伙胡搅蛮缠，连工商公安的都怵他几分……"

原来，黄油条因斗殴入狱过。出狱后便在和平路小学教室后面强行搭棚炸油条，那油烟熏得孩子们咳嗽流泪，那喧嚣声吵得师生根本无法上课。工商、公安部门干预过，黄油条要挟道："不让我炸油条自食其力，难道要逼我去偷去抢吗？谁要拆我的棚，我拼上个二进宫，把他废了！"都是有老婆孩子的人，犯不上和这亡命之徒认真，于是人人睁只眼闭只眼，让和平路小学师生受点委屈。吴校长告了多年状，也没把黄油条撵走。恶人自有强人磨，吴校长就指望老邢的气功了。

老邢拍胸说："小菜一碟！"说罢径直朝油条棚走去。

吴校长疾步撵上来，小声叮嘱道："给他点颜色瞧瞧就行了，千万别发生流血事件……"

老邢诡谲地一笑："放心，我有办法收拾他！"

老邢走进油条棚，声色俱厉地勒令黄油条迁摊子。黄油条不知老邢是哪路神，软磨硬泡，终于暴怒起来，抢起炸油条的火钳砸老邢。老邢一发气功，黄油条的手顿时僵硬了，火钳砰然落地。黄油条还想挣扎，老邢又点了他的腿上穴位，他顿时瘫软在地，呻吟不止。老邢问："还服不服？"黄油条乖乖地答："服！"老邢又问："还搬不搬？"黄油条连连点头："搬、搬、搬！"老邢马上收了功，让黄油条恢复了原状。黄油条缠着老邢要学这硬功夫，老邢鄙夷道："就你这德行，学不会气功的！"黄油条赧然而退。

吴校长欣喜若狂，备了薄宴欲款待老邢。老邢说什么也不敢入席，口口声声说："不敢当、不敢当，这客请得没道理。"

吴校长只好坦言相告："老邢，实话说了吧，还有事要求你这奇人咧，我们打算聘你当学校的顾问……"

酒酣饭饱，吴校长透露了三桩扯皮拉筋的事，托付老邢去全权处理。

其一，校办工厂去年承包给一位"能人"，那"能人"大饱私囊，却拖欠合同款十多万元，学校经费紧张，三番五次催他交款，逼急了，他恼羞成怒："要钱没有，要命一条！"官司打到法院，法院判他败诉，他索性卷款而逃，狂嫖滥赌，挥霍一空，现已溜回家来。告他吧，杀他无肉、剐他无皮；不告他吧，让他逍遥法外太便宜他了。

其二，一名家长为儿子的升学问题，不问青红皂白地殴打女教师，致其重伤。理应惩办凶手，但人家有关系网，百般包庇拖延，最终不了了之。令人气愤的是，他连判定的医药费、营养费、精神损失费也要赖不付。可怜那女教师心灵遭重挫，几乎精神失常。

其三，学校一位老教师好不容易盼到老伴单位分房子，钥匙刚拿到手，房子却被一对年轻夫妻抢占了。那对年轻夫妻仗着父辈的权势，骄横跋扈，拒不退房。老教师一急，心脏病突发，住了院。而那对年轻夫妻像欢乐鸟一般，隔三岔五办家庭舞会，你说气人不气人？

老邢听得热血上涌，义愤填膺，一拳击在桌上，震得碗碟盘盏哗哗乱响。老邢双眼喷火，咬牙切齿地骂道："这些狗东西，都是欺软怕硬的德性，让我收拾他们！"

吴校长暗忖：卤水点豆腐，一物降一物。老邢的气功还真管用，有些人贱，不给点颜色看看，不晓得厉害。觅到老邢这活宝，总算可以扬眉吐气一回了。

金 牙

康老太被病魔折磨得死去活来，形如枯槁，干瘪得像一具木乃伊。只是那魂儿执拗地不肯脱壳而去。在这喧嚣冷漠的人世，还有什么值得留恋的呢？康老太想速死早解脱，可就是悠悠然断不了那口气，不知是老天爷在发慈悲，怜悯挽留她，还是她前世罪孽深重，阎王爷要故意惩罚她。

常言说：久病床前无孝子。康老太中风瘫痪半年多，儿孙媳妇们怨声盈门，什么粗话咒语都骂了。为康老太的赡养费、住院费以及遗产问题，儿孙媳妇们少不了发生纠葛。起初他们还讲点体面避点嫌，悄悄的；后来撕开脸皮，针尖对麦芒地干了起来。

康老太有笔可观的遗产，那是康老爹临终时交给她的一盒金银首饰。举国大饥之年，康老太忍痛割爱变卖了一些金银首饰，使得全家老小无一成冻骨饿殍。"文革"抄家，剩余的金银首饰被没收了，清退抄家的物资时才发还，康老太便秘藏起来，谁也别想讨去、哄去，连最心爱的孙女出嫁，她也没舍得送一枚戒指。谁也不知康老太打的什么主意，惹得儿孙媳妇们勾心斗角，变着戏法巴结孝敬她，唯恐有半点差池怠慢，却又在骨子里骂她太抠太猾。康老太直至病危时才拱手交出金银首饰，听凭儿孙媳妇们去瓜分。康老太万万没想到，阎王爷的十二道金牌也没勾去她的魂，她竟磨磨蹭蹭了半年多，儿孙媳妇们瓜分了金银首饰，便视她为累赘，咒她快死。这是她的失算，她挺懊悔，应该把金银首饰揣着，到自己作古后再撒手，那样至少可赚得后辈们的一点虚情假意的孝顺。如今晚了，她一无所有，成了遭后辈们厌弃糟践的废物！人活到这分上，真不如死……

一阵争吵声将康老太从恍惚混沌的弥留状态中吵醒过来。她纳闷：又在吵什么呢？难道还在为那点赡养费、住院费的摊派问题斤斤计较吗？狼心狗肺的东西！你们是谁一把屎一把尿地拉扯大的？你们知道为娘的早年守寡吃了多少苦受了多少辱？你们这么没良心，干脆给我来包耗子药吧！康老太双手胡乱地摇晃着，拼命挣扎着想呼出一腔愤怒之情，却力不从心，只有喘气翻眼的分儿。

争吵声肆无忌惮地大起来，猛烈无情地撞击着康老太的耳膜。康老太的耳有些聋，却也隐隐约约听出一些名堂：天呀，这帮孽种，竟把主意打到她嘴里的金牙上来了！她只有两颗金牙，却有三个如狼似虎的儿子……

"抓阄！谁抓着谁有福气，谁抓不着该谁倒霉！"

"抓就抓……"

争吵声暂时平息下去。

康老太感到浑身痉挛、脏腑冰凉，生命仿佛缓缓蠕动着欲脱壳而去。她下意识地艰难地摸了摸金牙，还在……

那是金牙风靡时髦的年代，康老爹娶了年轻漂亮的康老太。新婚那天，康老爹领着康老太上最高级的牙铺，拔掉门牙，镶上金牙。那年代，康老太的金牙曾赢得多少人的羡妒，为她平添了一层妩媚和华贵……这金牙是她青春的祭品、岁月的信物，岂能让后辈们掠去挥霍、亵渎！她要戴着她的金牙上路，去寻找她冥间的亲人，给他一个金灿灿的笑……

康老太艰缓而从容地掰下金牙，咕隆咕隆咽下喉咙，一阵猛烈的咳嗽和抽搐后，康老太咽气了。

抓阄获胜的两个儿子雀跃而入时，瞥到康老太的金牙不翼而飞，瞠目结舌。

两天后，在火葬场里，他们目不转睛地盯着火葬工人，直至从骨灰里扒出两颗金牙……

当夜，没得到金牙的儿子便放风说，他梦见娘了，娘在疯疯癫癫地喊："还我金牙！"

牙　齿

金婚纪念日时，莫老和林老没有操办酒宴或舞会。尽管儿孙们和老朋友们极力撺掇，他俩还是执拗地拒绝了。人到晚年，喜欢宁静淡泊，这是一种人生佳境。他俩怕儿孙、朋友们搞突然袭击，便偷偷出了远门，到海滨度假去了。

海滨依旧充满魅力。五十多年前的今天，他俩就是在此相识相爱的。海滨依旧，他俩却老态龙钟了。再也不能像年轻人那样在海涛中搏击，在沙滩上嬉戏了，只能静静地拾贝壳，听海涛，望樯帆……

林老突然扑哧笑了，笑得蹊跷诡谲。

莫老追问："林，笑什么？"

林老的脸微红，说："笑咱们初识时你掉了牙齿的狼狈相，还有你讲的那个关于牙齿的笑话……"

莫老故作惊讶："林，都半个世纪的陈芝麻烂谷子了，你居然还囤在脑子里哇！"

林老嗔怪："干嘛不该记住？"

那年，她还是个正值豆蔻年华的中学生，在海滨嬉玩时遭到两名醉醺醺的酒鬼的追逐，莫见义勇为，冲上去保护林，结果被酒鬼的拳头敲掉了两颗门牙。林找到了那两颗血淋淋的门牙，嘤嘤啜泣。莫为了安慰她，便讲了那个关于牙齿的笑话："从前有位著名将军，到一家牙科诊所去拔了两颗坏牙。牙科大夫想赚钱，便将那两颗牙齿标价出售，上书：此乃某著名将军的牙齿，每颗十块大洋。那将军知道此事，气愤极了，令部下速去赎回他的著名牙齿。部下到街市上转悠了一圈，竟赎回他的"著名牙齿"103颗。"林破涕而笑，捶着莫的胸脯……

林老说："当年你多么想当将军，想让人家崇拜到收集你的著名牙齿的地步……"

莫老感慨道："可惜将军没做成，弹指50年，却做了一辈子无名无利的教书匠。"

林老却说："不过在我心目中，你这一辈子绝没虚度，你的学生中有那么多著名的将军、学者、艺术家、英雄、劳模，你也该算著名的了……"

莫老惶恐羞窘地摇手："林，莫瞎说，我算什么著名呀？莫亵渎了这两个好字眼哟！"

林老幽了一默："著名丈夫总该够吧？"

莫老苦笑道："林，这著名的帽子应戴在你头上才恰当。你才够得上著名妻子，为我的事业做出牺牲……"

在丈夫眼里，妻子的牺牲尤其大。她帮他侍候瘫痪达十年的老母，含辛茹苦地拉扯大五个儿子，坚韧地支撑着家，让他全身心地投入到事业中去。尤其是在他住牛棚的那段磨难时光中，若不是她像十二月革命党人的妻子那样忠贞地爱他，跟随他，他早把老骨头扔在异乡僻壤了……

林老忽然想起什么，喃喃道："莫，我想告诉你一个秘密，也是送给你的金婚纪念品。"

莫老兴趣盎然："是什么呀？"

林老从手提包里掏出一个精致的首饰盒，递给了莫老。

莫老打开一看：十颗牙齿。

莫老愕然，大惑："谁的牙齿？"

林老说："你的呗！"

莫老问："真的？"

林老说："这还有假吗？喏，这两颗门牙，就是当年被酒鬼揍下的，这颗是那年打篮球时摔掉的，这颗是多年前智齿发炎时拔下来的……"

林老如数家珍般回忆着牙齿的遭遇。

莫老慨叹：这真是一个神奇的秘密，美丽的童话！十颗牙齿竟珍藏了这么多年，有的竟长达半个世纪，你真算得上是特殊收藏家了！

莫老情不自禁地搂过老妻，颤声叹道："你这是为什么？"

林老轻轻地说："因为我崇拜你呀……这纪念品，你喜欢吗？"

莫老迭声说："喜欢，太喜欢了！谢谢你，太谢谢你了！"

审 查

赵海和阿芳下乡收蛋，归途中遇暴雨受阻，拖拉机抛锚，以致彻夜未归。这本来是生活中的一件小事，可是，经过好事者的传播，众人的添油加醋，终于轰动了全收购站。

流言蜚语，没有翅，却比鸟飞得快；没有刺，却比锥扎得痛。

"啧啧，痴男怨女，荒谷野合，天当帐地当床，真够风流浪漫！"

"看他俩平时挺正经的，没想到会干这种丢人现眼的事！"

"哼，人怎能貌相？馋驴不跑，阴狗不叫，赵海这小子早盯上人家局长的千金了，大概是局长不批，就准备来个生米煮成熟饭……"

"嘻嘻，得罪了局长，没他的好果子吃，别看他又当劳模又要入党，这次可要栽跟头啰！"

面对流言蜚语，赵海嗤之以鼻，阿芳若无其事。

然而，收购站王书记坐不住了，把赵海叫到办公室，严肃地说："赵海同志，群众对你的议论很大，人言可畏，你得向党组织把事情说清楚……"

赵海淡淡一笑："这些嚼舌头的话，您也信？"

"我……"王书记有点窘，支支吾吾，"不可信，也不可不信，所以要审查清楚，这关系到你的入党问题。"

"哈哈哈！"赵海发出一阵尴尬的笑声，诡谲地说，"如果这种事也要审查，我看先得从您开始！"

"审查我？"王书记神经绷紧了，有些失态。

"对，审查您的历史问题。你给我们作传统教育报告时多次透露：过敌人封锁线时，您和女交通员扮过夫妻；行军途中，您和女宣传员同盖过一条军毯；您挂彩后，女卫生员在山洞里单独照料过您……谁能证明，您没犯男女作风错误？"

"住嘴！胡说！"王书记拍案而起，"你懂个屁，那时是流血闹革命，谁还想那门子歪心思！"

"难道我们现在不是干革命？难道只考虑个人名誉得失，扔下千斤蛋不管？您不觉得，您的所谓审查，是在伤害我们的自尊心吗？"赵海的话音颤抖得很厉害，两颗晶莹的泪珠夺眶而出。

王书记颓然瘫在沙发上，显然是受到震动了，沉思起来。

赵海临走时小声嘟囔："如果还要审查的话，我坦白交代，我吻过她，我和她在那天晚上真心相爱了，我们毕竟比您当年浪漫一些。不过，请您暂且保密，她爹会发火的……"

窗　帘

绿　窗　帘

我家正对面楼的窗户上贴了红双喜字，挂上了黛绿色的窗帘。妻消息灵通，告诉我："那是一对高干子弟加芭蕾舞演员型的新婚夫妇，既阔绰，又风流。啧啧！"妻不由得流露出羡慕神色。

我却不以为然，现在还看不出他们有什么值得我羡慕的东西，除了那黛绿色的窗帘。我承认，那窗帘的颜色、款式真漂亮！红双喜字还未褪色，黛绿色窗帘还没换洗，蜜月度了半旬，新婚夫妇吵嘴打架了，先是遮丑式吵，关紧窗，拉上帘；后来"战争"升级，哭骂厮打声从窗与帘内挤出来；再后来，他们推开窗，撕破帘，两口子扯起嗓门互相揭短抖丑。舌战完毕，他们又争先恐后地往窗外抛东西：电吉他、石英钟、录音机、电视机……调皮鬼们幸灾乐祸地喊叫："快来看热闹呀，砸日货啰！"

我感到恶心，妻也惊愕、迷惘。

几天后，绿窗帘不见了。妻说："那对宝贝离婚了。原因嘛，嘻嘻，那男的怪女的新婚之夜未动红，那女的搜出了男的还未寄出的情书。"

红　窗　帘

对面窗换上了猩红色窗帘，说实话，我不喜欢这窗帘：老套、俗气、太刺眼，特别是令人想起血液而不寒而栗。妻说："那边搬进了一对年轻的残疾夫妇：男瘫女瞎。"我倏地生出一股怜悯之情，唉，残疾人的生活多难呀！

可我想错了，他们生活得充实、欢乐、幸福。他们同在福利工厂做工，每天上下班，男当女的盲杖，女推男的轮椅，那患难与共、相濡以沫的情景令人感怀、羡慕。他们还养花、养鸟，饭后夫弹妇唱，不亦乐乎。妻说："人家夫妇都是残疾人业余艺术团演员哩！"她的眼神里不无歆羡。

一天，我在家改电视剧本，有人敲门。我开门一看，原来是残疾夫妇，两人拘束不安。我纳闷地问："找我有事吗？"男的说："是的，是的，听说你是要笔杆的……"女的截断他的话："哎，什么要笔杆的？应该叫作家。作家同志，我们想请你帮忙写段唱词，参加省里文艺汇演，行吗？"

我哑然失笑，想解释、推辞，我只是个要笔杆的小编辑，不是什么作家，也不会写唱词。但一见他俩渴求的神态，我心软了，答应试试。我遵嘱熬了两夜，写成了歌词，反映残疾人执着追求理想、热爱生活的。

他俩高兴极了，送给我两盆菊花：一盆红的，一盆黄的。

近段日子，我再看那猩红色窗帘，并不觉得俗气刺眼了，反而觉得它是一面生活的旗帜！

黑 窗 帘

出差归来，突然发现对面窗又换上了黑色的窗帘，像一只忧伤黯淡的眼睛。我惊诧，问妻。

妻哀伤地说："那瘫夫死了，据说是癌症。可惜，他和瞎妻排练了两个月节目，临到汇演时却倒下了……"

我简直不敢相信："不，不，这怎么会呢？你听，这不是他们夫妇在弹唱吗？你听呀！"

从那黑色的窗帘内飞出高昂悠扬的歌声琴音，谁会相信这户人家发生了什么不幸呢？

妻的眼圈红了，喃喃道："那是瞎妻在放录音，她每天早晚都要放好几遍的……"

邻居们看着那黑窗帘，听着那录音，无不叹息流泪。

黄 窗 帘

对面窗换上了黄窗帘。

妻说："瞎妻搬家了，因为她天天放那录音，邻居们有意见，说烦心，不吉利。她搬到郊区，上班路远多了，但可尽情地听那录音，寄托哀思。"

后来黄窗帘内搬来一对舞迷，三天两头办家庭舞会，闹得大家鸡犬不宁，怨声载道。邻居们后悔不迭，不该挤走瞎女呀！

十只橘子

我沿着墙脚蹑手蹑脚地朝赵科长的房间摸去，走近窗前，悄悄地摸出十只橘子，摆在他的窗台上。屋里，传出赵科长浑浊的咳嗽声和痛楚的呻吟声，我慌忙地溜回来，像做贼一样。

赵科长是我参加工作后的第一个上级，他为人正派，待人和蔼，我深深地敬重他。最近他的肝病犯了，我想买点礼物去看望他。想当初，我患伤寒，他给我送过两瓶罐头，来而无往非礼也。正巧，弟弟从乡里捎来十只大金橘，金灿灿的，透散着诱人的香气，每只足有半斤重。我没舍得尝一只鲜，当即小心装进网袋，就要给他送去。

我刚迈出门槛，太阳光射得我眼花缭乱，我不由得低头揉揉眼睛。这一揉，把心窍也揉开了：不行！光天化日之下，提着网袋串科长的门，人家会怎样嚼舌？何况，嫉妒者早就在私下议论我了，说赵科长素日器重我，是我会溜须拍马的缘故。我从未抱着私人企图去巴结过领导，包括这次送橘，我的心是虔诚的。我对天发誓：要是有半点杂念，天打雷劈！

想到此，我勇气倍增，理直气壮地出了门。刚下楼梯，迎面碰见一位同事，他逗趣地说："哟，又要孝敬准丈母娘、巴结女朋友啦！"在同事的讪笑中，我的脸一定"刷"地红了，支支吾吾，狼狈不堪。

我果断地退缩回房。万万不行！赵科长是我的入党介绍人，听说领导们正在讨论我的入党问题。我这一送礼，不光是别人要说我动机不纯，恐怕赵科长也会误解。他要拒收，推推搡搡的，那多难堪、尴尬，张扬出去，岂不成了话柄？不行、不行！人言可畏，不可不防。为了避嫌，我就演了"暮夜送橘"的戏。当晚，我做了个好梦，梦见赵科长吃了橘子，病就好了，我在梦中笑了……

第二天早上，我上班走到机关门前，看见众人在围观什么。我好奇地挤上去一看，妈吔！那十只橘子整整齐齐地摆在地上，上面贴着赵科长带病疾书的招领启事：昨晚拾得橘子十只，望失者前来认领。

人们议论纷纷，哄笑阵阵。我脸烫耳嗡，险些晕倒。这才明白：自己做了一件蠢事！我当然不能认领那橘子。几天后，那橘子就烂了，被扫进了垃圾箱。

居然有一天，报上登了赵科长拒腐防贿的事迹，那里面，就有十只橘子的事。我愤愤然，真想去找赵科长坦白，那橘子是我送的，去谈谈我的动机，我的心意……然而，我没有去，我怕赵科长弄不好又会误会，再给我写到报上去，那样就不大好办了……

乡 客

"干虾子，干虾子在家吗？"一个浑厚粗犷的声音在门外响起。甘县长的夫人开门，愠怒地问："找谁？"她颇生气，哪个上门不是称官道职的，唯有这乡巴佬，太没礼貌，居然还喊外号。

深陷在沙发中吸烟的甘县长，认出了这位不速之客，急忙起身迎接。

"老罗，罗汉肚！"

"老甘，干虾子！"

县长夫人知道是贵客驾到，急忙递烟沏茶。不错，他俩是患难之交。当年，甘县长落难下放时，就住在老罗的破茅棚里，同吃一锅饭，同盖一条被。有几次，老甘病得奄奄一息，多亏老罗四处奔波，请医求药。为保住"干虾子"的命，老罗竟跟产妇讨胞衣，熬成汤哄老甘喝，说那是羊肚汤哩！

老甘忙喊夫人备宴。酒过三巡，老甘微醉，夫人递眼色，劝他小心酒后失言。前些时，有位战友提着两瓶泸州老窖，说是打牙祭，灌醉了老甘，哄着他在一张后门条上签了字。老甘酒醒后大骂战友是"流氓"，虽追回了那张条子，可影响已难挽回。这次……老甘警惕了，弦绷紧了，心里嘀咕道：是呀，老罗好多年没来，这次来一定有求于我。看他那提包里装得鼓囊囊的，多半是礼品。这老实坨子啥时候也学会了来这一套！

老罗喝酒话就多，他谈到儿子高中毕业后没考上大学。老甘生怕他求自己开后门在城里找工作，忙斟酒："来，满上满上！"老罗谈到他要盖新楼，老甘以为老罗要托他买建房材料，忙对老罗说："对不起，你稍坐一下，我去打个电话。"

频繁的斟酒、打电话，让老罗意识到老甘是个大忙人，于是准备告辞了。他拉开提包，拿出一包包山菇、干笋、黄花菜、莲子、豌豆……老甘以为他要摊牌，惴惴不安地拒绝："老罗，你这是干啥？快别这样！"

"送给你补补身子，原以为你进城会养好些的，想不到还是条干虾子。老弟，得爱惜身子哟！"老罗摇摇晃晃地出了门，老甘送出小院，在转弯处悄声问："老罗，你找我有事吗？"

"没……没事！"老罗含糊地说。老甘怜悯起这位"上山打虎易，开口求人难"的硬汉子来，真诚地说："有啥难事尽管说吧，也许我能帮助你。"

老罗搓着手，说道："我是有事……想请你到乡下去喝喜酒，可一看你太忙了，就不好意思开口。"

老甘如释重负："你儿子结婚吗?"

"不，儿子是去年结的。"老罗羞涩地低着头说，"是我续弦。当年你嘱咐过，有这一天要我一定通知你，要不就臭骂我一顿……"

老甘心头一热，不知说什么好。他默默地把老罗送出老远。最后，拍着老罗的肩头，当场表态：他要撇开一切会议和文件，去参加这个普通的婚礼，去闹闹老朋友的洞房，猜拳行令喝个痛快！

钥　匙

胭脂巷的孤老头邢老爹溘然病逝。人虽千古安息，却留下"后遗症"，惹得胭脂巷沸沸扬扬地很是喧闹躁动了一阵，着实鬼使神差地耍弄了人们一番。可恼可怒、可羞可叹，说起来，皆怪一把钥匙作祟。

那是一把铜钥匙，小巧玲珑，熠熠闪光，但式样普通，绝无新颖怪异之处。它静静地躺在邢老爹的贴身上衣口袋里，装殓换寿衣时，"当"地滑落在地，清脆悦耳，一下子就勾住了人们的目光。

于是，这把钥匙瞬间便罩上了神秘的光环。众目睽睽之下，大家静场片刻，继而叽叽喳喳、嘀嘀咕咕起来，仿佛这把铜钥匙一下子捅开了人们的想象闸门。

"莫非邢老爹攒了一大笔钱藏在哪儿吧？这说不定就是小钱柜钥匙……"

"他那点退休金，攒钱好像不大可能。也许有什么值钱的古董呀珍品呀收藏着……"

"有道理！'文革'抄家时抄走过他的玉雕烟壶，后来清退时还给他，他说献给国家了。谁知道他真献假献了？说不准暗掖着！啧啧，那玩意儿如今可值大价钱呐！"

"喂，我想起来了，邢老爹买过募捐彩票，兴许中了大奖，舍不得用，又怕存银行，于是装在铁箱里埋在地下保险……"

"嘻嘻，依我看，这是哪个老姘头的房门钥匙吧？这种风流艳事他年轻时干过……"

人们边情趣盎然、兴致勃勃地扮演着福尔摩斯，边搜寻着邢老爹的斗室。大家如篦头发一样篦了几遍，就差没掘地三尺了，不仅没发现钱柜宝匣什么的，而且连锁的影子都找不到。这不奇怪，邢老爹屋里本来就看不到一件值钱的东西，焉用锁，何患盗？但望着那神秘诱人的钥匙，人们心头又充溢着虚幻与奢望：也许真有那么回事吧！但愿是真的，就算分不到手吃不到口，小巷总能沾点光，比如修个文体室、安个公用电话、盖个车棚什么的……

于是，人们又耐心执拗地搜寻，连天花板、水泥地、青砖墙都敲过了，也没找出什么暗道机关。人们气馁、沮丧，继而怨恨死老头子故意耍弄大伙，进而怀疑有人做了手脚趁火打劫，甚至也许是谋财害命的恶性案件，并嚷着要报案，惩办杀人凶犯……于是，最先发现邢老爹死亡的福林叔大呼其冤，抬过尸体的二憨、毛毛、瘪哥骂骂咧咧地揎拳捋袖，要与那帮乱嚼舌头的人厮打，连闻讯赶来做寿衣的阿惠婆也委屈得抹起老泪来……

胭脂巷乱套了！邢老爹的丧事因此耽搁了好几天，硬是请来法医方才拖去火化。那一阵人心惶惶，生怕沾事。也有胆大贪财之徒深夜潜入邢老爹的斗室，撬得大窟小眼。连邢老爹经常清扫过的垃圾场也被人扒得乱七八糟。

钥匙之谜一度成了小巷的热门话题。经众人渲染、加工、传播，最后反馈回小巷时，竟演变成几种结论：一说邢老爹被邻居谋杀，邻居盗走一罐子金银首饰；二说邢老爹留下遗言，将巨款捐给国家；三说邢老爹一生吝啬，将数万元巨款埋在地下烂成泥……

不过，谣传泛滥一阵后渐趋平静，连涟漪也微弱了。人们经常念叨的是邢老爹的为人，譬如他常帮邻居们义务修伞、修鞋、修电扇、修自行车，热心快肠地代人取奶、送报、寄信，默默无闻地扫厕所、掏阴沟、运垃圾，用板车推残疾老人上医院……

不久，厕所堵了，污水屎尿淌得满巷臭气熏天，路人掩鼻，众人想起邢老爹生前的功德，感慨复唏嘘。然而动手掏厕所的人没有，只得翘盼环卫工人。终于到了忍无可忍的地步，只得自己动手掏了。找工具时，人们发现厕所角落里有只工具箱，上着锁，这才恍然大悟：原来那把铜钥匙是开这把锁的呀！

除 夕 夜

凛冽、呼啸的风雪，像醉鬼在山林中狂奔疾呼，仿佛要征服一切，吞噬一切。然而，在黑魆魆的天空与白茫茫的大地的衔接处，却屹立着一幢小木屋，从小木屋里渗出一抹橘黄色的灯光。尽管灯光微弱，但毕竟抵抗住了暴风雪的肆虐，给这充满肃杀、恐怖气氛的山林抹上了一笔生命的暖色，甚至增添了诗情画意。

这是管山爷的小木屋，他和他的小孙子佳佳吃过年饭后，开始围炉讲故事，守除夕夜。火炉里的劈柴添了又添，管山爷的故事讲了又讲：狼外婆接生呀，狐狸精吃人呀，黑熊瞎子掰玉米呀，小花猫钓鱼呀，美人鱼唱歌呀，金丝猴偷蟠桃呀，猪八戒吃西瓜呀……他的故事都快抖落光了，佳佳却睡意全无，睁着一双亮晶晶的大眼，摇着他的膝头嘟囔："爷爷，你再讲吧，你再讲吧！"

这孩子，不贪吃，不贪玩，就迷听故事。春节前夕，佳佳的爹妈，一个要飞往日本参加一个学术研讨会议，一个要随歌舞团赴云南边防前线慰问演出。他们只好打发佳佳到山里爷爷这里度寒假。佳佳先噘嘴夺头，老大不高兴，但一听爹妈说爷爷会讲许多许多的故事，他被诱惑住了，破涕为笑。

风雪轮番进攻，猛烈扑打小木屋，松皮屋顶显然承受不了这风摧雪压，发出"吱呀吱呀"的响声，油灯里的火苗忽闪忽闪地摇曳着。突然，一股旋风从门缝溜进来，扑灭了油灯……

佳佳忙钻进爷爷怀里："我怕！"

"哈哈！哈哈！"管山爷夹起一片松明子点燃了油灯，然后站起来，"我去抱柴。"

佳佳龟缩着身子："爷爷别走，我怕。"

"怕啥？"

"怕狼外婆……"

管山爷苦笑："这孩子，没出息。"

佳佳又使劲摇着爷爷的膝头："爷爷，快讲吧，再讲一个吧！"

"还讲，你更胆小，更害怕了！"

佳佳执拗地说："我爱听呗!"

"好吧,讲!"管山爷点上一袋旱烟,"咝咝"地抽着,捋着胡须编着故事,"从前啊……"

佳佳"噗嗤"笑出声来。

"笑啥?"管山爷感到蹊跷。

"我笑爷爷,每个故事都戴顶'从前啊'的帽子,你讲一个'现在啊'的故事吧!"

"现在!现在啊……"管山爷爷没辙了。

"呜——哇,呜——哇!"附近林子里传来几声尖厉刺耳的噪叫声。

佳佳又扑进爷爷怀中,身体瑟瑟发抖。半晌,他才惊魂未定地问:"这是什么叫?"

"狼哭。"

"狼厉害,连人都敢吃,它还会哭吗?"

"会的。它冷了、饿了、受了伤或丢了崽,都要哭,有时哭得比老娘们还伤心。"

"它会不会钻进这屋子……"

"别怕,爷爷有猎枪!"

砰砰砰、砰砰砰!

佳佳抱头扎进爷爷怀里:"狼来了!"

"别怕!"管山爷搂住佳佳,"谁呀?"

"劳驾,问个路!"一个男人的声音。

管山爷打开门,门外站着两个"雪人"。他热情相邀:"进屋烤烤火吧,风雪夜,上哪儿呀?"

"去赵家岭。"一个姑娘的甜嗓。

"错了,这是山北,赵家岭在山南!"

"大爷,我们是医生,去抢救一个难产的孕妇,请您帮忙指个路吧!"姑娘央求道。

管山爷沉思片刻,转身从墙上取下猎枪,操起一根爬山棍:"我带你们去!"

"大爷,天寒地冻,您挺不住的,指指路就行了。"

"雪天没路,靠摸,山里有狼,我不放心,走吧,救人要紧!"

佳佳焦急地喊:"爷爷,我也要去……"

两位客人这才注意到佳佳,面面相觑。

"傻孩子,你去会冻成冰棍的,闩好门睡觉,爷爷待会儿就回来,听话,

367

乖乖!"

"他会害怕的……"姑娘怜悯道。

"阿姨,我……不怕!"佳佳嘴硬,牙却打颤。爷爷去做好事,佳佳才不拖后腿咧!

爷爷和医生走了。

佳佳的心怦怦乱跳,他闩上门,用松树棒顶上栓,又抱来木墩堵住门槛下的洞,爷爷讲过,狐狸精能变成小松鼠一样钻洞。为了壮胆,他把油灯里的火捻得大大的,爷爷说过,狼、熊都怕火光。劈柴烧完了,火炉中的火焰不旺了,佳佳不敢出门抱。身后冷飕飕的,总像有啥东西扑来,他蓦然回首,又没发现什么。莫非是爷爷讲的,狐狸精在要隐身术?

火炉渐渐熄灭,屋内温度开始下降。佳佳又冷又怕,慌忙钻进被窝。不知是冷是怕,他浑身颤抖,牙齿咯咯打架。他命令自己睡觉,睡着了就好了,可怎么也睡不着。对了!爷爷说,兔妈妈哄小兔睡觉,就是用推磨似的故事催眠的:"从前有座山,山里有个洞,洞里有只狼,狼对狼崽讲,从前有座山……"佳佳"推"了半天"磨",不行,一点睡意也没有。糟糕的是,他想爹妈了,鼻一酸,泪珠直淌,"呜呜呜"地哭出声来……

"呜——哇,呜——哇!"门外传来凄厉瘆人的狼嗥声。

佳佳倏地停止哭泣,蜷缩一团,敛声屏气,恐惧地聆听着狼的哭号。他寻思:这一定是狼丢了崽,要不,它为什么哭得这么伤心?听着,想着,他不觉得狼哭可怕,反而生出一丝怜悯,暗暗祈祷:狼妈妈,你快走吧,我们没夺走你的崽,你到别处去寻吧,千万别惹恼了爷爷,撞在爷爷的枪口上。

佳佳不知不觉地进入了梦乡……

松林中、雪地上。山鸡拖着漂亮的尾巴滑过积雪,野兔撒开四肢嬉戏,松鼠在枝头蹿上蹿下,鸟儿并没冻僵翅膀和歌喉,在飞翔歌唱。佳佳和爷爷进山林打猎。他们发现了熊迹,不一会儿就追上了熊,熊懒惰地蜷缩在一个树洞里。爷爷点火熏出熊。"砰!"猎枪开火了,子弹却像橡皮球一样弹了回来,熊咆哮如雷,张牙舞爪地扑向爷爷,一掌掴碎了猎枪,又一掌掴倒了爷爷。佳佳大声哭着冲上去,扑在爷爷身上哭喊;"爷爷,爷爷——!"

"佳佳,你在做噩梦吧?快开门呀!"

佳佳吓醒了,听见爷爷在叫门。他溜下床,迅速移开木墩、松树棒,刚要拉门栓,突然停住了,颤声问:"你是我爷爷吗?"

"佳佳,是爷爷!"

"你不会是……狼外婆装的吧?"

"傻孩子，快开门！"

佳佳想从门缝里看个仔细，雪却封死了门缝，他机灵地说："你到窗台来，我看看！"

爷爷转到窗前。佳佳看清了，真是爷爷，爷爷快成了雪罗汉，山羊胡子冻得翘得老高。

佳佳开了门，爷爷戳着他的鼻尖笑着嗔怪道："你罚爷爷在外冻了半天，喊你喊不应，推门推不开，莫非和爷爷怄气了？"

佳佳羞涩地说："我怕，刚才睡着时做了一个噩梦。爷爷，你那故事还没讲完呢！"

"不早了，睡觉吧！"

"不，我要陪爷爷守岁，你讲吧！"

爷爷抱来劈柴，点起火炉，抽起旱烟，捋着胡须，慢腾腾地讲起来。他讲的是现在的故事，佳佳这才知道，那叔叔阿姨原来是一对新婚夫妇，婚礼还没结束就出急诊……

风雪不知什么时候小多了，"呜——哇"的狼嗥再也听不见了。佳佳想，它大概找到孩子了吧？

小 巷 琴 声

　　这是一条偏僻幽静的小巷。每天清晨，清洁车和送奶车的轱辘声和铃铛声响过后，便沉寂下来，使人感到单调、空虚和惆怅。

　　不久，这低矮、简陋的小巷"贫民窟"中矗立起一幢大楼，它像鹤立鸡群一样引人注目。

　　但更引人注目的，还是三楼平台上那位拉小提琴的小姑娘，她约摸十二三岁，晶亮的眼睛，白皙的圆脸，穿着嫩绿色连衣裙，柔肩微耸，细腰轻摇，纤细的手指在弦上灵巧地滑动，那姿势美极了，真像一株摇曳的嫩柳。

　　从此，琴声打破了小巷清晨的沉寂，给单调惆怅的小巷涂上了轻快的色彩。

　　大楼下面，有一个北京式的四合院，院内住着一位退休的老花匠。他患多种疾病，打针吃药全不管用，医生嘱咐他用锻炼身体的招儿试试。他练过剑、学过拳、耍过棒、跑过步，无奈心无恒志，常常一曝十寒，半途而废。

　　小巷飘起小姑娘的琴声后，老花匠仿佛有了一只自然钟。他每天早晨闻琴舞剑，从不间断。他的体质和精气神明显好转，而且重操旧业，在院内摆弄起花草来。拉琴的小姑娘被这些花草所吸引，常常跑到小院来看花，帮老花匠干点什么。老花匠知道了她的名字：甜甜。

　　有一天，琴音突然消失，甜甜不见了。老花匠怅然若失，无心舞剑，浇花时神情恍惚，从梯上摔下来，中风了！他呜咽，为瘫痪的手和腿，也为失踪的琴声和小天使。

　　他问别人："她到哪儿去了？"大伙都说她搬家了。老花匠说什么也不信。她搬家不会不跟他告别的！哦，她会不会病了？会不会参加夏令营活动去了？会不会跟妈妈到"外婆的澎湖湾"去了？甜甜常哼的……

　　那天，老花匠一觉醒来，朦胧中，仿佛从远方飘来熟悉的琴声，他以为是幻觉，仔细聆听后便大声喊道："是真的！是甜甜的琴声！"

　　他拼命挣扎着想出去看看甜甜，并像过去那样闻琴舞剑。他使尽全身力气想动，但浑身憋出汗来也起不了身。

　　老花匠又度过了不少这样的清晨。又一天，他听到了琴声，想挣扎着起来，突然他的手通电般麻了，他惊喜地叫起来："我的手，我的手……"

老花匠的手奇迹般地能活动了，腿还瘫痪着。不过，他每天早上伴着琴声在病床上锻炼：压、揉、掐、捶、推……他有点不满：甜甜怎么不来看看我呢？要知道，我是多么想念你呀！哦，也许，你是在用特殊方式鼓励我自己站起来去见你，是的，你的琴声就是你的话，你的心声，你在喊："起来，起来！"我懂了，小天使！

渐渐地，老花匠神奇地拄杖站起来了，并能踱出户外。他渴望见到拉琴的甜甜。可哪儿有她的影子？琴声是从那嫩绿色纱帘内飘出来的！呵，她还要等到我的脚好利索了，再来见我。老花匠咬牙练步，跌倒、再爬起。他心里有一个信念：扔掉拐杖去见我的小天使！他爱甜甜，甜甜多像他的女儿——四十年前夭折在逃乱路上的独生女儿啊！

他终于能扔掉拐杖，扶着楼梯颤巍巍地上楼了。叩开甜甜家的门，他怔住了：哪儿有拉琴的甜甜？只有一台录音机在播放着琴声。

老花匠茫然地问："甜甜呢，甜甜哪儿去了？"

甜甜妈泣不成声。甜甜爹喟然长叹。

老花匠明白过来了，吼道："你们为什么不告诉我？为什么要这么欺骗我一个孤老头？"

甜甜爹沉痛地解释："这是甜甜的最后请求。她说，你很喜欢听她的琴声，就让我们录下琴声，这琴声是她在病床上拉的。我们每天清晨把它播放一遍……她还说，她很喜欢你种的花，死时还望着你送给她的那盆红玫瑰！她说，你要活上一万年，把世界都种上花，那该多美！"

老花匠恍惚自语："谢谢，我要活下去，种花！我要活下去，种花！"

他失去了一根精神支柱：琴声！

他又得到了一根更坚实的精神支柱：种花！

这是甜甜的遗愿，甜甜的希冀！

幺 妹

那年秋天，听说你要参加初中升学统考，我特地请假风尘仆仆赶回来督阵，我坚信只要你瞥见考场外哥哥伫立徘徊的身影，就会涌起力量与智慧的。我还慷慨许诺，若考上县重点中学，我奖给你一只钻石手表，一辆飞鸽女式车，一台袖珍录音机。

你很忧郁很冷淡地笑了笑，转身走进考场，那沉缓的步履、那迟钝的动作、那凝重的背影与你的年纪极不协调，杳无你那个年纪的天真烂漫、潇洒顽皮甚至荒唐。我想喊住你再说点什么，没来得及。考场的钟声庄严、浑厚、急遽地敲响了，仿佛命运的车轮碾过人们的心头，所有的梦幻、憧憬似乎都凝固在钟声里。

你一定不知道，我在考场外想了些什么。我想到你诞生的日子，妈妈突然冷汗淋漓、脸色青紫、"哎哟哎哟"地捂肚呻吟，瘫倒在厨房里。我放学回家目睹此景惊呼："妈妈，你怎么了？血！"地上一摊乌红乌红的血。妈妈惨淡一笑，无力地晃晃手："别怕，傻孩子，不用你搀扶，快去喊奶奶来！"等我叫来奶奶时，你已"哇哇"地来到这个世界。奶奶见你是个女孩，脸拉得老长、嘴噘得老高，而我却喜得合不拢嘴，常溜进房去撩你的小鼻小眼小脸蛋，撩得你或哭或笑或蹬或抓……

我想到那个雨后的黄昏，你流着泪缠着我带你去小河边摸螃蟹，你跟在我的屁股后蹦蹦跳跳、笑嘻嘻的，像只挂铃铛的小花鹿。你蹲在河滩上不甘寂寞地守着衣裳、鱼篓。旋风刮跑我的褂儿，落进河中往下飘去。你尖声喊我，而我正酣畅地与小伙伴打水仗。你急急地扑向那褂儿。我从漩涡中拽出你时，你把那破褂儿攥得好紧哟，你挣脱死神苏醒时，笑得好甜呀，笑的是褂儿保住了……

不知不觉中钟声响了。考生们叽叽喳喳地蜂拥而出。我在攒动的人头中寻找你，直到监考官捧卷出场，仍没见到你。我心里咯噔一跳，冲进空荡荡的考场，只见你蹲在墙角里低泣。我的心凉了。我当时真想狠狠骂你一通诸如"朽木不可雕也"之类的话，但一看见你犯下弥天大罪般的惶恐沮丧，我的心就软了，或许是怕了。现在的孩子们莫名其妙的脆弱，在频繁的大中小考中稍一失利，便演出"不成功便成仁"的悲剧。我尽力挤出一个笑，那笑一定滑稽、僵硬、古怪，比哭还难看，我装作轻松的样子拍拍你的肩，递给你一条手绢。我还想说点什么，但终于什么也没说，也许沉默更能抚慰失败者的心灵。我就默默地陪你沿着河滩回家。弯弯曲曲的河道上，雄浑的纤夫号、艄公曲和悲怆的望郎调、喊魂声交融回荡……

"你看那纤夫……"我试图勉励你。

"前天那儿翻船了，死了两个人……"你神情黯淡地说，有意岔开我的话题。

"再复读一年考中学吧。要不，我给你走走后门，县中学的校长是我原来的班主任。"

"哥，莫费心了，我不是读书料子，算命的说我命苦，跳不出这山窝窝的。喏，我这就是苦命痣。"你指着左眉梢上的一颗并不显眼、并不太丑甚至有点俏皮味儿的黑痣忧郁地说。

我愕然："幺妹，你小小年纪咋相信这套鬼把戏？难道你就甘愿屈服于命运的摆布？何况那黑痣与命运简直风马牛不相及！"我惘然：我的那个活泼、热情、顽皮、倔强的幺妹哪儿去了？是眼前的你吗？

记得那个忧郁的冬日，全家围炉烤火，你怯生生地说："我想读书……"全家人都愣了，其实愣得好没理由，你早到了读书和梦幻的年龄呀！你羞涩地补了一句："我……想读书！"爹磕了磕烟杆，断然拒绝："丫头上学干嘛？花那份学费不如买油盐换烟酒呐！"奶奶也觉得你变古怪了，世道变古怪了，嘟嘟哝哝道："哼，女人无才就是德，识得字有了墨水就变邪了、野了、懒了、馋了、文不文、武不武、土不土、洋不洋，今后咋办？"你执拗地嚷道："我要读书、我要读书！"娘摸了摸你的额头嘀咕："不烧呀，这孩子今日怎么了？"爹瓮声瓮气地吓唬你："你敢攀虎头岩、蹚野牛溪吗？你能鸡叫出、鬼叫归，一日跑三十里山路吗？你不怕风吹雨打、电闪雷鸣、鬼哭狼嚎、蛇咬狗撵吗？"我也为你捏一把汗，当时我在县中学住读，不能保护你闯这些难关呀！你刚强铿锵地答："我不怕！"爹没吓倒你，恼羞成怒地吼："不准读就不准读，丫头本是赔钱货，再赔钱更亏！"你惊天动地地哭叫："我要读书，我要读书，我要——读书！"说罢，你就绝食、就罢睡、就出走、就寻死，终于如愿以偿地背着书包去了那座古庙改的小学校。从那时起，我就自豪有了一位坚韧、质朴、勇敢的妹妹，我就预言你会成为山窝窝里的金凤凰，至少是跟妈妈奶奶等女辈不一个层次的人。

我一直把你当作一个甜梦。我上大学，当记者，忙工作，忙应酬，忙写作，忙恋爱，但我总惦记着你，给你寄资料，从口诀表、小字典到作文指南、升学奥秘；买用品，从算盘、识字卡到收音机、计算器；写信赠言，从张海迪谈到居里夫人、撒切尔夫人……我期望你崛起，不做那种围着地头、灶头、炕头转的山里女人，不做奶奶妈妈那样的苦命女人，你应该有更明净的天地与更新鲜的生活，这就是我的梦与我的祝福。

眼下，我尝到梦的苦涩，拾到梦的碎片。我恨你，恨你不争气、恨铁不成钢……我沉思良久，竟将一颗鹅卵石捏碎。

你怯生生地说："哥，我想……想进鞭炮厂。"

我早听说那个名噪乡里的私营鞭炮厂，是阿沉叔开的，请的浏阳师傅，招的全是乡下小妞，恋爱或结婚的女子都不要，据说怕亵渎鞭炮神，犯邪招祸。鞭炮厂经常失火、爆炸，许多小妞毁容、致残，甚至丧生。就这样，好多小妞还渴望进厂哩！据说进厂还得请客送礼、交集资费哩！当然，只要我出面，阿沉叔是会给我这点面子的。但是，我不忍心也不容忍你去跳那火坑，那就是去当"包身工"啊！

我愤然："不行！绝对不行！你得读书！"

你黯然神伤地喃喃道："读书，难啊！哥，你知道吗？我是古庙小学的尖子生，可那只是井底的蛤蟆，矮人国的长子，进城一统考就差老远了。几个好点的公办老师都调走了，民办老师待遇差，心浮动，走马灯似地换，都去跑买卖挣大钱啦！再读也枉然，乡里还说要解散那学校，把古庙租给私人办厂开店，县上来人则说要修复古庙办个旅游点。其实那儿早被搅成一团糟，庙前是庙会场，庙后是牛市，庙左是社戏台，庙右是茶馆，庙里正厅供着一尊菩萨，烧香磕头的挤破门吵翻顶，叫学生咋安静读书哟……"你哽咽了，眼里全是盈盈泪水。

我瞠目结舌，百思不得其解：天呀，难道幺妹说的是真的吗？不是故乡都富起来了吗？为什么还容不下孩子们的一张读书桌呢？这是怎么回事？我想，我一定要给你创造一个机会，不然将来即使你不后悔不埋怨，我也会内疚、悔恨、遗憾的。于是，我第一次掏出记者证走后门，第一次去请客送礼，校长总算没让我失望，抠出一个名额，天知、地知、他知、我知，烟盒里塞了一百张"大团结"。我送得比祥林嫂还慷慨、虔诚、高尚，她是捐门槛，而我是为妹妹祈祷知识。我欣慰，我把梦的衣裳补缀好给你披上，你要珍惜哟，你要腾飞哟，你要……

在奶奶的唠唠叨叨、爹的骂骂咧咧、妈妈的忧忧戚戚中，你仿佛恢复成昔日的你，铿锵激情地说："哥，你放心吧，我一定争气！"

我走了。出差、开会、采访、进修、结婚、生子、搬家……公务家务缠身扰心，两年未回老家。我只能通过信件和你交流、联系，你总说在校学习好、生活好、身体好，寥寥数语且千篇一律，我有些不满但又原谅你，也许是学习紧张吧？

直到那一天，我收到爹的电报，我欲哭无泪、悲痛欲绝，恍恍惚惚、风风火火、磕磕绊绊地往回赶。我终于没赶上你上路的时辰，我拽住的是你僵硬残缺的空躯，而你不幸的灵魂却飘逝了，空气中弥漫着浓烈的硝烟味，地上撒满五颜六色的鞭炮纸屑，我觉得这就是你不眠的冤魂、破碎的梦幻！我撕心裂肺地哭，捶胸顿足地骂："谁不让幺妹上学的？谁逼她进鞭炮厂的？谁夺去她的生命？谁来偿还这笔血债？"全家人戚然，全村人默然。阿沉叔恭恭敬敬、战战兢兢地捧上一大摞"大团结"，仿佛捧上了一颗诚惶诚恐的心。我猛地抓起纸币愤然掷在他的秃顶猴脸上，老鹰抓小鸡般攥住他的衣襟厉声吼："还我幺妹，还我幺妹，还我——幺妹！"

许多人唏嘘、扯劝。妈妈攥住我愤怒的拳头哀求："求求你别这样，别冤枉阿沉叔，是幺妹叫我去求他的，人家还是看你的面子好心收她进厂的呀！幺妹死了，谁也怪不上，只怪她命苦哇！"

我不明白：幺妹，你为什么退学呢？

妈妈告诉我，那个被挤掉的考生家长不服，扬言到县里省里甚至上北京去告状，你就怕了，怕殃及哥哥丢了铁饭碗、被撸了乌纱帽。我善良软弱的幺妹呀，当年为了我的破褂儿你甘愿冒生命危险，现在为了我不值钱的名声官差又舍弃追求幸福、拥抱未来的机会，而我却忘了关心你！我十二万分地有愧于你呀！

奶奶边抹泪边嘀咕："嘻，这孩子命苦，咋折腾蹦跶都没用，没用的，算命的说对了，那颗黑痣生得太坏……"

不，吞噬你的绝不是那黑痣、那冥冥中的命运，而是其他的什么，譬如那凶险的鞭炮厂，那喧嚣的古庙，那贫困的土壤，那愚昧的氛围……幺妹，你说呢？

春　妮

春妮考上了县高中。

爹的脸阴沉得如乱云飞渡的天空，纵横如沟壑的皱纹扭曲成一个又一个的疙瘩。过去，爹不止一次地对春妮唠叨："如今一靠政策，二靠勤劳，山沟里文化不值钱，读成个文不文、武不武、土不土、洋不洋的夹生货，日后难成人咧！你瞧秀妞……"

秀妞高考落榜后积郁成疾，竟有些疯疯癫癫起来，整日站在胭脂河边望邮递员送大学录取通知书，刮风下雨也去痴等。就在秀妞绝望地投进胭脂河的那一日，春妮接到了县高中录取通知书。爸爸觉得极晦气，一把夺过它撕成碎片，然后冷冰冰地吼了一声："明天跟老子放鸭去！"

春妮浑身凉透，欲哭无泪，痴痴地拾起飘零满地的碎片，小心翼翼地拼凑着，像拼凑一个破碎的梦。那夜，春妮哭湿了枕头。她想起姜老师。姜老师在辅导学生复习的紧张日子里，家里接连发生不幸：老爹去世，孩子病重住院，鸭群发瘟。他只请了一天假，匆匆赶回村料理了一下，连夜就赶回了学校。要不是姜老师精心辅导，春妮做梦也别想考上县高中。弃学，岂不白耗了老师的一片心血？想到这里，春妮更加黯然神伤。春妮不说不笑，不吃不喝，卧床不起。爹慌了神，只得让步，但有个条件：她得帮爹去讨笔债；若讨回，就当她念高中的学杂费，若讨不回来，乖乖地帮爹放鸭。

春妮翻身下床，破涕为笑："爹，说话算数哇！我去讨，就是跪着讨哭着求，也要讨回来！"

爹说，榆树沟的老姜头去年赊买了一群小鸭，说好年底卖鸭还钱的，可是一直赖到今年。大人去讨债有碍情面，小孩去没什么拘束忌讳，只管撒泼放刁。春妮预感到这笔债也许难讨，但为了能读书，只好硬着头皮横着心去了榆树沟。

春妮按爹的交代，找到了那棵老榆树旁的人家，便径直走进小院。

她愣住了：竟然是姜老师！

姜老师袒胸光臂，正在挥汗如雨地劈柴。旁边歇着一辆鸡公车，上面堆着几大捆劈柴。

"姜老师!"春妮羞涩地叫了一声。

"哦,是春妮!"姜老师扔下斧头,慌忙去抓衣服穿上,"快进来呀!"

"姜老师,您……怎么到这里来了?"

"这就是我的家呀!"

顷刻,春妮明白了:爹的用心良苦啊!春妮的眼睛湿湿的。

姜老师没觉察,仍热情地说:"通知书收到了吧?春妮,祝贺你!"

"谢谢您,姜老师……"

"不,我得谢谢你!你是我们学校第一个考上县高中的,不仅为学校争了光,还替我争得了一份荣誉和奖金。想来想去,还是把这份奖金送给你当奖学金最合适。"

说罢,姜老师就要进屋去取。

"不,不,我不要……"

"奖金不多,可是老师的一份心意嘛。你是一定得收下的!"

"可是,我……我不想上县高中了!"

"啊?"姜老师惊愕不解,逼问春妮,"这是为什么?是不是你家境不好?这没关系,老师帮你想办法,就是借债也要读呀……"

"不,不……"

"那么,是你爹妈反对?"

"也不是,是我……不想读书了……"

"这不可能是你的真实想法……"

"是的,我觉得读书太苦,太累,太亏,没出息……"

"你、你怎么变得这么快?怎么会有这种糊涂想法?嘻!"姜老师颓然瘫坐在柴垛上。

春妮暗忖:原谅我,我不能这么做……

春妮轻轻地呻吟一声,泪水夺眶而出,她急忙扭转身旋风般跑去。

姜老师呼喊道:"春妮,春妮,你等等……"

(姜老师卖柴凑齐了钱,到春妮家还债。可春妮已随爹到山外放鸭去了……)

夏崽

夏崽是夏天生的。他会凫水，仿佛天生的。小时候，娘生气时抢起扫帚把要揍他的屁股蛋，他就往胭脂河跑，扑通扎进水里，溅起一簇浪花，待到几圈涟漪渐渐消失时，仍无影踪。吓得娘瘫倒在河滩上，捣蒜般磕头，号啕大哭，令人撕心裂肺。这时，夏崽会突然鱼跃而起，露出嫩白的屁股蛋调皮地拍打着，憨笑道："还打屁股吗？"娘破涕为笑："不打了，小祖宗，回家吧！"夏崽狡黠地扮个鬼脸，回家。

爹是河上艄公，用竹篙撵鸭般往河里撵夏崽。十二岁时，夏崽已成了河中的一条小蛟龙。

放暑假了。正是下河凫水摸蟹的季节。夏崽心痒痒的，却只能望河兴叹。他的右臂在摔跤时被狗娃咬下一块血淋淋的肉，当时抓了一把泥沙抹上止血，谁知伤口溃烂化脓，生出一条条小蛆。到医院一诊，医生说要锯臂，不然会送命的。夏崽死死捂住伤臂哭闹着，爹娘也泣诉着、哀求着。医生只得担着风险给夏崽治臂，谢天谢地，总算保住了这条臂！但伤臂还没完全愈合，凫水是会感染伤口的……

夏崽朝河里眺望，那里，一群光屁股的孩子在河滩上嬉戏追逐，不时又跳下河打起水仗来。狗娃也在其中撒着欢，哇哇乱叫，俨然一个小司令官。

夏崽恨死狗娃了。要不是他摔输了跤下阴口咬人，夏崽这阵子也能下河玩个痛痛快快。他娘的，跟他爹一样的坏种！提起狗娃爹，柳溪村人大多要戳他的脊梁骨嗤之以鼻、唾之以沫。昔日他好吃懒做、偷鸡摸狗，甚至干过偷牛、盗坟、卖假药等勾当。近几年，不知他鬼鬼祟祟鼓捣些什么到大城市去卖，赚饱了腰包，颇有点衣锦还乡、财大气粗的派头，又是盖楼房又是办竹器厂，令那些脸朝黄土背朝天干活的乡亲们妒红了眼。要是狗娃爹慷慨解囊接济一下贫困户，或捐款修路、架桥、打井办学，或逢年过节给乡里乡亲送礼摆宴，也许不会发生后来的报应。那夜，竹器厂突然起火，任凭狗娃爹拼命呼救，绝望地跪在地上磕头哀求，乡亲们仍幸灾乐祸地谈笑着，袖手旁观地伫立着，就跟当年地主曹万财的庄园起火的情景一模一样。火借风势，风助火威，竹器厂化为灰烬，狗娃爹的心也成了废墟……

狗娃爹破产了，又恢复了昔日无赖的面目。村里摊钱修路、架桥、打井、办学什么的，狗娃爹磨磨蹭蹭、骂骂咧咧，刀架在脖子上也不摊份儿。夏崽的医疗费，理该狗娃爹掏，但他死不认账，杀他无血剐他无皮，夏崽讨厌死狗娃爹了！河边又传来喧闹嬉戏声。夏崽的目光不由自主地朝河里溜去。狗娃的狗刨式游泳扑腾扑腾地溅起层层水花，他挺惬意地大喊大叫着。夏崽鄙夷地哼了一声："那也叫水上功夫吗？"

夏崽过去没少教过狗娃凫水，但狗娃天生的旱鸭子命，冥顽不灵，硬是学不精，到现在只会狗爬式。夏崽和狗娃算得上一对童年好伙伴，只是后来发生了这么一件事——狗娃爹要办竹器厂，强行霸占了夏崽家的一块自留林。夏崽爹找村干部评理，哪知村干部都收过狗娃爹的红包，支支吾吾地推诿着。夏崽爹一气之下，就和狗娃爹狠狠厮打了一场，两败俱伤，从此结下冤仇。竹器厂起火后，狗娃爹告状说这是夏崽爹泄私愤干的，夏崽爹不明不白地蹲了十天拘留所，放回村后更是怨恨狗娃爹。从此，夏崽与狗娃的童年友谊也笼罩上一层阴影。后来就发生了河滩上摔跤咬臂的事，友谊随之破裂……

夏崽忧悒、怅惘地望着胭脂河。突然，河边传来焦急的呼喊声："不好了，有人脚抽筋啦！"

"救命呀！快救命呀！"

夏崽一惊，拔腿就往屋外跑。

夏崽娘扔下剁猪草的刀拼命追喊："小祖宗站住！回来！你的伤臂还没好，不要命啦？"

夏崽头也没回，旋风般冲向河边。

孩子们或捶胸顿足、哇哇乱哭，或束手无策、呆若木鸡。夏崽一个猛子扎下去，很快就潜到落水者的身边，一把抓住落水者的头发，搜出水面一看：啊，是狗娃！

在夏崽愣神的瞬间，狗娃恍恍惚惚死地劲抓住夏崽的伤臂，顿时，伤口血迸肉绽、疼痛钻心。夏崽一阵眩晕，被狗娃坠着往河底沉去。完了！夏崽的脑海里仿佛爆出一团危险的火花。他急中生智，朝着狗娃的手臂狠咬了一口。谢天谢地，夏崽挣脱了狗娃的双手，浮出了河面。河面上漂浮着夏崽和狗娃的血……

夏崽的伤臂开始麻木了，只得用独臂划水，他的力气耗费得差不多了，急促地喘着粗气。他在想：还救不救狗娃呢？

（夏崽仍然不放弃救狗娃，但狗娃又一次死死地抓住了夏崽的伤臂。夏崽与狗娃都淹死了，两家大人追悔莫及，尽释前嫌，合葬了夏崽、狗娃……）

秋 妞

"轰隆隆!"雷霆碾过苍穹,茅屋窸窸窣窣地瑟颤着,秋妞战战兢兢地蜷缩进被窝。

秋妞最怕雷声。她五岁那年,突然晴天霹雳响,老榆树被劈裂了,树下躲雨的秋妞爹烧焦了。他的胸前有蝌蚪形痕迹,巫师说那是雷公判词,可爹一辈子没干过亏心事啊!

秋妞八岁那年的一天,娘发急病,她那撕心裂肺的痛嚎声十分瘆人。那夜狂风暴雨、雷电交如,河涨了,桥塌了,医生过不了河。天亮时,雷雨停了,娘去了。后来哥哥偷牛被公安局抓走,也是一个雷雨天……

"轰隆隆!"秋妞浑身痉挛,蜷缩一团,恐惧地盯着窗外,闪电像一条带火的赤链蛇当空飞舞,风暴如万匹脱缰野马怒嘶狂奔。自从哥哥被抓走后,菊花姐常来陪夜。可前天,一顶红轿吹吹打打地过来,抬走了哭哭啼啼的菊花姐……

菊花姐本是哥哥的相好,可菊花爹从中作梗,提了两桩苛刻条件:要么让秋妞换亲,嫁给菊花的傻弟,要么送五千元彩礼。菊花爹成心棒打鸳鸯,逼菊花姐嫁给邻村的万元户丁跛子。哥哥怎忍心让秋妞辍学去跳火坑?便咬牙答应送彩礼。哥哥翻过幕阜山去江西贩牛,不久衣衫褴褛、蓬头垢面地回来,整日酗酒沉睡,深更半夜出门……

秋妞万万没想到,哥哥做了偷牛贼!

哥哥呀,你怎么变成这样呢?你过去可不是这样啊!那年我饿急了偷掰了人家地里两根玉米棒,你气愤地捆了我两耳光。还有一次我发现邻居的鸡溜到我家草堆里下蛋,你责令我把蛋还给人家……

警车一溜烟远去,秋妞哭喊着追到河畔,悲怆地说:"哥哥,我宁愿去换亲也不愿你去偷牛啊!"她仿佛看见无数张嘴在叽叽喳喳,无数双眼在睥睨鄙夷,无数只手在指指戳戳:"她哥哥是偷牛贼!她是偷牛贼的妹妹!"她恍恍惚惚地顶着雷声朝河里走去……

"秋妞!"菊花姐扑上前拽住了她。菊花姐遭爹毒打囚禁,好不容易跳窗逃出来,想见情哥哥一面也没赶上。两人搂着哭成一团。

哥哥靠乞讨救活过饿昏的秋妞，哥哥用体温焐热过冻僵的秋妞，哥哥用嘴给秋妞吮吸过蛇毒，哥哥卖血给秋妞买药，哥哥打柴捞虾替秋妞挣学费……正如一首歌唱的那样："没天哪有地？没地哪有家？没家哪有你？没你哪有我？"

秋妞想，等收了麦子，凑足盘缠去探监，烙几张面饼让哥哥尝尝鲜。等哥哥出狱了，万一哥哥娶不上媳妇，她就爽快地替哥哥换个新嫂回来，换一个像菊花姐那样疼哥哥也惹哥哥疼的新嫂回来……

朦胧中，秋妞看见哥哥跨着披红戴彩的枣红马，喜气洋洋地走在红轿前，迎亲的唢呐、鞭炮、猎号、排铳搅起欢乐旋风，响遏行云，鲜花、金粉、彩带如五彩缤纷的雨在空中抛撒……

秋妞被敲门声惊醒了。风停雨霁，残月哀婉地抚慰着浩劫的大地，隐约可闻狼嗥莺啼、山泉淙淙。村里的狗吠得厉害。

秋妞颤声问："谁？"

"秋妞，我是哥哥！快开门！"

秋妞一愣：这是哥哥吗？怎么声音变得凶狠、浑浊、阴鸷了。她怯生生地喃喃道："你真是……哥哥吗？能站在窗口让我……瞧瞧吗？"

哥哥嘟哝几声，挪到窗口。秋妞借月光看清楚了，真是朝思暮想的哥哥！

秋妞急忙开门，扑进哥哥怀里呜咽起来。

"嘘！轻声点！"哥哥捂住她的嘴，"别哭了，给我做点吃的，我饿坏了……"

秋妞忙点火做饭。狗又狂吠起来。哥哥吹灭了灯，舀水泼灭灶火，壁虎般贴墙窥听。好久，他才吁口气，瘫坐在灶凳上，抓起生薯狼吞虎咽起来。

秋妞胆怯地问："哥哥，你……是逃回的？"

"啊？哦哦……"哥哥支支吾吾，"我是请假回的。"

"别骗我了。"秋妞啜泣着喃喃道，"哥哥，你不该这样……"

哥哥停止了咀嚼，默默无语，眸子在黑暗中闪着凶光，他歇斯底里地冷笑："我是逃回的！秋妞，别怕，哥哥不会连累你！哥哥要带你菊花姐远走高飞！"

秋妞心头一震：天呀！要是哥哥知道了菊花姐出嫁的消息咋得了，非要闹出人命来不可！

哥哥咕哝："有支烟解解瘾就好了……"

秋妞顺口说道："没烟，有酒……"

她前日换回一瓶烧酒，准备请人修屋漏用的。说出又后悔，怕哥哥酗酒闹事。

"有酒？快拿来！"

哥哥贪婪地抓过酒瓶，扬脖咕噜咕噜灌个瓶底朝天。不一会儿，他醉倚灶壁打起粗鼾。秋妞费了老大劲儿将哥哥半背半拖上床。

哥哥醉吃道:"狼心狗肺的菊花爹……丁跛子……老子宰了你们……带菊花逃进深山……"

秋妞吓蒙了:哥哥醉吐真言,逃回要杀人报仇!绝不能让哥哥去闯大祸!绝不能心慈手软、眼巴巴地让哥哥跳进深渊,得拽住他!拽住他!

秋妞找来几根麻绳将哥哥结结实实地绑在床上。哥哥醒来,惊愕地说:"秋妞,你这是干什么?快给我松开!"

秋姐呜咽起来:"哥哥,我不能松开你,我不能没有哥哥……"

(秋妞把哥哥绑到天明,去叫来了公安人员……)

冬　子

从蛤蟆沟到野牛镇，要翻五座岭，蹚四道溪。

在山里孩子眼中，岭不算高，溪不算深。但对冬子来说，就不是这样了。冬子是瘸腿。

八岁时，两头牯牛斗架撞倒了蛤蟆沟小学的危房，冬子的一条腿被砸断了。从此，冬子山泉似的眸子迷茫了，云雀般的嗓子喑哑了，山岭也显得峻陡、溪流也显得湍急多了。

冬子在崎岖的山路上走着。

他有五年没上小镇了。五年前，爹背他治腿逛过小镇，给他留下的最深印象是，镇上的小学盖的是楼房，别说牯牛撞不倒，就是坦克也把它没办法。冬子趴在爹的背上，痴痴地看，嘤嘤地哭。要是在那楼房里读书，他的腿不会瘸！

冬子瘸腿的代价，换来了蛤蟆沟小学的搬迁。村里将仓库腾给了学校，孩子们摆脱了死神的阴影。仓库是石头垒的，窗户小点光线差些，但不透风漏雨，不怕牛撞。可好景不长。村干部多次打仓库的主意，想卖掉仓库，把学校挤到那座破烂不堪的古庙里去。由于老师们的抗议、告状，卖仓库的事就搁浅了。

昨天，冬子突然听爹透露，村里为办小电站，已将仓库悄悄卖给了外村一个养殖专业户，趁学校放假老师们不在时拆房，来个生米煮成熟饭。十万火急！冬子一夜未眠。天蒙蒙亮，他就悄悄溜出屋，要赶到野牛镇找老师报信。

那座古庙不知是哪个朝代修的，如今墙颓砖蚀、梁腐柱杇，像一位孑立残阳、摇摇晃晃的老翁，仿佛时刻都有砰然倒下的危险。

冬子小学毕业了，他用不着再去钻这危险圈，但不愿自己的悲剧在别的孩子身上重演。他瘸了一条腿，这血的代价人们无权轻易地忘记……冬子没跟爹娘打招呼。他知道，爹娘肯定不会让他报信的。爹娘是老实坨，胆小怕事，觉得忤逆了村干部的意志是要吃亏的。冬子也没邀小伙伴们，因为这报信肯定要惹麻烦。一人做事一人当，决不连累别人！

冬子赶路急，一个闪失，滑下陡坡，幸亏一棵歪脖檀树勾住了他的衣衫。他的膝盖被锋利的石块划破了，殷红的血汩汩流出。他好不容易挣扎起来，一瘸一

383

拐地继续赶路。

前面是第四道溪。蹚过溪，翻过岭，就是野牛镇。冬子疲惫不堪，趴在草地上喘着粗气，双腿像灌了铅一样沉重，仿佛腿不属于自己。山风骤起，林涛尖啸，乌云如无数黑骏马狂怒地在天空中冲撞涌动着，闪电不时地撕裂阴森森的天幕，随后便是一声声短促轰响的霹雳，在幽深的峡谷中发出阵阵可怕的共鸣和回荡。暴雨倾盆而下，那沉重的大雨点和迅疾的旋风，竟如拧在一起的鞭子，凶猛地抽打下来。

冬子急忙支撑起身体，跌跌撞撞地走下岭去——要抢在山洪暴发前蹚过小溪。要不，可就误大事了。

但是，已经迟了！山洪下来了，山溪涨水了，浑浊湍急的溪流左冲右突地呼啸前进，不时将峡谷里的岩石和树木卷走，几只山鸟惊惶地掠过山溪，甩下几声凄厉的啾鸣……

冬子浑身泥水地呆立在溪流边。他心急如焚：怎么办？回吧，教室保不住；不回吧，溪流难闯，危险太大，别说瘸子，就是身强力壮的大人也会发憷。

突然，冬子眼前一亮：不远处溪流转了个小弯，刚巧溪那边有棵突兀的孤树，冬子拾起一块石头往溪流中一掷，石头便被急流带向孤树下。冬子又试着掷了一块石头，仍然如此。他咬咬牙，准备孤注一掷，借这股水势一弹的瞬间抓住孤树。

冬子毅然跳入溪流，一股神力"叭"地将他搡向孤树。他眼明手快，紧紧攥住了树干。正庆幸时，孤树突然活动起来，"哗啦!"他连人带树一起被溪流卷走了……

冬子死了。县、区、乡都派人来村里调查处理，蛤蟆沟小学的仓库保住了，可这代价太沉重，太沉重了！

丑　媳

　　野牛岭丑媳多，皆因穷在作祟。如花似玉的姑娘拼命往高枝飞，或嫁干部工人，或嫁个体商贩，嫁残疾人和老头子的也大有人在。姿色稍次的女人降格往平原水乡走，缠着媒婆做媒，出去一人，勾走一茬。模样平平的女子也不愿在深山老坳安身立命，往山区较富的村寨跑。只有丑姑娘或听天由命或心甘情愿肯往野牛岭出嫁。

　　她们的选择是明智的，找的都是英武彪悍的好汉子，他们因穷而婚事多磨，能娶媳就感激上帝了，哪管美丑，"吹了灯一个样，好看的脸不长大米"。想想众多连丑媳都娶不上的光棍汉，他们还幽幽生起些许豪情傲气哩！

　　丑媳大多自卑感浓，也颇具自强不息的品质，进了婆家发狠心勤扒苦干，极尽贤惠孝道，再吃苦受罪，都默默支撑煎熬，很少有人受不了穷困煎熬而离婚或私奔。她们是一批虽丑却坚韧的女人，拳打不飞，棒打不散，清贫吓不走，厄运撵不跑，爱得那么执拗、强烈、质朴、深沉，使人想起苦楝树：不畏寒暑，贫贱不移，宠辱不惊，默默生根、开花、结果。

　　秋莲的爹是野牛镇上的屠夫，据说因杀生太多落下报应，生下类人猿般的丑女。女大难嫁，男人见其尊容便逃之夭夭。媒婆问秋莲："苦地方肯去吗？"秋莲点点头："肯，只要人好！"媒婆又跑去问黑蛋："丑女子愿娶吗？"黑蛋憨笑："嘻嘻，只要不送彩礼……"

　　两厢情愿，一拍即合。红轿抬进门拜天地、喝交杯酒，揭开盖头红巾，黑蛋吓了一跳：天呀，丑得太邪乎太离谱了！

　　敝帚自珍，丑妻自宠，黑蛋不嫌秋莲丑，倒是渐渐嫌秋莲不生崽。黑蛋盼崽愈来愈强烈，折磨得他好苦好惨。他常借酒消愁，醉酒后就迁怒于秋莲，揍得她鬼哭狼嚎，朝公公呼救。黑蛋爹挺身而出当她的保护伞，或拳打脚踢黑蛋几下，或狂吼臭骂黑蛋一顿。黑蛋孝顺，任爹打骂。爹一见他这憨相，便心软、口软、手软了。有时爹被激怒下手挺重，揍得黑蛋鲜血迸出、砰然栽倒，秋莲又心疼地扑上去护住黑蛋，甚至埋怨公公。秋莲感激公公的慈祥公道，对公公特别孝顺，赶集总给他买烟丝、茶叶、烧酒，缝补浆洗十分殷勤，还大大方方地给公公打洗脚水、倒夜壶。

秋莲出嫁五年就守了寡。黑蛋在塌窑事故中丧生。尸体抬回野牛岭，秋莲趴在他的尸体上哭得肝肠寸断。装殓时，秋莲呼天喊地不撒手，几个汉子使劲掰开她。突然，她如旋风般冲上去，撞在棺材上，血窟窿咕咚咕咚地流血，抹上几把香炉灰也难止住。

娘家怕秋莲在山沟里孤苦伶仃，暗地给她找了个欲续弦的老翁。怕她不允，假借接她回娘家小住散散心之名，欲强行成亲。秋莲手执剪刀铮铮有声地说："再要逼嫁，我就让你们抬尸！"吓得抢亲队伍傻了眼、慌了神。黑蛋爹娘噙泪相劝："孩子，这几年你没穿件好衣，没吃顿饱饭，苦够累坏你了！咱们不忍心再拖累你，就挑个好人家享点福吧！"秋莲跪下求情："你们要是嫌弃我，撵我走，我就一头撞死在墙上！我是真心舍不得这家，我愿服侍二老一辈子！"

秋莲留在野牛岭，却惹起一些流言蜚语：或说她与公公有私情，或说她痴想转房嫁给黑蛋弟，或说她既丑又无生育能力再嫁也难过好日子，索性守寡赚个好名声……

那年冬婆婆病重，呓语中念叨想吃鱼。黑蛋爹和黑蛋弟都上了水利工地，秋莲硬着头皮去河边砸冰捞鱼。冰块突然塌陷了，秋莲像铁秤砣沉下水中。当人们赶来捞起她时，她已浑身僵硬，双手却死死抓着那只小渔网，渔网中居然还有几条小鱼没逃脱。

婆婆吃了那几条小鱼后病陡地好了。野牛岭人惊异地思忖：莫非是秋莲的孝心变成了几条小鱼？

丑　婿

天上天狗吞月亮，

地下丑郎娶美娘。

野牛岭硬是应验了这俚谚。俊俏鲜嫩的美人儿天芳硬是叫丑男人梁青搂进了怀里。

梁青是河南信阳人，野牛岭的男女老少都戏谑地喊他"侉子"。侉子也有侉子的风度，不愠不恼，倒挺随和。

十几年前，侉子跟他爹来野牛岭当种西瓜师傅。是队长请来的，队长的婆娘也是河南信阳人，是在逃荒路上被队长捡来的。侉子父子俩整日趴在瓜田里劳作，西瓜变戏法般躺满瓜田。瓜熟蒂落时，队长领人到瓜棚捉奸，吓得侉子父子俩落荒而逃。小侉子跑慢了点，被豹娃的猎枪打瞎了左眼，脸被火药灼伤成青紫色。后来人们沸沸扬扬地议论，或说队长设美人计赖人家的工钱，或说队长的婆娘就是老侉子的结发妻子，或说那女人因思念故乡而痴迷上了老侉子。

天芳那年还不懂这些蹊跷。她与小侉子很要好。他给她摘西瓜吃，给她抓蚱蜢玩，给她讲三国、水浒、岳飞、闯王的故事……小侉子逃走后，天芳好一阵黯然神伤。队上分西瓜红利，爹给她买了一件红褂，她坚决不穿，觉得红褂上染的是人家的血汗。那是野牛岭的耻辱罪孽，一笔血债冤仇，人家迟早要回来报仇，凭他讲绿林好汉、忠臣侠士时的那股豪情气势也不会善罢甘休，野牛岭人不信，她信！

十几年后的一个黄昏，一条壮汉用栎木棍高挑着一个大包袱向野牛岭扑来，宛如林冲雪夜奔梁山一样一腔热血，整座野牛岭噤若寒蝉、蜷如鸵鸟。灾星来了！野牛岭人惶恐不安，气氛一派阴森肃杀。

天芳上岭采药，差点与壮汉撞个满怀，抬头一看：是侉子哥！他整个儿脱胎换骨了，虎体猿臂，熊腹狼腰，钢浇铜铸的身躯透着惊人的坚韧力量；他的硬发参差不齐、倔强挺立，像愤怒崛起的雄峰；浓眉密睫投着神秘阴森的黑影，笼罩着一只冷漠的瞎眼、一只凶悍的亮眸，那一亮一暗的瞳仁里潜伏着双重感情：烈焰般的愤怒和严冰似的冷酷。

天芳小心翼翼地问："侉子哥，你来干嘛？"

侉子冷冷一笑，不答。

天芳仿佛肩负着为野牛岭化干戈为玉帛的沉重使命，好言相劝："侉子哥，莫计较旧仇了，都是穷日子逼得人黑心黑肝。再说，队长他前些日子死了老伴，也怪可怜的……"

侉子一愣，半晌无言。

那些日子，侉子围着村子转悠，像头伺机袭击的凶兽。他每日在野外摘野果扒薯根、喝泉水来填饱肚子，夜里蜷缩在村头晒场草垛里栖身，令全村人心惶惶，连恶狗也不敢吠了。长此以往，野牛岭会憋疯的。老队长请来几位村里的主心骨谋策，怎么驱祸星、送瘟神。老辈人说："冤家宜解不宜结，解铃还需系铃人，痛快凑齐当年的债款，老队长亲自送给他。"年轻人坚决反对："这太辱没村子的体面了！怕他个鬼，纵有三头六臂，也斗不过村里这么多男人嘛！"豹娃更是怒不可遏，欲寻侉子决一雌雄。他灌了一斤白酒，跑到晒场，朝侉子的屁股踢了一脚。侉子醒了，惊诧不解。豹娃叉腰戳腿，凶神恶煞地说："×你奶奶的，整天在这游魂安的什么心？给老子马上滚蛋，不然老子打瞎你另一只眼！"

侉子腾地跃起，闪电般出一拳，不偏不倚揍在豹娃的脸上。豹娃目眩耳嗡、趔趄数步，他满口鲜血，两颗牙齿被打脱了，只得强咽下肚。豹娃恼羞成怒，从绑腿上抽出一柄猎刀，直戳侉子的胸膛。侉子眼尖腿疾踢飞了猎刀，又一拳打在豹娃的腮帮上。豹娃摔趴在地，但很快跃起，抓过身边人的猎枪……天芳闻讯赶到，旋风般冲上去护住侉子，厉声呵斥："豹娃，动刀动枪算什么英雄好汉，只会丢野牛岭的脸！你知道吗？人家不是来报仇的，是来投亲的……"

天芳那日见侉子在队长婆娘的新坟前烧纸哭泣而倍感蹊跷，一问才知，死者就是侉子的亲娘，她病重时曾悄悄托邮递员写信想最后见一眼侉子父子俩，殊不知老侉子早逝，他千里迢迢奔来却没见上娘最后一面……

大伙都傻了眼，羞愧满面，纷纷放下猎枪、刀斧、木棒，呆立静听着侉子倾诉。侉子说他变卖了房屋家什准备给娘治病，准备就近落户侍候孝顺娘，他有种西瓜、酿枣酒的手艺，能让野牛岭富起来。过去那点冤仇不都是因为穷吗？倘若野牛岭不容他，他立马就走！

老队长热泪盈眶，颤声说："孩子，我把你们父子害苦了，罪孽哇！想不到你不记仇，那就留下吧！乡亲们，看在我的面子上留下他吧！"

大伙都高声叫好，唯独豹娃悻悻而去。

侉子留在野牛岭种西瓜、酿酸枣酒，真像飞来的财神爷，全村人都请他当指导师傅。只有豹娃不屑一顾，仍进山打猎，却所获甚少，勉强度日。一日豹娃打猎归来，看见天芳和侉子在河边嬉戏。豹娃躲在树丛中窥视半天，没瞧出他们有什么亲昵越轨举止，心里虽隐隐作痛，脸上却浮起讥笑：哼，癞蛤蟆岂能吃上天鹅肉？天芳咋会蠢到被丑八怪迷倒缠住的地步？

谁料天芳真的要嫁给侉子。舆论大哗、谣言四起。或说侉子是风流老手，懂勾魂术；或说天芳早年就被侉子诱奸了，要不侉子咋会千里寻来，天芳咋会下嫁丑婿；或说他俩的亲事，早年天芳爹与侉子爹在瓜棚啃瓜喝酒时就敲定的，侉子日后当倒插门女婿；或说天芳水性杨花、嫌贫爱富，爱钱才下嫁侉子的……

不久，县上来了一辆警车，把侉子弄走了。野牛岭人猜测：是不是侉子在老家犯了案潜逃出来的？是不是犯重婚罪叫人告发了？是不是侉子造的酒有问题喝死人了？

第三天，侉子平安而归。人们糊涂了，问侉子。侉子说："县劳改农场想请我去当种瓜酿酒师傅，三千元月薪，我拒绝了，还是恋野牛岭哇！"野牛岭人背里地讥笑："屁！还撒谎吹牛，定是花钱私了的，这年头有钱能使鬼推磨……"

侉子扪心自问：俺什么地方得罪野牛岭乡亲了？侉子太傻，真心诚意把看家手艺都教给了野牛岭人，野牛岭人却以怨报德，渐渐疏远鄙夷侉子了，总怀疑他是个危险的外乡人。

侉子还是去了县劳改农场。侉子曾含泪对天芳倾诉："俺娘漂泊到野牛岭，是这方水土收容了她，俺真心想报答野牛岭人的恩德呀！俺爹死前也这么嘱托哇！"

尽管侉子月薪三千元，半月回趟家，但仍有流言，说他蹲了劳改农场，只不过买通了关节，比普通劳改犯特殊自由些……

丑　婆

俗话说：儿不嫌娘丑。但儿媳不一定不嫌婆丑。拴狗就因娘丑吓跑了几位上门相亲的姑娘和寡妇，到四十岁仍打着光棍受着煎熬。

听老人说，拴狗娘刚嫁到野牛岭时，还算花魁哩！拴狗爹是牛贩子，用一头怀崽的黄牛换的怀崽的她。当初野小子被吓跑了，族人要拿她沉水，拴狗爹贩牛路过，动了恻隐之心和男女之情，大呼一声："水边留人！"

拴狗娘进野牛岭不久，野小子追踪而来，拽着她要私奔。她恨野小子太没男人味，猫儿似地偷了嘴却吓得落荒而逃，撇下她险些做风流鬼，这种男人太自私窝囊，跟他私奔也没前程。她挺感激牛贩子的救命之恩，他是个忠厚憨直的好人，得报答他，好好做妻生子。野小子软硬兼施，拴狗娘铁下心肠。野小子顿起歹意，抽出尖刀威胁："你不依，老子剜去我的种！"拴狗娘说："别作孽！孩子无罪，你想要明年来抱。要撒气，冲我来！"

野小子赌气地在她脸上划了几刀……

后来，拴狗爹遭匪血劫，死在异乡。拴狗娘含辛茹苦地拉扯着拴狗，做梦都盼着拴狗长大，娶媳妇添孙子。拴狗十五岁时，拴狗娘就张罗着给他说亲。但姑娘们上门相亲时，见到拴狗娘就吓得瞪目结舌、心惊肉跳，婚事频频告吹。拴狗三十岁那年，媒婆蒙来一位小寡妇相亲。媒婆嘱咐拴狗娘回避一下，躲在厨房烧火。小寡妇和拴狗见面后彼此十分中意。阴错阳差地，小寡妇蓦然回首时瞥见了门帘缝中的一张怪脸：凹凸不平的刀痕如毒蛇纠缠，眼鼻嘴腮扭曲得厉害，狰狞可怕。小寡妇惊呼一声，浑身抽搐。拴狗娘后悔不迭，不该喜昏了头偷觑的。小寡妇传话过来："要么拴狗去当倒插门女婿，要么与娘分开过。"

拴狗孝顺，宁愿打一辈子光棍，也不忍心撇下亲娘背骂名。眼看要四十岁了，拴狗一点不急，甩开膀子干活，打着粗鼾睡觉。拴狗娘坐卧不安、茶饭不思，自感罪孽深重，便寻死。拴狗哭得死去活来，幸亏娘被救活。拴狗娘说："你要不逼娘死，就与娘分开过，娶回媳妇是天大的孝顺……"乡亲们也劝拴狗，拴狗答应了。

四十二岁时，拴狗娶了媳妇。新婚之夜，拴狗娘不能去看儿媳，心里极苦。

拴狗悄悄端来一碗喜宴饭菜，跪在娘面前啜泣："娘，怪儿不孝！你吃尽苦头拉扯大我，我却不能给您敬酒拜礼……"母子俩抱头痛哭。半响，拴狗娘止住悲声，催拴狗回房陪新娘去。门吱呀开了，进来了新娘。拴狗娘急捂住脸。新娘轻泣道："娘，我全知道了。你抬头看看我是谁？"拴狗娘缓缓抬头，愣了：这不就是十二年前被吓跑的小寡妇吗？新娘搂住拴狗娘哽咽道："娘，我也是苦命人。悔当初走错一步……"那年小寡妇改嫁给一屠夫，屠夫是酒鬼，三天两头打老婆，因小寡妇无生育能力，又将她踢出家门。她回娘家寡居，又遭兄嫂弟媳的歧视凌辱，只好再嫁。

这回，真轮到拴狗娘嫌弃儿媳了……

"娶新娘子，生胖崽子。"古谣千年万代流传。女人再美，不生崽就丑；女人再丑，能生崽就美。若不生崽，何必娶媳？媳妇又不是娶来当摆设供品的，是要传宗接代的呀！拴狗娘受不了这打击，摇晃着差点瘫软在地。

拴狗娘趴在拴狗爹的坟上哭得昏天黑地。归途中突遭暴雨淋，回家病倒了发高烧说胡话："老天爷呀，不能……让我家断子绝孙呀，要是我有罪孽，就惩罚我吧……"拴狗娘醒来，儿媳侍候在病榻旁，眼圈红红的。儿媳说，拴狗刚巧去贩牛了，可把她吓坏了，倘若娘有个三长两短咋个交代？拴狗娘暗叹："真是孝顺儿媳，要是能生崽该多好！"拴狗回来的第二天，儿媳悄然而去。拴狗娘号啕大哭："拴狗儿哇，你媳妇是天下难找的好女人！都怪娘老糊涂了，病中说胡话气跑了她！你快去找，找遍天下也得替娘找回她！"

拴狗找了个把月，怏然而归，娘也不见了，邻居大婶说，他娘也去找儿媳了。

拴狗娘边讨饭边寻儿媳，寻遍方圆百里不见儿媳踪影。听人说，幕阜山的净安寺菩萨挺灵验，她步履艰难地攀山。遥见寺顶，她为显虔诚，拔出剪刀在右臂上挖出一血孔，注入讨来的千家油，插一根灯芯点燃，这便是古老虔诚的"烧肉香"。拴狗娘挣扎着爬上山顶寺前，昏死过去……

一位老猎人救了她。老猎人知其详情，热心地帮她寻找打听。忽一日，老猎人高兴地告诉她：幕阜山深处有个烧炭队，前不久收留了一名流浪女人，帮烧炭汉洗衣做饭。相貌特征颇像拴狗娘所述的儿媳形象。

拴狗娘跑去一看，果然是儿媳。拴狗娘跪下求情："你要不跟娘回去，我就死在这深山里了……"儿媳拗不过婆婆，跟她回了野牛岭。儿媳接来了第一个丈夫的女儿春妞，拴狗母子俩视春妞为亲骨肉，百般疼爱，日子过得红火宁静。

一日，春妞放学后在水塘边玩耍，忽然失足滑入塘中。拴狗娘闻声跑去，扑进水里捞起春妞，搡向塘边，自己却陷入深泥中动弹不得。待到人们赶来，她已被溺死。

人们庄严崇敬地向拴狗娘的遗体告别，认真端详她的丑陋容貌，甚至有人抑制不住悲恸扑在她的遗体上号哭，她的儿媳更是脸贴脸地吻别恸哭。葬礼很古老隆重，遗憾的是找不到她的一张遗像，大伙甚至不知道她叫什么名字。

不久，丑婆坟前立了一尊石碑，刻着"枣妮之墓"。放牛娃看见是一位陌生老头背来竖的。众人议论那陌生老头也许是拴狗的亲爹，也许是拴狗娘的其他相好，又赞叹丑婆竟有这么美丽的名字……

小 脚 老 太

小脚老太九十七高寿。老伴死了，儿子死了，孙子也死了，老太却活得健朗。村人都说，老太命硬，克死了老伴、儿子和孙子，要是再活下去，很可能会克死重孙了。

小脚老太自感罪孽深重，几次试图自杀，未遂。跳河，被浪冲上滩；上吊，碗口粗的树枝竟断了；喝农药，偏遇上假农药；触电，电老虎把她掀开……村人都说，老太活成精了，连阎王都勾不走她，阎王只得朝她的后人发泄淫威。

老太有三个重孙。三个和尚没水喝，三个重孙不养老。老太像皮球，被三个重孙踢来踢去；老太像出气筒，被三个重孙吼来吼去。

老太瞥见大重孙家过年包饺子，搭讪道："包个铜钱吧，我那儿有一枚，图个吉利。"大重孙媳妇冷冷地说："包铜钱太脏，谁晓得铜钱是从坟里扒出来的还是从粪堆里扒出来的？"老太碰了一鼻子灰，怏怏而去。

老太撞见二重孙家熬鸡汤，她故意问："是什么东西？好香呀！"二重孙见媳妇暗打手势，忙遮掩道："是在点蚊香……"老太也装糊涂，悄悄退避。

老太闻讯，三重孙上山捕猎到一只肥麂。老太欢天喜地地摸上门去，三重孙动了恻隐之心，将麂下水给了老太。老太还没出门，三重孙媳妇断喝一声："把麂下水留下好喂狗咧！"

这些年，离村子十多公里的古镇成了热闹的旅游小城。县城、省城、京城的人，还有外国人，发疯般往古镇窜。一日，两位红头发蓝眼珠的洋人在导游小姐的陪同下，挨村挨寨打听小脚女人。

后来便找到了老太，洋人看了老太的三寸金莲，大呼 OK，又拍照又采访，心血来潮地付了一百美元观瞻费。据说，那两位洋人是研究中国民俗的学者，考察了三寸金莲后撰文发表，更引来洋人看中国濒临绝迹的小脚。

世道真古怪，小脚变成宝，小脚老太成了摇钱树。三个不孝的重孙忽然变'孝'了，争相要养老太，差点没打得头破血流。最后经过调解，达成协议：轮换养老太，十天一换。三个重孙各显神通：大重孙在古镇拉客来村看老太的小脚；二重孙在古镇租了一间铁皮棚，让老太"垂帘卖脚"；三重孙心眼更活络，租了个大篷车到省城、县城搞巡回展出……

小脚老太并没老糊涂，她慢慢识破了重孙们的狼子野心，开始反抗了。

一日，老太趁三重孙没防备，将一壶汽油浇在自己身上，点燃了火。老太在狂笑数声后成了一团火球，一袋烟工夫成了一堆白骨，那小脚骨骼细得可怜，弯得不可思议……

大 脚 仙 姑

　　仙姑怕裹小脚，偷跑着跟红军走了。

　　兴许是南征北战的缘故，她的脚很大，可与魁梧大汉的脚匹敌，红军中戏称她"大脚仙姑"，敌人也骂她"大脚仙姑"。

　　大脚仙姑嫁给了一位将军。

　　将军是农民后代，免不了有点封建残余思想和农民意识，觉得大脚仙姑哪儿都令人满意，就是那双大脚太那个……

　　将军从来不抚摸仙姑的大脚，甚至很少去看它。

　　有一次打恶仗，全军几乎覆灭。将军倒在血泊中。警卫员背着将军突围，跑过一座山头就累得趴下了。大脚仙姑背起将军，一口气跑过五座山，甩脱了敌兵。将军说："我这条命，多亏了你这双大脚！"说归说，但仍不摸、不看它。

　　"文革"中，将军和大脚仙姑被贬到江南水乡住牛棚。一天锄草时，一条金环蛇朝将军偷袭，大脚仙姑眼尖脚快，飞起一脚，将金环蛇踢得老高，又赶上前去，一脚踩瘪了蛇头。将军深情地感叹道："我这条老命，又多亏了你的大脚！"将军仍是不摸、不看仙姑的大脚。

　　后来，大脚仙姑患绝症，临终前请求将军："给我洗个脚，剪下脚趾甲，好吗？"将军怔了怔，照办了。

　　下殓时，将军竟抱着仙姑的大脚呜咽不已，众人惑然。

子 鼠

子属鼠，甲子年给一位也属鼠却花甲的局长送贺礼，却没想到送出心病来。

什么事都是阴错阳差。要是子不去商场闲逛，要是子不从正面进而从侧门进，要是碰上局长老婆拎寿星蛋糕不打招呼或打招呼不盘根究底，要是知道了局长的六十诞寿不送贺礼或不送那该死的和田玉雕松鼠，也就不会落下这块心病。

"我真傻，我单知道……"子学着祥林嫂的口吻咕哝了许多遍，"我真傻，我单知道局长属鼠，鼠年六十大寿，送只艺术品玉鼠讨个欢喜，没想到……"

没想到老婆气得五官挪位、七窍生烟，没想到属鼠的局长偏忌鼠、怕鼠、恨鼠，没想到一只鼠竟有那么复杂纷繁的大气候、大背景。

子干了十年行政处副处长，觊觎处长位置望眼欲穿，无奈官运不亨通，迈不进铁门槛，甩不掉讨厌的"副"字。世道炎凉，人心不古，他娘的！不吹牛拍马别想吃香喝辣、升官晋级。

在老婆的枕边风的劲吹下，子参禅般顿悟、跃跃欲试、蠢蠢欲动，无奈瞅不到好时机。如今拍马有经、送礼有术，倘若不懂门道便会香也烧了、菩萨也得罪了。好不容易瞅到局长六十大寿，子心花怒放、神采飞扬、慷慨解囊，买下了栩栩如生、玲珑剔透、憨态可掬的松鼠玉雕。他想象局长一定会爱不释手、目不转睛，怎料到局长见鼠如见鬼神妖怪般被吓得惊叫，险些没吓得脑出血或心肌梗死。

他岂知局长写过一篇谈鼠的豆腐块杂文被打成"右派"蹲过牢，后来又因顽皮儿子在语录牌上画了一只老鼠而父承子过受尽摧残。这段坎坷经历令局长谈鼠色变、见鼠心悸，视鼠如克星、罪魁、幽灵、凶物。

老婆嗔怪道："从诗经中的《硕鼠》到成语'鼠目寸光''投鼠忌器''獐头鼠目''蛇头鼠眼''胆小如鼠''鼠肚鸡肠''过街老鼠'到如今一年一度的灭鼠运动，都可见鼠臭名昭著、万人唾骂，偏你这猪脑袋烧香得罪佛、花钱买心病。"直骂得子狗血淋头，只觉得天黑地暗，跌进汗腥氤氲的被窝里三天不思茶饭。

三天后子摇摇晃晃地上了班。人们惊异万分，发现子整体瘦了一圈，脾气胖了一圈。谁不知道过去的子是笑面人、和事佬、咳嗽怕惊人家魂、走路怕踩人家影，说话弯弯绕、办事软疲疲。如今却变成天地不怕、软硬不吃的硬汉子，言谈举止大大咧咧，喜怒哀乐顺其自然。

譬如近来他干了这么几件事：清理公物、清算欠款张榜限令归还，惹得某些人龇牙咧嘴、捶胸顿足；卡了私人用公车、补品当药报等损公肥私现象，气得有的头头脑脑吹胡子瞪眼、骂骂咧咧；严格了考勤制度，竟扣发了某副局长千金的奖金，因她早退三次去赴约会；某处长下班忘了关电炉险些酿成火灾，令其按章罚款作检讨；某副局长占了一套房想给儿子办婚事被子捅到纪委，他不得不乖乖退房……

这些虽称不上惊天地、泣鬼神的壮举，却足令人瞠目结舌、肃然起敬、刮目相看，有人为他叫好，有人为他捏汗，有人咒他该死，有人笑他鼠肚吃豹胆，迟早要倒霉，毁誉纷纭、功罪莫辨。子似乎一身豪气、我行我素、天地不怕、软硬不吃，难怪说无欲则刚、无私无畏，他今日才尝到破罐子破摔的爽气与挺起腰杆做人的滋味，过去做人多累呀、多难呀、多做作呀，就像蜗牛背黑锅、老鼠拖油瓶一般……

阴错阳差地，子在绝望之际却被提升为处长，提名荐才的正是那位属鼠却忌鼠的局长。

丑 牛

丑属牛，某市楚剧团名丑，在梨园插科打诨、念唱做打半世纪，只演过一个正角：名噪一时的小楚戏《借牛》中的人老心红、铁面无私的养牛员。

剧情梗概是：女儿回娘家找爹借集体的牛耕自留地，爹不借，妈偷牛让女儿牵走，老头子连夜追回牛并代牛耕自留地。《借牛》阴错阳差地"借"出了名，登上首都大舞台，受到中央领导的观摩褒奖，丑还和某元帅握手合影过，大红大紫过一阵。横扫"牛鬼蛇神"的年代，丑列入"横扫"之列，被遣送至某山区农场放牛。

一头瘦瘦巴巴、病病歪歪的老牛，身上生疮流脓，四腿瑟抖，似乎支撑不住身架，脑袋无力地耷拉着，微眯着沾满眼屎的双眸打盹。

老牛倌暗嘱丑："这头牛受过内伤，只等进屠场了，千万别接手养，这是圈套，养死了牛，安个罪名把你往死里整。"丑暗忖：不接手养，造反派照样逮着罪名整人，不如铤而走险，死牛当作活牛养，兴许能化凶为吉，绝处逢生。

从此，丑便与牛形影相吊，相依为命。夏日炎炎，丑为牛熬草药洗癞疮，点艾叶烟熏蚊蝇；秋风萧瑟，丑为牛编好草被、备足草料；冬雪纷纷，丑自掏腰包找老乡买高价黄豆大麦为牛催膘，上山打柴为牛烧火保暖。那帮家伙故意刁难他，不仅不配饲料，反而将草料抢去铺床烧炕，丑不得不冒着风寒拔牛草，在冰天雪地、枯叶衰草中找嫩芽冬菜，几次冻昏在旷野上，被难友们搭救了。

心诚，石头也能开花。牛似乎受到他心灵的感召，渐渐恢复元气，脱癞长膘了，走路稳健，长哞脆亮。

丑含泪拜谢，有板有眼、字正腔圆地念唱道："老伙计呀老伙计，你的命系着我的命，我的魂拴着你的魂，这世上我无亲无敌、无朋无友，唯有你是我的救星！我的老伙计，我与你虽不是同年同月同日生，但愿同年同月同日死……"

丑有时想：当年演《借牛》时，为体验生活，把握角色情绪，他曾蜻蜓点水般地拜访过老养牛员，但对牛始终敬而远之，怕它抵牾角龅蹄子。如今真正与牛耳鬓厮磨、患难与共了，却没有了舞台和演出资格。他顿悟：昔日为《借牛》的侥幸成功而沾沾自喜，其实角色很肤浅、很苍白，离生活和艺术都差一大截，要是再给他一个机会，他自信会演得出色完美。他怅惘：自己的大喜大悲都与牛结缘，莫非牛就是自己命运的暗兆、形象的喻体？

春天来了，万物复苏，丑和牛都生机勃勃、壮骨还阳。犁耙水响的春耕时节，农场下来了参观检查团，要办牛肉宴。造反派头头下令拿丑的牛开刀，磨刀霍霍、杀气腾腾地来到牛棚。

丑见势不妙，挺起羸弱的身体护住牛，他大哭大闹、大喊大叫："不准杀，要杀就杀我吧！""梆！"丑当头吃了一棒，砰然倒地。

牛勃然大怒，奋力冲垮牛栏，一犄角抵倒那舞棒的家伙，然后立定在丑身边，凶悍地瞪着那些持刀舞棒的人，愤怒得如牛魔王一般不让人拢身一步。

这气势震慑住众人，没谁敢惹它一下。

就这么沉默对峙了好久，一个阴谋爬上造反派头头的心头：用电触。很快，他扛来一根竹竿，缠上电线，朝牛的要害部位悄悄伸去。牛毕竟是牛，没防备这歹毒的阴谋。就在电线与牛相触的瞬间，丑一个鲤鱼打挺跃起，一个飞猿擒兔扑去，绝顶真格的舞台武功。可惜迟了半秒钟，留下永恒的遗憾。丑和牛一起触电死了。

谁也不敢吃那牛，便将它埋在丑的坟旁……

寅　虎

寅是某马戏团的女驯兽员，驯虎。

她如花似玉、温柔潇洒，且是高干之女，哪样工作不好挑，偏要去伴虎当马戏小丑。啧啧，多丢人现眼！气得父母五官挪位、七窍生烟，男友叽叽歪歪、嘟嘟哝哝，最后与她分道扬镳，惹得好管闲事者冥思苦想、焦头烂额仍大惑不解。

其实，寅当驯虎员纯属偶然。她原是某机关宣传科的摄影干事，除拍领导开会剪彩之类的新闻照片外，还搞点艺术摄影。虎年将至，各大小报少不了登一两帧虎照恭贺新年，寅便寻到马戏团驯虎场拍虎照。

那是一只刚烈的雄虎，凶悍野性未脱尽，稍不顺心如意，便咆哮如雷，张牙舞爪，袭击驯兽员。马戏团闹虎患，损失较惨，正想辞退老虎遣回动物园。寅为抢最佳镜头，竟钻进驯虎场，又不慎失足跌入虎窝。驯虎员急忙去拽寅，被虎伤了手臂，蜷缩一团，翻滚嚎叫。虎径直扑向寅，寅吓昏过去。寅以为自己要成为虎的午餐，没想到虎并没伤害她，而是憨态可掬地抚摸她的花衣裳……

后来，人们只有用虎贪色来解释这件怪事。

再后来，马戏团恳聘寅当驯虎员，寅觉得驯虎充满冒险乐趣和传奇色彩，何况虎与她结缘，单服她驯，便欣然应聘。寅干得非常出色，将虎驯成了马戏团的明星、摇钱树。寅编排了一个热门压轴节目《王老虎抢亲》：老虎背着寅满场跑，乐滋滋、色迷迷的颇像抢亲小丑，格调虽不大高，但有趣逗人，票房价值极高。许多观众连看几场，乐而忘返，看虎，也看胆大貌美的寅。

寅的男友看了半场便拂袖而去，割断情丝。

寅的闺蜜讥笑她是"虎妞"。

寅顶住压力驯虎。

虎又打入影视圈，各地电影厂电视台闻讯争相邀虎去拍片，自然也搭上寅。寅驯虎沾光，轻而易举地就遂了少女时代的凤愿，杀上了影视坛，成为小有名气的女演员。这样，嫉妒的人更多了，讥讽寅是"狐假虎威"，恨不得有朝一日，老虎发怒撕碎这出尽臭风头的臭娘们。

偏偏那虎对寅一往情深，从不对寅发怒撒野，连一个小小玩笑也不开。然而命运迎合了嫉妒者的灰暗心理。一次寅携虎去某地拍片回来，就病倒了。顿时，流言四起，没有翅却比鸟飞得快，没有刺却比锥扎得痛。

哎呀，寅怀孕啦！听说是被某导演搞大肚的……

"哼，看她那骚相准是破货，连虎都能迷上，还不缠上野男人吗？不足奇不足怪！"

"听说怀的是个怪胎哩，嘻嘻，莫非是跟老虎配的种……"

"哟，要真这样，寅可就出大风头了，攻克了世界又一难关，据说外国有个女科学家自愿与兽性交献身科学……"

后来医院确诊，寅患子宫癌。但流言仍咬定这肿瘤是寅风流淫乱的恶果。某小报还刊登了寅与虎杂交自食恶果的劝诫文章，闹得满城风雨，街谈巷议。

寅手术后病情好转，忽一日从病友包书的小报上偶见那篇奇文，如遭虎噬，惨叫一声，口鼻迸血，昏厥倒地。后神情恍惚，郁郁不乐，茶饭不思，针药不进，悲惨而死。寅回光返照时曾慨叹："流言猛于虎也……"

马戏团的人说，寅死的那天，虎暴躁不安，长啸良久，还流下两行清泪，仿佛虎和寅之间有生物钟，冥冥中有什么感应传递。

这话不知真假。倒是虎离开马戏团属实，它只服寅，不服其他人，便只有回动物园的铁笼中去。

卯　兔

古有"守株待兔"的寓言。

卯有"守坑待兔"的轶事。

那年下放，生产队的大粪坑修在村后，臭烘烘的，浮满瘟鸡、死狗、猪仔、牛下水，甚至私生溺婴。知青新来乍到没盖厕所，便上大粪坑拉撒，屎尿充公。

一日卯去撒尿，忽见粪坑中一活物在挣扎扑腾，他定睛忍臭细看，欣喜若狂，是只山兔，兴许是叫狗撵急了或收不住撒欢的爪栽进粪坑的，那苍蝇蛆虫蜂拥而至、铁壁合围，加之臭气熏蒸，山兔很快只有痉挛蠕动的气力了。卯迅即扛来一根竹竿，捞回兔尸，抖尽蛆虫，很惬意地回屋。当夜，卯和知青小丁烹兔饮酒，狼吞虎咽加神吹鬼聊，其乐融融。

那年头苦巴巴的，三月不知肉味，尽管兔肉隐隐有丝臭味，却硬是抵得上世间任何美味珍馐。他们饱餐完毕，回味无穷，心血来潮，指月发誓："苟富贵勿相忘，永忆今夜兔宴。"

卯捡次便宜便上了瘾，每次去拉撒都注意粪坑新动向，祈望口福再来。一日黄昏，卯喜颠颠地跑回屋拿竹竿，以百米冲刺的速度返回大粪坑，捞起活物，大倒胃口，原来是一只硕鼠，足有两斤多。卯待兔获鼠，落下笑柄，常有人撩逗之："快去看看粪坑吧，刚才听见兔叫……"

卯回城后，继承了姑妈的一座小洋楼与几十万元存款的遗产，真是鸿运来门板挡不住、洪水冲不跑。卯索性辞职，赋闲养生，娶妻生子，琴棋书画、花鸟鱼虫地故弄风雅，练拳舞剑、登山游泳以延年益寿。

卯特别讲究吃，悠悠万事唯此为大，吃字当头乐在其中，城区稍有名气特色的酒楼餐馆卯都光临过，久吃为厨，回家照本宣科、依样画瓢学着做，做得不像又去吃，吃了回来又做，反反复复便谙熟了。陆文夫的小说《美食家》被搬上荧屏后，卯的吃瘾倍涨、食欲大振，吃得更理直气壮、情酣意畅，美中有忧的是那肚皮越腆越大，臃肿难看。

一日，小洋楼响起门铃声。卯开门，见一瘦子，迟疑片刻，问："你可是小丁？"小丁见卯的富态相，瞠目结舌："你……是大卯？"冷场定格几秒，他们互相拍肩拥抱、寒暄戏谑。酒过三巡，菜过五味，自然聊起守坑待兔的笑话。卯的笑脸僵硬了半秒，飞快地掩饰过去，高呼莫谈往事，痛饮豪嚼。小丁酒量锐减，卯再怎么劝酒也不喝了，已显出七分醉意，摇摇晃晃地起身告辞，卯没真心执意挽留他，径直送出小洋楼。

就在小丁迈出栅门踉跄一步险些跌跤的瞬间，卯突生恻隐之心，冲上前搀扶住他。

"小丁，你找我有事吧？"

"没、没事……"

"哥们说实话吧，苟富贵勿相忘，冲咱们过去的患难之交也要帮衬你一把！"

"谢谢，真没……没事，几年没见挺想念的，办完公事，顺便来瞧瞧你，你够……意思，没变，没变……"

小丁哇地吐了酒，蹒跚地摇晃而去。

卯伫立呆愣着，凝视着那个瘦小的背影。

不久，小丁寄来两只腌兔。卯嗤之以鼻：腌得咸不拉叽的啥吃头，也不知是病兔还是好兔腌的，还是像当年那样从粪坑捞的……

卯将腌兔扔进垃圾箱，将给小丁的信扔进信箱，信上说：腌兔真香真有嚼劲……

辰　龙

辰是文学爱好者。人背地里讥之为"文学病患者"。

辰发誓终身不娶、潜心笔耕，不成功便成仁，而立之年倘若发不出一个铅字，就跳长江大桥自杀。辰博览群书，惨淡度日，颇有悬梁刺股、凿壁映雪的韧性，堪入"衣带渐宽终不悔，为伊消得人憔悴"的境界。无奈文学缪斯是个艳若桃李、冷若冰霜的寡情女人，鄙弃藐视他。辰的废稿成堆，愈加艰苦卓绝、锲而不舍地拼搏。

辰疲于赶文学浪头，寻根热起便寻根，朦胧诗俏便朦胧，意识流涌来便意识流，魔幻小说走红便魔幻，通俗文学盛行便通俗……结果总是人家抱孩子他捡胞衣，东施效颦、邯郸学步导致一事无成。

某日听某文学掮客授业解惑，他获得参禅似的顿悟，崇尚起国粹来，忽生灵感，决定翻新古代寓言，糅进现代意识、时代精神，古为今用，开寓言新编之先河。辰被自己的宏图壮志所激动，昂奋得战栗眩晕。

开篇改编《叶公好龙》。之所以选中此篇，是因为经过处心积虑、推敲再三的。一则龙年将至，各报刊免不了登一些龙的文章，辰也想凑个热闹；二则有个不可告人的企图，辰最恨本单位的叶科长，自然是敢恨不敢言，只好借文学发泄一通。叶科长口口声声讨厌溜须拍马、请客送礼，其实最擅长拍马术，可谓炉火纯青、出神入化，领导新潮流。他巴结贿赂顶头上司，也期待下级奉承进贡他。他五十诞寿，科里唯辰未送贺礼。叶科长便找辰的茬，说辰开夜车爬格子捞稿费，名利思想严重，白天上班打盹混日、养精蓄锐。这一刁状置辰于困窘之境，调薪、提级、入党、评职称连锁泡汤。君子报仇不剑拔弩张，但也不能隔靴搔痒，辰想这小说一出笼，大伙都心照不宣知道是讽刺谁的。如今写大字报犯禁、写诬告信触法、写申诉状白搭，利用文学进行宣泄倒是一大专利。

辰便写了《叶公恶龙》的故事——

话说叶公见到真龙后吓得屁滚尿流、魂飞魄散，嘴巴中风歪斜着直淌涎水，扎针灸、拔火罐、吃中药、跳大神，折腾半年才复原。从此他便恨龙、厌龙、诋毁龙，凿毁满屋雕龙，撕了四壁画龙，砸了神龛书案上的陶瓷、竹编、木雕、石刻、泥塑、铜铸之龙，连那龙头拐杖、盘龙茶壶、卧龙夜壶、游龙酒壶、腾龙烟壶均横扫出门。寒暄闲聊、拜谒晤访中如闻诸如"龙体""龙颜""龙袍""望子成龙""乘龙快婿""龙凤呈祥"之类的恭维话则变色转怒，出门如遇舞龙灯、赛龙舟、祭龙王、晒龙袍、挂龙幡、唱龙调便大呼晦气、大倒胃口，开会学习、交流报告、周游列国、出洋考察、参观讲学便大讲特讲其受龙迫害的痛史，深恶痛绝龙的罪恶行径，经常捶胸顿足、咬牙切齿、声泪俱下乃至昏厥癫狂，还恶毒地诽谤龙是鲤鱼须、牛头、鹿角、蛇身、鱼鳞、鱼尾、鸡爪杂烩成的怪物，可见是杂种孽种、混世魔王。最后还抛出最新最权威的研究成果，由图腾考证龙象征着男性生殖器与精子，这无疑是对龙最大的亵渎和最猛烈的抨击。

在世人眼中，叶公成了讨龙英雄，是与龙进行最彻底决裂的反叛骁将。龙族胆战心惊、盘卧不安、惶惶不可终日，便在龙宫召开紧急会议商量对策，表决结果：由那条惊坏叶公的龙负荆请罪、化干戈为玉帛。那龙便乘暮夜无人知时，驮着山珍海味、珠宝玉石及龙王亲自签署盖印的聘任叶公为龙族名誉顾问的聘书登门造访。这次龙没有莽撞造次，彬彬有礼地按了音乐门铃，递了求谒信笺。叶公从猫眼门镜中窥视良久、验明正身，受宠若惊、欣喜若狂，急令家仆张灯结彩、铺毯奏乐、开正门迎宾………

编辑来信说："感觉不错，愤世嫉俗、针砭时弊较深刻，只需稍作修改，删去诸如'出洋考察''名誉顾问''音乐门铃''猫眼门镜'之类的现代辞藻，准备送终审待发。"

辰大喜：天助我也，看来而立之年不是走向末路而是走向文坛。辰急修一笺："学生在外贸局任差，如需洋货，定鼎力效劳。隔月余，见大作还未面世，心如焚、魂似煮，咬牙掏出一个月工资买了一串珍珠项链寄给那位'叶芳'编辑。

不几天，辰收到退稿，内附一札："稿终审未过，恐惹麻烦，嘱退，望谅。另，项链璧还，敝人乃孤老头子，物美情重却无缘享用，再则耻当恶龙之叶公……"

辰愕然，羞矣，痛哉。

巳 蛇

巳是歌舞团的舞蹈明星，跳过红极一时的独舞《蛇舞》，因而被誉为"银蛇公主"。横扫"牛鬼蛇神"时她又被贬为"美女蛇"，说她腐蚀毒害观众，尤其是以色相拉团长下水，争得《蛇舞》的 A 角，令人可恨可恼、可厌可妒。

爱人与巳离婚，不是因醋意妒火，而是怕丢了第一小提琴的饭碗。巳暂借于道具房阁楼栖身，夜深人静常有好色之徒来纠缠，无奈巳有蛇功，滑溜溜、扭闪闪地总上不了手。葡萄吃不到嘴说酸算便宜它了，扑掉踏碎最解恨，巳被踢到五七干校。

割麦。巳突然尖叫，一条"七步倒"咬了她的腿。一位黑脸大汉疾步奔来，搂住她的腿拼命吮吸伤口，抢在七步倒前救了她的命，救了她的腿和艺术生命。而他却被毒汁封喉，虽被医活，但嗓门哑了，扯喉嚎叫也只如蚊嗡虫吟。

巳知道他是京剧武生，扮猛张飞、黑旋风、杨六郎、雷刚的，因扮雷刚时多翻了几个跟斗，抢了柯湘的戏令党代表黯然失色，犯下篡改样板戏罪而遭贬的，他老婆（扮演"柯湘"）告的刁状，和那新"雷刚"勾搭成奸便蹬了他。

他姓丁，艺名叫黑丁，酷爱本行，却过早地断送了艺术前程。巳极理解这种超乎肉体的痛苦，便毅然用"银蛇公主"的温柔妩媚去抚慰他，支撑他。严冬，他们结婚了，没有宾客盈门、笑语喧天的婚礼，走出柴扉奔向雪野尽情地跳蛇舞、翻跟斗……

平反。回城。重登舞台。巳仍跳《蛇舞》，仍当 A 角，仍遭 B 角嫉妒，仍被记者的镁光灯、录音筒、摄像机包围着轮番扫射，仍赚得观众的狂热崇拜、如潮掌声、似云鲜花。

黑丁却失去了这一切，回京剧团打锣鼓、跑龙套、搬道具、教武功，寂寞且默默无闻。每逢巳演夜场戏，黑丁便去接她，他蜷缩在场外猛抽烟，一支接着一支。他极想看那精彩纷呈的舞台和那些陶醉狂欢的观众，为巳庆幸祝福，又极怕看见那场面，怕自己回首往事时苦得发癫、恋得中邪。

此一时彼一时。几年后，《蛇舞》演出每况愈下，戏票常只卖去一半，巳几次跳到一半或一上场，就遭到暴风雨般的呼哨嘘声和冰雹般的果皮纸屑、饮料盒的袭击。

歌舞团当机立断转轨定向搞迪斯科、霹雳舞、摇滚乐、比基尼、健美操、聊斋魔幻剧、假面舞会、模特表演，等等。《蛇舞》被打入冷宫，已不愿祖乳露胯、挤眉弄眼、疯疯癫癫、嗲声嗲气地乱扭乱唱，赌气不上班在家养花喂鱼玩鸟、织衣钩花、烧火做饭、看闲书、泡电视。而那个曾嫉妒过她的B角摇身变成名噪一时、誉满四方的歌舞新秀，她一上台便赚得无数飞吻媚眼和鲜花掌声，她一下台崇拜者、献媚者前呼后拥，求爱信、吹捧信雪片般飞来，据说她每天能收到上百封信，每天得践约赴宴上十次。

这回轮到已嫉妒了，不过已绝不承认是嫉妒，而是鄙夷愤怒。已憋得发慌、闲得无聊，想找个知音倾诉一番，逮个由头发泄一通，便冲着黑丁发脾气、纠缠寻衅。黑丁小心翼翼地让着她，以为她提前进入更年期，也知道她心里抑郁苦闷，宽容地护着她。

不过黑丁挺忙，改行搞哑剧，居然歪打正着、插柳成荫，成了名角，被誉为"哑剧大师""笑星""幽默大王"，到处有人请他，他如救火般地赶场走穴，俏（翘）得如驼子的屁股，成为腰缠万贯的阔佬。

每次走穴回来，黑丁将红包悉数交给已。已嗤之以鼻、不屑一顾，斥之为不明不白、不干不净的钱，说他亵渎艺术贞洁、出卖艺术良心，比抢、偷、骗、坑、烧、杀还可恶可悲。黑丁报以哑笑，仍拼命赶场、赚钱。

已愈来愈不满黑丁，愈来愈愤世嫉俗、忧国忧民……她想离婚，想独善其身，永葆艺术贞洁。她没给黑丁摊牌，因感念旧情，总于心不忍、犹豫磨蹭，终于有一件事促成她的决心——

那天她正在百无聊赖地看琼瑶的小说，团长上门来请，说有个归国华侨点名要看她的《蛇舞》，重温二十年前观《蛇舞》的艺术梦幻，如因票房收入问题为难，老人愿不惜重金包场。已欣喜万分、如癫如狂、似痴似醉，山呼"艺术万岁""艺术贞洁万岁"。

已刻不容缓地去排练厅，练得比哪次都严格认真。"宁要一个人看一万遍，不要一万人看一遍。"她想起谁的名言，心里甜津津、美滋滋的，万分感激那位老人，她想就冲老人对艺术的虔诚崇拜也得跳好这场舞。看来真正的艺术是埋没不了扼杀不了的，得学会等待呼唤、自强自重、自尊自爱……

剧场爆满，来的全是老人和残疾儿童。已想：这位老人一定是个慈善家。她表演得极有力度、韵味与魅力，演出空前的成功，引起全场共鸣、掌声雷动，老人残童多么渴望也变成一条无忧无虑、自由自在的小白蛇呀！共振点在这里，就在这里！已想：这位老人一定是个艺术哲者。她在谢幕时等待着这老人上台献花握手甚至抱吻，遗憾的是，直到观众退完场，这位神秘的老人仍没出现。她沮丧地流泪了。

这时黑丁出现在她的面前，低声地说："走吧，回家去，夜深了!"

她歇斯底里地喊："你滚开，我是蛇! 我是艺术蛇! 不是你的小猫、小狗、小兔，小心我咬你……我要……要与你离婚……"

黑丁傻了眼，暗自唏嘘：正是我唤醒了你这条蛇的呀! 离就离吧，只要你别冬眠僵化……

午 马

午在呼伦贝尔大草原上当过建设兵团战士。去时写过血书发誓扎根一辈子，除非马革裹尸还。闹返城潮时午一手拿杀猪刀一手拿敌敌畏威胁团长，才回城来。午觉得走了一个人生怪圈，很颓废消沉，雄心变成废墟，热血化作冰块。

午骑术高超，回城进了马戏团，驯马。表演马钻火圈、马跃高栏、飞马捞花、倒挂金钩、金鸡独立等惊险节目。最惊险的王牌节目是马踏飞燕，这是午的绝招，人突然滚下马背，如飞燕落地，马长嘶一声，抖动长鬃，直立蹿起，后蹄踏在人肚上，这需要过硬的气功。观众往往以为表演失误发生意外，满场惊呼骚动，直到马挪蹄人跃起，方知是精心设计的惊险高难度动作，禁不住啧啧叹服、频频喝彩。

午曾与驯虎的寅热恋过，寅不幸病故，仿佛带走了午的灵魂。午万念俱灰，酗酒打架，演出经常误场，挨了训后便冲马出气，揍得马长嘶哀叫、遍体鳞伤。马是灵物，便以怨报怨、以牙还牙，与午的关系恶化。有次表演马踏飞燕，马一蹄踩在午的胯间，险些踏碎午的卵蛋。午再也驾驭不了这马了，索性赌气离开了马戏团。

一日，午在市场闲遛，见一群人在围观什么。他好奇地挤上前，只见一猎人打扮的黑脸络腮胡汉子在油腔滑调地叫卖：卖虎骨呀！真正的东北虎、华南虎、孟加拉虎骨头呀，快来买哇！虎骨泡酒、熬膏、碾粉、煎汤，包治风湿骨痛、跌打损伤、阳痿肾亏、痛经不孕、遗精盗汗、死肌截瘫、麻风肿瘤……快来买哇，错过这村没那店呐！"午瞥了一眼，嗤鼻冷笑，暗骂："狗✕的，这分明是马骨，老子在草原啃了十年马骨，那味一嗅就知道，烧成灰都认得，哄鬼！"独眼汉子鬼精，知道遇上识货高手，忙打拱："哥们，出门靠朋友，请捧个人场。"旋即递烟点火，媚态可掬。午咽回溜到嘴边的话，蹲下身看那假虎骨：是用碎马骨精心拼凑组装而成的虎骨架，外表真像啊！马是白骨，虎骨是乌紫色，一定用化学颜料染过。午暗叹："堪称一绝。"当即掏出一张百元大钞，买下一块假虎骨，连呼："好骨好骨！"惊得独眼汉子瞠目结舌、一头雾水，惹得围观者纷纷解囊争购。

独眼汉子饱赚一笔收摊走人，行至小巷，午蹦出拦路，阴鸷地盯着他。独眼汉子抓出一大把钱塞给午："哥们够意思，这钱犒劳你！"午不收，说："求你收我当徒弟。"独眼汉子一愣："这个、这个……"午威胁道："你要不答应，我立马把你扭送到派出所去！"独眼汉子忙改口："好说好说，只是没……没马骨，得新鲜马骨。"午诡谲地一笑："这个好说！"当晚，午潜入马戏团偷马宰了，取骨学艺。

独眼汉子教会午，悄悄去了。几年后，独眼汉子又云游到这座城市卖假虎骨，偶见宣传橱窗里有一个西装革履、披红挂彩、神采飞扬的男人的照片十分面熟。他驻足细瞅，原来是午，光荣榜上赫然记载着他的事迹：午拜民间老艺人潜心学习祖传马骨仿虎骨技艺，近年来大显身手，成绩卓越，为科研教学、工艺出口仿制了大量假虎标本模型，模型栩栩如生、以假乱真，他被誉为"仿虎大王"，并被授予"工艺大师"称号……独眼汉子如雷轰顶、如火攻心，悔恨交加、恼羞成怒："哼，好小子！剽学我艺，欺世盗名，找这小子算账去！他要不认账，就揭他老底。嘿！我是他师傅，他要算'工艺大师'，我就算'工艺祖师'啰！"

独眼汉子找到原址，午已发财乔迁。他辗转找到午的新居，豪华别墅真阔气。午正午寝。独眼汉子忍辱憋气等候，终于等到午揉着惺眼出来。谁料，午不仅不认账，而且嘲讽他："你是拼命把假的说成真的，我是拼命告诉别人这是假的。这就是你我之间的差别，也是骗术与艺术之间的区别。你可以走了，卖你的假虎骨去吧！再闹，别怪我不讲义气，叫来警察把你抓去判个诈骗罪！"独眼汉子琢磨出味来，自惭形秽，怏怏而去。

午春风得意、事业红火、生活安逸，只是染上一种怪病，眼前总飘动着那匹马戏团的马的身影，并且总做噩梦：马疯狂地践踏他的身体，凄厉嘶叫，仿佛在呐喊："还我骨来！"

未　羊

　　女忌属羊。旧时谚曰："女子属羊守空房。"又有诸如"两只羊活不长""羊鼠一旦休""羊兔泪长流""羊鸡命凄凄"之类的鬼话，害得多少良家女子凄凄惨惨、哀哀怨怨、有情难成眷属。

　　未属羊，且是腊月羊，犯大忌："腊月羊，冻死双。"与她青梅竹马的阿哥含泪娶了别家女。未从红颜青丝独身到老，没有一个男子汉敢娶她。当然，跳墙爬窗想占她便宜的不乏其人，未刚烈贞洁、死活不从，连蹲点的县革委会主任都挨过她的耳光。她的名声极好，要是在旧时定能赚块贞节金匾。她的为人也极好，比起现时的"三八红旗手"毫不逊色。

　　羊年，城里下来一群知青。落户费被队里挪用买了抽水机、脱粒机，便动员各家各户腾房。后来动员不下去，便抓阄。未抓到一阄，纸上写着"羊谷"，呼名领人，一看顿生怜意，是个瘦净白皙的男孩，戴着深度近视眼镜，身子骨单薄得要命，怯生生的，像只未脱奶腥气的羔羊。遭孽！遭孽！"孩子跟我回家去吧。"羊谷感激地叫她一声："大娘！"羞得她满脸绯红迭声说："孩子，就喊我未姑吧。"在乡下未婚女人再老也不够资格称娘、婶、奶、婆的。

　　未把羊谷领回家，摸出罐内攒着换油盐的鸡蛋，煮了满满一海碗，逼着羊谷狼吞虎咽下，问羊谷的属相、生日、年龄、父母兄弟姐妹，听说羊谷死了爹娘，便淌出泪喃喃道："遭孽，遭孽！孩子，你要不嫌弃我就做你的干姑！"羊谷就甜甜地喊她干姑，她觉得生活充实了、肩头沉重了、感情丰富了、性格开朗了。

　　未不让羊谷另起炉灶，就在一起开伙。两人的饭都盛给羊谷吃，未躲在灶后喝米汤啃锅巴。未养着一只母羊，几次"割尾巴"风刮来她都巧妙地让羊历逃劫数。她挤羊奶给羊谷喝，羊谷喝不惯，翻胃呕吐，未说："多吐几次就习惯了，你不喝奶咋长胖、咋干活、咋对得起你死去的爹娘。"羊谷就含泪喝，喝完泣不成声。

　　不久，羊谷病倒了，发高烧说胡话，未蹲在病床边几夜不合眼，明里请赤脚医生来打针下药，暗地求神汉巫婆来跳神画符。未在深夜虔诚喊魂："羊谷回来哟！羊谷快快回哟！"喊一声要应一声。羊谷不信这一套，未沉下脸唬他："信则有、诚则灵，听话哟，孩子，只当是干姑求你了、委屈你了!"

羊谷的病好了，但身体虚弱，元气大伤。知青组成立青年突击队要到水库工地上去啃硬骨头，领队的知青干部硬拽羊谷去。未拿扫帚把撵他、骂他："你莫非是狼心狗肺吗？他走路都踉踉跄跄，咋个上工地抬石头？今儿个贫下中农说话算数。我是苦大仇深的老贫农，你得接受我的再教育，得讲究个立场……"未拿囫囵吞枣似学来的新名词唬他。知青干部嘀咕："你才站错立场呢，他爹娘都是黑帮，你还和他唱一个腔、穿一条裤……"未勃然大怒："放你娘的臭屁，我这么大年纪和他穿一条裤？你不给我说清白，我就吊死在你们家门前……"知青干部纠缠不过，慌忙开溜。未哭哭啼啼地告到大队部，不依不饶，硬是逼得知青干部如鸡啄米般赔罪，并答应放羊谷半月假。

后来只要有谁欺负羊谷，未就挺身护卫，大撒其泼："我是他干姑，你们还把我这苦大仇深的老贫农放在眼里吗？"人们戏称她是羊谷的核保护伞。

羊谷被招工回城的那天，未请人宰了那只母羊给他饯行。羊谷千恩万谢，未轻描淡写地说："别谢、别谢，这有什么呀？干姑这是积德，赎前生罪孽，来生不变腊月羊咧!"

后来，羊谷接未进城享福去。未恋故土，没去，羊谷曾带女友下乡看望未，未很郑重严肃地告诫羊谷："我问过她了，她是腊月羊，千万莫娶她呀！孩子，我求你听干姑这句话。"羊谷自然一笑了之，并不当真。未又苦口婆心地开导他的女友："姑娘，你要是真喜欢他，就和他分……"姑娘也咯咯地直乐，以为未犯迷糊了。未沮丧无奈，叹道："嗐！腊月羊，冻死双，羊谷的爹娘也是腊月羊……造孽，造孽……会出事的!"未变得情绪低沉、脾气古怪起来，本来答应随羊谷进城逛逛归元寺、黄鹤楼、晴川阁的，却临时变卦了。

羊谷和女友回城去了。不过三天，未风尘仆仆、辗转颠沛地进城来，颇费周折地找到羊谷的住处，气喘未匀便喜形于色地嚷："羊谷，我老糊涂了，推算错了阴历，请算命先生一推算，错了一天。她不是腊月羊，是正月猴，你是属蛇的，算命先生说，'红蛇白猴满堂红，福寿双全多康宁'，好般配好吉祥的属相，生辰五行也相生，木生火……"

羊谷望着未那疲惫却欣慰的神色，想笑终于没笑出声，眼角潮湿了：她信了一辈子腊月羊，一只虚无荒谬的羊……

申　猴

　　申厅长是一位魁梧肥胖的老头，近六十岁了，虽然头已秃顶，皮肤松弛，脸上开始出现老人斑，皱纹也在向纵深发展，但精神矍铄，红光满面，脸上的肉堆砌着，下巴沉重地下坠，看得出保养得好，这是那种经常待在办公室泡在会议中养尊处优、无所事事所特有的福态。

　　申厅长无其他嗜好，只是喜欢游山玩水。他认为旅游是保养身体、陶冶性情、增长知识、消除公务疲劳烦恼、恢复精神平静淡泊的最佳办法。近来，申厅长心中闷闷不乐、隐隐不安，生起一股莫名其妙的烦恼和不可名状的惆怅，仿佛有一种政治气候、氛围在逼视着、威胁着他。

　　有些具体迹象、琐碎小事惹得申厅长心烦意乱、惶惶不安、茶饭不思。譬如，上次到省里开会，省长见面第一句话就问："老申，身体还行吗？"申厅长一听心凉了半截，神经敏感地把一句寒暄话当做某种暗示。不错，他曾在疗养院小病大养泡过半年，谁把这事捅给省长了？要不省长不问别人身体行否偏偏问他，居然还带个"还"字，这不是暗示他"身体不行就别硬撑着干，早早让位安享晚年"吗？

　　不久前，省委组织部长来暗访，因为要避大吃大喝之嫌，便婉言谢绝了申厅长的宴请。申厅长耿耿于怀，认为这不是一般的不肯赏脸，而是一种轻蔑的推辞，一个疏远的信号。反正，申厅长感到躁动不安，比以往任何时候都更加需要散散心，以求得精神平静、心理平衡。他决定去峨眉山看猴去。前几日看报得知，峨眉山猴受世风熏染干些拦路讨吃、搜身抢劫、调戏妇女、纠缠外宾的恶作剧，颇有传奇色彩及探险乐趣的。申厅长虽不敢冒长江漂流、雪峰攀登、南极考察之类的险，但对观猴遭劫受惊还是挺有兴趣品尝个中滋味的。受点惊发发汗、添点谈资不亦乐乎？

　　申厅长上了峨眉山，身临其境，峨眉山猴果然名不虚传，顽皮邪乎得很，全无昔日温驯胆怯、憨稚机灵的小家子气，俨然一副衙内、山霸兼嬉皮士的派头。它们成群结队扼守各山道隘口，肆无忌惮地敲诈勒索路人，谁不给它们进贡，便给谁难堪和报复。它们对路人挠挠鼻，揪揪耳，扯扯发辫或胡须，抢过眼镜呀帽子呀围巾什么的装装绅士相，还冲人撒尿、抹屎和喷痰。有人不堪凌辱稍加斥责驱轰，猴们便呼啸而上，前拽后扯、上挠下咬，顷刻令人衣衫褴褛、遍体鳞伤、胆战心寒。

据说前几天峨眉山猴猖狂之至、色胆包天，竟将一位女游客撕碎衣裤、搡下悬崖。死者家属停尸请愿递了诉状，一场人猴官司搅得人心惶惶又兴趣盎然，人权与猴权之争鼎沸嘈杂，难解难分。

在宾馆下榻时，申厅长也饶有兴趣地加入了论争，提出了"人猴合一"的妙论，侃侃而谈人猴合一即山人合一、天人合一的内涵之精髓："试想峨眉山无猴以何招天下游客？再说猴彬彬有礼、憨态可掬、奴颜媚骨或战战兢兢、羞羞答答，就失去猴性，那就不如去动物园、马戏团看猴。猴就得像猴，就如人就得像人，孙猴子抡起金箍棒大闹天宫、偷吃蟠桃，揍得妖魔鬼怪屁滚尿流、魂飞魄散，能说它太不像话太没规矩了吗？说实在话，如今的猴越来越驯化了，越来越没个性了，这也是一大悲哀。峨眉山猴个性复归，不能不说是一大幸事，人应宽容，该欣慰，甚至受点委屈牺牲嘛！"一番精辟独特的见解博得大伙喝彩鼓掌。

申厅长边谦逊摇手，边暗自得意：就凭我这思维敏捷、灵气超群，如不沉溺宦海、混迹官场，捞个哲学家、作家、教授的头衔轻松自如。申厅长流连忘情于山水之间，仿佛六根清净、七情皆空、万念俱忘，世间炎凉、人情冷暖、官场纷争、个人得失似乎如过眼云烟，逝者如水如梦。申厅长玩得很开心，上蹿下跳、左攀右溜、且吟且笑、且歌且舞，像返老还童的顽猴，连他的秘书都惊愕：山的魅力竟如此之大，除了返老还童，还返璞归真，弃恶从善，难怪说人是大自然的孩子……

下山时，一只硕大的母猴拦住申厅长。秘书欲解围，扬杖欲揍。申厅长急急拦住，宽厚友善地与母猴逗趣。母猴捏他的鼻，他不恼，还嘻笑；揪他的耳，他不呻吟，还报以鬼脸；扯他的胡须，他不避让，还慈祥地笑；母猴又从后腚抓出一团似泥似屎的东西，抹在他的额上，这就有点出格了，申厅长掏出预先备好的蛋糕、巧克力，想了结这场人猴即兴表演。

谁料，母猴并不稀罕食物，倒想尽兴地把恶作剧闹下去，旋风般抢走他的呢帽，蹦上岩顶。申厅长仍不愠怒，微笑着嗔怪："调皮鬼！"母猴如戴上呢帽扮官相、做怪脸，申会大开心的。不料，它将呢帽夹在红胯间接尿，又垫在腚下憩息，一副隐士狂客派头，似睥睨嘲讽一切……

申厅长的脸色陡然变成了猪肝色，浑身痉挛如筛糠般摇晃几下，颓然瘫倒。秘书忙去搀扶，并迅疾地掏出申厅长口袋中必备的救心丸。秘书清晰地听见申厅长浑浊含糊的嘟哝："帽子……屁股……不祥之兆……"

该死的猴！咋能开这种国际玩笑呢？看来人猴合一难，人的宽容是有限度的……

414

酉　鸡

　　酉是养鸡专业户，颇富，称得上腰缠万贯。也颇吝啬，系昔日穷怕的缘故。酉的鸡场年产肥鸡万只，鲜蛋十万斤，而酉不舍得吃鸡和蛋。怕人笑话，便寻理由掩人耳目，或推说自家养的不忍杀生，或谎称吃腻了，嫌那腥臭如咽鸡屎。全家每年只破例开荤三次：端午吃顿卤鸡蛋，中秋煨罐鸡汤，春节大嚼一盘全鸡。吝啬成癖，便惹人笑。家人怨声载道，亲邻议论纷纷。酉心若磐石，我行我素。

　　一日，酉的老伴擅自作主，喜颠颠地抓了只肥鸡，宰了招待上门新婿。酉从镇上归来，一见砧板上的鸡，宰心割肝般疼，捶胸顿足地骂。老伴反唇相讥两句，酉愤击两掌，铿锵有声。老伴忍气吞声，蹲在灶前偷偷啜泣。酉出外少顷拎来一只瘟鸡招待新婿，换下那只宰的鸡气冲冲地上镇去。

　　酉在镇农贸集市上蹲了半天，无人问津，人家以为是瘟鸡药鸡，要不，干嘛杀了卖？酉越解释赌咒，越令人生疑耻笑："嘻嘻！此地无银三百两咧！哄鬼哟！"酉愤愤然："妈的，都有眼无珠，不识好货，不信真话，去他娘的，自己打打牙祭算了。"酉赌气而返，半途忽闪一念：何不卤成烧鸡去卖？酉卤烧鸡有两手，色香味俱全，令人嗅之流涎、望而生津。酉恐半路杀出个馋嘴的程咬金，便用报纸将烧鸡一包，拎到镇上去卖。果然，有人问津了，一双双疑窦审视的目光刺得酉不自在，仿佛做贼般心虚，酉咬咬牙压压价，谁料此举更添人疑云，授人以话柄："哟，卖这便宜呀，莫非是死鸡吧？得了，别贪嘴误了卿卿性命。"这烧鸡经人一糟践，经阳光一烤晒，便暗淡变色、悄然变味，待一食客拎鸡一嗅，嗤之以鼻："呸，臭鸡，坑人！"酉气急败坏，揪住那人的衣襟嚷叫："买卖不在仁义在，你干嘛血口喷人？"那人理直气壮地当街一呼："你赚黑心钱，我就要揭你的丑底，请大伙嗅嗅，这是不是臭鸡？"瞬间，好事者成云，蜂拥上前嗅鸡，嗅来嗅去，莫衷一是，臭香待考。待到市管人员闻讯赶来调停检验，得出权威结论：鸡是好鸡卤的，只是阳光一晒变了点味，建议"出口转内销"，拿回家吃算了。酉好不晦气，怏怏而归。蹒跚到村头寡妇酒店，硬着头皮买上一碗烧酒，一气之下将烧鸡吃个精光，揉揉肚皮打个酒嗝，嘀咕："真香！妈的，世上还有这等鲜味……"这是酉第一次独自享用全鸡，嚼得有滋有味，喝得酣畅淋漓……

　　西一进院，女儿哭老伴叹，原来新婿吃了瘟鸡中了毒住了院。西瞠目结舌，半晌，他瓮声瓮气地说："哼，当年我扒人家埋的瘟鸡药鸡吃，屁事没有，他吃就出鬼了吗？娇气，没用，我就看不惯那小白脸，哪像能吃能睡、能挑能扛的庄户汉？"女儿抢白："爹，你是有眼不识泰山……"西勃然大怒："放肆！到底他是泰山还是我是泰山？泰山是老丈人的雅号尊称，你懂个屁！"女儿也不犟嘴，喃喃道："你知道他是谁？就是你常夸奖念叨的财娃！"西顿时惊愕了："咋？财娃？真是那个登过报上过电视的技术员吗？那防瘟鸡药就是跟他讨的吗？哎呀，我真是有眼不识泰山呀！恩将仇报，他救了我的鸡场，我却害他中毒……"

戌　狗

　　戌的故乡是个远近闻名的穷乡，那方山水没有灵气，从没出过宰相、状元甚至举人、秀才。倒是一茬一茬地出叫花子、轿夫、巫师、和尚。

　　戌就当过和尚。戌当和尚的原因很简单：不出家，就得当叫花子或当冻骨饿殍。他长跪在庙前磕头，青石板上溅满鲜血，雪纷纷扬扬地洒在身上也不抖掉，几乎成了雪人。长老一来动了恻隐之心，二来看出他心诚性韧，便收下了他。

　　后来，庙里的和尚跑掉了许多，因为他们耐不住清苦和寂寞。再后来，长老圆寂了，树倒猢狲散，唯有戌虔诚地守着那座破败凄清的庙。

　　戌毕竟熬不住这种孤独，便从野地捡回一只狗，深棕色，瘦得像只猴。这狗入庙随俗，十分乖顺，知趣通情，从不吠嚣或咬人，而且随着戌吃素。许多人好奇或怀疑，为了验证这只失去狗性的狗，就朝它扔肉和骨头，那狗果然不受诱惑，闻也不闻，一副拒腐蚀永不沾的高洁派头。但那狗还是抵不住性的诱惑，屡次溜到庙后的柴堆中与其他狗鬼混。它的情侣都是一些野狗，戌觉得有辱庙宇，禁不住嘀咕几声，却不忍斥责或驱逐它。狗毕竟是狗，不可能戒绝七情六欲的。

　　人却能。那次戌去砍柴时，那个山妖般妩媚迷人的女人冲他勾魂摄魄地一笑，继而打情骂俏地一嗔，最后如痴如醉地将他一搂，戌坐怀不乱、心如古井，推开她踉踉跄跄地急奔回庙。后来，那女人来过庙里几次，在观音菩萨面前求子，听说是某富户人家的姨太太。

　　那狗生下一窝窝崽，都被那些善男信女们偷抱去了。他们认为寺庙的一切东西都是神圣吉祥的，包括泥土、瓦片、跳蚤、老鼠、蟑螂、私生狗。后来那狗因难产死了，戌用米粥豆浆精心哺乳那窝中唯一幸存的一只狗崽，以延续那狗的血脉香火。

　　后来，人们砸了寺庙里的菩萨，办起小学。戌改行当了校役，敲钟、扫地、挑水、烧饭、煮茶、守门、种园一肩挑，很受人尊敬。但那狗颇有点讨人厌。那狗丢掉了前辈的优良传统，既爱狂吠又馋嘴。白日遭顽童戏谑欺凌，它狂吠或哀嚎，倒是不咬人，却吵扰学生上课、老师改作业；夜晚稍有风吹草动、鼠窜猫叫，它便警觉地狂叫，闹得老师睡不好安宁觉。它的馋嘴更出格，施舍的残羹剩饭、肉骨鱼刺，它厚颜无耻地吃；偷来的鸡鸭鱼肉，它鬼鬼祟祟地吃；逮着的鼠蛇兔獾，它堂而皇之地吃；最可恼的是它叼些臭屎烂下水蹲在校园里吃，令人掩鼻倒胃。大伙碍于戌的情面，对那狗不敢采取过激行动，甚至不好意思大声斥责威吓。

终于有一天，那狗闯了一个不大不小的祸，把一个学生的腿咬了，没伤皮没出血，有两排浅浅的牙印，伤不重。但那学生是社长的宝贝儿子，这便成了性质严重的事件。其实，肇事的是社长的儿子，他拿弹弓射狗，狗因此瞎了一只眼，但狗却不会申诉。校长一行将社长的儿子背回他家，诚惶诚恐地负荆请罪。回来时，带回一条社长指示：杀狗。

戌悲痛欲绝，神情恍惚，搂着狗泪水纵横、浑身痉挛。校长说："你不忍下手就交给我们吧。"戌抚摸着也是浑身痉挛的狗，哀求道："校长，大慈大悲、大恩大德，放它一条生路吧！"校长为难极了："我可做不了这主，社长的儿子是个小耳目，回去跟他老子告状，怪罪下来，说我阳奉阴违不得了。"校长见戌与狗难舍难分、感情笃深，动了怜悯心："这样吧，你将狗撵走算了，我们就说已杀了。"

岂知这狗是撵不走了，只有扔得远远的或送人。戌跋山涉水地将狗送到百里外的一位师兄家寄养，但前脚刚进校门，狗后脚就追赶回来。又送了几次，狗仍恋旧人旧窝，不是挣脱细绳就是咬伤人逃奔回来，戌无可奈何，只得狠心用铁丝扭链，系住狗将它推在深谷里喂狼。戌想，与其让狗窝窝囊囊地死在人手里，不如让狗壮壮烈烈地与狼搏斗而殒。戌成全他的狗壮美地走向归宿，他最理解这狗。

戌回校便病倒了，昏昏沉沉地躺着，茶饭不思，仿佛生命将脱壳而去。校长吓坏了，请大夫来看病，大夫说这是心病，打针吃药无济于事。校长问："有危险吗？"大夫叹气说："那说不准，就看他能挺住不？野牛镇的一位姑娘得心病，不吃不喝，熬不过十天就死了。不过像他这种狗痴还少见。"大伙走马灯似地探望、照料、劝慰戌，戌仍郁郁寡欢，卧床不起。

第五天深夜，雷电交加，风雨大作，戌突然惊跳起床，冲出门去。他听见或似乎感觉到一种声音在召唤着他，事后大伙惊异地说谁也没听见奇怪的声音，也许戌和狗有心灵感应。他跌跌撞撞地循声寻去，终于清晰地听到那熟悉而脆弱的狗吠，借着闪电看清那匍匐着的狗。他欣喜若狂地扑上去抱起它。那生灵顾不得与主人亲热，而是焦躁地挣扎，朝后院方向吠叫。戌的心里咯噔一跳，一定有情况，是贼还是野兽侵扰呢？以前都发生过。戌抱着狗警惕地疾步冲去，借着闪电看清那土崖已裂开倾斜，如张牙舞爪欲扑的怪兽：不好，要滑坡了！戌沿着后院挨窗拼命地敲打呐喊……

滑坡发生后，老师们都安然脱险。戌自然成了新闻人物，领导夸，记者吹，还要戌作巡回演讲。戌哪经过这阵势，他结结巴巴地说不出豪言壮语，总念叨："是狗的功劳，求饶狗一条命，不是兴将功折罪吗？"

领导和记者都蹙眉，认为不能让狗掺和这事，有损英雄形象，于是他们统一宣传口径，不提狗。戌不会演讲，就由校长代笔代言。戌只去人，像参加巡回展览的什么怪物，走到哪儿都是一片赞叹声。

戌的头越低越下，仿佛沽名钓誉的骗子，他真想大喊："这是狗的功劳，是狗救了我，救了大伙，你们全搞错了，全受骗了！"

戌巡回演讲归来，托人养的狗不见了。那老师嗫嚅半天才透底：社长一枪打死了那狗，大嚼了一顿狗肉，还可惜没落一张好皮，因狗拴在深山里与狼搏斗，遍体鳞伤。社长还骂了校长一通："他奶奶的，阳奉阴违糊弄我这久……"

亥　猪

　　亥是小镇上的屠夫。他不是骄横跋扈的镇关西的后裔，也不是势利眼、市侩气十足的范进老丈人似的屠夫，他是堂堂正正、勤勤恳恳的手艺人。

　　亥爱发牢骚，直言快语的牢骚中不乏真知灼见。亥也爱发脾气，甚至耍横赌狠，但全是疾恶如仇、打抱不平、仗义相助。一次，镇长的小舅子当街调戏妇女、寻衅闹事，亥操起杀猪刀追杀他，吓得"镇舅"魂飞魄散般地仓皇逃窜。亥能镇恶压邪，小镇人送亥绰号"镇关西"，绝无贬义，三分畏七分敬。

　　亥是小镇屠宰界的第一把刀，屠猪宰牛一刀准，从不拖泥带水，从不要帮手。遇上硕猪悍牛都得请亥，不然就闹笑话出事，如猪带刀而逃，牛撞人而疯。亥从不出这等糗事。亥剐皮刮毛、清膛卸块更是轻松娴熟、游刃有余，他喜欢边干活边哼戏或吹口哨，优哉游哉，仿佛干的不是血腥残忍事而是赏心乐事。亥不杀病畜死畜，不愿参与坑害顾客的勾当。亥在所杀的畜身上都毫不马虎地盖上他的印戳，顾客一见他的印戳就放心买肉。再奸狡的人也不敢伪造亥的印戳，因为怵他的拳头和刀。

　　那年，小镇民主选举镇长。开动员会，发宣传单，满街拉横幅贴标语。亥发牢骚："还不是玩花样哄百姓，选来选去总是那几尊罗汉打转，轮流坐庄呗！"有人抬杠："你莫翻老皇历，这回是动真格的，选上谁谁当镇长。"亥冷笑："我们打个赌，大家商量好，选个德高望重的普通人，都投他的票，看结果如何。他要当不成镇长，你们输了，轮流请我上酒楼吃火锅；若他当了镇长，算我输了或庆贺他，我宰头猪请大伙吃酒席。"大伙说："行！"并异口同声地推选亥。亥调侃道："推选我？算你们输定了！谁听说过杀猪佬当镇长的吗？"大伙纷纷反驳："某人成圣人前做过吹鼓手，谁坐龙廷前讨过饭，哪个宰相年轻时当过鞋匠，哪个将军儿时卖过年糕……"亥打着哈哈："好吧，由你们选，当不成镇长，过过选举的干瘾玩玩！"

　　选举那天，红日高照，万里无云，会场人头攒动，热闹非凡。主席台上，县上来的干部打着官腔作报告。那些候选人正襟危坐，收敛了素日的威风，极力摆出一副公仆的和蔼谦逊的样子。庄严的时刻开始了。小镇人排起长龙阵缓缓走向投票箱……选举结果：亥的选票最多，当选为镇长。县上干部要亥上台讲话，有人说亥不在，有户人家办婚事拉亥杀猪去了。县上干部直皱眉头，镇上干部面露讥色，群众也哄堂大笑。

亥被人喊来了，他两手血污、一身油腻、满头汗渍，上台憨厚地一笑，说："我没思想准备，就随便说说。我琢磨，这当镇长跟当屠夫有许多相通之处，比如给百姓办事，就得一刀准，别拖泥带水、推三阻四；解决问题，要找准要害，莫杀猪杀到屁眼里；总结汇报，莫掺水分，像卖注水肉；用人问题，要扬长避短，好比板刀砍骨头、弯刀割肉；干部作风，要先人后己，不能光挑好肉不要骨头下水；当官要讲职业道德，好比屠夫不能宰病畜卖死畜……"会场笑浪冲天，掌声雷动。

这天，小镇鼎沸了。茶前饭后，工间小憩，街头巷尾，瓜棚豆架，无不在议论亥。那些落选干部的咒骂讥讽不足为怪，那些与亥有矛盾冤仇的人的流言蜚语也不足为怪，怪的是那些与亥打赌的人也对亥能当选镇长表示困惑和腹诽。

"杀猪佬怎能当镇长？说出去笑掉人家大牙，说咱镇的能人死绝了……"

"他哪有一点官样？三角眼，酒糟鼻，满脸横肉，肥头大耳，活像猪八戒！"

"他除了杀猪屁事不懂，满腹牢骚、出口成'脏'，咋个作报告做群众工作？哪像老镇长那官相，那风度，那口才，那修养，那脑瓜，那城府……"

"听说他年轻时强奸过讨饭女，还打伤过人蹲过半年号子，派出所挂过号咧！"

"他这人常用小恩小惠笼络人心，这次选举前许愿杀猪摆酒席来拉选票……"

"他造那幢洋楼的钱来路不明咧，谁知道他背地里与不法肉贩有什么勾结？"

"兴许他嫌杀猪捞钱不多，就想当贪官猛捞一把，人心隔肚皮哇！"

"反正这家伙是个危险角色！"

……

关于亥当镇长的事有两种传闻：一说是亥没当成镇长，反闹得身败名裂，连屠宰生意也萧条了；另一说是亥当了镇长，县长撑的腰，因为县长落难蹲牛棚时亥偷偷给他送过酒和猪头肉。据说亥傻乎乎地问县长："当了镇长还能杀猪吗？"这问题跟"杀猪佬能当镇长吗"一样刁钻古怪，经典著作、政策条文、历史经验中都难找到答案和先例。县长很尴尬犯难，只好笑而不答，环顾左右而言他……

洁　癖

　　小康有洁癖。每日必洗一次澡，必刷三次牙，必换一次衣。她每天最倾心的事是洗东西，仿佛这世界充满肮脏龌龊。朋友来了漫不经心地在她床上坐了一小会儿，她也要大洗特洗床单，还用高温消毒；晚上洗完澡在外面纳凉或散步后，她回来便认认真真地再次洗澡换衣；晾在院子里的衣服被单，倘若偶尔被顽童摸了几下，她得一丝不苟地返工重洗。

　　为这洁癖，她得罪过不少朋友，朋友同事都不敢串她家的门。为这洁癖，她也徒添不少烦恼，比如，每天上下班挤公共汽车时，某些男人喜欢在她身边蹭来蹭去的，虽说是"合理冲撞"，但她仍不依不饶、大动肝火；又如，她在会见朋友客人时，出于礼节要握手，握完手她便感觉到肮脏极了，瞅空子就钻进洗手间用香皂洗几遍手，倘若没有地方洗手或没有时机洗手，她会坐立不安、心烦意乱。

　　为这洁癖，小康找对象历经坎坷。光那规定条件就够苛刻繁琐：抽烟喝酒的不谈，乱吐痰乱挖鼻孔的不谈，挠头屑和脚丫的不谈，爱吃大蒜和生葱的不谈，口臭、脚臭、体臭的不谈，不爱洗澡换衣的不谈，不修边幅、邋遢的不谈，说话爱喷唾沫的不谈……

　　小康有过几位德才貌兼优的男朋友，都因洁癖作祟，活生生地把人家甩了。或因男朋友抽烟，或因男朋友口臭，或因男朋友爱吃大蒜。有两位男朋友被"吹"得更是冤枉：一位因感冒而不断流鼻涕，小康看见恶心极了，拂袖而去；另一位本已与小康进入热恋阶段，谁料在一次约会时，小伙子鬼使神差地竟放了一个臭屁，小康恼羞成怒，他们不欢而散……

　　小康挑挑剔剔的，便进入大女之列。人们在背地里议论："小康难得容人，只怕要当一辈子女光棍了。嘻，真是怪癖，连自己的影子只怕都厌弃咧！"小康自忖：自己这性格，只怕难得与他人一起生活，结婚也会离婚，不如独身，省却这种烦恼。

　　一个春暖花开的早晨，当小康走进办公室时，竟发现有两位陌生人在等谁，其中一位竟坐在她的办公椅上。她是绝不容忍人家乱坐她的办公椅的，正欲发火，那人起身掏出一张纸，冷冷地说："你就是康妮吧？你被逮捕了，请签字吧！"小康浑身颤抖，但老老实实签了字。一副冷冰冰的手铐铐在她的手上。

小康因贪污公款，被判了八年有期徒刑。据悉，她在法庭上交代犯罪动机时说，她一门心思想买一辆轿车，免得上下班挤公共汽车脏。

宣判那天，小康哀求法官："求求你们，就判我死刑吧，我实在受不了监狱里的生活环境，不能每天洗澡换衣，我宁愿速死！"

呜呼！只求生理上的洁，不求行为上的洁，能算真正的洁癖吗？

珠 帘

暖忻要做新娘了。

喜帖发出去后，暖忻便喜滋滋、甜蜜蜜地等待着佳期到来以及亲戚朋友的贺礼。

暖忻最盼的是香港表叔的贺礼。表叔春节回内地探亲时挺宠爱暖忻，曾亲口许愿过在暖忻出嫁时赠送一份贵重礼物。是轿车摩托、高级电器，还是金银珠宝首饰？暖忻痴迷迷、乐悠悠地猜测着、幻想着……

表叔的贺礼姗姗来迟，却也赶上了暖忻婚礼的尾声。不，应该说又把婚礼推向高潮。满屋宾朋喜洋洋、闹喳喳地要拆开阔佬表叔邮来的木匣，一睹为快。

暖忻慌忙用身子护住木匣，生怕有江洋大盗呼啸而来掠宝而去。半晌，她才自觉失态，赧然一笑，寋寋寋寋地捧匣上前，恭恭敬敬地授予新郎启封权。

众人睁圆双眼，敛声屏息地盯着那只木匣。木匣拆开了：竟是一挂珠帘，似乎是用普通的边角花纸卷成的。这种珠帘曾在国内风靡过一段日子，不少人家广泛搜集废弃的年画、挂历、电影剧照、广告画以及奖状、聘书等花纸片来制作，蔚然成风，颇为时髦。如今这种珠帘并不走俏了，自由市场上的小摊贩摆着叫卖，价格不过几十元钱。

啧啧！腰缠万贯的阔佬表叔竟然这么吝啬、薄情……

众人大哗，继而众怒如涛，义愤填膺。

"呸！亏他拿得出手，也不怕人家笑掉大牙……"

"哼，真是愈有钱愈小气！"

"说大话，用小钱，耍弄人！"

"我早就说了，人一阔脸就变……"

在众人的议论声中，暖忻满脸沮丧，两眼汪汪，突然调头冲进洞房，压抑地呜咽起来。

一位愣头青恶作剧般地吆喝道："挂起来啰！好歹是件洋货……"

新郎仿佛受到奇耻大辱，铁青的脸古怪地痉挛着，倏地扑上前抓过珠帘，扔出窗外。

不久，表叔来信了，说那珠帘全用美钞卷成，价值万金。

暖忻夫妇愕然，锥心刺骨地悔。遍寻珠帘，终不得之。

424

理发摊闲话

吉祥街安顺巷口杂货店旁，有一理发摊，撑着遮阴蔽雨的灰布凉篷，摆着几只破木凳、一只小火炉。摊主是个老头，大伙都喊他罗师傅。

近年来，罗师傅的生意突然兴旺起来。人多了就要排队，一排队就心烦，一心烦有人就坐不稳了。不过，罗师傅有一套吹牛的本领，海阔天空地一吹，天南地北地一聊，不光想走的屁股粘住了，过路人也被吸引住了。渐渐地，罗师傅的理发摊成了市民摆龙门阵的场所。

这天，罗师傅又兴致勃勃地吹起牛来，他讲的是一位著名画家、书法家的趣事。

"人怕出名猪怕壮，别看那名人光宗耀祖，出人头地，其实也有蛮多烦恼。我原来的街坊，就是一个大名人，他的一幅字画出口能换回一辆小汽车，一个签名在国内可以卖个上千元。笑啥？这是真的！他名气越大，胆子越小，整天闭门拒客，怕人家变着戏法骗他的字画。

"据说，有一次，他请裁缝做了几天活，结账时，裁缝分文不要，只要他在账单上签个字就行了。这一个签字拿去可换上千元钱。那裁缝很精明，没将那签名轻易卖掉，而是把它用镜框嵌起来，挂在店里做招牌，据说，他的生意比原来好多了。后来，我上那家裁缝店去看了看，还真是那么回事，那家伙还吹得神乎其神的，叫我好一顿臭骂。我骂他，手艺人靠手艺吃饭，别他妈想歪门邪道，败坏咱们手艺人的名声。

"咱不是吹，我家里也珍藏着他的一幅字画咧！有家大理发厅找上门来，要出高价收买，我不客气地将他们轰走了，去去去！这是留作纪念的，咱饿死也不得卖。你问我是咋搞到手的？说来往事辛酸。那年，'文革'开始了，他从大红大紫的画家一下子变成了被批斗的对象，他的字画也变得狗屁不如，被人踏成泥、烧成灰。有一次，一群红卫兵冲进我们小院，要揪他去游街，不知是哪个王八羔子出了个馊主意，要我给老画家剃个阴阳头。我理了一辈子发，还没剃过这种侮辱人的头，说甚也不干，王八羔子们就打落了我两颗门牙。喏，我这牙是镶的。后来，老画家登门向我道谢。我说："这有什么好谢的，一个院的，我能昧

425

着良心干那缺德事吗？再说，我也是祖传三代的正经手艺人，咋能败坏自己的手艺，去剃什么阴阳头？画家有画家的风骨，剃头匠有剃头匠的气节。'

"当晚，他就偷偷画了一幅字画送给我，这也许就是他的绝笔之作。因为第二天，他在游街中，被烈日晒晕了，一头栽倒在青石路面上，送到医院就断了气。我听到他的死讯，急忙赶去，在那太平间里，我给他理了最后一次发。我敢说，那是我理得最认真、最得意的一个发。我精心理了三个小时，一怕阎罗小鬼轻侮他，二怕阎王嘲笑咱阳间没有高明的理发匠……"

罗师傅刹住话尾，给理发椅上的顾客掸了掸肩上的发茬，响亮地喊了声："下一个！"

顾客听得入迷了，还在想着那字画："能让我们一饱眼福吗？"

罗师傅爽朗地笑了："怎么？大伙不怕耽误时间？我把它放在箱子最底层，得好一会儿翻呢！"

"不怕不怕的，罗师傅，你别担心跑了生意，我们愿意等你。"顾客们催促他快去取。

罗师傅跑回去，两袋烟工夫，拿来一卷东西，小心翼翼地打开一看，原来是一件白衬衫，上面赫然写着六个暗红色的字：敢试天下头颅。

顾客愕然。罗师傅低沉地喃喃道："他的文房四宝全被抄走了，只有咬破手指蘸血写在衬衫上，了却心头一愿……"

龙 灯 王

老姜头是蛤蟆寨的头面人物，其威望不亚于蛤蟆寨的族长茂顺爷。

那年，老姜头扶着老母一路讨饭来到蛤蟆寨，老母饥寒交迫，一头栽倒在蛤蟆寨祠堂前。年关已近，风雪阻遏，老姜头给族长茂顺爷磕了九个响头，才住进祠堂。不过族长说了，元宵节一过就得搬走，祠堂要举行春祭仪式。

幕阜山一带，自古就有闹年斗龙灯的风俗。村村寨寨腊月里就扎好龙灯，挑选龙灯手，制订斗龙灯方案，白天黑夜地苦练。正月一到，各寨龙灯开场斗耍，热闹非凡，要持续到元宵节后。斗龙灯分文要武斗：文要看谁的龙灯扎得漂亮，玩得灵巧，一般用于关系亲睦的村寨之间拜年联欢；武斗比谁的龙灯扎得庞大，玩得威武，一般用于有隔阂或世仇的村寨之间的抖雄赌狠。要论热闹，自然是武斗龙灯，常引来观灯者如云。

武斗龙灯有一定规矩：挑战方不下战表，搞突然袭击，将龙灯玩到应战方的地盘。应战方如果玩得动挑战方的龙灯，就算赢了这龙灯，或砸或烧听便。如果玩不动，就算输了，得摆流水酒宴，款待挑战方及所有观灯者，进贡若干糖果烟茶。后来，这种武斗龙灯逐渐变为村寨之间争强斗胜，排名次、抖威风的重要方式，不管村寨大小，乡民寡众，只要拥有武斗龙灯高手，其他村寨刮目相看，不敢轻侮。

蛤蟆寨小，三十几户人家，但出了个武斗龙灯高手赵铁匠，能耍二百斤大龙灯，名气很大，哪个村寨的龙灯进了蛤蟆寨就休想出去，哪个村寨见了蛤蟆寨的大龙灯都得乖乖摆酒。不料，赵铁匠夏天串乡活时被抓了壮丁。后来有人传闻，他是叫蛤蟆寨的冤家——荷花寨的保长算计，保长的儿子在国民党军队里当副官。蛤蟆寨倒了台柱，昔日的战败者幸灾乐祸，纷纷打上门来，洗耻雪恨，吃穷蛤蟆寨。首先挑战的是荷花寨，玩的是一百九十斤重的大龙灯。族长茂顺爷抓耳挠腮，寨民噤若寒蝉，几个龙灯手出阵就败下阵来，荷花寨人嘲笑着吆喝："快摆酒！"茂顺爷铁青着脸，胡须颤抖，青筋虬突，压抑羞愤，吩咐族人去备酒挡客。

"慢着！"突然有人喊道，"让我试试！"茂顺爷惊喜地扭头一望，原来是讨饭汉老姜头，顿时眉头紧蹙。众人也哄笑，看老姜头那副矮小、落魄的模样，不显山不显水的，都以为他穷开心哩！荷花寨龙灯手哂笑："你能挪动它，就算赢了。哼，也不撒泡尿照照自己！"老姜头不愠不恼，径直走到茂顺爷面前："族长，给我拿点酒和馍垫垫肚，让我给点厉害他们瞧瞧！"茂顺爷觉得叫花子替蛤蟆寨挣面子，有失体统，悲哀而恼怒地摆摆手："去去去，穷掺和什么！"众人嘲笑道："这家伙没脸没皮，想撮吃撮喝！"老姜头被激怒了，噔噔噔地冲上前，朝掌心啐了两口唾沫，扎紧腰带，运足气力，猛劲一挺，就把大龙灯擎了起来。

观灯者面面相觑，瞠目结舌，愣了好半天，才记起拼命喝彩鸣鞭。老姜头擎着龙灯玩了两圈，就踉踉跄跄地乱了方向，他喘着粗气喊："快，快拿酒、馍……"茂顺爷如梦初醒，急呼族人拿酒与馍，由两人专门喂着老姜头。他边舞龙灯，边饮酒嚼馍，待到一斤酒二斤馍穿肠过，龙灯耍得神极了，令观灯者如痴如醉，喝彩声如雷。老姜头玩尽了兴，将大龙灯轻巧地抛进蛤蟆寨前的烂泥塘中。蛤蟆寨人扬眉吐气，欢呼雀跃，羞得荷花寨人无地自容，耷头缩脖，沮丧而归。

第二天，荷花寨扛来二百斤重的大龙灯，欲决一雌雄。这次，老姜头擎灯时，一个趔趄，险些跌倒，但仍稳住脚跟，气运丹田，硬绷绷地擎起了大龙灯。人们轻吁一口气，突然有人惊呼："灯头有鬼！"众人大哗。可不，大龙灯头部不显眼处，有人偷偷做了手脚，系着一根麻绳，拴在一根牛桩上，这一招挺歹毒，龙灯手稍不留神，就会闪腰伤肾，折骨吐血，多亏老姜头力猛，居然硬拽起了牛桩。荷花寨人自知技穷理亏，灰溜溜地跑了。

元宵节那天，茂顺爷摆下盛宴款待老姜头母子俩，殷勤挽留他们在蛤蟆寨落户，帮他搭房，开荒，置农具牲口。他老母死了，蛤蟆寨破例为外来户举行隆重古老的葬礼，凑份儿购了一口柏木厚棺，划出一块风水宝地，以此笼络老姜头的心。从此，老姜头斗龙灯名声大噪，所向披靡，被山民公推为"龙灯王"。老姜头平时名声、形象不怎么好，懒、馋、嫖、赌，令人生厌，但一到斗龙灯季节，老姜头就红得发紫，响得发聩，像龙卷风横扫幕阜山，睥睨一切龙灯手。他仍是蛤蟆寨的王牌，茂顺爷每年春节都用大鱼大肉款待他，巴结他……

转眼世态大变，日寇占领了幕阜山一带。荷花寨保长的儿子摇身一变当了日军翻译官，那家伙给冈村少佐出了个馊主意，冈村少佐狰狞一笑，十分赞赏。

这年春节，幕阜山村村寨寨关门闭户，唉声叹气，国破家亡，人心惶惶，谁还有玩龙灯的兴致哟！大地一片死寂，偶尔响起呼啸的冷枪声和凄厉的狼嗥。突然，各村寨响起铜锣声，保长吆喝："皇军与蛤蟆寨打擂台斗龙灯，快去瞧热闹呀！"各村寨响起砸门声，日军驱赶人们去观龙灯。

蛤蟆寨晒场上，几个日军擎着一只百斤重的小龙灯，耀武扬威地围圈走。冈村少佐牵着狼狗，挂着指挥刀，叽里咕噜演说了一通。翻译官一翻译，山民才知道他拉的么屎："呸！什么皇军与民同乐，共建大东亚共荣圈，分明是黄鼠狼给鸡拜年——没安好心。"

日军催逼龙灯王老姜头上场。老姜头被这气势震慑住了，浑身打颤，恐惧万分，仿佛上屠宰场一般，身体、灵魂在萎缩……玩龙灯暗藏杀机，人们都替老姜头捏把冷汗。老姜头上场了。他的脸色沉郁凄哀，硬着头皮朝掌心吐了两口唾沫，扎紧腰带，运足气力，猛劲一挺……小龙灯刚离地的瞬间，老姜头突然一个闪失，踉跄几步，结结实实摔倒在地，口鼻流血，呻吟不止。

人群中一阵嘈杂骚动。日军狂笑，笑得人毛骨悚然。

龙灯王倒了！岂止蛤蟆寨丢人现眼，整个幕阜山九岭十八溪三十六寨都感到耻辱悲哀！

冈村少佐癫狂地用生硬的中国话欢呼："大日本皇军威武！统统的龙灯王，战无不胜！"日军起哄吆喝："快摆酒！快摆酒！"

"慢！"人群中突然爆出一声怒吼。人们一看，茂顺爷铁青着脸，嘴唇痉挛，青筋虬突，胡须乱颤，眼射寒光，压抑着巨大羞愤，沉重地走上场。众人又惊又喜又忧。日军惊呆了。

冈村少佐问："老头，干什么活的？"

茂顺爷慷慨激昂地回答："我是蛤蟆寨族长，亲自出阵替全寨人挽回名誉！"

伏在地上呻吟的老姜头抱住茂顺爷的腿，哀求道："您就忍了这口气吧，别拿鸡蛋去碰石头，大丈夫能屈能伸呀……"

茂顺爷一脚蹬开他，破口大骂："呸！操你奶奶的，没骨气的东西！养了你这条断了脊梁骨的癞皮狗，丢尽了蛤蟆寨的脸！不，丢尽了中国人的脸，算老子瞎了眼，认错了人！"茂顺爷单臂抓住小龙灯，一鼓劲就高擎起来，玩得如小顽童耍纸糊风车一般轻巧……

日军看呆了，忘了主子下毒手的密令。想不到一个瘦老头竟有如此神力、绝招！

山民顿悟：茂顺爷年轻力壮时也曾是叱咤幕阜山的龙灯王，尤其有单臂玩龙灯的绝技。看呀，真的龙灯王复活了！他重领风骚，又振虎威，迸发出惊人的异彩。山民们斗胆喝彩。老姜头看傻了眼，日军也情不自禁地咧嘴笑。

茂顺爷越舞越快，龙灯像欢乐的旋风，如呼啸的滚雷，似腾飞的蛟龙……

突然，茂顺爷踉跄一步，冈村少佐的指挥刀正刺在茂顺爷的后背上，血浆喷射得老高。人群一阵躁动，有人发出惊悸的叫声，渐渐地，又是窒息般的沉寂。

茂顺爷踉跄数步，顽强地挺立稳住身子，拼尽最后力气，将小龙灯抛进烂泥塘，随即像一棵被伐的老栎树砰然倒地，腾起一股灰尘，一阵回音……

正月初二，蛤蟆寨大出殡，幕阜山村村寨寨成群结队赶来参加茂顺爷的葬礼。人们在茂顺爷的墓碑上刻下三字：龙灯王。

当夜，蛤蟆寨狗吠不止。第二天一早，捡粪老人发现老姜头淹死在烂泥塘中。那烂泥塘中埋葬着老姜头砸的上百个大龙灯和茂顺爷砸的一个小龙灯……

一 缸 古 钱

星期天一大早，张县长想睡个懒觉，却被电话铃声吵醒了。打来电话的是县文物办熊主任，说龙泉乡有个农民，打井时挖出一缸古钱，想献给国家。县长高兴地说："这是好事呀！农民兄弟思想好觉悟高呀！你先带专家下去摸清情况，鉴定一下那些古钱是哪个朝代的，有多大的文物价值，勘察一下那地方还能不能挖出别的文物来。对了，我给公安局魏局长打电话，让他派人去押运那缸古钱，防止群众哄抢和歹徒打劫。另外，我通知电视台和报社派记者随同你们一起下去，好好宣传一下这个向国家献宝的农民典型。"

熊主任一行十多人，分乘三辆小车直奔龙泉乡。给熊主任提供消息的是龙泉乡王乡长。王乡长打了一宿麻将，刚躺下睡着，就被熊主任叫醒了。熊主任问："我在电话里没听清，那个挖出一缸古钱的农民在哪个村？"王乡长揉着惺忪的眼睛，打着响亮的呵欠，说："我是听乡办公室赵主任讲，哪个村也忘了。不过，好像不是挖出一缸古钱，是一坛古钱。"

赵主任下乡钓鱼去了，费了好大周折才把他找回来。赵主任说：这事我也是听乡宣传干事小韩说的，不记得是桃花村、李花村还是杏花村了，还是问问小韩吧，免得大家跑冤枉路。不过，我记得小韩讲，那农民挖出的古钱不是一坛，而是一罐。

宣传干事小韩不在乡里，听说他约女朋友去逛县城了。熊主任抓耳挠腮，焦急地说："这怎么办？要不，你们挨村打电话问一问？"赵主任苦笑了，说："不怕熊主任笑话，咱们乡最偏僻落后，村里还没通电话哟！"熊主任挥挥手说："那就只好开车，挨个跑你说的那三个村。"赵主任把脑袋摇晃得如拨浪鼓："不行不行，那三个村山高路远，没通公路，只能步行，天黑之前也没法跑遍。与其瞎跑，不如等小韩回来。"

小韩突然回来了。原来，班车半路抛锚，修了半天也没修好。他女朋友等得不耐烦了，拽着小韩往回走。小韩对熊主任说："我也没亲眼看见，只是听杏花村的刘支书讲的，不过，他说挖出的古钱不是一罐，而是一夜壶。"熊主任诧异："古人还用夜壶装钱？"小韩说："有的，我在一本古代野史里就读过，一个吝啬鬼怕人偷去了他的钱,就买了许多夜壶来装钱,偷偷埋在牛棚猪圈里。"

熊主任一行,由赵主任、小韩带路,跋山涉水,历尽艰险,终于在天黑之前到达杏花村。刘支书暗自叫苦不迭:招待这么多人村里又得破费不少了!唉,都怪我多嘴,都怪小韩没听清。刘支书强颜欢笑,对熊主任说:"对不起,让你们跑冤枉路了,我说的是我女婿那个村——桃花村,是我女儿回娘家来亲口对我说的。不过,女儿好像说的是挖出一酒杯古钱,不是一夜壶。"熊主任心里质疑:古人会用酒杯装钱吗?但一想向山里人问不出什么,欲言又止。

熊主任一行第二天艰难跋涉,中午时分到达桃花村。桃花村的马主任听说这群人的来意,说:"确有此事,是马二憨家挖井挖出古钱的,不过我听说是一串古钱,不是一酒杯呀!"熊主任找到马二憨,他急了,骂道:"谁他妈的造谣说我挖出一串古钱了?我明明只挖出一枚古钱!"熊主任思忖:真要是罕见的古钱,一枚也价值连城呀!跑一趟也不冤枉呀!可他看了马二憨从身上摸出的那枚古钱,心就凉了,哭笑不得:"那是一枚不值钱的清代钱币!"

后来,张县长把这个古钱的笑话拿到全县三级干部大会上讲了,然后沉痛地说:"我们的统计工作就像这个古钱笑话,从一枚古钱到一缸古钱,人人掺假,层层加码,这种浮夸风不刹不得了呀!今后全县各种统计报表,要杜绝水分,严查到底,谁敢浮夸掺假,就撸谁的职!"

带哥哥逛京城

哥哥，这就是火车。记得那年寒假，在炭火前烤火，我讲了一则笑话：一对穷兄弟进城打工，第一次看见火车，弟弟惊奇地问："哥哥，这是什么车？这么长，跑得这么快？"哥哥说："这就是火车！它躺着跑都这么快，要是站起来跑，快得眨眼工夫就没影了！"弟弟又问："造一辆火车要多少钱呀？一千元够了吧？"哥哥讥笑道："真没见过世面！造一辆火车少说也要一万元！"哥哥，你听了这笑话没笑，木讷地说："我也没见过火车，也不知道造一辆火车要多少钱……"

哥哥，今天你终于见到了火车，而且坐上了火车。这火车头里烧的煤，说不定还是你挖的哩！为了供我读大学，为了赡养年迈多病的父母，你背井离乡，瞒着家人去外地小煤窑当了窑哥儿，每天钻到几百米深的煤井下，用铁镐和钢钎挖掘煤炭。你匍匐在阴暗潮湿的井下，用黑暗兑换光明，用血汗兑换钞票，用青春兑换明天。你每月按时给我寄来生活费，我不知道这是你下井挖煤挣来的血汗钱，以为真像你编造的那样，遇上了一位好心慷慨的老板，找到了一份轻松安全的活路。我就心安理得地花钱，用它买书籍，买皮鞋，买录音机，买小吃，看电影，进舞厅，宴朋友，交女友……哥哥，想起这些，我就悔恨交加！

哥哥，北京到了！我要带你去看天安门，游故宫，爬香山，逛长城。你曾在窑哥儿面前自豪地炫耀：你有个弟弟在北京读大学，将来毕业了留在北京做官，就接你去逛京城！窑哥儿先不信，你把我的来信读给他们听，窑哥儿信了，羡妒地说："你有这么争气的弟弟，累死也值得，将来会有出头之日的！"你就是胸怀这美梦，抵抗住极度的劳累和恐惧，战胜了死神的威胁，没有从小煤窑出走。好几次死神的魔爪攫住了你，都被你挣脱了。你走出井来心惊肉跳，半夜噩梦连连、冷汗淋漓，发誓再不下井，但黎明到来时，你还是咬着牙关下井去……

哥哥，这就是未名湖。每天清晨，当你下井挖煤时，我就在这湖畔读书。你曾来信说，很希望有机会读我的书，看看大学的课本究竟是个什么样子。我放假回家乡时，却总忘了给你带我的书，也许我潜意识里以为没这必要，只有小学文化程度的哥哥，哪能看懂大学课本呢？哥哥，现在我才明白：是我错了！我不该有意无意中菲薄读懂了生活、亲情这部大书的你！请原谅我吧，哥哥，我把我的大学课本全摆在你面前，你慢慢读吧！

哥哥，我辜负了你的期望，毕业后没能在北京做官，而是回家乡当了一名普通教师。与我热恋了三年的女友毅然与我分道扬镳了。我精神恍惚，悲痛欲绝，想杀了女友，再跳进未名湖自杀。哥哥，是你的来信给我打了一针清醒剂，你说："没留在北京做官不算丢人，被女友甩了也不算丢人，最丢人的是为了一点挫折和烦恼就闹着去死！要是你为这事而死，我太寒心了！回来吧，到我们的小煤窑来看一看，你就会知道你多么幸福，生命多么珍贵！"

哥哥，我找到了那眼小煤窑，可我来迟了，我再也见不到你的音容笑貌了！我不相信那么小的匣子能装得下你魁梧剽悍的身躯，能关得住你充满亲情与美梦的灵魂！窑哥儿说，你在几百米深的煤井下咽气时，还梦幻般喃喃道："北京、北京……"

背起哥哥逛京城后，我给你买了一张火车票。检票员奇怪地瞪了我一眼，嘀咕道："神经病！"她哪里知道，我怕你没票，你的灵魂上不了火车，就会成为孤魂野鬼到处飘荡。哥哥，咱们回家去，就把你埋在家乡的学校旁，让你天天听到你小时候最渴望的钟声、读书声，看见你在井下挖煤时最向往的太阳！

廉　石

　　隆庆年间，海瑞任应天巡抚时，因得罪皇帝和奸佞，被削职为民，回广东琼山隐居。海瑞被罢官，百姓唏嘘洒泪，怨声载道："天呀，这是什么世道？为什么贪官污吏青云直上，清官廉吏反遭谪贬？"百姓感激海瑞治水疏河有功、锄恶扶弱有方，便暗地里凑了份子，准备为海瑞备一桌像样的饯行酒，买一件送得出手的礼物，余下的钱赠给海大人作盘缠。

　　海瑞的家丁在集市上买木箱，听到老百姓要请客送礼的消息，急忙禀报海瑞。海瑞想：老百姓的心意我领了，这酒宴礼金我断断不能接受。老百姓的日子清苦，怎能让他们破费呢？但是硬性不接受请客送礼，又怕破了老百姓的面子，伤了老百姓的心。咋办呢？海瑞眉头一皱，计上心头：今晚神不知鬼不觉地动身，在府宅门上贴一纸给老百姓的辞行信，既不让老百姓破费，又不伤老百姓的心。

　　月黑风高，海瑞一行抬箱背篓悄悄上了木船。木船旁边的芦丛中有双贼眼骨碌碌地转悠：好家伙，九箱十篓沉甸甸的东西，不是金银财宝，也是值钱的古董玉石吧？要是不值钱的坛坛罐罐，咋用犯傻大老远地往老家运？咋深更半夜偷偷摸摸上船开溜？海大人呀海大人，都说你清正廉洁、两袖清风，嘿嘿！到头来还是露出了狐狸的尾巴。你是欺世盗名、假装廉洁呀，你平日里穿衲衣、喝稀粥、骑瘦驴，背地里却搜金刮银、聚财囤宝呀，难怪世人说："三年清知府，十万雪花银。"哼，天下乌鸦一般黑，世上官吏一样贪！这不义之财，把它劫了，一可救济湖中围困得粮尽药绝的响马弟兄，二可让乡亲们看看海瑞的假清官真贪官的丑恶面目。

　　芦丛中的藏匿者，就是这一带有名的水匪"水上漂"。海瑞曾一面围剿，一面招安，把这一带的响马土匪降伏了，"水上漂"等水匪虽说未降未剿，却也被围在太湖芦丛中蛰伏着不敢轻举妄动。"水上漂"等水匪恨死海瑞了！听说海瑞被罢了官，他们欣喜若狂，扬眉吐气。"水上漂"亲自出马侦察，摸准海瑞还乡的行程日期，准备半途将他洗劫一空，把他扔到河里喂鳖。

　　风大浪急，艄公神情严峻地摇橹，家丁也帮着扯帆、放桅杆、掌舵、挂夜航灯、舱中积水，海瑞也夜不能寐，迎风挺立船头涛尖，眺望两岸稀疏灯火，低吟起诗来："月黑乌啼，风狂浪急，乘桴归去，坦荡万里……"

这时，突然从芦丛中冲出几只小划子，将海瑞的木船团团围住。小划子上的水匪举着火把，执着刀戟，凶神恶煞地蜂拥而上，欲杀人越货。

海瑞见势不妙，大喝一声："住手！你们是哪个山头的？我是海瑞，叫你们的头领跟我说话！"

"水上漂"冷笑一声："海大人，我就是被你追杀得无处藏身的'水上漂'，想不到你也有今天，会落到我手上，哈哈哈！"

海瑞说："冤有仇债有主，要杀要砍我可以，不准滥杀无辜！"

"水上漂"对喽啰们吆喝道："伙计们，快把船上的东西搬到小划子上去，再把海大人'下饺子'（装进麻袋里沉水）！"

喽啰们边抬东西边嘀咕："是什么宝贝这么沉重？"他们迫不及待地打开一看，傻了眼：木箱竹篓里全是石头。

"水上漂"瞠目结舌："这……这是怎么回事？"

海瑞淡然一笑，反唇相讥："难道你闯荡江湖这么多年，这点常识都不懂？这几天风大浪急，艄公怕翻船，就让我们装些石头压船。"

"水上漂"脸庞发热，十分狼狈。这时喽啰来报告："搜遍全船，没捞到一件值钱的东西。"

"水上漂"恼羞成怒，大骂："混蛋！真他妈的有眼不识泰山，怎么能说没发现值钱的东西？这石头就是价值连城的东西，把它们抬回去！"

"水上漂"把石头抬回去了，据说发了一笔横财，老百姓把它们称为"廉石"，纷纷掏钱买回去纪念海瑞。

后来，一些廉洁或不廉洁的官吏或警戒自己，或附庸风雅，或装潢门面，也四处搜集"廉石"，使"廉石"身价百倍，渐渐变成"贵石"。

落　价

"聪明反被聪明误。"德清的生活轨迹应验了这俗语。

他在中学时代曾是聪明绝顶的学生，作文曾在市里获奖，还有若干散文、诗歌、童话见诸报刊。他任学生会文学刊物《校园绿风》的主编，还组织了中学生文学社，名字起得怪别致——蚯蚓文学社。可"文革"潮起，德清的才用歪了，整日炮制那些"炮轰""火烧""油炸"之类的大字报、辩论文章、宣言、勒令、批判稿。后来一不小心笔头出了岔，写的文章得罪了人，他成了被攻击的对象。

德清平反后，在一家街道小厂干活。他暗恋上了厂里的一位漂亮姑娘，看上一眼她那迷人的眸子便浑身不由得颤抖。他为她写下不少情诗，却没有勇气给她，厂里一位电大生捷足先登、横刀夺爱，俘虏了姑娘的心。德清的心破碎了，真想卧轨自杀或跳江喂鳖。他发誓要报复那姑娘，要改变自己的处境命运，让那姑娘后悔得心碎肝裂。德清潜心苦读，勤奋加聪明，竟然考上了研究生。他到北京上学前夜，特意邀了那位姑娘上咖啡厅。他踌躇满志、趾高气扬地对已是孩子他妈、一身俗气的她，讲述了那段单相思和失恋的经历，还拿出一大摞情诗为证。少妇淡然一笑，无动于衷地用匙搅动着咖啡，没有丝毫的后悔和羡妒。德清觉得自己干了一件蠢事，他想用矛去戳人家，却反戳了自己的心。

德清寒窗苦读，偶有女流射来爱箭，他却装痴卖傻皆不理茬。其实，德清心里打着小九九：干嘛慌着找媳妇？书中自有颜如玉，自古才子配佳人，只要取得了硕士、博士学位，还愁找不到窈窕淑女吗？那些年萝卜白菜落了价，而知识在涨价，知识分子很吃香，给陈景润写情书的姑娘比得上如今的追星族。德清很高傲自信，一次次闪过了爱箭。

德清意识到知识落价时，是经历了第二次刻骨铭心的失恋打击后。在一次舞会上，德清邂逅了哲学系女生芳汀，对其一见倾心，他们相恋半年，芳汀却弃他若敝屦，给一位腰缠万贯的老板当情妇去了。德清的信念恍惚动摇了，困惑着：究竟知识是力量，还是金钱是力量？德清有点像执断戟、跨瘦马向风车进攻的堂·吉诃德，在世俗面前不甘失败，不认落寞，坚持择偶标准，绝不掉价，宁缺毋滥。于是，他悲壮而无奈地跻身于大男行列。他睥睨着世人，世人唏嘘着他。连他的老母都含泪埋怨："书读多了，脑袋迂了，高低不就，只怕要打一辈子光棍哟！"

德清被分到文学研究所时，偶尔还有人给他做媒。渐渐地，人们知道他倔，不肯轻易降低择偶标准，都知难而退，不再管他的闲事。一次，同事开玩笑，将一位寡妇介绍给他。他兴致勃勃地赶去相亲，真相大白后便拂袖而去，仿佛受了奇耻大辱，悻悻然找到那同事骂了个狗血淋头。德清一晃四十有三。到了哪座山唱哪座山的歌，不识时务不行。德清心眼稍微活络了点，择偶也不苛求才貌双全、冰清玉洁了。这样，又有好媒者为他张罗了。

一日，媒人嘱德清到玫瑰酒店去相一位姑娘，并叮嘱他见面时，要挑姑娘最感兴趣的话题谈心，譬如，崇拜哪个歌星影星呀，喜欢跳探戈华尔兹还是伦巴迪斯科呀，今年流行什么服装呀，最近的股市是牛市还是熊市呀……德清点头，可到了相亲场合就忘到脑后。姑娘耐着性子听他侃了二十分钟，终于忍不住了，借口上厕所溜了出来。媒人悄声问姑娘："怎么了？"姑娘气冲冲地质问媒人："这人有没有毛病呀？"媒人一愣："咋了？他对你动手动脚了？"姑娘啐了一口痰："屁！他跟我谈文学！"

W 城 税 事

犟 女 婿

税官小张正式上了女朋友家的门，见准岳父好面熟。准岳父阴沉着脸堵住门："怎么跑到我家来数猪尾巴？"小张瞠目结舌，满脸窘色。他记起来了，前不久他上肉市收税，被摩托车撞伤，晚到了肉市。准岳父想逃税，故意少报卖肉数目。小张冷不丁让他搬出肉案下的篓子。准岳父揶揄道："笑话！这篓子能藏多少猪肉？"小张说："我想数数篓子里的猪尾巴。"一数，猪尾巴与准岳父报的猪肉数目不符。小张问："不会一头猪长两条尾巴吧？"准岳父哑口无言，乖乖补税。女朋友劝小张快认个错。小张犟了："我没错！"僵持间，准岳母出来解围，让小张进了门。家宴上小张给准岳父敬酒。准岳父微醺地问："还数我卖的猪尾巴吗？"小张爽言："数！"准岳父击掌："有种！"

双 下 跪

税官老秦的独生女儿结婚，没新房。一家公司老板闻讯送给他女儿一套商品房。女儿女婿怕夜长梦多，闪电般搬进了新居，欢天喜地忙着布置洞房。老秦气急败坏地赶去，吼道："胡闹！快退给人家！"女儿女婿哀求："爸，求求您，就睁只眼闭只眼吧，您知道我们等结婚住房多苦呀！"他们竟跪下了。老秦浑身痉挛，痛苦地喃喃道："不，不！这是圈套陷阱！你们不知道，他们公司逃了多少税。这是诱饵潜网！"女儿女婿无奈地央求："让我们度完蜜月再退房，行吗？"老秦扑通跪地，老泪纵横："别怪爸不通情理死心眼儿，爸端的是铁饭碗，就得铁下心守铁规矩呀！清清白白干了一辈子税务，不能到老了栽跟头让人戳脊梁呀！"

女邻居

魏老板隔壁搬来一年轻女人。魏老板想入非非，觊觎机会，欲圆风流梦。邀她搭车，请她去酒吧，送她高级化妆品，送她歌舞晚会票，均遭婉拒。一日，女邻居钥匙丢了，进不了屋，急得团团转。魏老板开车沿街寻找锁匠，为她急开锁。女邻居答谢他，请他吃家宴。酒过三巡，菜过五味，魏老板抓住引诱良机，炫耀家产财力，吹嘘赚钱本领，谈起逃税诀窍。几天后，魏老板被请到了税务局，一看税官傻了眼：这不是女邻居吗？魏老板硬着头皮狡辩："难道吹牛也上税？"女税官冷笑："我先也以为你在吹牛，可一调查，你说的都是真话……"

老连襟

税官老熊与个体户老单原是连襟。老单做家电生意，常逃税，被老熊逮住过几次，老熊撕下脸面罚了老单的款。两家伤了和气，断绝来往。后来，他们一个婚变，一个丧妻，不再是连襟了，反而恢复了交往。一次闲聊，老单讲了一个笑话：某城举行奇特的比赛，看谁能从一只干柠檬里捏出汁来。许多大力士都败下阵来，一位瘦弱老人竟捏出一杯柠檬汁来。众人大哗，记者问其职业，老人答："税官。"老熊哈哈大笑。耿耿于怀的老单讥讽："笑个屁！你就像他！"后来，老单炒瓜子出了名。记者采访时，街道干部为显政绩，虚报浮夸了他的总收入，逼得他打肿脸充胖子多交税。老熊查账时发现这问题，如实核退了多收的税款。老单哽咽道："老哥，过去我错怪你了！你可不是那种从干柠檬里捏出汁的老人……"

铁骨李

税官李贺下乡收税，路遇劫匪。劫匪盯住他的税包，喝令："把它给我！"李贺正色说："税包如国库，你也敢抢？不怕杀头？"劫匪晃了晃刀，吼叫："少废话！扔过来！"李贺不从，殊死搏斗中，劫匪残忍地砍了李贺十几刀。李贺倒在血泊中，仍死死抓住税包。劫匪吓坏了，狼狈逃去。过路人急忙将李贺送往医院抢救。李贺生命垂危，急需输血，可不缴费，血库不给血浆。过路人无钱垫付，见他抓着税包，想打开看看有没有钱，可怎么掰也掰不开他的手。忽然，李贺苏醒过来，过路人和他说明急需钱输血，他说："税包如国库，不能动……"过路人感动了，挽起胳膊给他献了血。医生赫然发现，李贺的胳膊快被砍断了，仍能死抓住税包没让劫匪抢走，真是奇迹！从此，人们称誉李贺为"铁骨李"。

老 羌

老羌当了一辈子刑警，退休后搬到市郊的小屋隐居。周围的人都不知道老羌的底细，以为他是遭亲人遗弃、窝囊倒霉的老头，或孤僻古怪、喜欢离群索居的老人。

老羌曾有过妻子、儿子，有过温馨幸福的家。一天深夜，老羌执行追捕任务去了，两个越狱的死囚窜到老羌的家，凶残地杀害了他的妻子、儿子。老羌一夜之间老了许多，头发白了，脊背驼了，人蔫了。但一进入刑警角色，老羌便精神抖擞，勇猛机智。

老羌隐居，想写一本《刑警学》。他唱叹：拿惯枪的手去拿笔，就是别扭，笨拙。老羌写得很苦，很吃力。老羌有时写烦了，就把笔扔出窗外，将稿纸撕得粉碎，然后去山坡上躺着懒洋洋地晒太阳，或跳进溪河里去洗个澡。

一天中午，老羌在溪河里洗澡时，忽然来了一位洗衣的少妇。老羌素日总是穿短裤洗澡的，那日他阴错阳差地将短裤洗了，晾在灌木丛上，一丝不挂地下了溪河。老羌看到少妇蹀躞而来，已来不及爬上岸去穿短裤，只好钻进芦苇丛里躲避一会儿。少妇没发现老羌，东张西望了一阵，忽然从洗衣篮里掏出一件东西，奋力扔进了溪河。然后，少妇慌慌张张地洗了一会儿衣服，走了。

老羌觉得这女人鬼鬼祟祟，让人生疑。她扔的是什么东西呢？为什么要偷偷摸摸地扔到溪河里呢？是不是见不得人的东西？老羌出于职业习惯，决定弄个水落石出。老羌奋臂游向那神秘东西的落水处，一猛子扎进水底，摸捞了半晌，总算捞起了那东西。原来是一把旧斧头。

老羌的脑海里立即浮起疑云：这女人为什么偷偷摸摸地将旧斧头扔进溪河？莫非旧斧头是凶器？莫非那神秘女人与杀人案有瓜葛？老羌将旧斧头拿在手里又看又嗅，斧头虽锈迹斑斑，但明显有砍击过的痕迹，而且有凝固的血斑和淡淡的血腥味。

老羌装作收山货的小贩，去附近村庄探听：最近有没有发生过杀人案？死没死过人？失踪了人没有？人们都摇头。小卖部的老大婶悄悄告诉老羌："村东头的魏家两兄弟前几天为分家打得头破血流，这两天没见过魏家二小子，是不是……"老大婶诡谲地一笑,不敢说下去。

老羌找到村主任,请村主任去找找魏家二小子。村主任说:"他上省城打工去了。你是谁?找他干嘛?"老羌瞒不住了,只好说明了自己的身份,并说了自己的怀疑与推测。村主任还没听完,就笑得前仰后合了。老羌被笑糊涂了,也被激怒了,他声色俱厉地说:"村主任同志,这是人命关天的事,不是儿戏,你还有心思笑?"村主任说:"老同志,你放心,昨天我进省城还见过魏家二小子咧!你误会了,扔斧头的就是魏家二小子的媳妇。这儿有个乡俗:家族不和,扯皮打架,就得偷偷往河里扔刀斧剪凿锥什么的,据说晦气就会随水流走,能平息风波,保佑和睦。那旧斧头上的砍痕和血迹,一定是魏家二小子进省城前顺便杀狗去卖留下的……"

老羌踉踉跄跄地逃离了村主任家。他没想到自己当了一辈子刑警,大风大浪闯过来了,竟栽在小水沟里,出了大洋相。老羌好多天都不敢出门,怕乡人讥笑他。老羌将那把旧斧头摆在案头上,让它时刻提醒自己:活到老,学到老。老羌将自己出的洋相写进了《刑警学》,告诫未来的同行们:永远不要相信臆想,要重证据!

桂　枝

桂枝的男人死了。

死得很惨，锅炉爆炸了，将他炸得粉身碎骨。死得很冤，他本是厂保管员，那天锅炉工的小姨子结婚，他讲义气去顶班，结果人死了，还有些人说风凉话，怪他擅自顶班，违反操作规程造成严重事故。

锅炉工不愿昧着良心说假话，抖着嗓子满厂子嚷："锅炉早就老化了，反映了不知有多少次，当官的就是不理睬，罪魁祸首就是官僚主义呀！"锅炉工这一嚷不得了，他把自己的饭碗嚷砸了。他本是合同工，厂子里辞退他不愁找不到理由。小伙子没有眼泪和悲伤，绕厂一周见人就讲："谢天谢地，我正愁辞不掉这活咧！哼！再烧下去，做死鬼还落不到个整尸。"

桂枝当了锅炉工。保管员的肥缺叫工会主席的小姨子顶替了。领导却对桂枝说："考虑到你文化水平不高，怕发错了货，就派你去烧锅炉吧！那活累点脏点，但奖金绝不会亏待你。"

桂枝想申辩："我还是个高中毕业生，那工会主席的小姨子连个初中文凭都没混到手哩！"她欲言又止，怕顶撞了领导落下个不好的印象。

领导却误解了桂枝的心思，说："桂枝同志，你放心！这次厂里买的是进口锅炉，有自动报警装置，再也不会发生爆炸事故了……"

桂枝又想起惨死的男人，泪水夺眶而出，哽咽道："谢谢领导……关照，我不是那个意思……"

领导动了恻隐之心："桂枝同志，万一你要是不满意这工种，我们再研究研究……"

桂枝受宠若惊地说道："我愿意……烧锅炉！"

桂枝想：比起他在街道小厂里糊纸盒、锤铁桶、编花圈什么的，锅炉工自然气派多了。人嘛，知足则常乐，太贪则常忧。

桂枝一烧就是十年，她默默无闻地陪伴着锅炉，由青丝渐渐变得鬓角花白，白嫩的脸庞不知是岁月的磨蚀，还是炉火的熏烤，变得粗糙黝黑。没有谁注意她的辛勤劳动和奉献精神，更没有人知晓她的灵魂深处和生活琐事。

后来，厂里分来了一位男大学毕业生，姓刘，戴眼镜，在厂宣传科搞通讯报道。小刘想多挖几篇有分量、打得响的通讯报道作资本，将来好跳到新闻单位去当记者。小刘吹嘘了勇于改革、励精图治的厂长，采访了以厂为家、关心工友的工会主席，写了拒腐抵贿、廉洁奉公的供销科科长，报道了几十年如一日潜心攻关的技术革新能手，正愁厂小素材少，偶然发现了桂枝的闪光点。

说偶然，的确是阴错阳差，要不是集体宿舍的水龙头坏了哗哗哗流水吵得他不能睡觉，要不是艳若桃李、冷若冰霜的保管员故意刁难要他去找后勤科科长批条子领水龙头，他就不会遇到后勤科的那一幕：桂枝旋风般跑来，跟后勤科科长请假。后勤科科长不问青红皂白，沉下脸说："最近厂长有令，市里要进行企业大检查，任何人不得擅自离开岗位，死人翻船也不准请假！"桂枝急得满脸绯红，扶着门框嘤嘤哭泣。后勤科科长不耐烦地挥挥手："去吧去吧，哭也没用！要请假找厂长亲自批！"桂枝呜咽着冲去。不一会儿，电话铃响了。厂长在电话里冲着后勤科科长咆哮："你真混蛋！我什么时候说过死人翻船也不准请假？你知道桂枝干嘛请假？她儿子……得了骨癌，活不了几天了，她想陪陪儿子玩几天……"厂长的声音有些颤抖、哽咽："她整整十年没休过一个年假，没请过一天病事假，难道你这个后勤科科长不知道吗？她加班加点干的活，有人统计了，已干到二十一世纪了！人家第一次请假，我们不批，还有没有良心和感情？死人翻船也得批！她请七天，我批她一个月……什么？没人顶班。那就请临时工顶班……请不到？那就由你亲自顶班！"厂长砰地摔下电话，余气绕梁。后勤科科长狼狈不堪。小刘为这意外的发现激动不已：多么好的新闻素材呀！就写她任劳任怨烧了十年锅炉！她的活已干到了二十一世纪！

小刘忘了领水龙头，径直去跟踪采访桂枝。但是，他没来得及找到桂枝，她已请假走了。他往桂枝家里跑过几趟，也扑了空。

五天后，小刘发现桂枝在烧锅炉。一问，才知她儿子已死了。不过，她总算陪儿子爬了一次磨山，游览了一趟东湖，又登了黄鹤楼，还尝了四季美的蟹黄汤包、小桃园的瓦罐鸡汤，她的心总算好受点。平时，桂枝没日没夜地陪伴锅炉，很少有时间陪伴儿子，关心呵护他，她不是一个好母亲，欠儿子的太多、太多……桂枝泣不成声。

小刘的鼻子酸酸的，泪水在眼眶里打转。小刘暗自叮嘱自己：要冷静！多挖些闪光的东西……

不久，小刘把桂枝的事迹写成稿子投到报社电台，都被退了稿，说现在不时兴宣传这种老黄牛似的人物了，没有什么时代色彩。

小刘愤愤不平，便跑到我这作家的寒舍里来喝酒、发牢骚，他瞪着醉眼问我:"不是提倡全心全意依靠工人阶级吗?干嘛就不时兴宣传工人?不时兴歌颂老黄牛精神?难道中国不需要脊梁了?老实人不吃香了?"

我也回答不上来,只是劝他喝酒。

小刘醉得一塌糊涂,呓语道:"多好的典型……闪光事迹,她怕耽误……烧锅炉,不敢再找男人,连婚姻大事都……耽误了,她等于嫁给了那座锅炉……没日没夜地……厮守着它……可惜,可惜编辑老爷有眼无珠……要是发表出来,准能得奖、轰动……"

又过了半年,小刘来玩,我偶尔想起桂枝,便问起她的近况。

小刘黯然神伤地说:"她走了!""为什么?""听说是为锅炉老化的事,跟厂领导反映了无数次,厂领导无动于衷,打马虎眼。桂枝一气之下,扔下一张字条就走了。字条上写着:我不是怕烧锅炉,也不是怕被炸死,我是怕落得我男人的那种下场,没人来照顾我那瞎眼婆婆。桂枝仍回那个街道小厂糊纸盒、锤铁桶、编花圈去了……"

沉默半晌,我和小刘举杯相碰,不停地喝酒,真想一醉方休,懒得发牢骚。但是,小刘喝到恍惚之时,冷不丁骂道:"妈的!厂子里停了十几天开水洗澡水了,都他妈的不敢烧那破锅炉,连临时工都请不到……"

女教师日记

9月1日　开学了。班上转来一名男生，叫王铁蛋，是农转非子弟。他一来就跟魏巍同学打架，问他为啥打架，他说："魏巍在黑板上画了一幅母鸡下蛋的漫画。"我说："他画漫画，你干嘛打他？"王铁蛋说："他说母鸡是我娘，下的蛋是我。"魏巍反驳："我没说！"王铁蛋气得龇牙咧嘴，揎拳捋袖欲与魏巍干架。我忙训魏巍："你侮辱新同学，不害臊吗？快给王铁蛋认个错！"魏巍不得已认了错，王铁蛋流了泪。

9月9日　到王铁蛋家家访。他爹是桥梁工程师，常年在外施工。他娘在农村病逝。王铁蛋与奶奶相依为命。王铁蛋拿出他爹与桥的合影给我看，说他爹要建满100座桥就不远行了，回城定居。王铁蛋自豪地说："我长大了也要去建桥！"

10月5日　王铁蛋没来上课。黄昏，我去他家，看见他给奶奶喂药。原来他奶奶病了。王铁蛋要写信告诉他爹，他奶奶说："别让你爹分心，让他安心建桥！"

10月9日　王铁蛋的奶奶病危。王铁蛋深夜哭着来喊我去。我忙打电话叫来救护车，将他奶奶送到医院急救。医疗费是我悄悄垫上的。

10月16日　这些天，我下班就往医院跑，一边给王铁蛋补课，一边照料他奶奶。他奶奶说："你跟我的亲闺女一样亲呀！"我脸红了。更让我脸红的是，王铁蛋说了一句傻话："白老师跟我娘一样好！王铁蛋的奶奶明天出院。"

11月1日　今天收到从黑龙江寄来的一个包裹，我很纳闷：谁寄来的？不会是变心出走的旧男友回心转意吧？拆开一看，是一座玉雕桥梁模型。我明白了：王铁蛋的爹寄来的！包裹中夹着一封信，感谢我救了他娘，关怀了他儿子。

12月8日　旧男友从深圳打来电话，说他炒股暴发了，买了别墅、小车，美女如蜂蝶追逐着他，但若我愿意放弃教师职业去深圳，他还是首选我。我断然拒绝了。为什么不问问我愿不愿意首选他呢？

1月30日　王铁蛋的十岁生日。我给他买了一只大蛋糕，十只小彩烛。全班同学在教室里为王铁蛋祝贺生日。玩击鼓传花游戏时，抓到魏巍表演节目，魏魏不会唱歌跳舞，就在黑板上画了一座桥，一个戴安全帽的人在指挥着大吊车，他说王铁蛋的爸爸是桥梁工程师，真了不起！王铁蛋上台与魏巍握手言和。

2月6日　春节。王铁蛋和他爹给我拜年。他爹看上去比照片上的人还要魁梧，也很健谈，他说起重庆塌桥事件义愤填膺，说这简直是桥梁史上的耻辱，说他若是那建桥的人，不坐牢也没脸活着，干脆自杀谢罪。我觉得他挺有良心和责任感。

2月8日　不知怎的，眼前老是浮现他的相貌，梦中也与他幽会。我这是怎么了？是不是爱上他了？他大我15岁，而且结过婚，真要嫁给他，我有没有这勇气？同事朋友会不会笑话我？这么闪电般地爱上他会不会有苦果？

2月10日　我承认我真的爱上了他！明天他要远行了，我请他到红色恋人茶馆喝茶。他老谈他的桥，我总谈我的学生，像两个傻瓜，不，像"红色恋人"。

2月11日　王铁蛋去火车站送他爹，在那里碰到了我，蹊跷地问："白老师，你怎么在这里？"我撒谎："我来接客人。"趁王铁蛋没留神，我将赶织的一条围巾塞给了他爹。在火车开动的瞬间，我的泪水不争气地流出来了……

3月26日　他来过几封信，学校就传开了：我爱上了一位死了老婆且大15岁的男人，真傻！老校长问我："传闻是真的吗？"我支吾道："是真的……"老校长颔首："爱情无所谓傻不傻，真爱就行！他建了那么多的桥，我们为什么就不能为他搭一座鹊桥呢？我支持你！"我情不自禁地扑在老校长的怀里哭了。老校长过去很想让我给他当儿媳，后来他儿子成了大款，染上酗酒赌博恶习，老校长又劝我远离他儿子。

5月1日　他来信说要去青海建桥。等建成了青海大桥，就回来与我结婚。

7月9日　他给我寄来了青海大桥象牙雕模型。真漂亮！

8月8日　暑假，我去了青海。他在建桥中为救工友负了重伤。命保住了，却瘸了右腿。我给他发出加急电报：我来给你当拐杖！桥为媒，篝火作证，我们在工地上举行了婚礼，在帐篷里安了洞房。啊，我们真成了新一代"红色恋人"……

眼 镜 乡 长

  小陈乡长是农业大学毕业的研究生，戴着一副厚眼镜，人们在背地里喊他"眼镜乡长"。眼镜乡长瘦弱文静，看上去更像乡村老师。前任乡长是个五大三粗的汉子，脾气火爆，喉咙响亮，还能镇住人。但乡下铜豌豆、油抹布似的角色多，前任在罚收超生款牵牛拽猪的冲突中，被人捅了一刀……人们替眼镜乡长捏把冷汗："他一介文弱书生镇得住邪吗？"也有人想看眼镜乡长的笑话："哼，日后有好戏看哟！"

  小镇西头有家屠宰场，老板姓郑，绰号"镇关西"，凶悍刁蛮，动辄揎拳掳袖、抡棒舞刀，谁见都怕三分，没人敢惹他。镇关西五年前租借了乡政府的破厂房当屠宰场，拖欠租金五万元，不是软磨，就是硬抗，被催急了、惹火了，他就脖子一扭，吹胡子瞪眼："要钱没有，要命一条！"乡政府拿镇关西没办法。人们在背地里议论："乡政府一定有什么把柄捏在镇关西手上了，要不咋就怕镇关西呢？"

  眼镜乡长上任后，就去找镇关西。镇关西割了一大刀好猪肉，一大刀好牛肉，说："权当见面礼，不成敬意！"眼镜乡长要给钱，不收钱则不收肉。镇关西明白了来者不善，瓮声瓮气地说："这么说你是不肯给我面子了？你是成心要跟我作对吗？"眼镜乡长淡然一笑："你别误会，我是来跟你交朋友的！"镇关西一愣，不知眼镜乡长葫芦里卖的什么药，冷笑道："和我交朋友？别寻我开心了！"

  眼镜乡长说："我一来，就听说你不少传闻……"镇关西阴骘地说："谁他妈的在背后乱嚼舌头损我？"眼镜乡长说："人家不是损你，是夸你哩！"镇关西如坠云里雾里："夸我？夸我什么？"眼镜乡长说："一夸你做生意规矩，童叟无欺，从不缺斤少两、注水掺假，从不卖死猪肉、疯牛肉，也从不收购来路不明的猪牛；二夸你心地善良，豪爽乐施，每年过年都给镇上的孤寡老人和军烈属送肉，镇上有两名父母双亡的孤儿失学了，多亏你慷慨解囊帮助他们继续读书；三夸你刚直正派，敢斗歪风邪气，掀过乡干部的酒宴，揍过欺行霸市的街痞……"

  镇关西嘿嘿笑了："乡长，你别瞎表扬我了，怪难为情的。有些事不像你说的那样，比如我爱玩那些有钱有势人的秤，我知道他们觉察不出短缺的斤两，就是觉察出了也懒得斤斤计较，怕人笑话；我是每年给镇上的孤寡老人和军烈属送肉，但那都是街道、工商所、乡政府摊派的；我救济的两名孤儿，那是我的亲外甥；我是掀过乡干部的酒宴，那是我喝醉了撒酒疯掀的；我是揍过街痞，因为街痞调戏我儿媳……"眼镜乡长说："不管怎么说，事情还是有鼻有眼的，不是乱吹出来的。这就值得我交朋友了，你这朋友我交定了！"

镇关西说："既然乡长这么看得起我这个粗人，算是我的福分，走，我请乡长喝几盅交情酒！"眼镜乡长说："是我先找你交朋友，这酒钱该我掏。"镇关西沉下脸："你是怕我付不起酒钱，还是怕人家说我腐蚀拉拢你？不是我吹，有些乡干部盼望我腐蚀拉拢他，我还真懒得理睬哩！我看你正派实在，我这粗人服你！"

酒过三巡，菜上五味。眼镜乡长和镇关西谈得很投机，但始终没提到债务。镇关西沉不住气了："乡长，你怎么还不提债务？"眼镜乡长举杯相邀："来、来、来，今天只喝酒交朋友，不提其他事！"镇关西说："不、不，既然交朋友，就要光明磊落，不遮不掩，实话跟你说，我不是那种不讲理的人，欠债还钱，天经地义，只是我心里也有难言之隐……"眼镜乡长狡黠地一笑："是不是那小本本？"镇关西一惊："你咋知道的？"眼镜乡长说："你喝醉酒嚷出去的呀！现在可以交给我了吧？"

镇关西将小本本交给了眼镜乡长。小本本上记载着乡干部五年来到镇关西的屠宰场白拿索要猪牛肉的流水账。路归路走，桥归桥过，眼镜乡长按照小本本上的流水账逐一核实，从乡干部的薪水中扣除，镇关西也爽快地还清了拖欠多年的租金。人们惊诧：眼镜乡长又不是鲁提辖，是咋制伏镇关西的？

正 月 灯

正月正，挂红灯。这是枫树岭古代传下的风俗。后来，正月正，送红灯，也成了枫树岭时兴的风俗。亲朋好友之间串门造访，送红灯；慰问军烈属和孤寡老人，送红灯；学生给老师拜年，送红灯；徒弟给师傅贺岁，送红灯；看望德高望重的长者，送红灯；拍乡村干部的马屁，也送红灯。

枫树岭的红灯大多是自家扎的，不讲究的用红纸糊，讲究的用红纱红绸缝。红灯上恭敬地写上一些吉利话，落上送红灯人的姓名。这有点像城里人的贺年片。红灯就是枫树岭人的贺年片。红灯里通常要放一个红包，少则五元、十元，多则百元、千元。送给孩子，算是压岁钱；送给女人，算是脂粉钱；送给老师和师傅，算是敬师钱；送给长辈，算是孝敬钱；送给乡村干部，算是烟酒钱。烟酒即研究，如今乡村干部也染上了城里干部的研究习气，不送烟酒钱，遇事找他，就拖而不办，研究来研究去，直到把烟酒钱研究到手或把事拖黄。

正月正，接红灯。枫树岭的乡村干部或多或少都能捞一把。红灯接得多，红包就接得多。红灯多撑面子添喜气，红包多撑腰包添财气。这些年，正月正送红灯、接红灯的风俗愈演愈烈，愈演愈邪，乡亲们怨声载道，敢怒不敢言。枫树岭流传起一首歌谣："正月正，送红灯，家家户户去拜神；送的愁，接的喜，搅得百姓不安生！"

枫树岭调来一位小陈乡长，他是农业大学毕业的研究生，戴着一副厚眼镜，人们戏称他为"眼镜乡长"。眼镜乡长上任后，就听说了送红灯的风俗与歌谣，暗自慨叹："党风不正哇，竟将一个好端端的风俗活生生地败坏了！"眼镜乡长思忖：如果硬性禁止给乡村干部送红灯，一来会挫伤一些群众的感情，二来会逼得给乡村干部送红灯的现象由公开化转入隐蔽化。眼镜乡长冥思苦想，终于想出一个两全其美的主意：乡里中学修缮危房的资金缺口不是没有着落吗？就抽调老师和学生在正月正去乡村干部家蹲点接红灯，把接的红包全放进捐款箱里，权当各位送红灯者的捐款，并张榜公布，在乡广播里表扬。

眼镜乡长在春节放假前开了一个乡村干部会，把这主意一讲，会场上炸了锅。那些捞惯了红包的干部面面相觑，瞠目结舌，心里有火，又不好明发，毕竟人家打着纠正党风、倡导廉洁的旗号，只得暗中咒骂：这眼镜乡长表面斯文温和，心里花花肠子弯弯绕多着哩！这计策毒辣哟！眼镜乡长不露声色地说："谁要是不同意这事，可以提出来，我们就不派老师和学生上门接红灯了。"有意见的人也只能闷在心里怄气，谁愿在大庭广众下当出头鸟呢？若传开了，岂不成了坏典型而影响名声和前程？眼镜乡长淡淡一笑："看来，枫树岭干部的素质和觉悟还是蛮高的嘛！大家都没意见了，就这么定了吧！"

正月正，给乡村干部送红灯的人大多发现，接红灯的干部笑得没过去妩媚灿烂了，他们接过红灯后就交给了身边的老师学生，老师学生拿出红包，写上送红灯人的名字，塞进捐款箱。送红灯的人纳闷嘀咕："这是怎么回事？"心直口快的人就问干部，干部尴尬地支吾道："他们是我家亲戚……"

枫树岭的捐款箱集中起来一清点，竟有十几万元钱。乡里中学皆大欢喜。乡福利院、卫生院、科研所闻讯也找眼镜乡长"化缘"，申请明年参与接红灯。眼镜乡长说："行！你们排个队接红灯吧，明年让福利院接吧！不过，送红灯的不会像过去那么多，那么红火了，会一年不如一年的……"

二　月　街

　　枫树岭的二月街历史悠久，远近闻名。二月街不是街道名字，而是庙会、圩会的意思。二月街，就定在每年农历二月的头三天。这三天里，枫树岭小镇上人山人海，货囤物垛，四乡八镇的乡亲都来赶集，连县城、省城的商贩都慕名赶来做生意。二月街还要搭台演戏，有农民自己的土剧团，也有城里的大剧团。二月街还是枫树岭年轻人赛歌竞舞、相亲追爱的好机遇，枫树岭好多夫妻都是从二月街开始步入结婚殿堂的。二月街是枫树岭的盛大节日，比春节、端午节、中秋节还要热闹红火。二月街也是枫树岭乡政府的重头戏，乡财政的一大半收入就来自二月街，这好比一锤子买卖，演砸了就没戏了。

　　去年二月街的重头戏就演砸了。先是施工队偷工减料地搭的戏台突然被挤塌了，压死踩伤了几十个人。后是外地窜来的一个酒贩子卖了一批用甲醇勾兑的假酒，一户办婚事的人家买了去，喝死了五人，喝瞎了八人。好事不出门，坏事传千里，二月街的声誉一落千丈，人们慨叹唏嘘："真是世态炎凉、人心不古，好端端的二月街竟叫那帮黑心烂肝的家伙糟蹋了！"今年的二月街眼看就来临了，四乡八镇的乡亲们仍心有余悸，不敢去赶二月街了。

　　新来的小陈乡长是农业大学毕业的研究生，戴副厚眼镜，人称"眼镜乡长"。眼镜乡长一上任就大抓二月街的重头戏，准备请来县里的施工队搭戏台，请来地区的剧团唱大戏，请来省城的教授讲农业科学知识，请来县工商局、卫生局、公安局的同志检验商品、义务看病、维护治安，派人到四乡八镇张贴二月街宣传单，并在县广播站、电视台里大量播映二月街广告，造成浩大的宣传声势。眼镜乡长还使出一绝招，郑重承诺："凡是在二月街上因安全措施不力造成的人身伤亡，因检验不严造成的交易损失，均由枫树岭乡政府负责赔偿。"

　　开街第一天，县工商局就抓获了一名把工业盐当食盐卖的不法商贩。这种盐吃了会中毒，轻则上吐下泻，重则昏厥死亡。不法商贩狡辩道："我没说卖的是食盐呀！我卖的就是工业盐嘛！你们凭什么抓我？"工商局检验员反驳道："可你标的是食盐价呀！再说，乡下人家谁需要工业盐？你卖给人家时也没声明这不是食盐呀！你这不是坑害人家发黑心财吗？"不法商贩理亏词穷，只好说软话求

453

饶："我家里上有瘫痪的老母，下有生病的儿子，我和老婆都下岗了，实在没法子才干这坑人的买卖，念我是初犯，就饶了我这一次吧！"检验员一副公事公办的派头："不行，得没收，罚款，还得交公安机关拘留审查。"不法商贩慌忙掏出一大叠钱往检验员手上塞，可怜巴巴地哀求："我的好大哥，你行行好，放我一马吧，我是家中的顶梁柱，我要栽了，全家就惨了！"检验员义正词严地说："你这是腐蚀贿赂公务员，罪上加罪，知道吗？"不法商贩使出杀手锏："我是陈乡长的大舅子，凭陈乡长的面子，你总该饶了我这一回吧！"

检验员既害怕得罪眼镜乡长，又怀疑不法商贩撒谎，就跑去找眼镜乡长。眼镜乡长说："他的确是我的大舅子。别说是大舅子，就是老丈人，犯了这事也得抓！他明明知道我在这里当乡长，还跑来拆台捣蛋，他不给我面子，我凭什么给他面子？"检验员好心劝告："我看还是放了他吧，免得你后院起火、亲戚失和，再说抓了你大舅子也影响你的声誉呀……"眼镜乡长声色俱厉地说："你这不是存心让我犯错误吗？我一乡之长怕后院起火、亲戚失和，难道就不怕百姓骂娘、乡亲遭殃吗？抓！不抓，我才真正声誉扫地，没脸当这乡长哩！"

眼镜乡长大义灭亲抓大舅子的消息轰动了二月街，传遍了四乡八镇。不法商贩闻风丧胆，不敢再携带假货来赶二月街了。原来不敢来赶二月街的乡亲们扬眉吐气，他们呼朋结伴、摩肩接踵而来，一来交易，二来看看这位非凡的眼镜乡长。

母 亲 的 桥

母亲已去世多年了，但她修的桥仍忠实地为行路人服务着。我每年回故里去扫墓时，就要顺便去看看那座小桥——也许是世界上最小、最简陋的桥。

依稀记得母亲第一次修小桥时，是在我九岁那年。一天，一位货郎老人在村头小水沟旁结实摔了一跤，货郎摊子里的糖果、针线、玩具等倾覆在污泥浊水中。他趴在地上气急败坏地捶胸骂道："这村子的人死绝了，连座小桥也懒得修！"母亲在一旁挖猪草，听到此话面红耳赤，仿佛是自己挨了骂。母亲默默上前搀扶起老人，又帮老人捞起污泥浊水中的货物，还把老人请到家里喝茶歇息……

翌晨，我被一阵砍树声惊醒了，睁开惺忪的眼睛一看，顿时惊呆了：母亲正在砍我家后院中的那棵已不再开花结果但仍活着的老枣树！我哭叫着扑上去抱住老枣树，泪眼婆娑地问："娘，为什么要砍它？"

在此之前，母亲有两次欲砍这棵老枣树，一次是妹妹病重住院急需花钱时，一次是我缴不起学杂费，学校不给我发课本时，都是我挺身而出，老枣树才逃脱厄运。要知道，这棵老枣树曾给一个山里孩子带来太多太多的实惠和欢乐！它也曾给一个贫寒家庭排解过太多太多的生计之忧、拮据之窘！娘呀娘，不能因为老枣树不再结果了就砍掉它呀！它还能给我家遮风挡雨呀，还能让孩子攀爬荡秋千呀！

母亲也流了泪，说："我也舍不得动手砍它……可找不到结实的修桥材料，只有砍了老枣树。我怕你舍不得，就趁你没醒时砍，不料还是把你惊醒了……"我感到蹊跷："娘，修桥？修什么桥？"母亲就给我讲了老货郎昨天摔跟头、骂人的事。我说："骂的是村里人，又不关你一个人的事，你干嘛要去修桥？干嘛要砍我家的枣树去修大家的桥？"母亲严肃地说："你这话说得不对，这桥你不修我不修他不修，大家都不方便呀！说不定哪一天你也会在那里摔跟头把腿摔骨折，我和你爹挑担子在那里滑倒把腰闪伤，到那时就悔之晚矣！"我不作声了，我也曾在那水沟旁摔过跤，把课本全糊脏了，我也亲眼看见牛娃的新嫂子担水时在那里滑倒了，把胎儿摔掉了……母亲安抚我说："砍了老枣树去修桥，也许是它最好的归宿。它死后还能用身躯为人行善,老枣树一定乐意,你就别为它难过了!"

母亲把老枣树锯成两截,驮到水沟旁,将老树干做了桥梁,在老树干上密密匝匝地铺了一排结实的枝丫,再在枝丫上培了厚厚一层草皮,一座拙朴别致的小桥诞生了!这座小桥让村干部内疚过:本该是集体的事却让一个村民默默地干了;这座小桥让村里的男人们脸红过:本该是男人干的活,却让一个女人悄悄地干了……于是这座小桥成了母亲的口碑,知道修桥内情的人经过小桥时就情不自禁地想起、夸起我母亲。

几年后,母亲的桥终于承受不起岁月的磨蚀和人生的重荷,在一个落日黄昏砰地倒塌了。它是被一头牯牛踩塌的,牧童从牯牛上跌下地,被仍旧坚硬如铁的枣树枝丫戳瞎了一只眼睛。尽管牧童的家人没埋怨我母亲半句,母亲仍自感罪孽深重,她给牧童家送去了钱,送去了鸡蛋和红枣,送去了忏悔和祈祷……

那段日子,母亲明显消瘦憔悴了,吃不下饭睡不好觉,精神也有些恍惚,就像鲁迅先生笔下的祥林嫂般念叨"我真傻,我单知道……"那样,逢人就说:"我真后悔呀,本想行善,反倒造孽……"村人都劝慰她:"这怎能怪你呢?你就不要想得太多,无端折磨自己了……"母亲却不肯轻易原谅自己。

不久,村干部着手筹备修一座小石桥了。母亲慌忙找到村干部,一把鼻涕一把泪地央求:"求求你们,这桥一定让我来重修,就算是给我一次补过赎罪的机会。要不,我的良心将一辈子不会安宁!"村干部见母亲言诚意笃,只好答应。

母亲起早贪黑上山背石头,有几次跌得头破腿伤,也不愿停顿,更不肯放弃修桥的打算。母亲备好了石料,请来了最好的石匠,修了一座坚固美观的小桥。桥面还缺一块石板时,母亲叫石匠拆掉了我家的石门槛。这石桥再不会被牯牛踩塌了,甚至能载得起拖拉机、汽车。母亲死后,村里修了一条机耕路,沿用的就是母亲的桥……

母亲病重住院时,故乡曾闹过一次不大不小的地震,塌了一些房子、死了一些人畜。母亲闻讯,问了父老乡亲们的平安后,就问了那座小桥塌了没有。我实在没注意那座小桥的命运,便支支吾吾。母亲郑重其事地叮嘱:"要是塌了,替我重修好吗?"我明白了这座小桥在母亲心目中的价值和分量,便含泪颔首,在心里发誓:一定不要忘记母亲的遗嘱,让母亲的桥永远屹立在人间,永远屹立在父老乡亲的心中……

每年给母亲扫墓时,我都会去那座小桥上走走、坐坐,仿佛又回到了过去的时光,又看见了母亲的音容笑貌。我在给母亲烧纸钱时就默叨:"娘,您的桥没塌!您在那边也修桥吗?"

风　筝

　　四叔十三岁那年爬树摔成了瘸子。四叔爬树不是摘果捋叶，不是抓鸟捉蝉，而是为一个小女孩解风筝，风筝缠在树梢上了。四叔像猿猴一样爬上了树梢，刚解开风筝，忽然刮来一阵狂风，树梢咔嚓断了，四叔与风筝一起摔在地上……

　　四叔刚摔瘸时，小女孩的爹娘还许愿，让小女孩长大后嫁给四叔。小女孩也喜欢四叔，既然四叔是为她解风筝摔瘸的，她长大后自然是应该给他做媳妇的。要不，四叔就会一辈子打光棍，她就会一辈子良心不安。可小姑娘长大后，她的爹娘反悔了，她也变心了，嫁到山外的平原去了。

　　四叔本来是个读书的料子，但摔瘸后，爹娘心灰意冷，就让他辍学了，拜小镇上的老剃头佬为师学手艺。四叔满师后，师傅让他在小镇上另摆一个剃头摊子。四叔不干，他不愿忘恩负义抢了师傅的饭碗。四叔串起乡活来，腿脚不方便，就买了一头小灰驴，骑着它走村串户。

　　在故乡，串乡活的都有自己的吆喝办法，货郎摇拨浪鼓，劁猪佬吹牛角，铁匠敲铁砧，木匠打竹板，弹棉花的吹笛子，耍猴把戏的敲小锣，剃头佬吹唢呐。四叔不会吹唢呐，也不屑学吹唢呐，而喜欢唱山歌。四叔的嗓子很洪亮，山歌唱得很好听。四叔的山歌比他的剃头手艺还招人喜爱，一些不剃头的农人，尤其是那些农妇经常缠着他唱山歌。

　　四叔串乡活越走越远，后来串到山外平原去了。四叔在平原上串乡活，不像在山里那样唱五花八门的山歌，总唱一曲老山歌：“小鸟飞去又飞回，小鹿跑去又跑回，我的风筝为什么一去不复回？月亮落了又升起，花儿落了又开起，我的风筝为什么一落不升起？”四叔希望那个变心的女人能听到他的老山歌，希望能看到他心中的“风筝”落到什么地方去了。但年复一年，四叔总无缘见到她。四叔心里很沮丧怅惘：是她躲着不愿见我，还是我没找到她住的村庄？

　　那个变心的女人三年五载才回娘家一趟，而且总是躲躲闪闪的，匆匆来匆匆去。她的爹娘也不肯把她住的村庄和生活境况透露给别人。四叔寻找她，不是想纠缠她，仅仅是想知道她生活得怎么样，想看看她，哪怕是偷偷地看上她一眼就行了。四叔仍然独身，不是他娶不上媳妇，他串乡活有了一些积蓄，媒婆蹀躞而来三番五次给他做媒，都被他婉拒了。四叔身若磐石、心如古井，断绝了婚娶之念。但这不等于四叔还对那个变心的女人抱有幻想或非分之想。

一天，四叔被一个小女孩喊住了。小女孩说："我家没有钱，给你两只烤红薯，求你给我爹剃个头吧!"四叔二话没说，骑着驴去了小女孩家。小女孩的爹瘫痪在床，头发胡子蓄了很长，见四叔来了，瓮声瓮气地斥责小女孩："谁叫你请剃头师傅来的？哪来钱给人家？真不懂事哇!"小女孩说："今天是爹的生日，我早晨省下了两只烤红薯，求剃头师傅给爹剃个头……"四叔忙说："就冲你这份孝心，我不要钱，也不要烤红薯，小姑娘快吃了吧，别饿坏了身子!"四叔刚给她爹剃完头，小女孩的娘挑柴回家来，四叔一看瞠目结舌：这不就是踏破铁鞋无觅处的她吗？

四叔恍惚骑驴走出老远，那女人疾步追赶上来，啜泣道："我听见你的山歌好多次了，也偷偷望见你好多次了，就是没脸出来见你。我的命苦哇，不，是老天在惩罚我的变心! 孩子他爹跑运输出了车祸瘫痪了，三个孩子都退了学……"四叔的眼睛潮湿了，说："别耽误了孩子! 就让孩子认我做舅吧，我资助他们上学!"

几天后，四叔就带着积蓄去了平原，让那女人的三个孩子复学了，还把女人的丈夫送进医院治疗，直到能拄着拐杖走路。春天，四叔给孩子们带去了风筝，教他们放风筝，孩子们欢呼雀跃。村庄里人都羡慕地说："孩子他舅真好!"

乡村老邮差的信

在一次中学同学聚会上，我见到了久违 20 年的大为。大为是个优秀的乡村邮差，还是地区劳动模范，事迹上过省报、地区电台。那天，我们同寝夜谈，叙尽了学友情谊，别后境况，话题不知不觉转到了他父亲身上。他娓娓道来：

"父亲干了 47 年乡村邮差，65 岁才退休。按规定 60 岁就应退休，一则父亲身子结实，二则没人愿跑乡村邮路。父亲每星期有 6 天跋涉在鄂南山区小路上，为山里人送信送报。早年父亲靠双腿步行，四天一个来回，直到后来山区通了公路，父亲才骑自行车，两天一个来回。父亲的邮路约 50 公里，47 年来，父亲相当于绕地球跑了两圈半，要是把他送的书报信件垒起来就像一座小山了。

"父亲与邮路上的乡亲们亲密无间，感情笃深。父亲的声誉威望，简直超过了族长和乡村干部。父亲干的事经常超越了乡间邮差的职责，比如给人代写书信、申请、报告、契约、诉状，为人做媒、做保、做证人、拉关系、做参谋，甚至连婆媳不和、夫妇反目、亲戚间有隔阂、村庄间有矛盾，都请父亲出面斡旋调解，连打口井、盖间牛棚、垒座砖窑、挖口鱼塘、种片果园都请父亲当主心骨。

"父亲真是个'小车不倒只管推'的角色，直到他 65 岁那年冬天的风雪日，他连人带车摔下山崖，成了半身不遂的人，才正式退休。很长一段时间，他都不适应病榻生活，眷恋他的乡村邮路。我当时顶替父亲当上了乡村邮差，跑的也是父亲的邮路。父亲既高兴，又忧虑，叮嘱了我许多注意事项，还给我画了详细的邮路图、联络人、代转点，连哪儿有条小路可抄近、哪里有条凶狗须提防、哪个店不规矩莫上当、哪个人老实厚道可依靠都交代得清清楚楚。

"父亲堪称他那条邮路上的活地图、活档案。遇上'死信'，只要请教父亲，大多都能'起死回生'。一年秋天，我接到一封从别的乡间邮路转来试投的'死信'，是一位台湾老兵寻找亲人的信，年代太遥远，他被抓壮丁时太小，只记得住在幕阜山下的驼子寨。我问遍村村寨寨，也没问出下落。父亲接过'死信'，陷入沉思，忽拍脑叫起来：'哦！我当年跑的邮路上，是有个驼子寨，解放后改名为幸福寨，"大跃进"时修水库，全寨人搬迁到邻县去了。'后来把信转给邻县，果真替台湾老兵找到了亲人。台湾老兵回大陆探亲时，还专程跑来感谢父亲。

"父亲长年缠绵病榻，身体每况愈下，73 岁那年溘然去世了。在他回光返照的那几天，父亲显得精神矍铄，很自信地说：'待我能拄着拐杖下地走路了，我想再沿着我的邮路走一趟，去看看乡亲们和他们的好时光！'而后又沉思片刻，无意间不无伤感地说：'我这辈子替人家送过数不清的信，可我还没收到过一封信咧！'我心里咯噔一跳：是呀，父亲的亲朋好友都在身边，子女也没出远门的，偶尔出趟远门也没谁有那份虔心给父亲写封家书，父亲真的一辈子与信无缘。

"我当即决定，给父亲写一封信，倾诉一下我对父亲的尊敬热爱之情，以弥补父亲平生一小憾。那封信几乎写了一通宵，密密麻麻写了十几页纸，仍觉难尽衷肠。为了让父亲收到一封真正意义上的信，我跑到县城邮局去发了信。要不了两天，这信就会送到我们居住的小镇上来，给父亲一个惊喜！谁知三天过去了，仍没收到这封信。第五天父亲病危时，信才姗姗而来。邮递员说：'超重，缺四分邮资，才耽搁了。按规定要退回原处补足邮资再发，后看到发信人是邮电所职工，就马虎了。'我哭笑不得，不知是该感谢，还是该臭骂那同行一通。

"我把信送到父亲的病榻前，父亲已昏迷不醒。我喊道：'父亲，您的信！'父亲竟苏醒了，微睁开眼，疑惑万分，示意我拆开给他念信。我哽咽地念着信，父亲听着听着露出微笑，流了泪，永远闭上了眼……我后来又给父亲写了一些信，都焚烧在他的坟墓前，我坚信，父亲是能收到我的信的！"

背　影

我的启蒙老师姓彭，他有个外号："彭大胡子"。彭大胡子慈眉善目，像庙里笑口常开的菩萨，不像个老师。尽管他曾教过私塾，但不染随便打骂学生的恶习，没有师道尊严的气势。他最生气时，也只是用教鞭猛敲讲台，或大声咳嗽一两下，或吼一句"成何体统""岂有此理""朽木不可雕也"。所以许多学生不怕他，许多家长因他管不住学生而不请他教私塾。要不是后来政府把他请进了学校教书，彭大胡子也许会沦落为饿殍冻骨。

那年冬天，我第一次看见彭大胡子发火。调皮大王蛮牛搞恶作剧，将一个瞎子老人牵进了粪坑。幸亏粪坑不深，瞎子老人只呛了几口粪水，糊了一身粪。彭大胡子闻讯赶到，连声道歉："教出这般学生，师之过哇！我给您老人家赔不是了！"他把瞎子老人牵到家里，烧水给瞎子老人洗澡换衣，还留他喝酒压惊。

第二天，彭大胡子把蛮牛狠狠训了一顿："你知道吗？欺负老弱病残是最可耻的行为！别看那瞎子老人看不见，可老天爷看得见！"彭大胡子不打骂他，不罚他站跪或扫地掏粪，而是要蛮牛去跳粪坑。蛮牛磨蹭着不肯去，彭大胡子不依："你要不肯，就别想来上学！"蛮牛无奈，在众目睽睽下跳了一次粪坑，浑身糊得臭烘烘脏兮兮的。彭大胡子声色俱厉地说："今后，谁要是出坏点子欺负别人，我就用他的坏点子来整治他。记住，这就叫'以其人之道，还治其人之身'！"后来，我从爷爷嘴里得知，彭大胡子从小就是孤儿，是一位算命的瞎子老人收养了他，供他读了私塾。等他长大了，瞎子老人将他大半辈子流浪挣来的钱为他盖了房子，娶了媳妇……难怪彭大胡子对素不相识的瞎子老人那般侠肝义胆！

我读四年级时，彭大胡子因眼患白内障，看东西朦胧不清，不得不病休。他离开山村小学时，我至今仍清晰地记得那是一个秋风秋雨愁煞人的下午。彭大胡子给我们上了最后一课《金色的鱼钩》，讲的是红军老炊事班长在长征路上把缝衣针弯成鱼钩，到沼泽里去钓鱼，给伤病员充饥，大家都走出了草地，而老班长饿死了……彭大胡子讲得热泪盈眶、泣不成声，我们也心潮澎湃、泪流满面。

下课钟声响了，当彭大胡子哽咽着宣布要与我们告别时，全班哇哇大哭起来。彭大胡子伤感地说："我的眼睛不中用了！这书上的字我看上去模模糊糊的，幸亏我背得下来。我看不清你们，让我来摸一摸你们吧！"彭大胡子摸一个学生，就叮嘱勉励几句。摸到蛮牛时，彭大胡子开了一句玩笑："蛮牛，你还记恨我吗？你要是还记着仇，就一报还一报，等一会儿你把我牵到粪坑里去！"蛮牛呜呜大哭起来："彭老师，我们舍不得您走！您要走，我不上学了，专门去牵您！"彭大胡子笑了："蛮牛又说傻话了，我又不去当算命先生要人牵着走村串户。你把书读好，考到县城中学去，替老师争了光，老师一高兴呀，说不准眼睛就好了！"

那天，我们接力赛似地牵着彭大胡子走了一程又一程，最后，彭大胡子说什么也不让我们送了："天不早了，别回去晚了，让家人担忧！都快回去吧！"彭大胡子撑着一把油布伞，在他老伴的牵引下走了。因为山路崎岖，他佝偻得厉害的背在秋风中一耸一耸的，那把破旧的油布伞遮了脑袋遮不住驼背，秋雨已淋湿了他的衣背。在山路转弯处，彭大胡子站住，回头远望，他虽看不见我们，但知道我们在伫立目送着他，便朝我们挥了挥手，喊了一声："快回去吧！"我们也大声喊："彭老师，您走好！"漫山遍野都回荡着"回去吧！""您走好！"的声音。

后来，我和蛮牛考上了县城中学。蛮牛跟我商量："我们去给彭老师报喜吧。他要听到喜讯，心情一好，眼睛就会好起来！"我们跋山涉水寻找到彭老师的家，谁知他……他是晚上抽烟时不小心，烧着了被子，被烧死的。他已去世三十多年了，我至今记得他的大胡子，那佝偻得厉害、在山路秋风中一耸一耸的背影！

会唱评弹的女人

我曾有一段时间，很讨厌楼下的胖女人。为什么讨厌她？

一是她干扰了我。我喜欢夜间写作，清晨正在梦乡中，就被胖女人老鸹般的呱呱声吵醒了。她总是那么聒噪喧嚣，或喋喋不休地唠叨男人，或滔滔不绝地训斥女儿，或凶神恶煞地驱赶叫花子，或咄咄逼人地盘问陌生人，或捶胸顿足地与邻居吵架，或咬牙切齿地咒骂天气，或长吁短叹地埋怨物价，或义愤填膺地谴责世道，或兴高采烈地与熟人寒暄，或一唱三叹地与老姐妹拉家常，或扯起喉咙吆喝小保姆，或尖着嗓门呼唤大花猫……

二是她给我凶悍泼辣、刁钻吝啬的印象。我耳濡目染过她用扫帚把敲打男人，把小保姆骂得狗血淋头、泪眼婆娑，在与邻居男人吵架时抽过人家一巴掌，与小贩讨价还价不成时气势汹汹地摔过人家的秤，在小摊上喝豆腐脑时嫌人家分量少讨添未遂恼羞成怒地砸过人家的碗，硬赖过收破烂的人偷了她晒在阳台上的皮鞋，直至人家磕头求饶才放人家走，楼上人家浇花的水不小心溅湿了她晒的被子，就为这点小事她叫骂了三天三夜……

我虽然讨厌楼下的胖女人，但从不敢惹她，遇到她干扰我的时候，也不敢抗议，只是敢怒不敢言，忍气吞声求安宁，若是得罪了这号角色，三天两头缠着你吵骂，你还有安生日子过吗？我不但不敢怨怼她，上下楼时撞见她还得佯装笑脸打招呼，生怕她看出我讨厌她的情绪。

一天下午，我正在伏案写作，胖女人来找我。我瞠目结舌、忐忑不安："什么事得罪了她，她打上门来问罪？"胖女人说："听说你是个作家，想请你帮忙写一段歌颂社区新风的评弹词。"我心里老大不愿意写什么评弹词，但嘴上诺诺答应，甚至装出受宠若惊状。我知道，只要我给她写了评弹词，以后就不必担心她冲我要横发难。我随意问道："是你女儿演唱吗？"谁料，胖女人不无炫耀地说："我女儿哪会唱评弹？是我演唱呗！咱们街道居委会要与邻街居委会搞一台联欢会，不知怎么打听到我年轻时代演唱过评弹，硬要我出山，唉，我都二十多年没摸琵琶唱评弹了，还不知能不能找回一些当年的感觉……"

我怔住了，说什么也不相信，这么一个粗野世俗的胖女人，过去竟是一位评弹演员！生活岁月呀，未免太残酷无情了！胖女人看出了我的狐疑，尴尬地说："别说你有些不相信，连我自己都有点不相信了，我怎么会变成现在这种样子了……"

从此，胖女人老鸹般的聒噪喧嚣声少了，悠扬的琵琶声和温软的评弹声多了。清晨再被胖女人的琵琶评弹声吵醒时，我竟没有了烦躁与愠怒，有时倚窗倾听一阵儿，倒觉得是一番精神享受，顿时心旷神怡、神清气爽，平添一种生活情趣。胖女人似乎也找回了当年的自我，审视到了自己形象上的变异，一些坏毛病也收敛了，与邻居的关系和谐融洽多了，与人打交道也随和热情多了。

我因出差，没观赏到街道居委会那台联欢会，但听邻居们说，胖女人的评弹盖了帽，被评为一等奖，奖品是一台电动搅拌机。胖女人逢人就说："要磨豆浆咖啡，要搅果汁瓜汁，到我家来拿电动搅拌机吧，别不好意思。闲着也是闲着，不用会生锈的。"仿佛是她央求人家似的。

我琢磨不透，感慨不已：为什么一件小事就能改变一个人的形象呢？是不是因为这件小事勾起了她对昔日生活的美好回忆，唤醒了她的善良心和羞耻感，找回了她失去的生活热情与人生价值？也许，她只是想维持自己的面子：一个会弹琵琶唱评弹的女人是不能混同于或堕落成一个里弄泼妇的。看来，有时面子不是一个坏东西。

苹果往事

当年我们老家不产苹果，小镇上很难见到卖苹果的。县城里有卖苹果的，只有城里人买得起，舍得买，乡下人不敢问津。一个苹果值好几斤盐，谁舍得吃？有的乡下人一辈子没吃过苹果，甚至没看过苹果。

二婶就是没吃过、看过苹果的乡下女人。二婶年轻时，跟二叔关系不好，两人总是吵嘴打架。打起架来，二婶也不吃亏，像只母老虎，张牙舞爪的，常将二叔撕咬抓挠得满脸斑驳、遍体鳞伤。一次，二叔为一点鸡毛蒜皮事动了干戈，气急败坏地揪住二婶的头发，往土墙上撞。二婶奋起挣扎反抗，一脚踹中二叔的胯间，二叔捂着胯间痛苦呻吟着瘫软下去。二婶险些将二叔踢成废人，二叔就闹着离婚。二婶不怵，奉陪二叔到乡里去扯离婚证。二叔磨磨蹭蹭地来到乡政府门口，突然变了卦："老子不想离了！"二婶讥笑："早料到你就这副德性！"二叔嬉皮笑脸地说："天上下雨地上流，两口子打架不记仇。走，我带你逛县城去，给你买苹果吃！"二婶自然舍不得让二叔买苹果："她第一次看见苹果。哦，苹果真好看，闻起来都是香喷喷的，难怪文人们爱把姑娘的脸比作苹果。"

二婶经常在梦中吃苹果，咀嚼有声、津津有味，醒来枕头上一摊涎水。村里来了一名弹花匠，边弹棉花边与二婶闲唠，不知怎的唠到苹果话题上，弹花匠不无炫耀地说："我们那儿苹果多得像你们这儿的鹅卵石，吃不完卖不完，就喂猪！小孩子玩打仗游戏，就拿苹果当手雷！"二婶嗤笑："吹牛！"弹花匠急红了脸，申辩道："真不吹牛！不信，你跟我去瞧瞧！"二婶神魂颠倒，鬼使神差地跟着弹花匠跑了。不过，临上火车时，二婶又反悔了：咱可不能为了苹果，坏了名声！

二婶家住上了北京知青娃。知青娃听说很多山窝里的老人一辈子没吃过、看过苹果，就在回城探亲时带回村一旅行包的苹果，一户人家发一只苹果。那天，村里像过大年般喜庆热闹。有些人家舍不得吃，把苹果当供品供着，天天咽着涎水看着闻着，只到苹果出现烂斑才切成几小片分给每人尝尝。二叔家的那只苹果一不小心滚落在地，被邻家一条黑狗叼去，瞬间狼吞虎咽下去。二叔跑到邻家告黑狗的状，邻家的那只苹果已吃，没法赔了，只好把吃剩下的苹果核给二叔的孩子解解馋。二婶看着孩子把苹果核嚼碎咽下的馋相，默默落了泪。

　　二婶的孩子长大后参了军，驻扎在一个盛产苹果的地方。曾贪婪地嚼过苹果核的孩子写信回家说："这里的苹果多得像咱们家乡的鹅卵石，吃不完卖不完就喂猪！小孩子玩打仗游戏，就拿苹果当手雷！"二婶纳闷：这孩子咋说话忒像弹花匠？

　　三年后，二婶的孩子复员，带回来一旅行包的苹果，还有一旅行包的苹果种核，一旅行包种植苹果的书籍资料。可是二婶已吃不到他带回的苹果了，更吃不到他发誓要种出的苹果了。二婶积劳成疾，瘫痪在床两年多，没让二叔告诉孩子，怕分孩子的心。二婶临咽气时嗫嚅："我想吃……苹果……"等二叔风尘仆仆地去县城买回苹果时，二婶已撒手西去。下葬时，二叔让二婶一手攥着一只大苹果……

　　二婶的孩子很争气，将二婶坟墓周围的一片荒坡承包下来，开辟成苹果园。五年后，他的苹果园丰收了，全村人都吃到了他送的苹果，都拜他为师学种苹果。后来，村里的苹果也比鹅卵石多了，也吃不完卖不完喂猪了，小孩子玩打仗游戏也拿苹果当手雷了。二婶的孩子每天在二婶的坟头上供一只苹果，他始终相信母亲能吃到他种的苹果……

叶大春　著

叶大春文集

❷

WUHAN UNIVERSITY PRESS

武汉大学出版社

《芳草文库》序

刘醒龙

武汉有一批年纪不算太老，但肯定不再年轻的作家，既往作品每出无不风行江汉，后来平淡了些。二〇一五年年初，恰逢一场小聚，其间有老朋友提议给这些在文学创作上颇有成就的作家出版文集，且当场做出关键决策。老朋友提及的作家也是我的朋友，他们的处境很有代表性。

世事流逝到今天，说一点不残酷是不真实的，说太残酷似乎也不科学。值此宁翔雁前羞跟牛后世风，普天之下莫不借口追求日新月异，其实是乡下俗语说的，人人都想一锄头挖出一口井。宁肯臭名远播，哪管丑态百出。忘却不该忘却的，强化不该强化的，是世情中一大不敬。这几年为一位已故作家出版文集，好不容易才成，一来二往之间，见识了足够多的现世生态。似这等才华出众的作家，若非上苍失察，弃之英年，敢不是当今文坛大旗一帜？同理，那些在喧嚣背后悄然尘封的作品，谁能说不是日后人有所诵的典范？天地同根，不是没有高下之分，而是天有天的高度，地有地的厚重。

常住武汉三镇之人，最能体会大江东去、流水落花深意。也是体恤的缘故，又于旷野之间留下高山流水千古知音，以为勉励，兼作念想。朋友提议，饱含诗情，深藏灵性。没有太多商量，三言两语之间，就达成共识，以《芳草》杂志名义，逐年排选，将这批作家的代表性作品编成文集出版。只是由于执业所限，本套书只能以《芳草文库》相称，名头虽小，相信分量不轻。

哲学教会人们认知正确与错误，自然科学是要让人懂得成功与失败。然而，短短人生，包罗万象，其善其美，何止兴衰胜败！文学的存世与流传，其意义正是超然前二者，不以成败对错为目的，也不以卑微尊贵定价值。人非草木，却如同草木，这是文学理由之一，生命不能永恒，却绝对永恒，这是文学理由之二。文学根本理由是，协助芸芸众生在庞杂得无可把握的宇宙间，在神与鬼、灵与欲、虚与实等一切冲突与对立之间，寻找适合每一个体的美妙平衡。

二〇一五年十月十五日

叶大春文集②

短篇小说卷

目　录

三 瘾 录

烟 瘾

邓灿，我的邻居，某报记者，五十来岁的鳏夫。他身体佝偻，且骨瘦如柴，脸色蜡黄，无血色。他无其他嗜好，就是烟瘾大。要是全市举行吸烟比赛的话，他稳夺魁首。他爱人活着时曾嗔怪他这个大烟鬼"烟瘾三千尺"，可与李白笔下的庐山瀑布相匹。

他写稿时抽烟最凶，一只特制的黄杨木大烟斗塞上三支烟才抽得过瘾。口里不时发出咝咝声，仿佛在品尝人间的甘露琼浆。没有烟，他一个字也写不出来。好像灵感不在脑中，而在烟斗里。

我常上他的卧室去坐坐。他的卧室是书和烟的世界，桌上、床头、地板上堆满书，也搁满空烟盒、散烟和整包烟，空气里弥漫着浓烈的尼古丁味儿。每次，我坐不到半小时就得告退，否则准会昏厥窒息。

我不止一次地规劝、警告他："老邓，您戒烟吧，至少节制点，抽得太凶会得癌的！"

他苦笑着，照旧吞云吐雾，而且不止一次地嘲笑我："你真的不抽烟吗？唉，枉为一个男子汉！"

一次，我又劝他戒烟。他沉思片刻，低沉地说："你劝不行，其他人劝都无济于事，只有一个人行……"

"谁?"我想搬来一个得力的劝诫者。

"我的妻子……"他凝视着墙上妻子的遗像，声音有点颤抖，握着烟斗的手也在微颤。

"她劝过您戒烟吗?"

"岂止劝过，甚至闹到要离婚的地步……"

在我的请求下，老邓回忆起那段抽烟史。

"我妻子也是报社记者,美丽聪慧,文笔和她的姿态、风度一样潇洒,追求她的小伙子很多,她却偏偏挑中了我。婚礼上,同事们逼她交代为啥单单爱上我,她坦率地答:'因为他不抽烟!'大伙哄堂大笑,认为太荒唐。她却认真地解释:'笑啥?这是真的!'许多小伙子听了这番话,后悔得不行。其实,她哪里知道,我在大学里也是烟鬼,参加工作后,只因乡下母亲长期生病,我得每月往家寄钱,才不得不戒烟的。

"新婚之夜,我把这前科向妻子坦白了。她温柔地说:'我早就知道了。你何止戒了烟,还戒了荤、糖、茶,连早点、夜宵也戒掉了,你呀你,看把身子戒垮了咋办?从今以后,除烟以外,我宣布一切破戒。'她真是一个好妻子、好儿媳啊!自己节衣缩食,为我增加营养,调养身子,还默默地和我担负起赡养母亲的重担。她常克扣下自己的伙食费、零用钱,悄悄寄给我的母亲。一次,我出差给她买回一件连衣裙,她挺高兴,去参加舞会时,女同事们也夸裙子漂亮、合身。可过不了多久,她把裙子卖了,给婆婆买了一支人参寄去,借口说那裙子太艳丽、时髦,怕人说闲话……

"我母亲病故后,我们的经济状况渐渐好起来。我旧瘾复发,开始抽起烟来。先是躲着抽,后来被妻子发觉了,索性公开抽。妻子有洁癖,闻到烟味就恶心。为这事,我们发生了龃龉。一次,她唠叨不休,我火了:'嚼啥舌头?烦死人!不就花那几个钱吗?何必那么吝啬、刻薄!'她愣住了,眼里闪着泪花,半晌才说:'你以为我是心疼钱吗?跟你这号人没法过了!'我们分居了半年,还是我戒烟求和,以失败告终。她狡黠地说:'哼,我知道你要服输,要是爱情打败不了你的烟瘾,那才叫烟鬼咧!'

"'反右'运动那年,我因写了几篇反映故乡人民缺吃少穿的严酷现实的内参消息,被划为'极右'分子,遭送到江北农场劳改。我万分苦恼,精神抑郁,只得借烟消愁解闷,一支接一支地抽,让尼古丁麻醉脑神经。没钱买烟,将丝瓜叶、黄豆叶卷成喇叭烟过瘾。

"那天,妻子来探望我。我故意抽给她看,狠下心说:'我变成这种鬼样子,又不值得你爱了,咱们从此分手吧!'妻子默默无话,慢慢从提包中取出一件东西:那是一条工农兵牌香烟!我贪婪地一把抓过烟,极迅速地拆封,点燃一把烟同时抽着,那馋相一定非常丢人。妻子背转身嘤嘤而泣。

"从此,妻子每月按时送烟来。难友们都羡慕、嫉妒我有这么一位好妻子。说实在话,那几年,如果没有妻子送来的烟,我不在苦闷中死去,也会在忧愁中发疯的。

"那是一个暴风骤雨的夏日,是妻子送烟的日子。她没来。中午,有人来说,河边有一辆汽车被大水冲翻了，一名搭便车的女人淹死了，真惨呀，河面上漂着一层烟卷……我一听，心一阵痉挛，发疯地往出事地点跑去。果然是她！她已被打捞上来，静静地躺在河滩上，手里还紧攥着一支黄杨木大烟斗，那是她托人特制的……"

他哽住了喉咙，眼中溢出浑浊的老泪。

我受到感染，眼角有些潮湿，说："老邓，这么说您更应该戒烟，自责心也应战胜烟瘾的诱惑呀！"

老邓深沉地说："也许你说得对，可我戒不了。我常想：抽吧，也许她还会从冥间走来管管我。这办法还真灵，她时常驾着烟雾飘来，有时是唠叨、规劝，有时是送烟、点火。我一摸到这烟斗，眼前就浮现出她的身影。我怕戒了烟，这种幻觉会永远消失……"

老邓不吭声了，出神地凝望着袅袅的烟雾。我也不知不觉地欣赏起烟雾来。这烟雾像仙女的霓裳，似蓬莱的紫霭，美丽极了。

那晚，我在老邓的卧室里第一次坐了很久很久。我惊奇地发现，他拥有的空间中，弥漫着的不仅仅是尼古丁的味儿，还有浓郁的其他什么味儿……

酒　瘾

杜宝，酒旗巷的大活宝，有名的"酒麻木"。他的最高纪录是十八岁那年创下的。他从外边捡回一只瘟鸭，烹鸭独饮，灌了二斤半老白干，死沉沉地躺了五天。人们都以为他醒不过来了，街坊邻居凑份儿，"乒乒乓乓"地赶做棺材，谁知，他被吵醒了，摇晃着手呻吟起来，喃喃着醉呓什么。有人凑近一听，大惊失色："天啊，他还要酒喝，莫非中酒毒了！"

老杜醉酒，大多是在自酌独饮之时，且忧伤愁苦之际。他年轻时创最高纪录的那次，表面上是捡到了便宜瘟鸭险些丢了一条命，其实是老杜第一次失恋。茶叶巷的那位卖大碗茶的秋妞，跟他偷偷相好了几年，后来被她那嫌贫爱富的妈逼着嫁了老商人。他第二次失恋时，也是大醉一场。他花五百元彩礼钱娶回的新娘，半个月就跑了。人家说，这种女人是被"放鹰的"召回去了。但怪得很，他家里值钱的家什、细软一件没丢，几件新衣叠得好好地放在枕头下，晚饭也做好了温在锅里，还替他烫着一壶酒咧！这次对他打击太大了，他断了婚念，更迷黄汤，整日醉醉醺醺、浑浑噩噩。每当人们劝他戒酒时，他都淡然一笑："人生一世，难得一醉哇！"这与"难得糊涂"如出一辙的话，成了他生活的座右铭。

有一年，老杜得了胃溃疡，住院半月，医生警告：严禁沾酒。他如当囚徒，
憋瘦了不少，偷喝了护士室里的一大瓶酒精。医生愤愤然地说："你到底要酒还
是要命呀？"他嬉皮笑脸地答："叫我怎么说呢？我都想要，要酒是为了度命，要
命是为了喝酒。"他就是这么一位死不悔改的"高阳酒徒"。

一日，我见他醉卧巷尾，一条野狗在舔他嘴上的呕吐秽物，他摇晃着手醉
呓："伙计们，莫开玩笑！"我悲哀地望着他蜷缩着的肮脏的身子，仿佛看见了混
沌、悲惨的人生。我断定，老杜会在酒上丧命的。

谁知，老杜后来竟当上了酒店掌柜。他在知天命之年，辞职办了一个酒店，
名曰"酒旗风"。如久病成医一样，老杜久喝成厨，掌勺手艺不赖，又舍得花工
下料，买卖公平，不赚黑心钱。尤其是他酒量过人，常有酒徒慕名而来，寻他较
量，他乐于奉陪，并敢夸海口，若客人赢了，他分文不收。这诱惑力相当大，招
来酒徒盈门，生意兴隆。他的钱包赚鼓了，存折上的钱上了六位数。好媒者纷纷
上门说媒劝婚，催他快娶老板娘。他总是睁着朦胧的醉眼，笑眯眯地谢绝："酒
就是我的老伴呗！"

忽一日，老杜早早闭店，独饮起来，唏嘘不已，深夜酩酊大醉，号啕大哭，
痛骂昔日情人秋妞。原来，秋妞托人说媒，愿把她的独生女儿翠莲许配与他。翠
莲已有对象，是送奶工天宝，说什么也不愿意。秋妞却以死相挟，哭哭啼啼地开
导女儿："找个有钱的老夫有什么不好？过日子实惠、顺心。妈当初嫁个老头，
还不是寻死觅活地不愿意，后来才尝到甜头……"老杜凄惨地哭诉："我苦苦地
想了她这么多年，想不到她也变心了。还是酒好哇，它是最忠实的朋友，永远不
会变心……"

老杜酒醉后，送给天宝一大笔钱，让他娶了翠莲。从此，老杜无心经营酒
店，生意逐渐冷淡，最后索性关了店门。他又整天捏扁酒壶，迷迷糊糊，混混
沌沌。

不久，老杜收到一个陌生女人的来信。老杜拿着信寻到乡下，带回一位中年
女人。老杜大摆酒宴，宴请街坊邻居，算是宣告结婚。人们一看惊呆了："哟，
这不就是老杜的前妻吗？"原来，当年这女人的前夫病重住院，急需五百元钱。她
急得走投无路，就昧着良心干了这桩龌龊事。丈夫前几年病逝，她勤扒苦做，连
本带利把钱攒齐了，寄给了老杜，还有那封忏悔信……老杜麻木的心撼动了，他
原谅了她，也敬佩她。

后来，奇迹发生了：老杜戒酒了！那戒酒过程据说很痛苦，但老杜终于熬过
来了，世上无难事，只怕有心人呗！人们都暗暗佩服他妻子的神奇、厉害，夸她
治愈了一个酒鬼，胜造七级浮屠。不过，也有人惋惜："唉，酒旗巷的酒旗倒

啰!"昔日，酒旗巷逢红白喜事，斗起酒狼，常把他请来打擂，他是常胜将军，如今却见酒就躲，滴酒不沾。有人和老杜开玩笑："喂，你怎么这么怕老婆？"老杜诙谐地说："不是我怕老婆，是酒怕我老婆呀！"女人们向老杜妻子讨戒酒秘方，她笑而不答。据老杜透露，她用的是攻心战术，他犯一次戒，她替他自惩一次，用剪刀在自己胳膊上戳个血眼。她替他受罪，他怎忍心贪杯？人们逗趣说："这法子真妙，可以去申请专利权！"老杜深沉地说："也不都灵，看使在谁身上。她前夫就不吃这一招，可怜她扎烂了胳膊，也没戒住他的酒瘾，最终让酒引发了旧病，丢了命，拉下一屁股债，苦了她……人生一世，不是难得一醉，倒是难得一伴哟！"

茶　瘾

秦老头早年曾在鲁迅先生常品茗的广州"陶陶居"茶楼当小跑堂。为此，他颇得意，常在茶客面前炫耀这段经历，仿佛他当的不是小跑堂，而是地下党。当然，他的动机，既无沽名钓誉的奢望，也无加官晋级的野心，纯粹吹牛爽心。可是，鲁迅先生的亡灵还真庇护过他一次。那年，红卫兵"破四旧"、抄家，要砸他的一套心爱的宜兴紫砂茶具。他急中生智，喊道："这是鲁迅先生当年用过的茶具，我一直珍藏着，谁敢砸，谁就是反革命！"红卫兵被他镇住了，诚惶诚恐地放下茶具，退出他的住宅。这茶具不仅成了秦老头的护身符，而且被红卫兵请去当革命教材，巡回展出，直到前些年清退"文革"抄家抢占的文物古董，茶具才回到秦老头手中。

秦老头早年受茶馆之风熏陶，染上茶瘾，与日俱增，老来更浓，他谙熟红茶、绿茶、花茶、乌龙茶等各类饮法，精通品茗养生之道，谈起西湖龙井、黄山毛峰、庐山云雾、祁红、滇红、英红、武夷岩茶、安溪铁观音、茉莉花茶等名茶来如数家珍。他还十分重视饮茶的环境气氛，居室内挂有仿古画两幅：唐伯虎《事茗图》、文徵明《惠山茶会图》，以及李白、杜甫、白居易、苏轼、郑板桥等人的品茗咏茶诗，阳台上种有四季鲜花。每日黄昏，他斜倚藤椅，煮茶品茗，好一幅"落日平台上，春风啜茗时"的清平行乐图。

他不光独享口福，每得名茶，欣喜若狂，必备茶宴邀茶友分享。物以类聚，人以瘾合。他的朋友全是茶瘾大的老哥们：酒旗巷的冯皮匠、谢裁缝，茶叶巷的剃头匠鲁跛子、卖糖葫芦的老孙头、卖大碗茶的杨大爷。大家轮流做东，茶会红火。谁料，斗转星移，冯皮匠、老孙头、杨大爷相继作古，茶会渐衰。秦老头想重振茶道，增补茶友，无奈乏人，宁缺毋滥，听说胭脂街有两位退休干部想入伙，秦老头嗤之以鼻："哼，他们懂得啥茶道？只晓得在办公室、会议室抱着茶杯混日子、打官腔！"

一日，秦老头中暑，倒在巷口，被路过的一瘦一胖两老头搀扶回家，他们给秦老头扇风、掐人中、敷凉毛巾，手忙脚乱地抢救。秦老头醒来，喃喃道："茶……"瘦老头端过紫砂茶壶就要喂他，他却艰难地摇摇手，瘦老头蒙了。胖老头略闻他的茶瘾，很快领会了他的意图："倒在茶杯里喂。"真迂腐，都啥时候了，还穷讲究！两老头相视而笑，秦老头喝下凉茶，真有"不待清风生两腋，清风先向舌端生"之感，顿时脑清身爽，心旷神怡。秦老头正待挣扎起身煮茶谢恩，不料，平地起风波，胖老头绕过去搀扶他时，脚踢上凳子，一个趔趄，"咣当！"紫砂茶壶应声落地碎成八瓣。秦老头心疼得发颤，顿时脸色阴沉，眼神愠怒，终于理智退却，感情失控，不知从哪儿上来一股邪劲，腾地跳起身，怒目圆睁，双拳紧攥，仿佛迎击两名江洋大盗似地，吼道："谁请你们来的？给我滚！"两老头惊呆了，尴尬万分。半晌，胖老头内疚地说："老哥，您别生气了，我一定赔您壶。"秦老头气恼地抢白："赔？说得多轻巧，你赔得了吗？"瘦老头不服气地声援道："别小看人，你开个价，我们赔！"秦老头大概意识到自己太不近情理，缓慢、低沉地道歉："对不起，我不该发火……"他蹲下身，流着泪，双手颤抖着去拾那些紫砂碎片……

秦老头失去爱物，神情沮丧、恍惚，整日茶饭不思，卧床不起，仿佛灵魂就要脱壳而去。

第二天，瘦老头真的上门来赔壶了，秦老头执意不收。瘦老头以为他不识货，炫耀道："这可是清代的曼生壶，值千儿八百哩！"秦老头摇摇头，叹了口气："有些东西是不能标价的！你知道吗？这紫砂茶壶是我老伴年轻时送给我的，五十多年来，它一直陪伴着我。捧起它，我就想起去世的老伴，想起过去的好时光……"秦老头的喉咙哽住了。

瘦老头被感染了，说："老哥，这曼生壶也是我们老厅长的爱物哟！老厅长就是昨天和我一起扶您的那位。说来话长。老厅长当年当八路时，性子躁，脾气凶，曾犯过骂士兵、打俘虏、拼硬仗等纪律，后来给一位将军当警卫排长，那将军是和尚出身，半路还俗行伍，他认为饮茶能清心修行，戒躁制怒，便送给老厅长一把曼生壶。在一次突围中，由于老厅长莽撞行事，过早暴露了目标，致使部队伤亡较大，将军也中弹殒身。老厅长痛心疾首，从此视壶为珍宝。一次在杭州开会，他把壶忘在西子宾馆里，半途又返回去取。老厅长虽舍不得这壶，但他叮嘱过我，一定要让你收下，他相信你会珍惜它，你昨天发的那场脾气就是证明。

他理解你的心情。老哥，你就收下吧!"秦老头激动地说："不，不，我怎能夺人所爱!"瘦老头低沉地说："老哥，你就收下吧! 实话说了吧，老厅长得了癌症，不久……他怕死后，不孝的儿子会把壶卖给外商，就选中了你珍藏……"

后来，老厅长居然逃脱了死神的魔爪，和瘦老头一起加入了秦老头的茶会，煮茶聊天，其乐融融，茶瘾更浓，茶友更笃。

雕 像

　　茄岭乡新乡长马达礼去拜访茄岭中学校长苏儒，他惊奇地发现，阔别十年的苏儒竟变得像个小老头似的。苏儒眼窝深陷，脸颊瘦削，呈蜡黄色，不知是有病还是营养不良的缘故。

　　马达礼当时没认出苏儒来，朝埋头批改作业的苏儒打听："请问苏校长在吗？"苏儒苦笑，说："达礼，难道我真的变得那么厉害吗？"马达礼尴尬地点点头。苏儒幽默地说："这没什么奇怪的，教育穷，尽出瘦子。不像你这肚子，都中部崛起了，尽装的民脂民膏吧？"马达礼擂了他肩头一拳："你这家伙，还这么油腔滑调的，咋当上校长的哟！"苏儒说："冲着老同学的面子，你罢了我的官吧，我冲你磕三个响头咧！"

　　吃中饭时，苏儒不知是开玩笑还是一本正经地说，他这校长是拈阄拈的，谁也不愿当这吃亏的官。他说，拈阄那瞬间，刚巧他尿急，待他从厕所转来，还剩一阄，偏偏写着"当"字，八成是哪位捣了鬼。

　　马达礼问："校长好歹是个官，干嘛都怕当呢？"苏儒叹道："没油水，还担风险，谁愿当？"苏儒细细叙述，他的前任就是当了这倒霉的校长，叫人给砍了三刀，成了终身残疾。为啥？上面拨下来一个民办转正名额，一碗水难端平，没转正的那位女教师回家哭哭啼啼怨校长偏心眼儿，骂男人没本事让校长不放在眼里，男人火冒三丈，灌起闷酒，酒劲邪劲攻心，连夜闯入学校，不问青红皂白，劈头盖脸就给校长动刀子。他的前任的前任也因为当了这晦气的校长，被判刑三年，至今还不让教书，在学校管管图书送送报。为啥？两头牯牛打架，从岭上直撞下来，将教室撞塌了，砸死六个学生，砸伤十多个学生，特大惨案，闹到教育部、国务院都知道，还不判吗？但平心而论，这能全怪校长吗？就为那危房，他往乡里、县里不知跑了多少趟，都踢皮球似地推诿，出了惨案，才拨钱来重修了教室。风风雨雨快十年了，这教室又成了危房咧！有的大梁被虫蛀了，有的墙壁豁开了缝，能塞进拳头。

　　苏儒将了马达礼一军："新官上任三把火，你第一把火得烧给学校吧！要不，出了惨案，我坐牢，你也跑不脱！"马达礼说："不瞒你说，乡里的账簿上只剩下几十元钱了，全拨给学校也买不了几盒粉笔哟！谁不知道那句口号：'再穷不能穷了教育，再苦不能苦了孩子'，可实在拿不出钱来呀！"苏儒沉思片刻，说："我们不指望乡里拨钱，但今日咱俩订个君子协定，我搞来的钱，不准乡里挪用！""放心，乡里要挪用一分钱的教育费，你戳着我的鼻子骂，朝我脸上吐唾沫吧！"马达礼狐疑地问："你能搞到钱吗？该不是吹牛吧？"苏儒诡谲地一笑："火车不是推的，牛皮不是吹的，我琢磨出一个搞钱办法，也算曲线救教育吧……"

苏儒披露道，最近他翻报纸，发现全国各地掀起一股雕像立碑热潮，今日这儿给某位古代名人铸像，明日那儿给某位当代烈士英雄或领导人立碑。他决定也来赶浪潮，找个名人出来，打着铸像立碑的幌子，朝上面要钱，挪用来修学校！没料到文质彬彬、书呆子气浓的苏儒竟想出如此大胆离奇的主意。

苏儒见马达礼瞠目结舌的样子，讥笑道："咋了？害怕当诈骗犯的同谋丢了乌纱帽？别怕！到时候你尽管装糊涂，都往我身上推责任，大不了罢我的官，总比出了惨案判刑强些。"马达礼撇开话柄："你别胡思乱想了，行不通的！不是我泼冷水，茄岭我熟透了，这一方贫土瘠壤，出过什么古今名人？倒是出过不少小有名气的强盗、和尚、叫花子，能向上申报给他们铸像立碑吗？"苏儒嗤笑："咱就不能借个名人，炮制一段他在茄岭的经历吗？历史嘛，是人写的。"马达礼说："天方夜谭！你是想钱走火入魔了！你以为上级都是官僚主义者、不学无术之辈？他们不会不经过专家甄别论证就给你拨钱的。你哄不了人家。"苏儒胸有成竹地说："走着瞧吧！到时你别眼红搞雁过拔毛就行了。"

马达礼离开茄岭中学后，就把苏儒的话忘到后脑勺了。他认为这是酒话，吹牛皮。没料到，三个月后，平地一声春雷响，来了两位大首长。马达礼一看见那轿车，便知来者不凡，再看尊容，都是在本省报纸电视上经常出现的面孔。大首长的秘书指名道姓要找苏儒。马达礼带路前往茄岭中学，半途小心翼翼地低声问那秘书："找苏儒干嘛？"秘书神秘兮兮地说道："待会儿你就知道了……"

苏儒正在严厉训斥一群学生。原来，他们等不及去挤着上那小得可怜、脏得可怕的厕所，就绕到教室背面冲着墙根撒尿。苏儒训斥道："随地大小便，是极不卫生、极不文明的行为嘛！要感到可耻！更为严重的是，那土墙本来就不结实，哪还经得起你们这般冲刷，水滴石穿，何况是尿浇……"苏儒瞥见轿车驶进学校操场，便知有贵客来临，忙刹住话柄，朝这群垂头丧气的学生挥挥手，学生如获大赦般吁了口气一哄而散。

马达礼对两位大首长介绍道："这就是茄岭中学。"两位大首长感慨道："太破了，太落后了，怎么不修修？"马达礼苦着脸说："没钱。"两位大首长问："不是有希望工程专款吗？没找县里地区里去要？"马达礼说："咋没要？僧多粥少，穷学校太多了，上级也顾不过来，只能下毛毛雨，解不了大旱。"两位大首长不吭声了。

这时苏儒疾步奔过来，马达礼介绍道："这就是校长苏儒。"望着这位瘦骨嶙峋的小老头似的校长，两位大首长欲大发感慨，又觉不妥，暗生恻隐之心。两位大首长分别与苏儒握手，感激道："苏儒同志，我俩都是杨剑的老战友，杨剑之死一直是谜，多亏你解开了这个谜啊！"

杨剑！马达礼心里咯噔一跳。杨剑不就是本省赫赫有名的抗日女英雄吗？马达礼读小学时就在书上读过她的传奇故事。她曾参加过抗战演艺宣传队；曾大义灭亲亲手击毙了当伪保长的舅父，缴获其护院队枪支，拉起一支抗日游击队；曾化装成妓女独自混入鬼子炮楼，冷不防夺过机关枪猛烈扫射，掩护游击队轻巧地端掉了炮楼；曾扮成舞女刺杀了绰号"战神"的日军神风师团少将池田；曾率部成功拦截了日军企图密运回国的黄金古董船……杨剑屡立战功，令日寇闻风丧胆，但在抗战后期，杨剑在一次突围中身负重伤，便销声匿迹了，活不见人、死不见尸。关于杨剑的失踪，众说纷纭，或说她身负重伤死于荒谷被野狼吃掉了，或说她不愿当鬼子的俘虏拉响了手榴弹被炸得粉身碎骨，或说她被当地反动民团当作普通伤员活埋了……但都认为杨剑牺牲了无疑。"文革"中，杨剑的失踪又冒出亵渎英灵的说法：杨剑被土匪搭救，秘密关进匪窟，要她当压寨夫人，杨剑不从而自杀；杨剑被日军俘虏，在威胁利诱下变节自首，出卖了不少地下同志，后逃往日本隐匿……这些说法带有浓郁的"怀疑一切"色彩，自然不可相信。"文革"过后，政府又重修了被捣毁的杨剑纪念碑，编撰了杨剑英烈传记，但是杨剑之死仍成为悬案。马达礼蹊跷万分：苏儒啥时开始不吭不哈地研究起杨剑来？他有什么本事解开杨剑之死的谜？

两位大首长询问苏儒是怎样发现杨剑死谜的线索的。苏儒眨巴着小眼，平缓镇静地叙述道，他从小就读过抗日女英雄杨剑的传奇故事，激动不已，当他读到杨剑生死不明时，幼小的心灵便埋下幻想的种子：长大后一定要解开杨剑之谜。师范学院毕业后，他主动要求分到杨剑战斗过的山区工作，一直业余探访当地山民，寻觅英雄的遗踪。一个偶然的机会，他从百岁老人芝麻婆那里获悉，当年她回娘家路过茄岭，在一片灌木丛里解手，发现一具血淋淋的女兵尸体，吓得狂奔乱叫。待到怦怦乱跳的心稍静下来，她就央求老伴去看看那女兵是不是死了。老伴去看了看，说早死了，都有点发臭了。她回到家里几夜都做噩梦，折腾得她受不了了，便怀疑是那女兵作祟。她又央求老伴去茄岭挖了个坑，把那腐烂不堪的女兵尸体掩埋了。真灵！她从此不受噩梦纠缠了。苏儒把杨剑的照片递给芝麻婆看，芝麻婆老眼昏花看不太清楚。苏儒只好把杨剑的脸部特征说给她回忆，圆脸，深眼窝，右颊有颗黑痣……芝麻婆惊呼道："对、对、对！她脸上有颗黑痣，黄豆那么大。"这就足以说明那女兵就是失踪的杨剑。苏儒雇了民工，把芝麻婆抬着去寻当年掩埋女兵的地方，把那片灌木丛掘地三尺，果真挖出尸骨来，经鉴别，是一具女性尸骨。

两位大首长提出要见见这位目击者芝麻婆。苏儒说："很遗憾，芝麻婆在三个多月前去世了。不过我有详细笔录，还有芝麻婆的孙子黑牯在场，他可以做证。"两位大首长不露声色，真的去问黑牯，口径与苏儒叙述的一致。两位大首长去凭吊了那座小坟茔，问苏儒："这儿离当年杨剑所部突围地点相距多远？"苏儒娴熟地答道："四十七公里。"首长质疑道："受了重伤的杨剑能跑这么远的山路吗？何况还有敌人围追堵截。"苏儒沉住气答："杨剑肯定不可能跑这么远的山路，也许是被敌人俘虏后押送进城时，发现她已死，便当作普通战俘扔下了；也许是被战友背到这里，见她已牺牲，暂且掩藏在灌木丛中，后战友惨遭敌人杀害而无人知晓杨剑下落。"首长赞许地颔首。

在黑牯家里吃饭时，苏儒朝两位大首长请示道："杨剑牺牲在茄岭，茄岭有幸埋忠骨。茄岭中学想给杨剑烈士修个纪念碑雕像，对青少年进行革命传统教育，行啵？"首长快人快语地答："咋不行？现在革命传统教育不如原来抓得紧了，唉！青少年谈起歌星球星一溜溜的，谈起英雄烈士三不知，难得有像你对英烈这么有感情的年轻人，修吧，有什么困难尽管说！"苏儒说："首长都看见了，茄岭中学穷，没钱，心有余而力不足……"首长说："要多少钱，造个预算，我们打个招呼，拨来！"苏儒又说："要是能'戴帽'拨到茄岭乡就好了，要不，地区和县里雁过拔毛，到茄岭就所剩无几了。"首长趁酒劲吼道："专款专用，看哪个龟孙子敢挪用！"苏儒说："这年头，只要不往自己荷包里塞，哪有不敢的事？挪用教育经费去盖宾馆，拉扯救灾款去买轿车，摊派农民五花八门的费用去花天酒地，太多了！"首长嘟哝道："这年头是有点邪门，各自为政，不守规矩，不听招呼，哪像当年指向哪儿就冲向哪儿，不听指挥老子崩了他！唉，现在势利眼的人多，你在位时他围着你团团转，你一退位他不理你的茬了……"马达礼从首长的牢骚中悟出：原来两位大首长已离休，难怪县里没派人陪同，也没给乡里提前打招呼。首长大概意识到什么，忙说："放心，咱们还有余热，能搞到这笔专款，就直接拨到茄岭乡。"

两位大首长走后，马达礼拽住微醉的苏儒焦灼地追问："苏儒，你到底卖的什么狗皮膏药？从来没听说你研究杨剑呀！你说的芝麻婆的故事也悬得很，是不是你胡编的？"苏儒狡黠地一笑，醉眼蒙眬地说："我说过，历史嘛，是人写的。"马达礼急了，抬高嗓音："苏儒，你别胡闹，这样要犯大错误的，咱们不能愚弄历史和英烈，欺骗后人！"苏儒坦言："不错，这故事是蒙大首长的。其实，芝麻婆十年前就中风了，神志不清说不了话。黑犊是我串通好的，答应事成后请他到学校做小工。那具女尸骨是黑犊从荒坟堆里挖出来的，谁也不会那么认真地去检验甄别的。"马达礼惊愕地望着苏儒："你不能采取这种欺骗手段搞钱，赶快向大首长们赔礼认错，还来得及！"苏儒说："其实你不了解大首长们的心理，我算揣摸透了，他们不一定真相信，或要认真求证真假也不算难事。他们宁愿信这故事，信这尸骨，因为他们作为杨剑的老战友，实在不忍心杨剑的历史留下一段不清不白、扑朔迷离的空白，让后人去瞎猜疑，他们得在有生之年给她的历史来个盖棺定论，了却一桩悬在心头的夙愿，寄托自己的思念，我正好投合了他们的心理。他们有冠冕堂皇的理由，有还能炙手的余热，能搞到钱为心爱的老战友树碑立像，何乐而不为呢？"马达礼问："可他们不知道你会挪用这款来盖学校呀！要是知道个中有诈，他们会找你算账的！你考虑过这严重后果吗？"苏儒淡然一笑："没什么严重后果，你放心！到了生米煮成熟饭时，我去向他们负荆请罪。我相信他们会理解我的良苦用心，会掂量一座雕像与一座学校哪个更重要些、更有意义些。"马达礼喟然长叹："苏儒呀苏儒，我真不明白，你为什么要冒这么大的风险？说不定要坐牢咧！"苏儒苦笑："真要坐牢，也比校舍倒塌压死学生坐牢心安理得点！达礼，你去看看山中那六座学生坟茔吧，去看看那些砸断胳膊腿脚脊梁的残疾孩子吧，你就明白我为什么要铤而走险……"马达礼眼角潮湿了，抓住自己的头发为难地说："苏儒，我理解你的动机，但……就不能想想别的办法，难道除此一计便山穷水尽了？"苏儒喃喃道："我脑袋都快想炸了，就差没学武训那样去乞讨了……"马达礼问："苏儒，我该怎么办？"苏儒说："只求你别捅上去，你只管装聋作哑，到学校盖起时，你再往外捅，咱俩演场苦肉计的戏……"马达礼截住他的话柄："那算什么朋友？我做不到……为了孩子们，我也来当合谋者！"胖乎乎的马达礼与瘦不拉叽的苏儒深情地拥抱了一下……

转眼到了第二年春天，马达礼去茄岭中学告别。马达礼被调往一个比茄岭乡更穷困更偏僻的乡去当乡长，不能不说这与"杨剑雕像事件"有关。马达礼在全县干部会上作了检讨，还受了党内记过处分，值得欣慰的是，茄岭中学里矗立起一座漂亮结实的教学楼，这是他与苏儒合谋的结晶。他在茄岭干了一年，简直没什么值得挂齿的政绩，唯有这座教学楼，令他无愧于茄岭。马达礼悲伤的是，苏儒永远地去了。他还没熬到教学楼竣工剪彩的那一天就死了，患的肝癌，在"杨剑雕像事件"酝酿时，苏儒就知道诊断结果，只是瞒着马达礼。他留下的遗书，竟是一纸大包大揽整个事件错误的检讨交代书。

苏儒被埋在那片灌木丛中，就是他杜撰的杨剑牺牲的地方。那里地势很低，但坟茔堆得很高，已蹿出好多野草无名花，周围插着许多用树枝山花扎成的花圈，残存着鞭屑香灰和鱼刺鸡骨，看来祭奠他的人蛮多。没有墓碑，上级派来的调查组交代过，苏儒属于有争议的人物，暂时不立墓碑。马达礼想起苏儒的那句话："一座学校远远比一座雕像更重要些、更有意义些。"现在学校矗立在茄岭上，苏儒，包括那个杨剑都该含笑九泉了。

胭脂河三章

野　妹

　　幕阜山脉西走向有座野牛岭。从遥远年代起，野牛岭就开始采矿炼铁，赭色矿渣冲刷进小溪河，把一条清亮的河染成胭脂色，故称胭脂河。但是，野牛岭一带流传着另外一种说法：那是风流野妹临死撒胭脂许愿变红的。

　　这传说已无从考据。不过，据摆渡的桩子老爹讲，胭脂河是否因风流野妹撒胭脂许愿而变红，这不可妄言，但风流野妹确有其人，她的尸体还是桩子老爹的爷爷打捞起来埋的咧。桩子老爹年过八十，是村里年岁最老、辈分最高的长者，他的话应该有权威性。每当提起野妹，他都捋胡长吁短叹，挤出几滴浑浊的老泪，使得听者心灵为之一颤，容不得半点质疑与丝毫邪念。

　　下面就是桩子老爹讲的故事。

　　野牛岭一带匠人多，铁匠、木匠、篾匠、皮匠、缝纫匠、泥瓦匠、弹花匠、锔碗补锅的、劁猪骟牛的、打井烧窑的，形形色色，三教九流。这些匠人长年累月在外奔波讨生，撂下婆娘守空房。婆娘们熬不住寂寞清苦，胆小的拉相好睡几宿解解馋，胆大的席卷家私跟野汉子私奔。这种风流勾当若被逮住，轻则鞭笞吊打，裸身游村，逐回娘家；重则乱石砸死，沉水喂鳖，做风流鬼。那些匠人在外熬不住寂寞孤单，却可以胡来，吃喝嫖赌，挥霍尽血汗钱，连几尺棉布、一方花巾也不给婆娘带。有的带回梅毒淋病害婆娘，有的抱着婆娘念婊子，还有的带着风流娘们回家，把个眼巴巴痴等的结发婆娘一脚蹬了。

　　野妹爹就是这种浪荡鬼。他在通城给一家富户打井时，与富户的幺女勾搭成奸，工钱没顾上要，就双双私奔回到家来，气得八旬老母上了吊，结发婆娘跳了河。穷人家是生不得情种的。幺女生来好吃懒做，爱俏喜娇，整天三件事：梳妆、吃喝、抱男人睡觉。眼看坐吃山空，野妹爹想出外打井捞钱。她威胁道："好哇！你前脚走，我后脚跑。"幺女生下野妹后，野妹爹满以为亲骨肉能拴住幺女的心，放心地出了门。幺女说到做到，很快与野汉子厮混上了。野妹嗷嗷待哺，她也不理睬，光顾调笑寻欢。一次，野妹发高烧抽筋，幺女还缠着野汉子作乐。野汉子看不过眼了，说："这妞恐怕不行了，快找个大夫看看吧!"幺女铁石心肠，冷笑着说："死了好，免得绊手绊脚。"终于幺女扔下绊手绊脚的野妹，跟野汉子跑了。还算野汉子有点良心，在野妹的摇篮里悄悄放了十块大洋。

一棵草有一滴露水，野妹竟神奇地活下来了，在无父教母爱的家庭环境中摔打大。她性格爽朗，泼辣能干，整天嘻嘻哈哈，疯疯癫癫，没有女孩的规矩样子。村子里少不了有人戳她的脊梁骨，说三道四。那些年长女人常拿她作反面典型训斥女儿或孙女："莫学野妹呀，没有教养，丢人现眼的，一辈子找不到婆家!"但女孩们还是偷偷找野妹玩，喜欢她，佩服她。野妹敢像男孩一样爬树掏鸟窝，光着屁股在河里玩水，敢与男孩骂架摔跤。村里的二憨和小癞子是一对调皮鬼，常使坏欺负女孩，冲着女孩撒尿亮屁股。怕羞的女孩掩面就跑，野妹不怕羞不信邪，冲上去吐唾沫、扔泥巴或踹上几脚。二憨和小癞子算服她了，喊她"小姑奶奶"。村里女人生崽，不让孩子看的，野妹偷偷溜进去看，出来还跟女孩们比比画画地嘀咕："啊，吓死人了!那么大的崽原来是从那么小的窟窿里拽出来的，啧啧!血咕咚咕咚地直冒沫，像一眼泉……"女孩们瞠目结舌，毛骨悚然。

野牛岭十天半月来一趟货郎。货郎是个小白脸，斯斯文文，说话姨娘腔，走路腰直扭，还爱哼几句下流的野调。山里伢见了货郎担，稀奇得不行，围着他叽叽喳喳，热闹非凡。货郎带着万花筒，那时可算新鲜玩意儿，五个铜钱或一个鸡蛋过一次瘾。伢们心痒痒的，朝大人讨钱或偷鸡蛋来看。野妹讨不到钱，也偷不到鸡蛋，痴痴地跟着货郎担转。货郎趁无人之时，撩她："野妹，让我亲一下，我给你万花筒看!"野妹爽快地答应："行!"货郎使劲搂住野妹亲她的脸蛋，又伸手去摸她的胸脯。野妹狠命抓了他几下，挣脱身子跑出老远，站住骂他："你的嘴真臭!你坏!说话不算数，想占我便宜!"货郎红着脸喊："野妹别跑!你还没看万花筒咧!""我不看了!""不看就亏了!"货郎把万花筒放在草地上，走出几十步远，野妹才放心地走近去看万花筒，撒野地笑。

后来，货郎来勤了，时常送给野妹红头绳、假戒指、铜顶针、老虎画片等东西，讲山外新鲜事，也讲男女事，野妹听了咯咯笑，骂货郎不正经。

"你不信，跟我进城看看去!"

野妹动心了："远吗?"

货郎诳她："不远，来回顶多两天。"

野妹没出过远门，有点胆怯："我得跟爹打声招呼，要不，他会打断我的腿!"

"嘻！你爹知道了能让你去吗？你先去，回来随便扯个什么谎不就行了。"

野妹思忖：爹时常出外打井，在家也整天喝酒，醉醺醺的，很少管她的闲事，她多次在外借宿过夜，爹也不过问，这次兴许也能遮掩过去。野妹爽快地跟着货郎上了路。那年她才十三岁。

从上午走到日头偏西，也没见到城市。野妹累瘫了，喘着粗气问："还要走多远呀？"货郎狞笑着朝她扑来："嘻嘻！还没走到一小半哩！今晚就在这儿陪我睡觉吧！"野妹瞪大眼睛："你骗我？你真坏！我不去了，我要回去！"货郎威胁她："回去？你就不怕半路被狼叼走？再说，回去落个坏名声，不被沉水也得打个半死！"

密林里，野妹与货郎展开了一场恶斗，野妹撒起野来劲蛮手恶，抓得货郎满脸血痕，拢不了身。货郎恼羞成怒，抢起扁担把野妹打趴在地。货郎淫荡地扑上去欲强暴野妹，野妹急中生智，一把抓住货郎的骚东西。"哎哟！"货郎惨叫一声，蜷缩一团，呻吟不止。野妹趁机逃脱，在深山密林里跌跌撞撞地闯荡了几天，才回到野牛岭。她蓬头垢面，衣衫褴褛，浑身伤痕，半人半鬼的。果然，村里已沸沸扬扬地传开了她跟货郎私奔的丑闻。她爹见她踉踉跄跄地回来，不问青红皂白，劈头就是一粪叉。野妹的额头豁开一道长血口子，用了许多苦艾叶、香炉灰才止住血。野妹奄奄一息，躺了五天，刚能下床，就被抬到大憨家拜了天地。野牛岭的失身女人不被沉水砸死就算万幸，一般都是随便找个男人速嫁遮丑。

大憨三十多岁，一憨二穷三丑，娶不上婆娘，这次捡了大便宜。但大憨听老母唆使，经常折磨野妹。老母说："女人不打不贤。趁野妹年龄小，打掉她身上的野气！"大憨遵命，用细麻绳吊她，用锥子扎她，用竹鞭抽她，用烟头烫她，用凉水泼她，用牙齿咬她，用拳头捺她……只要野妹敢犟一句嘴，敢与外人搭一声腔，敢往院外迈一步，都要受到惩罚。野妹熬了五年，十八岁了，性格果然变了，整天沉默寡言，呆滞迟钝，骨瘦如柴的身子仿佛没有一点青春活力。大憨担心她得傻病，这才不囚禁她，让她在村内走动走动。野妹一旦接触外界，野性又复苏了。

那天，销声匿迹五年的货郎小白脸又进野牛岭了。这次，他又带来了新玩意儿——玩具望远镜，还是五个铜钱或一个鸡蛋过一次瘾。山里伢们雀跃欢腾，争抢望远镜去望远山近水，望自家的门楼窗户、烟囱草堆、猪圈牛棚……待到山里伢们尽兴散去，货郎收拾担子要走时，野妹突然跳出树丛，堵住了货郎的去路。

货郎愣了半天，结结巴巴地问："你……你是野妹？"

野妹怨恨地瞪了他一眼："你真坏！害得我好苦哇！"

"我又没破你的身……"

"呸！再说这混账话，我撕碎了你的嘴！"

"野妹，饶了我吧，我给望远镜你看！"

"我不看这破玩意儿，我要去看城！"

"你还记得？"

"没忘，你带我跑吧！"

"我……我不敢……"

"我给你胆，我情愿的！"

"我怕，我过去造过孽……"

"你要想赎罪，就带我走！"

这次，野妹真的私奔了。一路上，天当帐地当床，她与货郎野合。在远离野牛岭上百里的县城里，野妹吃上了芙蓉蒸糕、虾仁馄饨，看到了木偶皮影戏、杂耍猴把戏和连轴大戏，还看到县官出巡、刑场斩首、妓院拉客、城隍庙集会、男女吊膀走路、女人描眉抹唇穿旗袍打洋伞、男人穿长袍马褂戴瓜皮帽架金丝眼镜拄文明棍等稀奇事。野妹想到自己十八年来的生活，顿顿吃的稀粥加红薯，遇上灾荒还得啃树皮草根、吃野草观音土。她从小睡的是土砖垒的铺，嫁到大憨家睡的是破竹床，翻个身吱呀作响。山里人用不起帐子，都是烧苦艾烟熏蚊。山里人穷，一辈子只在结婚时置床新棉被。而野妹出嫁后盖的却是大憨娘陪嫁的合欢被，又破又窄，常常被大憨占去大半，野妹只能盖个被角，一夜睡不暖。野妹更没看过戏，只看过罗汉下马巫婆跳神，只看过男人打婆娘，婆娘生崽，还看过元宵节耍狮子，端午节赛龙舟。除此之外，野妹没见过热闹场面，什么都感到稀奇新鲜。野妹忘了自己是冒险私奔的，仿佛是到阔亲戚家来串门。货郎给她做了一套新衣，买了一面圆镜、一把牛角梳、一盒胭脂，总计不过两块大洋，只抵货郎过去逛一次窑子。但野妹挺满足，私奔一场值得。野牛岭的女人一辈子在地头、灶头、床头打转，何曾见过大世面？比起她们，野妹知足了，陶醉了。野妹飘飘然，盘算着回去怎么向姐妹们炫耀炫耀自己的福分，吹吹城里的稀奇新鲜事，把镜子、梳子、胭脂拿给大家过过瘾。嘿，别人不馋才怪！

可惜，好景不长。不过五天，大憨带着本家兄弟追到县城。货郎见势不妙，跳窗逃跑。他们把野妹死猪般捆紧，扔到牛背上驮回。家族审判合议，野妹重犯风流事，实属野性难改，只有沉水，方能儆百。

那是一个风雨凄凄的下午，野牛岭仿佛过节一般热闹沸腾起来。人们纷纷放下活计，呼亲唤友，扶老携幼，赶到胭脂河边观看野妹沉水的实况。胭脂河边筑着一高台，不知是从哪个朝代起专门用来行私刑的，名曰镇邪台。镇邪台冷落了好多年，如今又要上演好戏了，人们心里有一股幸灾乐祸的激动。大憨娘蹀躞着满村吆喝："看呀！都快去看呀！"她的小脚一颠一颠，屁股一扭一扭，很有些滑稽古怪。那得意的神态，好像是她儿子娶亲请来了大戏班，在河边搭台唱戏请大家赏脸去捧场。

镇邪台上临时栽了一根大站桩，野妹裸着上身被绑在站桩上。她被毒打得遍体鳞伤，风雨吹打乱她的头发。她神情自若地站着，像座玉雕。镇邪仪式开始了。首先由道士念经，巫婆跳神，让野妹超度升天，风流鬼不再缠身，来生变个正经女人。道士怪声怪气地念，巫婆怪模怪样地扭，野妹忍俊不禁"噗哧"笑出声来。人们也被逗乐了，哄堂大笑。道士、巫婆气歪了脸，吼道："快泼血污！"两壮汉忙将备好的两桶狗血人粪朝野妹泼去。野妹正笑着，血污呛一嘴，猛烈咳嗽呕吐起来。仪式进行第二项：话别。野妹爹无颜前来，躲在家里喝闷酒，托人给野妹捎来一句告别话："二十年后投胎做男人吧。"大憨娘亲自打水给野妹洗身子，噙泪说："娘也舍不得你走，只是你被风流鬼缠住，罪孽深，命难熬，撒手让你去奔来生吧！莫怪我家狠心，在那边多多保佑我们，拜托了！来生有缘，咱们再做婆媳……"大憨闷声闷气呆立一旁，那两百斤重的石磨是他一口气抱来的，用来拴野妹沉水。族长问："大憨，你与她好歹夫妻一场，说几句告别话吧！"大憨瓮声瓮气地嘟哝道："谁与她夫妻一场？我没沾过她！"大家轰地笑炸了。大憨傻里傻气地瞪眼说："笑啥？不信，问她！"野妹再风流，也不好当众启齿，说大憨有那种病，下身使不上劲，就拧她的脸蛋，掐她的大腿，啃她的乳房，抠她的下身……那种日子过得简直不如畜生，早死早解脱。再说，野妹好歹逛了一趟县城，尝到了一点人生乐趣，就是死也无憾。野妹望见桩子奶奶在台下抹泪，反倒怜悯起桩子奶奶来："你勤扒苦做活了八十，儿孙都大了，可曾享过一天福，逛过一次县城？"野妹有这根精神支柱，才视死如归。当族长问她有无遗言时，野妹提出要梳妆，搽脸抹唇。那副神态，好像她不是即将赴死，而是要做待嫁新娘。

野妹梳妆完，将圆镜送给大憨的妹妹："憨妹，你快出嫁了，我没东西送给你，这圆镜你留着用吧。"姑嫂从小感情就好，憨妹啜泣着接过圆镜。大憨娘大喊："她的镜子是邪物，不能要！"大憨娘飞步窜上来，抓过圆镜往地上一摔，又用脚一踩，圆镜碎成无数片。

野妹将梳子递给一个小男孩："桩子，这梳子你留着，以后讨新媳妇留给她用。"桩子接过梳子。桩子刚生下来时就和野妹换帖定过亲，野妹"私奔"才退的红帖。桩子奶奶磨蹭着挤到桩子面前，低声唬他："这梳子不吉利，梳头长癞痢，快扔了！"桩子舍不得扔，桩子奶奶急忙夺过梳子扔进河里。

野妹见此情景，哈哈大笑："你们都怕沾邪气吗？好吧，我把这盒胭脂扔进河里让它变红，让你们都沾河水，都变风流!"道士、巫婆忙上前去抢夺胭脂盒，但已经迟了，胭脂盒在空中划了一道长弧，落入河水，泛起一圈红波……

从此，胭脂河变红了。男人沾了红水，血气阳刚，青春旺盛；女人沾了红水，脸色红润，妩媚动人。也许是野妹显了灵，野牛岭一带风流韵事层出不穷，镇邪台几乎年年上演沉水悲剧。多少年来胭脂河两岸的乡亲们一面诋毁咒骂野妹，一面又到野妹的坟前烧香磕头，求子求媳。临走包上一抔土回去虔诚地供着，都说挺灵。于是，方圆百里的乡亲们都慕名来拜坟挖土，野妹的坟年年垒，年年被扒平。

银 杏 儿

桩子媳妇有个极美丽的名字：银杏儿。不过，婆家很少有人知道。早年，年长的喊她"桩子家"，年轻的喊她"桩子嫂"。

银杏儿十八岁嫁到野牛岭，上轿哭，出门哭，离开娘家枣溪村哭，到了桩子家门前哭，拜天地哭，入洞房还是哭。十岁的桩子不懂事地问："姐姐，你哭什么呀? 谁欺负你了? 告诉我去替你报仇!"桩子攥紧小拳头，瞪眼鼓腮，颇有男子汉气概。可银杏儿说不出口，说了他也不懂。银杏儿自认命苦，哭得更伤心。

桩子赶紧从壁缝里掏出一把牛角梳，就是野妹送给他而被奶奶扔进河里的那把梳子，桩子从河里摸起来偷偷藏着的。他把牛角梳递给银杏儿哄道："姐姐，你别哭了，我送把梳子给你!"桩子讲了牛角梳的来历。银杏儿在娘家就听说过野妹的风流韵事与悲惨结局，此刻缩着手，不敢接这不祥之物。

银杏儿承认，野妹比她勇敢。野妹尽管是与不值得爱的人私奔，但总算发泄了她的郁愤，报复了现实，抗拒了命运，总算看到了她朝思暮想的城市。而她呢，心里实打实地爱着一个人，他也实打实地爱着她，却不敢私奔。不是不敢私奔，是银杏儿牵挂着病恹恹的娘。娘患肺痨，抓药开销大，爹扯了一屁股债，是桩子爹将打井的积蓄拿出来抵的债。她要私奔了，显得太忘恩负义，不把娘气死才怪。何况，娘的病刚有起色，还得抓紧治，钱呢，还得靠桩子爹接济。爹是笨巴掌，老实坨，只会盘泥巴，抓不来一个铜钱。他家更穷，常揭不开锅，若能拿得出彩礼，也许爹会成全他俩。唉! 人间的事情总令人瞻前顾后，犹豫不决，若都能干脆利落，世界怕也不是现在这个样子了，人生一世怕也就没有那么扯筋绊骨、牵肠挂肚的痛苦辛酸了……那天夜里，他在她家后院栎树林里吹了半夜叶笛，银杏儿扑在备好的包袱上哭了半夜，无声的泪伴随着爹的叹气、娘的咳嗽流

485

到天亮。他们没私奔成，谁也没埋怨谁，只怪命苦缘分浅，终于明白了各自的结局是和这山野中世世代代的男女一样的，容不得选择与抗拒。

银杏儿出嫁那天，他早早上山砍柴了，托人给她一件礼物：枣木疙瘩雕的天狗。银杏儿捧着天狗，哭成泪人。一个月后银杏儿回到娘家，看见他一瘸一拐地走路，这才知道他那天砍柴走了神，从几丈高的悬崖跌落下去，幸亏挂在一棵歪脖子酸枣树上……银杏儿与他抱头痛哭一场，觉得自己害苦了他。

日子像胭脂河水一样缓缓地流，像野牛岭村口的大石碾一样沉重地转。八年过去了，桩子长大了，壮实得真像一根栎木桩子。他跟爹学打井，在家待的日子少，银杏儿在家守空房。银杏儿已经习惯了这种生活，白天在地里毫不吝啬力气，回家忙着煮饭、洗衣、喂猪、喂鸡、推磨、编筐、纺线、做针线活，直至深夜，蒙头睡觉。当然，有时辗转难眠，想她的初恋时光，想她爱着的情哥哥。每年回娘家，他都要在她后院栎树林里吹叶笛，她偷偷赴约，互诉衷肠，抱头痛哭，几次差点干出风流事，都是银杏儿狠心拒绝了他，觉得那样太对不起桩子与桩子一家。说良心话，桩子家对她挺不错，对她娘家接济不少，娘的殡葬费全是桩子爹包揽的，葬礼全按老规矩高规格办的，枣溪一带没哪家出殡有这排场热闹。爹暗示过银杏儿，得憋足劲给桩子家多生几个胖崽，报答人家的大恩大德。

但是，憋足劲能生崽吗？先是桩子少不更事，后是桩子长年累月不在家，也许还有别的什么原因，反正银杏儿没怀上崽。两亲家都在暗暗着急。天有不测风云，人有旦夕祸福，桩子父子在嘉鱼县城打井时塌方出事，桩子爹当场毙命，桩子的命虽没丢，却被打伤了肾，砸跛了左腿。桩子从此改行摆渡养家糊口。

桩子家上溯四代单传。桩子娘曾生过五胎，相继夭折，仅保住桩子这根独苗。据说是名字起得好，像桩子一样扎得稳，阎王拔不走。可万万没想到，如今却有了断代绝后的危机。桩子奶奶、桩子娘上娘娘庵求仙拜神过，上野妹的坟前烧香磕头过，在江湖郎中的地摊上买过药，向巫婆神汉讨过符纸圣水，都不管用。看来，只有"找替身"这一招了。

"找替身"是山区古老愚昧的风俗，起源于何年何代不详，但山民们把传宗接代看得比什么都重要，于是"找替身"连同"典妻"的风俗世代流传至今。所谓"找替身"，就是丈夫无生育能力，另找一男人顶替。这替身，一是拉陌生男人来当，二是请男方堂兄弟、表兄弟或辈分相同的亲朋好友来当。在山民们眼里，"找替身"与淫乱、私通不同，不被认为是伤风败俗，也没人干涉、嘲笑。这是一种约定俗成的补救手段。但是，"找替身"绝对要有丈夫的默许与认可，否则轻则造成夫妻不和，重则酿成悲剧。

这种事上辈人难以启齿，便请堂嫂去开导桩子。桩子听罢，顿觉莫大侮辱，

486

勃然大怒:"谁要再出这种馊主意,放这种狗屁,别怪我心狠手辣,不劈死他才怪!哼!我宁愿当绝户,也不愿当活王八!"话说得那么绝,谁还敢再提这事?于是一晃又过了五年。

那年,桩子奶奶得了重病。临终前仍念叨着后嗣香火的事,竟搬出"不孝有三,无后为大"的古训来开导桩子,逼他答应"找替身",否则死不瞑目。桩子含泪答应了。埋葬奶奶后,桩子就离家出走了。桩子娘以为儿子默许了,因放不下男人脸面而出外回避,也没慌张去寻儿,而是忙着筹划找替身。挑来拣去,选中了桩子的远房表哥。于是,写了红帖暗地派人去请。这类便宜事最令男人心旌摇动,神魂颠倒,招之即来,很少有拿架子、充正经的。表哥很快赶来。一日三餐,酒肉款待,蒙头睡觉,养精蓄锐,静待三日,才行房事。那表哥膀大腰粗,身如牯牛,打猎为生,血气方刚却无婆娘,遇上这种桃花运,心飘飘然,跃跃欲试。主家知道要控制这种野性,一把铁将军反锁住饿狼般的替身,让他受点煎熬,到时尽情发泄。

那天深夜,表哥云里雾里溜进银杏儿的房。不一会儿,他惊慌失措地跑出来,结结巴巴地呼喊:"不好了!她……她……她……"桩子娘进房一看,目瞪口呆:天啊!银杏儿用剪刀刺破了喉咙,血窟窿往外直冒血沫,吓死人了!桩子娘抱着银杏儿失声痛哭:"这是我想抱孙想疯了作的孽呀!你不愿就算了,咋这么刚烈,这么绝呀!呜呜呜……"那吓蒙的表哥缓过神来,将打猎人必备的止血特效药给银杏儿敷上,又寻来几味草药煎汤给银杏儿灌下,总算保住了她的命。

这事传开后,银杏儿的名声与野妹一样轰动了四乡八镇,不同的是,银杏儿是烈女节妇的典型,山民们交口赞叹她的刚烈贞洁,连县官都不远百里赶来赠金匾、立牌坊。

世上的事情就这么阴错阳差,你苦苦追求的反而得不到,你无心要的却轻而易举地到手了。比如这金匾、牌坊,银杏儿并不渴求它。相反,在她看来,这些东西与绳索、锁链、紧箍咒无异,表面上金碧辉煌,冠冕堂皇,背面却血淋淋、泪斑斑。这些东西就是要禁锢她的七情六欲,扼杀她的血肉之躯,把她变成冷冰冰的木雕神像。荣誉的金字招牌比恶名的十字架沉重得多,荣誉能制造一个令人窒息或发狂的氛围,人在这种氛围中生活,言谈举止都得谨小慎微。

银杏儿从此在这种氛围中熬着寂寞凄清的日子。过去,她能趁回娘家之机与情哥哥幽会,能在劳余小憩、地头河边与青年男女谈笑嬉闹,能跟单身汉换工,用针线活换他们的力气活。现在,银杏儿得克制自己,免得引起闲言碎语。她感到有成千只眼盯着她,成千只耳窃听着她,成千张嘴议论着她。这些眼耳嘴构成巨大的潜网,束缚着她的手脚,笼罩着她的灵魂。她犹如陷入可怕的梦魇,想喊喊不出，想跑跑不动。但是，无论怎样，银杏儿心灵深处仍贮存着一颗坚硬多褶的核，核里严实包裹着她苦涩、真挚而神圣的感情秘密，水泡不烂，火焚不毁，锤砸不开，岁月吞噬不了，生活磨蚀不了。她仍然执拗强烈地爱着那个青梅竹马的情哥哥，一千遍地在梦中想他，一万声地在心里呼唤他。银杏儿甚至幻想，那天摸进她房间的替身，如果是她的情哥哥，那该多好哟！她宁愿一宿贪欢，而不愿要金匾、牌坊等身外物，不愿要如粪土的好名声。

可怜不幸的桩子久去不归，不知漂泊何方，活不见人、死不见尸。银杏儿思念牵挂他，像思念牵挂她的胞弟一样。而她思念牵挂情哥哥，那可是女人心窝里的情分。

那天，野牛岭来了货郎。不是过去勾引野妹的那个小白脸，而是一位黑脸膛、硬胡茬、牛高马大的汉子，就是腿有些瘸。他面憨嘴笨，不善吆喝与夸耀，更不善婆婆妈妈地为蝇头小利讨价还价，只是使劲摇晃货郎鼓，东张西望。他没带万花筒、望远镜这类的新鲜玩意儿，货郎担上全是针线、顶针、梳篦、剪刀、镜子、红头绳、脂粉之类的妇女用品，孩子们扫兴而散，女人们饶有兴致地围着货郎担叽叽喳喳。银杏儿闻讯赶来，凑上前一瞧，傻了眼：这不就是她的情哥哥吗？咋当起货郎来了？银杏儿面红耳赤，心慌意乱，生怕被人看出破绽，急急忙忙溜回家去。

打这以后，货郎隔三岔五就来一趟。来得太勤，生意自然不旺，有时连一个铜钱都赚不到。人们纳闷，嘲笑货郎傻，只有银杏儿知道他的苦心。为了看她一眼，他得挑担瘸腿往返七十多里山路，没有痴心绝对难以做到。起初，银杏儿心虚，躲着货郎，从窗口和门缝里偷窥他，直至他失望地远去，身影消失在山路转弯处。后来，银杏儿觉得这样太狠心了，加上大家并没注意到她的隐私，银杏儿便装作买货，瞅空和他说几句悄悄话。每次，她都要买上一枚针或一绺线掩人耳目，存多了，又悄悄送还给他。

一次，货郎哀求："银杏儿，跟我走吧！"

"我怕……"

"怕被沉水？"

"不是。"

"怕坏名声？"

"也不是。"

"那你怕什么？"

"怕烂良心……"

货郎怏怏而去，从此再没来过。银杏儿回娘家时才听说，他挑担过溪时跌入深池，淹死了。银杏儿听此噩耗，犹如五雷轰顶，万箭穿心，神情恍惚，欲哭无泪，痴呆傻笑。她爹猛扇了她两耳光，她才大放悲声。

桩子在外流浪了五年，偶尔听到银杏儿的传闻，衣衫褴褛地回到野牛岭，仍干摆渡营生。一天夜里，桩子抱回一个女弃婴，她的嗓子哭哑了，浑身爬满蚂蚁。桩子说："我看她可怜巴巴的，就抱回来了。是个女孩，你不想要，我送回原处。"银杏儿抱过女婴嗔怪道："谁说不想要呀？女孩不是人吗？"桩子憨厚一笑："早知你喜欢，我该早上就抱回来的。"银杏儿骂道："你这死鬼造孽哟，让孩子遭了一天罪！"

银杏儿给女婴取名"天狗"，含辛茹苦拉扯大天狗。天狗十岁那年，银杏儿积劳成疾，卧床不起。一天，天狗气喘吁吁地跑到胭脂河边呼喊："爹，快回家，娘不行了！"桩子匆匆赶回家，迟了，银杏儿已咽气断魂。她那渐渐僵硬冰冷的手里紧攥着什么。桩子用劲掰开一看，原来是枣木疙瘩雕的天狗，这传说中飞腾九天吞吃月亮的天狗竟雕得小巧玲珑，惟妙惟肖，也被抚摸得光滑极了。桩子惊奇：这玩意儿打哪儿弄来的？怎么没见过银杏儿赏玩？天狗扑在娘身上号啕大哭，桩子扯劝了半天她才起来。桩子问："你娘说过什么后话？"天狗抹泪说："娘没说什么后话，尽说些胡话，冲着我直喊天狗哥……"

"天狗哥？"桩子大惑不解。

"是这么喊的，喊了好多声……"

桩子终于明白了，天狗哥就是银杏儿当年的相好。天狗是他的乳名，还是绰号呢？桩子呆呆地想。他望着枣木疙瘩天狗，忆起银杏儿初嫁时痛哭的情景，心中百般悲苦，趴在银杏儿的尸体上哭起来，那鬼哭狼嚎般的哭声撕心裂肺，给丧事增添了哀伤阴森的气氛。突然，他猛地跳起身，奔到堂屋，在众目睽睽下，顺手操起一把粪叉朝中堂上的金匾砸去……

天　狗

天狗十八岁，出落成模样俊俏、性情温顺的大姑娘。她那如沾露野李子的眼睛，樱桃小唇，微翘的鼻尖，红润的脸蛋，乌油油的齐臀辫儿，丰满的胸脯，柔细的腰肢，滚圆的屁股……无不勾魂摄魄地吸引着男人们。

从天狗咿呀学语时起，就有人拉媒说亲。那时银杏儿活着，天狗的终身大事由她做主，她不答应订娃娃亲，人家也只好作罢。银杏儿死后八年，天狗家的门槛叫媒婆踩塌了，得到的总是桩子的那句话："天狗还小，莫慌哟！"还小？山区十二三岁出嫁是常事，十八岁已算老姑娘了。人们猜不透桩子葫芦里卖的什么药，背地里咬牙切齿地骂："这老头老糊涂了，把姑娘养老了当柴烧呀，还是要找个好主子卖个大价钱？"或是幸灾乐祸地诅咒："哼！这老不死的东西，把那么大的丫头箍在家里不出嫁，也放得下心？要是私奔了，偷汉子搞大了肚子，那才好咧！"

说者无意听者有心，鬼头鬼脑的后生叫这话一点拨，茅塞顿开，转移了进攻目标，想从天狗身上打开突破口。他们甩开媒婆，死皮赖脸地纠缠天狗，幻想能搞大她的肚子。到那地步，可不是女婿求老丈人，而是老丈人求女婿哩！

但是，天狗可不是那么容易上钩的。她从小孤僻胆怯，喜欢独处，从不与男孩接触玩耍，和女孩也不合群。遇上人家欺负到她头上，她也不还嘴还手，只是忍气吞声嘤嘤而哭。也许她知道自己的弃女身份，自暴自弃惯了。那些后生频繁地向天狗进攻了。她去洗衣，胭脂河的埠头上蹲满假装洗衣、洗脚的痴男；她去砍柴，野牛岭的树林里接踵而至许多假装砍柴打猎的后生；她躲在家里，桩子家的五间茅屋前后经常蹲着唱情歌、吹叶笛的汉子。对于这些试探、献媚、调情，天狗不是默默无声地躲避，就是红着脸轻言细语极有分寸地婉拒。即使哪个粗野邪气的后生跟她胡搅蛮缠，甚至伸手动脚行非礼之类，她也绝不撕破脸面以牙还牙、叫骂厮打，使别人难堪，而是低声哀求或默默流泪。

经过众多回合的进攻、失败，大批绝望者自动退出了爱情逐鹿行列，把破碎的痴梦埋葬在记忆的皱褶里，同时又用那颗还算不上为失恋或单相思煎熬过、撞击过，并非伤痕累累、血泪斑斑的心，嫉妒又好奇地观察着、期待着这场甜蜜浪漫的角逐揭晓。他们虽然没有得到天狗的福分，但也不希望肥水流进外人田，让外村男人坐享艳福。假若天狗这么漂亮的姑娘被外村男人娶走，那就太伤野牛岭男人的自尊心了。难道野牛岭的男子汉都死绝了吗？难道野牛岭的男子汉都是窝囊废，没有一个能拴住天狗的心？出类拔萃、堂堂正正的男子汉还是有的，那就是黑虎。鹿死谁手？唯有黑虎。野牛岭的男子汉们心理趋向平衡，悬着的心一下落了地。大伙抑制自己酸涩的醋意，期待着黑虎来采摘这朵最美丽的鲜花。

黑虎的确是真正的男子汉。他豪爽仗义，敢作敢为，尤以大力士之名威震四方，成为野牛岭的招牌和骄傲。一次，野牛岭与桃花寨为争水发生纠葛，桃花寨人行蛮，将野牛岭的水渠挖开了一个大缺口。黑虎抱来一个三百多斤重的石磙，朝缺口一砸："谁他妈的有本事掀动它，谁放水！"桃花寨人瞠目结舌，噤若寒蝉。又一次，豹子湾扎了一个二百斤重的大龙灯，到野牛岭斗狠斗雄。野牛岭除了黑虎能玩外，谁也不敢应战。可黑虎已躺在床上打摆子几天了，豹子湾人就是闻知这消息才来挑衅欺侮野牛岭的。"摆酒挡客吧！"豹子湾人嘲笑着嚷道。山区玩龙灯打擂的规矩：应战者获胜，砸龙灯；若败了，摆酒挡客。野牛岭正要蒙此大辱，黑虎闻讯赶来了。他将一海碗老白干灌下，顺手摔碎碗，扎扎腰带，运足丹田，大吼一声：“起!”猛地擎起了大龙灯。全场皆惊：天呀! 大龙灯顶上哪来一根麻绳，还拴着一根小木桩，谁使的坏? 黑虎力猛，竟然连小木桩一起拔出来了! 从此，野牛岭斗雄了，黑虎出名了。像他这种好汉自然有人爱，上门说亲的，暗传私情的，打情骂俏的，不计其数。但黑虎都不中意，偏偏看中了冷美人天狗。

那天，天狗独自在岭上砍柴。猛然间，从她身后跳出一位彪形大汉，拦腰死死地抱住她，那力气大得快勒断她的骨头。她没来得及反抗，甚至没来得及呼喊，就被按倒在地。天狗快要吓飞魂了，半刻才敢睁眼看，那汉子露出满胸黑糊糊的汗毛，疙瘩肌突兀的粗臂，长满硬胡茬的黑脸膛，白生生的牙齿。天狗看出，是黑虎! 黑虎已经在剥她的贴身衣服。突然，天狗的手触到了那把砍刀，她猛地抓到手里，奋力朝自己的头砍去。黑虎手疾眼快，一掌垫住那砍刀。顿时，他的手掌溅出鲜血。黑虎捂着伤口，缓缓地站起身，冷冷地问天狗。

“你讨厌我?”

“不……”

“那就做我的老婆吧!”

“不……”

“为啥?”

“我……我配不上你。”

“假话! 你是笑我配不上你，是吗?”

“随你咋想，反正我不会嫁给你。”

“我杀了你!”

“杀了也不嫁给你!”

黑虎像头受伤的野兽，狠狠地瞪了天狗许久，然后愤然离去。天狗望着他魁梧的背影，扑在枯叶地上嘤嘤地哭了。果然，天狗逆拂众愿没有嫁给黑虎，出人意料地嫁给了狗娃。

狗娃猴腮狗脸，猪嘴鼠眼，五官失调，模样丑陋，身材瘦小，举止猥琐，没有一点男子汉的气质。在野牛岭，他是最没出息的窝囊废，也是人们寻开心的活宝、泄气篓子、耍威风的陪衬人，连女人都敢揪他的耳朵逼他钻胯、磕头、喊姑奶奶，甚至敢脱他的裤子朝骚处糊牛屎稀泥，敢公开鄙弃他“胯里白夹了一对秤砣”。任何人欺负他，他都采取鸵鸟政策，吃了亏还自嘲：“好汉不吃眼前亏，忍掉一口之气，免掉百日之忧……”在乡亲们眼里，他是糊不上墙的稀泥，端不上席的狗肉，莫非天狗中了邪，莫非狗娃有勾魂术，要么就是老天爷乱点鸳鸯谱，干出这种阴错阳差、颠三倒四的混账事。野牛岭的男人觉得，天狗是在故意作践自己，也是在故意捉弄大家。这事的确是个残酷的玩笑，男人们都觉得丢尽颜面，黑虎气得出走了。这事也像一道难猜的谜，白费苦耗了大伙多少心血。

终于有一天，这道谜叫狗娃露了谜底。那天，一帮后生别有用心地拉狗娃喝酒。狗娃贪杯，喝得醉醺醺的。狗娃有个臭毛病，喝醉了喜欢乱说，偷了谁家的东西，做了什么亏心事，和谁有疙瘩，和婆娘行房事等，什么都乱讲，怎么撩他怎么讲。

"快说，你想什么鬼点子把天狗骗到手的？"

"是她找我的。"

"屁，她会找你吗？瞧你那德性，也不拉泡尿照照！"

"真的是她找我的，骗人是杂种。"

"你小子真没良心，得了便宜唱雅调。"

"便宜？哈哈哈，她没毛病会找我吗？"

"什么什么？天狗有毛病？什么毛病呀？是石女，是破鞋，还是阴阳人？"

"她呀，有一条……尾巴！"

满座皆惊，但都以为狗娃说醉话。狗娃怂恿大伙去看个虚实。于是，那帮后生闯进天狗房里，七手八脚地脱光天狗的裤子，一看惊呆了：天狗的屁股上果然长了一条小尾巴！

那尾巴其实就是一个约摸两寸长的秃肉桩。拿如今的科学解释，叫返祖现象，上医院作切除手术就完事了，不必大惊小怪。但在那年头，这可算怪上加怪的事儿，张扬出去就会惹来杀身之祸。

当年，桩子抱回弃婴的时候，婴儿浑身被蚂蚁蜇起血疙瘩。银杏儿给婴儿洗澡时才发现了这条尾巴，顿时明白这婴儿是被亲生爹娘当作不祥的怪胎扔的。桩子一看，自认晦气，不吭不哈地抱起婴儿就往外走。外面夜色漆黑，北风呼啸。就在他迈出门槛的瞬间，婴儿哇地哭了一声。仅仅一声，仿佛是拼尽全身力气发出的呼救。这一啼声唤醒了银杏儿的母性之爱，她扑上去夺回了婴儿。

银杏儿并不后悔。天狗不是他们的累赘，而是他们夫妇的感情纽带。天狗的声声啼笑给这个冷寂清贫的家庭增添了生活乐趣。他们有了沟通，有了默契，有了责任感，共同为天狗操劳，为她犯愁，为她的生病担惊受怕，为她的第一颗乳牙、第一声稚语、第一次学步而欣慰。

不过，那条尾巴一直是全家的心病。从小，银杏儿不让天狗穿开裆裤，不让人家抱她逗她，不让她在外解手，不让她和孩子们玩耍，生怕暴露了尾巴。天狗从小自暴自弃，养成孤僻抑郁的性格。她何曾不想嫁个有出息的男子汉呢？那天黑虎在树林里行蛮后，天狗趴在树林里哭，回家又哭到半夜，不是为受辱，而是为自己的命运。她知道黑虎真心爱她，她也真心爱黑虎，可天狗不敢朝这方面想，她怕黑虎知道了她的隐疾后会抛弃她。桩子老爹也劝她眼光莫放高了，不如找个窝囊男人，服管，能保密，平安无事地过日子。天狗曾想过出家当尼姑，桩子老爹说那可使不得，万一叫尼姑庵知道了尾巴的秘密，不把她当妖精烧死才怪。思来想去，还是选择了下嫁这条路。他们认为狗娃最窝囊，也最容易笼住他。哪知狗娃还是将她的秘密透露出去了。天狗无颜见人，哭哭啼啼地要撞墙跳井。但一想到肚内的宝宝，她又不忍心了。她以泪洗面，躲在家中惶惶不可终日。

这年，幕阜山区大旱，山林枯焦，庄稼无收。祸不单行，瘟疫撵着旱灾到。野牛岭最先发病的是狗娃。狗娃爹急忙去请巫婆跳神驱邪。这巫婆当年曾在镇邪台给野妹跳过神，是一个积恶欺诈于一身的坏女人，八十多岁，不知诈骗了多少钱财，残害了多少性命。她的胡诌被愚昧的山民信奉为神旨，她的权力超过县令。县令三令五申催粮逼税，野牛岭人敢软磨硬抗，可巫婆说要设坛祭天、修庙造佛什么的，一呼百应，山民踊跃捐钱捐粮，出力卖命，虔诚得可爱。

老巫婆一进狗娃家门，便大声惊呼："哎呀，不得了啦！你家好大一股狐仙味！"当即疯疯癫癫满屋跳起神来。念念有词："东面来的鬼东面滚，西面来的妖西面爬……"过了一会儿，她停止跳神，叹着气对狗娃爹说："我无能为力了，这狐仙比我本领大！"狗娃爹哀求："行行好吧，救救狗娃，我们全家一辈子感激你的大恩大德！"老巫婆压低声音问："你真想救狗娃吗？""当然是真的！"老巫婆诡谲地说："那好，只有烧死你儿媳……"狗娃爹大惊失色："你是说，天狗是狐仙？"老巫婆阴沉着脸："她有尾巴，当然是狐仙！这事宜早不宜迟，如果不烧死她，不但狗娃的命难保，你们家死光光，甚至全村人也会遭殃！"狗娃爹怎忍心干这种事，何况他还热盼抱孙子啊！老巫婆见他犹豫不决，恫吓她："要趁早下手，要是等到她肚内的小狐仙出世，就得七七四十九条命供那小孽种借尸投生！"

狗娃爹是个老实坨，听了老巫婆的话，六神无主，坐立不安。族长上门来，劈头盖脸地呵斥："你活糊涂了！这还犹豫个鬼呀！你是存心让狗娃去死，还是存心让全村遭殃？"狗娃爹默默无语，老泪纵横，扑通下跪求情："她是个孝顺媳妇，发发慈悲，放她逃生吧！"族长吼道："不行！放狐归山，必有后患，不如快刀斩乱麻，明天就动手！"当晚，族长带人捆牢了天狗，拴在村头大槐树下，派后生看守着。

族长逼狗娃爹亲自劈柴堆垛，准备明天举行镇妖仪式，焚烧天狗。狗娃爹神情恍惚，一斧劈在自己的膝盖上，昏死过去。族长又强逼桩子老爹劈柴堆垛，他死活不干。族长戳着他的鼻尖骂："老杂种，想娃想疯了，收养这种鬼东西，想害死一族人呀！你快干，减轻减轻你的罪孽吧！"桩子老爹跪下求情，族长不理。桩子老爹抱住族长的腿，族长气得脱下鞋抽打他的脸，直打得他牙齿脱落，鼻孔流血，脸肿眼青，最后被拖了下去。

第二天早晨，全村人和外村闻讯赶来看热闹的人都聚集村头参加镇妖仪式。这场面与当年镇邪仪式有些相似，道士念经，巫婆跳神。不同的是，他们没祝天狗来生投个好胎，而是诅咒她永不投生。还有，仪式没有话别这项，狐仙和人不能话别，免得沾了妖气中了邪。桩子老爹想最后看一眼女儿，天狗也想最后看一眼爹，但族长、道士、巫婆不允。狗娃被人挟到现场，天狗向丈夫呼救："狗娃哥，救救我吧！"狗娃不吭声，装作没听见，低下头去。天狗呜咽着哀求："你不可怜我，也得可怜可怜孩子呀！去求求他们，让我生下孩子再去死吧！"狗娃使尽平生力气，昂起脖啐了她一脸唾沫："呸！你这妖精害苦了我，我再也不上当了！"狗娃眼中射出仇恨的怒火，要不是病病歪歪的，非扑上去狠狠揍这"狐仙"一顿不可。

柴堆中撒了火药，便于燃烧。等到柴堆燃成冲天大火时，再由四个壮汉将妖人举过头顶，掷进火堆中。这时，全场欢声如雷，围着火堆唱祭祀歌，跳驱妖舞，直闹得火堆熄灭，尸骨成灰，再用大坛把骨灰装好，投入枯井废窑中，堵上大石块，灌上糯米石灰浆，据说只有这样才能使妖精再不会冒出来害人。

族长点燃松把，递给狗娃。狗娃举着火把摇摇晃晃地走近柴堆。柴堆"噼里啪啦"地烧起来。四个壮汉抓起天狗，高举过头，向火堆走去。说时迟，那时快，倏地一黑汉大吼一声，猛扑上前，旋风般踢倒四个壮汉，拎起天狗往肩上一扛，飞奔而去。等到他的身影消失在岭上时，人们才缓过神来，不约而同地喊叫："黑虎！黑虎！"

不久，瘟疫夺走了狗娃等百余条生命，这是野牛岭的空前劫难。人们在族长、巫婆的煽动下，咬牙切齿地恨天狗、黑虎。野牛岭大摆酒宴，邀来四乡八镇的人搜山，也未逮着这两个孽种。

直到1949年后，黑虎才带着几岁的女儿回到野牛岭。人们问起天狗，才知道她生崽时难产大出血死了。再问起黑虎当年咋得到的消息回村救天狗的，黑虎石破天惊地说："是天狗的亲爹送的信！你们知道天狗的亲爹是谁？是族长的儿子，老巫婆的女婿，怪哉怪哉！"

胭脂河三题

甜　妮

胭脂河上游有个虎啸寨。虎啸寨有十来户人家，不足百号人，却出了个叱咤风云的人物。此人叫胡大贵，放牛娃出身，土匪抢去了他放的三头牛，地主气得要活剐他的皮。多亏丫鬟搭救，割断绳索，他逃出去投奔游击队，后来竟成为鄂湘赣边区赫赫有名、威震敌胆的游击英雄。1949 年后他进驻南方 W 城当军代表，继而当副市长。这样红得发紫的人物，自然给小小的虎啸寨增了虎威，寨民不光在口头上炫耀他，还在行动上抬出他来唬人。每每遇到争山界、抢河水、斗龙灯、摊工派粮等事，虎啸寨如吃亏受欺了，寨民便示威般地要挟吓唬："联名写状，去请胡市长回来！"胆小怕事的村寨还真叫虎啸寨唬住过。其实，虎啸寨寨民根本不知道 W 城在何方，胡市长的衙门朝哪儿开。

没过几年，胡大贵还真回到虎啸寨了。不是衣锦还乡，而是戴罪返里，革了十多年的命，竟与为了三头牛逼得大贵妈跳河自杀的地主为伍了。据说，他勾搭上了一位烟花女子，尽管那女子穷困无辜，误堕风尘，但堂堂市长下娶妓女，政治影响恶劣。这位铮铮铁骨的汉子没有楚霸王"无颜过江东"的羞愧，没有贬谪后的颓废、疯狂和沉沦。在胭脂河洪峰到达的危急关头，为了救一位吓蒙了撒腿乱跑的老大娘，他被洪峰吞噬了。寨民们沿着胭脂河寻找了七天七夜，没寻到尸体，只好给他垒了衣冠冢。又因他身份特殊，盖棺难定论，只好给他立了无字碑。

他抛下了病恹恹的婆娘，还有水灵灵的娇女甜妮。母女俩相依为命，苦熬冬夏。

胭脂河总是那么慢悠悠、静悄悄地流着，虎啸寨人也总是那么慢悠悠、静悄悄地打发着日子。然而，甜妮却像春天的嫩笋、夏日的高粱见天拔节，转眼就到了出嫁年龄，出落成模样俊俏的大姑娘。甜妮长得极甜，大眼睛像带露水的青杏儿，小嘴唇樱桃般的漂亮，高鼻梁微翘着显得有点俏皮，红润的脸蛋妩媚中透出素雅，如清水出芙蓉，两个酒窝匀称自然地挂在脸颊上，溢满神秘动人的微笑，还有那丰腴的胸脯和柔软的腰肢，都放射出勾魂摄魄的女性魅力。她，活脱脱的像野妹，就是当年跟着货郎私奔被沉水的风流鬼。老人们嘀咕："甜妮莫非是野妹投的胎吧？这妮子只怕是灾星咧！"

然而，甜妮并不风流，也没私奔，正儿八经地恪守女儿家规范，老实谨慎地为人处世，偷偷摸摸地恋爱，规规矩矩地请媒，堂堂正正地索彩礼，热热闹闹地办婚事。

甜妮嫁给了拴宝。拴宝笑了，而另一位男子汉却躲在山旮旯里娘们儿般地呜咽，受伤野狼般地哀嚎。他叫根娃，也是甜妮青梅竹马的童年伙伴。但甜妮只是一个月亮，不是一个月饼，不能掰成两半分给他俩。

按山里人的眼光看，根娃是公认的好小伙子，出类拔萃的山汉子。他高壮如大牯牛，结实赛老柞树，胆子出奇的大，敢夜晚进山谷，蹲在陷阱里装狗叫，引来黑熊、花豹、灰狼、红狐自投罗网。他勤快、懂事、孝顺，娘死得早，家境穷困，他默默退学帮病病痨痨的爹干活，如今既是挣工分的棒劳力，又是料理家务的巧手。爹瘫痪三年，他端屎端尿、喂药喂饭、缝补浆洗、嘘寒问暖、轻言细语，男子汉能做到这等地步，少见。他为人忠厚，憨气十足，喜戴高帽。晒场上的石磙滚到水塘里去了，人家说除了根娃没谁有本事弄上来，他喜滋滋地去捞，扭伤了腰也不吭声，暗地抓药吃。寨子里有什么出蛮力的活儿，如扔砖上屋脊、抱牛出泥淖、扛包登仓顶等，他呼之即来，从不吝啬力气。要说弱点，就是舌头笨，脸面薄，整天不吭不哈，木桩儿一般沉默，见了女人面红耳赤，浑身不自在。即使对甜妮，也像没嘴的葫芦，高兴时冲她傻笑几下。山里人却挺欣赏这种石磙难压出屁的男人，觉得憨实本分，是过日子的好料子。

拴宝则是另一种类型的男人。他身材瘦长，脸面清癯，眼神灵巧，透出精明狡黠的光芒，初中毕业，回寨当会计，算得上虎啸寨墨水喝得最多的秀才。他为人处世和善谨慎，言谈举止斯斯文文，聪明过人却弱不禁风，干不得一点苦活累活。拴宝爹常埋怨他："文不文武不武的，夹生半吊子货！"但拴宝手巧嘴灵，能削精巧玲珑的木猴竹笛，会剪栩栩如生的花鸟虫鱼窗花，善编各种惹人喜爱的竹篾玩意儿，会唱许许多多的山歌野曲，会讲古今中外形形色色的故事。尽管根娃等硬派男子对拴宝不屑一顾、嗤之以鼻："哼，酸里酸气的，像个娘们儿"，但拴宝就凭这些特长，很惹女人喜爱。寨子内外的大姑娘小媳妇都乐意朝他抛绣球、丢媚眼，惹得不少女人嫉妒、悲戚、疯癫。甜妮是女人中的佼佼者，她把拴宝的整个心占据了。

婚后，他们的小日子清清静静、苦苦甜甜、恩恩爱爱。谁料到，灾难悄然而至。

那年，县革委会曹主任下虎啸寨蹲点。这家伙身懒嘴馋，心狠手辣，挖空心思整治人，腆着脸撮吃撮喝。一日，他在拴宝家吃派饭，见到甜妮愣了半天神："天呀，没想到山旮旯里还造化出这等美人儿！"他垂涎三尺，心旌摇动，小眼珠骨碌骨碌地转，打起甜妮的馊主意。不几天，拴宝被指派到水库工地去。曹主任吃过派饭，磨磨蹭蹭地不肯离开，邪恶淫荡的眼睛贪婪地盯着甜妮，说些挑逗的话。

"甜妮，想不想进城当工人？"

甜妮不软不硬地说："我生就苦命，没那福气，不作非分之想。"

曹主任剔着牙，打了一个响亮的酒嗝："这不难，只要你想，我批个条子就能办到！"

"谢谢你，我不想离开虎啸寨。"

"难道你愿意一辈子待在这穷山窝受罪？"

"你不是说过，虎啸学大寨，三年大变样吗？咋会穷一辈子？"甜妮反唇相讥。

曹主任挺尴尬："当然当然，不过嘛，话说转来，城乡差别还会长期存在，你这么年轻漂亮，应该进城见世面享清福，待在山沟里跟着穷汉子，缺吃少穿，才委屈了……"

甜妮提着猪食桶下逐客令："我没空陪你。"

曹主任嬉皮笑脸地凑上去："甜妮，实话说了吧，我去年死了老婆……"

甜妮愠怒："你别胡言乱语，我可是有男人的。你再不走，我喊人了！"

"嘻嘻！挺会装的。你妈是老婊子，你还能是个正经胚？"曹主任趁机拧了甜妮一把。

"叫你再嚼蛆喷粪！"甜妮舀起一瓢猪食迎面泼去。

曹主任满脸开花，酸臭难闻，呕吐不止，气急败坏："臭娘们儿，给脸不要，哼，走着瞧！"

第二天，曹主任窜到甜妮家，阴险地威胁甜妮："我要抖露你妈的老底，押她挂破鞋游乡，上水库工地去挑石料！"

甜妮愣住了：天呀，这不是要妈的命吗？

曹主任冷笑："治了你妈，再整你男人，看你依不依老子。"

甜妮啜泣起来。

曹主任趁机扑向她，恶狼扑羔羊般的凶猛敏捷。甜妮木乃伊般地任他蹂躏，无声地饮泪。突然，曹主任痛苦呻吟，蜷缩一团，浑身抽搐，瘫软在地。甜妮羞愤地跳起，抓起剪刀欲刺他的喉头，只见他翻着眼珠，口吐白沫，脸色灰白，厉鬼般狰狞可怕。甜妮扔下剪刀，惊惶逃奔。经法医鉴定，曹主任心脏病突发导致猝死。甜妮虽没落个杀人罪吃枪子儿，却被县上当作"拉拢腐蚀革命干部的美女蛇"，关押批斗了几个月，遣送回寨交群众监督改造。

甜妮回寨时，甜妮妈已投溪，尸骨早寒，坟头长满野花杂草。拴宝喝得醉醺醺的，将她剥光衣服，赤条条地绑在院内枣树下，折下枣枝疯狂抽打。甜妮皮开肉绽，呼天喊地，寨民隔院窥听，袖手冷眼。老人说拴宝总算有了点男子汉血气，说甜妮的惨叫是狐狸精的哀鸣，要能打掉甜妮身上的狐气，拴宝的女人还有救。女人们怕沾狐气，缩手缩脚，叽叽喳喳，其中不乏幸灾乐祸的女人。男人们有恻隐之心，想上前劝阻，却又羞见女人裸体。几个心术歪的男人想趁劝解之机瞅瞅甜妮的身体，刚要往前凑，立即被女人识破不纯动机，女人声色俱厉地警告："色鬼，馋猫，小心狐狸精勾走你的魂，吸干你的血！"拴宝一气打断五根枣枝，气喘吁吁地脱下汗淋淋的上衣，瘫坐在地，声嘶力竭地当众宣布："从今晚起，这个臭婊子再不是我的老婆了！"山里人结婚离婚都不兴拿证书，一桌酒或一声吼就代替了。

从此，甜妮落下不贞洁的坏名声，有了"狐仙"的绰号并传得神乎其神，人们说她身上附着一只老狐狸精，熟睡时才显原形，浑身长满黑毛，有狐脑、狐身、狐眼、狐鼻、狐耳、狐尾、狐爪，还有狐骚味。谁要被她迷住，就要倒血霉。曹主任之死便是佐证。甜妮走到哪里，哪里的男女老少纷纷躲避，仿佛看见青面獠牙的怪兽。一些胆大的，则朝她扔石块、啐唾沫、骂脏话、做下流相。

甜妮没脸活下去了，给爹的衣冠冢磕了三个响头，在妈的坟丘上培了几锹土，哭了半夜，趁虎啸寨夜深人静时，悄悄摸到胭脂河畔，正欲往紫红的河水中扑去，突然身后卷起一股旋风，她的衣裾被一只粗壮的手拽住了。甜妮蓦然回首，原来是木桩般的根娃。他讷讷道："我盯了你几夜……怕你……想不开。"甜妮心潮奔涌，扑在根娃怀里撕心裂肺地哭到黎明。

根娃娶了甜妮，没钱办喜酒，当院放了三响铳和一挂鞭。同时，也当院憋足劲吼了几声："从今晚起，甜妮是我的女人了，谁要再敢欺负她，别怪我不客气！"寨民们除了几个馋滴滴色迷迷的光棍，都没去道喜闹洞房。人们指着甜妮的脊梁骨，骂她不该昧着良心缠住老实巴交、没爹没妈的根娃，害死了一个野汉不算，又来勾根娃的魂，作孽呀！同时也十分怜悯根娃，骂他没出息，馋极了，把狐仙当貂蝉，到头来非误了卿卿性命不可。

新婚之夜，根娃蹲在凳上吧嗒吧嗒地连抽了几袋旱烟，神情严峻，心事重重，没有洞房花烛一夜销魂的喜悦与狂热。夜深人静，远山隐约传来孤狼求偶的噪声，近邻的母猫温柔而急躁地叫春。根娃还没有吹灯上床的意思。甜妮以为他未经男女之事而羞怯，放下女人的矜持催了他三次。根娃仍蹲着抽烟，不吭声。甜妮噙着泪花问："你咋了？是生气别人说了什么闲话，还是嫌弃我配不上你？是害羞干那事，还是害怕我真有狐气？你倒是说话呀！求求你，别独自苦着憋着……"

根娃猛磕了一下旱烟锅，狠啐出一口浓痰，仿佛鼓足浑身力气，才瓮声瓮气开了腔："甜妮，打开窗户给你说亮话，你要牢牢记住：从今晚起，你就是我的婆娘。我拼死拼活地干活，也不会让你挨饿受冻。我要无缘无故打你骂你，天打雷劈！只是求你要依我一条……""哪条？"甜妮狐疑。根娃涨红脸喃喃道："别再闹出那种丑事……"甜妮仿佛突然掉进冰窟里，浑身湿透寒彻，血都快凝冻似的，无力地瘫在床上，泪水浸透了鸳鸯枕头。根娃搂着她，颇动感情地颤声说："我不计较你过去的风流事，也不相信狐仙之类的狗屁话，只求你别让我……戴绿帽子！"甜妮痛苦得像吞了千包黄连，挨了万柄钢锥，原以为根娃理解她，没料到是一场误会，根娃也是凡夫俗子呀！看来，她跳进胭脂河也洗不净名声……

根娃娶了甜妮，含在口里怕化了，捧在手里怕摔了，装在袋里怕丢了，放在家里怕偷了，如花似玉的女人真成了包袱累赘。五大三粗的男人害起嫉妒病来，心眼比针尖还小。甜妮在外跟男人说一句话或笑一声，根娃见了，回家得弯弯绕绕地盘问半天。甜妮上山采蘑菇，下河洗衣服，根娃常暗中盯着，生怕她去幽会野汉子。他常常恍惚地听见房前屋后响起木笛、呼哨和山雀声，便神经质地怀疑追问甜妮，是不是野汉子在发暗号幽约。他常常做噩梦，梦见甜妮被人抢走，或与他人私奔野合，他们赤条条地如毒蛇一样纠缠在一起，他的执着如怨鬼，为这嫉妒病，根娃险些没送掉小命。一日，他进山背木炭，说夜里回不来，叫甜妮早早关门睡觉。甜妮半夜解手，忽听门栓拨得响，警觉地摸到一把锄头，蹑手蹑脚地守在门后。"吱呀！"门轻闪一缝，溜进一条黑影。甜妮斗胆鼓劲，举锄敲去。黑影惨叫一声，栽倒在地。甜妮点灯一照，倒吸凉气：妈呔，原来是自己的男人！根娃有心逮奸捉双，没想到弄巧成拙，脑袋开了瓢。他并不怨恨甜妮，反而对她挺满意，特殊考验证明，自己的婆娘没勾搭野汉咧！根娃的心理趋向平衡，捕风捉影、疑神疑鬼的毛病收敛了许多。

斗转星移，日月如梭。转眼到了二十世纪八十年代，世道变了，龙凤呈祥，能人辈出。穷困潦倒的拴宝在野牛镇贷款租房，办起竹藤工艺厂，生意兴隆，两年就发家致富，成为虎啸寨第一个万元户，拴宝正值踌躇满志之时，遇到一件伤透脑筋的事：他聘的推销员挪用厂里款子，参与倒卖古董、银元等走私犯罪活动，蹲了监狱。厂里急需推销员，左找右寻没一个合适的。拴宝抓耳挠腮，茶饭不思，突然想到一法：张榜招贤。拴宝万万没想到，揭榜的竟是他的前妻甜妮。

"甜妮揭榜了!"这消息在偏僻古老的虎啸寨和野牛镇都算得上爆炸性新闻。在山民眼里，推销员就是过去耍拳弄棍、玩猴驯熊、卖狗皮膏药、吃江湖饭的角色，能把黑的说白、臭的说香、死的说活，能把地上走的说成天上飞的，嘴能锯铁，脸厚如墙，眼观六路，耳听八方，察言观色，见风使舵，擅长吹吹拍拍、拉拉扯扯，肯拿热脸贴冷腚，风餐露宿，受得颠沛磨难……女人，尤其是名声坏的女人怎能干这等营生？岂不是容忍她满世界去招蜂引蝶、放荡形骸吗？

立即有人飞报根娃。

根娃去年冬天进山背木炭，不慎滑倒，滚下悬崖，幸亏落在一簇灌木丛中，才没摔死。他的腿骨折得厉害，住了半年医院，扯下一屁股债。至今，根娃的伤腿未好利索，走路微跛，阴雨天伤口隐隐作痛。这苦了甜妮，又要照料丈夫吃喝拉撒、缝补浆洗，又要做馍馍、炸油糕提到野牛镇去叫卖。根娃既感激她，又为她担心。他已听到一些风言风语，说镇上有些浪荡鬼常纠缠调戏甜妮；说拴宝为她解围被人揍得鼻青脸肿，甜妮扶他回厂如同恩爱夫妻；说拴宝包买甜妮的馍馍油糕，甜妮常去帮他收拾房间……根娃当时腿绑着石膏夹板，硬不起气来，只好忍气吞声，睁只眼闭只眼。现在一听甜妮揭榜的消息，根娃气鼓鼓的，男子汉的自尊心受到严重挫伤，嫉妒之火迅速蔓延凶猛。他断然反对甜妮去当推销员，决定自己去进山背木炭，养家糊口。

甜妮哀求："根娃哥，你的腿还没好利索，不能去呀! 那不是挣钱，是玩命……"

"我宁愿背木炭累死，也不愿让你丢人现眼，挣不干不净的钱，让人戳脊梁骨!"

"当推销员有什么丢人现眼的?"

"反正不准你满世界去颠，更不准你和拴宝掺和在一起!"

"我和他怎么了? 谁乱嚼蛆?"

"别忘了，当初他狼心狗肺地打你!"

甜妮当然刻骨铭心地记得。

拴宝更是痛心疾首地忏悔。

他们是离婚夫妻，不会破镜重圆、覆巢重筑，但是，难道就不能互相帮衬、彼此关怀、协力合作吗？难道非要仇如冤家、陌如路人吗？

甜妮娇憨地扶着根娃的手臂："你就让我去吧，等我赚了钱，还清债，修修房，就不干了，待在家里给你生个胖小子……"

根娃暴躁地甩开甜妮的双手，恶狠狠地说："我是粗人，说话不会绕圈，你

500

就死了这份心吧，老实待在家里，我能养活你！你要跑出去，我就打断你的腿！"

甜妮神情黯然。

根娃硬犟着进山背木炭。甜妮给他缝补了狗皮背心，炒了米粉，烙了面饼，上野牛镇换回烈酒和旱烟丝。根娃清早一瘸一拐地走出院落，甜妮倚在门框上痴痴地目送着，心里涌起怜悯之情。

拴宝上门怂恿甜妮当推销员。他知道录用甜妮，根娃会反对，自己也会陷入舆论漩涡。但他非常需要甜妮，甜妮聪明伶俐，识文懂礼，稳重可靠，只要闯闯世面，肯定是位出色的推销员。更重要的是，甜妮爹有位老战友，现在 W 城外贸局，虽说是顾问，权仍不小，要是让甜妮去疏通关系，说不定能逮住大鱼。甜妮动心了。一来怜悯拴宝心力交瘁的苦相，她得帮他拉拉纤，不能眼巴巴地看着他的小船搁浅；二来心疼根娃瘸着腿背木炭的惨样，她得挑起家庭大梁，不能让他累死累活地干，冒险拼命挣血汗钱。

甜妮决定动身去 W 城。她要走出炕头、灶头、地头，向繁华的都市、喧闹的生活进军，她很自信：别人能干的事，自己也能干好，推销没什么神秘的，就是要脑勤、口勤、腿勤。她没有特意打扮，仍穿粗布衣服，挽着包袱，这哪像去城里闯世面的，活像是去串亲赶集。甜妮避开大路，躲躲闪闪走小路，想避人耳目，少惹麻烦，但还是叫人发觉了。有的假惺惺地招呼她，有的心怀叵测地试探她，有的指指戳戳地议论她。寨里有名的泼妇菊花嫂装着寻猪大声吆喝："啰啰啰！谁家看见我家母猪呀！这个母夜叉吃饱喝足了，颠到哪里去了？这个挨剐的骚货，丢人现眼的畜生！啰啰啰！"

半个月后，甜妮从 W 城凯旋。拴宝大喜，在野牛镇最好的酒店举行洗尘宴会，祝贺甜妮首次出师大捷，签订了二十几万元的产销合同。拴宝频频举杯敬酒，甜妮推脱不过，硬着头皮灌。最后，她恍惚欲醉，看那玻璃杯中的葡萄酒如猩红的血浆，那八盏吊灯似鬼眼在闪烁，那酒徒食客扭曲变形如同青面獠牙的怪兽一般……

甜妮酩酊大醉，脑子一片混沌，回忆的碎片万花筒般搅合、变幻着入梦来。道貌岸然、古板严肃的顾问，由沉郁呆滞的脸色倏地变成亢奋谄媚的神采，由装腔作势的官样瞬间裂变为俯首屈膝的奴相，一手拿合同，一手拿存折，跪在甜妮面前，哀求做爱，还要续弦娶她。胖乎乎的推销员借酒消愁，骂骂咧咧："奶奶的，靠卖×才打通关节……"转眼，胖子从五楼跳下，脑浆迸溅，惨不忍睹。旅店里，美貌的同行直言不讳地面授窍门："男人靠烟搭桥、酒开路，女人就靠媚眼、脸蛋……"她炫耀，至少与上百个男人睡过觉，男人的骨头最软最贱！甜妮梦见上百个男人赤身裸体地追她，就像群狼在追逐着一只迷途羔羊。狼嗥、淫

501

笑，阴森森的狼眼、臭烘烘的人脸……

甜妮惊悸地怪叫着醒来，浑身痉挛，冷汗淋漓，半晌才心平气畅，知道做了一个真实而荒诞的梦。确切地说，此梦半真半假：那顾问确有续弦之意，且撩过她的脸蛋，但并没下跪；那胖子真把她骂得狗血淋头，不堪入耳，但并没跳楼自杀；那女同行确实暗示教唆过她，但并没炫耀。生活五光十色，竞争是严峻激烈的，甜妮想做个自尊自爱、自重自强的女人。第一次干推销，那二十多万元的合同来之不光彩，虽没失身，却失了人格，算是失败了，她要再试试，凭自身能力干出名堂来……

有人在敲门。甜妮开门。拴宝踉踉跄跄地进房，鼻青脸肿，额上豁开一道长口，淌着鲜血，浸红了衣襟。

"你怎么了？跟谁打架了？"

"根娃，他找我要人，还要烧我的厂子……"

"啊！"甜妮惊愕。

"甜妮，快跟我走……"

"上哪儿？"

"咱们逃得远远的……"

"根娃咋办？"

"把厂子留给他。"

甜妮不语，默默地撕下内衣一角给拴宝包扎伤口。

"甜妮，别犹豫了，快跟我逃吧！"

"不！"甜妮异常平静坚定。

"你还记恨我吗？"

"根娃当初救了我，我不能忘恩负义……"

"我造孽！活该！"拴宝痛楚地双拳擂头。

"拴宝哥，别这样，找个好女人好好过吧，日子还长着哩！"

拴宝神情沮丧地蹒跚而去。

甜妮回到家里。根娃正在酗酒，杯盘狼藉，乌烟瘴气。他圆睁醉眼，怒吼："骚货，你还有脸归屋？给我滚！"

"我丢什么脸了？"

"臭娘们儿，还敢犟嘴！"他抓起酒碗就掷，酒碗劈中甜妮的额头，落地碎成几瓣，"你在外面干的丑事，都传遍了！"

甜妮哪儿知道，那胖子推销员就是胭脂河下游枣溪寨的，他煽风点火，添油加醋，说了甜妮几箩筐坏话。甜妮捂着淌血的额头，怒目逼视根娃。

根娃惊慌地问："你……你要干什么？"

"你有本事，打呀，再打呀！"

根娃瞠目结舌。

甜妮咆哮："打呀，打呀！"

"我……我该死！"根娃狠撕头发，猛抽耳光，哭丧着脸，"我不该打你，你回来就好，从今往后咱们好好过日子。求求你，别再走了！"

"我偏要走！我是自由的，不是你的私有财产！"

根娃气得七窍生烟，吧嗒吧嗒地抽闷烟。和新婚之夜一样，他心事重重，长吁短叹，一副极苦相。夜深人静，仍无睡意。

甜妮独自睡了。黎明前夕，一阵钻心的疼痛弄醒了甜妮。她睁开惺忪的眼睛，看见根娃泪痕满面、神色凄惶地望着她，颤抖的双手握着一把小剃刀。她疑惑，脸上麻木了，倒不觉得怎么疼，像有虫子在蠕动，伸手一摸，顿时失色：血！她彻底地清醒了，号啕大哭，咆哮痛骂，狰狞狂笑，乱抓乱捶，乱蹬乱踢，乱摔乱砸，将在 W 城给根娃买的羽绒裤铰得稀烂，将 W 城名烟揉得粉碎，还将几味昂贵的治不育症的中药抛撒满地，甜妮狂笑不止："哈哈哈！"

根娃急忙抓起一把炭灰揞在甜妮的伤口上，紧紧搂住她："别难过，甜妮。你要怕羞，就不出门，我养活你！脸蛋漂亮有什么用？出不了大米，反是惹祸的根苗……"

哑　姑

胭脂河中游的桃溪寨有户人家，姓钟。祖籍岳阳，祖宗几代经营古董银饰，颇富。后因土匪绑票、地痞敲诈、贪官巧取豪夺，商号日益衰落，每况愈下。民国二十年（1931 年），岳阳军阀筹军饷，给钟记商号摊派五千大洋，限五日缴清，如有贻误，格杀勿论。钟掌柜实难缴齐，负荆请罪，果被斩首，悬头于岳阳城数日。从此，钟家一蹶不振，变卖祖业家产，改作布贩。祸不单行，少掌柜在汩罗江上遭匪劫，拉到山林中野藤一绑，叫天天不应，叫地地不灵，活活被野狼掏了心。正值兵荒马乱之年，钟家孤儿寡母逃难漂泊，辗转逃至桃溪寨，煮苦笋充饥，搭茅棚栖身，因感念桃溪水土的救难之恩和山民的淳朴厚谊，钟家在此扎根落户。

钟家有两子。老大近三十岁，还没讨婆娘，因一穷二憨三丑。老二十八岁，眼看又要打光棍，真切切急煞愁死钟大娘。她目睹昔日富豪门第如今破衰得香火欲绝，心如刀割盐渍，恨不得一绳吊死，逃奔黄泉。但念两儿孤苦，死不瞑目，便虔诚上庙烧香拜佛，诿媒托媒婆牵线搭桥，终无佳讯。绝望之际，忽闻葫芦镇有人市，两斗高粱面能换一妞，钟大娘觍着老脸，给寨主磕头求情，借回驴打滚的高利贷，上葫芦镇人市领回一小妞。

小妞瘦骨嶙峋，头发枯黄，脸色菜青，衣衫褴褛，浑身邋遢，皮肤粗黑，且长癞生虱，眼神哀婉恐惧，身子瑟瑟颤抖，战战兢兢地低头不语，任咋问也不开腔。钟大娘心里咯噔一跳：坏了，莫非是个哑巴！果然，小妞是哑女，狠心的人贩子作孽，不知是咋拐来、贩来的。谁也不知道她的姓名、年龄、籍贯、父母和身世。她就这样当了钟家老二的童养媳。钟家怜爱她，当亲骨肉和胞妹待，吃粥给她盛稠点的，穿衣为她做新点的，睡觉让她盖厚点的，干活派她干轻点的。钟家给她起了个好听的名字：雅姑。寨民呼来唤去，叫成了"哑姑"。

哑姑经过半年调养，个子蹿高了，长胖点了，脸上有了红润，头发由黄转青，扎成两小辫子，挺精神的，眼睛添了水汪汪的神采，皮肤渐渐细腻白嫩起来，穿上整洁衣衫，略加梳妆打扮，还真有点水灵灵、俊俏俏的魅力。哑姑和寨里的童年伙伴厮混熟了，像只喜鹊哇哇叫、咯咯笑，有时也哭哭啼啼、疯疯癫癫，与男孩女娃撒气干架。哑姑捡回来半个欢乐的童年！

1949年后，剪成短发的女工作组员进了寨子，在祠堂里吊上夜壶灯，宣讲新婚姻法，反对抢亲、包办亲、买卖亲、转换亲、娃娃亲，严禁纳妾、打老婆、虐待媳妇……寨子里几户人家经过动员，把童养媳与引娃媳退回娘家。哑姑孤苦伶仃，无家可归，工作组准备送她进县孤儿院。可是，哑姑害怕去陌生的地方，也舍不得离开温暖善良的钟家，死死抱住钟大娘的腿，任咋拉劝也不肯撒手，泪涟涟声呜咽，揪心断肠。钟大娘抱住哑姑哭成一团，然后扶起凄凄惶惶、战战兢兢的哑姑，央求道："同志大姐，就让她留下当我的亲姐吧，现在日子好过多了，不会亏待她的！"女工作组员犹豫不决，面露难色。钟大娘扑通跪下："求求同志大姐，留下苦命的姐，我要亏待她，天打雷劈！你们不信，我就把老二送去当兵……"

哑姑留下了。钟家老二当了兵，打海南岛时牺牲了，骨灰盒送回桃溪寨，钟大娘说什么也不相信儿子死了，那梳妆匣般的小盒子咋能装得下她五大三粗、擒龙逮虎的儿子呢？那木炭似的骨灰，难道就是她含辛茹苦拉扯大的儿子的血肉之躯吗？定是弄鬼哄我老婆子！她从病榻上挣扎起身，唤老大拎上骨灰盒，呼哑姑搀扶着她，摸到县里，呼天抢地地要儿子。县里同志哭笑不得，苦口婆心地劝说解释，钟大娘才信。

回寨后，钟大娘罄尽烈士抚恤金置棺厚葬，按照古老葬礼仪式进行，纸人纸马、灵柩殡车、挽幛丧幔、缟素白幡、哀乐悲歌，大出殡隆重庄严热闹，引得胭脂河一带山民蜂拥而至，有钱的凑份儿进丧棚喝酒啖肉，无钱的看热闹抢小手绢儿。幕阜山古老的规矩，未亡人扶柩撒小手绢儿，一表哀悼之意，二显守寡之志，而给钟家老二扶柩撒小手绢儿的，竟是未谙世事的哑姑！懂门道的老人看破了丧家的企图，叹气惋惜："唉，这么水灵灵、细嫩嫩的妞儿守个么寡哟！造孽造孽！"后打听到那小妞竟是个未圆房的童养媳，且是哑巴，更是感慨不已："这么小的年龄守望门寡，可怜可怜！"哑姑不知个中奥秘，撒小手绢儿觉得很好玩，见众人抢得屁滚尿流，拳打脚踢，不时嗤嗤发笑。

大出殡后，钟大娘为哑姑开脸、置衣，请木匠凿了一木偶，漆得栩栩如生，放在哑姑床上，吓得哑姑好长时间不敢上床。从此，钟大娘家改称哑姑为"老二媳妇"，拜托众人按年龄、辈分改呼哑姑为"老二媳妇""二房""哑嫂""哑婶""哑姨妈""二舅妈""二奶奶"……

那年，哑姑十四岁。

钟大娘更加疼爱哑姑，好衣好饭先让她，苦活脏活不派她，待她如心尖上的肉、掌心里的珠。只是不让她出外疯疯癫癫、嘻嘻哈哈、打打闹闹，不准她和男孩一道割草打柴、采蘑挖笋、放牛牧鹅。白天，钟大娘带着哑姑下地上山；夜晚，她教哑姑做针线、摇纺车、剪窗花什么的，双眼盯死，形影不离。每年只有大年初一赶社戏庙会，元宵节看龙灯旱船，五月端阳观竞舟赛歌，八月中秋搞篝火舞会，哑姑才能快快活活几天，如出樊笼的小鸟舒展一下麻痹的翅膀，呼吸几口清新的空气。

哑姑十八岁，出落成令男子销魂、女子嫉妒的俊妞。也许是造物主感到失职的歉疚，给先天残疾的哑姑重重弥补了一笔，增添了妩媚动人的姿色。她体态丰盈，散发出健壮成熟的美，在那鹅蛋形的脸庞、饱满的嘴唇、柔软的下巴、晶亮的眸子和玲珑的鼻子组合的柔和线条里，有着非常淳朴、活泼、坚韧的神情；头发黑乌乌、光溜溜的，盘在脑后，挽成一个大髻；鼓蓬蓬的乳房，圆溜溜的臀部，粗壮青黑的手臂，腰却细细的，山一般的壮实，又水一样的温柔。她虽是哑巴，却姿色出众，勾得那些男子春心荡漾，夜不能寐。于是，有人斗胆托媒说亲，但都被钟大娘严词斥退，甚至被骂得狗血淋头。钟大娘虎视眈眈，随时随地准备扑击那些打哑姑主意的人，对哑姑看管得更严更苛刻了。

哑姑已开窍，男女之事，无师自通，仿佛水到渠成、瓜熟蒂落，想管也管不了。看到汉子们赤身裸体地在河里洗澡，她也懂得害羞，端起洗衣盆飞跑，眼却不时地偷觑，脸火辣辣的。看到那红轿儿抬进寨来，新郎新娘双双跪拜交杯，拥进花烛洞房，她也知道滋味，回屋关上门，头顶罩上红头巾演习一番，深夜痴痴地搂住木偶亲吻，心怦怦乱跳。她说不出那青春的躁动及复杂而神秘的情感，却通过巧手绣在鞋袜、枕巾、烟袋、手绢上，那上面不是绣的交颈鸳鸯，就是纳的并蒂红莲。

一日，钟大娘觑见哑姑蹲在院中，正痴痴迷迷地盯着两只狗交媾，不时嗤嗤发笑，钟大娘不禁叹息："这妞心野了……"

心野了是拴不住锁不牢的，不如让哑姑嫁给老大钟良，免得肥水流到外人田。钟大娘退一步谋算着。

老大钟良三十有七，仍打着光棍。现在不穷了，丑、憨却无法改变，女人仍然瞧他不上眼。他丑，满脸横肉，且早生老斑，五官严重挪位，横看竖瞧、远观近瞅都不顺眼。他憨，倒不是傻，而是舌头笨，心眼实，脸皮薄，不吭不哈，见女人脸红心跳。一次，媒婆做媒，介绍他与一位小寡妇相见。小寡妇倒挺大方，他却窘红脸、垂着头，手脚无处放，憨出一身臭汗。趁端茶之机，他溜之大吉，半夜方归。钟大娘笑骂："你这憨货！她是老虎还是豹子，你这么怕？"他慢腾腾地顶嘴："她要真是老虎豹子，龟孙才怕哩！"小寡妇回话："看不中。"人家是过来人，喜欢知疼知热、会宠会哄的男人，不喜欢榆木脑袋闷葫芦。婚事一误再误，钟良也不急，照样一日三餐九碗饭，甩开膀子干活，打着呼噜睡觉。闷得慌或闲得无聊时，蹲在门槛上抽旱烟，出神地盯着哑姑绣花补衣，高兴时和她比比画画，玩耍逗趣，扮个鬼脸或翻个跟头，赚得哑姑一二声银铃般的笑。

钟大娘叫过钟良，说了娶哑姑的意思。

钟良急得直摇头摆手："娘，使不得、使不得，我配不上她，别糟蹋她，再说，她是我的弟媳……"

"你这没出息的东西，难道存心让钟家断子绝孙？"钟大娘一把鼻涕一把泪地数落起钟良，钟良不敢违抗母命，默然应允。

钟大娘拉过哑姑，比画了几下抬轿、吹唢呐、拜天地的手势，指指钟良，哑姑很快懂了，羞怯地低下头，脸上泛起红晕。钟大娘比画着问她中不中，她使劲地充满感激和幸福地点点头，飞身回房去。

钟大娘和钟良都愣住了：没料到哑姑如此爽快地答应，竟没哭哭闹闹。

婚礼在秋后举行。之前，钟家偷偷请道士念经，将那油漆斑驳的木偶埋了。哑姑甚喜。婚礼绝不马虎，请了花轿，抬着喜滋滋的哑姑绕桃溪寨兜了一圈风，吹鼓手很是卖力地奏出各种欢乐喜庆的旋律，哑姑听不见喜乐，望着吹鼓手摇头晃脑、鼓腮流涎的滑稽相，忍俊不禁，捧腹大笑。千字头鞭炮噼里啪啦炸得欢，顽童们冲上去搜索未爆的鞭炮，哑姑津津有味地瞧着，不是被伴娘拽住，真想也去抢。拜堂喝交杯酒，客人推推搡搡，嚷嚷叫叫，嘻嘻哈哈，钟良拘束得受酷刑一般难受，低头咬牙任凭别人折腾摆布。哑姑却满面春风，大大方方，一双大黑眼珠在浓而长的睫毛下很活泼地溜转着，莓红的嘴唇微翕着，时而露出珍珠般的皓齿，荡起甜蜜娇憨的笑意。闹洞房的山民又羡又妒又叹："钟良真他妈的走桃花运！唉，一朵鲜花插在牛粪上……"

半年后，哑姑有了身孕。钟良当时在水库工地，十天半月才能偷跑回家一趟，气未喘匀又得往工地赶，耽误干活要插白旗。一次，他因连夜来回奔跑，疲劳过度，挑担跌下跳板，摔出脑浆，当场死去。尸体被抬回家中，哑姑神情呆滞，从头至脚抚摸个遍，才确认这头上缠满绷带的人是自己的男人，哇地扑上去乱撕乱抓，嗷嗷哭叫。待到众人把她拉劝起身，发现地上有一摊暗红色的血，她的胯下还在渐渐沥沥。她早产了，生下一个猫咪般的男婴。

哑姑像受重创的母鹿，不吃不喝，默默流泪，静等着死神来临。婴儿没奶吃，饿得嗷嗷乱叫，喉咙嘶哑了。钟大娘无奈，想把婴儿送给别人讨条生路。抱婴儿的人刚迈出门槛，哑姑猛地挣扎起床，扑上去夺下婴儿。神圣的母爱压倒了丧夫的悲恸，男人的生命和她的生命将在遗腹子身上延伸，为了孩子，她要坚强地活下去。月子未坐满，钟大娘就中风瘫痪了，哑姑支撑着身子料理家务，侍奉婆婆，抚养孩子。

寡妇的日子不好过，何况是一个拖儿携老的哑巴寡妇。寨民们都怜悯照顾哑姑一家。队委会几乎形成一种默契：只要有工分多、油水大的活计全派给哑姑干。哑姑出工迟到了，他们睁只眼闭只眼，一不训人，二不扣工分。有人攀比，队长自有俏皮话堵其嘴巴："你要眼红，吞木炭变个哑巴吧，我打香案把你当菩萨供起来！"钻牛角尖的人哑口无言。队里分秸秆、瘪谷、陈豆、烂芋、下脚棉花之类的东西，剩余的不好再分，会计也能作主："不抓阄分了，送给哑姑吧！"大伙没意见。谁要嘀咕一声，大伙都会笑他小气。还有一项挺重要的照顾：队里默许哑姑养鸡鸭，不干涉她搞家庭副业和扩大自留地。她便养了一大群鸡鸭，在塘边地头、河堤渠坡上种瓜种豆，夜里编筐织席、绣花纺线忙得不亦乐乎。她到集贸市场去卖农副产品，铁面无情的市管员也怜悯她，绝不刁难。她的日子反倒比人家过得宽裕点。有人眼红，说怪话："如今世道真怪，好脚好手的倒不如聋哑残疾！"

不过，没有男人的日子，好比没有油盐的菜肴，清淡无味。当你为柴米油盐愁眉苦脸时，有男人一个微笑或一句安慰话，一切忧愁便化为乌有；当你劳作归来疲惫不堪时，有男人的一声问候或一个抚摸，劳累辛苦顿时也变得有滋有味；当你的孩子生病时，有男人在身旁，你就不会忐忑不安、失魄落魂；当你赶集或串亲戚时，有男人陪伴，那路途就不会寂寞和遥远，不用担心遭到歹徒的欺辱伤害……哑姑没有男人，这个家像一只桶，靠她这道铁箍，没她就散。几年后，钟大娘居然能拄着拐杖下地行走，还能帮衬着哑姑干些家务活。

突然有一天，哑姑在婆婆面前比比画画半天，钟大娘连估带猜，弄懂了她的意思，大吃一惊：哑姑找好了对象，想出嫁。他是谁呢？什么？独眼龙周老三！这怎么可能，周老三的眼睛可是哑姑戳瞎的呀！

那年修渠大会战，工余小憩，男男女女爱疯疯打打，搞些庸俗下流的恶作剧，如男人摸女人的奶头和胯部，女人结伙脱男人的裤子塞牛粪污泥于胯中，等等。一天，男人们把恶作剧闹到哑姑头上，打赌：谁敢摸哑姑的奶头，大伙摊十分工分赏他。重赏之下必有勇夫，几个邪气男人嬉皮笑脸地围向哑姑。哑姑正在偷闲纳鞋，一瞧架势，嗷嗷乱叫，横眉冷眼地抡起鞋帮、晃动钢锥抵抗。几个男人尝到了鞋帮与钢锥的厉害，鬼哭狼嚎般频频后退。女人们见哑姑英勇善战，捧腹大笑，扯嗓助威："打得好，锥得妙！骗狗！骗驴！劁猪！"男人们的威风扫地，自尊心遭到女人们的践踏。周老三猛地斜冲上去，一把抱住哑姑的腰。哑姑恼羞成怒，拼命挣扎，鞋帮像雨点般扇着周老三的头，他毫不畏惧，顽强地把手伸进她的衣襟。就在他的手刚触到她浑圆、酥软、光润的奶头的瞬间，周老三惨叫一声，抽手捂住左眼，瘫在地上蜷缩一团，翻滚呻吟。哑姑惊呆了，望着手上带血的钢锥，炮烙似地扔在地上，浑身颤栗，脸色惨白……

周老三为人忠厚，憨气十足，绰号"憨老三"，三十岁还打光棍，穷得叮当响，瞎了左眼，更难找婆娘。说良心话，他是一条好汉子，勤快健壮，烧炭打猎、种地捕鱼，样样在行，人人都夸。他心眼好，寨里谁有难处，他不睡不吃去帮衬，情愿自己勒肚皮光胸脯，也不忍看着别人挨饿受冻。自从挨了哑姑一锥后，周老三一没告状，二没索赔，三不积怨记仇，反觉得自己造孽，不该听人挑唆，去调戏人家残疾寡妇。他越想心越沉重，仿佛欠下一笔道德债，总想法偿还。从此，哑姑屋前经常飞来几挑柴火，自留地莫名其妙地被浇水锄草过，那勿猜，准是周老三偷偷干的。而哑姑也像欠了周老三一笔良心债，心灵有了赎罪的重荷。她给周老三做鞋袜，趁黑夜扔进他的窗户；趁他外出了，溜进他的屋帮忙缝补浆洗。就在这种特殊形式的往来接触中，他俩的爱情滋生了。

钟大娘点着哑姑的鼻尖骂骂咧咧，哑姑自然听不见婆婆在骂什么，但从婆婆的怒颜可判断出，婆婆生了大气。她诚惶诚恐，低头不还嘴。她的嘴不会说话，发怒了却会嗷嗷乱叫，捶胸顿足，可凶哩！但她从不跟婆婆翻脸。钟大娘费了好大劲，才跟哑姑比画清楚：如果她硬要改嫁，当初怎么进这个家的，如今怎么出去。不准招野汉子来辱没门庭，不准带走一丝一缕、一砖一瓦，包括孩子阿毛。夺下娘的心头肉，是对付女人的绝招。哑姑扑通跪下，抱住婆婆的腿哇哇哀叫，

508

泪如泉涌……

阿毛，是哑姑的精神支柱。没有他，哑姑没有勇气活下来。阿毛几次病得奄奄一息，她神情恍惚地抱着他，医生打针也不肯松手，害怕阿毛离去。阿毛上学了，哑姑早送晚接，从不间断。谁敢欺负阿毛，她会找谁寻死觅活。一次，大队支书的儿子打了阿毛一耳光，哑姑拉着哭哭啼啼的阿毛找上门去，硬是闹得支书当面打了儿子两耳光，方才罢休。她不懂趋炎附势，谁也奈何不了她。她是哑巴，却用无声的行动准确、细腻、强烈地表达了伟大温柔的母爱！没有阿毛，她的爱就无所寄托，生命的小舟就无处系缆。

哑姑和周老三在感情的煎熬中苦度了五年，多亏一位明智的住队干部关怀、调解，痴男怨女才结为夫妻。那天，周老三领人接新娘，阿毛紧抱妈的腿哭闹："妈，我不让你走，我不要后爹！"

哑姑泪眼婆娑，拉他一道去。阿毛赖在地上翻滚哭叫，惨不忍睹。等到迎亲队伍走远了，阿毛爬起来，捡起一块砖头疾追上去，奋力掷去，不偏不斜砸在哑姑的后脑勺上，顿时鲜血喷得老高，她溘然倒地。

哑姑昏迷了三天三夜。醒来后就要挣扎起床，去见阿毛。钟大娘堵着门槛，不准哑姑进。哑姑屡次试图见阿毛，都被阻挡回来。哑姑便提着小篮子在钟家院前的树丛中等。好不容易等到阿毛蹦蹦跳跳地出来，她喜滋滋地迎上前，急匆匆地将篮内衣物熟食等东西塞到他怀里，阿毛却摔在地上，用脚去踩。哑姑迷惘困惑，抓住阿毛的双肩拨浪鼓般地摇晃，咿咿呀呀似乎在问为什么……

哑姑改嫁后，过去的"特权"取消了，相反常遭刁难欺负。一些苦活脏活，别人不愿干，推给哑姑干。哑姑迟到片刻，队长就骂难听的话："骚货，少跟男人睡懒觉，下了崽磨苦众人！"至于分东西，再没人提议把剩余的送给哑姑了。她扩种的自留地充了公，瓜藤豆秧一扫光。编筐织席、绣花纺线统统不让搞了，鸡鸭也被没收了。哑姑再上集镇，不单队长罚她误工的工分，市管人员也来刁难敲诈。无名债主纷纷上门，逼周老三替哑姑还旧债，债目五花八门，如书费、广播喇叭费、合作医疗费、粮食加工费、学杂费、住院借支、修房贷款、修桥筑路摊款、舞龙耍狮划旱船踩高跷集资等。妻债夫还，天经地义，周老三毫不赖账，答应分期偿还。两口子勤扒苦做、节衣缩食，苦了五年，总算还清债。无债一身轻。他们真的轻松多了，磨脱几层皮，瘦成苞谷秆。最令人痛心的是，周老三盼子的梦幻无情地破灭了一次。那天周老三晒上谷就下地去了，突然乌云密布、狂风陡起，哑姑惦记着晒场的谷，映着大肚子急急忙忙去收，一筐一筐地往上囤，等到周老三气喘吁吁赶回，大雨倾盆而下，哑姑躺在泥浆血泊中。别看周老三是堂堂男子汉，却痛哭流涕，一哭三唱真像哭丧婆，哑姑惨笑着比画着安慰他，来年生个双胞胎，捞回损失。

这年冬里，钟大娘去世。哑姑念着婆婆的恩情，捧着孝幛哭哭啼啼地去吊唁，想最后看一眼婆婆的遗容，为她守灵哭丧、披麻戴孝。没想到，阿毛堵在门槛上不让她进。钟大娘临终嘱托过，自己死后，绝不让哑姑拢身玷污亵渎她的亡灵。哑姑只得深夜摸到婆婆的坟前，哭得死去活来，手指抓得血淋淋的，脑壳在新坟上撞出一个深窝。每年清明、端午、中秋、元宵，哑姑都虔诚孝敬地提着酒菜或粽子、月饼、汤圆去祭奠婆婆的亡灵，她每次都趁清晨或深夜去，怕被人发现。曾经有一次，阿毛撞见哑姑上坟，粗暴地将她上供的碟碟盘盘扔出老远。

转眼，阿毛二十岁，成了大小伙子。队长老婆做媒，将她娘家侄女许给阿毛。姑娘第一次登门相亲时，哑姑正巧在寨前打猪草。看见有两条乌油油大辫、戴一方红纱巾的俊妞进了钟家大院，她心里狂喜，一溜烟跑回家，告诉周老三，又翻箱倒柜，终于找出周老三给她做的一件新嫁衣，桃红色的灯芯绒，洗过一次水，新崭崭、光亮亮的。她细心叠好，放在篮中，假装打猪草，蹲在寨前必经之路上。等到那姑娘一出现，哑姑上前赠衣。姑娘一愣，回头问阿毛："她是谁呀？怎么送衣给我？"阿毛支支吾吾："她是邻居哑巴、疯子……"姑娘翘嘴嗤鼻："哼，瞧这老掉牙的布料，真难看！第一次相亲遇到个哑巴疯子拦路，太不吉利！"阿毛恼怒地推开哑姑，扔下衣服，狠狠地啐了一口痰。阿毛的婚事果然不顺，姑娘和她妈像古戏中红白脸串唱那样，一个重感情，一个重彩礼。丈母娘伸出二指：二千元，少一个钢镚儿，棒打鸳鸯散。阿毛独撑门户，积蓄不多，借贷无门，急得抓耳挠腮，愁眉苦脸，整日无精打采，喝醉酒长啸："宰尽天下丈母娘才解恨！"气作气出，钱作钱凑，八字艰难地画了一撇，凑齐一千元。丈母娘金口玉言，绝不改口，鼓励阿毛再努力，佳期在望。阿毛已是打肿脸充胖子，勒断腰装饱汉，除了跳河悬梁，别无他法。哑姑心细眼灵，见阿毛可怜巴巴，姑娘久不登门，感到蹊跷。她缠着队长老婆比画，探清了个中原因，回家与周老三一商量，卖掉一间瓦房和两头肥猪，凑足一千元，怕阿毛不肯收，拜托队长老婆暗暗疏通。阿毛一直蒙在鼓里，当听到丈母娘收回成命时，乐得雀跃欢呼："丈母娘万岁！"

阿毛结婚时，开的流水宴，全寨男女老少狂欢大吃，唯独没请哑姑、周老三。队长老婆动了恻隐之心，悄悄提了一篮子酒菜送去，碰巧看到两口子在啃苞谷饼，心如刀绞，泪如泉涌。

这年，阿毛媳妇与哑姑先后隆起了肚子。阿毛媳妇先报捷，生下一胖小子。阿毛高兴，哑姑更高兴，毕竟是自己的亲孙子呀！哑姑想上门去看看孙子，打听到儿媳妇缺奶，提了一只老母鸡和一篮鸡蛋。可是，阿毛横眉冷眼，堵在门槛上抽烟，不让哑姑进门。哑姑哇哇哀求，阿毛不耐烦地指着门上挂的红布条，斥退了哑姑。阿毛怕她把邪气带进他的小家庭。哑姑只好求队长老婆转交……

自从哑姑肚子大后，周老三欣喜若狂。他接受上次教训，不让哑姑插手农活，一手包揽。工余常下湖捕鱼，上山打猎，调补哑姑的身子。哑姑常吃不下饭，睡不安觉，皱眉呻吟，恶心呕吐，浑身酸软。周老三以为是妊娠反应，没留神。哑姑的肚子愈腆愈大，周老三半夜抚摸着那山丘般浑圆的肚皮，甜蜜蜜、喜滋滋的，甚至小心翼翼地俯首聆听胎音，煞有介事地自我陶醉："哈哈，哑姑许愿真灵，果然是双胞胎，两个小子！"

可是，冬去春来，哑姑已超过预产期，仍未分娩。寨子里飞短流长，议论纷纷："哟，莫非怀上龙种金胎啦！""哼，我看是周老三想儿想痴了，叫婆娘塞枕头装肚子吧！"周老三急了，要拉哑姑上医院检查。哑姑怕羞，不肯去，又过了两个月，哑姑还没分娩，肚皮大而硬起来，仿佛牛皮鼓一般能敲得唧唧响。哑姑病倒了，抱着肚子痛得打滚，额角上渗出的汗珠直往腮帮流，牙齿紧紧咬着下嘴唇，咬出一个个暗紫色的牙印，脸庞变得歪歪扭扭的，非常难看。周老三以为她发作了，喜滋滋、急匆匆地喊来两位壮汉，抬起哑姑往葫芦镇卫生院飞奔。

周老三焦急地在产房外踱步，不时贴近门缝偷觑聆听，祈求婴儿的啼声爆发，想象着婴儿的小手抓他的胡须的甜蜜滋味。

产房门开了，医生出来。周老三趋步上前问："生了吗？"医生摇头叹息。周老三预感不祥，结结巴巴地问："医生，她怎么了……求求你们救救她！救救我们的孩子！"医生沉思半天，语气凝重地说："她不是怀的孩子，是长的肿瘤，晚啦！"

周老三感到天旋地转，电闪雷鸣，血液在太阳穴里发疯地涌动，脑袋快要破裂似地疼痛。他摇摇晃晃，痴痴呆呆，扶着产房门框闭上眼，整个身体颤抖着，突然爆发出一声男人的呜咽，凄怆而浑厚。

医生说哑姑最多能熬一个月，想吃什么就让她吃点好的。她却蒙在鼓里，不肯吃水果点心，连药也舍不得多吞，每次都得周老三连哄带逼才行。她那忙碌惯了的身子突然空闲下来，倍感折磨、无聊、苦闷，时常望着天花板发呆，脸色蜡黄，两颊瘦削，眼窝枯陷，常常昏迷、呕吐、呼吸困难，连做手势的力气也耗尽了。回光返照时，哑姑眼中释出一丝光彩，挣扎着伸出粗黑、枯瘦、青筋虬突的手，艰难地比画着，嘴唇翕动着发出含糊、浑浊、微弱的哇哇声。周老三费了老大劲才悟出，她想最后见一眼儿子、儿媳和那未见面的孙子。

然而这卑微的愿望没能实现，阿毛执拗不肯。周老三先是跪下哀求，后愤然厮打一场，阿毛将周老三揍得鼻青脸肿。哑姑带着最后的遗憾离开了人间，双眼睁着，凝固着无限的眷恋……

溪 妹

幕阜山脉西走向的山溪多，以溪起名的村寨也多：桃溪、枣溪、榆溪、檀溪、螃蟹溪、蛤蟆溪、乌龟溪、泥鳅溪、仙姑溪、孔雀溪、芙蓉溪……五花八门，雅俗夹杂。

这些溪流汇成了胭脂河。胭脂河的下游有个枣溪寨。

枣溪，这两个美丽的字眼，令人想象出一幅山水画：静静流淌的溪河，两岸披红挂绿的枣林，一叶轻舟顺流而下，俏妞撑篙唱着山歌，两岸青山如痴如醉地倾听，美景堪与古人向往的桃花源幻境媲美。但枣溪已无枣，枣树全砍光了，枣溪成了穷山窝。分田到户后，枣溪慢慢缓过气来，一下子冒出许多专业户、万元户。

枣溪首富还得算丁柱林。丁柱林第一个养长毛兔，三年就成了万元户，也是第一个抛掉贫穷和光棍两顶帽子的。那年冬天，他娶了一个漂亮的媳妇叫溪妹。

溪妹的身体苗条而结实，性情温柔而大方，尤其是那双宛如溪泉的大眼，充满少女的魅力，叫后生们看上一眼都会神魂颠倒，辗转难眠。丁柱林就是叫这双眼睛迷住的。那次，柱林和溪妹在集市上邂逅，一见钟情，溪妹回眸一笑，似乎勾走了他的魂。从此，两人每逢集日偷偷相会，直至结婚。

溪妹是杏溪人。杏溪过去是县里学大寨的典型。摇钱的杏林砍光了，造成梯田，成吨的化肥倾泻在地里，长出的粮食却抵偿不了化肥钱。但杏溪人有上级撑腰打气，吃的返销粮，穿的救济衣，住的拨款盖的新村。山民骂："杏溪是穿国家皮袍在地上打滚的叫花子！"山妞都愿嫁到杏溪，杏溪的"瞎跛聋哑傻"娶媳妇都不犯愁。杏溪女都不肯挪窝，出嫁也赖在娘家或招女婿上门，撵不走打不飞。溪妹是第一个走出杏溪嫁进枣溪的姑娘。这在山里算一桩不大不小的新闻。

溪妹是百里挑一的好妞，庄稼活和女红都内行，理家也是一把好手。她的好名声远近闻名，上门说媒的络绎不绝，快踩塌门槛。但溪妹偏挑中了勤劳憨实的柱林和劳动致富的枣溪。

枣溪人既为柱林高兴，又为枣溪自豪。三十年河东四十年河西，枣溪男人也娶杏溪女子了，而且不是"处理品"，是杏溪女流佼佼者！枣溪人把柱林的婚事当作全寨的喜事，把迎娶杏溪女当作一次庄严自豪的示威。他们请来最高明的吹鼓班子，挑出最能干的轿夫挑夫，组成浩浩荡荡的迎亲队。吹鼓手鼓足腮帮憋足劲吹，唢呐像欢乐的旋风摇撼着杏溪，那千字头万字头鞭炮噼里啪啦，闹得杏溪硝烟弥漫。临行，枣溪人醉眼蒙眬、大大咧咧地向杏溪宣称："以后要常来迎亲咧！"

全寨凑了份儿，柱林备宴宴请全寨男女老少。酒宴上，醉倒不少海量的汉子。醉汉们跌跌撞撞地歪到洞房，搂住溪妹要亲嘴，又闹着往新婚床上抹牛屎、往新娘脖子里浇冷酒等恶作剧。"新婚三天无大小。"无论长辈晚辈，远亲近戚，再粗鲁的行为，再下流的语言都不算出格，新郎新娘都得赔笑脸。据说，这样闹闹，往后媳妇性子柔，好使唤；闹得越厉害，主人越高兴。要没人闹洞房，还要被外人笑话不结人缘哩！这是古老风俗。

溪妹长这么大，未受过这般戏侮，吓得往墙旮旯里缩，窝着一肚子火。但看到丈夫笑容可掬，乡亲们喜笑颜开，她只好强捺怨火，任人摆布，当一个五旬老汉邪笑着拧她的脸蛋时，溪妹的自尊心开始本能地自卫反击，扬掌扇去，揍得那老汉龇牙咧嘴，捂脸呻吟……

婚礼戛然而止，人们不欢而散。柱林前拉后拽，也没留住客人。他怏怏不乐地回到洞房，见溪妹伏枕抽泣，喟然长叹："唉，上刀山下油锅，不就三天吗？你忍忍嘛，干嘛打人家脸？"

"他要流氓，打他活该！"

"嘻，你知道他是谁？他是村主任！"

"村主任咋样？县长不正经，我也敢打！"

"你打村主任的脸，等于打全寨人的脸。你呀你，一下子把全寨人得罪光了！明天，你跟我去向村主任赔礼吧！"

"哼，要去你去，我不干没骨气的事！"

"你……"

新婚之夜，就这样沮丧尴尬地度过。

全寨叽叽喳喳，点点戳戳，议论着这位来自杏溪的新娘。

"哼！有什么了不起，不就是杏溪人吗？又不是皇后娘娘，金枝玉叶，摆什么臭架子？摸一摸就吃亏了？"

"树有皮，人有脸。这婆娘太恶了，打人脸等于剐人皮咧！男人叫女人打了脸，一辈子沾邪气，倒霉遭殃，别想伸头！"

"村主任为一村之长。村主任的脸叫杏溪臭婆娘打了，张扬出去，丢尽枣溪人的脸。"

"不整治整治这臭婆娘，她会骑在枣溪人脖上拉屎拉尿的！"

"她敢！老子撕了她的骚胯！"

"她这么恶，咒她生娃没屁眼！"

"没屁眼算便宜她，叫她不下崽。"

溪妹冒犯了众怒。众怒也奈何不了溪妹，如今不吃大锅饭，各人搅各人的饭勺，没啥报复机会。但是，有桩事倒叫大伙咒灵了，溪妹果真几年未怀孕生子。

枣溪人幸灾乐祸起来："哼！我说杏溪怎么舍得往外泼好水咧，原来是个不下崽的母狗！"

而且有人恶毒地猜测："她莫非是石女？要不就有梅毒病！瞧她那骚相，肯定过去是大破鞋！"

人们更加疏远、鄙夷溪妹，仿佛她真的患了什么难以启齿的病或干过什么丑事。

溪妹不下崽，柱林挺焦急，常半戏谑半认真地说："溪妹，你憋足劲争口气，替我生个胖小子吧！赔钱货也行，拜托你了！"

溪妹何尝不急，她也想要孩子。没有孩子，就不成其为幸福美满的家庭。她恨自己不争气，对不起柱林，常常半夜在丈夫的粗鼾声中掩声哭泣。

枣溪有位女秀才，叫秀妞，高中毕业生，知文识理，与溪妹要好。秀妞知道溪妹的苦衷，劝她上县医院去做妇科检查。秀妞说，现在医术高明，不孕症好治，连试管婴儿都能做成功。溪妹好惊奇，玻璃管能生孩子吗？是不是有了那管子，就不需男女同房，不要女人遭受生孩子的孽……哎呀，人家还是小妞，咋好意思问得那么细！

溪妹磨磨蹭蹭地不敢上县医院，脱得精光地让医生看呀摸的，羞死人哟！不过，她破费了一笔私房钱，跑很远的路，到一座香火很浓的娘娘庙求了一通送子娘娘，用细绳拴回一个泥娃娃。溪妹又找到一个名气颇大的巫婆，讨了几道符，回家烧成灰服下肚。与此同时，柱林遇上一位江湖郎中，经不住人家一阵神吹，花大钱买下几服药，让溪妹吞下，闹得她上吐下泻。溪妹的肚子仍没膨胀起来。她悲哀极了，怨老天不长眼，菩萨欺负人，恨自己前身有孽今世命苦。柱林整天愁眉苦脸，脾气渐渐变坏。

一次，寨里有名的泼妇辣婶找柱林借钱，准备给她孙子做周岁办酒宴。刚巧，柱林准备办养貂场花光了钱，捉襟见肘。辣婶借不到钱，抢白道："哟，何必死抠，怕我不还吗？我不会赖账的，我死了有儿子，儿子死了有孙子，又不是绝门孤户，怕人死债死！"一番话噎得柱林瞠目结舌，又不好与女人吵，只得回家朝溪妹撒气："都怪你不争气，生不下崽，害得我在人前矮半截，受窝囊气！死婆娘，娶你倒血霉！"

溪妹心里顿时凉了半截，这是柱林第一次冲她发这么大的火，夫妇感情产生了第一道裂纹。

514

溪妹爱着丈夫。她害怕柱林因为没孩子而嫌弃她，冷落她，最终抛弃她。怎么办？要拴住丈夫的心，必须有孩子！她无可奈何，只得请秀妞作伴，硬着头皮上县医院。哪知要替她做妇科检查的是个年轻英俊的男医生。溪妹涨红了脸，惊鹿般窜出妇科检查室。秀妞好不容易撵上她，好说歹劝，软拉硬拽，溪妹才接受检查。检查结果：溪妹生育能力健全。

溪妹像一名突然被宣判无罪的囚徒，险些被幸福的浪头冲昏头脑，心上的重荷卸下了，身体和精神都飘飘然。啊！这是多么幸福呀！对别人也许微不足道，对溪妹却太重要了！它维系着一个家庭的和谐、幸福、安宁！但她立即被另一种悲哀困惑笼罩住了，如果自己没毛病，那不就说明丈夫有毛病吗？他肯去检查治疗吗？万一治不好，张扬出去怎么做人呢？

溪妹犯难了，她把这事搁在心里，没敢告诉柱林。秀妞追问，她支支吾吾。

秀妞说："你不敢说，让我替你告诉柱林哥！"

溪妹慌忙阻挠："好妹子，你一个姑娘家，怎么开口说这事？还是让我慢慢跟他说吧……"

那天，溪妹赶集割肉买鱼，做了一桌好菜。搁凉了，仍不见柱林归，过了好久，柱林才跟跟跄跄地回来，挟带着一股刺鼻的酒味。

溪妹大吃一惊："你喝酒了？"

"不喝，攒钱垫棺材底？"柱林醉醺醺地嘟哝，"咱又无儿无女继承……"

"我们会有孩子的！"

"别他妈的骗人，騸狗一辈子生不下崽！"

"柱林哥，我上县医院检查了……"

"谁他妈的让你去的？还嫌不丢人呀！"

"我……我没病，医生说也许是你……"

"什么？奶奶的，你敢再说一遍？"

"求求你，为了孩子，去医院检查一下……"

"奶奶的，真不要脸！没毬的用，还怪男人！"柱林仿佛受了奇耻大辱，酒劲上涌，狠扇了溪妹两耳光，"老子壮如牯牛，跟母牛配种，也搞得出崽来，检查个屁！"

溪妹趔趄几步，跌倒在地，鼻孔嘴角涌出殷红的血……

溪妹赌气跑回娘家。爹娘见女儿无生育能力，为父母的脸上也无光彩，斗不起狠来，也就忍气吞声，开导女儿，劝她回去。有什么法子？在山里，女人生了女娃都抬不起头来，何况不生孩子。柱林还算老实本分，换上别人早闹离婚了。溪妹听爹娘一劝，心软了，气消了，想那个小家了，想她的瓦房、竹篱、菜畦、老井、古槐、长毛兔、大白鹅、约克夏猪，还有冤家桂林了，没有等到桂林来接，就动身回到枣溪。这在山里，是极丢面子的事。婆娘赌气回娘家，少则十天半月，多则一年半载，非让男人三番五次地负荆请罪，赶着毛驴或推着独轮车来接不可。如果女人自己跑回去，等于服输了。长了丈夫威风，下次还得招丈夫打骂，那才叫贱骨头。溪妹没想这么多，看重的是夫妻情分。

溪妹回到枣溪，家里荡然无存。原来，桂林沾染上赌癖，输光了积蓄，把长毛兔卖光了去赌，又把养貂场抵了债，仍欠人家一屁股债。桂林只得跑出去躲债，债主见跑了"和尚"，就把"庙"里值钱的家什，包括溪妹的陪嫁品洗劫一空。溪妹号啕大哭，悔不该赌气回娘家。她要在，桂林不会变得这么快……

桂林出走，一晃半载，活不见人，死不见尸。溪妹为他牵肠挂肚，惦念不已。夜深人静时，她孤枕难眠，仰望皓月，潸然泪下，祈求苍天："老天爷发慈悲，保佑我的桂林吧，让他平平安安回来！"溪妹左思右想，归结为一点：就怪没孩子。否则，桂林不会学坏，更不会出走，这个家怎么也不会变成现在的烂摊子。她满脑子想的是孩子、孩子……猛然想起秀姐说过的试管婴儿，想问个究竟：那玩意是真是假？哪家医院能做？得花多少钱？如果真能做，就是倾家荡产也值得！溪妹涨红脸鼓足勇气去问秀姐。秀姐笑得直不起腰："哎呀，我的傻大姐，那玩意是外国佬发明的，还没在中国普及咧！"

唉，远水难解近渴。溪妹失望了。

秋播开始了，溪妹耕地，牛也会欺负人，男人哼一声飞跑，女人怎么吆喝也慢腾腾的，有时干脆一躺耍赖罢工。溪妹磕磕碰碰地耕了一天，只耕出五分地，且沟垄不直、深浅不匀。牛是几家合养，得轮流使用。没耕完地，眼看季节要误，溪妹愁得吃睡不安，只得起早摸黑用钉耙砸土坷垃。她的手掌磨出血泡，腰酸臂痛，仍执拗而机械地砸着。"梆、梆、梆……"不知什么时候，这声音停息了，她昏倒在地垄里，乡亲们发现了，将她抬回家。她发高烧，说胡话："桂林，你在哪儿？快回来吧，我给你生崽……"

秀姐请来医生。打针喂药后，溪妹才安静下来，秀姐守护了她两晚。第三天夜里，秀姐没来，村主任派她上县城有事。溪妹浑身乏力，脑袋昏沉沉的。秋雨淅沥，风刮得窗纸哗哗响，远处偶尔传来凄厉的狼嗥声。有人敲门。溪妹以为秀姐陪夜来了，挣扎着起身去拉开门栓，一个黑影一闪，轻捷地溜进屋里。溪妹浑身一颤："谁？""嘻嘻！你闷得慌，我来陪陪你……"溪妹听出是村主任的声音，怒不可遏，厉声骂道："流氓！滚蛋！"接着，脆脆地抽了他一耳光。村主任没恼怒，死死搂住溪妹的腰，将溪妹压倒在地。溪妹拼命挣扎，但病恹恹的她，怎斗得过淫火中烧的色狼。反抗声渐渐低弱，响起压抑的抽泣声……

浓浓夜色和淫淫风雨遮掩了罪恶的一幕。

溪妹怀孕了！她惶恐不安，生怕丑事露馅。此时，柱林烧炭赚了一笔钱回家来。事情轻巧地遮掩过去了，柱林也没看出破绽。溪妹不敢诉说自己内心的屈辱，怕柱林不原谅自己，更怕他一气之下去杀村主任，只得强忍羞辱，独咽苦泪。溪妹想趁柱林发现之前打掉胎儿，吃药、跌跤、跳陡坡、勒肚皮均无效，孽种如鬼魂缠体。她开始有妊娠反应：呕吐、头晕、厌食、嗜睡、想吃酸东西。柱林发现这一秘密，惊奇地盯住溪妹的肚皮看了半天，突然搂住她，喜滋滋地问道："你是不是有喜了？"溪妹心惊胆战，脸色苍白，淌着泪水，那神态如同死囚等待宣判一样难看。然而，柱林小心翼翼地抱起她，喜滋滋地打转："哈哈！我有孩子啰！我要当爹啦！"

溪妹一阵眩晕，说不出是喜是悲。柱林咧嘴傻笑着，轻轻地将她放在床上，用命令的口吻说："从今天起，里里外外不用你插手，我包了，你只给我安安稳稳地生个胖崽！"说罢，他的胡茬脸亲吻了溪妹一下。溪妹好久未享受到丈夫的这般温存爱抚，心头一热，问："你不走了吗？"柱林轻轻地戳了一下她的鼻尖："小傻瓜，还走啥？好好在家服侍你，迎接我们的孩子！""我们的孩子……"溪妹喃喃道，心如刀绞，恨不得跪在柱林面前，控诉色狼，求得他对她的宽恕。但一想到那样做将会失去肚里的胎儿，随之也会失去丈夫的宠爱，失去家庭的和谐、安宁、幸福，她就感到阵阵害怕。尤其看到柱林的高兴劲，她心软了，真不忍心让他从幸福的顶峰陡地跌入痛苦的深渊，她想独自承受痛苦和屈辱的煎熬。

柱林又变成了那个勤劳憨实的柱林，浑身又有了使不完的劲，有了生活支柱。他戒掉了烟瘾、酒嗜、赌癖，规规矩矩地做人，勤勤俭俭地过日子。他另起炉灶办起养貂场、养兔场，闹得红火。他对溪妹的态度更是转了一百八十度大弯。昔日爱耍男子汉威风的柱林，如今对怀孕的溪妹百般宠爱，体贴入微，洗脸、洗口、洗脚的水端到她面前，甜的、酸的、脆的、酥的饮料、水果、零食递到她手上，专门从镇上买回一台彩电和一大摞小人书给她消遣解闷，床头贴满光腚胖娃娃的年画嘱她多看，房里摆满五彩缤纷的花草劝她多嗅。

一日，柱林满脸诡笑地打量溪妹。溪妹纳闷："你这是犯的什么傻？"柱林喜形于色："这回你十拿九稳生儿子！""你咋知道？"柱林神秘兮兮地说："我看你走路十有八九先迈左脚，男左女右，这是我向算命先生讨来的秘诀！"溪妹调侃他："哟！你的重男轻女思想挺严重咧！万一生个妞，只怕要被扔进山里去喂狼吧？"柱林哈哈大笑："不会不会！男比女强，女比绝户强！万一生个妞，还不是要当娇宝宝养，都是自己的亲骨肉呗！"这末尾一句，又深深地刺伤了溪妹的心。

又一日，溪妹腆着大肚去割兔草。突然乌云翻滚，雷电交加，暴雨倾盆。溪妹被淋得如落汤鸡，重重跌了一跤，浑身糊满泥。柱林气喘吁吁地寻找到她，气得跺脚埋怨："唉！我的活祖宗，谁叫你割兔草的！你再要偷偷去割，我可就把兔子全宰了！跟你说过多少次了，什么事不用你操心插手，你偏不听，万一出事咋办？你呀你，真想把你锁在屋里。"好在溪妹没事，柱林虚惊一场，更加谨慎，常对溪妹唠叨："要注意哟！打个呵欠喷嚏，扭头望一望，哈哈笑一笑，弯腰系个鞋带，甚至打个响屁都会掉胎的！你呀，干脆老老实实地躺在床上。"溪妹暗自叹息：可惜自己没这份福气，要是掉了胎，就少了这块心病，减去许多烦恼和耻辱啊！

溪妹的肚子越来越大。越接近临盆期，她的心越不安，精神负担越重。她常做噩梦，梦见她一生下孩子，柱林就认出是野种，提着婴儿的双腿撕成两半，血淋淋的手又来撕她的胯，撕得五脏六腑淌了一地；梦见村主任来抢婴儿，柱林不给，两人对骂，又对打，村主任一刀砍掉了柱林的头，柱林无头的身体仍在鏖战，一斧头劈裂了村主任的头颅，脑浆直喷。溪妹惊醒过来，浑身痉挛，眼神恐惧，脸色煞白，冷汗淋漓，抓住柱林的臂膀叫喊："我怕！我怕……"柱林搂住她颇觉奇怪："梦见什么了？你怕什么？"溪妹搪塞："我梦见我难产了，死了……"柱林亲昵地拍拍她的脸蛋，宽慰道："小傻瓜，生崽怕什么呀？瓜熟蒂落，女人都得走这一步。你不会难产的，别胡思乱想了。"

寨子里的那些长舌妇又在飞短流长："哼！瞧她那德性，像怀上皇子龙胎似的，大门不出，二门不迈，金贵死了！柱林真是没骨头的男人，不晓得怎么巴结她才好，连洗脚水都端，短裤衩都洗，嘻嘻！"

"哼，说不定是野种咧！男人跑出去那久，她那骚货能熬得住空房孤寂？晓得她勾引了多少野汉，那时寨子里的狗子常半夜三更乱叫……"

"依我看，兴许柱林是个活王八，弄不出崽，故意躲出去，让婆娘招野汉，只要有儿，管他家种野种！"

每当看见人们扎堆闲聊，交头接耳，点点戳戳，嘻嘻哈哈，溪妹就神经质地紧张，以为大家已知道她的丑事，将她的隐私当作工余小憩、茶余饭后的谈资。她尽量躲避人群，像耗子躲避阳光一样。她自卑极了，痛悼自己被毁灭的名声，女人的贞洁似乎比生命还珍贵，她患了抑郁症，常常痴痴呆呆，独自饮泪，浑身莫名其妙地颤抖。柱林以为溪妹的一些反常现象，是因害怕难产和胎儿躁动等原因造成的，没有引起警觉。

柱林还蒙在鼓里，甜甜地做着当父亲的梦。他陆续添置了婴儿的衣帽、鞋袜、奶瓶、澡盆、布娃娃、小皮球、塑料熊猫、玩具火车，还有自制的摇篮、背篓、长命锁。最得意的，还是他给婴儿起的名字：如果生男，就叫丁旺，取人丁兴旺、百业兴旺的吉祥之意；万一生妞，就叫丁望，表明丁家一切有希望，丁家还有希望再生一个男娃。别看柱林文化水平低，论起名出对子，连高中毕业生秀妞都甘拜下风哩！

柱林越是这么痴望孩子，殷勤照料婆娘，溪妹越是良心不安，自感罪孽深重，陷进绝望的深渊。谁也搭救不了她，她决定自己解脱自己。

那天，是溪妹和柱林相识的纪念日，也是他俩结婚的纪念日，溪妹起得很早，趁柱林还在酣睡，蹑手蹑脚地梳妆打扮起来。她穿上结婚时的新嫁衣，臃肿的身子已不适合穿这套嫁衣了，但她仍勉勉强强地套上。由于衣服绷得太紧，身体的线条完全凸现出来，便已不是那种充满魅力的女性曲线美，而是肚皮臃肿、体态丰腴的孕妇身段。有些女人不愿生孩子，就是怕体形变丑，红颜色衰。溪妹呆望着镜子中的影子，并不惊叹、悲哀这种变化。她不认为做母亲是一种牺牲，而觉得做母亲是世界上最圣洁的行为，最高尚的贡献。她梦想早日做一位神圣伟大的母亲，一位结出人类爱情之果的幸福光彩、纯洁善良的母亲。而她现在算什么？一个被侮辱被损害的女人，一个不贞洁不合格的妻子，一个不配做母亲的殉难者！

鸡叫头遍，溪妹眷恋地看了柱林最后一眼，悲怆地出了门。鸡叫二遍，柱林被尿憋醒，突然发觉身边空着，连唤几声溪妹也无回音，心里腾起一股不祥之兆。他忙点灯寻找，仍不见溪妹的身影。一见大门虚掩，顿时慌神，大声哭喊起来：“溪妹！溪妹！”

全寨人都闹醒了。听说溪妹失踪了，大伙都觉得蹊跷。有的问柱林：“夫妻俩拌嘴打架没有？”有的猜疑：“溪妹是不是有梦游症？”有的嘀咕：“溪妹也许叫狐仙勾引走了。”有的胡诌：“溪妹八成跟野汉私奔了……”

村主任挺有主见，吼道：“什么时候还嚼舌根，快分头找人！”

很快，男人们分成几路，点着灯笼火把出发，一直寻到天亮，才在溪流旁发现溪妹的一双鞋子。几个胆大的男人下溪捞了半天，不见溪妹的尸体。沿着溪流向下游寻去，终于在胭脂河的入口处寻到溪妹的尸体。溪妹的大肚子灌满水耸得更高、更臃肿，活像一座小坟茔。柱林发疯要往枣溪里跳，大伙简直招架不住。村主任下令，将他五花大绑在一棵古槐树上，他竟挣断了拇指粗的绳索，撞昏在溪妹的身旁，头上裂开一个血口，咕噜咕噜地冒血浆，吓死人的。枣溪人目睹溪妹和柱林的惨相，无不唏嘘流泪，再没人幸灾乐祸、飞短流长了。村主任更是像个哭丧婆一般，很有韵律、很有感情地呜咽诉说着。

溪妹的噩耗传到杏溪，杏溪人愤怒了。杏溪人咽不下这口恶气，聚众持械，浩浩荡荡地赶到枣溪，讨伐问罪。两寨械斗，双方都伤了人，枣溪寨伤得多些，村主任、柱林被打残。从此，枣溪、杏溪结下寨仇，互不联姻。杏溪人挖苦枣溪人："枣溪男人只有打光棍的穷命，连溪妹这么好的媳妇都克死了！"枣溪人反唇相讥："杏溪女个个是祸种灾星，溪妹就是一例，打一辈子光根也别娶杏溪女！"

溪妹被娘家人迁葬在杏溪地盘上，这可苦了柱林，每年清明，他拄着拐杖拖着残腿去给溪妹上坟，来回得走三天……

老 人 篇

古 藤 手 杖

老伴溘然长逝，什么也不曾留下，只留给他一根手杖：天然古藤做成，无雕凿痕迹，古朴结实，美观大方，杖柄自然弯曲，且有两节眼两支藤，似有眼有须、栩栩如生的龙头，平添一缕情趣。

老伴当了一辈子小学教师，桃李满天下。她的一位二十多年前的学生从西双版纳原始森林考察归来，送给她这根古藤手杖作为第一个教师节的礼物。老伴虽年过花甲，骨瘦体伛，但用手杖显然过早。她淡然一笑，说等到走路颤巍巍的年纪再享用吧！据说，这古藤手杖还含另一层吉祥之意：享用者可像古藤一样愈老愈坚，延年益寿。

不曾想，老伴脑出血，一夜之间就去了……

老伴去了，仿佛携去他生命的一半。他大病一场，身体垮得很快，走路腿肚儿打颤，老像支撑不住似的，便挂上了古藤手杖。当然，挂杖还隐含着一层怀念之情：仿佛老伴化作了这根古藤手杖，仿佛他与她仍在相互搀扶着走完风烛残年。

从此，他和古藤手杖形影不离，散步、打拳、钓鱼、逛街、上医院、蹲棋摊、泡茶馆、挤公交车……他都带着古藤手杖，爱不释手，视其如贾宝玉的通灵宝玉一般珍贵。天长日久，便形成他的一种怪癖，惹出一些趣闻。

一日，他拄杖踽踽独行，猛然听见身后一阵疾呼："快跑呀，疯狗来了！疯狗咬人了！"他扭头一看，果然，一条拖着长舌、暴着红眼珠的黑狗龇牙咧嘴阴森森地朝他扑来，他愣住了。人们老远瞧见这阵势，为他捏把冷汗，急得高喊："老爹快跑呀！快拿手杖打呀！"他猛然醒悟，抡起手杖欲迎头击狗，却将手杖僵硬地停在空中。疯狗趁机狠狠地咬了他一口……

镇上几个挨疯狗咬的人相继丧命，唯他命大，居然逃脱了死神的魔掌。一时间，关于他的古藤手杖的传说沸沸扬扬，神乎其神。有的说他宁被疯狗咬、不用手杖打的虔诚感动了古藤手杖，得其荫庇所以平平安安；有的说古藤手杖乃神杖，能消灾避祸，祛病压邪……

近几年，小镇上的古寺辟成风景旅游点，吸引了不少游客、香客，其中不乏高鼻凹眼的洋人。那些洋人仿佛都是去美国西部淘金发了横财的阔佬，大把大把地掏钞票买小镇上的一些很不起眼的东西，摆茶水摊的赵瘸子的一只陶壶换了三百多元钱；开杂货店的马寡妇的一条蜡染印花布兜，竟惹得一位金发女郎欣喜若狂，慷慨以金表相换；镇东头郑老汉家有根枯木桩平日当拴牛桩，不想被一位法国佬看中，如获至宝，给了他足够买一头牛的大价钱……

一日，他拄着古藤手杖在古寺前散步，与一群外国游客擦肩而过。突然，一位拄杖的外国老翁停步惊呼："OK！"接着趋步上前拦住他的路，边指点比画，边叽里咕噜。他顿觉蹊跷："我咋了？"这时，一位翻译上前解释："这位美国老人看中了您的手杖，想用他的手杖与您交换……"他沉思片刻，歉然一笑，摇摇头。那老翁急了，扯着翻译叽叽咕咕比画了半天。翻译又译道："他说，他的手杖是黄杨木的，杖柄上镶有宝石，价值上千美元，如您还嫌少，他愿意再搭上一部照相机。老人家，您可愿意吗？"他仍摇摇头，说："我这手杖没那金贵，不发那黑心财。再说，这是我老伴的遗物，给座金山也不会换的，对不起了！"说罢，他悠然而去。走出老远，还听见那翻译在喊："喂，您要后悔了，可到小镇宾馆来找我们！"他嗤之以鼻："哼，后悔个鬼！"

傍晚时分，小镇上便传遍了他拒换古藤手杖的新闻。有人赞赏他有骨气，没在洋人面前丢华夏子孙的脸；有人骂他傻盖帽了，见便宜不捞……待到他从茶馆里听完评书乐悠悠地往回走时，沿途许多异样的眼光罩着他和古藤手杖。

推开门，他怔住了：一桌酒宴，儿子、儿媳、孙子静静地等着谁。儿媳一反昔日凶悍泼辣的常态，努力挤出几分谄笑，半娇半嗔地喊："爹，您上哪儿去了？害得我们久等……"他颇受感动，支支吾吾："你们吃吧，我、我已经在小食摊上吃过了……""哎，您老怎么忘了，今日是您的寿诞呀！"儿媳满斟一杯酒，敬给他，"让我们好好敬您几杯酒，祝您长寿！"儿子、孙子也举杯相贺。好久没享受这种举家聚宴的天伦之乐了，他噙着老泪举杯一饮而尽。

酒过五巡，他有七分醉意。恍惚间，儿子搀扶他回寝室，儿媳替他打水洗脸，在醉醺醺、乐融融的氛围中，他恬然入睡。翌日凌晨，他醒来，按习惯要去镇郊小松林打几套太极拳，突然发现古藤手杖不见了，满屋寻找不着，便惊呼起来："我的手杖呢？我的手杖哪儿去了哇？"

儿子儿媳闻声出房，一个安慰道："爹，别急，好好想想，会丢在哪儿了？"

一个嗔怪道："哼！我以为什么金银财宝被盗了，原来是那破手杖……"他却急得团团转，神情恍惚地喃喃道："我不会把手杖丢到外面的！昨晚喝酒时好像还在的……"儿媳阴沉着脸瓮声瓮气地说："我们可没看见你的手杖，昨晚你压根儿就没拄手杖回家……"孙子禁不住插嘴反驳："妈妈撒谎，爷爷的手杖你藏起来了，我亲眼看见的……"儿媳恼羞成怒，狠扇了孙子两耳光，孙子哭着扑到爷爷怀里，哽咽着说："爷爷，我听到妈妈……对爸爸说，要拿你的手杖……去发洋财……昨晚想告诉你，我摇了好久……摇不醒你……呜呜呜！"

"呜呜呜！"他蹲下搂着孙子号啕大哭。

他郁郁不快，病卧在床，茶饭不思。临终前，只有小孙子厮守在他身边，甜甜地说："爷爷，你快好起来吧！告诉你一个秘密：我在偷偷攒钱，好给你买一根手杖……"他留下一个欣慰而遗憾的微笑，可惜无缘拄上孙子的手杖，那手杖该是什么样子的呢？

纸　鹤

一个花好月圆的夜晚，老刘喝了半斤老窖，轻飘飘地去睡了，便再没醒来。没有遗嘱，没有遗产，没有花圈、挽联、哀乐交织成的追悼会，没有女人的恸哭、儿孙的孝棒……

他孤寂地躺在一个空谷里。坟头上很快蹿出野花小草。山风袭来，花草发出窸窸窣窣的声音，似细语，似叹息，似低吟……

半年后，清明节，终于来了一辆小轿车，来了一位上坟祭奠的女人。这女人约莫六十岁，身材瘦小，病容满面，且腿不利索，由一位如花似玉的姑娘搀扶着，跌跌撞撞地寻到他的坟冢前，跪下磕头作揖，恸哭不已。好久，她息了悲声，解开一个花包袱，里面盛满五颜六色的用空烟盒做的纸鹤……

她细心地拈出一只纸鹤，上面的字迹依稀可辨："梁局长，你的孩子们都接到我家去住了，请放心……"

思绪一下回到那个动乱的年代。她那当部长的丈夫倒毙在造反派的木棒下，她也被关进劳改农场。一个放风的日子，她在舒展双臂吮吸新鲜空气。倏地，一只纸鹤飘然落到她的面前。她没有急于拾纸鹤，而是机智地将它踢进杂草丛。待她抬眼望铁丝网外时，化装成货郎的他正蹒跚而去。她认出他熟悉的身影，那是司机大刘。

从此，隔不多久，神秘的货郎就来给她放一次纸鹤。这些纸鹤传递着她的骨肉的信息，给了她生活的勇气，她没有像有的难友那样去跳楼、上吊、割脉、吞针、喝毒药，就因为盼望一只只纸鹤飞来……

纸鹤成了她生活的支柱，生命的寄托！

平反昭雪，官复原职。大难不死，必有后福。冬天掠走的，春天都送回来了，唯独亡夫千呼万唤魂不归。做媒者包围着她，介绍的都是一些资历与职位令人肃然起敬的半拉老头，她总是推脱，不知怎的，她眼前老飘浮着一只只纸鹤……

大刘如今变成老刘。老婆贤惠，但无生育能力，是个药罐子，自从添了梁局长的孩子们几张嘴后，药品和营养都匮乏，七年前就去世了。老刘为了养家糊口，白天开车，夜晚去挑沙。连轴干了几昼夜，困极了，扑在方向盘上打盹。出了车祸，撞死了三个人，丢了铁饭碗，蹲了五年监狱。

事情既残酷又滑稽。她出那个劳改农场，他却进去了。每次探监的日子，她都带着孩子们去看望老刘，她饱尝过铁窗和劳役的滋味，那份孤独凄凉足以使人发疯或窒息，她得报偿给他温暖、情谊，给他寄托、支撑。孩子们很懂事，很理解她，很感激他，很珍惜患难中的相濡以沫之情。大儿子军军用微薄的士兵津贴买去一条条香烟，他最清楚老刘叔叔嗜烟如命，那年头为省钱接济他们，老刘叔叔发誓戒烟，戒得很苦、很惨，终究戒不下去了，便拾烟屁股或卷豆瓜藤抽。上大学的大女儿星星从寒窗苦读中抽暇编织了毛线衣裤，她忘不了老刘叔叔让热炕给孩子们睡，自己蜷缩在厨房的水泥案板上过冬，落下严重关节炎，一受凉便痛得龇牙咧齿地呻吟，甚至如瘫痪般动弹不得。小女儿方方心中藏着一个小小的秘密，常跑到河滩上去捡鹅卵石，那年方方过生日，实在拿不出礼物，老刘叔叔用自己的一副心爱的鹅卵石围棋与棋友裁缝冯驼子换了一套方方穿的新衣。

老刘出狱的前夜，梁局长突然对孩子们说："我想跟你们商量个事儿，就是……想给你们找个新爸爸……"她仿佛怀着负疚心和犯罪感，等待着孩子们的体谅和审判。没有静场。星星顽皮地调侃妈妈："妈妈，你早就该开通开通了，八十年代了，还抱着旧脑筋旧道德不放。你应该去追求自己的幸福！几时喝您的喜酒呢？"军军也豁达、幽默地说："妈妈，商量个啥？婚姻自主呗！能不能告诉我们，继父是谁呀？是那个总缠着你打电话的将军，还是那个老给你写信的副市长呀？"方方插嘴嚷道："妈妈，建议你别嫁当官的，家里官气十足，多没意思呀！嫁个教授、作家、工程师什么的，赶个时髦，怎么样？当然，这建议仅供参考，我绝不干涉妈妈的婚姻自由嘛！"孩子们舒心地畅笑起来，她也羞涩尴尬地笑了。在孩子们的一再追问下，她终于鼓足勇气道出了隐藏心头许久的秘密："妈妈想把老刘叔叔接到家里来住，他最有资格当你们的继父……"静场。气氛沉郁、冷峻。孩子们瞠目结舌，面面相觑。军军愤怒得如硕大的惊叹号，扭曲着脸拂袖而去；星星歇斯底里地狂笑一阵，又如丧考妣般大放悲声；方方呆呆地伫立着，许久才去搀扶眩晕欲倒的妈妈，轻轻地抚摸，柔柔地呼唤……

第二天，本来约好同去接老刘叔叔出狱的，孩子们都变了卦。她独自迎着突降的风雪去了劳改农场。

很快，她的心灵遭到孩子们的"轮番轰炸"。军军不愧是作战参谋，将这场攻心战部署得滴水不漏，无懈可击。他调动了外围力量，展开舆论攻势。一时间，那些长字号的伯伯叔叔们打电话、写信、上门当说客，晓之以理，动之以情，就差没绳之以法。孩子们则展开情感攻势。军军央求："妈妈，你干嘛要这样呢？不错，老刘叔叔是我家的恩人，我们愿侍奉孝敬他到终老，但你要他当我们的继父，这太使我们难堪了。你不为自己的名誉着想，也得为儿女们的名誉和前途着想呀！我快要提升为参谋长了，你要硬嫁给一个劳改释放犯，我的事八成要吹！"星星含泪哭诉："妈妈，你偏要嫁给爸爸的司机？这对得起爸爸吗？妈妈，你要一意孤行，我只好声明和你脱离母女关系……"方方也哀怨地喃喃道："妈妈，我的男朋友要和我吹……"

她的心碎了。恍恍惚惚中，她跌倒了，滚下楼梯。中风、住院、离休、疗养。婚事暂且耽搁下来。孩子们认为这是妈妈比较完美的结局，"塞翁失马，焉知非福？"孩子们原谅了妈妈，很孝敬她，买来许多佳果美肴，轮换陪妈妈说笑解闷，后来又请了一位家庭护士……

她脸含笑，心很苦，度日如年，觉得比劳改那会儿难熬多了，自杀的念头几次袭上心头。一日，她百无聊赖地躺在病榻上发呆。忽然，一只纸鹤飘然落进房间，她心里咯噔一跳，生怕被孩子们和家庭护士发现，连滚带爬地下床。她将纸鹤抓到手，急急揣进襟怀中，磨蹭到窗前，又望见那熟悉、高大的身影。她想喊，嗓门仿佛被什么堵着。他冲她招手、微笑，她依依不舍地目送着他远去的身影。她掏出纸鹤，打开一看，她愣了：纸鹤上没有字……

没有字，也许胜过千言万语！她痴痴地想。

从此，无字纸鹤隔不多日就飞到她身边。最后一只纸鹤是在一个秋日正午翩然而至，恰巧被星星撞见了，星星冷冷地斥责了她几句。

她再没收到纸鹤，怅然若失，整日神情恍惚，抑郁烦闷。她万万没想到，他弃她去了另一个世界，孩子们对她严守着秘密……

她趴在坟前泣不成声，泪溅湿了只只纸鹤。纸鹤堆垒成奇特的小金字塔，她颤巍巍地划燃火柴，点着纸鹤塔，火舌静静地舐着她的脸膛，她也不觉得疼，仿佛冥冥间有只手在摩挲着她，在抚摸着她的灵魂……

仙　草

　　他挺懊悔，不该贪嘴去小摊吃食，吃来个肝炎病。女婿本来就嫌弃他，这回逮着理了，下了逐客令。自己的女儿也和女婿一个鼻孔出气，冷冷地看着他卷铺盖凄惨地走出去。他留恋地朝外孙灵灵的房间瞥了一眼，多想跟灵灵话声别，但女儿虎视眈眈地堵着门，女婿气势汹汹地撵他走。他喟然长叹，蹒跚而去，到转弯处，老泪纵横，眼花头眩，踉踉跄跄地歪倒在墙根，从胸腹间迸出一阵愤怒、压抑的呜咽……

　　他在市郊租下一间农房独居，苦熬风烛残年。按理说，吃退休金，公费治病，死了有单位收葬，用不着赖在女婿家干下贱活，受冤枉气。但是，他却整日郁郁寡欢，孤独寂寞得慌，便收养了一只病恹恹的癞皮瘦狗，时常与狗形影相吊，同病相怜："小东西，你该不会嫌弃我吧，咱们一样的苦命哇！"那狗后来被他养得油光水滑的，忘恩负义地跟一只富家公狗寻欢作乐去了，再没回到他身旁。这件小事对他刺激很大，他常独自慨叹："唉，世态炎凉、人心不古，狗也变势利眼了……"他不再养小畜生。种花，花蔫了；养鸟，鸟死了；养金鱼，金鱼叫邻家的馋猫偷吃了。他感到很晦气，万念俱灰，巴不得早点作古。

　　不过，就这样静悄悄、孤零零地死，很不甘心，多想享受天伦之乐，尤恋绕膝的外孙灵灵。灵灵现在怎么样了？他想念外公吗？他还那么喜欢听故事吗？谁给他讲呢？他长胖些了高些了吗？

　　他忽然明白了：这些时心烦意乱，晦气颓伤，原来是眷恋着灵灵！灵灵占据着他的心，成为他晚年生活不可缺少的一部分，灵灵是他的星星、月亮和太阳！分别这段时间，他试图忘记灵灵，但是不行，灵灵的可爱模样、趣闻憨事时时在目、萦绕耳畔，一时一刻都丢不开。

　　终于熬不住思念之苦，他打定主意去看望一下灵灵，特意买了玩具、水果、小人书，还买了口罩、手套，戴上免得传染，觉得万无一失了，喜滋滋地往城里赶。他在那拥挤不堪的电车上闹了一场笑话：人家看他大热天戴口罩手套，嗤嗤发笑，嘀咕他莫非是个疯子，售票员也吓得不敢催他买票。当他解释自己患肝炎病时，人们恨不得抛他于车外。倏地，水泄不通的人群奇迹般闪出一方空间。他心凉了半截儿：自己真成了瘟神？看来，这样登门去会灵灵，定会被女婿毫不客气地堵回来。

　　他犯愁了。沉思半天，想起一个好主意——到幼儿园去见灵灵。他寻到灵灵所在的幼儿园，阿姨正教孩子们做操。他透过栅栏，一眼就看到灵灵了，他没有喊，忘情地咧嘴笑。灵灵发现了外公，飞跑上前，亲昵地娇嗔："外公，你上哪儿了？我好想你呀！"说着一双小手伸过来了，他欲伸手去拉灵灵，好好跟灵灵亲亲，但下意识地收回手，神情黯淡地喃喃道："灵灵，外公不能挨你。"灵灵瞪圆眸子："外公，这为啥呀？""外公有肝炎病，会传染的。"灵灵天真地说："不要紧的，我早打过预防针。"

他的心咯噔一跳，久久凝视着灵灵的亮眸和伸来的嫩手，眼窝潮湿了，背过身去抹掉两行夺眶而出的浊泪。灵灵挺精，嚷道："外公，你哭啦？"他慌忙掩饰："没……没，外公害眼病，爱流泪。这眼病容易传染的，我站远点……"他朝后退了几步。灵灵沮丧地收回手，耷拉着脑袋不吭声。他有点急了："灵灵，你咋了？怎么不跟外公说话？"灵灵扬起小头颅，泪汪汪的大眼忽闪忽闪："外公，是不是爸爸妈妈气走了你？他们尽在背后说你的坏话……""不……不，是我有病，外公把肝炎、眼病治好了，就搬回去与你一起住！"灵灵似乎相信了，点点头，似乎又想起什么，央求道："外公，给我把那个童话故事讲完，好吗？"他一怔，已记不清了："哪个童话故事呀？""就是那个小羊为老山羊爷爷找救命仙草的故事……"

"哦！"他恍然大悟，记得他被撵出女婿家的前夜，讲的是这故事，"当时讲到哪儿来了？""小羊迷了路，走入了狼窝，狼要把它撕碎给狼崽当晚餐……"

他接着娓娓地讲起来："小羊见狼要吃它，忙哀求：'你们别吃掉我，我要寻仙草回去救爷爷的命！'狼一怔，恶狠狠地说：'小东西，别耍滑头，今日送上门来的鲜味，岂能让你溜掉，嘿嘿嘿！'说罢就要用利齿咬小羊的脖子。小羊急得直落泪，发誓道：'我要撒谎，天打雷劈。你们行行好，放我走吧！要不，我寻到仙草送回去交给爷爷，再回来给你们当晚餐！'狼崽们一听，受到感动，帮小羊求情：'就饶了它吧，我们宁肯饿一餐。'老狼阴鸷狡黠地笑了：'好，暂且饶了你。不过，你得履行自己的诺言。要不，别怪我们不客气，一齐下山去捣了你们的老窝！'小羊出了狼窝，又落入虎穴……"

突然，他身后传来一声呵斥："呸，你胡诌个啥？还不快滚！"女婿气得五官挪位、七窍生烟，怒视并斥责着他。他不由得一阵痉挛，怏怏而去。走出老远，还隐约听见灵灵的哭喊声。他的心碎了……

从此，他的"阴谋"不能得逞，只要他在幼儿园栅栏外一露面，阿姨仿佛看见"狼来了"，慌忙将灵灵藏起来。他唯一的慰藉是，悄悄潜去，偷偷窥望几眼灵灵的身影。

他的心绪挺坏，茶饭不思，肝炎病也懒得治疗调养，身体日趋衰弱。三个月后，住进医院，医生叹息："晚了，肝硬化……"出血、腹水、昏迷、奄奄一息，女儿女婿来过，就是灵灵没来，自然是不许灵灵来。他说胡话，总是念叨着灵灵的名字，偶尔在瘦削苍白的脸上绽开一个灿烂、神秘的笑。一日，他苏醒过来，神志清楚，心情爽朗，大概是回光返照的时刻。他突然提出一个怪请求："要去打个电话。"护士断然拒绝："绝对不行，你得安静休息，可不可以找人代替你打电话呢？"他摇摇头，仍声泪俱下地哀求。护士六神无主，鼻酸心软，便去请示医生。后来，满足了他的愿望，特意搬来一部电话机。他颤抖着手去拨号，等了老半天，通了："喂，你是灵灵吗？我是外公，你听出是我的声音吗……"

他似乎精神极好，很啰嗦地和灵灵寒暄了一阵，最后竟讲起了那个未完的童话故事："小羊落进虎穴，老虎也要撕碎它给虎崽当早餐。小羊央求：'虎伯伯，饶了我吧，我要寻仙草给爷爷治病。'老虎气势汹汹地问：'你独自上山寻仙草，闯到我的地盘上来了，难道不怕死吗？'小羊颤抖着答：'怕……可我想到爷爷要病死了，就不怕了，听说只有你这儿有仙草，我就壮胆来了……'虎崽们心软了，也替小羊求情：'我们不吃早餐，放了小羊吧！'老虎瓮声瓮气地吼道：'小鬼头，想骗我吗？我问你，你的爹妈咋不来寻仙草呢？'小羊喃喃道：'本来家丑不可外扬，这会儿我只得如实说了，它们都嫌弃爷爷，巴不得它快死哩！'老虎很受感动，慷慨地说：'小羊，你真是好样的！不瞒你说，你要寻的仙草就在我的窝旁，叫虎涎草，吃了长生不老，难得你这么孝顺，我就送给你一棵吧！'小羊寻到仙草，救活了老山羊爷爷，又悄悄进山找到狼窝，去履行自己的诺言。老狼见小羊如此守信义，不但没害它，还送给它一只魔笛，吹着它，再凶残的狼也会变得温驯……"

他的故事讲完了，接着猛烈咳嗽，呼吸紧促，浑身抽搐，脸色铁青，手无力地瘫软下去，听筒"吧嗒"摔在地板上……

听筒中传出灵灵急促的呼喊声："外公，你的病怎么了？你得挺住，我也学小羊去给你寻仙草……"

"仙草……"他的嘴角翕动着，似乎在重复着这两个字音。渐渐地，他永远地去了。

凡 夫 篇

柴

齐师母在走廊里试图用最后三片柴生燃炉子,却悲哀地失败了。浓烟熏得邻居咳嗽嘟哝、怨声载道,齐师母也被呛得泪涕涟涟、毛焦火辣,索性扔下炉子,赌气罢炊了,扑在床上哽哽咽咽起来。

"吱呀!"黄昏时分齐老师才推车进门。"咋了?"这一问不打紧,齐师母正无处泄怨愤,于是噼里啪啦冲他吼叫起来:"你这没本事的男人,嫁你倒八辈子霉了!瞧左邻右舍哪家不是用的煤气灶?就咱家穷酸烧煤炉。烧煤炉也罢,却三天两头断煤缺柴,和尚念经似地催你去搞,你初一推十五,十五挨三十,非搞得断炊不可!这哪叫人过的日子哟?呜呜呜!"

齐老师感到内疚屈辱,堂堂男子汉大丈夫竟让老妻为柴愁眉苦脸、流泪怄气,惹得邻居嗤笑。嘿!这些日子忙着辅导学生高考复习,焦头烂额、心力交瘁,答应老妻的事都忘在脑后了,岂止买柴,还有买煤、买米、卖破烂、换床腿(那老式床被虫蛀空了一条腿,躺在上面吱吱呀呀、摇摇晃晃,翻个身都提心吊胆)等。老妻有病,总不能挨到她插手呀,万一愁坏了病身咋得了?刻不容缓,明日说什么也得抽空去买柴!

齐老师扳过老妻的脸庞用手绢轻轻拭去浑浊的泪痕,又轻轻地捋捋她零散的发丝,抚慰道:"明天我一定买柴,要不你把我劈了当柴烧吧!"他想说一句幽默话逗得老妻破涕为笑,但说得有些涩硬凝重,没成功,老妻反而不无辛酸地啜泣道:"瞧你这瘦瘪身子,劈成柴也熬不熟一锅粥哟……"

齐老师将功折罪,翻出一摞旧教科书和三片残柴凑合着生炉,搞得满廊乌烟瘴气,吹得腮帮发酸,呛得脸色乌紫,炉子才生燃。吃完饭,洗涮完毕,已是深夜十点。齐师母小心翼翼地爬上病腿床安歇,齐老师趴在桌上批改学生作文。

第一本作文谴责当科长的爸爸的损公肥私行为,那科长往家里拉公家的好木料打家具，却当劈柴价交款掩人耳目……

柴！这个烦恼字眼又晃动在齐老师眼前。他硬着头皮继续批改下去。但不知怎的，脑子里老是缠绕着柴。老妻的粗鼾声铿锵有力，梦呓中不时夹杂着几声呻吟。他轻轻搁下笔，推开作文本，摘下灯罩，让那缕柔光照射在老妻脸上。他凝视着她虬凸的青筋、密集的皱纹、花白的发丝和瘦削的脸庞，心猛地抽搐，两行热泪夺眶而出。他恍惚觉得，妻子就是在一瞬间变得苍老的！按她的实际年龄，她不应该衰得这么快，老得这么厉害，她那两位当干部和老板娘的姐姐养尊处优、舒适安逸，整天为胖发愁，哪像她这般骨瘦如柴、弱不禁风？三姊妹凑到一起，她硬像做娘的哩！他浑身痉挛，痛心疾首地忏悔：我对不起自己的女人！我毁了她或许说生活毁了她！

当年她冲破家庭的封建思想束缚，摆脱了许多有钱有势、有才有貌的男子的追求，嫁给他这个穷教员时，是多么浪漫活泼、妩媚动人，他们把教室楼梯间拾掇出来做新房，从典当行抬回一张老式床当婚床，搂在一起伴着外面的风吼雪舞，疯疯癫癫地高唱那首著名的外国情歌：

> 在遥远的海滩上有一间小木房，
> 里面没有金也没有银，
> 只有一对相亲相爱的人儿……

多少年含辛茹苦、忍辱负重、相濡以沫、相敬如宾，如今都老态龙钟、孤苦伶仃。本来命运赐给过他们一个小天使，就怪那年寒流风雪来得疾猛，没多备点柴煤烤火升温，四壁透风的楼梯间成了冰窖，刚出生不久的小天使患了急性肺炎烧得像团炭火，后来僵成一团冰，夭折了。妻子急得犯了糊涂，搂着小尸体死不撒手，嚷道："他没死没死哇！齐伊文，快劈了床生炉火给孩子烤烤吧！别愣着，你快劈呀！"她也得了伤寒病，落下病根，且没了生育能力。多少年来，他劳其筋骨、鞠躬尽瘁地教书，却苦了自己的老妻，不知欠下了多少温情恩爱啊！他真想化成一堆干柴、一盆炭火暖暖老妻的身心……

第二天，齐老师教书就多了那么点杂念，不时想到柴的问题。到了下午，满脑子想的都是柴、柴、柴。正要抽空去柴店，一位家长来访。就是那位把公家木料当劈柴拉回家打家具的科长，他不知从哪个渠道打听到毕业班有三个保送上大学的名额，神秘兮兮地拜托齐老师多多关照。从他的神态语气观察，似乎上面的层层关节都打通了，就差班主任的举荐意见。

齐老师实在没时间陪他"泡蘑菇"了，顾不得谦谦君子之风度，焦躁地看看表，匆匆辞客："实在对不起，我要去……买柴!"那科长一愣："买柴？买什么柴？哦，引火柴！哈哈，那还用买吗？别花那份冤枉钱啰？明日我给你拉一车来!"齐老师慌忙摆手："使不得、使不得……"为人师表、清贫清高，咋能向学生家长索取呢？再说，他害怕那科长的"劈柴"，若拉一车木料来，自己岂不成了社会蛀虫，玷污了一生名誉？使不得、使不得的!

齐老师骑车气喘吁吁地赶到柴店，但柴早卖光了，伙计叫他明早五更天再来排队吧。齐老师苦笑，正待离去，那小伙子冲他打招呼："喂，老头，明日我跟你留一捆吧，你放学来取!"尽管他不懂礼貌，但十分友好，齐老师蹊跷："你咋知道我是老师？"小伙子得意地说："瞧你满身粉笔灰、书呆气就知道了，嘿！就你们这号人最傻最穷，连煤气灶都没福气用上……"齐老师心头一热，人间自有真情在，一片丹心终会知。

不过，一出柴店，齐老师的神情就沮丧起来，没柴何颜见老妻呢？没柴咋样生炉做饭呢？他踯躅半天，终于想起一条主意：上味必居熟食店破费几个钱买些熟食回家，与老妻凑合一顿，明日不就有柴了吗？对！他提腿上车骑到熟食店，在那香气氤氲的橱窗前犹豫着，里面菜的价格令人咋舌。突然，他眼睛一亮，那垃圾箱里扔满了横七竖八的木枝儿，那是人们丢弃的一次性卫生筷。天呀，这不是上好的引火柴吗？这真是踏破铁鞋无觅处，得来全不费工夫！他顿时忘却了斯文体面，蹲下身去拣筷子，竟装了满满一袋，直起腰来才发现食客冲他叽叽喳喳、指指戳戳，他慌忙将袋子往车后座上一夹，飞也般骑车逃去……

他有点飘飘然。恰逢另一位喝醉酒飘飘然的倒爷骑着摩托车飞驰而来。他仿佛看见一团死火扑来，吓呆了，还没清醒过来，就连人带车被撞出老远……

齐老师在医院里咽气时支吾："柴……"

肃立一旁的学校领导感慨道："多好的老师呀，生命垂危还在念叨出人才!"

齐师母呜咽着喃喃道："不，他念叨的是引火柴……"

众人惘然：引火柴？!

米

老曹头是文化局老门房。好多人仍习惯喊他"曹队长"。何队之长？工宣队之长。老曹头的身世颇像样板戏《海港》中的老工人马洪亮，旧社会就在码头上扛包，苦大仇深、心红志坚，自然最有资格进工宣队，且最有资格当工宣队之长。

老曹头率队进了文化局，文化局管辖全市大小剧团，老曹头是个戏迷，简直喜得合不拢嘴，整日哼哼唱唱。想当年穷得叮当响，没钱看戏，便趴在戏园子的壁下听戏过瘾，逢上名班红角唱连轴大戏，便勒紧肚皮去买票一睹为快。三十年河东四十年河西，想不到如今他可以颐指气使，让那些昔日令他崇拜得发癫的名角来偷偷给他唱堂戏哩！拨乱反正时，老曹头因没干什么坏事，才宽大处理，没被驱逐，留在门房工作。

老曹头人缘极好，上上下下都尊敬他。他除看门扫院、送信报、传电话外，还揽了许多分外事儿做，如理发、补鞋、订牛奶、代售邮票、修自行车、养花栽树、掏阴沟、扫厕所什么的，他整日乐哈哈地忙乎着，任劳任怨、默默无闻，干得有声有色、有滋有味，闲来把壶品茗哼几句戏："我本是卧龙岗上散淡之人啊……"

老曹头无儿无女，老伴也仙逝，如今无忧无虑、无牵无挂，真可谓散淡之人。不过，这些天他遇到了烦闷事，粮店最近供应的全是粳稻米，吃了反胃胀气、呕吐肠疼、胸闷便秘、尿频放响屁。唉，人老了，就不中用了，哪像年轻时当码头工那阵，胃像两扇石磨，吞颗铁秤砣只怕也能消化。唉！姜越老越辣，树越老越硬，人却越老越不中用……

这天，老曹头将鲜牛奶送到赵副局长的办公室。赵副局长微笑着说："曹队长，我明日下乡检查工作，得耽搁几天，牛奶就不烦您送了，您留着自个儿喝吧！"老曹头受宠若惊，撒了个小谎："我……我不喝牛奶，嫌那奶有腥味儿……要不，我抽空送到您家里去吧！"赵副局长似乎早就期待老曹头这么说，领首微笑，迭声道谢，末了问："曹队长，您需要从乡下捎东西吗？比如鱼肉鸡鸭什么的，那地方的高粱酒、烤烟叶挺有名气，要不要捎点？"老曹头摇摇头说："不用、不用，我早戒烟酒了！"

出门时老曹头磨磨蹭蹭地又挤出一句："赵局长，您坐局里的车去吗？"赵副局长纳闷："您问这干嘛？"老曹头结结巴巴起来："我想，您要是……坐局里的车去，我好托司机，给我捎点米回来……粳稻米吃了不消化，想从乡下买点……糙米，先跟您打声招呼……"老曹头知道，这招呼是非打不可的。有一次，司机小刘给同事捎了一袋花生，叫赵副局长训得可惨哩！至今司机小刘仍心有余悸，凡遇有人求他，都为难地说："跟头儿打声招呼吧！"赵副局长听了，爽朗地说："这事甭托别人了，就交给我办吧！"老曹头就把钱票和布袋交给了赵副局长。

赵副局长也曾受过老曹头的庇护。那时，赵副局长的包公戏唱得红极了，"文革"时被批斗得焦头烂额、体无完肤。准备赶他蹲牛棚的，老曹头怜悯他，便指定他留下参加样板戏演出，演《沙家浜》中的胡传魁、《红灯记》中的鸠山，后来他平步青云登上副局长的宝座。

赵家离局机关百十米远，却要爬九层楼二百多级阶梯。那楼房是统建房，没安电梯。赵副局长刚提拔没几年，住房暂时与职务没成正比，正如他那得靠牛奶滋补的干瘪身子与官位不成正比一样。老曹头每天虔诚地去爬那九层楼二百多级阶梯。唉！人老了，不中用了，爬到一半腿肚打颤、心里发慌，吭哧吭哧地喘粗气，等爬完楼梯沁出一身冷汗。赵副局长续娶的女人冷艳艳地堵在门里，既不让座也不客套，公事公办似地接过牛奶旋即关上门。这一瞬间，老曹头的心头才泛起一股苦涩的屈辱感。他愤愤地嘟哝几句："妈的，凭什么老子要侍候巴结你这小妖婆？你神气个啥？当年你他娘的想争演那个小铁梅，还哭哭啼啼地在老子面前哀求撒娇咧！你跟工宣队小李子鬼混打胎的丑事还是老子给捂住的！如今当了副局长夫人就他娘的眼睛长到额头上去了。呸！"

老曹头第七次去赵家送奶，开门的是睡眼惺忪的赵副局长，他热情地又是沏茶又是敬烟。大包小裹的东西就搁在客厅里，也许是到家太晚没来得及收拾。老曹头一眼就瞥到了他的那个布袋，鼓囊囊的，像是装着米呀！老曹头正欲开口问，赵副局长已去解布袋，拿出大把鲜荔枝，说："曹队长，快尝尝鲜吧！瞧，水灵灵的，昨天才从果园摘的……"老曹头尝了颗鲜荔枝，的确水灵灵、甜滋滋的，但想的是糙米的事，欲言又止：还是让赵副局长先提这事为好。赵副局长仍在眉飞色舞地大谈特谈荔枝的营养价值和药用价值，他说老人吃了返老还童、延年益寿，女人吃了皮肤光洁白嫩、嗓子甜脆圆润，杨贵妃、陈圆圆都酷爱吃荔枝。

老曹头意识到他一定是昨夜残酒未醒，现在醉意朦胧、谈兴盎然。他的夫人趿鞋出房娇嗔一声，刹住了他的话柄，他自嘲地笑了。他的夫人没搭理老曹头，端起牛奶去煮，煮好就唤那只波斯猫："丽达，小心肝，喝牛奶！"老曹头浑身一颤，蒙了：天呀，难道我这几天，不，几年来给赵副局长送的奶，都他娘的喂了这小杂种？顿时，他满腹都是被愚弄的屈辱怨怼，恨不得咬牙切齿、捶胸顿足地发泄一通……

老曹头告辞时，赵副局长仍未提捎米的事，即使没买到，也该还钱票和布袋呀！可他似乎压根儿忘了这事，也许是酒未醒的缘故，老曹头不好意思启齿。

又过了五天，赵副局长忙忙碌碌，压根儿不提这事。老曹头每次去他办公室送牛奶时，都磨磨蹭蹭、犹犹豫豫地想问，话到唇边就强咽回去。有次，赵副局长瞥到老曹头神情复杂、欲言又止的窘样，和蔼地问："曹队长，找我有事吗？"老曹头期期艾艾地说："没……没事！"赵副局长很诚恳关切地说："有什么困难只管跟我说嘛，我一定尽心尽力……"老曹头惶惶然："真没……没事，你忙，你忙……"他倒恍若做了小偷似地飞快溜了。

不久的一天，快到晌午了，老曹头还没送牛奶来。波斯猫若断了牛奶，夫人又会唠叨发怒的。赵副局长隐隐不快地踱到传达室。老曹头不在，又换了一位老头在值班。一问，原来老曹头突然病危住了院，因吃粳稻米消化不良引起胃穿孔出血。赵副局长大吃一惊，恍然大悟：该死哟，我把他托的事，忘得一干二净了！

油

邻居快嘴嫂透露消息：菜油要涨价。她男人是物价局小车司机，小车司机是"第三首长"，仅次于首长、秘书，成天跟首长打交道，茶余饭后、鞍前马后还能不听到点官方消息？邻居们都信快嘴嫂的新闻公告，似乎没上当受骗过。

清早，税务员老秦还在打呼噜，就被老伴一阵猛摇疾呼催起床撵出门，拎着两只大塑料油壶嘟嘟哝哝地往粮油店去。本来老秦已与几个钓友约好，趁这个星期天去东湖垂钓的，硬是叫老伴给搅了。

粮油店前，已排成了一长溜儿队，老秦蹒跚而来，人们仿佛看见怪兽似地一下子安静了许多，旋即叽叽喳喳、指指戳戳起来。

一位蓄着长发的小伙子调侃道："哟，秦税官，您老也来凑这份热闹呀？"

老秦听出话中有刺，没好声气地反诘："这咋叫凑热闹？我就不吃油啦？哼，吃斋的和尚也吃油咧！"

众人发出一阵哄笑。

那小伙子怪声怪调地说："秦税官，您老息怒哟！我可说的是大实话，不信您老瞧，这排队买油的长龙阵中可有几个有权有势有钱的？您老来排队，也不怕腌臜了身份吗？嘿嘿！"

老秦瞠目结舌，狠狠啐了一口唾沫，在心里嘀咕：呸！这浑小子最胡搅蛮缠，跟他一般见识才真正腌臜了身份哩！

这浑小子是邻居蒋家老三，干过一阵个体户，摆水果摊，经常偷税，叫老秦逮住过几次，任他怎么软磨硬泡、威逼利诱，老秦铁面无情、刚正不阿，硬是罚了他的款。他怀恨在心，几次寻衅闹事，砸老秦家的玻璃窗、金鱼缸，老秦都息事宁人、懒得计较。

蒋家老三在那里大声狂气地讲一个笑话：某城举行一次奇特的比赛，看谁能从一只枯瘪的柠檬里捏出水来。许多大力士都败下阵来，唯有一位瘦骨嶙峋的老人竟捏出一杯柠檬汁来，众人大哗，记者问其职业，老人答："税官。"

众人被这笑话逗得哄笑。在众人眼里，税务员是个肥差，别说油，就是彩电冰箱、金银首饰什么的都有人贿赂。就算老秦一身正气、两袖清风，但也不至于廉洁到缺油吃的地步。哼！还不是摆摆花架子掩人耳目，跟我们穷百姓凑热闹。菜油要涨价，就是涨得再高，买得再多，能省几个钱呢？腰缠万贯的、头戴乌纱帽的人才不在乎哩，就连那些穷酸知识分子也懒得来耗费贵如油的时间。

老秦站在长龙阵里百无聊赖地抽烟。本想敬几支烟给旁人，想想烟太廉价了，怕惹人笑话，也就罢了。他心绪不佳，沉郁着脸狠劲抽烟，额上的青筋虬凸起来，咬肌一鼓一鼓的……

是的，对某些人来说，税务员是个肥差，就连市里省里的大领导也争先恐后地往税务部门安插自己的三亲六眷、七姑八姨，仿佛这儿能淘金发横财似的。是的，税务部门有蛀虫、败类，一名高干子弟当了半年多税务员竟索贿几十万元，不久前银铛入狱了。就连一位干了三十多年税务工作的老税官最近也利令智昏、丧失晚节，被行贿者拉下水，看来不坐牢也要被罢官革职。在改革大潮中，拜金逆流也暗涌偷袭，金钱射出神奇的灵光和死光，每个人都在经受它的辐射。坚韧的，挺住了；软弱的，倒下了。

老秦的灵魂也走过那座炼狱。那年，他的独生女儿结婚，没新房，一家贸易公司闻讯给他女儿搞到一套商品房，一个镍币也不要他掏。等他回家，女儿女婿已雷厉风行地搬进新居，欢天喜地忙着张灯结彩布置洞房。老秦气急败坏地赶去，吼骂道："胡闹！快跟老子退了，要不，老子就撞死在这里！"女儿女婿哭成泪人哀求："爸，求求您放一马吧，就睁只眼闭只眼过去算了，您知道我们等结婚住房多苦呀！您开开恩吧，我们永远记住您的大慈大悲、大恩大德……"他们竟双双跪下了。那一瞬间，老秦怦然心动，感情的潮水汹涌澎湃，直捣理智的堤坝，他浑身瘫软，像发疟疾般痉挛，痛苦地喃喃道："不，不，不！这是圈套，是陷阱！你们不知道，他们贸易公司逃了多少税……这是诱饵，是潜网！"孩子们无可奈何地哀求："让我们在这里度完蜜月再搬行吗？"老秦扑通跪地，老泪纵横地说："别怪爸不通情理、死心眼儿，爸端的是铁饭碗，就得铁下心守铁规矩呀！清清白白干了一辈子税务，不能到老了栽跟头让人戳脊骨呀！"

如今，女儿女婿与咿呀学语的外孙女仍蜗居在他那间十二平方米的阁楼里，他的老伴有次半夜起床上厕所，摔了一跤就瘸了条腿。老秦很内疚，搂着她的瘫腿号啕大哭："我是个窝囊废、老混蛋，我让全家人都跟着吃苦受罪……"老伴抹泪劝道："哭什么？别让人家看笑话！你莫瞎糟践自己了，街坊邻居谁不夸你是个老实正派人，人眼是秤啊！不管这世道咋个变，总是要老实正派人的……"

老秦很感动，别看老伴素日爱唠唠叨叨地抱怨，心里却是通情达理的啊！

粮油店终于开门了。老秦亦步亦趋地随着长龙阵往前蠕动。等到老秦扔掉第十五根烟屁股，毛焦火辣地排到柜台前时，营业员大声吆喝："菜油卖光了，明天再来吧！"

众人大哗，吵吵嚷嚷、骂骂咧咧地乱成一团，几个性急脾气凶的人很快与营业员接上火，唇枪舌剑、电闪雷鸣地干起来。老秦想，没油再怎么凶吵也不顶用，冤枉排队自认晦气，赶快回去，说不定还能追上钓友们，若不行就跑到民众乐园去泡茶馆、听曲艺……

老秦回到家里，怔住了：屋里搁着一桶菜油！

"谁买回的？"

"炒坊傻老单送来的。"老伴又补了一句，"人家不忍心看你排队才送的。他说绝没有歹意，是真心感谢你，要不收就是瞧不起他，他就把油倒进下水道……"

"这个傻老单！"老秦嗔怪地笑了。

傻老单炒瓜子出了名，记者采访时，街道干部为表现工作实绩，浮夸虚报了他的总收入，逼得他只好硬着头皮多交所得税。老秦收税时发现这问题，如实核退了税款。

老秦诙谐地问："老婆子，我请示你哟，这个问题咋办？"

老伴果断地说："傻老单的油可以吃，这人老实正派，不会用诱饵钓人。不过嘛，咱们也不能揩老实正派人的油呀，付钱给他吧，最好今天就付钱，要不明日涨价了，又亏了……"

老伴的精明逗乐了老秦，他滑稽地扮了鬼脸喊道："遵命！"

他忘了钓鱼、品茶、听戏的乐趣，哼哼唱唱地一路小跑而去……

盐

八盏大吊灯把客厅照得通明，丁香花散发出浓馥的清香。

晚宴正酣，觥筹交错，谈笑风生。又一盘菜端上来：红烧甲鱼。

东道主赵厂长殷勤地抖动筷子招呼："钱局长，请！大家请随便吃！"

钱局长正啃着板鸭，应接不暇地应酬："哦、哦，大家吃吧！"

局长不先尝，谁好意思先下筷呢？满座宾客静握筷子抑制食欲，觊觎着味香色美的红烧甲鱼。

钱局长慢条斯理地啃完板鸭，才伸筷夹了一块甲鱼，未进嘴就习惯地客套：

"味道挺好，挺……"第二声"好"还没出口，又咽回去了。妈吔！甲鱼怎么像咸鱼？莫非打翻了盐罐？他含着这块甲鱼吞吐两难，正暗暗叫苦，赵厂长又抖动筷子招呼旁人品尝，他瞅空悄悄把甲鱼块扔到桌下。

孙处长素日不沾鱼腥。但局长已下断语，此鱼挺好，要是不伸筷，一扫局长的兴致，二驳东道主的情面。无论如何，也得咽下去，哪怕是黄连。他夹了一块甲鱼，假装津津有味地咀嚼起来，尽管甲鱼又腥又咸，胃在强烈抗议，身上过敏地浮起一层鸡皮疙瘩，但他脸含微笑，口里附和："味道不错，不错！"

李主任此刻也把甲鱼撂进嘴里。他行伍出身，粗犷爽直、正派憨厚，对溜须拍马一窍不通，没这细胞。他在家没生过炉买过菜，那是娘们的事，大丈夫莫为。因而不懂烹调，是个食盲，只要不是生糊臭烂，水煮盐拌都能凑合。他怕吃甲鱼，儿时玩水叫甲鱼咬伤过，以后见了甲鱼就怕，连甲鱼肉也怕吃。一次他和老婆赴朋友的婚宴，一盘红烧甲鱼他没伸一筷，老婆回家骂他傻，甲鱼是滋补品，有钱人都花大价钱抢购它咧！从此，他又犯傻了，见甲鱼就囫囵吞食，图个滋补。哎哟，这甲鱼咋咸得发苦啊！要是在家会当场就冲老婆发脾气的，可这场合不行，咋咋呼呼惹人笑话。也许，甲鱼就是这么烹调的，要不局长处长咋都说好吃呢？他也连声附和："好吃！真好吃！"

宣传科科长周威是个能吹善拍的角色，功夫已炉火纯青。他一听诸位领导齐夸甲鱼味好，除积极响应品尝外，还侃侃谈起甲鱼的特殊营养价值以及钓甲鱼的技艺，俨然像一位行家里手。他的饶舌，大大冲淡了大伙吃咸甲鱼的不快之感。

吴司机尝出甲鱼咸得发苦，也没大惊小怪。他明白自己的身份不便多嘴，明明是甲鱼咸，大家却都不点破，他突然想起小学上过的《皇帝的新衣》那一课。

赵厂长最后一个下筷。他暗自思忖：看兆头，这顿晚宴大家吃得挺酣畅满意。这次安全质量大检查，厂里不仅能过关，而且能捞个奖哩！听说奖金相当可观！这样，工人得奖金，工厂得荣誉，厂长脸上有光。他飘飘然地啃了一口甲鱼块，脸色陡变，眉头紧蹙：该死的老郑头咋搞的嘛？有谁知道，为了摸清钱局长爱吃红烧甲鱼的嗜好，他颇费了一番苦心。为了搞到这甲鱼，采购员花了不少气力。原指望老郑头做个拿手好菜，谁料，偏偏在这盘菜上砸了锅。这不是故意出他的洋相吗？他越想越沮丧，越想越生气，恨不得马上冲进厨房，戳着老郑头的秃头，骂个狗血淋头，再辞退他。但他克制住了自己，怕惹得大伙都不愉快。既然领导没嫌咸，何必由自己点破呢？岂不自讨没趣？

晚宴结束。钱局长打着饱嗝吩咐周科长结伙食账。赵厂长急忙阻止："局长，这不是成心寒碜我们吗？"

钱局长神情严肃，口气坚决："一定得给，不能白吃！"

赵厂长无可奈何："好，好，我们收。"

赵厂长与周科长嘀咕几句，象征性地收下每人两元钱。然后他又喊人沏香茶，带着歉意说："各位领导海涵，小厂条件差……"

"哪里、哪里，各方面都不错，赵厂长年轻有为、治厂有方哇！"

"我看这次你的厂可以评上安全质量奖。"

"钱局长，你的意思……"

钱局长边品茶边剔牙，轻轻颔首，一锤定音："不错！"

满座舒心惬意地笑了。

正在这时，老郑头满脸沮丧地噙泪走拢来，说道："今天怪我……把甲鱼做咸了，我真混呀！竟给重了盐……"

大伙一怔，接着都宽慰他。

钱局长还起身与他握手，说："不要紧的，甲鱼吃咸点不腥，味浓，你看不是都扫荡光了吗？我就爱吃咸点，不知大家觉得味道如何？"

大伙忙附和："不咸、不咸，味道不错、不错！"

赵厂长心里宽松多了，既然领导包涵，那就饶了老郑头，让他下去。

哪知，老郑头却呜咽起来："我真混呀！但不是故意的。刚才医院打电话来说，我儿子死了，我……就急糊涂了，给重了盐……我一生没烧过这么混账的菜！呜呜呜……"

满座皆惊。

钱局长忙搀扶老郑头坐下，关切地问："你儿子得的什么病？怎么不早治？"

"他什么病也没有，身材壮得像头牛！"

"那是怎么死的？"

"前天厂里锅炉爆炸了……"

赵厂长轻咳一声，老郑头浑身一颤，意识到自己说漏嘴了，神色惶恐，匆匆退出客厅。

但大伙已明白了。沉默，大概比吃了一千元咸甲鱼还不是滋味。

第二天，钱局长一行的轿车驶出工厂不远，突然斜冲出一人拦住，幸亏吴司机手疾眼快，紧急刹车，那人才没毙命于轮下。

人们一看：这不就是老郑头吗？一夜之间竟憔悴苍老多了，他目光呆滞，神情恍惚，诚惶诚恐地喃喃道："我真混呀，但不是故意的……我儿子死在医院里，我就急糊涂了，给重了盐……"

"没关系的……"

"有关系的！赵厂长辞退了我，我该怎么办呢？老伴有病，药费咋办？求求你们大慈大悲、大恩大德，帮我这槽老头⋯⋯求个情⋯⋯"

老郑头扑通一声跪下了，瘦骨嶙峋的躯体蜷缩一团，让人极容易联想到"螳臂挡车"这种情景⋯⋯

酱

老姜的退休报告已批下来了，欢送会也开了，但他突然请求再干一段日子，理由是：他遗留下的几封死信没找到收信人，转给新手不放心，退回去草草了事又于职业良心不忍。

其中一封来自加拿大的死信就令人焦头烂额，踏破铁鞋无觅处。收信地址写道：

中国汉口驼子街瞎子巷麻子酱坊老板收

也许，半个世纪前这街这巷这酱坊存在过。现在绝对没有了，被历史湮没得无影无踪、无声无息了。

老姜上博物馆去翻阅过地方志，驼子街倒是有那么一点记载：驼子街，原是一片蓬蒿丛生、污水泛滥的荒洼地。清朝中叶，北方大旱，灾民蜂拥而至，在荒洼地上垒基搭棚，在长江码头扛货卸包。不知是长久地蜷缩弯腰于矮棚的缘故，还是重荷摧残、苦难锻打的原因，这条街上的驼子特别多，便叫驼子街。照此妄自类推，瞎子巷也许就是因瞎子多而得名，麻子酱坊也许有位麻子老板，或者是一群麻子开的酱坊。

驼子街旧址如今是一座青少年文化宫，没街没巷没酱坊，也没驼子没瞎子没麻子，只有孩子们活泼快乐的身影与嬉戏歌唱声。

老姜无可奈何，准备退信。他集中精力辗转奔波救活了几封死信，唯独这封加拿大的来信看来"死"定了。临到退信时，他又不甘心了，就这么退回去，似乎心里疙疙瘩瘩、窝窝囊囊的。他当了一辈子邮递员，还没退过一封死信，总是千方百计地让信起死回生了，若是在退休的时候叫一封加拿大的死信给难住了，那才是终生的耻辱咧！

老姜请示了领导，拆信寻找线索。

这封信的内容是：一位半个世纪以前就漂泊异邦的古稀老华侨得了不治之症，生命的灯火摇曳欲灭，什么山珍海味、美肴珍馐都不想吃了，偏偏念叨起儿时在故国驼子街瞎子巷麻子酱坊最爱吃的一种什锦酱。为了让父亲临终前无憾，儿子代笔向祖国故乡求援⋯⋯

老姜怦然心动，似乎一下子读懂了那位远隔重洋、客居白求恩故乡的华侨老人的思乡情愫。说什么也不能让老人抱憾而去，得让他尝尝那种什锦酱——祖国故乡的风味小吃！老姜跑遍了全城的酱坊、制酱厂，总算从一位酱坊老师傅那里打听到一点有关麻子酱坊的情况：麻子酱坊是一位美貌的寡妇开的，她因怕地痞恶少纠缠捣乱，就在脸上描满雀斑，像黑麻子一样丑陋惊人。那寡妇有一手绝活，能制一种五味十色的什锦酱，据说是用花生、蚕豆、黄豆、绿豆、扁豆、莲子、荸荠、蘑菇、竹笋、辣椒、胡椒、芝麻、虾米、荞麦、苞米等原料配制成的。

这酱价廉物美，招得顾客盈门，生意兴隆。不料，日寇飞机狂轰滥炸，麻子酱坊被烧成废墟，人们从火焰中救出寡妇老板时，才惊异地发现：她的脸上并没有麻子，长得像天仙哩！只是双腿被砸断了……后来，她就沿街爬着乞讨。再后来，她被一位人力车夫收留做了他老婆。去年，有人还瞧见她坐在轮椅上被老伴推着去民众乐园看戏呢！老姜欣喜若狂，赶到民众乐园，询问门卫老头，老头想了想说："是有这么一对老夫妇，可好久没来过了……"

老姜心头一凉：难道他们已不在人世了？

老头又说："要不，你去找那些老戏迷打听打听，兴许能问出个下落来。"

这办法果然见效，几位老戏迷告诉老姜："她还健在咧，住在洞庭街新村，自打老伴去世后，就没见她来看戏了。"

老姜喜滋滋地赶去，辗转打听到她的住处。一进院，就见一位八旬老太太坐在轮椅上晒太阳，银发在微风中颤动着，干瘪的脸庞在冬日的阳光下显得既恬静又呆滞。不用问，就是她！她听见了脚步声。

"谁呀？"

"我是邮递员。"

"怎么？那邮递员姑娘调走了？"

"没有。我是来查找一封死信的收信人的。请问，您就是驼子街瞎子巷麻子酱坊的老板吗？"

老太太浑身一颤，浑浊的眼眸中释放出一束亮光："是我！是谁还记得我，给我写信呀？"

"加拿大渥太华市唐人街86号蔡先生……"

老太太颤巍巍地接过信，轻轻地抚摸着，嗤嗤地笑起来："想不到是他！他还活着？还记得我？这个冒失鬼，还写那老地址，现在哪里去找那驼子街瞎子巷麻子酱坊？都没有了！亏得你呀，咋打听到的？这个作孽的冒失鬼，五十多年没一点音信，到老了写这封鬼信来坑害你！嘿嘿，听他说些啥？小伙子呀，我眼睛不中用了，帮我念念！"

她喊他"小伙子"。老姜觉得挺滑稽，到抱孙子的年纪了，居然被人称为"小伙子"。不过，她比他大二十来岁，时光倒转回去，她真能喊他小伙子的。这老人挺幽默的。

老姜念完信，老太太沉思半天，感慨道："时光太快了，人生太短了，咱们都老啰，都要到极乐世界去啰！前日我还做梦来着，梦见蔡家大少爷……哦，他家是开钱庄的，他在清华大学念书，暑假就倚在我的柜台旁大把大把地掷钱买什锦酱吃。不怕你笑话，他那会儿恋上我了，要不是家庭反对就带我远走高飞出洋谋生去了。可我……怕亏了他，我是个寡妇，又比他大十岁，还门不当户不对。我就说配不上他，他就……就用手绢将我脸上的假麻子都抹去了，这秘密只有他一人知道……我还是没同意嫁给他，怕他逢场作戏之后抛弃我……"

老姜庆幸：多亏没退信，要不，两位老人这段阻隔天涯五十载的感情史就没有一个美丽温馨的结尾了。送这封信，胜造七级浮屠哩！

老太太撩起衣袖擦了几把激动的泪花，自嘲地笑着说："唉！瞧我，黄土埋到脖子的人了，还抖落这陈芝麻烂谷子哩！也许是当初我错怪了他？也许是现在我自作多情？罢、罢，不管他是恋我，还是思乡，就冲他还记得麻子酱坊，没说的，我豁出老命也得让他吃到正宗的什锦酱！"

老姜自告奋勇地要帮老太太当采购打下手。老太太破了秘不传人的家规，将这制酱妙术细细教给老姜。

腌制什锦酱至少得两个来月，老姜急忙给加拿大的老华侨写了回信。不久，老华侨的儿子来信说，父亲闻讯后精神好多了，食欲也增添了，病情没恶化下去。据医生估计，再熬三个月没问题。看来，老人口福不浅，冥冥中似乎注入了回春之泉。

两个多月过去了，终于到了启罐的日子。老姜拎着一个精心制作的小木匣往老太太家里赶。他敲了半天门，里面阒然无声。他慌了，喊来邻居七手八脚地将门撬开，只见老太太昏倚在床头上，中风了，但那僵硬的双手仍紧紧地抱着一个罐子。

老姜明白了：腌制什锦酱需要适当的温度，冬来酷寒，老太太大约日夜抱罐拥衾而坐卧吧！人们慌忙要送老太太上医院，老太太呻吟一声，苏醒过来，艰难地说着："莫慌……等启罐……"她朝老姜努努嘴，老姜醒悟过来，净手抻衣，虔诚庄严地从她怀里掰开那僵硬冰冷的十指，抱过罐子，启开罐盖。顿时，一股异香悠悠窜出，不一会就弥漫了全屋，众人啧啧称赞，瞠目结舌。老姜舀起一匙什锦酱请老太太先品尝，老太太咂巴着舌头，咳喋有声，津津有味，脸上浮现出欣慰的笑容，两行热泪顺腮滚下……

一月后，加拿大来信：

> 家父已于正月初十病逝，承蒙你们关照，尝到了麻子酱坊什锦酱，死而
> 无憾矣，谨致谢意！

老姜怔了：老太太也是正月初十去世的，这到底是巧合呢，还是冥冥中命运
的撮合？记得那日汉口下了一场大雪，电视新闻里也播了一则渥太华突降一场罕
见大雪冻毙数十人的消息，莫非两位老人有心灵感应，遥遥相邀着走上了雪国之
路……

醋

老何二十年前嗜酒如命。患胃溃疡后，医生警告他："你到底是要酒还是要
命？"他自然是要命，戒了酒。医生又叮嘱："吃些醋对你的胃病有好处。"他遵
命，不仅菜里加醋，而且以醋代酒，每顿饭喝一小盅。渐渐地，胃溃疡康复了。

后来，他的醋瘾取代了酒瘾。每种菜不添醋，他便觉得味同嚼蜡。每顿饭若
不喝醋，他的胃便神经质地痉挛，隐隐作痛，肚肠便总像梗塞着、膨胀着、烧灼
着。为此，老伴没少与他发生龃龉，常常为"黄鱼到底给不给醋"等琐碎问题争
吵得脸红脖子粗。偏偏老伴滴醋不沾，闻醋恶心，矛盾就愈发不可调和。是可
忍，孰不可忍？老伴拿出昔日逼他戒酒的泼劲和韧性，逼他戒醋，也使出了离婚
杀手锏。他们当然没有像如今的年轻人那样说离就离，只不过虚晃一枪罢了。

老何最怕老伴闹离婚。他知道老伴是假闹，但假闹也怕，一怕别人看笑话，
二怕不吉利。在离婚与戒醋之间，他选择了后者。

和戒酒一样，自然戒得极苦。一天晚饭后，老何捂着肚低声呻吟，不一会
儿，哇地呕吐了。老伴心软了，拿来醋："喝吧，喝点也许好受些……"这情景
就跟当年戒酒一模一样。都怪老伴心软！所以，老何戒醋告败。这不失为老何的
家趣之一。知道内情的同事经常与老何逗趣："喂，上你家去喝几盅醋吧！"

谁若真去老何家做客，定可大饱醋福。他家食橱里摆满各种醋：白醋、香
醋、麸醋、酒醋、玫瑰米醋等，其中不乏山西老陈醋、镇江香醋、浙江玫瑰米醋
等名醋。看上去，老何挺像醋商或醋类收藏家。他收藏了一罐山西老陈醋醋精，
这玩意儿据说跟茅台老窖名酒一样越陈越好。他是从山西某小镇名醋坊买来的，

据老板吹嘘，醋精存上十年，滴醋能解浓酒，匙醋能解剧毒，譬如吞了砒霜的人，灌上一匙醋精就能化险为夷。老何没试过，倒是老伴有次腹部绞痛，老何惶惶然想起醋精，捏住老伴鼻子灌下半匙醋精，老伴顿时大呕，险些吐出五脏六腑来，但腹痛不一会儿就消失了。从此老伴对醋有了全新的认识，称之为"救命汤"。

忽一日，老何时来运转，因醋得福。这事儿得绕着圈讲，要不，讲不透道不白。

老何有个心病，就是老伴的户口问题至今没解决。当年，老何是地质勘察队员，长年累月在野外颠沛，风餐露宿，四海为家，婚事耽搁了，四十岁还没找上对象。后来，老何患病调回城里当仓库保管员，人家给介绍了一位乡下寡妇，两人一见面挺中意，很快就办了婚事。领导原本答应给他爱人办理户口的，谁料到"文革"倏地开始了，搅了老何的美梦。那年头上山下乡呀，疏散人口呀，下放锻炼呀，一批批的城里人被撵下乡，乡下人跳农门转户口谈何容易？老何愧对老伴，仿佛欺骗了她，好在老伴通情达理，毫无怨言，即使在最困难的处境里，也没发过一句牢骚。

那时，他们蜗居在仓库旁临时搭的披棚里，灌风漏雨，低矮潮湿，地上不时冒出一层绿霉或几簇白茅草，癞蛤蟆、屎壳郎、老鼠、蜥蜴、蜈蚣都爱光临这蜗舍，甚至发生过蟒蛇爬上床的惊心动魄之事。这披棚冬如冰窖，夏如火炉，老何的女人连年掉了三次胎，或因伤风感冒或因中暑，成了习惯性流产，据说打个喷嚏、系个鞋带、放个响屁都要掉胎的。医生说不能生娃了，老何也说不要生娃了，女人却很伤心，觉得很对不起自己的男人，觉得这世界太险恶、命运太不公平或者自己罪孽深重，常常蜷缩在棚里掩声悲泣。

后来，老何从大街上捡回一个弃婴，棚内才有了生气和天伦之乐。因为老伴是农村户口，养女上不了城市户口，几次分房没老何的份。半边户是没资格分房的，住披棚就算不错了，好多老半边户还像老光棍一样挤住在集体宿舍呢！总算天有眼、地显灵，养女争气，考上了大专学校，解了老何一大忧虑。但另一个忧虑接踵而至，养女一晃到了当嫁年龄，朋友早谈好了，似乎到了瓜熟蒂落的地步，可苦于无房结婚。老何看在眼里、急在心头，一反"上山打虎易、开口求人难"的常态，硬着头皮、觍着脸皮去求那些管分房的官儿，甚至不惜经济代价去送礼行贿，到头来还是不如愿，还是那条死杠杠卡死了他：半边户不能分房！

在此期间养女已熬不住了，提前偷吃了禁果，已人工流产四次。医生警告说："再这么流下去，别说日后生娃没指望，就是性命也难保哇！"老何从老伴口里知悉这情况，五内俱焚、七窍生烟，不知道该斥责养女呢，还是该扪心自问：

"这是不是自己的罪孽呢？要是有房孩子们怎会干出这种丑事？自己也早堂堂正正地抱外孙了。"千头万绪、归根到底就是一句话：老伴的户口问题！

倘若老伴的户口问题不解决，则分房无望；分房无望，养女女婿就不能完婚；不能完婚就会继续苟合偷欢；苟合偷欢就要人工流产；人工流产多了，就别指望生娃甚至会误了卿卿性命。这因果利害关系，实在太明朗严峻了。

狗急跳墙，人急拼命。那天，老何豁出去了，寻上了老局长的家门。老局长家正设宴庆贺宝贝孙子十岁生日。老何神情沉郁地闯去，大煞风景，老局长显得十分不快，将老何让进了书房。

老何劈头盖脸地说："老局长，这是我最后一次来求你了。你要不解决我老伴的户口问题，我就不打算出你的家门了！"

老局长瞥见老何怀里揣着什么硬邦邦的东西，倒抽了一口凉气，暗忖道：天呀，那家伙是炸弹火枪还是斧头铁锤哟？他感到脊背汗津津，脑袋乱嗡嗡，恐惧地倒退几步说："你，你想干什么？"

"别害怕，我绝不会伤害你！"老何窸窸窣窣地掏出那东西，"喏，不过一瓶酒而已，当然掺了毒药，你要不答应我，我就当着你的面喝下去！我实在没活路走啦，没脸见老伴孩子了……"

老局长镇静下来，声色俱厉地呵斥道："胡闹！你是老同志了，怎么能这样不珍惜晚节？唉！想想三十年前，你找我吵什么？吵着要参加地质勘察队，到最艰苦最危险的地方去。现在倒好……嗜！你看你都变成咋样了？真叫人痛心呀！你以为这样胡搅蛮缠、以死相挟我就会不讲原则了吗？哼，没门！你再要胡闹，后果自负，我要打电话通知保卫处的！"

老局长越说越显得慷慨激昂、大义凛然，咄咄气势逼得老何垂头丧气，如泄气的皮球瘫软下来，竟呜呜地捧头哭起来。

就在这时，突然发生了一件意料不到的事，似乎冥冥中命运之神赐给了老何柳暗花明的良机。

客厅里突然传来一阵嘈杂喧嚣声，老局长闻声而去。原来，宝贝孙子在狼吞虎咽红烧鳜鱼时，不幸被鱼刺卡了喉！一家人吓得手脚都凉了，七手八脚地揉胸口捶后背，喊宝宝呼肉肉。但无济于事，宝贝孙子卡得不轻，呕吐黄水，猛烈咳嗽，痛苦抽搐，憋得脸紫唇青、冷汗淋漓，眼看要声咽气绝。

老局长当机立断抓起电话机，拨号，急呼："司机班吗？我是老孙呀！快给我派辆车来，家里有危急病人！越快越好呀！"

老何被眼前的突发事件吓蒙了，半晌才想起什么，对老局长说："快、快灌醋呀！"

老局长沮丧极了："没醋，咱们一家人都不沾醋。要不，快上邻居家去借吧！"

老何晃晃手中的瓶："我这有咧！"

老局长愕然："你这……不是毒酒吗？"

老何狡黠地一笑："吓你的，醋精咧！"

老局长疑惑万分，接过瓶嗅了一下，醋味熏得他哇地吐了一口酸水。真是醋精！

醋精名不虚传，大显神通。老何捏住那宝贝孙子的鼻子，猛灌了一匙醋精，不一会儿，那作祟的鱼刺就被醋精溶化了。宝贝孙子哇的一声哭了，气畅痛消，又破涕为笑。

这时，一辆轿车风驰电掣般鸣笛开来，宝贝孙子毫无余悸地嚷着要吃鱼哩！

老何告辞时沉痛地说："老局长，我这是急糊涂了，才来……胡闹！我想通了，知错了，再不给领导添麻烦了！求老局长饶了我这一回，我把这瓶宝贝醋精送给你……"

"哈哈，老何，你不给，我还想向你讨要咧！想不到这玩意儿还真神哇！"老局长接过那瓶醋精细心摩挲着，像酒徒得到一瓶珍藏多年的茅台似的。

出门时，老局长拍拍老何的肩神秘兮兮地说："老何，不瞒你说，给你老伴转户口的事难度大呀，照顾指标太少，头头脑脑们都不够瓜分，鸡争鸭斗不可开交咧！唉，我说老何，你给老伴转户口，不就是想分套房子吗？这事我做做工作，包你如愿，放心吧！"说罢，老局长打了一个响亮的饱嗝，和蔼地笑了。

老何彻底蒙了。他真不相信自己的耳朵，也不相信老局长的嘴巴。难道磨破铁嘴无所得，竟阴错阳差地，得来全不费工夫？难道是自己在做一场荒唐可笑、悲哀恍惚的梦？莫非是老局长在哄自己，命运在欺弄自己？

直到老何拿到房子钥匙，全家乔迁新居，养女女婿终成眷属，老何仍在疑惑嘀咕，显得很不平静踏实，时而烦躁抑郁，似乎这房子是他骗来、偷来或抢来的，似乎这恩赐是什么不可告人的阴谋圈套……

茶

东城化工厂流传一句顺口溜："天不怕地不怕，就怕老阎把门卡。"

老阎何许人也？该厂考勤员。他黑脸膛，络腮胡，浓眉大眼，虎背熊腰，虽说年过六十，但很健壮，给人力拔山兮、声若霹雳的印象。据说老阎以前当过工人纠察队员，在护厂中立过功，三拳揍趴过一名企图炸厂的潜伏特务。据说老阎会武功，一次逛公园时遇到五名小流氓调戏一位少女，他挺身而出打抱不平。小流氓们以为老夫好欺，围住他恶语相向、武力相挟。老阎怒发冲冠、拳脚相加，揍得小流氓们鬼哭狼嚎、屁滚尿流。

就因为老阎会武功，厂长才三顾茅庐请他出山当考勤员，那会儿他退休回老家登山采菊、泛舟垂钓哩！厂长说，考勤员非老阎莫属，几任考勤员不是叫调皮青工胡搅蛮缠地气跑打趴了，就是怕得罪人，睁只眼闭只眼当"维持会长"。唯有老阎软硬不吃，一个孤老绝户无牵无挂、无畏无惧，足以镇住那些歪风邪气和害群之马。老阎经不住厂长的软磨硬泡，无奈，答应出任这个唱黑脸的角色。

那天，上班铃响过，老阎分秒不差地急遽关上栅门，只开一扇小门，拿着考勤本和马蹄钟堵着门记迟到名单。人们一看那位老好人考勤员不见了，换上了这么一位凶神恶煞、毫不留情的"阎王爷"，心都凉了半截。那日，竟有三分之一的人栽在老阎手里，连踩着铃声进厂门的也没饶过，统统记录在案，有待扣奖金，皆大晦气。

常言说：众怒难犯。老阎一早就得罪了三分之一的工友，惹得怨声载道、骂语盈耳，他几乎被唾沫淹死。好戏还在后面哩！上午十时，包装车间的调皮鬼"许大马棒"——许行大摇大摆地往厂门走来。

"干啥去?"老阎沉着脸堵住门。

"拉屎。"许大马棒嬉皮笑脸地说。

"厂内有厕所嘛!"老阎毫不通融。

"嗬! 老头，你是不是狗拿耗子——多管闲事，吃饱了撑的? 管天管地管不了老子拉屎放屁! 快闪开，要不别怪老子不客气啦!"许大马棒骂骂咧咧地揎拳捋袖要起蛮横。

他每天早晨睡懒觉，听见铃响才慌着上班点个卯，到十点钟溜到街上去买早点吃，原来的考勤员连个屁都不敢放。据说早先有位考勤员拦过他一次，他竟揍掉了人家两颗门牙，仗着他那当局长的舅舅的权势，他不仅逍遥法外没受处分，而且连医药费也没掏。他怎会把老阎放在眼里? 伸手就拽老阎的衣襟。老阎像一尊铁塔立定，许大马棒没拽动，反而踉跄一步撞在门框上，额头隆起一个青紫的肿包。

许大马棒恼羞成怒，竟拔出水果刀朝老阎扑去。老阎一闪身，叭的一拳打飞了水果刀，顺势一拽，许大马棒摔了个狗吃屎、猪拱泥，鼻青脸肿、头破血流，瘫软一团爬不起来。

老阎冷笑道："愣小子，服气吗?"

许大马棒沮丧地说道："服气、服气，怪我有眼不识泰山……"

老阎嗤之以鼻地斥责道："哼，要不是看在我的徒弟、你的舅舅的分上，今日我真想揍扁你！快起来，滚去上班！"

许大马棒灰溜溜地走过去。

众目睽睽下，老阎力挫了化工厂头号刺儿头的威风邪性，捧起那茶壶嗞溜溜地喝着茶，好一副泰然自若、悠然自得的超脱样子。

有人便问："你真的是他舅舅的师傅？"

老阎说："这还有假？当年他舅舅被撸了官，下放到化工厂劳动改造，就拜在我名下学徒咧！"

"你干嘛就这样轻饶了许大马棒呀？"

"哈哈，这种人能拿他怎么办呢？厂长也对他头痛咧！扣奖金吧，他又不愁钱花；批评吧，他脸比城墙厚；开除吧，他的后台硬，说不定巴不得跳个好单位哩！只有现对现、硬碰硬，让他吃点亏、学次乖。再要跳槽蹶蹄子，给他几鞭压压邪，慢慢就能驯好！"

惩一儆百，谁也不敢找老阎胡搅蛮缠、耍狠撒泼了。但恨他怨他的大有人在，尤其是那帮调皮青工，简直视老阎为眼中钉、肉中刺，暗地咒他快死，策划着怎样报复报复老阎，让他领教领教哥儿们的厉害。许大马棒雪耻心切，邀了一帮哥儿们在酒馆饱餐一顿，合谋挤走老阎，绞尽脑汁想了一个妙计。

老阎不沾烟酒，却嗜茶如命，且爱喝酽茶，整日壶不离口，夸张点说，他上厕所也捧着茶壶。那茶壶不是搪瓷、陶瓷、玻璃的，而是一截乌檀木雕成的，古色古香，造型朴拙而优雅，算得上是一件古玩或民间工艺佳品。茶壶不知用过多少年代，陪过多少主人，瞧那壶身被抚摸得油光乌亮，仿佛上釉一般，那壶壁结着厚厚黑黑的茶垢，只怕用开水一冲也能化出一壶浓茶来。关于这只茶壶的传闻颇多，或说它是盗墓者扒出的古人陪葬品；或说它是老阎家的祖传珍品，老阎那患麻风病的爷爷曾使用过；或说它泡茶不馊，越陈越香；或说它具有祛病免灾、驱邪避凶之特异功能，惹得不少人既怕又想亲口饮饮那茶壶里的酽茶。但是赏玩茶壶的人多，敢品壶中茶的人少。

这几天，许大马棒的一帮哥儿们对老阎的茶壶发生了浓厚兴趣，不是缠着老阎讨茶喝，就是跟老阎侃茶壶，说某外商愿出多少美金买这玩意儿，啧啧！等于拿一只银壶换一个木疙瘩咧，这等天下难觅的美事不干，无疑是天下难找的傻瓜蛋！老阎嗤之以鼻地说："呸，我才不稀罕什么美金呢，用洋钱垫棺材底烧纸钱吗？我才不换咧！"

人们发现，老阎这几天不正常了，一日往厕所里跑十几趟，栅门前常唱"空城计"，那些迟到早退的人也就瞅准老阎奔厕所的空子"暗度陈仓"。偏偏许大马棒这几日挺规矩，不闹着出厂门去"拉屎"了，邀了一帮哥儿们觑到老阎奔厕所而来，便捷足先登，占坑不拉屎，蹲着抽烟哼歌、聊天逗趣，急得老阎咬牙切齿、捶胸顿足或苦苦哀求、千呼万唤都无济于事，直至稀屎糊满裤裆。

又过了数日，老阎的身体明显消瘦了，脸上呈病色，青筋虬突，皱纹扩展，头发中冒出许多银丝，下颌的肌肉无力地坠着，四肢软疲疲的，显得疲惫不堪、无精打采。但他除了吃饭、睡觉、拉屎外，仍像一尊铁塔坚韧忠实地戳在栅门旁，履行着他的职责。

一天，厂长从轿车里看见老阎气色不对，关切地问："阎师傅，病了吧？"

"没关系的，拉肚子……"

"上医院看看病吧，来，用我的车送你去吧！"

"不、不，这点小病撑得住，你忙去吧！"

老阎坚信自己的身体抗得住，过去有点头痛脑热、凉肚伤胃，从来懒得去寻医求药，撑上几天就好了，可这次邪乎极了，肚子越拉越厉害，常常上吐下泻，浑身虚脱无力，头晕目眩，食不甘味，终日抱着茶壶饮酽茶。

终于有一天，老阎支撑不住了，一头栽倒在栅门旁。他住进了医院。栅门旁少了一个铁面无情的"阎王爷"，皆大欢喜，许多人仿佛获得解放一样长吁了一口气，觉得天高海阔、自由自在多了。

不久，人们便觉得少了老阎后添了一种失落感。

譬如再没谁帮忙修自行车了。老阎在时，每天都要上停车棚溜达一趟，看谁的车闸失灵了，胎漏气了，不声不响地给修好了。

譬如再没谁像老阎那样热心快肠了。老阎虽说考勤卡得严，但大事小事只要说一声，他都乐意帮忙。张三要请假换煤气，老阎说"我替你跑一趟吧"；李四要溜出去买包烟或过个早，老阎说"拿钱来我替你去买"；王五说家里的水管坏了、厕所堵了，要去请房管所的人来修，老阎说"甭急，下班我帮你去修"……

譬如再没谁能像老阎那样考勤严格认真、公正无私了。严有严的好处，评奖金时按考勤表来就完事了，省得争争吵吵、攀攀比比、叽叽咕咕、骂骂咧咧、哭哭啼啼，闹得脸红脖子粗；或者搞平均主义，排排坐、吃果果，懒勤一个样，奖罚不分明，搞得大家面和心不和……

甚至连许大马棒也良心发现，幡然忏悔：老阎是个大好人呀！不知哪个龟孙子把持刀威胁考勤员的事告到上面了，调查人员找到医院核实时，老阎却轻描淡写地遮掩过去了。要不，自己这次非栽不可，说不定要蹲监狱呢！可自己，却干了伤天害理的事。原来，许大马棒的一帮哥儿们神不知鬼不觉地往老阎的茶壶里掺了泻药!

许大马棒领着哥儿们赶到医院去负荆请罪,拎的礼品是大伙凑钱买的几包名茶:西湖龙井、黄山毛峰、庐山云雾、安溪铁观音……赔罪的礼数话也都推敲好了,必要时并排跪下,自掴耳光,不愁老阎不心软恕罪。

寻到病房,他们傻了眼:人去床空。一问护士,才知老阎被老家来人"抢"走了。老阎的老家办了一个化工厂,正缺技术指导员,千里迢迢赶进城请"财神爷"老阎。到东城化工厂一打听,老阎当考勤员累病住院了,来人气得破口大骂:"狗✕的瞎浪费人才作贱能人,这种宝贝疙瘩用来守门打考勤,真是天大的冤屈哇!"不由分说,就把老阎"绑架"走了,租的一辆高级卧铺车。

不久,老阎给厂长写来信,表示深深歉意,一为不辞而别,二为辜负厚望;并寄上五百元钱托他查找并转交给那匿名寄茶人:苏醒。

雅 士 篇

琴

施惠教授在晚报上刊登"寻琴广告"后，不断收到信，接到电话，有的是怜悯她的苦难遭遇和凄怆心境，有的是觊觎她那一套住房或一万元人民币的悬赏，有的则怜悯、觊觎之心混杂一起。施惠教授疲于奔命地去认琴，可惜，失望了一次又一次。但她痴心不改，仍寻寻觅觅，上下求索……

施惠教授要寻的琴，是一架白俄罗斯牌钢琴。这是她的丈夫——已故桥梁工程师薛义正送给她的新婚礼物。"文革"初期，薛义正被揪斗，罪状是早年曾与苏联专家在建造武汉长江大桥期间勾勾搭搭，有敌特间谍之嫌，造反派抄家时突然发现有一架钢琴，且牌为"白俄罗斯"，肯定有鬼啊！莫非钢琴内安装了微型发报机？便将那架钢琴抬走了，后来几易其主，不知流落何处。

施惠教授寻琴，惹得众人议论纷纷，或嗤笑她傻不拉叽，吃饱饭撑的，那么个破琴，值得那么高的悬赏吗？买架新琴多简单多划算，何苦庸人自扰、劳神费力哟！或猜测个中有诈，寻琴之意不在琴，很有可能是从寻琴入手追查蛛丝马迹，挖出暗害她丈夫的凶手。或推理得神乎其神，那钢琴中必藏着巨款存折或金银首饰、埋宝秘图或传家密书什么的……

这似乎是一个谜团！晚报记者见到这则奇怪的寻琴广告后，采访了施惠教授。施惠教授颇带感情色彩地喃喃道："我寻琴的动机很简单，那琴是我的爱物，是我的伙伴，我老觉得它在哪个角落里呻吟着，呼唤着，我得找回它，找回我生命和记忆的一部分。我老了，其他东西都是身外之物，无所谓了，唯有那琴我老是放心不下，它在哪儿呢？"说到这里她便哽住喉咙，眼眶含泪，仿佛在祈求着失散的亲人归来，那般虔诚和焦灼！

记者的文章见报后，那些胡思乱想的人更是起劲地晃脑袋："屁！掩人耳目！欲盖弥彰！"

施惠教授闻之，凄然苦笑。过了半年，那琴仍踏破铁鞋无觅处，望穿秋水不复归。施惠教授几乎要绝望了。突然有一天，一位陌生人打来电话，约施惠教授去螃蟹巷124号认琴。陌生人说，他敢打赌，那琴肯定是她要寻的"白俄罗斯"。

施惠教授将信将疑，还是去了螃蟹巷。一走进那户人家，她就看见了她的"白俄罗斯"。天呀！它竟被毁成这般模样：琴身布满蜂窝般的窟窿，琴盖脱落了，裸露出七塌八陷的琴键，就像一位人老珠黄的妇人的无齿牙床；琴面上的油漆被侵蚀剥落得几乎难辨出原来的色彩，大概是长期做供桌用的缘故，上面有许多烟熏火烙、油渍水烫的印痕，疮痍累累，污垢斑斑，简直惨不忍睹！施惠教授的身子摇晃了一下，踉踉跄跄地扑上前，伸出颤抖的双手在琴上摩挲着，泪水成串成串地溅洒在琴键上。施惠教授有过思想准备，但万万没料到她的"白俄罗斯"竟被糟蹋成这样……

当年，她突然被造反派传唤去见她那整整三年未见面的丈夫，她想象丈夫一定被折磨得瘦骨嶙峋、衣衫褴褛、遍体鳞伤、蓬头垢首，偏偏没想象出丈夫疯了，他整日下跪念咒般忏悔："我是'苏修'特务！我罪该万死！死了喂狗狗都不吃！我的发报机安在'白俄罗斯'钢琴里！我坦白交代、低头认罪……"他已不认识施惠，任凭她拼命摇晃、呼唤呜咽，仍在那里滚瓜烂熟地忏悔。她万万没有这种思想准备，她觉得疯比死还悲惨残酷一千倍、一万倍！不知怎的，当时施惠教授竟生出一个古怪恶毒的念头：希望他死，早死早解脱！不久，她丈夫疯疯癫癫地跪在长江大桥上忏悔得舌枯唇焦，然后从他亲手建造的桥上跳下……施惠教授以为是自己的恶咒显灵，多少年来还在默默地谴责自己。

现在，她多么希望这琴不是她的"白俄罗斯"啊！她宁可永远寻找下去直至瞑目，也不愿接受这残酷的现实。但这琴千真万确是她的"白俄罗斯"，上面依稀可辨出一排字样："愿琴给你插上翅膀，成为欢乐的精灵！"这是丈夫在新婚之夜给她的赠言，用绣花针细心地戳点上的。施惠教授情不自禁地扑在琴上呜咽起来，瘦小佝偻的身子痉挛着，显得很凄怆、悲凉……

户主是一位四十来岁的汉子，就是他打电话约施惠教授认琴的。汉子见她痛哭，束手无策，不知道该怎样劝慰好。半晌，施惠教授止了啜泣。汉子红着脸喃喃道："施教授，也许您不记得我了……我……我是您的学生……"

施惠教授愕然："你叫什么名字？"

"韩卫东。"

她仔细回忆良久，终于抱有歉意地摇摇头。

"我是钢琴系66级2班的。"

她仍记不起来了。

"我、我还揪斗过您……"汉子痛心疾首地说道，"当时鬼迷心窍，疯狂了，真造孽，用铜头皮带……抽打过您。"

她还是摇摇头。挨打的记忆是深刻清晰的，但谁打的她当时没看清，不敢看清，更不敢记仇。

"施教授，您恨我吗?"汉子祈求地望着她，诚惶诚恐的，"施教授，无论您恨我还是不恨我，我都不会原谅自己，真的! 为了减轻自己的罪孽，我花了半年时间帮您寻琴。这琴当年在巷战武斗中被当作机枪架座，嗒，才被打成这么多窟窿，后来废弃在街头，被一位退休工人捡回去当了供桌，嘻! 糟蹋得不像样子了……"

这很像一个荒诞故事，荒诞得后代难以相信和理解: 钢琴竟被当作枪座和供桌?

施惠沉思、唏嘘。

"多谢你费心了，我还是守信用，酬金、房子由你挑吧!"

汉子慌忙晃手: "不、不、不，我没这意思，我说了，帮您寻琴是为我赎罪……"

"冲你这份热心劲，我总得感谢你呀!"

"如果真要感谢的话，我有个请求，不知该讲不该讲……"

"讲吧，只要我能办到的。"

"我的钢琴梦在那场武斗中毁灭了。"汉子下意识地晃了晃左边的空袖筒，施惠教授这才发现他是个独臂，"我很想让我的儿子续上这个梦，您肯收他为徒吗?"

施惠教授浑身一颤，缄口闭目，感慨万千。

汉子急了: "您……不肯收吗?"

施惠教授无言，缓缓地伸出她的双手。当年，她的手在动乱中受了伤，至今，那十指萎缩得如鸡爪一样……

汉子愕然。良久，他问: "施教授，我不明白，您已无缘弹琴，干嘛还要那么苦巴巴地寻琴呢?"

"宝贵的东西失去了，就得找回来。不为别的，就为这个，就跟你让儿子续梦一样。"

汉子若有所思、所悟。

至今，这架满目疮痍的白俄罗斯牌钢琴修复后又堂而皇之地立于施惠教授家的客厅里，与厅的色调格局极不协调，但主人极宠爱它，每日必擦拭三遍，一尘不染，古色古香。据说，修琴的花销足够买一架新钢琴，施惠教授乐于这样，这没办法……

棋

围棋大师司马悦之患了癌症。回光返照之际，他将四个儿女召唤到病榻前。

四个儿女有三个成了棋坛新秀，分别跻身于八段、七段、六段棋手之列。唯有老二与弈无缘，最腻厌下棋，坐不定腚、静不下心，生定的孙猴子性格，喜欢毛手毛脚、蹦蹦跳跳，爱上了踢足球，虽没成为"国脚"，倒闹了个"省脚"——省足球队赫赫有名的中锋。那年出国参赛时他鬼迷心窍，顺手牵羊将宾馆里的高级枕套和拖鞋、电剃须刀揣进旅行包里，叫洋人追到飞机场里讨要，丢了国格，因而被永远罚出足球场，贬到一个集体小厂当了电焊工。虎落平川遭犬欺，车间主任常找茬儿整治他。他忍无可忍，踢了人家一脚，不知是人家骨头太脆，还是他的脚力太猛，竟将人家踢成了残疾，自己也蹲了三年牢，出狱后摆香烟摊混日子。

四个儿女的孝道，似乎还挑不出什么欠缺。司马悦之住院期间，他们轮流侍候，那份孝敬虔诚足以让同室病人羡妒。此刻，他们围偎在父亲的病榻旁，或伴笑，或细语，或偷泣，或颦眉，这情景令人想起世人推崇的《二十四孝图》。他们竭力装出没有一丝半缕私心杂念的样子，其实，脑袋里乱成一团，彼此心照不宣罢了。

老爷子要撒手人寰了，肯定是要交代后事。老爷子没什么别的遗产可吸引人，唯独有一件祖传之宝——玉棋，价值连城，足以让四个儿女心旌摇荡、垂涎三尺。当然，体面还是要装的，大家都拼命奉献出自己的孝心赤胆，仿佛压根儿没想过那玉棋……

关于这副玉棋的来历，传说有两种：一说是司马悦之的祖父司马骧得的御赐。司马骧是光绪皇帝的棋师。光绪皇帝被慈禧太后幽禁在瀛台，百无聊赖，万念俱灰，便以棋混日，那痴迷劲儿与宁让千乘之国而争箪食豆羹者无异，司马骧整整伴光绪皇帝下棋十年，光绪皇帝一命呜呼前，凄然泪下："朕被幽禁十年，若无你伴棋，早墓木拱矣！世上难得一知己，皇上难得一忠臣，无甚谢你，这副玉棋送给你留个纪念吧！"另一说是司马骧从日本棋手手里赢来的。日本围棋手在天津设擂台赌棋，口出狂言："杀遍中国无敌手，艺超天下称棋王。"司马骧当时年逾八旬，老态龙钟，卧病在榻，隐居乡野，慈禧太后急下十二道金牌，差太监总管李莲英急召司马骧北上应战。司马骧带病披挂上阵，力挫群雄，最后一盘棋竟下了三天三夜，硬是逼得日本棋圣大岛野谷哀声认输，恭恭敬敬地将这副玉棋拱手交给司马骧。

这两种传说都难以考据真伪，但这副玉棋倒是地地道道的稀罕之物。黑白子分别用黛绿色的碧玉和光洁无瑕的白玉磨制而成，滑腻结实，熠熠闪光，叫人看上一眼，便会棋瘾盎然，平添些许情趣，即使棋局惨败，也会为亲享玉棋而坦荡欣慰。

然而，能够玩玉棋的人并不多，甚至看过玉棋的人也少得可怜。从司马骧到司马悦之，都将玉棋深藏在密室暗匣里，除了重大赛事和嘉宾贵客，从不轻易拿出来。这似乎成了一条特殊的祖传家规。

"文革"时，红卫兵破"四旧"抄家，揪住司马悦之架"喷气式飞机"，跪碗片玻璃碴，硬逼他交出玉棋，司马悦之凛然不屈，宁死不交。无奈，红卫兵掘地三尺，凿墙破壁，终于从一个十分隐蔽的壁洞里搜走了玉棋。司马悦之平反出狱后，几经周折，寻回玉棋，珍藏至今也没拿出来过。此时此刻，他一定要交代一下玉棋了。没错，他颤颤抖抖、窸窸窣窣地掏出一把钥匙，叫儿女们打开那座厚实笨重的老式衣橱。他喘着粗气艰难地指点着橱内的暗道机关，打开了极难发现的夹层抽屉，果然，露出两个古色古香、雕龙刻凤的檀香木棋匣。

四个儿女不约而同、情不自禁地"啊"了一声，眼里喷射出惊喜而贪婪的光芒，蠢蠢欲动、跃跃欲扑，都急切地想把玉棋据为己有。

"慢着……"司马悦之低喝道，接着猛烈地咳嗽、喘气了一阵，直闹得浑身痉挛，手脚冰凉，吓得四个儿女慌忙扶起他前揉后捶地忙乎半晌，方才悠过气来。司马悦之努努嘴，示意他们坐拢病榻，他说："我想，该告诉你们这个故事了……"

儿女们疑惑地望着司马悦之，不知他葫芦里卖的什么药。下面就是他断断续续地讲下来的故事，自然省略了那阵阵哮喘、咳嗽、呻吟声：

"那年，我被关押在沙洋监狱。因为罪名是与贺龙、陈毅下过棋，且被誉为'围棋大师'，狱方接到上级密令，将我单独幽禁在悬崖上的小牢房里，将弈书、围棋统统搜去，绝对禁止一切与棋有关的言行。我一生酷爱围棋，怎忍心就此与棋绝缘呢？我向狱方请求，还我弈书、围棋，遭到粗暴拒绝。我又提出，让我下地去干活，哪怕是最苦最脏的农活，只要能享受到一般犯人工余小憩中允许享受的打牌下棋的自由，就满足那么一点可怜的自由和欢乐，仍被狱方断然拒绝：'哼，你就死了这份野心吧，别想得那么美！就是让你去干农活，也得严密监视你不准下棋。难道你还执迷不悟吗？你的罪孽就源于下棋……'

"就这样，将我与棋、与人隔绝了半年，我简直要疯了，想起年轻时代的座右铭：不下棋，毋宁死！便想到自杀，一头撞在墙上，昏死过去。我被送到医院抢救活了，但仍被幽禁在小牢房里，仅在墙壁上安装了防撞橡皮。这样，我连死的权利也被剥夺了。但我仍想死，便开始绝食。绝食条件是：给我一副围棋！狱方残忍地拒绝、不理睬。

"绝食的第五天，深夜，月朦胧，风萧瑟。我从昏迷中醒过来，原来，额上被什么击了一下，火辣辣的痛，一摸：隆起一疙瘩。正蹊跷间，脚上又挨了一下，像被蝎子蜇了似的痛得龇牙咧嘴。借着惨淡的月光，我终于发现有人在往小牢房的小窗口里扔石子。不，那不可能是扔的，从击在天花板上反弹下来的力量估猜，很有可能是弹弓射的。是哪家的顽童在玩恶作剧吧？或许是狱中的哪个坏小子在捣蛋寻乐吧？我艰难地挪到窗下的死角里，懒得理睬，昏昏沉沉地睡去了。清晨被狱卒吆喝醒来，我突然发现了一个奇迹：天呀，小牢房地面上竟散落着一颗颗围棋子！我欣喜若狂地扑在地上急遽地捡着那些围棋子，生怕狱卒发现这一秘密。谢天谢地！没被发现。我偷偷数了数：只有21颗，细细一看，都是用小石子磨成的。我忽然想起昨夜的事，看来，不是顽童或坏小子捣蛋，而是谁有心从小窗口射进来的！这人一定冒着危险射了不少小石子，只可惜悬崖高牢窗小，落进牢里的只有21颗！不过这对于久违了围棋的我来说，简直抵得上21颗价值连城的珍珠宝石！

"我将小石子藏在被里，悄悄抚摩着，赏玩着。我猜来猜去，也没猜出这个冒险送棋子的人是谁。从此，每天深夜就有小石子嗖嗖地往小牢房里飞。小石子与日俱增，不到十日，就有了黑子214颗，白子182颗，足够一副围棋了。但那人不知道够不够，仍往小牢房里射小石子，有一次竟射中了岗上的游动哨兵的耳朵，他痛得嗷嗷乱叫，枪栓拉得哗啦响，探照灯胡乱照射起来，狼狗凶神恶煞地狂吠，十分瘆人。我真为那人捏把冷汗，没法告诉那人，围棋子已够了。我只好默默祈祷：千万别来了，千万别来了！

"只隔了两天，小石子又神奇地往小牢房里飞来。不幸的事终于发生了：那天深夜，突然响起一阵冲锋枪的扫射声、狼狗的狂吠声与人的吼骂声。半晌，才恢复死寂，万籁俱静，静得令人胆战心寒。我感觉到：一定出事了！果然，第二天听狱卒咕哝：'妈的，那家伙活得不耐烦了，竟敢用弹弓射哨兵……'我愕然：'那家伙'被打死了吗？狱卒继续喃喃自语：'妈的，也真是个大傻瓜，还差两个月就服满刑了，还越狱逃跑个毯！嘻！找死呀……'我顿时感觉到灵魂在煎熬：是我害得'那家伙'死了！如今说什么也不能让'那家伙'当冤死鬼呀！'那家伙'不是越狱逃跑，而是……

"我向狱方交出了那副不寻常的围棋！出狱后，我才打听到'那家伙'原来是个不满十六岁的少年犯，误写了一条反动标语坐的牢。他从小是个小围棋迷，挺

555

崇拜我，偶尔从狱卒嘴里得知我的情况，便铤而走险地为我送围棋子，都是他到河滩放猪时偷偷捡的、磨的⋯⋯"

司马悦之哽住了喉，爆发出一阵撕心裂肺似的咳嗽，半晌，朝棋匣指了指。四个儿女迫不及待地迅即打开棋匣，顿时傻了眼：哪里有玉棋？只有黑不黑、白不白的小石子！

司马悦之沉缓地说道："其实，我寻回的就是⋯⋯这副石棋。那副玉棋我早捐献给了文物部门，领到的一大笔奖金全寄给了一所乡福利院。福利院里有一位疯母亲，她是听到儿子的死讯后突然疯的，她儿子就是⋯⋯给我送棋的孩子。请原谅，我一直瞒着你们⋯⋯在我心里，这副石棋比玉棋的价值要高得多，因为人心是无价之宝，我讲这个故事，就是想请你们记住这点。要是你们不愿收藏这份遗物，就请你们将它⋯⋯埋在我的骨灰盒里吧！"

书

书法大师诸葛稷突然中风了，他那运笔如风、飞龙走蛇的双手僵硬得如同死鸡的虬爪一般。呜呼！诸葛稷的艺术生命溘然长逝了，A城书法界的巨星倏地陨落了⋯⋯有人真切地悲恸、惋惜，也有人窃窃地幸灾乐祸。这都是因为诸葛稷的名气太大了，才引人崇拜，惹人嫉妒。

诸葛稷的书法颇有点癫张狂怀似的飘逸风骨，且别具一格地将书法与国画巧妙融合起来，如写"龙"字可见龙须、龙睛、龙爪、龙鳞，写"虎"字酷似铜头吊睛、血盆大口的猛虎，这功夫是绝活儿。某出版社出版的《中国古今书法家传略》中就赞叹诸葛稷的书法："书画相济，形神兼备，独树一帜，另辟蹊径，给书法界吹来了清新的风⋯⋯"

总之，诸葛稷的书法技绝艺高，压倒群雄，他从二十世纪五十年代起就雄踞A城书法界魁首地位，当上了A城书法协会主席、全国书法协会副理事长。诸葛稷成了A城一大名人。据说，他的一幅书法作品出口能换回一辆小轿车，一个签名在国内可以卖上几百元钱。他名气越大，胆子越小，整日闭门谢客，惜墨如金，防人如贼，生怕人家变着戏法骗他的字画。

诸葛稷在"文革"中写的认罪书、大字报，也是经常被人揭去，视为珍品藏之高阁。曾有两派组织争抢诸葛稷来抄写大字报、誓言书、战报、喜报、海报等，经常刚贴出去就被人撕走，先怀疑是对立派破坏捣乱，后发现来偷撕的都是诸葛稷的崇拜者。两派组织无可奈何，都不敢抓诸葛稷的差了。

诸葛稷躺在病榻上，过电影似地忆起那些辉煌时光和蹉跎岁月，泪水滂沱，心里凄苦万分：像这样活着，还不如死了的好！

诸葛稷瘫痪后，登门的人稀少了，人们似乎忘掉了这位曾经赫赫有名的书法大师。诸葛稷更感寂寞、凄伤、烦躁，几次欲寻短见都未遂。

一日，有人叩门拜见诸葛稷。诸葛稷定睛一看来人：七十多岁的老头，胡须花白，头顶光秃，但精神矍铄，身材健壮，看上去是个性情豪爽、大大咧咧的老人。他一进门便不客气地拉过藤椅坐在诸葛稷的病榻旁，问："老哥，还认识我吗？"诸葛稷愣了一会儿神，突然颤声高喊："哎哟，是罗师傅呀！你这是打哪里冒出来的？当年我找你找得好苦呀……"

诸葛稷从五七干校回城时，罗师傅已被遣散回乡。诸葛稷又专程去罗师傅的家乡寻找，罗师傅却挑着理发摊子不知流落何方……诸葛稷为什么要寻找罗师傅呢？这得从"文革"初期讲起。

那时，诸葛稷从大红大紫的书法家一下子变成了"反动权威"者，他的字画在造反派眼里被打成"封资修黑货"，变得狗屁不如，被踏成泥，烧成灰。一次，一群造反派冲进小院，要揪诸葛稷去游街，不知是哪个王八羔子出了个馊主意，硬要小院隔壁理发摊上的罗师傅来给诸葛稷剃个阴阳头。罗师傅暗忖：呸！我理了大半辈子发，还没剃过这种侮辱人格的头，就是刀搁在脖子上也别想我干！可转念一想：不行呀，我不干，这帮家伙会耍横动蛮的，我吃点皮肉苦无所谓，要是揪着诸葛老哥的头乱动剃刀，诸葛老哥可就遭罪了！得了，还是我来剃……罗师傅假装顺从，磨磨蹭蹭地剃着，趁造反派不留神，刷刷刷几剃刀就将诸葛稷的另半边头发剃个精光。造反派见阴阳头倏地变成光头，知道上了当，恼羞成怒，大打出手，当场敲落了罗师傅的两颗牙。当天深夜，诸葛稷找罗师傅道谢，罗师傅说："这有什么好谢的？街坊邻居的，我能昧着良心干那缺德事吗？日后还不叫人戳穿我的脊背呀？再说，我也是祖传三代的正经手艺人，咋能败坏自己的手艺和名声，去剃什么阴阳头呢？书法家有书法家的风骨，剃头匠有剃头匠的气节啊！"

诸葛稷很感激，许愿送给罗师傅一幅字画。可就在当夜，造反派冲进诸葛稷的家，抄走了文房四宝，将他抓进监狱，后来又将他遣送到偏僻山区的五七干校劳改。罗师傅因不肯给"牛鬼蛇神"们剃阴阳头，被撵出Ａ城，漂流四方。

昔日天各一方，难了心愿，现在踏破铁鞋无觅处的恩人就在眼前，自己的双手却残疾了。诸葛稷心头万分凄苦……

罗师傅说，几年前，他又回到了Ａ城，在城西吉祥街安顺巷口摆理发摊。他听家乡人说诸葛稷寻找过他，本想登门拜访，又怕有图报恩讨书画之嫌，也就作罢。近日偶遇老邻居，才知诸葛老哥瘫痪了。罗师傅想：这会儿不会有人乱嚼舌根了，该去看看诸葛老哥了，顺便给他剃个头……

昔日，诸葛稷是罗师傅的老主顾，没少夸赞过罗师傅的剃头功夫，尤其是那套按摩本领绝极了，那程序是：用两个大拇指轻巧地按摩一阵，又用松松的空拳轻捶几下；转到背后轻捶双肩和背脊；捶过一阵，又蹲下捶双腿，站起来捶双臂；时而用空心拳，时而用实心拳，时而空实相间，时而变为窝掌，时而使用拳心，时而改用竖拳。由于手势变化，快慢变化，使捶的声音节奏变化多端，被捶者身体感到轻松舒服。捶毕，又将顾客右手的每个指头拉直，猛一拽，又一屈，使每个指头发出响声。然后将小胳膊屈起来，拉直，猛一拽，也发出响声。接着，依次又将左手指、左手臂摆弄一遍。之后将顾客放倒在椅靠背上，抱腰举一举，使腰窝和下脊骨也感到舒服，冷不防将顾客的额下的穴位一捏，顾客会蓦然昏晕，浑身一颤后刹那苏醒，顿觉耳聪眼亮，心旷神怡，简直是一番特殊享受。

不过，能享受到这番绝艺的顾客不多，罗师傅轻易不献出来，就是诸葛稷这样的大名人，也不是每次剃头都有享受的福分，得看罗师傅当时的气顺不顺，心爽不爽。他最忌别人开口要求按摩，倘若犯忌，无论多大官衔、多高名位的人，都会讨没趣的。

今日，罗师傅剃完头，主动为诸葛稷按摩起来。可惜，诸葛稷半僵的瘫身已无法感受到那种特殊快感。罗师傅仍一丝不苟、有板有眼地揉、捶、拽、捏、搓、扭着。

诸葛稷不过意地喃喃道："算了吧……"

罗师傅仿佛受了侮辱似的，愣了片刻，嘟哝道："这是说的什么话？咋能算了……"

罗师傅忙完后告辞道："过些日子我再来。"

诸葛稷颤声说："请留步！你过来，打开那个橱柜，里面都是我珍藏的名人字画，你随便挑一幅吧，留个纪念，也算了却一下二十年前我许下的愿……"

"不，我不要！我要那干嘛？咱手艺人靠手艺吃饭，不靠名家字画装门面充文雅……"罗师傅似乎有点生气了，涨红了脸，额上的青筋也虬突起来，"我的意思是，不要别人的字画，你诸葛老哥的，我当然要啰！不过嘛，也不要写那些文绉绉、酸溜溜的诗文的，就写个跟剃头相关的对联条幅什么的……"

诸葛稷怆然泪下："瘫成这样，只怕是再也无缘拿笔哟！"

"安心养病吧，会好的，会好的！"罗师傅诙谐地说，"到那时，你就是忘了还愿，我还要讨债咧！"

从此，罗师傅每个星期来一次，给诸葛稷理发、按摩，陪着谈笑一番。冬去春来，花开花落，转眼就是两年。一日，罗师傅忙完活正欲告辞，诸葛稷支撑起上身，叫罗师傅拿来文房四宝，铺纸磨墨，说要给罗师傅写个条幅。

罗师傅望着他那双僵死的手大惑不解："你要……写字？"

诸葛稷用嘴熟练地叼起笔，牢牢咬住，灵巧地在砚中蘸起墨来，沉思片刻，运足气力，头猛地一摆，脸翻来晃去，眨眼间便疾书下四个龙飞凤舞的大字：绝顶功夫。

罗师傅看呆了，半晌，才惊喜地问："哎呀，诸葛老哥，你还藏着这手铁嘴功夫呀！"

诸葛稷感慨道："这多亏了你呀！"

"多亏我？"罗师傅如坠云里雾里。

"要不是要还你的愿，我哪有恒心练上两年呢？"

画

艺术这玩意儿，像命运一样阴错阳差，不可捉摸，昨天被人家弃如敝屦的东西，说不定今天又被人奉若至宝。老画家欧阳凝眸常这么感慨不已，且流露出淡淡的怅惘和失落感。

欧阳凝眸酷爱画羊。这大约与他的性格、气质甚至生肖有关。他温顺、善良、憨厚、懦弱，吃的是草，挤出的是奶，最后将自己的头和皮肉供在祭坛上，活脱脱的像一只人羊。这似乎多少要埋怨他母亲，不该将欧阳凝眸生在羊年。欧阳凝眸擅长画羊，凝眸静心画了大半辈子，却无功名与风骚。跟他一道沉醉于丹青画虎、画马、画牛、画龙、画猴、画虾、画鹤的大多出了大名赚了大钱，而他仍声名冷寂，穷困潦倒。有人劝他改画其他牲口禽鸟，他执拗不听，仍如痴如醉地画羊，且画了一幅长盈丈、高半丈的《百羊闹春图》。说来可怜，这幅画是遵街道居委会主任吴大娘之命画的，居委会开办了一个风味小吃店，吴大娘想装饰店堂，招徕生意，贴幅画儿，既添雅兴，又增食欲，让顾客在举筷碰杯间欣赏欣赏，不亦乐乎？吴大娘便去找了欧阳凝眸。欧阳凝眸心里备觉痛苦、屈辱，表面却唯唯诺诺，不敢推辞，他是不敢得罪人的，尤其是官们，大官小官、西瓜官芝麻官都怕得罪。顺便说一下，欧阳凝眸画羊画迂腐迟钝了，老搞不清楚官位的级别，有一次他犯傻地问别人："是局长大还是处长大呢？"逗得别人捧腹大笑。

《百羊闹春图》贴在风味小吃店后，阴错阳差地，来了五位金发碧眼的洋妞，她们不去住高楼大厦吃山珍海味，偏钻进这旮旯胡同里来转悠，津津有味地品尝起风味小吃来。突然，一位洋妞发现了油渍斑斑的《百羊闹春图》，像发现敦煌壁画、云冈石窟似的，惊呼道："OK，OK!"这位洋妞是某国一位颇有名气的美术鉴赏家和美术收藏家，她滔滔不绝地夸赞《百羊闹春图》立意深邃，构思新颖，手法高超，画风清逸，天趣浑成。洋妞寻到欧阳凝眸处，慷慨解囊订购了一幅《百羊闹春图》。

不知是洋妞的游说鼓吹，还是欧阳凝眸时来运转，他的羊画陡地在国内外走红起来，《群羔嬉图》《斗羊》《跪乳图》《羊卧斜阳》等名画或收藏在诸多美术馆，或被中外美术收藏家、鉴赏家们搜集、抢购和推崇，欧阳凝眸的名字不仅上了《中国美术家名录》，而且上了英国大不列颠辞书公司出版的极具权威性的《世界名人辞典》。连欧阳凝眸自己都感到惴惴不安，仿佛那鹊起的名气是偷来的、骗来的、吹来的。

欧阳凝眸的羊画出名后，不少人打着各种幌子或旗号来求画，或真心收藏，或装潢门面，或贩画赚钱。欧阳凝眸是天生的羊脾气，任何人都不敢得罪，几乎是有求必应。

一个雨后黄昏，欧阳凝眸接到一个电话，那声调欧阳凝眸刻骨铭心地熟悉，不由得打了一个寒战……

多年前，欧阳凝眸因画羊而获罪，被赶到山区农场劳动改造，带队干部叫曹中臣，外表温儒清秀，颇有书生气，但对待"牛鬼蛇神"们则心狠手辣，铁面无情。每日清晨和夜晚他吆喝"牛鬼蛇神"们下地干活、开会学习，凶神恶煞如催命鬼，稍有迟疑，便遭其怒骂毒打。据说曹中臣因唱样板戏而在省城红极一时，不料在一次演出时唱错了一句样板戏唱词，犯了政治性错误。为了给他一个将功补过的机会，便派他当了带队干部。曹中臣为证实自己最忠于革命，于是变本加厉地欺压"牛鬼蛇神"们。欧阳凝眸最害怕他的吆喝斥骂声，往往闻之浑身哆嗦，不寒而栗，起一身鸡皮疙瘩。这种比鬼哭狼嚎还恐怖瘆人的声音，多少年后还缠绕在欧阳凝眸的梦里，他常常心惊肉跳，冷汗淋漓，毛骨悚然。

曹中臣在"四人帮"垮台后不仅没栽，反而以"受迫害的英雄"自居，居然爬上了文化局局长的宝座，这令人不能不佩服他的"超凡才能"。曹中臣似乎忘光了过去那段极不光彩的往事，竟然以患难之交的口吻在电话中热情地寒暄着。也许，曹中臣这会儿以局长的身份打打官腔，还不至于令欧阳凝眸感到滑稽、恶心咧……

那年隆冬，欧阳凝眸在挖塘泥的工地上接到妻子病危的加急电报，跟跟跄跄地奔去请假。曹中臣见了欧阳凝眸，说："我正要找你，从今天起，照顾你不去挖塘泥了，去完成一项最光荣的任务……"原来，上级检查团要下来了，农场要突击竖一个巨幅宣传画牌，题为：横扫一切牛鬼蛇神！画面上雄赳赳、气昂昂的工农兵挥舞革命铁拳，将爬虫跳蚤般的"牛鬼蛇神"砸得粉身碎骨。本来，这么光荣而艰巨的任务是轮不上欧阳凝眸的，无奈偌大的农场还找不出会画画的，只能让他戴罪立功。要是在平时，欧阳凝眸也许会受宠若惊，感激涕零，那一刻他却因妻子病危而归心似箭，说道："我、我要请假回城一趟……这任务我接受不了。""什么？你吃了豹子胆，竟敢拒绝政治任务？"曹中臣冷冷地说。欧阳凝眸诚惶诚恐地递上加急电报。曹中臣瞥了一眼，阴沉着脸说："谁知道是不是你串通你老婆玩的花招拍的假电报呢？这种事发生过几起了，得调查核实咧！"欧阳凝眸急得捶胸顿足地赌咒："不，不，要真那样，天打雷劈！"曹中臣不耐烦地挥挥手："好啦好啦，你老婆病了有医生治疗嘛，你回去能顶个屁用？再说，是你老婆的病重要，还是革命任务重要？"欧阳凝眸语塞。

曹局长在电话寒暄中透露出一个官方信息：文化局要资助欧阳凝眸出国办个人画展。他说："当然，这事还没最后定夺，先透个风让你有个思想准备，谁叫咱们是'棚友'，苟富贵勿相忘嘛，哈哈哈……"一串豪笑却让欧阳凝眸头晕耳鸣，浑身疼挛，他真恨不得摔下电话筒……

欧阳凝眸冒着严寒在脚手架上画了三天三夜，冻僵了昏厥了摔了下来，幸亏雪厚没摔伤身子。他发高烧，说胡话，高喊妻子的名字，要回城去最后看一眼她。但是，他妻子病逝的电报被曹中臣扣押，曹中臣硬逼着刚醒过来的欧阳凝眸摇摇晃晃地爬上脚手架，去画完那幅"横扫一切牛鬼蛇神"的宣传画。

曹局长弯弯绕绕了半天，终于露出了真正意图："我想请你画一幅羊画，行吗？"

什么"行不行"？用出国办个人画展作诱饵或杀手锏，能说不行吗？欧阳凝眸梦寐以求地想办个人画展，哪怕在本市最不显眼的展览馆或文化馆展出也行，尽管他囊中并不羞涩，但要支付庞大的画展开支还是捉襟见肘，力不从心。现在居然有了出国办画展的机会，这福音倘若不是曹局长透露的，而是哪位知道官方信息的人通报给他，他会欣喜若狂，热泪盈眶，说不定会像范进中举那般高兴得发疯……欧阳凝眸沉思。

曹局长压根儿没考虑他回答"行不行"，很自信地用命令的口吻说："就这样吧，后天我派人来取吧！"欧阳凝眸瞠目结舌，继而愤然摔下忙音嘈杂的电话筒，第一次使用了"国骂"："他妈的，还把老子当作当年听他任意调遣欺负的'牛鬼蛇神'咧，呸！"

当年，欧阳凝眸画完了那幅宣传画，已是深夜。他去叩曹中臣的门请他审查，要是通过了他要连夜去赶回城的火车。曹中臣隔窗瓮声瓮气地骂道："敲个毯！天这么晚，这么冷，咋个审查？明天再说吧！"欧阳凝眸哀声求情："还是请您辛苦辛苦吧，我想……今夜赶回城去，看看病危的妻子，求求您啦！"曹中臣从窗内扔出那张电报，狞笑着说："看个毯！你老婆早死了，你还回去干嘛？快去睡觉，明早出工挖塘泥去！"欧阳凝眸恸哭起来，跪在雪地上求情。曹中臣咆哮道："哭个毯！这两天检查团就要下来了，谁也不准请假，你就死了这份心吧！快滚！"那个雪夜，欧阳凝眸跌跌撞撞地在山路上疾行，但迷了路，怎么也分辨不出小镇火车站的方向，天蒙蒙亮时，竟转回到挖塘泥的工地……后来，欧阳凝眸的名画《雪夜孤羊》就是那夜心境的全部浓缩和象征。

第三天，曹局长派来秘书取画了。欧阳凝眸将卷好的画交给了秘书。曹局长有个鉴赏佳作的习惯，每获佳作必邀亲朋好友聚餐观赏，炫耀一番。这一次当然也不例外，又是宾朋满座，等到酒意正浓的时候，曹局长得意洋洋地取来了新画徐徐展开。当画全部摊开之后，满座观赏者都愕然、惘然，偌大的一张白宣纸上，竟胡乱涂鸦着许多墨点……

"怎么回事？"曹局长愣了半天神，脸上涨成猪肝色，肌肉急遽古怪地抽搐着。他哪能在众人面前受到这种戏谑侮辱，操起电话气冲冲地质问欧阳凝眸："你咋搞的嘛？是不是拿错了画？没拿错？那……那画的是什么玩意儿嘛？什么？你画的是《百羊踏青图》？哪里有一只羊嘛？真是活见鬼，全是乱七八糟的黑点点，咋回事嘛？什么什么？啊！"

欧阳凝眸在电话里戏谑道："局长大人，谈画您可是门外汉了，这不比当年的宣传画主题鲜明直露，没艺术味儿。这幅画讲究的就是含蓄的意境、想象的空间。您想象吧，百羊踏青吃草，嬉戏静卧，最后踏着夕阳归去，会留下什么东西呢？你拼命地想象哇！那不是乱七八糟的墨点，那是百羊踏青归去留下的蹄印和粪便嘛！这幅画可以说是创造了'此地无羊胜百羊'的意境。画画嘛，形似不如神似，神似不如想象，这是目前最时髦最走红的想象派画法咧！"

"哦——！"曹局长仿佛获得参禅般的顿悟，脸上的肌肉由紧转松，神色由愠变喜，"这么说，怪我没鉴赏能力，哈哈，算我有福气得到这幅杰作，谢谢你啦！"

曹局长没少听说过外国那些现代派、未来派、印象派、野兽派等荒诞、新潮的画法，他得装出懂欧阳凝眸的"杰作"，还得现炒现卖，在众人面前卖弄一番从欧阳凝眸那里听来的"玄谈"。

欧阳凝眸大半辈子画羊，做羊，这次总算做了一次与羊的性格格格不入的事情。他惬意地卧椅品茗，且兴奋地哼起京戏："穿林海，跨雪原，气冲霄汉……"

猎　王

一

猎王阿虎老爹与儿子阿牛吵崩了。

阿牛是阿虎老爹的独子，呱呱落地时就死了娘，全靠爹一把屎一把尿拉扯大。阿虎老爹处心积虑地想把儿子锻打成出色的猎手，可阿牛偏偏干起山货贩的勾当来。一位德高望重、威镇山林的猎王，竟养出了一个混迹江湖、泛着铜臭味的犬子，这已够刺伤阿虎老爹的心了。谁料到阿牛又要闹着搬家，迁到野牛镇去开山货铺，和那摆茶水摊的山妖般的小寡妇去过日子，这不是入赘吗？

在山里，入赘是丢祖宗脸的事，只有穷、憨、懒、残的男人才倒插门儿。猎王的儿子入赘，还是个二手货，简直成了轰动幕阜山的头号新闻，山民们叽叽喳喳、沸沸扬扬地议论。阿虎老爹感到奇耻大辱，恨不得宰了不成器的儿子，然后跳崖自杀。但他狠不下心。何况，他老了，不一定对付得了牛高马大的儿子。他觉得无脸面待在虎啸寨了，眼前常浮现出各种各样嘲讽的脸，耳畔常萦绕着飞短流长的窃窃声，脊背常不寒而栗，隐隐酸疼，仿佛有许多人在指指戳戳。他只得含辱悲怆地向深山迁徙。

连绵的群山沉浸在晨曦中，连缀成一片起伏欲舞的黛紫。迷离的霞霭托浮着巍峨的山峦，仿佛蓬莱仙境般的美丽静穆。大峡谷黑魃魃的，黑得很神秘，很深邃，很忧伤。峡谷两边矗立着险恶的绝壁断崖，上面装饰着老树、古藤、野花、荒草、苔藓等织成的帷幔。一道道磅礴的飞流，似一个个荒诞神奇的惊梦，跌下深谷，迸溅出痉挛粗犷的回音。众兽追逐嬉戏，百鸟婉转妙啼，千花喷香吐艳……阿虎老爹心旷神怡，大山像一位情笃谊深的老朋友抚慰着他的心灵创痕，他的忧愁烦恼渐渐化为乌有，浑身有劲，仿佛陡地年轻了许多。

阿虎老爹年近古稀，虽不算老态龙钟，但明显地衰老了。他清瘦的身架像枯老而坚硬的栎树，青筋虬突的手臂使人联想起钢缆般的古藤，脸上的皱褶如纵横交错的沟壑，花白的胡须倔强地翘起，不服老地抖着威严和冷峻，在他眉峰的皱蹙间，隐约蕴藏着骄傲与悒郁。他身着豹皮背心，脚蹬登山靴，腰系一大匝粗麻索，别一柄大砍刀，揣一杆旱烟锅，背一只大酒囊，熊皮缝缀的，桐油泡得贼亮贼亮，滴酒不渗。阿虎老爹进山打猎从不带干粮盐巴，胃像石磨一般，森林里随便什么东西都能囫囵吞个肚儿圆，但不带烈酒旱烟，他一天难挨。他扛着一杆老掉牙的铜炮枪，一个世纪前，也许这种猎枪还算时髦稀贵，如今却被后生们讥为"拨火棍"。阿虎老爹扛着它，真有点像执钝矛跨瘦马的西班牙骑士堂·吉诃德一般滑稽可笑。儿子阿牛曾给他买过一支双管猎枪，他没要。他舍不得遗弃铜炮枪，甚至虔诚得没闪过一丝遗弃它的孽念。他时常把铜炮枪搂在怀里，宛如搂住耳鬓厮磨、患难与共的结发老伴。他经常轻抚着老枪，如痴如醉地倾吐衷肠，仿佛老枪真懂他的爱憎甘苦，渴望和心愿……

逢荆棘灌木挡道，阿虎老爹抡起大砍刀左劈右砍，拓出一条草木披靡的奇特小路。遇陡壁断崖，他飞掷麻索，套住兀岩孤树，或攀或荡，或溜或跃，轻如飞鹰，捷如猿猴。

太阳被乌云遮盖住。山风突如其来，林涛怒吼，仿佛千万只困兽饿鬼发出凶残、绝望、瘆人的怪叫。阿虎老爹钻到一个溶洞里避风歇脚。过足了烟瘾酒瘾，他又搂着铜炮枪亲亲热热起来，他轻抚着枪筒，如同轻抚着荣耀的历史；扣动着扳机，如同扣动着骄傲的记忆……

二

一个世纪前，这杆铜炮枪的确不是普通猎枪，它是虎啸寨猎户的权杖和令箭，是荣誉和权威的象征。虎啸寨是幕阜山有名的猎户村落。全寨几十户人家，唯独一位寡妇不是猎户，但也与打猎的有缘分，开着小酒店供猎手逍遥享乐，当然也包括她的肉体。三山九岭十八溪是虎啸寨猎手驰骋逞威的逐鹿场，养家糊口的地盘。四乡八寨十六坪遭到猛兽侵扰，都摆宴备礼请虎啸寨猎手出征除害。

寨有寨主，族有族长，帮有帮首，猎手也有猎王。打猎一般分游猎与围猎两种猎法。游猎即散兵游勇式出猎，一人或几人漫无目标地兜圈子撞运气，收获甚微，且危险性大，遇到猛兽袭击会丧命；围猎则是大兵团作战，三面出击，一面撒网，设下埋伏，声势大，猎物多，危险性小。猎乡一般采用围猎的猎法。围猎需要猎王，就是推举最有威信、最有能耐的猎手当统帅，从出猎到分配猎物，一切行动由猎王指挥，规矩极多且严。猎王不是终身制和世袭制，每年或几年评选一次，相当民主、庄严、隆重，任期长短依各猎乡情况而定。虎啸寨的猎王大选三年一届，届时举行比猎表演赛，热闹非凡，引得方圆百里的猎手、商贩、烧炭汉、淘金汉、庄稼佬潮水般涌来，盛况超过城隍庙会和灯节社戏。虎啸寨摆开百兽酒宴，邀四方猎手豪饮痛嚼，观摩献艺。或弯弓射飞鸿，或飞镖击惊兔，或神枪穿狐眼，或猎刀刺熊胆，或赤手斗野牛。牛角号吹出猎手的高亢威武，猎歌唱出大山的粗犷浑厚。

猎王的授封仪式十分古老、庄重而繁缛。新任猎王三跪六拜，祭山仙猎神，饮熊血豹胆酒，从老猎王（如系蝉任，则由寨主授枪）手中虔诚豪迈地接过铜炮枪，当众显绝技，用铜炮枪打出自己的尊严、威风和气势。

这杆铜炮枪单从使用价值来说，既非普通火铳，也非价值连城。这杆老枪，据说是英国货，是虎啸寨老辈猎人用十张虎皮、十只豹胆、十副熊掌，从一位英国旅行家手中换来的，那英国佬可发横财了！铜炮枪世代相传，到阿虎老爹手中时，枪柄上已刻下十几名猎王的英名，至于殒命枪下的凶禽猛兽不计其数。从某种意义上来衡量老枪的价值，它又是无价之宝，是虎啸寨的图腾徽标，是猎王的权杖令箭。

阿虎老爹的父亲叫阿龙。阿龙爷年轻时曾蝉联过七届猎王，领过二十年风骚。阿龙爷最初对自己蝉联猎王趾高气扬，后来渐渐感到了强者的寂寞、失落和悲哀。他希望后生战胜自己夺走猎王桂冠，尤其希望儿子阿虎能当猎王。阿虎七岁时，阿龙爷就带他进山狩猎。为了训练阿虎的胆，阿龙爷将阿虎绑在黑漆漆、阴森森的老林里过夜，他藏在附近装虎吼狼嗥。阿龙爷教阿虎练枪法，在准星处吊一个大沙袋，袋上搁两只鸡蛋，稍稍一晃，蛋就坠地，阿龙爷就斥骂暴打阿虎。阿龙爷逼阿虎苦练静瞄基本功，阿虎端枪一瞄几袋烟工夫，气不敢喘，汗不敢擦，野蜂蜇蚊虫叮不敢赶，常常晕倒在地。阿虎在父亲严厉与慈祥的爱中长成了大小伙子。大山的风情滋养了他粗犷桀骜的秉性，生活的铁砧锻打出他的铁背铜脊。阿虎练就了一手好枪法，百步之远的树枝上吊一枚铜钱，一般人肉眼都难看清，他能打飞铜钱；活蹦乱跳的兔子撒出去，他能枪枪击中兔眼。阿虎超过父亲，除了枪法，还凭一手背活豹的绝招。他在豹子出没的地方挖个陷阱，抱一只狗蹲下去，上边盖上一块钻了小洞的门板，用石头拽牢。他把小狗惹得汪汪叫，豹子必入圈套，跑上来用一只爪子从门板洞里伸下去，却总抓不到狗，于是越伸越深。他就趁机猛地抓牢豹爪，狠劲一拽，咯吱一扭，将锋利的猎刀噌地刺个对穿。豹子必然疼痛发怒，拼命往外缩爪。越往外挣，那刀刃把腿劈得越深。他不慌不忙，蹲在陷阱里抽足旱烟，过饱酒瘾，待豹子吼哑了，闹累了，就悠然地将囚禁在门板上的豹子背回家。豹子摇晃脑袋，龇牙咧嘴，三只钉耙般的爪子狠命地挠门板，一条钢鞭似的尾巴胡乱甩打，不时发出绝望的悲吼和狂躁的痉挛。阿虎气不喘、身不晃、步不乱，嘴里还哼着山歌野调哩！耍这一绝招，既要胆壮赛虎，又要力大如牛，还得靠背豹技巧。后来有位莽撞后生嫉妒阿虎老爹，也想碰碰运气显一手本事当猎王，结果没背回豹子，倒让豹子叼走了。

阿虎老爹永远忘不了他第一次当上猎王的情景：他和父亲打擂台，百步之外吊了十枚铜钱，父亲五枪打飞了四枚，而他打飞了五枚；往天空撒了十只鹰，父亲五枪全中，却有一只中的是翅膀，而他枪枪射中鹰眼。阿龙爷眼里迸射出兴奋和悲怆的复杂光彩，抡起大拳擂了一下虎墩墩的阿虎："憨小子，有种！"猎手们将新猎王抛甩着欢呼，豪饮着贺喜，簇拥着登上授封台，阿龙爷喝得醉醺醺的，颤巍巍地端起一海碗满溢的熊血豹胆酒，庄严地走上授封台，递给儿子，阿虎一饮而尽。然后，阿龙爷双手捧着心爱的铜炮枪，虔诚郑重地交给阿虎，连同一个古老而神圣的心愿……

阿虎老爹蝉联了十几届猎王后，也和阿龙爷一样感到孤独、悲哀和失落，也寄希望于后生们，尤其是阿牛。阿虎老爹也如阿龙爷锻打自己那般锻打阿牛，也梦想阿牛当上猎王，被人们抛甩、簇拥着登上授封台。他醉醺醺、颤巍巍地敬熊血豹胆酒，赠铜炮枪，交给阿牛一个古老而神圣的心愿。可是儿子阿牛不争气，不稀罕这老枪，也不稀罕当什么猎王。他去当山货贩，往山外运兽皮、人参、草药、山菇、干笋等，往山里捎布匹、机械、农具、猎具、渔具、食品、书籍等，还有年轻人喜欢的牛仔裤、高跟鞋、蛤蟆镜，娘们的乳罩、胭脂、发卷、月经带、花裤衩什么的，真他奶奶的丢人现眼！阿牛也给阿虎老爹带过高级葡萄酒、滋补麦乳精、过滤嘴香烟、皮袄皮靴、老花镜、收音机、手表什么的，阿虎老爹统统扔出门外，耻于接受，认为这些东西来得不明不白、不干不净，用起来亏心。

想到这些，阿虎老爹的心情沉郁起来。

三

强悍的山风肆虐够了，渐渐偃旗息鼓。阿虎老爹向崖顶攀登。葛藤突然断了，一棵歪脖子檀树勾住了他的身体。他的身体如散了架似的，腰仿佛折断了，剧痛钻心；额上渗出豆粒大的冷汗珠；腿上、臂上、脸上划开道道血口，鲜血淋漓。他竭力抓住树枝，不让自己晕厥过去。否则，歪脖子檀树会承受不住长时间的重负，树断枝裂或土崩离析，他将滚落崖底摔成齑粉。檀树根部的岩缝土层在悄悄裂动，不一会儿，几块崖石崩裂了，滚入崖底，发出一阵噼里啪啦的碰撞声。几只老鸦心怀叵测地飞来，在他头顶上幸灾乐祸地盘旋，发出声声古怪阴险的叫声，似乎在等待着一顿饱饱的人肉宴。"哗啦!"勾着树枝的豹皮背心可怕地撕裂开了，阿虎老爹悬空了，失去平衡的身体荡秋千般地左右晃荡，虬突着青筋的老手挣扎得快要精疲力尽了，歪脖子檀树的脖子更歪斜，阿虎老爹的生命危在旦夕。阿虎老爹感到死神已在轻抚着他，体内的衰弱和脑子里细微的骚乱都预兆着末日已近在眼前。他感到疲倦了，想闭眼松手，撒命而去。但想到自己这般死法，实在窝囊、耻辱，很不甘心。他左右一瞥，瞄准了右下方有一块突兀的岩石，岩缝中生长着一簇灌木藤蔓。一股巨大的求生欲被这一线希望扇旺了，他当机立断，孤注一掷地跳下去……

"哗啦啦!"歪脖子檀树在崩岩溃土的裹挟下，呼啸着跌下深崖，荡起一阵空谷回音。阿虎老爹稳稳当当地跌入那簇灌木藤蔓中，嵌在其间动弹不得，好在皮肉没受太重的挫伤。他陷入一种深奥玄秘的哲学般的沉思：什么鬼东西在冥冥中与自己作对，戏谑老朽，使自己屡遭烦恼与凶险？又是什么在幽幽间神佑力庇他，逢凶化吉，转危为安？阿虎老爹的脑子被折磨得昏昏沉沉，仿佛要破裂了，也没想出个所以然。他也不知道下一步是凶是吉，是生是死，索性不想了，躺在这奇特的空中软榻上夜宿。烟锅在，酒囊在，够了，过足瘾，死而无憾。铜炮枪在，大砍刀丢了，真可惜!

星星闪烁，月亮皎洁。阿虎老爹总觉得它们像女人的俊眼俏脸，怪迷人的。他下意识地摸摸烟锅上拴着的烟袋，没丢。烟袋里贮存着两个女人的记忆，阿姣绣的，阿朗补过。

遥远的记忆又浮上脑际，他像一头老骆驼反刍着昔日动荡惊险、悲喜交织的生活。

四

阿姣是阿虎青梅竹马的相好。她的眸子比星星晶亮，脸蛋比月亮皎洁。他俩如胶似漆、如痴如醉地爱着，爱得喘不过气来。阿虎当上猎王后，对阿姣说："我要备十张虎皮、十个豹胆、十副熊掌当聘礼，三媒六证、堂堂正正、热热闹闹地娶你!"阿姣自然很兴奋，但也很忧伤。这聘礼在猎乡算最高规格，最重礼节，但她不愿让阿虎哥出生入死冒风险，不愿与阿虎哥离别独饮相思泪。阿虎没注意到阿姣含蓄羞涩的挽留和腮边悄然滚落的泪珠，率队浩浩荡荡地进山围猎去了。等他备齐聘礼回寨时，没见到阿姣，只见到阿姣给他绣的精巧玲珑的鸳鸯烟袋。阿姣被土匪绑了票，限十天之内送上大洋一千，否则撕票。阿虎纵然能杀虎除豹，也斗不过混世魔王土匪。他忍痛变卖了心爱的聘礼，赎回了阿姣。然而，阿姣已被匪首糟蹋得不像样子，像一朵凋零的花无精打采，痴痴呆呆，整日茶饭不思，掩面哭泣，终于疯疯癫癫地跳了胭脂河……

阿虎抱着阿姣冰冷的尸体歇斯底里地哭吼了一夜，黎明时分默默走进了深山。他在匪窟旁潜伏了十多天，饥了喝口酒，困了抽袋烟。报仇机会终于来了，匪首曹大麻子领着喽啰们下山骚扰，阿虎一枪打中了他的太阳穴。这杆铜炮枪首开杀人记录。土匪倾巢出动，血洗虎啸寨，阿龙爷和猎手们寡不敌众，倒在血泊中，老太婆和小姐被奸后统统扔进火堆，几名俊俏女子被掳走当压寨夫人……

阿虎不敢回寨，过着野人生活，直到多年后才走出森林。一个大雷雨之夜，阿虎领着解放军剿匪队端了匪窝。硝烟中，阿虎听到女人的啜泣声。他循声寻去，一个衣衫褴褛、面黄肌瘦的女人蜷缩在墙旮旯里瑟瑟战栗，嘤嘤抽泣。阿虎觉得很面熟，用火把一照：哟！她不是阿姣的好友阿朗吗？阿朗见了阿虎，哀求道："阿虎哥，行行好，给我一枪吧！我受够了罪，没脸活下去了……"阿朗哭诉了惊心动魄的坎坷遭遇：她们被掳上山后，哪里是当什么压寨夫人，纯粹是当土匪寻欢作乐、发泄兽性的玩物。匪首们玩腻了，赏给喽啰们蹂躏，姐妹们或自杀，或病死，或疯癫被活埋，或逃跑被抓住剜心肝下酒。更惨的是，有两个女子被活掏胆，给匪首治枪伤。唯独阿朗熬到今天。阿朗泣不成声，猛地撞墙，头裂开一大血口，喷泉般迸溅热血，身子瘫软在地。阿虎急忙抱起阿朗，给她敷上猎人常备的急救药，背着她艰难地蹒跚回到虎啸寨。

阿虎不爱阿朗，仍执拗地痴恋着死去的阿姣。但他娶了阿朗。他知道，不这样做阿朗会走阿姣的绝路，虎啸寨又会平添一桩悲剧，一个冤魂。婚礼办得极隆重热闹，唢呐笛箫卷起欢乐喜庆的旋风，猎枪齐鸣，表达全寨猎手对猎王的尊敬和祝福。酒宴上，烈酒醉倒了不少海量的汉子，号称酒场不倒翁的阿虎也喝得酩酊大醉，睁着血红血红的醉眼，狼嗥虎啸般地怒吼狂笑一阵，一拳将那红漆檀木八仙桌擂了个大窟窿，栽倒在床上蒙头酣睡了三天三夜，说胡话时一个劲地呼唤："阿姣，阿姣……"

阿虎和阿朗做爱时，恍惚间也觉得是阿姣，壮汉的野性血气足以融化阿朗的冰心柔骨，但细心的阿朗时常从他的眼神和呓语中看出听出他的隐私。他珍藏着阿姣的遗物——那只绣工绝伦的鸳鸯烟袋，日复一日年复一年地抚摸端详，烟袋破了一个洞，阿朗趁他酣睡后，悄悄拿过烟袋，细细地飞针走线将那破洞补得天衣无缝，阿虎感激地搂着她用硬胡茬扎了她一下……

阿朗生下阿牛，得了产褥热。临咽气时，她惨淡一笑："阿虎哥，有什么话让我捎给阿姣姐吗？"阿虎淌下了铁汉子的泪水，紧紧地抱住阿朗，想拽住她即逝的生命。他在她苍白羸弱的脸上狂吻着，第一次真正地吻她，而没把她当作阿姣的幻身。他觉得自己有愧于这女人，觉得自己渐渐爱上了她，可是命运常跟他作对，又一次从他身边掳走了一位好女人。

后来，阿虎老爹常梦见阿姣、阿朗结伴而来，甚至做爱时也不回避，嗤嗤笑着你推我揉地谦让。梦醒后他常自责不安，罪孽感和伦理观折磨着他。可他偏偏常做这种荒唐尴尬的梦，人是无法驾驭梦的，没办法！

五

清晨，阿虎老爹抛索为梯，爬上了陡壁。他累得直喘粗气，仰卧在枯叶地上歇息。唉，毕竟老啦！年轻力壮时，什么悬崖峭壁、急流险滩都拦不住他，哪像如今这么步履艰难，伤筋动骨，精疲力尽。抽烟喝酒，算是他最好的休息补养。

突然，阿虎老爹嗅到轻风中挟来一股怪味，凭着几十年的经验，他断定附近潜伏着猛兽。他警觉地翻身而起，环顾四周，没发现什么。阿虎老爹上好弹药，警惕地朝林子深处搜寻过去。果然，在一棵黑魆魆、阴森森的老柞树的残骸下，站着一只老黑熊。

阿虎老爹心里咯噔一跳，这倒不是胆怯的痉挛，而是临战前的一阵兴奋的颤抖。他是有理由兴奋得颤抖的。好多年来，他都没和猛兽较量搏斗了，那些猛兽似乎绝迹了，除了偶尔听到狼嗥外，幕阜山再也没有虎啸豹吼、狮腾熊跃的生气了，似乎用笼子也难笼出一根猛兽毛来。山无猛兽，猎王何威？虎啸寨猎手围猎，射杀的都是孱弱善良的生灵：草鹿、野羊、山麂、火狐、灰兔、白鹭、仙鹤、锦鸡，甚至猫头鹰、野鸽子、小鹧鸪、红松鼠等。阿虎老爹感到耻辱、悲哀、惆怅，常常无缘无故地对猎手们咆哮如雷，甚至动拳使脚，发泄无名之火。人们敬畏他，也暗恨他。他知道自己树敌太多，积怨太深，也知道围猎不需要他的威望和绝技，猎手们照样干，而且干得更顺当任性。于是，他就常称病不去率队围猎，自己像个孤魂独闯森林游猎。他渴望冒险，渴望遇到猛兽，哪怕搏斗一场葬身兽肚，也心甘情愿，也比这平平淡淡、无惊无奇，靠射杀孱弱动物度日糊口的生活来得痛快壮美。当然，他绝不会轻易地败给猛兽。真是老天有眼，赐给他一个良机，猛兽降临在眼前，只是太老了……

这是一只雌熊，又大、又老、又瘦，浑身毛茸茸的，肮脏的黑毛一小团一小团地耸簇在瘦瘠瘪陷的身架上，眼睛淡漠、古怪地睥睨着一切，颈子高傲、僵硬地偏扬着，耳朵……左耳残缺半截！定睛再看，一点不错，阿虎老爹认出来了，这只老黑熊是他的老冤家……

六

二十几年前，阿虎老爹带着七岁的阿牛进森林去闯荡，阿牛贪玩，趁爹喝酒小憩时去攀蝴蝶采野花。突然，山谷响起一声熊的吼叫，接着传来阿牛撕心裂肺的哭叫声："爹，快救我呀！快救我……"

阿虎老爹惊得汗毛直炸，心紧张地快要跳出嗓子眼，慌忙扔下酒囊，提起铜炮枪，腾地跃起，旋风般冲过去。

这是一只雌熊，眼神犀利，熊毛贼亮，身架厚重，肚子圆滚滚的，威风凛凛，现出黑油油的身影。它大概正处在哺乳期，臃肿笨拙，性情憨和，凶残的野性被原始本能的母性暂时覆盖着，也许是外出召唤贪玩的熊崽，碰巧撞上了玩入了神的阿牛。它把阿牛搂在怀里，很温柔地用掌抚他，用舌舐他。但再温柔轻巧，它的掌一抚一道痕，它的舌一舐一层皮。阿牛受不了这种"爱抚"，拼命哭叫，快吓昏了。阿虎老爹从来没碰到这种窘境，铜炮枪时举时放，迟迟不敢扣扳机，倒不是怕误伤了儿子或打不中熊的致命处，而是担心熊临死前的挣扎会撕碎阿牛，阿虎老爹清楚，熊死前迸发的力气会超出平常的几倍，猛烈的痉挛就足以使人丧命。不行，得设法引诱熊放开阿牛。

阿虎老爹置自己的生死于度外，毫不犹豫地朝空中开了枪。果然，雌熊听见枪声，一愣，狂怒了，恢复了凶残的野性，扔下吓昏的阿牛，龇牙咧嘴、瞪眼舞爪地扑向阿虎老爹。阿虎老爹拔出猎刀迎战雌熊。

雌熊一旦发怒，赛过两只雄熊的凶残威力，尤其是哺乳期中的雌熊狂怒起来，虎狮都怕它三分。就在阿虎老爹举起猎刀砍向雌熊的瞬间，雌熊已跃起一人高，撞飞了猎刀，抓伤了躲闪不及的阿虎老爹的左臂。第一个回合厮斗，两败俱伤，阿虎老爹的左臂被抓掉了一大块血淋淋的肉，雌熊的左耳被砍去了半截，人肉和熊耳都滚落在草地上。阿虎老爹已紧紧抱住熊颈。他的两脚陷入草地埋进脚踝了，脊背像一张扯开的弓那么弯曲，头像一柄大铜锤硬邦邦地顶着雌熊的咽喉处，两臂筋骨虬突，压力过重，皮肤几乎要裂开。雌熊的前爪搭在阿虎老爹的两肩上，肆虐地抓着，抓下一条条肉丝儿，全身使劲企图压塌阿虎老爹，但咽喉被顶得喘不过气，腥臭的白沫顺着嘴唇淌下，怒吼声也愈来愈闷重，愈来愈沙哑，愈来愈痛苦，跟阿虎老爹胸腔中发出的呼哧声混合在一起。阿虎老爹和雌熊的力量平衡了，似乎静止地停在那里，仿佛是一幅斗兽图画或一尊力搏古雕。但是在这种表面的宁静中，有两种对抗的力量在进行一场令人毛骨悚然的拼命挣扎。这场恶斗没来得及见分晓，猎手弟兄们闻声赶来了，雌熊见势不妙，竭尽全力，就地一翻，拽倒了阿虎老爹，仓皇逃命。

弟兄们从地上扶起血迹斑斑、伤痕累累的阿虎老爹。阿虎老爹非但不感激他们的搭救之恩，反而气恼地臭骂了他们一顿。阿虎老爹觉得打平局就是耻辱，丢了面子，何况是仗着人多吓跑了雌熊。多少年来，他一直在寻熊踪，想与那只雌熊决一胜负，想不到今天夙愿实现了……

七

狭路相逢。他看着它，眼里喷着火；它盯着他，瞳仁里聚集着凶虐。就这样对峙着，沉默着。

雌熊比过去老多了，一身黑亮油光的毛如今褪变成灰不溜秋、稀稀疏疏的土色卷毛，且布满癫疮、痂斑；四条铜柱般的蹄腿如今活像脱皮腐朽的枯桩，吃力地支撑着瘦骨架，岌岌可危；两只狂暴凶残的闪着绿莹莹冷光的眸子如今布满眼屎、白翳、血丝，浑浊黯淡，迷惘迟钝，凶虐中夹着忧郁凄怆；只有血口獠牙仍不失摄魂夺魄、气吞山河的雄威，吼声还残存着撼天动地、荡气回肠的壮韵。

阿虎老爹心里突然涌起一股浓郁、奇怪的怜悯之情：它太老了！比自己还老态龙钟，杀死这么老的雌熊，算什么英雄壮士？别造孽了，放它一条生路吧！他怀着一种伟大壮美的宽容精神，示威般地朝天放了一枪，想把老雌熊吓跑了事。

然而，老雌熊并不领这份情，不知是枪声唤起了它沉沦于心灵深处的野性，还是阿虎老爹的宽容刺伤激怒了它的自尊心，它竭力长吼一声，凶神恶煞地扑上来。

阿虎老爹犯了一个错误，他低估了老雌熊的威力。俗话说："一只死熊抵三只狼。"何况是一只嗜血成性、屡逃劫数、饱经沧桑的老熊王！它大有全力一搏、拼个鱼死网破的磅礴气势，迸发出与外貌不相符的难以想象的进攻力，呼啸而来，竟捷如脱兔，迅如闪电，猛如冲击波。

阿虎老爹心里咯噔一跳，这是真正的胆战和惊悸，他从来没有过这种怯懦卑微的感情成分。莫非真是衰老了？阿虎老爹知道很难躲避老雌熊的这一突袭，怒火烧灼着他的胸膛，一腔热血奔腾在血管如电流般通过全身，全身顷刻如铜浇铁铸般地挺拔坚硬起来。他没有躲闪退避，反而挺枪直刺。说时迟，那时快，就在老雌熊张牙舞爪欲撕碎、吞噬阿虎老爹的瞬间，铜炮枪直筒筒地刺进了熊喉。

这是阿虎老爹前所未有的急中生智，也是老雌熊从未遭过的古怪刁钻的一击，兴许更是狩猎史上值得大书一笔的创举和绝招。老雌熊干哕着，浓臭的气味熏得阿虎老爹快要呕吐、昏厥、窒息。它咬着铜炮枪筒，欲吐不能，欲吞不进，欲咬不断，欲摆不掉，只有拼命挣扎，两只前爪像钉耙一样乱抓，抓破了阿虎老爹的豹皮背心和衣衫，抓伤了他的胸脯、手臂、肩胛、脸颊，冒着热气血泡的肉一块块地撕落在地，鲜血如小溪般地纵横流淌。阿虎老爹被一股鏖战的激情裹挟着，一点也不觉得疼痛，仍拼尽全力将铜炮枪猛捅熊喉。每捅进一寸，老雌熊就会惨叫一声，痉挛一阵，挣扎一下；每捅进一寸，阿虎老爹都会多流一股血，多掉一块肉，多耗一股力。

这是一场真正精彩残酷、惊心动魄的厮斗。大森林屏息了呼吸，鸟儿吓噤了歌喉，山溪恐惧地呜咽着，花草诚惶诚恐地伏下身子，刚刚睁开惺忪眼睛的太阳女神目睹此景，惊愕地扯过云彩捂住眼睛。只有一只不知天高地厚、不忧生死祸福的癞蛤蟆蹲在一块长满苔藓的巨石上观战，不时地哇哇乱叫，仿佛在幸灾乐祸地呐喊助威。

"咔嚓！"阿虎老爹顿感一阵锥心刺骨的疼痛，熊掌捆断了他的肋骨，只怕断了好几根，他的胸脯瘪陷了一大块。更危险的是，熊爪已深深嵌进他的胸肌里，囊中探物般要抓出他的五脏六腑。老雌熊用这致命的一招妄图逼迫阿虎老爹松手。然而阿虎老爹运足丹田，鼓足力气，双臂狠捅枪筒，挺胸猛顶枪托。老雌熊的利齿"咔嚓"断了个脆响，枪筒长驱直入，直捣熊脏，老雌熊发出最后一声凄厉、绝望的长啸。它激烈急促地喘息着，痛苦可怕地抽搐着，疯狂垂死地挣扎着。好一会儿，它翻了几下血红的眼珠，伸出乌紫的舌头，涌出一股猩红的污血，尾巴停止抽打，四爪停止挠抓，身体瘫软下去，死了。

阿虎老爹脸上浮起一个古怪、僵硬的微笑，朝着漠然、恐怖、阴郁的天空喘气一阵，昏厥过去……

八

那只可恶的癞蛤蟆跳来跳去，舐饱了熊血人血，趴在阿虎老爹脸上肆无忌惮地撒了一泡热尿。阿虎老爹苏醒了。他猛地一把抓住癞蛤蟆，用牙撕咬下癞皮，贴在流血的伤口上，然后生吞了蛤蟆肉充饥。

头痛，孙悟空遭紧箍咒折磨时大概就是这般滋味，头痛得要炸裂开来。眼也痛，如千万柄钢锥在扎。浑身的伤口似乎麻木了，仿佛是别人的躯壳。阿虎老爹挣扎着动了一下手臂，去抽那杆老枪，老枪似乎凝固在熊脏中，抽不动。他费了老大劲才缓缓抽出来，惊呆了：天呀，枪筒扭曲得如油炸麻花一般，没想到熊的垂死痉挛这般厉害！

阿虎老爹搂着铜炮枪痛苦呜咽，老泪纵横，如丧老伴。他悲叹：铜炮枪完了！我的名声也完了！更没脸回虎啸寨了！他仿佛看见老辈阿虎老爹们指着他的鼻尖痛斥怒骂，仿佛听见年轻的猎手后生在他脊背后的嗤鼻讥笑声。他觉得自己败在老雌熊手里，也许老雌熊是寻找一块宁静隐蔽的归宿地，自己倒成全了它，使它重温了昔日的梦，迸发了最后的一搏，写下了悲壮而辉煌的最后一章。这也许是天意，命里该他栽，该铜炮枪毁！

阿虎老爹意识到自己将寿终正寝，生命的夕阳射出最后一抹眷恋的余晖。他挣扎着离开熊尸，不能让后人知道这场并非光彩的恶战。阿虎老爹朝林子深处爬去。那儿有一个猫耳洞，洞口被一簇灌木丛遮掩得严严实实，谁也不知道的。这是他唯一的秘密，那洞里埋着阿姣和阿朗的尸骨。阿虎老爹没有遵循狩猎部落古老的葬礼遗风，抛尸山岗任凭兽啃禽啄，他要静静地死在她们的怀抱中。另外，他还有一个心愿：悄悄地走向归宿，像大象、老虎、野牛、狮子等兽王一样找一个隐蔽之地悄然死去，不让大家看到自己的垂死境况，是为了保留永恒的最佳印象。

阿虎老爹艰难地爬进了猫耳洞。洞里飞出几只蝙蝠，窜出几只山鼠，还有一只大刺猬。他默默地倚靠在冰凉的洞壁上，搂着弯曲的老枪，静静地等待着死神降临。他像一尊风雨雕塑过的岩石，一截雷电击断的栎木。他是蹲下的峡谷，不再是耸立的山峰；他是凝固的风暴，不再是滚动的雷霆；他是干涸的河床，不再是飞瀑漩流；他是扭曲的老枪，不再是呼啸的铅弹……

阿虎老爹颓丧地灌着酒……

他闭拢眼睛，只剩一半的意识无目标地飘荡着，魂灵倒回到他的少年、青年、壮年时代。恍惚中，他又被父亲绑在老林里过夜，胆囊尿囊都被虎吼狼嗥吓破了；他又被父亲逼着练枪法，鸡蛋老往下掉，拳头老往头上落；他又被人们簇拥上猎王授封台，喝熊血豹胆酒，接铜炮枪；他又蹲在陷阱里惹狗叫，背着活豹回寨，男女老少都冲他欢呼喝彩；他又和阿姣阿朗缠缠绵绵、巫山云雨起来，山妖般的女人溶化了他的铜骨虎胆；他又率领猎队浩浩荡荡地去围猎，铜炮枪一声枪响，千山万壑猎枪齐鸣，牛角号劲吹，穿山号子回荡，百兽落入罗网，压趴健壮的牯牛……他那强壮威武、鼎盛扬名的时代完全回来了，他血液奔腾，脑子敏捷，眼神倨傲，精神矍铄，脸色兴奋，身体颤抖着跃跃欲试，可是，一阵令人崩溃的锐利的痛楚压倒了他，把他拉回到现实中来。他惶惑了，为什么呢？为什么自己粗犷勇猛的时代会变成这样呢？他又记起了，他是濒临死亡的老猎王，他想起了那些不愉快的事，想起了忤逆的儿子。儿子说要给他做七十大寿的，儿媳说要接他进野牛镇去享清福的，他都不稀罕！他恨阿牛没圆他的梦当猎王，恨那个山妖般俊俏的小寡妇偷走了他儿子的心……

　　酒囊空了。阿虎老爹"吧嗒吧嗒"地抽旱烟。什么也不留下，什么也不想了。当最后一缕青烟在烟锅上散去时，他停止了脑子的躁动和体内的战栗，脸上留下一个神秘、凝固的微笑，他用那血迹斑斑、羸弱乌紫的双手死死攥着那杆弯曲的老铜炮枪……

山　魂

　　夜，黑沉沉。林子，阴森森。没有一缕光线，天地混沌，黑得令人惊悸、压抑、窒息。没有一丝风，仿佛能听见树的呼吸、叶的窃语。柴老爹在野牛谷里游荡。

　　远处，传来几声凄厉的狼嗥。整座幕阜山是一部灰暗悲哀的历史，森林毁光了，虎豹狮熊绝迹了，狼成了山中之王、珍稀动物。狼夹起尾巴苟延残喘，退化了，怕人咳、狗吠、牛哞，甚至鸡鸣。

　　一次，柴老爹砍野藤，狭路相遇一只老狼。老狼瑟缩着后退，退到悬崖边，惶恐地趴下前腿，眼里淌出浑浊的泪。柴老爹头一次见狼流泪，心软了，收起砍刀，蹒跚离去。没一会儿，老狼一声惨叫，羞愧地跳了崖。柴老爹当时很难过，很沮丧……

　　以后，听到狼嗥，柴老爹不怕，只会涌起一股怜悯之情。

　　柴老爹点起叶子烟抽。烟壶里的火星一闪一闪，像他的思绪。叶子烟劲猛、味辣，过瘾，柴老爹问过女儿翠翠，城里有叶子烟吗？有苕干酒吗？翠翠说集市上有，女婿补了一句，要没有，他骑"雅马哈"下乡买。

　　但城里没野牛谷，没林子，没狼……他犟了几年。女儿女婿苦口婆心、软磨硬泡，柴老爹终于答应进城去享清福。

　　明早就要上路，乘车，坐船，再乘车，柴老爹抹着泪想，这把老骨头要扔在异乡了！半夜，他辗转难眠，游魂似地摸进野牛谷。夜游林子，是柴老爹的怪癖。野牛寨人不知道这秘密，偶尔撞见林子里闪烁的火星、游荡的黑影，听到咳嗽、脚步声，心惊肉跳，都以为是闹鬼，是德顺爷的魂在游荡。

　　德顺爷的骨头只怕化为泥了。他死时，是大办钢铁的年代，幕阜山九岭十八溪日夜回荡着雄浑的穿山号子和铿锵的伐木声，鄂湘赣三省竞相动手，风卷残云般扫平成片的森林，化作一座座八卦炉，一堆堆铁疙瘩，一掬掬泪水，一声声叹息。德顺爷是老村主任，想不通看不惯，在野牛谷放了三响铳，臭骂了一顿。德顺爷犯了天条，关押在小木屋里，准备第二天拉去游村批斗。民兵轮换看守，拉屎拉尿也不让出屋，那时，柴老爹还挺年轻，也拿着老套筒枪看守德顺爷，山风凉飕飕的，冻得牙齿磕得响。

"柴娃，冷吗？"

"冷……"

"回去困觉吧，放心，我不会跑。"

"我不敢……"

德顺爷沉默片刻，从门缝里塞出一件熊皮背心："柴娃，穿上。"

柴老爹默默地哭了。

柴老爹光腚时，就听说德顺爷的许多传奇故事。德顺爷是野牛寨的猎王，一手神枪法，在他枪下倒毙的猛兽不计其数。野牛谷一带村寨如遭猛兽袭扰，都备礼摆宴请他去镇邪除害。德顺爷有时腻了枪打猛兽，想尝尝惊险味，变变花样逮活兽，蒸上一锅麦芽糖，团成不干不稀的饼，蹲在野牛谷装狗叫。熊瞎子最易上当，慢悠悠地寻来。德顺爷趁它走近，龇牙咧嘴地扑来，他迅猛跃起，将糖饼猛掷去，不偏不斜地摔在熊头上，熊眼瞎、鼻塞、嘴堵，爪子胡乱地挠抓糖饼，越挠越黏。这当口，德顺爷跳上前，用活套绑住熊掌，用口袋罩住熊头，往柴架上一拴，稳当当地背回活熊。这绝招儿传给游击队，整治日本鬼子，真神！好多鬼子粘上糖饼活活憋死，比吃枪子还难受，鬼子骂这绝招儿叫"鬼抹脸"。德顺爷还有一手做炸子造土雷的绝招儿。做炸子，狡猾的狐狸识不破；造的土雷，鬼子的探雷器也探不出。那年，鬼子逮住德顺爷的婆娘和小儿子，押着去探游击队的土雷。德顺爷的婆娘凄惨地喊："德顺哥，你出来啊！救救我，救救牛娃!"德顺爷闭上眼堵住耳，浑身痉挛，脸色苍白。"轰隆!"土雷响了，血肉横飞。打扫战场时，德顺爷只扒到儿子牛娃的一只断臂……

德顺爷是柴老爹心目中的英雄，咋一夜之间变成反革命呢？

那个黑沉沉的夜晚，德顺爷跑了！当时，各寨山民聚集在野牛寨，大块大块地嚼肉，大碗大碗地喝酒。明天，野牛谷将翻天覆地，大片的林子将呜咽着倒下，大批的禽兽将悲怆地迁徙。

德顺爷将柴娃绑得牢牢的，嘴里塞上臭袜子。民兵连长气得七窍生烟，狠狠扇了柴娃两耳光。搜索一夜，没逮住德顺爷。天刚蒙蒙亮，各路伐木大军扛斧抬锯，涌向野牛谷。德顺爷挺立在谷口，大吼："林子里埋了地雷炸子，谁他妈的不怕死，就尝尝老子的厉害!"

山民们瞠目结舌，畏缩不前。

几个头头怂恿："莫听他诈唬，上!"

山民们往前挪动。

德顺爷往后退几步。"轰!"炸子响了，他像被伐的大树摇晃几下砰然倒地。

山民们惊呆了，不知谁高呼一声："跑呀!"众人夺路而逃，各奔东西。柴娃冲上前，抱起奄奄一息的德顺爷，撕心裂肺地号啕大哭……

夜空，悄悄缀上稀疏的星星。天与地有了界限，山与谷有了层次，林子仍黑黝黝的，浑然一体，很忧郁、神秘、美丽。

柴老爹摸到德顺爷的坟前，坟冢庞大，每年清明，柴老爹都来上坟，奠祭。

就是没碑。

县里向驻军告急。不几天，来了一个工兵排，用探雷器战战兢兢地探，将野牛谷篦头发似地篦了几遍，没探出一颗土雷炸子。工兵排长拍胸打包票，林子里没危险了。可工兵们前脚走，后脚就响起土雷炸声，柴老爹的狗被炸成碎片。山民们惶惶不安，说德顺爷埋的地雷炸子，探雷器探不出来。

这案子悬着，公安局为确保安全，堵死野牛谷口，列为禁区，挂上"小心地雷"的警示牌。因祸得福，野牛谷的林子神奇地保存下来，成了禽兽的避难地，成了幕阜山历史的缩影。

德顺爷的土雷炸子几乎年年爆炸一颗。人们传说得神乎其神，说德顺爷变为山鬼，庇护着这片林子，每天绕着林子巡视。一位愣小子去偷树，一斧下去，鬼使神差，劈在自己的大腿上，瘸了一条腿。一个老头子想锯几棵树做寿木，锯着锯着，树干上流出殷红的血，他吓得魂飞魄散，扔下锯子撒腿就跑，回家大病一场，老听见德顺爷的冷笑臭骂。后来他在德顺爷的坟上烧了几炷香，德顺爷才饶了他。还有一个不信邪的山汉子，进野牛谷砍树，斧子还未落下，脸上挨了一糖饼，幸亏被斧子挡了一下，糖饼只粘住半边脸，才没送掉小命。

山民感激德顺爷，神化德顺爷。

县、区、公社都不敢打野牛谷的主意。

时间一久，野牛寨人也冲德顺爷发牢骚。山民历来靠山吃山，野牛谷一封禁，等于夺了野牛寨人的饭碗，猎人眼巴巴地看着野牛谷的禽兽垂涎三尺，药农知道野牛谷有许多珍贵药材却不敢铤而走险，烧炭汉看着满谷的青冈栎疯长却不能伐木烧炭而惋惜，篾匠不敢进谷割野藤砍竹，石匠不敢进谷凿花岗岩和大理石，山民们不敢采菇砍柴、放牛牧羊、摘果逮鸟……

人们开始骂德顺爷，德顺爷我行我素，土雷炸子总在响，像给人们敲警钟。

柴老爹阴错阳差地当了村主任。也许，是他请社长吃过一顿狗肉的缘故。狗肉挺鲜挺辣，酒和烟也辣，社长辣得额上沁汗，舌头打卷，直嚷"好、好"。

柴老爹挺爱喂狗，狗老被德顺爷的土雷炸子报销，很晦气。柴老爹不在乎，炸死了，再喂。偏偏德顺爷作孽，炸了人。炸的是柴老爹的女人。

那年，天大旱，野牛寨颗粒无收。柴老爹去公社要救济粮。爱吃狗肉的社长说，向国家伸手，政治影响不好，给公社抹了黑，柴老爹就差没跪下求情。社长说，救济柴老爹二百斤玉米，顺手在香烟盒上写了几个字，柴老爹没去领，用香烟盒揩了屁股。柴老爹回寨，挑选青壮劳力闯野牛谷。那是聚宝盆、摇钱树。许多人既垂涎又胆怯。有人劝柴老爹，人命关天，出了事谁担当得起？柴老爹拍胸："我在前探路！"年纪最长的德福爷发话了："还是干有把握的事儿吧！求求德顺开开恩吧，他能忍心看着野牛寨饿死人吗？"柴老爹苦笑，不语，算默认。德福爷带头跪下，山民齐刷刷地跪下，一齐虔诚地高喊："德顺爷，开开恩吧，保佑我们平安，进谷寻条活路！"

声音悲壮、浑厚，峡谷回荡，林子回荡。德福爷说："只要心诚，石头也能开花。我来带路，德顺不会炸亲兄弟的！"

柴老爹说："也好，我俩都带路吧！"

果然，平安无事。

野牛谷开禁后，大家开始小心翼翼地割藤竹、砍灌木、挖药材，渐渐肆无忌惮起来，合伙偷伐参天大树，其他寨子的山民也蜂拥而至……消息不胫而走，更远的寨子蠢蠢欲动。公社想搞点木材盖楼房，区里想搞点木材给干部打家具，县上想搞大批木材去换钢材。香烟盒便条、油印件、红头文件都捎到柴老爹手里。柴老爹哭笑不得，坐立不安。

一天傍晚，野牛谷响起一声沉闷的土雷声。有人飞报柴老爹："不好了，你的女人被炸了！"柴老爹头晕眼花，一头栽倒在地，醒来，他的女人已断气。

山民陪着伤心落泪，陪着骂德顺爷。

德顺爷封山了！想打野牛谷主意的人悚然、黯然。消息越传越神奇，越怪诞，说柴老爹带路闯野牛谷，得罪了德顺爷，德顺爷才发怒惩罚他，让他痛失心尖尖上的女人。

柴老爹痛心疾首地忏悔，自己害了自己的女人。

柴老爹的女人是平原人。叫腊梅，冬天生的，性格外柔内刚。她爹说野牛寨穷，她说穷不怕，就怕懒。她妈说柴老爹憨，她又说憨惹人爱，心眼实。爹喝醉酒要劈她当柴烧，妈闹着哭着要跳井抹脖子，都没能拽住腊梅的心。腊梅没坐花轿，没伴娘陪送，没吹鼓手凑热闹，更没压箱钱，悄悄地挽着一个小包袱装着几件换洗衣服，嫁进野牛寨。

野牛寨放了七七四十九响铳，这是最高礼节。酒宴上，烈酒醉倒了不少海量的汉子，醉倒的越多，越给主人添面子。洞房内，馋滴滴、色迷迷的汉子们尽情地撩着新娘，吓得新娘直往墙旮旯里缩，玩笑开得越粗俗，越惹主人高兴。

深夜，客人散去，新娘哭了。

柴老爹搂着她问："你哭什么？"

新娘捋起袖子让柴老爹看，女人细嫩白皙的手臂青一块紫一块。

柴老爹淡淡一笑："山里人粗，没坏心！"

新娘翘起小嘴不乐。

"呜——哇，呜——哇！"附近林子里传来瘆人的长嗥。

新娘扑进柴老爹怀中，身子瑟瑟发抖。

"这是什么叫？"

"狼在哭？"

"狼那么厉害，还会哭？"

"会的，它冷了、饿了、丢崽了、受了伤，都要哭，有时哭得比老娘们还伤心。"

"哦。"新娘喃喃道，"狼也有可怜的时候……"

第二年，腊梅生下翠翠，翠翠瘦如小猫，常生病。腊梅很内疚，暗暗想要给柴老爹生个山一样壮实的胖小子。腊梅很倔强，她跟山里女人拼着拖竹子，扭了腰，掉了胎，内行婆娘扒着看了看，是一块鱼泡泡般的血块，男胎，深深地叹息。

她连着掉了几次鱼泡泡。后来，打个响屁也掉胎。医生说，她水土不服。柴老爹劝她回平原去。她臭骂医生："放狗屁！"她不愿离开自己的男人，不愿离开野牛寨。她要灰溜溜地回平原去，娘家人会讥笑她，野牛寨人会瞧不起她，她也会瞧不起自己。她硬撑着、模仿着做山汉子的女人……

山汉子的女人大多泼辣、能干，有野性魅力，和男子汉一样干重活，骂粗话，喝烈酒，抽旱烟，恨起来如火，爱起来也如火，她们的性格与大山的性格很和谐，与山汉子的性格很协调。

她难做到这样，很累很苦。

柴老爹调侃她："你不是一杯烈酒……"

她是纯净的泉水。

她的尸体被娘家人抢回去了。翠翠也险些被抢走。干了一架，野牛寨人胜了。

柴老爹给女人垒了一座衣冠冢。从那时起，他有了夜游林子的怪癖。在空旷、沉寂、深邃的峡谷森林里游荡、喊魂，是一种精神上的宣泄。狼哭，狼也有悲伤可怜的时候。山汉子也如此。

突然，柴老爹的肩上搭上两只毛茸茸的爪，一个滑腻、温热的东西触到他的后脖窝。他汗毛一炸：狼！不能调头，不然，狼瞬间就咬断人喉。狼贪婪地舔着他的后脖窝，大概挺喜欢人汗的咸味。柴老爹悄悄挪动手臂，反手卡住狼颈，猛地一蹲，一背，狼从人头上飞过，重重地摔在地上，哀叫着逃之夭夭。

柴老爹听出，这是一只狼崽。狼崽比老狼莽撞、狂妄，虽败溜了，总算恢复了狼的习性。

猛兽的习性也是山魂的一部分。没有大山，就没有猛兽；没有猛兽，就没有猎人。德顺爷过去常这么说。

柴老爹听翠翠讲过一个城里故事。拍一部电影时，需要一个老虎吃牛的镜头，就向动物园借了一只老虎。谁知那老虎成了孬头，只会吃鸡兔，不敢惹牛，吓得蜷缩成一团。翠翠和女婿笑了，柴老爹却笑不起来，有股说不出的滋味。

后来，柴老爹想出一条道理：那老虎丢了山魂。丢了山魂就等于死了。山魂是什么？柴老爹小时曾问过德顺爷。德顺爷笑而不答，叫他对着大山呼喊，大山回荡起他的呼喊，传得很响，很远。德顺爷玄秘地说："这就是山魂。大山没有林子，魂就死了，不信，去火烧沟喊喊。"火烧沟是叫鬼子烧的，光秃秃、空荡荡。柴老爹去喊魂，果真没回音。

后来，翠翠也问："山魂是什么？"柴老爹也照德顺爷的话说。翠翠却不信。翠翠恨野牛谷，恨德顺爷。山魂勾走了妈妈的魂，她恨。小时候，翠翠跟男孩子打架，挨了柴老爹一顿骂，她气跑了，想往妈妈的平原跑，跌跌撞撞地绕了三天圈，又转回到野牛寨。柴老爹说，翠翠跑不脱，是山魂拽着她。

柴老爹本来有两次进城的好机会：一次是地区挑选贫宣队代表进城管理学校，管理完了留城当干部，爱吃狗肉的社长推荐了他，他推辞了；一次是地区水泥厂招工，公社照顾他去，他舍不得离开野牛谷。

翠翠气得哭过两场："这鬼地方有什么好留恋的？"

翠翠有个青梅竹马的朋友，就是德顺爷的侄孙，叫厚荣。翠翠知道厚荣在追她，直言不讳地宣言："我不愿当山汉子的婆娘，谁有本事带我出山，我就嫁谁！"

厚荣心里打小九九，听说在部队挑喂猪烧火等脏活苦活干，容易入党提干，复员能当工人带家属。厚荣去当兵了，求翠翠等几年。厚荣在城里认真地守了几年大桥，复员回寨来，翠翠讥笑他，没出息，白等了他几年。

那时，野牛寨十天半月来一趟三轮摩托车，驮来花里胡哨的洋玩意，运走土得掉渣的山货。开三轮的是个中年人，在县城干个体户，颇富，模样不难看，就是皱纹深点，头秃些，穿皮夹克，戴贝雷帽，架上蛤蟆镜，有点风度。翠翠买卷发器，认熟了他。第二次，他就送给她一瓶法兰西香水，很香很香，翠翠假意推辞了几下，还是收下了。第三次，她心安理得地收下一件红色登山服，报以一个勾魂摄魄的灿笑。不久，翠翠就同那人私奔了。柴老爹气病一场，骂翠翠丢人现眼，咒三轮摩托车真他奶奶的该炸。生了一阵闷气，柴老爹觍着老脸偷偷进城去寻，到底是自己一把屎一把尿拉扯大的女儿哟！翠翠摇身一变成了阔气的老板娘，除了乡音难改，变得厉害。大鱼大肉地招待，柴老爹咽不进，很伤心。

翠翠挺满足。

柴老爹叹息："翠翠丢了山魂。"

柴老爹在野牛谷喊过多少次魂，喊不回翠翠。

厚荣钻进火烧沟，搭下茅棚，育苗造林。柴老爹也卷铺盖去了，厚荣好可怜，好孤单，陪陪他，替翠翠赎过。厚荣整天不吭声，发疯地挖树窝。累了，抽叶子烟，喝苦干酒；困了，倒在乱石堆、荆棘丛里打粗鼾。有时两人喝醉了，你望着我傻笑，我冲着你傻笑。笑够了，又狼嗥般哭。男人也有哭的时候，哭得伤心欲绝。哭够了，就是推心置腹地谈。厚荣说当初想不开，磨了一把杀猪刀，想追进城去杀了翠翠和那男人，现在想起来就后悔，有这念头就该天打雷劈！柴老爹理解，他年轻时要遇上这种倒霉事，也会生出那种莽撞念头。

月亮羞答答地钻出云层。冷光漠然地泻在林子里，林子显得更冷寂、阴森、空灵。偶尔，不知打哪儿窜来一股山风，林子痉挛几下，枝叶哗哗响一阵，仿佛林子在梦呓。

柴老爹困了，倚在一棵云杉上，抽叶子烟，气管里大概吸进了一些冷空气，与火辣辣的烟味一碰上，便发生猛烈的咳嗽。柴老爹站起，伸伸懒腰。突然，他发现两团绿莹莹的光。左右环视，绿莹莹的光像一串串灯笼，成扇形朝他逼来。他心里咯噔一跳，这是真正的胆战："妈呀，狼群！"

不远处，就是悬崖，一只老狼在那儿自杀过。柴老爹怕腹背受敌，迅速退到悬崖边，站在一块突兀的怪石上准备破釜沉舟与狼肉搏。"呜——哇！"柴老爹听出，这是那只败溜的狼崽的嗥声。狼崽搬来救兵，终于敢与人较量了。柴老爹镇静下来，感到一阵亢奋、醋畅。他迅速扎紧腰带，掏出匕首，像一株坚硬的老栎树挺立在怪石上。一只狼怒嗥着冲上来，柴老爹一匕首刺中狼腮，狼惨叫着滚下怪石。又有两只狼箭般地扑上来，试图把柴老爹撞下悬崖。柴老爹机灵一蹲，两只狼呼啸而过，惊梦般跌下悬崖，谷底荡起长一声短一声、高一声低一声的怪叫。还没等柴老爹站起身来喘口气，又一只狼凶猛地扑来。柴老爹一匕首刺去，刚巧刺在狼牙上，手震麻木了，狼牙"咔嚓"断了，狼痛得使劲一甩头，将匕首甩得老远。柴老爹手无寸铁，慌乱中伸向狼胯，一把抓住狼卵，使劲捏着。这一招真厉害，狼痛得痉挛，爪子胡乱蹬着抓着，抓得柴老爹脸上、臂上、胸脯上血迸肉绽，他仍不放手。狼吐出腥臭的长舌，绿莹莹的光熄了，耷拉着头，瘫软了。

狼群被震慑住了，不敢袭击柴老爹。到底是幕阜山狼部落的残部，到底在野牛谷蜷缩久了，山魂还不够壮，野性还不算烈。柴老爹屹立在怪石上，哈哈大笑，怂恿激将着："狼崽子，有种的，上呀！"

狼群匍匐在怪石旁，凶虐的绿光冷冷地射着柴老爹，暴躁地怒噪，凄厉地哀鸣。就这么对峙着，林子反倒显得静穆、和谐，有一种奇特的韵味、魅力。天显出晨曦。野牛谷响起一声声呼喊。

"爹，你在哪儿?"这是翠翠的声音。

"柴老爹！你在——哪儿?"这是厚荣雄浑粗犷的穿山号子。

满谷荡起潮汐般汹涌澎湃的回音。

柴老爹僵立着，想回报一声穿山号子，张开嘴，却没有气，没有音。

狼群不知啥时隐去，拖走了同伴的尸体，舐干了斑斑血污，看不出发生过一场惊心动魄的厮斗。柴老爹恍惚觉得，自己做了一场挺过瘾的噩梦。他挺奇怪，冥冥间有什么支撑他的疲惫、羸弱、伤重的身体，昏厥过去也没倒下……

怪石上，溅满血污、碎肉。柴老爹砰然倒下，脆弱得如一株被烧焦的栎树。他的脑子躁动，心在抽搐，仿佛灵魂即将脱壳而出。他坚持着不让自己昏厥过去，谁知道这一闭眼还会不会睁开。他有一个秘密，不能带到另一个世界去，那就是德顺爷死后野牛谷的土雷炸子都是他下的。

他要向翠翠忏悔：翠翠妈死在他的土雷下。

他还要叮嘱新村主任厚荣：别把秘密捅出去，让野牛谷披上一层神秘传奇色彩，野牛谷会更茂盛，更美丽，更神圣。他在山洞里还藏着土雷炸子，必要时再引爆几颗，敲敲警钟，把这传奇故事续写下去……

恍恍惚惚，柴老爹看见了德顺爷。德顺爷喊着山魂，柴老爹跟着喊。喊着喊着，柴老爹脸上的微笑凝固了。

582

青葱岁月

曹金斗

曹金斗第一次到我们高一(1)班来那天，是个春雨潇潇的日子。

他跟在班主任张老师后面走进教室，全班哗然：不仅仅惊讶他膀大腰圆、魁梧高大的身材，还为他那副地道老农打扮、外加一硕大的斗笠的样子愕然。要不是班上已悄然传遍要来插班生的小道消息，大伙儿一定会以为曹金斗是贫宣队代表或请来传授农艺的技术员。

张老师介绍道："曹金斗同学来自五里界中学，篮球打得很出色。县体委要在咱们学校组建全县中学生篮球联队，把他拔尖来打中锋，插班读书兼打篮球。"

张老师要曹金斗讲几句话。

曹金斗忸怩片刻，嘿嘿傻笑半天，说："我是个乡巴佬，希望大家不要欺负我……"

天呀，他这么个庞然大物，还怕别人欺负吗？全班哄堂大笑。

曹金斗被大家笑得激恼了，绷得满脸紫红，瓮声瓮气地说："笑什么呀？我说的是正经话，希望大家不要欺负我，我这人脾气火爆，爱打架，万一撞到我头上，我控制不住自己，三脚两拳的，你们谁也受不了。"

全班愕然，连几个捣蛋鬼也被他的气势镇住了。那几个捣蛋鬼不甘心，约曹金斗到操场草坪上较量了一番，结果都俯首称臣。

曹金斗来了，给我们高一(1)班增添了新鲜血液。过去，我们高一(1)班与高一(2)班经常发生摩擦，他们依恃班上有一位打架大王，不时闯进我班教室寻衅闹事，抢扫帚、撮箕、抹布、水桶，敲诈勒索同学们的学具、玩具甚至零花钱，还侮辱欺负女同学或胆小怕事的男同学。曹金斗与那打架大王在操场草坪上决一雌雄，打架大王鼻青脸肿地败下阵去。树倒猢狲散，高一(2)班那帮淘气鬼再也不敢侵犯高一(1)班了。

攘外后，又开始安内。曹金斗疾恶如仇，很有正义感，容不得欺负人的现象，班上那几名捣蛋鬼收敛多了，歪风邪气少了。大伙儿遇到什么麻烦事和受气事，就找曹金斗打抱不平，主持公道，比找班主任解决问题要快捷便利得多。

一次，班上的文娱委员贾金梅递给曹金斗一张纸条，纸条上画着几根鸡毛，意思是十万火急！原来，贾金梅这几天连续遭到一名小流氓的拦路调戏纠缠，她很害怕，问曹金斗能不能护送一下她。曹金斗递给她一张纸条，上面画了一幅"杨子荣打虎上山"的速写，意思是：明知山有虎，偏向虎山行！

曹金斗那天放学护送贾金梅，活生生地演了一出"英雄救美人"的剧目。那小流氓会几路拳术，还带着匕首，凶神恶煞地扑向曹金斗。曹金斗的左膀被匕首刺开一道血口，他退着退着，忽地急中生智，脱下脚上的球鞋，朝着小流氓的脑袋掷去。这是凌厉迅速的掷球动作，"啪！"正中小流氓的眼鼻部位，他趔趄数步，瘫在地上，捂着眼睛呻吟。曹金斗举着另一只球鞋冲上去，小流氓吓得嗷嗷乱叫，仓皇逃窜。

后来，班上传闻贾金梅爱上了曹金斗，说得有鼻有眼、有血有肉的，他俩在课堂上眉来眼去，暗递字条，在放学途中的小树林里搂搂抱抱的，星期天一起去看电影……

大伙儿只敢在背后瞎议论感慨一番，惋惜贾金梅自甘堕落，鲜花插在牛屎上，讥笑曹金斗没自知之明，癞蛤蟆想吃天鹅肉。大伙儿毕竟慑于曹金斗的威力，敢怒不敢言，很长时期没人告状，老师们都蒙在鼓里。后来，一位长期单恋着贾金梅的同学醋意大发，忍无可忍，秘密揭发了他俩。班主任张老师小心翼翼地找曹金斗谈心。

曹金斗火了，揎拳捋袖地叫嚣："谁放的臭屁？我揍他！告诉我，是谁？"

张老师瞠目结舌，哪敢交代是谁打的小报告。

曹金斗像头暴怒的公牛，蹿到教室里，一拳把讲台擂了个大窟窿，歇斯底里地吼叫道："谁造我的谣？有种的站出来！"

张老师跑来又哄又劝："曹金斗同学，别发火嘛！有则改之无则加勉嘛！身正不怕影子斜嘛！要正确对待批评与自我批评嘛……"

曹金斗在讲台上晃荡着来回踱步，对噤若寒蝉、呆若木鸡的大伙儿重申："我再说一遍，我这人不好惹的，你们别欺负我！这次我就不追查了，再要听见谁在背后捣我的鬼，小心我收拾他！"

这时正好体育老师喊曹金斗去打篮球，他扔下掷地有声的警告，拂袖而去。

张老师惊魂未定，气恼地向全班宣布："从今往后，谁也不许惹他了！他是拔来的篮球尖子，县里都对他另眼相待哩！谁惹他，后果自负！"

从此，班上没谁敢惹曹金斗，甚至连贾金梅都怕三分。

后来，化学老师触犯了曹金斗，惹出一场风波。

曹金斗篮球打得漂亮，功课却糟糕透顶。各科老师都拿他没办法，只好睁只眼闭只眼，任凭他糟糕下去。唯独化学老师是个责任心极强、脾性极拗的小老头，总爱敲打敲打曹金斗。曹金斗不怕训斥，嘿嘿傻笑，一副死猪不怕开水烫的无赖相。

这天，化学老师见曹金斗上课打瞌睡，很生气，喊醒他，当堂嘲讽他"朽木不可雕也"。曹金斗闻之脸色陡变，两眼喷火，抡起篮球朝讲台上的化学老师砸去。砸得真准，化学老师的鼻梁开了花，眼镜粉碎，鼻血淋漓，眼睛青肿……

曹金斗为何发这么大火呢？原来，他那读过私塾、年逾古稀的爷爷经常用这句"朽木不可雕也"骂子孙，曹金斗便觉得这是一句挺恶毒的咒语，只有辈分高、年纪大的人方有资格骂的，你化学老师岂敢随便骂？曹金斗本想掷球吓唬抗议一下的，没料到掷得这么准，打得这么惨，他心里很慌，很愧。

曹金斗偷偷卷被窝回家了。他想，这次闯了祸，肯定要被开除，不如识趣点自己溜。再说，那医药费、营养费、眼镜费什么的，他赔不起，家里穷得叮当响，娘得了肺痨病都没钱医治。爹要是知道他闯了祸要赔钱，还不揍断他的脊骨？

学校派班主任张老师来了一趟曹金斗家。曹金斗躲着不敢见。

曹父问："金斗到底在学校出了什么事？"

张老师支支吾吾："没、没出什么事，只是……与老师闹了点小别扭。你劝劝他，快回校……等着他打篮球赛。"

张老师的确肩负重任，就是拽也要拽回曹金斗。原来，全省中学生篮球选拔赛迫在眉睫，县中联队挺有希望出线，出线则可赴京参加决赛，这是多么光荣而重大的任务呀！偏偏在这节骨眼上，出了"朽木不可雕也"事件，县体委、校方都急得如热锅上的蚂蚁。

张老师、教导主任、校长、工宣队代表走马灯般去了曹家三趟，那般虔诚不亚于"三顾茅庐"，曹金斗仍然赌气不回校。曹父知道了事情真相，狠揍了曹金斗一顿，这反帮了倒忙，曹金斗发誓不回校了。

事情弄僵到这地步！县体委、校方急中生智，想起一个办法：解铃还需系铃人，就叫那位化学老师委屈一下，"负荆请罪"，把这个篮球尖子请回来。

哪知，那位化学老师执拗得可爱，不愿忍辱负重，声称："头可断血可流，人格不可丢！"那年代岂能奢谈人格、人性什么的，顿时遭到一顿批判，勒令他放下"师道尊严"的臭架子，抛弃资产阶级人格论，将功折罪，把曹金斗请回来。

否则，按"破坏教育革命""侮辱革命小将"罪论处，停课停薪，下放农场。

化学老师想不通，便想寻短见，偏偏被班主任张老师撞见，夺下药瓶，劝慰他："你急什么？我有办法了，肯定能请回曹金斗！"

化学老师像抓到一根救命稻草，问："什么办法？"

张老师凑到他耳边嘀咕了几句。

化学老师脸色大变，哆哆嗦嗦地说："这办法行吗？这不成了'美人计'？"

张老师说："事到如今，也只能这样了……"

张老师的办法是，让贾金梅去请曹金斗。张老师把贾金梅叫到办公室。正好没人。

张老师虎着脸吓唬她："你和曹金斗的事，有人告到校方去了。你知道早恋会受什么处分吗？"

贾金梅啜泣起来："张老师，我跟曹金斗真的没什么，我只感激他替我揍过小流氓，请他看过一场电影……"

张老师说："我这儿有你一张字条，你作何解释呢？"

贾金梅满脸通红，她知道那张要命的字条上写着她的心迹："你真像打虎上山的杨子荣，我喜欢你……"她还没交给曹金斗，上体育课时弄丢了。现在她像当场被抓的小偷一样低头沮丧。

张老师轻声细语地说："贾金梅同学，只要你去请回曹金斗，让他安心打好篮球选拔赛，我保证把这张字条还给你，从此不提这事……"

贾金梅两眼发亮："真的？"

张老师说："其实，我现在就可以把字条给你，想必你更想他回来咧！"

一物降一物。贾金梅一去，就把曹金斗请回了学校。刚巧，学校抽调几位女同学给县中联队干些打旗举牌、端茶倒水、递毛巾之类的杂事，张老师把贾金梅推荐去了。

曹金斗这家伙是个打姑娘球的角色，只要有贾金梅在场，球打得格外卖劲，也格外灵气。连县体委的教练也看出个中奥秘，暗示要把贾金梅带去省城陪赛。曹金斗打得非常出色，县中联队获得亚军，赴京决赛又获第五名。

曹金斗没回校，被留在省青年篮球队。贾金梅回校来，没有故事。奇怪的是，贾金梅没嫁给曹金斗。十几年后，曹金斗回到母校，拜访那位化学老师，给他带了一副从国外买回的昂贵眼镜，想为当年的"朽木不可雕也"事件赔礼道歉。

而化学老师早在十年前就作古了。曹金斗辗转找到化学老师的遗孀，征得她的同意，将那副眼镜和一枚国际篮球邀请赛金牌恭敬地放进化学老师的骨灰盒里……

贾金梅

贾金梅长得蛮像阮玲玉，就是那个慨叹"人言可畏"而自杀的影星。她脸蛋漂亮，身段苗条，嗓子脆亮，嫣然一笑，简直勾魄摄魂，令人心旌摇动。就因为漂亮，她成了班上的不安定因素，好些男生、女生都因她而争风吃醋、勾心斗角。

贾金梅是班上的文娱委员，也是学校宣传队的台柱子。排练《红灯记》，李铁梅非她莫属。一次，学校宣传队下工厂慰问演出，正巧是金梅妈所在的农具厂，贾金梅在台上很投入地唱"我家的表叔数不清，没有大事不登门"，台下一群男女青工哄笑。

贾金梅以为自己唱错了词，一下愣在台上，冷了场。这种事件不是没有，不几天前，演鸠山的同学走神，竟在台上逼李玉和"快交出联络图！"演李玉和的同学愣了愣神，接过话茬说："联络图在座山雕手里，你是要密电码吧？""鸠山"忙纠正："对、对、对，我要你快交出新四军密电码！"这纰漏一时传为笑谈，工宣队代表很恼火，想以"篡改样板戏罪"处分学生又太过分，就不让那两位同学演李玉和和鸠山了。

贾金梅很紧张，虚汗直冒，脸色紫红，摇晃几下就栽倒在台上……后来才知道，贾金梅妈犯过作风错误，是从县剧团下放到工厂的。贾金梅妈的野男人，贾金梅就称呼"表叔"的。工宣队代表说，贾金梅有这么糟糕的母亲，倘若再演铁梅，岂不亵渎了革命样板戏和革命英雄人物？便忍痛割爱，不让贾金梅演铁梅了。贾金梅那阵子抑郁、恍惚，几乎痛不欲生。看来她把铁梅看得挺重的。多亏班主任张老师怜悯她，仍让她当文娱委员，要她帮班上排练样板戏选场。

那年头，全国上下一窝蜂学演样板戏，县中普及样板戏很出了阵风头，各班都排练过样板戏选场选段，同学们戏称各班为"智斗班""深山问苦班""打虎上山班""赴宴班"什么的，我们高一(1)班叫"痛说革命家史班"，顾名思义，排练的是《红灯记》第五场"痛说革命家史"。

贾金梅演铁梅轻车熟路，只挑了女同学柳闻莺与她配戏，演李奶奶。在班上彩排时，效果很好，赚了同学好多眼泪，连几个调皮鬼也鼻头酸酸的。临到学校汇演前夕，工宣队代表来审戏，一眼就认出扮铁梅的是贾金梅，沉下脸把班主任张老师训了一顿。

那天夜里，贾金梅妈突然慌慌张张地跑到学校，说贾金梅赌气跑了！班主任张老师正辅导新换的"铁梅"重排"痛说革命家史",闻讯大吃一惊,顾不得排戏了,领着我们去找贾金梅。

深夜,在一条小河边,我们找到了欲寻短见的贾金梅,她正含泪悲戚地唱着铁梅的唱段"打不尽豺狼决不下战场"。贾金梅后来透露,当时她是准备唱完铁梅的所有唱段,就从容地跳入河水的,多亏我们及时赶到挽救了她。

贾金梅妈不久速嫁了农具厂的革委会主任,唯一的条件就是要他到学校跟工宣队代表说说,让贾金梅继续演铁梅。这孩子中邪了,不演铁梅恐怕会出事的。贾金梅妈忧心忡忡,作了自我牺牲。

贾金梅又回到学校宣传队演铁梅了。只是好景不长,忽地刮来一阵风,不让瞎演乱唱革命样板戏了,只准县级以上的专业剧团演。学校宣传队《红灯记》剧组解散了,贾金梅的"铁梅"梦破灭了。

贾金梅怏怏回班没几天,曹金斗就插班来了。贾金梅对曹金斗的第一印象是:这家伙演磨刀人绝了!班主任张老师乱点鸳鸯谱,硬让贾金梅和曹金斗同桌。不久,贾金梅就找张老师反映,她不愿与曹金斗同桌了。

张老师追问:"为什么?"

她吞吞吐吐地说:"他有……狐臭!恶心!"

其实,曹金斗没有狐臭的毛病,只是有爱挖鼻孔、挠脚丫、乱吐痰和屁多的毛病,贾金梅看不惯。看到他有滋有味地挖鼻孔、挠脚丫,她便如坐针毡,浑身起鸡皮疙瘩。尤其是听到他肆无忌惮地放响屁惹得哄堂大笑时,她翻肠倒胃想呕吐,索性溜出教室换换新鲜空气,让被功课搅得一团糟的脑袋清静清静。

张老师只好给贾金梅换位子。贾金梅想换位子,还有一条不便言传的原因,她考试时沾不了曹金斗的光。她因演铁梅耽误了学业,功课滑坡得厉害,而曹金斗打篮球误课更多,成绩更糟,考试时还抄她的哩!

贾金梅对曹金斗有好感,是从"水蛇事件"开始的。

有一天下午,高一(2)班的那位打架大王拎着一条两尺多长的水蛇,闯进了高一(1)班,嬉皮笑脸地用蛇戏耍着女同学,吓得她们惊恐万状,凄厉尖叫着往外逃跑。但教室门被打架大王的同伙堵着。打架大王竟恶作剧地朝乱作一团的女同学身上掷水蛇,滑腻腻、凉津津的水蛇一下子落在贾金梅的脖子上,她惨叫一声就吓晕过去。

这时,打完篮球、汗水淋漓的曹金斗回班来,倏地拎起那条水蛇,一阵猛抖,水蛇就断了气,他顺手扔到窗外。打架大王听说高一(1)班的插班生是个厉害角色,正想寻衅较量,便死皮赖脸地逼曹金斗赔水蛇。

曹金斗火了:"你欺负到我班女同学头上来了,不揍你算便宜你了!快滚!"

打架大王和其同伙叫嚣起哄，要与曹金斗决一雌雄。曹金斗便在学校操场草坪上，把打架大王摔得落花流水……

从此，高一（1）班扬眉吐气，没人骚扰。

后来，贾金梅路遇小流氓骚扰，曹金斗负伤后用球鞋击退小流氓。

曹金斗出了"朽木不可雕也"事件，张老师设计让贾金梅请回曹金斗打篮球，她还陪练陪赛。

曹金斗留在省青年篮球队，贾金梅黯然神伤地回校来，好长时间无精打采，寡笑少语。

一次体育课，跳鞍马。贾金梅请病假，趴在教室里发愣。

体育老师眼很毒，一下就看出队伍里差贾金梅，便质问体育委员："贾金梅怎么又没来？"

体育委员答："病了！"

体育老师生气了："去问她，有没有校医证明？要没有，赶快来上体育课！要是她不来，你们这个班就不用上体育课了！"

体育委员跑去问贾金梅，她说没有校医证明，并含蓄地说这种"病"用不着医生证明。

体育老师很倔，亲自跑到教室去吆喝，大声训斥贾金梅骄娇二气严重，重文娱轻体育，不严格要求自己，无组织无纪律，世界观有问题，影响集体荣誉……还下了最后通牒：今日她若不乖乖去上体育课，高一（1）班的体育课不上了，就开会整顿思想和纪律，整顿不好，连学校运动会也不准参加。

贾金梅被吓唬住了，支撑着身体去跳鞍马。她胆小，总跳不过那鞍马，体育老师偏罚她一次又一次地跳，累得她气喘吁吁，大汗淋漓。同学们或替她鼓劲打气喊加油，或冲她冷嘲热讽做鬼脸，或为她抱怨叫屈捏冷汗。贾金梅豁出去了，拼尽力气冲刺，腾起，跳过了鞍马，重重地跌倒了，挣扎半天也没爬起来。几位女同学跑拢去搀扶她时，发现她裤腿口淌出殷红的血来，惊呼道："血，血！"

同学们七手八脚地抬她到校医务室，女校医一检查，说："不像是月经，好像是……"她不敢说，找了副担架往县医院抬……

贾金梅住院期间，我们想去看望她，但张老师在班上宣布："谁也不许去看望贾金梅！"我们嘀嘀咕咕："她到底得的什么怪病？"几个跟贾金梅相好的同学悄悄跑到医院去探望，被贾金梅妈拦住不让见。贾金梅从此没来高一（1）班。大约过了一个多月，学校贴出公告：鉴于贾金梅严重违反校纪，特给予她开除学籍处分。

同学们懵懵懂懂，不知道贾金梅如何严重地违反了哪条哪款校纪，要受到如此严重的处分。连那些平时嫉妒她、讨厌她的同学也替贾金梅惋惜抱怨，愤愤不平，缠住班主任张老师问："贾金梅到底犯了什么错误？难道就不能给她一次改正错误的机会吗？求求你跟学校说说情吧！要不，我们全班同学联名保她……"

张老师神情沉郁古怪地劝阻："别说了，说一千道一万也没用。贾金梅犯了那错误，是不可能回校的。你们还小，这事以后就会慢慢明白的……"

纸包不住火。后来大伙儿都知道贾金梅犯的那错误，就是怀孕流产。谁的孽种？自然而然就怪到曹金斗头上，都咬牙切齿地骂他，把人家贾金梅害苦了，又当陈世美，甩了她。骂够了曹金斗，又觉得贾金梅不值得怜悯，轻浮孟浪，自作自受。

高中毕业前夕，突然传来可怕的消息：贾金梅勾结小流氓，把她的后爹杀了！为什么要杀她的后爹呢？一个温柔美丽的少女咋会堕落到这地步呢？大伙儿疑窦万千，惊愕不已。班上有位男同学的父亲正好办理这桩案子，夫妇俩的枕边细语被那位男同学偷听到了，传到班上。

原来，贾金梅早在一年前就被后爹强奸了。当时她拼命挣扎反抗，但后爹威胁道："你要不依，明天我就跟你们学校工宣队代表打招呼，不让你演铁梅了！"

贾金梅演铁梅正走火入魔，后爹的要挟无疑是杀手锏。后来，她怀孕了，流产了，被学校开除了。后爹不思悔过，继续纠缠她，她忍无可忍，就约了那位小流氓："你要是真爱我，就去杀了我后爹！"

曹金斗闻讯赶回县城，去监牢里探望过贾金梅。

曹金斗声泪俱下："金梅，都怪我哇！我不该见死不救……我好悔哇！应该由我去杀了你那禽兽后爹！"

在省城陪赛时，贾金梅曾对曹金斗哭诉过她受辱的遭遇，曹金斗没能像那次教训小流氓那样挺身而出，他畏缩了，怕贾金梅的名声玷污了他的名声，影响了他的前途。他不能为一个失身的女孩，而失去他打篮球的机会。再说，他将来娶一个失身的女孩，不光自己心里总是有点疙瘩，父老乡亲们也会嘲笑的。曹金斗就这样对贾金梅疏淡了……

贾金梅冷淡地说："你走吧，我不想看见你，我不需要你的怜悯……顺便告诉你，我约去杀我后爹的那人，就是你教训过的小流氓，现在我觉得他比你勇敢得多，真诚得多……"

曹金斗瞠目结舌，直到贾金梅走出探监室，才怅然而归。

那年，我回县城探亲。刚下汽车，忽见一群人在围观什么。我挤过去一看，是个女疯子，衣衫褴褛，蓬头垢面，正在字正腔圆、声情并茂地演唱着李铁梅的唱段：

"我家的表叔数不清，没有大事不登门……"

我陡地认出来：她不是我的同学贾金梅吗？

彭 红 军

彭红军的父亲是老红军。

记得他老人家给我们作革命传统报告时，有两种不雅举止颇影响他的光辉形象。

一是爱亮枪疤给人看。他身上大约有十三四个"光荣花"，的确令人肃然起敬。其他部位的枪疤亮亮无伤大雅，偏偏屁股上有五块枪疤，呈梅花状，他老人家不肯省略，总是当堂解裤翘臀，很庄严地展示出来，令观者想笑不敢笑，呈庄严虔诚状瞻仰那臀上的梅花状枪疤。有一次，一位女同学忍俊不禁，"噗嗤"笑出声来。他老人家拍案厉喝："有什么好笑的？这是光荣花咧！北京还来人拍过照呢！"结果，那女同学因笑惹祸，被指控为"毫无革命感情""不尊重老红军""思想意识有严重问题"等，被批判了一通。那女同学受了刺激，喝农药自杀了。

二是爱骂人吐痰。作报告时当然骂得多的是敌人，如"狗×的该死""马××这个王八蛋""××这龟儿子""婊子养的××""杂种养的××"……偶尔见台下有学生窃窃私语和做小动作，他也会惊世骇俗地呵斥一声："狗×的，不想听给老子滚出去！"骂就骂呗，偏还带上吐痰的连贯动作，仿佛是为加强骂语的色彩和锐力而打的惊叹号。每场报告下来，讲台旁痰痕斑驳，令人作呕。但老红军有许多可歌可泣、惊心动魄的战斗故事，能让人心潮澎湃、热血沸腾或者揪心扯肠、悲愤流泪。因此，我们仍坚定不移地崇拜老红军。

彭红军却对他父亲不恭，常在背地里对几位要好的同学披露他父亲的"滑稽列传"。

譬如他父亲参加红军时根本就不懂得什么革命道理，而是赌博输光了钱被债主逼得走投无路才去投奔红军的。

他父亲第一次打仗，听见枪炮声吓得尿了一裤子，趴在战壕里不敢动弹，还是班长朝他屁股上踢了一脚，才不得不跳起冲锋。

西路军失败时，他父亲屁股上的梅花状枪痕就是在逃跑时被敌兵打的，他父亲一路讨饭才回到延安。

中原突围时，他父亲蹲在粪坑里才逃脱敌人的搜捕，还在叫花子堆里混过一段光阴。

“土改”时，他父亲回到家乡亲手毙了恶霸地主赵麻子，又强娶了赵麻子的小老婆。组织上劝他父亲三思而行，别丧失阶级立场，他父亲振振有词地说：“赵麻子的田能分，房能占，浮财能打，他的女人咋就不能搞呢？也算胜利果实嘛！我不光革了赵麻子的命，还革了他的老婆，这更说明我革命意志坚定嘛，怎么说丧失阶级立场呢？”

那地主的小老婆就是彭红军的母亲。彭红军说，他不喜欢父亲，喝醉酒就打他母亲。他母亲不堪凌辱，上吊自杀了。他父亲没有半点悲伤和忏悔，还踢着她的尸体骂道：“这女人是花岗岩脑袋，到底没把她改造过来，自绝于人民，可恨，可怜……”彭红军说，他当时冲上去抱住他父亲的腿狠狠咬了一口。他父亲痛得惨嚎，却没舍得打他，只狠狠瞪了他一眼，骂了一句：“狼崽子！”

彭红军一直与他父亲关系不好。后来有了继母，他的处境更糟。继母三番五次地挑唆作祟，父子关系愈来愈僵。有好几次，彭红军被父亲打得不敢回家，露宿街头。

彭红军不崇拜父亲，但很崇拜真正的英雄。他有一个很精致的缎面笔记本，里面贴满了英雄相片，旁边还画着青松翠柏、鲜花红旗、高山大海，抄着英雄的豪言壮语，写着他自己的四言八句诗。我们都爱借他的“英雄簿”欣赏，后来张老师开主题班会，也借用过彭红军的“英雄簿”。

彭红军经常跟我们几位相好的伙伴高谈阔论他的英雄观。他语出惊人，思辨怪巧。譬如他说英雄还有机遇问题。有机遇，打盹也能撞上当英雄；没机遇，想得发疯也白搭。战争年代，时势造英雄，提着脑袋去冲锋陷阵，堵枪眼，炸碉堡，铡刀面前不叛变，当英雄的机遇多。就连他父亲，也被班长踢成英雄了嘛！现在是和平建设时代，当英雄多难呀！你总不能常在铁路边溜达，在江河边踯躅，等候着当英雄的机遇降临吧？

彭红军的一番“生不逢时”的感喟，在我们心中引起共鸣，我们都很苦恼，很颓丧，很迷惘。

那年，我们县出了个78岁的老英雄邢远长，他冲上路基赶走两头斗架的疯牛，抢救了国际列车，光荣献身，名扬全国。

彭红军既钦佩又后悔：“邢远长真走运，多好的机会被他撞上了！唉！我每天放学上学都经过铁路，从来没遇到当英雄的机会……”

有一位喜欢抬杠的同学叫夏大为，抢白他：“别说大话了！真到了要你献身的时候，说不定你变草鸡了哩！”

彭红军脸色铁青，气急败坏地说：“我草鸡？要不咱们打赌，测测当英雄的勇敢！”

夏大为问："咋个测法?"

彭红军沉思片刻，说："模拟测法呗，到铁路上去!"

我们被大无畏的英雄激情所裹挟，雄赳赳、气昂昂地来到铁路线上，准备玩一场英雄游戏。

彭红军说："将各自的书包全扔在铁轨中间，等到火车开来了，各自去把书包抢出来，谁最后去抢，谁最勇敢。"

大伙儿欢呼着，说这测法最灵验，怕不怕死，就在那一闪念，"刺刀见红硬过硬"，说大话吹牛皮都会显原形。

那天骄阳似火，没一丝风，我们蹲在路基旁焦躁地等待着火车。偏偏半天没见火车影儿，眼睛望酸了，喉咙起烟了，身上大汗淋漓，像毛毛虫乱爬，痒得难受。

夏大为沮丧地说："热死人了，算了吧，不玩这英雄测法了。"

彭红军讥讽道："连热都坚持不了，还想当英雄呀! 当狗熊都不够资格咧!"

夏大为经这一羞辱，不再嘟哝打退堂鼓了，硬着头皮等那该死的火车。火车终于轰隆隆地开来了，大伙儿的心为之雀跃。突然，火车长啸一声。我不知道大伙儿那瞬间心态如何，我坦白地说，倏地就被这钢铁长龙排山倒海、吞云吐雾的气势震慑住了，不由得打了个冷战。这一冷战不打紧，满腹的英雄气概顿时化为乌有，两腿古怪地痉挛起来。

夏大为第一个冲上铁轨，抢出了书包，还没忘记做一个欧阳海式的英雄造型。其他同学急切地跑上铁轨，心慌意乱地抢出书包。只剩下我和彭红军趴着没动。

夏大为在高声嘲笑他："彭红军，你大概吓得尿裤子了吧? 要不要我帮你抢出书包?"

此时此刻，火车离书包大约只有五十米远了，司机已发现了这伙调皮鬼，又拉响了汽笛。我继续趴着窝，甘愿受那狗熊、草鸡、怕死鬼等骂名羞辱了。彭红军吃惊地瞪了我一眼，倏地跃起，旋风般冲上铁轨，一个箭步踢出了他的书包，又一个箭步踢出了我的书包。就在这瞬间，悲剧降临了，火车呼啸而过，轧断了他的双腿……

阴错阳差地，轧断他的双腿的火车，就是老英雄邢远长抢救过的那列国际列车，彭红军流血的地方，正是邢远长英勇献身的地方。这一巧合，是我们无论如何也没想到的。

半个月后，彭红军脱离了生命危险。我们怀着内疚悲伤的心情去看望他，他情绪还好，神情坚毅，惨淡地笑着说："要不是鞋子夹在道钉上，我是可以跳出来的……真的，当时我一点也不害怕，只觉得挺刺激，挺好玩，挺有意义的。遗憾的是，我没想起最高指示或哪位英雄，来不及想，真的……"

我们相信他的真诚，但也不敢怀疑报纸电台上宣传英雄人物献身或冒险时那种千篇一律的闪光点，或想起最高指示，或想起哪位英雄。我们想，也许彭红军是玩的英雄游戏，那瞬间才没达到想起最高指示和英雄的思想境界吧！要真想起来了，岂不是一种亵渎吗？

彭红军滔滔不绝地说："我不后悔，不悲伤，也不认为自己无聊荒唐，无谓牺牲，至少我对自己的勇敢做了一次考验。你们读过俄国小说《怎么办？》吗？那里面的革命者就对自己进行过忠诚考验，睡铁钉板床，戳得浑身伤痕，以此考验将来是否经得住敌人的严刑拷打，你能说他是无聊荒唐，无谓牺牲吗？我的双腿虽断了，但值得庆幸的是，我有英雄的素养，有挺身而出的勇敢，你们承认这点吗？"

我们被他这番慷慨激昂的演说感染得热泪盈眶，都点头说："你绝对是当英雄的料子！你的勇敢是惊人的！"

彭红军的脸上忽地掠过一丝忧郁的神色，喟叹道："我还是那个观点，英雄要机遇。这个时代，不可能出大批英雄，机遇更少。我现在残疾了，更没有这种机遇了……"

我们都沉浸在这种"英雄主义"的悲哀中，沉重地低着头颅。我们都真诚揪心地为彭红军难过，他失去了双腿，就算真有英雄的机遇光临他，他也无能力去当英雄了。他能赴汤蹈火地救人抢物吗？他能扑灭山火、勒住惊马吗？他能搬开铁轨上的树、捞起洪水中的羊吗？……他显然什么也不能了，只能望英雄机遇而兴叹，空怀凌云壮志了！

我更觉得对不起彭红军，倘若他没把我的懦弱误认为我想作最后的冲刺，倘若他不去踢我的书包，他就不会失去双腿，就不会永远失去当英雄的机遇！呜呼！那个年代是英雄贬值的时代，贬值到写了一张大字报、交了一张白卷也变成了"英雄"，而我们仍在执拗地崇拜着英雄，编织着英雄狂想曲……

夏大为当插队知青时，当过一阵昙花一现的"英雄"。他冲进火海里，抢出了一幅领袖绣像，被严重烧伤。当年他被推为知青典型，在全省巡回演讲过。他的英雄精神感动了一位农村姑娘，主动嫁给了面目烧得狰狞可怕的夏大为。"文革"结束后，夏大为的"英雄"桂冠被摘去，还受过一阵审查。据悉，有人揭发他是自己放的一把火，想沽名钓誉。这事审查一阵没闹个水落石出，悬着悬着便不了了之。倒是那位农村姑娘不怀疑、不嫌弃他是个假英雄，恩爱如初。

彭红军安上假肢拄着双拐，艰难地读完了高中。毕业后他被安置到县民政局

594

下属的残疾人锁厂。那个小锁厂经营不善，经常发不出工资，就发锁。我有次碰到彭红军在街头卖锁糊口，便慷慨解囊，买了十把锁。

彭红军问："买那多干嘛？"

我撒谎："给公家买的。"

彭红军为难了："哎呀，我……我没有发票给你报销呀？"

我又搪塞："写张白条也行！"

彭红军很认真地给我写了白条，还盖了私章。倘若真要接济他几个钱，彭红军仿佛受到奇耻大辱，会发恼的。他就是这种倔强性格。

后来我到省城读大学，当记者，很久没见过彭红军，偶尔碰见曹金斗，他告诉我："彭红军栽惨了，在母校门口摆个修锁摊子养家糊口，娶个老婆，是个药罐子，彭红军挣的几个钱还不够她抓药吃。唉，要是他不失去双腿，怎会穷困潦倒到这般田地！"曹金斗悲天怜人地叹道。

去年，我接到一个紧急采访任务，直奔省轻工业产品博览会。

据悉，博览会上爆出一则挺有趣的新闻：一家中外合资保险柜厂为证明自己产品的质量天下无双，特悬赏十万元，奖励能掏开该厂任何一部参展保险柜的能工巧匠。许多人跃跃而试，沮丧而去。唯独一位来自小县城的残疾修锁匠，只花了半个钟头，竟掏开了该厂两部参展保险柜。博览会上的人群哗然。那家保险柜厂的外国技师瞠目结舌，惊呼："奇迹，奇迹！神人，神人！"

那位残疾修锁匠将那巨额悬赏全部捐献给家乡残疾人锁厂……

那就是一鸣惊人的彭红军！

谁也不知道，他默默无闻地对锁研究了十五年之久，简直到了出神入化的地步，堪称"江南锁王"！

我采访他后陷入沉思：他算不算英雄呢？

陶 慧 珠

陶慧珠蛮聪慧漂亮，就是口吃。因为口吃，她整天寡言少语，文静矜持。陶慧珠思想纯正，学习优良，劳动积极，但总加入不了团组织。一讨论她的入团问题，就说她不积极参加政治活动，上课不积极举手发言，性格孤僻，与同学们不合群，不敢与不良倾向作斗争，不能帮助后进同学共同进步，等等，说穿了，就因她口吃。陶慧珠不知暗流了多少泪珠，恨不得卡死喉中作祟的魔鬼，咬断这不争气的废物舌头。

一次课间休息，柳闻莺等几个女同学玩排球。陶慧珠路过，柳闻莺突然袭击，将排球扣向陶慧珠。陶慧珠眼疾手快，一拦，排球变了方向，飞向邻班一位男同学的脑袋上，不偏不倚，将他的眼镜碰落在地，碎成几瓣。

这副眼镜该谁赔呢？显然，是柳闻莺的过错，该她赔。但演过李奶奶的柳闻莺巧舌如簧，几句话就把责任推到陶慧珠头上。她说，陶慧珠看见她们玩排球，心痒手痒了，把手一招，她不能不理睬嘛，就把排球传给陶慧珠，谁知陶慧珠水平太臭，接球太偏，就把人家眼镜给砸了。陶慧珠被她一派颠倒黑白的谎言气昏了，欲予戳穿，却结结巴巴说不清楚。她越结巴越气急，越气急越结巴。

班主任张老师鼓励她："别急，慢慢讲。"

陶慧珠仍语无伦次，引得哄堂大笑。

张老师将黑板擦当惊堂木一击："笑什么？有什么好笑的？陶慧珠同学，别怕，继续讲。"

陶慧珠垂首不语，泪水吧嗒吧嗒地滚落下来。看得出，她做出了抉择：宁可受冤枉赔眼镜，也不当众受辱丢丑。柳闻莺很得意地瞥了一眼狼狈不堪的陶慧珠，狡黠地笑了。

张老师显然怀疑柳闻莺，又点几位女同学核实情况。

柳闻莺狡猾就狡猾在她只说陶慧珠招手要球，而不说陶慧珠开口要球，几位女同学哪注意到当时的细节，有附和柳闻莺的，有摇头推说没看见的。

我很反感柳闻莺这种欺负老实人的行径，毅然挺身揭发："柳闻莺，我亲眼看见你朝陶慧珠突然扣球的，陶慧珠根本没招手要球！"

柳闻莺慌了，说："你当时根本不在场……"

我反驳道："我当时的确不在场，但我坐在教室里，透过窗户看得一清二楚！"

柳闻莺恼羞成怒，恶毒地攻击起我来："哼，你为她说话，谁不知道你安的什么心？你坐在教室里还盯着人家咧，这是什么思想意识？老早就看出你和她眉来眼去的！这次可是灵魂大暴露哩！"

我真想扑上去撕碎她的嘴皮，但我忍住了，冷静沉着地应战："柳闻莺，我警告你，不要造谣中伤！不要转移视线！现在是赔眼镜的问题，你要是赔不起，或不想赔，干脆说出来，别嫁祸于人，要赖撒谎，我替你赔了！"

柳闻莺无奈，甘认倒霉，答应赔眼镜。

其实，当时我坐在教室里聚精会神地看小说，根本没注意窗外那一幕情景。我只是凭直觉判断，陶慧珠是被冤枉的。我替陶慧珠打抱不平后，班上议论了我和陶慧珠好久，搞得我和陶慧珠都很尴尬，很紧张，故意疏淡戒备陌如路人，以免瓜田李下之嫌。

张老师曾找我个别谈心，单刀直入地追问："你与陶慧珠到底有没有超出同学友谊范畴的感情？"

我诚惶诚恐地答："绝对没有！"为表示我绝对没有那意思，我竟违心地"诽谤"起陶慧珠，说听到她结结巴巴就起鸡皮疙瘩，看到她蔫不拉叽的样子就腻味，闻到她满身狐臭味就恶心……

张老师疑惑地问："她有狐臭吗？"

我调皮地搪塞："大伙儿给她起了个绰号：'小狐狸精'，小狐狸精会没有狐臭吗？"

张老师沉郁严肃地说："没有那事就算了，不要瞎扯别的，要尊重团结同学，不要讥笑人家的生理缺陷……"

隔不多久，几位男同学把我骗到一个小树林里，硬逼我坦白交代我与陶慧珠之间的关系问题，我又违心地"诽谤"了陶慧珠一通。几位男同学看我"诽谤"得那么真切、恶毒，信以为真，饶了我。

一天，我放学回家，陶慧珠突然从小树林里跳出来，喝令道："站住！"

我大吃一惊，只见她满脸紫红，怒目圆睁，双手叉腰，胸脯激烈地起伏着，吭吱吭吱地喘着粗气。

我慌了，问："你……你有什么事？"

陶慧珠结结巴巴地说："你、你、你造……造我的……谣！"

我心虚地问："我造你什么谣呀？"

她愤然用手指戳点着我的鼻尖骂道："你、你、你还装蒜？你凭……凭什么，说我……说我……有狐臭？"

我简直无地自容，尴尬得语无伦次："我不是真心……真心造谣，他们逼得……我没办法，我……"

陶慧珠泪眼婆娑地说："上次柳闻莺欺、欺负我，多亏你……原以为你、你蛮英雄，想不到你、你、你……卑鄙，也来欺、欺负我！"

她怨郁地瞥了我一眼，呜咽着疾跑而去。我愣住了，想到自己的卑鄙和渺小，便发狠地往树干上撞脑袋……

从此，陶慧珠视我如陌路人，撞个满怀也不搭调。我总试图与她和解，比如，给她暗地递了几次检讨书似的字条，在放学路上堵住她赔礼道歉，故意装作不会做作业去请教她，硬着头皮约她为班上的大批判专栏写稿（那时我担任班团支部宣传委员），靦着脸皮把朝鲜电影票塞给她（那时朝鲜电影挺走俏，我有个亲戚与电影院卖票的攀上了亲戚），甚至把家里的煤票偷出来要送给她（她家爷爷奶奶是乡下户口，没煤票，煤老不够用，她常去垃圾堆扒煤渣)……

但陶慧珠一点不给面子，总是冷若冰霜地不搭理。她愈不搭理，我愈良心不安，就愈煞费心机去巴结她。渐渐地，我梳理清晰了这种复杂矛盾的心理，就是一种朦胧爱情在作祟。我吓了一大跳：难道我真的爱上她了吗？那么为什么我当初恶毒地攻击她口吃狐臭什么的呢？这是怎么回事？从爱走向恨，从恨走向爱，这是一种什么怪圈在颠三倒四地折磨人？平心静气而言，陶慧珠除了口吃毛病外，是个很不错的女孩。我心灵深处早已烙上了她的美好印象，贮存着对她的朦胧感情，上次为她打抱不平就是一次自然喷发。鬼使神差地，我竟把这种感情扭曲了，变成了"诽谤"，我真混蛋！悔恨痛苦咬啮着我的心，我恍惚感觉到，我与她失之交臂，已经失去她了，永远失去她了！除非出现奇迹，除非天意相助……

那一段日子，我心上罩着愁云惨雾，神思恍惚，坐卧不安。总想着天赐一个赎过的机遇：或是陶慧珠掉进河里拼命挣扎呼救，我奋不顾身地救起她；或是陶慧珠在路上行走，突然一辆失控的马车撞向她，就在这千钧一发之时，我冒死扑上去推开了她；或是陶慧珠在铁轨上边走边看书，火车来了她还没听见，就在火车要轧碎她的瞬间，我冲上去推开了她；或是陶慧珠家的房子着火了，我面不改色心不跳，冲进火海救出了她；或是陶慧珠在上学路上被流氓围住调戏，我大吼一声，横眉怒目扑上去揍跑了流氓们；或是陶慧珠突然患了重病急需输血，全城找不到一个愿献血的，我勇敢地为她献血……

我胡乱编织了上百种"英雄救美人"的套路，可吝啬的老天爷就是不肯降机遇于我，陶慧珠活得无惊无险，有滋有味，似乎连苍蝇蚊子都没碰她一下。我气馁了，绝望了，没有奇迹，没有天意……

就在我绝望之际，机遇却悄然翩翩而来。那年头，书店里冷寂，只能看到《金光大道》《虹南作战史》等小说。而社会上的手抄本小说却暗地盛行。学校不是避风港，自然也秘密流传着手抄书。一天，工宣队代表突然闯进我们高一(1)班，前后门一堵，挨个搜查书包和荷包。全班哗然，以为发生了什么盗窃案凶杀案，人人自危。果然，从几个调皮学生的书包荷包里搜出了小刮刀、钢丝弹簧鞭、香烟、墨镜等违禁物，都收缴了。接着从贾金梅的书包里搜出了口红，这也算违禁品，要收缴。贾金梅急中生智撒谎："这口红是演革命样板戏时化妆用的！"工宣队代表一愣，沉思片刻，还给了她。

从柳闻莺荷包里搜出了违禁品——香水，她也仿效贾金梅撒谎。工宣队代表眼一瞪，吼道："你还狡辩？哪有演革命样板戏要洒香水的？"把香水收缴了去，还勒令写深刻检讨，包括亵渎革命样板戏的问题。于是，高一(1)班平添了一段

"只兴李铁梅擦口红，不许李奶奶洒香水"的趣闻。

搜查到陶慧珠面前，只见她神色慌张，如坐针毡。工宣队代表翻了翻她的书包，没发现什么违禁品，又搜她的荷包，也没有。正欲离去，工宣队代表忽地瞥见陶慧珠不对头，宛若发疟疾般抖得厉害，便诈唬道："身上藏着什么东西？快交出来！"陶慧珠经不住这一诈，下意识地捂了捂腹部，这下大暴露了。工宣队代表逼她自己交出来，免得他们动手使蛮。陶慧珠急得冷汗淋漓，泪花盈盈，捂住腹部装肚子疼。

工宣队代表阴鸷地说："肚子疼？走呀，我送你到卫生室去看病！"

陶慧珠没辙了，耷拉着头捂着肚子，沉默地抵抗着。工宣队代表对女孩子也不敢真使蛮，怕落个动手动脚不规矩之嫌，只是干吼，陶慧珠不买账，铁下心不交。

工宣队代表便"挑动学生斗学生"，点了贾金梅、柳闻莺等五六个女生的将，准备硬抢。贾金梅不屑干这种缺德事，磨磨蹭蹭地不过去。柳闻莺挺来劲，一则报上次眼镜事件的仇；二则她的香水被收缴了，凭什么陶慧珠的东西收不得？她得拉个陪着倒霉的；三则她寻思表现积极点，兴许工宣队代表会私下还她香水。

柳闻莺扑上去抢，平时挺文静秀气的陶慧珠顿时变得凶猛顽强起来，一掌将柳闻莺推了个趔趄，跌在地上嗷嗷直叫。另几个女生齐扑上去，揪的揪发，掰的掰手，按的按腿，搂的搂腰。陶慧珠临危不惧，拼命挣扎，抓伤了甲的脸，又咬疼了乙的手……

此时此刻我突然听见了火车的呼啸声。我想起前不久玩的荒唐的"英雄模拟测法"，因为我的懦弱胆小害得彭红军被轧断双腿，他还躺在医院生死未卜呢！我仿佛听见彭红军在厉声呼叫："冲上去呀，你这个胆小鬼！"顿时，我浑身一颤，屁股似乎被人重重地踹了一脚，我腾地跳起来，冲上去，不知打哪儿来的力气和胆量，掀翻推倒了那几个女生，拉起陶慧珠就跑，还把试图拦截的工宣队代表撞了个跟跄。跑出好远，我还听见工宣队代表跺脚大骂："混蛋！跑了就别想回来了！看老子怎么整治你们……"

转过学校围墙角，我气喘吁吁地不想跑了，可陶慧珠仍坚持跑着，我只好追她。到了小树林，陶慧珠才跟跄着跪在草丛上，趴着喘粗气，半晌说不出话来。我也抱住一棵树支撑着瘫软的身子。小树林里很静谧，偶尔吹来一阵风，才发出窸窸窣窣的声响。我和陶慧珠沉默着，对视着。陶慧珠仍如惊弓之鸟，不时转眸环顾四周怕有追者。我呢，也惶然，怕待久了被人撞见说不清道不明。

我首先打破沉默，说："我先走了。"

陶慧珠在后面喊："喂，你回来！我有……有话对你说！"

我站住了。

陶慧珠说："谢谢你，你还算是个……英雄！上次我错怪你了……"

我慌忙说："不、不、不，我这是……赎过！希望你原谅我……我的诽谤！"

陶慧珠叹了一口气："算了，还提那不愉快的事……干嘛？你想不想，问问我到……到底藏的什么东西吗？"

我的确有这份好奇心。陶慧珠从贴身的衣内抽出一个红色塑料壳笔记本，递给我。我蹊跷，翻开扉页，一行字赫然映入眼帘：第二次握手。我顿时像被炮烙烫了般缩回双手，红色笔记本落在草地上。

陶慧珠嘲笑道："瞧你，吓成这样……"

我的确吓坏了。我知道这是一部"大毒草"手抄本小说，我有位表哥就因为传抄了这部《第二次握手》，被抓进牢里蹲了半年。今日多险呀，要是工宣队代表搜去了这部手抄本，陶慧珠可就倒大霉了。我暗自惊叹真看不出陶慧珠还是个危险人物，她打哪儿搞来这部"大毒草"的呢？倘若大家知道了我掩护陶慧珠转移"大毒草"，我的团籍、学籍都会被开除的。

陶慧珠问："你想不想看？"

我心里想，口里却说："不……不……不，我不看……"

陶慧珠怂恿道："好看极了，保准你……你喜欢看……"

我神色慌张地说："我真的不看！你赶快把它毁了吧，不要对任何人说起这事，对工宣队代表就说，你藏在怀里的东西，是香水口红，免得他们盘查纠缠。"

陶慧珠执拗地说："不，我绝不毁掉！我花了七天七夜抄下的东西，绝不轻易毁掉！我已经读、读了五遍，还想再读……我绝、绝不毁掉！"

我发现有人朝小树林方向跑来，慌忙报警："快跑！"

我一溜烟跑回家，心怦怦乱跳，仿佛犯了什么弥天大罪。想起刚发生的事，心里很害怕，斗争相当激烈，几次闪过向工宣队代表坦白交代、争取宽大处理的念头，又不忍心出卖陶慧珠。我把自己折磨得头昏脑胀，仿佛病了。倏地，我想起一个绝妙的逃避办法：装病！

我装了三天病。第四天，我来到学校便被叫到工宣队代表的办公室。

工宣队代表诈唬："陶慧珠都老实交代了，看你态度老不老实？快说，那天她怀里藏的什么见不得人的东西？"

我只好避重就轻，撒谎说："香水！"

工宣队代表狐疑："真的就是香水吗？"

我一口咬定："真的是香水！你不知道，陶慧珠有狐臭，不洒香水叫人闻了受不了。"

工宣队代表把桌子一拍,逼供道:"快给我老实交代,你掩护她逃跑的动机是什么?是不是你和她在搞对象?"

我仍然避重就轻:"有那么一点感情苗头……我错了,保证与她一刀两断,看我的实际行动吧!"

我写了一份检讨,总算把这事蒙混过关了。

后来,我因有这"前科",被老师同学盯得很紧,稍与陶慧珠接触一下,便有人打小报告,说风凉话。我与陶慧珠的感情被冻结了,直至毕业都无故事。照毕业合影时,阴错阳差地,我和陶慧珠站在一起,她就在我前排站着,笑得很甜。后来同学们都打趣:"你们是故意约了站在一起的吧?瞧你们贴得多紧,日后结婚,不用再照合影了,把这合影剪下来放大,绝了!"

但是,我和她终究是无缘结合。陶慧珠和我下放插队在一个公社,却隔着一座大山。生产队放假时,我就去她那个知青点邀她玩,或邀她一起回县城。她对我不卑不亢,不冷不热,我们总进入不了恋爱的情境,叫人好怅惘,好凄凉!

招工时,她选择了别人都嗤之以鼻、闻之色变的殡葬职业,在县殡仪馆当遗容化妆师。她的理由很简单:"我有口吃的缺陷,跟死人打交道不必多嘴多舌,正好掩饰这缺陷。"

多年后,我和陶慧珠在县城小火车站邂逅,她要去省城参加殡仪师培训班学习,我是回县城探亲的。正巧她乘的火车班次晚点,我陪她寒暄,叙旧,谈天。她口吃不那么严重了,谈兴还算浓。都经历了沧海桑田,便少了过去那种神秘和拘谨,我问了她一个困惑了我多年的问题:"当初你为什么不肯嫁给我呢?"

陶慧珠淡淡一笑:"哼,谁叫你瞎说我有狐臭!"

我愕然:这是真的吗?

柳 闻 莺

柳闻莺的父亲是杭州人,不知怎的从"天堂"流落到我们这座小县城来的。思乡殷切,便常念叨西湖的十大景:三潭印月、雷峰夕照、断桥残雪、花港观鱼、柳浪闻莺什么的。后来生了女儿,索性就把女儿取名为柳闻莺。

柳闻莺以为自己是什么高贵血统,以为自己真的像西湖十大景之一那么美丽,那么惹人心旷神怡,在班上高傲神气得不行。她总在同学面前吹嘘西湖十大景,好像西湖是她姥姥家的后院池塘似的。每年暑假归来,她都大谈特谈跟随父母游览西湖的见闻,撩逗得班上同学心旌摇曳、涎水欲滴。

只是有一次，贾金梅冷不丁地问她："你真的爬上雷峰塔玩了？"

　　柳闻莺眉飞色舞地答："真的爬上去玩了，可好玩咧！"

　　贾金梅冷冷地说："可雷峰塔倒了呀！"

　　柳闻莺恼羞成怒："胡说，它怎么倒了呢？它还镇着白蛇娘娘哩！你又没去，懂个什么？"

　　同学们起哄，怪贾金梅瞎插嘴，扫兴致，纯属嫉妒嘛！

　　贾金梅咬住这一破绽不放："我虽然没去过西湖，但我读过鲁迅的杂文《论雷峰塔的倒掉》，鲁迅讲的，雷峰塔倒塌了，被信迷信的人扒砖撬石搞倒塌的。"

　　柳闻莺狡辩道："倒塌了，就不兴再修吗？"

　　同学们也觉得贾金梅没去过西湖，就没有发言权。雷峰塔倒塌了，就不兴再修吗？柳闻莺玩的就是重修的雷峰塔嘛！大家七嘴八舌地谴责贾金梅故意刁难捣乱，不想听就靠边站，想听就闭上嘴放谦虚点。

　　贾金梅拂袖而去时扔下一句掷地有声的话："劝你们去读读鲁迅的那篇杂文吧，鲁迅先生欢呼雷峰塔倒塌得好，有谁敢再修？"

　　同学们和柳闻莺都愣了，面面相觑：真有这事吗？鲁迅先生若真欢呼过雷峰塔倒塌得好，还真没人敢再修雷峰塔。鲁迅先生是毛主席尊称的文化革命旗手，他的话一句也能顶五千句吧？雷峰塔倒没倒塌，修没修复，成了悬念。

　　柳闻莺从此对贾金梅怀恨在心。本来，她俩同台唱戏，配合默契，算得上好搭档，没想到贾金梅在台下却拆台，故意给柳闻莺狼狈。

　　柳闻莺报复心极强，从此窥探机会教训教训贾金梅。机会来了。那天上体育课，贾金梅脱外衣时，飘落下一张字条。柳闻莺眼尖脚疾，踩住字条，趁贾金梅远去，才拾起字条看了，顿时心花怒放："嗬，多么及时而厉害的炮弹啊！贾金梅，你等着吧！"

　　柳闻莺迅即将字条交给了班主任张老师。可过了几天，字条石沉大海，一点反响也没有。张老师没在班上点名批评，更没发动同学批判。贾金梅谈笑自若，没一点反常。怎会成了哑炮？难道张老师有意包庇她？

　　柳闻莺迫不及待地去找张老师问个究竟，呼吁严肃处理贾金梅。

　　张老师却淡淡地说："那字条我看过了，也找贾金梅谈了，是个误会嘛，她写的意思是：她喜欢打虎上山的杨子荣！没别的意思。"

　　柳闻莺急傻了眼，申辩道："不，有那意思的，她写的分明是：你真像打虎上山的杨子荣，我喜欢你。这已经露出了狐狸尾巴，她喜欢的不是杨子荣，而是像杨子荣的那个人。"

　　张老师说："柳闻莺同学，你记错了吧？"

"没错，你不信，再看看那张字条。"

张老师狡黠地一笑："那张字条，我已经还给贾金梅了。"

柳闻莺明白了，张老师是在偏袒贾金梅，在玩大事化小、小事化了的把戏。但证据已毁，也无可奈何，悔当初该把字条交给工宣队代表的，那便会成为一枚重磅炮弹咧！

张老师神情严肃起来："这事就不要瞎猜疑、乱议论、乱声张了，影响团结和班集体名誉！你也得把心收拢，放在学习上，学习不好，也算不上好的革命小将嘛！你说对吗？"

柳闻莺邀功不成，反遭羞辱，差点没气晕过去。柳闻莺后来一直没抓到报复贾金梅的机会。倒是贾金梅抓住了她的把柄……

柳闻莺看上了老红军的儿子彭红军，而彭红军那时走火入魔地琢磨寻思着当英雄，对美人不感兴趣，何况柳闻莺还够不上美人标准。彭红军对柳闻莺的脉脉之情，不是装疯卖傻，就是躲躲闪闪。柳闻莺给彭红军递了几封满纸痴语的情书，都被彭红军揩了屁股。

柳闻莺很生气，也很焦急，就把彭红军堵在教室里，衔怨含嗔地问："你为什么不回信？你总得表个态呀！"

彭红军漫不经心地说："不回信，就是一种表态嘛！"

柳闻莺提高了一点嗓音："屁话！这算什么表态？态度暧昧嘛！谁知道你是默认，还是拒绝？"

彭红军态度鲜明起来："拒绝。"

柳闻莺不甘心："为什么？"

彭红军装出一本正经的样子说："我怕暴露了，会被开除学籍、团籍！"

柳闻莺娇嗔："傻瓜！咱们搞地下活动嘛！"

彭红军调侃："要想人不知，除非己莫为。革命小将的眼睛都是雪亮的，你能逃脱吗？"

柳闻莺亲昵地骂道："傻瓜，咱们可以搞障眼法、苦肉计嘛！暗地里好，表面上谁也不理谁，甚至故意发生点摩擦纠纷，说点坏话，迷惑大家……"

彭红军说："这不是演戏吗？我演不来戏，会演砸的！"

柳闻莺说："演砸了也不要紧，你是老红军的后代，谁敢把你怎么着？"

彭红军又弯弯绕绕起来："这倒也是，演砸了也不会砸着我自己。可我和你……怎么说呢？世界上绝没有无缘无故的爱呀！"

柳闻莺驳斥他："怎么会无缘无故呢？我和你都是团员，都是同一战壕的革命小将，都是根子正思想红的革命后代嘛！再说，你爸是老红军，我崇拜敬仰已

603

久……"

彭红军冷冷地讥讽道："你是看中了我爸吧？你嫁给他好了！"

彭红军说了这句混账话后，昂首阔步地走出教室，却与贾金梅撞了个满怀。彭红军若无其事地绕开窘得满脸通红的贾金梅，吹着大批判战歌的口哨去了。

柳闻莺正在气头上，一股脑地朝贾金梅发泄："你这骚货！卑鄙小人！干嘛要盯梢、偷听？"

贾金梅辩白道："我没有盯梢、偷听，你别冤枉好人！我是回教室拿书包的……"

柳闻莺恶狠狠地说："你骗谁？你是在找彭红军吧？你把字条交给他了吧？'你真像打虎上山的杨子荣，我喜欢你！'多亲热动听啊！呸，肉麻无耻！告诉你，彭红军是我的，你别和我抢！你要有自知之明，他爸是老红军，你妈是大破鞋，你得不到他的，喜欢也没用！别做美梦！"

"不许你侮辱我妈！"贾金梅猛扑上去，和柳闻莺厮打起来。

正在胜败难分之际，曹金斗打完篮球回教室，撞见她俩在厮打，不由分说冲上去老鹰抓小鸡般，一手抓一个，使劲一推，掰开了她俩。

贾金梅说："你吃的哪门子醋？谁稀罕你的彭红军？告诉你，我说的像打虎上山的杨子荣的那个人，就是曹金斗！"

曹金斗急得直跺脚："贾金梅，你疯了？瞎说什么？"

贾金梅气愤地说："告诉她，免得她瞎吃醋，乱咬人！"

柳闻莺明白自己弄错了，也就不吭声，灰溜溜地扭头跑了。

柳闻莺生怕贾金梅告她的黑状，提心吊胆了一段时间，没什么动静，也就放下心来，默默地对贾金梅歉疚和感激。看来，贾金梅不是那种鼠肚鸡肠的人。但又一想，也许贾金梅不揭我的丑，是怕我戳她的疤吧？

彭红军玩火车游戏被轧断双腿后，全班同学都去看望了他，唯独柳闻莺没去。贾金梅私下愤愤不平，骂她太不讲感情，太世俗势利眼，就算没有那层意思，作为同学也应该去安慰安慰彭红军呀！贾金梅憋不住怨气，将柳闻莺逼到校园角落里臭骂了一顿。

柳闻莺委屈得欲哭无泪："你错怪我了，你以为我是薄情小人吗？不，我痴心追了他好久，是他狠心拒绝了我……我不敢去看他，怕他受刺激……其实，我偷偷去医院看过他几次了，都是趁他昏睡或从窗外偷看的……"

柳闻莺说罢，扑在贾金梅肩上哇地哭起来："相信我，真的不怪我！别看他残疾了，他要愿意，我还是愿意和他好。可他不会同意的，他太犟了……说出来你别笑话我，我为他已哭干了泪，每天夜里想起他就流泪……"

贾金梅掏出自己的手绢给她擦泪，暗忖道：没想到柳闻莺不是自己想象的那种人……

彭红军养好伤，坐着轮椅上学了。柳闻莺每天都陪着他上学、放学，帮他推轮椅，彭红军骂不走她，赶不走她，冲她吐痰抢拐杖，她也忍受下来了。彭红军很受感动，呜呜哭了，让她推轮椅了。真怪，没有人怀疑他们的关系，老师表扬柳闻莺，同学们夸赞柳闻莺，柳闻莺被树为学校学毛著积极分子，学雷锋标兵，她的事迹在县报、县广播站刊播了，又被省报、省电台转载转播。总之，柳闻莺一夜走红，连她自己都受宠若惊：这是怎么回事呀？我的推轮椅的动机并非如人们所夸赞的那样，而是……真实动机是不能披露的，只有彭红军、柳闻莺、贾金梅、曹金斗知道。

曹金斗与贾金梅躲在幽静处感慨过这事。

曹金斗说："柳闻莺平时看上去挺世俗，不大讨人喜欢，可她对彭红军那片痴心，真叫人感动呀！人有时变好变坏很快的……"

贾金梅叹息："可惜彭红军不珍惜这份痴心。"

曹金斗说："好事多磨。彭红军会被柳闻莺感化的。只要心诚，石头也能开花！"

石头还没开花，柳闻莺就病重住院了。一诊断，石破天惊：血癌！那时候，贾金梅正巧陪着曹金斗到省城参加中学生篮球选拔赛去了。等到她回到学校时，柳闻莺已奄奄一息了。贾金梅和班上同学络绎不绝地去看望她。人之将死，其言亦善，其心也诚。

柳闻莺对张老师坦白：她给工宣队代表打过小报告，告张老师包庇贾金梅，还教唆自己埋头读书不问政治当糊涂虫。

柳闻莺拉着陶慧珠的手，泪眼婆娑："那次打排球砸碎眼镜的事，怪我不好……那次工宣队代表喊我抢你藏在怀里的香水，我不该……"

陶慧珠泪珠刷刷直落，哽咽道："快别说了，还提那些、鸡毛蒜皮……的小事，干嘛？"

柳闻莺拉着贾金梅的手，倾诉得更久："我那时真混，不该到处传播你妈的坏话，我还给工宣队代表写过匿名信：'革命小将绝不容许贾金梅演李铁梅，因为她妈名声臭得很。'你那字条是我拾了交给张老师的，还逼过张老师要批判、处分你……我很嫉妒你长得漂亮，总在背后说你的坏话……关于彭红军的那场误会……还有，关于雷峰塔之事，实话说，你是对的，我查过鲁迅的杂文，又问过我爸，雷峰塔确实倒塌了，后来也没修。我爸说，六十年代初有人呼吁重修雷峰塔，被周总理否决了，周总理说，老百姓在挨饿，怎能大兴土木？没塔，我却吹自己上去玩过，真是笑话！其实，我一次也没回过爸的故乡，爸也十多年没回去了，没有路费，老家也没有亲人。我只是从我爸的念叨中，得到一些西湖的印象，我的虚荣心驱使我撒谎，跟大家海吹，我多么想看看西湖，看看十大景呵！三潭印月、雷峰夕照、断桥残雪、花港观鱼、柳浪闻莺……多么好听的景名，充满诗情画意！那里难怪叫'天堂'，一定很美很美的。我跟爸说过，将来回故乡去，把我的骨灰带回去，埋在西湖旁的柳林里，让我天天闻莺、观鱼、望月、听涛……"

贾金梅含泪说："你胡说些什么呀？你不会死的！医生说过了，你会好起来的！彭红军……"贾金梅欲言又止，这秘密还不能披露给老师同学们，忙将"彭红军已答应和你好了！"改为："彭红军还等着你推轮椅哩！"

柳闻莺很快明白了这句话的隐意，脸上露出红晕和微笑，喃喃道："能让我和彭红军……单独待一会儿吗？"

同学们把彭红军推到病榻旁，默默退出病房。病房里静穆极了，没有说话的声音。大约十分钟后，彭红军也默默退出了病房。这神秘的十分钟，颇令同学们猜测议论许久，彭红军却守口如瓶。

直至彭红军成为"江南锁王"后，我去采访他，又问起那神秘的十分钟，彭红军才说："柳闻莺伸出手，示意我握住，我就那么静静地握了十分钟，直到她昏死过去……"

我失望而气恼地问："你难道就是握手吗？没有吻她吗？"

"没有……"彭红军说道，"我闪过吻她的念头，还是克制住了自己，我不能拿怜悯当爱情，去欺骗一个临终的人，那也是一种亵渎，还是让她带着遗憾、纯洁而去吧！"

我骂他："你真是个冷血动物！"

去年清明节，我正巧在杭州开会。忽然想起柳闻莺。趁大会组织游览西湖十大景的空隙，我跑了西湖周围好几处公墓区，寻找柳闻莺的坟茔，但没找到。细雨纷纷，氛围让人凄怆，我不由得湿了眼眶。

柳闻莺，你在哪里？

Y 城 逸 事

蝎 事

这天晚上，邢局长在醉八仙酒楼宴请几位朋友。他们刚从抗洪抢险的堤上偷偷溜下来，想解解馋轻松轻松。在堤上查险、堵漏、扛土袋累惨了，吃盒饭、方便面、面包和饼干吃腻了，早该逮个机会饱餐一顿，补充一下肚里的油水了。

酒过三巡，酒楼老板来敬酒，顺便推荐道："酒楼新推出一种南方特色菜：醉蝎，诸位敢不敢尝尝?"酒助馋胆，大伙顿生好奇之心，乐滋滋地嚷起来："别说醉蝎，就是醉蛇咱们也敢吃，快端上来!"邢局长也幽了一默："中国人连死都不怕，还怕吃醉蝎吗?"

醉蝎端上来了，大伙面面相觑，不敢伸筷。酒楼老板做了第一个吃醉蝎的人，拈起一只醉蝎扔进嘴里津津有味地咀嚼起来，并夸张地鼓动道："好吃好吃!"接着，有几只筷子犹犹豫豫地伸向醉蝎。邢局长也硬着头皮拈了一只醉蝎，闭着眼睛扔进嘴里嚼起来，说不上好吃，但的确风味独特。邢局长催促几位不敢动筷吃醉蝎的人："快吃! 谁要不吃，罚酒! 一只醉蝎罚一杯酒!"

宴席上有人始终不敢吃这活生生、醉醺醺的蝎子，宁愿吃罚酒。邢局长酒量不大，拼不过人家，就提议吃醉蝎抵喝酒，大伙觉得似乎也公平合理，同意他"扬长避短"。邢局长一连吃了五只醉蝎，越吃越过瘾，竟吃出好滋味来。酒酣饭饱，临散席时，盘内还剩一只醉蝎，邢局长觉得浪费了怪可惜的，就伸出筷子拈起来往嘴里塞，正在他欲咬之际，突然苏醒的醉蝎正当防卫，抢先蜇了他一下。邢局长惨叫一声，猛地将醉蝎吐出，痛楚地捂住嘴呻吟起来……

这真是乐极生悲，满座皆惊。邢局长的嘴巴瞬间肿胀起来，不一会儿脸颊也臃肿起来。酒楼老板闻讯赶来，瞠目结舌："这……这真是怪事，醉蝎这道菜推出以来数以千计的人都吃过，从没发生这种怪事呀! 再说，每个蝎子在做菜之前都小心翼翼地拔了毒刺的……"人们手忙脚乱地将邢局长送到医院抢救。

活该邢局长倒霉，那只咬他的醉蝎偏偏是厨师拔毒刺时不小心漏拔的毒蝎，再加上它酒量特大，醉得不厉害，又是最后一个被吃，给了它醒酒的时间。邢局长在送往医院的途中，艰难地说："别嚷出去……影响不好……"大伙领首："你放心吧!"大伙当即统一口径：邢局长是在抗洪抢险中巡堤时突然晕倒，被蝎子蜇伤嘴巴的! 谁要是透露了真相，谁就不够朋友，大伙都要跟他绝交! 再说抗洪抢险的关键时刻赴宴大吃大喝，传扬出去对谁的名声都有影响，说不定会有丢乌纱帽之虞，大家是一条绳子上捆着的蚂蚱，掩护邢局长过关就是掩护自己。

邢局长几天昏迷不醒，后来总算醒来，没成为植物人，但成了半身偏瘫人。邢局长"因公受伤"的"事迹"首先被电视台的记者报道了，接着Y城领导来医院看望，各界人士派代表来慰问，少先队员来献鲜花红领巾，歌舞团把他的"事迹"编成了歌舞，作家为他写报告文学，画家给他画宣传画……邢局长一夜之间成了新闻人物，鲜花和荣誉扑面而来。他先还惶恐不安，渐渐心安理得，暗自得意。

世上没有不透风的墙。醉八仙酒楼突然不卖醉蝎这道特色菜了，引起食客疑惑和不满。厨师就悄悄透露了醉蝎蜇伤人的秘密。这秘密不胫而走，真相大白，Y城群情激愤，民怨鼎沸，老百姓大呼上当受愚弄，大骂吃喝官罪有应得，醉蝎蜇得好! 真得给那只勇敢的醉蝎请功行赏!

那只勇敢的醉蝎被邢局长吐出后，隐身在酒楼里。不久，它窜进了歌厅包房，又咬伤了一名泡三陪妞的官，可惜蝎毒已尽，那官的伤口只是红肿了几天……

蛇　事

小钟过五岁生日，跟随父母进了醉八仙酒楼。爷爷、奶奶、姥爷、姥姥都来了，欢聚一堂。吃过蛋糕，小钟内急，独自去了一趟厕所。从厕所出来，小钟突然想起忘了洗手，便就近溜进厨房里去找水龙头。

这时，小钟瞥见了一个脑袋，不知是鳝鱼、甲鱼，还是乌龟、蛇的脑袋，血淋淋、齐斩斩地被剁成寸余，趴在地上，眼睛却大睁着，很滑稽，也很可怜。小钟顿生恻隐之心，蹲下身去伸手扒那脑袋，想跟它说说话……

倏地，那脑袋咬住了小钟的手指。小钟惨叫起来，使劲摆动手指，仍没甩掉那只奇怪的脑袋。厨师闻声赶来，慌忙去拉那脑袋。那脑袋咬得死死的，仍难拉开。厨师手忙脚乱地拿来刀叉，七砍八戳才将小钟的手指从那脑袋里抢救出来。

小钟被送往医院抢救。不幸的是，当天深夜，小钟因中毒太重，抢救无效而死亡。小钟父母悲恸欲绝，把醉八仙酒楼告上了法庭。醉八仙酒楼老板却强词夺理，振振有词："我们酒楼曾发生过吃醉蝎被咬伤、吃火锅被烫伤的事故，这属于我们服务安全质量范畴，二话没说认错赔偿损失。可这次小孩被毒蛇头咬死的事故，纯属小孩擅入厨房造成的，后果应完全自负，与我们酒楼无关！"

小钟父母似乎感到理亏词穷，律师也感到棘手，法官在调解时建议醉八仙酒楼出于人道主义精神，或多或少应给予赔偿。这案子眼看就要不了了之，谁料想半路上杀出一个程咬金，小钟的幼儿园老师杨阿姨自告奋勇要给小钟当辩护人。

法庭上，杨阿姨与醉八仙酒楼老板唇枪舌剑地展开辩论。杨阿姨运用归谬法来驳斥酒楼老板："你说小孩擅入厨房被毒蛇头咬死与酒楼无关，那么请问，假如厨房漏电、漏煤气、失火，使误入厨房的人受到伤害，你能不能说与你无关呢？再假设一下，你在厨房里设了陷阱、拉上电网、埋下地雷，使误入厨房的人受到伤害，你能不能推卸责任呢？"酒楼老板抗议："我并没在厨房里设陷阱、拉电网、埋地雷，这比喻太离谱了！"杨阿姨正色说："事实上，那毒蛇头不亚于陷阱、电网和地雷呀！就因为你们的疏忽大意，一位天真活泼的小男孩永远离开了人世，难道你的良心一点不忏悔吗？灵魂一点不悸跳吗？"杨阿姨哽咽得说不下去了……

但法庭认为，杨阿姨的庭辩还不足以形成对酒楼的致命的指控，要想告倒酒楼，还需另辟蹊径。那日，杨阿姨收看一则警方破获一桩贩卖眼镜王蛇案的电视新闻，豁然开朗：小钟之案何不从保护国家珍稀动物的角度来打开缺口，逼酒楼老板就范认输呢？杨阿姨装成食客，潜入醉八仙酒楼，拍摄下了酒楼玻璃橱窗内喂养待烹的眼镜王蛇的照片，又到医院核查了小钟的毒性解剖化验单，分明注明着系眼镜王蛇毒液所致命。

杨阿姨胸有成竹地回到法庭上来，字字铿锵，声声叱咤，将酒楼老板驳斥得哑口无言，狼狈不堪，法官、律师、陪审员和听众无不赞叹："这个女人不寻常！"经过法庭审判，醉八仙酒楼败诉，赔偿损失费及抚恤金50万元！

记者采访杨阿姨："你为啥那么热心替这宗蛇案辩护？"杨阿姨说："小钟死的那天，我恰巧给小朋友们讲了《农夫与蛇》的故事，接着说从科学观点来看，农夫救蛇是对的，蛇是人类的朋友，蛇吃害虫，蛇的一身都是宝，蛇是国家保护动物。听到小钟的死讯后，我很难过，也很懊悔不安，是不是我说了蛇的那么多好话，造成了误导，小钟才去玩蛇头丧命的呢？昨晚我还梦见小钟问我：'阿姨，蛇为什么要咬我呢？你不是说蛇是人类的朋友吗？'我回答：'蛇本来是人类的朋友，可人类不把蛇当朋友，滥捕滥杀它，它当然要反抗报复，只是你当了可怜的牺牲品……'"

猪　事

　　Y城中心有一座老干所，老干所里住着一位老红军。老红军投奔红军前是地主家的小猪倌，几个土匪将小猪倌一绑，将小猪崽杀了几头，糊上泥巴一烧，饱餐一顿后扬长而去。小猪倌磨断绳子，哪敢回村，索性就跑去找红军了。在解放Y城一战中，老红军受了脑伤，性命虽保住了，脑袋却经常犯毛病。

　　老红军一发脑病就闹着要回乡下去养猪。老干所管理员无辙，只好给他盖了一间猪棚，买了几只猪崽，让他养猪，不图吃肉，只图安静。老红军年复一年、日复一日地养猪，兢兢业业，任劳任怨，一年养一茬肥猪，年底宰猪分肉，皆大欢喜。

　　一日，老红军的老首长来老干所看望他，见老红军在汗流浃背地喂猪，满身脏兮兮、臭烘烘的，拍桌摔椅、大发雷霆，把老干所管理员狠训了一顿："你的狗胆不小咧！竟敢这么虐待折磨老红军！看我怎么惩处你！"管理员吓得瑟抖，委屈得要哭。老红军闻声而来，憨笑着说："这怎么能怪他哟！是我求他盖的猪棚，我喜欢养猪，闲着不舒服，爱犯病，养猪就舒服了，不犯病了！"

　　那年头，老红军养猪的事迹如红军团长当农民一样登了报，上了广播，还被Y城剧团排成小戏上演，在Y城家喻户晓，妇孺皆知。许多人还大老远地跑来看老红军养猪，取养猪经。来得最多的是学生，成批成批地来听老红军讲战斗故事，接受革命传统教育，还在猪棚前与老红军合影留念。

　　到了二十世纪八十年代，老干所的住户和附近的居民对老红军的猪棚颇有微词，嫌猪棚污染了周围的环境和空气，但仍考虑到老红军的威望和政治影响，没谁敢公开反对老红军养猪。人们还能够宽容理解：老红军为革命出生入死，到晚年不吃老本，不躺在功劳簿上睡大觉享清福，为革命养猪，有什么错呢？要是不让他养，岂不太伤他的心了吗？再说，这么多年都忍受过来了，也没嫌老红军养猪是个问题，现在咋就不能忍受下去呢？还有，老红军已近古稀之年了，还养得几年猪呢？在他不多的有生之年里，就让他想干点什么就干点什么吧，何必惹他生气和犯病呢？

　　进入九十年代，人们的生活质量提高了，对生存环境重视了，老红军的猪棚成为众矢之的，附近居民把强烈呼吁拆掉老红军猪棚的意见书贴到老干所，寄到Y城政府，甚至被人大代表和政协委员写成议案反映到Y城"两会"上。

　　Y城市长很为难：责成有关部门去强行拆掉老红军的猪棚吧，怕伤了老红军的心，惹发了老红军的病，更怕影响了军政关系；不闻不问这事吧，老红军的猪棚的确成为当地的"公害"，特别是夏秋季节，猪棚臭气熏天，蚊虫成群，老鼠肆虐，周围居民叫苦不迭，怨声载道，长此以往，老百姓的忍耐到了极限，聚众闹起事来，也是不好收拾、影响很坏的。

Y城市长想起了老红军的老首长，就是当年闹过要惩处老干所管理员误会的那位老首长，他现在也在Y城定居，或许他能说服老红军不养猪。Y城市长当夜就去拜访了老首长。老首长爽朗大笑："哈哈，这个猪倌还在养猪呀？我真服他了！什么清福不能享，偏要去侍候猪，天生就是一个猪痴哟！这事好办，明天我写个假调令，再给城郊的另一个老干所打个招呼，让他到那儿去安心养猪！"

第二天上午，管理员就拿着假调令来找老红军，喊了半天没人应。管理员很纳闷：老红军很少离开猪棚，与猪们形影不离，这会儿到哪儿去了呢？管理员心头顿时升起一股不祥之兆：莫非老红军的病犯了？管理员跑进猪棚一看，惊呆了：老红军僵硬地躺倒在猪棚里，在他身边静静地躺着一只刚下过崽的母猪和十几头小猪崽。显然，老红军是给难产的母猪接生，忙了一通宵后溘然去世的……

猫　事

深夜时分，一位女人哭哭啼啼地向"110"报警：她的心肝大卫被人绑架了！

警察闻警出动，不到五分钟，赶到那女人家。这是一处高级别墅区，名叫"丽人香巢"，住着许多富翁大亨的"二奶"和女单身贵族。这女人说不准是"二奶"还是女单身贵族，但一看就知道是那种腰缠万贯、养尊处优的女人。

警察问那女人详情，才知道歹徒绑架的不是人，而是一只叫"大卫"的爱猫。

警察虚惊一场，啼笑皆非：Y城尽出稀奇古怪事，竟有人绑架猫！

女人狡黠地破涕为笑："我要说是猫，你们还会来吗？就是来也不会这么快呀！"

警察暗忖：这倒也是，救人的案子都忙不过来，哪有闲心管猫事？

女人似乎看出了警察的心事，咄咄逼人地说："这案子你们一定得管，不然我就告你们！你们'110'曾许诺过：'为民排忧解难，不分大事小事，不管分内分外。'"

警察吃了一惊：这女人好厉害呀！看来不能不管……

女人仍要挟道："歹徒虽绑架的是猫，但敲诈勒索的数额也不少呀！要五万咧！你们要不管，我就打电话把这事告诉我老公。顺便告诉你们一下，我老公在美国一家华语报纸当记者，他要把这事披露出去，对祖国和警察形象可不大光彩哟！"

警察瓮声瓮气地说："我们没说不管这案子嘛！可你也别吓唬我们，我们连歹徒的刀枪炸弹都不怕，还怕人吓唬吗？"

女人立刻换了笑脸："这么说你们答应管了？刚才我说的是气话，你们别生气，还不是怕你们不管才使的激将法。你们警察大度大量，别跟女人计较是不是？只要你们破了案，把我的大卫平安救回来，我请你们吃海鲜喝茅台、玩高尔夫保龄球！"

警察反唇相讥："我们可不能上你的当，要是把这事儿告诉你老公了，你老公可赚一大笔稿费，我们可就栽惨啰！"

女人面红耳赤，说："我是哄你们的，我根本没老公……我命很苦。"

警察想：住这么高级的别墅，养这么名贵的爱猫，还叫命苦？不过，也许她是心里苦，像笼子里的金丝鸟一样感到空虚、不自由吧？警察问女人："有谁知道你有一只名猫？"

女人说："知道的人不少，邻居都知道，我又经常带大卫逛街散步，看见的人一定不少。还有，去年我的大卫失踪过一次，我悬赏一万元，被人送还给了我。"

警察若有所思，问："送还给你的那人是谁？"

女人说："你别怀疑是那人绑架的，那是一个双腿残疾的老鞋匠，怪叫怜、挺正直的！他养了一只母猫，我的大卫动了春心，就钻进他家去了……我履行诺言送他一万元钱时，他很有气节，硬是不收，还十分生气，好像我侮辱了他似的。"

警察仔细看了那张从邮局寄来的绑票。绑票是打印出来的，要女人明晚将五万元钱放进她别墅前的信箱里，再将信箱钥匙搁在右侧窗口上的花盆里。若不照办或报警，他将把她的爱猫割成碎块，塞在她的信箱里。警察在女人的别墅前潜伏了五个日夜，终于将绑猫案犯抓获。

女人一看那人，大吃一惊，瞠目结舌："大卫，你……你怎么能干这种事？我是怎么待你的？我没少给你钱呀！你这没良心的！"女人气愤地捆了他一耳光。

警察倍感蹊跷，问："他也叫大卫？他是你什么人？"

女人哀怨地说："怎么说呢？就算是我的情人吧，我喜欢他，就把猫也取了他的名……真是知人知面不知心呀，他对我甜言蜜语、山盟海誓，没想到却在暗地算计我，连我的猫都不如！"

龟　事

局长的乌龟跑了！这消息在 Y 城某局家属大院里引起震动。许多人主动帮魏局长找乌龟，上至楼顶下至阴沟，左至水泵房右至停车棚，拉网式地找遍了，也没找到乌龟。魏局长很伤心。要知道这不是一只普通乌龟，而是一只灵龟哇！

说来话长，那还是魏局长在"文革"中蹲牛棚的年代，一次，人们在挖塘泥时发现了一只大乌龟。有人提议烹龟解馋。魏局长突生恻隐之心，用两包香烟换下了这乌龟，将它扔进长江里放了生。

半个多月后，魏局长生病卧床不起，忽听地铺旁有窸窸窣窣的响声，以为是老鼠作祟，扭头一看，是一只大乌龟伸着脑袋在望着他，贼亮的小眼睛里似乎有泪花波光。魏局长一眼就认出就是那只被他救下放生的大乌龟！他想：难道是它知道我病了来看望我的吗？世上真有这种感恩知报的灵龟吗？

这时，牛棚难友们收工回来了，发现大乌龟，甚觉稀奇古怪，有的说这龟想以死报恩，说不定杀了这龟给魏局长吃了，病就会好；也有人说这龟是灵龟，不可乱杀，把它养起来，一定会帮主人消灾祛祸。魏局长当然不忍心杀龟吃，就偷偷把龟养起来。说来真怪，魏局长的病竟不治而愈了。

一次劳改队突然搜查牛棚，队长发现了养在脸盆中的乌龟，如获至宝，吩咐厨师杀龟下酒。魏局长冲进厨房，抢过大乌龟，一口气跑到长江边，将它扔进了江中。队长气急败坏，将魏局长吊打了一夜，还关了他三天禁闭，不给饭吃，不给水喝。就在他奄奄一息时，那只灵龟又神奇地爬到了他的身边。魏局长喃喃道："好乌龟，你快逃生去吧，这儿危险！"大乌龟不肯离去，眼泪汪汪地凝视着魏局长。

魏局长总算熬到了平反昭雪的日子，回城时将他偷偷养着的灵龟带回了家。每当亲朋好友问起这只乌龟时，他就深情地讲起他在苦难岁月里的人龟不了情。魏局长敬龟如友，爱龟如命。一次，他的宝贝儿子顽皮地用气枪打瞎了灵龟的左眼，从未打过儿子的魏局长咆哮如雷，猛劲扇了儿子两耳光。还有一次，一位老友的父亲得了癌症，听说用百年老龟入药可治此癌，就送重礼登门求龟。魏局长斩钉截铁地拒绝，不惜为龟与多年老友断交。

魏局长失龟后茶饭不思，坐卧不安，面容憔悴，神情恍惚，总觉得这事太蹊跷了：是小偷偷走了吗？可门窗完好，没有偷盗痕迹呀。是小保姆偷去卖了？小保姆老实本分，似乎还没这个胆量。是儿子拿去送人了？不会呀，他知道这龟是老子的命根子，咋会拿刀捅自己的爹？这孩子不至于这般混。是老伴吃醋恨龟做了手脚？也不像呀！她也清楚这龟在丈夫心目中的分量，知道失龟会给丈夫造成什么样的后果，她不会干这种蠢事的！再说她也急得要命，假装是装不出这么真的……

魏局长又挨个排队怀疑起来：张三来汇报过工作，会不会顺手牵羊掖走了龟？李四来下过棋，会不会趁我不留神将龟藏进棋袋里偷走了？王五来送过礼，会不会以送礼作幌子来偷龟的？最后魏局长重点怀疑起李四来：一是他有作案动机，想以偷龟为突破口，让失龟成为重磅炸弹，让自己的心灵遭受严重打击，最好突发脑出血或心肌梗死，他好取而代之；二是他有作案时机，下棋时他上过厕所，磨蹭老半天，一定是趁机将龟从窗口扔出去再下楼捡走的！魏局长像古代寓言中怀疑邻居偷斧的人一样，越想越觉得是李四偷了龟，越看越像是李四偷了龟。

这龟神秘地失踪了几天后，忽然在一天早晨出现在魏局长家的小院中。魏局长欣喜若狂，暗忖道：多亏我这几天给李四小鞋穿，指桑骂槐地敲打他，他才乖乖地把龟还回来了哇！他再看李四的一言一笑、一举一动，仍挺像偷龟的样子。

鹿　事

Y城醉八仙酒楼最近生意萧条，每况愈下。老板心急火燎，愁眉苦脸，便唧叹："要想赚钱就得出新招哇！"老板娘朝他当头泼冷水，讥笑道："还出新招？上次推出醉蝎，害得人家局长被蝎子蜇成了偏瘫，你赔得快要倾家荡产了，难道好了伤疤忘了痛吗？"老板尴尬地苦笑："你咋老爱提咱走麦城？这次的新招，我敢说在Y城独一无二，准能轰动Y城，准能赚到大钱！"

醉八仙酒楼老板出的新招是：从东北运回来一只梅花鹿，准备在春节期间宰鹿酬宾。消息传开，许多食客，尤其是靠公款吃喝的主子，争先恐后地打电话或上门预约登记，垂涎欲滴，翘首以待能尝到这人间珍味。

谁知，Y城晚报一位记者知道了这事儿，写了一篇题为《醉八仙酒楼好大的胆，竟敢买鹿做宴把钱赚》的批评报道登在晚报上，并配发了梅花鹿嗷嗷待毙、可怜巴巴的照片。Y城哗然。上至市长书记，下至车夫屠夫，议论纷纷，怨声载道，强烈呼吁救救这只可爱的梅花鹿。

醉八仙酒楼老板恼羞成怒：这不是有意拆台吗？他立即召开记者招待会，澄清事实真相，声明这只梅花鹿系养鹿场人工繁殖，不属于国家珍稀动物重点保护之列，可适量投放市场，并出示了产地主管部门的鉴定证书和批准手续。酒楼继而到法院状告 Y 城晚报批评报道严重失实，严重侵害了酒楼的名誉权，给酒楼造成重大经济损失，强烈要求给予赔偿，并公开登报赔礼道歉，挽回不良影响。

Y 城晚报被搞得很狼狈，但鸭子死了嘴巴硬，死不认错，反而发起第二轮救鹿新闻战，连篇累牍地发表各界人士抗议杀鹿的呼声，有身患绝症的老教授，有幼儿园小朋友，有聋哑人和盲人，有外地打工仔，有下岗工人，有进城来卖菜的农民，还有混迹娱乐场所的三陪女以及身陷囹圄的罪犯、吸毒者……Y 城晚报甚至发起了募捐营救梅花鹿大行动，编辑、记者、印刷厂工人和送报员捧着募捐箱纷纷走上街头，请市民们发慈悲献爱心救救梅花鹿。

不久，Y 城电视台也推波助澜，加盟了声势浩大的救鹿阵营。他们每天将摄像机对准这只万人瞩目、危在旦夕的梅花鹿，并将对杀鹿、烹鹿、吃鹿的全过程进行跟踪采访报道。这一招相当厉害！一些靠公款潇洒的食客闻讯马上从预订食鹿的长龙阵中隐退了。试想，谁敢在摄像机镜头下心安理得地吃鹿？那不是自我曝光自找倒霉吗？为尝鹿肉而丢了乌纱帽岂不太冤了？一些欲自费尝鹿的食客也打了退堂鼓。要是吃鹿的镜头上了电视，岂不露富显阔了？这样就会招来借钱者、讨债者、催税者、"打秋风"者、拉赞助者，甚至敲诈勒索、绑架抢劫的坏人……

醉八仙酒楼成为众矢之的，每天接到不少抗议电话和谴责信件，甚至还有一些要挟电话和恐吓信件，说酒楼若敢把梅花鹿杀了，就会遭到断水、停电、停煤气、砸玻璃、堵下水道、投毒、扔炸弹、放火等报复，甚至还有人扬言要绑架酒楼老板的宝贝儿子。这几天，来酒楼观看梅花鹿的人络绎不绝，不时还有人寻衅闹事，而吃宴的人寥寥无几。酒楼老板心慌意乱，坐立不安，思前想后，还是决定忍为上、和为贵，不状告 Y 城晚报了，准备将这只梅花鹿捐献给 Y 城动物园。

在梅花鹿捐献仪式上，醉八仙酒楼老板大出了风头，Y 城报纸、电台、电视台都报道了这一消息，这无异于做了一个立体广告。Y 城市民奔走相告庆祝梅花鹿获救，也钦佩醉八仙酒楼"放下屠刀立地成佛"的认错精神和慷慨献鹿的义举。那一阵子，醉八仙酒楼名声大噪，门庭若市，灯红酒绿，生意兴隆。老板眼角眉梢都是喜，阴错阳差地，买鹿献鹿耗了 3 万元，而这一阵子少说也赚了 30 万元！

狗　事

Y 城郊区有个火车道口，守道口的老师傅叫骆大胡子。骆大胡子从年轻时就在这道口值守，直守到快退休的年龄。他每天要干的活就是，火车快来了把栏杆放下来，火车开走了把栏杆拉起来，几十年如一日重复着这简单枯燥的动作。这活看起来很轻松，但责任重大，很"锁"人，人像道钉般被钉在那里，须臾不可擅离岗位。骆大胡子管了这道口几十年，还没发生过撞车轧人的事故。

骆大胡子的老婆在百里之外的农场，夫妻长期两地分居，感情越来越淡薄，老婆便与人私通了，后来就把骆大胡子端了。离婚那天，骆大胡子没找到顶班的师傅，没到法庭，法院就缺席判决了。骆大胡子很忧伤，想借酒消愁，又怕醉酒误了守道口，只好在夜深人静时蹲在寒风凛冽的铁轨上抽闷烟、流暗泪。这时，有一个毛茸茸的东西在蹭他的脸，吓了他一大跳。一看，原来是一只脏兮兮的小狗。骆大胡子惺惺相惜，就收养了一只流浪狗，给它取名"黑旋风"。

骆大胡子与"黑旋风"朝夕相处，耳鬓厮磨，结下了很深的感情。一年，Y城打狗队在全城扫荡狗类，搜查到道口房，逮住了"黑旋风"，欲乱棍打死。骆大胡子蒙打狗队："'黑旋风'是专门派来协助我看守道口的狗，它可在电话铃声响起时和火车快来时叫醒我，可随时拦住乱钻栏杆抢过道口的行人，还能帮我巡道查险。它曾立过功咧，在火车驶来时从铁轨上拽下来一位吓呆了的妇女！（其实，救这妇女的是骆大胡子）"打狗队信以为真，心生恻隐之心，便网开一面，让骆大胡子给"黑旋风"办理养狗许可证。骆大胡子为此每年得自掏一大笔钱来买下"黑旋风"的生存权。

工友好心劝骆大胡子："你别太傻了，为一只狗每年花费一大笔钱值得吗？不如攒下钱来娶个老伴，退休后相依为命，安度晚年。快把这狗杀了给大伙打牙祭吧，要是不忍心杀它，就把它卖给乡下人吧！"骆大胡子憨厚一笑："我黄土都快埋到脖子了，还娶老伴干嘛？我有这狗作伴就行了。这狗通人性懂感情，为它花钱我心甘情愿！你们可别打它的歪主意，要是知道你们害了它，我会找你们拼命的！"

这天，秋高气爽，艳阳普照，没有一点要出事的征兆。一列火车要开过来了，骆大胡子按惯例把栏杆放了下来，拿着小旗子走到道口处，拦住了一名想钻栏杆的骑摩托车的汉子，呵斥道："喂，退回去！别拿生命当儿戏！"汉子突然凶神恶煞地迎面猛打了骆大胡子一拳。骆大胡子冷不防遭此一击，口鼻流血，眼冒金花，跌倒在地。那汉子开起摩托车轧过骆大胡子的身子，横穿道口扬长而去。这时火车轰轰隆隆地逼近，骆大胡子正躺在铁轨中动弹不得，生命危在旦夕。遗憾的是，道口两侧栏杆外的人群只有惊呼的，没有挺身相救的。说时迟那时快，"黑旋风"猛蹿了上来，叼住骆大胡子的领口，将他拽出了铁轨……

火车一驶过，"黑旋风"就去追赶那个骑摩托车逃奔的汉子，穷追猛撵了十几里路,竟将那猖狂逃窜的汉子追上了,一跃而起,就将那汉子的手臂咬住,拽下了摩托车。正在人狗厮斗之际,警车鸣笛呼啸而来,将那汉子生擒了。叫人惊奇的是,那汉子竟是一名抢劫银行疯狂逃窜的匪徒!

骆大胡子和"黑旋风"倏地成为Y城的新闻焦点,那一阵子Y城报纸上连篇累牍地登载骆大胡子与狗的传奇故事,电视台也为骆大胡子和"黑旋风"拍摄了专题片。许多人慕名而来,看望骆大胡子和他的义犬,还有大款想出万元买"黑旋风"去护身守院的。骆大胡子自然不会为重金所动心而卖狗。据说,因协助破案有功,有关部门奖励骆大胡子一大笔钱,骆大胡子没收,只请求给"黑旋风""落实政策"发一个功劳簿,日后可像军犬、警犬那样"免死"了。有关部门为难了,此事无先例,研究来争论去,直到骆大胡子退休也没得到答复,不了了之。

骆大胡子退休后住在城区高楼,但高楼养狗不便,且遭邻居怨恨,只好带着"黑旋风"回老家隐居。临走时,骆大胡子对流连徘徊的狗慨叹:"老伙计,快走吧,这城市不属于我们……"

鸟　事

Y城玩鸟的都知道鸟王老莫。Y城玩鸟的不知道老莫就等于唱京剧的不知道梅兰芳、说相声的不知道侯宝林、耍武术的不知道霍元甲。

鸟王老莫的名气咋混得这么大?一是他堪称鸟痴,喜欢玩名鸟,只要是他喜欢的鸟,就是倾家荡产也得买到手,他住的四合院,养着近千只鸟,像一座鸟林,更像一个鸟类博览会;二是他擅长调鸟,能教鹦鹉念唐诗宋词,能教画眉唱流行歌,能驯白鹤跳华尔兹、迪斯科,能驯喜鹊递烟叼钱、演算算术题;三是他善鉴赏鸟,一眼就能看出鸟的贵贱灵钝,鸟市上的许多交易官司都要请他出场鉴定调解。

一日,一位中年胖子慕名来到老莫的四合院,要请老莫为他驯一只鹦鹉。老莫问:"驯鹦鹉念唐诗宋词,说日常用语,还是说外语?"中年胖子说:"我要你驯它说宁波话,就是蒋介石的那口乡音。"老莫倍感蹊跷:"为什么要驯它说宁波话?"中年胖子说:"不瞒你说,我的老母是宁波人,我想驯一只能说宁波话的鹦鹉,在她老人家七十大寿时献给她,让她老人家开心!"老莫被他这份孝心感动了,唏嘘道:"我驯了多年的鹦鹉,可没驯过鹦鹉说过方言,这肯定是高难度的驯化,我试试吧!"中年胖子感激不尽:"那就拜托你了,鹦鹉驯出来后,我定当重谢,决不亏待你!"

中年胖子慷慨付了两万元定金，还为老莫雇来一位宁波籍老佣妈，让老莫跟她学宁波话，再由老莫去驯鹦鹉。老莫从鸟市上挑了一只鹦鹉，苦心孤诣地驯了两个月，没驯出一句标准的宁波话来，老莫气得翻白眼，骂了一句宁波脏话"娘希匹"，谁知那鹦鹉立竿见影也骂了一声"娘希匹"。老莫瞠目结舌，一气之下，拧断了鹦鹉的脖子。

　　中年胖子来探望驯鹦鹉情况，老莫欲将两万元定金退还给他，为难地说："你还是另请高明吧！"中年胖子给老莫戴高帽子打气："谁不知道你就是鸟王？你要是驯不出能说宁波话的鹦鹉，走遍天下也找不到这种人了！"中年胖子又撂下两万元定金，诙谐地说："失败是成功的妈，别急，慢慢来，还有半年多时间咧！我相信你会成功的！"

　　老莫在鸟市转悠了十几天，终于挑中了一只颇有灵性的红鹦鹉。驯了一个星期，就能说好几句颇标准的宁波话，连那宁波籍老佣妈也连呼"怪哉怪哉""神鸟神鸟"。老莫潜心驯了半年红鹦鹉，直把它驯得能用宁波话说日常用语，念唐诗宋词，还能说一些诸如"潇洒走一回""过一把瘾""爱你没商量""真的好想你""喜新不厌旧、风流不下流"等流行语、时髦话。中年胖子来取红鹦鹉时，喜不自禁，一高兴又慷慨地给了老莫四万元。

　　两年后，老莫看电视新闻，看见中年胖子坐在受审席上，他大惊失色，仔细一听，原来他是某乡镇建筑公司梁经理，前不久倒塌的玫瑰大厦就是他公司的"杰作"。老莫愤慨地说："这种偷工减料赚黑心钱搞豆腐渣工程的家伙就该严惩！"可再往下听，老莫坐立不安、汗颜惊心了，原来姓梁的给大厦工程发包决策者送钱送物皆不奏效，久攻不下，急得抓耳挠腮，后来不知怎的打听到那决策者是个大孝子，他的老母是宁波人，特别喜欢鹦鹉，于是就请老莫驯红鹦鹉拿去祝寿献礼。那决策者见老母对会说家乡宁波话的红鹦鹉欣喜若狂、爱不释手，盛情难却，也就把大厦工程发包给了姓梁的公司。没料到一只红鹦鹉，酿成大厦倒塌、死伤数十人的惨案……

　　老莫大病了一场，每夜梦见被大厦砸死的冤鬼冲他号哭怒吼。后来，一代鸟王卖掉了四合院和所有的鸟，跑到深山里隐居起来，不再驯鸟、玩鸟……

马　事

　　Y城以前曾有三大跑马场，后来全关闭了。几年前Y城也想学广州、深圳开一个跑马场，从内蒙古买来了一些马，可批文一直没办下来。后来国家明文规定，内地不再开跑马场了，Y 城地征了，马买了，人也招了，咋办？就办了一个练马场，顾客花上几百元钱，可在练马场上玩个痛快。会骑马的任意驰骋，不会骑马的有骑师指导。

练马场一开张，生意兴隆，门庭若市，比 Y 城高尔夫球场、温泉游泳池、跨江缆车、高空蹦极、湖上跳伞还要红火。Y 城有一大批人在内蒙古当过边防战士和生产建设兵团知青，岁月峥嵘，征途蹉跎，其中好多人已成家立业，甚至赫赫有名，公务之余，便忙里偷闲，来练马场过过马瘾撒撒野，重温一下大草原策马驰骋的时光。

这日，练马场来了一位中年妇女，点了一匹红鬃烈马。骑师担忧地说："这匹马还没驯好，性子很烈，要不要换一匹温驯的马？"中年妇女执拗地说："我就喜欢烈马！"骑师仍不放心："这匹马真的很烈，不瞒你说，我都领教过它的厉害，上周被它掀下鞍来摔得鼻青脸肿，你瞧！"中年妇女咯咯笑起来："我也不瞒你说，我在大草原上插队落户时，在盟赛马会上得过第二名！"话音未落，她已翩然上马，跃出老远……

这日，Y 城电视台来为练马场拍摄广告片。拍摄人员见这位风韵犹存的中年妇女骑着红鬃烈马翩若惊鸿、疾如闪电，好一幅骏马女神图，又惊又喜，赶忙架机拍摄，尽录镜中。突然红鬃烈马一声长嘶，前蹄直立，将中年妇女摔了下来。骑师一看不妙，赶紧疾步过去欲搀扶她。谁知她迅捷一个鹞子翻身，瞬间就跃上了红鬃烈马的背。骑师和拍摄人员都情不自禁地击掌叫好，也为她捏一把冷汗。

红鬃烈马在练马场上狂奔撒野了两个多小时，什么招数都使出来了，也没把中年妇女甩下来过。红鬃烈马打着清脆的响鼻，喘着粗气，汗流浃背，终于偃旗息鼓，驯服地停了下来。中年妇女跳下马，喜不自禁地说："我终于征服了它！看来我还没减当年勇！我还行……"

不久，Y 城电视台播放了中年妇女征服红鬃烈马的镜头，众人惊讶："这不就是新上任的女市长吗？"也有人提出异议："这怎么可能是新上任的女市长呢？她上任伊始就去高消费的娱乐场所潇洒，而且让电视台曝光，这不是犯傻，故意给自己脸上抹黑吗？也许是酷似她的女人，或她的孪生姐妹吧？"

电视台随即接到了宣传部的紧急电话，被责令立即停播那部广告片，并马上上报调查材料，要严肃查处是谁授意拍摄严重损害女市长威信和形象的镜头的？是谁策划播出这一严重侵犯女市长肖像权的广告片的？有什么背景和内幕？有什么目的和阴谋？电视台一片慌乱，立即诚惶诚恐地向女市长诚恳检讨。

女市长淡然一笑："这有什么可检讨的？我看过了这广告片，拍得挺不错的，我正想向你们要一盘录像带留个纪念哩！如果有人要追查此事，你们就说是我自愿上镜头的。顺便告诉他们，我是自费去练马场骑马的，谁规定市长就不能去骑马了？实话跟你们说了吧，我本来当教授很专心的，那天，组织上找我谈话，要任命我当市长。我心里犹豫不决：我能行吗？我挑得起这副重担吗？我要不要舍教从政？后来我就决定去驯烈马定夺：驯服了烈马，我就当市长；驯服不了烈马，我还是默默无闻地当教授……"

女市长骑马风波过后，Y城练马场生意更火爆。练马场赠送给女市长一张永久性门票，可女市长一次也没去，不知是太繁忙，还是畏人言……

麋 事

Y城动物园的锅炉工大旱与三个朋友打麻将，废寝忘食鏖战到深夜，肚子饿得咕咕叫。酒有五瓶，可没什么下酒的菜。动物园在郊外，离闹市较远，夜深人静时，要想搞点东西吃，得跑老远的路。而且，谁也懒得跑路。

这时，不远处传来一声怪叫，似羊咩，又似鹿鸣。朋友甲问大旱："这是什么叫声？"大旱说："鹿。"朋友乙兴奋地嚷起来："鹿？好哇！鹿肉最补人，鹿血最壮阳，鹿骨最治病，鹿茸最值钱！咱们杀了它！"朋友丙泼冷水："别想歪门邪道了！鹿是国家重点保护的珍稀动物，杀了它，是要犯法的！"朋友甲讥讽道："就你懂法？哥儿们杀人都不怕，还怕杀鹿？你要胆小，就别插手，到时吃现成的得了！"朋友乙也附和："这年头，饿死胆小的、撑死胆大的，这么好的鹿不吃白不吃、吃了也白吃、白吃就得吃。再说，咱们深更半夜把鹿杀了吃了，神不知鬼不觉的，谁会知道？"

三个朋友争执不休，几乎面红耳赤。大旱沉思片刻，说："我看咱们掷骰子决定杀不杀鹿，是单就杀，是双就不杀。"三个朋友觉得这倒是个好主意，杀不杀鹿靠天意，既无须良心不安，又不必担心犯法。四人每人掷一次骰子，加起来正好是单数。皆大欢喜：天意灭鹿，天赐美味！

临出门时，朋友丙跟跄几步，跌在地上，痛苦地呻吟起来。大旱问："咋样了？"朋友丙说："脚崴伤了……"朋友甲阴阳怪气地说："你的脚早不崴晚不崴，去杀鹿时就崴伤了，真巧呀！"朋友乙也讥讽："要是胆小怕事就直说，别在哥儿们面前耍小心眼！"大旱也知朋友丙在耍滑头，却没计较，打圆场说："算了算了，人家脚崴伤了，就让他在锅炉房休息。杀鹿又不是杀虎打熊，三人足够了！"

三人蹑手蹑脚地溜到鹿棚，用老虎钳扭开了锁。鹿见人影，发出一声温驯悦耳的叫声，大概以为是饲养员来喂夜料吧。谁知，三人一拥而上，举起斧头、菜刀、铁棒一阵乱砍乱捶，鹿来不及哼一声就惨死了。三人将鹿拖至围墙边，很快撬开了一个豁口，制造了一个外盗的假现场。然后，将鹿用尼龙袋一装，抬到锅炉房里剖皮剔骨，烹鹿煮酒，大吃起来。

酒助恶胆邪念，大旱说："动物园里新来了一只黑熊，熊胆、熊掌、熊皮、熊骨比鹿值钱得多，过些时咱们把黑熊偷杀了，还能发一笔横财！"朋友丙说："黑熊可没鹿好杀！搞不好还会被它吃掉……"朋友甲哂笑："没脑袋不是？咱就不能投麻醉药麻翻它再下手吗？"朋友乙嘿嘿大笑起来："咱们靠园吃园，这倒是一条生财之道！"四人举杯盟誓："有福同享、有难同当，不求同年同月同日生，只求同年同月同日死！"

四人将五瓶酒喝得精光，酩酊大醉，东倒西歪在锅炉房里。警察来逮捕他们时，他们还没醒酒，只好将他们抬上警车，送往医院抢救。朋友丙因不胜酒力，不幸去世。朋友甲、乙顾不得朋友情谊和结义盟誓，一口咬定死者朋友丙是杀鹿案的主谋元凶。大旱大骂朋友甲、乙是昧着良心、不讲义气的小人孬种，自认是杀鹿案的罪魁祸首。

大旱被判处十年有期徒刑。在听读宣判书的那天，大旱才知道，他们杀死的鹿是一种与国宝熊猫一样价值连城的麋鹿，俗称"四不像"，角似鹿非鹿，头似马非马，尾似驴非驴，蹄似牛非牛。在我国，麋鹿已极其稀少，濒临绝迹。后来，大旱从一位采访他的女记者口里知道了那只麋鹿的不寻常来历：一个走私集团勾结海关腐败分子，采取瞒天过海的伎俩，妄图偷运麋鹿出境。Y城一位警察在追捕走私分子时为救麋鹿而中弹牺牲。为纪念这位英雄警察，有关部门才将这只珍贵的麋鹿赠送给Y城动物园。大旱听说了这个故事更觉罪孽深重，呜呜大哭一场。

鼠　事

Y城鼠患成灾：一只硕鼠钻进Y城电力调度中心网络柜里被电击毙，造成网络起火短路，全城停电一个多小时；Y城商业大厦深夜起火，损失惨重，也因老鼠作祟咬破电线皮所致；一群老鼠袭击了Y城儿童医院，将几十名婴儿的鼻耳手脚等处咬得鲜血淋漓，惨不忍睹；Y城图书馆的一批善本古籍书惨遭老鼠戕害；Y城炼油厂油罐橡皮活塞被老鼠咬坏，石油到处流淌，污染了街道和河流……

Y城人对老鼠深恶痛绝，怨声载道，强烈呼吁政府发起灭鼠运动。Y城政府为民排忧解难，迅即部署了灭鼠大会战，工农兵学商齐动手，不灭尽老鼠誓不收兵。每条战线、每个部门、每个单位、每条街道、每个家庭都分了指标任务。

于是，各种土政策纷纷出笼，譬如入队、入团、入党时要交多少条老鼠尾巴，升学、参军、就业要交多少条老鼠尾巴，办理结婚证、准生证、房产证要交多少条老鼠尾巴，转学、转户口、转单位要交多少条老鼠尾巴，拿文凭、考职称、考驾照要交多少条老鼠尾巴，考会计师、公务员要交多少条老鼠尾巴，招空姐、演员要交多少条老鼠尾巴……

灵气大学毕业后分配到一家机构臃肿、人浮于事的机关工作，半年就厌腻了"一杯茶一根烟，一张报纸看半天"的平庸生活，毅然辞职下海经商。他在商海中沉浮搏击了几年，被摔打得遍体鳞伤，心力交瘁，生意不景气，债台却高筑。这日他被债主围追堵截，走投无路，真想从高楼上跳下去一了百了。"是生存还是毁灭?"灵气陷入了哈姆雷特般的沉思。忽然，他瞥见了一张全民灭鼠宣传画，灵机一动、计上心来：老鼠尾巴这般走俏，我何不从乡下低价收购老鼠尾巴到城里来倒卖?

灵气说干就干，紧急招聘了十几个临时工下乡去收购老鼠尾巴，拿到城里一转手就能卖高价。一个月下来，灵气净赚五万元。更绝的是，灵气还拿老鼠尾巴去送礼拉关系，譬如工商局局长急等着若干条老鼠尾巴去办理出国考察手续，灵气像及时雨一样给他送上门；税务局局长的女儿要出嫁，不交老鼠尾巴领不到结婚证、准生证，灵气闻讯后包了一包老鼠尾巴当特殊贺礼；银行行长的老婆考会计师职称要交老鼠尾巴，向灵气求援，灵气满口答应；法院院长的内弟报考公务员须交老鼠尾巴，灵气马上为他排忧解难；最有趣的是，灵气的一位债主因追债曾与灵气翻脸反目，后来在一项工程申请立项时因一时难以凑齐太多的老鼠尾巴而受阻，急得抓耳挠腮、捶胸顿足，灵气给他送去老鼠尾巴，两人尽释前嫌，握手言和……

灵气的公司收购的老鼠尾巴供不应求。灵气又动了歪脑筋：何不造假老鼠尾巴，岂不更是一本万利的事吗？灵气运用最新的高科技很快研制出来了一种用新型材料合成的、以假乱真的老鼠尾巴，这种假老鼠尾巴用肉眼是很难识破的。灵气靠这种假老鼠尾巴钻国家的空子大发横财，成为牛皮哄哄的暴发户。

灵气买了别墅轿车，娶了如花似玉的新娘。这日，灵气正要携着新娘去海滨度蜜月，一辆警车飞驰而来，将灵气逮捕走了。灵气终于东窗事发，与几名养鼠专业户一起被押上了审判台。

灵气所在的劳改农场田鼠极多，不仅危害庄稼，而且窜进牢房里将许多劳改犯的鼻耳手脚咬伤。灵气的鼻子也被可恶的老鼠咬伤，留下一块丑陋的疤痕。灵气痛恨老鼠，便运用高科技发明了一种电子灭鼠器，这种电子灭鼠器灭鼠效果极好，很快获得发明专利和科技成果奖。灵气因发明有功而被减刑释放。

出狱后的灵气潜心研制各种灭鼠器、灭鼠药。他说："我因老鼠而栽了跟头，就要在鼠事上爬起来!"如今，Y城所用的灭鼠器、灭鼠药都是灵气研制的成果。

驴　事

Y城有一位以画驴闻名遐迩的老画家，叫柳大中，人们尊称其为"柳驴"。柳大中的老家在山西吕梁地区，那地方驴多。他从穿开裆裤的孩提时代起就学画驴，直画到中央美术学院，他笔下的驴便画出了血肉，画出了神韵，画出了名气。在全国美术展览中，柳大中的驴画屡屡获奖，声名鹊起，如日中天。

忽一日，一群学生蜂拥而至，将柳大中的驴画洗劫一空，付之一炬，将柳大中戴上高帽子、挂上黑牌子押着游街批斗。经过数年灵魂蹂躏和肉体摧残，柳大中历逃劫数，九死一生，流落到Y城安家落户。

柳大中为什么要选择Y城安家呢？据说，这里面还有一段跌宕起伏的爱情故事：柳大中曾收过两位女弟子，一位叫刘霞，另一位叫夏雨，她俩都爱上了老师。后来刘霞成了师娘，夏雨则含怨饮恨远走Y城。柳大中住牛棚时，刘霞背弃山盟海誓，投身于一造反派头头的怀抱。柳大中万念俱灰，跳崖自杀，摔断了双腿，成为残疾人。夏雨闻讯后赶到柳大中的身边，将他接到Y城调养。"文革"结束后，刘霞找到Y城，在柳大中面前痛哭流涕，诉说离婚的真正原因是为了暗地保护柳大中。柳大中毅然拒绝了刘霞的复婚请求，与夏雨结为患难伉俪。

这些年，柳大中的驴画越来越有名气，越来越值钱，据说一幅驴画可换一幢小别墅、一辆小轿车。官场上或商界里有人找柳大中蹭画，或附庸风雅，或想发横财。不过，柳大中严防死守，惜墨如金，从不轻易给人作画送画，连废纸篓子中的残稿废画也要亲自烧掉。有时遇上死乞硬缠的讨画者，柳大中就故意出天价把人家吓跑。因此，柳大中得罪过不少人，有人背地里骂他是"柳犟驴"。

柳大中喜画驴，也爱驴。柳大中年轻时看见一位赶驴车的汉子扬鞭怒打毛驴，他奋不顾身冲上去阻挡："放下你的鞭子!"结果被人家一鞭子抽在额头上，暴起一道青筋，要是再偏一点，眼睛就会被打瞎。又一次，柳大中到农村去写生，看见农民正要宰杀一只老驴，那老驴觳觫发抖，流下老泪，哀声惨叫。柳大中动了恻隐之心，掏钱买下了老驴，将老驴牵到森林里放了生。

Y城无驴。柳大中托人从山西老家买来一头小驴，既当作写生的模特儿，又当作代步的工具。柳大中出门不喜坐车，就爱骑驴。他去政协大厦开会，去画院上班，去美术学院讲学，去郊外写生，去探朋访友，都是骑驴。当初，交通警察罚过他的款，门卫挡过他的驾，城管部门找过他的麻烦。后来熟了，都知道这骑驴的怪老头是位大名鼎鼎的画家，就宽容了他，让他骑着驴畅通无阻。

骑驴的老画家成为 Y 城一怪。一天，Y 城市长陪同外商参观市容，与骑驴的老画家迎面撞见。外商眉头一皱，阴沉着脸，叽里咕噜说了一大通话。市长问翻译，翻译说："外商嫌 Y 城的投资环境和管理水平太落后了，由老人骑驴进城可窥一斑。"市长大惊失色，慌忙解释："这是一位有怪癖的老画家，喜画驴，爱骑驴……"外商说什么也不信。市长只好快步上前拽住骑驴的柳大中，愁眉苦脸地央求柳大中作驴画以释误会。柳大中以为市长是变着法子要骗他的驴画去讨好洋人，嗤之以鼻，断然拒绝，拂袖而去。

市长动了怒，下令封杀老画家的驴，不再让柳大中骑驴乐悠悠地招摇过市，若再逮住，不仅要重罚，而且要杀驴。柳大中这才知道自己真的闯了祸，误了 Y 城改革开放的大事，忙登市长的门负荆请罪，一愿携驴迁往郊区隐居，以免影响市容观瞻；二愿画一幅驴画送给今后前来洽谈投资的外商，作亡羊补牢之用……

十 二 生 肖

子 鼠

柿村的瘸叔瘸了一条腿，走路一瘸一拐的。他是怎么瘸的，众说纷纭：有说患小儿麻痹症瘸的，有说爬树偷枣摔瘸的，有说砍柴滑下山崖摔瘸的，还有说偷人家鸡打瘸的。瘸叔的说法更离奇：是被老鼠咬瘸的！村人打死也不信，老鼠怎么会把腿咬瘸呢？瘸叔苦笑："爱信不信！老鼠咬断了我的腿神经，就瘸了呗！"

其实，瘸叔是替父亲避讳。真相是，父亲捡回一只瘟鸡，烧好了，端上桌，准备吃鸡喝酒，正巧队长来找他谈事。父亲一怕队长怀疑他偷了人家的鸡，二舍不得请队长分享，急忙将鸡与酒藏进厨房里。等送走队长，走进厨房，一盘鸡只剩下一堆骨头。父亲怒不可遏，顺手操起烧火棍，气冲冲地跑到后院，劈头盖脸地抽打蹲着看蚂蚁搬家的瘸叔。瘸叔疼得惨叫，腾地跳起，急中生智迅捷地爬上高高的枣树。父亲气急败坏，找来一根长竹篙，像打枣子一样连抽带戳，活生生地把瘸叔打下树来，摔成了瘸子。父亲深深后悔，不该为一只瘟鸡打瘸了儿子一条腿。等知道鸡是老鼠偷吃了，冤枉了儿子后，父亲更是肠子悔断了。瘸叔不恨父亲，却恨死老鼠。

仇恨的种子在心头生根发芽，瘸叔发誓与老鼠为敌，除了自学，还四处拜师学技，很快成为名噪一方的捕鼠高手，被人们誉为"捕鼠王"。那年头，生产队对社员管得很严，不让旷工，空闲时也不让外出卖菜、干零活、做小生意，更不让搞看相算命、投机倒把等活动，抓住了轻则罚工分、挨批评，重则批斗游村、戴坏分子帽子。瘸叔就因为多次偷跑出去帮人家灭鼠，卖老鼠药、捕鼠夹、捕鼠笼，屡抓屡犯，被批斗游村，戴上了坏分子帽子。

后来，柿村来了一个姓江的蹲点住队干部。一天晚上，他的脚丫竟然被老鼠咬伤了，吓得他魂飞魄散，万一咬伤了脸部，破相了，怎么见人？怎么找女朋友？江干部想打退堂鼓，可又怕影响不好，断了仕途，犹豫不决，忧心忡忡。大队支书找来瘸叔，交给他一个政治任务，并许愿："只要你不让老鼠伤害江干部，不但给你加工分，还给你摘帽子。"瘸叔感激涕零，竟跪下给支书磕了三个响头。瘸叔不愧是捕鼠王，在江干部住的房屋内外撒满老鼠药，布满捕鼠夹、捕鼠笼，斩获颇多。老鼠鬼精，知道这里是死亡陷阱，不敢再来侵扰了。

支书说到做到，果真给瘸叔摘掉了坏分子帽子。瘸叔既庆幸感激，也觉得命运无常，人生荒唐，成败毁誉都因捕鼠。后来江干部当上了公社社长，很感激瘸叔帮他赶跑了老鼠，带来了官运。他只要到柿村开会检查，就要来看望瘸叔，喊瘸叔陪酒。公社粮站、百货商店、学校图书馆、卫生院、水电站、招待所等单位闹鼠患，江干部都点名叫瘸叔去捕鼠，还要敦促好烟好酒款待，多给报酬。瘸叔渐渐成为村里最富的人，他的捕鼠名气也越来越大，越传越远，县里一些单位慕名前来请他出山捕鼠，连远在邻县的一家军用战备仓库也请他去传帮带捕鼠徒弟。村人羡慕嫉妒恨："哼！一个瘸子，一个坏分子，就因为捕鼠，吃香喝辣，比瘸子的屁股还要翘，真是走狗屎运，托老鼠的福哟！"

瘸叔富了，就续弦了，找了一个广东寡妇。说起这缘分也是阴错阳差。离柿村十多里远有一家战备军工厂，厂里有许多广东籍军工，喜欢吃老鼠肉，不会抓，也懒得抓，不知怎的与瘸叔牵上线了，要瘸叔隔三差五送老鼠去。正巧有个军工看中了瘸叔，就把守寡多年的妹妹许配给了他。这下，更让村人眼红了，不光背后议论，还当面指桑骂槐："这是什么世道哟！好脚好手不如瘸腿，根正苗红不如坏分子，会种田不如会捕鼠……"嫉妒是魔鬼，瘸叔仿佛成为人人喊打的过街老鼠，村人嫉妒得牙痒手痒，恨不得把瘸叔当老鼠打死毒死。

村人的嫉妒终于给瘸叔带来了厄运。他老婆生下了一对连体男婴，两个脑袋共一个身体，扔也不是，养也不是，急得瘸叔跺脚，可毕竟是两条鲜活的生命，还得咬牙抚养下来。祸不单行，他老婆疯了，经常脱光衣服在外面裸奔狂喊："救命呀！老鼠要咬死我！"村人讥笑："身边睡着个捕鼠王，却要喊别人救命，真是邪乎怪哉！"村人把生怪胎与老婆发疯归结为瘸叔捕鼠太多，引起老鼠公愤，遭到老鼠精报复，才落得如此悲惨下场。瘸叔听到这种流言蜚语，竟然真的被镇住了，坚信了，金盆洗手，发誓不再当捕鼠王了。

瘸叔晚年时有一天在村头小卖部凑着看电视，正在播报县电视新闻，忽然看见一个熟悉的身影：这不是江干部吗？真的是他！遗憾的是，江干部已不是威风凛凛的县长了，而是站在审判台上的贪官。村人讥笑道："瘸叔，这都怪你呀！当年你要不替他灭鼠，他怎么走官运爬上去？怎么会成为官场上的大老鼠？"瘸叔喟然长叹，愤愤地说："这怎么能怪我呀？哼！要怪只能怪他呀！他属鼠，长得贼眉鼠眼，贪心也像老鼠，每次他叫我去那些单位灭鼠，我给他送烟酒送红包，他都心安理得地收下了。后来更邪乎，有的单位打着我灭鼠的幌子，托我给他转送黑心钱哟！当年我就断定他不是好人，迟早要栽大跟头……"

丑　牛

柿村的老黄牸死了。饲养了老黄牸十多年的老温头趴在老黄牸身上呼天抢地地哭，他在老伴病逝时也这么哭过。柿村男女老少却在偷笑着，感激着。老黄牸早不死晚不死，偏偏选择年关死，真是通人性，知感恩，懂积德，死得其所，死得逢时，死得利人。村人们七手八脚拉开老温头，要把老黄牸抬到生产队仓库前去剥皮剖肚，分肉过年。

老温头死死抓住老黄牸的犄角不放手，撕心裂肺地哭喊着："呜呜呜！老黄牸为生产队干了十几年活，怎么说也算劳模功臣，昨天它还在干活咧，它是活活累死的呀！呜呜呜！它尸骨未寒，灵魂未散，你们就要剥它的皮吃它的肉，良心都喂狗吃了？你们不是最喜欢老黄牸，总是抢着拉它去干活吗？你们的心肠太冷太硬了哇！你们要杀它吃它，就先杀我吃我吧！"

村人哄堂大笑。老温头一把老骨头，瘦得皮包骨，杀了他也吃不上几口肉。王队长好说歹说劝了半天，老温头就是油盐不进，死不撒手。王队长火了，一跺脚，一挥手，一怒吼，村人一哄而上，死劲拽开老温头，抬起老黄牸就走。村人们没走多远，老温头挥舞着一把粪铲发疯般追赶上来，怒吼道："给我放下！不然我就劈人了！"村人们一看老温头血红喷火的眼睛，凶神恶煞的脸庞，走火入魔的气势，吓得屁滚尿流，扔下老黄牸，抱头鼠窜。

王队长是个血性汉子，胆子大，敢玩命，迎面冲上前，伸出脑袋激将道："老叔，你劈了我吧！"老温头哪敢真劈王队长，举着的粪铲僵持着，颤动着，最后扔在地上。老温头像泄气的皮球瘫软蹲下，抱头呜咽。

王队长开导他："老叔，你跟老黄牸感情深，不忍心杀它吃它，我也不忍心呀！可我更不忍心让父老乡亲们过年也开不了荤呀！老黄牸虽是队里的功臣，可它毕竟是人间一盘菜，就让它为村上的父老乡亲做最后的牺牲吧！"老温头扑通跪下哀求："队长，我知道给老黄牸下葬过分了，看在老叔的面子上，你答应我，今天不动老黄牸，让我给它守守灵，说说话……"王队长沉思片刻，断然拒绝："老叔，不行呀！不赶快把老黄牸处理掉，消息走漏了，大队、公社都会来追查，麻烦就来了……"

王队长说的是实情。去年夏天，邻近枣村母猪难产死了，想杀猪分肉。没想到有人告密到大队，还惊动了公社，组成了联合调查组，紧绷阶级斗争这根弦，要查清母猪到底是怎么死的。是不是阶级敌人毒死的？查来查去，认定母猪确是难产而死，才同意杀猪分肉，可母猪肉已经臭不可食了。王队长可不想重演枣村的悲剧，让眼看到嘴的肉吃不成。老温头正在绝望之际，大队万书记闻讯赶来了。

万书记劈头盖脸地训了王队长一顿："你好大的胆子！死了一头牛都不向大队报告，还要擅自杀牛分肉，老黄牯若是被阶级敌人毒死的，你岂不当了阶级敌人的保护伞？你不怕全村人都被毒牛肉毒死了？"王队长吓出一头冷汗，脸色铁青，嘴唇乌紫，鸡啄米般认错："我只想到吃肉，没想到敌情与危险。"

老黄牯的尸体放在仓库门前，等待大队兽医来勘查，公社卫生院来化验。老温头如愿了，给老黄牯守了灵，说了一夜话。第二天，兽医与卫生院都签字：老黄牯属于正常死亡。柿村皆大欢喜，可以在过年时吃上牛肉了！

黄昏时分，老黄牯被剐了皮清了膛，就等着分肉了。可问题又来了：是按人口分，还是按工分分？人口多的叫苦连天："老人孩子不是劳力，可也是人，也要过年，也想吃肉呀！要是按工分分，嘴多肉少，过年咋过？于心何忍？"工分多的理直气壮："劳力干活多，就得多吃肉，不能吃大锅饭，搞平均主义，让劳力心寒了，谁还愿意卖命干活？"公说公有理，婆说婆有理，两派争吵叫骂，差点打起来。王队长左右为难，哪派都得罪不起，只好决定："今晚把牛肉锁在仓库里，等明大把万书记请来当裁判一锤定音，他说怎么分就怎么分！"

第二天清晨，万书记来了，出了一个和稀泥的主意：一半按人口分，一半按工分分。两派人觉得有道理，算公平，都赞成。王队长拍起马屁来："万书记水平就是高！"村人欢呼着，簇拥着，盼望着快点分肉过年。打开仓库大门，众人瞠目结舌，面面相觑：牛肉上趴满黑压压的老鼠，一场老鼠的饕餮盛宴接近尾声。老鼠们惊慌逃窜，一副光秃秃、血淋淋的牛骨触目惊心，惨不忍睹。村人们或愤怒叫骂，或失声痛哭，或绝望昏倒……

老温头闻讯后踉踉跄跄地赶来了，他推开众人，扑在老黄牯的尸骨上痛心疾首地哭号："老伙计呀，我怕看见分肉场面，太难受太伤心，就待在牛棚里给你守灵说话，没想到你竟遭受鼠害……呜呜！我真后悔呀！我应该到仓库来给你守灵的哇！"

后来，老温头将老黄牯的尸骨埋在了牛棚旁的山坡上。老温头一有空就去老黄牯的坟头，或静坐发呆，或抽烟喝酒，或自言自语。坟头上长出茂盛的青藤，开出灿烂的牵牛花。村人都说："这是老黄牯的灵魂变的……"

寅　虎

　　当年，柿村去大队部接知青的是铁姑娘队长王梅。万书记担心各队挑肥拣瘦，干脆抓阄分知青。王梅抓的阄上写着高虎，一喜：看这雄赳赳、气昂昂的名字，想必是高大生猛、气壮如虎的男子汉。可高虎站在她面前，她一惊，心凉了半截：又矮又瘦的男孩，还不如女知青哟！她懊悔手气真臭，可山里人信服抓阄，凭运气，挺公平，愿抓服输，自认倒霉。

　　王梅领回高虎，王队长睥睨了高虎一眼，数落了王梅一番，让高虎住在王梅家里，算是惩罚她。高虎瘦巴巴、病恹恹的，三天两头闹病，村人讥笑："还高虎咧，分明是病猫！"渐渐地，他"病猫"的绰号就叫开了。王梅开始也瞧不起高虎，白白脱胎为男人，干活连女人都不如。不过，高虎有两手绝活：一是会拉二胡。不光能拉《二泉映月》《听松》《良宵》《赛马》等二胡名曲，就连山歌俚曲也能拉。别看王梅是铁姑娘，却能歌善舞，嗓子亮身段好，铁姑娘队农闲时排练歌舞，高虎拉二胡伴奏，什么歌曲只听两遍就会拉，让王梅暗自叫绝。二是画画。他给王梅画的素描乍一看，还以为是照片。王梅的奶奶去世了，王梅请高虎画了一张遗像，惟妙惟肖，村人都说画得好。

　　高虎的父母都与虎结下不解之缘。他的父亲在动物园里饲养老虎，母亲在马戏团里当驯虎员。高虎从小喜欢老虎，跟老虎合影颇多，有摸老虎屁股牙齿的，有跟老虎顶头的，有骑在老虎身上的，有拽老虎尾巴的，还有把脑袋伸进老虎血盆大口里的。王梅看得心惊肉跳，又羡慕敬佩，想不到高虎胆子那么大！高虎炫耀道："这是我妈妈驯服的老虎，比猫还温驯咧，一点都不可怕！"高虎答应以后带王梅进城去，也找老虎嬉戏，跟老虎照相。

　　眼看虎年春节到了，知青们陆续回城过年去了，高虎却不走。原来，高虎的父母都出事了。有人要杀动物园里的老虎，取虎皮制作样板戏《智取威虎山》中的道具，高虎的父亲与老虎厮守多年，情笃意深，奋力阻挡，被人当场打死。高虎的母亲出事更荒唐，全市搞大游行，文化局别出心裁，在花车上展现杨子荣打虎上山的造型，为了打造哗众取宠的效果，点名让马戏团的老虎上花车当配角。老虎在排练时温驯憨实，配合默契，谁知大游行开始后，老虎被一浪高过一浪的锣鼓声、鞭炮声、口号声、喇叭声惊吓了，突然跳下花车，窜进游行队伍，又闯入观看游行的人群，吓昏、踩伤、咬伤许多人，酿成了恶性事件。这笔账自然记在身为驯虎员的高虎母亲头上，怀疑她给老虎发逃跑暗号，破坏大游行，将她关进了牛棚。

高虎想不开，偷偷跑到村头歪脖子柿树下上吊。王梅一个箭步冲上去，用镰刀割断了绳子。原来，王梅同情担心他，暗中观察他，跟踪他，救了他一命。高虎埋怨她："你为什么要救我？让我一死百了！"王梅抢白道："你跟我许过愿，要带我进城去看老虎的，你死了我找谁去呀？"

王梅怕高虎沉浸在悲伤颓废中出不来，央求王队长给高虎下达了一个突击任务，给柿村每户人家画一幅虎年中堂画。王梅打下手，当跑腿，还管伙食。高虎画呀画，就忘了悲伤，走出了颓废，渐渐有了笑声、琴声与歌声。

一个夏夜，惊雷炸响，暴雨滂沱，山崖崩塌，泥石流将王梅家的房屋冲垮了。王梅从废墟中挣扎出来，顾不得包扎伤口与逃离险境，拼命扒着瓦砾、砖头、木头，十指都扒得血肉模糊，硬是将奄奄一息的高虎抢救了出来。水到渠成，缘到爱成，高虎爱上了两次救他的恩人。

后来，他们结婚了，生了一对龙凤胎，分别叫虎娃与虎妞。返城风刮起，王梅主动提出离婚，放高虎回城奔前程。高虎坚拒，第一次与王梅吵架了。高虎的母亲平反昭雪了，改嫁给一位高干，急催高虎回城进机关，高虎不答应。高虎的母亲跑到柿村，苦口婆心地劝说儿子，高虎油盐不进，软硬不吃。高虎的母亲百思不得其解：土得掉渣的儿媳到底给儿子灌了什么迷魂汤？偏僻落后的柿村怎么让儿子恋恋不舍？

回城的知青们也跑来当说客，高虎仍坚如磐石，铁下心不回城。知青们怀疑：莫非那次泥石流冲垮房屋，高虎的脑袋被砸成傻子了？王梅要貌没貌，要才没才，要钱没钱，有什么好呀？他图她什么呀？高虎说："人要知恩图报，不能没有良心。她救过我两次命，就冲这，我也不能抛弃她！"

一天，高虎与王梅推拉着板车进县城卖粮，在山路上，一辆失控的卡车迎面撞来，在生死瞬间，王梅一把推开了吓傻的高虎，第三次救了他，她却被轧断了双腿。这下，高虎更不忍心扔下王梅回城了，死心塌地留在了柿村。

高虎与王梅承包了村后一片荒坡，栽种柿树。每天，高虎背着瘫痪的王梅上山坡，挖坑、栽树、浇水。夫妻俩起早摸黑、流血流汗干了一年，柿树却全死了。他们不服输，不气馁，又接着改种桃树、梨树、苹果树。折腾了五年，功夫不负有心人，终于栽种枣树成功。又过了三年，他们的枣林大丰收，成为柿村最富的种枣专业户。后来，夫妻俩又陆续开了农家菜馆、枣林客栈、枣产品加工厂，生意火爆。

高虎的母亲退休了，厌腻了城市喧嚣与环境污染，躲到柿村来享受山乡美景与天伦之乐。昔日的知青们大多下岗了，跑回柿村来替高虎王梅打工，敬佩高虎当初的抉择与良心，羡慕王梅有福气。

王梅五十岁生日时，高虎送给她一件特殊礼物：两只大老虎。高虎没忘记当年他给王梅的许愿，这么多年来，先是太穷太忙，后是王梅瘫痪，都没让王梅如愿。前不久偶尔从母亲嘴里知道马戏团要淘汰两只退役老虎，他当机立断去买了回来。两只老虎被关在枣林客栈后面的假山内，既给了王梅大大的惊喜，也可增添游客的观赏情趣。已经长大成人的虎娃、虎妞在王梅五十岁生日宴上缠着追问当年父母是怎么爱上的，高虎喃喃道："你们的妈妈手气臭，抓阄抓了我……"王梅打断他："不！我的手气好，抓阄抓来一个好丈夫！"

卯　兔

那年头，农家子弟读书真的无用，读得再好也要回家务农，面朝黄土背朝天，戳牛屁股修地球。桩子的学习成绩在全年级名列前茅，尤其是作文写得好，可照样回家干农活。桩子爹悔恨交加：当初就不该借钱送你去读高中的，冤枉花的学费，还白白浪费老子一只兔子……

当年桩子考上高中，可被十元学费卡住了，报不上名，也借不来钱。桩子有个远房表叔在小镇上做小生意，桩子央求爹去借钱。桩子爹是个挥拳打虎易、开口求人难的汉子，不吭声，更不动身。桩子哭闹着，甚至威胁要绝食、跳崖。桩子爹一跺脚，一咬牙，出了门。黄昏时分，桩子爹一瘸一拐地回来了，拎着一只死兔子。桩子感到蹊跷、愤懑："爹，你没去借钱呀？你还有心思去打兔子呀！"桩子爹瓮声瓮气地骂道："你这没良心的，老子为你打兔子，把腿摔伤了！"桩子哭笑不得："爹，我想读书，不想吃兔子！"桩子爹冷笑："你想得美！这兔子是打给你表叔吃的。老子就不信他绝情无义，吃了老子的兔子不借钱！"

爹送去兔子借来钱，桩子读了高中还是回家种地。桩子爹觉得亏大发了，不光舍兔子舍钱，还耽误三年挣工分，更后悔的是，儿子身子读懒了娇了，心也读花了野了，文不文武不武，土不土洋不洋，像夹生苔。

这天，桩子到同学万山家串门。万山神秘兮兮地告诉他一个好消息：柿村小学要招一名民办教师。万山是万书记的侄子，万书记自然要万山去当，万山却不想当，推荐桩子去当。桩子暗忖：你小子总算有点自知之明，就你那糟糕的成绩，教书不是误人子弟吗？万山撺掇桩子去给万书记送点礼，这事准能成。桩子既高兴，又犯愁：家里穷得叮当响，鸡被黄鼠狼吃光了，羊叫"割资本主义尾巴"工作组牵走了，娘陪嫁的一只玉镯也卖掉给奶奶看病了，拿什么去送礼呢？

桩子愁眉苦脸地回家，忽见生产队大粪坑中有一活物在扑腾，他忍住恶臭走近一看，欣喜若狂：野兔！这兔子兴许是叫狗撵急了，或收不住撒欢的腿栽进大粪坑。苍蝇蛆虫蜂拥而上，加上臭气熏蒸，野兔痉挛蠕动。桩子屁颠屁颠地跑回家，扛来一根竹竿，捞起野兔，抖尽蛆虫，拎到水塘边洗净，准备回家烹兔饱餐一顿。忽然，桩子的脑海里闪过一道灵光：何不将野兔送给万书记打牙祭呢？说不定这就是天意，万书记吃了野兔，一高兴，就开恩让我当民办教师了呀！

这只野兔真是及时雨，桩子如愿当上了民办教师。万山不久去当煤矿工人了。两年后，万山的骨灰盒送回来了，他与十几名矿工一起在瓦斯爆炸中丧生。桩子为万山深深地难过歉疚：要不是我送给万书记兔子，万书记就不会让我当民办教师，万山就会去当民办教师，就不会去当煤矿工人在瓦斯爆炸中丧生。桩子经常去给万山上坟，给他摆烟供酒，焚香烧纸祭奠。

兔子给桩子带来好运。桩子在教书之余，写些豆腐块文章，投给公社广播站、县报社，本来想碰碰运气，没想到连续刊播几次，小有名气了。公社书记看中了他，调他去当宣传干事。一天，桩子正在为一篇新闻稿绞尽脑汁，焦头烂额，忽听一个银铃般的声音在喊他，他回头一看，惊喜万分：原来是当年班花彭红。彭红在县报社当记者，她说桩子写的几篇稿子都采用了，还说县报社总编看中了他的才华，想调他去当编辑。彭红的眼角眉梢流露着爱意柔情，激起桩子心中的涟漪。他想入非非：若是真能调入县报社当编辑，说不定就能跟彭红比翼双飞，事业爱情双丰收！

彭红第二次来带来一好一坏的消息：县报社已经决定要调他了，可公社书记以爱惜人才不让外流为名卡住不放。桩子急得抓耳挠腮。彭红问："公社书记有什么嗜好？"桩子思忖片刻："他喜欢吃野味！"彭红当机立断："我去借一把猎枪，明天我们一起上山打猎去，给你们书记送野味，不愁他不放你！"

第二天，彭红与桩子一起进山打猎。在山里转悠了大半天，什么野味也没打到。傍晚时分，他们精疲力竭，快快下山。突然，草丛中窜出一只野兔，彭红眼疾手快，扣动了猎枪扳机。野兔翻了几个跟头，一瘸一拐地逃跑。彭红追赶，又补了一枪。只听草丛中惨叫一声，一个小女孩捂住脸翻滚出来。彭红与桩子瞠目结舌，呆若木鸡：天呀！明明打的是野兔，怎么冒出一个小女孩来呀？原来小女孩上山捡蘑菇，钻进草丛拉大便。小女孩的双眼被打瞎了，这下祸闯大了！彭红吓哭了，哀求桩子包揽下来。桩子豪情上涌：替美女抵罪，也算英雄救美呀！

桩子非法使用猎枪，还过失伤人，被判刑三年。他出狱后回到柿村当农民。桩子曾央求万书记，让他继续当民办教师。万书记抢白道："你是有案底的人，我开恩不把你列入'黑五类'就不错了，你怎么还有资格当民办教师呀？你想让我为你犯错误吗？"彭红曾到监狱去看过他一次，送给他一件亲手织的毛衣。后来，彭红就跟他断了来往，听说嫁到省城去了。桩子很珍惜那件毛衣，他觉得为这件毛衣坐三年牢，值得！

桩子觉得人生滑稽，三只兔子冥冥间左右着他的命运。后来，桩子干脆养起兔子来，成为柿村有名的养兔专业户。桩子发了财，盖了小洋楼，买了小汽车，娶了漂亮老婆。老婆给他买了很贵重很时髦的毛衣，可桩子仍然喜欢穿彭红给他织的毛衣，虽然已经褪色了，破烂了，桩子也舍不得扔，珍藏着，每年有三天必定要拿出来看看、穿穿。这是他的小秘密：一天是彭红的生日，一天是他与彭红上山打猎的日子，还有一天是彭红探监送毛衣的日子……

辰　龙

醒醒老爹堪称柿村的神秘传奇人物。他当年是名噪一时、威震四方的"龙灯王"。每到春节，村村寨寨最红火、最精彩的活动就是玩龙灯。不仅仅是玩，而是斗。有文斗，看哪个村的龙扎得好看，玩得精彩；也有武斗，看哪个村的龙扎得最大，舞得最快，冲撞时最结实。往往武斗龙灯时会演变成械斗村仇。醒醒老爹因为斗龙灯时带头械斗闹出人命，坐了几年牢，出狱后戴上坏分子帽子被监督改造。

醒醒老爹还是柿村公认的"求雨王"。柿村从古代流传下来木雕龙头与求雨习俗，由族人公推德高望重的老者担任"求雨王"。每逢大旱之年，由"求雨王"主持神秘庄严的求雨仪式，祈求老天开恩，龙王赐雨。据说，醒醒老爹当上"求雨王"后，没机会求过一次雨，先是好多年风调雨顺，后来遇上大旱，破除迷信，不让搞求雨仪式。醒醒老爹生不逢时，无用武之地，煞是沮丧。"文革"初期，造反派批斗毒打醒醒老爹，逼他交出木雕龙头，他坚贞不屈，宁死不交，造反派搜遍旮旮旯旯，掘地三尺，也没搜出木雕龙头。

这年，柿村大旱，小河断流了，水库放干了，眼看抽穗的稻子要死光了，村人们蠢蠢而动，偷偷跑去央求醒醒老爹："快点求雨拯救庄稼吧！"醒醒老爹哪敢轻举妄动，这不是睁着眼睛往火坑里跳，伸着脑袋接石头吗？村人们纷纷跑去央求万书记："快点发个话，让醒醒老爹求雨吧！"万书记哭笑不得："亏你们想得出来，叫我堂堂的书记发话，让醒醒老爹去搞迷信活动，这要传出去，丢官不说，还不被人笑死了？"村人们劝他："这好办呀！你睁只眼闭只眼，装作不知道，或者干脆找个借口出去躲两天，不就撇清责任了吗？"万书记有点心动，沉思片刻，问："真的能求下雨来？"村人们信誓旦旦："绝对能！醒醒老爹求雨灵验得很！"万书记为大旱急红眼了，乱了方寸，死马当成活马医，就默许了，借口到县城去开会，让醒醒老爹设坛求雨。

求雨仪式要摆出木雕龙头。村人们饶有兴致地等待谜底揭晓：醒醒老爹到底把木雕龙头藏在哪里？原来，木雕龙头藏在祖坟里。造反派再怎么凶残无情，也不会想到去挖人家祖坟吧，木雕龙头因而躲过一劫。求雨仪式还需供奉三牲之头，即牛头、羊头、猪头。那年头，这三牲之头有钱都难买到，只得用泥巴塑了三牲之头，颜料一涂，还真像！"这么糊弄龙王，龙王会识破生气吗？要是不赐雨反降灾怎么办？"醒醒老爹说："祖上求雨遇上窘困也用泥塑三牲，只要心诚，龙王不会计较生气的！"

求雨仪式还需八名少男少女在求雨坛两侧跪拜。这下犯难了：有的是少男少女不信迷信，坚决不干；有的是家长怕孩子犯错误影响前程，不让孩子去。醒醒老爹无奈，思忖：既然三牲之头可泥塑造假，何不干脆也泥塑八个少男少女呢？村人们七手八脚地开始泥塑，涂上颜料，八个惟妙惟肖的泥塑少男少女跪在木雕龙头前，貌似虔诚，煞是滑稽。

求雨仪式最庄严、最神圣的步骤是"求雨王"领诵祷文："至尊龙王，高高在上。草民苍生，跪拜敬仰。今岁大旱，人稼共殃。龙王开恩，赐雨浩荡……"求雨仪式进行了三个时辰，太阳火辣辣的，空气仿佛在燃烧，天上没有一丝风，也没有一片乌云，更没有下雨迹象。求雨仪式没求下一滴雨来，反倒在求雨行列中晕倒好几个人。村民慌慌张张地将中暑的人往公社卫生院送。途中，奇迹出现了，天空顿时乌云翻卷，狂风大作，暴雨倾盆。村人们在暴雨中欢呼，在泥水中打滚。中暑的人从竹床上挣扎起来，参与到狂欢队伍里……

醒醒老爹求雨成功，"求雨王"的名声更响亮，更神秘传奇了，他的头顶上有了耀眼的光环。万书记万分感激醒醒老爹，不但请他喝酒，加工分，还摘去了他的坏分子帽子。人怕出名猪怕壮。醒醒老爹的名声越传越神，越传越广，方圆百里慕名请他去设坛求雨的，多数求不下来雨，也有碰运气求下雨来的。县里知道醒醒老爹的事，责成公安局将他抓去坐牢了，罪名是搞封建迷信与诈骗谋财活动，并揭开了所谓"求雨成功"的真相：那次是柿村沾了邻近公社的光。邻近公社是省某领导蹲点的地方，遇到大旱，为保住省领导的蹲点成果与脸面，特地调动飞机撒药催雨，正巧阴错阳差地给柿村催下一场喜雨。

求雨事件害得万书记丢了官，他恨死醒醒老爹了。不过，醒醒老爹出狱后，已是改革开放年代，玩龙灯与求雨不再被视为封建迷信活动，而尊为民俗乡风。醒醒老爹为弥补万书记丢官的损失，给万书记悉心传授玩龙灯、求雨的技巧奥秘，扶持万书记当上了新一代的"龙灯王""求雨王"。万书记比当年当官时要威风富裕得多，每表演一场玩龙灯与求雨仪式，都大把大把地收钱。醒醒老爹当年玩龙灯斗殴时受过腰伤，老来旧伤复发瘫痪在床，万书记懂得感恩，把他接到家里当爹赡养起来。万书记空闲下来，就与醒醒老爹喝酒聊天，两人说起玩龙灯、求雨来，眉飞色舞，其乐融融。

巳　蛇

柿村的柿子属蛇。据说属蛇的女人旺夫，有富贵命。可柿子命苦，双腿截肢了。

十三岁那年，柿子跟小伙伴们一起上山去采蘑菇，他们站在高高的山顶上，看见远处冒着浓烟飞驰的火车，突发奇想：何不去看看火车？几个小伙伴翻山越岭去看火车，没想到望山跑死马，好不容易赶到铁路边，已是太阳偏西。寂静的铁路，冷清的铁轨，哪有火车影子？等到太阳落山，还是没等到一趟火车。几个小伙伴非常失望，犹豫不决：继续等吧，天黑了回家难，山路坎坷，悬崖险峻，甚至还有野狼野猪出没；不等吧，白跑一趟，总觉得亏得慌。小伙伴们举手表决：多数赞成等下去，不看到火车不回家！他们傻乎乎地等呀等，一直等到半夜才看见一趟火车。他们兴奋地欢呼跳跃着，激动地憧憬着。有的说："长大了我一定要去坐一趟火车！"有的说："我长大后一定要去当火车司机！"柿子的心更大，说要修一条铁路到柿村，让乡亲们天天可以看火车，坐火车！回家路上，一阵狼叫，柿子一哆嗦，脚下一滑，跌下悬崖。为看一趟火车，摔断两条腿，柿子成了柿村最不幸的女人。

柿子不能读书了，成天瘫痪在床。柿子家里穷，没钱去装假肢，只能用两只小板凳当双腿艰难挪步。开始还有小伙伴们轮流来给她辅导功课，陪伴她说话玩耍，后来他们要上学、做作业、打柴、烧饭、放牛、捡蘑菇、掏鸟窝、抓泥鳅、摸螃蟹……渐渐地就来少了，不来了。父母要下地干活，也不能陪伴柿子。能陪伴柿子的只有小青。

小青不是人，是一条青色蟒蛇。柿子看过《白蛇传》，里面有条青蛇叫小青。她也给她家的青蛇取名小青。小青是柿子家的家蛇。家蛇养熟了，不轻易乱跑，盘踞在家里，不吃鸡鸭，不惹猪狗，不乱咬人，但也咬坏人和不友好的人。柿村有个二流子叫二旦，晚上钻进柿子家偷鸡，被小青发现，它把二旦缠得呼吸困难，脸色铁青，要不是柿子爹闻声跑出来解救，二旦的小命就丢了。

小青救过柿子两次命。一次，柿子在水塘埠头上洗衣，踩到青苔，脚下一滑，掉进水中。柿子不会游泳，拼命挣扎呼喊，小青急忙跑来，窜进水塘，把柿子救了起来。还有一次，柿子双腿残疾后，悲痛欲绝，万念俱灰，深更半夜偷偷爬出去，滚进水塘中，多亏小青跟踪而至，又把她救了起来。小青成了柿子的恩蛇，也是与柿子形影不离、耳鬓厮磨的好伙伴。柿子唱歌，小青跳舞；柿子爬行，小青尾随；柿子睡觉，小青陪睡；柿子身痒，小青挠痒；柿子流泪，小青舔泪……小青通人性，懂感情，几乎成了柿子家的特殊成员。

　　附近镇上有一位暴富的老板，看中了柿子家的小青，欲出高价买来当护家看院的家蛇。柿子自然舍不得小青，抱住小青不撒手，哭得伤心，生离死别似的。父母千哄万劝，并声明，不是为贪财卖小青，而是拿这笔钱为柿子去装假肢。柿子流泪送别小青出门，仿佛送别出嫁的姐妹，哀婉地唱起了《哭嫁歌》……

　　柿子装上假肢后，能上学了，能四处走动了。但她不快乐，因为她失去了好伙伴小青，失去了生命的陪伴与感情的寄托。她忽然意识到：小青绝对比假肢重要得多！她宁可没有假肢，不可没有小青！柿子哭求着要去看望小青，可父母不告诉她小青卖到哪里去了。柿子茶饭不思，坐立不安，晚上做噩梦，不是梦见小青被锁在铁笼里，疯狂挣扎，痛苦撞击，就是梦见有人凶神恶煞地拿着刀子要对小青痛下杀手……这天晚上，柿子又梦见小青了，从梦中哭醒了。忽然小青用舌尖娴熟地给她舔泪，她大吃一惊，以为是梦境，使劲揪自己的头发，掐自己的胳膊，生疼生疼的，才知道小青真的回到自己的身边来了。

　　小青是偷跑回来的。那位老板太喜欢小青了，堪称一见钟情，走火入魔，执拗地要占为己有。可强扭的瓜不甜，何况是一条有血有肉、有情有义的蟒蛇。老板无论怎么优待小青，都驯服不了它。老板上门来索讨小青，柿子哭诉了她与小青亲如姐妹、难舍难分的情愫。老板是个爱心人士，听完柿子的哭诉大为感动，不再索讨小青，也没索赔那笔钱，还认柿子做了干女儿。那老板自然打着小算盘，他太喜欢小青了，不能让小青做他的家蛇，就让柿子当他的干女儿，可经常来看望小青，还可将柿子与小青接到家里去做客小住。

　　柿子后来嫁到小镇上，是她的老板干爹做的媒，她男人也是老板的干儿子，在一起施工事故中瞎了双眼。老板干爹将自己的别墅二楼让出来给他们做了婚房。出嫁那天，小青钻进了婚车，有人戏谑地问柿子："小青到底是你的伴娘呀，还是你的嫁妆呀？"柿子脆甜地回答："当然是我的伴娘！"老板干爹更是喜得合不拢嘴，既为干儿子干女儿的婚事高兴，也暗中庆幸曲线将小青收编成家蛇了……

午 马

午马从北疆复员回到柿村，雄赳赳、气昂昂地骑回来一匹老马。那年头，当兵的复员回来，有带回来"三转一响"（手表、自行车、缝纫机、收音机）的，也有带回来山参鹿茸、虎皮熊掌的，还有带回来当地女孩（按规定，士兵不允许跟当地女孩恋爱结婚）的，而午马别出心裁，别具一格，带回来一匹老马，这绝对是柿村的爆炸性新闻，让柿村人大吃一惊，大开眼界，也大开脑洞猜测起来：有说这老马是午马花光复员费买回来的；有说这老马是午马与当地女孩偷偷恋爱遭到女孩父母强烈反对，为抵恋爱花销而赔给他的；有说这老马是午马与当地人赌博赢回来的；还有猜测这老马是午马胆大妄为偷回来的……

午马的老马的不明来路，成了柿村人茶余饭后兴奋的话题，也成了刺激折磨柿村人神经与想象力、好奇心的因素。偏偏午马不厚道，坚守秘密，笑而不答，任凭柿村人去天马行空地浮想联翩，也懒得裁决与满足柿村人的想象力与好奇心。午马只管自己与老马朝夕相处，耳鬓厮磨，或策马驰骋，或牵马溜达，或饮马水塘，或洗马河边，或牧马山坡，或骑马逛街……午马与老马成为柿村的一道独特风景，一团神秘疑云。

午马复员回来第一件大事，就是娶邻村女孩未姑。未姑属羊。女人属羊不吉利，民间流传"女人属羊守空房""双羊活不长""羊鼠一旦休""羊兔泪长流""羊入虎口死翘翘""羊鸡命凄凄""羊狗不到头"等谚语，害得多少良家妇女凄凄惨惨、哀哀怨怨、缘毁情断、香消玉殒。未姑还属腊月羊，犯大忌："腊月羊，冻死双"，没有男人敢娶她。午马对未姑一见钟情，不信邪，不顾父母寻死觅活地反对，铤而走险，义无反顾，铁心要娶她。迎亲那天，午马让未姑坐在披红戴彩的老马上，出了大风头，让沿途看热闹的人们啧啧羡慕，也有大姑娘小媳妇嫉妒得眼冒绿光、脸泛青色的。

从此，午马的老马忙碌起来，四乡八村的喜事都来借老马去迎亲。借多了，午马就心烦，也怕老马累坏了，就在大门上用油漆写上一排字：老马与老婆，概不外借，免开尊口。可仍然有沾亲带故或有身份地位的人，死缠烂打要借马迎亲。人家一生迎一次亲，不借不合情理，面子上过不去。午马想出一辙：用经济杠杆来控制借马，明码标价，借马给钱。你舍不得钱，我也舍不得马。果然，借马的人渐渐少了。不久，邻村有人得到了启迪，看出了商机，从北方买回一些马，当了出租婚马专业户。午马的老马几乎没人来借来租了，老马老态龙钟，瘦骨嶙峋，走路都无精打采，让人怜悯且担心：万一迎亲途中老马一个趔趄摔倒了，摔伤了新娘，那可就是冲了喜庆、触了霉头！

午马与老马不再是独特的风景，渐渐淡出了人们的视线与话题。柿村的桩子读过塞万提斯的《唐·吉诃德》，把午马比喻为中国乡村版的唐·吉诃德。午马不知道唐·吉诃德是何方神圣，也不知道桩子是在赞美抑或嘲笑他。桩子别有用心地请午马喝酒，把午马灌醉了，套出了老马的真相。原来，午马在北疆当边防兵多年，这匹老马就是他的坐骑，他与老马厮混出感情来了。老马对他还有过两次救命之恩，一次是他在巡逻时昏倒在冰天雪地里，老马奋力将他衔回了军营；还有一次他遇到雪狼攻击，老马为救他与雪狼殊死搏斗，受了重伤。午马复员时，老马也要退役了。午马央求前来换马的军马场人员，掏出全部的积蓄与复员费买下了这匹老马，带回了老家。午马讲得惊心动魄，桩子听得肃然起敬。桩子当即决定，他要租这匹老马去迎亲。午马觉得不可思议："你买了小汽车，还稀罕我的老马迎亲吗？你是说的醉话，还是笑话呀？"桩子郑重其事地说："是真心话！我就要租你的马去迎亲，增添我的喜气与好运！"

桩子用午马的老马去迎亲那天，新娘的父母挺不高兴，怪他没开小汽车来迎亲，很丢面子。就算租马迎亲，也得租匹好马来呀，看到这匹老马就不顺眼，更不顺心。新娘也闹起别扭，迟迟不肯出闺房，更不肯上马。桩子下了最后通牒："再给你一根烟工夫，你不上马，我就走人，这婚也不结了！"新娘一听吓坏了，忍气吞声、泪眼婆娑地上了马。迎亲途中，老马沿途打盹，在山路上一步趔趄，新娘被摔了下来，委屈地呜咽起来。桩子劝慰新娘："好兆头！越摔越发！"桩子弃车用马迎亲，图的就是"马到成功"的好彩头。

后来，城里来了一个剧组，在柿村拍抗日剧，看中了午马的老马。午马问他的老马演什么，剧务说演鬼子的战马。午马坚绝不借。剧务以双倍钱诱之，午马不为所动，掷地有声地说："给再多的钱也不借！"剧务只好改口，说让老马演新四军的战马，午马答应了，可要跟随他的老马一起到拍摄现场当监督员与保镖。剧务倒是没说谎话，真的让他的老马出演新四军的战马。可演出中发生意外，布置烟火道具的人员装多了炸药，把扮演新四军的演员炸得人仰马翻，演员被破相了，午马的老马被炸死了。午马扑在老马身上号啕大哭，痛心疾首地忏悔："老伙计呀，我真混蛋呀！是我对不起你呀！"

午马用剧组给的一大笔赔偿金为老马隆重下葬，修建了坟墓，还塑了一尊老马雕像。午马每次来给老马上坟，耳畔仿佛响起老马的嘶叫声与马蹄声……

未 羊

　　柿村的王奶奶突然病倒了，不吃不喝不睡，呻吟咳嗽不止。她儿子王大力是个挥拳打虎易、开口求人难的汉子，焦急起来只会低着头捧着旱烟杆吧嗒吧嗒地抽闷烟，他老婆急得满村借钱，只借回一点零钱，还不够抓一服药。那年头，村里人家连饭都吃不饱，哪有闲钱？他老婆说："要不，把羊卖了？"王大力沉思半晌，才瓮声瓮气地答道："卖了羊，咋过年？"那是他家唯一的羊，还指望宰了它过年哩！他老婆咬咬牙说："救娘要紧呀！娘活着，就是吃不上羊肉，过年也有滋味！"

　　王大力喟然长叹，蹒跚着去后院牵羊。羊正在津津有味地吃着小枣小山姐弟俩割回的青草。王大力心急火燎，牵着羊就走，早一刻卖了羊就可早一刻为老母治病呀！羊挣扎着咬了一大口青草，边走边嚼着。在过大门门槛时，羊似乎意识到要永诀了，戳棘不前，咩咩哀叫起来。王奶奶在病榻上问："羊叫什么？是饿了，还是谁打它？"羊是王奶奶亲手喂大的，饿着它，打了它，她都会心疼的。

　　小枣凄哀地看着父亲牵羊去卖，心里很矛盾：既希望快点卖羊给奶奶治病，又希望把羊留下，过年时杀羊可美美地吃上几顿羊肉馅饺子。小山口无遮拦，忙跑去给奶奶通风报信。奶奶忙喊王大力："别卖羊呀！我这病躺几天就会好的，别花冤枉钱！"王大力撒谎："娘，我不是去卖羊，是牵羊去兽医站看看，羊嘴里长了疮不吃草……"王奶奶再没说什么，呻吟咳嗽起来。

　　王大力牵着羊蹀躞而去，小山哇地大哭起来。王奶奶又问："小山哭什么？是饿了，还是谁打他？"小山的母亲忙掩饰道："他不肯上学，是我打他！"王奶奶责怪母亲："好好哄劝他吧！干嘛要打呢？"小枣含着泪水，跑到后院抱起一把青草，撵上父亲和羊，让父亲沿途喂羊吃青草。小枣站在山坡上，目送着父亲和羊远去，怅然若失，心情沉重。

　　王大力牵着羊走到小镇附近，从路边高粱地里突然窜出一位瘦骨嶙峋、白发苍苍的老奶奶，王大力吓了一跳。老奶奶猛地扑上来，抓住羊绳死死不放手，老泪纵横地喃喃道："我的羊呀，我可找到你啦！"王大力糊涂了："这是我的羊呀，咋成了你的羊呢？"老奶奶理直气壮地说："我的羊烧成灰我都认得出来，你看，这角上有道刀痕，是我刻的记号；这尾巴断了一截，是被狗咬掉的……"王大力没想到世上还会有这么巧合的事，瞠目结舌："这……这……这……你再看看这绳子！"老奶奶说："不错！绳子不是我的，我的是棕绳，这是麻绳，你以为换了

639

绳子我就认不出我的羊啦?"王大力抓耳挠腮,真是跳进黄河也洗不清呀!

这时,路人越聚越多,明显偏袒老奶奶。甚至有人还威胁王大力,要把他当偷羊贼扭送到派出所去。老奶奶急忙劝阻:"说偷羊也是冤枉人家了,我的羊是放羊时走失的!"王大力痛苦绝望地申辩:"天地良心,这真是我的羊,我得卖了它给我娘治病呀!"老奶奶抹起老泪来:"唉,都是苦命人呀!我要是不指望这羊给没娘的孙子喂奶,也就把羊送给你算了……"王大力听了这话,怦然心动,默默地把羊给了老奶奶。

那天,王大力在小镇卫生院卖了血,给老母治好了病。两个月后的一天,王大力去赶集,走到小镇附近那片高粱地时,忽然看见老奶奶牵着羊钻出来,拦住他:"我每个集日都在这里等你,谢天谢地,总算把你等到了!"王大力纳闷:"你等我干嘛?"老奶奶说:"我冤枉你了,这是你的羊!我的羊第二天回家来了……"王大力一把抱住羊哽咽起来。老奶奶惴惴不安地问:"你娘的病好了吗?"王大力破涕为笑,爽声应答:"好了、好了!"老奶奶也笑了:"这就好,这就好!我心头的石头落地了!要是耽误了你娘的病,那可是我的大罪孽哟!这些日子呀,我可是吃不好饭、睡不安觉,良心不安呀!我天天为你娘祈祷,你是好人,好人有好报哇!"

申　猴

大珩是柿村有名的养殖专业户。他养殖螃蟹、乌龟、水獭、长毛兔等,每年都能赚个几十上百万。大珩风光得很,省长与他握过手,市长给他戴过花,县长与他照过相,乡长给他敬过酒,村主任和他玩过牌……大珩牛得很,盖了洋楼,买了轿车,招了女秘书,换了老婆,包了二奶……

小日子过得红火、滋润的大珩近来忽然忧郁苦闷起来。是生意场上受了挫?不是。是情场上起了风波?不是。是赌场上输惨了?不是。是红道黑道上有人找麻烦敲竹杠?也不是。原来,大珩这几夜连着做怪梦,梦中总出现一只猴,或用脑袋抵他的胸膛,或用腿子踢他的胯间,或用牙齿咬他的鼻子,或拉出鸡鸡冲他脸上撒尿,或用舌头舔他的脚板心,让他奇痒怪笑、痛苦难熬,或钻进他体内,搅得他五脏六腑剧痛难忍。

为什么会做这种怪梦呢?大珩百思不得其解。便去找远近闻名的巫婆黄大仙禳解怪梦。黄大仙神秘兮兮地说:"你过去亏待或得罪过一位属相为猴的人,那人的灵魂缠住你了,你好好回忆回忆,去给那人忏悔认错,赎罪补过,那怪梦就不会缠你了!"

大珩经黄大仙一点拨,恍然大悟,立马在记忆屏上搜索属相为猴的人。

第一个想起的是前妻。前妻属相为猴,与他相濡以沫厮守了二十多年苦日子,刚熬到好日子,他就饱暖思淫欲,与女秘书勾搭成奸。女秘书珠胎暗结,以死逼婚,大珩万般无奈,狠心撵走了前妻。前妻羞愤难忍,投河自尽。大珩为赎罪补过,厚葬了前妻,孝敬赡养着前妻的父母,慷慨资助过前妻的兄弟姐妹,难道还不够吗?大珩绞尽脑汁地想,终于想起一个疏忽:前不久乡里修公路,开山放炮,将前妻的坟墓炸塌了一角,他只叫泥匠简单地修补了一下,兴许得罪了前妻的亡灵。大珩大兴土木,将前妻的坟墓修缮一新,还请来道士做了一场法事,为前妻的亡灵安魂。但大珩梦中的猴仍然没有隐去……

大珩又想起了第二个对象。他叫大憨,属相为猴。十年前,大珩还没暴富时,曾与大憨一道去远方的小煤窑挖煤。大憨是个马大哈,经常丢三落四,又大手大脚,就把上千元血汗钱托大珩保管。谁知,大憨突然死于一场瓦斯爆炸事故,大珩昧着良心就把大憨的血汗钱私吞了。大珩暴富后,曾良心发现,匿名寄钱救济大憨的爹妈。那钱累计起来只怕比大憨的血汗钱多十倍呀,难道还没赎完罪吗?大珩冥思苦想,终于想起:大憨活着时最喜欢他的弟弟,他冒死挖煤也是为他弟弟筹集学费。大珩私吞了大憨的血汗钱,也断了他弟弟的求学路。他弟弟若是不辍学,也许就能考上大学,也许就不会去深山老林伐木烧炭摔成瘸子。大珩立马将大憨的弟弟招进养殖场里当了门房管理员。但大珩梦中的猴还在纠缠着他……

大珩想起的第三个人,是山村小学的小侯老师,她的属相是不是猴,大珩搞不清楚,但侯与猴同音,也许是她的亡灵在作祟吧?那天,大珩上乡里喝多了酒,在回村路上遇上了蹚水背学生过溪河后的小侯老师,他酒壮色胆,色借酒威,使蛮劲摁下小侯老师就霸王硬上弓了……完事后,大珩掏出一大摞钱想封住小侯老师的嘴。小侯老师不要他的臭钱,像电影中的"秋菊"一样不屈不挠地上乡、县、市、省告状,但那些当官的不是互相推诿,就是偏袒大珩;不是劝小侯老师私了,让大珩出一笔精神损失费,就是怀疑小侯老师以色相勾引、敲诈大珩。小侯老师一气之下,就跳了崖……大珩来到小侯老师的坟墓前,久久地跪着忏悔。

那天晚上,梦中的猴对大珩说话了:"小侯老师是你害死的!你要想赎罪,就去完成小侯老师的遗愿,在山村小学前的溪河上架一座石桥,让孩子们上学时不再蹚水过溪河了,我就饶了你!"大珩从梦中惊醒,冷汗淋漓,浑身瘆栗。

第二天清晨,大珩就去找山村小学校长,要捐修一座石桥。校长喜出望外,把大珩奉为救命菩萨。要知道，那条溪河成为柿村人的心头之患，一到春夏就涨水肆虐，几年来已夺去七名孩子的生命！

石桥修成后，大珩梦中再没出现猴了。

酉　鸡

柿村的野鸡养殖专业户王大治躺着中枪，摊上官司了！森林警察第一次上门，客客气气地询问他："你是不是卖给野味香酒楼三只野鸡？"野味香酒楼老板是王大治的本家兄弟，过去没少买过他的野鸡，后来因拖欠野鸡款而与他翻脸了。王大治暗忖：这家伙八成惹官司了，虽说他们之间有过节，可毕竟是本家兄弟，打断骨头连着筋，该给他兜着就兜着吧，不就是说一句谎话吗？他万万没想到会受到牵连。森林警察第二次找上门来，再不是和颜悦色，而是横眉冷脸，出示拘捕证，掏出手铐铐住他，连推带拽地将他押上了警车。手铐冰凉冰凉的，王大治的心更是冰凉冰凉的……

这是王大治第二次吃上官司，都是因为野鸡摊上的官司。第一次，王大治用迷药迷翻了两只野鸡，拿到集市上去卖，森林警察抓了他的现行，他被判了两年有期徒刑。为两只野鸡坐了两年牢，王大治觉得比窦娥还冤。他这才惊愕地知道，那两只野鸡是国家二级保护动物，猎杀诱捕野鸡就是犯罪。他暗自庆幸：幸亏只迷翻两只野鸡，要是迷翻得多，就得把牢底坐穿哟！王大治其实是新手初犯，老手惯犯多的是，远的不说，就是柿村都有几个，枪打药迷过不少野鸡，他们都逍遥法外，自己却被判刑两年，如鲠在喉，如火焚心。他曾动念揭发别人，争取立功减刑，转念一想，何必得罪人增添仇人呢？都怪自己运气差，被抓了坏典型，惩一儆百，只得自认倒霉吧！

这次为野鸡吃官司，是作了伪证。王大治更觉得冤枉：不就是说了一句谎话吗？这也算犯罪吗？王大治在警车上连声哀求："警察大哥，我承认说了谎话，你们开开恩，行行好，把我当个屁放了吧！"警察声色俱厉地喝止："快闭嘴！再不老实，会有更大的麻烦！"

王大治在森林派出所拘留室里，竟然在饭盒里发现了一张字条，上面写着：一口咬定，包你没事！王大治不知这是什么人的旨意，也不知该不该照办。他辗转反侧，犹豫纠结，一夜无眠，决定照办。第二天审讯时，王大治一口咬定：他是卖给野味香酒楼三只家养野鸡。傍晚，王大治果然被释放出来。

王大治如飞出樊笼里的小鸟一路狂奔回家。半途上，三个蒙面黑衣男人拦截住他，拳打脚踢暴揍他一顿，还用尖刀在他脸颊上蹭着，威胁道：不说实话，就割掉他的舌头！王大治吓坏了，只得实话实说，他可不敢为一句谎话被割掉一条舌头！

王大治失魂落魄地回到家里，还没擦干冷汗、喘匀粗气，警车就呜呜呜地开到他家门口，警察不问青红皂白，再次将他铐起来，推进警车。这次，王大治在拘留室里又收到一张字条：快说实话，包你没事！王大治觉得这事真荒唐，仿佛自己成了被人玩弄的木偶，不，应该说成了钻进风箱两头受气的老鼠。他再次陷入犹豫纠结，辗转难眠，到天亮时才睡去，却被噩梦惊醒。他梦见一人拿着尖刀威逼他说谎话，另一人拿着手枪威逼他说实话。王大治思忖：自己已经对蒙面黑衣人说了实话，想再说谎话也不抵用了。在审讯室里，王大治交代了说谎话的动机，承认了他没卖给野味香酒楼家养野鸡。

果然，王大治关了两天后，森林派出所念他犯罪情节轻，认罪态度好，将他释放了。这次，王大治不敢回家，在野鸡养殖场附近的窝棚里躲藏了几天，等到没有风声与动静了，他才敢回家。

后来，王大治才知道这次虚惊，是沾了柿坡乡书记与乡长官场争斗的火星。书记做五十大寿，在野味香酒楼办了三桌酒宴，乡长将这事匿名举报给县纪委。县纪委一查，书记不算大操大办、大吃大喝，且自掏腰包，宴请的都是亲戚家人，够不上违纪。乡长一计未逞又施一计，买通了野味香酒楼的厨师，得到有价值的情报：书记授意野味香酒楼老板搞来三只野生野鸡，这可是犯法的铁证，也是扳倒对手的杀手锏，即使不能让书记去坐牢，也能让他丢官吧。书记是官场老手，处理官场危机轻车熟路，把自己撇得干干净净，让野味香酒楼老板赶紧想法平息这个风波。老板就扯谎说他是找王大治买来的三只家养野鸡，不是野生野鸡。

王大治沾了火星，受了虚惊。而野味香酒楼老板倒了大霉，酒楼被封，还判了三年有期徒刑，好在书记帮他斡旋，缓刑三年，免受铁窗之苦。老板恨死王大治了，怪他关键时刻掉链子，出卖本家兄弟太无耻。王大治觉得对不起他，想补偿他，请他吃鸡喝酒，还借钱给他去赌博、玩六合彩、找女人鬼混。借条越来越多，王大治觉得他太过分了，不再借了。那老板恼羞成怒，捶胸顿足，骂得王大治狗血淋头，扬长而去。不久，王大治的野鸡养殖场失火了，损失不小。又过了不久，他的野鸡养殖场发了鸡瘟，几天之间野鸡死光光。王大治怀疑是那老板放的火、扔的瘟鸡，可没有证据，也只能吃哑巴亏。

戌　狗

柿村的憨娃狗胆包天，竟把村支书家的狗砍死了！柿村人震惊了：憨娃这下可闯大祸了，俗话说打狗欺主，何况那又是一只有身份有背景的狗，村支书家肯定不会善罢甘休，憨娃等着瞧吧，绝对没好果子吃，轻则舍财，重则家破人亡。

在柿村，这些年狗事频繁：老姜头家的狗把胖嫂的儿子铁蛋的小鸡鸡咬伤了，官司打到县里，老姜头赔了一头牛的钱；村主任家的狗撵怀孕的铁牛媳妇，吓得铁牛媳妇撒腿乱跑，摔掉了胎，铁牛一气之下，拿老铳打死了村主任家的狗，村主任非让铁牛买棺厚葬死狗，还要他披麻戴孝；桃村的公狗跑到柿村来幽会顺德家的母狗，叫顺德勒死后吃了，桃村狗主寻来发现狗皮，怒不可遏，纠集数十人前来械斗，两败俱伤，死伤数人；柿村会计顺风家的狗突然疯了，咬伤了妇孺老人多名，其中一名男孩患狂犬病死去，顺风赔得倾家荡产，老婆上吊……

村支书的儿子小坡咆哮如雷，揎拳捋袖问罪："憨娃，你干嘛要打死我家的狗？它咋招惹你了？你今天不说出子丑寅卯来，我绝不轻饶你！"小坡在乡办企业集团公司当总裁，红道黑道都熟，他要整治憨娃不费吹灰之力。这狗是小坡的宠物，据说这狗救过小坡的命。在一次械斗中，地痞挥舞大刀扑向小坡，这狗冲上去跳起一口，咬伤了地痞的手腕。从此，小坡视狗如命，宠爱有加，连他老婆都吃狗的醋。前不久，一名调皮男孩拿弹弓射得小坡的狗哀嚎，小坡令他的保镖去抓住那男孩，夺过弹弓，把那男孩射得满身青肿，男孩家长敢怒不敢言。小坡还不解恨，又把男孩的爹从公司辞退了。这回，他不知要怎么狠整憨娃咧！

憨娃吓得浑身哆嗦，结结巴巴："我不是故意的……我以为是疯狗，我没看、看清是你家的狗。不然借我几个胆子，我也不敢。求你饶、饶了我这一次吧！"憨娃跪下了，狠扇了自己几巴掌。那天，憨娃打柴回来，走到村口，听见孩子们惊叫："快跑呀！疯狗来了！救命呀！疯狗咬人啦！"憨娃卸下柴担一看，一只伸着猩红舌头的狗正在追逐着几个惊慌逃奔的孩子，憨娃见势不妙，拔出砍刀冲上去，几刀就把那狗砍死了。谁知那狗是村支书家的狗，谁知那狗不是疯狗。那天，小坡被村主任拉来喝酒，从正午直喝到黄昏，当场醉倒了几个，吐得一塌糊涂，那狗吃了地上的酒秽也醉了，像疯狗一样。

这事传到村支书耳里，他把儿子小坡臭骂了一顿："你小子忘本了，好大的狗胆，竟敢骑在乡亲们头上拉屎拉尿、作威作福！你看你那副德性，简直是玩狗丧志，成了狗痴。媳妇的情绪越来越坏，你一点不关心；公司效益越来越差，你一点不操心。你的狗仗势欺人到处惹祸，乡亲们在背后骂娘啊！实话说了吧，是我雇憨娃去打死你的狗的！打死狗是为了救你！救你的家！救你的公司！"

小坡不相信，嘟哝："爹，你别为他开脱了！这口恶气难咽下，我非得收拾他不可！"村支书说："你不相信？不相信回去问你媳妇。前几天呀，你媳妇哭着跑来向我告状，说她倒茶时不小心烫伤了狗一点皮，你把她毒打了一顿！说你有了'第三者'，爱狗胜过爱她，她要和你离婚！我说，这还不容易，我出一笔钱，你去找一个胆大的人，把那狗给我收拾掉，不就太平了！你媳妇不敢，我给她壮胆撑腰，打死了狗我顶着，叫小坡找我扯皮！"

小坡将信将疑，回去问媳妇。媳妇吓得战战兢兢，半晌才说："是这么回事……"其实不然，小坡的媳妇暗地找过几个胆大的人去打狗，但他们都胆怯推辞了。正在犯愁时，憨娃把狗砍死了。她连夜把钱送到憨娃家，怕他不敢收，就悄悄放在他家的窗台上。挺有趣的是，憨娃那几天一大早起床看窗台，总能收到钱，那是一些受到小坡的恶狗之害的人送的……

亥　猪

朱博士不是真的博士，这是他的名字。当年抓周时他抓到钢笔书本，父亲就给他起名朱博士。父亲认为，古代以考状元为最高荣耀，现代以当博士为最高文凭，父亲希望他将来能当上博士。谁料到朱博士不是读书料子，不是上课调皮捣蛋、走神打盹，就是逃学旷课、摸鱼捉虾、抓鸟逮兔，上学吊儿郎当，成绩一塌糊涂，堪称学渣。气得父亲吐血，生生辜负了父亲厚望，白白糟蹋了博士名字。那年头，读书无用论盛行，教室里搁不下平静的书桌。朱博士高中没读完就辍学了，早早回家务农。柿村分配来一个培训兽医的名额，朱博士去了。

朱博士培训归来，就当了柿村的赤脚兽医。赤脚兽医主要给牛猪看病，而猪不仅比牛多得多，还复杂麻烦得多。配种、怀崽、接生、劁骟、治病、防瘟、催膘、检疫、屠宰，兽医都要管。譬如屠宰，没有兽医签字盖章，不能随便杀猪，不然属于私自杀猪，轻则罚款没收，重则批斗、戴坏分子帽子。别看朱博士读书不用功，是个学渣，可钻研兽医业务来刻苦认真。

柿村遭送来一位"教授"，让贫下中农监督劳改。朱博士一见"教授"，大吃一惊：这不就是在县培训班上请来授课的省农学院兽医系杨教授吗？朱博士非常同情杨教授，央求队长分派轻活给他干，不要将他与"黑五类"分子一起批斗、挂牌游村、惩罚劳动。杨教授没菜吃，朱博士天天给他送自家菜园的菜；杨教授病了，朱博士帮他打针喂药；杨教授瘦了，朱博士把家里仅有的几只下蛋母鸡宰了煨汤送给他喝。杨教授感激涕零，无以报答，只能偷偷给朱博士传授兽医技术。朱博士得到教授真传，成为柿村周围小有名气的兽医，邻村兽医遇上牛猪疑难杂症看不好的，都来向朱博士求援。

桃村一户人家的猪病了，不吃食、昏睡、发高烧、拉稀。桃村兽医治不好，跑来向朱博士求援。朱博士去了，从病症来看挺像烂肠瘟，可细看猪的肚子上有一道伤口。一问，才知道几天前刚劁过。朱博士大胆怀疑：莫非是劁猪失手了，割破了猪肠？朱博士要打开伤口检查，那户人家不答应，说劁猪师傅手艺不错，怎么可能割破猪肠呢？桃村兽医也悄声劝朱博士："病猪本来就奄奄一息，你何必去冒这风险，万一打开伤口猪死了，你就要背黑锅，不光赔钱，还砸了名声。"朱博士犟着要赌一把，并承诺猪死包赔。男主人还是不答应，说猪也是一条性命，何况还养出感情来了，不能瞎赌一把，当试验品。他女儿开口了："爹，死猪当作活猪医，你就让他大胆动手吧！"朱博士打开伤口一检查，果然是猪肠割破了，溃烂了。朱博士进行了清创补肠手术。

第二天一大早，朱博士起床出门，忽然看见一位漂亮女孩在门前徘徊。朱博士大吃一惊：这不是昨天那户人家的女儿吗？是不是她家的猪死了来扯皮索赔的呀？女孩兴奋而羞涩地告诉朱博士：她家的猪昨晚就退烧吃食了，她是特地跑来感谢朱博士的，她的挎包里装满了从自家树上摘的红桃子，送给朱博士尝鲜的。

这个女孩后来就成了朱博士的妻子。婚后第二年，高考恢复了，朱博士夫妇双双去参加高考。朱博士在赶第二场考试的途中，突然被桃村兽医挡下了，兽医央求他去帮忙为难产的母猪接生。朱博士犹豫片刻，决定去接生，妻子拽住他，诘问道："是你的前程重要呀，还是接生重要呀？"朱博士忧心忡忡地说："猪也是性命，而且是好多条性命呀！"朱博士挣脱妻子的手，毅然前往。

后来，这事登了县报，得到县里的表彰。有人议论道："朱博士精神可嘉，也鬼精！他十有八九是没希望考上大学，正好顺坡下驴，还捞个好名声。"不过，朱博士为给母猪接生付出了惨重代价。他父亲巴心巴肝地盼望他考大学当博士，没想到他为母猪接生自毁前程，于是气得中风，撒手西去；他妻子考上了医学院，分配在省城医院工作，与他离婚了。

朱博士后来娶的妻子，说来也巧，就是他耽误高考为母猪接生的那户人家的女儿。那户人家办了养猪场，成了桃村首富，还资助朱博士开了兽医站，自费出版了《农村兽医手册》。这本书在农村畅销，不光乡村兽医适用，农民也看得懂、用得上。

杨教授退休后来到柿村旧地重游，看望朱博士，还给他带来一个好消息：他的《农村兽医手册》被列为农学院兽医系辅助教材，杨教授还举荐他担任客座教授，邀请他去农学院讲课。朱博士去农学院讲课那天，特地去父亲墓前献花、烧香、禀报："爹，我当上客座教授了，你应该高兴了吧?"

文华纪事

贝牧师

文华书院是今日武昌文华中学的前身，当年由美国圣公会主办。

贝牧师来文华书院的那天，武昌昙华林的昙花竟在白天开花了。学生们成群结队去看昙花，隔壁布伦女子学校的女生们也羞答答地溜到文华书院来看昙花，男女相聚，宛若磁与铁相吸，免不了暗送秋波，看昙花，也看人。

学监是个古板阴鸷的家伙，总是鹰犬般监视着学生，把学生当犯罪嫌疑人来防范。这日，学监遇到了一点麻烦事，乡下的糟糠之妻突然而来，知道他偷偷纳妾了，便大撒泼，将那如花似玉的小妾抓得满脸血痕，将那绣衣缎被全用剪刀绞了，还要寻死觅活。学监好说歹说才安抚了糟糠之妻，赶到文华书院已迟到两堂课，好在校长已离职回美国，书院没谁认真管考勤了，学监刚捧起紫砂茶壶品茗，便听到喧哗笑语声。他探头一瞧，大为恼火：光天化日之下，男女怀春看花，成何体统？他腾地跳起，操起一根比教鞭粗得多的棍子，气急败坏、凶神恶煞地扑向看昙花的人群。

"学监来了！"仿佛听到老虎来了似的，学生一哄而散，反应迟钝或痴迷看花的学生则尝到了学监棍子的厉害，哀号着抱头鼠窜。学监显然是把糟糠之妻那里受的气发泄在学生身上，挥棍太猛烈太狠毒，当场就将一名女生、一名男生打昏在地。学监发疯般地追赶学生，眼看一名戴眼镜的文弱男生逃不脱头破血流的厄运，突然跳出一位红头发、蓝眼睛的年轻人，一把夺下学监的棍子，愤怒地折成两截。

学监瞠目结舌，厉声问："你、你是什么人？"

年轻人戳着他的鼻尖怒问："你是什么人？竟敢在光天化日之下窜进书院殴打学生！"

学监慌忙说："我是学监……"

年轻人怒不可遏："我是新来的校长！我决定开除你！你没有爱学生之心，就没有资格当学监！"

当即，年轻人唤来几名学生，把昏迷的学生送到附近的圣若瑟医院，还掏钱为受伤学生付了诊费，买了食品水果。等他忙完了，才忽然想起文华书院的欢迎会在等着他。

他来到会场时，湖广总督张之洞已干坐许久。轮到介绍新校长贝牧师时，学生认出了他，报以热烈的掌声。贝牧师发表就职演说时大讲特讲自由博爱，书院的宗旨就是体现自由博爱的基督教精神，一切有悖于自由博爱的行为都不能容忍。他当场宣布了第一道命令：开除殴打看昙花的学生的学监。滑稽的是他连学监的名字都没搞清楚，害得其他几位学监忐忑不安。好在贝牧师点出了那学监的相貌特征：酒糟鼻子。

立即有学生递上字条："贝校长，外籍教师强迫学生做礼拜上圣经课，违者进行体罚，冬日罚吹北风，夏日罚晒烈日，春秋罚跪碎石，应不应该开除呢？"贝牧师当场宣读了字条，立即表态："开除！"张之洞低声提醒："是否再斟酌斟酌，以免影响友邦关系……"贝牧师说："总督先生过虑了，我是一校之长，整饬校风天经地义，有什么后果该我担当，我是美国人我怕谁？"贝牧师一副傲慢样子，噎得张之洞好一阵尴尬。学生报以经久不息的掌声，纷纷议论："这个美国佬真有意思！硬是与其他的洋人不同。"

三名外籍教师被开除了，其中有武汉圣公会主教的侄儿，也灰溜溜地被赶出文华书院。

后来，学生弄清楚了贝牧师的身世：贝牧师出生于农场主家庭，祖父是林肯的追随者，带头倡导废除黑奴制，内战时期曾把许多逃跑的黑奴藏在自己家里。父亲是著名医生，也是慈善家，曾倾尽积蓄救济灾民。贝牧师刚毕业于哈佛大学，便倾心于基督教，不远万里来到武汉传教。武汉圣公会主教很赏识他，派他当了文华书院第三任校长。

贝牧师大刀阔斧地改造起旧式文华书院来。过去，书院只教《圣经》和孔孟经书，他下令削减了两经的教程，增设了英文、国文、历史、地理、算学、格致（科学知识）、体育等课程。学生不愿做礼拜上圣经课，贝牧师也睁只眼闭只眼。有时他讲圣经课，学生尊敬他，跑去捧场，黑压压地坐了一片。讲着听着便有了鼾声和叽喳声。贝牧师便放下《圣经》，讲个笑话故事，逗得学生捧腹大笑，然后再书归正卷。

过去书院只搞点课间体育活动，如放风筝、踢毽子、打太极拳等。贝牧师给学生传授了田径、棒球、篮球、足球等近代体育运动技巧，还与博文书院举行了一次运动会。原来书院一年只放三次假,即春节、端午、中秋,现改为寒暑假制度。贝牧师在寒暑假还带领学生去爬山、游泳、钓鱼、打猎、搞篝火野营。

贝牧师还宣布解除不准与布伦女校学生来往的禁令,邀请女生来书院看球赛、田径赛、表演歌舞。后来,布伦女校校长提出抗议,谴责此举"有伤风化",书院与女校又恢复到"鸡犬之声相闻,老死不相往来"的状况。不久,布伦女校传出谣言,说贝牧师和女校的校花、钱庄老板的女儿挽着膀子郊游,还搂抱亲嘴。主教把贝牧师传唤了去,狠训了一顿。

张之洞却挺欣赏贝牧师,称他为"新学先锋"。张之洞在湖北创立"新军",开始在军内实行兵操。贝牧师也在文华书院增设了体操课程。张之洞在视察文华书院时看了学生的团体体操表演,大加赞赏,说文华书院的体操比新军的兵操还棒!旋即命令新军将士来文华书院观摩学习。

后来,贝牧师遇到了《荆棘鸟》中拉尔夫神父那样的两难抉择:是选择上帝,还是选择爱情?他的"麦琪"就是布伦女校的校花、钱庄老板的女儿,她额头上有道伤疤,那是贝牧师来书院那天,她看昙花时被学监打伤的。

贝牧师最终选择了"麦琪"。他向主教辞去了文华书院校长的职务,搂着"麦琪"回国去了。临走那天,他去看了昙华林的昙花,没开一朵,哪怕开一朵也行呀!他很怅惘、很留恋。

他没告诉学生,想悄然离去。但学生仍知道了消息,流着泪唱着歌为他送行。那是贝牧师谱写的一首《文华校歌》:

> 世事多变幻,
> 人生聚散难预晓,
> 门墙处回首,
> 勿忘母校旧恩膏……

韦 女 士

韦女士来昙华林的那天黄昏,下着小雨。走到粮道街时,忽然听到一阵凄惨的哭喊声。循声望去,小巷口许多人围观着,叽叽喳喳。哭喊声是从一家高门大院里传出来的。

韦女士问一位唏嘘抹泪的老妪,才知道事情真相:这家主人是同治壬戌年科举人,嗜书如命,倾尽积蓄建了一座藏书楼,藏书颇丰,老举人怪僻吝啬,从不让人进入藏书楼,即使是亲朋好友也不给点面子。老举人膝下有一爱女,视为掌上明珠，百般宠溺。爱女想上布伦女校，老举人拗不过，依了；爱女不愿嫁给洋行老板的三公子，偏偏爱上了酱油作坊老板的儿子，老举人气得哼哼唧唧，最终还是睁只眼闭只眼。可恼的是，爱女犯了大忌，她偷偷溜上藏书楼，将木刻善本明代张岱所撰的《夜航船》掖了出去。阴错阳差地，爱女刚要出院门，出门拜谒客人的老举人突然折回取鼻烟壶，见爱女慌慌张张，猛地咳嗽一声，吓得爱女惊叫起来，《夜航船》便从前襟里滑落在地。老举人气得五官挪位，七窍生烟，歇斯底里地吩咐佣人打爱女。佣人不忍心下手，老举人抢起古藤手杖劈头盖脸地打，就像打一块沾满灰尘的旧地毯似的……

那夜，韦女士在文华书院下榻处辗转难眠，对黄昏时分在粮道街所遇的那一幕悲剧百思不得其解：那个可恶的老举人是什么心态？那本《夜航船》是什么宝书？难道亲生女儿还不如一本书吗？那可怜的女孩是什么模样？她会不会被残忍的父亲活活打死？她会不会羞愤自杀？她偷父亲的书也有罪吗？她偷书干什么？是自己看或借给心上人和同学看，还是偷出去卖了有什么急用吗？

韦女士在英文课堂上不时还冒出这些问题，替那陌生而不幸的女孩揪心扯肠。

不久，韦女士散步，不知不觉来到粮道街那座藏书楼前，又见许多人在看热闹。韦女士挤上前去，只见一名老巫婆在跳神，手舞长剑胡劈乱砍，念念有词："东面的鬼东面滚，西面的鬼西面滚，南面的鬼南面滚，北面的鬼北面滚！"韦女士从一位大嫂口里得知，老举人的爱女疯了，疯癫起来就窜到大街上边脱衣服边哭喊："我再也不偷书了！我真的没偷书，不信你瞧，你瞧……"

韦女士愤怒地瞥了一眼那座黑魆魆的藏书楼，恨不得放把火烧掉它。她突然蹦出了一个念头：办一座美国式的公共图书馆！这个大胆念头宛若一团烈焰在她的胸膛燃烧。她在美国就是学的图书馆专业，有把握管理好公共图书馆。韦女士连夜找文华书院校长谈了想法，校长泼了一盆凉水："你以为这是美国吗？这是中国。中国流行一句古语：'读书人窃书不为偷。'你要办公共图书馆，书不被偷光才怪咧！"韦女士软磨硬缠着说："毕竟小人少君子多嘛！即使有窃书小人，不妨劝勉告诫，使之懂得廉耻，养成爱护公物的美德嘛！"校长说不赢韦女士，使出杀手锏："办公共图书馆谈何容易？没钱，没房，没书，没橱，没桌椅……"韦女士愠怒地顶撞校长："关键是没博爱之心！"

韦女士认准的事非要干不可。她在大学期间要与男同学骑自行车去美国西部草原探险，父母百般阻挠她，甚至把她软禁起来。她把被单衣裙铰成条搓成绳，深夜从三楼窗口溜下。她大学毕业后，不顾父母和男朋友的强烈反对，当了美国圣公会传教士去异国他乡传教。她喜欢我行我素，想干什么就去干。

651

韦女士拿出私人积蓄，甚至变卖了首饰、衣料和贵重的药品，买了一批书和书橱、桌椅。她搬到一间废弃的小阁楼上栖息，腾出寝室当图书室。她想给图书室起个好听的名字，冥思苦想半晌，起了几十个名字都不如意，正在焦头烂额之际，好友麦女士来串门，说："书院这地方叫昙华林，你这图书室干脆就叫图书林吧！"韦女士豁然开朗："这名字不错！不过，得改一个字，叫公书林吧！要明明白白地告诉大家：这儿的书公开陈列，向外出借。"她立即准备笔墨绢布，请国文教师写了"公书林"字幅，悬挂在门楣上。

公书林一问世，毁誉参半，穷酸学生和落拓文人闻讯大喜，朝圣般涌来，如饥似渴地挑选书籍，临走时，有的要付点钱，有的要留个借条。韦女士笑着摇头摆手："不用不用！"也有一些流氓无赖窜到公书林，胡乱抱一堆书扬长而去，肆意撕书揩屁股、叠纸鸢、卷烟抽。第一个月清理书橱，三分之一的书借去未归，命运未卜，三分之一的书破损弄脏了。韦女士心如刀绞，无声地啜泣了。麦女士见此惨况，愤愤地说："真是不可思议！野蛮无耻！公书林开放得有限度，只准书院学生借阅吧。"韦女士执拗地说："这怎么行呢？那就改变了公书林的初衷，会冷落外界读书人的心呀！"韦女士琢磨：总得想个办法遏制这种破坏书籍的行为呀，要不，公书林会办垮的。

当时，把书籍公开向社会读者出借，不仅在中国绝无仅有，就是在欧美也罕见。韦女士学的是图书馆专业，也没遇到这种难题。韦女士想呀想呀，终于想出一条措施：发放借书证，办理借书登记卡片。凡办理借书证者，先交一小笔保证金或相当金额的图书，若借书破损或不还，吊销借书证，没收保证金或预交的图书权当赔偿。办理了借书登记卡片，就对书的流向心中有底，长期不还可以索讨。韦女士创造的借书证和登记卡片制度，至今还在中国各级公共图书馆里沿用着。

公书林绝处逢生，红火起来。交来的图书和用保证金购的图书简直汗牛充栋，堆满了那间寝室。韦女士向校长求援，意欲把公书林移交给文华书院。校长巴不得摘"桃子"，欣然答应，并委任韦女士为馆长。

韦馆长上任后，标新立异，召集社会读者和书院学生联合举办了几届演讲会、读书会和故事会。反清革命团体日知会领袖刘静庵、胡兰亭、曹亚伯等当年都是公书林的骨干读者与活跃分子。

韦馆长创办了"循环图书馆"，送书到其他无图书馆的学校与单位，且每隔数周更换一次。

韦馆长发起了捐书活动，响应者众，连伤兵、人力车夫、码头工、妓女都来奉献一片爱心。公书林一跃而为全省最大的图书馆。

那天，一位颤巍巍的老翁拄着古藤手杖来找韦馆长，要捐一本价值连城的木刻善本书。韦馆长打开书匣一看，呆了：《夜航船》！他莫非就是老举人？果然，老人泪涕横淌，喃喃道："为了它，我把爱女打疯了！爱女放火烧了藏书楼，与书同焚了，我只抢出这书……我真混！老朽了，难道要书垫棺材吗？就捐给你们，让世人都看看这本奇书，比深藏着好得多……"

著名历史地理学家、书法家杨守敬也来到文华书院，捐了他的《留真谱》《古逸丛书》《晦明轩稿》《水经注疏》等著作。那年，他任参政院参政，受聘为袁世凯的顾问。这位老先生对洋人办的什么都反感，唯独赞誉韦女士创办的公书林，并书赠"同茎异蕾"的匾额。这也许是绝笔遗墨。不久杨老先生就作古了。

1920 年，韦女士创办了文华图书馆专科学校，这是中国第一所图书专业学校，也是唯一一所从未中断的造就高等图书管理人才的学校。它的后身，就是著名的武汉大学图书馆管理系。你若有兴趣，到武汉大学图书馆去翻阅古籍图书，一定能发现韦女士"公书林"的藏书印。

抗战期间，为转移公书林的那批珍贵图书，五名学生惨遭日寇飞机扫射而死。韦女士若知晓，一定会为死难学生掬一把泪。

韦女士是在 1927 年回国的。那年她年近七旬了，脑昏眼花，自认为是累赘之人，也想叶落归根，死后能与父母同葬一块墓地，弥补生前远游的遗憾。加上那年反洋教运动凶猛，教会学校受冲击被迫停办，传教士杀的杀，撵的撵，失踪的失踪。韦女士感觉到应该走了，尽管她的图书馆学校声誉颇佳，前景颇好。

韦女士走时只提了一只小皮箱，除了几件换洗衣服外，装了几大叠手抄本，那就是她亲手抄的《夜航船》。不知这套手抄本珍藏在美国的哪家图书馆呢？

谭 先 生

文华书院尽出新鲜事儿：1905 年在武汉首次演出"文明戏"，1906 年成立全国第一支笛鼓队，1908 年成立全国第一支铜乐队，1911 年由文华书院教师余日章率先在全省成立第一支红十字医疗队，1912 年由武昌圣公会牧师、文华书院教师严家麟首创中国第一支童子军……

上述前三桩新鲜事，都与美国传教士谭先生密切相关。可以说，他是核心人物，有功之臣。

谭先生原聘为英语教师。但他的英语课教得一塌糊涂，学生评价他爱把简单的问题复杂化，复杂的问题简单化。校长想解聘他，但又碍于武汉圣公会吴德施主教的情面，谭先生和吴德施主教交情颇深。谭先生有自知之明，主动提出改教体育课。

那时候，文华书院刚开设体育课，教篮球、棒球、足球、体操、田径等项目，教师轮流代课，没谁愿当专职体育教师，视之为"四肢发达、头脑简单"的人干的事。谭先生主动当专职体育教师，众人既皆大欢喜，也嗤之以鼻："哼，他只配干这事！"

真应验了"天生我才必有用"的箴言，谭先生把体育课教得锦上添花，他殚精竭虑训练的篮球队、足球队出校参赛，总是所向披靡，然后凯旋。连德租界一支由巡捕组成的王牌篮球队也吃过文华书院篮球队的败仗。布伦女校打破了不聘用男教师的禁规，聘请谭先生当客串体育教师。当年谭先生率领布伦女校表演团体体操的照片，如今还保存在武汉市博物馆，是武汉女性最早的体育活动的珍贵资料。

昔日的文华书院给人的印象是书生气十足，"书呆子加病壳子"，如今一展雄风，文武兼备，名气大噪。校长暗自庆幸：多亏没撵走谭先生，要不，文华书院没这么大的变化！

那年，胭脂山上吊死了一双殉情青年。据悉，男青年是某官僚的二公子，女青年系误入风尘的女子。男青年堕入情网不能自拔，男方家长却拼命反对，终酿成殉情悲剧。谭先生听了这悲剧，心情十分沉重，便萌生了演"文明戏"唤醒民众的念头。

谭先生熬了几个通宵，搞出一个小话剧剧本《青楼恨》，梗概是，某男与某女青梅竹马，后私定终身。某男出国求学，某女父母突然双亡，被叔父骗卖入青楼。某男归国后遍寻某女，终在青楼中觅到。某女羞愧难当欲跳楼自杀，被某男救下，力表痴心。某女感激涕零，打消自杀念头。某男家庭极力反对这门婚事，认为有辱门庭，有碍仕途，一边紧锣密鼓为某男择名门闺秀，一边气势汹汹地跑到青楼羞辱谩骂某女。某女含羞吞下砒霜，待到某男从婚礼上逃出赶到青楼欲赎某女私奔时，某女已气息奄奄，某男万念俱灰，遂也吞下砒霜，与某女共赴黄泉。其剧情堪称新"梁祝"……

戏院是不让演"文明戏"的，文华书院的学生就在街头上演出，谭先生跟着东颠西跑格外卖力。起初，"文明戏"被视为怪物，遭到一些封建遗老遗少的嗤笑攻击，甚至有人唆使流氓痞子来起哄捣乱，挑动巡警以妨碍交通秩序、败坏社会风化为名来驱赶演戏学生和看戏人群。谭先生义愤填膺，抡起文明棍，将一名巡警的鼻子抽出血来。巡警怕洋人，只好吞气忍声。"文明戏"刚演时，人们图个新鲜味，耐着性子驻足看个热闹。演着演着，便没了观众，常常出现看戏的没演戏的多的尴尬情景。谭先生急得抓耳挠腮，曾想过"贿赂"观众捧场的办法，给耐心看完戏的观众发烟卷、糖果、火柴、肥皂等，结果还是没维持多久，"文明戏"便演不下去了。挺有趣的是，几家戏院却把谭先生的剧本《青楼恨》偷偷改成京剧、汉剧、楚剧、越剧上演，票房价值颇高，成为久演不衰的保留剧目。

说来滑稽，湖北巡抚端方受宠于慈禧太后，慈禧太后便把洋人赠送的一套洋笛洋鼓，转赐给端方。端方对这些洋乐器一窍不通，他的部属也对这些洋乐器糊里糊涂。端方揣摩慈禧太后赐洋笛洋鼓的用心何在，是不是让他"借花献佛"，把洋笛洋鼓送给湖广总督张之洞的"新军"呢？端方想，张之洞的气焰已够嚣张了，用不着去巴结他。张之洞闻知端方有一套洋笛洋鼓，很想为他的"新军"讨来作操练、庆典之用，便在一次宴会上婉转讨要。端方不卑不亢，当场拒绝，说已答应送人，张之洞追问送谁。端方想起前日去文华书院视察团体体操表演的情景，曾许诺赠送一批教学器材，便打定主意，告诉张之洞："答应送给文华书院。"文华书院也是张之洞宠爱的，张之洞只好打着哈哈说："我讨要洋笛洋鼓，也意在赠送给文华书院哩！"

洋笛洋鼓运到文华书院，师生们面面相觑。除了谭先生，没谁摆弄得了。谭先生吹嘘，他在大学里就是笛鼓队队长，摆弄这些洋玩意小菜一碟，比清早起床扎扎领带擦擦皮鞋难不到哪里去。谭先生挑选了十几名精明好学的学生，每天清晨黄昏在昙华林、胭脂山苦练。

端方第二次来文华书院视察演讲时，笛鼓队的表演威风凛凛，气宇轩昂，这位对洋人洋玩意抱有深深成见的官员咧嘴笑着说："想不到这堆洋疙瘩被你们鼓捣出了这么雄壮嘹亮的乐曲……"

笛鼓队搞得有声有色、如火如荼的时候，谭先生收到父亲病故的电报，急切地回国奔丧。翌年，谭先生回到文华书院，顺船捎来了两大木箱东西，把四个膀大腰圆的挑夫压得吭哟吭哟的。打开一看，全是黄灿灿的铜家伙：铜笛、铜号、铜鼓、铜管、铜锣、铜铃，喜得学生们一蹦老高。笛鼓队改成铜乐队，简直是鸟枪换炮，气派雄壮多了。原来，谭先生变卖了父亲的遗产，留下一笔给母亲的赡养费后，倾囊买了铜乐器。他的亲朋好友都说他走火入魔了，满可以用父亲的遗产开个工厂或办个公司的，偏偏要到异国他乡去与孩子们厮混，真是不可思议！

1927 年，陈独秀到文华书院演讲。谭先生率领铜乐队在欢迎陈独秀的仪式上高奏"打倒军阀，打倒列强"的乐曲，陈独秀握着这位红头发蓝眼睛的美国人的手，风趣地说："你不算列强，因为你拥护革命！"

抗战时期保卫大武汉期间，周恩来、郭沫若在昙华林开会讲演，宣传抗战，谭先生和他的铜乐队到会场演奏了《大刀进行曲》《救国军歌》《义勇军进行曲》《大路歌》《松花江上》等抗战歌曲。散会后过了开饭时间，有人提议去吃味必居包子，大家一致同意。周恩来、郭沫若热情邀请谭先生和铜乐队的同学们："走吧，一道去吃味必居包子。"谭先生婉言谢绝，周恩来诙谐地说："客气什么？吃了包子，吹起抗战曲更有劲嘛！"

武汉沦陷后，谭先生和他的铜乐队随文华中学（由文华书院改名）南徙，流亡到广西的一座小县城。一次，谭先生率领铜乐队去为北上抗日的将士们奏乐壮行。归途中，突遇日寇轰炸机袭击。混乱中，一名惊慌失措的学生扔下了大铜号逃跑。谭先生急忙转身去捡。这时，一颗炸弹扔在附近，谭先生倘若就地卧倒也许不伤一根毫毛，可他一个飞鹰扑兔般的腾跃，用身体扑住了大铜号。他和大铜号被爆炸气浪掀出两丈多远，鲜血溅满了大铜号。

谭先生临终时不断地念叨着："铜乐队……不能亡！铜乐队……不……能……亡……"

葬礼上，文华铜乐队除奏了哀乐、抗战歌曲、文华校歌外，还特地演奏了悲壮激越的曲子《铜乐队不能亡》，那是同学们为谭先生的遗嘱赶谱的曲……

刘 静 庵

刘静庵在家乡潜江读私塾时，起名大雄。乡村私塾先生起的，他颇有点巫师的诡才，神秘兮兮地对刘静庵的父亲说："从大雄的命相来看，这孩子日后必有大造化，会轰轰烈烈地干一番大事业，不会平平庸庸地混小日子。不过，命相中可窥出30—40岁有凶煞，若闯过凶煞则成达官贵人，福禄寿喜齐至。"

大雄挺聪明，以致私塾先生都自惭无能教他了，催促他到武昌求学。大雄考进了文华书院，成了全免费的"吃教"学生。他性格温顺，有点腼腆，在老师眼里，他是个学习刻苦、听话懂礼貌的好学生。那时，学生们纷纷厌烦上圣经做礼拜，大雄却不敢违拗，从不旷课缺席。当初，大雄的父亲知道文华书院是美国基督教教会办的，一再叮嘱大雄："孩子，学他们的英文便好，千万不要吃洋教，卖掉了祖宗！"大雄后来违背了父教，皈依了基督教。

说起来，有两个人物对他的影响较大：一个是美籍校长贝牧师，他经常将自己的积蓄捐献给穷学生交学费、食宿费和治病。大雄有年冬季棉袍被地痞偷走了，在做礼拜时冻得瑟瑟发抖，贝牧师替他买了一件新棉袍。一个是美籍化学教师理查先生，他为人和蔼，关心学生若父兄。那时，几所教会学校合办了一所教会小诊所，唯一的苏格兰籍的医生性情粗暴，对中国学生傲慢无礼，敷衍了事，许多患病的学生碰了钉子后，宁可忍受病魔折磨，也不愿去受医生之辱。理查先生懂医学，自备了一些药品，给学生看病，精心护理。大雄患过一次伤寒病，多亏了理查先生给他喂药打针，挽救了生命。大雄观其行，再在圣经课和礼拜会上听"博爱为德"等说教，便感到亲切动心。他加入了教会，接受了基督教洗礼，遂改名静庵。这名字颇有点中国禅味。

刘静庵的英文阅读能力很强，能看懂从贝牧师和理查先生那里借来的一些英文版政治书籍，认识了克伦威尔、华盛顿、罗伯斯庇尔、林肯等著名人物，知道了与封建专制背道而驰的"民主、自由、平等、博爱"等资产阶级民主观念，思想开始有所启迪、震动，深信看见了民族希望的曙光。刘静庵视那些政治书籍如至宝，推荐给胡兰亭、曹亚伯、张难先、张纯一、余日章等校友秘密传阅。后来，他们都成了清末著名的民主斗士。

刘静庵毕业后留校当了国文教师。他的课讲得马马虎虎，照本宣科，没有激情，从来不见他抑扬顿挫、神采飞扬。他端容正色，严肃刻板地讲解孔子、庄子和墨子诸书，毫不涉及其他问题，尤其不谈时务，不谈政治，颇像一位迂腐古板的私塾先生。殊不知他正披着基督教徒的外衣，秘密干着惊天地泣鬼神的大事业，冰山下奔突着沸腾的岩浆……

当时，孙中山在日本，黄兴在湖南，都在秘密组织反清的革命团体，宣传民主革命思想，并策动武装起义。刘静庵与黄兴接触后，毅然站在反清的麾下，办起了科学补习所，借研究科学为名，在学校和新军中宣传革命思想，网罗同盟。黄兴组织的华兴会拟在长沙举行武装起义，未发事泄，湖南巡抚陆元鼎下令大肆搜捕，黄兴、陈天华、宋教仁等逃亡日本。陆元鼎从华兴会处搜得刘静庵的信件，火速传票湖北巡抚衙门协查科学补习所。幸亏刘静庵机智细心，将机密文件、违禁书籍秘密转移到圣公会教堂里，官兵翻箱倒柜搜查个遍，一无所获。

刘静庵是圣公会牧师，又是武昌清军管带黎元洪的文书与朋友，官府没把柄，自然不敢随便抓他。黎元洪曾打电话对巡抚衙咆哮："奶奶的！刘静庵要是革命党，归元寺和尚、长春观道姑也会变成革命党了，瞎了你们的狗眼！"私下，黎元洪问刘静庵："你到底是不是革命党？"刘静庵狡黠地一笑："是又怎么样？不是又怎么样？"黎元洪半认真半戏谑地说："是就小心点，别玩掉了脑袋；不是，就别去赶那时髦，保住脑袋要紧！"刘静庵大义凛然地说："为了保住千万颗脑袋，掉我一颗脑袋，值得！太值得了！"黎元洪笑骂道："就凭你他奶奶的这话就有股革命党气味！放心，我不会绑你去邀功请赏的。谁让我佩服你的锦绣文章呢？用得着我的时候，别忘了给我打声招呼。"

科学补习所被查封了。刘静庵与胡兰亭、曹亚伯又秘密组织了日知会。他们都是基督教教徒，胡兰亭还是武昌候补街高家巷教堂的牧师。这座教堂里办了一所日知会阅报室，日知会借此起名。日知会里公开陈列着《革命军》《孙逸仙》《猛回头》《警世钟》等禁书，因有外国教会势力庇护，官府不敢贸然干涉。日知会平时任人看书看报，每逢星期六和星期天开会、演讲，宣传反清、兴汉和建立共和国等革命道理，参加听讲的大多是有进步思想的新军和学生。

刘静庵还和余日章先生指导学生办刊物《文华学界》，不时登载一些涉及宣传革命思想的文章。还组织文华书院学生成立"十字军"以传教为借口，举旗结队，吹号打鼓，到阅马场、黄鹤楼等热闹场合进行"说教"，实际上间接宣传革命思想。学生高唱着"十字军"军歌：

> 愿同胞团结个英雄气，唱军歌。
>
> 一腔热血儿意绪多，
>
> 怎能坐视国步蹉跎。
>
> 但望指日挥戈，
>
> 好收拾旧山河！

刘静庵讲诸子百家仍不涉及时事政治，两眼半开半合，朦胧疲倦似的，声调低沉沙哑，催人昏昏欲睡。而在日知会的讲坛上，他倏地变成另一种形象，语调铿锵有力，慷慨激昂，纵横捭阖，锋芒犀利，颇有鼓动力、感染力。学生私下嘀咕："我们喜欢刘老师演讲，不喜欢刘老师讲课。"

孙中山的同盟会秘密与日知会接上关系，共举反清大旗。同盟会欲举行萍浏醴起义，日知会准备响应，挑选骨干，筹集军火钱饷欲支援起义。不料，叛徒告密，刘静庵等九人被捕入狱，很快被清廷判处死刑。

黎元洪闻讯积极营救他，四方奔走，打点行贿，终因案情重大而回天无力，气馁而罢，但他常派人送酒菜给狱中的刘静庵，还送过寒衣。

文华书院师生联名呼吁教会出面营救刘静庵，美国圣公会主教罗斯（中文名吴德施，后曾掩护过周恩来，著文为红军辩护，大力援助过中国的抗日战争）通过汉口美国领事馆电告北京美国公使馆斡旋，使得清廷不得不装模作样地下令重审此案。

案件出现极好的转机，美国圣公会暗示他，只要刘静庵咬定并非革命党，只是被妖言所惑堕入泥坑，便有希望轻判，甚至可以无罪释放；官府引诱他揭发同党，并声明脱党，写悔过书公开登报，方可释放；黎元洪也暗中捎话劝他："好汉不吃眼前亏，都招了认了，留得青山在，不怕没柴烧，出狱当你的牧师，当我的文书都行。"

刘静庵却在法庭上铁骨铮铮，咬定自己是革命党领袖，只要一息尚存，便要为真理奋斗，陈天华蹈海唤醒民众，他还有何颜贪生怕死？他把法庭当作讲坛，大谈革命反清道理，气得法官咆哮如雷。

惮于教会势力，官府判处刘静庵终身监禁。刘静庵不算安分守己的囚犯，绝食过，自杀过，打过狱卒，咬过狱霸，还将一碗热粥扣在劝降的叛徒的脸上。刘静庵心境很坏，像笼中困兽暴躁不安，时而狂笑大骂，时而高歌劲呼，闹得狱方很恼火，将他钉上重镣，关在地牢里。刘静庵的父亲从潜江来探监，捎来一些衣物和酒菜，也捎来私塾先生早年算命的预言，嘱咐他多保重身体，熬过眼前凶煞，过了四十岁便时来运转，摇身变成达官贵人，福禄寿喜齐至。刘静庵凄然一笑："爹，不自由，毋宁死。活那么长有什么用？行尸走肉而已。"爹不懂，一愣一愣的，以为儿子有点疯癫。

刘静庵在地牢里迎来了辛亥革命的炮声。可惜，他因狱中折磨成疾，病入膏肓，气息奄奄。清军在溃退时忘了转移他，革命军在占领武昌城后忘了寻找他。刘静庵在地牢里又病又饿，咽了气。大约那时，被迫出任军政府鄂军大都督的黎元洪正与革命军首领们一道频频举杯，弹冠相庆吧？

还是文华书院没忘记刘静庵。余日章等师生呼吁寻找刘静庵，革命军这才想起还有一位革命先驱失踪了……

刘静庵的葬礼既隆重又滑稽，革命军要用革命形式的葬礼，圣公会坚持要用基督徒的葬礼。谁也拗不过谁，只好各行其礼，举行了双重葬礼。刘静庵的遗体葬在了辛亥革命公墓，而花园山基督教徒的坟墓群中是刘静庵的衣冠冢。这里可以看见昙华林的昙花，可以听见文华书院的朗朗读书声，但坟中没有刘静庵。

刘静庵的父亲来给儿子祭坟时，总是痛心疾首地念叨一阵私塾先生的早期预言，老泪纵横地感慨道："命！这都是命！好端端的革什么命呀？反倒把自己的命革掉了，冤枉啊！"

他觉得儿子不应该年纪轻轻就躺在革命公墓里，应该去当达官贵人。儿子墓上的小草摇曳着，发出窸窸窣窣声，似乎在向父亲倾诉："不自由，毋宁死！"

崔老夫子

崔老夫子是文华书院毕业生，留校执教国文，逾四十年。崔老夫子憨直古怪，关于他的笑话挺多，最逗人的要算为秦桧打老婆的事。据说，他年轻时血气方刚，满腹经纶，喜读史书，读到不平之事，禁不住怒发冲冠，击掌拍案。一日读到秦桧杀岳飞一节，崔老夫子义愤填膺，一面猛拍桌子，一面破口大骂。老婆劝阻道："家中仅有五张桌子,你已经拍坏了四张,留着这张吃饭好吗?"崔老夫子横眉怒眼地瞪了她一眼,骂道："你是秦桧什么人?不让我骂他,莫非你与秦桧通奸吧?"一气之下痛打了老婆一顿。

崔老夫子的国文教得棒极了,凡是听过他讲课的学生,都念念不忘他那抑扬顿挫、宛如评书的音容,纵横捭阖,汪洋恣肆,那渊博的学问、丰富的故事令学生如痴如醉,酣畅愉悦。上他的课,学习成了享受,而不是苦事。

崔老夫子对格律诗词颇有研究,造诣很深。每逢朋友聚宴唱和,崔老夫子便大出风头,七步之内必出好诗佳词。难能可贵的是,崔老夫子还对民间诗歌、俚谚俗词及自由新诗也兴趣盎然,尤其对浙江余姚人士叶调元的《汉口竹枝词》大加赞赏,认为"清新如春笋,质朴若夏荷,字字含乡情,行行风俗画……"

崔老夫子有过一段值得炫耀的往事,那便是结识了著名京剧艺术大师梅兰芳先生。1919年春夏之交,梅兰芳应汉口合记大舞台老板赵子安之邀,到汉口作第一次演出,同行的有王凤卿、姜妙香、朱素云、姚玉芙等名角。梅兰芳在演出前,按礼节要先到汉口的一些头面人物家中拜访。受拜访的人则要尽地主之谊,为梅兰芳洗尘,请他吃饭。当时,约定到汉口襄河边鲍家巷的武鸣园去吃河豚。武鸣园已有70多年历史,出售的名菜有糖醋排骨、烩虾仁、氽鮰鱼、鳜鱼片等,最出名的便是烧河豚。武鸣园的河豚不仅鲜美绝伦,而且老板保证绝对不会中毒。一到春夏之交,吃河豚的人摩肩接踵,河豚供不应求,以致出现了一句歇后语:"武鸣园的河豚——独一无二"。当时,名角们十分惊讶,汉口人胆真大,竟敢吃河豚!虽说不会中毒,但万一有个闪失,不说丧命,就是闹个上吐下泻,或嘶哑了嗓子咋办?但不赴宴又失礼节,只有硬着头皮提心吊胆地去了。老板赵子安是个会察言观色的精明人,看出了名角们的顾虑,便托人请来了崔老夫子作陪,让崔老夫子掉书袋子,开故事匣子,大侃特侃吃河豚的佳话和美妙之处。

"屈原在流放途中吃河豚,极赞河豚味美绝伦,大有'三月不知鱼味'之叹;李白登黄鹤楼后吃了河豚,即席赋诗:'谁言此鱼毒?味美甲天下';范仲淹在岳阳楼前摆河豚宴,邀请梅圣俞、欧阳修等文豪诗圣赴宴,边享用边赋河豚诗,结果梅圣俞独占鳌头,'只破题两句,已道尽河豚好处',被欧阳修戏称为'梅河豚';无独有偶,苏东坡和几位文人墨客在杭州资善堂聚宴,众人搜肠刮肚,用尽了所能想到的赞美词语,夸赞河豚的美味,苏东坡只说了七个字:'吃河豚值得一死',大家都佩服苏东坡的评语'精警扼要'。"崔老夫子讲得干净利索,绘声绘色,把名角们的胃口倏地吊起来了。梅兰芳击掌吆喝:"好!吃河豚值得一死!"他带头下箸吃起河豚来,连声夸赞:"名不虚传,果真味美甲天下!"梅兰芳宴罢后特地赠送给崔老夫子五张一等戏票。崔老夫子写了一首竹枝词在汉口某报纸上发表了:"口之于味亦犹人,到底梅郎赏识真。舍命但求能适口,武鸣园里吃河豚。"

后来,崔老夫子与梅兰芳先生一直有书信往来。北平沦陷后,梅兰芳退隐陋巷,蓄胡明志,卖画度日,誓不为日本人演戏,其高风亮节颇令崔老夫子钦佩景仰。

武汉沦陷后,崔老夫子因年高体羸而未能随校流亡。他在病榻上紧握前来探病的李辉祖校长的双手说:"我真想……跟着学校走,可……又怕添累赘。放心,我不会丢文华书院的脸……去当亡国奴、卖国贼!"

汉口市伪政府市长张仁蠡力荐崔老夫子出任伪政府教育局局长。张仁蠡与崔老夫子既是老乡,又是同窗;他既欣赏崔老夫子的性格,又敬佩他的才华,便想请他辅佐一把自己。张仁蠡喋喋不休地劝说着:"国难当头,苟且偷安,身在曹营心在汉,搞曲线救国,总得有人替同胞维持秩序,只要不死心塌地当汉奸卖国贼为虎作伥就行……"张仁蠡苦口婆心地劝说了崔老夫子半宿,崔老夫子坚如磐石,神情冷漠,下了逐客令:"人各有其志,说得再多也枉然。你走吧!"张仁蠡二顾崔老夫子的陋室时,崔老夫子称病不起,张仁蠡尴尬地站在门外,长吁短叹了好一会儿,怏然而去。

张仁蠡派人送上门来一些奎宁丸、救济面和钱,崔老夫子一副宁死不饮盗泉、不吃嗟来之食的傲骨相,不屑一顾。送礼的人解释说:"张仁蠡市长特别交代过,送这些东西没别的意思,只念同乡同窗之情,嘱你养病调补之用。"崔老夫子冷讥道:"汉口那么多难民,你们张市长咋不念同胞之情,救济救济?我收下事小,腌臜了名声事大!"

崔老夫子穷困潦倒,靠卖古籍书度日。他营养匮乏,无钱请医买药,肺病愈来愈严重,常常咯血。老妻劝他去张仁蠡府上拜个客,说:"不说求个一官半职玷污了名声,就是谋个教书饭碗活条人命也行呀,沦陷区都像你这样认真死板,岂不都饿死冻死了吗?你瞧人家照样灯红酒绿、醉生梦死的……"崔老夫子愠怒地吼道:"闭上你的臭嘴!"老妻哀求:"你拉不下面子,让我去找张仁蠡吧!"崔老夫子满脸涨红,气急败坏地骂:"你要敢去找他,我打断你的腿!"

老妻自然不敢去找张仁蠡,却偷偷找了一份下河女的活计,每天清晨替人家倒尿屎涮马桶,挣点钱补济家用。崔老夫子一直蒙在鼓里,隔三差五遣老妻去卖古籍书,殊不知国难当头,谁还有那份闲情逸致去读古籍书,那些珍贵的古籍书或很贱地卖了,或送给杂货铺当包装纸而换点油盐酱醋和火柴蜡烛。老妻白天黑夜忙里忙外,为支撑家庭操碎了心。崔老夫子除了读史书拍桌子骂古人,就是倚在那张破藤椅里冲着过往行人冷不丁地发神经;或突然大喝一声"别忘了你的祖宗,"或抑扬顿挫地背诵一首岳飞、辛弃疾和陆游的词,或哼唱一段《霸王别姬》《四郎探母》《桃花扇》选曲……

老妻顾不得脸面,加入了扒垃圾的行列,捡些烂菜帮回家煮粥充饥。一日,老妻在垃圾堆里捡到两条带花斑的鱼,嗅嗅还臭得不厉害,喜出望外,回家就跟三月不知肉味、嘴里淡得要命的崔老夫子嚷道:"老头子,咱们可以打打牙祭了!"

崔老夫子定睛一看,大吃一惊:这不就是河豚吗? 敢情是鱼贩子扔的。自从武鸣园被日本飞机炸平后,没有哪家餐馆酒店敢烧河豚菜了,河豚也就被鱼贩子当废品毒物了。

崔老夫子沉思片刻,不动声色地问老妻:"你知道这是什么鱼吗?"

老妻摇头,停住剖鱼的手,反问:"你知道吗?"

崔老夫子凄然一笑:"我也不知道。是鱼三分鲜,臭点不要紧,吃!"

老妻煮好了鱼,端上桌子,进厨房忙碌什么去了,一袋烟工夫出来,崔老夫子独自将那盘鱼吃个精光。老妻嗔怪:"瞧你那副馋猫相,一点都不留给我尝尝,真是心狠!"

崔老夫子老泪纵横,颤声说道:"我就是狠不下心,要不,就让你也一道吃了……"

老妻瞠目结舌:"你这是什么意思? 莫非……"

崔老夫子一字一顿地说:"这——是——河——豚——呀!"

老妻号啕大哭起来:"老头子,你咋这么狠心呀! 把我扔在这鬼世道上独自想走,我也不想活了哇……"说罢,端起盘子将那残汤一饮而尽。

邻居闻讯将崔老夫子和老妻送到医院。崔老夫子拒绝洗胃,当晚殒命。老妻活了下来,成了无依无靠的讨饭老太婆,后来不知流浪何方,葬身何地。

中华人民共和国成立后梅兰芳先生又来汉口演出,曾向友人打听过武鸣园和崔老夫子。友人说:"武鸣园被日本飞机炸毁后就停业了,崔老夫子误吃河豚死了。"梅兰芳若有所思:他是不会误吃河豚的,肯定是以死抗争亡国奴的命运。

崔老夫子把"吃河豚值得一死"赋予了新意,可歌可泣……

李 校 长

李辉祖校长受命于危难之际。武汉大会战前线不断传来坏消息:九江、黄梅失守,南昌、阳新沦陷,浠水、黄陂告急,信阳、孝感被攻占……逃难的人群挤满了机场、码头、车站，仿佛世界末日即将来临。身为哈佛大学教育学博士的李校长本可以远渡重洋去欧美当教授的，可以躲到香港去当寓公的，也可以逃到恩施深山老林里当隐士的。但他默默地挑起了流亡中学校长的重担。那时他心头燃烧着信念之火：国家兴亡，匹夫有责！文华兴亡，匹夫有责！

李校长的年轻娇小的妻子怀了孕。李校长歉疚地说："实在对不起，国难当头，我顾不得照料你，你回娘家去吧，我要带着学校流亡去。"妻子执拗地说："我不回娘家，要跟你们一起流亡去，生死都得与你在一起！"李校长急了："你以为流亡与旅行一样轻松浪漫吗？带着那么多学生长途跋涉，天上有敌机轰炸，地上有鬼子围追堵截，艰苦危险得很咧！你别给我添累赘了！"妻子委屈得泪水吧嗒吧嗒地直落："你嫌我是累赘？你离得开我吗？没我，谁给你洗衣做饭？谁给你熬汤煎药？没我，你那病壳子书呆子身子骨耐得几下折腾？你这流亡校长当得了几天？"李校长心有所动，喃喃道："可你有了小宝宝……"

妻子瞒着李校长到医院打了胎。当文华中学流亡队伍登上闷罐列车的时候，李校长挨班级清点人数，忽然发现蜷缩在角落里打盹的妻子。李校长没惊醒她，脱下外套轻轻地披在妻子身上。

文华中学搬迁到桂林时，日机频繁空袭桂林，学校几乎不能上课。每次到防空洞躲避空袭，李校长总是撵别人快跑，自己磨磨蹭蹭地留下守护教学仪器、图书什么的。妻子尽管听到警报声和敌机引擎声、爆炸声就吓得浑身痉挛，冷汗淋漓，但只要丈夫不跑，她也执拗地留下，蜷缩在他怀里。

一次，几个流氓歹徒趁火打劫，在空袭中窜到学校财务室撬锁踹门，想发点国难之财。殊不知李校长正潜伏在附近守护着。李校长大喝一声，赤手空拳扑过去，与流氓歹徒奋力搏斗。李校长的妻子急中生智，佯喊道："保安队来了！"流氓歹徒做贼心虚，吓得抱头鼠窜。妻子扑上去搀扶起李校长，只见他鼻唇淌血，脸上青一块紫一块，门牙也打得脱落了一颗，眼镜打飞了，摔成碎片。

文华中学继续迁徙，好不容易在广西边境的一个小县城安营扎寨下来，风传日寇欲从这儿登陆。全城风声鹤唳，草木皆兵，惶恐不安，纷纷逃亡。文华中学又绕道越南，往云南境内迁徙。

在越南境内，学校伙食科购得一桶香油。有人忽然察觉香味异常，怀疑掺有桐油。李校长闻讯，果断吩咐伙食科暂缓食用香油。李校长舀了一勺香油浸咸菜吃了，结果闹得上吐下泻，头晕目眩，知道是中毒症状，立即命令伙食科处理掉假香油。很少发脾气的李校长朝着伙食科科长吹胡子瞪眼地斥责道："你这是玩忽职守！岂能把全校二百多号人命当儿戏？再要发生这种疏忽，我撤了你的职务，让你当勤杂工去！"这位伙食科科长被李校长亲自尝香油而中毒的精神所感动，挨了训后内疚极了。他后来采购伙食品时异常细心，拿不稳的便自己先尝，曾在尝油、尝蘑菇时两度中毒。

文华中学迁徙到云南大理城北四十里处的喜洲坝。这里山高林密，风景幽美，偏僻闭塞，仿佛"世外桃源"。文华中学在喜洲坝安静地办学七年半，抗战胜利后才迁回武昌昙华林。

因战事频繁、交通阻塞，美国圣公会的拨款常常不能如期到位，文华中学便经常面临经费奇缺的窘境。昔日清高迂腐、视金钱如粪土的李校长不得不为学校的生存去谈钱、募钱。他放下了"不为五斗米折腰"的清高架子，去与狗屁不通、故弄风雅的喜洲县令谈诗论画，去参加当地乡绅财主的婚礼寿宴，去违心地拜访恭维那些靠巧取豪夺而暴富的军阀，甚至还忍辱去找过青洪帮流氓头子，到处"化缘"来维持学校的生存。原来不沾酒的李校长，后来经常在交际应酬中醉酒，有时醉卧野外挨雨淋狗欺，有时踉跄而归摔得鼻青脸肿，但醉得再厉害，他的潜意识里还残存着校长的自尊，总是趁暮夜无人知时回家，怕人撞见他的醉态影响不良。妻子从他的醉呓中知道他内心的巨大痛苦和愤懑。他是在牺牲自己的人格尊严去换取学校的生存呀！

有一年春节，学校揭不开锅了，连野菜粥都喝不上。李校长把自己的呢大衣和妻子的金戒指典当了，好歹让全校师生凑合着吃了一顿团年饺子。没酒，李校长提议以水代酒，举杯贺年。他含着泪水忏悔道："我这个校长当得不称职，让大家都跟着吃苦受罪了，我很难过！我恳求大家咬牙勒肚再挺住几天，容我去黑风岭讨还办学经费……"

原来，美国圣公会的邮款被黑风岭的土匪劫跑了。据说，黑风岭的土匪头子是个杀人不眨眼、连官府官兵都不放在眼里的家伙，李校长去讨要经费，岂不等于送死吗？许多师生声泪俱下，力劝李校长别去送死。李校长主意已定，毅然前往。妻子要陪他去，李校长凄然一笑："你去会帮倒忙的，要是土匪头子起了邪念要留你当压寨夫人，还不杀我吗？"几位年轻力壮的教师要陪他去黑风岭，李校长也拒绝了："又不是去拼命，去多了人无益。听说那土匪头子是书香门第出身，兴许能游说得动他。"

李校长独自骑着毛驴上了黑风岭。土匪头子被这文弱书生的胆量和虔诚办学的精神所震撼，也为李校长纵横捭阖、满腹经纶的谈吐所感染，幡然悔悟，除将经费完璧归赵外，还赠送了五头肥猪、十只肥羊、上千斤米面，派喽啰们护送到喜洲坝。

李校长回到学校，大吃一惊：校内一片空旷，咋不见人影呢？一问留守的校役，才知师生们自发地组织抗战宣传小组，分头去给老乡们拜年演出了。老乡们拿出红薯、年糕、饺子款待师生们，饥肠辘辘的师生们连日来混了个囫囵饱肚。李校长大喜，也跟着抗战宣传小组去拜年演出，与妻子一道演《放下你的鞭子》。他扮演父亲，妻子扮演女儿，当他忍痛举鞭打"女儿"之际，一位老大爷挺身而出，冲上前夺过他的鞭子欲抽打他，被眼疾手快的妻子挡住了，说："大爷，这是在演戏，他是校长，也是我丈夫……"老大爷恍然大悟，但情绪上转不过弯来，把红薯、年糕往别人手上猛塞，就是不理睬李校长。妻子见他的尴尬样子，噗嗤笑了，偷偷塞给他一只红薯……

当地军阀吴师长在文华中学开学典礼上，看中了高年级女生赵小姐，垂涎三尺，三番五次派人来说亲，欲纳为三姨太。赵小姐被纠缠得走投无路，找李校长哭诉。李校长说："你放心大胆地去上课吧，我来对付他！"李校长当即下了请帖，邀请当地各界名流缙绅来赴宴。吴师长自然也来了。

李校长待到宾客盈门、高朋满座之时，才宣布摆宴的目的：一是庆贺他内弟从抗战前线传来的捷报，内弟在冯玉祥将军麾下当师长，最近重创了日军一个旅，被冯玉祥将军提升为副军长；二是夫人为她弟弟择了佳媳，才貌双全，内弟一看照片便倾心了，先把婚事订下来，待到抗战胜利后再完婚。李校长拿出一身戎装的内弟照片让大家传看，又把赵小姐介绍给宾客认识。吴师长一看傻了眼，不敢全信也不敢不信，倘若真的冒犯了冯玉祥麾下的将领，他这个杂牌军师长怎担待得起？只好强颜欢笑，随声附和恭维李校长的内弟一番，死了那份淫心，灰溜溜地走了。

赵小姐悄悄问李校长："照片上的英俊军官真的是您的内弟吗？"李校长狡黠地一笑："吓唬吓唬吴师长的！那是我的同学年轻时演文明戏的剧照。"妻子心有余悸地嗔怪道："当时我都紧张得快晕过去了，生怕被吴师长和其他人看出破绽露了马脚。你真精！居然还蒙混过关了。"

临近抗战胜利时，文华中学闹了一场传染性恶性疟疾，许多师生病倒了。幸亏李校长的妻子带了一些奎宁丸，分发给病员，纷纷痊愈了。不料，李校长在与病员嘘寒问暖的接触中，也染上了恶性疟疾，日夜轮番发寒发烧，昏迷不醒。在偏僻的喜洲坝买不到奎宁丸之类的好药，他吃了当地郎中的几服中草药也不见减轻。

李校长被恶性疟疾折磨得憔悴不堪，濒临生命终点。妻子悄悄啜泣，后悔应该悄然留几粒奎宁丸的，硬是让李校长软磨硬泡弄去，送给了生病的学生。嗐！大家都挣脱了病魔死神，而自己的丈夫……大伙想把李校长送往大理城治疗，但山高林密，道路难行，重症病人经不起长途颠簸，危险性更大。郎中说，再换一服中药试试看，能否挽救他的性命就靠天意了。

那夜，李校长的陋室外黑压压地坐满了师生，大家默默祈祷着、静候着他与病魔死神搏斗的佳音。郎中隔一会儿就沉重地踱出来，传递一下李校长的病情。许多学生抑制不住悲伤，呜咽起来。有的学生跪下恳求郎中："求求您一定要救活李校长，抗战眼看就要胜利了，不能撇下他呀！咱们要一起回去……"

翌晨，李校长的陋室里爆发出一阵激动的欢呼声："李校长醒过来了！"顿时，师生们忘了疲倦与忧伤，拥抱跳跃着欢呼："李校长醒过来了！李校长有救了！咱们能一起回去了！"

1946年5月24日，文化中学结束了流亡生涯，回到昙华林。除铜乐队队长谭先生、搬运书籍的5名学生死于敌机的狂轰滥炸外，其余都安全回到武汉了！这真算得上一个奇迹！

李校长从抗战初期至"文革"前，一直担任文华中学校长，在历任校长中任职时间最长，1979年病逝。他的儿孙均在文华中学任教，其家族享有"三代文华人"之誉。1991年10月2日，文华中学诞生120年之际，以李校长之名命名的李辉祖文华教育基金会成立，吸收海内外热爱文华的人士的馈赠，每年奖掖卓有贡献的文华教师员工。

独　眼

　　独眼那天捡到一只瘟鸡，喜滋滋地上小酒店去，嬉皮笑脸地央求寡妇老板替他烹鸡，赊他几壶烧酒。他从晌午直喝到黄昏，已变得醉醺醺、恍恍惚惚的，跟跟跄跄地窜出小酒店。突然他觉得肠肚憋得难受极了，若再不放松一下恐怕会膨胀爆炸，肠肚俱裂。独眼麻利潇洒地抠出那玩意儿，闭目鼓腮、敛声屏息地当街撒起尿来。

　　正在独眼抖抖索索、余兴袅袅的时候，突然传来一声女人尖叫，还没等独眼睁眼看清怎么回事，"砰!"一枪射来，他哼了哼倒在那摊尿中……

　　还算他命大，只丢了一只右眼。据当场目击者说，那眼珠被子弹擦落到地上，叫那只东洋狗嚼荸荠般地吞了。"你真是吃了豹子胆野猪心，咋敢朝东洋婆娘撒起野来？还算那东洋婆娘有点人性，硬拽走了那鬼子队长。要不，他非把你剁成肉酱不可!"独眼听得毛骨悚然，魂飞魄散，战战栗栗地蜷缩一团，仿佛真的被剁成了肉酱。天呀，这些杀人魔王别说你冒犯了他那么一点点，就是你无一点点过错罪名，他要杀你，比掐掉一根狗尾巴草、踩瘪一只甲壳虫要随心所欲得多! 独眼想到此，便有了一种九死一生的幸运感，甚至有了一种大难不死的超脱感。

　　独眼照样屁颠颠地去小酒店赊酒讨吃。寡妇老板冷若冰霜地揶揄道："哼，还想喝醉了当街撒尿丢掉独眼吗？"满店酒客哄堂大笑，羞得独眼灰溜溜地逃回家，跌进汗腥氤氲的被窝中哀哀怨怨，悲悲戚戚。

　　独眼从小是孤儿。娘生下他后就咽气了。五岁那年，他大病初愈，瘦得像猴，无精打采地蜷缩在破床上发愣。隔壁人家在办喜事，幽幽飘来诱鼻的鱼肉香味。两只狗拼命厮斗着，赢狗叼着一块硕大的鱼骨钻进门来，蹲在他床前有滋有味、有声有色地嚼着，馋得他眼泪鼻涕口水一起淌，梦呓般喃喃道："我想吃鱼……啃鱼骨也行哇!"爹咬咬牙就下河破冰捉鱼，但爹又冻又饿，怎么也没力气爬上那并不太陡的河堤，昏死过去就再没醒来。乡亲们背地里都嘀咕他是克死爹娘的小孽种小魔王，连他亲叔和亲姑都避他如瘟神魔怪，都不肯收留他。他是吃百家饭、穿百家衣、睡百家屋檐长大的，狗咬棒撵、拳打脚踢、鞭抽绳吊、锥戳刀砍、火烤烟熏，什么苦罪没受过？大风大浪都闯荡过来了，谁料想在阴沟里翻了船，撞在日本人的枪口上。操他祖宗八代，老子撒尿犯了什么法？管天管地也不能管老子撒尿呀！臭妖精东洋婆娘她奶奶的尖叫个鬼，好像从来没见过这玩意没干过那勾当似的。这口冤气老子咽不下去，这仇老子一定要报！老子要你们明白：中国人不是狗尾巴草甲壳虫那么随便让人掐让人踩的！老子要不能雪耻报仇，甘愿自己剜掉这只独眼！

独眼捶胸顿足发了死誓，便觉得脊梁硬爽心里豁亮。独眼整日琢磨起报仇的办法来。独眼身无绝技手无寸铁，鬼子有枪有刀有狗，硬拼是鸡蛋碰石头——白送死。独眼绞尽脑汁、搜肠刮肚，也没想出什么锦囊妙计来，审度自己近二十年的人生，浑浑噩噩、迷迷糊糊、疯疯癫癫、醉醺醺的，竟没有学到半点为人处世的本领，不禁懊悔悲哀起来，而且从来没这么认真严肃地懊悔悲哀过。唉，难怪人家总喊我"小癞子"，我真是一只癞皮狗、土拨鼠！我若是猎手，就能用土铳、猎刀、弓箭、土雷、飞镖去找鬼子算账；我若是水猫子船夫，也能用渔叉、渔网、船竿、渔刀、缆绳、船桨向鬼子猝击，甚至趁鬼子在河里洗澡时潜到近前将其拖入深水溺死；我若是烧炭汉，壮如牯牛、力拔山兮，瞅到鬼子单独外出时也能旋风般扑上去掐死他；我若是杀猪佬，就能袖筒藏刀冷不防地放鬼子的血、剥鬼子的皮；我若是剃头佬，就能趁给鬼子剃头时猛地割断他的咽喉……可是我什么也不是，什么也不会，只会倚门乞讨、当街撒尿、醉卧檐下，我还像个人吗？独眼疯狂地撕扯着头发，猛烈地掴着自己的耳光，仰天长啸，伏地悲号："我要不报这仇，就不像人，不像男人，更不像有血性骨气的中国男人！"

从此，独眼不讨饭了，也戒酒了。独眼到胭脂河滩上去拉纤，帮船夫买烟沽酒跑腿，船夫就给他残鱼剩饭吃。独眼不吃，只是央求船夫教他凫水。船夫讥笑他："嘻嘻，你这副身子还想吃水路饭？只怕是一下河就要喂老鳖哩！你知道胭脂河有多少险滩暗礁？你试试这舵把、铁锚、缆绳、帆樯有多重，要多大力气？哼！老老实实上岸去扒食吃吧！"

"我也不想吃水路饭咧！"独眼说道。

"那你学凫水干嘛？"

"我……"独眼不想泄露心中的秘密，"我学凫水是为了摸河螺、螃蟹、泥鳅、蚌壳，混个肚子圆……"

"哈哈，这还用得着拜师傅学吗？去你娘的！"船夫揪住他就往河里扔。

独眼在河水中扑腾乱动，脑袋沉浮着呛得快要炸裂开来，鼻孔嘴巴咕噜咕噜地灌着河水。独眼凄厉绝望地叫喊："救救我……救救我！"

这时，一位船老大看到这恶作剧闹得太过分了，便吆喝道："独眼，你乱折腾个啥？站起来吧，别自己吓唬自己啦！"

独眼站起来，傻了眼：果然，河水只齐自己肚脐眼深。在船夫们的嘲笑嬉骂声浪中，独眼面红耳赤地逃离河滩。

独眼悲哀了一阵，又去缠猎人学艺了。在年轻猎手那儿受到一番刻骨铭心的嘲讽侮辱之后，独眼去找醉醉老爹打主意了。醉醉老爹一生无其他嗜好，就是贪酒，常常喝得似醉非醉，似仙非仙。据说喝到这种佳境他打枪抛镖能百步穿杨，人称这是绝技：醉枪醉镖。独眼就想学这醉枪醉镖。独眼觍着脸皮去寡妇的小酒店又赊了一葫芦烧酒和五斤牛杂猪下水，去巴结醉醉老爹。酒过三巡，独眼又拼命吹捧醉醉老爹的猎狗。醉醉老爹最宠爱他的猎狗，你朝他脸上吐唾沫他能宽容，倘若朝他的猎狗吐唾沫耍刁横，天王老子他要跟你拼命的。醉醉老爹喝得红光满面，听得春风灌耳，拍拍独眼的后脑勺："小子，你有什么事来求我吧？说吧，只要我做得到的！"

独眼见火候已到，说出自己的意图，醉醉老爹一愣："什么？你想拜师学打猎？小子，我没醉咧，你别耍弄我了！"独眼急得快流出泪来："老爹，我真的想学打猎，堂堂正正地靠本事吃饭，再也不想讨饭鬼混了！"醉醉老爹拍拍他的头："你这话讲得倒是挺有骨气！可是，山路饭也不是那么容易吃的，哪个猎人不是出生入死累断筋骨？唉，条条蛇咬人，条条路难走哇！再说，你那手无缚鸡之力，你那眼……""独眼不碍事的，打枪射箭不都是要闭只眼吗？"醉醉老爹听着挺滑稽，不由得爽朗大笑。独眼喜形于色地问："老爹，您答应收我了吧？"醉醉老爹醉眼蒙眬，含笑不语，掏出旱烟锅来装烟丝，慢腾腾地说："小子，把我那枪拿来！"独眼乐颠颠地去抱来了猎枪。

"端着枪瞄那酒葫芦吧！"醉醉老爹将酒葫芦挂在门环上，又将一只小酒盅倒扣在猎枪准星处，"端着瞄吧，别颤！等我抽完这袋烟。"独眼以为这一关容易过，但不到半袋烟工夫，他就手酸腿颤、气喘心跳起来，"叭！"小酒盅落地了，枪尖倾倒了，人也瘫软了，醉醉老爹诡谲地一笑："还要试试吗？"独眼执拗地说："试试！""好啰！不让你试试，也对不起你的酒肉咧，去吧，给我拿镖来！"

独眼走近里屋，磨磨蹭蹭了半天，大汗淋漓、垂头丧气地走出来。醉醉老爹磕磕烟锅故作惊诧地问："咋了？拿的镖呢？就在那柱子上戳着呀！"独眼狼狈不堪地嘟哝："那镖拔……拔不下来！"醉醉老爹粗犷豪爽地大笑着，调侃道："小子，连镖都拔不出来，还谈什么抛镖哟！那镖没力气能自己飞吗？算啦，莫怪老爹不成全你，你不是这块料！"

醉醉老爹说罢，闪身进屋拔鸡毛般轻巧地拔出那柱子上呈梅花状的钢镖，挎上猎枪，飘飘欲仙地进山打夜猎去。独眼追上去纠缠道："老爹，行行好，带我去看看醉枪醉镖吧!"醉醉老爹吓唬道:"你不怕狼叼走你?""不怕!"醉醉老爹狡黠地一笑:"可别后悔啰!"

醉醉老爹领着独眼朝黑沉沉、阴森森的林子深处走去。苍鹰惊起,发出凶虐阴鸷的怪叫。山泉奔流,似荒诞离奇的怪物跌下深谷,迸溅起痉挛古怪苍凉的回音。山风突如其来,林涛怒吼,仿佛千万只困兽饿鬼在狂奔怒号。林子静谧后,惨淡苍白的月光时隐时现,令人莫名其妙地感到冷飕飕、阴森森。独眼满脸冷汗,两腿战栗、心惊肉跳、肝胆欲裂,恨不得钻进醉醉老爹的怀抱里。他在左顾右盼、前瞻后窥之际,突然发现醉醉老爹不见了!独眼毛骨悚然,撕心裂肺地哭喊:"老爹,你在哪儿?你在哪儿?"这时传来一声熊的吼叫,摄魂夺魄,撼天动地,独眼紧抱着一棵树,但两腿瘫软,手臂麻木,一点爬的力气也没有了,他凄厉绝望地喊:"老爹救救我……"就晕倒在地。醉醉老爹慌忙抱起他:"小子吔,醒醒吧!别怕呀,那是老爹逗你的。"独眼好半天才苏醒过来:"我还没被熊吃掉呀?"醉醉老爹笑骂道:"傻小子,熊早绝迹啰,老爹盼着过过打熊瘾几年都没盼上机会咧!吓坏你了吧,算啦,别遭这份孽啦,死了这份心吧!"

独眼受了惊吓,病倒了三天三夜,发高烧说胡话,老说着:"鬼子……熊……报仇……"独眼病好后死了打猎的心,便又去缠杀猪佬、剃头佬、铁匠学艺,都遭到奚落和拒绝。

独眼万念俱灰,神情恍惚,朝胭脂河滩走去,咕哝着:"我是废人……我没血性骨气……我没有什么脸活在这世上!"但他一看见浑浊湍急的河水,脸上又布满恐怖痛苦的神情,倏地忆起那次恶作剧时溺水的滋味来:"不、不,我不做落水鬼,让冤魂在苦水里煎熬而不能升天转胎……"独眼目光呆滞地望着河水发了一阵愣,便蹒跚地朝野牛岭走去。他想当吊死鬼,找个僻静处无惊无险、无声无息地走向自己的归宿。"狗×的东洋鬼子,我这辈子算栽在你们手里了。老子窝囊无能,报不了这仇,便宜你们了,但你们休想安宁,老子死了变个厉鬼来报仇!等着吧,老子不会饶过你们的!"独眼在那棵歪脖子檀树下歇斯底里地诅咒着,直骂到脑昏眼花、口焦痰尽,连解裤带上吊的力气都没有了。

独眼一头栽倒在草地上,昏昏沉沉地睡了一觉,还做了一个美梦,梦见自己死后,在小鬼的召领下,走过一条阴森幽暗的地下走廊,进入了地狱之门,他见到了判官,声泪俱下,愤怒地控诉了鬼子的血腥暴行。判官明镜高照,明察秋毫,喝令大鬼小鬼一起跟他去阳间缉拿元凶。他又回到了野牛镇,第一个就碰见那对打瞎他眼睛的日本狗男女,大喊一声:"抓!"鬼们就五花大绑了日本狗男女。他又大摇大摆地走进炮楼,鬼子汉奸蜷缩一团,哀声求饶。他可不能心慈手软,你今日饶了他,他明日又打瞎你的眼甚至割你的头剜你的心,他们是杀人魔王。他又大喊一声："抓下！"鬼们眨眼工夫就捆绑得他们杀猪般嚎叫，溜溜儿一串拽进地狱中挨油炸火烧、刀剐斧剁。判官放独眼回到阳间继续做人，还抠下鬼子的眼睛安在他的眼眶内。啊，他又有两个眼了，他再不是独眼了！他蹦呀跳呀喊呀唱呀哭呀笑呀……

独眼笑醒了。一群蚂蚁蜇得他痛痒难忍。突然，他听见一阵笑声，很远很弱，隐隐约约、飘飘逸逸的。他遐想着，这到底是天堂的笑声还是地狱的笑声呢？独眼一辈子也没听到这么美丽迷人的笑声，野牛镇的姑娘笑不出这魅力韵味。莫非自己已进了天国？莫非那就是仙女的嬉笑？独眼飘飘欲仙，禁不住也咧嘴傻笑起来。

"砰！"一声沉闷钝响的枪声在山谷荡起，仙女的笑声和独眼的笑声都戛然而止。独眼又沮丧颓废地回到悲惨的现实中来。歪脖子檀树歪脖耸肩沙沙响着，仿佛在做鬼脸嘲笑他。那群蚂蚁还在满身窜着，独眼气恼地捏死一只又一只蚂蚁，又朝那歪脖子檀树猛踢几脚。谁在打枪？管他是谁哟，他打他的枪，我上我的吊，井水不犯河水！独眼懒洋洋地解下裤带，拴在树枝上，爬上树干斜伸脖子钻进了活套。他想应该说句潇洒刚烈的遗言，想了半天才咕哝了一句："二十年后再变一条好汉！"手一松脚一蹬，"叭啦！"树枝断了。独眼的屁股摔得快成几瓣，龇牙咧嘴哼哼唧唧半天才挣扎着爬起来。狗×的，人倒霉窝囊，上吊也不顺利爽快！他重新选了个粗枝，又吊，松手前修改了一下自己的遗言："明日就变一条好汉！"要杀鬼子报仇，二十年太久！"扑通！"独眼又摔了个狗啃屎，口鼻进血，脑晕耳鸣，咋回事？冥冥间有谁在和我作对？抑或有谁在暗暗庇护我？

独眼扭头一看：这次是裤带断了！独眼陷入一种深奥玄秘的哲学般的沉思，脑子被折磨得昏昏沉沉，仿佛破裂了，终于获得了参禅般的顿悟：哦，老天爷不允许我就这么窝囊悲惨地死去，我的仇未报耻未雪，即使死也要死得有价值，不说惊天动地泣鬼神，起码要对得起祖宗爹娘父老乡亲！

山谷里清晰地传来叽里咕噜的话音。独眼伸颈俯视：啊，鬼子！他汗毛一炸，脊骨一凉，趴在岩石上敛声屏息地窥看，只有两个鬼子，似乎是在爬山或打猎。哦，其中有个女鬼子，呸！刚才那笑声莫非就是女鬼子发出的？鬼子渐近，独眼认出就是那个鬼了队长！就是那东洋婆娘！冤家狭路相逢，独眼瞳仁里喷着火。他忽然想出一条妙计，悄悄爬起来，轻如飞鹰捷如猿猴地朝南坡跑去。

不一会儿，南坡传来悠长清脆的野鸡叫声，一声比一声焦灼哀婉，仿佛是雌野鸡在叫春。鬼子队长和东洋婆娘喜滋滋地摸去，朝野鸡叫声迂回靠拢。突然，山坡上响起一阵轰隆隆的怪声，像石碾轧着苞谷，像火车轮碾过铁轨，像山风乍起林涛涌动，像山洪骤来飞瀑直泻。

鬼子队长眼尖脚疾，拉起东洋婆娘转身就跑。那怪叫声是木垛散垛撞击出来的。在幕阜山中这种木垛到处都可见，伐木工将木头扛至崖边或陡坡边堆成垛，等到汛期到来放木筏出山的。那木垛不易散垛的，除非故意撬掉插垛桩。散垛的圆木呼啸而下，死神的利爪已攫住鬼子队长。鬼子队长在倾倒的瞬间，猛地一推东洋婆娘。东洋婆娘像只绣球一样弹跳翻滚着坠入山谷。那鬼子队长没来得及惨叫一声，就被圆木碾成肉饼。圆木滚下山谷，荡起一阵粗犷雄浑的回音，木垛滚光了，那"野鸡"仍在叫着，那叫声分明是幸灾乐祸、悠然自得的调子。

　　独眼叫疲乏了，站在高高的山坡上气宇轩昂地撒起尿来，狗×的，有种的再来管管老子撒尿呗！你咋不开枪打呀！你作恶得到恶报啦！老天有眼有灵哇！哈哈哈哈哈……独眼狂笑不止，那尿也抖得高，抖出一条昂奋磅礴的弧形飞流……

　　独眼俨然像一位将军视察胜利战场一样，挺起凹胸、耸起瘦肩、迈着罗圈腿走下山坡。他来到鬼子队长的残骸前，真想恶作剧地冲着残骸撒一泡热尿。儿时他听老人讲打死毒蛇必须撒泡尿的，既可压邪扫晦气又可让毒蛇永不转世。可惜憋劲抖了半天也没一滴尿出来，后悔刚才不该白白浪费了那泡尿。呸！就算便宜你了！独眼鄙夷厌恶地吐了一口恶痰。他还想看看东洋婆娘的下场，山谷里空空的，黑得很神秘，很寂寞，也很冷艳。山谷静悄悄的，静得很冷漠，很诡谲，也很恐怖。

　　独眼从来没下过那山谷，那是玩命冒险的事，但今日他要检阅一下他的战果，他要满足好奇心，那东洋婆娘是个什么样的？他还没敢看过女人的长相，更没看过女人的死相咧！这回他可看个放肆看个恶毒看个饱满了。独眼惴惴然攀着老藤溜下山谷。那些圆木横七竖八，颠三倒四，竟在谷底重新组合成一堆古怪的木垛，远远望去仿佛是只硕大愤怒的刺猬。

　　独眼没看见东洋婆娘。大概在"刺猬"的肚里吧？独眼嘀咕，也很扫兴。正欲离去，独眼忽然听见一阵微弱低沉的呻吟声。他吓坏了，脸色煞白，嘴唇铁青，四肢哆嗦，心里狂跳：难道她还活着？是人是鬼呀？独眼抱头鼠窜，连滚带爬，山谷陡地刮过一阵阴风，如怨鬼在呜咽哭诉。独眼揪住那老藤使尽吃奶之力往上攀爬，但屡次从一人高的地方溜下来，越急越怕，越怕越溜，他简直绝望了，麻木了。独眼闭目伸脖坐以待毙，可半天没动静，他疑惑地睁眼瞧，风停了，谷静了，似乎也亮多了。

　　娘的，又是自己吓唬自己！怕个啥？她一个东洋婆娘，我堂堂中国男子汉，还怕她吗？她是人，我斗得过；她是鬼，我也变鬼跟她对拼！独眼血热了胆壮了，噔噔噔地循声寻去。哈哈，那东洋婆娘像只地瓜似地栽在一个坑里，下半身被根圆木压着，血肉模糊的上半身露在外面，嘴中呻吟嗫嚅着。

672

独眼不懂她的话，他也不想弄懂她的话。哈哈，这女人还真他妈的漂亮！就跟那洋画片上的一模一样。独眼如痴如醉地盯着看，不由得惋惜怜悯起这女人来。唉！这种尤物怎么跑到中国来作孽作恶呀？要是她老老实实待在家里，嫁个好男人恩恩爱爱，生儿育女团团圆圆，该有多好！她偏不安分，偏要作孽！唉！这世界大概他妈的疯了！

　　这时，那女人醒了，喃喃道："水……水，求求你，给点……水！"独眼一怔：她还能说中国话呀！给水？呸！我给你尿喝呢！想当初，你这臭婊子看了老子的香瘾还大惊小怪，害得老子瞎了只眼，现在恨起来真想撒泡尿熏熏你气气你！不过中国人知礼节懂规矩，好男不跟女斗，你在这趴着等死吧，独眼我打道回府了。那女人凄厉地喊叫起来："小兄弟，求求你救救我！"呸！谁是你的小兄弟？王八羔子才愿当你的小兄弟呢！不过天色还早，转回去听听她说些什么。那女人泣不成声："救救我吧！我家里有老母亲……"呸，咋先不想到你老母亲？你杀中国老母亲时会想到自己也有老母亲吗？"我是大学生……"呸！大学生不坐在教室里舞文弄墨，偏跑到战场上舞刀弄枪残害中国人，罪有应得！"他们强迫我应征入伍，当军妓……"哦？有这等怪事！原来她不是鬼子，她也是个被迫卖身的苦命女人！"我是歌妓，我会唱许多日本民歌，唱得士兵都思乡厌战、流泪叹息了，我知道我们有罪，我知道你们恨我们，可这些不是我的过错，真的不是！救救我吧，我要回家乡去，就是死也要死在老母亲身旁。"那女人喘息着，呻吟着，嘴里涌出一股鲜血来。独眼踌躇着，不知该如何办才好。那女人又艰难地絮叨起来："我家……院子里有一棵很高的旅人蕉，蕉叶很宽，很长，老远望去，像一个妇女在眺望招手……这旅人蕉是我老母亲栽的，是为父亲招魂栽的，他打仗死在满洲里……老母亲在旅人蕉下日夜思念，唱歌，我就是这么学会唱许多日本民歌的……小兄弟，要不要听我唱一曲？"独眼呆呆地望着听着，不置可否。那女人便自个儿地哼起来，独眼听不懂歌词意思，但的确悠扬婉转。独眼仍冷冷地杵在那里，暗暗警告自己：挺住！别被女妖的歌声迷住魂了！别被她的可怜相蒙住心窍。那女人停止唱歌，吃力地喘息着咽着唾沫，喃喃道："现在我又听到老母亲站在旅人蕉下为我唱歌招魂了……我多想回去呀！可回不去了……我认出你来了，小兄弟！我害瞎了你的眼睛，你不会救我的！我也有个独眼兄弟，跟你一样，不过，他是为逃避兵役自己戳瞎的……我要死了，谢谢你听我唠叨了这半天，也许死比活好，小兄弟，求求你，砸死我吧，免得我……"那女人的脸庞扭曲，青筋虬突，朝着漠然、阴郁、恐怖的天空喘气一阵，昏厥过去，脸上浮起一个古怪僵硬的灿笑……独眼浑身战栗起来，踉踉跄跄地扑上去，旋风般搬开圆木，把那女人挪出坑来……

抗战胜利后，独眼道出了散垛的秘密，这不啻石破天惊，众人议论纷纷。老伐木工山神爷首先发难："屁！别听独眼吹牛邀功。这事是别人干的我相信，他干的刀搁在脖上我也不相信！那木垛是我打的插垛桩，他有那屁本领撬动吗？我敢打赌，我就站在木垛下，再叫他撬个试试！"据说这赌还真打过，山神爷就蹲在木垛下泰然自若地抽旱烟，独眼攒劲撬了半天，插垛桩岿然不动。这是怎么回事？独眼无力地申辩道："当初真是我撬的……"众人哄堂大笑，肆意戏谑调侃他。闹到后来，连他也恍恍惚惚怀疑自己：当初真的是我撬的插垛桩吗？是不是我做的梦？是不是神的力量？

后来，这功劳落在一位游击队烈士头上，据说那烈士潜伏在伐木工中当地下交通员，那日又正好独自去撒尿半天。伐木工地没女人，撒尿跑那么远干嘛？可见是去撬那插垛桩了。

瘿袋

　　瘿袋是个女人的绰号。这是一个模样俊俏、楚楚动人的女子，只是颈上鸭梨般的瘿袋残酷地破坏了她的美。这也是一位堂堂正正、体体面面的军官太太，可怜她男人战死在疆场，国破山河碎，遗孀堕风尘。瘿袋的男人据说是敢死营营长。开赴抗日前线时，男人扔下一袋银元叫她在野牛镇租房隐居抚养儿女。三年杳无音信，活不见人死不见尸，瘿袋坐吃山空，再加上儿女闹病请医抓药，一袋银元花个精光。房主三天两日催缴房租，急煞愁坏瘿袋。忽一日，瘿袋收到一封辗转寄来的前线来信，她欣喜若狂，颤抖着拆开一看，犹如五雷轰顶，摇摇晃晃地栽倒在地。原来，那是一封阵亡通知书，瘿袋苏醒过来，说什么也不愿相信那些冷冰冰阴森森的铅字是真的。不久，男人的骨灰盒也辗转寄回了。瘿袋直哭得天昏地暗，飞沙走石，昏死过去。醒来，瘿袋小心翼翼地跪在地上，捧起那骨灰，装在她心爱的首饰盒内……

　　原来，瘿袋的女儿无钱治病死在她怀里，儿子小虎也饿得瘦骨嶙峋，奄奄一息，瘿袋含泪跪在男人的骨灰灵牌前说："饶恕我不贞不洁吧！我没办法呀，没活路呀！为了孩子，我只能干这丢人现眼的事了，你在天之灵要发怒，就降罪给我吧，你要保佑我们的孩子……"

　　瘿袋就这样做了娼妓。正在瘿袋声名鹊起、嫖客盈门之时，从江西那边翻过幕阜山来了一位怪客，一到野牛镇就吓坏半街人，尤其是那些儿童女人如避瘟疫魔鬼般避着他。怪客四十来岁，身材彪悍，模样凶狠，脸庞上有两道惊心动魄的刀疤，泛着乌亮乌亮的冷光。有一刀还削掉了半个鼻子，与那上唇的浓髭接壤，形成一个触目惊心的黑三角。

　　他走进一座小酒店，钱袋往柜上一掷，呼道："来三斤猪头肉，三碗老白干！"惊得掌柜和酒客瞠目结舌：妈呀，从哪路来的二郎神哟！那海量凶相豪气令人毛骨悚然，心惊肉跳。小酒店内鸦雀无声，只听得怪客狼吞虎咽的嚼肉声和如饥似渴的灌酒声，有滋有味、有声有色、有板有眼、有模有样，如风卷残云、龙吮浅潭一般吃得痛快，喝得淋漓，他站起打一声响嗝拍一下饱腹，正欲雄起起气昂昂而去，又驻足打听："掌柜，劳驾，这儿住着一位叫亮云的女人吗？"掌柜摇摇头："没听说这个名字！"怪客蹙蹙眉，又说："她颈子上有个肉瘤，就是瘿袋，鸭梨那么大……"掌柜恍然大悟："哦，你要找瘿袋呀，在这镇上。喏，往前走到杂货铺，再往左拐进小巷有盏红灯的就是……""红灯？"怪客一愣，见掌柜脸上掠过一丝鄙夷的诡笑，蹊跷地追问："什么意思？"掌柜支支吾吾不敢说："你去一看就知道了……"屠夫赵麻子醉醺醺地搭腔戏谑："什么意思？红灯就是招野男人睡觉呗！这儿的男人谁没去摸过她的瘿袋？"怪客咣的一拳把赵麻子揍得猪拱泥似地趴在地上呻吟。怪客冷笑几声，骂道："奶奶的，再胡说八道，老子撕了你那张臭嘴！"说罢扬长而去。

怪客寻到那盏猩红的宫灯，径直闯进去高喊；"亮云，亮云！"

屏风里传出调笑声，接着飞出一声恶骂："王八羔子，喊什么？快滚！"怪客阴沉着脸，咚的一脚踢开屏风，只见一个虎背熊腰、豹头狼眼的彪形大汉正搂着瘿袋调情纠缠，那汉子勃然大怒："你他妈的找死啊？给老子滚出去！"怪客冷笑几声，跨上一步逼视道："舵爷，老子们在前方流血卖命，你他妈的在后方寻欢作乐胡作非为，该当何罪？"舵爷大吃一惊："你是谁？"怪客将凶狠丑陋的疤脸逼上去："舵爷，难道连老子也不认识了？"舵爷定睛一瞧，脸色陡变，浑身抽搐："黑豹吗？你是人是……鬼？你……你不是阵亡了吗？咋搞成这副鬼样？""不错，是我，从尸堆血河里爬出来的，阎王爷不敢收老子咧！"怪客猛地上去一把揪住舵爷的前襟，恶狠狠地说："老子非得给朋友报仇，跟你算账不可！舵爷，咱们还是按老规矩决斗吧，怎么样？"瘿袋在一旁瑟瑟发抖，猛地抬起惶恐窘迫的脸庞哀求："黑豹，别为我去玩命，求求你……"舵爷愤愤地嘟哝："怪我个毬！老子按规矩给了钱的，没白玩她。再说这野牛镇谁没玩过她？老子偏偏撞到活鬼了！"怪客阴森森地一笑："你不是野牛镇一霸吗？谁叫你是舵爷，教训教训你正好儆众，咋了？舵爷怕死了？"舵爷受不了这挑衅侮弄，咬牙切齿地挤出话："比就比，不定谁死哩！"

舵爷是胭脂河里的水鬼王，干的是杀人越货的勾当。黑豹是幕阜山中的山猫子，干的也是拦路打劫事。不过两股土匪截然不同：舵爷一帮水鬼心肠毒辣，杀人如麻，什么船都劫，赈灾船难民筏也不放过，雁过拔毛、鱼过刮鳞；黑豹也抢也杀，但锄强扶弱，劫富济穷，仗义疏财，深明大义，他手下的山猫子是不准胡作非为、横行霸道的。据说黑豹的一位兄弟拦路奸污了一名上山采蘑菇的良家妇女，黑狗一怒之下把那兄弟的阳物给生生地割掉了，并派几位喽啰带上那阳物和百块大洋下山去赔情请罪，只是那妇女含辱衔恨投了河，只好将那钱厚葬了她。

山猫子与水鬼一个占山为寇、一个霸河逞凶，平素各奉其道、各守其规，井水不犯河水。若发生冲突、纠葛、仇怨，为避免大规模仇杀火并，闹得两败俱伤，舵爷与黑豹曾合立山水规：通过私下决斗解决问题。幕阜山从古流传下来的决斗方法挺有趣，不是剑击，也不是枪击，而是拳击。这拳击可不像如今拳击运动那么多规矩，你出拳击掌有章有法行，你乱拳怪掌也行，反正把对手打服或打死就行。表示服输的信号也挺怪诞：吐出长长的舌头来！

笔者无从考据，这吐舌头认输源于何典故何风俗。当夜，黑豹与舵爷从瘿袋门前的小巷打起，直打得野牛镇人如潮灯如海，观者惊心动魄且走火入魔，直打得两人衣衫褴褛、血水淋漓、遍体鳞伤、气喘吁吁、步履踉跄，直打得月落星隐、狗吠乌啼、朝霞若血、晨风如恸。最后，舵爷熬不住了，砰然倒在屠夫赵麻子的肉案旁，伸出猩红的舌头沉沉昏睡过去，鼾声大作。黑豹摇晃着疲惫创伤的身体，顺手抄起肉案上的一把弯刀，俯身飞快地割下舵爷的舌头来。舵爷惨叫一声昏死过去，围观者战战兢兢，面如土色。

黑豹跳上肉案，举起血淋淋、臭腥腥的舌头喊道："大家看到了，舵爷搂住人家抗日烈属舔瘿袋，老子割了他的舌头，日后谁要再敢去欺辱她，老子就不客气地割他的舌头！我黑豹不是好惹的！"众人一听这疤脸怪客就是昔日赫赫有名的绿林好汉，更是吓得屁滚尿流，魂飞魄散，一个个噤若寒蝉，呆若木鸡。

黑豹将那坨舌头扔给蜷缩在肉案下的野狗，大摇大摆地朝瘿袋家走去。众人见他的背影消失在小巷中，才重重地嘘了一口气，叽叽喳喳地嚼起舌头来。

"妈呀，舵爷这回栽在瘿袋手中了……"

"舔瘿袋被割了舌头，真不划算！"

"舵爷会忍这种怨气吗？日后两虎相斗有好戏看咧！"

"黑豹也迷上瘿袋了，哈哈，想独占花魁！"

"我早说过，那瘿袋是个丧门星！"

"妈呀，吓死我了！再也不敢去摸瘿袋了！"

"嘻嘻，怕割了你的舌头吗？"

黑豹走近那盏艳丽猩红的宫灯，噼里啪啦将它砸得稀烂。他怎么也没想到，抗日将士的遗孀竟在后方靠卖身为生。他的上颚骨与下颚骨咬得嘎嘎响，恨不得点把火把这屋统统烧掉，领着亮云逃进深山隐居起来。

那天深夜，敢死营陷入日军铁壁重围，炮弹呼啸而落，残尸碎骨横飞。黑豹背着奄奄一息的营长杀出了包围圈，但营长还是咽气了，他曾惨兮兮地笑着喃喃道："黑豹兄弟，你要能活着……回去，我把亮云娘仨……托付给你了，你要喜欢，就……娶她；不喜欢，就帮她寻个好主……只是别让她……挨饿就行，她那瘿袋再挨饿……就会肿得更大……会送命的……"黑豹含泪说："大哥，放心吧，我一定要活着回去，一定不让她挨饿！"

黑豹伫立门前喟然长叹:"唉,大哥,你只是担心她挨饿,岂知她现在走投无路卖身度日哟!"

黑豹敲门:"亮云,开门,我是黑豹呀!"门里无动静。黑豹突然意识到什么,一脚端开了门。亮云果然用一条长围巾在床架上吊颈了,一摸鼻孔似乎还有一丝气,黑豹手忙脚乱地掐人中灌汤水,幽幽地夺回亮云的命来。亮云嘤嘤地哭了。

"你让我死哇,我还有什么脸见人呀!"

"千万别这么说,这不是你的错!你一定要坚强地活下去,为了小虎,为了大哥的一片心意……"

亮云听黑豹讲了自己男人临死时还念叨她的瘿袋怕她挨饿,越发哭得死去活来。

后来人们传闻,亮云吊了一夜没断气,就因为那瘿袋冥冥中庇护着她。有人认真地看过那瘿袋,果然隐隐约约有道暗红色勒痕。

黑豹留下了一小袋银元,谎说那是大哥的抚恤金,好让亮云用钱舒坦自在。亮云从此深居简出。自从舵爷被割舌后,没人敢上门对亮云胡搅蛮缠摸瘿袋了。

黑豹隔一段日子就送一袋银元来。黑豹又在幕阜山拉队伍,准备跟东洋鬼子血战到底。冬里,东洋鬼子一进幕阜山口,就遭到黑豹队伍的猛烈狙击,扔下一百多具尸体、两辆满载枪支弹药食品的卡车溃退下去。鬼子以为幕阜山没有正规部队可以长驱直入的,没想到一进山就写下羞辱惨败的一笔。第二天,鬼子调集了飞机、大炮、坦克掩护进攻,当然是轻而易举地击溃了黑豹的队伍。鬼子占领了野牛镇,修筑了炮楼。

舵爷当了鬼子的保安团长。他没舌头,靠手乱比画,一个脑瓜灵精的水鬼专给他当翻译,挺准确,舵爷极宠他。舵爷急于要捉拿黑豹,一可报割舌之仇,二可受皇军重赏,一箭双雕。舵爷带着队伍进山了。这些水鬼在河里如蛟龙,在山中却晕头转向,被黑豹的队伍牵着兜圈子,时常遭伏击挨冷枪。舵爷的队伍死伤几十人,黑豹连根毫毛也没伤害。舵爷进退两难,在山中周旋显然不是山猫的对手,回去吧,怎向皇军交代?他突然心生一毒计:回去把那臭娘们亮云抓起来,不愁他黑豹不上钩!舵爷立即下令割下自己的几十个死伤喽啰的脑袋,打道回府去向皇军谎报战果、邀功讨赏。

这天深夜,黑豹抢先一步潜回野牛镇,侦察鬼子弹药库的驻防情况。不料,被鬼子哨兵发现,黑豹右臂挂了彩,全镇戒严大搜捕。黑豹溜进了亮云家。亮云机警地让他钻进绣帐里,吹灭了灯,不一会儿,传来嘭嘭的砸门声。亮云故意磨磨蹭蹭、浪声浪气地起床娇嗔:"谁呀,这么晚了才来。我可想死你了!"门一开，小癞子领着两个鬼子闯进来，鬼子用手电筒一照，嘻嘻嗤嗤地淫笑起来，叽里咕噜地不知说什么。小癞子也看清楚了亮云赤身裸体，眼勾勾色迷迷的，着魔法似地立定了。亮云故意放荡地撩拨道："小癞子，你这该死的，要玩老娘你就偷偷钻来呗！干嘛带两个东洋鬼，害老娘背骂名咧！小心有人割你小子的舌头！"小癞子如今是保安团丁了，厉颜正色说："别扯淡撒泼！皇军要抓游击队，刚才有人跑到这儿来吗？"亮云晃动着瘿袋嗤笑着："小癞子呀小癞子，你咋像喝了迷糊汤吃了朱砂，游击队敢上我这来吗？游击队也有摸瘿袋的瘾吗？"小癞子觉得这倒也有道理，游击队都是些英雄好汉，咋会往破鞋的房里钻呢？便朝皇军解释："太君，这女人是破鞋的干活，游击队不会来！太君想摸瘿袋，明天的干活！"鬼子懂了，淫荡地狞笑着而去。

亮云闩上门倚门喘粗气，浑身一阵发疟疾似的战栗，两腿抖抖索索地瘫软下来，蜷缩一团捂着脸啜泣起来。黑豹听见了她压抑痉挛的呜咽，蹑手蹑脚地摸到她身边："你怎么了？"亮云歇斯底里地跃起扑进他的怀抱，紧紧搂住黑豹的脖子。黑豹感觉到她的胸脯急遽起伏，听到她的心在怦怦乱跳，摸到她的手臂冷冰冰汗津津的。可怜的女人，哪经过这种惊吓，一定是吓坏了。黑豹用左臂紧紧搂住她摇晃："亮云，你别怕别怕呀！"一阵幽香悠长的女人特有的气味沁入黑豹心脾，他愣了一下，突然从腹腔中岩浆般地涌起一股冲动，猛地俯下身疯狂地吻着亮云。亮云终于从恐惧的羁绊中挣脱出来，恢复了女人的羞涩矜持，极力躲闪着暴风雨般的吻："黑豹，求求你，别这样，别这样……"

当年，亮云坐着官轿进幕阜山的时候，遭到舵爷伏击。舵爷听沿途耳目传信，胭脂河上游下来一位军官家眷，劫船绑票可敲诈勒索一大批枪支弹药。不料，亮云中途晕船厉害险些没吐出五脏六腑，便改行山道。舵爷绑票心切，也就顾不上山规水矩了，带上喽啰上山打劫。突然杀出黑豹，打得水鬼丢盔弃甲、大伤元气。舵爷自知理亏犯了山规，眼看到口的肥肉被人叼走，也只好忍气吞声，龟缩进芦苇荡破船里狼般舐伤悲号。

黑豹见喽啰们把亮云绑进野牛洞窟时，一下子就被亮云的艳丽姿色震慑住了。她除了那瘿袋外，容貌无可挑剔。她年纪约摸二十多岁，身材颀长细嫩如水柳树；头发黑亮，两条辫子自然地垂在如同象牙般的白颈边；两眉弯弯，眼睛深邃明亮，眉眼珠儿转到眶中的任何部分都泛出灵气娇媚。黑豹亲自给她松绑，并吩咐酒宴款待为她压惊。

这时，下山送绑票的喽啰回来报告：说她男人并不买账，那枪弹粮饷都是准备赴前线抗日杀鬼子用的，绝不能送给土匪！他也不准备兴师动众报私仇，希望黑豹以民族大义为重，不要与抗日军队为敌……喽啰们狂怒地叫喊："大哥，撕票吧!"黑豹阴沉着脸踱着步。副头领趋步上前咬耳细语:"那就给大哥做压寨夫人……"黑豹狂暴地吼道:"人家以国难为己任,置家眷以度外,那才是真正的英雄好汉!我们算什么?土匪!备轿!我亲自送下山负荆请罪!"

后来,在亮云丈夫的感召下,黑豹带着一帮患难兄弟投奔敢死营共赴国难。开拔前,黑豹去亮云那里告别,见娘仁吃的是苞米粥糠饼子,禁不住鼻酸泪涌,瞒着营长从军饷中挪出一袋银元留给了亮云……为这事,营长查账时勃然大怒,暴跳如雷,险些没崩了他。即使崩了他,黑豹也死而无憾,营长不可能半途去追回那袋银元,亮云娘仁就不愁挨冻受饿了……

镇外响起噼里啪啦的枪声、手榴弹声。黑豹想:大概是兄弟们来接应我出镇的,不能在这里缠缠绵绵、痴痴迷迷了。黑豹放开了亮云就要往外冲。不料,亮云一把拉住他:"慢走……"亮云疾步摸索来那条长围巾,小心翼翼地将他的伤臂扎着吊在颈上。

她又啜泣起来:"你要小心……不能死呀!"黑豹自信地嘟哝:"阎王爷不敢收我的!"她仰起幽幽的泪眼哀婉地问:"你真的……不嫌弃我吗?"黑豹摇摇头:"等赶走了鬼子,我就来娶你,堂堂正正热热闹闹地娶你!"亮云幸福激动得战栗起来,抱着他的疤脸狂喜地亲吻,那瘿袋滑到黑豹的嘴唇上……黑豹猛地把她推开。"你……怎么了?"亮云惊愕地瞪大眼睛。"我……我该走啦……"黑豹慌忙掩饰道,拉开门栓山猫子一样灵捷一闪就消失了。

亮云趴在床上哭了半夜。她聪慧伶俐,咋会不懂男人的心思。唉,黑豹一定是厌恶这瘿袋……枪声停了,她想黑豹肯定脱险了,要不他的那帮弟兄不会善罢甘休的。他不会死的,从枪林弹雨、尸山血海中滚过来的咋会随便死去呢?她仿佛看见他与弟兄们热烈拥抱,又在众弟兄的簇拥下谈笑风生、大摇大摆地朝森林走去。森林上空悬着一轮红月亮,血染了一般的惨红,照在地上一股血腥气。黑豹和弟兄们在篝火旁饮酒庆功,黑豹醉倒了,喃喃道:"瘿袋……"亮云细心地倾听着数着,一共念叨了七七四十九声瘿袋!什么意思呢?是想念她,还是厌恶瘿袋?亮云凝视着床前冷若冰霜的月光,痴痴迷迷地也念叨了七七四十九声瘿袋!恍恍惚惚间,她操起枕边的那把防身的利剪,嚓的一下就把讨厌的瘿袋剪掉了,血如喷泉溅透了全身,她一点也不痛,甚至不痒。她欣喜若狂,飘飘欲仙,且蹦且跳、且歌且舞、且笑且泣、且喜且嗔地朝森林狂奔,要把这好消息告诉黑豹。但她一跑到黑豹面前,刚说了一声:"瘿袋……"她就瘫软在地,血尽气绝……

亮云从噩梦中惊醒过来,下意识地摸摸瘿袋,它如胶似漆地倚在自己脖上。

此时黑豹正趴在弟兄的背上受生命煎熬。突围时他腹部中弹,肠子哗啦淌出来，多亏有亮云的那条长围巾包扎住，多亏弟兄们拼命掩护抢夺。黑豹很沮丧沉郁，为救他死了七个弟兄，七个换一个，太亏了！刚才他还歇斯底里地发了一通火，把小队长骂得狗血淋头。小队长也挂了轻彩：右耳叫鬼子的大狼狗撕咬掉了。他用短刀剜去了大狼狗的心，又从大狼狗嘴里撬出了耳朵。小队长挨骂不恼，嬉皮笑脸地说："大队长，别发火了！回去我请你喝酒，给你炒盘稀罕菜：人耳炒狗心！"黑豹的伤口开始剧烈疼痛。他使劲咬着牙根，咬得嘎嘎乱响如同颚骨断裂一样，绝不让一丝一缕呻吟和痛苦溜出来。不行，恐怕坚持不住了！怎么办呢？想别的东西吧！想什么……想亮云吧！第一次见到亮云时，她真美呀！真是一朵透亮美丽的彩云！不行，那瘿袋……触唇的瞬间，黑豹眼前顿时活脱脱赤裸裸地晃动着形形色色的鹰隼般的利爪，饿狼般的色眼，巨蟒般的毒舌，都在阴鸷淫荡、贪婪残暴地撕扯着、穿刺着、戏舔着那瘿袋……他当时陡地涌起一股本能的厌恶感，不知怎的鬼使神差地推开了她。这一定伤了亮云的心！一定……

亮云是个聪明女子，不会猜不透的，我真该死呀真该死呀！咋对得起九泉之下的大哥？咋对得起亮云的一片痴情？亮云是走投无路才那样的，亮云没有错，瘿袋没有罪，不能嫌弃她，不能鄙视它！黑豹，你不能……你答应过人家，等赶走了东洋鬼子就去娶她，堂堂正正热热闹闹地去娶她！你要变心，你就不是黑豹，就是狗×的黑猪黑狗黑龟黑屎！哎哟，咋回事呀？肚内像在炼仙丹似的火辣辣热腾腾的，脊梁骨却像背着块巨冰冷飕飕沉甸甸的。你会死吗？呸，笑话！大风大浪闯过来了，咋会翻船在阴沟里？想得挺美，小日本没赶走你倒想挺尸装死了！你还要盼着那一天娶亮云呢，你还没真正尝过一个爱着的女人的滋味咧！你怎么能死呢？朦朦胧胧中，黑豹听见迎亲的猎号排铳响遏行云，鞭炮土炸噼里啪啦地震耳欲聋，唢呐鼓乐搅起满天欢乐的旋风。他跨上了披红戴彩的枣红马，那是战利品东洋马咧，气宇轩昂地走在红轿前面。无数的人们排成十里长阵朝他们欢呼贺喜，不时地把鲜花金粉彩带抛撒在他们的头上轿上，他们报以糖果、香烟、红枣、核桃、花生、红头绳、钱币……拜堂，喝交杯酒，闹洞房，发酒疯。夜深人静，他揭去新娘头上的喜帕，愣了："亮云，你……你的瘿袋呢？"她嗤嗤地笑着："喏，我怕你讨厌，割了……"他说不上来是高兴，还是怅惘，喃喃道："割了，割了……不疼吗？那瘿袋……"

黑豹梦呓着。小队长在笑："大队长梦中还在摸瘿袋咧！难怪他发那么大的火，兴许咱们去救他，他正在摸瘿袋呢，搅了他的春梦！"

舵爷赶回野牛镇，就软禁了亮云，房前屋后里里外外潜伏满了鬼子、保安团了。舵爷一天深夜摸进亮云房里想摸摸瘿袋，结果不到一泡尿工夫就惨叫嚎哭着跟跟跄跄地奔出房来，他的一颗眼珠被亮云的剪刀刺破了。舵爷气急败坏地要崩了这娘们，但被鬼子架住拉走了，这娘们还要当诱饵哩！

亮云明白了敌人的阴谋，急得茶饭不思，坐卧不安，心里一遍遍地默祷："黑豹呀黑豹，你可千万别想我！你可千万别撞来呀！这儿是陷阱、是死谷、是虎口啊！"亮云从窗隙门缝里窥见房前屋后那些修鞋的、补伞的、卖糖的、摆药摊的、讨饭的、全是鬼子汉奸化装的，更是心焦火燎，恨不能变只小鸟振翅飞去给黑豹报信，不行，鬼子连她想去看看寄养在保姆家的儿子小虎都不让，简直大门不能迈二门不准出。咋办呢？她真尝到了一夜愁白头的滋味，她不愿黑豹为她而死，那会死得多么窝囊委琐、可悲可怜呀！也不愿他死在自己的怀抱里！不，黑豹要活着哩，鬼子汉奸还没杀绝哩！可是……看来他娶不成我了。我得替他去死！他活着比我活着有意义，我能用自己的死去换取他的生，那就是天大的造化、上帝的恩泽，太幸福太值得了！黑豹哥，原谅我吧，我不能等你娶我了，我先去了！替我报仇多杀几个鬼子汉奸吧！我只有一个请求：把小虎当作你的亲儿子吧！胜利那天，别忘了一个长瘿袋的女人，到她坟前坐坐，献上一束野花，她就含笑九泉了……

黎明时分，野牛镇突然腾起一条巨大的火龙，风助火势、火借风威，火舌猖狂肆虐地舐红了天空。大伙望去，那正是瘿袋女人的屋宅……

后来人们在清理废墟时，扒出一团烧得焦臭的东西，仔细辨认半天，愕然：天呀，女人的瘿袋！真神呀！烈火都焚不化……大伙凑份儿置棺出殡，把瘿袋埋在野牛岭上，连那些昔日摸过瘿袋的男人都去送过葬弹过泪。

不久，瘿袋坟边多了一座新坟。瘿袋坟上先长出许多野花。不多久，野花蔓延到新坟上，连成一片浓馥的花丘，轻风拂来，花草似私语、似窃笑、似低泣、似吟唱……

十年后，突然来了一批人把瘿袋的亡友迁到烈士陵园去了。

瘿袋坟上的野花黯然失色，孤独悲凄，渐渐枯萎了，绝迹了……人们传说，瘿袋是这女人的心，这时才真正死去！

神　崖

一

幕阜山北部有一条胭脂河。胭脂河中游处，矗立着一座黑魆魆、光秃秃的孤崖。远远看去，孤崖酷似一尊硕大无朋的巨人雕像。当然，要是靠近看孤崖，雕像轮廓便模糊了，只剩下一堵由怪石巨岩杂乱堆砌而成的灰色石壁。石壁被苔藓、爬山虎覆盖着，崖缝中生出老树枯藤衰草，阴森森凄惨惨。但后退一段路，巨人雕像就呈现出来，退得越远，雕像越清晰。如果有云彩雾霭烘托，雕像更显得栩栩如生、风韵婀娜。

孤崖叫望夫崖。相传古代有位浣纱女，新婚三天，丈夫就下金陵贩布匹了，一去不复返。浣纱女苦巴巴、痴迷迷地盼望，天长日久化为一尊石头。石头渐渐崛起、膨胀，变成一座突兀陡峭的孤崖。谁知十年后，布贩形容枯槁、衣衫褴褛地回来了，布贩见爱妻化为崖，肝裂肠断、万念俱灰，悲怆地撞向石崖。轰隆一声巨响，崖裂开一道缝，淌出两眼泉。山民都说，那是浣纱女在淌泪。

翌年，胭脂河一带闹瘟疫。一位染重病的老翁爬到望夫崖下，准备悄悄等死。他渴极了，掬了一捧清泉喝下，顿觉脑清目明，回春转阳，一跃而起，乐滋滋地跑回寨，村民奔走相告，患者蜂拥而至，饮泉祛病，落肚生效，神奇极了。从此，山民便尊望夫崖为"神崖"。

一年，崖缝出了一条巨蟒，碗口粗，盘成八仙圆桌般大，活吞下一只猪崽，吓得寻猪崽的溪姑眼黑腿瘫，栽倒在地。巨蟒从溪姑身上而过，弄了她一身尿液涎水，竟没伤她一根毫毛。溪姑醒来后疯疯癫癫，自称成仙，封为"龙涎仙姑"。

龙涎仙姑名声大噪，与神崖齐名。山民捐修了龙涎仙姑寺。

有寺便有了集，有了香纸摊、茶水亭、酒肆、饭铺。渐渐地，神崖下立起一些席棚、茅屋、石窑、瓦房，有了百十号人，旧时叫"望夫寨"，后来大家觉得不吉利，更名"望福寨"。

二

龙涎仙姑寺早已毁于日寇的狂轰滥炸，崖缝裂得更大，且泉枯草绝，坑坑洼洼，那是叫善男信女们扒的。神崖仍在一种不可言状的神秘氛围中矗立着，但已失去亭亭玉立、流光溢彩的魅力，仿佛老态龙钟的老妪。

望福寨虽小，但在远近村寨中威望挺大。这威望细细思量，也就靠三个头面人物支撑着。

第一个头面人物是醒醒大叔。醒醒大叔从"土改"起，就当寨支书。说起他当这芝麻官的事，也与神崖挂得起钩来。

一天黄昏，醒醒大叔正在神崖下放牛。突然，胭脂河边响起枪声。不一会儿，一位黑脸大汉捂着伤臂跟跟跄跄地奔来，气喘吁吁地说："兄弟，行行好，救救我！"醒醒大叔往崖缝一指，待到黑脸大汉钻进崖缝深处，醒醒大叔将三头水牯赶进崖缝。三头水牯像三道橡皮塞严严实实地堵死崖缝，别说钻人，就是钻进黄鼠狼也不可能。醒醒大叔假装拼命拽牛尾巴，捶胸顿足，骂骂咧咧。几个匪兵鸣枪呐喊着追来，胡乱扫射了一阵崖缝，打得水牯血肉横飞，匆匆朝别处追去。黑脸大汉从牛尸堆中艰难地钻出来的时候，醒醒大叔猛扑上去拧住他的衣襟疯狂哭喊："你这瘟神灾星，赔牛呀，赔牛呀！"黑脸大汉任凭他发泄完，写了一张字条说："兄弟，我没现钱赔你牛，把这欠条收好，以后再赔。"黑脸大汉走出老远，仍隐约听见醒醒大叔的呜咽声。"土改"时，黑脸大汉寻救命恩人来了。原来他是共产党的地下县长，特来找醒醒大叔赔了牛钱，并介绍他入党当干部。醒醒大叔智救县长的事迹不知怎的传到县剧团，县剧团赶排了一场戏，巡回一演，醒醒大叔就出名了。

醒醒大叔热衷于当庇护山民的土地菩萨，受到山民的敬仰和拥戴。"文革"中，县里修水库，要望福寨摊钱派粮调劳力，醒醒大叔不服地说："望福寨挨着胭脂河，修水库与我们有屁相干？一分钱、一颗粮、一个人也不给！"不给也罢，上面让了一步，要上神崖凿石料。醒醒大叔发火了："咋总打望福寨的主意？要打主意就冲老子来，老子胯里有根硬肉柱，要不要割去？"望福寨沾醒醒大叔的光，成了胭脂河一带的独立王国，周围村寨羡妒得不行。每每谈起，山民们戏谑道："望福寨有福气啰！多亏醒醒大叔的肉柱硬！"

第二个头面人物数茂福爷。茂福爷是望福寨德高望重的族长。茂福爷扬名幕阜山，似乎也与神崖有缘。神崖中的那条巨蟒经常窜出来伤害家禽牲畜。一年，茂福爷的孙子在神崖下拾蘑菇，被巨蟒活活吞噬了。茂福爷悲恸欲绝，发誓除蟒，在神崖下潜伏了几天几夜，终于等到巨蟒出洞，迎面放了一铳。巨蟒受伤后往洞内溜，他箭步上前，双手铁钳般狠狠钳住蟒颈。蟒拼命挣扎，舌头火焰般燎动着，蟒尾像钢鞭疯狂抽打着，抽在崖壁上啪啪脆响，抽在人脊上辣辣生痛。蟒又紧紧缠住茂福爷的身体，多亏他身架粗壮，练过气功，硬撑得住。人与蟒力量均衡，僵持着，谁也奈何不了谁。茂福爷气恼了，急中生智，龇牙狠咬蟒头，撕下一大块腥肉。这真是一手绝招，蟒头血迸肉绽，猛烈痉挛一阵，吐出一口污血，死去。茂福爷咬死巨蟒成了奇闻，方圆百里的山民闻讯赶来看蟒尸和斗蟒英雄，地区、省里记者来采访了茂福爷，并拍了照。茂福爷却私下在神崖下烧香磕头，祈求神崖息怒，饶恕他杀蟒的罪孽。

第三个头面人物算青面仙姑，青面仙姑小时在神崖下躲雨，一个炸雷震昏了她，醒来后，她的脸蛋火辣辣地疼，回家一照镜，原来脸被雷电烧灼成青紫色。龙涎仙姑大慈大悲，收她为徒。后来，她成了龙涎仙姑的得意门生。龙涎仙姑圆寂时，赐封她为寺主，法号"青面仙姑"。龙涎仙姑寺后来毁于战火，幸亏青面仙姑外出做善事才没被炸死。之后，青面仙姑闭门不出，成了一名神秘人物。

茂福爷咬死巨蟒的当天夜里，青面仙姑秘密召来茂福爷，说："你干下蠢事了！杀了神蟒，大祸临头，望福寨劫难难逃哇！"茂福爷慌忙问："有什么办法禳解劫难吗？"青面仙姑吩咐，给蟒尸点七七四十九天香火，最后一天晚上放映队进了寨，族人疏忽了，火熄香灭。电影散场时，一阵暴雨突然袭来，山民们夺路而奔，拥挤不堪，茂福奶被狂奔的人群踩死。茂福爷懊悔不已，对青面仙姑更加信服，对神崖更加虔诚敬畏。

醒醒大叔表面上常敲打敲打青面仙姑，隔靴搔痒，不来真格的，因醒醒大婶是青面仙姑的崇拜者和铁杆拥趸。醒醒大婶回一趟娘家都要去请教请教青面仙姑，合不合时宜，有没有风险。醒醒大叔长痔疮，拉血屎，痛得龇牙咧嘴。醒醒大婶找青面仙姑讨了一瓶神水，往他的屁眼上一洒，病就好了。醒醒大叔觉得这女人不寻常，似乎真有点魔气妖术，再也不敢贸然冒犯她了。

醒醒大叔、茂福爷、青面仙姑分别代表望福寨的政权、族权、神权，又默契配合，在望福寨都享有一呼百应的威望。

神崖不倒，似乎也靠这三人支撑着。

三

一天，醒醒大叔上公社开会，会快散时，突然让大伙抓阄，原来是来了几个

"黑帮""右派""走资派"的名额难分配下去。

醒醒大叔抓了一个"黑帮"，顿觉晦气。一瞧那"黑帮"白净如藕，戴着一副酒瓶底厚的眼镜，酸腐气十足，更是窝着一肚火："挑个废人，望福寨又多了一张闲嘴！"

一路上，醒醒大叔闷头闷脑地赶路，拖得"黑帮"大汗淋漓，气喘吁吁，踉踉跄跄，一个劲叫唤："大叔，歇歇脚吧？"醒醒大叔便坐在路边岩石上抽旱烟等他。等他赶上来，醒醒大叔夺过他的行李，瓮声瓮气地说："路还远，还险着咧，像你这样磨磨蹭蹭，天黑了还到不了寨子！""黑帮"哀求多歇会，讨好地递上一支香烟，与醒醒大叔套近乎，醒醒大叔知道了他姓廖，是大学讲师……

"讲师？会讲书吗？三国、水浒、西游、东征会讲吗？"醒醒大叔来精神了。

老廖是地质学讲师，不过少年时代迷恋过这类传奇小说。他知道醒醒大叔误会了，淡然一笑："也能对付。"

醒醒大叔便催促他讲。老廖绘声绘色、滔滔不绝地讲，不到一袋烟工夫，就把醒醒大叔征服了，瞪着眼醉迷迷地听，咧着嘴傻乎乎地笑，像顽童一般。老廖讲着讲着，一看天色不早，提醒醒醒大叔赶路。醒醒大叔如梦初醒，将行李往脖上一挂，把老廖往背上一驮："来，咱们边赶路边讲书！"老廖过意不去，闹着往下溜。醒醒大叔爽朗一笑："这有什么？我们山里人挑担驮物赶路是常事，你这把骨头轻飘飘的，不在乎哟！再说，边赶路边听书更轻松啰！"

醒醒大叔一气将老廖背回望福寨，逢人便打趣："嘿，今日走运，抓阄抓回一个宝贝疙瘩，会讲书咧，听起来比吃肥肉、喝烈酒、玩女人过瘾多了！不信？晚上上我家来听听。"

醒醒大叔将老廖安置在自家后厢房住。晚饭后，他泡上香茶，备足烟丝，摆好凳椅，请山民们来听老廖摆龙门阵。老廖岂敢在大庭广众中"放毒"，面有难色。醒醒大叔故意沉下脸教训道："老廖，你是来接受我们的教育改造的，不老老实实地吐出肚子里的坏水，咋个脱胎换骨重新做人呀？"山民们心照不宣，一个劲地怂恿催促，壮胆打气。后来，醒醒大叔直言不讳地说："老廖，咱们这山高皇帝远，不要怕啰！就是有什么事，算我逼你讲的，天塌由我撑。大伙听着，谁走漏风声，老子有他好瞧的！"老廖望着一双双如饥似渴的眼睛，感动了，心一横：豁出去了，娱人，自娱，图个快活……

从此，望福寨的夜晚变得充实欢乐了。山民们吃罢晚饭，就去缠着老廖讲书。老廖像个故事篓子，总讲不完，每晚在最惊险处戛然而止，宣布"且听下回分解"，馋得山民们恋恋不舍地离去，辗转难眠，推测那结局如何。渐渐地，山民们快把老廖看作望福寨的第四个头面人物了。

686

谁知，老廖有一次喝醉了酒，娘们般地呜咽着，抖露了自己的丑底。老廖有一位如花似玉的婆娘，是某剧团里的小名旦，轻浮风流，娇憨任性，虚荣心强，想出国演出，和那剧团头头勾搭上了。婆娘和情夫合谋陷害他，将他的日记偷出去交给造反派。那日记中自然能拣出一些出格话。于是，挨斗、游街、离婚、开除、下放，老廖被押往农村的那天，正是那对狗男女出国演出的日子。山民们听了老廖的醉呓，既怜悯他不幸，又嗤笑他没半点男子汉血气，竟甘当乌龟王八，咋不磨刀宰了那对狗男女？因此，山民们又贱看了老廖。

　　老廖毕竟不是职业讲书人，故事篓子终于被掏光了，尽炒现饭，山民们觉得不过瘾了，逼他讲山外的新鲜事儿。老廖便讲天文地理，什么金字塔之谜呀，飞碟之谜呀，宇宙黑洞呀，地震呀，火山呀，一下子便扯到神崖上。"那孤崖既不是什么浣纱女变的，也不是什么神崖，只不过是造山运动形成的一堆乱七八糟、普普通通的石崖。那崖缝是地壳激烈运动引起的断裂，而且断裂还在缓慢进行，有那么一天，整座石崖会突然崩溃，荡平望福寨。这种现象叫'滑坡'，望福寨要么定向爆破炸掉孤崖，要么搬迁，摆脱孤崖的威胁……"老廖忘了这儿不是大学讲坛，听众也不是知识人。在这穷乡僻壤，面对着这些只想听七侠五义不愿听天文地理的山民大谈特谈什么滑坡、泥石流、造山运动，无疑是对牛弹琴。山民们发出阵阵哄笑，笑老廖是忧天倾的杞人。醒醒大叔和茂福爷都笑得前俯后仰，说活这么大岁数，没看过、听过这等怪事，别说神崖，就是立个石磙，没人去推，一万年也不会倒呀！

　　老廖气得脸色绯红，青筋虬突，嘀嘀咕咕道："笑？到时哭都来不及哩！"说罢，他拂袖而去。

四

　　这年夏天胭脂河猛涨。连日里，暴雨滂沱，飓风旋卷，雷霆滚滚，闹得天翻地覆。谁也没注意，老廖在神崖前的一个破瓜棚里待了几天几夜。他已经有几天几夜没合眼了，眼瞳枯酸得胀痛，脑门因为疲劳而陷了下去，腮帮瘦削得更加厉害，两个肩胛骨高耸着，加上细长的脖子，仿佛大病初愈一样特别脆弱苍老。他不宁地辗转反侧着，焦躁和恐惧紧攫着他的心。

　　老廖曾把观察神崖的情况告诉醒醒大叔，又去找过公社、区委、县政府，都碰了软钉子，谁会相信一个"黑帮"的话呢？

　　醒醒大叔劝道："老廖，你这是犯的哪门子邪哟，咋自己跟自己过不去呀？

再说神崖要倒，乡亲们都怪罪你啰!"

老廖激怒地顶撞:"你不相信科学，就是犯罪……"

醒醒大叔怒骂道:"×你奶奶的，怕死，你给老子滚!"

老廖和醒醒大叔闹崩了。他搬到旧祠堂住。山民们疏远他了，见他如见凶神怪兽，老远就躲，趁他走远，冲他的背影戳戳点点，叽叽喳喳，骂骂咧咧。老廖成了败坏望福寨名誉、亵渎神崖的人，犯了众怒。山民们络绎不绝地上神崖烧香磕头，仿佛是对老廖的无声谴责。

老廖时常怀疑自己是否真中了邪，何苦要认死理哟! 神崖倒与不倒，与他屁相干。但是，老廖又想起童年就铭刻在心的一个童话。一位年轻猎手从虎口里救下一只梅花鹿，梅花鹿赠送他一只魔匣，带上它能听懂兽语。但绝不能泄露给他人，否则就化为岩石。一年，年轻猎手看见百兽大迁徙，顿觉蹊跷，带上魔匣一听，百兽惊呼:"洪水要来了!"年轻猎手急忙跑回寨里，把消息告诉了乡亲，话一说完，他就僵硬了，化作一尊突兀坚硬的岩石。

如果变成一块顽石，能说服望福寨乡亲离开神崖，老廖觉得也值。老廖近日来有一种预感，自己胸中常冒出一阵可怕的躁动，引得全身莫名其妙地痉挛，无论是做梦，还是清醒时，他都意识到神崖的威胁，那黑魆魆、阴森森的神崖像一只凶残暴戾的醒狮瞪着惺忪而贪婪的眼，龇牙咧嘴，正在酝酿着一个突然、猛烈的扑击。而望福寨的人却高枕无忧，做着温馨的梦……

唯独老廖提防着它，准备在它作毁灭性扑击之前或那瞬间，振臂一呼，惊醒昏睡的望福寨，让神崖的阴谋破产。他怕误事，不敢睡，猛抽烟来驱赶困意。浓重的烟雾，从他嘴角喷出，固执地翻腾着，飘在脑额四周。他猛烈地咳嗽起来，瓜棚仿佛被咳得摇晃，终于吐出一摊浓痰，咳声才停息下来。这当儿，一道耀眼的、惊人的闪光撕破黑暗的幕帷，在天空划开一条裂口，顿时一声霹雳，如山崩，如地裂，如大厦倾颓，如巨木摧折。老廖如闻号角冲出堑壕的战士，迅敏地跃出瓜棚。

巨雷击在崖上，撞击出耀眼的火花，劈下大块大块的岩石，腾起浓烈、焦臭的硝烟味。断崖在雷电中瑟缩，发出阵阵即将崩裂的声音，老廖趴在崖壁上听得真切。渐渐地，这声音越来越大，仿佛火车碾过铁轨发出的铿锵声。老廖的心涌到嗓眼上:"不好，滑坡的前兆!"天地一片漆黑。偶尔一道闪电，倏地把天地照得惨白、狰狞。老廖跌跌撞撞地往寨子里狂奔。

"神崖要倒了，快跑呀!"老廖声嘶力竭地呐喊，挨家挨户砸门。

没人理他，甚至有人从门缝或窗棂里抛出一句冷冰冰的咒骂:"神经病!"

老廖在泥泞中没命地奔跑、呐喊。

五

"嘭嘭嘭!"老廖拼命擂醒醒大叔家的门。

醒醒大婶磨磨蹭蹭地开了门,见是老廖,一脸不快,说声醒醒大叔不在家,就砰然闩上门。

老廖心急如焚,双拳砸门喊:"大婶,快跑呀,神崖要倒了!"

醒醒大婶在门里咕噜一句:"乱嚼舌头,罪孽呀!"

老廖浑身战栗,摇摇晃晃地去求茂福爷。如果茂福爷此刻肯出面吆喝几声,全寨也许会雷厉风行。

突然,一声粗声狂气的吆喝在老廖头顶上炸响:"喂,下面是谁? 快来帮个忙!"

借着一阵闪电,老廖看清楚五保户德源老爹家的屋顶上趴伏着一个人,用身体压着一捆茅草,狂虐的风戏谑地掠抢着茅草,成片成片地抛卷向天空。老廖听出是醒醒大叔,忙喊:"别压了,快下来,危险……"

"×你奶奶的,快递绳子、石头来!"醒醒大叔扯起嗓门怒吼。

老廖仰头声嘶力竭地喊:"大叔,神崖快倒了,全寨危险,你快劝乡亲们撤出去!"

"呸! 老廖,你疯了? 那崖裂了千百年,咋会现在就倒? 你再磨蹭,淋垮墙砸死人,老子找你算账! 快,递绳子石头来压!"

老廖"扑咚"跪在泥浆中,哭着哀求:"大叔,我给你跪下磕头了,为了全寨几百号人的生命,你就听我这一次吧!"

醒醒大叔愤怒至极,痛骂:"姓廖的,你莫乱嚼蛆,怕死快滚蛋吧!"

醒醒大叔胡乱抓起石头瓦块砸老廖。老廖身上结结实实地挨了几下,慌忙跳起来,踉踉跄跄地往寨子中间狂奔。

茂福爷住在一幢老式屋宅里。堂屋、厢房、后厨、前廊灯火通明,人声嘈杂,杀猪、宰羊、煮酒、蒸馍、推磨、下炸锅、洗盘碟,仿佛忙年过节般喧闹。原来,这是儿孙们行孝心,准备为茂福爷做九十大寿。山民们都凑份儿,上野牛镇请祖传五代的糕点铺特做了一盘寿桃点心,红白相映,硕大而逼真。茂福爷正喜滋滋地欣赏着寿桃糕点,想象着明日宴请乡亲们热闹排场的祝寿场面,突然,蓬头垢面、浑身泥浆的老廖疯疯癫癫似地闯进堂屋,丧魂落魄般地哀声叫嚷:"茂福爷,你积积大德,劝乡亲们快跑吧,神崖要倒了!"

茂福爷气得涨紫了脸，龇牙咧嘴，眼冒怒火，额上青筋暴得老高，胡须抖得厉害，身子摇摇晃晃欲瘫倒。两个孙子见势不妙，上前左右搀扶着茂福爷。茂福爷的头颅和四肢不住地抽搐，牙齿磨得嘎吱嘎吱地响，脸扭弄得皱巴巴的，好半天才缓过一口气来，伸出老藤般枯硬的手点点戳戳："你、你给我、滚出去，出去！我哪里、得罪你了，你来、咒我……"

老廖结结巴巴地申辩："茂福爷，我不是那意思……你别多心。神崖要倒了，真的，扯半句谎，让老天爷雷劈了我……"

茂福爷颤声吼道："给我、撵走这疯子！罪孽呀！罪孽呀……"

两个身强力壮的孙子扑上前，轻巧地架起老廖，搡出院子。

此时，从茂福爷家的院内闪出一个身影，抱起昏迷的老廖急匆匆地朝寨子东头跑去。这是一个五大三粗的汉子，他是青面仙姑的胞弟。刚才，他帮茂福爷家推磨，见老廖被七推八搡出院，心里既酸且愤。他平素听老廖讲书，颇敬重这位城里来的书呆子。整天不吭不哈、没滋没味地打发日子的山汉子，居然能被文弱书生的故事撩拨得捧腹大笑或黯然蹙眉。

他把老廖背回自己家里。开门的是青面仙姑。她已六十出头，但看上去还算不上老妪。她的身材还残存着年轻时苗条婀娜、清虚疏朗的神韵，线条还没僵硬，皮色并未干瘪，神情也非冷酷。她穿着一身黑衣，头发梳得光溜溜的，在脑后挽一个清爽的大髻，有一种触目的朴素淡雅，一种超越的风度。青面仙姑合掌闭目默祷良久，画一道符纸叫胞弟焚灰冲水喂给老廖喝。

老廖昏迷中呓语道："神崖要倒了！望福寨要荡平了……"

青面仙姑喃喃诵祷："阿弥陀佛，善哉！"

老廖喝下符水，被折腾醒来，睁眼见到青面仙姑，仿佛溺水者抓到一根浮木，哀求："老人家，您发发慈悲，叫寨子的人快撤吧，神崖要滑坡了！"

青面仙姑咕噜了一句："阿弥陀佛……"

老廖拖着哭腔喊："你为望福寨积一笔大恩大德吧！"

青面仙姑置若罔闻，又平静地咕噜道："善哉善哉！阿弥陀佛……"她缓慢、慵倦地转身，小声叮嘱胞弟："让他安稳地歇一宿吧……"

老廖不知打哪儿冒出一股神奇的力气，腾地翻身起床，推开青面仙姑和她的胞弟，冲了出去……

六

老廖疾奔回旧祠堂，趴在床上号啕大哭，第一次感到莫大的孤独、悲哀和屈

690

辱。床头搁着一瓶老白干酒。那是老廖想送给醒醒大叔求和赔礼的。醒醒大叔不给他脸面，不收。正好，这会儿痛痛快快地灌个一醉方休。他扬起颈，酒在喉头里发出咕咚咕咚的声音，很古怪。当然，他还得抽足烟瘾。烟火像幽灵忽闪忽闪着，也很古怪。

祠堂里的耗子在黑暗里吱吱叫唤，从未这么嚣扰、烦躁过，莫非它们也有了预兆？但祠堂毕竟离神崖和寨子有千步之遥，是一块安全的弹丸之地。恍惚间，老廖听见有拍门声。细细一听，又没有什么动静，过了一会儿，又混混沌沌地听见有喊门声。再侧耳细听，仿佛是牛哞、羊咩、猪嚎、狗吠、猫叫、鸡鸣、鹅吟……他似梦非梦，似醒非醒，似死非死，但身不由己，爬不动了，喟然长叹："它们没有神的束缚啊……"

人却在神崖的巨翼下酣睡。神崖不是天使，而是魔王啊！祠堂和神崖对视凝望着，像一对含情脉脉却又貌合神离的情侣，相互爱慕着、期待着、矜持着、煎熬着、折磨着。神崖似乎熬不住了，要拜倒在祠堂面前……

祠堂很高傲，甚至称得上很得宠。茂福爷曾执掌捐修过四次祠堂。醒醒大叔在其他村寨祠堂被砸的形势里给望福寨祠堂挂上"政治夜校"的招牌，巧妙地保护了这座较古老的建筑。祠堂里有一间小贮藏室，室内珍藏着最老的族谱和最新的语录，以及祭祀道具、社戏行头、龙船龙灯骨架、彩旗黑板语录牌宝像雕塑等杂什。祠堂正厅是一排排简易木凳石墩和一张油漆斑驳、雕龙刻凤的八仙桌。这儿上演过施族规私刑的悲剧和唱语录歌跳忠字舞的闹剧。祠堂侧厅，一边住着老廖，一边囤着几千斤粮种和战备粮，数量虽不可观，但在山民心中却有沉甸甸的分量。

突然，祠堂腾起一片火苗，在骤风的煽动下，迅速汇合成一股冲天火柱，贪婪地舔着夜空。雷电烨烨助威壮势，暴雨倾盆而下。

"救火呀，祠堂起火了！"寨内爆发出声声呼喊。

"当当当！"急骤的钟声响了。

"咣咣咣！"三下清脆的铳声震撼山寨。

"嗵嗵嗵！"一串浑浊的破锣声飞扬。

醒醒大叔高吼："救火呀！"

茂福爷扯嗓喊道："快救火！"

青面仙姑也裹挟在人群中，向祠堂涌去，嘴里咕噜着："阿弥陀佛，阿弥陀佛……"

强壮的男女拿着桶、盆参加救火，老人与孩子们从酣梦中惊醒，纷纷奔向祠堂观看，唏嘘哭声一片。

醒醒大叔奋勇当先冲进火海，扒出一箩筐粮食。他的衣服、头发、眉毛上都燎着火苗。

茂福爷旋风般地扑进小贮存室，抱出一大摞族谱，踉跄几步，摔倒在地，旁人慌忙去扑灭他身上的火焰，搀扶起他。

青面仙姑面对祠堂闭目默祷着什么。

"轰隆！"一阵巨响。

山民们吓蒙了，好半天才缓过神来，扭头一看：神崖倒了！望福寨没了！

山民们被眼前的奇观吓得魂飞魄散，屏息敛气，瑟瑟发抖，仿佛面临世界末日。

茂福爷跪下了，山民们也不由自主地跪下来了，不知是谁啜泣起来，很快传染给山民们，顿时，号啕声大作。突然，有人发疯地呼喊着"我的孩子哇！"扑向废墟。这时，山民们乱成一锅粥，各自惊呼寻找着亲人。脱险的亲人抱头痛哭，有亲人罹难的山民扑向废墟，趴在乱石堆上徒然地抓着，哭喊着……

人们沉浸在悲恸、恐惧中。

翌日，省、地、县、区、公社闻讯火速赶来不少人：慰问的领导、地质研究人员、医务组、电影摄制队、电视台、报社记者……

他们对祠堂着火不感兴趣，而对神崖倒塌尤其关注。山民们从他们的话语中听得最多的字眼是"滑坡"，跟老廖说的一模一样。这时，山民们才想起那位微不足道却未卜先知的老廖来，悔不该将他的预言忠告当作疯言谬语。山民们七嘴八舌地议论老廖的去向。有人说他气愤地回城了，有人说他被神崖压死了，有人说他逃到深山老林隐居了，有人说他死于祠堂大火，还有人说老廖是神仙，升天了。

望福寨的三个头面人物也因神崖倒塌而沮丧倒霉，一蹶不振。

茂福爷悲怆地在族谱上记下了凄惨的一笔："×年×月×日晚十点许，望福寨祠堂遭雷击天火焚，大祸降临，神崖倾倒，毁屋百余间，死五十人，悲哉惨兮！"不久，茂福爷就郁郁而死。

青面仙姑因望福寨浩劫未预卜严重失职而愧疚跳河。临终前她曾对人说："老廖是颗灾星，得罪了神崖，神崖才发怒，祠堂才起火……"

醒醒大叔主动撂了支书担子，当了管山员，整日寡语，独自酗酒抽烟解闷，背着沉重的精神负担。一日，他喝醉酒后号啕大哭："老廖，你是个大好人，大能人呀！我有眼不识泰山，有耳不听忠言，实实在在该千刀万剐、天打雷劈呀！我对不起望福寨，对不起你呀！你是为我们而死的呀，你点燃了祠堂，引出了乡亲，呜呜呜！只有我猜得出你的用心……"

山民们愣了，心中充满崇敬和罪孽感，仿佛被两扇沉重的石磨碾着。后来，山民们给老廖垒了一座衣冠冢，那衣冠也是老廖送给衣衫褴褛的乡亲们，乡亲们再收集的。望福寨穷，无钱给他立碑，再说他是"黑帮"，山民们也不敢给他立碑。每年清明，望福寨的人都记得给老廖的衣冠冢烧纸、祭酒、培土垒岩。渐渐地，衣冠冢臃肿高耸起来，成为一座突兀的孤崖。

罗 汉 轶 事

一

胭脂河南岸有个檀溪寨。檀溪寨有个名人叫张道龙，绰号"罗汉"。论名气，胭脂河九溪十八寨妇孺皆知，幕阜山七岭十四沟传为笑柄。

据笔者考证，张道龙并非职业罗汉，只不过给职业罗汉挑过道具，身份与旧军队的马弁、茶馆的跑堂、梨园的跟包一般。他能捞到这么一个神圣福气的绰号，原因有二：一是他的容貌像罗汉。他脑大耳阔，浓眉鼓眼，身胖肚圆，秃顶宽腮，面善性和，笑颜常开，活脱脱一尊"大肚能容天下难容之事，阔口常笑世上可笑之人"的菩萨。二是他能测字占卦，相面算命。这是他给职业罗汉当跟班时剽学的鬼把戏，闲得无聊，偶尔露几手，但每次都要郑重声明："算命相面都是骗钱混饭吃的把戏，大家硬要我现丑，我也就不扫大家的兴，只求大家莫把我的胡诌往心里搁，更不要把我算命相面的事张扬出去！"算命相面的个个吹嘘自己看破红尘，能掐指算出前世罪孽来世姻缘，死后变马变犬或成仙成佛。罗汉却一反常态，如此谦逊，似乎有"大巧若拙、大智若愚"的风度。这更刺激了远近善男信女的好奇心和崇拜欲，纷纷上门求拜他。他面薄心慈，见人家大老远赶来，好话说了几箩筐，也就不好向外撵人家。为这事，他被公安部门传讯过，也遭公社批斗过，只因他一再发表过郑重声明，且拒收钱财礼品，才没栽大跟头。

然而，罗汉出名还有一个重要原因：窝囊无能。最显著佐证便是罗汉怕嫂。这种怕，就像现代家庭中的流行病"妻管严"似的怕，怕中含敬，敬而生畏。要是罗汉在扎堆抹牌，有人哄他："罗汉，你嫂子喊你回去挑水！"罗汉会闻风而动，不敢磨蹭，即使抓了一手好牌稳操胜券，也绝不心疼。罗汉工余小憩爱脱掉上衣躺在草地上晒太阳，大伙趁他打盹，悄悄藏起他的上衣。他醒来会哀求："大伙做点好事，把衣服还给我，要是弄脏了，撕破了，搞丢了，我又要挨嫂子的打骂！"

694

其实，罗汉的嫂子并不是一个刁钻、凶悍的泼妇，而是一位温顺贤惠、通情达理的妇道人家。人们估不透罗汉为啥怕嫂，这怕太神秘微妙，太没道理逻辑，使得饶舌好事者颇费心机，七推敲八分析，理出两条权威性理由：一是罗汉有什么把柄被嫂子抓着，嫂子凭此任意摆布他；二是罗汉有怕癖，认为怕嫂不是糟蹋她的名声，而是赐给嫂子一种特权和殊荣，自己也从中得到一种心理满足，好比当今某些男人以怕老婆为荣一样。

大伙一有空，便缠着罗汉算命相面，玩腻了便撩逗他开心，他也乐于给大伙当活宝笑料。罗汉极怕痒，抽打几下他抗得住，挠几把痒，他就伏首求饶，听任摆布，叫他咋说咋干都成。

"你老实交代，跟你嫂子睡过觉吗?"

"没有……"

"不坦白，挠你的痒!"

"饶了我吧，我坦白，睡过……"

"睡过几次?"

"就一次……"

"是你摸去的，还是你嫂子喊你去的?"

"我半夜解手，摸错门了……"

一阵哄笑。大伙见他太坦率，反倒怀疑，找着破绽。

"鬼话，你嫂子睡觉，不闩门吗?"

"这、这……"他语塞了。

大伙受到愚弄，挠得他奇痒难忍，翻滚号叫，然后又被迫说出更下流的话，供人开心。

他就是这么个活宝，转眼踏进五十门槛，仍然稀里糊涂，快快活活，与世无争，得过且过，一副"酒肉穿肠过、功名如粪土"的禅士派头。

二

一日，檀溪寨社员在坡地上锄苞谷草。突然，有人惊呼："抓贼呀，有人偷苞谷!"

罗汉赶过去一看，一位三十岁左右的女人被人逮住了，战战兢兢地蜷缩一团，恐惧羞惭地耷拉着头嘤嘤哭泣，零乱的长发、褴褛的衣衫随着身子的痉挛而颤抖着，大伙朝她吐唾沫，骂粗话。

"呸！×你娘的，这么嫩的苞谷，偷得下手，掰得不亏心吗？遭天打雷劈哟！"

"还他妈的有脸哭，把她捆起来饿几顿！"

"脱掉她的衣服，牵去游乡！"

"扔进檀溪里喂螃蟹王八……"

罗汉出面劝阻："莫作孽，慈悲为本，宽容为上，饶了她吧！"

大伙不依，非要整治整治这女人不可。有人已动手动脚，推推搡搡，用锄柄敲打起那女人的屁股、脚踝、手臂和脊梁，女人发出声声凄厉的惨叫。

罗汉拨开愤怒的人群，滑稽地作了一圈揖，说："各位息怒，且慢！容我给这位女人看看相算算命，看她到底是好人坏人，你们再发落她不迟呀！"

他陡地抛出这一招，吊起大伙的好奇心。大伙住了手，吆喝着女人抬头，兴致勃勃地观看罗汉相面算命。

罗汉定睛望那女人的脸，从那皱褶中读出天书般神秘莫测的命运："你父母早亡是哦？"

女人木然地点头。

"家里还有一位亲人，对吗？"

女人惊异地点头："对，有个残疾哥哥……"

"为了这个残疾哥哥，你早嫁了，爱情线不平直，有个分岔细纹，好像还有个情郎……"

女人的泪珠夺眶而出："我命苦，为了给哥哥换媳妇，嫁给比我大一倍的男人，情哥哥跳了崖……"

"哎呀，祸不单行，你的婚姻线短得很。哎呀，不仅短，而且断了！恕我冒昧，你是不是死了男人？"

女人痛苦地呜咽起来，半晌，停止啜泣，倾诉起来。她的家在四川东部，丈夫被洪水淹死，她带着五岁小妞一路逃荒到檀溪寨。小妞饿得走不动路，晕倒在那边荒坡上，她急得没法，才厚着脸皮来偷嫩苞谷………

大伙一听，唏嘘愧然，女人们陪着落泪。当即，大伙掰了一满篮嫩苞谷送给她。女人朝大伙磕了一圈头，又单独给罗汉磕了三个头，提着苞谷篮急急地朝荒坡跑去。

有人大发慈悲，替这寡母孤女担忧起来，便在队长面前说情，发发善心收留她们。队长面有难色："我做不了这主，除非她肯嫁过来。"一句话拨亮了大伙的心，这倒是两全其美的事，既救人之危难，又减少檀溪寨之光棍。于是，大伙替她物色起丈夫来，挑选出几个般配的候选人，几位热心快肠的女人追到荒坡，将那番意思一说，又摊出几个候选人，那女人羞答答的，不吭声。半晌，她才红着脸打听起罗汉来。做媒的女人们觉得怪哉，年轻汉子不中意，偏偏钟情于窝囊废、五旬老汉罗汉。罗汉艳福不浅咧，莫非他用什么巫术蛊惑住女人的心？然而，罗汉听说此事，并没有走桃花运的狂喜，反而忸怩不安，讷讷道："这还没问我嫂子呢！"

大伙讪笑："这是你的终身大事，还问你嫂子干嘛？她能包办吗？真是个窝囊废！"

罗汉很固执，还是回去跟嫂子说了。嫂子很满意，将那母女俩接到家里，备了一顿好饭菜款待，只等着当家的回来商量把弟弟的婚事办了。

罗汉的哥哥叫张道虎，小时爬枣树摔成驼背。他心眼活，脑瓜灵，无师自通，学会理发手艺，成为走村串寨的剃头匠。在当时割资本主义尾巴的形势下，好多手工匠活、家庭副业被禁，唯独他的理发挑子没被砸烂。无论怎么大批大斗，人们还得理发剃须。他靠剃头赚得一些活钱，日子反倒比好脚好手的人过得顺心些。张驼子刻薄吝啬，对罗汉也如此。罗汉的衬衣破得不能补了，嫂子给他买了一件新的，他和她拌了半夜嘴。罗汉砍柴扭伤腰，买了几张狗皮膏药，张驼子心疼得要命，说着风凉话："一年挣的几个工分，还不够买膏药呢！"换上别人，非气炸肺不可，罗汉却泰然自若，仿佛没听见。张驼子把罗汉当老实坨捏，要不是嫂子常常护着他，罗汉会被捏熟、捏烂。

张驼子剃头回家，一听这事气得跺脚，当着那母女俩的面斥责罗汉："你疯了，傻了？大家是撩你！你想想，她这么年轻漂亮，愿意跟你这老气横秋的人吃苦吗？她是想捞你几个！你知道她的来历吗？你捡那个便宜要吃大亏！枣溪的二嘎子捡过一个便宜货，没过一个月就卷东西跑了……"

那女人听不下去了，哭哭啼啼地牵着小妞夺门而去。罗汉欲拦她们，张驼子喝止道："让她们去逃条生路吧，跟着你，不是冻死就饿死，你养得活她吗？还有那个拖油瓶的小妞，够你受的！哼，想想你的老婆是怎么跑的吧！"

这句话击中了罗汉的要害，他浑身战栗，脸色青紫，眼神悲怆，头晕耳鸣，趺趺撞撞地摸进自己的房间。

嫂子愤然地说："道虎，你嘴上积积德呀！怎么还提那伤心往事？"

三

那天，罗汉正在小院里叮叮当当地做摇篮，准备迎接即将降临的宝贝。突然，嫂子慌慌张张地跑回家："兄弟，不好了！春花被河水冲走了！"

罗汉手中的斧子"哐当"落地，"哇"的一声哭起来："她、她在哪儿落的水？"

"在檀溪口，这是放牛娃捡到的洗衣篮、棒槌，还有这件红格子衬衫……"

罗汉一看，正是自家的东西，红格子衬衫是结婚时为春花置的嫁衣。

罗汉疾奔檀溪口，跳进深水中捞着，乡亲们闻讯赶来，也帮着打捞，仍不见尸体。罗汉疯狂地沿着河岸奔呼唤："春花！你在哪儿？你不能死呀！"他沿着胭脂河狂奔呐喊了一天一夜，直到昏死，被人送回檀溪寨。他躺在床上三天三夜发高烧，说胡话，狂呼着春花的名字。几天工夫，罗汉衰老了许多，饱满光滑的天庭上出现了皱纹，脸上的皮肉不像往日那样胀鼓鼓的，却变得松松垮垮地吊着，一双眼睛失去了昔日炽热的神采，毫无生气地镶在干瘪瘪的眼眶内，走起路来两条胳膊软塌塌地垂着，没有一丝劲儿，腰也似乎佝偻了。他整日神情恍惚，茶饭不思，春花的影子总在眼前浮动，他常常抚摸着春花的遗物，呆呆痴痴地坐一夜。

春花是从江西讨饭来的。隆冬腊月，她又冻又饿，昏倒在雪地里。罗汉捡粪发现她，救了她一命。春花苏醒过来，就不愿走了："大哥，你好心救我一命，可要救到底呀！我什么都会做，你就收留我吧……"春花嫁给了罗汉。新婚不过三天，罗汉就被抽调到水库工地，那年遇旱灾，粮食大减产，农民勒紧肚皮度饥荒。罗汉怕新婚妻子挨饿，省下一半工地发的山芋、荞麦粑、菜糠饼、苞谷糕等食物，隔几天溜回家一趟。一次，工地破天荒打牙祭，每人分得一小块牛肉。罗汉舍不得吃，连夜往回赶。半途遇到一场暴风雨。到家门时，淋得像落汤鸡，冻得瑟瑟发抖。罗汉要喊门，内屋却传出一阵厮打声。

"你再不滚，我喊人了！"春花怒斥的声音。"哈哈哈……"一阵狞笑滚过罗汉心头，他的每根汗毛都倒竖起来，这不是大队书记刘根洪的声音吗？他瞬间明白了，刘根洪为什么硬要抽他上水库工地。他顷刻回忆起，刘根洪闹洞房时，贪婪邪恶地撩过春花的脸蛋。罗汉热血沸腾，怒火中烧，想破门而入，和这淫棍拼了。但腿像灌铅带镣似的怎么迈不动呢？哦，在这山高皇帝远的檀溪寨，刘根洪是一手遮天的天王爷、双脚踩地的地菩萨，谁惹恼他，轻则逼你背井离乡，重则害你家破人亡。罗汉颤悸起来，胆气化为乌有，热血化作透骨冷气，身架和灵魂在匍匐、萎缩。他凄惶地倚在门框上狠命地撕扯着头发、搔打着脑袋……

"喊吧，看谁敢来理茬！张驼子吗？量他没这胆量！罗汉吗？在工地，回来又怎么样？你就依了我吧，有你的好处……"

"啪！"似乎是一记脆响的耳光。

罗汉惊得汗毛一炸：春花打刘书记了？完了，大祸临头了！

果然，传出刘根洪恼羞成怒的骂声："臭娘们，给脸不要脸，还装正经！等着瞧吧，老子要你乖乖送上门来！哼，什么女人没玩过，你还逃得脱老子的巴掌心？"

刘根洪骂骂咧咧地摔门而出。罗汉急闪进门楼的浓影中。待刘根洪消失在夜色中，罗汉才敢进屋。春花披头散发倚床哭泣，见到罗汉倾诉一番。罗汉替她抹泪理鬓，无可奈何地哀叹："我都听见了，咱们惹不起他，忍掉一口之气，免掉百日之忧！"

春花惊愕地望着他，半晌说不出话来，突然扇了罗汉两耳光："你这没骨气的男人！"

罗汉不愠不恼，从怀里掏出熟牛肉递给春花："你吃了吧……"

春花抓起那包熟牛肉愤然摔在他脸上："我不吃肉！你要真疼我，心里还有老婆，去，追上去，狠狠教训一顿那畜生！"

罗汉没这豹子胆，半步也没挪动。春花扑在他胸前狠命撕扯、擂打，号啕大哭。

从此，春花变了，开始冷淡罗汉，要不是罗汉跪下求情，她连肚里胎儿也要搞掉的。她公开声明："这孩子不是你的，留着这孽种丢人现眼！"后来，春花又告诉他，她和江西来的弹花匠好上了。罗汉气得要去找弹花匠算账。春花嘲笑他："你不是肚量大吗？忍掉一口之气，免得百日之忧嘛！原来你并不是真有肚量，是欺善怕恶呀！刘书记惹不起，你就缩起乌龟头；弹花匠人地两生，没权没势，你就伸出王八爪来斗狠。告诉你，是我勾引他的，要打，就冲我打吧！"她说得赤裸裸、坦荡荡，令罗汉瞠目结舌，不敢去找弹花匠算账，更不敢动她的孕身。

万万没想到，春花走了绝路，她为什么这么狠心，扔下孤单单的他，带着胎儿去了？后来，罗汉在春花留下的红格子衬衫中偶然发现一张字条，罗汉目不识丁，满腹狐疑。拿给略识几字的张驼子一认，字条上写道："不要找，就说我死了！"罗汉顿时明白了春花的良苦用心，她私奔时还在维护他可怜的脸面。在山里，老婆跟野汉子跑了，那是最丢人的事，戴绿帽的男人别想抬头做人。罗汉的哥嫂还以为春花是受不住穷跑的哩！

罗汉办了"丧事"，做了一座衣冠冢，把春花的衣服和那张神秘的字条一起埋葬了，他在坟头撕发捶胸地哭叫："我还算个人吗？天呀！你打雷劈死我吧！"

如今张驼子重揭旧疤，罗汉悲伤一阵，也清醒许多。自己命苦，留不住女人，也就断了此念，别再造孽！

四

那四川女人从罗汉家哭哭啼啼地跑出来,正好被刘根洪撞上,刘根洪软磨硬泡不让她走,给他病恹恹的光棍兄弟刘根林说了亲。那女人名义上是刘根林的婆娘,实际上是他不花钱的奴仆。整天熬药喂药,洗衣做饭服侍他,得不到一个笑脸,还常常挨打受骂。丈夫简直是一个虐待狂,成天找茬儿打骂她。她喂药烫了点,夺过药碗就往她脸上劈,烫得她满脸水泡溃烂流脓;她做饭糊了点,他抢起拨火棍就敲她的脑袋,一敲一个青疙瘩;她挑水洗衣时跟别的男人说笑一下,传到他耳里,他脱下鞋子扇得她鼻青脸肿、脑晕耳鸣、嘴歪牙落;她挨打受气后跟知心的姐妹诉苦一番,被他撞见,他捶胸顿足骂得她狗血淋头、祖宗翻跟斗。她的身体和灵魂都遭到魔鬼般的丈夫的禁锢、蹂躏。女儿铃子更是后爹的小菜一碟,打骂是家常便饭,铃子常常不敢回家,露宿瓜棚柴垛。

熬过五年悲惨窝囊日子,刘根林一命呜呼了。他一死,那女人如出牢笼,如释重负,日子虽苦,倒也落得清闲自在。不料,刘根洪打发他老婆来,劝他改嫁给兄弟刘根生。刘根生本是刘家最有出息的子弟,"文革"前考上省城工业大学。"文革"中参加武斗,大脑被木棒击伤,落下后遗症,疯疯癫癫,到处游荡,高唱语录歌,呼造反口号,扭忠字舞,刘家只好将他关在黑房里,吃喝拉撒请人料理。刘根林一死,刘根洪就打鬼主意了,那女人年轻漂亮,迟早守不住寡,不如让她转嫁给根生,既甩掉一个包袱,又钳制住她。

谁知,那女人坚决不依,理由相当充足、硬爽、得当:"不,我不改嫁,我要对得起男人,为他守节。你们硬逼我改嫁,我就上吊算了!"

刘根洪气得七窍生烟,但奈何不了这女人,心里咒骂:"哼!守寡?臭娘们儿还蛮刁钻狡猾,看你守多久,等你熬不下去偷人养汉,看我不打断你的腿,把你和野汉捆去游乡、沉水!"

寡妇守节是假,心里想着一个人是真。那就是五年前未娶成她的罗汉。谁知月老作祟,阴错阳差地,竟让她跟一个暴戾无情、病恹恹的男人荒掷了五年青春。她恨张驼子从中作梗,怨罗汉孱弱无能,没男子汉的血性。但是,她又实实在在地感觉到罗汉是天底下少有的大好人。她含辛茹苦、饱受折磨而愁眉苦脸时,罗汉时常开导她,借用算命相面的把戏鼓起她生活的勇气,想法设计出洋相当笑料惹她乐观开朗起来。她去打柴,十有八九碰到罗汉进山下兽夹或挖草药,顺便就帮她挑回柴来,次数多了,她就明白了,这巧遇都是罗汉用了心机的。她遭丈夫的毒打，遍体鳞伤，罗汉悄悄熬好药膏送给她。罗汉下兽夹逮到野兔、山麂、野羊，也悄悄送一份给她们母女俩尝鲜。罗汉特别怜爱铃子。铃子风餐露宿有家不敢归时，罗汉把她领到家里吃顿饱饭，睡个安稳觉。寡妇有情，罗汉有意，就是好事难成。刘根洪的鹰隼般锐利冷峻的眼睛死死地盯着……

转眼到了实行生产承包责任制的年代。檀溪寨也分了承包组。寡妇被当作包袱搭配到罗汉一组。寡妇怕闲言碎语，尽量在大庭广众中躲避疏远罗汉。但是，一个组的成员哪有不聚头的机会？一日播种，罗汉和寡妇凑到一起了，一个摇耧，一个撒肥。开始，垄里还有几组播种的，他们倒不怎么拘束，地里响起摇耧声、牛哞声、罗汉粗野的吆喝声、寡妇匀细的喘气声。渐渐地，垄中只剩下他俩，两人不自在了，卸套停耧吧，地没播完，时辰还早；不卸耧吧，孤男寡女在一起，人家不知要怎么嚼舌根的。两人尴尬犹豫，好在一阵骤至的暴雨解脱了他们，罗汉吩咐寡妇："你快躲雨去，让我卸套。"罗汉卸完套，拴好牛，踉踉跄跄地跑进一座废窑洞。他忽见寡妇蜷缩在窑洞里，狼狈不堪，不顾电闪雷鸣，要退出去。寡妇一把拉住他："外面打雷危险。"话音未落，惊雷炸响，窑洞外的一棵檀树拦腰被劈断。

罗汉畏惧地站住了。两人一蹲一立，沉默无语，静静地观着雷霆施威，暴雨肆虐。寡妇想打破场面的难堪，找话柄扯起来。

"大伙撩你，你为什么不恼？"

"恼个啥？逗大伙开开心，自己也乐乐呗！"

"怎么老笑你怕嫂子？"

"我是怕嫂子呗！"

"可你嫂子不坏呀，看得出对你挺好。"

"正因为挺好，我才挺怕……"

"这是咋回事？"

"我……我……"

"隐私？不好说出口？"

"不，不！我没对任何人说过，你想听，我就讲，你要保密哟！"

"好的。"

"我嫂是我骗来的！"

"啊？"

"哥出的彩礼，我代他去相的亲，嫂子挺中意，进洞房一看换了我哥，哭了一夜，寻死觅活的……"

"后来怎么依了你哥？"

701

"后来我给嫂子下跪求饶：'嫂子，求求你留下吧，我哥可怜，他身残，心不坏。你要去死，他会活不下去，我也会以死赎罪。'嫂子心软了，扶起我……"

"你和嫂子，真有那种事吗？"

"穷开心的话，要真有那种丑事，还不早叫雷劈了！"

两人沉默了，天也沉默了，雷电风雨都销声匿迹了，两人急急地跑出废窑洞，撞上一位牛倌……

五

刘根洪暴跳如雷，像一头怒狮。

这几天，不顺心的事接踵而至，民主选举，大伙撸他下了台，选了民办教师张学军当村主任。村民们把那猎枪、鞭炮放得山响，唢呐、笛笙吹得涎流，像庆祝喜事似的。接着，张学军这毛小子上台就冲他烧了三把火：平反冤案、清查账目、整顿村办企业，他的违法乱纪、多吃多占等事将一笔笔清算，他的三亲六戚将被赶出村办企业。再接着，他心爱的大狼狗误吞了药老鼠的毒饵，倒毙在他的床下，他悲哀痛惜，一股浓郁的不祥之兆攫住他的心。继而，就是牛倌告密：寡妇跟罗汉在破窑洞里搞上了！这一消息快气昏他，万万没想到，就连罗汉这样的顺民也敢与他作对，勾引他刘家的寡妇！那不要脸的骚货，说什么"活是刘家人、死是刘家鬼"的骗人话，背地里去偷人养汉，伤风败俗。他奶奶的，墙倒众人推。要不是他下了台，要不是张学军为他张姓人撑腰打气，罗汉敢这么猖狂吗？想当初勾引他的婆娘，他屁都不敢放一个哩！刘根洪摆下酒宴，请来本家、亲戚商议对策。在刘根洪和烈酒的煽动下，他们邪劲上涌，准备拿罗汉和寡妇开刀，杀杀张姓人的气焰。

罗汉淋了一场雨，着凉发起高烧。嫂子给他熬来姜汤。望着罗汉渐渐衰老的脸庞，她神情黯淡，不禁想起第一次见到罗汉的情景来：罗汉跟着媒婆进了她家的门，她从门帘缝中偷觑，那张憨实英俊的面容刻在她的记忆中。三十年过去了，岁月无情地掠走他的健康和美貌，只留下生命的残壳。朝朝暮暮、风风雨雨，她爱着这位憨厚、善良、软弱、傻气的兄弟，这种爱天长日久升华为一种母爱，她仿佛是罗汉的小母亲。也许她关怀照顾得太过分，不仅惹起一些闲言碎语，也使罗汉产生一种依赖感，身边有个贤惠女人，可以不急于娶女人。可她毕竟不能代替他的女人呀！她每次给他缝补浆洗时就调侃："兄弟，这是最后一次，下次该找个女人干了。"可这个女人迟迟没闯入罗汉的生活。昨天，她偶然听见寨里传说，兄弟和寡妇在破窑里搞上了。她又喜又惊：喜的是兄弟和寡妇有缘分，好事多磨，终成眷属，真是天意；惊的是兄弟要娶寡妇，必定惹恼刘根洪。这凶神灾星可碰撞不得，别看他现在虎落平川，龙搁浅滩，来日得势会更疯狂。听说乡长是他的远房表哥，副县长与他是连襟哩！

正在这时，刘家一帮人骂骂咧咧、吼吼叫叫地闯进屋来，要绑罗汉。

嫂子拦住他们哀求："他病了，饶了他吧！"

"去、去、去！做下丑事，还装病要赖，没这便宜，欺负刘姓人没好果子吃！"

他们粗暴地推倒嫂子，硬拽起罗汉，五花大绑起来，推推搡搡地带走了。

嫂子爬起来哭喊："兄弟！兄——弟！"

六

寡妇也被推推搡搡地押来了。她满脸血痕，头发零乱，衣衫被撕破几处，露出白皙而结实的肌肉，左腿有点瘸，一个不易觉察的痛苦表情浮现在脸上，显然是挣扎、殴打过的痕迹。她颀长浑圆的脖子上吊着一长串又臭又破的鞋，宛如一长串死螃蟹。她并不羞辱悲伤，头颅高昂，神态极平静从容，毫无惧色，仿佛抱定殉情的信念，当她看到罗汉的时候，脸上浮起两团幸福的红晕，眸中放射出燃烧的火苗，两行泪水从干瘪的眼眶中滚了出来，顺着腮帮流着，滴在衣襟上，浑身喜悦地痉挛着，躁动着。她轻轻启唇，呼唤了一声："罗汉哥！"但这声音太小了，连她自己都没听清。

罗汉仿佛感应到她的呼唤，朝她望了一眼。他的眼神枯涩无光，那是被痛苦和忏悔熬干的。他的胸腔里像灌了铅水一样郁闷难受，想拼尽全力撕心裂肺地呐喊几声，嗓门却被堵得死死的。他脸上每一条皱褶中都含着懊悔和悲愤，头沉重地垂了下来，挂着比破鞋还要重百倍的罪孽感，他觉得这辈子害苦了那女人，下辈子定变犬马赎罪。他的身子仿佛成了躯壳，轻轻飘飘，恍恍惚惚。他们将一面破锣塞给他，他愣了片刻，拳头像雨点落在他身上。他不觉得痛，麻木了，古怪神秘地狂笑着，笑得十分瘆人，摇摇晃晃地倒在地上。

"罗汉哥！"寡妇深情痛楚地呼唤着扑上去。

他们疯狂地抽打寡妇，死拽硬拖起他俩。

开始游乡。

村干部凑巧全上乡里开会去了。山民们沉默着，敢怒不敢言，只有不懂事的孩子前呼后拥地看热闹。铃子哭喊着要妈，被刘姓人凶狠地搠开了。刘根洪一直没抛头露面。但人们清楚，他就是这幕闹剧的操纵者。此时，他正在院里捧着袖珍收音机听着戏，得意洋洋地哼起来：

> 我正在城楼观山景，
>
> 突然间耳听得城外乱纷纷，
>
> 旌旗招展空翻影，
>
> 却原来是司马发来的兵……

突然，刘姓人气急败坏地跑来报告："不好了！罗汉疯了！他成仙了！"罗汉游乡至春花衣冠冢处时，猛地挣脱绳索，狂奔到冢前号啕大哭，鸡啄米般捣着头，捣得额头血肉模糊，冢上留下一个血染的深臼。待到刘姓人去搠他，他仿佛使了定身法一样岿然不动。两人拉，三人拖，仍钉牢胶固似的。四人合力搠时，他才腾地跃起，三踢腿，倒下三位壮汉。他闪电般地抓住呆若木鸡的一壮汉，运足丹田之气，单膝一脆，双臂一挺，举起壮汉，顺势在空中旋转。壮汉徒然在空中乱抓乱蹬手脚，像个被父亲举起来逗着玩的顽童。罗汉狂笑着将壮汉扔到草地上，摔得他龇牙咧嘴地呻吟。刘姓人惊呆了，从来没见过罗汉有这手硬功夫呀！更令人心惊胆战的是，罗汉狂笑着，将那面破锣当作烧饼啃着，啃得牙齿咯咯响，鲜血汩汩流，硬是啃碎了破锣，吞下肚去，像使了什么妖术一般。人们毛骨悚然，瞠目结舌。天呀，这真是活神仙下凡界了，昔日的职业罗汉吹嘘能呼风唤雨，真正的绝招也就是嚼碗啃盘如吃饼，哪赶得上罗汉的啃锣绝招！

刘根洪半信半疑，正要亲自去看个究竟，忽见罗汉疯疯癫癫地狂奔而来。他吓得差点没瘫软下去，急急忙忙闩上院门。罗汉作呼风唤雨状，绕场一圈，在刘家院前歇斯底里地大喊大叫："我是天蓬大元帅，奉旨下凡捉拿小鬼。刘根洪，你听着，你欺压百姓，强奸民女，贪污腐化，作恶多端，阳寿已满，抓你去下油锅，进地狱……"罗汉将刘根洪的丑底揭了个淋漓尽致，骂得他一佛出世，二佛升天，气得吐血也不敢声张吭气。

罗汉在刘家院前闹腾了很久，多亏寡妇叫来他嫂子，嫂子狠狠心，给了他两耳光，罗汉才止了呐喊，息了疯癫，摇摇晃晃地随嫂子回了家。

罗汉蒙头酣睡三日三夜，喝下滑肠药，拉了七天血污、碎铜片，居然没死。从此，罗汉名声更大，胭脂河畔、幕阜山脉众口皆碑，再不笑他，而夸他神威、有种。

刘根洪栽在罗汉手上，羞得大门不出二门不迈，最后锒铛入狱。罗汉和寡妇结了婚，据说，如今他除了怕嫂，还怕婆娘咧！

蜜河湾轶事

在疯狂愚昧的年代，人们往往听信谣言和小道消息，干出一桩桩蠢事来。有人说盐要缺货，人们蜂拥到集镇，把盐铺抢购一空，整担整担地往家挑，大缸满、小缸囤，一吃几年，盐结成巴，化成水，生出蛆。有人闹卫生纸要涨价，镇上乡下人都摆成长龙阵购买，整捆整捆地扛回家，囤积久了，卫生纸发潮长霉，变得不卫生了。甚至荒谬到这种地步：一段时期谣传结婚要交税，人们便争先恐后地突击恋爱、突击结婚，真演出过类似"拉郎配"的闹剧。人们信奉"无风不起浪"的生活哲理，于是，野心家、多事者和饶舌人就抓住人们的普遍心理特征，导演出一出出政治的或生活的悲剧、喜剧或闹剧。

在我的家乡蜜河湾，就发生过一出痛心而逗人的悲喜剧。多少年来，乡亲们把这事看作"村耻"，提起来就羞愧满面，哑然失笑。

夏日的一天，一辆"乌龟壳"轿车开进了蜜河湾后面的小松林，几位首长模样的人转悠了一圈，磨蹭了一会儿，就一溜烟地开车走了，来得突然，去得蹊跷。他们是什么人？到这里干什么？庄稼地里的山民们叽叽喳喳，费力琢磨、猜测，争论着，打起赌来。

张三说，兴许是当官的在办公室里待腻了，心血来潮，到乡下游山逛水来了。李四猜，也许是什么大官少小离家，衣锦还乡，叙乡情来了。这有可能，蜜河湾一带是老苏区，闹红军时就有上千人参加革命，如今当将军、大官的有几十位，也有乡恋重的回家转转，还有活着没空回，死了回家葬的，叶落归根嘛！王老五琢磨，这几位当官的，也许过去在此打过游击，如今重游旧战场，凭吊烈士。可不，松林里的确长眠着儿位为国捐躯的烈士，众说纷纭，莫衷一是。

正在人们各执己见、争吵不休的时候，进城看闺女的灵叔蹒跚而来。人们仿佛找到了权威裁判员，围了上去，要听听灵叔的灵通消息。

灵叔原名张老憨，因为养了两位水灵灵的女儿，嫁了两位佳婿，一位在县里任秘书，一位在地委任主任，消息自然灵通，路子也宽广，左右逢源，上下吃香，所以人们称他"灵叔"。灵叔听到人们争论的话题，慢腾腾地掏出旱烟杆抽着，故意卖着关子。等到人们一再催促，他才透露了一个爆炸性的新闻：蜜河湾要盖大工厂了！

人们茅塞顿开，豁然开朗："哦！这是来勘查的，拿老话说，是来看风水、测地脉的。

穷山村要盖大工厂啦！蜜河湾一片欢腾，奔走相告。看啦，蜜河湾的黎民百姓再也不用面朝黄土背朝天地死干活、挣工分了，再也不过那红薯南瓜萝卜顿顿吃的苦日子了！蜜河湾人要当领花票子、吃白米饭的工人了，要过那种"楼上楼下，电灯电话"的好日子了！这日子唱了多少次，盼了多少年，今天总算快盼到了！蜜河湾风水顺、地脉灵，祖宗保佑，人有福气啊！乡亲们吹起唢呐，扭起秧歌，像最新最高指示到山村那样敲锣打鼓、游行庆祝。

正当人们欣喜若狂的时候，有人泼了一瓢凉水。泼水者是本湾刚脱开裆裤的放牛娃喜来，他说，那几个人根本不是来看风水、测地脉的，是在那里拉屎。

灵叔瞪了他一眼，骂道："小杂种，放你娘的屁！"

喜来执拗地辩解："不骗你们，我放牛亲眼看见的。不信，我领你们去看他们拉的屎……"

灵叔恼羞成怒，怒不可遏，扬起大巴掌狠狠扇了喜来两耳光。这两耳光真厉害，打得喜来耳鸣眼花，趔趄倒地，两颊留下五指青痕，顿时肿了起来。喜来眼里涌出泪水，倔强地爬起来，狠狠瞪着灵叔，做出要拼命的姿势，拳头握得紧绷绷，牙齿咬得嘎嘎响。

喜来妈连忙上前拉住儿子，一个劲地给灵叔赔情，她早年守寡，好不容易拉扯大福来和喜来两个儿子，那是她心尖尖上的肉呀，她摸都怕摸重了，怎忍心看着人家打自己的儿子。但她长期以来养成了逆来顺受、忍辱负重、息事宁人的性格，何况是灵叔，更惹不起呀！再说，儿子也太不懂事，怎么能说那些不吉利的话呢？不单单是驳了灵叔的面子，而且扫了大伙的兴，冲了村子的喜呀！

人们当然不会信一个乳臭未干的放牛娃的胡言乱语，只会信一个有两个佳婿、手眼通天、消息灵通的长者之言，再说，退一万步而言，看风水、测地脉与拉屎拉尿并不矛盾呀，谁不拉屎拉尿？皇帝和国家元首也拉。人家看工厂地盘的拉屎有啥大惊小怪的？人家坐"乌龟壳"老远跑来这里专为拉屎吗？是什么金屎蛋蛋非要上蜜河湾来拉不可？这么一分析，那些听了喜来对灵叔之说持怀疑态度的人，立即倾向灵叔一边，坚信不疑，做起美梦来。

昔日，蜜河湾的夜晚，男人们干活累了，一倒在枕上就打呼噜，女人们凑在油灯下做针线活或摇着婴儿，只有小伙子和大姑娘在蜜河边幽会，孩子们在小松林里捉迷藏。每逢开会和上政治夜校，队长催社员要喊破嗓子，可今天夜里，人们不约而同地凑到大队部，兴致勃勃地谈论着白天的事。

年轻的支书赵德望也来了。他白皮嫩肉，一副书生相，骨碌碌的眼珠里透出精明、狡黠的神色。他高中毕业刚两年，读书不中，脑瓜倒灵，心眼挺活。他早就想逃出农门，无奈路子窄，没后台，弹跳力差，招工招生没份儿。他因出身好、根子正，加上会写批判稿，身上长点毛毛刺，被看作培养的好苗苗，突击入党、扶为支书，成为一方土地菩萨。这小子并不怎么坏，就是私心重，爱占便宜，爱捞油水，怎奈蜜河湾清贫如洗，小小支书捞不到什么大油水，常常为缺油少盐跟老婆拌嘴斗架。他想挂印不干，搞个招工指标去当工人，可挨了公社书记的一顿狠训。他窝着一肚子火消极怠工混日子。这次时来运转，蜜河湾要盖大工厂，他不仅能当工人，说不定好歹能套个一官半职，当个工厂主任、科长什么的。

不过，他赵德望还是打着官腔，一本正经地问灵叔："你的消息可靠吗？怎么没见红头文件下来呀？咱们可要注意阶级斗争新动向，警惕上当受骗，不能信谣传谣，扰乱人心，影响革命生产……"

灵叔有恃无恐，从来不把这嘴上无毛、办事不牢的毛孩子放在眼里。他也斜着眼，不冷不热地说："咦！大支书，你不信算了，只当咱大耳朵百姓放个闷屁。你要扣大帽子，咱这脑壳可戴不起呀！"

赵德望哪敢得罪灵叔，尴尬地笑笑，讨好地说："灵叔，您老别多心，我不是这意思……"

赵德望素来十分感激、敬佩灵叔，凭灵叔的亲戚关系和消息来源，蜜河湾沾过不少光，免掉一些摊派。有一年，县里要搞水库工地大会战，准备大规模征粮征猪、调人调机械，多亏灵叔从佳婿口里探到消息，疏散圈里的猪，拆散拖拉机，免吃了这种哑巴亏。蜜河湾要搞到紧俏的物资，如化肥、农药、机械、木材等，只要灵叔出马，十拿九稳能办妥。灵叔是蜜河湾的大能人，也是蜜河湾的一块硬邦邦、响当当的招牌。邻村为抢水、争山界地皮和婚姻纠纷常与蜜河湾发生冲突，只要灵叔出面说句话，就把对方镇住了，不敢轻举妄动，有些从地委、县里和公社下来蹲点的干部，对灵叔也是毕恭毕敬，不敢冒犯。在灵叔眼里，赵德望算什么东西？一只跳蚤而已。

灵叔撇开赵德望，和众人坐在一起抽着旱烟，眉飞色舞地吹起牛皮来。他爱扯闲话，从白斩鸡、鹌鹑蛋扯到红地毯、抽水马桶，从电子门铃、彩色电视机扯到霓虹灯、庙宇，从吐口痰罚款、拉泡尿交钱扯到城里男女吊膀走路、夫妇闹派性离婚，还有哪个书记和他握过手，什么主任给他敬过烟，哪个领导陪他看过电影，什么秘书引他逛过商场……

众人并不在乎他的牛皮漏洞百出，只关注办工厂消息的来源。灵叔说，这是地委的一位长着孕妇般的大肚官透露的。够了，当大官的金口玉言，说话算数，可不像乡下干部说话如放屁，拉泡尿就变，也不像山民打赌，输了又心疼反悔，为一包烟或一瓶酒的赌注不兑现而翻脸。

打这天起，蜜河湾发生了历史性的转折。尽管蜜河的浑水照旧静静地流淌，两岸村庄照旧破破烂烂，河上的木桥照旧吱吱呀呀地摇晃，村头的古钟照旧嗡嗡地催工，孩子们照旧整天光着腚，大姑娘照旧买不起红头巾，小伙子照旧送不起彩礼，老人们照旧馋白馍和肥肉……但是，蜜河湾人有了精神支柱，有了幸福的憧憬，腰杆挺直了，脚步迈大了，说话响亮了，笑声爽朗了，吃饭香了，睡觉甜了……

第二天，邻村人就闻讯来找支书赵德望，申请搬迁到蜜河湾落户。他们自然都拎着"小意思"的礼品，赵德望不敢明目张胆地收，还装模作样地推拒，老婆咋咋呼呼地奚落他一番，全权受理了。

赵德望故作谦逊地说："咱村穷，你们干嘛要往穷窝里跳呀？"

客人狡黠地笑道："大支书，别兜圈子了，谁不知道蜜河湾马上要抖起来了？"

赵德望听了，心里甜如蜜，得意得很。

客人跟在他屁股后转悠哀求："这事就拜托您了，夜长梦多，得抢在户口冻结之前搬迁入户呀！"

赵德望爽快地应诺了。多搬来一个，他的势力范围内就多一个子民，日后升官发财就多一步阶梯，何乐而不为？

这些天，蜜河湾人特别喜欢走亲串戚，上集赶市。这心理明摆着，心里有喜事搁不住，想掏出来跟别人分享，想炫耀自己的幸福和自豪。集市上，蜜河湾人尽往人多眼熟的地方钻，人们一见了他们，一改昔日鄙弃穷乡僻壤人的态度，老远就跑上前打招呼、套近乎，道喜询问个没完没了。蜜河湾人也舍得花时间了，站在街中心扯着嗓门与人家讲话，那种得意劲儿真叫人妒忌死了。有人还拉着蜜河湾人上茶馆面铺，破费几个，叽叽咕咕咬一番耳朵，就算托上了面子、找到了内线往蜜河湾钻。

如果蜜河湾人卖菜秤抠紧了一点，买菜的便说："哟，你们蜜河湾眼看要抖起来了，还那么抠呀！"虽是抢白，蜜河湾人听了，心里甜丝丝、痒酥酥的，秤尖自然翘得高高的，称完还添上一小把菜，算是奖赏买菜人的恭维。

如今，蜜河湾人走亲串戚，尽管身上穿得破破烂烂，篮里也没啥稀罕金贵的礼品，但再也不怕人笑话，不用躲躲闪闪地抄小路走后门了。他们像阔佬一样昂首挺胸地走在大路上，人们抢着和他们打招呼、拉家常，没谁再对他们戳戳点点、冷嘲热讽了。大姑娘、小媳妇还叽叽喳喳："快看快看，蜜河湾的……"她们中，有的黯然忧郁，悔恨自己不该早嫁或定亲；有的春心激荡，如痴如醉，恨不得马上找媒婆说亲，嫁到蜜河湾去；还有的竟真厚着脸皮拉着蜜河湾走亲戚的人毛遂自荐哩！

蜜河湾是有名的穷光棍队，许多到了结婚年龄的小伙子娶不上媳妇，只好用"换亲""转亲"的方式来娶亲繁衍，因而导致了许多无辜女子上吊投河的悲剧。有的小伙子含泪背井离乡，偷偷跑出去，或钻进幕阜山伐木烧炭，买一个湖南妹子或四川女子带回家来。不过，也有抛尸外乡的、杳无音信的或空手而归的。那些带回老婆的也不一定能守得住。有的女人是"放鹰的"放出来叼食的，新婚不几天，就席卷家私而逃；有的女人恋家太甚，郁郁而死；还有的女人熬不住山里的清苦和寂寞，偷偷找上相好的私奔了……

如今，蜜河湾要建大工厂了，穷光棍们仿佛身价倍涨，算沾了大光。小伙子不愁没彩礼娶不了媳妇，门槛都叫媒婆和姑娘踏光了；中年、老年光棍，死了女人或跑了老婆的鳏夫，甚至穿破裆裤的娃娃，也有媒婆来说亲了，蜜河湾走了桃花运，皆大欢喜。那年头，政策拉屎变，人心如浮云，谁都怕夜长梦多，也怕户口冻结，村里突击恋爱、闪电结婚的一下就有几十对，婚事办得自然仓促、简朴，双方一致向前看，日后双双当上工人，还愁没钱置家具衣料吗？

最有趣的算福来的婚事。福来三十出头，福未来苦没尽，仍打着光棍。他娘抠鸡屁股下蛋巴结媒婆，还算媒婆开恩，提过几回媒，可姑娘们一见他家的两间茅屋，心就凉了，扭头就跑。只有一位姑娘肯进屋喝了一杯茶，和福来见了一面。三天后她有回音了，当然是吹。现在，这位姑娘自动找上门来，缠着福来要结婚。福来瓮声瓮气地说："我家穷，没有好房，没有家具，没有彩礼……"姑娘娇滴滴地说："我不在乎，我相中的是你这个人！"福来闹糊涂了：怪哉！怎么过去她重物不重人呢？

人们对蜜河湾的印象有了划时代的巨变，仿佛蜜河的水清亮多了，仿佛两岸的村庄气派多了，仿佛河上的木桥坚实宽阔多了，仿佛村头的古钟悠扬动听多了……蜜河啊蜜河，你再不是山民流不断的苦泪，而将是淌不尽的生活之蜜，将是名副其实的蜜河！

赵德望到底是支书，比别人想得多一层，在未看到红头文件之前，为了慎重起见，必须找上级探探虚实。再说，他也有点恨灵叔了。那夜灵叔对他的蔑视怠慢，他耿耿于怀："哼，老土鳖，神气个啥？扯着女儿的裙带抖威风，也不嫌狐臭胯骚，呸！"他赌气上了公社，想探清虚实后，和灵叔较量一番。实，他就有了吹的资料，而且是官方消息，比灵叔听来的小道消息、酒后吐言权威得多；虚，他可就不客气了，得运用权柄，适当敲打敲打灵叔，压压他的气焰。可他在公社吃了闭门羹。公社干部正在开什么紧急会议，好不容易等到一位主任出来解手，赵德望凑上去问了几句，那主任不置可否，只是用教训的口吻说他："小赵呀，不该打听的就不要瞎打听了，该你知道的我们会传达给你的。"妈的，打什么官腔？还跟老子保密哩！看他那神秘的样子，八成有谱了！

不过，赵德望为了吃颗定心丸，还是不辞劳累赶了百余里山路到县城，找到他高中时代的同学魏成。魏成托他那当商业局局长的爹之福，当了县广播站记者。这记者可是县上的无冕之王，与头头脑脑接触频繁，消息自然灵通可靠。赵德望说明来意，魏成沉思片刻，还煞有介事地翻了翻采访笔记本，恍然大悟："哦，记得有这么回事，好像是在县革委会常务会上议过，说是有个兵工厂要疏散到山区，他们看中了我们县，可不知是不是你们蜜河湾，也不知这事敲没敲定。"赵德望听了这番话，差点没像范进中举那样喜得鬼迷心窍，疯疯癫癫起来。他高兴地喊道："是我们蜜河湾，肯定是的！"

一路上，赵德望一溜小跑，春风得意，禁不住折了一根树枝当马鞭，扮演起打虎上山的杨子荣来："穿林海跨雪原气冲霄汉……"赵德望回村后，对村民们发表了新闻公报：蜜河湾要办大工厂，而且是兵工厂哩！这消息果真比灵叔的权威性大，鼓动力强。蜜河湾人喜得翻筋斗立蜻蜓，这下更美了，不仅当工人，而且是军工哩！

灵叔看到赵德望哗众取宠，成了舆论权威，知道这小子在和他作对，气得小山羊胡直抖，叫老伴烙了几张饼就又上女婿家去了。几天后，他带回一个不幸的消息：蜜河湾要一分为二，以河为界，河东盖工厂，河西照旧当农民，冻结时间在十月一日。灵叔并没发表新闻公报，而是告诉一个，叮嘱一个："可要绝对保密呀！"但一传十，十传百，很快，村内村外沸沸扬扬地议论开了。

真是好事多磨。蜜河湾河西人家成了热锅上的蚂蚁，急得坐卧不安，茶饭不思。赵德望也不例外，他的五间茅屋也在河西。他有点疑心，这是不是灵叔故意要弄他？但要是消息确凿，到时被划入另册，那不是天大冤枉吗？世上什么仙丹妙药都有，只怕是后悔药难觅咧！

赵德望斗不过灵叔，毕竟是孤陋寡闻，上无耳目呀！他只好甘拜下风，屈尊降贵，拎上一瓶竹叶青酒去请罪，去打听。灵叔把冷屁股冲着他的热脸，奚落了他一番，什么也没透露。回到家里，老婆知道他把准备攒着换油盐酱醋的鸡蛋拿去换了酒，气得抓破了他的脸，骂得他狗血淋头。他原想去找魏成打听打听消息的，见自己的脸被抓得血痕纵横，羞于往城里跑。再说，魏成未必能探得官方消息。妈的，这年头，官方消息还不如小道消息快、准、灵，堂堂支书还赶不上一个破老汉灵通、神气！呸！什么世道？奶奶的！赵德望牢骚满腹，义愤填膺。

蜜河湾由两个自然村组成，河东是张姓人家，河西是李姓家族。历史上两族因争地界、抢河水、婚姻纠纷发生过械斗，闹出过人命，多少年来势不两立，纠葛频繁。后来，两村合并，关系有所改善，但仍明争暗斗，面合心离。张姓掌权，李姓拆台；李姓当官，张姓捣蛋。鹬蚌相争，渔翁得利，蜜河湾历来外姓人掌权，当维持会长，两大姓都不敢得罪。要不，别想官运久长。

河西人家焦急，河东人家窃喜：老天报应，把你李姓入另册。哼，梦里娶媳妇，想得美！

赵德望思前想后，还偷偷跑老远请人算了一卦。回来就咬牙横下心：搬家！国庆节在望，刻不容缓，他请了几十个壮劳力，一天工夫就搬妥了。书记带了头，群众慌了神。几天工夫，几十户人家拆屋搬家，在河东搭起简易茅棚，像逃荒的贫民一样熬着日子。有几家舍不得拆新房，便想个权宜之计，在河东象征性地搭一间茅棚，占一个窝，人回河西住，横竖两岸都有家，到时不愁没理说。

赵德望这些日子相当烦恼。四乡八镇找他开后门、想削尖脑瓜往蜜河湾钻的人可真不少，他怕得罪两大姓，不敢再擅自做主答应入户，尽管那些人的礼品很可观，他怕吞进去容易吐出来难。他东躲西藏，躲不了就与人家绕弯弯、泡蘑菇，反正挨到国庆节就要冻结了。最棘手的是两大姓人家的七姑八姨、三亲六眷，以及嫁出去的女儿，或不愿嫁出去要招倒插门女婿的女儿的入户问题，他推不得，顶不得，磨不得，可又办不得，左右为难。结果，他遭到两大姓人家的夹击，成了钻进风箱的老鼠，两头受气。眼看国庆节就要来临。有人急红了眼，抄起菜刀要挟赵德望："狗╳的，放明白点，误了老子的事，没你的好果子吃！"赵德望吓坏了，自怨自艾："何苦哟！"于是，大开绿灯。好家伙，不几天，蜜河湾陡添五十多户人家，河东窝棚黑压压一片，人满为患。

国庆节，村里破例放了假。蜜河湾人虔诚兴奋地聚集在村口的老古钟下，像恭迎皇帝出巡般的，盼望着那辆"乌龟壳"轿车出现。老太太暗中祈祷："菩萨保佑，赐福降运、普度众生，阿弥陀佛！"可人们伸酸了脖子，望穿了双眼，也没等到什么。太阳下山时，灵叔打着酒嗝蹒跚地从集上归来。人们围住他打探消息，问个究竟，他醉眼蒙眬地说："慌啥慌啥？要来的挡不住，不来的求不来……"

元旦到了，仍无动静。人们还是毫无怨言、虔诚耐心地盼望着。转眼，冬天来了。大雪搓棉扯絮般地飘，北风饿狼似地嚎叫乱窜。搬迁的人家惨了，茅棚如冰窖，挡不住风雪，御不了严寒。孩子们冻得乱哭号，老人们冻得瞎咳嗽。最可恼的是那炊烟，似乎也畏风寒，老是飘不出去，呛得家家咳声一片，老小闹眼病，吐黄水。盖新房吧，冬天挺麻烦、费力，又怕建厂要拆，不划算，只好将就着。

　　总算熬到了春节。无论瓦房还是窝棚，都毫不马虎地贴上了吉祥的门神对联，插上了桃枝。家族之间互相拜年，请客喝酒。拜年的拣最吉利的话说，主人挑最好吃的东西招待大家。村里扎了莲船龙灯，热热闹闹地玩到元宵节。大伙都说，以后当了工人，春节只放三天假，就不能痛痛快快地玩了。现在嘛，叫花子过年——穷快活一下。至此，人们仍坚信盖工厂之事，就像坚信严冬过后是春天一样。

　　蜜河解冻了，两岸桃花李花开了，小松林中的杜鹃花也开了，春燕飞来了，布谷鸟叫起来。春燕盘旋着，寻觅不到主人家的旧窝，又不能在低矮的茅棚里垒新巢，只好迷惘、忧郁地飞往他乡。春耕时节，建工厂的事还没有影子。山民们着急了，队长们愁眉苦脸地找支书拿主意："这地种不种?"赵德望皱眉思忖半天，说："当然要种! 工厂征地，是要折算青苗费的。"这样，各小队敷衍了事地把秧插下去，既没精耕细作，下足底肥，又懒得防虫治病，抗旱排涝。反正有个依赖思想：种得再好也枉然，迟早要毁掉的，不指望它丰收。人们仍沉浸在这种幸福的憧憬中。这种憧憬太固执、惰性、愚昧了!

　　只不过，人们向灵叔打听得更勤了。灵叔也稳不住神了，显得有点魂不守舍，坐卧不安，面对着那一双双善良、忧伤的眼睛，他不敢正视，支支吾吾。赵德望这次又低三下四地求灵叔，让他进城去打探消息。灵叔这次遵命了。几天后，灵叔耷拉着脑袋回来了，那可怜相活像一个倾家荡产的赌徒。大伙蜂拥而上，催着问他。他的眼光呆滞，嗓门哽住了，半天才吐出音："人家……变了卦!"

　　众人愕然，继而愤然。

　　"为什么?"

　　"真他妈缺德!"

　　"骗得我们好苦呀!"

　　"找狗✕的们评理去!"

　　"完了，全完了!"

　　蜜河湾陷入一片恐慌、悲恸。大伙捶胸顿足地骂，撕心裂肺地哭，就像世界末日降临了。更糟的是，蜜河湾人打起内战来。河东人家埋怨河西人家，不该一窝蜂挤过来，吓得别人不敢在这儿建工厂了。河西人家也不服气，诅咒河东人家收留了那么多拖儿带女的亲戚朋友，害得大家空欢喜一场。外姓人家不好参与两姓之争，则把矛头指向赵德望，谴责他收了人家多少礼品，把那些八丈长竿打不着的关系户全搞来了。关系户蚀了财，落了空，也是怨声载道，暗地里咒骂赵德

712

望不得好死。赵德望满腹冤屈，一腔怨火，都冲着灵叔发泄，反正他豁出去了，顾不了那么多利害关系。灵叔则嫁祸于喜来，怪他当初说过不吉利的话，冲了蜜河湾的福气，得罪了老天爷和土地菩萨。

接着，家庭内战开始，矛盾日益复杂、激烈，村里三天两头有吵架干仗的，甚至动刀子。那些新媳妇及娘家人大吵大闹，骂蜜河湾人缺八辈子德，拐骗良家闺女。多数新婚夫妇闹了一阵，也只好委曲求全，补齐了结婚时欠下的彩礼、家具、衣料等。少数人家硬是闹到法院，离婚方休。福来的老婆就是这样，上医院偷偷打掉了四个月的胎儿，喊来娘家兄弟把福来家值点钱的东西洗劫一空，回娘家后再也不回来了。福来妈气得上了吊。

美梦破灭了，风波平息了，蜜河湾又恢复了昔日生活的闭塞、寂静和混沌。只是，蜜河的水更浑浊、更缓慢了；两岸村庄更破烂、更低矮了；河上的木桥摇晃得更厉害，呻吟得更难听；村头的古钟更锈蚀、低沉；孩子们更穿不上裤，大姑娘更买不起红头巾，小伙子更送不起彩礼，老人们更馋白馍和肥肉……人们从幻梦中回到现实中来，仍面朝黄土背朝天，没日没夜地死干活、挣工分，仍过着那红薯南瓜萝卜顿顿吃的苦日子。只是，河西人家和一些外户仍怀着侥幸心理，迟迟不愿搬回原址。他们怕有朝一日幸运又突然降临，便在东岸盖了新房。人们在闲谈中提及此事，唉声叹气，惋惜怅然，诅骂着命运之不平。

赵德望终于熬不住清贫，挂印不干，到县城水泥厂找了一份临时工。一次，魏成到水泥厂采访，和满身汗灰的赵德望邂逅相遇。魏成惊诧地问："怎么？你们蜜河湾盖工厂了，你没捞个一官半职，被安排到这干苦力了？"赵德望苦笑道："没那份福气哟！"

他唉声叹气地讲述了事情的经历。魏成听了，哈哈大笑："老兄，当初我是顺着你的话编的一套戏言，没想到你当真了，说实在话，我当时是怕你太失望，也怕自己丢面子，才不知道装知道的……"赵德望瞠目结舌，继而怪模怪样地大笑起来，笑过之后又号啕大哭了一场。魏成怜悯他，帮他走后门，让他在水泥厂当了推销员。

几年后，灵叔在一个秋雨夜摸黑上茅坑，一个趔趄栽倒了，中风了。临死时，他向乡亲们忏悔，当年建工厂的消息纯属他即兴编造的谎言，想显示显示自己的消息灵通而已。没想到谎越扯越大，不好收场，后听说赵德望真得到办兵工厂的消息，索性硬着头皮往下扯，给蜜河湾带来了灾难。他自知罪孽深重，梦中常受到阴曹判官的审判、酷刑。他的死，皆因饶舌，阎王才来招他。宽厚的乡亲们还是原谅了他。人非圣贤，孰能无过呢？灵叔除了吹牛撒谎外，对蜜河湾还是积过不少德的，特别是穷光棍们感激他，他杜撰的美丽谎言，给他们诳来不少媳妇。撮合一对姻缘，胜造七级浮屠，灵叔算造了多少级浮屠呢？就凭这也可升天！要怪人家，还不如怪自己，谁叫你那年头做美梦，想当工人想疯了。于是，大伙隆重地给灵叔送了葬，祝他千古、安息。有趣的是，灵叔留下遗嘱，要埋在河西坟地，怕河东建工厂迁坟，睡不安宁。人们笑灵叔，自己把自己骗信了！

虎皮太师椅

寿山支书住了半个月医院，搭侄子二憨的手扶拖拉机颠簸回村，见村西头矗起一座三层小洋楼，脸一沉，心一颤："谁家盖的楼？"

二憨漫不经心地答："厚林呗！"

寿山痛楚、愤懑，牙缝里挤出音："狗×的，硬让他得逞了……"接着，一阵撕心裂肺的咳嗽。厚林申请房基时，寿山卡过。请客，不去；送礼，不收。只留下硬邦邦、冷冰冰的一句话："那地主旧宅基，给座金山银山也不卖。"谁料他趁寿山病重住院，就紧锣密鼓地打通了关节，盖了高楼，楼房如鹤立鸡群般威风倨傲。

"狗×的，比他地主老子还狠咧！"寿山嘟哝着。

厚林爹当地主那阵子，盖的也只是那种北方小四合院。院前蜷缩着两只小家子气十足的石狮，门板搞不到厚实木料，还是从盗墓人手里买来的古柏棺木。在这方贫瘠的土地上，地主富户稀少，就因为这小四合院，厚林爹被划为地主成分。

二憨催寿山下拖拉机："伯，你自个儿回吧，我得给厚林送瓷砖去。"狗杂种，势利眼，嫌贫爱富，有奶就是娘，不想想是哪个藤上的瓜……没等寿山将抑郁愤懑宣泄出来，二憨已开着手扶拖拉机一溜烟扬长而去。

寿山冲着二憨的背影啐了一口："狗腿子！"

他孑然伫立，朝小洋楼冷冷瞥去，如刺戳心、锥扎眼、骨鲠喉一般难受，酸甜苦辣，喜怒哀乐，如潮如云袭上心头。

噼里啪啦的鞭炮声，抑扬顿挫的上梁词，抢糖果米粑的戏谑笑浪，肆无忌惮地撞来。"呸！"寿山涌起一股深深的厌恶感，狠啐一口浓痰，突然瞥见痰中又含血丝。血丝令他悲哀沮丧，摇摇欲瘫。寿山蹒跚而归。他的三间破瓦房还是"土改"时分的。瓦楞上长满狗尾巴草，在冬日寒风中高昂着枯衰的头颅。墙壁风化剥落得厉害，两边山墙崩裂着，倾斜着，打着木楔，撑着梁柱。老伴已作古。儿子在钢厂当工人。寿山住院，没惊扰儿子。儿子儿媳早想接他进城，他犟着没去。人家说他是贱命，不晓得享清福，说他官瘾大，不舍得丢芝麻点大、油都捞不着的穷官。其实，他怕在城里闲得慌，怕年轻村主任大宝嘴上没毛、办事不牢，腰杆不硬，屁股不正，掌不稳舵，驾不顺辕……大宝是有些叫人不放心呀！咋能把地主旧屋基……怨大宝，大宝到。

"伯，你咋逃出医院了？"

"憋得慌。"

大宝摇头苦笑，搁上一网袋礼品。

"你咋又破费了？"

大宝有点尴尬："厚林托我……"

"拿走！"寿山勃然大怒，"要不，我扔出去喂狗！"

"伯，人家一片好心……"

"黄鼠狼给鸡拜年，能安好心吗？"

大宝无奈地摇头苦笑，不吭声。这沉默便是釜底抽薪，若认真下去，无疑是火上浇油。

寿山仍气冲冲地问罪："干嘛要把那屋基卖给厚林？"

"他也是村民，没理由不卖呀！"大宝小心翼翼，婉言解释，"那屋基吊死过人，失过火，没人愿买，嫌是凶宅，闲着也浪费，再说厚林愿出高价……"

寿山击桌呵斥："你这村主任咋钻进钱窟窿了，难道不晓得那是他家老屋基？咋不考虑考虑政治影响，嗯？"

"我考虑更多的是办小电站，愁的就是钱、钱、钱！点油灯、吃脏水、看不上电视，就不是政治影响吗？"大宝摔门而去。

寿山瞠目结舌，半晌才缓过神来，嘀咕道："小子翅膀硬了，长反骨了！"

年代变了，一呼百应、跺地山摇的光景一去不复返。生米成熟饭，平地起高楼，昔日一怒之下可拆可炸，如今就不能为所欲为，稍稍过火就丢官或违法。寿山只能无可奈何地干骂几声"狗×的"……

寿山无力地瘫坐在虎皮太师椅上。椅子摇摇晃晃、吱吱呀呀、如泣如诉、似怨似叹。恍恍惚惚、朦朦胧胧中，吊死鬼厚林爹龇牙咧嘴，鼓眼吐舌，捶胸顿足，蓬头垢面，咄咄逼来。

"你来干什么？"

"还我椅子！"

幽灵伸出利爪攫来。寿山惊醒了，满头冷汗，浑身痉挛。寒风吹打窗纸窸窸窣窣地响，仿佛幽灵刚夹着尾巴溜之大吉。寿山打了一个寒战，纳闷半天：干嘛做这怪梦？是凶是吉呢？

寿山和厚林爹都是幕阜山小有名声的猎手，有过惊心动魄的生死之交。寿山曾连人带铳捅进虎口救下生命垂危的厚林爹；厚林爹曾背着食毒菇昏迷浮肿的寿山，挥舞猎刀杀出狼群的铁壁重围。据说两人愿割头换颈、赴汤蹈火、两肋插刀，却因争夺一个山妖般的女人翻脸动武，从野牛岭一直追逐厮杀到胭脂河滩，两败俱伤，血肉模糊，惨不忍睹，仍鏖战苦斗。那女人闻讯后失魂落魄、跟跟跄跄地赶来。一声娇嗔，止了干戈，脉脉含情，愁肠欲断，便抛出一个了结风流的绝招："别打了！别打了！谁有本事先打只虎来作聘礼，我就爱谁嫁谁！"两猎手揩尽血迹，横眉冷眼恶毒对峙片刻，转而火辣辣地饱餐几眼女人秀色，然后各奔东西，疾扑黑魆魆、阴森森的深山。再后来，厚林爹获虎娶妻，寿山羞走异乡。

过了几年，颠沛流离、历经坎坷的寿山，挑着破铺盖卷回村来。勤扒苦做、节衣缩食、买地置房，拼命跻身地主阶层的厚林爹，自知劫数已尽，万念俱灰，一绳吊死。那死相龇牙咧嘴，鼓眼吐舌，极狰狞恐怖，令人毛骨悚然，噩梦连连。

上吊蹬的就是虎皮太师椅。

这把椅当初也许算得上珍稀。檀香木质，幽香沁脾。仿明式样，雕龙刻凤，古朴精巧。更珍稀的是那虎皮，正宗纯种的华南虎皮。那皮犹存气吞山河、啸日吼月的威风，粗犷鲜亮的虎斑，叫观者胆碎肝裂或荡气回肠，韧柔相生的虎毛，即使用老虎钳拔，也休想拔下一撮一根。虎皮与木椅天衣无缝，如漆似胶，仿佛天造地设。毛与皮、皮与椅，如此坚韧合一、难分难割，其奥秘是用虎皮蘸虎血贴成。这把奇特的虎皮太师椅，据说能使人驱邪化凶、祛病免灾、延年益寿、福禄双全；又据说县令老母垂涎此椅，巧取豪夺未得逞而饮恨九泉；还据说某金发蓝眼外国牧师愿以一万大洋换椅，厚林爹嗤鼻晃脑，死活不干。

那是厚林爹献给爱妻的聘礼！

虎皮太师椅易主，成了胜利果实。"土改"时分地主浮财，谁都垂涎这把椅，却不敢要。

中国极看重椅子，极讲究椅子学问，常常微妙敏感地将椅子功能无限上纲，无限延伸，无限渗透。历代官椅与服饰、冠履、车马、舟轿一样，严格讲究等级森严；梁山好汉，豪爽粗犷、不拘小节，排排坐吃果果，却绝不马虎椅子座次的排列，否则就剑拔弩张；闯王等草莽英雄，枕戈跨鞍堪称铁哥儿，一登龙庭宝座，就鸡扒猪拱，祸起萧墙；古今圣人、伟人、名人，甚至罪人、妃子，屁股光临过的椅子，展出时仍备受世人朝拜或唾弃，仿佛椅子有生命，识荣辱……

虎皮太师椅理直气壮地属"土改"根子、农会主席寿山。寿山气宇轩昂、威风凛凛，稳坐虎皮太师椅，办公呀开会呀讲话呀；或杀气腾腾、凶神恶煞般地脚踏虎皮太师椅，训话呀审讯呀批斗呀拷打呀。于是虎皮太师椅有了双重身份：有时是人民政权的象征，有时是地主压迫的罪证。

关于椅子的悲剧、闹剧、喜剧，那个时代在中国大地上频频发生。从地主椅子里抄查出地契家谱、变天账、联络图、委任状、金银财宝、刀枪炸弹、发报机、密电码什么的，好像不足为奇，司空见惯。戏剧、电影、小说，推波助澜，胡编乱造出形形色色类似《审椅》的故事，有平淡粗糙令人恶心倒胃的，也有惊心动魂堪称样板的，但主题千篇一律：紧盯地主的椅子！

某年某月某日，寿山在区里开会。看过小戏《审椅》，茅塞顿开，连夜跋山涉水赶回村，将那虎皮太师椅七砍八凿，五马分尸，认真查找，认真审视……世界上就怕"认真"二字，中国人就最讲认真。但虎皮太师椅并不以寿山的认真而幻变出什么来，什么也没有！寿山很沮丧很气愤，又请木匠拼起椅子。可是椅已破损。寿山坐上去后，屁股感觉到大不如过去滑腻舒适了。

"寿山，还我椅子！"

梦幻中飘来如泣如诉的声音。

那是她的声音！

寿山陡地从虎皮太师椅上跳起，下意识地伸出双手欲抓什么，眼前的幻觉却化为乌有。那的确是她的声音，三十多年前曾这么哀求过他。她要是聪明伶俐，审时度势，就不应该守寡。为一个自杀的地主守寡，已超越道德伦理范畴，上升到政治性质、阶级立场、思想观点诸问题。她应该悲悲戚戚、缠缠绵绵地跪在寿山面前，忏悔哀求；应该捶胸顿足、咬牙切齿、声泪俱下地控诉吊死鬼丈夫；应该毫不犹豫、毫不留情地上医院或找巫婆，打掉地主的遗腹孽种；应该认真缜密地考虑考虑，是委身寿山明铺暗盖呢，还是诱引他明媒正娶。她要是聪明伶俐，审时度势，就应该这么想这么做。何况她仍有姿色、有灵气、有风韵、有魅力，寿山仍有痴情、有迷恋、有妒意、有羡心。

她找寿山了，却是另有企图："寿山，还我椅子！"可见她是怪女人，比当年以虎择嫁还怪。可见她多么愚顽执拗，竟提这古怪狂妄的要求，而且理直气壮，柔中带刚，哀中含怨，不容违抗。

寿山愣了，真正地瞠目结舌："什么、什么……"

"还我椅子，那是我的嫁妆，不是浮财，不该没收的！"

她吃豹胆虎胆熊胆了，或者疯了。

寿山颤抖着点燃一袋旱烟，吧嗒吧嗒庄严冷峻地吸着，稳墩墩地仰躺在虎皮太师椅上，阴鸷刻毒地瞥着她，冷笑着说："我要不给你呢？"

她也冷笑："我想你会给的，你知道那虎是他打的，那椅是我的嫁妆。你不会不讲体面，不通人情。再说，那椅不值多少钱，没人家吹得那么邪乎。"

寿山沉思半天，狡黠地微笑，挥挥手说："好吧，你搬走吧，眼不见心不烦……"

她搬走了椅，还感激地回眸一笑。连夜，民兵就绑走她，搜走椅，开批斗会，罪名是地主婆偷椅，反攻倒算。

她惊奇地申辩："寿山，不是偷，是我向你讨的……"

寿山左右开弓狠掴她两耳光。她踉跄几步缓缓昂起脸来，细嫩红润的鼻唇汨汨地流出鲜血，无声无息地滴在花花衣襟上、皑皑雪地上。她眼前一片模糊，恍惚看见铜头铁尾的吊睛猛虎，张牙舞爪地狂啸而来，黑压压的野狼瞪着绿莹莹的眼睛偷袭而来……她倔强地仰望着苍茫星空，仿佛凝神在数星星，或听外婆讲牛郎织女的故事，那耳畔的吼叫声口号声，便变得很遥远，很冷寂，很古怪。星空倏地划过一道悲壮美丽的弧光，一颗星星坠落了，她猛颤一下，不祥之兆像冰冷的蛇钻进心扉。风在狂撕她，雪在戏撩她，人在吼骂她，她仿佛没有了灵魂，躯壳干瘪痴呆地戳在雪地上，只有胎儿的躁动在不时地提醒她：挺住，不能倒下，千万不能倒下！

她还是悄然倒下了，像一株无辜被伐的小白杨那般悲怆静穆地倒下了，腾起一片雪浪……全场沉寂，呆若木鸡。寿山跳下虎皮太师椅，发疯地扑上去，脱下棉大衣紧裹起她抱进屋。风雪如虎吟狮吼，夜壶油灯的火苗呼啦啦如旌旗猎猎。众目睽睽下，寿山竟敢如此失态，幸亏那年代打小报告的角色没诞生，否则会断送他一生的政治生命。寿山完全变成另外一个人，含着泪珠半跪着，用体温焐暖她冻僵的手脚。

她醒来，恐惧地抽回手脚："你像黑狼……"

黑狼在狼族中算得上最凶悍最残忍。据说为了生存，可以吞噬父母、配偶，甚至亲崽。它总是瞪着绿莹莹的冷眼，吐着红艳艳臭腥腥的长舌……

"我真的像黑狼吗？呸，恶毒之至！"寿山恢复常态，耸耸坚硬的肩头，宽容地睥睨着她，脸上映出一排字：我就是黑狼！我要叼你，你休想脱逃。你是斗不过我的……

当夜，女人生下崽，死了。下葬时，寿山不知打哪儿抬来一口厚棺，让她宽宽敞敞、舒舒服服地躺着，但不准将她埋在吊死鬼男人身边。深夜，寿山悄悄地摸到她的坟头默默地蹲着抽烟，吓得过路人屁滚尿流，魂飞魄散，怕是鬼火游荡，阴魂作祟。第二天，人们发现寿山眼睛红肿，嗓门嘶哑了。

厚林是外婆一把屎一把尿带大的。外婆是窑匠女人，男人塌窑丧生后孤苦伶仃，拉扯大女儿，现在接着拉扯外孙。外孙稍懂事，就缠着外婆问那些不该问的事，外婆战战兢兢，支支吾吾，禁不住还是讲了那椅……厚林从此不哼不哈、不蹦不跳，小老头般的持重沉默，那双眼睛冷飕飕地刺人，瘦骨嶙峋的身子坚韧地耸立着不卑不亢、不屈不挠的精神。

一日，寿山偶然听见厚林和自己的儿子在斗嘴。

"那椅是我家的！"

"呸！不要脸，你家椅咋跑到我家来了？"

"呸！你家才不要脸，霸占我家的东西！"

吵不休就厮打起来。等到寿山吼开时，胖墩墩雄赳赳的儿子大获全胜。厚林的脸上身上，鲜血淋漓，伤痕纵横，但没有泪水，冷冷地站在那里攥紧小拳头。寿山莫名其妙地打了一个寒战，吼骂："狗崽子，你想翻天啦？"

厚林啐了一口血沫，扭头走去。

寿山望着他瘦削坚韧的身影，愣了半天，预兆到：这小子一定有反骨，日后定会兴风作浪，和自己做对的！这小狼崽！

后来，厚林考上县城中学。寿山郁郁不快，隐隐不安：这小子进县城念书，有朝一日做了官，岂不又坐虎皮太师椅，甚至金交椅？岂不又骑在穷人头上，拉屎拉尿、作威作福？寿山阴沉了几天，噔噔噔地跑到县城中学，硬逼着学校将厚林除了名。他告状说，厚林思想反动、立场顽固，从小就露端倪，闹反攻倒算，讨还地主老子的虎皮太师椅。

从此，厚林与虎皮太师椅多次被押上批斗台，有时是人陪椅斗，有时是椅陪人斗，有时是双双陪斗被斗。斗来斗去，厚林更怜爱那椅，把它当作患难共屈辱的老朋友。那可怜的椅，默默替它的老主人忍辱负罪，饱经磨难；又无言地支撑着它的新主人，忠诚服务，将功补过，但它永远也解脱不了。打上了阶级的烙印，就永远是耻辱罪恶的见证。它在大运动小风波中，屡遭批斗；它被拴在阶级斗争展览室里，承受过众人唾骂；它被借去当样板戏道具：座山雕、黄世仁、南霸天的座椅……这个中屈辱滋味，谁能评说？向谁倾诉？

厚林能倾听，能理解，能评说，能珍惜……

那天深夜，厚林被一阵嘈杂声惊醒，奔出屋一看，村西头一片火光。那是厚林家旧宅改的大队部，保管员老孙头醉酒后提烘笼上床，燃着了被头，火上了房顶，老孙头跌跌撞撞、疯疯癫癫地闯出火海，嚎天哭地呼人救火，随后又栽倒在柴堆中鼾声大作。火借风势、风助火威，噼里啪啦，声势浩荡，磅礴壮观。人们知道无法挽救，也救不出什么，只将水桶、脸盆、瓦罐、竹筒敲得山响。厚林却跳进水塘浸透全身，腾地跃起，撞开烈焰熊熊的大门，抢出虎皮太师椅……

一把地主椅子安然无恙，一尊石膏宝像却烧化了。在那种捡根稻草都能大做文章的年代，可想而知，寿山该如何上纲上线，厚林该怎样倒霉挨整。厚林和椅子被当作阶级斗争靶子，批斗得真正体无完肤。远近社队也都来借靶游斗。最残酷的是，厚林脖上挂着细麻绳拴的椅，椅坠着，绳绷着，深深勒进肉里骨里，流血了，化脓了，生蛆了……

挂着椅的厚林，踉踉跄跄地走来。

"你要干什么？"

"还我椅子！"

寿山从虎皮太椅上惊跳起来，嘀咕道："出鬼，今日咋光做椅子噩梦，莫非这椅真有魔法？"

虎皮太师椅历经风风雨雨，坎坎坷坷，像人一样衰老憔悴。那雕龙刻凤、精美绝伦的椅子，已摔打磕撞得油漆斑驳，满目疮痍。那虎皮磨蚀得残缺黯淡，油腻老化。虎皮太师椅破损不堪，摇晃欲散，实用与观赏价值几乎殆尽，比一堆废柴强不了多少。

寿山刚才从椅子上跳起时，被一颗松动的钉子刮了一下，臀部飘扬起一面小旗。吱吱呀呀几声，椅子的呻吟仿佛变成了狞笑。寿山恼羞成怒，一脚踹去，虎皮太师椅砰然倒地，断了一条腿。

"×你奶奶的！"没昔日骂得脆亮过瘾。硬是老了！

该去买一把像样的椅子了。比如说：皮椅，能转圈儿；沙发，弹簧的，坐下屁股陷得老深，几舒服，比这虎皮太师椅阔气多了，舒服多了，那时地主也没福气坐沙发咧！嘻嘻，虎皮太师椅，浮财，笑话，真见鬼！得去买一把自己的椅子了，老来做个安稳梦。寿山发现，刚才的潜意识很古怪，很陌生，甚至很危险。他先是惘然：这是我想的吗？继而怆然：做了一辈子椅子文章，值得吗？

得有个了结了，关于这椅子的恩怨。怎么个了结法呢？这个问题很严峻复杂。县博物馆是不收的。×他奶奶的，宁收那皇帝出巡坐过的马桶，皇妃用过的月经带，太监的宫廷见闻回忆录，文人的破字画、烂诗词，古墓里扒出的牙签、笔砚、鼻烟壶、雕花茶壶、夜壶之类，也不收虎皮太师椅这地主阶级罪恶的见证、阶级斗争的活教材。

还给厚林吗？不！这小子打了多年这算盘，前几年还软硬兼施缠着讨要过，说是给他娘做四十岁的阴寿，叫寿山狠狠骂了一通，并连夜赶到乡里，汇报这阶级斗争新动向。乡里的头头脑脑却都打哈哈，不感兴趣，不当一回事儿。他愤愤地嘟哝过："如今的干部屁事不管，真他妈的好当，呸！这么大的事都不抓了，长此以往怎么得了！"他可挺认真的，共产党人不就是讲究认真吗？便认真地给县里、省里、中央写告状信，但都泥牛入海。他不愿偃旗息鼓。心里环磨：也许上级工作忙，得靠基层主动解决嘛！

寿山便找村主任大宝商量，批斗一下厚林，刹刹地主崽子的嚣张气焰，别以为地主摘帽了就可以忘乎所以，猖狂反扑了，还得夹紧尾巴做人咧！大宝听着听着，便笑得直不起腰来，说："伯，不就是一把椅子吗？他要就给他呗！"寿山气冲冲地训斥："这像你村主任说的话吗？年轻人真不注意政治影响……"大宝认真阐明自己的观点："伯，我认为该还给人家了。这椅子是他娘的嫁妆遗物，谁能没有这种普通感情呢？将心比心，应该还给人家！"寿山义正词严地说："我看你是喝了他的迷魂汤了！你可得注意点，和他划清阶级界限，可别和他搅在一起……"寿山要给大宝敲敲警钟，别让厚林给拉拢腐蚀了，和他穿一条裤子坐一条板凳。厚林这小子办了沙发厂，仗着有几个臭钱，想笼络人心，想颠倒历史，反攻倒算，抢夺浮财，为地主父母招魂，只要我寿山活一天，别想阴谋得逞！

这椅子咋处理呢？

"咚咚咚！"有人敲门。

寿山万万没想到，进来的是厚林。厚林有些发福了，但脸上的皱纹和佝偻的身子，仍显示出他饱经坎坷的磨难。

寿山问："你来干什么？"

厚林亮出一网袋礼品："看看你也不行吗？"

"别来这一套！有事就快说。"

厚林又掏出一个红包："这点小意思请收下吧，买点补品调养调养吧！"

寿山警惕地问："你这什么意思？"

"只求你还我椅子……"

寿山冷冷地盯着他，不露声色，让厚林全盘托出自己的企图。

"卖给我也行，用沙发、钢椅、皮椅换也行，随你的便……"

寿山抑制不住怒火，厉声吼道："滚你娘的蛋吧！谁和你谈买卖来着？呸，快滚！"

厚林并不滚蛋，解嘲地笑笑，掏出电子打火机，点燃高级香烟："寿山支书，做人不要太绝情嘛！"

寿山吼道："你小子别趾高气扬做秋梦了，老子劈了当柴烧也不给你！"

厚林沉思半晌，踱着方步，突然瓮声瓮气地说："那好吧，你不仁，我不义！"本来我是永远不跟你说的，现在只好告诉你：你的住院费并不是免费，也不是公费，是我托二憨去替你交的。不信，我这有收据……"

寿山浑身一震，盯着那张粉红色的收据单。他仿佛迷迷糊糊地误入一条黑魆

722

魅、阴森森的峡谷，突然跳出一只狰狞的怪兽，这怪兽笑吟吟地伸出毛茸茸的利爪来扼住他的脖子……

厚林仍冷笑着，咄咄逼人："不还椅子，就请还钱吧！何去何从，你掂着办吧！"

寿山歇斯底里地吼叫："老子还你臭钱！"

"今天就还吧！"

"今天就今天！"

寿山慷慨激昂，威武不屈，眸子里喷射出灼人的怒火。

厚林愣了，喃喃地说："我真不愿这样……"

厚林蹒跚着走进苍茫的暮色。

村头的大铁钟急骤地敲响了，高亢铿锵的钟声在夜空中激荡，摇撼着村庄和人心。这钟声自从包产到户后就很少响了。一响，就必有什么大事急事，须召集村民商议传达。家家户户便派代表自动聚集到村公所来。

今夜，人们觉得气氛不对，恍惚又回到过去的时光里。人们一眼就看见，那把断腿的虎皮太师椅歪在台前，夜壶灯点起了，八仙桌摆好了，篝火烧旺了。与已逝去的光景的氛围十分相似，只缺少一串渗透鲜血、乌黑发亮的吊人麻绳，那绳作了井绳。寿山神情冷峻、脸色铁青地叉腰站在八仙桌前，那威风不减当年。只是的确头秃了，腰佝了，脸皱了，人瘦了，真真切切地衰老了。人们和他招呼、寒暄、询问。他阴沉着脸，紧缄着嘴，不吭不哈。大伙被震慑住了，面面相觑，倍感蹊跷：看这架势，书记今夜定有不凡之举！

人们叽叽喳喳，嘀嘀咕咕，兴趣盎然，议论纷纷。人到齐了。寿山昂奋地清清嗓门，猛咳一声。这一惊世骇俗、振聋发聩的咳声，算是宣布开会的信号，这是寿山久养的习惯。这咳声，还是从前那般响亮，那般粗犷，那般凶悍，让每个人心头不能不颤动，不能不泛起涟漪。

"父老乡亲同志们！"这是寿山的独特口头禅，"今天，我第一次以个人名义召集大家开个短会，也许这是我最后召集的会……"寿山哽了一下，轻咳数声。

人们如坠五里云雾。

"我老了！老了……要下台了，要病倒了，要进棺材了。这辈子，也许做过一些对不起父老乡亲同志们的事，请大伙原谅，怨我骂我唾我告我打我，都行！我欠大伙的良心债，我没能让大伙过上好日子，心有余力不足，请大伙饶恕我！"

大伙仍然不知支书葫芦里装的啥药。

寿山突然由抑转扬，铿锵有力地说："今夜，要当着大伙的面说两件事。第一件事，是有人明目张胆、三番五次地威胁利诱我，要我交出'土改'时分得的浮财，也就是这把虎皮太师椅！我个人认为，这绝不是简简单单的椅子问题，这是严重的政治问题，也是地主阶级阴魂重来、反攻倒算的立场问题！如今，虽说是给地主摘了帽子，虽说是不以阶级斗争为纲、不年年讲月月讲天天讲了，但总不能让地主阶级的孝子贤孙，又骑到我们头上作威作福、拉屎拉尿，总不能任阶级斗争摸到我们的鼻子嘴巴上，我们还打呼噜睡大觉吧！如今有些政策界限不好划分，我也搞不大清楚。我老了，没水平，没文化，思想老化僵化了。但有一点不含糊，不能忘本，不能忘仇，不能没骨气！有人想搞反攻倒算，我偏不让他得逞！我一千个不答应，一万个不赞成！这椅子'土改'时就分在我名下，我就有权处理它。为了怕日后我有个三长两短，椅子被人夺走，我今夜就当场烧了它！"

大伙愕然。

寿山气宇轩昂、精神抖擞地将那椅子投入篝火中，噼里啪啦烧旺了，腾起一股熊熊烈火，火舌高昂肆虐地舐着夜空。寿山的脸被烈火映得通红通红，他坚毅得意地笑了！

"第二件事，本来难以启齿，现在不得不硬着头皮求助父老乡亲同志们了。就是我住院扯了一笔债，一笔阎王债呀！有人以这债要挟我交出椅子，可我把椅子烧了，就得还钱！我想大伙不会眼巴巴地看着我上吊跳河吧，借给我一笔钱吧……"

寿山支书还从没丢过这面子，话说到这地步也够悲惨可怜。大伙长喟短叹，纷纷解囊或回家取钱。不一会儿，寿山的帽子里就堆满了镍币、钞票。

寿山数了数，够了。粗嗓狂声地吼道："厚林，你上台来！"

厚林磨磨蹭蹭，步履缓慢地走上前，眼睛潮湿了，头颅沉重地低垂着，声音沙哑、浊重："我真不想闹到这地步！我真没半点歹念，天打雷劈我也没有！我是想……想留作纪念，大伙都知道的，这椅是我娘的嫁妆，我娘的心爱遗物……一把椅子能象征一个阶级吗？一把椅子能与反攻倒算挂得上钩吗？我想是不是太认真、太偏激、太狭隘、太过分了！谁没有亲人，谁不想留存一点祖传物、遗物？你寿山支书不也常炫耀你那雕花烟斗是明代货，是你爷爷留传下来的吗？人之常情嘛，你留存，为啥就不让人家留存呢？我就这点心思。我是蓄谋已久，玩过不少花招。这次逼钱，也是你逼的，不得已而为之。刚才烧椅子时，我本想抢出来，也能抢出来，但我突然觉得还是不抢为好。就让它烧掉吧，烧掉那些残碎阴森的记忆和噩梦，烧掉那些偏执、狭隘和隔膜，烧掉那些历史纷争和心理包袱，免得我们和我们的子孙再为了一把椅子你争我夺，重演悲剧闹剧！我的心轻松多了，明亮多了……"

寿山咀嚼着这番话，似有所思，又似在捕捉谬点，试图反驳或告状。

厚林哽咽着，笑了，朝寿山友好真诚地笑了。他在众目睽睽下，缓缓接过那一帽子的钱，缓缓走向大宝。

"支书的钱我收下了。我知道他那倔脾气！这钱就算我捐给村里，修小水电站用得上的！"

村主任大宝庄重地捧着那帽子，那帽子沉甸甸的……

故乡三痴

花　痴

花痴叫什么名字，大伙忘到爪哇国去了，他的小名似乎叫狗崽，极贱极丑，不堪入耳。男女老少、亲疏仇友、尊辈晚生，都喊他"花痴"，都可以肆无忌惮地对他颐指气使、呼三喝四。

"花痴，给我挑担水！"

"花痴，喊老子一声爷！"

"花痴，给你说个媳妇，瓜子脸、梅花脚。"

"花痴，快拦住疯狗！"

……

花痴在这些频繁纷杂的呼喝使唤中颠簸忙碌，像被抽得急转的陀螺。然而花痴不愠不恼，任劳任怨，挺虔诚殷勤，尤其是为那些娘儿们办事效劳，更是春风得意脚步疾。花痴如果不是痴人，一定会当活雷锋，一定会上报纸、电台、电视台和光荣榜、讲台，可惜他是痴人，而且是不得人心、伤风败俗的花痴。

花痴五官端正，皮肤像娘儿们一样白皙滑腻柔软，脸蛋过于俊俏纤细失去了男性魅力，眼睛鼻子嘴唇都显现出造物主精雕细琢的痕迹，再看他那苗条细挑的身子，不禁令人疑心他女扮男装。应该说是造物主的渎职，疏忽间阴错阳差、颠鸾倒凤，将花痴造成个男人。花痴素日并无衣衫褴褛、蓬头垢面、言谈举止荒谬疯癫的痴相，只是痴病一发作，见到娘儿们，尤其是见到那穿得鲜艳长得漂亮的娘儿们，就骨酥筋软，神魂颠倒，痴呆呆地盯着、色迷迷地笑着，鼻涕口水泪花齐淌，像幕阜山划旱船中跟在莲花娘子身后摇扇赶骚的丑角。

花痴命苦，是孤儿。在那个举国大饥的年头，富人都三月不知肉味，花痴爹妈在三月不知米味后侥幸捡到一只死狗，吃下去就一命呜呼了，有人说是吃了被药死的疯狗毒死的，有人说是肠断肚裂活活撑死的。死者长已矣，存者且孤苦。

花痴靠吃救济粮穿救济衣长大，幼小心灵中具体的恩人认定是德茂支书，便喊他"干爹"。德茂支书拍拍他瘦巴巴的肩、脏兮兮的头，笑骂道："狗崽，奶奶的，没白喂你呀！"那口吻那派头活像是夸赞一只摇尾乞怜的小狗或媚态可掬的猫仔。

花痴看到德茂爷的儿子唱着"鸭弟弟，穿红鞋，摇摇摆摆上学来"的歌谣一颠一颠地去念书，馋得眼睛滴血，躲着嘤嘤啜泣。花痴磨磨蹭蹭、畏畏缩缩地走进德茂爷家的门槛，怯生生、颤抖抖地说："干爹，我……我想……"后面的声音卡在胸腹中连他自己也没听清。德茂爷正在那里吧嗒吧嗒地抽旱烟，他在烟雾袅袅中最忌被人干扰，大人们若遇此情景便伫立静候他过足烟瘾再打搅。花痴不谙个中忌讳。德茂爷沉着脸瞪着眼将旱烟杆在桌沿上啪地一磕，瓮声瓮气地说："狗崽，奶奶的想什么呀？是不是又没吃的了？前天不是还送给你一袋薯面吗？那都是从全寨人碗里扒出来的血汗粮，可不能海吃乱撑糟蹋了……"其实，德茂爷用一袋喂猪的薯面换下了一袋救济花痴的麦面，好烙葱油烧饼让宝贝儿子揣着上学当中餐。花痴不知内幕，一门子心思把德茂爷当恩人，想向恩人提点衣食外的奢望："干爹，我想……读书！"德茂爷心里咯噔一跳，身子痉挛片刻，着实被震慑了。他突然感到这小家伙长大了，兴许是受谁唆使来找他争读书权的。他的确去县里申请来一笔孤儿教育费，正想挪用来盖私房。谁听到了这风声了？大概是那狗✕的书痴吧！德茂爷恨得牙痒痒的，只得答应花痴去念书。花痴懂事，恭恭敬敬、响响亮亮地给德茂爷磕了三个头。德茂爷狡狯地笑骂道："狗崽，奶奶的，干爹算没白疼你一场啰！"

花痴知恩，很用功，成绩名列前茅。读到四年级时，德茂爷把花痴叫到大队部说："狗崽，从明天起你就不上学了，给干爹当通信员吧！"花痴瞠目结舌，脑晕耳鸣，想哀求干爹开恩至少让他读完高小。但德茂爷根本不理睬他的心绪，朝他拍拍肩摸摸头，爽朗一笑："狗崽，奶奶的，好好干，干爹不会亏待你！"花痴知恩，没说什么，只是暮夜无人知时偷偷地号啕大哭了几场。

那时，区长社长才配通信员，德茂爷自配通信员，无非是摆摆官架子，找个跑腿侍候的。奶奶的，往日地主劣绅都有狗腿子奴仆，老子堂堂正正的共产党书记难道能没个跑腿传令、端茶倒水的吗？花痴就形影不离地给德茂爷干跑腿侍候的差事，如通知开会呀，送个字条呀，讨个口信呀，领份文件呀，端茶倒水呀，割肉打酒呀，摇扇生炉呀，铺床叠被呀，甚至抓痒痒、剪趾甲、倒尿壶什么的。花痴很勤快利索，也聪明灵活，颇讨德茂爷喜欢，决非忍辱负重、卧薪尝胆能做到这地步。

花痴到了想女人的年龄。一天，花痴失魂落魄地跑到德茂爷家，大汗淋漓、气喘吁吁地哀求："干爹，借我五百元钱吧！"德茂爷惊诧地问："借钱干嘛？"花痴涨红着脸，结结巴巴半天才说清借钱事因。原来，花痴与蛤蟆寨的一位叫腊月的女子相好了。谁料，腊月的母亲患了重病，急需五百元钱住院，求爹爹告奶奶地也白搭。倒是有位跛子剃头佬愿出这住院费，条件是娶腊月做老婆。腊月爹走投无路，狠着心答应了，腊月怎愿嫁给那又残又丑又老的剃头佬，哭得昏天暗地、死去活来。腊月爹先是打骂，后是跪在腊月面前苦苦哀求，腊月肝肠寸断、心急如焚，连夜急切地找花痴拿主意。德茂爷显出悲天悯人的模样，抓耳挠腮、长吁短叹了一阵，说："狗崽，按理说我这做干爹的得为你的终身大事操心出力的，可眼下干爹实在为难，砸锅卖铁、拆房卖瓦也凑不齐这大笔钱呀！不错，队上有这一大笔钱，但那是集体财产、社员的血汗钱，要买机器、化肥、良种、农药，不能挪用呀，干爹不能以权谋私为你开口借来娶媳妇用，你替干爹想想，能这么做吗？社员不啐我的脸戳我的背吗？话说转来，五百元钱买个媳妇才不划算咧，推掉算了，日后干爹保证给你另说一个价廉人美的媳妇……"

花痴的视线被泪水模糊了，恍恍惚惚发现德茂爷在那干笑中渐渐蜕变成一头狰狞残忍的怪兽，花痴早听书痴和乡亲们议论，德茂爷和其他干部一起私分了一大笔救济款，挪用了一大笔集体储备金。花痴气极了，哈哈大笑起来，笑得那么瘆人、阴森、凄惨、疯狂、古怪……

雪花飘飘的季节，腊月在迎亲路上跳下轿子跳了胭脂河，跛子剃头佬蚀财又蚀人，趴在河岸撕心裂肺地大哭大叫。没谁敢敲冰下河捞尸，人群望着冰窟窿咧着狰狞阴森的口，还衔着一件花棉袄，仿佛在耀武扬威地挑衅着，都不敢拢前一步，唏嘘叹息、啜泣呜咽声搅成一团。突然，花痴踉踉跄跄、疯疯癫癫地奔来，撞开那些企图劝阻的人，冲上冰封的河面，跳进冰窟窿。花痴是旱鸭子，人们都不禁为他捏着一把汗悬着一颗心，甚至预言他会白搭上一条命。可是奇迹出现了，不知是河水浅缓，还是花痴急中出水性，抑或冥冥间有神灵庇佑他，只见花痴奋力划动双臂如一艘破冰船疾进，不一会儿就捞上来腊月的尸体，花痴抱着冰清玉洁、银装素裹的腊月痴痴呆呆、跌跌撞撞地走着，不肯让别人接手，一直到砰然栽倒在河岸上……

从此，花痴沉默得如一座冰山。人们渐渐发现他深更半夜蹲在腊月坟头呆坐，渐渐发现他爱死盯着娘儿们的脸蛋、奶头、花衣嘻嘻怪笑，垂涎流涕，渐渐发现他偷娘儿们的花衣、裤衩、围巾、绣鞋、奶罩、月经带，还色迷迷地追赶娘儿们……

野牛寨就多了一个下贱可悲的人物：花痴。德茂爷怪花痴伤风败俗，丢尽寨丑，狠狠吊打了他一顿，揍得他鬼哭狼嚎，皮开肉绽，到底没拗过来他的痴劲。德茂爷啐了几口唾沫骂了几声奶奶的，偃旗息鼓，视之如行尸走肉。

据说有寡妇暗中动过嫁他的念头，并试探勾引过他。无奈花痴是银样蜡枪头，真见了娘儿们勾魂摄魄的肉体，不是傻乎乎地嘿笑流涎，就是吓得嗷嗷乱叫，蜷缩一团。那年，野牛寨来了一位携老扶幼、逃荒讨饭的中年寡妇，众人一撮合，就把她和花痴反锁在茅屋中结成夫妻。睡到半夜，寡妇惊呼狂叫，跳窗而逃，后来人们传闻，花痴将人家的花裤衩撕成碎条搓绳子玩，也许人家以为他要勒死她，吓得仓皇逃命。

从此，花痴与风流韵事绝了缘。

生活阴错阳差，命运变幻莫测。谁也不曾料到浑浑噩噩、疯疯癫癫的花痴临死前竟干下一桩虽说不上惊天地泣鬼神却足以令人羞愧敬佩的事儿。

那年那月那天那时辰，秋高气爽，日丽风清。野牛寨的社员在胭脂河岸锄地。那些轻佻风流的娘儿们懒得避男人，往地垄里一蹲就屙屎撒尿。德茂爷的儿媳是个新娘子，脸皮薄讲文明，憋着尿溜到河滩芦苇丛中去拉，她碎步跑时，忽然刮起一股旋风，把她的草帽掀落，风轮一般转悠着滚进河水中。她慌忙跑上前去俯下身捞，急切中身子失去平衡，脚一滑，"扑通！"落入河水中。锄地的男女老少见她摇晃着栽进河里，惊呼疾喊起来，纷纷拔腿跑过来看，也有人跑去喊她家人。新娘子落水后拼命地呼救，绝望地挣扎，但几乎平静如镜的河水中仿佛有一股魔力或一只怪兽拽着她缓缓滑向河心。她徒然地挣扎着，惊慌地哭叫着。围观者越来越多，一个个眼睁睁颤栗地看着她沉浮在那浑浊可怕的河水中，呆若木鸡，怯似绵羊。

落水鬼的传说震慑禁锢住了人们。在幕阜山许多村寨，几乎家喻户晓落水鬼的厉害。落水鬼就是从前落水而死的人的冤魂，它们只有为自己找到替身才能逃离苦水升天或转世投胎。一旦被落水鬼缠住拖下水，只有死路一条，谁也不能救他，若救他就会当替身。刚巧，新娘子落水的地方，就是当年腊月的投河处。至于当年花痴捞尸没当落水鬼的替身，人们是这么解释的：那是腊月钟情，不忍心拖花痴受苦水煎熬罢了，腊月的冤魂这次选定了新娘子，啧啧！莫非她还在做风流痴梦，想托生投胎与花痴结良缘吧？新娘子危在旦夕，河水不断地淹没她的头顶，每次沉下去时，水面上便冒起一串气泡，只有一蓬散乱的长发漂浮着，荡漾着。围观者开始叽叽喳喳、捶胸顿足、唏嘘呜咽，但仍然没谁敢跳下河水去从落水鬼手中抢人。这时候新娘子的家人来了。德茂爷铁青着脸，吧嗒吧嗒地抽着旱烟，一副临危不乱、运筹帷幄的大将风度，众人的目光全投向他。德茂爷阴沉着脸凝视着河心奄奄一息的儿媳，半晌吐出音："快去扛竹竿！"儿子痛不欲生，疯狂地喊："爹，扛竹竿来不及了！"说罢要往河里冲。德茂爷呵斥："龟儿子，站住！想白搭一条命吗？"儿子被众人奋力按住，哭闹蹦跳着挣脱不开。德茂奶朝河心跪着，号啕大哭，捣蒜般叩着响头，凄厉地哭叫："饶了她吧！饶了我儿媳吧！腊月呀，我来世变牛变马报你的大恩大德、大慈大悲，你就饶了她吧！"全场人都被这悲鸣震撼了，有几个愣头青跃跃欲试跳河救人，但都被德茂爷喝住了。这时，新娘子已精疲力竭，浮出水面的次数越来越少，最后消失了。

在这千钧一发的危急关头，花痴赶来了。花痴拉屎去了，错过了刚才一幕。待他提起裤子伸着长脖一瞧：哎，人都跑哪儿去了？他边扎裤带边跑，笑嘻嘻地问众人："哦哈，看什么热闹哇？是淹死了牛还是猪呀？"一听说是人，他傻乎乎地问："咋不救呢？咋都像痴子呆着见死不救呢？死了吗？死了也要捞尸呀！哦呀，没死呢，看，头发在动！哦呀……"花痴边发出一串怪声怪调，边飞快地脱衣解鞋，"扑通！"跃入水中。奇怪，竟没有一人拦住他，德茂爷张了张嘴，欲言又止，浑身颤抖一阵，无力地瘫软在地，耷拉着脑袋在沉思什么。

"花痴，小心落水鬼哇！"有人怜悯善意地喊着。花痴"哦呀哦呀……"怪叫着，狗爬式蹬着水，操练了多年的水性比旱鸭子没多大长进，他艰难地游拢新娘子，一把抓住她漂浮的长发往回拖。大概新娘子的腹腔和衣服都灌满了水，花痴拖得很缓慢吃力，甚至几次呛水呕吐，嗷嗷乱叫。花痴不会潜水，会潜水的却站在岸上哇哇乱吼："花痴，小心别让她抓住你的脚！""花痴，仰游，仰游，挺住呀！""花痴加油呀，挺住，竹竿来了……"

竹竿扛来了，竟然没人敢伸竹竿去搭救一把，仍然畏惧着落水鬼。德茂爷迟疑片刻，咬咬牙跺跺脚瞪眼吼道："奶奶的，还愣着干嘛？"几个愣头青匆忙抬起竹竿伸向河里，花痴将那新娘子猛地一推，她在恍恍惚惚中死死地抓住了那竹竿，等到愣头青们手忙脚乱地救起新娘子时，花痴已沉入水中。人们焦急地盯着河面，希望花痴能浮出水面，等到涟漪渐渐消失，也不见花痴冒出来。德茂爷哇的一声哭了，跪在河滩上，众人紧跟着齐刷刷地跪了一大片……

第二天，人们才在河下游寻到花痴的尸体，花痴死得很安详甜美，没半点痛苦表情。人们诧异：莫非花痴有意赴会腊月的？

德茂爷主持举行了花痴的隆重而古老的葬礼，他还自掏五百元钱为花痴置了一口厚棺，又疏通关系将花痴埋在腊月坟旁。做完这一切，他仍感到心沉胸闷，欠花痴的债似乎太多太多，今生今世还不清。

花痴之死不知怎的传到县里。县里派来土记者采访整理花痴的事迹。那桩桩事迹真是可敬可佩，可歌可泣，花痴简直可以被追认为党员，评上烈士，可惜他是花痴，问题就复杂了，有争议了，因而悬而未决，不了了之。不过，花痴九泉之下值得欣慰的是，他二十多年如一日乐于助人的事迹在县广播站的大喇叭中广播了。县里还为他立了块大理石碑，碑上刻着他早被人淡忘的大名：李苦乐之墓。野牛寨人不无羡慕地说："花痴应了他的名字之兆：先苦后乐，真他妈的死得值得，痴人有痴福……"只是那河滩很少有人敢靠拢，怕花痴的冤魂找替死鬼。

戏　痴

野牛寨出了个戏痴，恐怕不亚于出了个状元、宰相、将军那样稀奇，那样荣耀。

戏痴并非城里贬来的落难戏子或嗜戏文人，而是土生土长的野牛寨人氏。野牛寨地处幕阜山腹地，蜷缩在千山万壑中，像藏在皮肤皱褶中的一粒雀斑。此地山高皇帝远，没戏班、剧团、宣传队、电影队肯进寨，电视没转播塔也只能收到雨点雪花噪音，收音机里播戏传到这里简直微弱得如蚊嘤蜂嗡，唱念做打、锣鼓琴笛搅成一团乱粥。山民们几年甚至一辈子不知戏味，只看过猴把戏、木偶戏、皮影戏、独角戏、杂耍戏，便错以为这些就是正宗戏。山民们渐渐开化了，懂了戏的概念，便把猴把戏等戏称为"小戏"或"土戏"，把舞台戏称为"大戏"或"洋戏"。戏痴的戏是"大戏"或"洋戏"，这才叫稀奇，值得荣耀。一个无戏的穷乡僻寨，竟冒出一个戏痴，可见野牛寨钟灵毓秀。

戏痴还真多亏德茂爷造就的，不承认不行。那年，戏痴砍柴，看到一只肥麂惊惶逃窜，突然被野藤缠住身体，越挣扎越缠得死。戏痴跑上去，一阵乱刀砍死肥麂。戏痴正高兴，忽然听见猎手豹娃的吆喝声，细看肥麂后腿部果真被铳打断了。按山规这麂归豹娃，若惹了他没好果子吃，但眼看到嘴的肥肉又飞了未免太窝囊，戏痴忽生一计，把肥麂背到德茂支书家："德茂爷，打只肥麂孝敬您吧！"德茂爷笑骂道："你这小子也学会这套了！好吧，给你跑一趟，不过丑话在先，事不成，麂也吐不出来啰！"原来戏痴身体矮瘦，相貌丑陋，乡征兵小组面试时刷了他。德茂爷到乡里软硬兼施，请征兵干部吃了一顿麂肉，趁酒兴威胁："若不收戏痴，三年莫想从野牛寨招走一个新兵蛋子！"

戏痴有憨福，当了城市兵，守长江大桥。兵营紧邻着一座大戏院，走马灯似地上演南来北往的剧团戏班的连轴大戏，士兵们吃饭睡觉、洗澡拉屎、站岗操练都受到戏波干扰，战友们听腻了，塞上耳塞躲进地下室或蒙头睡觉。戏痴却喜出望外、陶醉无穷，第一封家信这么写道："告诉你们一个特大喜讯，我们连队旁有个大戏园子，每天都能听戏过瘾，可不是要猴跳神戏咧，是连轴转的大戏洋戏，净是名班名角……"戏痴很快就上了戏瘾，只要听见戏院锣鼓家什一响，心就飞了、耳就直了、眼就眯了，常常在操练时走神、站岗时晃脑哼戏、就寝后陪戏哭笑而遭军官斥责、士兵耻笑。但戏痴染上戏瘾难戒，天长日久瘾入膏肓，简直达到如痴如醉之境界。

戏痴的笑话颇多。一日，戏痴正在洗澡，忽听得一墙之隔的戏院戏开了场，秦香莲咿咿呀呀、如泣如诉地唱将起来，便打禅般闭目端坐在澡盆中听得眉飞色舞，摇头晃脑，猛听得门外乱纷纷，喊叫："不好了！发大水了！"戏痴这才醒悟过来，忘记关水龙头，水漫到寝室，浮起一片鞋袜，惹起一片恐慌。还有一次，戏痴到郊区办公事没乘上末班车，人家想留他歇一宿，并给他出具超假证明。他执意连夜跑回城，累得气喘吁吁，大汗淋漓。指导员表扬戏痴纪律观念强，他红着脸说："不、不、不，我是怕……漏听一场戏，结果还是只赶上听尾声，真可惜，悔不该跑岔路绕了半天圈子……"指导员听了皱眉沉脸，战友笑他太憨实太痴戏。那年，养猪员退伍了，戏痴自愿申请当养猪员。有人讥笑戏痴翻老皇历，现在养猪也不会入党提干。戏痴说："养猪不上操站岗，听戏看戏儿自由自在咧！"

戏痴虽说模样丑，倒有些天赋，亦庄亦谐，可吼可吟，虽无板无眼，却也无拘无束，自得其乐。哼哼吼吼间，猪也养得膘肥肚圆，领导自然也对他的痴劲不横加干涉抑制，遇上节日联欢、军民同乐等场合，还喊他上台表演表演。他毫不怯场，喊它几嗓子大杂烩戏段，熟则唱得字正腔圆，生则乱唱一气，"张飞杀岳飞，杀得满天飞"，虽出尽洋相，却能让观者捧腹喷饭，那些名噪一时的梨园大家的表演不一定比他的幽默滑稽表演更叫座。部队推行培养军地两用人才的经验时，农村兵都是挑的驾驶、电工、建筑、绘画等行当，戏痴却一本正经地报了戏剧行当。这可难煞部队首长，上哪儿去请戏剧老师呢？就算请得到戏剧老师，人家也愿放下架子来教，可戏痴无多少墨水灵气能学会吗？戏痴说没老师教不怕，他剽学。他一有空就往戏院溜，或协助守门验票、引人找座，或帮忙装台卸台、搬运道具，或扫地、送开水、冲厕所，人家常往部队送表扬感谢信夸奖他，其实他另有所图，想不花钱看戏，向戏班剧团讨脚本，瞅空儿请教老师点拨几下，耳濡目染，烂熟于心。退伍时，戏痴拎着满满一提包脚本踌躇满志地回到野牛寨。

有人传闻，戏痴刚回寨的时候简直就是个戏疯子，言谈举止都模仿戏中角色表演。一次，他爹喊戏痴吃饭。戏痴答："孩儿得令！"他爹不由得火苗直蹿，好不容易才抑制住怒气。谁料戏痴把筷子饭碗一摔，来了一段西皮流水："吃了一碗又一碗，吃了干饭吃稀饭，吃完就把——桌子掀！答答答况况台况七况七——况！"他爹猛扇他两耳光，吼骂："狗✕的东西，疯了？"戏痴噗嗤一笑，作揖道："禀告父亲，孩儿封了三品大官！"他爹说戏痴懒惯了身子，整日东遛西逛、逢场作戏、插科打诨、不务正业。他爹先是忍气吞声，顺着戏痴，谁料戏痴上蹿下跳

732

嚷着要办个戏班，德茂爷不批条让他上乡办手续，好心劝他盘泥巴，或者跑点小买卖也行，别心血来潮办什么戏班，砸了台喝西北风吗？戏痴犟着将家里准备盖房的钱买了一套戏衣冠履、锣鼓家什。他爹再也抑制不住怨愤，顺手抄起锄头要砸锣鼓家什。戏痴架住爹的手竟憋着哭腔唱起来："父亲呀父亲请息怒，听孩儿细细说清楚……"不等他说清楚，他爹就敲了他两锄柄，敲得不轻，头上隆起两个核桃大的肿包。

肿包未消，戏痴就开始搭戏班了。德茂爷被邀为戏班名誉顾问，不干事光分红，也就让戏痴去折腾，不过丑话说在先："砸台亏了本，我可不批给你救济款啰！"

寨里人叽叽喳喳、指指戳戳、冷嘲热讽，说戏痴中邪入魔了，看他那两下子能搞出什么花脚乌龟来，都不愿让自家后生去凑那份热闹出那个洋相："好吃懒做的人才想歪点子捞钱，跟着他学懒了日后拖讨饭棒去！"戏痴好不容易招来几个聪明伶俐的小青年，还没排完一场戏，就跑得一个不剩。有被家人硬拽走的，有被观众起哄气跑的，有自感亏本吃苦溜走的。戏痴气得喝闷酒，喟然长叹："唉，二人转都唱不成哟，他娘的只能唱独角戏了！"突然，他心头一颤眼前一亮："对，就唱独角戏呗！唱出个花脚乌龟来让大伙瞧瞧！"

从此，戏痴躲在家里苦练独角戏，关门闭户挺神秘的。有人好奇，趴窗贴墙偷听，惊得瞠目结舌，妈呗，戏痴走桃花运，咋弄来一个娇滴滴嗲腥腥的娘子在屋里关门唱戏，啧啧！孤男寡女关在一屋咋会有好事？消息传到德茂爷耳里，他说什么也不相信。戏痴模样丑，脸面薄，说了几门亲都没撮合成功。莫看他唱戏不怯场，可见了娘们就脸红心跳。戏痴怎么会金屋藏娇呢？德茂爷想想自己是戏痴的名誉顾问，就得去过问一下戏痴的名誉，真闹出什么花脚乌龟来，有失野牛寨的体面。

德茂爷便去听壁根，果然听见戏痴与女人调笑唱戏，顿时头发一炸脑袋一嗡，心头憋得慌，猛地咳出一口浓痰，吼道："戏痴！"惊心动魄一声吼，戏痴吓得慌忙开窗："德茂爷您喊我？什么事呀？"德茂爷铁青着脸瓮声瓮气地训斥："把女人关在屋里成何体统？"戏痴发愣："女人？哪有女人呀？"德茂爷也感纳闷：真的没女人影子！出鬼了，刚才还听见女人的声音呀！眨眼工夫溜了躲了不成？戏痴狡狯地一笑，憋着女人腔调侃道："哦，德茂爷，您莫非是听信别人咬耳朵嚼舌头来抓奸的吧？活天的冤枉呀！您得为奴家做主呀！"德茂爷恍然大悟，扑哧一笑："好你个戏痴，捣的什么鬼？吃饱了撑的？"戏痴不无炫耀地说："我这是在排戏哩！"德茂爷笑骂道："别哄老子了，活了六十岁没听说独角唱戏咧！"戏痴说："好哇，那就让您开开眼界，中秋节我就给寨子里免费演一场《薛平贵戏妻》……"

中秋节之夜，戏痴果然搭了一个简易戏台。月光灯光辉映下，农家小院明如白昼。戏痴将那锣鼓家什敲得震天响，招惹得本寨男女老少潮水般涌来，险些没挤垮小院。人们都和德茂爷一样不相信戏痴孤家寡人能唱大戏，但又都怀着浓厚的好奇心来了。

戏开场了。戏痴将那定音锣"哐当"一敲，好似那说书人将醒木一拍，用那幕阜山方言来了段道白："诸位父老乡亲，话说唐丞相王允生有三女：大女金钏、二女银钏都是嫁配官老爷，三女宝钏高搭彩楼抛彩球选夫，哪料彩球击中叫花子薛平贵。王允悔婚，宝钏与父三击掌，随薛平贵进寒窑，薛平贵新婚三天上战场抗敌，被人暗算，灌醉后缚在马上驮至敌营。王宝钏苦守寒窑十八年，终于盼回薛平贵……"

戏痴接着做骑马扬鞭动作唱起来："一马离了西凉界，不由人一阵阵泪洒胸怀，青是山绿是水花花世界，薛平贵好似一孤雁归来……"

戏痴搭上花头巾扮采桑女，扭扭捏捏地激起一片笑浪。拉下花头巾便又成了薛平贵，怪声怪调地哼："洞宾曾把牡丹戏，庄子先生三戏妻，秋胡戏过罗氏女，薛平贵我调戏自己的——堂客！"怪叫一声，逗得人们捧腹大笑，鼓掌喝彩。戏痴不笑，有板有眼、活灵活现地串演着，唱完《薛平贵戏妻》，小院鼎沸起来，大呼高喊："戏痴再来一个！"德茂爷仿佛多贪了几杯酒，脸色兴奋得如熟蟹般红，醉眼蒙眬，情趣盎然，颤声笑骂道："龟孙子，还真有两下子咧，老子活了六十年，还是第一次开戏荤哩！你可是野牛寨的活宝咧，再唱一出吧！"戏痴为难地说："我只排练出这出戏，试试的……"德茂爷性急："快排呀，我的活宝！"

戏痴一举唱红，便边排边演，不到半年，能滚瓜烂熟、惟妙惟肖地唱《空城计》《斩马谡》《击鼓骂曹》《盗御马》《包公赔情》《岳飞斥奸》《小过年》《窦娥冤》《四进士》等独角戏，颇得四乡八镇山民们的喜爱，轮到逢年过节、婚寿喜丧祭祀、盖房垒窑、拜师学艺、挂牌经商、升官发财、招工参军等时刻，大家都来请戏痴去捧场献艺。据说后来县剧团承包下乡巡回演戏，偶尔与戏痴唱了两场对台戏，戏痴居然大败县剧团，把山民吸引拢来一大半。山民不懂阳春白雪，偏爱戏痴的戏。戏痴能使他们且喜且悲、且舞且蹈、且痴且醉、且狂且怒。县剧团甘拜下风，以高薪为诱饵来"挖"戏痴了。

这天红日高照，万里无云。县剧团团长带着那个姿色出众的小旦来顾茅庐了，戏痴因昨晚喝酒狂欢过度，日上三竿还在呼呼大睡。戏痴娘又喊又推闹不醒，便用扫帚把敲。戏痴疼醒了，醉意朦胧、睡眼惺忪地披衣趿鞋出来会客。那团长说尽恭维话，那小旦暗送秋波，频传温柔，戏痴受宠若惊，已是骨酥魂销，心旌摇荡，鬼使神差似地答应了。县剧团想挖他这棵土得掉渣的摇钱树，戏痴想到县剧团学几手正儿八经的本领，两厢情愿，皆大欢喜。谁料到德茂爷闻讯后气咻咻地赶来，将那团长、小旦骂得狗血淋头、屁滚尿流、落荒而逃，将戏痴吼得呆若木鸡、蜷如野狗、诚惶诚恐、不敢吭声。

是野牛寨造化了他，是德茂爷造就了他，他咋能忘恩负义想走就走呢？德茂爷很生气，戏痴也很生自己的气。戏痴仍在这方土地上当活宝、笑星。但是人们渐渐发现戏痴慵懒了，总是炒现饭大杂烩般地唱那几出老戏，不肯卖劲下神地插科打诨耍新花招了。戏痴不来劲了，没魅力了，人们听腻了老戏，也不随着他喜怒哀乐、感受酸甜苦辣了。渐渐地，有人在台下打呼哨喝倒彩了；渐渐地，他的观众寥寥无几了。

岁月如流水，德茂爷下台了。德茂爷病得很重。只有德茂爷宠他，奄奄一息时还念叨着要听戏痴的独角戏。戏痴最后给他唱的是《霸王别姬》，是戏痴专门为他赶排的新戏段⋯⋯

"好！"德茂爷听得泪花闪闪，红光满面，伸出青筋虬突的枯手抚摸着戏痴，说道，"戏痴，怪我老糊涂了，阻挡你去县剧团。你心没留下，早叫那狐仙小旦勾走了！去吧、去吧，只听爷们一句话：别忘了捎戏给野牛寨的父老乡亲。我死后就躺在野牛岭上，我闭目不闭耳，盼着咧⋯⋯"

戏痴郑重地点头。据说戏痴去了县剧团，当了剧团的摇钱树，唱红了幕阜山的半边天。戏痴仍唱独角戏，那小旦与他一配戏观众们就砸台，其实她嗓儿甜脸蛋好，山民却就是不晓得欣赏，只崇拜戏痴独角反串。小旦很忧伤委屈，戏痴也很沮丧难堪。剧团的老艺人新学员骨子里没一个瞧得起戏痴的，背地里骂他是"怪才""歪货""艺痞"。戏痴想找他们请教点什么，常常遭冷嘲热讽。一天，戏痴喝得七分醉，向那小旦求爱，不料挨了小旦脆脆的两耳光，小旦骂他"癞蛤蟆想吃天鹅肉"，要他"撒泡尿照照自己"。戏痴被打得灵魂出窍，昏昏沉沉躺了三天，急得那团长团团转，恨不得给戏痴叩头作揖。戏痴想不通，那小旦当初为何朝他献媚调情？为何要偷走他的心？

一天深夜，戏痴趁大伙酣睡之机，打点起自己的行李，悄然出走了。他只从县剧团的橱窗里偷走了一张那小旦的剧照⋯⋯

书　痴

"咚咚咚！"三响铳声在野牛寨夜空震荡。人们知道这是德茂爷寿终正寝的报

735

丧信号。德茂爷自从支书落选后郁郁寡欢，被病魔的长矛戳得千疮百孔，形容枯槁，魂若游丝。起初，儿子媳妇还算孝敬，拖着他跑了几家大医院，又瞒着他求了一些巫婆神汉，病仍不见轻。久病床前无孝子。德茂爷卧病半年，儿子媳妇在侍候他吃喝拉撒时便渐渐心焦气躁，瞪眼垮腮。德茂爷便海阔天空地吼骂，挺像陷阱里暴怒哀嚎的困兽，令人毛骨悚然。后来他连吼骂的力气也没了，便干瞪眼乱喘气，生命像一支残烛在摇曳悲泣。虎欲死威不倒。那些村干部都去探望过他，寨民接踵摩肩地提着礼物登门慰问，都挤出最佳笑容，都拣最吉祥的话说，都揣着心照不宣的动机。

只有书痴没去。书痴毕竟是书痴，不懂为人处世之道。那人是他的冤家，凭什么低三下四地去看他？书痴早咒他死咧！书痴从不喝酒的，那日在众目睽睽下上寡妇酒店买了一瓶竹叶青，高声回答众人的疑窦戏谑："喜事？哈哈，也算一桩大喜事哩！到时我得痛饮一场喝个豪壮！"

三响铳声后，书痴果然开怀豪饮，骂骂咧咧、哼哼唧唧、哭哭笑笑地就把那一瓶竹叶青灌进肚内。幸亏那赚黑心钱的寡妇往酒里掺了水，书痴才没喝出事来。但他仍醉醺醺疯疯癫癫的。在一线微弱暗淡的灯光下，可以看到他枣红色的瘦削坚硬的额头上，虬动着几根被酒力所激发着的青筋，脸色如熟蟹，一双醉眼颇像红李子，浑浊的泪水顺着布满皱纹的脸颊滚淌。脸庞却分明泛着颤抖怪诞的笑意。当往事酸楚痉挛地爬上心头时，便爆发起一阵不可遏制的撕心裂肺的呜咽和狂笑。

书痴爷是野牛岭一带有名的私塾先生。据说中过前清举人，但因脾性耿直、不愿摧眉折腰事权贵，跑回野牛岭创办私塾。书痴爷的得意门徒好多都成了共产党的大官，蠢材也有，就是德茂爷。书痴爷没少揪他耳朵打他戒尺，没少恨铁不成钢地骂他"冥顽不灵""酒囊饭袋""朽木竖子"。德茂爷便挖空心思报复私塾先生，不是敲碎他的夜壶，就是往他面缸里撒尿。

一次，德茂爷顽皮地钻进私塾先生的书房，顺手摸了一本线装书，偷偷揩屁股折纸鹤玩。书痴爷爱书如命，偏偏丢的是珍贵的宋版书《唐诗精粹》，那是用一只祖传翡翠烟壶从破落的书香人家那里换来的，颠沛流离都珍藏在身。这次他丢了书如剜心宰肝、失魂落魄，茶饭不思、坐卧不安，并动了大怒，盘查拷问学生。有的学生吓坏了，便告了密。

书痴爷揪住德茂爷的耳朵，气得狠捆了几掌，捆得他口鼻流血，脸红眼肿。书痴爷把他骂个狗血淋头，又揪着他的头发去收集那些残纸碎片。学生们都翻遍书包口袋交出纸鹤，德茂爷却犟得像只斗架的小公鸡，怒目圆睁，双拳紧攥，嘴唇咬出一排暗红的牙痕，硬是不肯到茅坑里去捞揩屁股的残纸片。书痴爷不知是恢复了理智，还是被震慑住了，竟然放掉了德茂爷，自己长吁短叹、流泪淌涕地下茅坑去捞，硬是从臭烘烘的粪水中捞上一大叠纸片，小心翼翼地用清水漂洗干净，喷上香水，晒干，熨平，但那书仍缺好几页，是德茂爷的爹讨要去卷纸烟烧掉了。书痴爷只得凭记忆工整地补抄上，每每翻至这些页码，便气呼呼的。

书痴爷撵走了德茂爷，德茂爷的爹娘磕头送礼并当面揍得儿子鬼哭狼嚎，皮开肉绽，书痴爷也没心软开恩，只是摇手晃脑："朽水不可雕也，竖子不可教也，憾哉憾哉，欷甚欷甚！"德茂爷的爹绝望懊丧地猛敲了儿子一烟锅。德茂爷的额角豁开一血口昏倒在地，从此便落下丑陋的疤印……

这疤印也成了仇恨的印记。"土改"时，德茂爷当了农会主席，朱砂笔一勾，拍案一吼，便可让民兵绑人到胭脂河滩或毙或砍了。唯独感到沮丧懊恼的是，德茂爷不能亲自惩罚仇人书痴爷，甚至连当面辱骂嘲讽一番他的机会也没捞上，因为仇人已墓木拱矣。连书痴的爹娘也报复不上，他们双双留洋未归。

又过了五年，德茂爷当了村支书。一日，从城里来了两位外调人员。德茂爷这才知道，书痴独自回国了，在省城大学念书，还积极申请入党。德茂爷恨得牙痒痒的，故意捣鬼出具了书痴爷系地主成分的假证明。书痴不仅没入党，反而因所谓隐瞒家庭成分而遭批判。暑假，书痴回野牛寨了，一来弄清爷爷的事情，二来祭奠爷爷。德茂爷领着民兵在光天化日之下把书痴爷的陵墓碑碣砸毁，掘棺焚尸了。书痴带着祭品跟跟跄跄地寻到坟地，看到碑断棺裂、尸骨狼藉的浩劫惨景，看到德茂爷正踩着爷爷的骷髅阴森森气昂昂地狞笑，他气得脸色苍白，嘴唇青紫，眼睛迸射出犀利凶虐的冷光，血气如岩浆般喷突出来，一个箭步冲上去，两拳将德茂爷揍趴在墓穴中……

书痴为这两拳付出了太惨重的代价，两颗门牙被打落了，肋骨被敲断了三根，脑袋被击伤落下后遗症，五花大绑着送到公安局……书痴在铁窗中收到学校的开除通知书，同时收到的还有他倾心相爱的恋人的绝交书。当夜，书痴砸碎眼镜片，割断动脉血管，蘸血在墙上写道："士可杀而不可辱也！"难友撒尿时发现血迹，书痴才自杀未遂。书痴尝过一次死的滋味后，生的欲望反而强烈了。

出狱后，书痴被遣送到野牛寨劳改。在德茂爷管辖下过日子，书痴得卧薪尝胆忍辱负重，才能苟活偷安。德茂爷故意派最苦最脏的活给他干，他若完成不了或出了差错，便会遭到批斗吊打。书痴不服，便怒吼叫骂："你狗×的德茂有种的跟我拼着干活，老子干输了甘愿挨打，这样阴着整人算孬种！"

有一年，德茂爷和几个村干部合伙私分了救济款，群众敢怒不敢言，书痴义愤填膺地写了一封检举信寄到县里。县里派来调查组处理此事，勒令干部们退出救济款。德茂爷恼羞成怒，知道只有书痴会舞文弄墨，气急败坏地派人绑来书痴，悬吊着轮番鞭打。书痴不呻吟哀嚎，嘴里喃喃地说着什么，似诵经吟诗："肠一日而九回，居则忽忽若有所亡，出则不知其所往。每念斯耻，汗未尝不发背沾衣也……"书痴一副超脱痴迷相，令鞭打者瞠目结舌：天呀，真是个书痴！

二十世纪六十年代末，德茂爷顿悟到精神蹂躏酷于肉体折磨，便要起花样整治书痴了。德茂爷有两个毛病：忘性大，开会爱打瞌睡。往往在县区开上几天会议，回村传达时说不清子丑寅卯。有次县里部署防洪工作，德茂爷迷迷糊糊地听了几条措施便睡死了，晚餐又喝得醉醺醺，等踉踉跄跄地回村，听来的那点精神早忘到爪哇国去了，"贪污"了会议精神。等到村村寨寨拉上防洪大军到胭脂河堤干得热火朝天时，野牛寨却按兵不动，县长巡视时狠狠训了德茂爷一顿。吃一堑长一智。为了做到瞌睡会议两不误，德茂爷就带上书痴作记录，他则安稳瞌睡，有时索性不到会场，躺在招待所酣睡，睡足了就去看耍猴逛商店。但会议餐、招待券、纪念品什么的，他一毛不拔，囊括一空，不让书痴沾边，近则让书痴吃睡跑来跑去，远则令其啃干粮蹲屋檐。偶遇与会者探问书痴的身份，德茂爷总是踌躇满志地炫耀："我的听差兼秘书呗！"同僚们免不了揶揄戏谑一番。书痴满面羞惭，不寒而栗，以后逢会便故意蓬头垢面，衣衫褴褛，守门者便将他当疯子叫花子拦驾驱逐，德茂爷明知书痴捣蛋也奈何不得他。德茂爷眉头一皱又生一计：每次他开会讲话或训话，都令书痴作记录。书痴欣然答应，正襟危坐，凝神聆听，笔走龙蛇。

德茂爷识字不多，怕书痴诳他，便诈书痴："你乱涂鸦的什么玩意？"书痴佯装挺委屈："记的你的指示呀，连错别音、骂人话、喷嚏、咳嗽、吐痰、放屁、笑声都没敢漏记哩，不信我给你念念……"德茂爷看到舞文弄墨的书痴成了自己的文仆，想到书痴爷昔日的清高孤傲、迂腐酸气，得意极了。呸！你的孙子才是朽木竖子咧！狗东西，你若还魂看看读书人的下场，老子才开心哩！殊不知书痴根本就没记他的话，他在默写唐诗宋词元曲，无聊或疲倦时就信笔胡画一通百家姓三字经老三篇。有一次居然画了一幅德茂爷的漫画，由于太逼真太丑化，德茂爷大发雷霆，将这当作阶级斗争新动向上报到公社。公社喝墨水的自然多，一审那会议记录，记的全是乌七八糟的玩意，便把书痴抓到专政队触及灵肉。那时只准专政对象看毛选，书痴便将毛选全译成文言文，这恐怕算得上一大创举。书痴常常活灵活现地学着冬烘先生摇头晃脑、咬文嚼字的神态口吻高诵"之乎者也"的毛选，闻者懵懂惊愕以为他犯痴了……

七十年代后期，许多人翻案平反、昭雪洗冤了。书痴去闹过，灰溜溜气冲冲地回来了。人家查了案卷，说他属刑事犯不能翻案。书痴就想出国，总之要跳出德茂爷的鹰爪狼掌。可向爹娘求援的信件莫名其妙地退回来了，"查无此人"。

转眼，分责任田了。书痴突然对寸土必争、脸红脖粗、剑拔弩张的乡亲们宣布："我不要田地，匀给困难户吧!"书痴想办学!办学?这书痴，真痴到家了!别说家长不愿让孩子读书，读书赔钱赔工不说，读痴了成了土不土洋不洋、文不文武不武的夹生货算毁了一辈子，就是那校舍、那津贴找谁解决呀?昔日书痴爷办私塾的那座古庙早塌了，学生挤在旧磨房里上课。前些时德茂爷将旧磨房承包给他兄弟，他兄弟几扫帚把赶走老师孩子，套驴磨起豆腐面粉来。公办老师正愁找不到岔子闹调动，这回逮住理由喜滋滋地回城去。民办老师几月领不到补助，经不住肚子饿老婆骂，也快怏然回家务农。树倒猢狲散。孩子们大多当了放牛娃、牧鹅女、引娃郎、烧火妞，只有几个金贵的孩子起早摸黑、跋山涉水去老远的学校插班读书。春上涨溪，淹死了一个胖崽;冬里闹狼，又叼走一位小妞，吓得其余的都退了学。

　　书痴那东倒西歪的茅屋咋搁得下孩子们的读书桌?书痴那穷酸拮据、困窘贫寒的境况咋能施仁教办义学?当年他爷爷创办私塾免费施教，可有丰厚的祖产奠基哟!他爷爷当年有书童家仆管家，书痴能相比并行吗?德茂爷嗤嗤冷笑，并故意褒奖一番，让这痴子撞南墙寻他爷的阴魂去吧!

　　书痴自有书痴的招法。书痴挺敬佩武训精神，但他不效法武训靠乞讨办学的招法，他的化缘办法雅得多。他在茅屋前挂出"书痴斋"招牌，贴上一副对联："两间东倒西歪屋，一个南腔北调人"，横批："痴心兴学"。他磨墨挥毫，帮乡亲们写春联寿联挽联、奠文悼词、婚嫁贺帖、新屋祝词、师徒契约、婚书兰谱、债据合同家信等，还兼画中堂年画、百寿图、财神门神遗像、彩屏绣花图案等，简直就是文化专业户。四乡八镇的乡亲们如今富裕起来了，就讲究个礼义廉耻、吉祥喜庆、舒畅光彩，纷纷找上"书痴斋"求字觅画，挤得茅屋摇摇欲塌，忙得书痴腰酸手僵、眼花耳鸣、直喘粗气，凭各人心愿捐款。葫芦装满了，封上塞进炕底下，又悬挂一大葫芦。据说这办法是从野牛岭名巫鲁婆那里学来的，书痴说入乡随俗嘛!眼见得那葫芦三日一换，书痴的痴望指日可待，德茂爷眼红了，到乡里告了一状，说书痴大兴"四旧"，谋财骗人发横财。乡里来人查封了"书痴斋"，收缴了一大串钱葫芦。书痴气得吐血，砸砚折笔，狂吼怒骂，最后疯疯癫癫地唱将起来:

　　　昼长夜悠，痛忠良番为楚囚。叹笼鸟如何出头，望燕云空思唾手。指望出樊笼，纾国耻，不肯死前休。我一息尚存，还望中原，却怪壮心难收。何忧?便终教名遂功成，少什么藏弓烹狗!怎教我，便等不到当烹时候!

有戏痴听出这是《风波亭》岳飞就义的一段唱腔，不禁击节叫好……书痴后来真有点痴了，落拓到武训那样乞讨的地步，倒没人干预他了，仿佛讨来的钱比卖字画的钱干净正当得多……德茂爷得意极了，偶尔也扔几个镍币于书痴的破帽中。书痴冷冷地拣出那些镍币掷在德茂爷脚下，气宇轩昂地蹒跚而去。望着那一身傲骨两袖清风的背影，德茂爷感到震慑：这痴子可打败，却不可征服！

德茂爷死了。

书痴醉了。

夜里悄然无声、纷纷扬扬地下了一场大雪，老天爷宽容仁慈，为德茂爷披素哀悼。"咚咚咚……"排铳轰鸣，"呜呜呜……"猎号劲吹，"呜哇呜哇……"哀乐呜咽。书痴被吵醒了，嗤嗤地笑：嘿！这老东西死后也许能占有享受上古木棺椁、银车金屋、纸人素马、花圈石碑、丧幛孝棒、哀乐泪雨、祭酒蜡果、帛幡纸钱等，但绝对没资格捞到书痴的情悲意怆、字遒词峻的悼词挽联、奠匾碑文，哈哈！给老寡妇丑婆和剃头佬钟爷都写过，偏不给你土地菩萨德茂写！

"吱——呀！"茅屋柴扉开了。书痴一瞧：新支书顺娃来了。他抖抖肩上的雪花，跺跺脚上的雪泥，咧嘴一笑："书痴叔，酒醒了！"书痴这才想起昨晚醉倒在桌边，咋上炕的？咋烧的炕？兴许顺娃来过。来干嘛？给那死鬼求情？书痴铜钱大的面子也不给！书痴沉下脸瓮声瓮气地嘟哝："你要是为死鬼来的，请别开口！"顺娃沉缓地说："德茂爷对你有错甚至有罪，他在死前悔悟到了，念叨着要向你当面认错，可你没给他机会。昨晚他昏迷后又苏醒过来，指着梁上的葫芦嗫嚅，我俯耳聆听半天，才明白要交给你。我抱着葫芦跑来喊你，多想让你俩诀别一笑泯恩仇，但你已醉倒了……"

书痴疑惑万分，扫视四角，果见桌上放着一大葫芦，揭盖一掏，掏出一封讣告电报和一本卷边破旧的线装书。讣告电报说：书痴爹娘因车祸双亡，遵遗嘱寄回祖传古书，通知书痴速去美办理遗产保险金继承手续。日期：1976 年冬。德茂爷竟以党支部名义截压了十年之久，他还算积点德没焚书呀！书痴酸甜苦辣攻心，抱着那大葫芦号啕大哭。

顺娃劝慰半天，忽然又想起一事："哦，忘了跟你说，村支部给你搞了两份平反申诉材料，一份是当年错判刑的，一份是前些年没收钱葫芦的，县乡都批准予以平反，叫你快去办手续……"书痴惊喜交加，热泪盈眶："这是真的吗？太谢谢你了！"

顺娃喟叹："解铃还需系铃人呀，多亏德茂爷知错认错，画押作证，办案才这么顺利哇！"

"咚咚咚……"

"呜呜呜……"

"呜哇呜哇……"

出殡了。顺娃说:"我得去送送了!"

书痴沉思片刻,肃穆地抓起文房四宝,喊道:"等等,我也去……送送!"

不知书痴咋写的德茂爷的挽联祭文。但有书痴的笔墨文章,出殡会隆重得多……

最后一个鹰猎者

一

儿子贝贝又在用最恶毒、最下流的语言诅咒"黑旋风"。

"黑旋风"是吉吉老爹豢养的老猎鹰。刚才，邻居辣婶提着一只刚断气的长毛兔，骂骂咧咧地打上门来，那架势真泼辣凶悍，似乎少赔她一根兔毛，她就会点火烧房子。"黑旋风"不止一次闯这种祸，它干嘛袭击家禽家畜呢？是老眼昏花发生错觉，还是猎瘾上来抑制不住呢？

昔日，大草甸子上的猎物可多呢！夸张一点说，挥羊鞭能打落野鸡，抛马靴能砸死草兔。后来，大草甸子改造成田地，牧民猎户一律改行当农民，鸟兽迁徙到远方的森林里去了，鹰猎者们将心爱的猎鹰卖的卖、送的送、放的放、杀的杀，自古以来就是"狡兔尽，良狗烹"的规律，用不着良心不安。吉吉老爹忍心不下，将"黑旋风"藏起来喂养了八年，躲过了"割尾巴"风。吉吉老爹几次撵"黑旋风"返回到大自然中去，它不走，流泪，多通人性的生灵哟！后来，"黑旋风"能重见天日，自由飞翔了，可鸟兽几乎绝迹，天地间只剩下麻雀、老鼠、黄鼬。猎鹰没有猎物，简直是悲剧。"黑旋风"时而暴躁地磨嘴挠爪，时而慵懒地闭目养神，时而缓缓地在空中盘旋，时而疾疾地无目标地俯冲。吉吉老爹理解"黑旋风"，它心里苦闷、寂寞，要不是恋主，也许早离他而去，寻找新蓝天、新猎场了。它偶尔干出一些荒唐、越轨事，他怎么好责备、惩罚它呢？

贝贝骂"黑旋风"是"黑寡妇""灾星"，总有一天要掐死它……贝贝的骂声刺痛着吉吉老爹的心，他痛苦地闭着眼睛，蜷缩着靠在柴堆旁晒太阳。"黑旋风"似乎知道自己闯了祸，凄惶地蹲在吉吉老爹枯瘦的手腕上，眼睛斜瞅着，时刻提防着贝贝的突然袭击。

吉吉老爹心里不由得一阵悲凉：老了，真是老了，连血性也衰了！倒回去十几年，谁敢骂"黑旋风"一句，我非叫它啄瞎他一只眼不可，天王老子也不饶！

在旮旯寨，吉吉老爹算不上一位好猎手、好牧民，也算不上一个好庄稼汉，但他算得上顶呱呱的驯鹰手和鹰猎者。据说，他的爷爷曾是清王朝的职业驯鹰手，皇上大臣及王孙公子赏玩、狩猎的鹰大多是他驯的。他颇得宠，为此加官晋禄。谁知祸从天降，他驯过的一只草原猎鹰在御狩中和皇上开了一个天大的玩笑，将皇冠叼着扣在一摊稀马屎上，皇上当场动怒，下旨将驯鹰手满门抄斩。吉吉老爹的父亲凑巧和小伙们放鹰去了，才幸免脱逃，隐姓埋名，流落到旮旯寨，靠鹰猎为生。吉吉老爹七岁就跟父亲学驯鹰、鹰猎，二十岁出头，就是远近闻名的猎鹰者。

这里顺便说一句，吉吉老爹的名字其实叫喆，音义同"哲"，他父亲起的。旮旯寨人不会咬文嚼字，干脆拆开来读，便喊成"吉吉"。

吉吉老爹常发表自己的观点："打猎嘛，第一是鹰，其次是马，第三是猎狗，第四是猎枪或弓箭，第五是兽夹、鸟网或陷阱，最后才是猎手！"一些争强好胜的青年猎手反驳他："你把鹰摆在首位有些不恰当吧。鹰算什么？它只不过叼叼野鸡草兔，它敢碰碰豺狼虎豹吗？"吉吉老爹不与他们斗嘴，默默地托着猎鹰走了。人们哄堂大笑，以为他默默认输了。不久，吉吉老爹从大草甸子上背回一只脑浆迸流、双眼无珠的大灰狼。他的肩上蹲着趾高气扬的"黑旋风"。人们瞠目结舌，终于服气了。妈呀，大草甸子上要是有猛虎恶豹，只怕也不是"黑旋风"的对手呀！看来天上飞的硬是强过地上跑的了。

在自治盟一年一度的赛鹰会上，"黑旋风"曾夺三连冠，为旮旯寨争得了荣誉。每届赛鹰会的奖品就是作诱饵用的猎物，如麂、羊、兔、鸡等，吉吉老爹总是慷慨地将奖励的猎物款待乡亲。全寨男女老少围着篝火嚼肉饮酒，唱歌跳舞，比过节还热闹。后来，"文革"开始了，鹰猎没有了，赛鹰会也没有了……

如今，吉吉老爹和"黑旋风"都已老态龙钟：一个七十七，另一个二十三，合起来刚满百岁。百岁孤独，辉煌的时光一去不复返了，全寨人似乎都用怜悯的目光注视着他和"黑旋风"。"黑旋风"袭击了家禽家畜后，寨里容不得吉吉老爹和"黑旋风"了，连自己的亲生儿子、儿媳也容不得他俩……热土难离啊！但为了"黑旋风"免遭毒手，为了它有一片自由翱翔的天地，吉吉老爹决定投奔森林区的一位老猎人去。

这是悲怆的迁徙。

二

清晨，吉吉老爹带着"黑旋风"出了门。他每天都带猎鹰溜达，儿子和儿媳没在意，寨里人也没惊讶。他俩就这样静悄悄地告别了故乡。

吉吉老爹朝岜兄寨东边的小山岗走去。那儿埋着他多年相濡以沫、患难与共的老伴。他老伴是逃婚途中与吉吉老爹相识的。那天，吉吉老爹放的猎鹰扑落了一只野鸡，又去追逐另一只。他跑上去拾猎物的时候，惊呆了：一个衣衫褴褛的年轻女人趴在草丛中，正在狼吞虎咽着那血淋淋的野鸡。一问，她哭诉道：她被酒鬼爹硬逼着嫁给了一位痨病鬼。不到半年，丈夫死了。婆家想将她转卖给有钱人家做妾，她就逃到大草甸子上。后来，吉吉老爹娶了这位小寡妇。

这是一位矮小瘦弱、温顺贤惠的女人。她整天忙忙碌碌，默默无闻地下地干活、操持家务，全心全意地疼爱着自己的丈夫、儿子。直到那天早晨，鸡叫了三遍，她抱歉地对吉吉老爹说："我头晕心慌，不能起来做饭了……"晚上，她就安详地死去了。她的能量都耗费光了，身体显得更加瘦弱矮小，蜷缩着像只老虾。吉吉老爹忏悔不已，当贫困像影子一样跟着他时，他只沉溺于猎鹰中，没能顾得上用男子汉的肩膀帮老伴分担忧愁。更重要的是，他给予这位瘦小女人的爱实在太少了，那些猎鹰夺去了他的爱。她不怨恨，不嫉妒，不悲伤，理解和支持吉吉老爹的猎鹰事业。吉吉老爹的"黑旋风"，就多亏了她才到手的啊！

猎鹰由隼、雕、鹰等猛禽类训练而成，猎鹰中最理想的品种是游隼。它们翅膀窄而尖，飞行极快；体格小而壮，机敏灵活；嘴巴利而宽，袭击力强；胆魄狂而暴，敢与庞然大物搏斗。游隼静止时似乎显得胆怯而迟钝，而当它飞离手腕时，就立即变成长距离追逐猎物的空中主宰。它时而悠闲自得地舒翅盘旋，时而以四百公里的时速俯冲，简直是一架小型歼击机，它捕捉野鸡、草兔如儿戏一般轻快，狂怒时敢与豺狼虎豹较量，常啄得凶兽头破眼瞎，仓皇逃窜。

一天，吉吉老爹在鸟市场上一眼看中了一只稀罕的游隼。一般游隼是红、白、蓝三色，而这只游隼的羽毛却是乌亮乌亮的。吉吉老爹喜形于色，爱不释手。卖隼的是一位精明狡黠的瘦老头，见机抬价，非要二百元钱不可。吉吉老爹说："我不还价，真心想买，可手头没这么多钱。你宽限三天，也在这儿，一手交钱，一手交隼。"吉吉老爹话虽这么说，可回到家就犯愁了，家里没啥值钱的东西，就是砸锅卖铁也凑不齐二百元钱呀！他左思右想，最后咬了咬牙：拆房卖料。但一时上哪儿去找买主呢？拆了房一家三口上哪儿住？吉吉老爹整天坐卧不安。他的女人默默地将一叠钱递给他。他惊异地问："哪儿来的？"她平静地说："我把玉镯卖了。"吉吉老爹知道，这玉镯是她姥姥的姥姥传下来的宝物，连她那凶狠贪婪的酒鬼爹也没抢去哩！可为了他买鹰，她竟忍痛割爱……吉吉老爹像摸到炮烙似地缩回手，愧对这位瘦小、贤良的女人。他喃喃道："我不买了……"她像哄小弟一般嗔怪道："别说傻话！现在不买，你会懊悔一辈子。看见你失魂

744

落魄的样子，我就知道这鹰不凡。你要想疯了，我日后靠谁呀？"

"黑旋风"买回了，果真不凡。可是吉吉老爹和"黑旋风"给她带来什么呢？只有辛苦劳累，担惊受怕。她第二次坐月子时没开过荤，三月不知肉味，而"黑旋风"在被幽禁的八年中却一直没断荤；她心爱的女儿因营养不良而夭折了，"黑旋风"却一直没掉膘；她劳累一天后多想得到丈夫的温存，而吉吉老爹却要趁夜深人静时去驯鹰，免得"黑旋风"圈养久了退化懒惰……她一生没有半句怨言，只有歉意，临死前还在为耽误做饭而内疚不安。她死了，他才意识到自己失去了生命的一半，另一半系在了"黑旋风"的翅膀上。

小山岗挺立着几棵白桦和大白杨。"黑旋风"腾地振翅而起，在空中盘旋一圈，绕树三匝，然后准确地歇在女主人的墓前，哀婉地叫着……

吉吉老爹叹道："真是一个通人性的生灵！"

三

"黑旋风"刚买来的时候，可是个顽皮倔强的家伙。它对吉吉老爹采取不友好的态度。每当他走近它时，它全身每一根羽毛都愤怒地张开抖动着，随时准备搏斗一场。两只闪着蓝光的鹰眼凶恶地逼视着吉吉老爹。吉吉老爹轻轻扯了一下拴鹰的皮带，它发怒了，拼命冲撞，想挣脱皮带，翅膀猛烈拍打着，闹得不可开交。吉吉老爹不仅没恼火，反而挺得意。他知道：这种野性一旦被驯服，它就会通人性、有出息。

鹰猎者按照不同的捕猎方法将鹰分为两大类：一类叫"拳鹰"。这一类鹰猎的捕猎方法是直接从鹰猎者的拳头上飞去，扑向猎物。另一类叫"游鹰"。这一类是靠遥控或自控捕猎的，很少有鹰能达到其境界，因而显得名贵。游鹰在鹰猎者头顶几百米的高空飞翔，既能准确无误地服从鹰猎者的地面遥控（鹰猎者自成体系的五花八门的遥控信号，没有严格的训练，过硬的素质，猎鹰很难准确地接收），又能高瞻远瞩，主动捕捉目标，发起进攻，独立完成捕猎任务。真正具备这种素质的，只有少数的游隼。

"黑旋风"后来就成了这种佼佼者。可那时，它简直像被缚受辱的公主一样任性、骄横、凶悍，除了不断地猛冲、乱撞、拍击、凄叫、发怒外，而且开始绝食。吉吉老爹将鹧鸪、草兔、野鸡等放在它面前，它竟"不吃嗟来之食"，或愤怒地用嘴叼开、用爪抓走，后来甚至低垂眼帘，对食物瞧也不瞧一眼。三天过去了，它饿得趴下了，也没动眼皮底下的肉。吉吉老爹急坏了，他驯过那么多的猎鹰，还没遇到过这样刚烈、倔强的鹰。

第五天一早，它快饿死了。吉吉老爹忽起怜悯之心：与其让它绝食而死，不如放它一条生路。唉，怪自己没这福气！吉吉老爹解开捆它的皮带，催赶它飞去。它直挺挺地站着，似乎在张望什么，一副充满疑惑的神情。吉吉老爹捧起它，朝天空一抛。它扑击着麻痹的翅膀，像断线的纸鸢摇摇晃晃、歪歪斜斜地飞去。吉吉老爹沉重地叹了一声气，两行浑浊的老泪夺眶而出。

此后，他仿佛得了一场重病，仿佛那漆黑色的游隼勾走了他的魂，整整一天卧床不起，茶饭不思。老伴来劝慰他："别愁坏了身子，为那瘟鸟生气，犯不着！以后有合适的，再去买一只不就得了……"吉吉老爹瓮声瓮气地说："你不懂。这是一只神鸟，是金鹰！我命里不配有它，我这一辈子也不会遇上这种好鸟了，呜呜……"吉吉老爹竟号啕大哭起来。

黄昏，老伴跌跌撞撞地跑进吉吉老爹的房里，惊喜地喊："老头子，回了！它回了……"吉吉老爹疑惑："谁回来了?""就是你那只瘟鸟，哦，不不，神鸟……"吉吉老爹恶狠狠地吼她："别拿我寻开心啦!"老伴急着拉他下床："你去看呀，就在后院，快呀!"吉吉老爹一跃而起，冲到后院。他惊呆了，该不是做梦吧? 黑游隼果真回来了！它正在贪婪地撕咬着一只草兔，是它自己捕捉的猎物。它吃完了，轻捷地跳上鹰舍前的栖木上，做了几个潇洒、优美的舞姿，如亮翅、独立、旋转、翘首……

这真是鹰猎界的奇迹！吉吉老爹百思不得其解，最终归结为他命好，像他的名字一样吉上加吉，与"黑旋风"前世有缘。不过，吉吉老爹悟出了两条禁忌：切勿用皮带或绳子束缚"黑旋风"的腿和翅膀，切勿施舍食物给它，这样会挫伤它的自尊心。"黑旋风"被幽禁八年，同样不吃嗟来之食，吉吉老爹只好冒着风险，深更半夜带它去捕猎。

吉吉老爹坐在老伴的墓地前，"吧嗒吧嗒"地抽着旱烟。往事如烟，在眼前闪现、飘过。有关老伴的、"黑旋风"的悲欢离合、酸甜苦辣，一幕又一幕，一缕又一缕……

他凝视着"黑旋风"，似乎凝视着自己衰老孤独的身影。它，二十三岁了，对人来说，这是青春如梦的年龄，而对鸟，尤其是猎鹰，却是靠近生命终点的里程碑。它的黑羽毛没有过去油亮、丰满了，尾翎老化地翻着，显得稀散杂乱，颈部羽毛脱落了一圈，像秃鹫一样丑陋难看。它的眼睛里闪烁的不再是那种犀利、冷艳的蓝光，而是一种浑浊、黯淡的紫光，眼睑上沾着乳白色的眼屎。它的踝部老皮有的蜕化了，有的硬翘着，仿佛两根脱皮的枯枝支撑着笨重的藤蔓，岌岌可危。

吉吉老爹顿感一阵苦涩、悲哀：老了，都老了！落得这般晚景，老来背井离乡……想到此，他心里突然生起一股无名之火，真想朝"黑旋风"的头颅猛磕一烟斗："黑旋风"呀"黑旋风"，你昔日的志气威风跑到哪里去了？老不夺志丧格呀，你怎么干出捕猎家禽家畜的窝囊混账事，真丢人现眼呀！

瞬间，一股罪孽感紧紧攫住吉吉老爹，他将举走的烟斗狠狠地磕了一下自己的脑袋……

四

告别墓地，吉吉老爹和"黑旋风"开始朝大草甸子西边迁徙。长途跋涉一百多公里，就可抵达那片原始森林，他们就能摆脱烦恼，在色彩斑驳、辽阔自由和情趣盎然的世界中，开始崭新的鹰猎生活，耳鬓厮磨、相依为命地度过他们的风烛残年。

阳光明媚，秋高气爽，风吹草低见牛羊。退耕还牧后的大草甸子慢慢恢复元气，长出茂盛的草。牧民们重操旧业，过起自由自在、粗犷富庶的游牧生活。远处浮着几顶白帐篷或蒙古包，飘来阵阵悠扬的马头琴声和高亢的牧歌声。

吉吉老爹的情绪被感染了，心胸豁然开朗，喉咙痒痒的，情不自禁地哼起鹰猎小曲：

> 天上飘动九十九朵云，
>
> 九十九朵云下九十九只鹰，
>
> 九十九只鹰下九十九道岭，
>
> 九十九道岭上响鹰哨……

吉吉老爹边哼曲边掏鹰哨轻快地吹起来。"黑旋风"在鹰哨的变幻声中，时而盘旋，时而翻飞，时而俯冲，时而返回到吉吉老爹的肩上。吉吉老爹将头上的破旧毡帽朝空中抛去，"黑旋风"箭般冲去，灵敏地抓住飘落着的毡帽，戴在主人头上。他又脱掉两只靴子使劲地朝远处甩去，"黑旋风"扑上去，抓一只，叼一只，送还给主人。老人与他的鹰无忧无虑、无拘无束地在大草甸子上嬉戏……

鹰猎驯鹰的道具不少，有鹰哨、鹰笛、鹰铃、手套、帽子、手杖、彩巾、树枝等，各有各的秘密信号，驯熟了，只有猎鹰懂得这些奇特的指挥令。吉吉老爹驯"黑旋风"使用的是鹰哨、帽子加鞋子。这里面没什么道道可讲，更没什么统一的驯鹰信号，完全靠各人心血来潮、约定俗成。驯久了，鹰与人自然配合默契。在风雨大作、雷电交加等恶劣天气里，一旦鹰哨遥控失灵，就靠帽子加鞋子。帽子朝空中一抛——进击，摇晃帽子——返回；鞋子往哪个方向甩，猎鹰就朝哪个方向窥伺、捕捉猎物。当然，"黑旋风"的绝招在于：它还能主动捕捉目标。

吉吉老爹常常想起"黑旋风"首次参赛的情景。那次赛鹰会上，群鹰荟萃，强手如林。吉吉老爹的黑游隼看上去有些怯战，浑身羽毛紧缩着，在那些屡经赛场的猎鹰面前，它简直像只羽毛未丰的草鸡，人们偷偷议论、嘲笑着他和"黑旋风"。那位列席参加赛鹰会的外国旅游家、鹰猎者迈克尔·威尔逊和他的草原猎鹰"博根"更是神气活现，傲慢得意，似乎稳操胜券。

初赛开始，一大群麃、羊、草兔、野鸡、鹧鸪放飞出去。顷刻，这些惊惶的鸟兽都隐伏进草丛中。一声枪响，鹰猎者带着猎鹰开始捕猎，按捕获的猎物计分。"黑旋风"初上赛场，一展雄威，跃入半决赛圈。

最后，吉吉老爹的"黑旋风"与威尔逊的"博根"进行冠亚军决赛。"博根"身高体壮，翅长眼亮，嘴如锥、爪如锚，威风凛凛，不可一世。吉吉老爹也情不自禁地赞叹："龟儿孙(威尔逊)的鹰不错!"而"黑旋风"貌不惊人，与"博根"相比显得雄风不足。尽管"黑旋风"已在初赛、半决赛中崭露头角，博得人们刮目相看，但和"博根"交战，人们还是为"黑旋风"捏一把汗。而且，这场决赛远不是自治盟内的兵家常事，关系到国际声誉、影响。换句话说，这是一场国际性的鹰猎擂台赛。当赛鹰会主席格格其桑老爹将这重大意义悄悄叮嘱给吉吉老爹时，他的额上也沁出几滴汗珠。

决赛别开生面。一只金鹿箭一般地射入大草甸子，仓皇逃命。两只猎鹰进行一场无人遥控的争夺战。"博根"一出击，就邪恶地扑向"黑旋风"，企图决一雌雄，然后去独吞猎物。"博根"猛地朝"黑旋风"的腹部一撞，凭着它那傻大个的邪劲，也够"黑旋风"受的，"黑旋风"突然像折断翅膀似地直栽下来。威尔逊露出一丝狞笑，人们的神经都绷紧了。吉吉老爹气愤地嘟哝："龟儿孙，真他妈的龟儿孙!"他痛苦地闭上眼睛，愤怒地攥紧拳头。

突然，会场上爆发出一阵欢呼声。吉吉老爹疑惑地睁眼一瞧，原来是"黑旋风"在进行超低空飞行，疾风闪电般地甩开"博根"，追捕着金鹿。眼看鹿死它手，"博根"急傻了眼，直追上去。这时，"黑旋风"已和金鹿交战。别以为鹿是善良、软弱的动物，拼起命来照样凶猛顽强、宁死不屈。金鹿旋风般地团团转着，长犄角就像风车，猎鹰休想接近它。它还有踢蹄一招哩! "博根"悠闲地盘旋着观战，它想趁两败俱伤后坐收渔利，太狡猾了! 说时迟，那时快，"黑旋风"终于瞅住金鹿喘息的空隙，俯冲下去，啄碎了金鹿的一只眼珠。金鹿痛苦、茫然地用长犄角抵抗着，但已防不胜防，"黑旋风"已开始第二次俯冲，"博根"

见"黑旋风"初战得手，沉不住气了，张开巨翼朝着"黑旋风"俯冲下去。"黑旋风"敏捷地一闪让，"博根"收不住翅膀，一头撞在金鹿的长犄角上，"咔嚓"，一只翅膀折断了，"博根"生怕"黑旋风"报复，拼命扑击着另一只翅膀，拖着耷拉着的断翅，在大草甸子上蹿着，歪歪斜斜地蹿到主人身边，寻求庇护和慰藉。威尔逊早已从望远镜中清晰地看清了一切，气得五官挪位、七窍生烟。他凶狠地抓起"博根"，将这位失败的亚军的脖子扭断了。"博根"口里流出一股鲜血，鹰眼瞪得大大的，呆望着蓝天，饮恨而死，吉吉老爹怜悯"博根"，心里骂着威尔逊："龟儿孙呀龟儿孙，你的心真狠毒呀！"

"黑旋风"得胜，全场欢声雷动。威尔逊气冲冲而去，抛下一句不甘心的话："后会有期，等着吧，五年后再决一雌雄！"

威尔逊走后，吉吉老爹认真起来，一直等着他带猎鹰来决斗。可五年过去了，十年、二十年过去了，威尔逊一直没来。吉吉老爹叨念道："也许他早忘了这句气话，也许他输怕了，也许他没驯出好猎鹰，也许是他来找过我，刚好撞上文革，不让赛鹰而被拦回去……"

现在，吉吉老爹又想到威尔逊，心里不禁好笑：这个外国佬龟儿孙要真来了，我还没过硬的猎鹰与他打擂台哩！如今，"黑旋风"也老了，全自治盟也难找出善战的猎鹰了，连正儿八经的鹰猎者也难找了……

五

不远处，有一群羊在吃草、撒欢，一位牧民骑马挎枪，一会儿挥舞羊鞭吆喝着，一会儿扯开嗓门唱着歌。

吉吉老爹手搭凉篷细细眺望，认出是自己的儿子贝贝。他的心情沉郁、复杂起来，左右为难：是跟儿子体面地话别一下呢，还是绕道而行，一辈子不见儿子呢？吉吉老爹蹲下身，一怕儿子发现他，二想歇息歇息过过烟瘾。他"吧嗒吧嗒"地抽着旱烟，想起儿子忘恩负义，心里像针锥刀戳一样绞痛。

儿子贝贝小时候得过小儿麻痹症，两条小腿萎缩枯瘦，支撑不住身体。贝贝想看鹰猎、蓝天、白云、朝霞、夕阳、大草甸子……他总是爬到屋外，贪婪地呼吸新鲜空气，痴情地观赏大自然风光，有时孤独寂寞了，就出神地看着蚂蚁搬家、蚱蜢斗架、蚯蚓钻洞……后来，"黑旋风"成了他的好伙伴，它给他表演，听他说话，陪他嬉戏，帮他递东西，还叼来一些活着的小鸟小兽献给他赏玩。后来，吉吉老爹打听到一位民间医生能治愈小儿麻痹症，就三天两头地背着贝贝去求治，吉吉老爹付不起医药费，就常给那医生捎一些"黑旋风"捕获的猎物，老医生自然高兴，但他只收少量的猎物尝尝新鲜打打牙祭，其余的叫吉吉老爹带回去，给贝贝补身子。"黑旋风"似乎明白主人的窘困境况，捕猎更勤、收获更大了。后来，贝贝能站起来走路了。吉吉老爹抚摸着"黑旋风"，夸奖道："你的功劳不小啊！贝贝得永远牢记你的救命之恩……"再后来，贝贝和"黑旋风"疏远了、冷漠了，他不再是孤独寂寞、行动不便、需要鸟兽来排忧解闷的残疾人，他可以在广阔的天地里自由漫游，还可以和孩子们一起玩耍、上学、唱歌跳舞，可以在不识字的吉吉老爹面前炫耀知识，蔑视鹰猎……在"黑施风"被幽禁的八年中，贝贝不止一次地嘟哝，埋怨吉吉老爹何苦宠护这个不谙人事的累赘、灾星，何不痛快地宰了它打牙祭……如今贝贝对吉吉老爹和"黑旋风"的怨恨更强烈、更升级了！

吉吉老爹怨恨地嘟哝："不成才的东西，连鹰都不如，不通人性……"他决定绕道走，永远不见儿子，默默地隐居，客死异乡。也许这样，儿子会忏悔，或者自己惩罚了忤逆的儿子。他正这样想着，突然，吉吉老爹发现"黑旋风"径直朝贝贝放牧的方向飞去。他急忙掏出鹰哨使劲吹起来。

"嘘嘘！嘘嘘——！"

"黑旋风"似乎没听见鹰哨，头也没回，速也没减，疾奔羊群上空。吉吉老爹徒然地拼命挥舞毡帽。"黑旋风"已飞临贝贝和羊群的上空，开始第一轮俯冲……羊群炸了营，撒蹄四奔。贝贝举起了猎枪。吉吉老爹意识到了事情的严重性，疯狂地喊："别！别……"

一缕蓝烟飘起，一声沉闷的枪响！大草甸子上面回荡着声波的涟漪。吉吉老爹仿佛中了弹，踉踉跄跄地倒在一积满污水的水洼中，口里涌出猩红的鲜血……

"黑旋风"像断线纸鸢般摇摇晃晃、歪歪斜斜地盘旋，最后直栽下来，在将吻大地瞬间，它没像往日那样神奇地崛起……

大草甸子死一般沉寂。贝贝惊喜地策马上前，顿时傻了眼：原来腹部中弹、血尽气绝的"黑旋风"，仍死死叼着一只脑浆四溅、气息奄奄的大灰狼……

最后的垂钓

　　一辆银灰色的伏尔加轿车在崎岖的山区公路上疾驶，迎面不时扑来各种标志急转弯、陡坡危险、事故多发地段的路牌。道路越来越难走了，前些天，一场山洪冲塌了不少路段。沿途，养路工在紧张地抢修，来往车辆堵塞着，慢慢腾腾地从临时搭的木桥上轮流通过。这里，超车规则无效了，伏尔加轿车只好屈居在车流中磨磨蹭蹭地往前蠕动，吃着前面大卡车后轮卷起的灰尘和排气管喷出的废油烟。

　　伏尔加的司机连连揿笛，前面的大卡车大模大样地扭着屁股，似让非让，好像在戏谑着"嘀嘀"乱叫的伏尔加。大卡车上戴墨镜的年轻司机不时地把头伸出窗外，吹着口哨，神情悠然自得。伏尔加的司机的脸气得扭曲了，恨不得骂大街。

　　轿车后座沙发上，有一个人仰靠着睡熟了，鼻孔和喉咙里发出浑浊的呼噜声。他就是行署专员侯磊。侯专员是一位魁梧、肥胖的老头，近六十岁光景，虽然头已秃顶，皮肤松弛，脸上开始出现老人斑，皱纹也在向纵深发展，但精神矍铄，红光满面，脸上的肉堆砌着，下巴沉重地下坠，看得出保养得好，这是那种经常待在办公室、泡在会议中养尊处优、无所事事所特有的福态。侯专员此行，既非参加会议，也不是检查工作，而是去青山水库垂钓。侯专员无其他嗜好，只是喜欢钓鱼。他认为钓鱼是保养身体、消除公务烦恼、恢复精神平静的最佳办法。

　　今天，侯专员感到比以往任何时候都更加需要精神平静。近来，侯专员心中隐隐不安，生起一股莫名其妙的烦恼和不可名状的惆怅，仿佛有一种政治气候、氛围逼视着、威胁着他。其实，他没搞什么违法乱纪的活动，他所管辖的部门战线也没出什么纰漏，完全可以心怀坦荡，"半夜敲门心不慌"。但是，他凭素日养成的政治嗅觉，已意识到了问题的严重性。从地委到行署，一会儿讨论干部建设问题，一会儿研究第三梯队人选，一会儿搞民意测验，一会儿整顿党风，他并不认为这是普通形势，似乎觉得都是冲着他来的，冲着他的职务来的。有些具体的迹象，琐碎的小事，也惹得侯专员心烦意乱，惶惶不安。譬如，省长来视察时，见面的第一句话就问："老侯，身体还好吧？"侯专员一听心里凉了半截，神经敏感地把一句寒暄话当作某种暗示。不错，他曾小病大养过，在疗养院泡过半年，谁把这事捅给省长了？要不省长怎么在问候语中带个"还"字，暗示他"身体不适，早早让贤，欢度晚年"呢？一次，地区报纸报道某个会议，居然将侯磊的名字往后挪了三四位，他气冲冲地打电话责问报社："谁授意你们这么排位次的？"报社解释，这是遵照地委书记蒋道鼎同志的意见，按姓氏笔画排列的。侯专员一看报纸，果然，蒋道鼎的名字排在最后。但侯专员并没就此消气，骂道："娘的，老子抢大刀砍鬼子的时候，他们还穿破裆裤唱鼻涕歌，现在居然排到老子前面了，哪有这种排法？乱弹琴！"为这事，他耿耿于怀，认为这是不祥之兆。不久，省委组织部长下来暗访，因为行期短暂，婉言谢绝了他的宴请。他认为这不是一般的不肯赏脸，而是一种轻蔑的推辞，一个疏远的信号。当他听说组织部长赴过行署办公室主任欧阳亮的家宴时，心中妒火猛烧，更感到被冷落的耻辱，被戏弄的悲哀。第二天，他把欧阳亮叫到办公室问罪："你好大的面子，把我的客人截跑了！"欧阳亮听出了弦外之音，忙解释："侯专员，我和他是多年不见的老同学，匆匆一聚不过是叙叙旧情……"但是，侯专员怎么也不肯相信他的鬼话，愤愤然："哼，裙带关系，有门路靠山的，官运亨通！哪像过去，凭枪杆子打天下，靠流血牺牲坐江山，那才叫真本事咧！"

"停车！"侯专员不知啥时醒来，轻轻拍了拍司机的肩。司机急忙刹车，惊诧地回头问："侯专员，什么事？"侯专员没有回答他，独自溜下车，往路旁的竹林里钻。司机知道侯专员要"蹲点"，嗤嗤一笑。竹林中，两只野鸡惊起，拖着美丽的长尾巴鸣叫着飞向蓝天……

司机名叫吴大海，瘦高个，背微驼，五十多岁年龄，精明能干，老实厚道，是一位跟随侯专员出生入死二十多年的老司机。说他"出生入死"，一点不玄乎。"文革"初期，红卫兵几次想围追堵截侯专员，都是他飞车救驾。"文革"中期，造反派阴谋用大卡车去撞侯专员的专车，多亏他技术高超，逃脱了车祸。后来，造反派软禁了吴大海，逼着他抛侯专员的黑材料，他沉默无语，宁死不屈，肋骨被打断了五根也没昧着良心签一个字。

常言说：一个司机半个官。首长挑司机比挑秘书要严格得多，遇上一个不称职的秘书，无非是工作爱出纰漏，不会应筹周旋于文山会海、鞍前马后，但如果碰上一个蹩脚、粗心的司机，出一次车祸，就得搭上性命，提前去见马克思。侯专员(那时还是县长)的第一任司机，就是一位开飞车的小伙子。一次，遇到耕牛横穿公路，小伙子手忙脚乱地踩刹车，吉普车撞在路旁的树干上，侯磊的头结结实实地撞在车顶篷上，眼迸金星，脑袋晕眩。他愤然将小伙子辞退了。侯专员遇到吴大海，也是阴错阳差的偶然机会。那次，他下乡检查工作，归途中吉普车抛了锚。他的第二任司机闹了满身汗水、一脸油污，也没修好车。这时，迎面走来一位挑柴的中年农民，看了看，问："车坏了?"司机一看是个乡巴佬，没好声气地说："去、去、去，凑啥热闹!"那中年农民卸下柴挑，微笑着拍拍司机的肩："小兄弟，我吃这碗饭比你早，让我帮你修修吧!"司机半信半疑："你……行吗?"中年农民挽起袖口，接过工具，不到两袋烟工夫，就把车修好了。侯磊暗喜，一问，原来中年农民是村里的复员军人，曾在朝鲜战场上当过汽车运输兵，黑夜行车不开灯，跳炮弹坑，闯封锁线，技术过硬。侯磊问："你想不想干本行?"中年农民喜形于色："咋不想呀? 做梦都在开车踩油门，把老婆的鼻子蹬出血来。"侯磊顺手在空香烟盒上写了几个字，递给他说："回去安顿一下，过几天到县汽车队报到。"中年农民一愣："就凭这字条，行吗?"侯磊哈哈大笑，逗趣道："当然不行，还凭你的绝技呀!"

就这样，那中年农民——吴大海当了侯磊的第三任司机。打这以后，侯磊东调西迁，职务沉浮，吴大海跟随着他转。侯磊宁可忍痛割爱，不带心腹亲信和秘书助手，也不能不带吴大海。古话说：一人得道，鸡犬升天。何况是一位维系着领导生命的司机呢? 吴大海沾了侯专员的光，老婆孩子早就转为城镇户口，几个儿女没尝过下乡、待业的滋味，都托侯专员的福进了招待所、商场、电影院。他的工资加到八级，算上出勤补贴、节油奖金、劳保福利以及其他名目的进账，每月的收入绝不低于一位副专员的薪水。他跟着侯专员逛过许多名山佳景，吃过不少山珍海味，见过无数大场合、大世面和大官儿。要是换上癫狂的人，早就吹得天花乱坠，神魂颠倒。吴大海却是个沉得住气的人，对知道的事守口如瓶，对不知道的事从不打听，不像有的小车司机，一有机会就大谈官场趣闻，互相刺探上司的稳私，拨弄领导之间的是非、纠葛，传递小道消息，侯专员挺喜欢吴大海的安分守己、老实厚道，视之为"金不换"。

侯专员真像拉金屎，足足蹲了一个小时。吴大海几次想跑进竹林去瞧瞧，担心侯专员踩上毒蛇或中风了。半晌，侯专员从竹林里钻出来，手拿几枝竹叶，饶有兴趣地含着吹："嘘嘘……"不知是童年的技巧淡忘了，还是年龄老了，中气不足，他吹得断断续续，不成调。他笑着摇摇头，自嘲道："唉，老啦! 记得小时候，我最会做叶笛，吹的调儿能引来竹鸡咧!"

吴大海头一次看见侯专员这么童心勃发，显露出自己的天性。难得有这么一回，难得这么真诚、坦荡、纯洁地笑一笑。平时，他总是那么严肃、古板、庄重。侯专员一钻进伏尔加，马上意识到自己的身份，操着官腔说："老吴呀，争取在天黑以前赶到大青山乡。"

吴大海启动引擎，踩足油门，加速赶路。突然，伏尔加像得了心肌梗死一样，喷出一股带火星的黑烟，熄火瘫痪了。侯专员蹙眉问："咋回事？"吴大海歉疚地解释："这种老牌车的零件早不进货了，好多零件配不到，只好凑合着用，汽缸上的螺丝又出了毛病……"别看这辆伏尔加如今油漆斑驳、憔悴不堪，昔日可是整个地区的佼佼者呢！这辆象征着权力和荣耀的轿车，进出于行署大院时，曾惹得一些同僚觊觎、嫉妒过。那时，年富力强的侯磊刚从县长提升为行署专员。刚好，一个中央直属企业转点来山区，为了与地方联络感情，加强合作，慷慨地送给地区行署一辆崭新的伏尔加轿车。这辆轿车理所当然地该新上任的侯专员享用了！行署没有讨论，侯磊也没有谦让，工作需要、级别够格呗。然而，背后也有一些风言风语。有一条意见就很尖锐。地委书记罗昆仑同志是个爬雪山过草地的老红军，身上还残存着炮弹片，无论从资历、职务，还是身体的角度考虑，他都够格坐的。侯专员却没发扬风格，因为他听说罗书记即将离休的消息，他愿意让给罗书记，可罗书记一让位，轿车随之易主，岂不替他人做嫁衣！因此，有人骂侯磊太"霸道"。

　　不过，说良心话，那时，侯磊可没有坐上伏尔加风驰电掣般地赶会议、作报告，也没有坐公车去游山玩水、钓鱼打猎，更没有让老婆孩子坐车去野外兜风或上街买菜看戏什么的。至于后来与现在，那都是形势的变化、环境的影响……

　　那时，他的伏尔加是战驹，是指挥车。抗旱、抗洪、抗虫、防冰雹、修长渠、筑水库、劈山造梯田，他都亲临第一线，调查、指挥、劳动，有时日夜奔波，吃住在伏尔加里。这种作风群众挺信服，他们把伏尔加叫做"服您家"，一见伏尔加来了，群众就欢呼："侯专员的'服您家'来了，有救了！"后来，侯专员的伏尔加渐渐少跑乡下，车辖辘尽往省城转。有一次，侯专员的伏尔加陷进泥坑中爬不出来了，吴大海招呼赶路的农民帮帮忙，农民们表情冷漠，袖手旁观，不肯动手。一位大爷见了，喊道："小伙子们，这是侯专员的'服您家'呀，来，咱们帮忙把它抬起来！"小伙子们起哄道："什么'服您家''服他妈'，我他妈谁也不服，当官的都是嘴上一套，干的另一套，帮他抬车，误了咱们的农活。让他耽误一下，不过少钓几条鱼罢了！"

　　二十多年来，除去"文革"中的两年光景外，伏尔加一直厮守着侯磊，他与它有了亲密无间的感情，有了患难与共的默契。近年来，地委、行署以及地直机关、局领导都坐上了皇冠、丰田等豪华型轿车，"鸟枪换大炮"，而他仍不肯换车，就像不肯离弃老朋友一般。一次，吴大海无意中抱怨了几句伏尔加，建议侯专员换辆新车，侯专员沉下脸说："老吴，你是不是觉得，跟着我这个老朽委屈了你？"吴大海忙笑脸说："侯专员，看您说到哪里去了，我是那种忘恩负义的小人吗？我只不过随便说说。"

不过，侯专员有时也动过换车的念头。那是他怕人家说闲话："侯某是秋后的蚂蚱，蹦不了多久了，坐伏尔加将就几年吧！"就为这，他真想赌气换辆皇冠牌轿车……

伏尔加缓过气来，奔驰在盘山公路上。黄昏，伏尔加驶进了大青山乡招待所。招待所盖得挺洋气，那别墅似的小洋楼、花坛、喷水池、曲桥、长廊结构在这山区恐怕是凤毛麟角。这个招待所过去是地区行署投资、侯专员批款兴办的专门接待游览大青山水库风景区的各级领导首长的高级宾馆，现在已对外营业，接待四方游客。侯专员是这儿的常客，每次来大青山水库垂钓，都是在此下榻。通常，招待所设宴洗尘，县里、乡镇的头头脑脑陪客敬酒，宴后放放内部录像，再痛痛快快地洗个温泉澡，躺在席梦思床上美美地睡到天亮，吃过丰盛的早餐，驱车前往大青山水库垂钓。临走时还得搞一次饯行酒会，送上一批土特产……

今天，招待所门口，昔日那种拱手欢迎的热烈场面和欢快气氛没有了，吴大海连揿了三声喇叭，才出来一位乡助理员。"没接到我的电话吗？"侯专员颇不愉快地问。临行前，此事跟秘书交代过。"接到了，乡长书记带干部下乡抗旱了，留下我接待您。饭菜准备好了，请吧！"乡助理员小心翼翼地说。

侯专员来到餐厅，信步就往昔日吃宴的雅兴厅踱去。乡助理员上前尴尬地拦住他："哦，对不起，侯专员，招待饭改在大厅用餐。"他们一落座，服务员就上菜。四菜一汤，没有了他最馋的红烧甲鱼、清蒸鳊鱼、山菇烧鸡丁、笋丝炒虾仁，以及竹鸡、山兔、野鸭、麂子、野猪等山鲜野味，很普通的四菜一汤。侯专员愣住了，迟迟未动筷匙，以为好菜后上，等到服务员端米饭、面条和馒头，他才彻底失望了。

雅兴厅不时传来猜拳行令声，热闹异常。侯专员顿感冷落、耻辱，皱起眉头问："那里面是些什么人？"乡助理员说："听说是一帮农民，贩山货赚了钱，来这里开开洋荤的。"

侯专员心如刀绞，七窍生烟："哼，什么世道，堂堂的专员还不如山货贩子！"他在心里嘀咕着，掏出钱包，拈出两张大钞票往桌上一摞，朝乡助理员努努嘴："麻烦你，去添几个菜，搞瓶好酒来。"

吴大海忙抓起钱塞给侯专员："怎么能让您破费呢？今天我请客吧。"吴大海掏钱，买了一瓶香槟酒，添了四盘卤菜。

酒足饭饱后，侯专员边剔牙缝边问乡助理员："晚上安排了什么录像片？"乡助理员窘得半晌才说："侯专员，对不起，唐乡长跟电站打过招呼，乡镇机关单位一律停电，支援农民抗旱。"侯专员气不打一处来，暗自骂道："唐世栋呀唐世栋，你这老滑头，今天我算看透你了！我还没下台呢，你就这么怠慢我，把我晾起来不打照面。要是我下了台，只怕会把我当干狗屎晒着，真他妈的势利眼！"

"文革"那年，侯磊被押送到大青山枣溪村劳动改造。村书书唐世栋曾暗中保护过他，尽量派最轻的活给他干，如看稻场、搓牛绳、摘绿豆、选豆种等，派饭也尽挑那些日子过得顺当一点的人家，他叮嘱道："人家思想有罪，肚皮可没犯法，谁也不准刻薄人家。告诉你们，他不是倒霉了，咱们想请都请不来咧，人家改造改造，还要回去当专员的！"

唐世栋用庄稼人的眼光看出了侯磊的官运。果然，两年后，侯磊进了地区革委会，当上副主任。为了保住自己的官职，他也昧着良心干过一些违心事，整过人，说过错话……后来，侯磊到大青山蹲点抓典型经验，把唐世栋提拔到乡领导岗位上。唐世栋感恩戴德，只要侯专员一来，他再忙也要抽空陪着，用公款摆酒设宴不算，还送一些土特产，每次都把伏尔加的尾箱装得满满的。开始，侯专员还沉下脸说几句"下不为例"的话，后来，他心安理得地接受，还变着花样讨要哩！比如，侯专员想捎几斤猴头菇去巴结一下省里的上司，就对唐世栋说："老唐呀，麻烦你买几斤猴头菇吧，行署有位老干部身体不大好，送给他滋补滋补。"唐世栋心领神会，马上照办，至于钱的问题，侯专员舍不得出，唐世栋也舍不得垫，只好记在公家账上作招待费开支了！你别以为唐世栋只会送这些土特产，他还晓得送些珍贵的地方古董和时髦的洋玩意，讨侯专员的欢心。他下令将大青山寺院的明代小香炉和清代名家字画"借"出来，送给侯专员赏玩；他把香港客商、归侨友人赠给乡政府的一些洋玩意转送给侯专员，包括侯专员的两支钓鱼枪：一支是捷克式，一支是西德型。唐世栋算那种精明能干有心计的农民类型，他把巴结领导作为一种"智力投资""曲线致富"。这话不假，唐世栋凭着侯专员的条子、面子，能为大青山乡搞回化肥、良种、农药、机械、水泥、钢材以及其他紧俏物资，能为大青山乡争得国家拨款、贷款，能在大青山乡修起现代的旅游设施、娱乐场所，招徕中外游客……从某种意义上讲，这是一种挺划算的交易。何乐而不为呢？对于唐世栋的形象，大青山人毁誉不一，有人夸他是"大能人""活菩萨"，有人骂他是"马屁精""败家子"。唐世栋极有涵养，夸他不轻狂，骂他不愠怒，他常对那些好心劝他的人振振有词地说："怕啥？巴结领导怎么了？犯法啦？我说是感情问题。就算是下诱饵吧，钓来的大鱼反正不是我独吞了，还不是为了咱们大青山乡。我可没沾一点光，不信去我家瞧瞧，电视不带彩，衣服不沾皮，睡的一张床还是'土改'时分的。"这话也不假，要是他中饱私囊，群众早就赶他下台了。

难道唐世栋真能未卜先知，预料到侯专员的"顶峰"时期已经过去？难道他真的这么势利眼，连最后的一点"面子"都不给？难道……

下榻时，侯专员又被气得够呛。原来，他常住的那间高级房间，竟然被一位港商捷足先登了。其他几间高级房间也叫那几个山货贩子租住了，他只能住二类房间。乡助理员观察到侯专员的脸色不好，额角上的青筋暴得老高，连忙解释："侯专员，那港商是前天住进去的，这几位贩子是一早住进去的，接到您的电话，已晚了，又不好赶人家走。您看，能否委屈一夜？其实那高级房间就是多空调机，这一段时间停电，空调机也是摆设……"侯专员瓮声瓮气地说："跟你们唐乡长捎句话，就说我这把老骨头，什么都能将就、委屈！"

吴大海睡的是加铺，他生性老实，从不计较这些。要是这住房费是他自己掏，他宁可蜷缩在轿车里过夜，也不会花那份冤枉钱。吴大海是个一挨枕头就打呼噜的人，侯专员总羡慕他有这份福气。可今晚，他辗转难眠……

吴大海惦记着生病的老伴。老伴大字不识，却通情达理，是个得了人家一丁点好处、感激人家一辈子的人。吴家不多亏侯专员，现在还在老家修地球哩！老头子一定肩负重担在山路上"吭哧吭哧"地艰难行走，哪像现在开着屁股后面冒烟的乌龟车，跟着领导到处吃香喝辣；她这老婆子也甭想坐在家里引孙子，还拿退休金，还不是跟乡下的老婆子一样，面朝黄土背朝天地辛劳到闭眼；儿女们也不会这么无忧无虑，工作清闲，生活安逸，婚事顺心，还不是像乡下的大男大女们一样，为送聘礼或置嫁妆愁白少年头……所以，老伴总是念叨着侯专员的恩情，不是叮嘱吴大海出车要小心谨慎，不能有半点闪失、怠慢，要尊敬、照顾好侯专员，就是教育儿女好好工作，莫丢侯专员的脸面，日后有造化，一定要替上辈人报答侯专员的恩德。

许多节假日，为了侯专员的团圆和欢乐，吴大海默默放弃了自己享受天伦之乐的权利。多少个深夜，当侯专员仰靠在后座上鼾声大作的时候，吴大海瞪大充满血丝的眼睛全神贯注地开车，生怕车身发生颠簸，惊醒了侯专员的酣梦。而老伴呢，只要是老头子出车没打招呼晚回或不归，她会坐在灯下静静地等他，替他把饭菜热了又热，把酒茶温了又温。回到家里，老伴的第一句话就问："今日没出事吧？"当这句问话被证实了时，她会兴奋地说："没出事就好，不然太对不起侯专员哩！"后来，老伴得了冠心病住了院，吴大海想请假照料几天老伴，老伴却劝他："你别管我，工作要紧，出车时千万别想着我的病，那样会出事故的。"

昨天夜里，老伴的冠心病又发作了，吴大海把老伴送进医院。经过急诊，老伴苏醒过来了，却歉疚地笑着说："老吴，我没事了，你抓紧时间困会觉吧，明天还要给侯专员出车……"吴大海的眼角潮湿了，说："不，我打电话请假，不能抛下你不管。"老伴嗔怪他："这怎么能行，家里事再大是小事，领导的事再小是大事，去吧，开车莫分心……"

吴大海开车时聚精会神，只有在这夜深人静时，他的思念、愧意才折腾得他辗转反侧，他仿佛听见老伴痛苦的呻吟声，仿佛看见老伴枯瘦的手绝望地晃了晃，无力地垂下去……

第二天，是个好天气。一大清早，侯专员就在大青山水库垂钓了。他运气不错，不到一袋烟工夫，就钓起两条五斤多重的大青山红鲤。这可喜的兆头冲淡了侯专员昨晚郁积在心头的烦恼，他咧开阔嘴微笑着。吴大海历来对钓鱼打猎之类的事不感兴趣，他在轿车里打着盹，昨晚显然没睡好觉，眼圈都是黑的。

突然，一声惊喝划破了库区的宁静："喂，你是什么人?"侯专员有点恼火，一条鱼正要上钩，被这声惊喝吓跑了。他抬头一瞧，不知啥时候划来一只小船，一位年轻后生叉着腰怒视着他。侯专员左右环视，年轻后生又发话了："喂，老头，我问的就是你。你是干什么的? 好大胆子，光天化日之下跑来偷钓!"

"我……我……"侯专员不由得语塞了，他还从没这么被人吼过。年轻后生怕他脱逃，飞快地靠岸系缆，跑过来，不由分说，夺过侯专员的钓鱼枪和鱼篓就往小船上送。侯专员急了，忙解释："我是从地区来的……""从中央来的也不行!"年轻后生已解缆，把船划离岸边。

这时，吴大海醒过来，冲到岸边朝小船喊道："喂，你小子好大胆子，竟敢大白天抢东西，给我回来。你知道他是谁? 他是侯专员!"

"管他猴专员马专员，市长省长也不行，违反库区规定，私自捕捞垂钓都得没收工具，罚款检讨!"年轻后生慢悠悠地划着船，一边还吹着轻快戏谑的曲调。

侯专员气得直跺脚，扯起嗓门喊："喂，你们这规定啥时颁布的，我经常来钓鱼，咋不知道?"

"这规定从大青山水库建成就立下了，看来你是个惯犯，得加倍惩罚，老老实实地到库区治安科听候处理吧!"年轻后生揶揄道。

"你小子等着，找你们唐乡长来跟你算账!"

"你说的是唐世栋吧，他下台啦。现在的唐乡长是新来的大学生，我就是他派来守库区的，领了尚方宝剑，立了军令状的。老头，算你倒霉，我一上任就抓到你，还是一位大人物，正好惩一儆百。要是能逼你写一份检讨，那作用更大，库区就安宁了!"年轻后生油腔滑调地调侃着侯专员。

侯专员和吴大海神情沮丧地回到招待所。乡助理员趋步上前，讨好地说："侯专员，那间您住的老房间给你腾好了，那港商走了……"侯专员一肚子怨气一股脑全倾泻在这位倒霉的小人物头上："滚! 我不需要，一切也不需要! 我不愿看见你们，不愿看见大青山，一刻钟也不愿在这里待下去。老吴，收拾东西，马上赶路!"

乡助理员忍气吞声地汇报:"唐乡长刚才打来电话,他要亲自赶回来为您送行……"

侯专员像头被激怒的狮子吼道:"让他见鬼去吧,他干得太漂亮了!"

不一会儿,伏尔加驶出了招待所。突然,车后传来急促的喊声:"侯专员,等一等!"

伏尔加应声停住。

侯专员好奇地伸出脑袋一看:"唐世栋!"

唐世栋气喘吁吁地跑上来,攥住侯专员的手,抱歉地说:"侯专员,我刚知道您来了,跑去看您,听说您刚走……"

侯专员惊奇地打量着他,几乎和原来判若两人,怎么一个多月不见变成这样?又瘦又驼,衣衫不整,精神萎靡。侯专员深深地怜悯他,似乎从他身上看到了自己晚年的凄凉情景。

"老唐,我知道你受委屈了。你放心,回去我就派人来这里调查抓点,大青山不能让那帮目中无人的年轻后生给毁了,我要请你再上台……"

唐世栋淡淡一笑:"不,侯专员,我苦恼过,现在终于想通了,我老了,不如这帮年轻人啦,得让路了,不能霸着道,小车不倒只管推的。我现在也在学着贩山货,前天进城想给您送点山货尝鲜,没想到秘书拦着我不让见。我寻思,不见也罢,说不定会丢您的脸,挨您的骂……"

"我真想狠狠骂你一顿,不,揍你才解恨!"侯专员气急败坏地说,"开车!"

伏尔加在山沟的雾气中穿行。

侯专员精疲力竭地瘫倒在后座上,进入了鼾声大作的梦乡。

那梦乡里一定有条忘忧河吧,要不,他怎么能在受到一系列刺激后没有犯神经衰弱症,会这么恬然入梦?

吴大海瞪着血丝遍布的眼睛,注视着前方。车速比来时快多了,他想早点飞到生病的老伴身旁,让老伴别老在病中牵挂他。他归心似箭,特别是耳闻目睹到昨晚和今天的受辱,更觉得这趟差事荒唐、无聊。他感到恶心,给侯专员开了二十多年车,头一次产生这么不愉快的感觉,头一次感到耻辱、悲哀和震动。

烟雾缭绕着盘山公路。伏尔加总想摆脱这恼人的雾气,却久久地被包围在其中。突然,前方悬崖崩塌了,泥石呼啸而下,将伏尔加严严实实地掩埋了……

啊，野牛岭

牛　魂

野牛岭上，一个彪悍的汉子端着老铳杀气腾腾地撵着一头黄牯牛。黄牯牛撒蹄仓皇逃窜，发出尖厉瘆人的长哞。

黄牯牛粗角、宽胸，四腿如铁柱，两眼似铜铃，特别是那一身黄膘毛色，像缎子一样光亮，是头令庄稼汉怦然心动、垂涎三尺的好牛。

放牛的跛子老汉鬼哭狼嚎着一瘸一拐地冲上来，死死地抓住汉子的老铳："大侄子，求求你饶了牛吧，它个畜生懂个啥？你要打就打死大叔吧，是我造的孽我抵命吧！"

野牛岭下，一群人围着一堆废墟、几具小孩的尸体唏嘘、啜泣、呜咽、吼叫。那儿原来是村里的仓库，后来改做村小学。屋子风吹雨淋，年久失修，早已颓败腐朽，破烂不堪，透风漏雨。每遇电闪雷鸣，风狂雨暴，便嘎嘎乱响，摇摇欲坠，老师怕闹出人命，只好匆匆放学，让学生回家避难。然而这日秋高气爽，风和日丽，灾祸却突然降临了。黄牯牛踩了荆棘丛中的马蜂窝被蜇得狂奔乱窜，一头撞在小学墙上。"哗！"一阵沉闷的响声后，朗朗书声戛然而止，孩子们都没来得及惊叫一声。众人闻讯赶到，手忙脚乱地齐力乱扒。一具具血肉模糊的小尸体被扒出来，横陈在废墟旁，惨不忍睹。

汉子的女儿梦妞也死了。他气咻咻地踹倒跛子老汉，旋风般朝黄牯牛扑去。"砰！"老铳响了，黄牯牛哀哞一声倒在血泊中……

跛子老汉挣扎起来，戳着汉子破口大骂："你个千刀万剐的孽种呀，老子跟你拼了！你还有脸朝牛讨血债吗？你他奶奶的有良心就该朝自己放一铳呀！你偷走学校撑墙的木柱子，别以为天地不知、鬼神不晓，什么也逃不脱老子的眼咧！有木柱子撑墙，牛能撞塌屋吗？哼！老子要告你咧！父老乡亲们哇，凭良心评评理，这血债到底要找谁讨还？"

汉子愣了，恍恍惚惚感觉到精神支柱瞬间崩溃了，像突然中弹似地跟跄摇晃几下："老东西，再胡说八道，我给你一铳！"

"有种的打呀！你有脸对你女儿的尸体撒谎吗？你敢对着天地和乡亲赌个毒咒吗？你敢……"

"别说了！别说了！"汉子的两眼喷射着怒火，凶狠的脸扭弄得皱巴巴的，头与四肢不停地抽搐，牙齿也磨得嘎吱嘎吱响，"就算是我偷了，那木柱子起屁作用！屋子歪歪斜斜的，不倒塌才叫怪事哩！是谁把孩子们赶到这破屋送死的？"

这句话很具煽动性，废墟上人声嘈杂，一片骚动，巨大的悲恸与愤怒在人们胸中升腾起来。村主任杨宝山猛咳一声，狠狠地啐了一口痰。人们顿时噤声。杨宝山沉缓悲怆地说："话可不能这么说呀！学校是我做主卖的吗？办小水电站那会儿缺钱，大伙都不愿集资捐款，才吵着逼着我卖的呀！春上老师找我诉苦，说这破屋太危险了，我挨家挨户说干唾沫，谁肯出一分钱？修古庙、塑铜菩萨，你们有钱出钱、有料出料、有力出力，虔诚卖劲得很咧！我这村主任还不如马巫婆的威望高权力大哟！"

这番话也很具煽动性，众人纷纷把愤怒的目光投向佯装悲天悯人的马巫婆。马巫婆正跪地闭目祈祷什么，一听杨宝山的话锋咄咄逼人，慌忙跳将起来，捶胸顿足地撒泼骂道："狼心狗肺的杨宝山！当个屁大的村官就想仗势欺人、嫁祸于人呀，就想骑在老娘头上拉屎、拉尿作威作福呀！哼！老娘不是好惹的，才不怕你泼污水放暗箭咧！哼！连乡长都对我客客气气，请我算卦。你真忘恩负义呀！你媳妇的病，不多亏我跳神念咒治好的吗？修古庙塑铜菩萨，你也偷偷捐过钱咧，装什么正经？依我看，这天灾人祸都是你不听老娘言惹下的。当初修小水电站，我说过多少遍，那地方是龙脉，不能动土截断，你硬是不听。这不，天报应啰！"

马巫婆突然疯疯癫癫地跳起大神来，嘴里叽里咕噜、含糊不清地念着咒语，不时尖叫怪唱几声，令人毛骨悚然。最后马巫婆砰然跪地，磕头哀祷："老天爷地菩萨呀，请大慈大悲、大度大量，饶了这方众生吧！"

忽然，一阵旋风卷过，搅得尘土飞扬，枝叶披靡。人们被这突如其来的阵势震慑住了，不由自主地哆哆嗦嗦跪下一大片，跟着马巫婆磕头哀祷："老天爷地菩萨呀，请大慈大悲、大度大量，饶了这方众生吧！"

杨宝山也塞塞窣窣地跪下了。不知重复哀祷了多少遍。突然，那头似乎已气断命绝的黄牯牛，又发出一声惊心动魄的悲哞滚下悬崖。悬崖下的深潭中荡起一片悠长痉挛古怪的回音。一只黑雕冲天而起，振翅飞去。马巫婆瞠目结舌，愣了半晌神，恍然大悟，感激涕零地磕头念叨："谢天老爷地菩萨的大慈大悲、大恩大德！你们派来惩治这方众生的牛魔王已经走了，饶了我们啦！"

众人望着扶摇直上云霄的黑雕，振臂欢呼，涕泪交加，捣蒜般磕头。

后来，县里派来事故调查组，给出处理意见：撤销杨宝山的村主任职务，撤销德顺大叔的村支书职务。

但事故调查组一走，杨宝山当上了村支书，德顺大叔当上了村主任。他们没有丝毫的损失，只不过像唱东北二人转一样交换了位置罢了。真正受到处罚的只有那头黄牯牛。

再后来，野牛岭上闹鬼了。人们常在深更半夜听到岭上传来黄牯牛撕心裂肝的悲哞，将人们脆弱紧张的神经折磨得四分五裂……

鬼　屋

那屋是公社化时修的公共食堂，大锅饭断炊后，便当杂什屋用，搁些破水车、烂犁铧、旧毡布、废纤绳、陈农药之类。

一年冬里，不知打哪里私奔来一双风流男女，兴许是饥寒交迫，走投无路，他们赤条条地搂在一起，就地取材，喝了农药。从此，那屋子就开始闹鬼了，寨里好多人看见屋子周围鬼火闪烁，黑影游荡，听见屋子里面传出鬼哭狼嚎和嬉戏荡笑之声。

那年，从安徽逃荒来一户人家，寒冬腊月、大雪纷飞时无处栖身，就蜷缩在鬼屋里。这户人家三口人：男的病恹恹，黄皮寡瘦；女的瘦弱矮小，却颇有几分姿色；儿子叫赵拴儿，骨瘦如柴，但聪明伶俐，挺惹人怜爱。

村支书德顺大叔吹胡子瞪眼要赶这户人家走。女的跪在德顺大叔面前，泪眼婆娑地哀求："求求你发发善心吧，让俺们过完冬再走。要不，俺们一家非冻死在雪地里不可……"望着这女人可怜巴巴、楚楚动人的模样，德顺大叔心软了。

过完冬，德顺大叔非但没撵这户人家，而且做主收留他们在野牛岭安家落户，帮他们盖了茅屋。其中奥妙，惹得众人叽叽喳喳，议论纷纷。但德顺大叔有条冠冕堂皇、力排众议的理由：别看人家那男的病恹恹、窝窝囊囊，他可有一手篾匠绝活咧！咱们野牛岭遍地是竹，若是留下人家传个手艺，还不等于捡了个财神爷吗？

但后来人家并没给野牛岭的任何人传过篾匠手艺，也不知是他那病恹恹的身体不适合干篾活，还是他压根儿就不愿把手艺传给外人。奇怪的是，德顺大叔不急不恼，不但不开撵，还经常把救济粮、救济款送到人家门上。野牛岭人妒红了眼，不知德顺大叔葫芦里卖的什么药，凭什么要这么巴结这外来户？

德顺大叔有个儿子，叫金砣。金砣和赵拴儿成了好朋友。那年，他俩都只有十四岁。一天夜里，他俩斗起胆子来，看谁敢去鬼屋。猜拳决定，赵拴儿先上鬼屋去插根苦竹竿，金砣后去鬼屋将苦竹竿拔回来。赵拴儿蹑手蹑脚地朝鬼屋摸去，心怦怦乱跳，浑身不由自主地痉挛起来。月光朦胧，黑漆漆的鬼屋像一头怪兽凶神恶煞地蹲在那里，晚风萧瑟，吹打得鬼屋窸窸窣窣地乱响。赵拴儿不敢靠近鬼屋，想扭头往回跑。但一想到金砣讥笑的神色，便又鼓起勇气硬着头皮冲到鬼屋前。突然，鬼屋里跳起两个人来。借着窗口投射的一缕月光，赵拴儿清晰地看见他娘赤条条地和德顺大叔滚在一起……

赵拴儿惨叫一声，吓昏在地。他病倒了，发高烧、说胡话、做噩梦。他梦见娘和村支书赤条条地如蛇纠缠在一起，爹怒不可遏地挥舞篾刀猛砍，血肉横飞，惨不忍睹，又放了一把火烧了那鬼屋，他趴在灰烬前号啕大哭呼喊着娘……

他病好后，娘惴惴不安地问："那天晚上你看见什么了吗？"

"我……我什么也没看见。"他撒着谎。

"真是乖孩子！"娘亲昵地抚摸着他的头，叮嘱道："再不要去那鬼屋玩了……"

"娘，你也不要再去那鬼屋了……"

"别瞎说！"娘轻嘘着捂住他的嘴，神情黯淡地说："你还小，不懂大人的事！没法子，娘也不情愿当鬼……"

不久，赵拴儿找金砣的茬，他们在胭脂河畔狠狠打了一场恶架。要不是伙伴们扯劝，赵拴儿非用鹅卵石敲扁金砣的脑袋不可。金砣万分纳闷，不知咋得罪赵拴儿的。

德顺大叔对拴儿娘恶狠狠地警告道："管教一下你的小狼崽子吧，小心惹恼了我，敲碎他的反骨！"

赵拴儿不听娘的劝，阴森森气汹汹地说："总有一天，我要宰了他狗×的！"

赵拴儿碰到德顺大叔，总是凶狠狠冷飕飕地瞪他，常使德顺大叔不寒而栗。赵拴儿在仇恨中渐渐长大了。

这些年，赵拴儿可抖起来了。他跟爹学得一手篾匠绝活，用篾丝编织各种栩栩如生、情趣盎然的飞禽走兽，挑到城里就能卖大价钱。尤其是那组十二生肖篾丝编织工艺品，被外贸部门看中，定为出口工艺品。

赵拴儿腰缠万贯、扬眉吐气了，成了县区乡闻名的致富典型、农民企业家，广播电视报纸上吹过他，县长陪他照过相，区长请他喝过酒，乡长给他送过匾，自然不把德顺大叔放在眼里。

德顺大叔看在眼里恨在心头，总想找机会刹刹赵拴儿的威风，但总挑不出赵拴儿的错儿。

阴错阳差地，机会来了！

这日，德顺大叔正闷闷不乐地独酌自饮，跛子老汉踉踉跄跄地跑来，气喘吁吁地说："支书，赵拴儿……他在……在鬼屋轧姘头……"

德顺大叔心中狂喜，表情却严肃沉郁："不能捕风捉影、乱嚼舌头呀，造谣中伤是要吃官司的啰！

"嘻！我亲眼看见的，如撒半句谎天打雷劈！抓奸抓双，事不宜迟，你再磨蹭几下，人家干完风流事溜啰！"

德顺大叔万万没想到，这是个圈套。给他通风报信的跛子老汉，竟是赵拴儿用两瓶高粱酒贿赂怂恿来的。当时，跛子老汉如堕入五里云雾中："干嘛要自己糟践自己呢？"赵拴儿诡谲地笑着说："叫你咋说你就咋说呗，到时有热闹戏看咧！"

德顺大叔旋风般纠集了一群抓奸的人，迅速包围了鬼屋。他一马当先，猛地一脚踹开了门，只见赵拴儿竟和德顺大叔的儿媳滚在一起……他杵在那里进不得退不得，头晕目眩，摇摇欲瘫。他明白了这小子的险恶用心，顿感刻骨铭心的屈辱和悲愤。

赵拴儿比喝了琼浆玉液还爽心惬意，冷笑着挑衅道："有本事绑上我往乡政府送呀！让我敲铜锣戴高帽游乡呗！让我说说这鬼屋的神秘吧！让我上法庭去坦白到底是我勾引村支书的儿媳还是村支书的儿媳勾引我吧……"

德顺大叔无力地瘫倒在地，吐出一口鲜血。

儿媳呜咽起来："爹，是我害了你呀！金砣春上得了肺结核住院，我不该找人家借那笔阎王债呀……"

当天晚上，金砣的女人上了吊。深夜，鬼屋突然起火，瞬间化为灰烬。人们冲去救火时，发现赵拴儿痴立在鬼屋前。他歇斯底里地吼道："×他奶奶的，别救火，别救火！我买下这鬼屋啦！我存心烧掉的！烧吧烧吧！烧掉这鬼气邪气！哈哈哈！"

不久，赵拴儿被撵出了野牛寨，愤怒的山民将他揍得鼻青脸肿，头破血流，将他的小楼房烧毁了，像当年烧鬼子炮楼一样壮观。

赵拴儿没告状，像丧家犬一样溜了。好多年后，有消息传到野牛寨：赵拴儿走了他爹娘的老路，在县城里城隍庙一带讨饭，疯疯癫癫不像人样。

蛇 影

杨宝山的女人得了一种怪病：眼前总恍惚晃动着蛇影。吃饭，蛇在碗里蠕动；喝水，蛇在瓢里游动；洗衣，蛇在盆内晃动；做鞋，仿佛锥着蛇肚；打柴，总像砍着蛇身；睡觉，蛇纠缠着梦……得这种怪病的人，不是吓死就是饿死。那女人十来天工夫，就被这怪病折磨得骨瘦如柴，神情恍惚，气息奄奄。杨宝山顾不得什么身份呀影响的，请马巫婆来施巫术。

马巫婆见到村主任的女人憔悴不堪的样子，惊讶地嚷道："哎呀！这是蛇精缠身！我说村主任，你媳妇病得这么重，咋好捂着瞒着不早来找我呀？都是一个村的，咋能见死不救哇！唉！缠得太深了太紧了，不知道我的法术能不能治服它！"这是巫婆神汉的一贯伎俩。治不好，这是遁词，无损声誉；碰巧折腾好了，就成了吹嘘的资本。

马巫婆一口气吃下八只荷包蛋，灌下半瓶老白干，光着上身半疯半醉地跳起大神来，嘴里叽里咕噜、含糊不清地念着咒语，不时尖叫怪号几声，令人毛骨悚然。门窗关闭，密不透风，空气混浊。昏暗朦胧的油灯光下，马巫婆披头散发、龇牙咧嘴、捶胸顿足的怪模样显得丑陋可怕，活像青面獠牙的女鬼。从深夜直闹腾到天明，马巫婆跳罢大神，又操起竹藤狠狠鞭笞村主任的女人："打死你这蛇精！打死你这蛇精！"

那女人浑身暴起道道青痕，痛得满地打滚嚎叫。马巫婆打得更狠骂得更凶，直到那女人昏死过去，她才罢手，长嘘了一口气："总算把蛇精打脱了身！"

接着，马巫婆一手拿砧板，一手攥菜刀，手舞足蹈地边剁边咒："剁死你蛇精！剁死你蛇精！看你往哪里躲？快滚啰，快滚啰，快快滚啰！东面来的往东滚，南面来的往南滚，西面来的往西滚，北面来的往北滚！"

突然，马巫婆眼直了手瘫了，砧板菜刀砰然落地。倏地，她凄厉瘆人地怪叫着，撒腿就往外跑："蛇精！蛇精……"

当夜，马巫婆就病倒了。怪哉，竟得的跟村主任的女人一样的怪病：眼前总恍惚晃动着蛇影。她歇斯底里地呼叫："蛇精，饶了我吧！大慈大悲、大恩大德……我有罪孽，不该去冒犯你……饶了我吧！"但蛇精仍不饶她，那可怕的蛇影仍纠缠着她。马巫婆被这怪病折磨垮了，颧骨突出，眼窝深陷，脸上尽是皱褶，好像干瘪果子，眼看活不多久了。

村里人唏嘘不已，叹息马巫婆能救别人的命却救不了自己的命，说马巫婆把村主任女人身上的蛇精引到她自己身上去了。村主任的女人的怪病居然好了。听说马巫婆为救自己被缠上了蛇精，村主任的女人感激涕零，便拎着一只老母鸡上门看望她。

马巫婆一见老母鸡吓得魂不附体，尖厉发疯地喊："蛇精，蛇精！快把它赶出去！"

村主任的女人惶惶然退出来。

马巫婆的儿子银桩叫住村主任的女人，问："听说前天宝山哥在家里打死了一条蟒蛇？"

"是的，吓死人啦！钻进鸡窝吃鸡，以为是黄鼠狼作孽哩！宝山一斧劈去，蟒蛇断成两截，蟒头一截溜进洞里，掏了半天没见影儿。"

"我娘就是叫那蟒蛇吓病的。她说，那蟒蛇就盘在屋梁上咝咝地跳舞，涎水都滴到她的脸上。她真以为是蛇精了。唉，看来只有你能救她了！"

"我救她？咋个救法？"

"就这样……"银桩对村主任的女人吩咐了一番。

两人演起双簧戏来。

"银桩，你娘装神弄鬼，把我毒打成这样，快拿钱出来给老娘去治伤。要不，老娘就到乡里去告状了，别怪我不客气！"

"你这泼妇，简直她妈的忘恩负义，狼心狗肺，我娘为治好你的病，自己都中邪了，被蛇精缠住了。"

"呸！什么蛇精？全是谋财害命的屁话鬼诌！你娘那套鬼把戏怎能治病驱邪呢？没把我折腾死就算积德啦！实话说了吧，我那怪病不是被什么蛇精缠住，而是吓病的。都怪我那当家的，把那推鸡公车的花肩带挂在屋梁上，被亮瓦上的月光映照在帐顶上，简直就像一条蟒蛇在游动……"

话没说完，马巫婆踉踉跄跄地冲出来："你是说屋梁上的不是蟒蛇？"

"不是蟒蛇，是推车的花肩带……"

"哦，花肩带，不是蛇精！"马巫婆恍若变成另外一个人，惊喜异常地狂呼怪笑，"哈哈哈，不是蛇精！不是——蛇精！"

马巫婆挣脱了蛇影，很快恢复了福体元气，又有滋有味、有声有色地行巫。不久，村主任的女人又发了那怪病。

这次马巫婆说什么也不敢去跳神念咒了。

村主任的女人凄婉绝望地说道："马巫婆救不了我，谁也救不了我……"

杨宝山抚慰道："我陪你进城去找大医院治，就是倾家荡产也要给你治好病！"

"宝山，你真好！"村主任的女人啜泣着喃喃道，"我不该……瞒你，我这是心病！"

"心病？"杨宝山大惑。

"是的。你知道那耍蛇人是谁吗？"

"不是说是你的表哥吗？"

"不，他是我的前夫！"

"不是说他早死了吗？"

"怪我心慈手软，一剪刀没戳死他这条恶狼！想不到他竟千里迢迢地寻来了，硬逼着我跟他私奔，要不就害死我们全家……"

"那蟒蛇说不定就是他偷偷放的吧？"

"肯定是他！他这人心狠手辣，说不定还要偷偷放蛇的。他的前妻逃跑被抓住，就是他放毒蛇咬死的。他喝醉酒后吐的真言。也许就因为我捏着他的把柄，他才不敢去告发我曾杀过他。他说，只要我愿意跟他走，积怨旧仇一笔勾销。可我不愿过那耍蛇流浪生活，想当初我卖身葬母才嫁给他，他硬逼着我学耍蛇卖艺。我怕蛇，不干，他就放蛇吓我缠我咬我，从此就吓出那蛇影怪病，一受刺激就发作。宝山，我不愿跟那恶狼走，也不忍离开你呀，你想法救救我！"

"咋个救法？"宝山抓耳挠腮，焦头烂额。

"明晚三更，他还要来爬后墙的。你埋伏在一旁，到时给他一铳！"

"那会……会出人命的！"

"谁叫你把他打死，你就吓唬吓唬他呗！叫他尝尝野牛岭男人的厉害呗！我知道这家伙欺软怕硬，欺善怕恶。"

"这……行吗？"

"咋个不行！你好没男子汉气节哟！老婆都快被人勾引走了，还前怕狼后怕虎的！你要不干，我只好跟他私奔啦，到时你可别后悔！"

宝山被女人激将得怒发直竖，脸上青筋虬突，咬肌乱颤，牙骨嘎嘎响，他揎拳捋袖地吼道："他奶奶的，老子豁出去了！"

那个月黑风高的深夜，野牛岭的狗吠不断，突然爆响了一声沉闷钝重的老铳声。

第二天清晨，邻居跑来问："村主任，昨晚打着什么野物了？"

"喏！"杨宝山朝院中枣树上一指。妈呀，树枝上悬挂着一条血肉模糊的蟒蛇。

从此，耍蛇人再也不敢来了。村主任的女人的怪病再也没发作过。

一次，马巫婆从遥远的山寨跳大神回来，神秘兮兮地对村主任的女人说："喂，我碰见你那耍蛇的表哥啦，不知怎么的瞎了一只眼……"

神　像

那天清晨，野牛岭被愁云惨雾笼罩着。

马巫婆如丧考妣般号啕大哭："呜呜呜，菩萨被偷了！哪个天打雷劈、狗胆包天的贼儿，竟敢在神的头上起歹念……呜呜呜，抓住这贼儿千刀万剐，五马分尸，火烧油炸！"

古庙前挤满了人。一个个神情沉郁，凄凄惶惶，叽叽喳喳。

"昨晚狗叫了一夜，我就担心会出事儿！果然出了事！"

"丢菩萨是凶兆，不知野牛岭又要遭什么浩劫了！"

"铜菩萨少说有五百斤重，偷去可要发横财啰！"

"春上枫叶岭来借菩萨求雨，咱们不肯借，是不是他们怀恨在心偷走了？"

"秋天来的那耍蛇人也值得怀疑，鬼鬼祟祟、贼头贼脑的，不像个好人……"

"赵拴儿前些日转悠回来过一趟，看上去疯疯癫癫，谁知是真是假，我看是装疯，他趴在他爹娘坟上哭得有板有眼咧！"

"保护现场，请公安局派人来侦破！"

"公安局才不管这档子案件咧！"

"咋就不管呢？前些日子后湾被偷了一头牛，公安局都去查过哩！牛值几个钱，铜菩萨值多少钱，啊？"

"嘻！不是值不值钱的问题，是性质问题。公安局追查菩萨被盗案，传出去影响多不好，人家会嚷：'看呀，公安局保护菩萨，支持迷信！'"

"屁！好多电影电视里，公安局昏头晕脑追查的就是菩萨观音像，有的还是泥塑、木雕、石刻、陶瓷的，咱们这菩萨是纯铜的，还金贵些哩！"

"哈哈哈，你说外行话了，人家那是国宝古文物！"

"咱们不会也说是国宝古文物吗？"

"嘿！这倒是个好点子！"

德顺大叔和杨宝山合计合计，就去乡公安局报了案。

"什么什么？古代铜菩萨被盗了！这可是一件大案！"

"古代铜菩萨？这可是重大线索。多年前城隍庙的铜菩萨被盗案一直悬而未破，也许与这案有关系。请保护好现场，我们马上赶到！"

当天，县区乡火速赶来一大帮人：领导、公安人员、文物工作者、记者。现场早已被破坏，查不出什么蛛丝马迹。

"是古代铜菩萨吗?"文物工作者提出质疑。

"咋不是? 你瞧这庙古不古? 清朝修的, 铜菩萨也是那时塑的呗!"马巫婆煞有介事、信誓旦旦地圆着谎。

"过去咋没听说过? 这么大的铜菩萨, 全国也是罕见……"

"前年修小电站, 从野牛岭下的深潭里捞起来的……"德顺大叔、杨宝山硬着头皮觍着脸皮圆着谎。

野牛岭鼎沸了。四乡八镇的乡民蜂拥而至, 不知践踏了多少麦苗。

县区乡联合成立了破案指挥部, 安营扎寨, 日夜紧张地侦破。各级领导明确指示: 野牛岭要切实做好招待工作。野牛岭只得不惜血本执行指示, 杀猪宰羊、烹鸡煮酒款待各路破案英雄。一顿大餐下来, 至少耗去一户人家的全年粮。就连那只从省城借来的警犬一顿就得五斤瘦肉打发, 吃得乡民瞠目结舌, 心颤胆寒。

案子还是没一点眉目。野牛岭人可沉不住气了, 纷纷找德顺大叔、杨宝山诉苦发牢骚。那些猎奇的、想讨悬赏的外乡人像疯狗一样, 在庄稼地里、果园里、鱼塘藕田里肆无忌惮地乱窜胡挖, 甚至有打着寻铜菩萨的幌子顺手牵羊的贼。有些人家刚埋的新坟、刚打的屋基、刚封的地窖都被强行粗暴地翻挖个底朝天。再就是没完没了的传讯审查, 搞得人心惶惶, 误工费时, 连进山烧炭伐木、采药打猎, 进城做小买卖临时工什么的也限制了, 似乎失去了人身自由。最令人心疼的是, 那顿顿流水席吃的可是野牛岭人的血汗膏脂啊! 再这么吃下去, 野牛岭人会勒紧腰带拖着打狗棍去讨饭咧!

有人忍无可忍, 无法无天地叫骂: "×他奶奶的, 这铜菩萨给野牛岭带来了一场浩劫! 那帮家伙哪像破案, 简直就像吃大户!"

德顺大叔、杨宝山偷偷去找乡领导讨个口信。是得问清楚, 这招待费日后归谁掏。别等到人家油嘴一抹、饱嗝一打、屁股一拍开路, 扔下一屁股狗肉账, 找谁讨钱也不认账哩!

"嘻! 我说你们二位真是不开窍的榆木脑袋, 小农经济思想! 那铜菩萨可是价值连城的国宝, 追查出来献给国家, 国家还会亏待你们? 还不给你们巨额奖金让你们野牛岭富得流油呀? 到那时, 还会赖掉你们几顿饭钱吗?"乡领导打着酒嗝剔着牙哂笑道。

"要是万一破不了这案呢? 饭钱日后归谁付?"

"咋会破不了案? 铜菩萨几百斤重, 掀不走揣不跑, 码头车站都撒着大网哩! 放心, 罪犯逃不脱法网。别提那饭钱了好不好? 让城里来的同志笑咱们太小气落后……"

德顺大叔、杨宝山面面相觑, 赧然而退。

破案指挥部大有不获铜菩萨绝不收兵的架势,又从省城请来了破案专家、考古专家。

考古专家说得更玄乎:"那铜菩萨兴许是李闯王从北京故宫里抢出来的,流失到幕阜山腹地的。离野牛岭不远的牛迹坡,就是李自成殉难的古战场。某年从一口古井里还淘出过一枚皇帝玉玺,若是再追出一尊古代铜菩萨,整座幕阜山都会名声大噪、蜚声中外啰!"

"掘地三尺,也要查出铜菩萨!"据说这是来视察的某位领导的指示。

终于,在马巫婆的菜畦里的粪窖中找到了那尊受尽大灾大难、大耻大辱的现代铜菩萨。

马巫婆傻了眼:"这是怎么回事?哪个贼儿作孽呀,竟干出这种伤天害理的事,侮辱菩萨不算,还想嫁祸于我!"

银桩却扑通一声跪在公安人员面前,面如土色地坦白:"我有罪!是我偷的铜菩萨,我、我赌博输得惨……就起了歹念,心想这反正是迷信东西,砸铜卖钱不算犯法……它不是什么古代铜菩萨,是前年我娘募捐铸的……"

"你这混账东西!竟偷到菩萨头上了!天打雷劈、千刀万剐、五马分尸、火烧油炸也不解恨哇!"马巫婆捶胸顿足把银桩骂了个狗血淋头,然后又哀求公安人员,"求求你们饶了我儿子吧!那的确不是什么古代铜菩萨,不是古文物,是迷信的东西……"

德顺大叔、杨宝山以及乡亲们也附声说情:"那的确是我们募捐铸的铜菩萨……"

现在可不是好收场的时候!一辆囚车拖着银桩和赃物铜菩萨,还有德顺大叔、杨宝山、马巫婆等报假案、做伪证者,沉缓地驶去,野牛岭笼罩在愁云惨雾中。德顺大叔、杨宝山在押上囚车时还不满地咕哝:"我们不要铜菩萨、不收饭钱还不行吗?"

野牛岭为谎言付出了惨重代价。

银桩蹲了监狱。德顺大叔、杨宝山、马巫婆蹲了十几天拘留所,灰溜溜地回寨来,一蹶不振,闭门思过。铜菩萨被没收了,安放在县城城隍庙里。饭钱赖了,活该野牛岭倒霉!

马巫婆嘀咕:"都怪铜匠偷工减料,把个铜菩萨铸成一脸苦相,害得野牛岭倒霉事一桩接一桩……"

城市谐趣曲

老姜头的愤怒

忙完秋收，老姜头要进城。

儿子银桩在老山前线立下一等功，退伍进城当了干部，讨了个城里婆娘，带回乡下来拜过公婆。老姜头看见儿媳，不由得想起 40 年前他进城替东家送年货时偷觑的富商小姐，那美人儿荡秋千的倩影令他瞠目结舌，心旌摇荡，匆匆一瞥，便铭刻在心，虽没害相思病，却将那美好记忆珍藏、玩味了大半辈子。儿媳就是那种美人儿……嘿！龟儿子，真有艳福！老姜头嗤嗤地笑，美美地想。不久，儿子来信，说媳妇有喜了。老两口喜得合不拢嘴，商量来商量去，决定忙完秋收后老两口一道进城去逛逛。当然主要是送些土特产给儿子儿媳尝尝鲜。可姜大婶忙完秋，关节炎犯了，只好让老姜头独自去。糯米、绿豆、干枣、山菇、笋干、核桃塞满一布袋，鸡蛋一板篮，外加两只老母鸡，老姜头重负在肩，倒显得悠然自在。

村里人听说老姜头要进城，这家捧来一捧鸡蛋，那户塞上一包香菇、笋尖、虾干什么的，压得老姜头像头超载的骆驼，边感激，边讨饶："好乡亲哟，背不动啰！我领情了，快拿回去吧！"

众人打趣道："咋变得这么娇嫩啦？我要有你这福气，养出这么有出息的儿子，就算压断腰心里也甜啰！"

老姜头心里甜得打颤。众人见他实在有点吃力，便叫了两位后生帮忙送一程，直送到野牛岭下的长途汽车站。汽车座位满了，但立即有人高声给老姜头打招呼："老爹，上我这儿来坐吧！"

老姜头认出是邻村的韩耙子。韩耙子是野牛岭一带有名的养鹿专业户，会耙钱，也会耙荣誉，省里记者、县里领导都和他递烟敬酒，开会照相，称朋道友，够派头咧！像他这么又有名望又有钱的人主动给老姜头让座，老姜头简直有点受宠若惊："不，不，你坐吧！"

"唉，客气个啥？您是功臣的爹，野牛岭哪个不敬重您？说什么也不能委屈您，让您站着！"韩耙子上前搂老姜头坐下，自个儿则坐在一个桶式皮包上，挺稳当舒适的。韩耙子旋即掏出高级烟敬给老姜头一支，套起近乎来："进城看儿子去？"

"是呀！"老姜头爽朗一笑，继而俯身低语道，"嘻嘻，银桩他媳妇有了……"

"嗬，您好福气，要抱孙子啰！"

老姜头笑得更酣畅。

韩耙子装作漫不经心的样子问："哎，银桩住在哪儿？有机会我去拜访他！"

老姜头记不清说不准，忙掏出一个旧信封，递给韩耙子瞧地址。

韩耙子掏出钢笔和小本本，记下了地址："银桩是国家干部，见多识广，人缘好，地位高。到时在城里碰到什么麻烦事，我一定去请银桩帮忙。您跟银桩打个招呼吧！"

"好说、好说……"老姜头有点飘飘然，满口应承，仿佛人家求的就是他。

一路上，韩耙子不停地鼓舌摇唇，说得老姜头如痴如醉，一点没觉出汽车颠簸和旅途疲倦。当汽车抵达县城的时候，他有点遗憾，车太快，路太短了。老姜头恋恋不舍地告别刚结识的旅伴和唇焦舌干的韩耙子，去赶那陌生的火车。火车，老姜头没坐过，40年前替东家送年货进城，他是赶胶轮马车去的。银桩参军时，老姜头去送，倒是亲眼见过火车。

站台上，人头攒动，喧嚣拥挤。老姜头气喘吁吁地挤上火车。他掏出车票问一位蓄长发穿花格衣的人："他大姐，劳驾……"那人抬起头来，露出八字胡、大喉结，愠怒地瞪着老姜头。老姜头暗忖：撞到活鬼了，蛮精神的小伙儿咋扮个娘儿们相，莫非城里男贱女贵？他窘红了脸，急忙改口："他大哥，劳驾，我的座位在哪儿？"

阴阳人瞥了一眼他的车票，瓮声瓮气地说："没座，站票！"

老姜头觉察到阴阳人邪乎，免得沾火星，他往前挤去。老姜头突然发现一排座位空着。他磨蹭着挪过去，坐下，自言自语地声明："我歇歇气，来人就让。"

不一会儿，挤过来一位老工人。老姜头忙让座："老哥，占了你的位吧？"

老工人忙按住他的肩头："你坐、你坐，我的座位在你左边。"

又过了一会儿，挤过来一位带孩子的大嫂。老姜头忙欠身："他大姐，占了你的位吧？"

大嫂摇摇头笑着说："你坐、你坐，我的座位在你右边。"

火车徐徐开动了。老姜头不安了，如坐针毡。突然，他站起身喊道："我坐的谁的座位啦？劳驾说一声，我马上让!"

旁边站着的人纷纷摇头。有的说："兴许座位的主人赶掉车了，心安理得地坐吧，该你老人家走运。"也有人嗤嗤发笑，笑这乡巴佬太憨，捡到便宜还大惊小怪! 正当老姜头心安理得地坐回座位的时候，匆匆挤过来一个人，没礼貌地拍拍老姜头的肩头："喂，老头，让让吧，这是我的座位!"

老姜头抬头一看，原来是那挺邪火的阴阳人，他腾地站起，心里发怵：嘻，都怪自己贪坐，又撞上这邪鬼，惹恼了他，挨顿骂就太不划算了!

老姜头恭恭敬敬地退让一边，还赔了几个笑脸。阴阳人大大咧咧地瘫倒在座位上，抽出烟卷吞云吐雾，悠然自得，睥睨一切。

邻座的人看不过眼，纷纷让座。老姜头推辞道："不坐、不坐，山里人站惯了，没那么金贵。"

这时，又匆匆挤过来一位挂单拐杖的姑娘，她铁青着脸，拍拍阴阳人的肩头："喂，让让吧!"

阴阳人一愣，装腔作势地嚷："干嘛? 伸手动脚的，不懂规矩! 凭啥给你让让? 瘸腿想坐座，没门，哥儿们不崇拜雷锋!"

姑娘厉声斥责："可也得有点人味，干嘛诳老人的座位!"

"什么? 你他妈血口喷人! 你问问这老头是啥票? 站票!"

姑娘冷笑几声逼视道："你呢? 什么票? 拿出来瞧瞧!"

"你他妈的有啥权力查我的票?"

老姜头见闹得这般僵，息事宁人地劝阻："算了、算了，站着死不了人，坐着长不了肉!"

阴阳人阴阳怪气地反唇相讥："是呀、是呀，都像你这样开通，就没冤枉皮扯了! 要想坐呀，好言好语跟哥儿们打声招呼，哥儿们兴许行一次善。"

姑娘柳眉倒竖，怒目圆睁，气咻咻地举起拐杖。

阴阳人慌了："你……你要干啥?"

"滚! 这是我的座位……"

"嘻嘻，你的座位? 哪有瘸腿让座的事儿? 天下找不到这等怪事!"

姑娘愤然掏出自己的车票，伸到阴阳人眼前。阴阳人瞪大眼睛看着，顿时面红耳赤，无地自容，在一片嘘声嘲笑声中狼狈开溜。

众人齐声夸赞残疾姑娘。

老姜头硬拽着她坐："你坐、你坐，我这硬爽的身子叫你让位，不是造孽吗?"

姑娘执拗地说："老人家坐吧，我这腿挺得住。实话告诉您，我这趟进城是去参加残疾人运动会的，想拿长跑冠军咧！"

老姜头仿佛听见天方夜谭一样惊奇，敬佩地望着这位正直倔强的姑娘，心里涌起一股说不出的感激之情，然后点头弓腰坐了下来。

老姜头下了火车换电车。电车上没人知道他是功臣的父亲，没人注意、怜悯他这六十开外的老人。那位机关干部模样的中年妇女慌忙闭目假寐，那个打扮得花里胡哨的小青年肆无忌惮地冲人家脸上吐烟圈。售票员姑娘打了两声招呼："谁给这位老人让个座？"没人理睬。老姜头解嘲道："我不坐，山里人站惯了！"车厢内爆起一阵哄笑。老姜头也尴尬地苦笑。

不一会儿，一位年轻孕妇腆着大肚颤巍巍地上车来，硬挺挺地站着，显得臃肿笨拙，难受紧张。她的哀求的眼光滑过周围坐着的人，但没有一人肯让位。她失望了，一手抓牢扶杆，一手护着腹部。电车摇摇晃晃地行驶，随着车身的颠簸，乘客前倾后仰，一片骚乱。那孕妇常拿老姜头作坚强后盾，几次扑进他的怀里而避免跌倒。老姜头都替她捏把冷汗：要是有个闪失，还不掉娃呀？听说有的女人打个呵欠、系个鞋带甚至梦中翻个身都掉娃呀！她男人也是太大意，太不体贴婆娘，坐这种车都不陪送一下！他陡然想起自己那怀孕的儿媳，见面得郑重地叮嘱儿子，别让儿媳外出，要外出别乘车，要乘车得有人陪送……

突然，一个紧急刹车，乘客潮水般后倾。那孕妇又结结实实地撞在老姜头身上，险些没撞断他的肋骨。老姜头的胸部隐隐作痛，又不好意思呻吟，怕别人笑话。他见孕妇那份遭罪样子，顿生恻隐之心，拉过自己的大口袋放稳，招呼孕妇："他大姐，你就坐这上面吧！"孕妇仿佛没听见，不吭声，不挪步。老姜头怕她没听清，又伸手轻轻拍了她一下，招呼一声。有人耳闻目睹此景，窃窃笑着。孕妇恼羞成怒，横眉冷眼地骂："老东西，放正经点！"老姜头被骂懵了，百思不得其解：我咋不正经了？这泼妇真不知好歹，好心当作驴肝肺。罢、罢、罢，这世道真怪，以后呀，少管闲事。

老姜头讨个没趣，悻悻地一屁股坐在自己的大口袋上。想起刚才的窝囊气，他仍愤愤不平，耿耿于怀：我咋不正经了？我咋不正经了？老姜头恨不得跳起来，揪住那泼妇问个究竟，洗个清白。转念一想：鸡不跟鸭斗，男不跟女斗，与那种女人闹，贱了自己的人格，何况也不一定斗得过这恶鸡婆。据说，城里女人除了嘴上功夫硬外，还有手上功夫。邻村的张豁嘴进城跑小买卖，就是因为在电车上踩了女人的脚，叫人家一掌搎中风了，豁嘴又成了歪嘴。还有的城里女人更邪乎，动不动就骂你调戏侮辱她，像那皇后公主一样，看不得摸不得又惹不得。韩耙子那么精明油滑的人，都吃过城里女人的暗亏。老姜头听过韩耙子的忠告："在城里，就是死人翻船，也别去管闲事。这年头，管闲事落闲事，做了好事没好报。"老姜头一管闲事，果真就遭到恶报。罢、罢、罢，忍掉一时之气，免去百日之忧，好汉不吃女人亏……

老姜头觉得屁股上凉津津湿漉漉的，一摸，大惊：糟了！乡亲们送的鸡蛋，板篮装不下的，全塞进大口袋里，咋给忘了？哎呀，多亏那姑奶奶没坐，要坐上一屁股鸡蛋汁，脏了她的高级裤子，惊了她的胎气，还不被她骂个狗血淋头、祖宗牌位翻跟头？

老姜头大袋小篮地下了电车，一位开电动三轮车的小伙子热情地凑过来，招呼道："老大爷，坐三轮吧？"说罢，已伸手抢过老姜头肩上的大袋。老姜头急了，问："得多少钱呀？"小伙子看了看老姜头递上的信封，说："哦，很有一截路呢！老大爷，便宜点，5角钱吧！"老姜头心里盘算：5角钱？不算贵，免得大袋小篮地步行不方便，还得问路。这小伙子答应送到儿子的楼房前，就冲这热情礼貌劲儿也得花这一笔钱。再说，六十开外的人还没开过电驴子的洋荤，今日兜兜风爽爽心！值得！老姜头乐悠悠地爬上电驴子。电驴子一阵欢叫，疾驰向前，穿行于车流人流中，灵活得像河中的镜鱼，快得像脱缰的马，莽撞得像发情的野猪。老姜头目不暇接，眼花缭乱，无心观景赏色，一门子心思担忧撞车轧人，几次想哀求小伙子别玩命，一看他摇头晃脑悠然地哼曲吹哨，话到嘴边化为唾沫：呸！别让这小子笑话咱土老鳖！于是便紧闭眼睛，屏住呼吸，听天由命，暗中祷告。

经过一袋烟的折腾，电驴子终于停下来。老姜头脑中的弦险些没绷断，战战兢兢地溜下电驴子，脚触大地，方知劫数已逃，老命未丢。他长嘘了一口气，扯起衣角拭去额上脖上的冷汗，从贴身口袋中掏出一布包，抽出5张角票递给小伙子。小伙子不屑一顾，讪笑道："老头，5块咧！""5块？"老姜头浑身一颤，冷汗一炸，天啊，难道是自己听错了？不，当初听得分明，在钱的问题上自己绝不马虎的，便质疑道，"你、你不是说5角吗？""哈哈哈……"小伙子莫名其妙地大笑，"老头，你大概是第一次进城吧？5角钱就是5块钱呀，这是时髦的行话！"老姜头仿佛被偷被抢一样气愤："呸，我管你行话不行话，说5角就5角，别撒尿变，说话如放屁，耍花招欺负山里人！"小伙子被激怒了，刻薄地顶撞："谁欺负你了？舍不得钱，别来卅洋荤！你去问问，我从友谊街拉你到新风村，收5块，多不多？赚没赚黑心钱？哼！5角都不够油钱咧！老头，想赖账，没门！"老姜头气得五官挪位，七窍生烟："我、我没钱，要命有一条！"小伙子冷笑几声，讥讽道："你那把老骨头能值多少钱？不稀罕！倒是这两只鸡挺肥。怎么样，没钱拿鸡抵？"老姜头心疼得痉挛，大声喊叫："小伙子，积点德吧，这鸡是给我儿媳妇坐月子吃的，我儿子是老山前线的功臣……"小伙子奚落道："坐月子关我屁事？功臣跟我摆什么功？哥儿们只认钱，管他妈的哪路来的神！"争吵声引得过路人止步围观，仿佛看猴把戏儿。小伙子提高嗓门喊："这老头坐车想赖账咧！"老姜头哪经过这种场面，窘迫得真像偷人抢人似的，尤其怕儿子媳妇撞见，怕儿子儿媳的邻居知道，丢人现眼的，罢、罢、罢，蚀财免灾，只当是抓药吃的。

老姜头从那布包中小心翼翼地数出一把零角票，心疼得几乎要昏厥过去。小伙子大大咧咧地接过钱往屁股荷包里一揣，愤愤地嘟哝道："拉乡巴佬真倒霉，太抠门，浪费的时间和精力都不值这点钱！"众人见没什么稀奇可观了，一哄而散。老姜头气呼呼地冲着远去的电驴子狠狠啐了一口唾沫，骂了一句城里人绝对不懂的俚语。

几个过路人悄悄议论着。

"狗×的真狠心，3里多路要人家5块，看到乡巴佬富了，宰肥羊咧！"

"这还不算邪门的，有的逼人家给钱，还大打出手哩！"

"嘻，这年头，无毒不富哟！"

"唉，都叫这帮人搞乱了……"

老姜头听到这番议论，更知受骗，心理更失去平衡，恨不得捶胸顿足地痛骂嚎哭一场，发泄一通，但想到怕给儿子儿媳丢人现眼，便努力抑制住心中的痛苦愤懑。老姜头望着那些看完热闹散去的过路人，心底涌起一股怨怼厌恶之情：呸！都是那样无情，刚才都聋了哑了？要是老子是你爷爷父亲，看你们袖手旁观看热闹不？

一路上，老姜头嘟哝道："要是在乡下，哪有这等怪事，连个打抱不平的人都没有……"

没走多远，到了儿子住的那栋楼房前。嗬，真气派咧！楼房二十多层高，一仰望掉帽。蹲在那楼顶上，大概真能像大跃进年代民歌唱的那样"凑近太阳点袋烟，扯片白云擦脖汗"。楼房有上百扇窗户，漆成深绿色，就像一只只睁着的眼睛。每扇窗里大概就是一户人家吧？奇怪，怎么不见烟囱呢？乡下可是以烟囱来数人家的，一根烟囱下就是一户人家。难道城里人都不食人间烟火？老姜头突然联想起两个至关重要的问题：那水咋爬得上那么高的楼呢？那上茅房到哪儿去？尤其是后一个问题，人老了尿多，又憋不住，在乡下白天遍地撒，晚上有夜壶；在这儿可不行，没夜壶，没避人之处，拉泡尿也得下楼。要是住高层，非得爬瘫腿不可！想着想着，又嗤嗤笑了，笑自己杞人忧天，城里人鬼精咧，享福人自然有享福的高明办法。反正，住上这样的洋楼都是造化之人。儿子是功臣，配住这楼；儿子住上这楼，爹脸上也有光彩。姜家祖祖辈辈都是住茅棚、石屋、窑洞的苦命，唯独儿子出人头地，光宗耀祖，住上洋楼，啧啧！老姜头自我陶醉起来，一路上的烦恼疲惫化为乌有，情不自禁地哼了几句："一马离了西凉界，不由得我泪洒襟怀，青是山绿是水花花世界，薛平贵我十九载又归来……"

门楼里走出一位姑娘。老姜头迎上前客客气气地问："他大姐，劳驾，姜银桩住在哪儿?"他满以为姑娘会惊喜地说："姜银桩是住在这儿，您就是功臣的父亲吧? 来，我送您上楼!"可他失望了，姑娘冷漠地摇头："不知道。"说罢，匆匆而去。老姜头心一凉：住在一栋楼，咋不相识呢? 在乡下，前八湾后九岭的，谁家娶了新媳妇生了双崽，死了头牛偷了条狗，都知道。再说，咱家银桩是功臣、干部呀! 哦，也许这姑娘刚搬来或刚嫁来，也许她是来串门儿的! 想到此，老姜头的心情稍许轻松了一些。

门楼里又走出一老者。老姜头迎上前恭恭敬敬地问："老哥，劳驾，姜银桩，我儿子，住在哪儿?"他满以为老者会欣然地说："哦，您就是功臣的父亲吧? 姜银桩是住在这儿! 老哥，您可养了个好儿子哟!"出乎意料的是，老者沉思片刻，带着歉意地笑着说："对不起，不认识。"说罢，蹒跚而去。老姜头暗忖：哼，这老哥要么是两耳不闻窗外事的书呆子，要么是老糊涂了。要不，咋能不认识姜银桩呀? 野牛岭的韩耙子就因耙钱耙出了名，方圆十里的村寨谁人不知，哪个不晓。比起韩耙子来，银桩是响当当硬邦邦的英雄，那名气儿更应大些哟! 咋能搞得隔壁左右上下邻居都不知道呢?

但人家就是不知道，话说转来，凭什么要知道姜银桩呢? 他既非总统，又非名流。即使是总统、名流，与蛰居斗室的小人物何干? 老姜头深深地埋怨儿子："龟儿子，咋不写清楚门牌号码呢? 害得老子多费口舌问!"

其实，他冤枉儿子了，怪只怪他拆信时太激动，撕缺了一个小角，门牌号码刚巧缩在那小角上无影无踪了，便惹出这等麻烦事。终于，第5个被问者依稀记得，第7层楼13号人家姓姜，因他曾帮收费员挨家挨户查过水电表。事情总算有了点眉目。

老姜头喜滋滋地扛着拎着大袋小篮，一口气爬上第7层楼。未等喘匀气，他便迫不及待地去踢那扇深绿色的门。他两手不闲，只好用脚轻踢。门内无动静。他踢重了点，且兴奋地喊了两声："银桩，银桩!"门猛地开了，一位胖墩墩的中年妇女堵在门口，气呼呼地说："踢什么呀? 这门经得几下踢? 你这人好不懂礼貌，真是气死人了! 你要找人就敲门呀，门上还有电铃按钮咧! 你偏要踢，有什么气要冲着我们撒哟? 你们三天两头跑来换粮票的，早跟你们说了，没有啦，没有啦! 老是缠呀磨的，真讨厌!"话音未落，"砰!"重重地摔上门，险些没碰扁老姜头的鼻尖。老姜头被训懵了，愣了半天，才缓过神来。仔细一瞧，叹道："昏头夺脑地讨一顿骂，这不是14号吗? 对面的门牌才是13号咧!"

老姜头转身要去踢 13 号门，忽然想到刚才踢门的恶果，脚顿时僵住了。他放下大袋小篮，正欲轻敲门，想想还是不妥，在门框四处寻找那电铃按钮。看了三遍，眼都瞧酸了，实在没有。这就怪不得老姜头了，伸手去敲。山里人手指没个轻重，"梆梆梆!"门颤抖了三下，声音浑浊僵硬，他的心不由得连蹦三下，做好挨骂开溜的准备。可门内半天无动静。他正要再敲，猛然发现门上有个小玩意儿，湮没在深绿中很难发现。老姜头颇有几分得意，伸手去按那小玩意儿。无声无息，屁作用不起。门内仍无动静。老姜头又有了新发现，那小玩意儿中间有一小孔咧! 他凑近小孔窥看，什么也看不见。老姜头自然不知道这就是猫眼儿，更不知道门内有人警惕地监视着他。老姜头琢磨、摆弄了半天猫眼儿，又去敲门。敲了上十下，门内仍无反应。老姜头估摸：也许儿子儿媳未下班或出去溜达了。他便坐在大袋上，摸出烟袋卷喇叭筒纸烟儿抽，静静等候着儿子儿媳归来。他断断续续地抽了 7 根喇叭筒纸烟儿，昏昏沉沉的，打了一个长呵欠，伸了一个大懒腰。

突然，一个苍老怯生的声音传来："老哥，行行好，快走吧，别吓我了!"老姜头环顾四周，没人。正纳闷，那声音又飘来："我从门缝塞给你钱，你快走吧……"老姜头这次听清了，是从那小玩意儿里传出的声音，不一会儿，门缝里窸窸窣窣地塞出一张角票。老姜头的血液直往上涌，一辈子也没受过这番侮辱，人家竟把他误认为老叫花子了! 老姜头压抑着羞愤，硬着头皮问："劳驾，老大嫂，姜银桩住这儿吗?"

"不知道。这家姓蒋不姓姜……"

大概是一位胆小怕事的老佣人。老姜头没辙了。他拖着沉重的腿疲惫不堪地下楼，迎面撞见那位冷面姑娘。她一改冷漠神色，颇为惊讶同情地说："老人家，还没找到呀?"老姜头满脸愁苦地摇头叹气，老泪欲滴。姑娘说："我们住的集体宿舍，不方便，要不然就留您家歇一宿的……"老姜头颤声谢绝："不麻烦你啦，多谢你一片好心。"姑娘安慰道："您家莫急，先找个旅社歇歇，明日再上单位去找。下楼往右拐弯就有旅社，不贵的。"老姜头想，只有这样了。但是，老姜头不甘心，也不舍得花钱住旅社，又硬着头皮去敲门、按门铃。磕磕碰碰地寻了十几家，还是没着落。

天色已晚，整栋楼步调一致地收看中古女排决赛实况电视转播，阵阵欢呼喝彩声从每扇窗口蹦出来。人们聚精会神地关注着球场上的战机局势，为中国女排的每一个球的胜负由衷地手舞足蹈或捶胸顿足，谁也没心思去关注和帮助一位从山里来寻儿子的老汉。

老姜头下楼往右拐弯，找到一家小旅社，一问，便宜的床位满了，只有 10

元的。"妈的，什么金铺玉帐，要这么贵？一夜要10元，睡了去死哟!"老姜头小声嘟哝着，匆匆退出旅社。歪在哪个墙角打盹就是一夜，山里人不是金枝玉叶，没那么娇贵。

夜里，秋风转凉。老姜头斜倚在楼房前的小花坛石栏上抽烟。想起今天一连串的怪事，他感到深深的不解和悲哀。怎么也没想到会落到这般田地，要是叫野牛岭的乡亲们知道，岂不笑掉大牙？一个功臣的父亲寻不到儿子去睡马路，这太丢人了！他第一次领教到都市的冷漠、薄情、生疏和丑陋。

"咕咕咕!"几声微弱的鸡啼，老姜头浑身一痉挛，伸手去摸老母鸡，一只早已僵硬，另一只奄奄一息。他这才猛然想起老母鸡和他自己点食未进，滴水未沾。饥肠辘辘，老姜头无奈，吮了两个生鸡蛋，啃了一把干枣。老母鸡看来没救了，索性不管。

中古女排决赛结果揭晓，整栋楼房沸腾了一阵，有人还鸣鞭、敲盆、放焰火、抛开水瓶，欢声如潮，欣喜若狂，显然是中国女排夺冠了。老姜头不知是咋回事，惹得城里人发疯一样狂欢乱叫。正在纳闷，一只大鞭炮落在他脚边炸响，吓得他一蹦老高，魂飞魄散。他气得破口大骂："龟孙儿，发了你狗✕的屁眼疯！邪到你爷爷头上来了!"但狂欢声鞭炮声淹没了他的骂声，人们压根儿没注意到他。老姜头不管那些，趁机骂了个痛快淋漓，狠狠发泄一通，心里舒畅多了。

狂欢过后，大楼渐渐进入梦乡，一片沉寂。老姜头刚打了一会儿盹，突然一阵窸窣的响声惊醒了他。他睁开惺忪的眼睛一瞧：天啊，不知从哪儿钻出一只野狗，正往偷吃板篮内的鸡蛋。老姜头腾地跳起，飞起一脚，踢得野狗哀声长号着夹尾而逃。板篮内的鸡蛋被糟蹋了大半。老姜头看着看着，急火攻心，满腔的委屈愤懑像岩浆喷发。他飞起一脚，将板篮踢出老远，鸡蛋砸得满地。他跳上花坛，叉腰挺胸，扯开山汉子喊穿山号的粗嗓门吼叫："姜银桩，龟小子！你住哪儿？快给老子滚下来！老子来了!"

老姜头连喊三声，惊天动地。整栋楼房惊醒了。许多人趴在窗口指指戳戳，骂骂咧咧，叽叽喳喳，嘟嘟哝哝……

姜银桩飞快地跑下楼来，仿佛从天而降，他又惊又喜、又窘又愧地站在老姜头面前，说道："爹，您怎么来了？咋不先写封信打个电报让我去接您?"

老姜头火气未消，仍冲着儿子劈头盖脸地叫骂："龟小子，你在城里咋样为人处世的？老子从太阳偏西找到现在转钟，楼上楼下穿魂地跑，低三下四地问，连你的人毛都捞不到半根。是整座楼都不认识你呢，还是你得罪了整座楼？龟儿子，老子以为你在城里左右逢源，人缘好名气大，谁知道你混到这般田地，孤家寡人的，像堆狗屎，你这不争气的东西!"

姜银桩轻拽一把爹，哀求道："爹，别骂了，吵了人家瞌睡，让人家说闲话看笑话，上楼吧！"

儿媳闻声也腆着大肚蹒跚着下楼来，羞愧委屈地附和道："爹，您息怒吧，城里是这习惯，老死不相往来，别错怪了银桩……"

老姜头一见儿媳出面劝，不吭声了，气冲冲地上了5楼，依稀记得他敲过儿子家的门，可门没开。儿子儿媳红着脸说，他们看电视入迷了，没听见敲门声。谁知道是真是假？老姜头信了，叹道："真害苦老子了！下次哟，拿八抬大轿抬老子，也不愿进城受这份窝囊气！"

第二天，老姜头犟着动身回野牛岭了，任儿子儿媳千劝万留也不听。他不喜欢这座城市，这没办法。不过，他进了一趟城，开阔了眼界，长了见识，特别是有了不少谈资。

想到他有那么多稀罕见闻向老乡们说，老姜头的心里终于趋于平衡，愤怒化为乌有。

赵木匠的羡慕

赵木匠恍恍惚惚中听见有人喊，睁开困倦惺忪的眼睛，方知不是做梦，真真切切地有一位年轻女人在甜津津地喊他。

"醒醒，小师傅！"

女人的嗓音甜润悦耳，如歌如琴，似泉似风，令人心旷神怡。赵木匠心里痒痒的，就是对那好没道理、莫名其妙的"小"字，觉得有点委屈：论年龄，他30岁；论身材，他虽偏矮，却胖墩且强壮；论手艺，在野牛岭挂头牌称老大，徒弟带了5茬，没几斧头凿子也不敢来城里闯荡。无论如何，他不属小字辈，尤其是不愿在年轻女人面前服小。

他矜持地从鼻孔里哼了一声："什么事？"

"做家具，干吗？"

赵木匠在乡下干腻了私人家具活，进城就是想换换胃口，觅个大包干和公活干，挣钱多，利索自由。但一看见这女人渴求灼热的眼睛，便不由得心软了。这女人魅力极大，没法叫人不怜爱。她，明眸皓齿，红颜乌发，身材颀长丰腴，打扮时髦考究。整个看去，她给人妩媚中含高雅、热情而不风流的印象，但从气质看，不像大家闺秀的派头，倒是小家碧玉的风度。

赵木匠偷瞥了她几眼，古书上有"秀色可餐"的谚语，真是不假，好比喝了一盅美酒琼浆一样来劲。鬼使神差地，他扛起工具，二话没说，跟她走，搭车摆渡，穿街走巷。一路上，他在心里嘀咕：这女人到底是干什么的？跟她走会不会吃暗亏哟？

前些日子，赵木匠听说，野妞岭下桃花坳的黑娃进城卖山龟，遇到一妙龄女郎买龟，假说忘了带钱，唤他一道去取。行至深巷，那女人突然翻脸瞪眼，狠扇了黑娃两耳光，大喊大叫起来："抓流氓呀，抓流氓呀！"瞬间，巷头巷尾闻声跑来几个地痞，围住黑娃拳打脚踢，还咋咋呼呼地要扭送他去派出所。后来又冒出一个唱红脸的人调停劝阻，建议私了，用一篓龟抵人家一吻的名誉损失。那帮狗男女嘻嘻哈哈扬长而去。黑娃回家吐血，卧床不起，神志恍惚，哭笑无常，见人便喊冤："俺没啃她的脸呀，要真啃了，十篓龟也值。可俺没啃呀，天大的冤枉啊！"

赵木匠思忖：这女人不像坏女人，也许自己太多心了，冤屈亵渎了人家。但是，害人之心不可有，防人之心不可无。他总是警觉地与她保持一段距离。

终于到了她家。嗬，小洋楼，独家小院，三棵泡桐树，一架葡萄藤，显得既阔绰洋气，又幽静素雅。一只黑狗摇头晃尾谄媚地叫了两声，撒欢地跑上前迎接女主人，突然发现后面跟着的赵木匠，便龇牙咧嘴、凶神恶煞地狂吠。"博士，别闹，这是客人！"女主人蹙眉愠怒地喝止狗，回眸嫣然一笑："来呀！"裹足不前的赵木匠在这一声甜美招呼的诱惑下，鼓足勇气迈进院门。他想，就是陷阱，也认了。再说，他不像黑娃那样窝囊无能，遇上那种敲诈打劫事，血性上来，抡起斧头干，谁也别想捞便宜，拼它个鱼死网破！

赵木匠下意识地攥紧斧头。但没动静，没陷阱和圈套。女主人十分殷勤，泡茶、敬烟、递巧克力糖。渐渐地，赵木匠的警觉、拘谨冰释。环顾一番，见窗棂门楣中堂上都贴着稍微褪色的红双喜剪纸，内室陈列着崭新的高档组合式家具。赵木匠纳闷：怪哉！有这套新婚高档家具，咋还做呢？莫非这套家具是别人的？莫非是照这家具样式给亲朋好友另做一房？

女主人讨教赵木匠，什么家具样式好。赵木匠掏出一本《家具大全》，介绍了几种家具样式的优劣，显得很殷勤。末了，他半巴结半认真地赞赏："你这套家具现在最时髦……"谁料到，女主人的笑容僵硬了，愤愤地截断他的话柄："我就是讨厌这套家具才要重新做！"赵木匠讨了个没趣，不敢再吭声了。女主人意识到自己失态，弄得客人难堪，淡然一笑："小师傅，你随便挑个家具样式吧，反正不要这种就行了。"赵木匠讷讷道："那怎么行？还是你点吧，要不，请你先生点……""哼，就不要他插手，我做主！"女主人漫不经心地点了一个家具样式。这是一个既耗工又费料的古典家具样式，现在早不流行了。赵木匠想劝她换个样式，但见她那般执拗自信，便咽下了话。

赵木匠猛然想起自己的女人翠花。她就缺少这点泼辣自信劲儿，优柔寡断，谨小慎微，像扇石磨一般推一下转一下，没一点主心骨，什么事也做不了主。一次，他在离家60里的蛤蟆镇上做木工活，翠花风尘仆仆、气喘吁吁地赶去，吓了他一大跳，以为家里死人失火什么的，出了什么大事。原来呀，家里一头小母猪发了情，她来请示是劁还是配种。赵木匠啼笑皆非，气得大骂："蠢东西，这点屁事问个毬，给我宰掉算了！"翠花把男人的发狠话当作圣旨，眼泪汪汪、大汗淋漓地赶回去，真的请屠夫宰了发情的母猪……乡下女人大多依靠男人惯了，夫唱妇随，口口声声"我随你""我听你的""当家的，快拿个主意吧"，好像没有男人，就会天塌地陷，地球停转，河水倒流。唉，翠花多久才能和这城里女人一样敢说敢想敢干，有心计有主见有出息呢？

赵木匠开锯下料时，似乎仍不放心地问：'"样式是不是选准了？下料后就不好改啰！要不要等你先生回来再商量商量？"

女主人觉得他的话很滑稽，微微刺伤了她的自尊心，不快地埋怨道："哎呀，小师傅，你咋跟个娘儿们似的啰嗦，这点屁事还找他商量个鬼！"

"那我就下料了！"

"下料吧！"

"咯咕咯咕……"赵木匠拉开架势开锯了。

女主人钻进厨房忙碌去了。

赵木匠从不偷懒耍滑，咨啬力气汗水，一开锯就沉浸在劳动创造的欢愉中，就像一名演员进入角色，一位作家进入构思。他的心情昂奋，干劲旺盛，一看到那上好的木料，闻到那飘香的锯末粉味，一听到那铿锵有力、节奏分明的锯斧刨凿声，心就醉醺醺的，劲儿咕噜噜的如井喷如潮涌，身体各部位肌骨都进入最佳状态，线条粗犷坚韧，动作刚健有力，气势雄浑旷达，使人不由得想到雕塑《掷铁饼者》和国画《奔马图》。女主人不知啥时端个小凳坐一旁择菜，出神地看他干活。她简直看呆了，心里感叹：这才是真正的男子汉哟！哪像自己的男人白净净的脸，干巴巴的身，软绵绵的劲，酸溜溜的味，狭窄窄的心……不知怎的，她心中涌起异样的感情，久久地看着、看着，仿佛是一种特殊享受。过了许久，赵木匠瞥到女主人在看他干活，心里一颤，干得更卖劲。

傍晚，男主人回来了。赵木匠曾猜想过男主人的形象，也许是个大腹便便的官，也许是个白面书生，也许是个傻大黑粗的工人，也许是个威武雄壮的军人，也许是个油腔滑调的商贩，但怎么也没猜到，他是个年过四十、瘸腿驼背的男人！

他一进院，就皱了皱眉。出于礼貌，还是冲赵木匠咧嘴笑笑，说了几句客气寒暄话，赵木匠这才知道他也是手艺人，是摆摊的个体裁缝。在手艺活中，木匠是武活，裁缝是文活，武活不如文活赚钱。木匠汗流浃背地干一天，捞不到一张大票子；裁缝剪刀一响，黄金直淌。野牛镇上的几个土裁缝哪个不是腰缠万贯、富得流油？唶，真是赚钱不吃力，吃力不赚钱。世道变了，过去常被武活手艺人瞧不起的裁缝倒成了吃香喝辣、发家致富的手艺人。想到这些，赵木匠感到屈辱、忧伤。赵木匠坐在院内歇息，抽烟喝茶，隐约听见老夫少妻在房内小声拌嘴。

"你真的做……"

"哼，你当说着玩的！"

"唶，这房家具挺好的，你就不能将就？"

"将就个屁，味不正！"

"你宽容点，她都死了……"

"就因为死了不吉利，我才不要。"

"你到底是嫁我，还是嫁家具？"

"都嫁，难道有错吗？"

男主人不吭声了。赵木匠似乎听出一点眉目，大概是男主人的前妻死了，又娶了现在这女人，这位挑剔的女主人不要这套家具了，或许是嫉妒死去的原女主人，想尽快抹去男主人心中的前妻印象。嗬，城里女人的脑袋还真复杂奥妙咧！

不一会儿，男女主人出房来，仿佛没发生刚才的龃龉，面带笑容地摆酒席。男主人给赵木匠满斟一杯，客套地说："师傅辛苦了，多喝几杯酒解解乏，我有胃病禁酒，失陪了！"赵木匠本来有点酒量，但看到男主人滴酒不沾，也不好意思独饮，刚要推杯，女主人白了男主人一眼，夺过酒壶，给自己满斟一杯，豪爽地说："来、来、来，我陪师傅喝三杯！不喝酒，算什么男子汉！"说罢，又鄙夷地瞥了一眼自己的男人。

男主人窘得满脸绯红，闷闷不乐。赵木匠很尴尬，举杯不定，喝不得推不得。女主人爽快潇洒地端杯一饮而尽，催促道："干呀、干呀！"赵木匠只好应酬地喝下一杯酒。女主人高声赞叹："好！这才像男子汉！来，小师傅，再来干一杯！"这一声"小师傅"又刺激了赵木匠的自尊心，他斗狠地连饮两杯。酒过五巡，赵木匠微醉了，迅速将杯扣底，低声告饶："五杯到量，不喝了！"女主人千扯万劝地激将，赵木匠死按杯底好歹不喝。女主人无奈，神经质地怪笑几声："嘿嘿嘿，这世上的男子汉太少了……"赵木匠发现她的俏脸扭曲得很古怪，心里像被马蜂蜇了一下，莫名其妙地疼痛。女主人自斟独饮，仰脖就干，喝得很凶，很吓人。赵木匠不便阻挡，暗中捏把冷汗。男主人急忙去抓她的酒杯："小雪，别喝了，你醉了!"女主人愠怒地推开他的手，尖声叫嚷："你别管我，我讨厌你、讨厌你、讨厌你……"男主人被一串炮弹爆炸得瞠目结舌，可怜巴巴地望着她，不知所措。

女主人将酒壶喝了个底朝天，脸上一片桃红，醉眼蒙眬，舌头打滚，纤手轻托着下巴，痴痴地望着对面的赵木匠，放肆地笑。赵木匠不敢正视，慌忙垂下头，心里却在玩味着这倾国倾城的媚笑，她那醉容也跟醉酒的贵妃一般美丽，别有一番魅力风韵咧!

女主人摇摇晃晃地站起身，朝卧室走去。男主人连忙起身去搀扶。女主人甩开他的手："去、去、去，马屁精!"男主人趔趄几步，差点跌倒，狼狈不堪地笑笑，朝赵木匠解嘲地摇头叹气："唉，她总这么任性，耍孩子脾气，没办法，只好由着她!"

夜里，男主人特意给赵木匠放了几盘录像片。一盘是比基尼式健美比赛实况，赵木匠看得心慌意乱，有股犯罪感，偷瞟男主人，他泰然自若，不时地挑剔，说那女人的臀部没劲，这女人的乳房太小。赵木匠怎么也没想到，世界上居然有这样的比赛。男女几乎赤身裸体地上台搔首弄姿，扭屁股迈大腿，台下居然座无虚席，男女老少欣喜若狂。真他奶奶的怪事，乡下夫妻晚上干那事还吹灯哩，连自己的女人都不好意思好端端地看，他的翠花洗澡换衣都闩门避他哩。说心里话，他真想赤裸裸地看看……屏幕里爆发出一阵暴风雨般的掌声欢呼声，赵木匠仰起头一瞧，原来是比赛揭晓，一位四川女子获得冠军。她举着金杯向全场致意，热泪盈眶地对现场采访的电视记者说，她最感激自己男朋友的支持和理解……赵木匠设身处地一想，她男朋友真开通真勇敢也真混账无耻，居然让自己的女人在大庭广众丢人现眼，要是换上他赵木匠，刀架在脖子上也不答应，不打断女人的腿才怪呢! 不过，要挑剔的话，那四川女子论长相、论个子、论肌肉、论力气似乎都不如翠花，翠花要敢上台，兴许能夺得冠军咧! 话又说回去，他才不稀罕眼红这冠军呢，要那奖杯当夜壶吗? 乡里乡亲知道了，那唾沫也会淹死你!

男主人毫不掩饰地夸赞女冠军，肌肉、线条、骨骼、造型、动作等说得头头是道，俨然是行家里手。赵木匠暗忖：这也许和他的职业习惯有关，量体裁衣嘛，当然很欣赏熟悉这一套。后来，又放了几部武打片，打得天昏地暗、山摇海翻，震得人耳根发麻、脑袋晕眩。终于，他俩都经不住折磨，打着长长的呵欠关机睡觉。

赵木匠躺在床上辗转难眠，想女主人不知醉成怎样，想比基尼式健美比赛那一幕幕摄魂夺魄的镜头，想翠花和她的体态……刚要朦朦胧胧进入梦乡，突然，楼下传来女主人歇斯底里的尖叫声。

"你别碰我，我讨厌你、讨厌你、讨厌你!"

"……"男主人的声音微弱不清。

"我偏要嚷、偏要嚷、偏要嚷!"

"……"

"睡在这脏床上，你别想碰我! 等着换了这套臭家具吧，我看着就恶心、恶心、恶心!"

争执声平息了。赵木匠觉得滑稽可笑，"噗嗤"笑出声来。嘻嘻，乡下女人哪敢这么放肆任性，男人主动干那事儿是抬举女人咧，女人哪能扫男人的兴? 这城里女人也够邪乎的，这城里男人也够窝囊的! 但是，他挺欣赏女主人的那股烈性儿，像烈酒、老辣子、酽茶、旱烟一样来劲儿，连她那重复三遍的句式听来也过瘾，"我讨厌你、讨厌你、讨厌你!"这分明是打情骂俏、撒娇耍泼，惹人眼馋心妒，要是自己的女人能来这一套调剂调剂就好了。可惜，翠花总像淡酒、凉茶、温吞水，总像绵羊、小猫、常青藤、寄生草……

第二天，男主人早早摆摊裁剪去了。小雪睡了个懒觉，过早后，躺在沙发上慵懒地打毛衣，不时地和"博士"嬉戏。赵木匠干得汗流浃背，她招呼他歇息一会儿，抽烟喝茶。赵木匠随便问起黑狗诨名的来历，小雪嗤嗤发笑，得意地说，这怪名字是她起的。

"你知道为什么起这诨名吗? 读中学时，我们这些爱幻想的女孩子各有其志，有的想走红路，就是参军、进机关、入团、入党、转干; 有的想走黄路，就是黄金之路，经商办厂，当暴发户，捞钱发财得实惠; 有的想走黑路，上大学，出国留学，当硕士博士，戴黑方帽。我就做的黑帽梦，可惜心比天高、命比纸薄，高考那年得了肾病，黑帽梦破灭了，就把那黑狗起了个'博士'名字，有意思吗?"

赵木匠点头傻笑。

"后来呀，那些女孩子红路黄路黑路都走不通，就拼命去嫁那些走通红路黄路黑路的男人，嗐! 女人，生来就没出息……"小雪深深地叹了一口气。

正在这时，男主人匆匆回来，凑在小雪耳边嘀咕了一会儿。顿时，小雪气红了脸，龇牙咧嘴地叫嚷: "凭什么要巴结他? 咱们是偷来抢来骗来捡来赌来的钱吗? 咱们是劳动得来的，何苦去瞎塞那些黑窟窿? 咱们正大光明地挣钱，一靠政策，二靠本事，用不着怕谁防谁哄谁捧谁? 一个子儿也不给!"

男主人显出痛苦状，低三下四地哀求: "我的小姑奶奶，你就依我这一回吧，得罪不起人家呀! 要不，往后人家锅里不找茬碗里找茬，叫你吃不了兜着走……"

"呸！他敢，告他去！咱这儿记着一本黑账呢，何时何地送何人多少钱礼，记得一清二楚，逼急了老娘，抛出去叫他们吃不了兜着走！"

"哎呀，你咋记这种账哟，要闯祸的，快把它给我烧了……"

"呸！你这种软骨男人真没治，胯里白夹了一对秤砣，我恨死你、恨死你、恨死你！"

男主人被一阵冰雹般的话砸懵了。

小雪冲进卧室，抓出一把存款单、存折，摔在男主人脸上，咬牙切齿地骂："你这跛鬼驼怪蠢驴苕猪，都拿出给人家吧。要不够，把你老婆也卖了！哼，赶明日我跟野男人私奔了，看你妈的假大空名誉、男子汉脸皮往哪儿搁？哼，有了几个钱，骨头就轻了痒了烧了，人家都是把你当猴耍当羊宰当驴骑咧！"

男主人默默地捡起满地飘落的存款单、存折，搁在小雪面前，缓缓地怏怏而去。赵木匠望着他一跛一跛的背影，心中涌起深深的怜悯。当天晚上，小雪又喝了个酩酊大醉，赌气地闩上卧室门，将男主人拒之门外，两个男人看了一会儿墨西哥电视连续剧《卞卡》，几个人物喋喋不休说个没完，他们感到索然无味，便一致同意关机罢看。男主人准备蜷缩在沙发上过夜，赵木匠过意不去，拉男主人去楼上同寝。一时难眠，便抽烟聊天，先谈手艺行情，继而聊城乡趣闻轶事，最后扯到家庭生活。

男主人不无炫耀地谈起自己的女人："小雪是那任性脾气，其实心好、正派、直爽。她当初嫁给我，可不是为了钱。那时，我辛辛苦苦赚的钱，都叫一个女人骗去了。临到结婚时，她竟跟着一位60多岁的港商私奔了，后来没落好报，被港商玩厌后甩了，没脸见人就投了海，倒是有点良心，给我写了封忏悔信……小雪见我栽得惨，就嫁给了我。人家当时都劝我，别犯第二次傻了，到头来落个人财两空。我心里也直打鼓，有一天就问小雪，为什么要嫁给我？她说，她敬佩我的手艺，她想跟我学真本领，将来做一位女服装设计师。我说，我愿意收她做徒弟，大可不必牺牲自己怜悯我，这样勉强成婚会害了双方。她骂我真傻、真傻、真傻，说她愿意、愿意、愿意……她没骗我，对我很忠诚，有些浪荡男人想勾引她、欺负她，都被她骂得狗血淋头，打得鼻青脸肿。别看她对我凶，心里可体贴人呢，去年我遭流氓敲诈勒索挨了打，肋骨被打断3根，她成天守在医院里侍候我，常常偷偷为我流泪。我俩性格不合，免不了吵吵闹闹磕磕碰碰，但心贴在一起，像梁山泊的朋友越打越亲。天长日久，渐成习惯，不拌嘴反倒觉得生疏无聊。她总怨我没男子汉的血性气魄；我呢，又嫌她有点泼辣，脾气有点大，少点女人的温顺贤惠。嘻嘻，你都看见了，不怕你笑话，这个家庭她是掌柜，我是长工，她说了算。嘻嘻……"

男主人谈得眉飞色舞，心花怒放，如痴如醉。赵木匠不由得翻起一股嫉妒的苦涩味，也消除了他隐藏在心的戒意：他怕自己的到来，搅乱了主人家的安宁幸福，看来这种担忧是多余的。

果然，第二天，男女主人和好如初，说说笑笑，仿佛压根儿没拌过嘴。夜晚，小雪略加打扮，光彩照人，挽着男人去逛了一趟夜市，惹得那些浪荡男人垂涎三尺，瞪着乌鸡眼，恨不得宰了驼背瘸子，劫走这小美人儿。赵木匠逛不惯这拥挤喧嚣的夜市，钻进一家茶馆去听书了。说书人讲的是《金瓶梅》，油腔滑调，极俗甚荤，听书的都是做生意打短工的三教九流，且听且品，津津有味，时而哄堂大笑，时而鸦雀无声。赵木匠听上瘾了，连着去泡了几夜茶馆。一天，赵木匠听罢武松怒杀潘金莲西门庆的故事片断回来，又发现男主人斜倚在沙发上打盹。赵木匠一看便知，他一定又与女人拌嘴吃闭门羹了！

这一次拌嘴大概相当厉害，两口子三天没说话，形同陌路。每次晚餐，小雪故意与赵木匠打得火热，频频劝酒，甚至借酒装疯，话儿说得很粗野很放荡。男主人视若无睹，置若罔闻，沉默得如同一尊石雕。赵木匠挺尴尬，总是三下五去二，狼吞虎咽完饭，就往茶馆跑，尽量不介入夫妻间的纠葛。同时，他干得更卖劲，早些打完这套家具，早些离开这是非之地。

一天夜里，男主人向赵木匠透露了他们夫妻拌嘴的原因。原来，上次税务局老孙开口向他借1000元钱，说是给儿子结婚。其实借是幌子，还不是刘备借荆州——久借不还。老孙前年嫁女儿就借过1000元，至今都不提这笔账了。这次借钱想故伎重施。哪知小雪坚决卡住不借，老孙恼羞成怒，找茬说裁缝偷税漏税，硬罚了他2000元，还没收了"先进个体户"的光荣匾。小雪闹着要去告状，胆小怕事的男主人好说歹说劝她别去惹事，忍掉一时之气，免掉百日之忧，千金散尽还复来，人缘得罪了用钱都买不回。就这样，两口子闹僵了……

这天傍晚，小雪摆好酒菜，等了半天也不见男主人的身影。赵木匠匆匆吃完饭，就去了茶馆。谁料到，茶馆被封，门板上贴着告示，围观者议论纷纷，说这家茶馆放淫秽录像，讲黄色故事，被公安局查封了。赵木匠在大街上闲逛了一会儿，回到主人家。赵木匠一进院，就听见男女主人在进行家庭战争。男主人一改平时温和豁达憨实的脾性，暴跳如雷："你太任性了，心中眼里根本没有我！这个家迟早要败在你手里，咱们没法过了！"说罢，他摔门而出，一瘸一拐地跛跑，和来不及躲闪的赵木匠撞了个满怀。赵木匠扶住他，想拦他回屋，他挣脱身子，悻悻地走了。

小雪瘫在沙发上呜咽。赵木匠第一次看见她哭，美人儿的哭相也是那么楚楚动人，惹人心碎。赵木匠想上前去劝她，想想不妥，仍呆立在一旁，站也不是坐也不是。等到小雪停止了啜泣，赵木匠才开腔："我、我今儿晚上旅社去睡吧，这儿不方便……"人家男人不在家，一个陌生男人借宿，会惹人说闲话或夫妻之间猜疑反目。赵木匠刚迈出门槛，小雪用命令的口吻喊道："你回来!"赵木匠如雷击电灼一般呆立着，进退两难。"你别走了……"小雪轻轻地说，旋即从橱柜里拿出一瓶红酒，"来，你坐下，这几天你辛苦了，我陪你喝几杯!"小雪说完，莫名其妙地笑了，笑得很妩媚，很邪乎。赵木匠一动不动地愣着，仿佛地球停转了，世界死去了。半晌，他才感到惊悸、疑惑、躁动。难道她爱上了我……一股浓郁的自卑感倏地压上心头，不、不，她也许是逢场作戏闹着玩玩，也许是没安好心勾引我!赵木眩想到黑娃的遭遇，异常警觉，冷静下来，谢绝道："谢谢，我不想喝，头有点昏，胃有点疼，肝有点……"他很笨拙、很狼狈地扯着谎，支支吾吾，额上沁出冷汗。小雪发出一串银铃般的讪笑，独饮着红酒，讥讽道："你是怕我算计你，吃掉你吗?哼，世上男人都这么小心眼儿，没几个真正的男子汉!难怪姑娘们整天嚷着'寻找男子汉'!"

赵木匠简直羞愧难当，无地自容，默默骂自己："他妈的，胡思乱想些什么，尽糟践人家，惹人家笑话，真他妈的没点男子汉的气味!"他鼓足勇气，坐在小雪对面的方凳上，但仍惴惴不安，如坐钻毡。小雪又饮下一杯红酒，看到赵木匠魂不守舍的窘相，嗤嗤发笑："小师傅，你放心，他会回来的，每次吵嘴出走，消消气散散火，转溜一圈就回来，他要不回来，那就不是他了，他这人就这么没骨气……"

小雪一会儿就喝光了一瓶红酒，又摇摇晃晃地去拿来一瓶，且饮且谈："我讨厌我男人的性格，老实巴结，石碴压不出个屁来，树叶掉下怕砸破头，没有男子汉大丈夫的气味。你该以为我太泼辣凶悍了吧?其实，我做女儿家时，邻居街坊都夸我心善性和，温雅文静。嫁给他后，我就渐渐变了。不变行吗?一个家庭两个软砣，两只绵羊，还不让人家捏碎宰死?再说家庭生活也不会有意思，闷葫芦对哑瓢，整天哼哼哈哈，没劲。就这样，我改变不了他，就改变了我自己。你别看我对他太凶，其实我对他一片真心。哦，这些话本不该随便对外人说的，可我看你是个好人，聊聊心里痛快。我当初嫁给他，半是怜悯半是报恩。他从小就是孤儿，父母在一次火灾中死于非命，他们将5岁的他裹在几层棉被中，慌忙扔下楼来，命是保住了，却落了个终身残疾。他在孤儿院里长大。长大后，他找不到工作，就去乞讨、捡破烂、糊火柴盒维持生计。后来，有个业余学校办裁剪班，学费高得吓人，他咬着牙卖了两次血浆，凑齐了学费，终于学成了这门赚钱手艺。他聪明绝顶，心灵手巧，什么服装样式瞟一眼就能记熟在心，记得多了，经过自己的一番综合扬弃，能抛出一套套新花样，惹人喜爱，很快就有了名气，在众多的裁剪摊中独占鳌头。许多人舍近求远、搭车坐船甚至坐出租车找他裁衣。活儿一多，他整日撅着屁股驼着腰裁，像个机器人一样不停地忙，吃饭喝茶上趟厕所都惹得那些排成长龙的顾客大呼小叫，催命似的。旁边有个姑娘的裁剪摊冷冷清清，拼命吆喝也没人理茬。她就是那个没脸没皮地缠上驼子，又骗走他的全部存款，跟老港商私奔的女子。驼子遭此打击，收摊闭门躺了5天，遗书都写好了。那遗书我看过，就两条：一是将房子捐给街道办幼儿园，二是将家具给那臭婊子，因为这套家具是她亲自订购的。那臭婊子死了，自然不需要什么家具，她需要的是棺材，驼子竟背着我送了2000元殡葬费，把她体体面面热热闹闹地埋了……这我理解他，好歹相爱过一场。我最不能容忍的是这套家具，当初结婚时要知道详情，说什么也不愿就汤下面，用死人不吉利的东西。后来知道了内幕，就有了心病，总觉得那臭婊子阴魂未散，在房里游来荡去，动一下哪件家具，仿佛听见她的咳嗽、吆喝和狞笑，甚至睡觉都觉得三人同床，光做噩梦……所以，我要换掉这套家具，而且要亲自定做的！话说转去，我当初结婚，一半是报恩。驼子是我家的恩人，也是我的恩人。那一年，我家的房子被水淹塌了，我又得了重病住进医院，都是他慷慨解囊。我决定嫁给他，就有人骂我财迷心窍，骂我傻不拉叽，鲜花插在牛粪上。我倒不觉得亏，当时谈不上爱他，但实打实地敬佩他，他那双巧手裁出的衣服博得好多高傲得不行的姑娘的赞誉，他要不是残疾，追他的姑娘只怕要挤破门框。哦，我扯得太远了。今天真痛快，从来没有这么痛痛快快地吵过嘴。你没瞧见，他第一次在我面前像个男子汉那样发威动怒，跳起来像只叫鸡公，真逗！你知道他为啥生气？我把那些敲诈勒索的黑账交出去了，那些家伙都下不了台。怨谁？自作自受，咱们也是被逼上梁山咧！咱不是心疼那几个黑钱，是咽不下那口恶气。这次我们成立服装设计业余研究会，创办裁剪业余学校，我做主捐了1万元。当家的就为这生气，怨咱该大方时小气，该小气时偏大方……"

小雪又满斟了一杯红酒。赵木匠忍不住地劝阻："别喝了，你要醉了！"小雪已有七八分醉意，梦呓般地说："没醉、没醉、没醉，我还可以喝……喝……一瓶，这酒，没……没劲儿！怎么，他还不回？这次可真变得……像个人样，要一点男子汉威风咧！"

又过了一会儿，仍不见男主人归来。

夜深人静，灯火阑珊。小雪摇晃着身子彳亍而行："你坐会儿，我、我去找他……"赵木匠不放心："你别醉倒在大街上。要不，让我去找，他会上哪儿去？"小雪执拗地说："不，你叫不回他，他这是三年不鸣，一鸣惊人。嘻嘻，还得我去，解铃还需……系铃人……"她趔趄几步，扶住门框才没跌倒，但"哇"地吐了一大摊污秽酒食，味道酸臭难闻。赵木匠忘了顾忌，将小雪搀扶到沙发上躺下。小雪歉疚地一笑："小师傅，劳驾你了，他准在通宵小酒店喝闷酒，出街往右拐就看得见招牌。你去喊他，就说，他今夜不回来，明天我就上医院……打胎！"

赵木匠寻到通宵小酒店，果然找到男主人。拉劝半天，男主人犟着不肯回家。赵木匠没辙了，呆立了半天，突然想起小雪的后半截话。一说，男主人惊诧："啊！打胎？哦……"他推开酒食，兴冲冲地往家赶。赵木匠看得滑稽，哑然失笑。

当晚，两口子握手言欢了。第二天，男主人就把岳父岳母接到家来住，一方面照料怀孕的小雪，一方面腾出房子办裁剪业余学校。

赵木匠也想自己的女人了。出来时，翠花已怀孕 4 个月，腆起大肚，田头灶头忙得如抽急的陀螺。自己在家时也没帮她分担过劳累，关心过她的痛痒，还常耍大丈夫威风，让怀孕的女人给自己端洗脚水、捶背摇扇什么的，比起人家城里夫妻来，那感情就清淡寡味。人家那夫妻悲乐喜怒总是情，打情骂俏满是学问，哪像乡下夫妻，只知道夫唱妻和，勤扒苦做，吹灯睡觉，怀孕生娃……这次进城没赚到大钱，但长了见识，回去好好"教唆"一下翠花，长点反骨，学点辣味，该民主就得民主，该撒泼就得撒泼，该打情骂俏就得打情骂俏，该嬉笑怒骂就嬉笑怒骂，好好体验一下夫妻恩爱的滋味。

归心似箭。赵木匠连加了几个夜班，终于做成了新家具。原先那套家具削价卖了，买主喜滋滋地拖走了。新家具摆进卧室，散发着淡淡的香味。小雪挺满意，她的愿望终于实现了。小雪付了优厚的工钱，还特意给赵木匠的女人做了一件连衣裙，女人心细，谈话中摸清了翠花的高矮胖瘦，做得一定合身。裙子款式很时髦，颜色是橙黄色，世界流行色，料子很薄，薄得见肉，但挺贵，这种裙子是小雪设计的，曾夺得服装大赛的奖牌哩！赵木匠估计翠花没勇气穿它，但他要竭力怂恿她穿，人家穿比基尼上台表演都敢，咱咋不敢穿裙子时髦一回？自己要金贵看重自己咧！火车上，他想好一套套的话，翠花一定喜欢听。还有翠花嘱他给将出世的孩子起个名字，别起那些黑牛、狗蛋、桂花、枣花之类的，俗气难听，他想好了，管她生男生女，都叫小雪，小雪多好听，多惹人爱哟！

六 讳 图

A：讳笑

A 是正局长。

他永远保持着正人君子、道貌岸然的风度和正襟危坐、正经古板的面孔，俨然一副忧国忧民的苦相。很难捕捉到他的一丝笑容，他的笑神经仿佛麻痹了。据说，即使去看卓别林的电影和听侯宝林的相声，也很难赚到他的一声笑。

A 讳笑。岂止讳笑，且深恶痛绝笑。

据说 A 吃过三次笑亏：第一次在中学批判会上，口诛笔伐、炮轰火烧一位"黑帮"老师。A 蹲在下面拽那位漂亮女生的长辫儿，竟拽出一个悠扬动听却奇臭难闻的响屁。A 的理智控制不住笑神经，"噗嗤"笑出声来。这一笑引得哄堂大笑。工宣队黑蛋队长吼道："笑个屁！谁他娘的带头笑的，给老子站起来！" A 站起来，仍刹不住笑的闸门，捧腹扭腰地笑得放肆粗野。黑蛋队长扑上前，左右开弓，两掌捆得 A 口鼻迸血，鼻青脸肿，骂道："老子叫你笑，还笑不笑？"红卫兵小将旋即扑上来一顿拳打脚踢皮带抽，架喷气式飞机揪上台陪斗。A 为这孟浪的笑，付出了惨痛的哭。多亏 A 出身硬，工人阶级，加上他爹善诡辩："笑有啥罪？批判会就不能笑啦？谁规定的？最高指示不是说'人民大众开心之日便是反革命分子难受之时'吗？"这一诡辩还真占了理，工宣队和红卫兵哑口无言，只得放了即将押往劳改农场的 A。第二次笑亏是在部队吃的。那日，连指导员读批判文章，将"恬不知耻"读成了"舌不知耻"。A 觉得滑稽，情不自禁地嗤嗤发笑。指导员被笑懵了："你笑啥？" A 说："报告指导员，那不读'舌不知耻'，应读'恬不知耻'。"指导员恼羞成怒："就你充能！俺读'舌不知耻'也没错嘛，舌头不知羞耻，才说出混账透顶的话来嘛。"这以后，A 入党、提干、上军校统统成了泡影，复员时档案鉴定上还落下一条"自高自大"的缺点。第三次笑亏更冤枉滑稽。那是一个新年茶话会，一名美貌女郎飘然而至在 A 身旁就座，且巧笑倩兮与 A

791

攀谈起来。尽管 A 芒刺在背、如坐针毡、汗颜湿背、结结巴巴，被折磨得狼狈不堪，但仍被人打了小报告，指控他与有婚约之女眉来眼去、勾勾搭搭、道德败坏、影响恶劣。A 的老婆听到传闻哭啼吵闹要离婚。婚自然没离成，亏却吃得不浅，本来推荐 A 上中央党校学习的，冷不丁换了别人。别人是谁？就是那巧笑倩兮的女郎的未婚郎君。真他妈的阴错阳差！或许是美丽的诱惑、险恶的陷阱！那人从中央党校回来后就晋升为组织部副部长，瞧，这笑亏太惨重了，笑丢了个副部长的乌纱帽。真是刻骨铭心的教训呀！

古谚说：吃一堑长一智。A 吃三堑长三智，获得参禅般的顿悟：笑是魔鬼祸水，是蛇蝎狐仙，一定要戒笑，卧薪尝胆地戒，呕心沥血地戒，真练到心如古井颜如铁、宠辱不惊、喜怒不显、哀乐不露、爱憎不明的地步。

A 由笑面人变成了铁面人，也由职员晋升为正局长。回首往事，感慨万千，以此为大：戒笑。人说：笑一笑，十年少。A 嗤之以鼻："屁！咋能乱笑？看对什么人笑，看在什么场合笑，这笑玄妙得很，大有学问咧！"

A 由戒己笑渐及讳人笑。

A 的娇女整日哼哼唱唱，嘻嘻哈哈，A 办了几次家庭学习班进行言传身教，娇女再不敢放荡地笑了，比"笑不露齿、坐不露膝"的古代仕女还规矩三分。渐渐地，娇女受 A 的熏陶，耳濡目染，变成一位艳若桃李、冷若冰霜的冷美人，不光在单位"微笑服务"中挨经理和顾客的批评埋怨，而且在婚事上连连受挫，跻身于大龄剩女之列。

机关打字员小王爱笑。上 A 办公室送份文件或请示汇报，进出都嫣然含笑。A 皱皱眉头。不久，小王便调去烧茶水炉。小王终日面炉而坐，独自啜泣憔悴，再也笑不起来了。

办公室主任老魏一副姥姥相，终日眉开眼笑、乐颠颠、喜滋滋的。A 把他叫去谈了一次心，老魏从此蔫了，整日如丧考妣般板着脸，憋得怪模怪样，痛苦不堪。人们惊诧关切地问："老魏，你哪儿不舒服吗？"老魏愤愤然："唉，要学什么领导风度哟，真把人憋出病来啦！格老子，受这份活罪不如回家抱孙子……"话传到 A 的耳里，老魏不久真的回家抱孙子去了。

局里组建第三梯队那阵，A 拿红笔圈去了一位颇有前途的青年干部的名字："这人不合适的。整日嘻嘻哈哈没个正经样子，办不成大事的。还是选个老练沉稳矜持的人吧！"A 回到家里，老婆女儿骂骂咧咧、哭哭啼啼地围攻他。原来，那个因笑被贬的青年干部正在悄悄与他女儿谈恋爱哩！A 愕然，继而愤然："哼，这人不光没资格进第三梯队，也没资格进我家门！"后来，A 的女儿婚事告吹，万念俱灰，自杀未遂，皈依佛门。A 大怒，力阻。女儿讥笑道："爹，你不是提倡戒笑吗？佛门也有这戒规，我去修炼正果呀！"

不久，有小道消息传播，A 的老婆找 A 的顶头上司告状，涕泪交加，悲怆凄然，控诉 A 一定有了外遇，对她进行精神虐待，从来没给过她一个笑脸，恳请上级明察秋毫，明镜高悬，追查第三者，严惩现代"陈世美"。

A 挨了顶头上司一顿狠训，终于浮现一个苦涩而呆滞的怪笑。

但毕竟是笑……

B：讳光

B 副局长并非阿 Q 似的秃脑癞头，因而并非像阿 Q 那样忌讳别人说"光""亮""秃"等字眼。B 讳光，是名副其实怕光，怕辐射强亮度强的光，怕紧箍咒般笼罩着辐射着的光柱光环。

B 的办公室背阴，背光。B 还嘱人安上窗帘，伏案工作就开台灯。沉思、小憩、抽烟、谈心、听汇报，都喜欢在影影绰绰、朦朦胧胧的色调氛围中进行。有时冷不丁瞥去，B 黑糊糊的身影在黯淡无光的光影中晃动，仿佛一个幽灵似的。生活中的光是禁不住的，比如阳光、月光、火光、灯光，B 自然不可能禁绝这些光，也离不开这些光，便只好委曲求全，苟且偷生，随身带墨眼镜，戴鸭舌帽。

B 讳光的趣闻颇多，且充满传奇色彩。

据说某次游览某处大溶洞。导游不慎将小探照灯般的大手电筒的强烈光束照射在 B 的脸上。B 脑嗡耳鸣，心惊胆战，仿佛勾魂摄魄般地痉挛，瘫软地滚进溶岩坑中。幸亏岩坑不深，幸亏他屁股先落地，B 才没丢命。还有一次。B 续弦，闹洞房。有贺客好心肠，想抢拍 B 和新娘喝交杯酒的照片。不料，镁光灯突兀一闪，B 如遭照妖镜透射一般，脸色煞白，目光呆滞，手一松酒杯砰然落地，身一歪如醉酒如中风般栽倒……

B 讳光讳得神秘蹊跷，不可思议。有人猜，B 属鼠相，也许这是天生的毛病，娘胎带来的怪癖。有人推测，B 大约得了一种畏光病，就是当年林秃子的那种病，像蝙蝠、老鼠、猫头鹰、红铃虫等一样具有背光性。有人断言，B 在大灾大难中肯定受到什么刺激，才落下这怪病根。众说纷纭，莫衷一是。

讳光，给 B 带来一些负效应。例如，他说话总是含含糊糊、模棱两可，批文总是战战兢兢、斟酌再三，千方百计地隐瞒自己的观点意图，绝不让心灵袒露于光天化日之下、大庭广众之中，绝不独断专行，突出自己、表现自己，该他处理的也要走走请示协商等过场。他有真知灼见也不急于表露，有才干能力也保持一副大智若愚、大巧若拙的风度。这给上级、同僚、下属以好印象，他左右逢源，赢得四面赞歌，大家都夸他谦逊谨慎，办事稳妥，说话温和，为人诚实，平易近人，不出风头、不突出自己……总之，夸B干部作风好。怪哉，讳光者，反而光彩照人起来。

B患了白翳病。B讳光，却不讳医，全盘托出了自己的病史。

B年轻时是一名小有名气的芭蕾舞演员，演过许多西洋舞剧，《哈姆雷特》呀，《奥涅金》呀，《奥赛罗》呀，《少年维特之烦恼》呀，《罗密欧与朱丽叶》呀，且都是演的男主角A角。B才华横溢，舞艺精湛，令男主角B角C角羡妒得发疯。舞台上的追光、记者的照相机镁光灯围着他转悠闪烁，织成五彩缤纷、璀璨迷人的光环。B在艺术的光环中旋转，旋转。鲜花、掌声、荣誉、爱情，扑面而来，他比白马王子似乎要幸福欢乐得多……

突然，B旋转得太急栽倒了，不是在舞台上，而是在生活里。B角告了他的黑状，B锒铛入狱。铁窗上射进的阳光月光灯光多像舞台上的追光，B心驰神往，拖着脚镣跳舞。不行，脚镣太沉重，且绊脚，一不小心就摔得头破血流，鼻青脸肿。脚镣叮叮当当，吵扰了狱霸，B常挨揍。狱警怕他再跳，惹是生非，给他换了副更沉重的脚镣。脚镣磨破了他的脚！化脓了，腐烂了。呜呼，艺术的翅膀折断了！B趴在自己脚上吻着号啕大哭，歇斯底里地狂笑。后来，脚总算没被锯掉，但只能走路永远不能跳芭蕾舞了，脚部萎缩变形了。B好长时间痴痴呆呆地坐在从铁窗中射进的阳光月光灯光的光环中，仿佛在进行艰难冗长、玄秘深奥的沉思。终于有一天，B惊呼着跳出光环，恐惧万分地喃喃道："我再也不要这种光，再也不要这种光……"

从此，B讳光。

从此，B学会了掩饰自己。

突出自己，其实就是孤立自己、毁灭自己。古人早就领悟到了，如"枪打出头鸟""出头椽先烂""木秀于林风必摧之""树大招风""快牛多挨鞭"等无不一言以蔽之曰：别突出自己！

医生对B的遭际深表同情，但对B的见解不敢苟同。B欲与医生争鸣，医生宽容地摇摇手："不谈这个吧！还是谈谈治病吧，得动割翳手术……"B吓得脸色苍白，嘴唇哆嗦："不行、不行，我怕……"医生微笑道："手术痛苦和危险都很小，请放心好了。"B战战兢兢地说："不，我是怕……怕无影灯的光!"医生啼笑皆非："别怕嘛，到时要麻醉呀!"B执拗地嘀咕："不是眼怕，是心怕。心能麻醉吗？"

医生豁然：B君讳光，非眼病，实乃心疾也！呜呼！

B由讳光而讳医，眼球被白翳覆盖了三分之二。目前，B正在进行着艰难的抉择：是告病还乡呢，还是找医生割白翳呢?"

C：讳疾

C副局长干瘪瘦削，脸色蜡黄，青筋虬突，皱纹纵横，下颚浮肿，眼神黯淡，身体佝偻，整个看去颇像一只硕大的干虾。

C病态明显，却自我感觉良好，且不无炫耀地说"千金难买老来瘦"，忆起少年不知病滋味，青年考上飞行员，中年大摔大打不散、大磨大难不死的历程，炫耀时没有半点失落的憾意和流逝的怅惘，仿佛那些值得炫耀的东西仍真真切切、结结实实地永存在他的身上。旁观者清，不时有人关切怜悯地说："老C，你病了吧？上医院检查检查吧!"C漫不经心地说："没事！吃得喝得睡得动得……"后来问的人渐多，C则愤愤然："莫名其妙！我像有病的人吗？哪一点像有病？唉!"噎得人家瞠目结舌。从此，人家再也不敢问他的病了，善溜须拍马者则避其所讳、投其所好，见面则睁眼说瞎话："嘻嘻，您老越活越年轻啦!""哈哈，C副局长长胖啰，好健壮咧!""C副局长，瞧您这气色，活到百岁瓮中捉鳖——稳咧!"C闻之眉开眼笑，飘飘欲仙。

C整日忙碌，几十年如一日地忙碌。每日最早来敲传达室门，最晚离开灰色的局办公大楼，堪称"以局为家，公而忘私"的楷模。尽管有人在背后嚼舌嘀咕C是忙忙碌碌、辛辛苦苦的官僚主义者，是好心干蠢事、辛苦补不了笨拙的糊涂官儿，但绝不影响C每年当劳模标兵、先进党员、优秀干部，也绝不影响C百年之后赚得诸如"呕心沥血、兢兢业业干工作""小车不倒只管推""生命不息、奋斗不止""鞠躬尽瘁、死而后已"这类的悼词颂文。

据说，C是靠好体魄在政治上发迹的。"支左"时，C能像一架永动机似的连轴转地搞批斗；救灾时，C能像一截柳木柱戳在湍急的洪水中救堤抢险熬上几天几夜；支农时，C身体力行，身先士卒，挑塘泥抬石头没谁敢和他打擂台，简直是一个"拼命三郎"；转业后，C自告奋勇一头扎到基建工地上，吃苦在前不摆官架，赢得一片赞扬声。C就这样爬上副局长的宝座，一步一个脚印一把汗水一片苦心，并非平步青云、火箭升迁。不恭地说，C是一位彻头彻尾的"草包"副局长，尽说些叫人啼笑皆非的外行话，干些吃力不讨好的外行事。他愈忙碌，愈认真，人们就愈慌神，愈费力，背地里咒他"咋不进疗养院，咋不进火葬场哟!"C

偏偏不应验咒语，坚韧不拔、刚硬不折犹如泰山顶上一青松。C政绩平平，精神尤佳，作风试硬，虽说经过多年卧薪尝胆、劳其筋骨、呕心沥血的努力仍没甩掉官衔前缀的讨厌的"副"字，却也没被排挤到"顾问"之列。

一天，C从某上司的夫人口中得知自己将被免职退居二线当顾问的小道消息，犹如晴天霹雳、六月飞雪，浑身抽搐，两腿瘫软，一头栽倒在地，口吐鲜血，昏迷不醒。送医院急救，诊断结果：肝硬化晚期。医生们万分惊讶，这么严重的病情，居然过去没诊治过，也不知靠的什么精神支柱支撑到如今。从病灶看，像C这种病况的人，早就墓木拱矣，而C居然苟延残喘活到如今，这不能不算一桩小奇迹。

探视C的人络绎不绝，上至市长下至局里的勤杂工。C已从死神的魔爪下挣脱出来，挣起身子强颜欢笑，几乎对每个探视者都不厌其烦地说："我没什么大病哟！一般的肝炎，医生大惊小怪，硬不让我出院哇！其实这病是富贵病，吃好喝好睡好就能治好的……"看来，医生对C的病况保密着。那日，市长来探望C，C涕泪交加，近乎哀求地说："市长，我还只有五十八岁零七个月，我的身体棒得很咧，几十年来第一次住医院，你就让我再干几年吧，我不愿当那花架子顾问……"市长违心地郑重地点点头，他不忍心逆拂一位濒临死亡的老下级的哀求。他心情很沉重很难过，本来鉴于C的身体状况不佳，组织上好心安排C退居二线当顾问，让C疗养享乐、延年益寿的，没料到这一举给了C致命的一击，C的精神支柱瞬间倾斜了，岌岌可危、摇摇欲坠。倘若此时真免了C的职务，无疑会促使C急遽死亡。唉，悲剧呀，C的悲剧！干嘛要把官位看得高于生命重于一切呢？干嘛要这么残酷地扭曲自己的灵魂，折磨自己的身体呢？值得吗？真的值得吗？

C感激涕零，拉着市长的双手竟轻声啜泣起来。继而咬牙切齿、捶胸顿足地倾诉着心中积郁的块垒："市长，你可要明察秋毫主持公道呀，D副局长和我积怨太深，总在千方百计挤对我呀，他在其他方面抓不到什么把柄，就在我的身体状况上做文章搞垮我，一定是D告的我的黑状！哼，什么东西！"

市长轻按C的肩头，劝其躺下别太激动，半诙谐半庄重地说："告黑状的倒是真有其人，可不是D呢！"

C蹊跷，急问："谁？"

"你老伴……"

C愕然。

D：讳拍

D 副局长深恶痛绝溜须拍马者。

古代有这么一则笑话：两位学生去拜望老师。老师愤世嫉俗地针砭时弊："如今世风日下、人心不古，都喜欢溜须拍马戴高帽子，长此以往，国将不国！"一学生接过话柄说："老师之言不谬，今之世不喜欢溜须拍马戴高帽子如老师者，有几人哉？"老师喜形于色。既出，那学生嗤嗤发笑："高帽已送去一顶矣。"

这种马屁拍得熨帖温柔、情趣盎然、新颖别致，大凡被拍者会欣然接受，陶然自乐。

然而 D 不吃这一套。D 对拍马术以及拍马者心理有苦心孤诣的研究，至于出于什么动机去研究，那是 D 的隐私，不得而知。要么是学拍马，要么是防拍马，跳不出这两种动机。据说有一次，局里搞民意测验，评议干部。大家歌功颂德的话说了几大箩，说起每位干部的美中不足之处却噤若寒蝉。倏地站起一位半老徐娘，那是局里有名的马屁精。她风风火火、咋咋呼呼地嚷道："都怕得罪领导，我来打头炮……"会场一阵骚动，大伙面面相觑，满腹狐疑：马屁精今日灌醉酒了或吃错药了？居然一反常态给领导挑刺揭短，在虎牙上蹭痒！哼，瞧这婆娘日后绝没有好果子吃！六位局长尊颜窘迫失态。马屁精大义凛然、慷慨激昂地逐位直陈意见：

"A 局长脱离群众——几次因开会和办公而未参加局机关舞会。

B 副局长老好人思想严重——对过去整过他的人也搞一团和气。

C 副局长太不爱惜革命本钱——身体。

D 副局长太不接受群众意见——赞扬。

E 副局长太落后于时代和形势——穿着太朴素。

F 副局长大男子汉主义思想严重——机关搞义务劳动和清洁卫生大扫除时总是大包大揽脏活苦活累活，简直不让女同志插手。"

众人恍然大悟，顿觉滑稽：这个马屁精的拍马术又有了突飞猛进、日新月异的变化，简直拍出了新潮流新水平新纪元。ABCEF 五位局长心领神会，眉开眼笑，唯 D 副局长神情沉郁，脸色铁青，仿佛吞了一只蜥蜴般既恶心又抓心，抑制不住愤怒，冷冷地说："我讨厌这种变相的吹捧！再这样隔靴搔痒或明抑暗扬，我可要亮红牌罚出场啰！如果大伙都不敢给我们提意见，这本身就是一个无声的批评咧！"全场响起一片热烈掌声，群众舒心地笑了，马屁精面红耳赤、蜷缩一团、恨不能钻入地缝。五位局长尴尬地干笑着，努力摆出一副闻过则喜、谦逊宽厚的样子，骨子里却恨透了D：就你廉洁正直！哼，出什么臭风头？你屁股上没有屎难道就没有一点臭气骚味吗？你装哪门子正经？会场气氛倏地活跃起来，群众争先恐后心直口快地坦露牢骚，火力很猛，搞得几位局长如坐针毡，汗颜湿衫。

散会后，马屁精大大咧咧地闯进D副局长的办公室，气愤愤地说："D副局长，既然你不喜欢吹吹拍拍，那好，我就给你提条刺刀见红的意见。你只敢铁面无情地搞我们这些拍马的，咋没勇气胆量去搞搞那些喜欢人家吹吹拍拍的领导呢？今日我豁出去了，都把领导的丑底揭出来。当初我入党，A局长作梗说再考验考验，我连夜送去一套宜兴紫砂茶具，考验就成熟了。提干那会儿，B副局长硬抠我条件不成熟，我在这节骨眼上帮他张罗续弦事，把我远房表姐介绍给他，B就不好意思硬卡我了。我被提升为副科长是C副局长的恩赐。他这个人古怪，讳病，我就恭维他身体棒气色好，干个三十年活到百岁没问题，C就特别喜欢我。E副局长的儿子结婚，我替他满局张罗收份儿钱，少说赚了万儿八千；他上医院给老婆开的月经纸、珍珠霜、美发精、按摩器之类的'药'单找我报销，我敢不装糊涂去卡他吗？当然，两次调级涨工资他都替我说了关键话。F副局长喜欢女人，我就陪他跳跳舞呀逛逛街呀看看戏呀出出差呀，但绝不是谣传的那么回事，冤枉了我事小，腌臜了领导事大。我那么做，还不是图F副局长在评职称时帮我说说公道话。D副局长，平心而论，谁生来就是奴颜婢骨的贱种坏子呢？谁心甘情愿低三下四地拍别人马屁呢？都是没办法被逼上梁山啊！世上先有爱听马屁话者，后才有拍马者哇！你不拍领导，入党转干、提级涨工资、评职称分房子就会告吹受挫！说老实话，我今天挖空心思地拍领导，还不是冲着目前分房子来的。我知道你D副局长讨厌这一套，但还得觍着脸皮硬着头皮去拍，别的领导喜欢呀，我得罪你一人，却能争取大多数。这是我的活思想，对别的领导刀架在脖子上我都不敢讲的，对你D副局长的坦荡正直的为人，我一千个钦佩一万个放心。要是每位领导都像你D副局长这样光明磊落、正直无私、秉公办事，拍马者早绝迹了！D副局长，你今日的批评我会刻骨铭心一辈子的，我发誓再也不犯这拍马的毛病了，请你监督我相信我吧！你该不会瞧不起我吧？你该不会因讨厌我而报复我吧？"马屁精说到此，竟潸然泪下，呜咽起来，好一副痛心疾首、脱胎换骨的真诚悔恨样子。D副局长被感动了，恻隐之心顿生，温和地说："别哭了，改了就是好同志嘛！拍马这风气是大敌呀，既害人，也害己，我是有切肤之痛的。不瞒你说，我年轻时是靠拍马起家的，可后来又被拍马者整得好惨咧……"

马屁精从D副局长的办公室一出来，就迅速掏出手绢抹去泪痕，诡谲地一笑，心里嘀咕道："哼，世上没有不喜欢拍马的人，只看你的拍马术高明不高明。"

此时，D副局长惬意地靠在藤椅上沉思："看来她说得在理，戒拍首先得从领导做起。看来得考虑分她一套房子，免得她以为不拍领导马屁办不成大事，以为我讨厌她而报复她，再说，由事实说话：我办事秉公，拍与不拍一个样！"

不久，马屁精乔迁新居。

呜呼！D非叶公，却乃无火眼金睛识拍术之讳拍者也！

E：讳酸

E副局长讳酸。

酸，不是酸甜苦辣的酸，而是酸不溜秋、穷酸迂腐的酸。

E副局长最看不惯瞧不起知识分子，常戏谑地呼之"酸秀才""白脸相公""书呆子""书蛀虫""臭老九""眼镜蛇"。只是近年知识分子身价和地位看涨，尊重知识和人才的呼声甚高，E才口头上收敛多了，但背地里常嗤之以鼻："哼，别看把老九们吹上了天，老九们的尾巴翘成了旗杆，呸！总改不了那酸溜溜的德性，要我们尊重他们，感情上总疙疙瘩瘩、别别扭扭、憋憋闷闷的！"倘若E灌下几盅烧酒，又逢上知己，E会大谈特谈知识分子的劣根性和各种丑化贬低知识分子形象的趣闻轶事、奇谈怪论。

倘若闻者有些许文学细胞，完全可炮制一部《儒林外史新篇》。E当年在劳改农场当过管教干部，亲眼看见过老九们为了苟且偷生，像断了脊梁骨的癞皮狗似地巴结管教干部，像拖着猩红舌头的疯狗一样窝里斗。E在工人阶级占领上层建筑领域时作为工宣队代表进驻该局机关，整日泡在这臭老九成堆的鬼地方，腻透了知识分子文绉绉、酸溜溜、软绵绵、慢腾腾的性格。一句直话可说清的，非穿靴戴帽、弯弯绕绕、含含糊糊、遮遮掩掩啰嗦半天不可，叫人听了丈二和尚摸不着头脑；一桩鸡毛蒜皮的事，也会招来鸡争鸭斗、剑拔弩张，掀起轩然大波，令人啼笑皆非、瞠目结舌。局机关整人最凶的和被整得最惨的都是知识分子。这老九整老九的遗风大概是从孔老二杀少正卯时形成的。E在批孔时读过一本书。据说少正卯满腹经纶，聚徒讲学，把孔子的门徒都吸引去了，孔子学堂曾三度门可罗雀。孔子怀恨在心，当了鲁国大官就杀了少正卯。E想：文人都这般德性，失意时是哈巴狗，得意时变中山狼，不像咱们工人大老粗一根肠子通屁眼直来直去，硬硬爽爽、磊磊落落，人家倒霉不落井下石，人家得意不巴结嫉妒。

E 副局长由于"文革"期间没整人甚至暗中庇护过几位干部，清查"三种人"时仍保留他的职务，但也别妄想晋升了。他有自知之明，颇识时务，如今是知识吃香老九上天的年代，他这大老粗出身的官能体体面面、安安稳稳地混到离休就谢天谢地了。三十年河东四十年河西嘛，如今该老九们称雄抖威，可老子该咋样还咋样，不欠谁不亏谁也不怕谁，仍不卑不亢、不偏不倚。高兴时，管管后勤行政；不高兴了，告病还乡去打猎钓鱼、养花玩鸟，管他个毬！

　　一次，E 与 F 副局长闹出了一点别扭。E 痛快淋漓地骂得 F 狗血淋头后，拂袖跑回山东老家去赋闲。局里三天两头发电报敦请他回来，他懒得理睬，局里无奈，派人事处处长千里迢迢地驱车去请。E 大发牢骚："奶奶的，人家泡病号、蹲疗养院、游山玩水、挥霍公款没人管，倒管到老子头上了，俺养病吃自己的住自己的花自己的，没花公家一分钱！"E 仍然不出山。A 局长只得亲自出马，动之以情，晓之以理，E 才回局。

　　为什么非要请 E 回局不可呢？原来，上级为了提高知识分子生活待遇，特地拨下来十个调级涨工资的名额，要落实到贡献最大、困难最大的知识分子头上。由于僧多粥少，局里吵成一团糟，哭诉的、骂娘的、说情的、送礼的、行凶威胁的、寻死觅活的、软磨硬泡的，搞得几位局领导焦头烂额、心力交瘁，好不容易弄出一个初步方案来，一张榜就被落榜者愤怒地撕碎了，抗议某某某照顾他的门徒，谴责谁谁谁为他的得意弟子开绿灯，建议请非知识分子出身的领导来主管这项工作方能避嫌服众。A、B、D、F 都是大学毕业生，连 C 也变魔法似地捞到一张党校大专文凭，跻身于知识分子阶层。唯 E 没文凭，甚至连小学文凭都没有，一点墨水还是在工农速成夜校识字班里蘸的，谈上女朋友就退了学。他的识字班同学大多有了造化，当了技术员、工程师什么的，他曾悔得慌，埋怨老婆迷住他的心，耽误了他的前程。"文革"期间，那些当了知识分子的同学纷纷倒霉挨整，他又暗自庆幸，多亏老婆拖后腿，要不难逃臭老九的厄运。老婆万岁！大老粗万岁！他曾在心里呼喊。可不，如今虽说是知识吃香，老九得宠，但离了大老粗管理硬是不行，瞧，乱套了不是？秀才造反三年不成哇！这点小事都搞得焦头烂额、手忙脚乱，仿佛天崩地裂、山呼海啸、世界末日降临似的，哼，瞧俺大刀阔斧几下就能平息这场风波！

　　你道 E 副局长有啥绝招？他沿用了工人大老粗分奖金评劳模的绝招：抓阄儿。凡是够档次调级涨工资的知识分子一视同仁、机遇均等，抓到阄儿福星高照、鸿运东来，抓不到阄儿不怨天尤人。结果，一个晚上就解决了问题，竟然没有一个去告状、发牢骚，都赞叹 E 办事公道有魄力哩！

　　打这以后，知识分子之间有什么矛盾纠葛和棘手之事都请 E 出面调停仲裁和处理，连论文署名风波、出国考察进修人选、两口子闹离婚、职称评定纷争等问题，都要 E 来仲裁斡旋定夺。E 成了知识分子心目中的权威、包公！许多知识分子嘀咕："E 虽然嘴臭一点，脾气粗暴一点，方式简单一点，办事却不搞阴谋诡计，一碗水端得平，令人心服口服！"E 一度想告老还乡，许多老九真心诚意挽留："老大不能走哇，老大不能走哇！"

老大——E 也就不忍心走了。阴错阳差地，E 的领导地位愈来愈巩固，名誉威信愈来愈高。

选举时，E 居然得票最多，若是有文凭，当正局长铁定。E 有自知之明，豁达幽默地说："俺真不想在这酸秀才成堆的地方待啰，都快泡成酸萝卜啦！"

F：讳色

当着 F 副局长的面，你绝对不能谈女人、谈风流韵事，那是绝对的犯大忌。F 副局长讳色，并非他坐怀不乱，禁欲戒淫，而是因贪色跌过几次跟头。犯这种错误的人，在我们这个从古就极讲究"男女之大防"的国度里一辈子都会被钉在耻辱柱上。F 讳色一是怕别人揭他的疮疤，二是屡遭色累，幡然悔悟，嫉色如仇，视女若妖。F 读过佛教经典《智度论》，其中说贪色为"女衰"，并指出：

> 菩萨观欲种种不净，于诸衰中女衰最重。火刀、雷电、霹雳、怨家、毒蛇之属，犹可暂近，女人悭、妒、谄、妖、秽、斗诤、贪嫉，不可亲近。

F 拍案叫绝，参禅般顿悟，相读恨晚，感慨万千，酸甜苦辣、悲欢离合涌上心头，悲怆凄凉地感慨："太亏了，太亏了……"

局里人都知道，F 一辈子吃了哑巴亏。要不，F 哪会还是个副局长，甚至屈居第五副局长？凭他的资历、才华、气质、福态，满可能做大官的，可惜因贪色而仕途蹉跎、人生坎坷，白了少年头空悲切。

平心而论，似乎也怪不得 F。他与他那个艳若桃李、冷若冰霜的老婆似乎男才女貌、天造地设一对，却偏偏水火不容，三天两头吵吵嚷嚷、骂骂咧咧、摔摔打打、哭哭啼啼，似乎不这样就不成其为冤家夫妻，就不能打发掉八小时以外的时光。渐渐地，连吵的热情也消亡了，便打冷战，形同陌路，仇如冤家，没有天伦之乐、床笫之欢。那种年代，离婚是大逆不道的事。F 怕当"陈世美"，也想飞黄腾达。F 的老婆也不想当窝囊苦命的"秦香莲"，哼，锄了男人落个什么好处？

一辈子守寡！她可不犯这傻。她不爱男人，但爱男人的官衔，爱那官太太的虚荣，他和她如两只斗架的螃蟹爪子死死钳着，要想离开，不扭断几只爪子看来是不行的……也许男人天生熬不过女人，也许F的"荷尔蒙"太旺盛了，F与一位打字员姑娘搞上了，而且旗开得胜，那姑娘珠胎暗结。东窗事发后，人们都骂那姑娘"骚货"，勾引F下水，因为那姑娘其貌不扬，且狐臭难闻，F与这种贱女人鬼混实在是亏得厉害。F咋会这么糊涂呢？一定是那骚货使了什么狐术！组织上念F初犯，轻描淡写地处理了一下F，而以"勾引腐蚀干部"的罪名开除了那打字员姑娘。她默默地走了，执拗地将私生子生下来，忍辱负重、含辛茹苦地拉扯大。

一天，F正趴在办公桌上品茗看报，突然电话铃急遽响了，千里之外的小城来的长途电话，F听见一位陌生女人的轻泣，大感不解地喊叫："你是谁呀？找我有啥事？干嘛不说话呀？"

陌生女人抽泣了好久，才说了一句话："你的……不，我的儿子在老山前线牺牲了……"F心里咯噔一跳，恍然大悟："你是……"

但电话瞬间中断了。待F风尘仆仆地赶到那小城时，她已带着儿子的骨灰盒不知漂流何处。F痛心疾首，追悔莫及："当初是我害了她！是我……拽住她发泄兽性的呀！可我却没良心、没人性、没骨气去承担后果，去救她！我有罪孽呀！"F甚至不止一次浪漫地遐思：倘若当初抛弃官职，携她私奔，隐居漂泊，会是什么色彩的生活呢？也许命运多舛，生活艰窘，但感情世界绝不会像现在这样荒漠、空旷、苍凉、灰暗、干涸！

那天，他的结发妻子——白头到老、厮斗到终的冤家——突发脑出血一命呜呼。他站在她的遗体前竟挤不出一滴眼泪，心里半怜悯半刻毒地腹诽：你终于去了！你终于熬不过我！你终于失败了！我终于解放了！我终于自由了！我终于……老了！我们谁都欠谁许多许多，也等于谁都不欠谁了……再见！不，永别吧，但愿死后也不相逢！

F成鳏夫后，好多人劝他续弦，过去的情妇、妖头们也紧锣密鼓，蠢蠢欲动，但F心如古井，情若死灰，硬不动那份念头。人们倍感蹊跷：这个死F呀！老婆在时尽寻花问柳，跳墙爬窗，老婆死后倒装起正经戒起色来，怪哉怪哉！嘻嘻，莫非他那玩意儿不顶用了吧？后来谣言传开了，说F得了阳痿、淋病。这下倒好，F想续弦也续不成了，女人们谈F色变，望F生畏。

F再也没有风流韵事了。

F却依然讳色。只要女人走进他的办公室或家里，他都要下意识地敞开门推开窗，用高八度音讲话，唯恐墙外有耳，窗外有眼。他正襟危坐，目不斜视，神情庄重，举止沉缓，谈吐严谨，俨然一副宗教徒或审判官的架势。F对比基尼健美操大赛、服装模特儿表演、裸体绘画及模特儿风波、征婚广告、婚姻介绍所、联姻舞会、选美大赛、爱情小说、流行歌曲、言情片录像、美人挂历、电影明星卡片、情人节等都看不惯，斥为"诲淫"。F读报偶见某暗娼勾引老外、某富翁娶十八岁少女、某流氓团伙群奸群宿、某干部糟蹋民女、某名演员风流韵事、某富商犯重婚罪等报道，便忧国忧民、愤世嫉俗地大叹："世风日下，人心不古哇！"至于对青年的时髦打扮，如波浪头、蛤蟆镜、牛仔裤、蝙蝠衫、超短裙、高跟鞋、描眉抹口红等；对那些恋爱中的少男少女的轻浮行为，如大庭广众之中搂搂抱抱、未婚同居、多角恋爱等，F深恶痛绝，鞭挞猛烈："长此以往，国将不国矣！"

F成了正人君子，仿佛从来就是正人君子似的。人们便确信F得了病。当然不是阳痿、淋病。

什么病呢？

纸坊奇人奇事

江夏纸坊镇，因唐代著名的造纸作坊而得名。到了清末，纸坊已徒有虚名，油坊、酱坊、伞坊、鞋坊、棺材坊、瓷器坊皆有，就是没有造纸作坊了。不知道纸坊的造纸景观何代何年开始萧条直至消失的。烟雨浩瀚的小镇历史中，倒是有几个奇人、几桩怪事流传在老百姓中，值得玩味、哂笑一番，兹录于下，献给我的故乡——纸坊。

曹五与端木

曹五，江夏人，幼时出天花，既麻且瞎。曹五家境极穷，四岁丧父，六岁死母，被一瞎子艺人收养，从此背井离乡，颠沛流离，四海为家，卖艺糊口。曹五心聪手巧，勤学苦练，将师傅的技艺全学到家，还剽学到其他艺人的绝活。师傅病故，曹五回到江夏，已是身怀绝技的瞎子艺人，吹拉弹唱，无所不精。

每天傍晚，曹五肩背一只大布袋，里面装满笙、笛、箫、胡琴、琵琶、锣、鼓、钹、铃、磬、钟等乐器，另一肩背木架，木架便于演出时架鼓挂锣、摆放其他乐器。曹五右手拿着唢呐，边走边吹，左手拄根竹竿，橐橐敲打地面，摸索着往前走。只要听见唢呐声，人们就知道曹五来了。

想看曹五的表演，就把他扶进屋里去。曹五在地上铺张草席，在木架上架起鼓，挂好锣，再将钹、铃、磬、钟、竹板等一一摆好。他坐在席上，先吹打一阵，口吹唢呐，肘敲大锣，右足撞钟，顺便敲磬击钹，左足打鼓摇铃敲竹板。曹五动作协调，并不显得手忙脚乱，人们看得目瞪口呆，啧啧称奇。在门外听的人，还以为有几个人在演奏。

曹五吹打演奏，只是打闹台，等客人到齐了，观众来多了，就开始演唱戏曲。京豫昆楚川湘，各路梆子评弹，曹五都能演唱。生旦净末丑，各种角色的声音他都能模仿得惟妙惟肖。遇到武剧，就大锣大鼓，钹钟齐鸣，头肘手脚不够用，就用口技绝活，如同杀退贼兵，班师回朝，热闹之极，精彩之极。

江夏县令端木是个清官，上任三年，为老百姓办了四件大好事：一是剿灭了盘踞白云洞杀人如麻的郝麻子匪帮，二是惩办了横行霸道、抢田霸宅、杀男夺女的地头蛇许大金牙，三是固堤垒坝、围垸修渠，根治了祸害百姓的水患，四是县衙雇工围湖造田，田产用于县衙开支，减轻百姓徭赋。端木县令惩办许大金牙得罪了湖北巡抚，谁都知道许大金牙是巡抚的外甥，可端木县令还是秉公办案，将许大金牙送上了砍头台。巡抚怀恨在心，以莫须有之罪，罢免了端木县令。

端木县令被罢黜的消息不胫而走，老百姓义愤填膺，万民联名上书，也无济于事。端木县令不日就要回老家恩施赋闲隐居，老百姓备下各种礼物。知道端木县令从不收礼，老百姓准备秘密行动，趁端木县令与百姓话别时，悄悄送进他的船舱。端木县令怕扰民受礼，准备深夜偷偷启程。可仆人上街买装东西的竹筐时走漏了风声，立即有人蹲在端木县令的院子前放哨，一旦发现他要走，放哨的人就敲锣报信，老百姓就会从四面八方赶来送别端木县令。

端木县令放风："我不慌着走，来江夏三年公务缠身，还没上白云洞看看风景，没上八分山寺庙烧香拜佛，无官一身轻了，得补上!"百姓没放松警惕，仍轮流放哨。端木县令无奈地苦笑了，吩咐仆人："去，把曹五请来，我过去忙，还没看过他的绝活哩!"曹五来了。端木县令递给他十块大洋，说："劳你唱通宵，我要过足瘾!"曹五推辞："给端木县令演唱，是我的福分哇! 我要收你的钱，百姓会骂死我的!"端木县令沉思片刻，默默收回大洋。

曹五使出浑身绝技，演唱了一通宵。他很纳闷：怎么他们不笑了呢? 是我演唱得不好，还是他们太困倦睡着了? 睡着了又没听见鼾声呀? 曹五终于忍耐不住了，忐忑地问："端木县令，你是不是……不喜欢这个剧种? 要不，我换一个剧种? 你喜欢哪个?"没人回答，大堂阒然无声。曹五一怔，豁然明白，慌忙起身，踉跄地奔出院子，大喊："端木县令走啦!"老百姓大哗，进院一看，后院架着一只梯子，端木县令率仆人深夜翻后院墙走的。众人齐怨曹五："要不是你打掩护，翻墙总会弄出些声响，惊动狗吠，守夜放哨的人总会发觉。唉，都怪你!"

曹五哽咽着收拾东西，布袋里发出一阵叮叮当当的响声，一摸：大洋!

陶画师

陶画师雅号陶然，靠卖字画为生。有时也给伞坊、扇铺、瓷器坊、布店画些花鸟虫鱼图案赚点银子。陶画师卖字画无定价，凭一时好恶，想卖多少价就卖多少价，不得讨价还价，宁可撕碎烧毁，也不让价。穷苦人家结婚做寿、过年过节要求字画，陶画师乐呵呵地写字作画，不收钱，你给一瓢鸡蛋花生红枣也行，给一捆韭菜大蒜莴苣也行；富翁官僚来买字画，陶画师爱摆架子，傲气十足，索价毫不客气，倘若还价，他执拗不画，软磨硬泡也白搭。陶画师画蟹最神，像活蟹似的，或霸气盎然，或憨态可掬。每只蟹标价一两银子，穷人例外。江夏县令慕名而来求画《百蟹图》，欲送湖北巡抚作寿礼。县令只给了五十两银子，想占便宜。陶画师不吭声，暗忖戏弄吝啬的县令一顿。县令来取《百蟹图》时，一数画中的蟹，傻了眼，诘问："我要你画《百蟹图》，你咋只画了五十只蟹呀？"陶画师调侃道："你别说外行话了，我画了十只母蟹，每只母蟹怀了五只小蟹，加起来正好是差的那五十只呀！"县令没占到便宜，恼羞成怒，拂袖而去。

　　土豪阎大鼻子做六十大寿前夕，请陶画师给他画张像。陶画师要润笔费十两银子。阎大鼻子狡黠地说："画得像，银子照付；画得不像，分文不给。"陶画师当场画像，时而大笔挥舞，时而小楷勾勒，几下子就画好了阎大鼻子的画像。阎大鼻子煞有介事地拿着画像左瞧右瞧，说："唉，这是画的我吗？怎么不像我呀？是不是因为屋里光线不足，或画得太仓促潦草……"陶画师据理力争："哪点不像？请众人评评看，如果有人说确实不像你，我就分文不收；要说像你，分文不能少！"阎大鼻子忙说："何必呢？这样恐怕对你的名声不利吧？也伤了你我之间的和气。我看这样吧，各退一步，海阔天空。我给你五两银子，也算我俩各不吃亏嘛！"陶画师生气了，说："不，我的画，多一两银子不收，少一钱银子不卖。你说画得不像，我就不能卖了。银子事小，名声事大。"阎大鼻子说："你不卖，岂不成了废纸一张分文不值吗？"陶画师冷笑道："我在画像上随便添画几笔，就能卖个好价钱哩！"阎大鼻子听说要添画什么，暗急，问："添画什么？"陶画师边说边添画起来："我呀，在他的颈子上添画一副枷锁，在他的双脚上添画一副脚镣……"阎大鼻子慌了："你、你为什么干这等恶作剧？快住手！"陶画师讪笑："阎老爷恼什么火？我是画我的画呀！"阎大鼻子气急败坏，捶胸顿足地咆哮："你、你这是……侮辱我，我要拉你去见官！"陶画师冷嘲热讽："这话从何说起？刚才你不是说画得不像你吗？既然不像你，凭什么说我侮辱你？"阎大鼻子理屈词穷："这个……"陶画师不露声色地咄咄逼进："我还要题上一首打油诗，拿到街上去卖咧！"阎大鼻子更急了："什么打油诗？"陶画师边写边念："此画不像，废纸一张，降价贱卖，纹银十两。"阎大鼻子求饶了："陶画师，哎哟，刚才我是跟你闹着玩的。千万别拿到街上去卖！我买了，十两银子就十两银子！"陶画师不让步，成心要出他的丑："我画像从来注重声誉！既然你说了画得不像你，我怎么能坑你呢？怎么能让你吃亏呢？"阎大鼻子无可奈何："我不怕吃亏……"陶画师义正词严："你不怕吃亏，我可怕影响声誉呀！要是张扬出去，我陶某人拿画得不像的画去换银子，岂不丢人现眼吗？"阎大鼻子央求道："陶画师，行行好，我错了！我承认画得像我还不行吗？"阎大鼻子乖乖交了十两银子，买走了那幅画像。

有一年，纸坊镇一带又闹水灾又闹瘟疫，饿殍瘟尸到处可见。殷实富户纷纷施粥、施药、施棺材。而伞坊老板无动于衷、置若罔闻。陶画师擅长仿制古画，能以假乱真。这天，陶画师取出珍藏着的名画《关山行旅图》，临摹了两幅，请人装裱好。一天，陶画师请客，也请来了伞坊老板。众客看见客堂上挂着的《关山行旅图》，极力称赞这画。伞坊老板出于职业习惯，仔细欣赏着画中的苦旅人荷于肩上的那把油纸伞。宴罢，进厢房品茗，帘外忽然下起暴雨。众客饮完茶回到客堂，伞坊老板突然发现一个奇异变化：那幅《关山行旅图》中的苦旅人荷于肩上的伞竟张开了！众客定睛一看，果真如此，十分惊讶，认为这画有灵异。陶画师吹嘘得神乎其神："这古画挂在堂上可作晴雨表，晴天阴天伞荷于肩，雨雪天气伞撑于顶，灵验得很！"伞坊老板心血来潮，想买回这张灵异的画。陶画师故意装作不忍割爱的样子，任伞坊老板软磨硬泡，就是不松口。伞坊老板以一万两银子相诱，陶画师装作怦然心动，忍痛割爱，交出古画时，犹作恋恋不舍之态。

伞坊老板如获至宝，恭恭敬敬将《关山行旅图》挂在店堂上。这天仍下着雨，画中人张着伞。第二天雨过天晴，画中人的伞果真收了。纸坊镇周围的乡民闻讯都涌来观赏这灵异的画，也买伞坊的伞，仿佛这伞也沾了灵异。伞坊生意很红火，伞坊老板很感激这画，每天早晚朝画烧香磕头。

这样大约过了半年，伞坊发生了一桩丑闻：伞坊的小伙计把伞坊老板的千金拐跑了！伞坊老板气得吐血，花了不少银子雇人去寻找，终无下落。还有更气人的事，伞坊老板忽然发现，大雨滂沱，《关山行旅图》中的苦旅人荷于肩的伞竟没灵验地张开于顶！伞坊老板惶惑不解：难道晦气冲走了画中的灵异？伞坊老板忙去问陶画师，陶画师神秘兮兮地说："这画的灵异真的叫你女儿和女婿带走了！不信，你把他们找回来，认了这门亲事，这画的灵异还会再现！"伞坊老板信以为真，又耗费了不少银子，把私奔流浪外乡的女儿女婿找了回来，既往不咎，和睦相处，那幅画的灵异果真再现了！

伞坊老板后来死了。陶画师也死了。小镇上的许多人相继作古。伞坊的女婿这才透露了那幅画的秘密：那画根本没什么灵异，只不过是陶画师临摹的两幅赝品，与原画几乎完全相同，只是画中人一幅荷伞于肩，一幅撑伞于顶。陶画师设计赚取了伞坊老板的万金，赈济了灾民。要说有什么蹊跷之处，就是陶画师买通了伞坊的小伙计，每天清晨趁打扫店堂之机，看天气变化换画罢了。

长 胡 子

　　胡大裳，是瓷器坊老板的大公子。胡大裳与茶庄老板的千金杨小姐青梅竹马，情窦初开之年就热恋上了。胡大裳跟爹透底，想娶杨小姐。瓷器坊老板把茶庄老板骂了个狗血淋头，坚决不答应这门亲事。杨小姐也跟她爹吐露了心事，茶庄老板咬牙切齿、捶胸顿足地发誓，宁可把女儿劈了当柴烧，也不让她当胡家的媳妇。

　　冤仇源于何时？据说，胡、杨两家原来世代相好，在纸坊镇曾流行过"非胡氏茶壶不泡茶，非杨家茶叶不饮茶"的俗语，两家生意兴隆，交往甚笃。关系恶化源于一次江夏县令的祝寿会。县令将茶庄老板安排在瓷器坊老板的上席，瓷器坊老板倍感羞辱，嫉恨茶庄老板暗中使了手腕，让县令疏淡冷落他。瓷器坊老板心中郁闷，便借酒装疯，当众侮辱了茶庄老板一顿。茶庄老板忍无可忍，奋起一脚踢到了瓷器坊老板的私处，险些让瓷器坊老板废了。从此两家结下冤仇，老死不相往来，通婚更是大忌。可怜两位小恋人，凄凄惨惨戚戚，不能结为眷属。茶庄老板硬逼着杨小姐嫁给了一名老举人。杨小姐悲愤绝望，投河自尽。

　　胡大裳悲恸欲绝，万念俱灰，发誓终身不娶，并蓄胡明志。胡子蓄到四十多岁时，已长得拖在地上。纸坊镇妇孺皆知他这个长胡子先生。瓷器坊老板病故后，胡大裳当了老板。一次，他跟着其他商人结伴去洞庭湖上游打货。深夜，湖盗呼啸而来，劫住了商船。众商人被洗劫一空，装进麻袋扔进湖里喂了鳖。湖盗头子挺欣赏胡大裳的长胡子，再三摸拭，说："此人胡子长，不像商人，像个落拓书生，蛮可怜的，放了他！"

　　第二年秋天，胡大裳去参加一位朋友的葬礼，途中要坐摆渡船。摆渡船严重超载，行至河中心突遇一阵狂风，颠簸厉害，众人大慌，摆渡船失去平衡，倏地翻沉了。除了摆渡老汉会点水，那船人都是旱鸭子，挣扎几下就像秤砣一样直沉水底。摆渡老汉被突如其来的灾难吓呆了，等到他清醒过来要救人时，只看见河面上漂浮着一缕长长的青丝。他疾游上去，拽住那缕青丝游至岸边。原来那缕青丝就是胡大裳的长胡子。满船落难者，唯独胡大裳侥幸获救，也因长胡子的庇护。

　　胡大裳不善经商，瓷器坊生意每况愈下。一场大火，终将瓷器坊化为废墟。胡大裳坐吃山空，饥寒所迫，到江夏县衙里当了一名抄写录事的文书。

　　一日，湖北巡抚到江夏县衙来巡视，看见了胡大裳的长胡子，惊叹不已，伸手细细捋摸玩赏，高兴异常。巡抚回府后跟老母讲起长胡子的稀罕事，巡抚老母好奇心大发，也想一睹为快。巡抚便派人请来胡大裳。巡抚老母童心勃发，捋摸着胡大裳的长胡子，爱不释手，欣喜若狂。巡抚老母一再赏玩，赏给胡大裳一匹绸子，五十两银子。巡抚为了表达孝心，便在巡抚府给胡大裳安了一个闲差，胡大裳终日无所事事，只陪着巡抚老母聊天逗乐，让她捋摸赏玩长胡子。巡抚老母玩胡成癖，胡大裳几乎每日都得陪着她。巡抚老母仿佛老顽童，变着花样玩赏长胡子，或把长胡子编成长辫子绕在脖子上，或把暖手铜壶吊在长胡子上摇晃，或拽着长胡子跑如拽牲口一样……巡抚老母病死后，巡抚遵遗嘱，向胡大裳讨了一小把长胡子，放在老母的僵手中陪葬，让她在九泉之下赏玩。

巡抚很赏识胡大裳，或者说很赏识胡大裳的长胡子，就荐胡大裳当了粮道监察。这是个风险小油水大的肥缺，许多人垂涎欲滴、觊觎已久。胡大裳因长胡子得宠升官，自然引起嫉妒，闲言碎语颇多。但平心而论，胡大裳没有盲目骄妄，谨慎勤奋，廉洁正直，令许多贪官污吏胆战心惊，不敢小觑怠慢他。

好景不长。赏识胡大裳的那位巡抚调任他省任巡抚。新来的巡抚姓姜，江苏人，细皮嫩肉，不长胡子，像个娘们，说话尖声细嗓，像个太监。姜巡抚自己不长胡子，便嫉妒别人的长胡子，尤其嫉恨那些美髯公。姜巡抚接见下属时，一眼看见胡大裳的长胡子，就阴沉下脸，妒火中烧。其他下属都俯首屈膝，而胡大裳却掀着长胡子平身参见。姜巡抚更是恼羞成怒，怀恨在心，找个借口，罢了他的官。一些同僚朋友纷纷替他打抱不平，惋惜怜悯，胡大裳坦然地说："由胡子得到的，又因胡子失去，没什么可抱怨的。"

胡大裳捆起行李搬出了粮道署，雇了一辆马车回纸坊镇。谁知马车过大花岭时，马受惊狂奔，马车翻了。胡大裳被颠出车外，长胡子却缠绕在车轴上，被拖了老远，直拖得浑身血肉模糊，当场咽气，而长胡子没断……

葫芦王

纸坊镇龙井旁有座榨油坊。榨油坊后面有个葫芦园，葫芦园的主人姓徐。徐某性格孤僻古怪，终身没有娶妻，平生两大嗜好：喝酒、种葫芦。徐某种的不是食用的葫芦，而是一种药葫芦，味苦温，有微毒，食之呕吐，可入药，治痢疾、结肠、腹痛、浮肿等病。徐某种药葫芦也不为入药，而是把它们制成酒葫芦。

徐某制酒葫芦有出神入化的绝招。一般匠人制酒葫芦，都是待葫芦长成后凿刻勾勒，难免有斧凿痕迹。徐某往往在葫芦长至拳头般大时，就用细针、小刀勾勒一些似文非文、似画非画的线条痕迹，等到葫芦长成后，精彩便出现了：或是几个吉祥文字，或是一组生动图案。神就神在这点上。徐某能绝妙地掌握葫芦的生长趋势，让文字和图案与葫芦一起生长变形。这样制成的酒葫芦，那文字图案毫无斧凿痕迹，仿佛就是葫芦自然呈现的怪异东西。有人想剽学徐某的这手绝活，都失败了。徐某每年刻画小葫芦时，都是开园揖客，让镇上的人看热闹。他在小葫芦上勾勒的东西，旁人根本看不出什么名堂，若天书鬼文。

更奇的是，徐某刻画小葫芦那天总定在端午节，他喝得醉醺醺的，嘴里哼哼唧唧，似骂人又似念经，飞针走刀快如神。小葫芦不多刻少画，七七四十九个。多的小葫芦，徐某拧下来，送给顽童玩。

到了初秋，酒葫芦成熟了，便可卖了换酒喝。一两银子一只葫芦，不多讨价，也不让还价。一次，遇到一个吝啬鬼讨价还价，惹恼了徐某，他一脚踩瘪了酒葫芦，懒得卖了。徐某卖葫芦换酒，从不与他人共饮。或对月独酌，或听涛孤斟，喜欢宁静淡泊、寂寞孤独，自得其乐。不是他吝啬，徐某从不求人，但他经常接济穷苦人家，人缘极好。

镇人都喊他"葫芦王"。镇上人结婚、做寿、造屋、开业、拜师、考科举，都找葫芦王预订酒葫芦，图个吉利，留个纪念。据说，葫芦王的酒葫芦预兆还挺神。竹器坊老板想秋后做六十大寿，托葫芦王刻了葫芦。谁料到顽童扔石头，砸掉了那只嫩葫芦，竹器坊老板还未做寿就暴病而死。富商赵胖子造屋，请葫芦王画下葫芦。赵胖子秋后去取酒葫芦时，葫芦王抱歉地说，酒葫芦被瓢虫咬噬了一长条皮。赵胖子没在意。谁料，新宅上梁之际，倏地刮起一阵龙卷风，将一片墙刮倒了，砸死了三个工匠。葫芦王越传越神，连巫婆神汉都不敢小觑他。

一日黄昏，葫芦王正在葫芦园里独饮，忽然来了一位彪形大汉，呈上十两银子，要预订一个酒葫芦。葫芦王执意退了九两银子，把彪形大汉要刻的字记下来。彪形大汉要刻的是"凶吉祸福险夷死生"八字。葫芦王倍感蹊跷，刻画了这么多酒葫芦，还没遇到这般古怪稀奇的。端午节那天，彪形大汉悄然而至，混迹在人群中静观葫芦王刻画小葫芦。葫芦王觉得此人挺神秘，猜不透他是什么身份，有何用意，只隐隐约约觉得这只酒葫芦维系着他的一个重大的秘密使命。

葫芦王精心呵护着彪形大汉的那只葫芦，生怕它被顽童砸了，被猫狗踩了，被虫子咬了。渐渐地，那只葫芦快成熟了，那"凶吉祸福险夷死生"八字阴阳分明，遒劲工整。阴错阳差地，那日，葫芦王的看园狗突然疯了，窜到葫芦园里大嚼特咬葫芦。满园葫芦惨遭浩劫，彪形大汉的葫芦被啃掉了几块皮。葫芦王细觑：怪哉！那八字正好啃去了"吉福夷生"四个吉祥字。彪形大汉来观葫芦时大惊失色，瞠目结舌，急遽离去。秋后，神秘的彪形大汉没来取酒葫芦。

一日，纸坊镇的富商在金口镇遭到江盗打劫。江盗将富商的钱财悉数掠去，正欲将他沉水，忽见富商身上携带着一只漂亮的酒葫芦。盗魁忙问："是纸坊镇葫芦王刻画的葫芦吗?"富商哆哆嗦嗦地答："正是……"盗魁又问："你与葫芦王是老乡吗?"富商急中生智撒谎："我与葫芦王是同族同宗……"盗魁一听，忙亲自给富商松绑，悉数还给富商钱财，邀富商饮酒压惊，并派喽啰护送了富商一程。

酒过三巡，盗魁向富商透底，他很感激葫芦王。当初，要不是葫芦王的酒葫芦预兆，他早成了刀下鬼。原来，盗魁几年前曾拦路劫杀了一位贪官。这位贪官是由山东某地贬职到湖北咸宁当县令的。盗魁一不做二不休，揣着当官的凭文，带着喽啰们上任去。盗魁上任后连破三桩杀人案，五桩大盗案，还召集猎户杀虎，平息了当地虎患，百姓有口皆碑。不料，贪官的夫人寄来信札，欲在秋后省亲。盗魁暗自焦急，想铤而走险，待贪官夫人来后威逼利诱，逼她就范，把假官继续做下去。但喽啰们都反对，说这样太冒风险了，不如弃官为盗，自由自在。盗魁犹豫不决，遂去找葫芦王刻画葫芦兆凶吉。

盗魁就是那个神秘的彪形大汉。彪形大汉最后一次观葫芦后，便果断地弃官而逃。不过几天，已秘密侦探很久的湖北名捕奉命到咸宁县衙擒拿假官，假官已溜，库银已空。当时正值咸宁大闹饥荒，有两位和尚在大摆粥棚赈济饥民。名捕看出破绽，绑了和尚。和尚就是盗魁的喽啰化装的，施粥花的全是库银。假和尚被斩首在咸宁温泉镇，百姓为他们收尸立碑。

富商将这奇遇一传播，葫芦王名声更噪。葫芦王活到九十三岁，无疾而终。他一作古，葫芦园再也不长葫芦了，只开谎花不结果。

姚 大 耳

姚大耳考上状元，据说是皇帝看中了他的大耳。皇帝认为大耳是忠臣贤士的标志，就恩赐了他。嫉妒他的考生们便戏称他是"大耳状元"。大耳状元官途一帆风顺，从江夏县令做起，一直做到湖北巡抚。

姚大耳初任江夏县令时，闻知前任是个有名的贪官，便叫衙吏将县衙里里外外冲洗一遍。姚大耳一语双关地说："不要沾上他的晦气和脏迹!"

姚大耳为官清廉，两袖清风。一次，巡抚府某官员来访。这官员负责监察工作，是个得罪不起的人物，想往上爬的人都想方设法地巴结贿赂他哩!姚大耳不卑不亢地接待了他。当姚大耳弄清他是来为犯人说情的时候，不仅不给面子，而且大怒："你身为监察官员，竟来叫我干这种徇情枉法的坏事，岂不是既害民又害我！"此时，衙吏端茶上来，姚大耳竟挥手喊道："把茶端下去，不必给这种人喝！"那官员满脸羞色，灰溜溜地走了。

另一次，纸坊镇的绅士给他送礼，以筐贮银，上面盖上茶叶。姚大耳见是家乡人的一片心意，又当真是茶叶，就接受了。筐拿进去，他夫人拨开茶叶，见到筐下有银，急忙告诉他。姚大耳立即叫夫人重新整理好筐子，盖好茶叶，派仆人追上送礼人，婉言谢绝："我家主人起初以为家中缺少茶叶，就接受了惠赠。刚才进去一问，家中还有许多茶叶，只好心领了你的好意。"

姚大耳当湖北巡抚时，已年逾花甲，不知不觉竟染上玩盆景的瘾，公务之余，便潜心培植盆景消遣养性，痴迷不已，其乐融融。有人投其所好，便试探着给他馈赠盆景。起初不敢送名贵花卉，怕姚大耳不收讨没趣，只送些贱花廉木，如蔷薇、菊花、榆树、红枫之类。姚大耳觉得不值钱，就开了戒。渐渐地，有人送牡丹、海棠、君子兰等名贵盆景，姚大耳也抵抗不住诱惑，半推半就地收了。收了人家的礼，说话办事总觉得没昔日那般光明磊落、铁面无私，难免有点徇情通融之处。但姚大耳不徇大私，不逾大规。几年下来，姚大耳的各类花草盆景上百盆，够他忙碌的了。

姚大耳告老还乡后，足不出户，终日侍候盆景自遣。当然，再没人送姚大耳盆景了。姚大耳自知世态炎凉、官场冷暖，也不生气。

姚大耳的儿子姚小鹤却是个很看重钱财的富商。姚小鹤放了许多高利贷，好多穷人借了他的高利贷，陷入困境，被逼得家破人亡。姚大耳看不惯儿子的行径，多次劝阻，儿子不听。姚大耳临到辞官时，就假装关心儿子的家事："我常常不许你放高利贷，但冷静下来仔细想想，也不无道理，谁不想钱多些，日子过富裕些？老百姓还欠你多少债？趁我现在还没辞官，我来替你催债吧！不然时间拖得长了，怎能收回来呢？借据在哪里？"姚小鹤信以为真，高兴地把各种借据都交给了父亲。姚大耳将借据全部烧了，然后派人四处散风："不论谁欠了我家小鹤的债，统统一笔勾销，借据我都烧了！"姚小鹤心疼得要命，却奈何不了父亲。

姚小鹤染上赌博恶习，渐渐家道中落，坐吃山空，日子每况愈下，窘迫起来，便偷父亲的微薄积蓄去赌。

姚大耳晚年俸银不多，又爱施舍，常闹到吃了上顿愁下顿的地步，长年累月地吃豆腐青菜，很少吃肉喝酒。镇上人家办红白喜事，请姚大耳写喜联或挽对，也请他嚼肉喝酒，他才能解点馋。姚大耳再清贫，也舍不得出卖花草盆景，尽心尽力侍候它们，仿佛把它们当作耳鬓厮磨的朋友。一日，姚大耳最心爱的一盆君子兰不翼而飞，姚大耳又急又恨，病倒了，一命呜呼。姚小鹤跪在父亲的尸体前悔恨交加、悲恸欲绝。原来是姚小鹤为还赌债，偷着卖掉了那盆君子兰！

姚小鹤赌习难改，债台高筑，渐渐把父亲的花草盆景卖掉了一大半。姚小鹤在赌瘾上又添酒瘾，经常深夜跟跄而归，烂醉如泥。一天深夜，姚小鹤醉归，绊在一盆花上，跌了个嘴啃泥。他气急败坏，抢起顶门杠胡乱敲打盆景起来，累了砰然倒地，直睡到翌晨才被冻醒。

姚小鹤突然发现了一幕奇景：一锭锭金银散落在盆景的碎片泥块中。姚小鹤以为是梦境或幻觉，揉揉眼，揪揪耳，方知是真实。于是，姚小鹤一盆一盆地检查盆景，竟发现十有八九藏有金银，细细一数，竟多达四万多两！姚小鹤撕心裂肺地痛悔："天呀，我真不该卖掉那么多盆景呀！"

一日，姚小鹤醉眼蒙眬，竟看见父亲堵在他面前，戳着他的鼻尖骂道："畜生！快还我盆景！快还我清白！我到阴间，判官竟斥责我为贪官，我才知道盆景的秘密。那些送礼的家伙都阴险狡猾，偷走了我的清白，我还蒙在鼓里呢！判官骂我装糊涂假正经，若不交出金银，澄清事实，将罚我下油锅进石磨，惩治贪官的刑罚最残酷呀！龟儿子，快还我金银，我好去讨回我的清白和良心！"

姚小鹤冷笑着嘟哝："父亲，莫傻了！清白值多少金子？良心换多少银子？你要在阴间缺钱花，直说吧，我给你多烧纸钱！"

姚大耳仿佛受到奇耻大辱，颤声骂："放屁！你这畜生，不交出金银，休想过去！"

姚小鹤耍起横来："父亲，你不让，别怪我不孝了，我动手啦！"

姚大耳愤懑地吼道："你要敢动手，我也不认你这儿子了！"

姚小鹤推了父亲一掌，父亲岿然不动。姚小鹤踢了父亲一脚，脚生疼生疼的，父亲却冷笑着斜觑着他。姚小鹤急火攻心，怒发冲冠，倒退几步，猛地用头朝父亲撞去，随即一声惨叫。

第二天，人们发现姚小鹤撞死在姚大耳的墓碑上，不禁唏嘘："唉，这小子总算醒悟了。他是愧对父亲才自杀的！"

叶大春　著

叶大春文集

❸

WUHAN UNIVERSITY PRESS
武汉大学出版社

《芳草文库》序

刘醒龙

武汉有一批年纪不算太老，但肯定不再年轻的作家，既往作品每出无不风行江汉，后来平淡了些。二〇一五年年初，恰逢一场小聚，其间有老朋友提议给这些在文学创作上颇有成就的作家出版文集，且当场做出关键决策。老朋友提及的作家也是我的朋友，他们的处境很有代表性。

世事流逝到今天，说一点不残酷是不真实的，说太残酷似乎也不科学。值此宁翔雁前羞跟牛后世风，普天之下莫不借口追求日新月异，其实是乡下俗语说的，人人都想一锄头挖出一口井。宁肯臭名远播，哪管丑态百出。忘却不该忘却的，强化不该强化的，是世情中一大不敬。这几年为一位已故作家出版文集，好不容易才成，一来二往之间，见识了足够多的现世生态。似这等才华出众的作家，若非上苍失察，弃之英年，敢不是当今文坛大旗一帜？同理，那些在喧嚣背后悄然尘封的作品，谁能说不是日后人有所诵的典范？天地同根，不是没有高下之分，而是天有天的高度，地有地的厚重。

常住武汉三镇之人，最能体会大江东去、流水落花深意。也是体恤的缘故，又于旷野之间留下高山流水千古知音，以为勉励，兼作念想。朋友提议，饱含诗情，深藏灵性。没有太多商量，三言两语之间，就达成共识，以《芳草》杂志名义，逐年排选，将这批作家的代表性作品编成文集出版。只是由于执业所限，本套书只能以《芳草文库》相称，名头虽小，相信分量不轻。

哲学教会人们认知正确与错误，自然科学是要让人懂得成功与失败。然而，短短人生，包罗万象，其善其美，何止兴衰胜败！文学的存世与流传，其意义正是超然前二者，不以成败对错为目的，也不以卑微尊贵定价值。人非草木，却如同草木，这是文学理由之一，生命不能永恒，却绝对永恒，这是文学理由之二。文学根本理由是，协助芸芸众生在庞杂得无可把握的宇宙间，在神与鬼、灵与欲、虚与实等一切冲突与对立之间，寻找适合每一个体的美妙平衡。

二〇一五年十月十五日

叶大春文集③

中篇小说、散文随笔卷

目　　录

中篇小说

散文随笔

中 篇 小 说

低着你的头颅

一

10 年前，你雄赳赳、气昂昂地闯入了这座美丽而陌生的城市。你戴着白色的大学校徽有事没事、有心无心地往街上跑，这叫兜眼风，引来许多羡妒的眼光，尽管你打扮寒碜、乡音浓烈，出汗放屁都还夹带着高粱红薯南瓜味儿，但你仍高昂着头，一副少年不识愁滋味、初生牛犊不怕虎、春风得意马蹄疾、会当水击三千里的派头。那时候你觉得一切事物都露出了玫瑰般的微笑在向你招手递媚眼，生活充满了温暖的阳光和温柔的月光，只要有文凭，你就能在这座城市里立足，就能叫城里人不敢睥睨自己甚至要仰慕自己。自打那次你拎着行李下了火车踏上月台的瞬间，一股强烈而执拗的念头便楔进了心头：既然命运之车把我载到了这座城市，就是拼命也不能让命运再将自己抛了出去。

你不愿重蹈父母的悲剧，你父亲原是这座城市著名钢铁厂的炼钢工，你母亲原是这座城市著名纺织厂的纺纱工，都是在举国大饥的三年自然灾害时期跑回乡下开荒度饥而丢了城市户口的。从你记事时起，你不知多少次听到他们在劳作之余和困窘之际的哀叹悔恨，不该目光短浅、心胸狭隘被困难吓退，为了多吃三年的萝卜红薯南瓜，落得一辈子吃萝卜红薯南瓜充饥。昔日的工友有的当了省市、全国劳动模范，有的当了大官、中官、小官，有的当了技师、工程师、生产能手，最差的也能让儿女顶职接班，回家带孙子，到公园打太极拳，照拿退休工资，而他们年逾花甲仍得面朝黄土背朝天地侍奉土地，真正的鞠躬尽瘁、死而后已，真正的一失足成千古恨。所以他们含着切肤之痛、刻骨之悔，含辛茹苦、呕心沥血地供你读书，盼望你跳出山窝窝飞回那座本属于他们的城市。你没有让他们艰苦卓绝的养育和期望付诸东流，你发誓以后也不会的，当你在这座城市立足后，你就把两老接到身边来，帮他们续上失落好久好久的梦。后来你不满街跑兜眼风了，一头扎进图书馆坐禅般虔诚刻苦地啃书本。你觉得仅仅想当一名城市人未免太浅薄平庸了，要力争跻身于城市的上流阶层才算有志气有出息。这是你读过司汤达的名著《红与黑》后获得的参禅般的顿悟，你觉得非常理解木匠的儿子于连想往上爬的强烈欲望，但是你不赞成于连为达目的不择手段的卑鄙自私行为，比如勾引贵妇人，巴结贵族小姐，在名流圈里招摇撞骗、奴颜婢骨，你发誓要靠自己的硬本领真才干来跻身城市及上流社会，这里没有终南捷径，只有华山一条道——死读书，走古老传统的具有中国特色的韦编三绝，悬梁锥股，书中自有黄金屋、书中自有颜如玉的往上爬之路。你一旦发了狠心，就能坚韧不拔、锲而不舍地去努力奋斗，早锻炼装头痛脑热躲在被窝里背古文，晚熄灯后凑在路灯下读书，班会、团会、舞会、报告会、演讲会逢会就溜、溜不掉就混，春游、夏泳、赏月、踏雪、上街为非洲难民募捐、打着火把为女排夺冠游行都难见你的身影，甚至连女同学的媚眼情书都不屑一顾，惹得人家吃不到葡萄说葡萄酸，背地里骂你是冷血动物、假正经、老夫子、乡巴佬。

后来你名列前茅，成了金字塔象牙塔塔尖的人物，不光获得奖学金，还在报刊上发表了诗，有首《高昂起你的头》的诗竟获得某家刊物佳作奖，曾轰动校园，惹得同学见了你的面便冲着你善意或恶意地叫嚷"高昂起你的头"，因为你走路时总爱低垂着头，像在沉思，又像在寻觅失物。

后来你陷入了爱情，外语系的唐婉与你如胶似漆地好上了。这太伤害了中文系才女们的自尊心虚荣心，便同仇敌忾地骂你太不通情理，不讲天时地利人和，竟肥水流向外人田，便同病相怜地叹息不该鹬蚌相争而让那位放洋屁放得滚瓜烂熟、抑扬顿挫的臭娘们捡了便宜，便幸灾乐祸地恶毒诅咒预言你与唐婉是兔子的尾巴——长不了，秋后的蚱蜢——蹦不久。哼，唐婉，陆游的前妻就叫这名字，天生遭遗弃的贱货！外语系的男同胞也与中文系才女们一样酸溜溜气冲冲的，恨不得要决斗。爱情就这么阴错阳差、不可思议，唐婉的追求者少说也能编一个加里森敢死队，而她偏偏瞧中了你这老夫子。唐婉漂亮聪慧、气质不凡、心高气傲，也许你的孤傲得到了她的青睐，高傲者只能被高傲所征服，所吸引。

你在乡下已订过婚。那女子五大三粗，长得极丑，她爹是公社粮站站长，放出口风，谁娶他的丑女不收分文彩礼，倒贴一房家具四床铺盖。这在穷乡僻壤简直算天上掉馅饼、地上长金子的好事，谁闻之都要心旌摇动、垂涎欲滴。唉！只要能干活能生娃就行了，乡巴佬不图金屋藏娇、倾国倾城、沉鱼落雁、闭月羞花，就图个老婆孩子热炕头，好看不好看吹灯都一样，漂亮的脸蛋上长不出大米，俊俏的女人是惹祸的根苗，丑妻是家中宝祖上福，连诸葛孔明都乐意娶丑妻，乡巴佬还有什么可挑剔的，不打光棍不断香火就算大福大贵了。你爹也是认的这理："是咱们高攀人家可不能瞎挑剔呀，过了这个村可没那个店了。"你最怕爹唉声叹气地央求，也怕自己真的错过了这门亲事会打光棍。那时候你是个土不土洋不洋、文不文武不武的高中毕业生，那时候还没有任何能证明你有出头之日的好迹象好兆头。于是你把心中的高傲化成了无奈的叹息，带着爹卖了一冬的柴备下的彩礼去相亲了。你是凡夫俗子自然有许多凡夫俗子的想法，你想她不要彩礼平心而论是捡了大便宜，省得自己的爹娘愁白发累断腰；你想她爹是粮站站长，不光卖粮方便，而且能搞到便宜糠麸喂猪养鸡，准能过上小康日子；你想她是牛高马大的铁姑娘，有泰山压顶不弯腰的身板骨，准是帮爹娘干活的好帮手，娶她过来也是对爹娘的一份孝心；你甚至还想到她生娃一定是名健将，娶了她不愁香火不旺……你万万没想到世道会发生巨变，你竟糊里糊涂地考上了大学，没有范进中举般的癫狂，也没有陈世美中状元当驸马似的忘乎所以，你不敢闹退亲，只是寒暑假躲在学校里不回家，不到女方家串门送礼，极希望女方能有自知之明自觉退亲。而女方偏偏没自知之明，偏偏理直气壮地跑到学校里鸣冤叫屈，骂你喜新厌旧、嫌土爱洋、忘恩负义、鲜廉寡耻，告你夺走了丑女的贞操（其实只是摸过她的乳房），没脸再活下去，若要闹退亲就吊死在校园。

后来粮站站长的丑女并没有真的吊死在校园里，你却从四楼面不变色心不跳地跳了下来，幸亏落在电线上弹了一下，幸亏楼下堆着一堆垃圾，你的脊椎骨受了轻伤住了院。学校领导有心想成全你，便吓唬那粮站站长和他的丑女，谎称你生命垂危，倘若逼死人命还得吃官司咧，他们见势不妙便偃旗息鼓连夜就溜了。

唐婉把这消息带到你的病榻前，你仿佛结束了整整一个世纪的磨难，仿佛推倒了压在心头上的冰山，每个毛孔都张扬着幸福，每个细胞都膨胀着希望，坚冰已打破、航道已开通，等待着你的将是锦绣前程、甜蜜人生。你和唐婉恋得水深火热、昏天黑地，执着如怨鬼、纠缠如毒蛇，你觉得佳人配才子天经地义、地久天长，爱之路再不会有荆棘陷阱、危崖险隘、暗礁恶滩……

然而你错了。

二

给你当头一棒的就是毕业分配。

别看有些人把"坚决服从党安排""到祖国最艰苦的地方去""我是革命一块砖，哪里需要哪里搬""一颗红心两种准备""党叫干啥就干啥"等豪言壮语喊得震天巨响，贴得满壁生辉，暗地里却在蠢蠢欲动、上下求索，或炮制冠冕堂皇的理由，或进行不可告人的勾当。毕业分配的前夕是宁静的，宁静的背后却潜伏着激烈的竞争和可怕的风暴。你不懂得这些内幕，自以为成绩拔尖就可以理直气壮地留在大城市分配到好单位，就可以天经地义地受到社会的尊重爱护成为宠儿抢手货，你仍趴在寝室里走火入魔地炮制爱情诗。同学们悄悄议论你稳坐钓鱼台，肯定有硬后台或核武器，殊不知你屁都没有，连碰上管毕业分配的系主任都不知道咧嘴笑笑、套套近乎、拉拉老乡关系。毕业分配方案公布时，你傻了眼，党把你分配到本省最偏僻最艰苦的山区中学。简直没有比这更糟糕的去向了，还不如回到家乡去卖红薯咧！更使你傻眼的是，唐婉扔下一封绝交信弃你而去，闪电般地与别人定了终身。别人的老爹在北京当大官，能保荐她进外交部工作，而你除了会写几首火辣辣酸溜溜的爱情诗外屁本事也没有，跟着你注定要倒一辈子霉。你恨不得星夜赴京去捅她几刀，或者写封恶毒的信寄到北京，最好能转到她男友手里披露一下唐婉已和你睡过觉，若不信请验她肚脐眼下的黑胎记为证，后来转念一想没多大意思，反显出自己鼠肚鸡肠小家子气，没缘分没福气，强求无益，徒添烦恼。

那些分配去向不好的同学借告别宴会大发酒疯，摔盆砸碟、痛骂号哭，闹得一塌糊涂。那位素日爱开玩笑的同学半醉半谑地模仿着电影《南征北战》里的一句台词："老乡们别哭了，别送了，我们很快就会打回来的！"其他同学或啜泣或吼叫："别他妈的做秋梦了，这次被踢出大城市一辈子莫想打回来了，基层根本不放你考研究生和调动，除非你退职进城当个体户、叫花子、破烂王。"想到即将被抛出城市，你心里好凄凉惨烈，甚至想再次跳楼自杀……

就在这时，方玲摇晃着胖胖的身子，端着一杯艳红如血的葡萄酒朝你走来。当别人为唐婉抛弃了你而幸灾乐祸、扬眉吐气的时候，方玲含情脉脉、落落大方地走来敬酒，这使得你感动得几乎要热泪盈眶、心潮澎湃，跪在她的石榴裙下吻她的皮靴……方玲曾给你写过三封情书，第一封你很客气地退给了她，第二封你很不客气地揩了屁股，第三封你恶作剧地贴在学习园地里让同学奇文共欣赏。

方玲是位痴情姑娘，她一点不记仇，仍一往情深地追求你，你为什么不对她怦然心动呢？因为她不漂亮吗？但她有个当官的爹可以力挽狂澜逆转你的厄运，不被人家踢出这座城市。

人生是漫长的，但关键时刻往往只有那么一两步，走错了便成千古恨。你想起糊里糊涂丢了城市户口抱憾终生的爹娘，想起刚来这座城市时的豪言，想起背弃山盟海誓的唐婉，想起不择手段往上爬的于连，你缓缓地站起来迎着方玲火辣辣的目光咕咚咕咚地灌酒……

后来，你闪电般地娶了方玲，也如愿地留在了这座城市。有时夜深人静，你躺在方玲身边，看着她臃肿不堪的身子和五官不谐的脸庞，听着她粗鲁的鼾声和肉麻的梦呓，就怅然若失。你觉得自己太虚伪太世俗，写了那么多爱情诗翻来覆去地鼓吹爱情美化爱情，而自己轻巧地就把爱情给贱卖了。你老觉得周围有无数的眼睛在睥睨你，无数的嘴巴在讥讽你，你在偿还着一种无形的债务，履行着一种双方心照不宣的契约，连做爱时也排斥不开这种念头，搞得你快成了精神上的阳痿者，整天低垂着头寡言少语。

三

你被分配到某局机关当公务员。平心而论，你那土里土气的气质和乡音，那耿直而桀骜不驯的性格，都不适应当公务员而更适应去当行吟诗人。当公务员就要学会对领导唯唯诺诺，要有契诃夫、果戈理笔下的公务员那样的战战兢兢和兢兢业业。而你不行，领导来了你不屑于点头哈腰、倒茶递烟，跟领导下棋打乒乓球你不懂得察言观色让一让，老爱在办公室里大大咧咧、高谈阔论显得你比领导和同事高明能干似的，你还不懂得夹起尾巴做人，隐蔽你的个性锐气、棱角光泽。

开始别人还不敢对你怎样，有看法也只在背后嘀嘀咕咕、指指戳戳，因为碍着你岳父大人的情面。不久，你岳父大人突然脑出血死在会场里，权力的金辉倏地消失了，你没有了靠山和保护伞，不顺心的事接踵而至。

首先是那个写了大半辈子公文的秀才处长给你一个下马威。他叫你写一份局机关学雷锋树新风、抓好文明礼貌活动月的总结材料。你认为这是小菜一碟，把情况一收集，牺牲了一个通宵便赶写出来了。虽然你讨厌写这类公文怕磨蚀了艺术细胞，但既然吃这碗饭就得干这种事，容不得挑挑拣拣、随心所欲。处长看罢总结材料嗤之以鼻："哼！什么玩意儿？给我重写！别看你能写诗，写公文得从头学起。"处长故意出你的洋相，专派你去磨那篇总结材料，从阳春三月直写到端午节，竟重写了十来遍仍没过关。好心的秘书科科长生了恻隐之心，找来一大叠处长炮制的公文给你做范文，你就按着处长公文的模式去穿靴戴帽、依葫芦画瓢，写尽套话大话、空话假话、屁话官话，处长一看这才露出微笑："哎，这还像个玩意儿！"

在这灰色楼群里你得学会说话。譬如上级动员献血，你就不该在报名会上说你曾患过肝炎不宜献血，惹得人家说你贪生怕死、思想落后。你应该像那些明知自己有病偏要踊跃报名献血的人那样慷慨激昂地唱高调儿，然后在体检时掏出过去的住院单跟医生打声招呼就可以逃避献血了。譬如在机关学习会上你就不该坦露自己的思想，说什么当初你对农村生产承包制有思想抵触，认为是复辟倒退，后来看到家乡变化及你家里的变化，终于明白了党的富民政策无比英明正确。你应该像别人一样面不改色心不跳地撒谎唱高调，说你始终坚信党的政策英明伟大，在思想和行动上始终与党中央保持高度的一致。那些说了假话的人七嘴八舌地来诘问你这说了真话的人："难道你还要怀疑党的政策吗？难道你的家乡没换新貌，你家里没发生可喜变化就说明党的政策不好吗？难道能因一时一事就与党二心，动摇共产主义理想信念吗？难道……"你瞠目结舌、诚惶诚恐地低垂着头，仿佛被押上批斗台。于是在人家的印象里，你成了与党二心的人，你的入党问题自然成了老大难，得研究加研究考验复考验，哪怕你每天第一个上班把烤火炉烧得再旺，把厕所扫得再干净也是白搭。

在这灰色楼群里你得学会做人，最起码的你得学会避讳。就在你那个办公室里几乎每人都有自己的忌讳。

秀才处长过去把一位漂亮的打字员的肚子搞大了，不然他会青云直上爬得更高的。在他面前绝对不能谈论偷人养汉、寻花问柳等风流韵事，而你偏爱议论日本某首相因养情妇而被迫辞职的丑闻以及英国某王子不爱江山爱美人的浪漫风流史。

副处长是位狐臭很厉害的胖女人，天气炎热时办公室里弥漫着浓烈的臭鱼烂虾似的气味，其他人都只在背后发牢骚表面却装出满不在乎，而你毫不掩饰地蹙眉捂鼻，建议她去治治狐臭，并热心快肠地从报纸上剪下某医院开设治狐臭专科门诊的消息和某药店推出治狐臭特效药的广告送给她，胖女人不仅不领情反而四处告你没教养要流氓侮辱人格。

谭科长怕老婆，他家的河东狮经常跑到机关里来缠着谭科长撒泼，不是骂得他狗血淋头就是抓得他满脸爪痕，谭科长总是一副欢喜菩萨的好脾气，骂不还口打不还手。有一次那泼妇闯入办公室撒泼踢翻了痰盂摔碎了开水瓶，你实在看不过眼了，怒不可遏地操走了那泼妇。你颇怜悯地说："谭科长，你拿出点男子汉大丈夫的威风来治治你老婆吧！"谭科长听了脸色惨白，气急败坏地吼道："你小子吃饱了撑的管闲事！夫妻间的纠纷你挑唆个毬！我喜欢怕老婆，你他妈的懂个屁！"你是不懂谭科长夫妇拌嘴打架是施的苦肉计，每当谭科长加薪升职分房等受挫的关键时刻都要闹的，故意闹给领导看，别人都看出门道来了懒得理睬，唯独你狗拿耗子多管闲事。

副科长杨杏女士是位年过四十的老姑娘，毕业于师大中文系，曾热衷写诗，能与你找到兴趣的契合点，偶尔谈起诗来眉飞色舞、心旷神怡，仿佛一下子减去二十岁回到情窦初开的年华，完全与素日忙碌于抄抄写写、收收发发的她判若两人。她能够流利地背诵许多名诗，与其说她痴迷酷爱诗，还不如说她靠诗来滋润自己郁伤苦涩的心灵和寂寞的日子。杨杏听说你发表过许多爱情诗，陡地对你有了几分钦佩敬慕，将过去创作的和现在炮制的诗稿一摞一摞地送给你斧正。你被她这种不耻下问、虚心好学的精神所感动，很认真地硬着头皮通读了几遍，送还诗稿时苦笑着劝她："也许你不适合当诗人，也许你应该去尝试尝试当贤妻良母。真的，干嘛要自己禁锢自己的心灵，整天躲在孤独黯淡的角落里悲吟低唱而不去拥抱真实纷繁的生活呢？说白了，你这样继续写下去只会越来越扭曲心灵和生活，要想矫正心灵和生活当务之急是快嫁人，也许说得太粗鲁唐突、荒谬冒昧，但却是良药忠言。"杨杏女士哗地变了脸，像古书上所描绘的那样柳眉怒竖、杏眼圆睁、桃腮惨白、樱嘴青紫，顾不得诗情画意、温雅娴静尖声嚷道："去你的良药忠言吧！你分明在嘲笑我侮辱我是个嫁不出去的老姑娘，没有才气的诗疯子！告诉你我偏不嫁人！偏要写诗！我写给我一人看！写给二十一世纪的人看！"你哑然失笑、自认倒霉，不该触动了杨杏女士那根最敏感最脆弱的神经。

科员马小海是个既无文凭又无才能的高干子弟，在部队混了两年被处分了三次，一次是替湖北老乡打群架揍掉了别人的两颗门牙；一次是踢足球输红了眼故意朝对方中锋撒气踢断了人家的小腿；还有一次更出格，溜到营房附近的少数民族姑娘竹楼上睡觉。他讲起这些经历用的是渲染炫耀的口吻，肆无忌惮、恬不知耻，一副十足的纨绔子弟嘴脸。马小海看来似乎是个天不怕地不怕百无忌讳的豪爽角色，其实也有一点小小忌讳，就怕人家讥笑他叨他爹的光借他爹的威。马小海经常发他爹的牢骚乃至发社会的牢骚，怨他爹提着脑袋打江山鞠躬尽瘁一辈子，就是不知道有权的幸福、无权的痛苦，以及有权不用过期作废的信条，不知道为自己为儿孙们谋点幸福，到头来一把老骨头扔在干休所里，用车、换煤气、买米油都得看管理员的脸色，电话机坏了半年不给修，简直等于变相拆了，爹居然能心平气和，整日不是趴在家里练颜骨柳风，就是跟那帮老家伙走象棋打桥牌。马小海有时是发的真牢骚，有时是借发牢骚以炫耀自己的门第，有时是半发牢骚半炫耀。你平时与马小海关系挺疏淡，你觉得你是大学生他是高中肄业生不是一个档次，他也觉得他是将门后代你是乡巴佬，所以你睥睨他他也鄙夷你，只是表面上装得老死不相往来、井水不犯河水罢了。偶尔也有一点摩擦，马小海有时忍俊不禁要嘲笑你的那口浓烈的乡音，你就以牙还牙讥讽马小海的错别字，比如把"吻"字写成"刎"字，把"恬不知耻"读成"括不知耻"。有一天矛盾终于总爆发了，导火索是移桌子。马小海早就觊觎你的桌子方位，靠窗台靠电话靠报夹靠茶几靠沙发，于是趁你出差之机调换了桌子位置。倘若是别人，这点鸡毛蒜皮不足挂齿的事也就算了，但遇上马小海你就忍不下这口冤屈气，便与马小海吵了个天翻地覆。你捶胸顿足，愤怒地质问马小海："凭什么这么耀武扬威？不就是依仗爹的权势余威吗？"马小海恼羞成怒，揎拳捋袖要教训教训你这凭着破文凭爬上来的乡巴佬："哼！有了一点臭知识尾巴翘到头上当旗杆了！"

　　这样一来，你就和办公室所有人的关系都不协调，说不清楚是他们容不了你还是你容不了他们。你不知道自己错在哪里，你仿佛置身于一个尴尬的境地，四周都有人冲你龇牙咧嘴、颐指气使，你进不得退不得、左不得右不得，傻乎乎地呆立着也遭人斥责唾弃。这时候你非常渴望能变成乌龟或刺猬，遇到敌人时便缩进硬壳或蜷成刺团，管他冬夏和春秋……

四

　　岳父尸骨未寒，单位就催岳母一家搬出干休所四合院。岳母气得五官挪位、七窍生烟。人一死茶就凉，大势所趋无法抗拒，不如想开些免得自寻烦恼。你这么劝岳母节哀制怒，没料到岳母更哀更怒，且迁怒于你，先骂你没良心没感情，在岳父病榻前灵柩前竟没落一滴泪叹一声气，竟打过一个响屁两个喷嚏三声哈欠；再骂你没骨气没本事，眼看着岳父九泉之下死不瞑目、魂不安息，岳母孤苦伶仃、受人欺负而不敢赴汤蹈火；最后骂女儿瞎了眼竟找你这种窝囊废女婿，今后这日子该怎么过啊？靠山山崩、靠水水流……

　　你冷笑起来，是那种令人起鸡皮疙瘩的冷笑，掷给岳母一句响铮铮的豪言壮语："凭什么总想着靠什么呢？要靠就靠自己！"岳母反唇相讥："靠自己天经地义、冠冕堂皇，那就请你快滚吧！"

　　你硬爽地搬出四合院，树活皮、人活脸，干嘛要赖着让人家戳脊背开撵呢？方玲哭哭啼啼地不肯随你走，你扯旗放炮地吼了一嗓子："你要是我老婆就乖乖跟我走！要是不愿走从今往后咱们分开过！"方玲从来没见过你这么要男子汉大丈夫的威风，不知是被震慑了还是被感动了，止住了哭泣乖乖地就追你，岳母踉踉跄跄地撵着方玲半教唆半哀求："你咋这么傻呀？叫他这么一咋呼就怕了？日后他还不骑在你头上拉屎拉尿、作威作福呀？再说你往哪里去呢？难道跟着那家伙去睡马路不成？"

　　方玲还是跟着你走了，这使你大受感动，甚至联想起陪着流放的丈夫到西伯利亚去的十二月党人的妻子，联想起你家乡的那些嫁鸡随鸡、嫁狗随狗，死心塌地跟定男人吃苦受穷的苦命媳妇。那天夜里你们下榻在一间简陋便宜的小旅店里，尽管室内弥漫着烟酒、汗腥、脚臭、尿臊、饭馊等混合气味，尽管窗外的车

824

笛声、叫卖声、机器声和隔壁的猜拳行令声、搓麻将声、调笑声吵得人耳朵发麻，但你觉得舒适安逸，没有了寄人篱下、仰人鼻息的屈辱压抑，你可以无拘无束地做爱，不必担心别人听见床板的嘎嘎声、欢娱的喘息声呻吟声……那天夜里你和方玲不约而同地渴望做爱，仿佛等待煎熬了一个世纪的痴男怨女。不知过了多久，你睁开大梦初醒似的眼睛，认真温馨地凝视着方玲，不知怎的这位丑老婆倏地幻变成美人鱼似的尤物，要曲线有曲线要性感有性感要风韵有风韵，你情不自禁地叹道："今晚你真有女人味!"方玲竭尽女人味地媚了一眼，月朦胧鸟朦胧地喃喃："今晚你才真正像个男子汉!"你心里颤抖了一下，涌起悲哀酸楚的情绪。寄住在岳母家里，性意识无形地受到压抑，每当与老婆做爱时，你莫名其妙地被一种耻辱感犯罪感攫住，使得你不能完全进入角色与情感氛围，门外一声咳嗽或一阵窸窸窣窣的脚步声或叽叽咕咕的私语，都会影响你的情绪、败坏你的兴致，你不是半途而废就是草草收兵，甚至犯阳痿症。老婆也和你一样受到性压抑，有时莫名其妙地痉挛不已，很恐惧很厌恶的样子，有时木乃伊似地躺着，没有灵肉的欢娱激动，麻木驯服地履行着女人的义务。也许是这种太压抑的缘故吧，老婆连着流产三次，挂不住胎，打个喷嚏哈欠或系个鞋带捡团毛线也流，流得你惊恐不安，老做那种断子绝孙遭人耻笑的噩梦。

小旅店不是久待之地。欢愉了几天后，便觉得这也不顺眼那也不如意起来，比如价钱虽比其他旅馆饭店便宜得多，但比起租住房还是贵几倍；比如环境，这种嘈杂可掩护夫妇间的做爱声，但若想写点东西，脑袋会被窗外隔壁的嘈杂喧嚣声吵得心烦意乱的，创作灵感和激情溜得无影无踪。

你没想到租房比住旅店要难得多。平时总看见电线杆上、桥墩上、胡同口、报栏旁、车站码头贴着出租房的启事，现在租房迫在眉睫，却全没踪影了。好不容易在一个厕所里的小便池上看到一则租房消息，如获至宝，抄下地址户主姓名，按图索骥乐颠颠找去，一问，心凉了半截：房子已出租快半年了。你不气馁，骑着自行车大街小巷到处转悠，幸运地找到了一张贴在废弃的搅拌机上的租房广告，你愣着神纳闷了半天，出租者把广告贴在搅拌机上是何居心呢？是心不在焉还是标新立异呢？很有点滑稽可笑。你匆匆地揭下了它，为的是垄断这一信息。你揣着那张租房广告辗转寻去，房主不在。为了表示你的虔诚和渴望，你程门立雪似地守在那里等着房主归来，北风和雪花戏谑欺凌着你，你都快冻成了冰疙瘩糖葫芦，房主才姗姗而归，打着酒嗝哼着小调，很不耐烦地打断你的询问："别问了! 你租不起的，没五百块我不租的，你大概没看清楚我的租房广告上面明确地写着租给单位做仓库商店办公室什么的……"你沮丧地拿出租房广告扫了几眼，果然上面白纸黑字写得分明，只怪自己喜昏了头没看完整。唉! 白挨冻受气！第三次寻找出租者更是稀奇古怪，那是一位四十多岁的寡妇，她惊愕地看着你手中的租房消息，歇斯底里地大骂起来："哪个天打雷劈、千刀万剐的坏蛋，竟想出这种流氓手段来害我？真他娘的缺八辈子的老德、烂几代人的屁眼咧！"也许是寡妇的求爱者中的一位，求爱不成反寻仇，便恶作剧地伪造租房广告四处张贴，让那些求房者蜂拥而至，搅起寡妇门前的是非，借机朝寡妇泼污水泄郁愤。

你终于租到了一间不足 10 平方米的蜗居。说起来真有点踏破铁鞋无觅处、得来全不费工夫的味儿。有一位文学青年慕名前来找你请教写诗。大约他以为当了诗人便可吃奶油面包，坐高级轿车，住小别墅小洋楼，看到你蜗居在那个小旅店里，过着毫无诗情画意和缪斯气派的糟糕日子，由敬慕急转为恻隐，便说："老师，您要是不嫌弃的话，搬到我家去住吧，我家有间杂什屋，收拾一下也比这鬼地方强。"你欣喜若狂，抓着文学青年的双手热泪盈眶，千言万语汇成两句话："你叫什么来着？哦，贺亚。不出两年我保证你成为诗人贺亚！"

五

贺亚从初中起就迷上了诗。后来他没考上重点高中，再后来没考上大学，父母的期望恰似一江春水向东流，便迁怒移怨于诗。就是诗作祟勾走了儿子的心，儿子才断送了前程，落得在家待业吃闲饭。做父母的低三下四求情好不容易给他谋到一份临时工，他上班没一个月便腻厌了，与那群街道婆婆妈妈们一道糊纸盒刷油漆太没诗意，枯燥单调，庸俗不堪，刀搁在脖子上也不愿去了，埋头发愤写诗，渴望有朝一日能突发灵感写出获诺贝尔奖的诗来。父母疑心他成了诗疯子，更加咬牙切齿地诅咒诗这鬼东西。没料到儿子更加走火入魔，竟自作主张带回一位诗疯子老师。天啊！儿子本来就被诗蛊惑得痴痴呆呆的，再被那诗疯子老师一毒害，将来只怕要疯疯癫癫讨饭都摸不到门框咧！诗这鬼东西祸害人呢，邻居赵老师就是因为年轻时写过几首小诗被打成"右派"遣送农村，五十多岁才平反回城，至今连老婆都没娶上。贺父单位有位同事的爱人，据说是个名气不小的诗人，可写的诗没地方愿意发表，还得自己掏钱买书号跑印刷厂忙推销，诗集卖不出去赔得一塌糊涂，债主逼得急，只得卖彩电、冰箱、洗衣机、组合音响，两口子发生龃龉厮打一架，沸沸扬扬地正闹着离婚。还有眼前的这位诗疯子老师，别听儿子吹他才华横溢、前途无量，狗屁，连房子都没住的，可见诗人的地位卑下、斯文扫地。在现阶段的经济大潮里，诗算什么东西，还不如酒足饭饱后的剔牙签，不如红男绿女们的一个飞吻，不如舞会上的一曲探戈，不如自由市场上的萝卜白菜西红柿……

你一进贺亚的家，便感觉到贺亚的父母的冷淡鄙夷。你尴尬地悄声问贺亚：“你父母是不是没同意我搬进来住呀？”贺亚愤世嫉俗地说：“别管他们，小市民不可救药的市侩味！有我咧，他们知道撵您走也等于撵我走。别见怪，他们是大老粗，不懂诗，没办法唤起他们的感情，要知道能请来您，算咱们家三生有幸、蓬荜生辉呀！”

你舰着脸皮留下了，一半是碍于贺亚的热心快肠，一半是囊中羞涩付不起旅店房租。刚住下没几天，岳母蹀躞而来，一副居高临下、盛气凌人的劝降者姿态，先是咋咋呼呼地贬了一通蜗居之寒酸简陋，女婿之薄情寡义，继而炫耀她如何搬后台最终保住了四合院，当然她没有说拆了电话空调器等扫兴事，怪只怪她悲恸时乱了方寸，没有像其他遗孀一样将老头子的尸体当人质，不把条件谈妥不画押签字就坚决不让死者进火葬场，现在悔之晚矣，能够保住四合院就算烧高香了。岳母说只要女婿认个错赔个礼，就搬回四合院一起过日子吧！方玲动了心一个劲地朝你递眼色，又娇嗔地捅了捅你的后脊。你冷冷地说：“小婿错可认礼可赔，就是不想再搬回四合院去。”岳母瞠目结舌：“这是为什么？”你胡诌道：“那四合院闹鬼。”“闹鬼？”岳母心惊肉跳，“闹什么鬼？”你知道那四合院曾三易其主，都是当官的一死就撵走家属的，颇有点树倒猢狲散的凄凉味，便编着假话：“我每晚都做噩梦，梦见两位老太婆绕着四合院大吵大闹，一个使劲用手杖戳地说这是她的故居谁霸占就咒谁断子绝孙；一个疯疯癫癫地朝四合院里扔石头瓦片、破鞋烂袜、臭鱼死鼠，扬言她住不上四合院也绝不允许新主人住得安逸，总会在一个月黑风高的夜放一把火烧掉这四合院。我怕断子绝孙也怕粉身碎骨，还是避凶躲灾不回四合院的好。”岳母气得腮帮一鼓一瘪的，知道你三年不鸣一鸣惊人就是九牛也难拽回，只好对女儿发起感情攻势，絮叨寡居之孤独寂寞，缺乏天伦之乐，想重温昔日母女间的骨肉情，说得她老泪纵横，方玲也泪眼婆娑。岳母想只要能拽回女儿不愁拽不回女婿，就是拽不回女婿也让女儿一脚踹了那犟小子。没料到方玲没志气地说：“妈呀妈，别怪女儿不孝顺，女儿不能搬回去，只能勤去看望您了……”岳母哭哭啼啼、骂骂咧咧而去，说她这辈子就是鲤鱼吞秤砣——铁了心要做孤老了，也许是气糊涂了，她还说豁出脸皮上老年婚姻介绍所登记找个贴心老伴过日子。

方玲又怀孕了。医生叮嘱像方玲这样有习惯性流产毛病的孕妇绝对要卧床静养，否则很难挂住胎。方玲在一家妇女杂志社工作，主持编辑《莫愁姐姐》栏目，指导女青年的恋爱婚姻家庭以及为人处世、衣食住行诸问题。总编辑决定“莫愁姐姐”暂由一位男编辑扮演，因他曾编著过《女性的魅力》之类的书。你把母亲接来照料方玲。两年后，母亲患肝癌死在市五医院，弟弟弟媳不愿出一分钱的住院安葬费，还说风凉话："哼！看他们多狠心呀，把老娘活活累死了！"

你百思不得其解，母亲为什么突然患绝症死去呢？当初回乡去接母亲时，母亲刚从山里打柴回来，百斤重的柴挑子担在肩上气不喘腿不颤。在县城搭船时，你在码头旁的小吃摊上买了十个肉包子，母亲一口气吃了七个，舔舔嘴唇嘟哝道："狗×的赚黑心钱，包子越做越小了！"母亲除了勤俭朴实，还善解人意，在照料方玲的日子里，婆媳关系一直和睦温馨，连娇生惯养、因妊娠反应变本加厉地暴躁凶悍的方玲也没挑剔婆婆太多毛病。婆婆毕竟早年在城里当过纺纱工，对城市文明和习惯不算太陌生，脑袋瓜也不算守旧，遇事忍让三分赔笑脸，多做事少说话，遇到小两口闹矛盾旗帜鲜明地站在媳妇一边教训儿子，这样好的婆婆无法挑剔，除非是使坏心眼故意找茬的恶媳妇。母亲的病是方玲观察出来的。母亲食欲锐减，脸色不好，肚皮也莫名其妙地腆了起来。方玲问婆婆："您哪儿不舒服？"婆婆支支吾吾："那东西……掉出来了……"方玲不知道婆婆所说的那东西是什么，想看看。婆婆忸怩半天，还是让媳妇看了。天呀！原来是子宫脱垂，且严重溃疡，萎缩得如一只干瘪的紫茄子。"脱垂了多久？""十五六年吧！""为什么不早点治？""山里女人有这毛病的多得很，谁好意思去治这种病？谁舍得花这份冤枉钱？又死不了人。""这多痛苦呀！其实花不了多少钱就能治好的。拖到现在恐怕晚了，得做摘取手术。"你母亲摇头："不碍事的，别为我花冤枉钱！"

那时候你在忙什么呢？好像在跑一份调查材料。突然接到方玲发来的电报：母病危。你顿时傻了眼，搞不清病危的是岳母还是母亲。转念一想，也许是方玲耍心计发的假电报骗你早回城吧。

六

方玲瑟抖着说，头天晚餐婆婆食欲好转，吃了一海碗猪蹄髈汤，二两饭。第二天早起刷牙，突然猛烈咳嗽起来，浑身瘫软着欲栽倒。方玲忙去搀扶，婆婆忽然呕吐，一股猩红的血直射出来，溅了方玲满襟。多亏贺亚借来一辆三轮车，手忙脚乱地把婆婆送到市五医院抢救。医生一诊断，肝硬化晚期，已转肝癌。医生听说这么严重的病症还是刚刚发现，一边埋怨家属对病人漠不关心、麻木不仁，一边惊叹这位老人惊人的抑制力，她默默忍受着病魔的折磨，为的是不拖累后人。

你揪心扯肝地忏悔，整日忙忙碌碌竟没有抽一点精力来关心一下母亲。母亲身患沉疴仍支撑着病躯辛勤操持儿子的家务，你竟毫无感觉，有时甚至心安理得地思忖：母亲在城里总比在乡下清闲些。你深深感到母亲的病耽误在你手里，罪孽感紧紧地缠绕着你。你对医生说，无论多么贵重的药品，只管用，不惜一切代价拯救母亲。

母亲在昏迷中，在生死线上踯躅着，还在依恋着这个世界。母亲的头上、脖上、脚上、手上插满各种针管，母亲的生命就在这些针管里溜进溜出，捉迷藏似的。母亲很安详很超脱地躺在那里，睥睨着死神。你在母亲的病榻旁侍候了三天三夜，从记忆的深井里打捞出许许多多关于母亲的故事。

母亲当年在生你时是用牙齿咬断的脐带，据说这样能祛病化灾。给母亲接生的魏婆在你上了大学后还在讲那夜的可怕情景：天呀，少见的难产！用擀面杖擀石磨压都生不下来，血汩汩涌得令人悚然，胯下的草木灰撒了一层又一层都叫浸红了。孩子生下来了，母亲精疲力竭死过去似的，当魏婆操起剪刀欲剪孩子的脐带的瞬间，母亲突然睁开眼，挣扎着去咬脐带。母亲的牙齿在打颤，连咬的力气也耗尽了。魏婆说意思一下就行了，还是剪吧。母亲不松口，硬是执拗艰难地将脐带咬断。但你小时候大病小灾不断，可见山区流行的咬脐带风俗并不灵验。

你一生病就吵夜，得抱着你轻轻抖动着边踱步边哼催眠曲才不哭闹，母亲一熬就是几通宵，白天下地干活就打盹，一次锄草迷迷糊糊地锄在自己脚背上，豁开好吓人的一道血口。还有一次挑塘泥跟跟跄跄地倒在泥坑里，待到社员去拽她，忽闻鼾声大作。摆渡的张驼子大爷说过，你五岁那年初春，得过一场重病，烧得像团炭火，浑身抽筋，脸色惨白，嘴唇乌紫。你父亲被抽到水利工地去了，母亲抱着你要连夜过河去小镇医院。那夜风狂雨暴，电闪雷鸣，温驯的小河发山洪后陡变得肆虐狂荡起来，连在小河上厮混了大半辈子的张驼子也望河兴叹。你母亲扑通一下跪在张驼子面前，大慈大悲、大恩大德等话说了一大箩。张驼子铁青着脸说："我不是怕死，就怕翻了船搭上你们母子俩的性命，死后还背骂名哟！"母亲抱着你往河边扑去。天呀，她疯了吗？竟想蹚水过河，只怕下水就会冲得无影无踪。张驼子被你母亲的气势震动了，大喝："站住！我送你过河！"那夜那河翻了两条船：一条是某航运公司的货轮，另一条是小镇渔业队的机帆船，而张驼子的摆渡船居然没翻，真是天大的奇迹！张驼子认定那是你母亲感动了神灵，神灵在暗中庇护。小镇医生说好险呀！孩子要是再耽误半个小时就会丢命呀！

那个湿漉漉的黄昏，你跟母亲去挖野菜。你去采撷那簇迎风怒放的杜鹃花，没料到花丛中蛰伏着毒蛇。母亲听见你惨叫，撒腿跑到你身边，抱起你的伤腿拼命地吮吸。你得救了，母亲却被蛇毒封喉，腮帮红肿，嘴唇生疮，好几天不能咽饭，只靠喝稀粥维持生命。母亲从此嗓子坏了，说话声音沙哑、音质粗糙。父亲不无怨怼遗憾地说过几次，你母亲有副金嗓子，唱起山歌来赛过百灵鸟，在纺织厂和炼钢厂的联欢会上，她羞羞答答地唱了一曲山歌《槐花几时开》，就把父亲的魂勾跑了。啧啧！那嗓子别说唱歌，就是骂人也好听呢，就是你这王八羔子毁了她的嗓子，唉！

就在你上大学临走的前夜，父亲悄悄地把你叫到房里，把一样东西给你看了，沉郁庄严地说："孩子，别以为考上大学是你个人的本事，这里面有你母亲的心血，你得好好读书，报答你母亲……"那是一摞卖血单，一个母亲严守了十几年的秘密！母亲的卖血经验是从你五岁那年得重病住院开始的，缴不起住院费，恰逢做手术的病人急需输血，医生吞吞吐吐地说了那意思。母亲听说输点血就可以抵交住院费，喜得要给小镇医生磕头谢恩咧！你母亲知道血也能卖钱后，便常到那小镇医院去求那医生卖血，有时是你病了要抓药买营养品，有时是你要交学杂费伙食费，有时是要给你置办住读的行李用品。多少年后，那个小镇医生被逮捕了，他靠暗中盘剥卖血者、敲诈输血病人发了迹，成了彻头彻尾的"吸血鬼"。法院来取证调查，你父亲才知道这秘密，你母亲才知道这黑幕后的辛酸与罪恶……

母亲曾醒过来一次，回光返照地喁喁着，你俯首帖耳才听明白，母亲说她很过意不去，不能带孙女做家务，害得你们耽误工作破费钱，真是作孽。方玲脾气躁心眼小，你得让着点，别动不动要男子汉大丈夫威风。你别常熬夜写东西，钱赚不尽名出不尽，得悠着点，瞧你眼熬瞎了发脱光了她就心疼得慌，后悔当初不该让你读大学，你弟弟在乡下放鸭比你挣钱多得多。她总是不行了的，别拿钱打水漂。死后也不要花钱大操大办，只求你把骨灰带回乡下去埋，城里太吵，不习惯……母亲淌出浑浊清冷的泪，依依不舍这个纷嚣的世界。"我想……吃肉包子。"母亲羞涩地请求道。你顿时鼻酸眼湿，泪水簌簌直淌。母亲啊母亲，儿子给您买来了这么多水果罐头、高级滋补品，您是不想吃呢，还是舍不得吃呢？偏偏要吃肉包子，也许肉包子在您眼里就是世上最好的美味佳肴吧！天色已晚，夜雨淅淅沥沥。你发疯地满城搜寻着肉包子，那些放着靡靡之音的酒吧饭店全不做这种不赚钱的吃食，你愤怒恶毒地骂着粗话诅咒这些店老板天打雷劈。就在你快绝望的时候，你看见了热气腾腾的肉包子，那是修立交桥的工人们在吃晚餐。你像饿鬼般猛扑上去，抓起两个肉包子扔下十元钱就跑……等到你跑回母亲的病榻前，她已走向天国，安详静美得如一片秋叶。护士责怪你："你跑到哪里去了？病人将输血管拔了，等到发现时抢救已无效了。"你幡然醒悟，母亲也许根本不是想吃肉包子，她是想法调开儿子拔掉那输血管，她卖过血很清楚血的昂贵，她不能让老朽的病躯坑苦了儿子……

七

　　方玲逮着由头，说什么也不愿住蜗居。别看她在婆婆的葬礼上哭得撕心裂肺、情真意切，心里却怨恨你母亲真是害死人。在她眼里，那蜗居中的锅碗瓢盆、衣被鞋袜、缸缸罐罐、缝缝隙隙都潜伏着蠕动着癌病毒，甚至扩散在蜗居的空气里如阴魂一样久久徘徊不散。方玲搬回娘家去住。再说，女儿要请保姆带，住在蜗居也不方便。在客观现实面前，你高昂不起头，只得作无奈状，由她去吧！你坚守最后的防线不投降，在蜗居中饮尽那份孤独拼命写作。夜深人静时，你常产生幻觉，看见母亲给你端上热腾腾的面条鸡蛋汤，听见母亲提醒催促你快点睡觉的咳嗽絮叨，你不由自主地站起身，满室踱步，想追寻那些幻觉，想吮吸到母亲遗留下的气息。

　　两年过去了，贺亚并没如你许愿的那样成为诗人。这不怪你没下神，只怪贺亚不是诗人料子。这一点你一开始就看出来了，但你不忍心戳破它。你心里很矛盾：劝贺亚改弦易张吧，又怕泼熄了他心中唯一的火种，从此一蹶不振、万念俱灰，那就等于毁了他。有哲人说，人生的快乐并不在成功和收获里，而在于追求中。喜欢写诗，总比喜欢打麻将、跳舞、酗酒、抽烟、赌博、玩女人要正经高尚得多，在这个缺乏诗意的世界上多一个诗迷算不上什么坏事。但是，明知他与诗无缘还拼命地蛊惑他煽动他，拿那些有志者事竟成的名言给他戴紧箍咒，让他在歧路上越走越远，到头来一事无成空悲切，难道不亏心吗？这样道德吗？假如贺亚从现在起去认真痴迷地学一门谋生技术，那么五年或者十年后他也许会成为出色的厨师或裁缝或锁匠或木工或屠夫或照相师，无论是个人谋生还是为社会奉献都有意义得多。

　　不过贺亚偶尔也能在小报上和内部刊物上发表四言八句的小诗。每逢诗作发表的日子，贺亚比范进中举还欣喜若狂，花钱买上许多份报刊送给诗友、熟人、邻居，甚至用挂号信寄给外地亲戚朋友。偶尔收到三五元稿费，舍不得立马去取，抖着稿费单到处炫耀，大伙便敲竹杠逼他请客，他飘飘然慷慨解囊。这样无端破费掉超过稿费几倍甚至十几倍的钱，害得贺父听说儿子发表诗作就尿频便秘、发痔疮、闹头疼。

　　你是楚魂诗社的总顾问，社长贺亚聘的。你不好意思驳贺亚的面子，同时也诚意结识那些诗友。楚魂诗社社员大多是待业青年，还有一位幼儿园阿姨，一位摆地摊修鞋的瘸脚小伙子，一位个体烤鸭店的老板。你暗自惊讶，诗竟有这么神奇的凝聚力，他们对缪斯的感情那么虔诚，追求得那么如痴如醉、如火如荼。那位个体烤鸭店老板，参加诗社一次聚会，少说要损失近千元，但他说人除了钱外，还得爱点其他什么。他发狠地说就图个争气，让那些瞧不起个体户的人看看，他既能赚钱也能写诗。他的处女作《路》发表在一家晚报的报屁股上，仅五句：地上本来没有路，走的人多了便成了路。地上本来有了路，走的人多了，便没了路。前两句引用了鲁迅名言，后三句从另一个角度提出走新路的重要性。老板打了个俗得耐人寻味的比喻：就拿烤鸭店来说，可以赚钱，如果大伙都一窝蜂地办烤鸭店，那烤鸭就没销路啰！那个瘸脚鞋匠因失恋曾萌生自杀念头，安眠药遗书都备好了，就等邮递员送当天的晚报来，那上面将刊登世界足球锦标赛决赛消息，谁叫他是足球迷呢？谁夺魁得搞清楚，免得死而抱憾。晚报等到了，决赛名次在他意料之中，也就无喜无悲，可以坦然上路了。他忽然眼前一亮，仿佛金光四射，原来他随手创作的一首小诗登在报上，整个面积只有豆腐块那么大，却倏地拓宽了他人生的路，诗帮他挣脱了死神的诱惑。从此，他酷爱诗，尽管缪斯像个薄情女郎那样睥睨他，他仍一往情深，他相信只要心诚石头也能开花。

你深感惭愧，尽管已出了两本诗集，算得上小有名气的诗人，但对诗的痴迷绝对不如楚魂诗社的诗迷们。你写诗的功利意识太强，没出名时满脑子想捞顶青年诗人的桂冠光耀光耀，有了名气又想捞点实惠挣点稿费滋润滋润。如今诗难发且稿酬低，你干脆懒得写诗了，调转秃笔炮制起通俗小说来，从民国第一谋杀案到刚刚发生在本市的无头女尸案，从西门庆与潘金莲的风流野史到当今的倒爷与女大学生的奇特婚配，你都写，只不过多用几个化名遮羞。没办法的，物价涨得厉害，不呕心沥血地写，就还不起母亲住院办丧事扯下的债，就不能让老婆孩子和自己活得轻松宽裕点。女儿辰辰是奶奶住院后开始多病的，似乎原先一个喷嚏也不曾打过。方玲便开始埋怨死去的婆婆来，那一定是癌病毒传染给了辰辰，心里铅块般沉重。你硬着头皮抱着辰辰去抽血化验，没发现什么毛病。也许化验员马虎了事或仪器出了故障吧，也许癌病毒潜伏期有点长吧，方玲疑神疑鬼，搞得神经兮兮的。辰辰一发病，方玲就开动怀疑的机器进行跟踪扫描，咳嗽哮喘，肺癌吧？不想吃食，胃癌吧？脸色不好，肝癌吧？鼻子堵了，喉咙嘶了，鼻咽癌吧？皮肤出现红斑，皮肤癌吧？便秘或拉稀，直肠癌吧？方玲对自己的身体也充满病态的怀疑，乳房有一块小肿块，乳腺癌吧？阴道感染流出有臭味的分泌物，子宫癌吧？腰椎骨酸胀疼痛，骨癌吧？她就这样在癌恐怖中度日。

你起初轻言细语地劝她别自寻烦恼愁坏身体，渐渐便腻烦了，冷嘲热讽加吹胡子瞪眼："你还有完没完？莫非得了怀疑癖恐癌症吧？要不要送你上精神病医院？真不明白你为什么总爱和癌扯在一起，难道癌也是一种时髦和高贵吗？"方玲气急败坏地说："你这冷血动物就是不关心我们母女俩的死活，就是怕埋怨你母亲。难道就不该埋怨你母亲吗？惹恼了我还要骂得她在地下不得安宁咧！"你大吼："你敢！"方玲不信邪，挑衅地骂了一句。你掴了她响亮的一耳光。又骂了一句，又掴了一掌。方玲号啕大哭起来……

岳母闻讯打上门来，揪住你又抓又撞、寻死觅活："方玲长这么大都没谁动过她一根手指头，你这粗野家伙乡巴佬竟敢下死手打她，你以为这是乡下可以随随便便打老婆耍男子汉大丈夫的臭威风？这是现代化文明城市，容不得你随便打人虐待妇女，走！上街道居委会，上你单位，上派出所，上法院去评评理！我看你是没安好心吧？勾上什么女人想离婚就爽爽快快地提出分手，犯不着下毒手打老婆！我早看出来了，你和方玲结婚就是想达到留城目的，只怪方玲鬼迷心窍、死心塌地要嫁给你这乡巴佬，到头来落到这般报应。我们母女命苦呀！呜呜，要不是老头子死得早，人家也不敢这么欺负咱们呀，连女婿也忘恩负义、过河拆桥欺负咱们呀！这日子还怎么过下去呀！呜呜呜……"

你领教到了岳母的凶悍，脸上被抓挠出三道血痕，胸口被狠撞了几下，隐隐作痛了好几日，身上还挨了几手杖。临走，岳母还抛下狠话："奉劝你悬崖勒马、浪子回头，好好过日子，要不然叫你身败名裂！"

八

岳母果真到局里告了状。她根据蛛丝马迹判断，你一定另有新欢。要不然，你干嘛要分居？干嘛要打老婆？局里便责成处里负责处理。都是捕风捉影、疑神疑鬼，没有充足的证据，不大好从严从重处理，只能通过个别谈话旁敲侧击敲敲警钟。秀才处长有作风前科，是不大方便谈这个话的，万一谈崩了，顶起牛来，反唇相讥，不大好收场。

找你谈话的是副处长，那位狐臭挺厉害的胖女人。副处长知道谈话要有好氛围才有好效果，那天洒了进口香水压压狐臭，脸上努力挤出平易近人、和蔼可亲的笑容，没有打官腔摆大道理，而是作为长者动之以情、晓之以理："天下没有不散的筵席，这话儿太悲观低沉。倒是'天下没有不吵架的夫妻'这句俗语，道出了生活的严酷和无奈。夫妻嘛，吵吵闹闹不算稀奇古怪，舌头牙齿也有打架的时候嘛！不要轻易打离婚的主意嘛！"你嘟囔："我压根儿没打离婚的主意！"副处长欣喜："没打就好，好好过日子吧！你从农村到城市走到如今这步也不容易，要珍惜呀，可不要忘了根本！不要这山望到那山高，被第三者迷住魂呀！"你申辩："我压根儿就没有第三者！"副处长释怀："没有就好！你年轻有为、前途无量，不要栽在这种事上，一失足成千古恨，像秀才处长那样……夫妻嘛，怎么能分居呢？搬回去一起好好过日子吧！"你说道："应该叫她搬回来，我可看不惯她妈的那副救世主嘴脸！"副处长劝道："人老了这毛病那缺点都暴露出来了，下辈人得谅解嘛！再说，让你搬回去也是好心好意，住得宽敞些，生活节约些，搬到你那小屋里去住，那保姆睡在哪里呢？冬天像冰窖，夏天像蒸笼，孩子咋受得了？好多实际困难你也得正视正视，不能瞎赌气嘛！年轻人，过日子嘛，凑合点，装点糊涂……"

副处长谈话的效果果真好，没白洒香水没白挤笑容，你答应搬回岳母家去住。你后来没搬回去，也没和方玲重归于好，是因为你犯了肝病。

在大学里你就患过肝病。这段日子里，你熬夜写稿劳累过度，吃方便面啃冷馒头营养不良，渐渐感到头昏脑胀、四肢乏力，肝区隐隐作痛。到市五医院一检查，肝病复发，需要住院治疗。阴错阳差地，你恰巧被安排到你母亲曾住过的那个病房那个床位。你倏地感到对死亡的恐惧，难道要追随母亲到另一个世界去吗？

方玲闻讯来探望过一次，一看那熟悉的床位，惊吓得面如土色、冷汗淋漓，匆匆离去再也不敢来了。隔一段时间，方玲派小保姆来送一次东西，且叮嘱再三，快去快回，不要乱摸乱坐传染上病毒，回来要洗三遍手消毒，衣服要开水烫烈日晒。

你躺在医院里想念得厉害的是女儿辰辰。每次小保姆来送东西，你就问个不停："辰辰会说话了吗？说了些什么话？长了牙吗？长了几颗牙？先长的上牙还是下牙？牙齿整不整齐？是宽是窄？会走路吗？摔没摔过跤？摔得重不重？还吵夜吗？还尿床吗？还睡觉出虚汗吗？最近病没病过？打没打过预防针？是吃奶粉还是吃饭？喜不喜欢玩玩具？喜欢玩哪些玩具？还缺什么玩具？看不看得懂连环画？听不听得懂儿歌故事？拉的屎是稀的还是干的？撒的尿是清的还是浑的？姥姥喜不喜欢辰辰？妈妈爱不爱辰辰？辰辰会不会喊爸爸？找不找爸爸？知不知道爸爸在哪里？"小保姆很为难，你缠着她问，她走急了怕伤你的心，回迟了又怕惹方玲埋怨。你叫小保姆捎口信，想看看辰辰。小保姆捎回方玲的口信："不行，辰辰不能到那鬼地方去传染上病毒！"你又叫小保姆捎口信哀求道："将辰辰带到医院门口的花坛里，我隔着门窗看一眼，还不行吗？"方玲铁石心肠："你要是真爱辰辰，就别提这种过分的要求，她本来就体弱多病，再染上肝炎就毁了她！"你气得古怪痉挛地笑着："哈哈，真逗！爸爸想看一眼自己的女儿，算过分要求。

哈哈哈，过分？到底是谁过分？好吧，请满足我的一个小小要求，带一张辰辰的照片给我吧！这该不算过分要求吧？"

辰辰的照片带来了，你躺在病床上打吊针百无聊赖时，就凝眸看照片，照片上的辰辰不快活，显得郁闷压抑，那神情与她的年龄很不相符。她受了什么委屈吗？她也在想念爸爸吧？也许姥姥和妈妈不准她到医院来看望爸爸吧？哦，她还小，什么也不懂，要是能像露露那么大那么懂事就好了。露露是同室病友老谭的外孙女，七岁。爸爸妈妈不让她来探望病中的外公，怕传染上可怕的肝病。她每天放学后偷偷绕道来医院。医生不让进病房，露露就在栅栏外的草坪上站着和阳台上的外公谈笑。外公讲童话故事，露露笑弯腰；露露表演舞蹈和游戏，外公也笑弯腰。露露还把自己画的图画、写的问候信折成纸鹤掷上阳台，外公给她的图画打上分数，帮她纠正错别字又放飞到草坪上。天伦之乐、童叟之情令人陶醉。不久，露露没来了，爸爸妈妈发现她去医院偷偷看望外公后很恼火，便上学放学亲自接送、严密监视。老谭经常趴在阳台上眺望露露的身影，沮丧郁闷极了。某天，老谭绊了一跤后便吐血，气息奄奄。咽气那天，露露早退溜出学校来看外公，外公却在昏迷中听不见她黄莺般的呼唤。老谭的尸体被抬上运尸车缓缓推走时，你觉得他值得，死时总算盼来了露露。你想象有那么一天也被抬上那运尸车被推走时，辰辰会来看一眼爸爸吗？唉！恐怕还没有老谭那份福气哟！辰辰小，不会自己偷偷跑来看望爸爸的……想到这里你泪水涟涟，把辰辰的照片紧紧地贴在自己的心窝上。

副处长代表处里来医院看望你了。她拎来一大网兜红彤彤的苹果黄灿灿的梨子，说代表全处同志的心意，接着解释处里其他同志不能来的借口："秀才处长出差了；谭科长最近在赶一份总结材料忙得焦头烂额；副科长杨杏嘛，最近在搞对象，别让她分心走神，争取嫁出去(你听到这信息坦荡一笑，杨杏终于听从你的劝告，开始考虑弃诗从嫁了)；马小海这小子请了长病假，有人却看见他当了'穴头'。'穴头'你知道吗？就是拉演员组成野鸡班子巡回演出赚钱的经纪人，也叫文艺掮客，奶奶的，赚起钞票来简直像玩魔术似的。奶奶的，这年头，不三不四的人赚大钱。"(你想笑，这位胖女人素日虽有狐臭，嘴却不臭，今日一定是愤慨忘形，骂了两句'奶奶的')副处长的狐臭依旧，啰嗦劲热乎劲不减，要不是同室病友用眼色和咳嗽来发出抗议，要不是护士闻声来下逐客令，她能在你的病床前磨磨蹭蹭远不止两个小时。就为这两个小时，你很感激她，想到自己的老婆和一些亲戚朋友来探视时都惴惴然待一小会儿就告辞，生怕染上瘟疫霍乱似的，你就觉得副处长可亲可敬，很有人情味同情心，也似乎不那么臃肿，不那么狐臭，不那么官瘾十足，不那么老气横秋。你颇后悔过去曾顶撞过她，捉弄揶揄过她，弄得她下不了台。现在她尽释前嫌不计宿怨，真心诚意地来探望你，在你的身边坐了整整两个小时，这是装不出来的。副处长临走时没忘了叮嘱一句："治好病后要搬回家去住，你呀，就是缺个女人照料才落到这田地，看把身体糟蹋成这样，该后悔了！"你像做错了事的孩子连连点头："我是挺后悔的，出院后一定搬回去……"

贺亚和他的诗友们走马灯般地来医院探望照料你。贺亚不顾你反对，排了个值班表通知楚魂诗社社员们轮流来照料你这个总顾问。其实除了打吊针时需要帮忙端饭菜打开水外，也没什么事儿可做。贺亚叮嘱社员们，没事也不能擅自离开，陪总顾问念念书解解闷儿也行，但不能缠着总顾问请教以免影响病人养病。个体烤鸭店老板没有让伙计代劳，亲自来为你端饭端水、倒屎倒尿。拖累他停业一天损失上千元，你颇有点过意不去。老板说："钱算老几？人间最重情义，再说能照料你也算咱们有缘分。"修鞋的瘸脚小伙子本来没排上值班，硬争着来为你服务。他寡言少语，做完事就默默地坐在你身边，静静地凝望着输液管里的药水滴动。幼儿园阿姨来照料你时，同室病友偷偷戏谑你："从实招来，是不是你的情妇？"你被闹了个大花脸继而黑下脸警告道："别他妈的乱说，不然老子不客气啦！"也不怪同室病友误会戏谑，幼儿园阿姨没把握好自己的角色分寸感，眼角眉梢都是情，简直把你当作她管辖下的一位幼儿园小朋友，一会儿给你削苹果，一会儿给你剥香蕉，一会儿帮你擦痰抹汗，一会儿为你按摩热敷，一会儿为你说个笑话，一会儿给你哼个流行歌……你想，就冲社员们的厚重情义，只要不死在医院里，得好好地给楚魂诗社当总顾问，帮助他们拥抱缪斯。

九

出院那天，贺亚带着诗友们来接你。一辆皇冠轿车恭候在医院门前，那是烤鸭店老板租来的。

等了半天，方玲还没来。小保姆姗姗来迟，说方玲今天有个采访任务不能来了，转告你还是回原来的小屋去住，没有别的什么意思，只是避免传染上辰辰。贺亚和诗友们愤愤不平："谁没有大病小灾、三长两短的？怎么能这样无情无义呢？""这种老婆真他妈的没良心硬心肠，得找她说说理凭什么这么欺负人。""说个屁理，干脆狠揍她一顿，看她还敢不敢不把男人放在眼里……"有的诗友在窃窃私语："这种老婆八成是有了外遇吧？怪哉，那女人我见过，比总顾问差老鼻子啦，要脸蛋没脸蛋，要身段没身段，要气质没气质，要风度没风度，她俏的什么皮要的什么威哟？""就是，要是我呀，早一脚蹬了那娘们，像总顾问这么有才气有风度的男人还愁讨不到女人喜欢吗……"你铁青着脸，咬肌在嘎嘎作响，阴鸷地问小保姆："为什么不带辰辰来？"小保姆支吾道："辰辰感冒发烧了，不能出来吹风受凉……""别说了！"你歇斯底里地吼了一声，恶狠狠地瞪了小保姆一眼。小保姆委屈得快要哭出声来："是她们叫我这么说谎的，端人家碗受人家管，没办法的。我看你蛮可怜，这样吧，我想法把辰辰抱出来玩，你就坐在小车里偷偷看一眼。"你感到屈辱悲哀，一个堂堂正正的父亲想见自己的爱女竟然要躲躲闪闪的！无名之火呼呼直蹿，渐渐化为无奈之烟。

皇冠轿车悄然停在四合院后面，你待在轿车里耐心等待。半个小时过去了，也许小保姆脱不开身。你的眼望酸了，气鼓鼓地正欲闯入四合院里去，小保姆抱着辰辰气喘吁吁地跑来。辰辰望着满脸胡茬的你无动于衷，显然不认识你。小保姆乖巧地提示她："辰辰乖，快喊爸爸。"辰辰笨拙生怯地喊了一声爸爸。你胸中情涛奔涌，踉踉跄跄地奔过去搂住辰辰，颤声叫了一声辰辰，泪水滂沱声哽咽。就在这时候，岳母的嗓音炸响了："哎呀呀死丫头，难道你不知道他是痨病鬼吗？要是辰辰传染上了我可不轻饶你！你这痨病鬼咋这么烂心烂肝哟，你这样没安好心不是成心要害死她吗？你不如拿刀杀了她拿绳子勒死她还痛快些！"你呆若木鸡地承受着劈头盖脸的斥骂，小保姆更是吓得噤若寒蝉、面如土色。不久，小保姆就被解雇了，她没要最后半个月的工钱，只要了辰辰的一张照片作留念。

后来的保姆世故圆滑、恪守职责，对你的恳求总是不卑不亢、不冷不热地拒绝，毫不通融。有一次，你记起是辰辰三周岁生日，买了一盒生日蛋糕，早早地到幼儿园去等辰辰。保姆来接辰辰，执拗不收生日蛋糕，怕老太太生气。辰辰恋恋不舍眼巴巴地望着生日蛋糕，保姆拽起辰辰躲瘟神似地跑去。辰辰老远还在挣扎着喊爸爸，你闻之心如刀绞。

方玲越来越懒得尽妻子的义务了。不是推说自己忙得焦头烂额、心力交瘁地没性欲，就扯你大病初愈不可纵欲，这样一憋三月不知女人味。方玲有时看到你情欲强烈的馋样子，动了恻隐之心，恩赐一次。每次尽完妻子义务后，方玲便迅速爬起来去洗澡，浑身打上三遍肥皂，换上干净衣服，分床而眠。夫妻生活不和谐，导致情感危机，聚在一起就为鸡毛蒜皮之事吵闹，不欢而散。

那天你心情不佳，早晨上班时被自行车撞伤了腿，中午下棋时莫名其妙地连输三盘，突然接到一位陌生女人的电话，约你在玫瑰酒吧见面，要跟你谈一件相当重要的事。你的心境倏地昂奋起来。她是谁呢？干什么？也许又是哪位酷爱文学、浪漫多情的女郎要缠你吧？你曾在某大学作过报告，收到过不少火辣辣情绵绵的求爱信，还有的女大学生疯疯癫癫地找上门来推销自己，你毕竟是乡巴佬出身抹不掉传统的烙印，对此颇为反感，倘若含蓄些艺术些，你很可能有这份雅兴。你想，现在这位陌生女人就懂含蓄艺术，约在酒吧见面听音乐品咖啡，那氛围那格调那情绪……绝了！好柔软的嗓音，一定是个妩媚迷人、多愁善感的女人吧？你遐想万千、神魂颠倒，兴冲冲地赶到玫瑰酒吧。

你没想到坐在最里面那座上等你的却是一位其貌不扬的中年妇女，更没想到她是来求你管管自己的老婆，别充当不光彩的第三者破坏她的家庭和睦幸福。你蒙了，歇斯底里地嚷道："别胡说八道！这怎么可能呢？"中年妇女递上她从丈夫处获取的照片情书，还有她丈夫的交代材料。她丈夫55岁，某服装公司经理，方玲给他写过报告文学，他送给方玲几套高级进口时装，后来便闪电般地勾搭上了……你感到恶心，方玲竟堕落到这般田地，与老家伙勾搭成奸……真他妈的奇耻大辱，没想到堂堂的大学毕业生、诗人才子、机关干部竟他妈的戴了绿帽子当了乌龟王八！中年妇女喋喋不休地说找过方玲却碰了一鼻子灰，方玲恬不知耻地说，他们的结合是真正的爱情，符合时代新潮流，谁也阻挡不了的，还说经理夫人是性冷淡、你是阳痿，这种婚姻名存实亡，是不人道的、痛苦残忍的。"谁他妈的是阳痿？放他妈的狗屁！"你控制不住自己竟在酒吧叫骂起来，"老子不蒸馒头蒸（争）口气，非他妈的宰了这对狗男女不可！"哪知中年妇女战战兢兢地哀求："千万别把事情闹大，我来找你就是商量个私了的办法，不是要你去杀人，要冷处理，这样对大家都好。我丈夫正值事业高峰期，我不想让他栽，你们年轻夫妇的前途更长，也犯不着毁在这种事上，我还是想求求你管住自己的老婆，当然我也要不遗余力地管住丈夫。"你无奈地说："天要下雨娘要嫁人，叫我咋个管法呢？打也不能打杀也不能杀，难道他妈的叫老子给她下跪不成？""你们男人不是挺喜欢看球吗？打球不是有盯人战术吗？""难道叫我每天跟踪盯梢不成？总不能把她拴在裤带上！""唉，盯人不一定要跟在屁股后面盯梢嘛，可以用电话遥控侦察她是不是常在单位，可以暗中拜托同事监视通报，可以编造各种理由缠她回家，还可以……"中午妇女滔滔不绝地说了许多盯人办法，可谓用心良苦，人活到这份上也真够悲哀的。"老子不想这么下作地盯人，离婚算了！""求求你别离婚，要不你老婆会死心塌地缠着我丈夫的，其实我丈夫只是想玩玩她逢场作戏罢了。""那你还急个毬！"

十

一波未平，一波又起。你的通俗小说《倒爷与女大学生的野性婚配》被查封了，据说被列入黄色书籍之列。有关部门勒令你停职反省，滑稽的是你还没有得到过一本样书。你凭印象觉得小说虽通俗但绝对不像人家说的那么庸俗下流、不堪入目，写的是当今社会上的两种价值取向问题，即倒爷崇尚女大学生的知识，而女大学生崇拜倒爷的金钱。你不大服气，人家就认为你态度不老实，将"罪证"拿给你自己鉴别。天啊！不看不知道，一看吓一跳：书中竟嵌入了那么多赤裸裸的性交淫乱描写文字，白纸黑字却是署的你的名字。卑鄙骗子，文化掮客！你大呼上当！

那时你刚办完母亲的丧事，债台高筑、捉襟见肘，一名个体发行商找上门来，拉你到酒店小酌，抛出五千元诱饵要你炮制一部带彩过瘾的畅销通俗小说。你问何为带彩过瘾，个体发行商诡谲地笑着指点就是男女苟合写多点野性点露骨点刺激点。你说："这个……恐怕不行吧？""怕什么？我给你找正规出版社出书，又不署你的真名，你放心大胆地写吧！"说罢掏出两千元定金。你想这真是从天而降的大好事！出诗集出纯文学书得自己掏钱包印包销，写通俗小说真爽快，一手交钱一手交货，倘若写通俗小说挣钱来出诗集，也算一条以文养文之路咧！不署真名，既捞了稿费也不影响声誉，只要找正规出版社出版，就不必担心出什么纰漏，何乐而不为？你熬了几个通宵炮制出了《倒爷和女大学生的浪漫史》。个体发行商看了，遗憾地说："不够带彩过瘾，改改吧？"你惊诧还要带彩过瘾到什么程度呢？这样子写时面红耳赤、臊得不行，你懒得再在这种鬼小说上耗精力，说倘若不行就退掉定金拉倒。个体发行商无可奈何地思忖片刻说："你要懒得改我们请人改吧。"你点点头，接下钱就让他拿走了书稿，就像出卖了一个私生的畸形儿，你一点没心疼。你没料到这是一个圈套，那家伙恣意增删后私自非法出版，且署上你的真名，赚了大钱，扫黄风声一紧就溜出国门，扔下你当替罪羊。没法对质，你就是浑身长嘴也说不清。你锒铛入狱，前来缉拿你的竟有全国十七家公安部门，都来自你那本书畅销的地区，自然是深受其害的重灾区。本市公安局捷足先登，免了你家人送牢饭寒衣路遥之苦。想不到第一个来探监的竟是杨杏。你愣了半天神，涩涩地喊了声杨副科长。杨杏说她已不当那狗屁副科长了，马上要随新婚丈夫移居香港，带来一包高级喜糖，感激你过去赐给她的良药忠言。不过她还是喜欢诗，也真诚希望你出狱后莫消沉重返诗坛，写出好诗望寄给她欣赏欣赏。

方玲也来过了，拿来些换洗的衣服，毕竟夫妻一场，唏嘘抽泣了良久。末了磨磨蹭蹭地掏出一张纸片，说："本来不该这时候提这事，法院拖到现在才受理，你要不同意就算了，等到出狱后再离。""早离迟离都是个离，怪咱俩没缘分，只求你待辰辰好些。"你潇洒地签了字，"求求你抽空带辰辰来一次，我想死她了。"

839

"行!"

父亲和弟弟风尘仆仆地探监来了。父亲晕车厉害显得病恹恹的，狱警走拢时，他便有气无力地叮嘱你老实服刑，听管教人员的话；狱警一走开，他就神秘兮兮地问要不要乡亲们联名请愿？要不要花钱打通关节？要不要赴京呼冤？弟弟也说你是为母亲的债务而写书犯法的，他良心上很不安，这次瞒着弟媳带来一大笔钱，要活动什么关节给开个名单。你说心意领了，就不要花冤枉钱了。留下点钱给辰辰买点甲鱼燕窝滋补滋补吧，这孩子身体太瘦弱了，出狱后再还给他们。

贺亚来看你时神情沮丧，因为你这总顾问案子的株连，楚魂诗社被查封了，诗友们作鸟兽散。烤鸭店老板终因"地上本来有路，走的人多了，便没有路"而关掉店门，跑重庆做铜材生意，对诗已无暇顾及。跛子鞋匠又因失恋而喝了农药，缪斯渎职没能挽救他。幼儿园阿姨和贺亚在搞对象，倘若恋爱成功也不失为楚魂诗社的一桩成绩一段佳话，现在他俩筹备办个发廊，等赚饱钱至少不为柴米油盐酱醋茶发愁后再潜心攻诗。你觉得这样也好，实在是人生的一种醒悟，一种超脱，一种无奈。

马小海是来探望他的强奸犯弟弟时突然看见你的，当时你正在聚精会神地糊药盒，等他招呼你时已来不及低头躲避了，只得硬着头皮等着挨他一顿羞辱。"喂！哥们，怎么玩穿帮了栽到这步田地？你犯的啥案子？""诈骗。"你胡诌道。"诈骗多少？""五千。""嗬，我说诗人你也太掉份儿了，为这点臭钱落得蹲监狱，真他妈的冤枉透顶！早知道你穷到这地步，跟我去走穴跑跑龙套也叫你腰缠万贯。要他妈的说诈骗，我就是诈骗犯，比我大的诈骗犯多着咧，可都活得滋润潇洒，只要你不玩穿帮，这是一门学问咧！诗人，别看你诗写得漂亮，肚子里墨水多，玩艺术可以，玩社会可差远啰！怎么样？要不要我帮你活动活动？不瞒你说，这儿上上下下的关系我都熟，打声招呼给你办个保外就医吧。不是吹，我弟弟的案子比你的重多了，毗病也没有，也在办保外就医。他什么案子？强奸案，说来真邪乎，平时挺老实文静的，看了一本黄书，冲上大街就把下晚自习的女中学生给干了。这他妈的真说不清楚到底是我弟弟犯罪还是黄书作者犯罪，狗×的黄书作者该枪毙哩！"你低下沉重的头颅，恍恍惚惚地糊着药盒，不知马小海还骂了些什么。

那天夜里你就开始发高烧说胡话，加上肝病复发，身体虚弱得厉害。监狱与你单位联系办保外就医手续。你躺在医院里吐起血来，生命在苟延残喘，监狱与你单位正在踢皮球，谁也不愿掏这笔钱，多亏贺亚垫出了开发廊赚的钱，弟弟送来了卖鸭的钱。就在你与死神搏斗的时候，你的案子突然出现转机，从外省一家查封的地下印刷厂里发现了你的手稿，真相大白，你被无罪释放，但留下一条尾巴。错误性质还是严重的，交单位严肃教育处理，吸取教训。

单位已决定把你下放到区文化馆，区文化馆派你在游艺机室录像室收门票。有一次你拦住一位不买门票昂头而入的女人，女人恼羞成怒大骂你瞎了狗眼，坐了牢贬下来还不晓得夹起尾巴做人呀？真他妈的顽固不化、不可救药！你被骂蒙了，后来才知那泼妇是馆长夫人。你找馆长诚恳承认错误不该有眼不识馆长夫人，馆长打着官腔笑着说："年轻人坚持原则是对的嘛。"你生怕馆长笑里藏刀，愁得整夜失眠，清晨又去找馆长负荆请罪。馆长严肃地说："这真算不了什么，应该是我向你赔礼道歉。"你想这话是什么意思？是不是馆长还嫌我检讨不深刻不诚恳？你买了一袋水果，晚上再找馆长，馆长忍无可忍地发了牢骚："年轻人，你怎么啦？没完没了的，是什么意思呀？难道非要揪住这点小事大做文章不可吗？"你羞愧难言，跌入汗臭氤氲的被窝一个劲地自问，你怎么啦？咋变成契诃夫笔下那个打喷嚏的小公务员？这是我吗？

贺亚已把蜗居装修成发廊，你只好住进文化馆集体宿舍。人家知道你患肝炎如临大敌，纷纷找馆长强烈抗议。馆长只好让你住练功房旁的楼梯间。你第一天晚上听见悲泣怪笑，以为闹鬼毛骨悚然。馆长说那是女疯子在作祟，她早年在练功房与新来的大学生做爱被抓，大学生被整得自杀，她抑郁而疯夜夜到练功房鬼闹。练功房原来上锁，她踢门砸窗、鬼哭狼嚎吵得整馆不宁，也就不敢上锁了由她去。一夜，女疯子突然扑上来搂抱你，你拼命挣扎，女疯子哀求："阿黑，求求你别躲我，别这么高傲，我找你找得好苦呀！你知道吗……"你怜悯她温顺地充当了阿黑让她搂抱抚摸狂吻，女疯子喃喃道："阿黑，你变了，这样多好！由他们说去吧！犯不着那么臭清高，受点挫折屈辱就寻死觅活，阿黑，你终于回来了！我真高兴，让我们重新开始吧！只要你低着头，日子像水顺着流……"这真是人生哲理！谢谢你，女疯子，不，女哲人！

你从区卫生院看病出来，突然有人喊你。你抬头看，是一位陌生女孩，漂亮得令人晕眩。"你是……"她甜脆地笑。尴尬。"老师，你忘了？你给我签名留言过哩！""哦，签名留言过的多，记不得了。""可我背出你留的言，也许你能记起来……"

> 只要高昂着你的头
> 世界纵然是沙漠也会变成绿洲
> 只要高昂着你的头
> 生活再严酷也觉得美丽温柔……

"哦，你是高昂！当时觉得你的名字有趣，就把我大学时代的得奖诗作给你留了言。哦，记得你患了白血病，好了吧？""好啦！只要高昂着头，绝症也吓得开溜。哈哈哈！老师，真得感谢你当时对我的鼓励，要不我早自杀了。老师，你生活得怎样？""唉，不怎样，高昂不起头来啰！""老师，你要像你的诗那样……高昂呀，还记得古人的这首词吗？少年不知愁滋味……为赋新词强说愁。而今识尽愁滋味……却道天凉好个秋！老师，你的情绪好低沉呀！这就是生活……"

　　谈了许久，你和高昂分手，踽踽独行。你穿过摆满摊群的小巷，接着小心翼翼地穿过马路……

骑驴郎中

一

天坑山因巨大深邃的天坑得名。天坑方圆上百米，深不可测，据说有好事者用绳子拴着磨盘往天坑下面放，居然放了十几捆绳子还没放到底。天坑内想必白骨累累，冤魂济济，各朝各代，无论官府杀人，外寇杀人，军阀杀人，土匪杀人，起义者杀人，都往天坑里扔。还有远近闻名来自杀的，认为这里风景好，死后托个好胎，也来跳天坑。当地人说天坑是万人坑，一点也不夸张。

当年，许梦蝶站在天坑边缘准备纵身一跳之际，忽然传来一阵清脆雄浑的钟声。这钟声在山谷中回荡，在天坑上盘旋，仿佛穿透了她的身体，在召唤着她的灵魂。许梦蝶毅然决然放弃了轻生念头，脱下她最心爱的桃红色呢子外套，步履沉重而坚定地朝钟声传出的方向走去。

钟声是从青云观传来的。青云观坐落在天坑山的南麓，三面悬崖，唯有一条狭窄山道通往青云观。传说明末农民起义首领李自成的一员大将，在兵败溃退途中，眼看大势已去，前景黯淡，便携带大量金银潜逃到天坑山，修建了青云观，当起了道士。若干年后，青云观的住持换成了一位法号妙真的女道姑。她原本是当地一名大军阀的五姨太，大军阀遭人暗杀后，她万念俱灰，上青云观当了道姑。经过多年修炼，成为青云观第一任女道长。

许梦蝶苦苦哀求，妙真道长执拗不收她。许梦蝶跪在青云观大殿前三天三夜，昏倒在地。妙真道长亲自给她喂水喂饭喂药，待她苏醒过来，仍不肯收留她。许梦蝶绝望地哀鸣："那我只有死路一条，去跳天坑了！"妙真道长喟然长叹："莫怨贫道铁石心肠，只因女施主长得太俊俏，土匪经常跑来抢夺民女，连道姑也不放过。我收留你，岂不害了你？"许梦蝶恍然大悟：原来女道长不肯收留自己，是担忧美貌惹祸呀！许梦蝶挣扎起身，摇摇晃晃地离开青云观。

不一会儿，许梦蝶捂住鲜血淋漓的脸跑回青云观，原来她寻找了一尊如刀斧锋利的怪石，猛地撞了上去，活生生地将半张俊俏的脸蛋撞破相了。妙真道长急忙拿出创伤药给她敷上，疼爱地嗔怪道："你怎么这么傻呀！早知你这么犟，贫道不该撺你走！多好的一张脸，毁成这样，罪过、罪过！"许梦蝶粲然而笑："谢谢道长的大恩大德、大慈大悲！"

果然，几天后，天坑山附近的土匪袭扰了青云观，将几名前来烧香拜神的信女与一名稍有姿色的小道姑掳走了。许梦蝶若不是破相，肯定逃不脱这场劫难。

又过了几天，石上流寻找到天坑山的天坑旁，猛然发现荆棘丛杂草中那件桃红色呢子外套：这不就是自己在订婚时送给许梦蝶的礼物吗？难道她真的跳天坑了？石上流心若刀绞，泪如泉涌，趴在天坑旁号啕大哭，哀号道："梦蝶呀梦蝶，你怎么这么傻呀！年纪轻轻就这么寻了短见，你对得起生你养你的父母吗？你对得起爱你宠你的石哥哥吗？你怎么忍心撇下我呀？叫我怎么活下去呀？你要跳天坑，也得约我一起来跳呀！说不定我们一起跳下去还能化为蝴蝶呀！"

石上流神情恍惚，目光呆滞，伫立在天坑旁一块突兀的石头上，正要往下跳，忽然，青云观传来了激昂磅礴的鼓声，他转念一想：我现在还不能死！我得去请道士做一场法事，为梦蝶诵经招魂，超度亡灵，也让神仙保佑我们来世再做夫妻。石上流捧着桃红色呢子外套，跟跟跄跄地向青云观攀爬而去。

天坑山北麓一百多公里处有座盘龙县城。盘龙县城的石家，拥有钱庄、当铺、镖局、客栈、布店、粮店、药店、油榨坊、染坊、酒楼、戏院等店铺十几家。石老爷娶了五房太太，生了五男七女。四个儿子分别掌管着这些店铺，七个女儿嫁的也都是生意人，典型的生意联姻。石家本来家底殷实，财力雄厚，经营有方，生财有道，加上七个女儿的婆家大帮小助，石家的雪球越滚越大，成为盘龙县城当之无愧的首富人家。石老爷只有一个心病：最小的五少爷石上流不成器。石上流不喜欢做生意，看见算盘、账本、银票、契约就头昏眼花，聪明的脑瓜用歪了，偏偏走火入魔地迷上了盘龙花鼓戏。石老爷万分悔恨：当年不该在五少爷的周岁生日宴会上，搞什么抓周游戏，更不该在抓周的大圆桌上放上胭脂盒，五少爷抓住胭脂盒不放手，石老爷多么希望他抓算盘呀！石老爷还以为他长大后喜欢拈花惹草，风流浪荡，妻妾成群，没想到他喜欢盘龙花鼓戏，戏子不就是与脂粉打交道吗？真是气死石老爷了！把石家祖宗的脸丢尽了！

石上流喜欢盘龙花鼓戏不假。可石老爷哪知道，石上流更喜欢的是唱盘龙花鼓戏花旦的许梦蝶。爱屋及乌，爱人及戏，人之常情，石老爷怎懂得年轻人的心事？石老爷年轻时也喜欢看盘龙花鼓戏，他的夫人就是盘龙花鼓戏当家花旦，他看着看着就把当家花旦抱回家来。自打知道五少爷迷上盘龙花鼓戏后，他就睥睨盘龙花鼓戏了，就厌恶夫人了，更不许她在家里唱盘龙花鼓戏了。有时夫人忘了石老爷的禁忌，偶尔哼唱几句盘龙花鼓戏，轻则挨骂，重则挨打。一次，夫人趁石老爷外出赴宴，在家里过戏瘾。正唱得情酣意浓、眉飞色舞之际，石老爷回家来拿遗忘的鼻烟壶，正巧撞见这一幕，气得五官挪位、七窍生烟，操起手杖劈头盖脸一阵猛打，竟把夫人的脑壳开了血瓢，昏死过去。幸亏及时送到医院抢救，才捡回来夫人一条命，但夫人疯了，成天一睁开眼就大唱特唱盘龙花鼓戏。石老爷以为她是装疯卖傻，把她关在后院的地下室里，她仍然"生命不息，唱戏不止"，石老爷这才相信她真的疯了！其实，夫人真是冤枉！她既不是石上流的生母，没有基因遗传，也没有潜移默化地影响石上流，她很少在石家儿女面前唱盘龙花鼓戏，因为戏文剧情既登不得大雅之堂，更少儿不宜。石老爷百思不得其解：他可从来没带五少爷去看过盘龙花鼓戏，也没请过盘龙花鼓戏戏班子到家里来唱过堂会，这小子是怎么迷上盘龙花鼓戏的呢？石老爷怀疑是四姨太，也就是五少爷的生母带她儿子偷偷看过盘龙花鼓戏，也怀疑是哪个仇家为了打击报复石家，偷偷让五少爷染上戏瘾了。石老爷愤懑地骂道："臭小子，你要迷上戏瘾，也不能迷上盘龙花鼓戏呀！你就不能迷上有品位、能登大雅之堂的京剧吗？"

石上流攀爬通往青云观的山径，累得气喘吁吁，汗水淋漓，趴在石阶上歇息。这时，迎面走来一位戴着黑帽、穿着黑衣的小道姑，挑着水桶，显然是下山去挑水。小道姑猛然看见他，吓了一跳，脚下一滑，一屁股跌倒在地，两只水桶滚了下来。幸亏石上流手疾眼快，一手一只抓住了水桶。石上流将水桶放在石阶上，又伸手去搀扶小道姑。小道姑急忙晃着一只手拒绝搀扶，另一只手撑起身子爬起来。小道姑始终低垂着头颅，石上流以为她害羞。她闪过身边的瞬间，他惊愕地瞥见了那半张丑陋恐怖的脸。石上流猜想：也许她是怕吓着我吧？石上流凝视着小道姑的背影与走姿，忽然感觉到她好像梦蝶呀！梦蝶怎么可能当小道姑，怎会有那半张丑陋恐怖的脸呢？一定是自己的幻觉、臆想……

二

石上流迷上盘龙花鼓戏，是从迷上许梦蝶开始的。

那年，石上流十五岁，青葱年龄，情窦初开。暑假，他应同学之邀，去盘龙县城外的小河里游泳抓泥鳅。路过一座废弃的破庙时，石上流忽然听见一阵天籁般的戏曲声。这么美妙悦耳的声音是谁唱的呢？石上流惊叹好奇地循声而去。破庙后院，一簇幽篁，亭亭玉立着一位小姑娘，正全神贯注地练唱着戏曲。那时，石上流还不知道，她练唱的就是在盘龙县一带十分流行的花鼓戏，下里巴人喜闻乐见，多在乡镇搭台演出，偶尔也出现在县城的剧院、庙会、灯会、晒龙节上。石上流一见倾心，目不转睛地看着小姑娘甩水袖练身段，如痴如醉地聆听着她唱戏。他已经忘了游泳抓泥鳅的来意，同学们也不知他去了哪里。小姑娘练唱累了，擦汗喝水歇息，这才发现石上流躲在石柱后偷看她。小姑娘顿时警觉、愠怒，厉声喝问："你是什么人？为什么要偷看我？"石上流平时伶牙俐齿，可见到宛如天仙的小姑娘不由得慌乱结巴起来："我、我是县城来的学生，我、我不是偷看，是、是迷路了……想来问路的……"小姑娘打量石上流，英俊温儒，玉树临风，一副书生打扮，不像是流氓地痞，这才嫣然一笑："你要去哪里？"石上流答："我要去小河边。"小姑娘噗嗤一笑："嘻！你在庙门口就能看到小河，怎么跑到庙里来问路？真是个小书呆子！"石上流暗忖：我可不是小书呆子，分明是小花痴！

从此，小姑娘的身影镶嵌进了石上流的心里。隔三岔五地，他就跑到破庙来看小姑娘唱戏练功。小姑娘所在的戏班子到哪里演出，他就跟到哪里看戏，经常旷课逃学，功课一塌糊涂，学业每况愈下，可他赢得了小姑娘的芳心。小姑娘叫许苞谷，她娘在苞谷地锄草的时候生下的她，她爹满心希冀生个儿子，一看生了个赔钱货，倍感沮丧晦气，胡乱给她起了个土得掉渣的名字。石上流决定给她改个好听的名字，翻遍了四书五经，琢磨来推敲去，忽然想起"庄周梦蝶"的典故，便要给她改名许梦蝶。许苞谷一听这名字，高兴得蹦蹦跳跳，拍手叫好："这名字好听！梦蝶，多有诗情画意呀！在我的梦境中，经常出现蝴蝶，不是我捉蝴蝶，就是蝴蝶追我，还有一次，我竟梦见自己死了，变成了一只红蝴蝶！"

许苞谷一改叫许梦蝶，好运就来了。戏班子的当家花旦突然跟一位山西木材商私奔了。当家花旦与戏班主其实是明铺暗盖的露水夫妻，戏班主不光戴了沉甸甸的绿帽子，也失去了金灿灿的摇钱树。戏班主捶胸顿足地叫骂，嗓子嘶哑了，急得抓耳挠腮，如热锅上的蚂蚁，戏班子突然失去了当家花旦，这戏还怎么唱下去？眼看要树倒猢狲散了。戏班主更焦急的是，他前些日子已接了盘龙县警察局蒋局长的帖子，要在他老母八十大寿寿宴上唱盘龙花鼓戏《麻姑献寿》，演麻姑的当家花旦跑了，《麻姑献寿》无法演了。戏班主硬着头皮给蒋局长通报情况，哪知蒋局长颟顸蛮横惯了，放出狠话来："你们让我老母不高兴了，我就不高兴了；我不高兴了，就会让你们不高兴！"弦外之音，这《麻姑献寿》不演还下不了台，轻则今后别想在盘龙县城演戏了，重则随便安个罪名把戏班子的人关进牢里，或送去当壮丁劳工。戏班主走投无路，决定铤而走险，让许梦蝶演麻姑，反正不演戏班子难逃劫难，演砸了大不了也是戏班子劫难难逃。正如伸头是一刀，缩头也是一刀，不如赌一把，说不准演好了，既可逃脱劫难，又可推出新的当家

846

花旦。天无绝人之路，人有神佑之时。许梦蝶身负救场重任，力挽狂澜，凭着天生丽质与后天苦练，成功扮演了麻姑，赢得满堂彩。许梦蝶关键时刻救了戏班子，保住了大家的饭碗与身家性命，大家都万分感激许梦蝶，而许梦蝶更加感激石上流，是他改的名字给她带来了好运。

　　石上流旷课逃学多了，学校老师跑到石家府上告状了。石老爷大吃一惊：过去悬梁刺股勤学苦读的小书呆子怎么旷课逃学了呀？是调皮贪玩还是染上了嫖赌抽等恶习？石老爷派人秘密跟踪调查，原来五少爷经常跑去看盘龙花鼓戏。石老爷的肠子要气断了：不迷圣贤书，却迷盘龙花鼓戏，怎么养出这等不争气、没出息的孽种来哟！这怎么对得起石家的列祖列宗哟！还不让盘龙城的百姓笑掉大牙呀！石老爷气急败坏，挥舞手杖狠狠地抽打了石上流一顿。当然，石老爷不会下狠手打，而是朝他的腿与屁股打，打跛了他的腿不让他往戏院里跑，打烂了他的屁股不让他安逸地坐在戏台下看戏。这一打，反而坏事了，石上流破罐子破摔，索性辍学了，成天跟着许梦蝶所在的戏班子跑，还帮着拉大幕、搬道具、递茶水、当跑堂、跑龙套，分文不要，还倒贴，经常请戏班子下馆子打牙祭。戏班子都喜欢这个小戏痴、小花痴，也清楚戏痴是假，花痴是真，他是爱人及戏，迷的是许梦蝶，没有许梦蝶，他不会来看戏，更不会来帮忙、请客。

　　石上流坐吃山空，哪来那么多钱呢？起初，石老爷得知他辍学了，断了他的零花钱，以为能逼他回心转意，殊不知他如茅坑里的石头——又臭又硬，不为零花钱折腰。后来听说石上流偷偷跑到一些店铺柜台上去借钱，石老爷给各个店铺掌柜打招呼了，以后谁再敢借钱给五少爷，等于谋害五少爷，初犯十倍扣除薪水，再犯开除永不录用。石上流捉襟见肘了，就偷偷去找众多姐姐姐夫"化缘"，石老爷鞭长莫及，管不了这事。石上流就在这种夹缝中求生存，把这出爱情戏码唱了好几年。

　　石老爷后来终于摸清了五少爷迷上盘龙花鼓戏的真相：原来他迷上了当家花旦许梦蝶！石老爷派管家跟戏班主与许梦蝶摊牌：只要他们放过五少爷，可送上五万大洋！天呀！当年土匪绑架富家子弟也没开过这么高的赎票呀！戏班主喜笑颜开，满口答应。许梦蝶却不卑不亢，不惊不喜，淡定地说："石家大可不必送五万大洋，石少爷人身是自由的，去留由他自己做主！"石老爷见收买不成，生出毒计，给警察局蒋局长送去一万大洋，让他帮忙干一件脏活。当然最好不要杀生，徒添石老爷的罪孽感，只要让许梦蝶身败名裂，逼石上流不再痴迷她就成。蒋局长干这种脏活轻车熟路，小菜一碟。当晚就以唱堂会为名，将许梦蝶骗了出来，关进了羁押所，在牢饭里下了迷药，蒋局长先奸污了昏迷中的许梦蝶，然后又让几个狱警轮奸了她。石上流不可能知道这个黑幕：原来是自己的亲爹使毒计祸害了自己的心上人！他若是知道，肯定会豁出去跟石老爷拼命的！

　　许梦蝶唱堂会一夜未归，戏班主见当家花旦莫名其妙地失踪了，急得团团转，急忙跑去找蒋局长打听许梦蝶的下落，蒋局长撒起谎来面不改色心不跳："昨夜唱堂会唱了一半，她闹头昏，就回去了。怎么没回戏班子呀？是不是跟石家五少爷私奔了呀？"石上流也在焦急地寻找许梦蝶。他跟许梦蝶约好，今天去他大姐夫家的庄园游玩，大姐夫买了一辆自行车，他要教许梦蝶骑车。可到破庙一问，许梦蝶唱堂会一夜未归，他大吃一惊：许梦蝶可从未一夜未归呀！他惴惴不安起来：难道许梦蝶遇到了坏人？被绑架了？他沿街询问寻找起来。在盘龙客栈，他听到几个外地客人说，昨天深夜他们吃完夜宵回客栈，撞见几个蒙面人将一个昏迷的漂亮女人从人力车上抬下来，扔在客栈门口就跑了。他们生出恻隐之心，将漂亮女人抬到客栈房内歇息，快到天亮时，漂亮女人才苏醒，号啕大哭了一场，挣扎起身跑去了。石上流断定：这个漂亮女人一定是许梦蝶！他拿出许梦蝶的小照给几位外地客人辨认，都说就是她。石上流继续沿街询问寻找，不断有路人告诉他，许梦蝶往盘龙城南面走了，她出了盘龙城南门，她往天坑山方向去了……石上流感到蹊跷：许梦蝶去天坑山干嘛？听说天坑山有座青云观挺有名气，她是去青云观烧香拜神吗？他还听说天坑山有个很大很深的天坑，是个恐怖的万人坑，也是个远近闻名的自杀地……石上流想到这里，浑身打了一个寒战，后背脊梁都发凉，心头蹦出一个凶兆：难道梦蝶是去自杀？石上流寻到天坑，果然发现了自己送给许梦蝶的那件桃红色呢子外套……

　　妙真道长听石上流哀求她做法事，感到疑惑："你的女朋友是这两天跳天坑的？不对呀！最近没人来跳天坑呀！"石上流纳闷："道长怎么知道有没有人跳天坑呀？难道您真的能掐会算吗？"妙真道长淡然一笑："贫道又不是神仙，哪里能掐会算呀？贫道是观察老鹰才知道有没有人跳天坑。若有人跳天坑了，老鹰会成群结队飞往天坑，去叼食尸体。"石上流一想：道长说得在理，心头闪出一丝希望之光，急忙拿出许梦蝶的小照，请妙真道长辨认："道长，您看见过这个姑娘吗？她是不是来过青云观？"妙真道长扫了小照一眼，波澜不惊、神色淡然地说："施主不必为她做法事了，她已皈依道门，看破红尘，斩断俗根，发誓将身心寄托在本观，修道养德，拜神祈福，施主请回吧！"妙真道长说罢，吩咐小道姑送客关门。石上流苦苦央求："道长行行善开开恩，让我见一面她吧，我要亲自问问她！"妙真道长说："施主还是不见为好，不见永远怀念美好印象，见了会大失所望、大伤其心。"石上流疑惑："道长这是什么意思？"妙真道长说："贫道本不想把残酷真相告诉施主，既然施主这般执意，贫道只好如实相告，云朵为表断绝俗缘、皈依道门之心，撞岩毁容，终生无悔！梦蝶已死，云朵再生，施主，请尊重云朵的抉择，好自为之，去奔自己的前程吧！"

　　石上流恍然大悟：刚才在山径石阶上相遇的挑水小道姑就是梦蝶！难怪他觉得她的背影与走姿那么像梦蝶。他恨死自己了，与梦蝶擦肩而过竟没认出她来，这让梦蝶承受多么大的打击呀！石上流急忙转身朝山下跑去，想在山径上找到梦蝶，可一直跑到山下的池塘边，也没见到她。石上流知道，梦蝶一定躲着他！石上流在山径石阶上坐着等她。这条山径是青云观的唯一通道，梦蝶再怎么躲藏，不会不从这条山径回青云观吧！天色渐暗，山风呼啸，林涛喧嚣，老鹰怪鸣，野狼嗥叫，石上流有些害怕，更为梦蝶担心。石上流沿着山径呼喊起来："梦蝶，你别躲了！快出来吧！我是你的石哥哥，是来接你回家的！不论你遭遇了什么，不管你面容毁成怎样，你石哥哥都会永远爱你！没有你，你石哥哥就活不下去了！求求你梦蝶，天快黑了，你再不出来，多危险呀！会摔下悬崖的！会被野狼吃掉的！你石哥哥是来保护你的！"

　　石上流喊累了，仍不见梦蝶的身影，忽然想起，若是唱起梦蝶最喜欢的盘龙花鼓戏《梁祝楼台会》，说不定能感动她，激励她快点出来。石上流清了清嗓门，迎着山风与林涛大声唱了起来：

> 梁山伯祝英台，
> 楼台相会诉离怀。
> 一个是满心欢喜情难尽，
> 一个是满腹心酸口难开。
> 那一日钱塘道上送君归，
> 柳荫之下做大媒。
> 九妹婚姻你亲口许，
> 求亲我特为上门来……

　　石上流唱到这里，停下来，仔细聆听，真希望梦蝶能像往昔那样接着唱下去。可只有山风与林涛声、老鹰与野狼声。石上流哭喊起来："梦蝶，该你唱了！你快唱呀！这可是你最喜欢唱的唱段！你可是跟我发过誓，你要永远爱我，活着做我的祝英台，死了我们一起去化蝶！你怎么忘了你的誓言呀？你怎么忍心抛下我呀？你要躲着不见我，我就去跳天坑了！"

　　石上流又饿又累，急火攻心，昏迷过去。妙真道长带着道姑们下山来，将石上流抬进了青云观。石上流哪里知道，青云观还有一条密道，藏在悬崖边的密洞里，因有灌木藤蔓遮掩，外人是很难发现的。云朵就是从这条密道上了青云观的。云朵听到了石上流的喊声与唱戏声，担忧他天黑有危险，央求妙真道长派人去带他上青云观，明日再送他下山。妙真道长喟然长叹："云朵，看来你尘缘未了，俗根未断，毁容易毁心难呀！贫道也不强求你，何去何从，你自己决定！"第二天，云朵与石上流见面了，她决绝地说："我最后叫你一声石哥哥，我与你的尘缘已尽，梦蝶已死，云朵再生，你若再纠缠我，我只有死路一条，去跳天坑了！"石上流伤心欲绝，却无力回天，宛若覆水难收，破镜难圆，悲叹道："我保证不再纠缠你了，但我若能经常来看望你，听听你的声音，看看你的身影，闻闻你的气息，我就满足了！"

石上流下山去，云朵目送他消失在山径尽头。她偷偷流泪了，在心里为石哥哥唱了一段《梁祝楼台会》：

> 梁兄啊，你道九妹是哪一个？
> 就是九妹祝英台。
> 天公有意巧安排，
> 美满姻缘偿凤愿，
> 今生今世不分开，
> 无奈爹爹要把我许配给
> 花花公子马文才……

三

石上流回到石府，突然宣布：要在三姐夫家的诊所当学徒。石老爷暗自吃惊：这臭小子怎么想一出是一出呀？哪根筋搭错了，怎么突然想学医呀？他葫芦里卖的什么药呀？石老爷满以为赶跑那小狐狸精后，石上流会安心读书，将来跟四个哥哥一样在经商上独当一面，让石门家业越做越大，可他仍然视经商为畏途，视金钱如粪土。学医就学医吧，总比拜倒在那当家花旦石榴裙下，走火入魔地迷上盘龙花鼓戏要强得多！

石老爷生出怜子之心，慷慨许愿："小子，好好学医，等你满师了，我给你开个诊所，比你三姐夫家的那个诊所还要大！"石上流冷冷地抢白道："不稀罕，我不开诊所！"石老爷被噎得眼珠直翻、猛烈咳嗽，不由得冲着他匆匆跑去的背影骂道："狗杂种！翅膀还没长硬，就敢跟老子斗狠翻脸，真他娘的不识好歹！不晓得天高地厚！不稀罕，就他娘的别进石家！不开诊所，难道想当江湖游医吗？"

石老爷做梦也没想到一语成谶，石上流一辈子都做了江湖游医，而且游走的是天坑山一带的山村。石老爷更没想到，石上流学医的终极目的，就是为了能名正言顺地在天坑山一带游走，能理直气壮地经常去看望梦蝶。石老爷在晚年才知道石上流学医的真相，悔恨交加，自己本想棒打鸳鸯散，鸳鸯是散了，爱心却没死，阴魂还不散，害得石上流大半辈子游走在天坑山的穷乡僻壤，吃尽了苦头受够了罪。

石上流学医期间，时常跟师父请假，要上天坑山去采药。采药是幌子，看望云朵是目的。当初云朵不肯见他，石上流一根筋，席地而坐，不哭不闹，不吼不唱，赖在青云观不走，无论狂风暴雨，还是大雪纷纷，不见到云朵不离开。妙真道长指点云朵："道家讲究空，不见是空，见也是空，只要心里空，见也无妨！"云朵不再固执，坦然相见，让石上流满足心愿。石上流每次去青云观，都倾囊捐香火钱，看一眼云朵，说几句话，就上天坑山去采药。五年后，石上流满师了，真的不在盘龙县城开诊所，而是跑到天坑山一带当起乡村游医来。

天坑山一带山高林密，道路崎岖陡峭，山里人家居住分散，生了小病，搞点中草药和土方子吃吃，生了大病只能死扛着、煎熬着，听天由命，很少买药看病。偶尔也有江湖郎中、巫婆神汉窜到天坑山一带行医卖药、装神弄鬼，但山里人家都穷得叮当响，实在搜刮不出什么油水，所以江湖郎中、巫婆神汉也懒得游走天坑山一带，渐渐地销声匿迹了。石上流就成了天坑山一带痴心坚守的山村游医。

石上流医术高明，又疏财乐施，看到贫苦人家，他看病不收钱，还贴钱抓药，有不少被病魔缠身的山里人，都是被石上流从病魔死神手上抢救回来的。山里人都称他为"活菩萨"。

天坑寨的猎户岳老爹染上一种奇怪的腿病，双腿奇痒无比，溃烂流脓，生出蛆虫，剧痛难忍，三番五次闹着要用猎刀割腕割喉，用猎枪打爆脑壳，都被他老伴与女儿发现制止了，只好将他五花大绑在床上。岳老爹疼得嗷嗷叫，被游走山村的石上流听见了。石上流一诊断：这是黑死病，八成是感染了黑死病毒。一盘问，果然，岳老爹在打猎时发现一个神秘山洞，钻进去看个稀奇，只见里面有许多白森森的尸骨，黑黢黢的罐子。岳老爹从神秘山洞回家后，双腿就发病了。石上流判断，那八成是日本鬼子投降时藏身的洞。岳老爹的女儿香香扑通一声跪在石上流面前，哀求道："石郎中，救救我爹吧！只要你救活了我爹，我愿意嫁给你！"石上流实话实说："你爹这病情严重，看来双腿是保不住了，得赶快截肢，兴许还能保住性命，再要耽误下去，保命就没希望了！"香香说："石郎中，你给我家做主，大胆动手吧！保住我爹的命，我嫁给你，就算救不活我爹，也绝不会找你算账！山里人虽穷，但说话算话！"石上流挺感动，挺钦佩，这样有孝心又有胆识主见的山里姑娘真不多见。他郑重声明："我可是有女朋友的，嫁人的话就不要再提了，免得传到她耳朵里，闹出误会来！"石上流给岳老爹成功地做了截肢手术，保住了岳老爹的命。不知怎的，香香听说石上流根本没有女朋友，她燃起了希望，死缠烂打要嫁给石上流，害得石上流不敢再到天坑寨去。

　　不久，石上流在天坑山采药的时候，不慎跌下悬崖，幸亏有一棵歪脖子檀树勾住了他，捡回了一条命，可左腿摔断了，成了瘸子。石上流只好买了一头瘦驴，骑驴游走山村巡诊行医。云朵第一次看见石上流骑驴上了青云观，淡淡一笑："我早劝你买头驴子代步，你总是舍不得花钱，怎么脑壳想通了？"石上流苦笑："不是我脑壳想通了，是我腿瘸了！"云朵以为石上流开玩笑，等到他溜下驴背，果然见他一瘸一拐的，屁股一翘一翘的，煞是滑稽丑陋，她禁不住唏嘘："你呀你，干嘛这么犟呀？快点回到盘龙城老家去过安稳享福的日子吧！"石上流斩钉截铁地说："我不会回去！除非你跟我一起回去！"云朵嗔怪他："我是云朵，遁入道门，不可说诳语，再说这种话，休怪我不见你了！"云朵牵着他的瘦驴，要去后院给它喂料。没料到瘦驴不听从她，四蹄站定，犟着不走，还打了一声响鼻，放了一声臭屁。云朵顺势将缰绳扔给石上流，揶揄道："真是跟什么人学什么样，连你的瘦驴都这么犟！"石上流反唇相讥："你可是云朵，遁入道门，不可骂人哟！"云朵小声辩解："我哪骂人了？"石上流说："你分明含沙射影地骂我是犟驴！"云朵撒起娇来："我就骂你了！你就是犟驴！"云朵蹀躞而去。石上流挨了云朵的骂，反而如沐春风，如饮甘泉，久久咀嚼着，回味着。

　　石上流骑驴进了天坑寨。他摔成了瘸子的消息，已经传到天坑寨了。香香找到老族长醒醒老爹，央求他帮自己保媒："他成了瘸子，我也愿意嫁给他！"醒醒老爹把石上流请到家里，请他吃獐子肉，喝苞谷酒。喝到酣畅处，说起保媒事："香香可是天坑寨最聪明最漂亮的姑娘，她看上了你，真是你的艳福呀！何况你现在腿脚不方便，你别犹豫了，娶了她，给你当助手，你们就在天坑寨开个诊所，让附近村寨的病人来天坑寨看病……"

　　石上流急忙阻止："老族长，您老人家是健忘呀，还是喝醉了？我可早就跟您说过我有女朋友，您怎么说起保媒的事来呀？您想让我犯作风错误，脚踏两只船呀？"醒醒老爹戳穿他："你拉倒吧！你那女朋友都当道姑了，你还单相思人家，不觉得荒唐可笑、委屈得慌吗？你放着香香这么好的姑娘不娶，偏偏要单相思那个道姑，真是糊涂呀！听我一声劝，今天别走了，择日不如撞日，今晚就把婚事办了，跟香香拜堂成亲……"石上流扔下酒碗起身要走："你这不是胡闹吗？"醒醒老爹说："什么胡闹呀？都是为了你好！过了这个村，没有那个店，天坑寨人最讲情义，你是山里人的'活菩萨'，山里人怎忍心让你打光棍呀？天坑寨没什么好回报你的，就让最好的姑娘香香来报答你！"

石上流暗忖：山里人盛情难却，却又不能不却。三十六计，走为上计，此时不走就走不脱了。可不能对不起梦蝶，更别耽误了香香的终身大事！石上流打起哈哈来："我这个瘸子，就怕配不上香香，委屈了人家姑娘呀！既然是乡亲们的一片盛情，那我只好恭敬不如从命了。哎呀呀，我得去方便一下……"石上流装着上茅房，一瘸一拐地走去，趁着老族长不注意，骑上瘦驴仓皇"逃婚"而去。

四

中华人民共和国成立后，政府号召人们破除封建迷信，严禁参与宗教活动，青云观的道士道姑们作鸟兽散，最后只剩下妙真道长与云朵。冬夜，北风呼啸，大雪纷飞，野狼惨嚎，寒鸦哀鸣，妙真道长与云朵在孤灯下、破被中抱团取暖，卧床聊天。

妙真道长问："云朵，大家都走了，你怎么不走呀？"云朵说："当年，我要跳天坑的瞬间，多亏青云观的钟声召唤了我，搭救了我！青云观就是我的家，师父就是我的亲人，我往哪里走？"妙真道长沉思良久，说："云朵，这些年来你潜心修道，虔诚养德，师父很欣赏你！照说应该劝你斩断俗根，恪守道规，但我看石家少爷一片痴心，世上这么有情有义的男人真是不多，这是你们的缘分与福分，师父同意你还俗，跟他下山去吧！"云朵神情笃定地说："我坚决不走！誓与青云观共存亡！誓与师父共生死！"妙真道长凄然一笑："云朵，明天师父也要走了！"云朵大吃一惊："师父，您不是常说青云观就是您的家、您的命根吗？您生是青云观的道姑，死是青云观的忠魂，您为什么要走呀？"妙真道长神秘兮兮地说："师父掐指一算，明天有人要带我走哇！"云朵误解了妙真道长的意思，调皮地问："难道师父也没斩断俗根，想还俗嫁人，明天有旧相好要来带走师父吗？"妙真道长惨淡一笑，幽幽地说："哪有什么旧相好，是旧仇人找上门来了！"云朵惊悚骇悚："师父，您这么善良博爱，还会有旧仇人吗？"妙真道长搂住云朵，慈祥地抚摸着她的脑袋与那张半美丽半丑陋的脸，意味深长地慨叹："唉！我这一生呀，好比你这张脸，一半美丽光鲜，令人尊敬羡慕；另一半丑陋恐怖，见不得人的呀！"

漫漫冬夜，寒气袭人，师徒难眠，促膝长谈，拂晓告别。妙真道长将自己惊心动魄的前半生经历娓娓道来：原来，她名义上是大军阀的五姨太，暗地里是潜伏在大军阀身边的军统特务。她接到上峰密杀令，大军阀紧锣密鼓密谋投靠日军，望择机刺杀，为民锄奸除害！五姨太趁大军阀跟她过夜之际，果敢血刃了他。她完成密杀令逃奔重庆途中，忽然看到报纸上大篇幅刊登了悼念大军阀的文章，其中还有给她下密杀令的上峰送的挽联，报道说五姨太是潜伏在大军阀身边的汪伪特务，满街还张贴着印着她照片的通缉令。五姨太如坠云里雾里，傻眼了：这到底是怎么回事？自己的上峰为什么要给她下密杀令，然后又给大军阀送挽联？自己明明是军统特务怎么被诬陷成了汪伪特务？五姨太百思不得其解，重庆是回不去了，军统是把她抛弃了，五姨太叫天天不应，叫地地不灵，走投无路之际，投奔了青云观。

昨天，妙真道长在烧香拜神的人群中，发现了一个熟悉身影，那就是大军阀的幺妹。她早就知道，幺妹是共产党地下工作者，她来青云观绝不是来烧香拜神的，而是冲着杀害她哥哥的凶手而来的！云朵替妙真道长捏把冷汗，情不自禁地催促道："师父，既然您已经知道危险来临了，怎么不跑呀？"妙真道长说："如果我猜得不错，通往青云观的山径上设了暗哨，跑不掉的！"云朵说："师父，您怎么忘了？我们有一条暗道呀！要不，我化装成您把他们引开，您从暗道跑出去……"妙真道长说："云朵，谢谢你对师父的一片忠诚！不过，师父不想跑了。往哪里跑呀？就算能跑出去，整天东躲西藏，提心吊胆，人不人鬼不鬼，也不是人过的日子。该还的血债就得还，该受的惩罚就得受！"云朵抱住师父痛哭起来。妙真道长给云朵擦干泪水，抚慰道："云朵别哭了！我们道家讲究空，感谢青云观收容了我，教我懂得了空，生是空，死也是空，师父走向空的境界，空的归宿，何足惧呀！如果他们允许你给我收尸的话，拜托你把师父埋葬在青云观后院里，我想天天听到青云观的晨钟暮鼓……"妙真道长郑重地将道长的黑色道袍、几本道家经文与青云观道印一一交给云朵，怆然泪下："师父走后，你就是道长了！青云观全靠你继承衣钵、传递香火了，只要你虔诚修道，痴心坚守，总有那么一天，青云观会重现辉煌，香火旺盛！"

第二天一早，果然，一群战士冲进来，将妙真道长抓走了。战士们在青云观仔仔细细搜查了好多遍，没发现他们预料的电台、枪支、炸弹、联络图、密码本什么的。后来，云朵在报纸上看到，妙真道长杀死的大军阀历来与蒋介石不合作、有反骨，蒋介石担忧抗战胜利后他会投靠共产党，密令军统杀害他，嫁祸于汪伪特务。再后来，妙真道长被枪毙了，云朵请求为她收尸，居然得到批准。云朵将妙真道长埋在青云观后院，按照道家的规矩给她念经吊唁超度亡灵，入土棺葬，并在坟墓上修建丈余高的妙真石塔。妙真道长生前为天坑山一带的百姓做过许多善事，许多善男信女来到青云观，都会到妙真坟墓与石塔前烧纸钱燃香火祭奠她。

　　传闻许多地方都把寺庙庵观占了或拆了，把和尚道士、尼姑道姑都赶跑了。青云观还安然无恙，一则山高皇帝远，这股歪风还没刮到天坑山一带；二则青云观只剩下云朵道长了，真的把她赶跑了，石郎中也会跟着她跑了，天坑山没有了"活菩萨"，山民们还不骂死干部的娘，戳断干部的脊梁骨呀？天坑山的干部给云朵道长打招呼了："青云观维持现状，我们睁只眼闭只眼，不占不拆青云观，也不赶你走，你也好自为之，不要再收徒了。"云朵道长千谢万谢，孑然一身，与青云观做伴，让钟鼓长鸣，香火不断。

　　一个秋风秋雨愁煞人的黄昏，一个披头散发的美丽山姑跑进了青云观，一屁股坐在大殿门槛上。云朵道长轻言细语地规劝："施主，大殿门槛可不能随便踩，更不能随便坐，不然亵渎了神仙，会降灾祸给施主的！快起来吧，在蒲团上坐！"山姑犟着不起来："我就坐了！我就不信邪了！我看神仙怎么降灾祸给我！"云朵道长揣摩到山姑心头窝着火，遇到烦心为难事，便开导道："施主，你若遇到什么烦心为难事，给神仙烧香磕头，求神仙保佑你吧！"山姑瞪了云朵道长一眼，瓮声瓮气地说："我不求神仙，我就求你，只要你答应帮我，我的烦心为难事就能解决了！"云朵道长说："贫道又不是神仙，哪来那么大的道行呀？施主到底遇到什么烦心为难事了？说出来，看贫道能不能帮你！"山姑风风火火地说："我叫香香，喜欢上了一个男人，可那男人说他有女朋友，后来我打听到，那女朋友就是你！我不相信这是真的，就想亲自来问问你，你到底是不是他的女朋友？"

　　云朵道长认真打量着香香，这姑娘的美丽真不亚于当年的自己，只不过当年的她具有水乡妹子温柔秀美、清纯素雅的特征，而香香具有山里妹子直爽泼辣、果敢热情的性格。云朵道长虽说修道养德多年，应该能修炼到宠辱不惊、生死不惧的境界，可面对突如其来的情敌香香，她仍然有一丝淡淡的嫉妒。她真心希望石哥哥不要把终身大事耽误在她身上，能找一位好姑娘过上好日子，可真的有个好姑娘爱上石哥哥，她还是从心灵深处泛起了妒意。云朵道长在心里狠狠地骂自己："云朵，你真没出息呀！你怎么对得起青云观？怎么对得起妙真道长？你应该为石哥哥感到高兴，应该帮助香香嫁给她的心上人！"云朵道长搀扶起香香，牵着香香来到大殿神龛前，让香香跪在蒲团上，点燃三炷香，递给香香："你在心里跟神仙说说你的愿望，只要心诚，神仙会保佑你实现愿望的！"香香虔诚地握着三炷香，默默念叨着自己的心愿，然后磕了三下头。

　　云朵道长说："天色已晚，你快下山去吧！"香香执拗地说："你还没说你是不是他的女朋友呀！"云朵道长说："他的女朋友梦蝶已经死了，我现在是云朵道长，怎么可能是他的女朋友呢？他那么说，你这么问，都是侮辱贫道，亵渎道门呀!"香香仍然穷追不舍地追问:"那你帮不帮我呀?"云朵道长哭笑不得:"贫道是道门之人,不方便干涉俗世姻缘,施主真让贫道为难了!"香香撒泼起来:"反正你要不答应帮我,我就不走了!"云朵道长无奈,轻声叹气:"唉!天色已晚,路途危险,不走就不走了,贫道给施主准备饭菜铺盖去!"香香铿锵宣言:"我说不走了,不仅仅是今晚不走了,而是说今生不走了!"云朵道长吓了一跳:"施主什么意思呀?"香香慷慨激昂地发誓:"你要不帮我,让石郎中娶了我,我就不走了,待在青云观当一辈子道姑!"云朵道长顿感一阵凄凉悲怆:"贫道倒是挺想收你,可政府不让贫道收徒呀!"香香捶胸顿足地大喊:"你不帮我,石哥哥不娶我,你又不收我当道姑,那我只有去跳天坑了!"云朵道长听到"跳天坑"三字心里咯噔一跳,灵机一动,计上心头,急忙说:"别急、别急,贫道帮你……"

五

那天,石上流是牵着瘦驴上的青云观。瘦驴要驮粮食与豆油,石上流不忍心骑它,怕压趴了它。青云观的香客越来越稀少,香火钱根本维持不了青云观的开销。石上流看在眼里,急在心里,每次上青云观都给云朵送粮食与豆油。这次,石上流还给云朵带来了几本日记,记录了他这些年来对梦蝶的苦恋心轨与当山村游医的生活经历。他希望云朵能认真读一下这几本日记,触摸一下他那颗滚烫而痴迷的心。他坚信:只要心诚,石头也能开花,枯木也能回春,云朵就能跟他下山去,回到盘龙城去当梦蝶!

石上流一进青云观,忽然看见了香香。他大吃一惊:香香怎么跑到青云观来了?难道她真的跑来向云朵告状了?香香曾赌气地威胁过他:要把他干的风流事告诉云朵!

石上流在天坑寨"逃婚"的那天,还是落入了老族长醒醒老爹的圈套。醒醒老爹堪称江湖老手,自然看得清石上流的心事,为了防止他"逃婚",早在饲料里做了手脚。石上流骑的瘦驴越走越慢,摇摇晃晃,最后瘫软在地跪下了。石上流恼怒地踢了它两脚,瘦驴索性躺下了。石上流大吃一惊:瘦驴怎么了?暴病了,还是中毒了?他翻看驴眼,嗅嗅驴嘴,从症状来看,不像暴病和中毒,倒像是醉酒。

石上流猜中了,醒醒老爹在饲料中掺杂了酒曲,山里猎人经常用酒曲诱捕黑熊、野猪、獐子、野羊,醉翻瘦驴是小菜一碟。就算瘦驴不被醉翻,石上流也逃不出天坑寨,醒醒老爹早就吩咐两个后生在进出寨子的唯一山径上蹲守着,只要看到石上流，就截住他，送到醒醒老爹家去。

石上流"逃婚"失败，尴尬地回到醒醒老爹的酒桌前。醒醒老爹嘲笑他："石郎中，天坑寨人好心好意将最好的姑娘嫁给你，你怎么不领情呀？是看不上香香呀，还是你不中用呀？"石上流无语，苦笑。石上流忽然想起，天坑山一带婚礼习俗中有一条独特规定：新郎新娘拜堂成亲的时候必须是清醒的，昏了、醉了、疯了都不能拜堂成亲。石上流当机立断，快把自己灌醉，让自己今晚当不成新郎，等待时机再"逃婚"。石上流与醒醒老爹大碗喝酒，把自己灌得烂醉如泥，丑态百出。拜堂成亲是进行不了了，只得将石上流抬到香香家去过夜。

石上流吐得一塌糊涂，翻来覆去呻吟哼叫，醉呓中不时呼喊"梦蝶、梦蝶"。香香帮他擦洗嘴上、脖上的酒秽与胸膛、脊背上的汗水。与此同时，石上流醉呓着"梦蝶、梦蝶"，翻身而起，一把搂抱住香香……

本来，醒醒老爹已经策划好了，第二天再给石上流与香香补办婚礼。没想到，天坑镇派通信员来紧急通知石上流赶到天坑山南麓的石门寨去，那里的山民误入了岳老爹进过的那个山洞，感染上了黑死病，让石上流去抢救伤病员。阴错阳差地，天坑寨的拉郎配把戏演砸了，石上流成功地"逃婚"了。因为醒醒老爹多多少少有拉郎配之嫌，再加上石上流与香香并没有发生关系，所以后来石上流绕开天坑寨巡诊，不再与香香谈婚论嫁，天坑寨也奈何不了石上流。醒醒老爹心灰意冷，劝香香："强扭的瓜不甜，按着公鸡孵不出小鸡，只怪你俩没有缘分，你就死了那份心吧！你何苦稀罕他一个瘸子呀？你又漂亮又聪明，准能挑一个比他强得多的好男人！"可香香看中了石哥哥，九头牛都拉不回来。当香香打听到石哥哥醉呓中喊的那个"梦蝶"就是青云观的云朵道长时，就跑来找云朵道长摊牌了。

云朵道长给香香出招："兵不厌诈，爱也不厌诈，反正他醉酒什么也不知道，你就说他跟你已经生米煮成熟饭了，你现在已经怀上了他的孩子，他要不肯跟你结婚，你就沿着村村寨寨去叫喊，出他的丑，他是最讲面子最爱名声的，兴许他就怕了，乖乖跟你结婚！"香香把脑袋摇晃得像拨浪鼓："不行、不行！我们山里人从不撒谎，更不会拿这种影响姑娘名声的事撒谎，我第二天早上就跟石哥哥实话实说了，我还是处女身。"

云朵道长感慨："山里人太实诚了，什么谎都不敢撒，什么亏心事都不敢干，怕遭天报应！"她继续给香香出招："那天晚上他抱过你亲过你吧，这也算把你的名声败坏了，你就说你嫁不出去了，他要不娶你，你没法活下去了，你要去跳天坑！他良心好心肠软，又怜香惜玉，不会见死不救！当然，你得把戏演真，别让他看出破绽来！"香香胸有成竹："你放心吧，我绝对往逼真演，万一他还不答应娶我，我豁出去了，真跳天坑了！"云朵道长吓得脸色惨白："你别吓我！你要真跳天坑了，那我罪孽深重，也得跳天坑了！"香香傻乎乎地笑了："我说得吓你的！哎，云朵姐，我跳了，你跳了，石哥哥会不会跳呀？"云朵道长说："我相信，他会跳！"香香点头："我也相信石哥哥会跳！我就喜欢石哥哥的痴情！哎，云朵姐，我们三人跳下去，会变成三只蝴蝶吗？"云朵道长戳着香香的鼻尖嗔怪道："看梁祝化蝶的戏看迷了吧？"

云朵道长看见石上流上青云观来了，立马让披头散发的香香哭哭啼啼地跑出青云观。云朵道长在后面边追赶边呼喊："快拦住她！快拦住她！"石上流迎面想拦住香香，被香香一把推了个倒栽葱。石上流的屁股摔得生疼生疼，好一会儿才挣扎着爬起来。云朵道长正好跑上来。石上流问："她怎么了？"云朵道长狠狠地瞪了他一眼："都是你干的好事！她要去跳天坑了，你快去追她呀！"石上流急忙卸下粮食、豆油，骑上瘦驴，去追赶香香。香香跑上了天坑，往山径下一看，石哥哥骑着瘦驴追赶上来了。香香等石哥哥在天坑边溜下瘦驴的瞬间，纵身一跳，只见一道蓝光飞速地坠落下去。石上流吓得大喊："香香！香香！"

其实，香香玩了个金蝉脱壳之计，坠落下去的只是香香穿的那件蓝色外衣。香香从古藤荆棘丛中站了起来，深情地喊了一声："石哥哥！"石上流惊悚地问："你到底是人是鬼呀？"香香说："这要看你怎么对我了！你要娶我，我就是人；你要不娶我，那我就是鬼！"石上流哀求道："香香，我跟你前生无冤后世无仇，你是人是鬼都不能缠着我呀！我求求你放过我吧！我跟你说过几多遍，我有女朋友了……"香香揭穿他："你别想哄我了，你那女朋友梦蝶早就死了……"石上流说："她没死！她就是云朵！"香香驳斥："云朵姐说了，她不是你女朋友，她是青云观道长，怎么能当你的女朋友呀？你想毁了她的名声与道行呀？"

云朵道长气喘吁吁、大汗淋漓地爬上天坑，断断续续地说："石上流，贫道身为……青云观道长，俗根已断……永远不可能……做你的女朋友，更不可能……嫁给你……你就死了这份心吧！你要再纠缠我，骚扰我，我就真的跳天坑了！"香香大喊："石哥哥，难道你真的忍心逼着云朵姐跳大坑吗？难道你真的忍心逼着我跳天坑吗？"云朵道长走上前，与香香拥抱在一起。云朵道长说："石上流，你酒后乱性……"石上流急忙辩白："我冤枉！我没酒后乱性！"云朵道长说："你怎么没酒后乱性呀？你抱她亲她，还不叫乱性呀？天坑山一带山民看重贞洁，旧社会不慎被人碰到手臂了，都要把手臂剁掉，以示贞洁。你毁掉了香香的贞洁，坏了她的名声，她还怎么嫁人呀？你就得坏事做到头，坏人当到底，把她娶了，不然她跳天坑了，就是你的罪过！"石上流哀鸣："我冤枉呀！都是酒惹的祸呀！"云朵道长劝道："你能娶到香香这么好的姑娘，也算你有眼力、有福气呀！

快把她娶了吧，也算坏事变成好事！坏人变成好人！"

那天，香香坐着瘦驴，让石上流牵着下山去。当天晚上，在天坑寨，石上流与香香拜堂成亲。晚上，他们依偎在床上，石上流问："你这名字是哪个起的？"香香说："醒醒老爹起的，天坑寨小孩的名字都归老族长起。我恨死他了，给我起了个太土太丑太难听的名字！"石上流安慰她："不土、不丑，好听！"香香噘起嘴巴嘟哝："你别哄我了，哪里好听哟！听说当年你给云朵姐改过名字，是真的吗？"石上流点头："是真的，当年云朵的名字那才叫太土太丑太难听，她娘把她生在苞谷地里，她爹就给她胡乱起了个名字，叫苞谷。她娘说，幸亏她挣扎着爬行了十几步，不然生在苦瓜地里，她爹就得给她起名苦瓜了！"香香被逗得咯咯大笑："你给云朵姐改的名字是不是叫梦蝶呀？"石上流感到奇怪："你怎么知道的呀？云朵告诉你的？"香香说："不是云朵姐告诉我的，是你那天晚上喝醉后喊了半夜的'梦蝶、梦蝶'，我猜到的！"石上流问："香香，你觉得这名字好听吗？"香香说："好听、好听！石哥哥，云朵姐不叫这名字了，就让我叫梦蝶吧！"石上流陡然沉下脸："不行、不行！你不能叫梦蝶！"香香恳求："那你给我改个名字吧，最好也带一个蝶字！"石上流沉思片刻，说："既然你说你娘是追红蝴蝶时生下你的，那就叫红蝶吧！"香香大声叫好："红蝶好听！比香香好听多了！"

六

蜜月第三天，石上流准备骑驴巡诊，临出门时，香香倏地冲上来，抱住他的后腰，撒起娇来："我不让你走！求求你，明天走好不好？"石上流使劲掰开她的手，走了出来。石上流在门口转弯处一回头，望见香香眼里的泪水与哀怨。他突然发现瘦驴不见了，是不是香香把他的瘦驴藏起来了？

石上流转身回来，香香喜出望外，破涕为笑，满以为石哥哥心软了，今天不出诊了。哪知，石上流沉郁地问："是不是你把我的驴藏起来了？"香香一愣："我没藏你的驴呀！是不是你的驴挣脱缰绳跑了？"石上流脸色铁青，瓮声瓮气地说："香香，别闹了！快告诉我把驴藏在哪里了，别耽误了我出诊！"香香收敛笑容，正色说："我真的没藏你的驴！你别急！你去问问，是不是我娘牵你的驴去山坡上吃草了？是不是哪个调皮鬼把你的驴偷出去骑着玩了？是不是哪个占小便宜的家伙暗地牵你的驴去推磨驮东西了？"

石上流找到山坡上，香香娘在芝麻地里锄草，根本没牵驴出来吃草。石上流又在天坑寨喊了一圈："谁家看见我的驴了？"没人知道瘦驴的下落。瘦驴失踪的消息传到老族长醒醒老爹耳里，他信誓旦旦地说："天坑寨自古以来夜不闭户、路不拾遗，从未发生过牲口被盗、财物失窃现象，石郎中的瘦驴失踪只有两种可能：一是被外来盗贼偷跑了，二是被野狼叼走了。"醒醒老爹发动天坑寨的乡亲们四处去找驴。漫山遍野都找遍了，活不见驴，死不见尸。

醒醒老爹思忖：石郎中的瘦驴是在天坑寨丢失的，天坑寨无论怎么说都有责任、有嫌疑，万一张扬出去会惹来流言蜚语，天坑寨的名声就会受损。再说了，石上流是天坑寨的上门女婿，又是天坑山一带的"活菩萨"，怎么也得让他有驴骑呀！醒醒老爹一号召，天坑寨的乡亲们凑份子买了一头驴，送给石上流。石上流说什么也不肯收。附近村寨的乡亲们知道了石上流丢驴的事，陆陆续续送来了十几头驴，有的是捡来的，有的是买来的，有的是自家喂的，都谎称是石上流的瘦驴。石上流感激地说："乡亲们的心意我领了，但这些驴都不是我的瘦驴，我都不能收。"乡亲们领教过石上流的倔劲，只好作罢。

莫说是驴，就是乡亲们捧出红枣、花生、蚕豆、鸡蛋等往石上流的褡裢里塞，石上流说什么也不愿收。人们只有把感激之情倾注到驴身上，总是趁石上流给病人看病之时，把驴牵去喂好料。石上流很纳闷：买的是瘦驴，咋一到我手里就变成肥驴了呢？石上流很有点古典情结，颇喜欢古代那些不乘肥马骑瘦驴的文人墨客，譬如李白、杜甫、孟浩然、陆游、韩愈、苏轼等。石上流喜欢瘦驴，不喜欢肥驴。石上流很瘦，瘦人骑肥驴，显得很滑稽。驴一变肥了，石上流就卖给别人，重新去买头瘦驴。这样，石上流不知换了多少头驴。石上流丢失的那头瘦驴有吃嘛嘛香、瞎吃不肥的特殊基因，无论乡亲们喂多好的饲料，它永远保持精瘦的躯体，成为石上流的宠驴，伴随了石上流多年而没被淘汰。

石上流脾气很好，对人总是一脸微笑。他的好脾气也表现在对待驴的态度上。驴有时发驴脾气，譬如尥蹶子、故意颠簸、犟着不走，石上流总是一笑了之，温和地摸摸驴脑袋，拍拍驴屁股，从不鞭抽棒打。一次，驴下坡时看见一只癞蛤蟆，吓得一跳，便把一路打盹的石上流颠落在地上，摔得他龇牙咧嘴、呻吟不已。良久，石上流挣扎着爬起来，对惹祸后毂觫不安的驴自嘲道："幸亏我是石上流，要是瓦郎中不就被你摔碎了吗？"

不久，修水库的四十多名民工误食了毒蘑菇，上吐下泻，昏迷过去，生命垂危，怕是来不及送县城医院抢救了。石上流闻讯急匆匆地赶去，马上煎了一锅中草药汤，给每位中毒的民工灌下去。四十多条生命得救了！乡政府知道石上流丢了瘦驴，特地奖励了他一匹枣红马。石上流不喜欢骑马，就把枣红马送给天坑镇小学，让它驮水拉磨和拉车接送远道的学生。石上流买了一头瘦驴，仍乐悠悠地骑瘦驴去巡诊。

盛夏的某天黄昏，石上流骑驴出诊归来，遇见一位打柴的老翁被毒蛇咬伤了，躺在山径上翻滚呻吟。石上流急忙用嘴给老翁吮吸伤口里的毒液，给老翁敷上治蛇伤的草药，又把老翁扶上瘦驴送回家去。老翁的儿子扑通一声跪在石上流面前磕头："救命恩人呀！"石上流忙拉他起来，他却不肯起来，突然猛捆起自己的耳光来："我该死呀！我真不是人呀！我黑了良心，竟偷了你的驴呀！"老翁破口大骂儿子："你怎么这么混账呀！石郎中是山里人的'活菩萨'，你怎么还恩将仇报偷他的驴呀？"儿子悔恨交加："我哪知道是石郎中的驴呀？我怎么知道石郎中的驴拴在天坑寨呀？我还不是替你还那笔阎王债，才昧着良心去偷驴的呀！"老翁朝石上流大吐苦水：他为翻修危房找地下钱庄借了一笔印子钱，到期还不起，债主上门讨债，竟打断了他的一条腿，并扬言：限期十天之内还清，不然再打断他的另一条腿。老翁的儿子只好铤而走险，四处去偷牲口卖钱替父还债。老翁表态，就是砸锅卖铁，也要赔石上流的瘦驴钱。石上流唏嘘："你儿子偷盗是犯罪，可情有可原，孝心可嘉，那头瘦驴钱就不用赔了，只当我捐献了的！"

　　一个冬日的午后，一个五十多岁的肥胖男人戴着大草帽，拿着挖药的小锄头，背着装满草药的背篓，喘着粗气走进了青云观大殿。他不是来烧香拜神的，而是来讨碗开水泡炒面吃。云朵提着水壶给他倒开水的时候，忽然瞥见他端着碗的右手大拇指分叉了，怪怪地长出两根指头。云朵不由得一哆嗦，水壶一抖，开水烫着了肥胖男人的大拇指。他急忙扔下碗，捧着大拇指用嘴巴吹着凉气，吐着唾沫轻抚着。道门之人除了看相算命，一般不观察施主相貌，尤其是道姑更忌讳盯住男施主脸上看。肥胖男人戴着大草帽，言谈举止都低着头，刚才偶尔露出真面目，更让云朵大吃一惊，立马断定：他就是昔日的仇人蒋大毛！

　　世上有长得很像的人，但不可能有既长得很像，恰巧大拇指也长出两根指头的人。那只丑陋怪诞的大拇指，还有那张狰狞淫荡的脸，都是她的梦魇！云朵今生今世不想再看见他，可命运阴错阳差地将仇人送到她的面前，难道这真的是老天的眷顾、命运的安排，让她报仇雪恨、快意恩仇？这家伙血债累累、罪大恶极，人民政府不可能让他逍遥法外，那么只有一种可能：潜逃！世上真有这么巧的事，仇人潜逃到天坑山，苟延残喘了好几年，满以为风平浪静、化险为夷了，殊不知在青云观遇到了云朵。这真是冤家路窄，仇人相见分外眼红。云朵怒火中烧，恨不得将水壶砸向仇人，扑上去用牙齿咬死他！

　　云朵迅速冷静下来，告诫自己不可轻举妄动，近身搏击起来，她肯定不是仇人的对手，何况仇人身上带着挖药的小锄头，也许还带着刀枪，自己受伤丢命是小事，让仇人逃跑了，漏网了，将留下祸根。云朵忍了下来，帮仇人拿来草药敷大拇指上的烫伤，还送给仇人一些珍贵草药以示补偿歉意。

仇人下山去，云朵秘密跟踪。仇人不知是怀疑云朵在跟踪，还是神经兮兮、小心翼翼，故意在林间山径上磨蹭转圈。云朵暗忖：自己穿着道袍去跟踪，太打眼了，难免会引起仇人疑心。正在犯愁之际，石上流骑驴来了。云朵悄悄让石上流去盯梢。这个骑驴郎中是天坑山一带常见的风景，他跟踪仇人，根本不用偷偷摸摸、躲躲闪闪，而是大摇大摆地跟在仇人后面，吆喝着瘦驴，喊着穿山号子，唱着山歌与花鼓戏，还跟仇人递烟、借火、聊药材、聊家常、聊女人……更匪夷所思的是，仇人居然邀请石上流去他家做客。石上流暗自吓了一跳，这是什么情况？难道仇人看出了我在跟踪他，要趁我到他家做客时对我下毒手？我到底去还是不去呀？石上流正在犹豫不决时，仇人幽幽地说："我早就听说你骑驴郎中的大名了，山里人都夸你人好医术好，是'活菩萨'，我请你做客是假，请你帮我老婆看病是真。"石上流一听这话，心上悬着的石头落了地。

　　仇人生怕石上流不肯出诊，悬赏道："只要你把我老婆的病看好了，我给你两根金条！不，四根金条！"石上流明知故问："你一个挖药的，哪来的金条呀？"仇人一愣，自知说漏嘴了，急忙掩饰："不瞒你说，发的横财。你别想歪了，不是杀人越货哟！我有次挖药遇到大暴雨，躲进一个山洞，摔了一跤，忽然发现石缝里藏着一个小匣子，打开一看，全是金条！我寻思：这一匣子金条，要么是敌特土匪藏的，要么是地主老财藏的，反正是不义之财，我捡到了就应该是我的！"石上流暗骂道："你狗✕的还真会编故事！这些金条都是你狗✕的行凶作恶搜刮来的不义之财，我们石家都不知被你敲诈勒索了多少钱财！"

　　石上流跟随仇人来到野狼谷，那里有一些山洞、山垒房、木屋、窝棚，供烧炭汉、伐木工、挖药人、猎人、勘探队员临时居住。仇人与他老婆住在一间木屋里。石上流一看他老婆的病情，吓了一大跳，这跟岳老爹是一模一样的病情：双腿奇痒无比，溃烂流脓，生出蛆虫，剧痛难忍，难道他老婆也钻过那个神秘山洞？一问，果然，他老婆成天在山谷里待着，郁闷无聊，跑出去爬山观景，发现一只翩翩飞舞的黑蝴蝶，她欣喜若狂，一路追赶这只美丽可爱的小精灵，钻进了神秘山洞，黑蝴蝶突然不见了。等她回到木屋，第二天病情就发作了，双腿奇痒起来，越痒越挠，越挠越痒，伤口由红肿变腐烂，由流水变流脓。石上流问："为什么不早点到山外找医院看病？"仇人不吭声，他老婆抢着掩饰："我们没有钱去医院看病……"石上流讥笑："没有钱？你先生说了，捡到一匣子金条咧！"仇人颇尴尬，歉疚沮丧地说："我不该欺骗你的，我一时糊涂，卷了东家的钱财潜逃了，遭到东家雇凶追杀，哪敢抛头露面上医院看病去呀？那才是送肉上砧板，赶羊入狼群哟！"石上流蹙紧眉头，慨叹："唉！病情耽误了，我无能为力了，这两条腿怕是保不住了哇！"他老婆急了，歇斯底里地叫喊："不、不！我宁可丢命，也不锯腿！"仇人哀求："我听说石门寨的几个老乡跟我老婆的病是一样的，都是你搭救的，我坚信你一定能搭救我老婆！"仇人从床铺底下摸出小匣子，将满匣金条展现给石上流看："只要你治好了我老婆的双腿，这一匣子金条全送给你！"他随即从小匣子里抓出五根金条，塞给石上流："这是给你的定金！"石上流执拗不接，说："我尽力而为，治好了再收吧！"石上流告辞，声称下山去熬制药膏。

第二天一早，石上流、云朵带领解放军战士包围了野狼谷。仇人依仗木屋地势开枪拒捕、负隅顽抗，居然还扔出了几颗手雷，炸伤了几名解放军战士。领队执行追捕任务的排长喊话，发出最后通牒："蒋大毛，你已被我们团团包围，抵抗没有任何意义，也没有好下场！奉劝你赶快投降，不然我们将开炮轰平木屋。我们知道你还算有点良心与亲情，很爱你的老婆，难道你忍心让你无辜的老婆陪你一起死吗？你就不想给她一条生路吗？"这时，蒋大毛躲在木屋里高喊："我要见骑驴郎中！"排长问："骑驴郎中是谁？"蒋大毛说："就是那个出卖我的人！"

石上流挺身而出："我去见他！"云朵急忙挡住他："你不能去！他肯定恨死你了！"排长也不让他去："小心他使诈，打你黑枪！"石上流胸有成竹地说："他不会打死我！他还指望我搭救他老婆咧！"石上流高高举着连夜熬制好的药膏，一瘸一拐地走向木屋："蒋大毛，我是出卖了你，那不怪我，是你罪有应得，在劫难逃！我也是讲信用的，这不，我给你老婆熬制好了药膏，你要是打死了我，就没人搭救你老婆了！"蒋大毛喊道："你放心吧，我不会打死你！我相信你会说话算数，你是山里人的'活菩萨'，也是我老婆的救命恩人！骑驴郎中，我老婆拜托你了！"顿时，一声枪响，蒋大毛饮弹自杀。

七

云朵很遗憾：蒋大毛就这么匆匆忙忙地畏罪自杀了，他还没搞清楚骑驴郎中就是当年盘龙县城石家的五少爷，更不知道青云观的云朵道长就是当年被他侮辱伤害的盘龙花鼓戏当家花旦许梦蝶。云朵咬牙切齿，想跑上去朝蒋大毛的尸体踢几脚、吐几口唾沫解解恨，可让排长拉住了，战士们给蒋大毛拍完照，抬上尸体就下山了。

蒋大毛的老婆叫王小艾，原来是盘龙县城医院的接生医生，结婚后，蒋大毛嫌弃接生又累又脏又丢人，不让她当接生医生了，在家当起了太太。王小艾长得漂亮，脾气温和，聪明伶俐，深得蒋大毛宠爱，尽管蒋大毛在外面凶横歹毒，拈花惹草，但回到家里，对王小艾宠爱有加，百依百顺，从不吵嘴，更不打骂。正因为感念男人的宠爱，王小艾才死心塌地跟随着蒋大毛逃亡，在天坑山一带过着东躲西藏、担惊受怕的日子，一有风吹草动，赶紧转移藏身之处，像受惊的狐狸，经常饥一顿饱一顿，搞得人不像人鬼不像鬼。王小艾曾表示她厌烦这种逃亡生活，劝男人去向人民政府投案自首，兴许能保住小命，即使把牢底坐穿，她也给他送牢饭、送寒衣，等着他。蒋大毛坚决反对："投案自首，只能是去送死，我有那么多血债，手上还沾满共产党人的血，人民政府怎么会饶我一命？我逃亡一天多活一天，抓住我了，只怪我命不好，老天要灭我！"

那天蒋大毛讨开水泡炒面是个幌子，其实就是去青云观侦察，他想出一条歹毒计划：杀害女道长，由他们夫妇接管青云观，披上道教外衣，长期潜伏起来。王小艾觉得不靠谱：青云观的女道长突然失踪了，换成了我们，山里人肯定要起疑心，报告给政府，一查，我们还不暴露了呀？蒋大毛一想：这是个破绽呀！不过这个歹毒计划太有创意了，太诱惑他了，蒋大毛琢磨来推敲去，又想出一招来完善这个歹毒计划：让王小艾冒充女道长！王小艾问："我长得像女道长吗？"蒋大毛说："一点也不像！"王小艾抢白道："一点都不像，那怎么冒充女道长呀？"蒋大毛诡谲地一笑："其实这很简单，那女道长半边脸毁容了……"王小艾打断他的话："你什么意思呀？难道你想让我冒充她，也让我去毁掉半边脸吗？打死我也不干！"蒋大毛说："就算让你毁掉半边脸，你也冒充不了她，还有半边脸山里人认得出来呀！"王小艾说："是呀、是呀，那我怎么冒充她呀？"蒋大毛狰狞一笑："山人自有妙计！到时候，我放一把火，先把女道长烧死，再把你脸上涂上油彩，化装成严重烧伤的模样，山里人就看不出你是冒充的女道长呀！"其实，蒋大毛真实的想法是把老婆烧伤：舍不得孩子套不着狼，舍不得老婆保不住命！王小艾认真一推敲，还是发现了漏洞："不行、不行！我与那女道长说话的声音肯定不一样，还是会露馅的呀！"蒋大毛说："这个好遮掩，你装作嘶哑的声音说话，山里人以为你的声带熏坏了。"王小艾想了想："这个还算靠谱！不过，有一点我反对，何必要烧死女道长呢？那样太残忍了，多杀一条生命，就多一份罪孽呀！我看把她秘密软禁起来就行了！"

王小艾合盘交代了蒋大毛的歹毒计划，把石上流与云朵吓出一身冷汗，感到阵阵后怕。石上流想把王小艾接到青云观去居住治疗。云朵赌气地说："贫道才不想接纳这种歹毒妇人，你也别给她治病了，就让她瘫了死了，罪有应得！恶有恶报！"石上流讥讽道："这可不像云朵道长说的话！云朵道长这么多年修道养德来的胸怀到哪里去了？蒋大毛罪有应得、恶有恶报，可他老婆是无辜的，她还真没当帮凶、干坏事！"云朵想想，石上流言之有理，自嘲道："贫道被蒋大毛气糊涂了！我不过说的气话，哪能真叫你不给她治病呀？你好好给她治病，贫道好好为她祈福，让无量天尊保佑她！"

王小艾的病情耽误了，石上流无力回春，只得给她截肢。王小艾哭闹着不肯截肢。石上流无奈，只得给她打麻醉药，趁她昏迷，为她截去了双腿。王小艾苏醒过来，发现自己的双腿不见了，破口大骂石上流狼心狗肺，疯狂地朝他扔东西、吐口水，哭喊着要石上流赔她双腿。石上流理解她的痛苦与失态，默默忍受，任她发泄。云朵可看不下去了，为石上流打抱不平，大声谴责王小艾："石郎中救了你的命，你不但不感激他，还骂他打他，你才真是狼心狗肺呀！他真不该管你，让你死去，活着也是废物，浪费粮食！"王小艾号啕大哭起来："石郎中，我真恨你呀！你为什么要锯掉我的双腿？为什么要救我的命呀？我这么没有尊严地活着，还不如死去呀！"

王小艾死意已决，闹过三次自杀：一次是深夜砸破小药瓶，用锋利的药瓶碎片割腕，幸亏云朵发现及时，捡回她一条命；又一次是深夜她把床单撕成碎条拧成绳子，一头套在脖子上，另一头拴在床头柱子上，挣扎着往床下一滚，阴错阳差地，布绳断了；还有一次更决绝，她趁石上流替她清理截肢创面时，冷不防地抢过手术刀，朝自己脖子上抹去，幸亏石上流手疾眼快，抢回了手术刀。王小艾三次自杀都失败了，又闹起绝食来。几天下来，王小艾脸无血色，眼神呆滞，瘦骨嶙峋，气息奄奄，偶尔咳嗽几声，眼皮眨巴几下，才显示她还活着。云朵想：哀莫大于心死，这个女人心已死了，肉体只不过是一具躯壳，油干灯灭，煎熬不了几天了。

石上流也有两天没来青云观看望王小艾了，云朵想：也许他对这个女人生气失望了，懒得管她，任她自生自灭吧。其实，石上流在天坑寨走不开，香香难产，婴儿的腿卡在子宫口一天一夜都出不来，接生婆急得抓耳挠腮、捶胸顿足，把好多绝招都使出来了，譬如用擀面杖使劲擀香香的肚子呀，把磨盘压在香香的肚子上呀，将香香放在瘦驴身上使劲颠簸呀，都无济于事。香香开始大出血，无力呻吟惨叫，昏迷过去了。接生婆见势不妙吓坏了，怕闹出人命，偷偷跑了。石上流一寻思：从天坑寨到最近的天坑镇医院也有六十多里崎岖险陡的山路，还有几道湍急凶险的河流，要把香香平安无事地抬去谈何容易？香香哪经得起一路的颠簸与耽误，凶多吉少，生命堪忧！忽然，石上流想起了王小艾。她过去不是盘龙县城医院的接生医生吗？现在只能把她当成救命稻草，指望她救救香香母子俩了。

石上流骑上瘦驴一路小跑在前，几个山里大汉抬着香香紧跟在后，朝着青云观而去。香香躺在倒置的竹床上，仍昏迷不醒，鲜血直淌，浸透了床单，沿途溅落在山径上。石上流平素从未鞭打过瘦驴,这次为争分夺秒,一路不停地鞭打着瘦驴,瘦驴跑上青云观,扑通一下累瘫了,将石上流摔了下来。石上流连滚带爬,进了青云观大殿,跟跟跄跄地跑到王小艾的病床前,扑通一声跪下了,高喊:"王小艾,求求你,快救救我媳妇!快救救我的孩子!"

王小艾已处于回光返照的弥留之际,产生了幻觉,仿佛回到了当年在盘龙县城医院当接生医生的岁月:孕妇在呻吟惨叫,家属在催促哀求……石上流的一声高喊打断了她的幻觉,她惊奇地看见骑驴郎中跪在自己面前,在哀求她救救他的媳妇与孩子!王小艾简直不相信这是真的,下意识地揪了揪自己的头发,又掐了掐自己的脸蛋,都生疼生疼的,看来不是幻觉,是真实情景。王小艾有气无力地问:"到底怎么回事?"石上流噼里啪啦一口气将香香难产、接生婆瞎折腾、香香大出血、母子生命垂危的情况说了一遍。王小艾挣扎起身,欲下床,这才想起自己已经没有了双腿。她一阵晕眩,喃喃道:"快让我去看看……"石上流说:"我已让人把香香抬来了……"王小艾连坐着的力气都没有了,接生不光是技术活,还是力气活呀!她急忙叫唤:"快、快给我一碗稀粥……"

王小艾断断续续地喝完一碗稀粥,山里大汉正好把香香抬进青云观。王小艾一看香香的病情危急,果断决定赶快输血。石上流与云朵都是O型血,分别给香香输了血。王小艾见香香输血后情况好转,又当机立断要做剖腹产手术。当年的剖腹产在城里都是新鲜事,在大山深处更是闻所未闻。山里大汉闻之色变,都替香香捏把汗,劝石上流别冒这个险,香香娘抓住石上流哭闹着:"你可不能动了歪心思,不能为保孩子,不顾香香的死活呀!香香要有什么三长两短,我可饶不了你!要跟你拼命!"石上流顿觉冤枉:"天地良心,我要动歪心思,天打五雷轰!"王小艾苦口婆心地解释道:"剖腹既是为了救孩子,也是为了救母亲!孩子卡住生不下来,母亲还会大出血,不剖腹,母子都危险呀!"

香香苏醒过来,神情恍惚,眼神呆滞,吃力地问:"我在哪里?"石上流告诉她:"在青云观!"香香惊疑:"刚才我梦见自己跳入了天坑,怎么睁眼到了青云观呀?到青云观干什么呀?我们的孩子呢?把我们的孩子抱给我看看……"石上流说:"我们的孩子还在你肚子里,医生正准备给你剖腹,把孩子拿出来,可你娘不让,你让不让?"香香说:"我让、我让!只要快点让我们的孩子出来,剖腹算什么?就是让我去死,我也愿意!"香香喊起来:"娘!娘!"香香娘急忙跑过来,搂住香香。香香叮嘱道:"娘,听我石哥哥的……"

王小艾虽说多年没做过剖腹产手术了,但医术犹在,熟练地给香香做了剖腹产手术,一个男婴呱呱落地,小脸蛋酷似香香。香香不久后也苏醒了,大家悬着的心落地了。香香娘拉着王小艾的双手,感激不尽,夸她是"女菩萨"。香香嚷着快把孩子抱给她看，看后又闹着抱孩子，脸上洋溢着初当母亲的幸福快乐。王小艾却隐隐不安，担心香香在分娩中遭到接生婆的愚昧残酷折腾，子宫受到极大的摧残创伤，很有可能会发生细菌感染，滋生产后败血症。这可是最令医生头疼、号称产妇头号杀手的病症，一旦染上，来势凶猛，很难治愈，死亡率高。

　　真是怕什么来什么，果然，当天晚上，香香就呈现出产后败血症症状：高烧出汗、呕吐腹泻、昏迷嗜睡、心力衰竭……给香香注射了好几针抗生素，都没能抵御病魔的凶猛侵袭。眼看着香香的病情越来越恶化，石上流含泪问王小艾："香香还有救吗？"王小艾直言道："你也是郎中，还用问我吗？香香这么严重的病，就是送到省城医院去也难得保住她的命，除非发生奇迹！"

　　奇迹自然发生不了。那天深夜，香香苏醒过来，喊肚子饿了，想喝稀粥。石上流给她熬稀粥，没喝两口，她就不想喝了。石上流知道，这是回光返照，香香的生命到了尽头。香香也意识到自己大限来临，艰难地给石上流留下遗言："把我们的孩子好好抚养大，将来就让他……接你的班，当个好郎中……我喜欢天坑……总在想，天坑到底有多深？通向哪里？里面是什么样子？好玩吗？总是梦见我变成了蝴蝶呀、飞鸟呀、小山兔呀、小松鼠呀，跑到天坑里去探险，又刺激又好玩！石哥哥，我死后，你就满足我的心愿，把我埋葬在天坑中……"石上流转过身去擦掉了夺眶而出的泪水，转过身来嗔怪道："你胡说什么呀？我是郎中，怎么会让你死呀？你可不能死呀，不然山里人还不骂我是江湖庸医呀？你说过要给我生一大堆孩子的，你可不能说话不算话呀！"香香惨淡一笑："石哥哥，对不起了，香香真不中用，真丢人现眼，生一个孩子都把你急坏了累坏了，把我的小命赔进去了……"

八

　　香香的死讯一传开，接生婆拼命煽动蛊惑不明真相的山里人，跑到青云观闹事，怪王小艾不该对香香做剖腹产手术，害死了香香，要王小艾赔钱偿命。石上流闻讯赶到青云观，替王小艾解围喊冤："你们不能冤枉她！她如果不替香香做剖腹产手术，铁定会一尸两命！她是我孩子的救命恩人！香香之死，罪不在她，而在接生婆！"

　　混杂在闹事的婆娘们中的接生婆，一听这话慌乱起来，跳出来颠倒是非、混淆黑白："你放屁！你诬陷老娘！我有什么罪过呀？老娘在天坑山一带接生了那么多的娃，救了那么多的命，山里人都感激我，夸我是天坑山的'送子娘娘'。

哼！本来我可保母子平安的，你偏偏要送香香上青云观来找这个女人剖腹，我看你就没安好心，你这是借刀杀人！"石上流被接生婆的一派胡言气得发抖，双目冒火，质问她："你才真的在放屁！在诬陷我！我怎么借刀杀人了？"接生婆别有用心地煽动道："乡亲们，你们不知道吧？青云观的女道长就是石郎中的旧相好，他让这个女人给香香剖腹，就是要借刀杀人，把香香除掉了，他就能名正言顺地跟女道长结婚！天坑寨的乡亲们能容忍他这么杀害香香吗？"闹事的山里人七嘴八舌地喊起来："香香死得冤枉！要揪出杀人凶手！要替香香讨还血债！"这场风波，多亏老族长醒醒老爹出面干预，才平息下来。

一波刚平，一波又起。香香的丧事又起风波。天坑寨要把香香埋在岳家祖坟山里。照说女儿出嫁不宜埋在祖坟山，可石上流是上门女婿，香香就可与岳家的男丁同等对待，死后可名正言顺地安葬在祖坟山。这可是香香不幸中的万幸，享此哀荣，死而无憾。香香的爹妈对天坑寨老族长醒醒老爹千恩万谢。谁知，石上流不领情，说出香香的遗嘱：想埋在天坑里。天坑寨大哗：香香怎么会有这么荒唐古怪的想法？是不是石郎中假传香香的遗嘱？醒醒老爹更是拨浪鼓般摇晃着脑袋，言之凿凿地批驳："这个遗嘱荒唐！这个主意无理！天坑历来是凶险不祥之地，多少亡魂厉鬼在天坑里游荡，把香香扔进去，香香怎么安息灵魂？怎么托个好生？天坑寨人心里怎么好受？附近村寨怎么议论天坑寨？不行、不行！绝对不行！"石上流挨家挨户磕头求情，又在醒醒老爹门前长跪不起，醒醒老爹铁石心肠，坚决不答应。石上流万念俱灰，喊了一嗓子："香香，你石哥哥无能，连你的遗愿都实现不了，我没脸再在天坑山待下去了，今天我就离开天坑山，再也不回来了！"醒醒老爹一听坐立不安：万一真把石郎中气跑了，天坑山少了"活菩萨"，天坑山一带的村寨还不恨死天坑寨呀？醒醒老爹急忙亲自去追赶石上流。

后来，采取一种折中葬法：香香的棺材既不埋在祖坟山，也不扔进天坑，而是用钢索捆绑住棺材，悬挂在天坑悬崖上，形成了一个奇特的悬棺。自打香香的悬棺出现后，天坑中的悬棺渐渐多了，棺满为患，还发生过为争夺悬棺位置而械斗的事件。

石上流给儿子取名岳红蝶。云朵与王小艾都纳闷：怎么给儿子起个女孩的名字呀？石上流不告诉她们这个小秘密。这个名字就是为了纪念香香起的，他给香香改的名字就叫红蝶，香香的梦境中也经常出现红蝶。给男孩起女孩名字有什么不好？陈独秀、瞿秋白、恽代英、萧楚女等名字不都像女孩的名字吗？石上流将岳红蝶交给云朵与王小艾抚养，自己照旧骑驴巡诊。

石上流对王小艾说："你是我儿子的救命恩人，就给他当干娘吧！"王小艾满口答应："好哇、好哇！我跟你儿子真的有缘分，我救了他的命，他也救了我的命呀!"石上流没转过弯来:"你把我说糊涂了,他怎么救了你的命呀?"云朵在一旁讥笑石上流:"你真笨!我都听明白了,因为你儿子出生时难产,你才来到青云观求她剖腹,她若继续闹绝食,还不丢了小命吗?"石上流恍然大悟:"是呀、是呀,你们互为救命恩人,好缘分!好福气!"云朵吃醋了:"怎么不请贫道当你儿子的干娘呀?"石上流说:"我哪敢动这念头开这口呀?你身为道长,斩断俗根,摒弃杂念,一心修道养德,哪方便当干娘呀?山里人知道了,要说你闲话,影响你的声誉!"云朵说:"贫道想过了,道长干娘两不误,白天当道长,晚上当干娘!"

香香之死,给石上流刺激很大。天坑山一带没有接生医生,全靠接生婆掌管孕妇与婴儿的生死大权,孕妇顺产,接生婆可勉强胜任接生;遇到难产,接生婆要么瞎折腾,死马当作活马医,要么见势不妙,只顾自己开溜,不管母子死活。接生婆酿就多少一尸两命的悲剧,只有天知道!石上流感到:自己作为郎中,不能接生,就是耻辱!就是罪过!还有什么脸面享受山里人送给自己的"活菩萨"美誉?应该学会接生,肩负起不让一尸两命悲剧重演的天职!石上流恳求王小艾教他接生。王小艾半晌无语,不知道怎么回答他……

原来,王小艾给娘家哥哥写了信,诉说了自己的不幸遭遇,忍受不了青云观的清苦寂寞,想回到盘龙县城去。娘家哥哥这么多年到处打听妹妹的下落,活不见人死不见尸,已觉生还的希望渺茫。忽一日,娘家哥哥接到妹妹来信,欣喜万分,把这好消息告诉了老母。谁料到,乐极生悲,老母突发脑出血住进医院。娘家哥哥来信说,老母因抢救及时,已无生命危险,待到老母病情好转,他就到青云观来接她回家。石上流以为王小艾不愿意教他接生,原来是因为这个特殊原因。王小艾跟着蒋大毛亡命天涯,落得双腿残疾的下场,真是个苦命人,现在能回到盘龙县城去与娘家人团聚,也算是不错的归宿,石上流为她感到高兴,怎忍心挽留她,耽误她的归期?

不久,娘家哥哥来接王小艾了。上青云观不通公路,没有班车,娘家哥哥买了一只大背篓,准备徒步把妹妹背回盘龙县城去。石上流想:那么远的路途,背着妹妹回家多艰辛劳累呀!她哥哥真憨厚实诚!石上流让王小艾坐上瘦驴跟娘家哥哥回家去。娘家哥哥嘟哝:"不要、不要!回头还得还驴,多麻烦呀!"石上流说:"还什么呀?送给你们的!"王小艾拒绝:"不行、不行!你没有驴,骑什么巡诊?"石上流哈哈大笑:"我不会再去买一头驴吗?我正嫌弃这头驴长肥了,要买头瘦驴!"娘家哥哥奇怪地瞥了石上流一眼,心里嘀咕:"这郎中不会脑袋被驴踢坏了吧?"

王小艾下山后,又独自骑驴回来了。原来,王小艾经过一个山谷的时候,遇到一个送殡队伍，从哭号声中，她知道又是一桩孕妇难产一尸两命的悲剧。忽然，一名老汉冲上来抓住瘦驴质问："这是石郎中的瘦驴，怎么到你们手里了呀？快说！是不是你们偷的？"王小艾忙说："这是石郎中送给我们的！"老汉忙赔礼道歉："对不起，误会了！前面就是我们寨子，家家户户都认识这头瘦驴，要喂水喂料，吱一声就行了！"娘家哥哥惊讶："那郎中怎么这么好的人缘？他的驴也能受到礼遇呀？"王小艾说："因为石郎中是山里人的'活菩萨'呀！"老汉感慨道："唉！石郎中什么病都能治，可惜就是不能接生呀！要是能接生，那才真的叫'活菩萨'呀！"说者无意，听者有心。王小艾感到心中隐隐作痛，这句哀怨的话刺痛了她心灵最柔软最敏感的部位，要是自己能教会他接生，他那'活菩萨'的美誉不就没有水分了吗？想到这里，王小艾毅然决然要骑驴回去。娘家哥哥大惑不解，嘟哝道："那郎中脑袋被驴踢坏了，你的脑袋也被驴踢坏了吗？"

王小艾留在青云观两年，把自己的接生本领都传授给了石上流。从此，天坑山一带再没发生过孕妇难产一尸两命的悲剧。石上流"活菩萨"的名声叫得更响亮，让人更信服了。

岳红蝶在青云观里长大，受到干娘云朵道长的熏陶，从小就喜欢诵经修道，帮着击鼓敲钟，敲磬烧香，俨然像个小道士。石上流挺想培养岳红蝶学当郎中，可他毫无兴趣，拿起医书药典就打瞌睡，背起汤头歌诀来忘词错词，学了几年针灸还记不清穴位图，气得石上流大骂他"朽木不可雕也"，严重怀疑："你是我儿子吗？我怎么会有你这么蠢的儿子呀？"后来听岳红蝶滚瓜烂熟地背诵道家经书，才恍然大悟：儿子的聪明才智都倾注到道教上去了。石上流哭笑不得，喜怒不能，搞不清是应该感激云朵，还是应该怨恨她。后来，石上流发现，自己冤枉云朵了。云朵并没有引导岳红蝶学道教，反而逼他学医术，可岳红蝶鬼使神差，就是对道教感兴趣，有悟性，对医术望而生厌，学之生厌。

几年后，青云观被征用为战备仓库，云朵被迁移到野狼谷，也就是当年蒋大毛的覆灭之地。凑巧的是，云朵被分配的住处，正好是蒋大毛开枪自杀的那间木屋。云朵多次做噩梦梦见蒋大毛，真是阴魂不散、噩梦不断呀！云朵濒临崩溃的边缘，整夜觳觫恐惧、辗转难眠，白天总是产生惊悚的幻觉：蒋大毛在冲她狞笑！在恶狠狠地瞪着她！拿着刀枪追杀她！石上流看到云朵的精神状况越来越糟糕，只好把她接到天坑寨岳老爹家寄居。不久，云朵还是疯了，总是叫喊："蒋大毛来了！快跑呀！"

一天夜里，云朵在慌乱逃跑中滑落进池塘，淹死了。石上流把云朵埋在青云观后院妙真道长的坟墓旁。那天夜里，只有石上流在云朵坟墓前烧香火纸钱，为她唱了当年最喜欢的《梁祝化蝶》：

见坟台心如绞，

泪湿缟襟。

才几日竟与兄，

界隔阴阳死别生分。

思往事渺茫茫，

不堪烟梦。

多少悔无边恨，

苦涩酸辛。

原指望芸窗谊转作莲并，

却教兄对关雎好逑空吟。

原指望谐琴瑟画眉开镜，

谁料我赋柏舟独立河滨……

　　石上流凄婉悲伤的唱戏声在青云观绕梁，在天坑山谷回荡。

　　云朵道长曾在意识清醒的时候，郑重地将道长的黑色道袍、几本道家经文与青云观道印一一交给岳红蝶，叮嘱道："希望你长大后继承衣钵，传递香火。总有那么一天，青云观会重现辉煌，香火旺盛！"

　　后来，青云观重新开观，岳红蝶继云朵道长之后，成为青云观第十五任道长，他的道号就叫红蝶。青云观有了红蝶道长，香火更盛，因为善男信女大多听说过，早年的云朵道长是他的干娘，骑驴郎中是他的亲爹。

　　石上流染上大肚病，也就是血吸虫病。石上流治愈过许多人的大肚病，可奇怪的是，他的药却治不好他的病，肚子越来越大，像膨胀得快要爆炸的皮球。山里人劝他："是不是进城找大夫看看？"石上流面红耳赤，摇摇头："治得好病，却治不好命！"石上流硬撑着身体，依然骑驴出诊。一个雪天的早晨，石上流的瘦驴发出阵阵哀号声。人们跑去一看，石上流仰面栽倒在雪地上，褡裢里的药抛撒了一地。他是准备出诊而从驴上昏迷栽倒在地的。人们抱起石上流时，他已断气了。

　　石上流的葬礼十分隆重气派，凡是石上流骑驴出诊过的村庄集镇都来人参加了吊唁送葬。石上流虽然只有一个儿子，可为他披麻戴孝的后生排了几里路，哭丧声响彻山谷。石上流的那只瘦驴不吃不喝，哀号不止，不久就死去了。人们就把它埋在石上流坟旁。后来，附近几个村庄的乡亲们自发捐款，为石上流凿了一尊石雕，石雕造型就是石上流骑驴出诊……

散文随笔

父亲与寿衣

父亲在小镇裁缝店里干了一辈子裁缝，退休时曾发誓再不为他人做衣。毕生做衣的苦役磨蚀了他多少青春岁月，他的背驼了，眼花了。多少个除夕夜，当人家团聚吃年饭或饺子时，父亲还在挑灯夜缝，为他人赶做过年的新衣。

曾记得我15岁那年的除夕夜，父亲为人家做完年衣匆匆往家里赶，黑灯瞎火的，跌了一跤，鼻青脸肿，腿一瘸一拐的。回家后，父亲顾不上歇息，又在昏暗的油灯下为妻儿老小做年衣。大年初一的早晨，听母亲说，父亲因劳累过度，趴在案板上睡着了，头发被油灯烧焦了一大绺。拜年时，我们没能及时穿上新年衣，父亲很内疚，仿佛做错了事似的。

退休时，父亲宛如摆脱苦役似的，发狠地将剪刀、尺扔进了屋前的臭水塘里，将那台老牌缝纫机塞到阁楼上。缝纫机锈成了铁疙瘩，母亲要卖给收破烂的，父亲却又坚决不让。

一次，我回家撞见父亲戴着老花眼镜在飞针走线。我纳闷："爸，您破戒揽活干了？"父亲笑着说："哪里是揽活干哟，是给你妈和我准备寿衣。这可是我的一手绝活，为人家做了一辈子衣，到死可不能马虎亏待了自己！"父亲说这话时不无炫耀。父亲做寿衣堪称一手绝活。后来在母亲的葬礼上，父亲做的寿衣令男女老少瞠目结舌。有的后生窃窃赞叹："嘿，还真看不出这么个糟老头儿，竟缝绣出这么漂亮的寿衣！"那寿衣上绣满龙凤呈祥、嫦娥奔月、寿桃仙果、松鹤梅竹、凤凰戏牡丹、狮子滚绣球、鲤鱼跳龙门等图案，堪称一件绝妙的工艺品。

后来，许多人慕名而来恳求父亲做寿衣，或以重金相诱，或以权势相挟，或以亲情友谊相求，皆被父亲婉拒或严绝了。据说，某暴发的农民企业家欲为其母谋取一件寿衣，上门来向父亲游说，不送金银珠宝，不送山珍海味，送父亲一口好寿木，一块风水宝地，且砌一间阴宅。一般老人在如此诱人的条件面前免不了心旌摇动，而父亲很倔，轻描淡写地把人家回绝了。

那年冬天，小学退休老师郭老先生病逝了。父亲闻讯将给自己准备的一套寿衣送给了郭老先生。许多人在郭老先生的葬礼上看到那件寿衣，既羡妒郭老先生死后有福气，也不理解父亲：父亲与郭老先生非亲非故，何以如此慷慨赠之寿衣？父亲对人笑而不答，却对我透露了真情：

原来，郭老先生曾是我的救命恩人咧！那还是我六岁那年，父亲被郭老先生请去做一件羊皮袄。我患了急病，高烧痉挛，母亲抱着我去找父亲要钱住院。父亲除了刚拿到的五元工钱，囊中空空，急得抓耳挠腮，几乎要哭起来。郭老先生知道了，说："别急、别急！你们先抱孩子去医院，我随后就凑些钱赶来……"因郭老先生凑足了钱，我才迅速住上院，脱离危险。后来，父亲一直没看到郭老先生穿那件羊皮袄。父亲以为做得不合身，一再追问，郭老先生支支吾吾。还是他老伴无意中透露，郭老先生为救我，把刚做好的羊皮袄卖掉了。

父亲沉思片刻，动情地说："郭老先生是你的救命恩人，当年为救你一命豁出一件羊皮袄，难道我还舍不得回报他一件寿衣？再说，这乡镇上谁有他的功劳大？他从私塾算起，教了整整五十年书，好多学生都当了大官、巨商、教授、科学家和将军哩！只有他最配穿我这件寿衣。这件寿衣只有他穿才值得咧！"从父亲的唏嘘感慨中，我仿佛看见了一座巍峨的雕像，也悟出了一些人生真谛……

父亲的咳嗽

昨夜，忽然梦见病故的父亲进城来，在我家门前咳嗽……

父亲生前有咳嗽的毛病。当初不是生理毛病，而是一种生活习惯。父亲咳嗽有五种情况：

一是父亲挑担子时喜欢咳嗽，也许咳嗽可解乏省力，像唱劳动号子一样。父亲在故乡小镇上的裁缝店里当裁缝师傅，本来可以不挑担子的，也可以像同事们一样下班去看戏听书、打牌下棋、喝酒聊天的，可母亲在乡下务农，且家大口阔每年超支，父亲只得隔三岔五挑一担潲水或粪肥回家，潲水留自家喂猪，粪肥交队里打工分。父亲身体瘦弱，又是干手艺活的，再加上山高路远，挑担子自然吃力难受。不知道父亲咳嗽习惯的村人还以为父亲带病挑担子，有的怜悯父亲，有的则指责母亲，以为母亲逼他干重活。一次，母亲生气了，冲着父亲吼道："你挑担子咳嗽个鬼？像得了痨病似的，害得人家说我的闲话！你就死在镇上不回算了！"父亲惊愕，委屈地说："撞到鬼！咳嗽也不行吗？"

二是父亲走夜路时喜欢咳嗽。父亲曾对我说："走夜路不能回头看，因为每个人肩上都有两盏灯，往这边回头看，那边的灯就熄灭了，就越害怕了。"父亲说咳嗽好，咳嗽可以壮胆，还可吓跑毒蛇野狗什么的。我走夜路时试过父亲的咳嗽法，别说，还真有点管用。

三是父亲与人说话时喜欢咳嗽。父亲有轻微口吃的毛病，也许咳嗽一下，可换口气把话说圆圈些，像有些口吃者说话前倒抽凉气或默默哼歌一样。于是，父亲的咳嗽成了说话的标点符号：猛咳，是冒号；轻咳，是逗号；重咳，是句号；重咳两声，是惊叹号；咳嗽数声，是省略号……邻居老奶奶是老哮喘病人，咳嗽厉害。我曾听过父亲和老奶奶谈家常，简直就是男女声二重咳，很是滑稽！

四是父亲回家时喜欢用咳嗽代替喊门。离家百米远，父亲就会猛咳一声，走近门前晒场，再咳嗽一声，到了家门，又咳嗽一声。这三咳已成为父亲回家的暗号。父亲每次回家来，总能给我们带回一些解馋的食物，诸如卤猪耳、牛肉干、五香豆、炸麻花等。儿时听见父亲回家的咳嗽声，好比听见了世上最美妙动听的声音，我们就欢呼雀跃、争先恐后地去迎接父亲，争抢父亲手上的食物。

五是父亲熬夜时喜欢咳嗽。父亲为养家糊口，悄悄揽些私活在家开夜车。尤其临近年关时，父亲总是夜以继日连轴转，几天几夜不睡觉。父亲说，不咳嗽就会打瞌睡，打瞌睡就会出差错，不是把人家的衣服裁缝坏了，就是把自己的手扎伤剪破了。父亲对我说，咳嗽可以赶跑瞌睡虫，很有效的。不过这点对我失效，我做家庭作业时瞌睡来了，就是咳破喉咙也无济于事。

　　我进城工作后，很少听见父亲的咳嗽声了。偶尔父亲进城来小住，也是压抑着爱咳嗽的习惯，怕儿媳和孙女误会和嫌弃他有痨病。母亲去世后，我劝父亲搬进城来住，父亲说："我喜欢咳嗽，在城里住不惯的，在乡下自由自在……"一次我回老家探望父亲，听见父亲的咳嗽声浑浊急促了，忧虑地问："你是不是生病了？我带你上医院检查一下吧？"父亲淡然一笑，猛咳几声，说："吃得睡得会有什么病？你知道的，我有咳嗽的习惯。"我也就没往心里去。

　　父亲后来突然吐血昏迷，被村人送进医院，一检查，是肺癌。父亲还不知道自己得了不治之症，苏醒后闹着要出院，嘟哝道："这点小病住什么院？花冤枉钱干嘛？老了变娇嫩金贵了？"我不知道父亲从什么时候起开始了真咳嗽。父亲死后，这问题就成了永远解不开的谜，成了我永远的心痛！

　　父亲，真的好怀念你的咳嗽声！你在那个世界还喜欢咳嗽吗？

曹 叔

我敢说，曹叔是世上唯一唱过戏、当过明星的鞋匠。

曹叔少年时，在故乡小镇上的修鞋铺里当学徒。一天，县剧团的当家老生到修鞋铺来修鞋，将一只很值钱的老怀表遗失在修鞋铺里了。当时，修鞋铺老板不在，曹叔若想贪财，完全可藏起来据为己有，曹叔却拿上老怀表去追老生。老生挺感激，看他眉清目秀，听他嗓音脆亮，就说："别学修鞋了，跟我学唱戏吧！"人们都羡妒曹叔憨人有憨福，那老生名气大，架子也大，好多人请客送礼拉关系想拜他为师学唱戏，他都不理睬，偏偏看中了曹叔。曹叔跟老生扎扎实实唱念做打学了五年，没少吃苦受罪，没少挨打受骂，但一登台就给师傅挣了脸面，赚得满堂彩。不久，曹叔就成了县剧团的名角，蹿起红来。

十岁那年，我跟爹进老戏院看过曹叔演的戏：曹叔扮演一位披着战袍铠甲的古代将军，威风凛凛、气宇轩昂，显得不可一世，可到后来吃了败仗，垂头丧气、仰天长啸，与一位红衣少女相拥而唱，凄凄惨惨、难舍难分，后来红衣少女拔出将军的剑抹了脖子……长大后我才知道那出戏是《霸王别姬》，曹叔扮演的是楚霸王。散戏后，我爹告诉我，曹叔当过修鞋铺学徒。我瞠目结舌，将信将疑，无法将县剧团名角与修鞋铺学徒联系在一起。我爹说："你不相信？我学徒的裁缝店与他学徒的修鞋铺是隔壁，我看过他挨老板的毒打，帮他抹过治伤的药膏，还替他出招儿惩治过黑心的老板哩！唉，想不到他时来运转，遇到贵人，成了名角，而我……"爹摆摆手，摇摇头，欲说还休，不无羡妒，不无感伤。

那年秋天，我回到故乡小镇，忽然看见小镇东头一老鞋匠很像曹叔。我惊诧：世上真有这么相像的人呀！莫非是曹叔的兄弟？我向爹说起那酷似曹叔的鞋匠。爹喟然长叹，唏嘘道："那就是曹叔呀！"我大吃一惊："曹叔咋不唱戏了？是坏了嗓子伤了身，还是犯错误被开除了？"爹说："县剧团下乡演戏，出了车祸，曹叔为了保护那个演虞姬的小旦，脑袋受了重伤，昏迷了几天几夜，差点成了植物人。后来，那演虞姬的小旦去探望他，俯在他耳边唱了一段虞姬的戏，曹叔就奇迹般苏醒过来了。但曹叔失去了唱戏的记忆，那些戏文唱腔功夫全不记得了，只记得儿时学的修鞋的手艺。他不顾剧团人和家人的劝说反对，硬犟着上街摆摊修鞋。"爹由衷地感慨道："人呀，是什么就什么命，像你曹叔，命运牵着他风风光光地转了一圈，又回到原地，该干嘛干嘛，该咋活咋活！"

　　时间一晃，曹叔修鞋已有十几年了。曹叔仍然没恢复唱戏的那段记忆，人们帮他回忆昔日他在戏台上如何走红、演楚霸王如何神气时，他以为人们故意耍他，有人便搜寻来一些他当县剧团名角时的剧照、与领导的合影，指给他看，曹叔仍茫然，傻傻地嗫嚅："这……这是我吗？是不是与我很像的人？"久而久之，连小镇人都狐疑嘀咕起来："这糟老头真的当过县剧团的名角吗？演过楚霸王的名角怎么可能是这么个邋遢窝囊的老鞋匠呢？"

　　一个冬夜，曹叔起床小解时摔了一跤，脑袋重重地撞在门框上，昏死过去。他苏醒后，怪事出现了：他忘掉了修鞋的技艺和经历，却记起了唱戏的往事与本领，正如一阵命运之风，把这扇记忆之门吹开了，却把那扇人生之门吹关了。

　　据说，曹叔立马去找县剧团请求上台唱戏，而且要演楚霸王，只是县剧团早已瘫痪，树倒猢狲散了。曹叔不会修鞋了，也不屑修鞋了，堂堂的昔日名角去修鞋，岂不亵渎了楚霸王的英魂？曹叔嗓子痒，无处唱戏，只好去蹭茶馆，泡澡堂，逛公园，在那些地方，他可以过过唱戏的瘾，露露名角的功夫……

牙 医

童年记忆中，在故乡小镇上，有一个牙医诊所，牙医是一位和蔼风趣的老头，永远露出一口白牙和一脸微笑。老头秃脑袋，聋耳朵，老花眼，酒糟鼻，麻子脸，似乎满头缺陷，唯独牙齿好，又齐又白又结实。这口好牙是他炫耀的本钱、行医的活广告。

牙医曾在吴佩孚军队里当过军医，后来开了小差，跑回故乡小镇隐居，坐吃山空后，为养家糊口，才开了牙医诊所。牙医曾说，他曾给吴佩孚拔过虫牙。有人抬杠，讥笑他吹牛。牙医跑进内屋翻腾半天，找出一枚发黄发臭的牙齿，给人家看："瞧，这就是吴大帅的牙齿!"众人面面相觑，唏嘘赞叹。抬杠的人仍不信，尖刻地质疑道："凭什么说这就是吴大帅的牙齿？说不定这是他的马夫的牙齿咧!"牙医不气，淡然一笑，自嘲道："问得有道理! 不由得叫人怀疑。就算是真的，又有什么鸟用？咱凭手艺吃饭，不必拉吴大帅的大旗作虎皮!"说罢，将那枚牙齿扔进了门前的臭水沟。

牙医对小镇人的牙病了如指掌，散步、串门、出诊时，逢到患过牙病的人，不问吃饭没有，财运如何，而问病牙最近疼不疼，镶牙年久牢不牢。不光问，还要看。不是瞟眼一看，而是让人家张开嘴巴认真地瞧。瞧完还得婆婆妈妈地叮嘱一番："生冷酸甜的东西不要吃，甘蔗肉骨头不要啃，蚕豆山核桃不要嗑。"若是在宴席上，三句话不离本行的牙医会唾沫四溅地大讲特讲牙齿的保健常识和风俗趣闻，让人家瞠目结舌，龇牙咧嘴，大倒胃口。

牙医医术过硬，他崇尚医术，但也讲迷信。牙医总是叮嘱小镇人把掉的牙或拔的牙好好保存起来，将来死后放入棺材里陪葬。否则，死者到了阎王那里交不齐一生中长的牙齿，就会被罚在来生当哑巴和饿死鬼。至于乳牙，牙医则有另外的说法：阎王是不数乳牙的，但乳牙不能乱扔，也不可保存，保存得再好，也有丢失或被盗的危险，不如蘸上盐浇上油投入火中烧掉，以绝后患。烧乳牙有两种理由：一是为了防止妖怪拾到乳牙后对小孩施加魔法、降临灾祸，二是避免动物吃了乳牙后小孩的新牙也长得像这个动物的牙的不幸。

小时候，我娘将我的一颗乳牙镶嵌在我的银手镯上，牙医看见了，说万一银手镯丢失了或镶嵌的乳牙脱落了，被妖怪拾去或动物吃掉，那可不得了哇！我娘吓得魂飞魄散，忙央求牙医处理这颗乳牙。牙医找来工具，小心翼翼地从银手镯中撬出乳牙，蘸上盐浇上油扔进烤火盆里烧了。牙医边烧乳牙边念祷语："火烧，烧牙，菩萨保佑，给只好牙！火烧，烧牙，不要弯牙，只要直牙！火烧，烧牙，宁要虎牙，不要鼠牙！"牙医烧完乳牙，我娘掏出钱来酬谢他，牙医诙谐地说："烧乳牙是不能收钱的，收了钱是要长出一嘴老鼠牙的！"

最近牙病作祟，跑了几趟医院，牙病没治好，反惹了满腹怨气，诊费昂贵不说，牙医的医术不高，脾气倒不小。躺于病榻，捂着腮帮，痛楚呻吟，不由得怀念起儿时小镇上的牙医。现在到哪里去找那么好的牙医呢？

剃头铺的乐天派

故乡小镇上有一家剃头铺。剃头佬姓陶，奇胖，人称"陶胖子"。据说，陶胖子的童年理想是当飞行员，青年志愿是当作家，可高考落第后，梦的风筝摔在现实大地上，他没有怨天尤人，没有颓废沉沦，从父亲手上接过了祖业，当了"头等事业，顶上功夫"的剃头佬。

从小，父亲就带我上陶胖子的剃头铺剃头。父亲说，陶胖子人缘好，手艺精，价钱低。长大后，我才知道父亲以及好多小镇人喜欢陶胖子的真正原因，是陶胖子的那张能说会道、快活热闹的嘴巴。

陶胖子读的古书多，满腹的历史典故、战争演义、神话传说、鬼怪传奇、名人趣闻逸事、才子佳人故事，还有村野荤事、里弄笑话、民谣俚语。陶胖子有一套吹牛的本领，海阔天空一吹，古今中外一聊，不光把想剃头又怕排队的顾客的屁股粘住了，也把过路人吸引住了。渐渐地，陶胖子的剃头铺成了小镇人摆龙门阵的热闹场所。

陶胖子不光能聊善侃，还会"对症下药"，疗治心病，可谓小镇上的心理医生、精神疏导专家。父亲说，一位区干部犯了错误，被罢官后隐居小镇，一蹶不振，整天愁眉苦脸，唉声叹气，一副死猪不怕开水烫、破罐子破摔的样子。他来剃头时，陶胖子给他讲了陶渊明、李白、苏东坡、海瑞、林则徐等被贬谪后仍自强不息的故事，点燃了他的心灯。这位区干部洗心革面，振作精神，申请下到最偏僻、最穷困的乡工作，扎扎实实为乡亲们办事，后来东山再起，当上了副县长。副县长无论怎么忙碌，都要抽空来小镇找陶胖子剃头、聊天。

还有一位小青年，失恋了，蹒跚而来找陶胖子剃头。陶胖子已听说了他失恋的消息，见面就拱手恭喜他。那青年恼羞成怒："你这不是故意讥笑我吗？打人还不打脸咧！"陶胖子娓娓道出值得恭喜的三个原因："一是长痛不如短痛，恋爱时分手比结婚后分手要好；二是那姑娘虽然漂亮，但妖冶放荡，水性杨花，还嫌贫爱富，见异思迁，现在暴露比将来暴露要好；三是你沉溺在早恋的爱河里，为美色所惑，为情欲所囿，无心前途，荒废学业，真是捡了芝麻丢了西瓜呀！眼下幡然悔悟、亡羊补牢比少壮不努力、老大徒伤悲要好！"那青年突然抱住陶胖子呜咽起来，半晌才停止啜泣，哽咽道："本来，我是来剃最后一次头，去跳河自杀的……"后来，那青年发奋读书，考上了大学，当上了教授。教授回小镇探亲，总要上陶胖子的剃头铺来剃剃头，摆摆龙门阵。

那年我被贫下中农推荐上大学，可我没高兴几天，就坠入痛苦绝望的深渊，我上大学的名额被人开后门挖跑了。我不吃不喝，卧床不起，梦呓中喊着要去杀了那开后门的人。这可吓坏了父亲。父亲把陶胖子请到家里，陶胖子一边给我剃头，一边开导我。他给我讲了"塞翁失马"的故事，还说了不少诸如"天将降大任于是人也，必先苦其心志，劳其筋骨""是金子总会发光的"等哲理劝慰我，让我打消了杀人的念头。果然，第二年恢复高考制度，我顺利考上大学。

今年清明节，我回小镇给父母扫墓，绕道去了陶胖子的剃头铺。谁知剃头铺已改成花圈店，陶胖子已回乡下赋闲去了。我怅然若失，沮丧而归。那夜，我梦见了陶胖子，梦见他的剃头铺，梦见他与好多熟悉和陌生的顾客在摆龙门阵，在捧腹大笑、欢乐开怀。我寻思：快乐是穷人的财富，老百姓中多有乐天派……

老莫的口哨

　　年轻人喜欢吹口哨，不吹口哨不足以表达他们无忧无虑、无拘无束的心境。中年人上有老下有小，生活负担重，事业心强，往往心力交瘁，很少有好心情去吹口哨，偶有好心情想吹口哨，刚欲努嘴吹，顾忌又涌上心头，怕人嫌不稳重装天真。老年人更与口哨绝缘了，即使有了返老还童的好心境，也没了吹口哨的中气，嘴巴一瘪，涎水直流，牙不关风，口哨吹不出声，就是吹出声来，也滞涩难听。而且心理障碍更重，怕后辈人讥讽为老顽童、老怪物、老不正经。

　　迄今为止，我只遇到一位吹口哨的老人，那就是老莫。

　　老莫干了一辈子乡邮员，吹了一辈子口哨。老莫说过，不吹口哨他就嘴痒心燥，就寂寞无聊；不吹口哨他就蹬不动自行车，就犯迷糊在山中迷路。老莫的口哨在他跑过的邮路上是出了名的，乡亲们称他是"吉祥鸟""快乐的乡邮员"。老莫的口哨吹动了一位乡村女教师的芳心，后来成了老莫的妻子。

　　后来，老莫有了女儿小莺。小莺觉得吹口哨很好玩很好听，缠着老莫要学吹口哨。老莫的妻子喜欢老莫吹口哨，但坚决反对小莺学吹口哨，认为女孩吹口哨不成体统，有伤大雅，会遭人戳脊背，更怕小莺带坏了头，学生们会群起仿效。老莫不敢教小莺吹口哨，但小莺天性聪慧，耳濡目染中就学会了吹口哨。小莺吹着口哨上了地质大学，又吹着口哨到边疆当了一名地质勘探队员。

　　老莫给别人送了大半辈子信，自己却从没收到过信。自从小莺离家后，老莫能收到自己的信了，他的口哨便吹得更悠扬欢畅了。小莺在信中曾两次兴奋地提到吹口哨的事：一次在大学里，全系开篝火晚会，玩"击鼓传花"游戏，逮到她表演节目了，她不会歌舞，就吹了一支口哨曲《外婆的澎湖湾》，没料到大爆冷门，竟获得篝火晚会节目评比第一名。同学们戏称她是"口哨天使"，许多男生慕名跑来与小莺切磋口哨技艺，一些女孩也把吹口哨当作很时髦的事，缠着小莺学吹口哨。另一次在大戈壁上，地质勘探队与施工部队联欢，小莺与一位口哨也吹得挺棒的女兵联袂登台吹奏了口哨二重奏《草原之夜》，赢得满场喝彩声。小莺和那女兵结拜了姐妹，女兵邀请她有机会到北京家里做客，女兵的父亲是民间音乐研究家，吹得一口好口哨，还写过关于口哨技艺的专著。

885

老莫的妻子在乡村教了一辈子书，眼看快退休了，可与老莫在县城里团聚了，忽然查出绝症来。临终时，她叮嘱老莫："你要永远快乐，永远吹口哨！每年清明节上坟时，别给我烧纸钱、点香烛、上供品，太俗气，我就爱听你的口哨……"老莫在妻子的葬礼上大吹特吹起口哨来，吹了一曲又一曲，直吹到口焦舌枯，晕倒在地。不知内情的人瞠目结舌：这老头是不是悲伤过度而疯了？

老莫退休后，在小巷口摆了一个修车摊。老莫心里有桩心事：靠修车赚一笔钱，捐给妻子生前教了一辈子书的那个乡村学校，可怜那里的孩子们还趴在破烂的古庙改成的教室里读书，老莫每次走进那座古庙学校时，心情就沉重起来，无心吹口哨了。老莫人缘好，手艺也不赖，加上口哨吹得棒，找老莫修车的人不少。有的人情愿大老远推着车来找他修，就图听听他的口哨找点乐趣。

老莫把第一笔修车积攒的钱送到古庙学校时，破天荒地吹起了口哨。在捐赠仪式上，校长让老莫给孩子们讲讲话。老莫忸怩半天，终于没讲一句话，只是吹了一支口哨曲《唱支山歌给党听》。从此，老莫每年给古庙学校送一笔捐款，每次不讲话，只吹一支口哨曲。孩子们很喜欢老莫，更喜欢他的口哨，以致有的孩子大胆向校长提建议，请老莫来上音乐课教吹口哨。校长居然欣然同意这建议，让老莫每星期过了一把教师瘾。

在故乡县城里，你只要看见一位修车老人在吹口哨，那一定是快乐的老莫！

豆 腐 东 施

"豆腐东施"自然是绰号，这是故乡小镇东头一个卖豆腐的女人的绰号。豆腐东施知道这绰号不雅，但坦然默认了，听人喊她绰号，不愠不恼，微笑爽答。东施就东施，脸蛋丑不影响卖豆腐就行，好看的脸又不能当豆腐卖。

小镇西头也开了一家豆腐店，卖豆腐的是一位艳若桃花、媚如狐仙的少妇，人们自然喊她"豆腐西施"。豆腐西施的豆腐店一开张，顾客盈门，豆腐东施的生意锐减。人们戏谑："西施的脸蛋俊，眼色媚，豆腐自然俏！"

豆腐东施不急不躁，不气不妒，每天还是那么早开门，那么晚打烊，还是打那么多豆腐，卖不完的，或送给左邻右舍，或送给养老院，或贱价处理给养猪场。豆腐东施说："出水再看两腿泥！"她早年读过《红旗谱》，情节差不多忘光了，只记得主人公的这句发狠的话。豆腐东施的男人发愣："你这话什么意思？"她淡淡一笑："就是谁笑到最后谁笑得最好的意思呗！"

果然，豆腐西施的生意一好，就得意忘形起来，不大注重豆腐的质量，而且耍起缺斤少两的小伎俩。渐渐地，人们领悟到豆腐西施"笑里藏刀"，挨过她的"温柔一刀"后，虽算不上伤筋动骨，却心态失衡，郁积在胸，不再往西头买豆腐。豆腐西施见势不妙，绞尽脑汁，便又耍出一花招，上门去推销，用回扣贿赂那些公家食堂、招待所、餐馆酒店的采购员。这一招着实灵验，豆腐西施的生意又红火兴隆起来。

豆腐东施的生意受挫，跌入低谷。豆腐东施的男人瓮声瓮气地说："照这样亏损下去，会把好不容易创下的一份家业赔光的！不如趁早改行做其他的买卖！"她的男人想把豆腐店改成发廊，招几个外乡妹搞美发美容、洗脚按摩……她的男人不无羡妒地说："这年头，撑死胆大的、饿死胆小的，做正经买卖的不如搞歪门邪道的，你看对门的野妹发廊……"豆腐东施愤懑地吼道："野妹发廊干那种缺德造孽事，赚那种黑心钱，迟早要遭恶报应的！你休想打这鬼主意！你要蛮干，我就跟你离婚，这门面可是我祖上遗传下来的，你得给我走人，我还是老老实实开我的豆腐店！"她的男人是外来打工仔、入赘女婿，底气不足，只好忍气吞声作罢。

豆腐东施不明白：豆腐西施的豆腐明显地不如她的好，为什么却比她的卖得俏？有好心人就点拨道："豆腐西施用回扣，你也行行贿嘛！这年头太死板了，就玩不转。"豆腐东施不卑不亢地说："我可不愿把功夫花在做豆腐之外！我就不信，豆腐做得好，没人来买！"

豆腐西施飘飘然，就做出了搬起石头砸自己脚的蠢事，先是偷税漏税，被税务所课以重罚；继而又爆出丑闻，由卖豆腐而卖起皮肉来，与某招待所采购员通奸，被她的男人当场逮住，要动刀子，闹得满城风雨。一波未平一波又起，工商部门接到举报，突击缉查了豆腐西施的豆腐作坊，查获其制作卤水的石膏全是从医院购来的废弃石膏！这消息成了爆炸性新闻，满城震惊大哗，许多吃过她家豆腐的人想起就恶心呕吐，咬牙切齿地诅咒豆腐西施是美女蛇、黑心狐！豆腐西施的豆腐店被勒令关门，即使不关门，也没谁敢买她做的豆腐呀！

"出水再看两腿泥。"豆腐东施终于笑到了最后，笑得最好。她的豆腐店又红火兴隆起来，人们都说她的豆腐好，人心更好！豆腐东施不知怎的心血来潮，从去年开始自办豆腐节。豆腐节那天，她的豆腐店的豆腐半价供应，还给附近的孤儿院、养老院、干休所、军营、幼儿园、学校、医院赠送豆腐。

我听说有这样一个感人的故事：一位临终老妪在呓语中嗫嚅什么，她的家人聆听了老半天，才弄明白她想最后吃一口豆腐东施做的豆腐。老妪的家人跑到豆腐东施的豆腐店去买时，真不凑巧豆腐告罄。豆腐东施听说是自己的老客户临终时想吃她做的豆腐，非常感动，二话没说，连夜磨豆浆做豆腐，亲自送到老妪的病榻旁。老妪吃下一小口豆腐，含笑而逝……啊，做豆腐能做到这般境界，这种人情味，真是值得赞美！

我挺喜欢吃豆腐，但我总觉得在省城菜场里买的豆腐比故乡的豆腐差远了，跟豆腐东施做的豆腐更没法比了！我在梦中经常回到故乡小镇，品尝到豆腐东施做的豆腐。哦，什么时候能回故乡小镇一饱口福呢？

马　车　夫

　　那年春天，小镇上搬来一个马车夫。全部家当就是一匹枣红马，一辆马车。马车夫带着一个八岁的儿子，据说，马车夫的老婆跟山货贩子私奔了。马车夫成了我家的邻居，马车夫的儿子成了我的同学。

　　小镇上的大人喊马车夫"河南侉子"，我们小孩就喊马车夫的儿子"小侉子"。河南侉子和小侉子都不生气，乐呵呵地答应。马车夫要跑长途拉货，就把小侉子寄养在我家里。若逢学校放假，马车夫就带着小侉子一道跑运输。小侉子跑遍方圆百里，见过许多世面，很令我们羡妒。我们很想过过马车瘾，就央求小侉子在他爹面前说说好话，几时让我们搭马车兜兜风见见世面。

　　小侉子回家跟他爹一说，马车夫就爽快地答应了："行，几时拉半车货，就喊他们来坐。"但挨了大半年也没过上马车瘾，不是他的马车总是拉满载，就是我们没放假。那年寒假，我们终于等到坐马车的机会了。马车夫拉半车萝卜到五十多里远的金口镇上去，就把我们五个小伙伴捎上了。我们沿途边看风景边吃萝卜，谈笑风生，乐不可支。

　　到达金口镇很顺利。马车夫拿了工钱，请五个小伙伴上面馆，每人叫了一碗肉丝面、两个肉包子。马车夫舍不得吃肉丝面、肉包子，只讨了一碗热面汤，躲在一边啃冷烙饼。小侉子先发现的，跑过去默默地将一个肉包子递给他爹。我们也匀出一大碗肉丝面、四个肉包子端到马车夫面前。马车夫说："这、这是干什么？我不喜欢吃肉丝面、肉包子，喜欢吃烙饼。你们快趁热吃了吧，不然我就要生气了！儿子，你带头！"马车夫硬逼着我们吃完了肉丝面、肉包子。

　　归途中，遇到了突降的暴风雪，马车滑进马路边的泥坑里动弹不得。风越刮越猛，雪越下越大，前不着村后不靠店，马车夫急得捶胸顿足。马车夫只好用帆布盖住马车尾部，搬来几块大石头压牢，让我们钻进马车底下躲避风雪。马车夫把枣红马卸了辕，套上鞍，拉出了我，对其他孩子说："老实在里面待着，等我骑马一个个地送你们回家。"

　　马车夫一手把我紧搂在怀里，一手紧握缰绳，枣红马疾跑起来。我吓得直叫唤。马车夫说："把眼睛闭上，就不怕了！"我闭上眼睛，恐惧感并没减轻，猛烈的颠簸、呼啸的飓风吓得我浑身抽搐，虚汗直冒，我竟呜咽起来。马车夫生气了，吓唬我："真没出息！再哭，我把你扔在这里喂狼！"马车夫把我送到家，马不停蹄地去接第二个孩子。

据说，马车夫最后接的是小侉子，那时已是夜晚，枣红马已经跑虚脱了，连驮小侉子的力气也没有了，趴在雪地上磨蹭着不起来。马车夫只好拖着疲惫不堪的身子，背起小侉子，牵着枣红马，步履维艰地踏雪行进，跌跌撞撞到深夜才回家来。

当晚，马车夫的枣红马就累病了，不久就死了。小侉子偷偷告诉我，他爹抱着枣红马的尸体号啕大哭了一场。屠户拿出一摞钱想买枣红马去卖肉，马车夫断然拒绝了，借了一辆板车把枣红马拉到小镇郊野下葬了。

马车夫没钱去买马，就改行当了拉板车的。有时候我们上学放学，碰见马车夫赤膊赤脚吃力地拉着满板车的砖瓦煤炭、石灰沙子什么的，就跑上去帮忙推。马车夫咧开满嘴黄牙晃着手撵我们："去上学（快回家）吧！我拉得动、拉得动！"我们看见套绳深深地扣进他的肩胛里，他的身体弯曲得像一支拉满弦的弓，脸憋得像一只熟蟹，就不由得怜悯他：他多像他的枣红马呀！在我离开小镇到省城上大学那年，马车夫出车祸死了，他的板车由他的儿子小侉子接着拉。前些年我回故乡小镇邂逅过小侉子，他已出息成汽车运输专业户了。

古　槐　祭

　　我曾在汉口一大杂院蜗居过五年多。大杂院的人事都淡忘了，唯一刻骨铭心的是那棵古槐。当年我和妻找房子结婚时，在电线杆上读到了租房启事，就辗转找到了那个大杂院。在那里蜗居不甚理想，正在妻犹豫不决时，我却毅然决然地说："就住在这儿！"我相中的就是院中那棵绿荫葱茏的古槐。

　　古槐高二十余米，树围很粗，我和妻合抱还差那么一点点。它的绿荫可遮蔽整座大院，夏日城如火炉，此院却荫凉舒爽，居民在古槐下品茗饮酒，对弈打牌，吹拉弹唱，纳凉聊天，心旷神怡，其乐融融。它的根虬突盘缠，如九龙赴会，天趣盎然，常招来过客流连踯躅，拍照绘画。它的枝繁多错杂，千姿百态，老枝如铁骨，新条若菜薹，孩子们在上面荡秋千，老人们在枝下打拳舞剑。每年夏天，古槐攒劲开出一树灿烂浓烈的花，花冠如蝶，果如念珠。据院里年已古稀的张大爷说，槐花、槐果都可入药，可退热、止血，槐皮煎汁，可治烧伤烫伤，花还可做黄色染料。有一年，我的痔疮发了，张大爷嘱我用槐花泡茶喝，不几天痔疮就好了。张大爷每年夏天要捡许多落下的槐花，有病当药，无病当茶，说它比桂花、菊花还要好！

　　古槐有多大年纪，谁也说不清。张大爷说，他小时候，就听他爷爷说过，他爷爷在古槐上掏鸟窝，掏出一条蛇，没被蛇咬伤，却惊吓得摔下树，成了瘸子。由此可见，古槐至少在150岁以上。张大爷还说，古槐曾历逃劫难，1911年冯国璋放火烧汉口，古槐被烧秃了，第二年春天又神奇地蹿出新芽嫩叶；1931年汉口成泽国，许多古树被淹死了，古槐却岿然不动，郁郁葱葱；1938年，日寇飞机轰炸汉口，一颗重磅炸弹扔在古槐旁边，古槐被拦腰炸断，却依然枝繁叶茂；1949年，白崇禧欲死守武汉，阻挡解放大军，派兵来锯古槐修筑工事，遭到大杂院人强烈抗议，男女老少纷纷用身护树，古槐才幸存下来。

　　古槐成了历史见证，成了城市的活古董，成了一道亮丽、浓郁的风景，更成了大杂院人心目中的图腾和吉祥物。大杂院人给亲朋好友打电话或写信，大多加上一句：你沿着武胜路往东走几十步，就看见一棵古槐，古槐下就是我的家；大杂院人给外地的亲朋好友写信寄物，总很诗情画意地夹一片槐叶、几瓣槐花；凡在大杂院住过的人，到了异国他乡、天涯海角，也要写信问问古槐是否健在，渴望回故乡看看久违的古槐……

我听张大爷讲过一则凄怆的古槐恋故事：隔壁姜奶奶新婚之夜，新郎就被抓了壮丁。新郎临别时挣扎着大喊："槐花，你一定等着我！只要古槐不死，我就会回家来！"新郎一去不复返，四十年生死两茫茫。每年槐花开，不见情郎归，秋水已望断，青丝化白发。忽一日，一台湾老人走进大杂院，对在古槐下打盹的姜奶奶颤抖地喊了一声："槐花，我回来了！"姜奶奶睁眼一看，以为是梦，因为老人们都迷信在古槐下是最容易做美梦的。待弄清这不是梦的一瞬间，她跟跄几步，就栽倒在古槐下，猝死于心脏病……古槐作证，姜奶奶一生守活寡，忠贞不渝，而她的情郎已在海那边娶妻生子，孙儿绕膝。古槐无言，平心而论，除了唏嘘历史沧桑，不可埋怨半句海那边的故人……

当然，我也耳闻目睹了一出新古槐恋的喜剧：送煤工阿谢谈了几个对象都吹了，后来竟找了一个美丽伶俐的护士。在他们新婚时，闹洞房的人逼新娘坦白恋爱史，新娘大大方方地说："我是先看中了这棵古槐，然后才看中他的。我感觉到古槐下的人家就跟古槐一样质朴可爱……"古有"爱屋及乌"之说，今有"爱树及人"之佳话。

大杂院人对古槐珍爱无比，像爱惜自己的眼睛、呵护自己的亲人一样。哪个顽童在树干上乱刻胡雕，必会遭到长者呵斥；哪家媳妇在树上钉颗钉子或捆根铁丝晒衣晾鱼，也会成为众矢之的……一次，铺煤气管道的工人想走捷径，欲挖断古槐的一部分根，惹怒了大杂院人，群起而攻之，宁可不烧煤气，也绝不让伤古槐的一皮一筋。

随着城市改造、时代变迁，大杂院人家陆续乔迁新居，我也恋恋不舍地告别了古槐、大杂院，搬进了高层建筑。每年，无论有多忙，我都携妻带女去拜访古槐和大杂院人家。今年春天，我去看望古槐时，古槐仿佛沉睡了似的，没有抽新枝长嫩叶。大杂院人幽怨地说："附近一家化工厂废水外泄，一夜之间窜进大杂院，把古槐毒死了！"大杂院人愤愤不平地为古槐鸣冤叫屈，嚷着要给市长热线打电话反映，要到法院去状告那家化工厂……到夏天，我又去了一趟大杂院，古槐仍没长叶开花，呜呼，它是真的作古了！

我为古槐的不幸遭遇而难过、愤慨，但我一介书生又能奈何得了谁呢？又能为古槐讨到什么公道和说法呢？唯有写篇小文，心祭一下曾赐荫过我的古槐！

醉　石

在我的童年记忆中，故乡小镇上有一家小酒店，没有招牌酒幌，只有一尊瘦长丑怪的青石斜立在院中。青石高约八尺，重达万斤，上面凿了两个飘逸遒劲的字：醉石，红漆勾勒，格外醒目。醉石跟跄欲跌，醉态可掬，宛若李白举杯邀明月，苏轼把酒问青天。

小酒店创办于清末民初，老掌柜是翰林后裔，却无心诗书，厌恶科举，而酷爱琴棋，沉溺酒色，直至濒临倾家荡产的边缘，才不得已开店谋生。老掌柜当初为起店名颇费一番脑筋，斟酌来琢磨去，就是想不出一个满意的店名。老掌柜心烦意乱，漫步小镇，忽觉饥肠辘辘，便在酒肆筛了一壶酒，且行且饮，竟渐入醉境，视觉朦胧，步履趔趄，等他从酩酊中醒来，发现自己醉卧于荒山野郊，身边仁立着这块奇石。老掌柜灵机一动，就雇人将奇石搬运回小酒店，取名"醉石"，店名自然也叫"醉石"。意思是说，连石头都能醉，何况人乎？果然，小酒店一开张就生意红火，顾客盈门，许多顾客是冲着醉石来的。

我到小镇读书时，老掌柜已作古，他的大儿子当了少掌柜。少掌柜跟老掌柜一样人品好，人缘也好，小酒店照旧生意兴隆，财源茂盛。我父亲干活的那家裁缝店的师傅们若打牙祭、办喜酒、摆寿宴、吃年饭都爱上醉石小酒店去，那儿不仅菜美酒真，价钱公道，而且少掌柜很热情风趣，敬酒辞很讲究，字斟句酌令人熨帖，一个肥诺、几句笑话便能把宴席气氛渲染得热烈欢快。少掌柜还很慷慨豁达，不是免费送一道菜或一瓶酒，就是随份子送个红包捧个场。我考上县城中学时，父亲就是在醉石小酒店摆酒请客的，依稀记得少掌柜送给我一支英雄牌钢笔，还当场许诺："好好读书吧！将来考上大学，我免费给你摆酒庆贺！"

不久"文革"开始了，我们停课闹革命，到处"破四旧"，横扫"牛鬼蛇神"。一天我跟随一群红卫兵战友沿街"破四旧"，大摇大摆地闯进醉石小酒店，将店内的财神塑像、香炉、花瓶、古钟、画匾、酒壶、茶盅、菜碟等砸得稀巴烂。少掌柜认出我来，瞠目结舌地望着我，神情哀怨惶惑。顿时，我的良心震颤起来，不由得低下了头颅。当战友们走出小酒店时，忽然觉得醉石也有"四旧"嫌疑，嘀咕半天，竟决定砸碎醉石。少掌柜挺身而出，护住醉石："石头无罪，你们不能砸!"我顿生恻隐之心，替少掌柜打马虎眼："这不过是一块顽石而已，要砸它太费劲了，算了吧!"有人仍主张砸醉石，我急中生智，来了个折中："我看这样吧，不要砸石了，就把'醉石'两字凿掉。"主张砸醉石的人不吭声了，少掌柜也明白了我的良苦用心，慌忙找来一把凿子，亲自动手凿掉了"醉石"两字。

　　不久，少掌柜关闭了小酒店，将醉石移到后院杂什棚里藏了起来。直到20世纪80年代初，少掌柜才重开了小酒店，把重新镌字的醉石庄严地立在院中央。我考上省城大学那年，父亲准备在醉石小酒店摆酒请客庆贺，我因当年参与过砸酒店凿醉石的亏心事，执拗地反对。父亲满脸疑惑："你过去不是最喜欢醉石小酒店吗? 少掌柜不是也挺喜欢你吗?"我不忍心将不光彩的往事告诉父亲，怕让父亲无端替我背负一份沉甸甸的罪孽感。离开故乡小镇那天，我起了个早床，跑到醉石前，默默地鞠躬告别。

　　父亲很快来信说，少掌柜知道我考上大学很高兴，但埋怨我不该不通知他，没让他实现替我免费摆酒庆贺的许诺。还说我在"文革"中替他机智地保护了醉石，他正愁没机会报答我。少掌柜封了一千元的红包，硬要父亲寄给我当学杂费。男儿有泪不轻弹，当我捧着汇款单时心潮澎湃，潸然泪下，我仿佛看见了少掌柜那双深邃善良的眼睛、那颗宽容豁达的心!

手

我曾当过乡村民办老师。我有一个同事，叫胡顺华，也是民办老师，比我的教龄要长七八年。他总是转不了正，就因为他的手部有残疾。

胡老师呱呱落地时，左手只有两个半截指头，右手没有指头。据说，这是因为他母亲怀孕时在门槛上剁过乌龟，乌龟就惊了胎气，罚她生个双手残疾的孩子，这自然是乡间迷信。其实，他母亲怀他时，一是逢灾年营养不良，二是修水库劳累过度，三是晚上挑土时摔过一跤，才可能造成他的双手畸形。

别看胡老师手残了，却样样能干，割麦、插秧、耕田、耙地、敲锣、打鼓、吹笛、拉二胡、打球、骑自行车、写字、画画……不比好手好脚的人差。我跟他学过拉二胡，到我离开那所小学时，二胡技艺还不及他的一半。我跟他打过无数次乒乓球对抗赛，我惨败多，险胜少。更叫我叹服的是他捉鳝鱼的本领。那时民办老师的生活十分清苦，常常数月见不到油荤，胡老师放学后就拎起鱼篓到田畈转悠一趟，变魔术般捉回半篓鳝鱼，给大伙打牙祭。

胡老师除了英语，什么都能教。他曾买过一瓶酒、两包烟来"贿赂"我，想拜我为师学英语，终究没学成，一是我认为他实在没有英语细胞，"朽木不可雕也"；二是他自认为学英语太折磨人了，"天生不是这块料子"。胡老师的长处还是在教语文，他虽然只有小学文凭，语文水平却不在大学毕业生之下。谈诗论词，连师范学院毕业的公办老师也被他侃得一愣一愣。舞文弄墨，他堪称我们那所学校的头块牌，学校要一份开学典礼讲话稿、勤工俭学经验总结，村里要写个表扬稿、大批判文章，都是抓他的差，能者多劳，他从不摆架子，忙得不亦乐乎。他还是学校的"活字典"，拿不准的字词向他请教，准没错。据说，那时《新华字典》买不到，他就从公办老师手里借了一本，工工整整地抄了一遍，"活字典"的硬功夫就打这儿来。

胡老师到三十多岁还没娶上媳妇，老师们都替他着急，他却是个乐天派，一门心思耗在教学上，闲来无事，就下棋、打牌、玩球、吹笛、拉琴、写字、画画……胡老师自信地说："憨人自有憨福。"果然，一年后，媒婆给他说成了一门亲事，媳妇漂亮质朴，就是有癫痫病，俗称"伢伢疯"。新婚之夜，我们去闹洞房时，新娘就发作了一次，好端端的人，瞬间瘫软在地，口吐白沫，不省人事，吓得我们手忙脚乱，不知该往医院送，还是往洞房里抬。胡老师东扯西借了不少债，给媳妇治病，但始终没治断根。我离开那所小学去读大学后，听说他媳妇在洗衣时发病，倒在塘里淹死了。她留下了两个儿子，胡老师默默承受了这个沉重打击，又当爹来又当娘，含辛茹苦地养育着两个儿子。

恢复高考后，我报考了。胡老师关怀体贴我，替我顶班上课，让我有更多精力和时间去复习。那时我们民办老师和社员一样，分配了积肥任务。白天，我们教书，晚上去做"贼"，偷养猪场、养鸡场的粪。胡老师总是阻挡我去偷粪，说："时间贵如金，偷粪的事由我代劳了，报酬嘛，考上了大学，请我喝一顿酒！"一天晚上，胡老师替我去偷粪时，被人发现，别人一喊，他一慌，滑进粪窖，浑身臭气熏天，还喝了几口粪水，险些被溺死。我十分过意不去，说什么也不让他替我受这份罪了。他乐呵呵地说："没什么，能换来你一个大学生，再苦再脏也值得！你可要攒足劲，替咱学校争气，替咱山里人争气呀！"我临上大学那天晚上，胡老师比他自己中了状元还要高兴，喝得烂醉如泥，躺在床上还拉着我的手一个劲地叮嘱："你……你可……不要忘记这小学，这些……民办哥们……"

读大学，当干部，结婚，养女，跳槽当记者，当作家，为名利奔波奋斗……我很少回那所小学去看看。大约是十年后，我回家为老母奔丧，在老家的后山坡上，我和胡老师邂逅了。他正在挥汗如雨地开荒。辟一块菜地种南瓜。寒暄中，我才知道，他已没当老师三年多了。我问："不是听说民办老师都转正了吗？干嘛要拉下你？你可是有十五年教龄的老民办老师呀！"胡老师苦笑："还不是因为我的手……"我埋怨他："你呀你，为什么不来找我？我在县里有熟人，兴许能帮得上忙。"胡老师憨厚一笑："算了，时代不同了，我也是不大够格当老师了，免得误人子弟。活人的路也多，我不给村里添麻烦……"

今夜教师节，我不由得又想起了他，他的那双残手在我眼前晃动，我仿佛听见他拉的二胡独奏《赛马》……我默默地祝愿他——生快乐、平安！

篱 笆

　　北方的农家小院、菜圃大多扎篱笆。我的家乡在江南水乡，看不到篱笆。后来村里迁来一户北方佬，在小院和菜圃周围扎起篱笆，成为一道独特的风景。

　　村人中，恨篱笆的有三种人：顽童、懒汉、长舌妇。顽童喜欢捉迷藏，喜欢东家跑西家窜，有了篱笆就等于有了禁区；懒汉好吃懒做，大多染上小偷小摸的毛病，喜欢顺手牵羊摘东家的瓜枣，掠西家的鸡鸭，有了篱笆就等于有了设防；长舌妇喜欢传播东家长西家短，发布秘闻隐私，需要起早摸黑听壁根捕捉情报，有了篱笆就等于有了屏障。

　　北方佬的篱笆是用竹子扎的，很紧密结实，连小猫小狗也难钻进去。透过篱笆眼，顽童看见北方佬的小院里开满芍药花、美人蕉。顽童想把篱笆拆开一个洞口去偷花，无奈篱笆扎得太牢固，很难拆开它。顽童灵机一动，悄悄牵来一头吃草的牛，找来一条粗绳，一头系在篱笆上，一头拴在牛腿上，用树枝猛地鞭打牛，牛一狂奔，就将篱笆拉开一个大豁口。顽童躲闪不及，腿上叫篱笆竹桩划出一道血痕。北方佬闻声奔出，不费什么劲很快把篱笆豁口修好了。

　　懒汉嘴馋，想去偷北方佬菜圃里的黄香瓜。傍晚，懒汉爬上篱笆墙旁的树上，将鱼叉朝黄香瓜掷去，鱼叉竿尾系着一根长绳，懒汉收绳时不知怎的拉不动了，猛地一使劲，绳子断了，懒汉从树上跌下来，龇牙咧嘴地呻吟。此时，传来北方佬的咳嗽声。原来，北方佬正猫着腰摘西红柿，忽然一根鱼叉飞过头顶，吓了一大跳，抬头一瞥瞧见了懒汉，便一脚踩住鱼叉，顺手拿起割草的镰刀割断了绳子。懒汉偷鸡不成反蚀一把米，顾不得讨还鱼叉，狼狈地逃跑了。

　　长舌妇抑制不住窥私欲，想弄清楚北方佬是不是全家老少睡一张床，北方佬是不是每天晚上把他的婆娘折磨得杀猪般嚎叫。长舌妇深夜搭了一架梯子翻进了篱笆墙，黑灯瞎火的，长舌妇还没摸索到北方佬的墙根，就扑通一声栽进了粪窖。要不是北方佬闻声及时赶出来捞起她，长舌妇就会为听壁根丢掉小命。长舌妇灌了半肚子粪水，惊吓得大病了一场，被村人传为笑柄。从此，长舌妇看见篱笆就心惊胆战，听壁根的恶习也收敛些了。

　　顽童、懒汉、长舌妇在篱笆面前纷纷败下阵去。篱笆树立起生活隐私的屏障和人格尊严的防线；篱笆阻挡了贪欲邪念和是非恩怨，呵护了生活的宁静与心灵的淳朴；篱笆圈出了一方农家的净土和精神的乐园。渐渐地，篱笆如火如荼地蔓延开了，成为江南水乡的新景观新时尚，篱笆融入了父老乡亲的生活视野与审美情感。江南水乡盛产竹，扎起竹篱笆来得天独厚，并不劳神伤财。在竹篱笆旁种上扁豆、葡萄、常春藤、牵牛花、向日葵、美人蕉等，姹紫嫣红，婀娜多姿，宛若一幅淡雅的水彩画。

北方佬是扎篱笆的一把好手，隔三岔五被乡亲们请去帮忙扎篱笆。北方佬扎篱笆不收工钱，只抽烟喝酒。北方佬平时寡言少语，可喝到七八成醉时话就多起来，吹嘘他在北方扎的篱笆连野猪黑熊也拱不垮，连野马牦牛也撞不倒。北方佬踩着月光哼着小曲蹒跚而归，酒性发作，一头栽倒在自家的篱笆墙根下，呼呼大睡。一只野狗舔他嘴上的酒秽，几只青蛙围着他跳跃鼓噪，也弄不醒他。

后来，北方佬的婆娘叫一个南方弹花匠勾引跑了。乡亲们讥笑他："篱笆扎得那么好，咋就让野男人钻进来拐走了婆娘?"这事给北方佬的打击太大了，他蔫了，佝偻苍老了。北方佬没脸待下去，卷起行囊携着儿女去寻婆娘去了。

北方佬走了，却传播下了扎篱笆的手艺和风俗。乡亲们每次扎篱笆时，总会深情念叨起那位五大三粗、满口黄牙、酒糟鼻、络腮胡的北方佬，他生活得好吗？他找到婆娘了吗？他还回江南水乡来吗？他在异乡还扎篱笆吗？

藜　蒿

　　我的故乡鄂南山区，满山遍野生长藜蒿。故乡有首民谣："正月藜，二月蒿，三月四月当柴烧。"意思是说，农历正月时吃藜，即藜蒿的根，在泥土里越冬的藜蒿根，立春后就发芽了，又白又嫩的很好吃，因而古人也把藜蒿的"藜"字写成"泥"；农历二月，藜蒿破土而出，长成幼苗，藜蒿根不能吃了，只能吃藜蒿的茎和叶，即蒿；农历三四月，藜蒿像野艾般长高了，只能砍来当柴烧。

　　举国大饥那年头，我只有四岁多，就有了挖藜蒿根的记忆。依稀记得奶奶一手牵着我，一手提着小篮，蹒跚在山坡上，寻找着藜蒿根。那年头的树叶树皮都叫饥民吃光了，满山遍野的藜蒿也快挖断根了。奶奶好不容易搜寻到一支漏网的藜蒿根，刚挖出来，还沾着斑斑泥土，我就贪婪地塞进嘴里狼吞虎咽起来。奶奶噙着老泪说："别慌，别噎着！把孩子饿成这样，真是老天作孽呀！"

　　那年，父母都上了水库工地，家中只有我与奶奶相依为命。奶奶把采挖的藜蒿剁碎，加上麸糠，做成藜蒿糠粑粑给我吃。藜蒿糠粑粑缺油少盐，苦涩难咽，但饥不择食，我还得囫囵下咽。奶奶总把她的那份藜蒿糠粑粑默默地递给我吃，自己只喝点洗锅的潲水。就在那年春天，奶奶活活饿死了。从我懂事起，我就隐约有种罪孽感，要是我不吃掉奶奶的那份食物，奶奶就不会死去呀！

　　上小学时我家穷，经常缴不起学费，买不起纸笔。山里孩子只得春采野菜蘑菇，夏摸鱼虾螃蟹，秋摘山核桃野板栗，拿到小镇上去卖。采挖藜蒿是每年的重头戏。小镇上的几家酒馆饭店，开春需要很多藜蒿，几乎由山里孩子包了。老板见卖藜蒿的孩子多，就狠心杀价。我们无奈，只好忍气吞声由他们盘剥。

　　有一年春天，我上山采挖藜蒿时，被毒蛇咬伤了，伤腿肿得如小水桶般粗。父亲把我背到小镇卫生院，医生说我有生命危险，需要马上截肢。我一想到要锯掉一条腿，从此变成残疾人，就绝望地抱住伤腿哭闹起来。医生动了恻隐之心，放弃了锯腿，铤而走险给我打针吃药，居然保住了我的腿和生命。每当想起这一往事，我就感慨万千：倘若为藜蒿而丢失一条腿或生命，那是多么冤屈悲惨呀！

　　"文革"中，我刚回乡务农时，偷偷将藜蒿拿到集市上去卖，叫"割资本主义尾巴"工作队逮住了，挨了一顿毒打，还被戴上高帽子、挂上黑牌子，押着去游村示众。最要命的是，"割尾巴"队还故意把我押到我的女朋友的村子里去批斗，终于搅黄了这门亲事。我感觉受到了奇耻大辱，真想跳河自杀。我恨藜蒿，它让我的人格尊严备受损害和侮辱，让我的初恋夭折了，让我饱尝了失恋的痛苦辛酸。

进城许多年来，我都不吃野菜，尤其是藜蒿。一次，生长在城市、没下过乡的妻子做了一盘刚上市的藜蒿，我皱着眉头不伸筷子。妻子纳闷："傻瓜！这是藜蒿，好吃着呢！你咋不吃?"我苦笑："我青少年时吃多了藜蒿，吃坏了胃，吃伤了心！"于是，我痛说了关于藜蒿的伤心史。妻子唏嘘流泪，从此不再买藜蒿等野菜。她若想吃野菜了，悄悄上饭店或回娘家去吃。

近些年，人们吃腻了鸡鸭鱼肉、山珍海味，时兴起吃野菜，尤其是酒楼饭店，野菜不仅上了正席，而且闯上了豪宴，一盘清炒藜蒿竟标价上百元，若不是我亲睹，还以为是天方夜谭哩！花上百元吃一盘藜蒿，不是老板宰客如蝎虎，就是食客癫狂。我不反对吃野菜，只是反感那些刚吃了几天肉就嚷腻得慌、要野菜减肥刮油的暴发户；我不反对办野菜宴、写野菜文，只是讨厌那些把野菜吹嘘得胜过山珍海味的老板和文人。我们不能忘了野菜的苦涩滋味，不能忘了光吃野菜的苦日子，不能盲目地大唱野菜的赞歌啊！要时刻牢记我们摆脱光吃野菜的日子没多远，时刻警惕别让靠野菜果腹充饥的日子卷土重来，时刻惦记那些穷乡僻壤的父老乡亲们还吃不上鱼肉，在咽着野菜……

蛙 声

回故乡小住，忽然发现没有蛙声。顿时，心情幽郁，怅然若失。"稻花香里说丰年，听取蛙声一片。"辛弃疾词中的意境不知什么时候悄然遗失了。没有蛙声，还有什么天籁之音？还有什么田园情趣？还有什么人与自然的和谐？

记得儿时，故乡的青蛙多，夏秋之夜，蛙们的大合唱悠扬动听，叫得农人心醉意痴。据说，从蛙声中可以听出年成来，蛙声低涩，预兆歉收；蛙声高亢，昭示丰收。农人是不捕杀青蛙的，知道青蛙是捕食害虫、保护庄稼的功臣，不能昧着良心干恩将仇报的缺德事。正经的农人也是不屑去捕杀青蛙的，那叫"不务正业"。谁要是捕杀青蛙，就会遭到其他农人的遣责甚至打骂。那时，只有好吃懒做的二流子才偷偷摸摸地捕杀青蛙，以此佐酒解馋。若是被农人发现了，造孽的二流子也是要遭到群起而攻之，甚至要押上台批斗、戴黑牌子游乡的。若是捕杀青蛙去卖，那就是犯罪了，叫"投机倒把罪"，有人因此而坐牢。

老人们传说：青蛙原是老天爷的一员大将，人间闹虫灾后，老天爷派遣青蛙下凡来惩治害虫，保护庄稼，造福人类。青蛙每天晚上呱呱呱地叫个不停，就是在给老天爷禀报一天来抓害虫的数目。谁要是滥杀青蛙，得罪了老天爷，就会遭天打雷劈。这虽然是迷信，但彰显着善良、正义的思想，震慑着那些打青蛙主意的人。

曾几何时，捕杀青蛙开禁了。过去只有二流子才铤而走险去干的事，现在老实巴交的农人也大大方方地干起这营生了。农人叹息："种田不如捕蛙，只好捕杀青蛙了！"世风的败坏，道德的堕落，就像多米诺骨牌的效应。开始，是几个人捕卖青蛙捞取油水；接着，一群人眼红心黑了，也去捕蛙卖钱；再接着，一方人羡妒起来，趋之若鹜地捕杀起青蛙。青蛙的繁殖能力和速度绝对赶不上人类捕杀的能力和速度。于是，青蛙越来越少。即使幸存的青蛙们也不敢放声歌唱了，怕招惹来杀身之祸。这是青蛙的悲哀，更是人类的悲哀！

没有青蛙的呵护，庄稼的病虫害越来越烈，农人只好求助于农药。随着农药的使用频率和剂量的增加，害虫越来越具备抗药性，小剂量的农药喷洒在它们身上好比"毛毛雨"，假农药就等于给它们洗了一次舒服的"淋浴"。大剂量的农药固然能杀死害虫，但那劫后余生的稻谷已没有了米香，而药味氤氲，煮出的饭怎么吃也味同嚼蜡。何况农药一再涨价，稻米一再跌价，农人一算账，觉得往庄稼上喷洒农药不划算，等于把豆腐盘成了肉价。只好忍痛割爱望天收，收不到稻谷收点草也行。甚至有的农人干脆一把火烧掉染上病虫害的庄稼，期待来年害虫绝迹。怎么可能呢？害虫的生命力比"野火烧不尽，春风吹又生"的杂草还旺盛倔强。没有了天敌，害虫越来越猖獗，庄稼越来越歉收。这是大自然对人类愚昧、自私、残忍行为的报复。

青蛙曾为自己的生存哭过一次。这典故见于《艾子杂说》：艾子坐船时听见江底一片哭声，仔细一听，原来是一群水族在哭。艾子问："你们哭什么？"水族们说："龙王有令，水族中凡是有尾巴的都要杀掉。"艾子看见青蛙也在哭，很奇怪："你哭什么呢？你又没有尾巴！"青蛙说："我怕龙王追查我当蝌蚪时的尾巴……"龙王没有杀掉青蛙，人类却要斩尽杀绝青蛙了。呜呼！青蛙只怕要哭第二次了！

古代文人墨客热情赞美的蛙声渐渐已成了稀罕物。如果人类还这样疯狂捕杀下去，青蛙将像熊猫、金丝猴、东北虎、丹顶鹤等濒临绝种的动物一样在大自然中越来越少，这绝不是杞人忧天！趁现在还能在偏僻隐蔽的池塘水洼里听到一些微弱胆怯的蛙声，我录下一盘蛙声录音带留给后代，说不定对将来研究绝种的青蛙具有不可估量的考古价值哩！

枣　酒

朋友，你喝过枣酒吗？

我的家乡是鄂南小有名气的枣乡，用枣酿酒已有四百多年历史。传说明末爱国将领熊廷弼受佞臣魏忠贤排挤，削官还乡，赋闲隐居，无钱沽酒，便上山采野枣酿酒。有樵夫、药农、牛倌、烧炭汉路过，他慷慨解酒囊款待之。乡亲们一传十、十传百，这用枣酿酒的工艺就传开了。据说，熊廷弼晚年受陷害走上断头台时，就是喝的乡亲们闻讯送去的枣酒。枣是红的，枣酒是红的，热血也是红的，壮士慷慨就义，一碗枣酒浇一腔热血，荡气回肠，可歌可泣！

20世纪30年代，萨舰长和他的水兵们驾驶着中山舰到金口巡逻布防，乡亲们捧出枣酒犒劳水兵们。不日，中山舰与日寇飞机展开血战，全舰覆没，为国捐躯。枣酒在英雄的胸膛里化作复仇的怒火，枣酒为烈士的英魂洒下一江的悲壮，乡亲们抬着一坛坛枣酒在长江边上祭奠英魂和名舰……

枣酒在"文革"期间几乎濒临绝迹。枣乡无枣，枣树都被当作"资本主义尾巴"割去了。每家每户只允许在屋前屋后保留几棵枣树，收的枣还不够解孩子们的馋，拌老人的药，哪有多余的枣酿酒？枣少难酿酒，往往几户人家一合计，把枣集中起来偷偷酿酒，过年时饮用。若是被"割尾巴"工作队发觉了，枣酒要没收不说，人还得顶着铁锅蒸笼、挑着酒坛子游村挨批斗。

我大伯是个酿枣酒的高手，也是个酒量超人的酒魁。一次，"割尾巴"工作队知道了他在酿枣酒，深更半夜来敲门逮他。他一见事情不妙，急中生智，将刚出锅的一坛枣酒端起来，咕噜咕噜喝了个底朝天。"割尾巴"工作队砸开门，见他烂醉如泥，哭笑不得，拿他没办法。大伯昏睡了三天三夜才醒过来，差一点儿酿成了酒殇。乡亲们与他逗趣："为了一坛子枣酒差点把命送了，值得吗？"大伯苦笑："当时哪是舍不得一坛枣酒哟，我是怕挑着酒坛子去游村，丢不起那份脸呀！"

十几年前，我的家乡又开始大种枣树，大酿枣酒。"二年桃三年枣"，枣树很贱，不择土壤，不畏寒暑，不怕旱涝，不需防虫追肥，给它一方天地，它就能迅速长高，默默开花结果。枣子多了，酿枣酒的作坊就多起来，酿枣酒的技术也丰富、先进多了。枣酒的品种也五花八门了，从酒的颜色来说，原来的枣酒清一色的乌红，现在有玫瑰红、玛瑙红、桃花红、石榴红、葡萄红、草莓红、翡翠绿、苹果绿、菠萝黄、干白；从酒精度来说，有堪与高粱酒抗衡的烈酒，有可与葡萄酒媲美的红酒，有适合于老人、孩子、妇女口味的像啤酒一样的清酒；还有供高血脂、高血糖、高血压、脑血管硬化、心脏病、癫痫病、癌症等病人饮用的药酒；从酒的成分来说，有纯枣酒、菊花枣酒、桂花枣酒、茶花枣酒、香椿枣酒、高粱枣酒、绿豆枣酒，还有辣椒枣酒……

据说，这辣椒枣酒就是我那酒魁大伯的发明创造，还申请了发明专利哩！这种酒既有枣的清香甜蜜，又有辣椒的辣味烈性，能驱寒去湿、舒筋活血、治瘀消肿。酒魁大伯坐上了末班车，赶上了好年代，把自己炉火纯青的酿枣酒技术发挥出来了，在一家村办酒厂里当高级技术顾问。一次，县长到酒厂视察，酒宴上问起大伯的薪水，惊叹道："你比我这个县长的薪水高一倍多咧！我不是眼红，而是感到可喜可贺！"大伯每年都坐飞机到外地考察学习酿酒新技术，去年还飞往泰国取酿酒的经咧！

我爱喝家乡的枣酒。每年，除了家乡的亲朋好友送来的枣酒，我还从市场上买回不少枣酒。当然，我爱枣酒与爱家乡有关，与其说是饮枣酒，不如说是在品味家乡的风土人情，借枣酒浇浇蛰伏心头的乡思乡愁，宣泄一下举杯邀明月、对酒思故乡的情感。何日回故乡，在村头大槐树下，与勤劳质朴的父老乡亲们，与青梅竹马、耳鬓厮磨的童年伙伴推杯换盏，喝个痛快淋漓、一醉方休？"青青子衿，悠悠我心。"梦中我手舞足蹈，醉倒在村头的石碾上……

蓑 衣

女儿在背唐诗，柳宗元的《江雪》："千山鸟飞绝，万径人踪灭。孤舟蓑笠翁，独钓寒江雪。"

女儿忽然问她妈妈："蓑是什么意思？"她妈妈说："就是蓑衣。"女儿还是糊涂："蓑衣是什么？"她妈妈生在城市，没下乡插队过，自然不知道蓑衣为何物。

女儿又跑来问我，我来自农村，自然能回答："蓑衣是一种古老的雨衣，用棕皮、棕毛、竹叶或龙须草编织而成，披在身上能遮风挡雨，一般与斗笠搭配使用。"女儿会意一笑，突发奇想："爸爸，给我买一件蓑衣穿穿，一定酷毙帅呆啦！"我摇头："上哪儿买？恐怕只有到民俗博物馆才可看得到蓑衣了！"

蓑衣已成了老古董，渐渐告别我们的时代生活而远去了。在穷乡僻壤，也许还能见到蓑衣的影子，但在一般农村，农人们早已淘汰了笨重、粗糙、丑陋的蓑衣，用上了轻便美观的塑料雨衣或皮革雨衣。

一次，我们电视台拍摄一部古装电视剧，需要一件蓑衣当道具，跋山涉水找遍了附近村庄，也没找到蓑衣。无奈，只好找到一家棕绳厂求援，让他们临时赶制了一件蓑衣。这件蓑衣花费了五万元钱，不是厂家敲诈勒索，而是为等这件蓑衣剧组停机两天损失惨重。这要是讲给仍穿蓑衣的农人听，他们一定会瞠目结舌，认为是吹大牛，是天方夜谭！

我小时候，家境贫寒，上小学时遇到雨天，也穿蓑戴笠。好在小学里农家子弟多，穿蓑戴笠的也多，没谁讥讽歧视。后来，我考上故乡小镇中学，记得第一次下暴雨，我穿蓑戴笠进教室时，同学们哄堂大笑，像遇到一个野人似的，把我团团围住看稀奇热闹，又是滚斗笠玩，又是扯蓑衣毛，不一会儿，蓑衣斗笠就被折腾得破烂不堪。我无端惹了一场羞辱，从此再也不穿蓑戴笠了，宁可光着身子挨雨淋。一次，我被大雨淋得像落汤鸡，病了一场。娘心疼地责怪我："穿蓑戴笠有什么丢人的？偷抢拐骗才丢人，好吃懒做才丢人，不好好学习才丢人！"但任娘怎么劝说我，我还是不肯穿蓑戴笠，撇不下那份自尊心。娘无奈，只好给我买了一把雨伞。

走入社会后，我遭受到的羞辱与侮慢比当年穿蓑戴笠时要厉害得多，遭受到的挫折与失败更是当年穿蓑戴笠时所无法比拟的。在而立之年却未立，人生处于逆境的时候，我孤独地蜷缩在都市一隅，喝着闷酒排遣着灵魂的郁愤，写着歪诗宣泄着心中的块垒，默默地舔着自己流血的伤口，忽然就觉得自己仍然是一位穿着蓑衣的乡下人，尽管自己西装革履、打扮时髦，仍然没法进入别人的城市。我想，要么自暴自弃，患得患失，放弃自己的追求，在颓废卑屈中混日子；要么我行我素，不卑不亢，坚守自己的信念和情操，像"孤舟蓑笠翁"那样去"独钓寒江雪"。我选择了后者。

人过不惑，活出了一些悟性，觉得过去遭受到的羞辱侮慢和挫折失败简直就是人生财富，它让我更成熟、更坚强起来，更执拗、更强烈地追求自己的事业和理想。我仍然披着一件无形的蓑衣，但我并不以此为耻，反而引以为豪，我能够轻松自如地迎接人生风雨了，可以泰然自若地抵挡冷枪暗箭了。因为蓑衣就是我很厚很软的铠甲。我挺喜欢苏轼的词："莫听穿林打叶声，何妨吟啸且徐行。竹杖芒鞋轻胜马，谁怕？一蓑烟雨任平生。"更欣赏他宁静淡泊、豁达洒脱的处世态度。"独钓寒江雪"，是一种高境界；"一蓑烟雨任平生"，是一种更高的境界。

何时，真像女儿说的那样，去弄件蓑衣穿穿，享受一下返璞归真的情趣！

水　车

昨夜梦回故乡，在小湖边参加水车抢水大会战……

水车有人力水车、畜力水车、风力水车和电力水车四类。其中人力水车又分脚踏水车、手推水车两种。故乡的水车是清一色的手推水车。手推水车一般用四人，左右各两人，对面而站，执长棍形手柄推动水车辘轳，辘轳带动装着叶片或水斗的链带，水就从低处提升到高处了。

故乡多旱，每年频繁使用水车抗旱，日夜连轴转，救稼如救火。故乡的小湖在每年旱情最严重的时刻，只剩下湖底一潭水了。小湖四周的乡民就在这关键时刻展开水车抢水大会战，只见满湖水车和推水车的人，满耳水车声、号子声和对歌声。一架水车最高提水高度只有 2 米，从湖底把水提升到水渠里至少得十架水车。一个生产队十架水车，小湖周围少说有上十个生产队，就是一百多架水车。一百多架水车飞转起来，那阵容和气势是很壮观磅礴的。

推水车一般是两班倒。各队推水车的人展开劳动竞赛，以唱号子为信号，号子唱得越急，水车推得越快，最快时号子就变成了"呜呜呜……"，颇像狂飙，水车也疯狂地飞转，水若从水龙头里直喷出来，直至筋疲力尽，或水车链带断了才停下来。自然谁最后停止，谁就是优胜者，赢得一片喝彩声。休息的人也闲不住，就发起对歌竞赛，对歌采用的是水车歌调，与秧歌调大同小异，词是现编的，真正的水平表现在编词上。水车歌词有荤俗的，也有素雅的；有夸人的，也有骂人的；有猜谜式，也有问答式；有悠扬动听的，也有怪腔怪调的；有心平气和的，也有剑拔弩张的……唱累了，或唱恼了，就下棋打牌、讲故事、说笑话。

我曾回乡务农过，最喜欢的农活就是推水车。推水车是两班倒，我可以在休憩时看书。在水车旁也是别想安静地看书的，水车声、号子声、对歌声吵人不说，我还被人撩逗讥讽，经常有人往我的书上扔泥巴，或把书抢去藏起来。我得借口拉屎，找一个僻静处蜷缩着看书。往往看书看入迷了，误了换班，挨大伙的埋怨。记得一次生产队长撞见我误了换班，斥责道："你拉金屎了？一定是看书去了！"说罢，在我身上强行搜出书来，一使劲扔进湖底污泥中。我气愤极了，扑上去，一使劲也把生产队长推倒在污泥中。生产队长爬起来，苦笑着自我解嘲道："都怪我气糊涂了犯了大忌，这愣头青骂他打他都行，就是不能毁他的书！"

恢复高考那年，我报了名。正在抗旱的节骨眼上，青壮劳力全下湖参加抢水大会战了。我不好意思请假复习也下湖了。大伙故意不喊我换班，好让我多复习。生产队长又发现我误了换班，诡谲地一笑："去拉你的金屎吧！考上了，你请大伙喝喜酒；考不上，我扣你的工分让大伙平分！"感谢乡亲们，让我赢得了宝贵的复习时间，终于如愿以偿考上了大学。生产队长在我摆的酒宴上酩酊大醉，数叨道："我扔你的书那次，就看出你是个读书料子，将来一定有出息！"

读大二时，父亲进城来告诉我："生产队长坐牢了！"我大吃一惊："为什么坐牢？"父亲叹息："抢水呗！"原来，两个生产队为抢水发生冲突，就吵架，就砸水车，就械斗，竟闹出了人命。法院各打五十大板，把两个生产队长都判了刑。我在暑假里去探监，生产队长嘟叹："唉，我命苦，冤枉呀！那天打架时我拉肚子，不在现场，可人家硬咬定我是幕后指挥，我真说不清白。再说说清白了也得换别人坐牢，谁叫我当生产队长，就让我认苦命背黑锅吧！说句不该说的话，坐牢也好，不愁吃穿住，不用勤扒苦做，不用抢水打架……"生产队长出狱后，故乡已分田到户了。他买了几台抽水机，成了抽水专业户，专给人家排涝抗旱。

故乡很难看到水车了，更难看见水车抢水大会战的景观了。我既怀念水车，又为水车的淘汰而欣慰。毕竟，故乡变了，时代变了，生活变了……

奶 奶 与 猫

奶奶喜欢养猫。她一辈子养过多少只猫，连她自己也记不清了。

我曾问奶奶："为什么喜欢养猫？"奶奶平淡地说："猫好养，好玩。"我追问："还因为猫能捉老鼠吧？"奶奶狡黠地一笑："猫捉老鼠，那是猫自己的事，我从不以猫会不会捉老鼠来衡量猫的好坏，来决定猫的留弃。我养过不少被别人抛弃的老弱病残猫，别说捉老鼠，就是吃食都要我喂。如果只喜欢养会捉老鼠的猫，那还算不上真正喜欢猫。"我暗自佩服：奶奶像个乡间哲人，她的猫论标新立异，惊世骇俗，颇含仁义博爱的色彩和珍惜一切生命的精神。

喜欢喂狗的爷爷却爱与喜欢养猫的奶奶发生龃龉。爷爷的狗论与奶奶的猫论针锋相对、水火不容。爷爷说："喂狗好，狗能看家护院。"奶奶接过话柄："养猫好，猫能捉老鼠。"爷爷嘲笑："你养的那只瞎猫只能捉死老鼠吧？"奶奶反唇相讥："你喂的那条瘸狗只会叫不能跑，能吓唬谁？"爷爷揭短："狗忠诚恋主，不嫌家穷，我喂的狗从没跑过，你养的猫却跑了不少！"奶奶反驳："你那狗是愚忠，是傻奴才，我的猫跑了咋了？那叫为爱情自由而私奔，为前途命运而出走，人往高处走，就不准猫往富家跑了？"听爷爷与奶奶唇枪舌剑地打嘴巴官司，我觉得很幽默，很过瘾，很有朴素而深邃的生活哲理。

奶奶喜欢猫，却不讨厌狗；爷爷喜欢狗，却虐待猫。一次，爷爷与奶奶怄气，竟迁怒于一只怀孕的母猫，飞起一脚将母猫踢出门外，母猫惨叫一声，流产且毙命了。奶奶义愤填膺，怒不可遏，与爷爷厮打一场，还不依不饶，要与爷爷分家。爷爷痛心疾首地忏悔求饶，为死猫钉了棺材，挖了坟墓，立了墓碑，还按照风俗剃掉眉毛表示哀悼，奶奶才息事宁人。从此，爷爷不敢虐待奶奶的猫了，不敢干涉奶奶养猫的事宜了，甚至不敢反驳奶奶的猫论了。

爷爷撒手人寰后，奶奶接管了爷爷喂的几只狗，包括那只只会叫不能跑的瘸狗。奶奶没杀掉、卖掉或撵跑它们，该咋喂还咋喂，只是不让它们怀崽，或生了崽就送人。奶奶在清明节上坟和鬼节烧纸钱时，总对着爷爷的亡灵唠叨："老头子，我可没亏待你的狗，就是你的狗欺负我的猫了，我也不敢动你的狗一根毫毛，我是可怜这几只没有你疼爱的狗呀！我也是怕你在阴间生气伤心呀！"

奶奶有个拿手本领：用猫治疗眼睛的麦粒肿。她将猫尾巴轻拂患处(男人用母猫，女人用公猫)，并念咒语："猫尾巴，扫麦粒，不消肿，打个屁。猫尾巴，扫麦粒，去红肿，去晦气。"七拂八扫，还真蒙好过一些人的麦粒肿。我不是医生，无从考证奶奶的麦粒肿疗法是否科学灵验。但我小时候眼睛生麦粒肿时，从没找医生打针吃药过，都是奶奶用猫尾巴给我折腾好的。这也许是奶奶歪打正着，"瞎猫撞上死老鼠吧"！

奶奶还有一些猫论，譬如：猫抓毯子和垫子要刮大风，猫洗脸洗耳朵要下暴雨，猫打喷嚏要打雷闪电，猫背着火盆而坐要下雪降霜，猫在地上长久匍匐要干旱，猫烦躁地腾跳打滚要闹地震，猫与公鸡打架要邻里不和，猫冲着母鸡叫春要出伤风败俗事……

但是奶奶的有些猫论连她自己也不相信或不忍遵循的，譬如：猫病了要扔掉，不然会传染给人或勾来病魔；猫快死了也要赶快扔掉，以免死神来勾猫时把主人勾跑了。奶奶从没遗弃过病猫和快死的猫，相反，奶奶会像照料老伴、疼爱儿孙一样呵护关爱它们，那颗珍爱生命的拳拳之心，那份相濡以沫的殷殷之爱，真叫我心灵震颤。

奶奶是我人生中的一个伟大老师，她教会了我善良正直处世，宽容博爱为人。

婆 婆 树

在我的故乡江夏，有一棵菩提古树，树龄约 670 年。传说此树是明代洪武状元曾泰的母亲陈氏栽的。

清朝末年，村庄里的一户财主走霉运，又死老婆又烧房子，请来风水先生禳解。风水先生围着村庄转悠一圈，煞有介事地说财主的霉运全是菩提树在作祟闹鬼。财主派人来砍菩提树，当时住在菩提树下的一位姓朱的老婆婆出面阻挠，激烈争夺之下，斧头砍断了婆婆的一只手臂。朱婆婆倒在菩提树下，顿时狂风大作，电闪雷鸣，财主和砍树的人都毙了命。人们为纪念朱婆婆，就把这棵菩提树叫作"婆婆树"。

这棵菩提古树形态奇特，一奇特在它的主干像麻花般扭曲着上升，直插蓝天；二奇特在它的枝叶像宝塔般分成数层；三奇特在它每隔一年结一次果；四奇特在它的根部拱出地面尺余高，占地方圆几十步，盘根错节，虬根凸显，九条粗根长满疤瘢细须，颇像龙鳞龙爪，恰似"九龙赴会"。

当地老百姓传说，这栩栩如生的龙根，是以身护树的朱婆婆的鲜血变成的，鲜血流到哪里，龙根长到哪里。

在漫长的沧桑岁月里，当地又出现过几个誓死护树的老婆婆，其壮举烈迹可歌可泣。

在抗日战争中，炮楼中的鬼子中队长是个根雕迷，发现菩提古树的龙根，欣喜若狂，要把它挖起来，装箱运回日本去。住在菩提古树旁的查婆婆是个乡村巫婆，就用巫语吓唬鬼子中队长，说菩提古树已成树精，挖了龙根，犯了龙怒，会遭报应的！鬼子中队长是个中国通，迷信中国的巫术，真的不敢挖龙根了。但他怀恨在心，以"妖言惑众、侮辱太君"的罪名将查婆婆抓进炮楼毒打至死。

"大跃进"年代，公社大炼钢铁，要将菩提古树砍倒，劈成柴火去烧八卦炉。砍树的人来到菩提古树旁，村里的魏婆婆、赵婆婆、王婆婆、孙婆婆、杨婆婆已闻讯赶来，用身躯护住菩提古树，铿锵地说："要砍树，先砍了我们！"砍树的人犹豫不前，带队的人下令驱赶婆婆们。村人愤怒了，举锄擎棒驱逐，砍树的人狼狈逃窜。这事惊动了县长，县长怒斥了欲砍树炼铁的干部，让有关部门给菩提古树钉了一块国家重点保护树林的牌子，菩提古树才逃脱这一劫难。

文革扫"四旧"时，红卫兵造反派硬说菩提古树的龙根有"四旧"之嫌，又是迷信之源，想摧毁古树。又是一位姓姜的老婆婆坐在龙根上守卫了七天七夜，硬是没让红卫兵造反派遂愿。

每次回乡探亲，我都要去探望菩提古树。菩提古树逢太平盛世，更加挺拔健壮，枝繁叶茂，郁郁葱葱，再也没有斧砍锯伐之虞。

现在菩提古树下，也有一位姓白的老婆婆，人称"护树神"。当路人和旅游者参观菩提古树时，慈眉善目、和蔼可亲的白婆婆会娓娓地给他们诉说菩提古树的传说，还免费供应茶水，但若有人用刀在菩提古树上乱刻瞎划，或折枝捋叶，白婆婆准会翻脸动怒，声色俱厉地呵斥阻止，甚至还会龇牙咧嘴作拼命状。

我赞美菩提古树，更赞美那些以身护树的婆婆们！

糖　葫　芦

"糖葫芦呀——!"

小镇深巷中响起一声久违的清脆的吆喝,倏地把我带入了童年的回忆。

儿时我是馋猫,听见货郎、小贩和卖糖葫芦的人喊"牛皮糖麦芽糖呀——!""五香豆云片糕呀——!""糖葫芦呀——!"就眼睛发亮,心花怒放,急匆匆地掏出储蓄罐里的零钱,或向大人死乞白赖几个硬币,屁颠颠地往外跑。糖葫芦最好吃,也最贵,只有逢年过节时,才能"奢侈"一回,买只糖葫芦解解馋。糖葫芦成了童年的梦幻和奢望,多少回梦见吃糖葫芦,涎水淌湿了枕头,多少次痴痴地憧憬:将来能隔三岔五地吃上糖葫芦,那该是神仙过的日子啊!

有一年,娘走亲戚去了,卖糖葫芦的老人来了。他扛着绑满草把的长竿,上面插满一串串紫红晶亮的糖葫芦,沿巷吆喝着"糖葫芦呀!"仿佛那吆喝声变成了一只无形的手,直挠得我心痒喉咙痒,直流涎水。我偷了娘的一只陪嫁的玉簪,去换糖葫芦。卖糖葫芦的老人问:"你是谁家的孩子?你家大人知道你拿这东西换糖葫芦吗?"我不耐烦地说:"问那么多干嘛?你到底换不换呀?"他诡谲一笑,收下玉簪,给了我一只糖葫芦,蹀躞而去。娘回家来,不见玉簪,狐疑地望着我,再三盘问,我才承认将玉簪换糖葫芦吃了。娘伤心地哭了,操起扫帚狠狠揍了我一顿。娘责怪我:"傻儿子,那只玉簪换一竿的糖葫芦也有多的呀!"娘问我:"你记得那卖糖葫芦的人的相貌吗?"我沮丧地摇头,当时只盯着糖葫芦,哪注意看人。娘长喟道:"那玉簪是丢定了!"第二天,小巷深处又飘荡起"糖葫芦呀——!"的吆喝声,娘急忙拉着我去辨认是不是昨天那个卖糖葫芦的人。谁知,还没等我们走近,卖糖葫芦的老人就认出我来,爽朗一笑:"是来讨玉簪的吧?"我和娘都愣住了,暗自唏嘘:世上真有这么诚实高尚的好人啊!娘掏出一把钱,要重谢卖糖葫芦的老人,他执意不收,只拿了一只糖葫芦的钱。

从此,我对卖糖葫芦的人都抱有好感。每当看见卖糖葫芦的人,就想起儿时偷玉簪换糖葫芦吃的往事,想起故乡那位重义轻财、诚实高尚的老人,就不由得慷慨解囊买人家的糖葫芦吃。至今人到中年,我仍然喜欢吃糖葫芦,也许就是童年的"糖葫芦情结"残存在心头。我曾给女儿买过一串糖葫芦,女儿咬了一口,就吐了出来，不屑地说："这有什么好吃的？比起巧克力、奶油卷、麦当劳、肯德基差远了！"我愕然，怅然，又欣然，毕竟时代变了，生活质量提高了。我童年的梦幻与奢望已被女儿之辈所唾弃、所嘲笑了。

现在都市里卖糖葫芦的人少了，也变了。一是不再吆喝"糖葫芦呀！"而改为吹喇叭或敲木梆，少了些许韵味；二是由过去清一色的扛绑草把的长竿，变成在自行车前把上绑草把；三是由昔日的家庭作坊加工、小贩叫卖，改成现在的糖葫芦批量生产、批发销售；四是讲究卫生了，每串糖葫芦套上一个薄薄的塑料袋，既遮挡了灰尘，又起到保鲜作用。只有一点叫人惴惴不安，如今许多糖葫芦不是选用的山楂果，而是用小苹果或花红果替代，那味道就差老远了。糖葫芦的声誉每况愈下，喜欢吃糖葫芦的人也就越来越少了。

如今仍有一些痴迷糖葫芦的人。前不久，邻居魏奶奶临终前念叨想吃糖葫芦，儿孙们只好满街去找，魏奶奶硬是啃了一口糖葫芦，才肯瞑目撒手西去。又传说，小镇一位七旬老华侨归国投资建厂，在招待宴会上，老华侨面对满席山珍海味毫无食兴，而在参观途中偶遇卖糖葫芦的人，欣喜若狂，竟买了一大把糖葫芦，旁若无人地大啃特嚼起来，还美得咂嘴吐舌。陪同的镇领导瞠目结舌：早知他这么喜欢吃糖葫芦，何苦花费上万元摆酒宴哟！

糖葫芦仍有它经久不衰的超凡魅力，在怀旧人心上更占有一席温馨的地位！

老　屋

　　老屋，其实并不老，只不过四十年。人，四十不惑；屋，却四十而朽。老屋的墙基下沉了，以致把土墙撕开了几道能插入手掌的裂缝，柴扉在风雨和蛀虫的侵蚀下已满目疮痍，摇摇欲散，屋檩承受不了岁月的重负弯曲了腰，让屋脊看上去像马鞍，黑色的小瓦上落满枯枝败叶，几根突兀扎根在屋脊上的小草在秋风冷雨中摇曳。啊，老屋，这就是我父母造的爱情窝巢，这就是我的诞生摇篮，这就是盛满我童年辛酸与欢乐的老家！

　　老屋的地基是一个大臭水坑，生产队长与我家有点矛盾，故意将那块坏地基批给我家。好心的人出面斡旋劝说："只要跟生产队长求求情，拉他喝喝酒，可以换块好地基。"父亲是个犟脾气，宁折不弯腰，拒绝了。父母起早摸黑上山采石，磨破了肩膀，跑烂了脚掌，硬是用一冬一春填平了臭水坑。父亲曾对我讲起此事，语重心长地说："做人就要有骨气！"

　　过去那臭水坑又脏又臭，孳生蚊蝇蛆虫，一下雨臭水泛滥污染环境，是村庄的公害，且臭水坑不能砌屋，村庄由此断成两截，颇似掉了门牙的牙床，丑陋不堪。村人都说我家做了一桩大好事，既填了臭水坑，又连接美化了村庄。

　　小时候，我烧红苕吃，不小心引燃了灶前的高粱秸秆，火倏地上了房。幸亏村人发现得早，及时赶来扑灭了火。从来舍不得打我的母亲噙着泪操起扫帚狠狠抽打我的屁股，父亲夺下扫帚，瓮声瓮气地说："有什么大不了的事？烧掉了房子可以再盖，打坏了孩子可没后悔药吃！"

　　父母在老屋里养育出我们六个儿女，并省吃俭用供我们读书。人家攒钱盖房，我家攒钱读书。父母常说："耽误盖房是一时的事，耽误孩子读书是一辈子的事！"这就是我父母的明智选择，赢得了乡亲们的赞叹。20世纪80年代中期，村庄里盖起许多新瓦房，还有几座鹤立鸡群般的楼房，而我家的老屋镶嵌在村庄中央，越来越显得低矮破旧、丑陋刺眼，乡亲们都知道，我父母不是没本事盖新房，而是把攒的钱全供儿女们读书了。

　　那时我在村小学里当民办老师，一位邻乡姑娘跟着媒婆来我家相亲，看见我家老屋，心就凉了，茶都没喝，扭头就跑。我无端地惹了一场羞辱烦恼，茶饭不思，寡言少语。素有"书中自有黄金屋，书中自有颜如玉"观念的父亲劝慰我："你是读书人，又是教书人，还愁将来没有前途出息吗？说不定将来你时来运转，到城里工作去，找个城里媳妇咧！"真叫父亲言中了，第三年高考制度恢复后，我就考上了大学，毕业分在省城工作，娶了城里媳妇。

媳妇第一次跟我回老家见公婆时，看见老屋，感慨良久，唏嘘道："公婆的选择是对的，树人比树屋重要得多！"媳妇幽默地说，她要万分感谢公婆，如果不让我读书，我就到不了城里，也就无缘与她结成夫妻。

我曾发誓为父母造一座新房子，可是父母积劳成疾，本想攒来造新房的钱全花费在治病上，后来父母相继辞世，只有老屋蜷缩在村庄中央，盼望着老主人归来。我和弟妹们全进城了，老屋闲置下来，日益衰老破落。村人想买老屋的地基，我舍不得老屋，婉言拒绝了。我想经常回老家看看老屋，在老屋里住上几天，怀念童年时光和父母相濡以沫的日子，梦见父母的音容笑貌……

水 乡 女 人

　　水乡湖泊塘堰星罗棋布，河浜沟渠纵横交织；水乡芦苇荷花遮水蔽地，野鸭湖雁欢歌翔舞；水乡稻田如镜阡陌若网，竹掩村庄柳垂庐舍。水乡女人就诞生在这如诗如画的景色里，就滋养在这地肥水美的仙境中，泥的质朴做成了骨肉，水的清纯化作了灵秀，苇的坚韧织进了性格，荷的高洁糅入了品质。

　　水乡女人是农家勤劳纯朴的美人鱼。柳眉杏眼，颀身细腰，由江南的瘦山秀水孕育而出；长臂粗腿，丰乳肥臀，由水乡的生活劳作磨炼而成。水乡女人爱水，水是她们的路，水是她们的家园，水是她们的伙伴，她们劳作在水中，嬉戏在水中，就是寻短见也选择水。水乡女人爱船，船是她们的鞋子，采莲摘菱，捉鳖摸蟹，打鱼捞虾，逛街赶集，探望娘家，看社戏电影，都要荡桨撑篙。水乡女人爱打赤脚，赤脚下湖下田，赤脚上街赶集，赤脚织网编苇，赤脚割麦栽秧，赤脚放牛牧鸭，赤脚割柳砍竹，赤脚赛歌跳舞，赤脚幽会相亲。她们喜欢挽竹篮，下湖时装莲菱鱼虾，下田时装茶水馒头，收工时装猪草鸡食，开会时装针线毛线，赶集时装鸡蛋油盐，赴宴时装残菜剩羹，回娘家时装鞋帽糕粑。

　　水乡女人是男人相濡以沫的田螺姑娘。生儿育女，相夫教子，赡养公婆，善待叔姑，是水乡女人的本分天职；水里泥里，田头灶头，勤扒苦做，省吃俭用，是水乡女人的本色秉性。不浓妆艳抹，不红裳绿裙，不娇声嗲气，不飞眉递眼，不勾肩搭背，以原汁原味、土色土香的爱情滋润着男人，以不卑不亢、忠贞不渝的气节震慑着色狼。水乡女人对自己心仪的男人柔情如水，痴心似火，对自己讨厌的男人冷若冰霜，泼如辣椒。水乡女人少有离婚、私奔的，因为她们自信能用水般柔情溶化泥做的男人，能用火般痴心把泥做的男人烧成最结实的砖瓦，最美丽的陶瓷！

　　水乡女人是多才多艺的女人。她们唱起打鱼歌采莲曲，能从日出唱到月落，从花开唱到果熟；她们跳起薅秧舞斗笠舞，能从田头跳到船头，从水乡跳到城镇；她们吹起竹笛柳哨，能让斗红眼的水牛停战，让失意者的心扉豁亮；她们绣的鸳鸯戏水鲤鱼跳龙门，挂摆在婚床上是喜幛合欢枕，挂摆在商店里是民间工艺品；她们编织的竹器苇品，粗俗的有粮箩粪筐、菜篮鱼篓、棚盖窗帘、睡席蒲团，雅致的有鸟笼花篮、风筝灯笼、芦鞋芦帽、苇扇苇画。

水乡女人也有让人搞不懂的地方。她们敢喝烈酒，却不敢吃辣椒；她们不怕水蛇蚂蟥，却怕猫和老鼠；她们爱披头巾戴斗笠，不爱戴草帽打雨伞；她们用侬声软语吵架，却用喧声哗语拉家常；她们喜欢油腔滑调的弹花匠，却不喜欢呆头笨脑的劁猪佬；她们不厌其烦地与货郎锱铢必较，赶集卖菜卖鱼时却懒得跟城镇人讨价还价；她们敬畏孩子的老师，却不畏惧乡村干部……

水乡女人也有风风火火、泼泼辣辣的时候。她们在藕熟蟹肥季节，也会抛开农活家务，呼朋邀伴、摇橹荡桨地去逛庙会看社戏；她们在稻香蛙鸣中，也会撇下丈夫儿女，水陆兼程、风尘仆仆地去参加姐妹的婚礼；她们在月上柳梢时，结伙成群，赤身裸体，跳进荷花淀或芦苇荡中，尽情洗浴，恣意疯打，毫不忌惮招惹男人的偷窥攻讦；她们被哪个男人侮辱激怒时，会一呼百应、蜂拥而上，抓手的抓手，压脚的压脚，往他嘴里灌尿，朝他胯间糊泥；哪个姐妹受丈夫虐待了，她们会义愤填膺、同仇敌忾，浩荡而去，或揎拳捋袖、耀武扬威，或唇枪舌剑、口诛声讨，不逼得那丈夫认错写保证书决不收兵；哪个乡村干部欺人太甚，哪项土政策伤农过重，男人们怕穿小鞋，怕当出头鸟，总是水乡女人抱成团出面抗议鼓呼，惹急了，就用上脱裤、打滚、骂街、吐痰、揪发等"女人战术"……

啊，水乡女人，可爱可敬的江南姐妹，可歌可泣的巾帼群像！

水 乡 男 人

　　水乡只有一些像侏儒的矮山包，没有巍峨壮美的高山峻岭。也许就是这原因，水乡男人少有伟岸魁梧的汉子，清一色的是中等身材、瘦削精悍的男子。水乡男人出门在外安分守己口、慎行谨，善于察言观色、审时度势，从不赌英雄、不打码头、不当出头鸟，从不寻衅滋事、惹是生非，就是人家欺负到头上，也是能忍则忍，能躲则躲，动口不动手、斗智不斗勇。

　　水乡的水多，水的源头多，水的出路也多。也许就是这原因，水乡男人少有死心塌地待在家里耕耘撒网的，一般都出远门做生意、做手艺。水乡男人有许多能工巧匠，如铁匠、石匠、木匠、篾匠、箍匠、铜匠、皮匠、泥瓦匠、弹花匠、剃头匠、裁缝匠、劁猪佬、阉鸡佬、养鱼师傅、种瓜师傅……他们把家务农活扔给女人，甘愿过起漂泊颠沛、风餐露宿的生活，甘愿饮尽那份乡愁和孤独。水乡男人很少到城市里去做生意、做手艺，他们清楚，城市钱难赚，城市人难缠，城市不欢迎他们的生意和手艺。水乡男人爱往平原、山区跑，说平原人抠但富，说山区人穷但爽。

　　水乡男人少有乞丐、流浪艺人、江湖骗子、不法商贩，更少有小偷小摸者、拐卖妇孺者、车匪路霸。别看他们精瘦卑微，怎么看也不像硬汉子伟丈夫，但骨头硬性格倔，冻死迎风站，饿死不讨饭，穷死不偷抢。水乡男人遵循的人生信条是：凭手艺赚钱，靠劳动吃饭。水乡男人恪守的处世准则是：老老实实处世，清清白白做人。他们出门很注意形象，不愿玷污水乡的名声，亵渎祖宗的亡灵。若是哪个犯了这档事，水乡男人会群起而攻之，把他当臭狗屎晾起来。

　　水乡男人流浪久了，憋不住了，也在外面找相好的。但他们是不敢把相好带回家的，一怕女人拼命：别看女人柔情如水，刚烈起来如火如剑，搞不好就抹脖上吊跳湖；二怕舆论谴责：村干部批评，族中长老斥责，众姐妹围攻声讨；三怕良心不安：女人在家支撑门户，忙里忙外，抚养儿女，孝敬公婆，功不可没，有功无过而休妻，天理难容呀！也有男人铤而走险带着相好回家的，但众叛亲离，声名狼藉，最终不得不背井离乡，累累若丧家之犬。

　　水乡男人总走不远离不久，心里装着家，撇不下老婆孩子。割麦栽秧、新谷登场、藕熟蟹肥、杀猪打粑,水乡男人都会溜回家来,嘴上说心疼女人回家帮忙,其实是心里想女人了。等赚足了女人的爱情,男人又雄赳赳出门去。春节,水乡男人慷慨地买年货买礼物,女人娇嗔这手镯太昂贵,那衣服太新潮,男人趁机献媚:"你戴值! 你穿美!"女人心花怒放,便娇态可掬、风情万种地抱住男人吹灯上床,让男人快活如神仙,瘫软若稀泥。

水乡男人也有不愿离开老婆孩子热炕头的。但女人会苦口婆心地哄劝,会假模假样地怄气,甚至以分居离婚相要挟。水乡有条不成文的衡量标准:不出门的男人,不是有本领有志气的男人,不是勤快聪明的男人,不是女人喜欢的男人!留守的男人只好在女人堆里讨生活混日子,有时帮那些男人在外的女人打短工,拿点微薄工钱,或讨些酒食香烟,像在人家的下巴下拣饭粒吃。那些女人明埋怨暗炫耀自己的男人,话里笑中都夹杂着对留守男人的睥睨怜悯,那味道是很苦涩的,处境是很尴尬的。留守的男人每念斯耻汗颜锥心,血性上涌,破釜沉舟,吆喝女人摆酒饯行,迈开大步闯荡世界去。

这些年,水乡男人刮起了返乡潮。他们不屑去异乡讨生活,要在家门口夫妻携手创业。他们创办了许多养殖基地:养鳖、养龟、养鳝、养蛙、养鳗、养貂、养兔、养狗、养鸟、养鸡、养猪、养牛,等等,还搞了许多副业:竹编苇织、花木盆景、根雕石雕、铁画烫画、仿古家具、水乡服饰、莲藕加工、荸荠罐头、菱角粉条、麦糖年糕……水乡男人不再一窝蜂地捧着金饭碗讨饭,不再舍近求远、背井离乡地赚钱,而注重用自己的手艺和心血建设自己的金窝银窝。水乡男人的价值标准悄然发生变化了:不管白猫黑猫,抓住老鼠就是好猫;不管出门不出门,赚到大钱就是好男人!

啊,水乡男人,能令燕赵壮士敬佩、关中硬汉动容的男人!

杀 年 猪

一进农历腊月，故乡家家户户都忙着杀年猪了。俗话说："有钱无钱，杀猪过年。"不杀年猪，似乎迈不过春节的门槛，会得罪财神灶王爷，会失去来年的喜气好运，会惹乡亲睥睨讥讽。何况，老婆孩子眼巴巴地盼望着杀年猪，一天三催问："人家都在杀年猪，咱家几时杀呀?"犹豫磨蹭的男人咬牙说："明天就杀!"

故乡杀年猪最忙的就是杀猪佬。杀猪佬大多魁梧剽悍，虎背熊腰，浓眉粗髯，红鼻黑脸，一副凶神恶煞相，仿佛不是这种模样的杀猪佬就制服不了猪。

杀猪佬杀猪时不找男人帮忙，不事先捆绑猪蹄，而是把闲人撵开，吩咐主人摆好盆和方条凳。杀猪佬揎拳捋袖鼓足力气，冷不防窜近觳觫发抖的猪，两只铁钳般的大手死死钳住猪的四蹄，猛地一抱，稳稳地将猪撂倒在方条凳上，旋即用右腿牢牢踩住猪后蹄，腾出右手从背上抽出杀猪刀，飞快地捅进猪的喉咙处，猪拼命抽搐，腥热的血顺着刀缝汩汩地流入盆中，不会溅洒一滴猪血在盆外。放净血，在后蹄上割个小口，伸进铁条顺猪腹捅至猪脖，用力吹气，把猪吹得鼓鼓的，放进盛满沸水的大木盆里，刮毛、开膛、翻肠、翻肚、剔蹄骨、割猪头，两袋烟工夫就收拾好了猪。主人客套地拉杀猪佬吃年猪，其实也知道下户杀年猪的人家已等在门外，主人就拿出工钱和烟酒递上，杀猪佬谢罢，大步离去。每日杀完最后一头年猪，杀猪佬才可从容地大吃一顿。

杀年猪第二忙的是乡村干部。按故乡风俗，杀年猪是要请家族老人、亲朋好友、左邻右舍吃年猪的，后来风俗演变，加上了请关系户和乡村干部吃年猪，而且讲排场、争面子，相互攀比，愈演愈烈，发展到看谁请来的干部最大、最多。

嘴馋心贪的乡村干部心花怒放，乐此不疲地走村串户吃年猪，天天大块嚼肉、大碗喝酒，夜夜醉眼蒙眬、踉跄而归。一些廉洁正派的乡村干部则陷入两难之间：去吃年猪吧，不忍心红口白牙地去吃白食，也怕乡亲们指着脊背骂；不去吃年猪吧，人家三番五次催请，软磨硬泡，盛情难却，脸面难驳，再不去会让人家误认为摆官架子，瞧不起人。只要吃了一家的年猪，其他人家就会排着队请，不去，人家会假装生气地质问："人家请你去，我请你不去，是不是我的面子小了？是不是怕把我吃穷了？是不是我得罪你了?"不想吃年猪的干部被问得瞠目结舌，只好觍着脸皮去吃，撑开肚皮去喝。渐渐地，吃年猪成了他们跑断腿、撑坏胃的苦役，成了他们谈之色变、闻之胆寒的刑罚。于是，他们推不了就躲，躲不了就装病，真真切切地展示了：当干部有当干部的难处和苦头！

今年春节，我回故乡探亲，欣闻来了一位新乡长，改革了杀年猪的风俗：一是大力宣传"勤俭节约""富日子当穷日子过"的传统美德，扫除"有柴一灶烧，有肉一锅熬"的铺张浪费习气，提倡不杀年猪，卖猪买肉吃；二是各村统一时间或集中地点杀年猪，避免或减少相互请吃；三是定一条制度，乡村干部不得吃年猪，违者通报批评，交罚款退赔给杀年猪的人家，请乡亲们监督举报。这样一来，杀年猪、吃年猪的风俗纯正多了。

我拜访这位新乡长时，顺便问起杀年猪的事。他慨叹："我也生长在农村。有一年，我家杀年猪时，一头肥猪竟被请吃的人吃光了，父亲一狠心，又把一头'半糙子'猪宰了。母亲哽咽：'这么海吃谁家也招架不了哇！'从那时起，我就发誓，将来当了官，一定把这歪风恶俗刹下来！"

春　酒

　　旧时故乡过年既热闹又悠长，过了元宵灯节还喜气洋洋，余兴袅袅，就像看社戏的人看完了折子戏，还没过足瘾，赖在戏台下鼓掌喝彩，演员心知肚明，于是又增添一些即兴节目，这才谢幕。新年过了元宵灯节不肯谢幕，增添的即兴节目就是家家户户邀饮春酒。

　　泡春酒是故乡女人的拿手好戏。在旧时故乡，一个女人是否勤俭、聪慧、贤惠，一是看女红，二是看泡春酒。春酒是招牌，春酒是面子，春酒是手艺，春酒是人品，春酒是人缘，与其说是相互邀饮春酒，毋宁说是对女主人的手艺、人品和人缘的检阅与评价。女人都把心劲铆在泡春酒上，祈祷着酒神给她最好的家醅，期望着她泡的春酒在全村独占鳌头，领尽风骚。

　　女人泡春酒，一般从立冬开始，过了冬至泡的春酒，酒的色香味就差远了。一些勤快或性急的女人，会提前到霜降甚至寒露就忙着泡春酒。女人泡春酒，置坛买罐，寻果觅瓜，摘花采草，再吝啬的男人也会慷慨解囊，再懒惰的男人也会奋力跑腿。谁都知道，女人酿春酒，自己最多喝上一杯半盏，邀客饮剩的春酒，全是男人的口福了，男人何乐不为？女人酿春酒，图的是虚荣名声，男人却落得实惠享受，男人还不偷着笑？

　　女人泡春酒，八仙过海，各显神通。有三色酒：红枣、黄杏、黑葡萄；有四喜酒：红枣、红柿、红樱桃、红葡萄；有五味酒：甜桂圆、酸杨梅、苦橄榄、辣山椒、涩杏仁；有八宝酒：蜂蜜、红枣、荔枝、木瓜、杏仁、陈皮、枸杞、薏仁米；有什锦酒：无非是在八宝酒的基础上再增删几味；还有十二果酒，九花九草药酒，五花八门，丰富多彩。泡春酒都是那些原料，关键在于原料的分量和搭配，原料也不一定是多多益善，少而精的春酒也能强过多而滥的春酒。

　　女人泡春酒，一忌名声或命运不好的女人来串门看热闹，担心她们亵渎了酒神，冲撞了好运，带来了晦气，泡出的春酒就会变色走味，喝了不吉利。于是她们着手泡春酒时，会神秘兮兮地关门闭户，甚至落下窗幔门帘，免得被人撞见或偷觑。二忌男人和孩子嘴馋或好奇去揭酒坛酒罐的封盖，这样会跑了香味，溜进空气，泡出的春酒就会功亏一篑，味差几等，甚至满坛满罐的春酒变酸变臭。于是她们总要给男人孩子叮嘱又警告，仍然不放心，就将酒坛酒罐藏进地窖或搬上阁楼。

喝春酒的日子，男人们醉眼蒙眬，神情恍惚，飘飘欲仙。每日都要喝翻几个男人，给偏僻寂静的山村增加一些谈资笑料。孩子们会幸灾乐祸，欢呼雀跃："哇，下猪娃啰！下猪娃啰！"(故乡俗语把醉酒呕吐比喻为下猪娃)女人则娇嗔笑骂："真丢人现眼！酒是你爹，还是你妈，你这么爱它？"呕吐后酒醒的男人嬉皮笑脸地冲女人搭讪："酒是你嘛!"女人的脸绯红了，佯装生气的样子，举起手上正纳着的鞋帮或顺手操起扫帚追打男人，男人跌跌撞撞地逃跑，又惹起一阵哄笑。有的男人没当场溜桌、踉跄而去，歪倒在墙角路边，呕吐沉睡。狗猫跑来吃酒秽，舔他嘴巴，他说着呓语："伙计，别撩我!"偶尔也有狗猫吃了酒秽，当场醉倒，与醉汉同睡，憨态可掬，好一幅春酒乡醉图！

女人喝春酒很秀气，选最小的杯盏喝，或用小汤勺啜，甚至只敢用筷子或手指蘸着舔几下。很少有敢与男人对饮赌酒的女人。女人喝酒一下喉，两颊晕红，秋波荡漾，笑容灿烂，语声清脆，平添了许多妩媚、温柔和爽朗。女人且喝且品，还注意倾听男人们的评品，更重要的是女人们相互切磋传授泡春酒的诀窍。

春酒喝完了，新年也就过完了，人们收心聚神忙农活了。但喝春酒的欢乐还荡漾在人们心头，喝春酒的趣事还流传在井边磨旁、田埂地头……

舴 艋 舟

童年的许多记忆都随岁月流逝，唯有在家乡小湖上划舴艋舟的情景令人记忆犹新。家乡小湖盛产野藕、菱角，夏秋之交，划着舴艋舟下湖采莲蓬、新藕、菱角，是很有诗情画意的事。尤其是孩子们，比逢年过节还欢乐高兴。

舴艋舟形状如蚱蜢，很小很轻，一般一个壮汉可扛得动，两个女人或少年可抬着走。小湖中荷秆芦苇丛生，菱藤水草交错，大船往往会被缠住舵桨，处处受阻，步步艰难，而小舟裁草犁浪，进退自如，荡桨如梭，撑篙若箭。舴艋舟应运而生，占尽天时地利人和，深受乡亲们的喜爱。舴艋舟成为水乡人家代步、劳作、娱乐的必备工具，即使是穷得叮当响的人家，也会有舴艋舟。殷实人家几乎一人一舟，颇像城市人家一人一自行车。

舴艋舟一年有三季繁忙：春天，人们划着它捞水草罱湖泥；夏天，人们撑着它采莲蓬捕鱼虾；秋天，人们驾着它采新藕摘菱角。孩子们则春夏秋乘舴艋舟上学、嬉戏，舴艋舟上的世界丰富多彩、快乐浪漫。只有冬天，小湖枯涸见底了，无水载舟，舴艋舟才静静地蜷缩在墙角里，或默默地悬挂在屋檐下，安享它一冬的闲暇、舒适、宁静。

会过日子的人家会在冬天里给舴艋舟认认真真洗个澡，暖暖和和晒几天太阳，修补一些创痕破损处，抹上膏灰，涂上桐油，再罩上旧床单、烂蓑衣、破草席什么的，让舴艋舟好好"冬眠"，明春待发。有些精打细算的人家，不会让舴艋舟冬闲，或用它囤谷盛菜，或将它装潲水猪食，或让它当鸡窝鸭笼，或拿它当孩子的床。舴艋舟任劳任怨，忍辱负重。也有懒惰暴殄的人家，将一劳三秋、效尽苦力的舴艋舟随意弃置在湖畔上、晒场上、院落里，任凄风苦雨吹打，任暖阳冰雪曝寒，任白蚁蛀虫侵蚀，任顽童游客嬉戏，舴艋舟满目疮痍，满腹悲愤，谁能听见它的哀叹哭号？

划着舴艋舟去看电影戏剧，是水乡的独特风景。这风景与鲁迅先生笔下的故乡社戏何其相似！银幕、戏台悬挂或搭设在湖畔，沿湖人家划着舴艋舟涌来，或在湖上抛锚停舟观看，或系缆登岸席地欣赏。人们在看电影、戏剧之余，或拉起家常年成，或诉起儿女心事，或趁机拉媒相亲，或肆意打情骂俏，也有愣头青寻

925

斗殴的，但只动拳腿，决不使刀棒，且见好就收，决不恋战，败者也不会怀恨在心邀朋呼友来报复。散场时，人们嘻嘻哈哈、呼呼喊喊，或沿畔而归，或荡舟而去，满湖灯火桨声，遍畔火把笑语，其景壮美，其乐淳朴。

祚艋舟最风光的日子，是每年的端午节。端午节纪念屈原，吃粽子，赛龙舟。没有龙舟，就将祚艋舟锁成一长串当龙舟赛，也有单只祚艋舟竞赛的项目，满湖鼎沸，人欢舟飞，鱼跃鸟翔，好一幅江南水乡欢乐图！组织者除了给赛舟优胜者赠奖品戴红花，还给祚艋舟钉奖牌戴红花。日后，获奖的祚艋舟和主人无论走到哪里，都会赢得人们的羡慕夸赞，尤其会赚得姑娘们的青睐钟情。好多姑娘在幽会时会问小伙子："你赛舟获过奖吗？"一些媒婆在做媒时会向女方炫耀："他在赛舟中获过奖咧！"赛舟获奖成为好男儿的标志、棒小子的招牌，这就更促进了赛舟活动，使端午赛舟的传统活动历来红火，经久不衰。

读大学时，我在宋词中愕然读到婉约派女词人李清照的一首《武陵春》："风住尘香花已尽，日晚倦梳头。物是人非事事休，欲语泪先流。闻说双溪春尚好，也拟泛轻舟。只恐双溪祚艋舟，载不动许多愁。"我不懂她的心境为何如此凄苦哀婉，竟把祚艋舟与愁拴在一起。难道她比我的父老乡亲们还生活拮据、命运多舛、心力交瘁吗？我的父老乡亲们安贫乐道、苦中寻乐、坚韧乐观地生活，那祚艋舟可是载不动许多欢乐、自信和美德啊！

风　铃

　　我最早知道风铃是在一篇散文里。小镇上有一对青梅竹马的男女青年，男青年去参军，临行时送给女青年一串风铃作为定情物，让她一想念他时，就看看风铃听听铃声。男青年在投弹训练时为救战友被炸飞了右臂，他怕连累女青年，就隐瞒实情退了婚。女青年退还了风铃，嫁给了别人。男青年复员回到小镇，发现女青年已离婚，那男人因盗窃坐了牢，男青年再次将风铃挂在女青年的门上……

　　那时我还是一个回乡青年，趴在煤油灯下读这篇凄婉动人的散文时，心潮澎湃，泪眼婆娑，我为男女主人公的爱情遭遇而唏嘘，也为美丽的风铃而憧憬。风铃是个什么样子？它的铃声真有那么好听吗？将来我恋爱时，也去买串风铃送给女朋友，她一定很喜欢、很高兴的！那该多浪漫高雅呀！

　　不久，村里来了一名女知青，叫张弛。去张弛小屋玩时，我发现她在小窗前挂着三根金属管，金属管周围还结以许多金属细链。我好奇地问："这是什么？"张弛噗嗤一笑："真是乡巴佬，风铃都不知道！"我瞪大眼睛，将信将疑："这就是风铃？你不是骗我吧？"张弛嗔怪道："我骗你干嘛？不信，我给你看包装盒……"包装盒上果然印着"风铃"字样。在我的想象中，风铃要复杂笨重得多，没想到竟这般小巧玲珑。我轻轻一拨，风铃撞击出一阵清远悠长的声音，像戈壁大漠上的驼铃，像白云蓝天中的鸽哨，像深山古寺里的晚钟……

　　我那时偷偷爱上了一名民办女教师，很想送她一串风铃，试探一下她的芳心。我就托张弛回城探亲时帮我买一串风铃。张弛从城里回来，说："城里到处都不敢卖风铃了，说风铃是小资产阶级情调的东西。"我央求张弛："把你的风铃卖给我行吗？"张弛断然拒绝："这风铃是我男朋友送的，咋能随便卖给别人？"我沉思片刻，说："能不能把你的风铃借给我几天，我仿做一个？"张弛讥笑："你以为风铃是那么容易仿做的？里面讲究可多哩！"

　　我不信邪，犟着要仿做风铃。张弛经不住我软磨硬泡，恋恋不舍地把风铃借给了我，一再叮嘱："别弄坏了，别搞丢了呀！"我上小镇废品收购站买来几根金属管，一些铜线铁丝，回家来"照葫芦画瓢"，叮叮当当干起来。我的风铃很快诞生了，但无论外观还是音质，都比张弛的风铃逊色得多，尤其是那声音，颇像一堆破铜烂铁在碰撞呻吟，像卖牛皮糖的老人招徕顾客的敲锤击刀声。张弛幸灾乐祸，笑弯了腰。我恼羞成怒，将我的风铃扔进了屋前的臭水塘。

两年后，张弛被招工回城，临行前将她的风铃赠送给了我，以感谢我的救命之恩。张弛在割麦时，曾被毒蛇咬伤，若不是我及时用嘴吮吸她伤口上的毒汁，医生说，她不送命，也会锯条腿。而悲哀的是，此时的我已无可送风铃的对象，我单相思的那个民办女教师已嫁给了她学校的校长。不久，我将张弛的风铃寄还给了她，叮嘱她："只要爱情在心里没褪色，就应该好好珍惜信物！让这风铃永远伴随着你爱情与生命的旅程。"

我 28 岁那年，在大学校园里，寻寻觅觅，邂逅了一位美丽温柔的女孩，彼此相见恨晚，很快进入热恋。情人节那天，我们在校园湖畔幽会，相互赠送情人节礼物。也许是心有灵犀吧，我们不约而同地买了灵性之物——风铃。

现在，这两串风铃已在我们家里挂了 15 个春秋，每天用那清脆悦耳的铃声为我们作岁月的祈祷和生命的祝福。在孤独的日子里，风铃排遣我们的寂寞与思念；在逆境的时候，风铃抚慰我们的忧伤烦恼；在成功与荣誉面前，风铃拂去我们的浮躁骄妄。风铃，是我们爱情的见证；风铃，是我们生活的伴侣；风铃，是我们生命的图腾。风铃叮叮当当，永远在叮咛我们："珍惜爱情，热爱生活，尊重生命！"我思忖：如果自己是普普通通的金属管，那就做一串在风中且舞且唱的风铃吧！

敬 畏 粮 食

但凡挨过饿的人，都敬畏粮食。我认识一位朋友的老父亲，他收集了不少已经作废的粮票。他儿子感到蹊跷："你咋有这收藏的雅兴？"老父亲说："我是怕一旦粮食紧张起来，这些粮票说不定又能用了。"他儿子啼笑皆非："您老放心，那种缺粮饿肚的时代一去不复返了！把这些粮票都扔掉吧，省得看见了引起不愉快的回忆。"老父亲仍执拗地收藏着，嘀咕："反正留着也不费什么事儿……"

据说，有一次，朋友请他老父亲到酒店做寿庆。老父亲宴间去找厕所，误摸进酒店的杂什间，只见里面搁着一排潲水桶，里面盛满了剩饭残菜。老父亲大惊失色，对儿子感慨道："暴殄天物，就不怕老天惩罚吗？这样浪费下去，怎么得了？中国人刚吃了几天饱饭，就忘了饿肚子的痛苦了？"老父亲给儿子讲了一个民间故事：一位财主的儿子吃馍馍时总爱撕皮扔掉，老佣妈每天悄悄捡起馍馍皮，揉成饼，晒干，收藏起来。后来，财主家破落了，又恰逢灾荒年，财主的儿子饿得不行了，老佣妈拿出馍馍皮饼来给他吃，他吃得很香，问："从哪儿搞来的？"老佣妈说："是你从前吃饭时扔掉的馍馍皮！"老父亲杞人忧天般唏嘘："人们像这样糟蹋粮食，总有一天会遭报应，落得吃馍馍皮的地步！"

在乡下，糟蹋粮食是大逆不道的。小孩子吃饭时泼撒了几粒饭，或将馍馍渣喂鸡吃了，就会遭到大人们的斥责；谁家若是把粮食沤烂了，或喂了猪，都会遭到村人的非议，大呼："罪过罪过！天打雷劈！"粮食在农民心目中永远占有崇高的位置。他们敬畏粮食，是因为过去粮食问题曾无数次给过他们灾难浩劫，在他们灵魂深处留下很深的创伤和可怕的梦魇。

当农民很辛苦很吃亏，一年四季脸朝黄土背朝天地躬耕，逢上风调雨顺之年，把收获的粮食卖了，除去种子化肥、农药农具等成本和各种税费，所剩无几；若是遇上灾荒年，农民的血汗和成本打了水漂，还会欠下一屁股债。许多青年农民背井离乡，去城市讨生活。而大多数农民，尤其是老农们仍执着地坚守家园、眷恋土地，任劳任怨、执迷不悟地种庄稼。他们只认准一个死理：农民不种庄稼，那还叫农民吗？假如都不愿种庄稼，全国人吃什么？他们也害怕土地抛荒后，会得罪老天爷和土地菩萨，倘若降罪下来，岂不又要闹饥荒饿死人？

农民们闹不明白：为什么粮食越来越不值钱了？为什么粮食越来越难卖了？为什么粮站人的脸色越来越难看了？为什么卖了粮食只能得到一张白条？为什么种庄稼越来越难了越来越吃亏了？为什么农民的负担老是减不下来？为什么大量的粮食用来酿酒熬糖做饲料？为什么青年人都不热爱土地敬畏粮食？

还是那位朋友的老父亲，忽然梦见那块转让给别人的责任田抛荒了，后来向进城来打工的村人打听，果然属实，他吃不下饭，睡不好觉，坐立不安，硬闹着要回老家种庄稼去。儿子说："那点责任地抛荒算了！能打得出多少粮食？不值得您牵肠挂肚的！"老父亲吹胡子瞪眼地说："亏你说出这种话，进城当了干部就忘本了，对土地和庄稼一点感情也没有了。"儿子委屈地说："我是怕您这么大年纪还干农活，身子骨受不了，也怕乡亲们误解我，不留您住在城里养您的老。"老父亲说："你放心，我的身子骨硬爽哩！在城里享不了清福，受不了闲暇，早晚要憋闷出毛病来……"老父亲终于回老家伺候土地和庄稼去了。

后来听朋友说，乡里要在他的老父亲的责任地上修窑烧砖，他的老父亲躺在责任地里，坚决不让推土机作业，赔再多的土地费、青苗费也不答应。这事惊动了县报记者，一曝光，毁地修窑的事告吹了，乡干部还受到严厉批评。据说省电视台闻讯也采访了他的老父亲，这位老农民面对镜头和话筒心慌意乱，憋闷了半天才蹦出一句令记者纳闷的话："我怕毁了地，日后连馍馍皮都吃不上了……"

纽　扣

　　我发现，好多女人注重纽扣。她们对纽扣的选择与挑剔，不亚于对首饰和服装的选择与挑剔。因为纽扣漂亮，她们会毫不犹豫地买下一件并不起眼的服装；也因为纽扣不中意，她们会决不留恋地摒弃一件很漂亮合身的服装。甚至还有女人，在服装市场徜徉时蓦然发现某件衣服上的纽扣很漂亮，硬缠着老板把纽扣绞下来卖给她。这真有点"买椟还珠"的幽默。

　　我认识一位女孩，会写很前卫的诗，却有着传统的癖好：喜欢收藏纽扣。她收藏的纽扣有几万种，但她只分为两类：一类是专为收藏而买的纽扣，另一类是与生活和情感相联系的纽扣。朋友们观赏她的后一类纽扣，她能如数家珍地说出每一颗纽扣的往事：这颗蝴蝶结纽扣是外婆用五个鸡蛋从货郎担上买的，这颗梅花状纽扣是在她十岁生日时妈妈用银簪换来的衣裳上的，这颗翡翠纽扣是她上大学时表姐买的连衣裙上的，这颗玛瑙纽扣是男朋友为庆祝她发表第一首诗而买的风衣上的……每一颗纽扣，都是打开生活记忆和情感隐私的纽扣！

　　女人对纽扣很敏感。女人可以从纽扣上看出男人的生活态度：如果一个男人在严肃庄重场合不扣风纪扣，或在大庭广众上解扣宽衣、袒胸露背，甚至在女人面前忘了扣上裤子上的纽扣，女人就会认为他不拘小节、难成大器，就会嗤之以鼻、唾之以沫、弃如敝屣；女人还可以从纽扣上看出男人的婚姻状况：假如一个男人衣袖上或领口上的纽扣掉了，女人就可以窥出这个男人要么是个可怜的单身汉，要么是个不被老婆所爱所关心的男人，于是向这男人发动凌厉的情感攻势，往往能势如破竹地将男人俘虏，令男人匍匐在其石榴裙下。许多哀叹凤巢鸠占、婚变情殇的女人到末了还不明白：婚姻裂变和家庭战争竟始于一颗小小的纽扣！纽扣成了间谍和帮凶，成了别人的红娘！

　　女人对纽扣的态度因人而异，因情而异。托尔斯泰笔下的安娜·卡列尼娜对虚伪冷酷的丈夫卡·列宁深恶痛绝，在她的生日宴会上丈夫送给她一套漂亮的晚礼服，她竟当着众人的面，讥笑那纽扣真叫人恶心！而当她的情人渥伦斯基送给她一件廉价的外套时，她欣喜地赞叹："啊，这纽扣真漂亮！"无独有偶，小仲马笔下的流浪青年亚芒与茶花女玛格丽特一见钟情的瞬间，玛格丽特情不自禁地将一大束红茶花插在亚芒的衣襟花纽扣上，作为幽会的信号。穷困潦倒的亚芒送给玛格丽特一条披肩，玛格丽特喜欢得不得了，尤其是上面的几颗装饰纽扣，在她心目中，这比昔日贵族王孙送给她的价值连城的珍宝首饰要珍贵得多！

不过，女人往往堕入纽扣的误区。现代著名作家李广田曾写过一篇哲理散文：一个女人有一件心爱的衣裳，原有五颗纽扣，只剩下一颗了，于是这颗残存的纽扣就成了她对于纽扣的标准，她跑遍全城去买与那颗纽扣一模一样的四颗新纽扣，结果踏破铁鞋无觅处。卖纽扣的人劝她："如今已没有这种样式的纽扣了，你干嘛要让四颗新的去将就一颗旧的，而不放弃一颗旧的去选择五颗新的呢?"人生中，大有这种抱残守缺、撞墙不回头的蠢人。

一个痴情的女孩和一个男孩，热恋多年，后来男孩患绝症撒手人寰，她悲恸欲绝，自杀未遂，从此心若古井，形容枯槁，日思夜想亡友。她经常穿着男友生前送给她的定情物——一件红色风衣。一天，她不小心把风衣上的一颗纽扣弄丢了。风衣上原有两颗心形的水晶扣，象征着他们的爱情。女孩跑遍全城没买到这样的心形水晶扣。她母亲一语双关地建议："不如舍了那颗旧的，去买两颗新的。"她听了母亲的话，真的去买了两颗更独特的纽扣，使那件风衣更加漂亮迷人。女孩醒悟了，很快走出了情殇的沼泽，走进了新的情感世界。其实，人生要面临许多这样的抉择舍弃，只有像换颗纽扣那样去寻找新世界，才能获得人生的新境界、真乐趣！

壁　虎

　　小时候，猜过一组谜语：什么牛不是牛？什么马不是马？什么虎不是虎？谜底是：蜗牛不是牛，海马不是马，壁虎不是虎。壁虎虽然不是虎，但它的虎性跟老虎相差无几。壁虎与老虎一样捕捉猎物，而且捕捉猎物的难度要比老虎大，老虎扑跃腾挪，那毕竟是在大地上，而壁虎在陡峭的墙上，身体悬空，没有飞檐走壁的特技，是不可能在墙壁上纵横驰骋的。

　　小时候，我们就听大人教诲，壁虎是益虫，专吃苍蝇蚊虫，让我们不要捕捉和伤害壁虎。其实，壁虎也不是随便就能被捕捉和伤害得了的，它除了有飞檐走壁的特技外，还具备金蝉脱壳般的逃生术——弄断自己的尾巴，以迷惑猎者，转移其视线，趁这瞬间迅速逃遁。隔不多久，壁虎就能长出一条新尾巴来。壁虎尾巴的再生能力是神奇惊人的，多少年来，世界上一些科学家幻想破译壁虎尾巴的再生基因奥秘，以应用于人体组织的再生，但都没有成功。

　　我是对壁虎抱有负疚谢罪之心的。在读中学时，我腿上忽然长了一块恶疮，久治不愈，后来流脓生蛆了。县城医院的医生曾摇头晃脑地喟叹："这腿得锯，再要耽搁怕要送命的！"吓得我娘号啕大哭，跪在医生面前求情。我更是哭闹着宁死不肯锯腿。后来，父亲辗转到大山深处找到一位老郎中，讨到一副秘方，每副药都要用一双新鲜的元配壁虎作药引方能奏效。

　　为了抓壁虎，我爹吃尽了苦头，费尽了心思。照说，要是拜托乡亲们帮忙来抓壁虎，事情也就轻松多了。我爹不放心人家胡乱抓的壁虎不是元配，起不到神奇疗效，也怕父爱之心不虔诚，感动不了命运之神，就决定自己抓壁虎。我爹通宵达旦地在壁虎最喜欢出没的老屋墙壁四周逡巡，一手打着手电筒，一手拿着竹篙绑成的蛛丝网拍，只要发现壁虎，迅速往它身上一粘，壁虎就无法脱身了。在乡村里，抓壁虎不是太难的事，可要抓元配壁虎可就有些难度了，尽管壁虎常常成双成对地出没，但只能抓到一只壁虎，而另一只壁虎总能在眨眼工夫里逃之夭夭。

　　我爹是个很古板认真的人，极信奉老郎中的叮嘱：一定要抓元配壁虎。其实老郎中的话一寻思就会觉得荒唐滑稽，人怎么分辨壁虎是不是元配呢？壁虎难道就不能像人一样续弦或纳妾吗？我爹琢磨来推敲去，终于想起一个绝妙的办法：将抓到的壁虎钉在墙壁上，然后他则像个大壁虎般蛰伏在黑暗里，静待壁虎的配偶来自投罗网。这办法我爹屡试不爽。当有人开玩笑地对他抓的元配壁虎表示置疑时，我爹坚信它们是元配，只有元配才愿舍命救难赴死！但抬杠的人仍咬住不放："难道壁虎之间除了元配之爱，就没有父母子女之情和同胞手足之情吗?"我爹愣住了，看来他是被问住了……

我腿上的恶疮在不知吃了多少副用元配壁虎作药引的秘方后，终于阴错阳差地痊愈了。我爹从此不再抓壁虎，每次见到壁虎都怀着深深的感激之情和负罪之心。一次，我爹看见一只老壁虎被我家的花猫捕捉到了，急忙从猫爪下抢救出了老壁虎，还把它喂养在玻璃罐里度过了严冬，然后将它放生了。我更感激壁虎，若不是它们的牺牲，也许我的人生就残缺不全了……

朋友们在一起议论杂志上的一篇文章，说一只壁虎不幸被一个做恶作剧的人钉在墙壁上，多少年后，他发现那只壁虎竟还活着。他惊呆了，感到很奇怪，于是暗地观察，原来是另一只壁虎在叼食喂养它！那个人的灵魂被深深震撼了，他不仅释放了被钉的壁虎，而且放弃了准备离婚的打算，与妻子重归于好。有的朋友对这个壁虎的故事的真实性表示怀疑，我立即站出来为壁虎辩护，给朋友们讲了我爹抓元配壁虎的往事。

偷　梁

故乡旧时风俗：造新屋的人家上梁，须在前夜偷一棵大树当屋脊上的大梁。据说这样能庇护新屋不歪不倒、不破不漏，而且能带来好家运。

偷梁是很讲究的。一般首先请风水先生勘测掐算偷哪个方向的树最好。其次，派工匠去踩点侦察，看哪家有适合做大梁的树。再次，看准了树，还得看这户人家家运如何，名声怎样。如果这户人家家运不幸或名声不好，这树再好也不能偷，怕偷回来坏家运、臭名声。

古人说读书人偷书不为偷，故乡人说上梁人家偷梁也不为偷。在故乡偷东西会遭人谴责耻笑，唯偷梁例外。偷梁就得有偷的架势、气氛和味道，不能在光天化日之下去偷，只能在夜深人静时去偷。偷梁前，先要请偷梁人喝酒，不能喝醉了，醉了就没法偷回树。酒席吃到一半去偷树。树偷回来，再热菜温酒，接着喝个痛快淋漓，甚至通宵达旦地闹腾，等到第二天又迷迷糊糊地喝上梁酒。

偷树难免会弄出声响，惊动人犬。人家若知道是偷树的，不会吆喝抓贼，还会美滋滋地偷笑。别人愿意偷咱家树，就证明咱家家运名声好，等于发了一块无形的光荣匾，立了一尊看不见的牌坊，日后就有了吹嘘的谈资和炫耀的本钱，遇上媒婆说媒，可以此佐证家运名声："我家被人偷过梁咧！"与邻居吵架，也可以此作为重磅炮弹："你家被人偷过梁吗？"也有人家误会为偷牛偷猪贼起来抓贼的，但偷梁人会凶巴巴地警告："偷梁的！你敢上来，连你一起砍倒！"偷梁人是假凶，像演戏一样。人家一听是偷梁的，止了步，只是骂。也是假骂，装装面子而已。

一棵树长成大梁须十年光景，被偷人家多少有点心疼。但偷梁人家造新屋是百年大计，若把心疼摆在脸面上，把怨怼拌在言语中，甚至与偷梁人吵打起来，就会落人耻笑。偷梁人家一般会体谅被偷人家的心情，会通情达理地给予适当补偿，比如请被偷人家的主人来坐上席喝上梁酒，或送一个猪头一只公鸡，或送一块衣料几斤毛线，或送一把竹椅四只木凳……这么一偷一送，许多偷梁人家和被偷人家结下交情，像亲戚般来往起来，有的甚至结成儿女亲家。

为了能有树让人家偷梁，故乡人家很热衷种树；为了吸引人家来偷梁，故乡人家很注重自己的家风、名声。有的人家从来没被别人偷过梁，很尴尬狼狈，为挣面子，偷偷贿赂人家来偷梁。有的人家干脆就自己砍倒自己家的树，谎称被人家偷梁了，一旦露馅，就会弄巧成拙，名声更臭。看来，激励故乡人家热衷种树、注重名声，堪称偷梁风俗的两大进步作用和积极因素。

后来偷梁风俗有了演变，风靡偷公家树做大梁。据说公家的运气名声更好，偷了公家树做大梁能交好运，家人会当工人，当军人，当大学生，当干部，就能吃公家饭、穿公家衣、住公家屋。偷公家树做大梁原来不用办砍伐证，先砍后奏，给护林员打声招呼，递上几包烟塞给一瓶酒就行了。可偷梁风俗渐渐走味了，有的造新屋人家不仅仅偷一根大梁，恨不得偷回所有的檩椽；甚至有人打着偷梁的幌子，干起乱砍滥伐、盗卖木材的勾当。偷梁风俗越变越坏，偷树风气愈演愈烈，公家无奈，只得对偷梁风俗亮起红灯。凡是偷梁人家须先办砍伐证，在规定树种、指定地点砍树，不得先砍后奏，不得随便砍树，否则以偷树查处。

这样一来，偷梁风俗受到囿限，人们又回归传统，上私人家偷梁。但偷梁风俗一坏很难匡正，有人以偷梁为名，到处砍人家的树，甚至一夜之间将人家的林子砍光。现在的偷梁已演变成买梁，先付钱，晚上再来偷。这已与偷梁风俗大相径庭，没有偷梁的情趣神韵了。故乡还不时因偷梁引发械斗伤人事件，偷梁风俗已成为不安定因素。呜呼！偷梁风俗走到尽头，臭名昭著了，淳朴的乡风荡然无存。看来风俗一坏很难匡正，就像湖泊被污染很难治理一样……

母　校　榕

母校新舍落成乔迁，又喜逢八十华诞，盛情邀请四方学子参加庆祝活动。

在庆典上，我忽然问母校校长："那棵老榕树还健在吗？"校长说："还健在！就为了这棵老榕树，我们少要了人家一百万元地皮费哩！"我感到蹊跷："老榕树应该很值钱呀！怎么还少要一百万元地皮费呢？"校长说："买老校舍的是一家房地产公司，嫌老榕树太占地盘了想锯掉它。我们闻讯向政府反映，但他们后台硬，执拗要锯老榕树。无奈，我们只好以少要一百万元地皮费的条件与房地产公司达成协议：必须妥善照顾老榕树。"

母校的老榕树据说有五百多年树龄。它静穆慈祥地盘坐在校园中央，像一位世纪老人聆听着日复一日的琅琅读书声，凝视着年复一年的莘莘学子图。那庞大的根系，纵横交错，瘿瘰斑驳，一半扎在贫瘠的土壤里，一半暴露在光天化日之下；那颀长的气根，或悠然飘摆风中，或垂落地上，像一簇飘逸的美髯，赢得多少敬重的目光、雀跃的欢呼；那繁杂的枝叶蓊蓊郁郁，密密匝匝，像一把天然的巨伞，遮蔽着整个篮球场。烈日高照，连一缕细碎的阳光也筛不下来；大雨滂沱，连一滴玲珑的水珠也溜不进去。群鸟栖息在老榕树间，叽叽喳喳，宛若鸟的天堂；学生玩耍嬉戏在绿荫下，欢歌笑语，仿佛童年乐园。

我们在母校读书时，最喜欢做的游戏就是攀上老榕树，拽住它的气根往下溜杆，或抓住气根荡秋千，最惊险刺激的是玩秋千对撞、秋千飞人的游戏。别看那些气根纤细柔软，但韧若麻绳钢丝，绝对拽不断荡不裂的。倒是秋千对撞、秋千飞人危险性大，发生过两起学生摔伤事件后，母校就明文禁止在老榕树下玩荡秋千的游戏了。不过，在放学后或放假时，我们还是玩兴袅袅，冒着被同学举报、挨老师训斥的风险，偷偷跑到老榕树下荡几下秋千过几把瘾。

榕树的繁衍，一部分靠种子，另一部分靠气根。那纤弱飘逸的气根，一旦扎进泥土里，就会迅速硬化成树干，然后葳蕤葱郁地长出许多枝叶，尽管它们的枝干根须仍与老榕树相连，但它们已成为独立的树了，不信就把它们与老榕树相连的枝干根须砍断，它们仍能蓬蓬勃勃地生长。一树成林，在榕树的家族里已不是神话。母校若不是校园欠宽阔，给老榕树实施"绝育"，不时砍掉一些幼小的榕树，恐怕至今早已成为一片浩瀚的榕林了。

　　据说一根榕树气根从枝头垂下，到扎根泥土，需要十年时间。等到它演变成一棵参天大树，至少又得耗费十年。其间，若是遇到雷击、虫噬、旱涝、火焚、斧伐等天灾人祸，还得延误它的成材期，甚至造成它的夭逝。记得我们的语文老师总爱指着窗外的老榕树，给我们讲"十年树木，百年树人""木秀于林，人秀于群""树要根深，人要才深"等道理，砥砺我们发愤读书，争当国家栋梁。那时候，我们年幼顽钝，还听不进老师的谆谆教诲。老榕树一定叹息流泪过，只是我们没留意观察。

　　我们结伴去看望母校榕。老榕树依旧伟岸魁梧，大气磅礴，当年我们荡过秋千的气根已长成粗壮的树干，而且也有了"美髯"。二十多年弹指间，榕树气根从从容容吻到大地，实现了从根到树的飞跃。而我们呢？岁月蹉跎，事业无成，真是无颜见母校老榕树啊！我们伫立在老榕树下，感慨万千，沉思良久，赧颜愧色，颇如犯了错误的小学生忐忑不安地站在老师面前。微风袭来，榕叶发出一阵窸窸窣窣的声音，仿佛在叮嘱我们："岁月不可追悔，奋斗永远不晚！"

看 火 车

老家离小镇上的火车站有五六十里路。儿时放牛、打柴、采蘑菇、摘山果时，爬上高高的山巅，就能隐约听见远方传来的火车汽笛声。但山障雾遮，休想看见火车的真面目。一听见火车汽笛声，我们的心就飞向远方，胸中升腾着卑微而痴迷的梦想：什么时候去小镇看看火车就好了！

童年伙伴中，唯独金斗看过火车。金斗爹在小镇上当剃头佬，曾带金斗看过火车。金斗回来，仿佛逛了北京城般神气，眉飞色舞地跟我们吹嘘，那铁路就像一架放在地上、前后望不到边的梯子，若是能将这梯子立起来，只怕能摘到星星月亮；那火车拖着几十节车厢，就是把上千辆牛车马车连起来，也没火车长；那火车趴在地上跑起来像风，要是站起来跑只怕像闪电。我们既羡妒金斗的眼福，又怀疑金斗故意吹牛吊我们的胃口，就一拥而上，把金斗痛揍了一顿。金斗很委屈，哭丧着脸咕哝道："谁骗你们是小狗！不信，你们亲自去看呗！"

金斗的话激将了我们，也催发了我们去看火车的念头。暑假里，我们带着干粮，瞒着大人，结伴去小镇上看火车。没钱坐班车，只好徒步。别看只有五六十里路程，但山高路险，溪流湍急，一路上跋山涉水，险象环生，或崴伤了脚，或被野蜂蜇了，或在密林幽谷中迷路了，或撞见野猪吓得爬树避难，或掉进溪流险些被冲走……好在有看火车的强烈愿望支撑激励着我们，没有谁畏惧退却，一路欢歌笑语，精神抖擞。

豆子的脚崴伤了，我们轮换着背他赶路。一个牛贩子发了善心，主动让豆子骑牛，顺便捎了很长一段路。继而，一位采药老人知道豆子崴脚了，笑吟吟地说："算你们走运，遇到了我，我治崴脚小菜一碟！"采药老人攥住豆子的脚变戏法似地摇几摇揉几揉，果然豆子就能下地走路了。

经过一个山村时，一条牧羊狗狂吠着猛窜上来。茗货最怕狗，吓得身颤腿软，嗷嗷乱叫。羊娃挺身而上掩护茗货，被狗咬伤了左腿，鲜血直流。狗的主人闻声而出，见狗惹了祸，急忙吼跑狗，给茗货敷药包扎。狗的主人听说我们打老远的山里来，特意去看火车，又可怜又佩服我们。狗的主人执意留我们吃了晚饭，然后找来一辆牛车，把我们送到小镇上的火车站。

939

小站上连老站长一共五人。老站长听说我们从老远的大山深处特意来看火车，很感动，亲自陪我们乘坐了一趟货车。老站长抱歉地解释："今晚没有客车在小站停留，只好委屈你们了。"到了下一站，连回程的货车也没有了，老站长只好领着我们沿铁路徒步返回。那一夜，我们挤在老站长的办公室里，我和羊娃睡在办公桌上，豆子躺在三把椅子拼成的"铺"上，苕货受到最佳优待，睡在老站长的值班行军床上。大伙一夜无眠，谈笑嬉戏，火车来时不约而同地腾地跃起，趴在窗台上看火车，听雄浑的汽笛声和铿锵的车轮声。

第二天，我们告别小站。临别时，我们赠送给老站长一条红领巾作纪念。老站长很为难，一时不知该回赠什么东西为好。还是苕货心直口快，向老站长讨要了一截断钢轨，说咱们学校的钟是用破犁头做的，敲起来不如钢轨清脆响亮。

这趟远足，我们不仅看到了火车，而且坐上了火车，这在山里孩子眼里简直是莫大的幸福和荣耀！金斗在我们面前不再神气吹牛了，而且沮丧懊悔极了，没跟我们一起去过过坐火车的瘾。他吃不到葡萄就说葡萄酸，竟在背后造谣，说我们坐火车是吹牛撒谎。我们背回的钢轨被高高地挂在树枝上，学校总算有了像模像样的钟，老师夸奖，同学敬佩，很让我们风光了一阵……

如今人到老年，童年伙伴相聚忆旧，仍能兴奋地回忆起那次看火车的经历。

野 电 影

童年时代的伙伴们进城来串门，饮酒品茗时，情不自禁地忆起童年趣事，谈得最兴奋、最热烈的是当年看野电影的情景。

所谓野电影，就是在野外放映的、不花钱买票的电影。当年，故乡放野电影的机会较多，有的是附近驻军为改善军民关系而放的野电影，有的是当地政府慰问驻军而放的野电影，有的是县放映队巡回放的野电影，有的是当地厂矿、学校搞庆祝、纪念或招待活动而放的野电影，有的是有权有钱的人家操办婚事、丧事或寿庆而放的野电影，还有的野电影放得更滑稽、蹊跷，譬如两村为争水抗旱而发生械斗，在上级的调解督促下，双方共放一场野电影以示和好，谁知两村人为争座位，又斗殴起来；某放映队跑到国营林场放了一场野电影，谁料到几十亩杉木被盗伐一光，林场怀疑个中有诈，一调查，果然是附近公社干部买通放映队捣的鬼，但林场没抓到赃物，也无可奈何……

当年，通知周围人家看野电影的方式五花八门：有的是通过有线小喇叭广播，有的是派人串村走寨敲锣吆喝，有的是用穿山号子接力传递消息，有的是放几响土铳或吹几声牛角为信号，有的是以在山巅上插红旗或烧篝火为标志，有的是托乡邮员、货郎、剃头佬或劁猪佬捎信……有的人家即使没得到消息，只要是看见山路上攒动的人群和晃动的火把、马灯，也会知道是去看野电影的，于是扔掉饭碗、针线或干活工具，急匆匆地追去，生怕迟到了。

那时我们看野电影的瘾很大，即便是老掉牙、看过多遍的野电影也一场不拉，电影放映到哪里，我们就追赶到哪里，月黑风高无所畏，山陡路险只等闲。记得有一年冬天，我们结伴跑了五十多里山路，去看已看过多遍的《小兵张嘎》，深夜返回时遇到暴风雪，在幽谷中迷了路，只好钻进猫耳洞里躲雪避寒，为了壮胆解闷，大伙你一言我一语地背诵起《小兵张嘎》的台词来。

一次，乡亲们因渴望看野电影，竟发生了"冲击军营"事件。那天傍晚，不知是谁散布小道消息：驻军操场上正在放映内部电影。这消息一传十，十传百，乡亲们蜂拥而至，把驻军大门围了个水泄不通，无论驻军首长怎么解释，乡亲们就是不信，硬是冲进了军营操场。可一看，都傻了眼，原来驻军官兵在观看军事技术幻灯片。驻军首长不仅没怪罪乡亲们，反而怕扫了乡亲们的兴，连夜派车去请来了一个电影放映组，给乡亲们放了一场野电影。

故乡看野电影，渐渐衍生出幽会相亲的风俗。趁看野电影之机，姑娘们巧梳妆打扮，插上花洒上香水，去和情郎幽会，或盼望遇上白马王子；小伙子则满场转悠，身子拼命往姑娘堆里钻，眼光痴迷地朝漂亮脸蛋上盯，碰上中意的，就死乞白赖地缠上去，恨不得电影散场后就能"采"一朵"金花"回家；做父母的也择此良机来偷觑未来的儿媳或毛脚女婿；各路媒婆更是穿梭来往，忙得焦头烂额，她们得争分夺秒在电影开映之前把媒事搞定，不然灯光一熄，人声一静，电影一放，你还在人群中钻来钻去找人喊人，不挨人臭骂、痰啐、推搡甚至石子土块砸才怪。看野电影，催生了许多乡村爱情，许多夫妇多少年后还能清晰记得他们是在哪儿看野电影时一见钟情的，看哪一部野电影时牵手接吻的。

当然，看野电影也会滋生一些事端。有一年看《少林寺》，回去的路上，有一些人因踩了鞋或撞了人而斗殴起来，一招一式颇似李连杰的花拳绣腿。

如今电视普及了，故乡的野电影也越来越少。偶尔放一场野电影，也是观者寥寥，稀稀落落，没有了当年的热闹、痴迷和野趣。待在家里就能在电视机里看到各种中外优秀电影，谁还会跋山涉水去看野电影呢？大家都感慨道："野电影的衰败，象征着时代进步和生活变迁啊！"

糊　墙　纸

在故乡，我家的老屋历经了半个多世纪的风雨雷电，虽破烂不堪，岌岌可危，却仍顽强地支撑着，矗立着，颇像一位饱经风霜、老态龙钟的老人拄着拐杖站在那里眺望和沉思……

自从双亲去世后，老屋就闲置着，因是危房，没人敢租借，只等有人买屋基木料或公家拆迁了，可一等数年，杳无音信。我真担心再拖下去，老屋会支撑不住突然坍塌。谢天谢地，终于等来了一位买主，想买老屋的地基。我回故乡小镇一趟，与买主谈妥了老屋出售之事，又去与老屋作最后的告别。

毕竟，老屋有恩于我，我的第一声啼哭在老屋里发出，我的第一个脚印在老屋里迈下，我童年的欢笑在老屋里荡漾过，我青年时代忧郁的笛声在老屋里悲鸣过。我在老屋里伫立又徘徊，心情怅然若失，黯然神伤，我不知道我该不该出售老屋？老屋会不会怨恨我？老屋里空空荡荡，旧家什早已卖的卖、送的送、扔的扔、烧的烧了。没有什么可睹而思之，唯有四壁鼠啮虫蛀、破损发黄的报纸勾起我如潮的记忆与思绪……

童年时代最高兴的事，就是糊墙纸了。一糊墙纸，就是要过年了。父亲在小镇服装厂工作，厂里订着几份报纸，父亲是有心人，把旧报纸收集起来，到过年时就能糊墙纸了。每年糊墙纸时，都是母亲熬出一大盆稀稀的面糊来，父亲站在桌凳上用刷子糊报纸，我则负责递报纸。有时，弟妹们眼红我，想插手递报纸，都被我喝止住："放手！你们不会递的！"弟妹们不满地咕哝道："神气什么？递报纸谁不会？"我嗤之以鼻："哼！你们是乱递，我是留心地递。"原来，我是把报纸好看的内容留在外面，没事做或没书读时，可以趴在墙上浏览这些旧报纸。旧报纸副刊上的许多好文章我读了一遍又一遍，都能滚瓜烂熟地背诵下来了。就是这些糊墙纸，在我幼小的心灵中播下了文学的种子。

"文革"时，服装厂没订报纸了，也许是报纸停刊订不到了。父亲收集不到旧报纸，叹息道："只怕不能糊墙纸过年了。"那些年，我家都没糊墙纸过年。直到"文革"结束那年除夕，父亲突然抱回来一大摞旧报纸，兴高采烈地吆喝道："糊墙纸过年啰！"我问父亲："报纸从哪儿来的？"父亲爽朗一笑，说："我帮一户人家做衣服，没要他的工钱，只向他讨了报纸，他贪个便宜，我图个吉利，总算能糊墙纸过年啰！"

后来，父亲发现报纸上铅印着我的名字和文章了，比喝了一壶美酒、看了一场好戏还要喜悦自豪。他把这类报纸小心翼翼地保存着，到了糊墙纸过年时，就把这类报纸糊在最显眼处，不仅自己反复观看，而且每逢来客必炫耀。来年再糊墙纸时，父亲舍不得将登载我的文章的报纸覆盖住。年复一年，糊墙纸新旧混杂，满目斑驳，几乎成了我的文章剪贴墙。我的名字和文章上有许多黑糊糊的印痕，那是母亲的指痕。母亲不识字，唯独认得出我的名字，她想念我时，或向来客夸奖我时，就指点和抚摸我的名字和文章。

父母都远去了，而深沉绵长的爱却凝结在老屋里的糊墙纸上。我潸然泪下，用照相机摄下了这些糊墙纸，这些爱的记忆我将永远珍藏在心灵深处⋯⋯

故乡的茶馆

我的故乡在江夏纸坊，从唐初始，就形成小镇，以造纸闻名，故叫纸坊。但到清初，造纸业销声匿迹了，现在连造纸作坊的遗址残迹也荡然无存了。造纸作坊无处寻，可旧式茶馆到"文革"前还留存着，或破败废弃，或易为商店货栈，或苟延残喘，只有一家叫"田螺春"的茶馆生意还较红火。

我父亲所在的裁缝店就在田螺春茶馆的斜对面。我当年只有七岁多，在小镇上读书，每晚与父亲挤在裁缝店阁楼上的一张小铺上。茶馆里每夜或说书或唱戏或杂耍或变魔术，强烈诱惑着我，常使我心猿意马，静不下心来读书，安不下神来做作业。于是，我的作业马虎潦草，晚上睡不好上课打瞌睡，成绩每况愈下，老师上门家访告状，父亲一打骂我，二迁怒于茶馆。

父亲报复茶馆的方式很独特古怪，他以闹治闹，边裁缝衣裳，边尖声怪腔地吼唱楚剧。父亲酷爱楚剧，年轻时堪称楚剧的追星族和票友，好多楚剧他都能吼几嗓子哼几曲，虽然爱跑调滑腔。父亲这边一吼唱，那边大煞风景，台上走神，台下骚动。茶馆老板忙跑过来跟父亲说好话。父亲瓮声瓮气地说："你嫌我吵，我就不嫌你吵吗？"茶馆老板听懂了弦外之音，不久就装上隔音玻璃和窗帘。从此，那道风景和那份热闹再也很难窥见了。

一天深夜，我被一阵嘈杂、哭叫声吵醒了。我急忙趴在阁楼小窗上往外看，妈呀，茶馆起火了！烈火熊熊，浓烟滚滚，许多人拿着脸盆水桶在救火。我一眼瞥见父亲也在救火人群中。不一会儿，消防车鸣鸣鸣地开来了，费了九牛二虎之力才扑灭了火。那夜，父亲救火时手腕被灼伤了一大块，他没吭声。茶馆老板不知怎的知道了，就送来了票，邀父亲去茶馆听楚剧名角的清唱。父亲坚决要给钱，推来推去，茶馆老板托父亲帮忙做一件围腰，工钱与票钱相抵，父亲才接下票去听戏。

父亲常与人谈起茶馆老板的传奇和为人，说茶馆老板抗日时在茶馆里掩护过一个新四军交通员摆脱鬼子的追捕，后来那人当了地委书记，要接他去政协当官，茶馆老板婉言谢绝："我当不好官，还是开茶馆好！"一次，茶馆里有个与老板同过患难的老伙计把茶叶以次充优，被老板发现，老板愤怒撵走那老伙计，还张贴广告让茶客来退款。大刮"浮夸风"的年代，一位瞒上欺下、骄横跋扈的镇长心血来潮，来茶馆品茶听戏，老板一听，忙称病不起，叫伙计关门停业。老板对人说："别让他腌臜了我的茶馆！"这话传到那镇长耳中，他恼羞成怒，便指使人寻借口封了茶馆。直到那镇长因浮夸饿死人命而被撤职查办，茶馆才重开业……茶馆老板豪爽乐施，谁家逢天灾人祸，或窘困拮据，他都慷慨解囊。有一年，我患了急病需住院开刀，父亲一时难以凑足钱，抓耳挠腮急得跳脚，茶馆老板不知怎的闻讯了，把钱亲自送到医院，还给我买来了最爱吃的酥糖……

某个初夏黄昏，我放学回来，忽见一群戴着红袖章的人狂呼怒吼着，冲进田螺春茶馆，见人就赶，见物就砸，一袋烟工夫，茶馆一片狼藉，惨不忍睹……不仅田螺春茶馆被砸，纸坊镇所有茶馆一夜之间全被当作"封资修"扫荡光了。茶馆老板统统被赶到乡下去劳动改造。

放暑假时，我回爷爷家去玩，在一群挑大粪的人中，我忽然看见了瘦长佝偻的茶馆老板，他大汗淋漓、气喘吁吁地挑着一担大粪，步履维艰地蹒跚着。突然他跟跄几步，连人带桶摔倒了，趴在地上半天不能动弹，任凭粪水在他身旁流淌……许久，他才爬起来，摇摇晃晃着去小池塘洗澡。在他捧起小池塘中的脏水欲喝时，我急忙喊："那水太脏，别喝！我去给你弄茶来！"茶馆老板苦笑了，悲哀地喃喃："人到了这地步，还管什么脏不脏哟！"他大口大口地喝着那脏水，半个月后，他大口大口地吐血，死在烈日蒸烤下的地垄里。

十几年后，我在县志上知道了他的名字，叫舒畅，与写过《茶馆》的老舍先生同姓。舒畅研究古今中外茶经堪称造诣匪浅，品茶功夫可谓炉火纯青，什么样的茶闭目一嗅，就能知道品种、产地，含在嘴里一品，就能估准品次、制作工艺。他还曾出版过专著《品茗偶记》，在茶道茗友中小有名气。

前年，我回纸坊镇省亲，到父亲的小裁缝店去看了看。小裁缝店没当年红火，门可罗雀。我正怅然若失，忽见斜对面的田螺春茶馆里人影晃动，茶香暗浮，招牌依旧，茶馆犹故，只是用现代装饰掩盖了旧痕陈迹，茶具桌椅已没有了昔日古色古香的韵味，说书唱戏、杂耍魔术更没有了，只有卡拉 OK 和摇滚乐，不光卖茶，还卖咖啡、饮料、啤酒、洋酒、烧烤、卤菜，还有客人与小姐的调笑声……我在茶馆里仅喝了一杯田螺春绿茶，就收了五十元，一问："咋这么贵？"小姐答："包括台位费二十元。"我又问："你们老板是不是姓舒？"小姐一愣："是呀！你是……"我又问："他是不是舒畅的后代？"小姐说："是舒老的嫡孙。我说：给你们老板捎句话，做生意还是要学学他爷爷，讲点品味！"说罢，我拂袖而去。

　　走出老远，我还在想：假如舒老地下有灵，闻知他嫡孙的所作所为，也许会吹胡子瞪眼勃然大怒吧！哦，故乡的茶馆，你何时能重振古情遗风呢？

乡 音 吟

进城已十载，我的鄂南乡音仍未改。朋友揶揄着，说我的乡音土得掉渣，浓得冒烟。我因乡音遭过几次烦恼挫折，有心改改乡音，无奈顽冥不灵，又怕人家嘲讽我"骡子充马叫"，仍没学会说武汉话或普通话。难怪唐诗云："少小离家老大回，乡音无改鬓毛衰。"可见乡音之于游子多么执拗，多么深沉，多么浓烈！

应该这么说，每个人都有自己的乡音，每种乡音都浓缩着当地的民俗风情和传统文化，毋庸分贵贱雅俗、美丑高低。但是，我的乡音常常使我陷入困惑和窘境，说起来酸甜苦辣咸一起涌上心头。

在大学读书时，我曾与一女士缠绵过一番，恋情未明朗就断了。我忍受不了失恋之苦，硬着头皮舰着脸皮去"质问"她。你知道她咋说？她吞吞吐吐地说，她实在听不惯我这一口乡音，谈朋友就靠"谈"呀，可她和我南腔北调怎么"谈"得拢呢？呜呼！乡音给我的爱情史无端抹上了羞辱惨淡的一笔。

参加工作后，乡音给我带来的烦恼羞辱一桩接着一桩。

第一次使用车船月票，就被一位艳若桃李、冷若冰霜的售票员盯住了，她一口咬定月票板上的照片不是我。我啼笑皆非，再三解释，就差没捶胸顿足指天赌咒或磕头作揖、哀声讨饶了。无奈，只好跟她到终点站去"验明正身"。当她的领导弄清我的记者身份时，迭声赔礼道歉："对不起、对不起，实在是一场误会。她听你的口音，把你当混票的乡巴佬了……"她惶惶然，竟轻声啜泣起来。我这人心软，满腹怨气顿失。但我惘然：人与人之间为什么不能多一点信任呢？

接着，乡音惹起一场更大的误会，以致引起一场轩然大波，使我吃了一点皮肉之苦，使某火车站出了丑丢了红旗，据说将那日命名为"站耻日"。那是 1984 年 7 月 31 日，武汉某火车站派出所两名民警值勤时态度恶劣殴打旅客，我打抱不平出面阻止，结果被骗进值班室里挨了一顿揍。我算沾了记者的光，《人民日报》刊登了我的来信《这是误会吗？》，为我申了冤。说实话，那两名民警也够"冤"了，谁叫你当记者的一口乡音呢？害得人家把你当乡巴佬揍了！的确是一场发人深省的误会！人们哟，为什么不能多一点宽容博爱精神呢？

挨次摔，学个乖。在妻子强劲的枕边风下，我获得了参禅般的顿悟：屡次作崇的都是乡音，就让乡音见鬼去吧！妻子的普通话挺棒，武汉话也棒。妻子说，当务之急要学会说武汉话，有武汉话作唇枪舌剑方能立于不败之地，不然处处受气遭辱。你上商店操乡音，营业员爱理不理；你乘公共汽车一开腔，售票员专盯着你查票；你到人家单位采访或找人什么的，门卫以音取人，严格盘诘令你难堪；你不慎踩了人家脚或撞了人家车，只要你一露乡音赔礼道歉，八成要遭斥责恶骂……妻子的话入木三分，振聋发聩，左想想，是这种怪现象；右想想，乡音何罪之有？

气归气，学归学。我很虔诚虚心地跟妻子学过一段时间武汉话，结果话音变成阴阳怪气、不伦不类的杂拌儿，真如"骡子充马叫"了。受不了这罪，出不了这丑，索性我行我素，信口开河，谈笑自如，仰俯泰然。妻子嗔怪我"不可救药""朽木不可雕也"。我反唇相讥："干嘛要刻意雕琢自己的外表和语音，而忽视雕塑自己的心灵和人格呢？金玉其外败絮其中难道好吗？"妻子默然，噙泪说道："我并不嫌弃你的乡音，是怕你受城里人欺负，你觉得太累太憋，就说你的乡音吧……"后来我发现，她在严格培养我们的女儿，并对我进行语言"封锁""隔离"，生怕我把乡音传给女儿。功夫不负有心人，6 岁的女儿已能说一口标准的普通话和地道的武汉话，并肆无忌惮地嘲讽我的乡音。

嘻嘻！如今我"洋装穿在身，心却是中国心"，音也仍然是故乡音。乡音虽然给我带来烦恼困窘，但也给我带来些许温情实惠。我下鄂南采访、体验生活，凭一口乡音，就能迅即解除人与人之间的隔膜戒意，就能左右逢源、八面玲珑、如鱼得水、如鸟归林，就能大大咧咧地喝上烈酒、抽上苦烟，洞察到民间疾苦、民情民风。我在城里采访或交往时，乡音成了绝妙的伪装，在大大小小的误会疏忽中，我能捕捉到真情坦露或原形毕露的人，兴许风度翩翩、谈吐不凡的记者还不易窥到或钻进这些人的心咧！为此，我感到自豪欣慰！

也许，十年、二十年后，我的乡音会在都市里丢失。但我默默叮嘱自己：决不能丢失纯朴憨厚的乡情，决不能丢失真诚正直的美德，决不能丢失善良美好的灵魂……

（原载于 1987 年第 10 期《散文》，选入《中国散文集萃》）

窗　户

你住过没有窗户的房子吗？你要是没住过，一定品尝不到那种封闭沉闷得令人发疯、窒息的滋味，体验不到比寄人篱下、流浪街头或羁于铁窗牢笼强不了多少的落拓狼狈心态。

我年轻时曾两次住过没有窗户的房子：一次住的是算不上房子的房子——不足五平方米的楼梯间，连门都是临时凑合安上的，自然没窗户；另一次住的是原有一个窗户的小房子，因那窗户正对着一个粪窖，既不雅观，又臭气氤氲。更令人恼火的是，一到炎夏，粪蛆就执着地往窗户缝里钻，无论窗户关得多么严密，它们都有本事钻进来，一不小心爬到床上，爬到灶台上，就让人毛骨悚然，大倒胃口。权衡利弊，我只好把窗户封闭起来。

住在没有窗户的房子里，早晨看不见朝霞，夜晚欣赏不到星月，看不到街景世态，听不到窗外的童谣老戏和市井声，心情无端地会变得沉郁恶劣，脾气越来越古怪暴躁，脑袋里不是空荡荡的，就是乱糟糟的，没有琴棋书画的情趣，没有读书写作的兴致，没有邀朋会客的盛意，没有品茗饮酒的嗜好，甚至没有接吻做爱的欲望。每天晚上莫名其妙地辗转反侧，神经质地痉挛，好不容易睡着了又乱做噩梦，梦见自己被人扔进了黑沉沉的地牢，或被人关进了密不透风的大铁罐，或被人摁进了棺材活埋，或被地震砸在楼房里……

那段阴郁的日子里，我尽量不在没有窗户的房子里厮守磨蹭，而到图书馆去读书，与恋人频繁幽会，到朋友处闲聊，上亲戚家蹭饭，到郊外散步，百无聊赖地去看通宵电影、歌星演唱会和球赛，甚至跑去看老人下棋打牌、唱戏讲书。多少个无聊之夜，我在霓虹灯下的街道上踯躅踟蹰时，眺望万家灯火，我就愤懑、憧憬：我为什么就不能有一扇窗户呢？什么时候该有我的一扇窗户呢？

我深有感触，房子没有窗户，仿佛人没有鼻孔呼吸、没有眼睛观察一样，就是一个残疾缺损的房子、不健全不人道的房子，是令人愤慨、悲哀、自卑、苦闷、疯狂的房子。君不见，世界上的许多深宫、密室、修道院、寺庙、监狱、拘留所、禁闭室，也少不了窗户，至少要开一孔天窗的。古希腊某法典学家曾说过，监牢开窗既有利于犯人健康，也有利于犯人稳定情绪，调整心态，反省往事，留恋人生。古往今来，西欧一些国家还有多开窗户、喜欢凭窗看风景的风俗时尚，以居所窗户多且美为荣耀，故至今仍保留一种古老的税种——窗户税。有些国家更是古怪，建房税和房租不是按房子面积计价，而是按窗户的多寡来收费。

古希腊哲学家苏格拉底曾在城郊造了一座很小的房子，但窗户开得不少，便于观察大自然和民风，朋友嫌他的房子太小了，与他的身份不相称，他诙谐地说："房不在小，有朋乃大。"我揣摩他也一定向朋友们炫耀过他家的窗户吧？容我冒昧地给他添上一句："房不在小，有窗则灵。"窗户就是房子的眼睛或鼻孔，没有它，房子就不能洞开，不能呼吸，就没有灵气和活力了，就成了死屋废宅！

现在我已住上拥有六个大窗户的房子，可以随心所欲地凭窗眺望东南西北风景，观察世态民俗和风土人情，其乐无穷，其趣妙哉。也许是过去住怕了无窗房，心里郁结下了"窗户情结"，我养成了凭窗看风景的习惯，春风得意、心情舒畅时看，牢骚满腹、愁上眉头时更看。凭窗可化解心中块垒，可驱散脑海阴霾，可使你淡泊宁静，可使你豪爽旷达，可让你阅尽"清明上河图"般的芸芸众生，参透喜怒悲哀、酸甜苦辣的人生。

五 香 豆

童年在江南小镇读书，住在父亲干活的裁缝店里。隔壁就是一爿杂货店，有五分钱一包的五香豆卖。那时，我最大的奢望就是每天能吃上一包五香豆。上学放学，我从杂货店门前过，老板娘就用甜润软绵的声调吆喝："五香豆啰——五香豆!"仿佛有只无形的小手，搔得我喉咙痒痒的，涎水不由得流下来。

父亲很抠，给钱我买五香豆吃的机会不多。因为父亲的那份微薄薪水还得维持一家老小八口的生计，捉襟见肘，不抠不行。父亲给我买五香豆，通常是逢年过节，或我的生日，或我考试优秀领回来奖状，或我生病受伤了。

依稀记得只有两次例外：一次是某个雪天，一位路过裁缝店的老大爷滑倒了，我跑上前将老大爷搀扶起来。父亲看在眼里喜在心里，给我买了一包五香豆，说："你做了好事，我奖励你。"另一次，班上一位调皮鬼欺负一位女生，我打抱不平，上前制止，结果被他打得鼻青脸肿，衣服前襟也被撕破了。父亲见我那副悲惨狼狈模样，以为我在外面惹祸打架了，气冲冲地捆了我两耳光。后来，父亲知道了事情真相，给我买了一包五香豆，说道："你做得对，我错怪你了……"

裁缝店里的伙夫邱师傅来自几百里外的山区。他不识字，总央求我给他写家书。邱师傅每个月要写一封家书，我一铺开纸，他就能滔滔不绝地说起家书的内容来，想必早已字斟句酌打好了腹稿。从老伴的哮喘病问候到儿子的关节炎，从儿媳的布料毛线闲扯到孙子的玩具连环画，邱师傅总有说不完的家常话。我嫌他啰嗦，往往擅自将他的话浓缩成简练的内容。邱师傅见我只写了半页纸，便狐疑地逼我念给他听。他边听边把脑袋摇得像拨浪鼓，说这儿拉下了几个关键词，那儿漏记了一大段熨帖话，总要反复折腾几遍，直到他满意才罢休。给邱师傅写家书，真比写作文还难。要不是每给他写一封家书，能得到他一包五香豆的犒赏，我是不会耐烦地给他代笔的。另外，给邱师傅念儿子写来的家书，也能得到他的一包五香豆，这就比给他写家书轻松多了。

裁缝店里的姜姨是给裁缝师傅们打下手的小工，干一些绞花边、缀扣子、缭袖口、缝裤脚、绣图案的零碎活。姜姨很喜欢我，总喊我给她捶背。捶背时，她会情不自禁地发出一阵阵惬意的呻吟声，慨叹比吃肉喝汤还舒服。捶完背，姜姨总是笑吟吟地拿出五分钱，硬塞进我手里，让我去买五香豆吃。父亲撞见了，就阻拦："捶个背还给钱？别宠坏了他！"姜姨打着哈哈："这点钱，说得丑，谁叫我喜欢你儿子？不捶背，我也愿给！"我从父亲嘴里知道了，姜姨生了五朵金花，就是没生儿子，看公婆的冷脸，挨丈夫的打骂，受世人的歧视，她才喜欢我。后来，姜姨认我做她的干儿子。再后来，她又想与父亲结上亲家，许诺她家五朵金花将来由我随便挑。我无缘做姜姨家的女婿，是因为当年她的五朵金花不是嫌我穷，就是嫌我丑。我考上大学与姜姨告别时，姜姨乐得合不拢嘴巴，说："当年我给钱你买五香豆吃时，就看出你将来有出息！"说着说着，姜姨抹起老泪来，哽咽道："都怪我的丫头们眼光短浅，没这缘分和福气……"

现在的孩子已不屑吃五香豆了，而喜欢吃冰淇淋、巧克力、麦当劳、肯德基。一次我在小商亭买了一包五香豆，被女儿奚落了一番："这种东西有什么吃头？"别怪他们理解不了我们童年的口味和梦幻，就是我们再吃起五香豆也会嘀咕："五香豆实在也称不上美食佳品，为什么童年时代那么渴望吃它呢？"这只能说明时代进步了，生活水平提高了。我为女儿幸福的童年感到欣慰，但我仍喜欢隔三岔五买五香豆吃。与其说在吃五香豆，不如说在咀嚼童年滋味，在反刍故人往事，在琢磨生活哲理，在追寻时代轨迹……

古　井

儿时读书的学校蜷缩在大山褶缝里。学校原是一座古庙，"土改"时拆庙改校，和尚走了，老师来了。古井在古庙前的山坳里，圆圆的井身是麻石条拼砌的，缀满青苔，古色古香。据说古井是三个和尚苦干十年才凿成的，这让我从小就对"一个和尚挑水吃，两个和尚抬水吃，三个和尚没水吃"的寓言腹诽讥谤。

古井深达数丈，井架辘轳上卷起的井绳如水桶粗。往往要摇四五十圈才能提一桶水上来。古井凿成后，免除了和尚跑十几里崎岖山路背水的颠簸劳顿。传说古井里的泉水是驱邪祛灾、治病疗伤的神水，方圆百里的山民便闻讯慕名前来背水。古庙改校、和尚走后，仍然有人虔诚地悄悄而来背古井泉水。

我七岁时腿上长了恶疮，吃了不少药丸，贴了不少膏药，都没治好，后来疮口流脓生蛆，疼得我下不了床，哇哇大哭。娘给我背回古井泉水，给我清疮洗脓，不到一个月，恶疮竟神奇地愈合了。从此，我对古井怀着深深的敬意。

上学后，我在课本上读到了猴子捞月亮的寓言，就痴痴地遐想：猴子捞月亮的那口井是不是我们学校前的古井呢？我曾经傻乎乎地等候在古井旁，静待月亮爬上当空，看能不能照进古井里。很遗憾，井口太小，井水太深，井架辘轳太粗，月亮落不到井水里去。那个月夜，可把爹娘吓坏了，打着火把找到古井旁时，我竟趴在井沿边睡着了。爹娘还闹了一场误会，以为我在学校挨了老师的批评或同学的欺负，要赌气跳井寻短见哩！

教我们算术的是一位从县城来的女老师。姓黄，很漂亮，但很瘦弱。记得一个风雨天，黄老师护送我们过山溪，一阵狂风袭来，黄老师一个踉跄，雨伞挣脱了手，在空中飞舞，在坡上翻滚。我们跌跌撞撞撵出老远，才在山谷里找回伞的残骸。黄老师不仅没感谢我们，反而狠狠地斥责道："那么大声喊你们回来为什么不听？是伞宝贵还是命宝贵？要是跌下了悬崖，滑进了山洪，我咋跟你们爹娘交代？"我第一次看见黄老师发那么大的火，柳眉倒竖，杏眼圆睁，漂亮的脸蛋板得很吓人的。这时，一阵狂风像故意做恶作剧般拽走了黄老师的红围巾。我们正欲去追撵红围巾，黄老师喝止住我们，并使劲拽住已跑出几步的我。我们眼睁睁地看见红围巾飘舞着，像一条火练蛇不偏不倚地落进了古井里。

那时候，穷乡僻壤里，雨伞不多，红围巾更稀罕。我们很难过，没能保护住黄老师的雨伞和红围巾。第二天，黄老师因淋雨受寒病倒了。我和石头、牛娃悄悄商量，去帮黄老师捞红围巾。也许黄老师看见失而复得的红围巾，一高兴病就会好的。我们来到古井旁，不由得心跳腿抖起来。别看我们平时敢爬高树掏鸟窝，敢潜深潭摸鱼鳖，可下古井捞东西还是第一次，谁知古井里有没有蟒蛇水鬼？我们面面相觑，觳觫不前。无奈，只好拈阄决定谁下古井。牛娃拈到下井的阄，便硬着头皮、咬着牙齿、抓着井绳、蹲在水桶里溜下古井。我和石头摇井辘轳，古井中传来牛娃兴奋的叫喊声："红围巾找到了!"突然，古井中传出牛娃的呻吟，接着扑咚一声，牛娃栽进井水中……我们傻眼了，难道古井中真的有蟒蛇水鬼？后来才知道，古井中有瘴气，牛娃中毒落水而亡……

牛娃下葬时，黄老师将那条红围巾围在他的脖子上。本来黄老师要调回县城与未婚夫结婚的，牛娃之死使她深深歉疚，觉得欠下了这方土地和乡亲们永远还不清的良心债，她留在了古庙学校，直到退休才回到县城里去与家人团聚。

后来，故乡修了一座大水库，将古井和古庙学校都淹了。我每次回故乡，都要伫立在水库大坝上缅怀水底的古井和古庙学校，想念牛娃和黄老师，追忆趴在井沿看月亮、溜下古井捞围巾的童年往事……

忆　藕

家乡的汤逊湖，盛产野藕。一方水土养一方人，汤逊湖的野藕历代救过数不清的穷人的命，每到饥荒之年，满湖都是挖藕人。野藕挖不绝，越挖越长，不挖，反而会"烧"死，即藕满为患，拥挤不堪，大面积腐烂。

十岁时，我就跟父亲下湖挖藕了。挖藕既苦且脏，天寒地冻，赤膊裸腿下湖，寒气像钢针扎肌肤，浑身顿起鸡皮疙瘩，不由得觳觫颤抖。湖中遍布坚硬的菱角刺，稍不注意就踩上了，如踩上铁钉般疼痛，若菱角刺断在脚板肌肉里，很难挑出来，也很容易化脓。最要命的是，湖中藕凼泥沼星罗棋布，暗藏险象杀机，一旦陷入其中，没有伙伴救援很难自拔。每年都会发生单独深入湖心挖藕的人陷在藕凼泥沼中冻死淹死的悲剧。小时候的我还不敢下湖，只是在湖边挖些瘦藕，帮父亲照看衣服。

读初中时，一放寒假，我就与村里伙伴们下湖挖藕。记得第一次，大伙瞒着大人，秘密行动，趁大人们下地干活去了，才扛着藕锹挑着藕筐躲躲闪闪下湖去。中午，孩子们没回家吃饭，粗心的大人们没在意，以为孩子们结伴去逛街了，或去采山果了。傍晚，仍不见孩子们的踪影，大人们狐疑了，惊慌了，突然有人发现家里少了藕锹藕筐，更揪心扯肝、捶胸顿足了，急忙打起火把、手电筒往汤逊湖畔疾奔。半途中，遇到我们这支少年挖藕队伍满载而归，大人们倏地心石落地，又好气又好笑。原来，冬天的夕阳落得快，等到我们跌跌撞撞爬上湖来，天色已朦胧。大伙挖的藕多，加上又累又饿，藕筐越挑越沉重，脚步越迈越艰难，只好忍痛沿途扔藕……打这一次冒险后，大人们放心让我们结伴下湖挖藕了。我们把挖来的藕挑到集市上去卖，换来学杂费和油盐钱。

"文革"中，大兴"割资本主义尾巴"，严禁大人们下湖挖藕上街卖藕。孩子们下湖挖藕上街卖藕，驻队工作组网开一面，睁只眼闭只眼。那年冬天，还没放寒假，村里的大林旷了三天课。大林的母亲病了，无钱看病买药，大林只好旷课下湖挖藕，换钱给母亲治病。那天，北风呼啸，寒气刺骨，还下着小雪。大林的母亲从病榻上挣扎起身，想喊回蹒跚下湖的大林，让他去上学，可大林还是犟着去了。傍晚，大林没回来。人们连夜举起火把下湖去找，大林又冷又累又饿，趴在湖中盛满藕的筐上永远醒不过来了。大林的母亲疯了，后来见到藕就呕吐，就要咬牙切齿地扑上去折断藕、踩碎藕……

现在，汤逊湖的野藕越来越少了，因为生活富裕了，下湖挖藕的人越来越少，野藕繁殖成灾，大面积"烧"死了。每年挖藕的人群中，很少看见孩子们。孩子们都在勤奋地读书，快乐地游戏，幸福地依偎在温室蜜罐中，谁还会去体验我们童年时代的那番苦滋味？大林似的悲剧看来再也不会重演了！

近年来，汤逊湖畔建起许多别墅、度假村、钓鱼台、游泳场、观景亭，开发成为远近闻名的风景区。满湖野藕，十里荷花，成为汤逊湖的八景之一。为了保护野藕，防止"烧"死，风景区管理部门花钱雇民工下湖挖藕，民工挖藕自得，还可拿工钱，一举两得，真是一件新鲜事！倘若在过去，这可是天上掉馅饼的大好事，应雇者必争先恐后、摩肩接踵，而如今，愿下湖挖藕的民工不太多，挖着挖着就溜号了，负责雇工的工头牢骚满腹："这年头，日子过好了，人也变娇贵了！"从这"甜蜜"的牢骚中，你不难琢磨出时代的变迁……

难忘的手抄本

我第一次看到《成语词典》，是在"文革"期间读高三的时候。我原来只知有《新华字典》，还不知道有《成语词典》。一次，一位女同学跟我争辩一个什么问题，她大约被我的强词夺理惹恼火了，哂笑道："我不跟你讲了，跟你讲纯属对牛弹琴！"我恼羞成怒，竟揎拳捋袖："什么？你竟敢骂我是牛！我要叫你尝尝我这头野牛的厉害！"女同学吓得嗷嗷乱叫："我不是成心骂你的，我只是用了一个成语，打了一个比喻。不信，我明天把《成语词典》带来翻给你看。"

第二天，她把《成语词典》带来了，悄悄塞给我看。因为那时就连这种工具书也被当作"毒草"禁锢了，中小学生根本无缘看到。我好奇地翻了几页，就被强烈地吸引住了，简直爱不释手。我恍然大悟：难怪她说话、作文词汇那么多，什么"山雨欲来风满楼""树欲静而风不止"呀，什么"皮之不存，毛将焉附""只准州官放火，不许百姓点灯"呀，原来有这"秘密武器"呀！我不再"问罪"于她，而是央求她："借给我看看吧？"女同学慌忙说："不行，这是我大哥的，我偷偷拿出来的。他要知道了会打我的！"我可怜巴巴地说："那就借给我看一会儿，放学时我一定还给你！"她仍犹豫："要是万一被人发现……"我说："我装肚子疼，躲到学校后山坡去看。"她沉思半晌，终于恋恋不舍地把《成语词典》借给我。

我在学校后山坡上如饥似渴地读着《成语词典》，读到像"守株待兔""南辕北辙""杯弓蛇影""亡羊补牢"等成语典故时，真是如醍醐灌顶，高兴得拍手叫绝，手舞足蹈。时光却无情地飞逝了，校园里已回荡起放学的钟声，我傻了眼：《成语词典》只读了一半，好多精彩的成语我还想抄下来，咋办？这时我已眺望到女同学朝后山坡爬来，我焦灼万分，咬咬牙：今天卑鄙一回，三十六计，走为上计！我绕道而行，一溜烟跑回了家。

我废寝忘食，抄了一通宵。第二天，又逃了学，抄了一天。黄昏时分，我支撑不住了，一头趴在桌子上睡着了。突然，我被爸爸扯着耳朵摇醒了："瞧你干的好事？人家找到家里来讨书啦！还不快去给人家认错！"我瞥见女同学带着她的大哥坐在堂屋里，真是羞愧满面、无地自容，语无伦次地赔礼道歉了。她大哥见我在抄《成语词典》，大吃一惊，慨叹道："嘿！我还是第一次看到有抄词典的人！这要抄多少天呀?"我说："大约三天就可抄完吧，不信你看，我已抄了一小半啦！"她大哥慷慨地说："好吧，我就破例借给你再抄两天！注意，千万别让人看见这书，不然要惹麻烦的！"

我用了整整三天三夜时间，把《成语词典》的精华部分摘抄了下来。好多精彩成语我都是从这次摘抄中牢记在心的，并受益终生。后来，我与那女同学就因为这段"小秘密"交往，成了好朋友。她也在大哥的督促下，把《成语词典》抄了一遍。她对我说："我花了七天！"抄过《成语词典》的人确实记得牢，在同学们打"语录"仗时，我却与她经常悄悄打起"成语"仗来，看谁背得多，看谁"接龙"得快，比如我说"卧薪尝胆"，她就接龙"胆小如鼠"，继而"鼠目寸光"—"光怪陆离"—"离经叛道"—"道听途说"（若想让对方卡壳，对"道貌岸然"）—"说短论长"—"长生不老"—"老当益壮"—"壮志凌云"—"云蒸霞蔚"—"蔚然成风"—"风餐露宿"……

高中毕业后，她下乡插队去了，我回乡当了民办教师。临别时，她和我交换了手抄本《成语词典》。带着手抄本《成语词典》，我俩同时参加"文革"后的第一次高考，步入天各一方的大学校园。我们通了许多信，但都没提及那个男女间最敏感的字眼，也许彼此之间都在想，这事得靠缘分，水到渠成。她在信中说，她在用当年抄《成语词典》的笨办法，在抄《英汉词典》，一定要过外语关，考上托福，出国留学。

后来，她如愿以偿了，带着两本手抄本去了美国。临行之际，她把那两本手抄本赠我作纪念，让我别忘了手抄本的精神。我至今仍珍藏着我和她的三本手抄本，常用它们来激励自己和我的后代……

尊 严

在我家门前的马路上，我经常看见三个残疾人在那里摆摊：一个瞎子算命，一个瘸子乞讨，一个哑巴卖刀。没事时，我在一旁仔细观察，愕然发现瘸子的进项最多，算命瞎子的收入居中，而卖刀的哑巴赚得最少。我为卖刀的哑巴愤愤不平：他没像算命瞎子那样用三寸不烂之舌去蒙人骗钱，也没如乞讨的瘸子那样伸出残腿和脏手，靠路人的怜悯施舍为生，哑巴老老实实地卖刀，不能吆喝，只能用刀砍铁面不卷刃缺口来无声地证实货真价实、童叟无欺。而他赚钱最少，这太不公平了！发现这个不公平后，我开始暗中帮助哑巴了，先后买了五把刀。

妻子发现我的奇诡行为，以为我在外面结下冤仇，要与人血刃决斗一场，泪水婆娑地劝慰我："你心里有什么疙瘩，千万要想开些，忍一口气，免百日忧，除十年祸，万万不可干傻事呀！"我苦笑了，把卖刀哑巴的不平事讲给了妻子听。

妻子嗔骂我："天下受苦人多得很，你同情得完吗？神经病！你买这么多刀放在家里，多不吉利！要是孩子拿刀玩砍伤哪儿咋办？要是小偷进了屋看见刀顿起杀心咋办？家有一把菜刀足矣，多则生血光之灾。你速速把多余的刀处理掉！"

在妻子的通牒下，我将四把菜刀分送给了同事、朋友和亲戚。我死爱面子，撒谎说："这刀是乡下亲戚打的，不要钱！"谁知，单位那些爱占小便宜的女同事顺着杆爬，都找我讨要菜刀。我硬着头皮，一一答应，拿我的私房线，又在哑巴那里买了十几把刀，扎扎实实地赞助了哑巴一把。

一天，我在哑巴摊前磨磨蹭蹭，趁他空闲，打手势问哑巴："你卖刀还不如乞讨赚钱，干吗不索性乞讨去？"但我比画了半天，他不懂，一副茫然的神态。半晌，他打着手势哇哇乱叫，我也闹不懂他的意思。我灵机一动：兴许他识字吧？不妨试试笔谈。我把问题写在香烟盒纸上递给哑巴。哑巴一看，憨厚一笑，抓过我的笔，飞快地在我的问题后面写了一句话：劳动能维护自己的尊严！

我豁然开朗：乞讨和算命都是以失去自己宝贵的人格尊严为代价的营生。只不过，乞讨是赤裸裸地出卖人格尊严，算命是打着巫术的遮羞布出卖人格尊严，是一种变相的、貌似高雅的乞讨。而哑巴卖刀再辛苦、再卑贱、再薄利，却是一种神圣正直的劳动，他的心里是坦荡欣悦的，因为他的人格高昂着，尊严耸立着，从某种意义上说，他的人格尊严与国王、大臣、明星、富翁、学者、将军、法官、名医、巨匠是同等的！

我隐隐不安，默默忏悔：以前对哑巴的怜悯，为哑巴的愤愤不平，其实都是无意间对哑巴的人格尊严的一种亵渎和伤害！从此，我没买他的刀，每天上下班时冲他微笑，行注目礼。我觉得，这是对他的人格尊严的一种尊敬！

河 豚

中学同学 X 君从日本留学归来，谈起日本人风靡吃河豚，每年都有人因吃河豚中毒殒命，仍前仆后继、趋之若鹜，颇有武士道精神。我说，其实，中国人自古以来也是喜欢吃河豚的，说不定日本人爱吃河豚的习俗还是从中国传去的哩！X 君以为我开玩笑蒙他，我说绝非戏言，宋代的大诗人梅尧臣就是因为吃河豚时即席赋诗而得雅号"梅河豚"的。

范仲淹在饶州（今江西鄱阳）做官时，一天请欧阳修、梅尧臣、苏东坡等诗人吃河豚。梅尧臣即席赋诗一首《范饶州坐中客语食河豚鱼》，写出了河豚之贵、之怪、之鲜美、之剧毒，得出了"甚美恶亦称，此言诚可嘉"的结论，于平淡事物中显出精深的哲理。诗的前四句最有名，云："春洲生荻芽，春岸飞杨花。河豚当是时，贵不数鱼虾。"欧阳修极力赞赏这几句，说："……已道尽河豚好处……此诗作于樽俎之间，笔力雄赡，顷刻而成，遂为绝唱。"当即就戏称他为"梅河豚"。诗才横溢的苏东坡闻"梅河豚"之诗叹止，只说了一句大白话："吃河豚值得一死！"

"五四"运动时期，王任叔写过一篇小小说《河豚子》：一位农夫因灾荒、租税、饥饿所逼，讨来一篮河豚子，准备全家吃了一起死。他不忍心看到妻子儿女临死的惨状，托故跑出去了。等到他黄昏归来时，妻子儿女还没死，他很惊诧。原来，家人在等着他回家一起吃。久未吃鱼的一家人吃得很欢，很香。农夫上床静等着死神降临，然而因煮烧多时，河豚子的毒性已消失了，一家人还得继续挨饿受苦。农夫醒来流泪叹息："真是求死也不得吗？"我思忖：王任叔的《河豚子》比起梅尧臣的"河豚诗"来，更具有深刻的主题思想和凝重的社会意义，更能在读者心湖上激起感情涟漪和思想共鸣。

我生在江南水乡，依稀记得故乡小镇上曾有过河豚鱼馆。据说，河豚的肝脏、卵巢、生殖腺、血液等含有剧毒，收拾不干净或烹调不得当，食者就会中毒致死，然而肉食鲜美异常，故有"拼死吃河豚"之民谚。河豚鱼馆老板是烹调河豚的一把好手，经他烧出的河豚从没发生过中毒致死事件。据说每次烧出的河豚他都要亲口尝尝，没有毒性反应方敢让食客吃。人命关天，不可儿戏，所以如履薄冰、如临深渊般战战兢兢地赚钱，真不容易，可敬可赞。

后来，河豚鱼馆的老板还是死于河豚中毒。有人说他故意吃河豚自杀的，因为他年轻貌美的老婆与他的徒弟勾搭上了，他忍受不了戴绿帽子的耻辱；有人说是他的徒弟想霸占他的老婆和家业，偷偷在河豚里做了手脚。可是，他死后，他老婆关闭了河豚鱼馆，辞退了徒弟，一直过着清白宁静的寡居生活，并不像流言蜚语所说的那样淫荡歹毒。我想，河豚鱼馆老板八成还是死于他的疏忽大意，正所谓"常在河边走，哪有不湿鞋?"他为世人成功地烹调了成千上万条鲜美的河豚，自己却死于一条河豚的致命报复，可歌可泣啊!

从此，故乡小镇再没人敢开河豚鱼馆了。开河豚鱼馆很赚钱，但闹出人命来，就得赔个倾家荡产，还不一定能脱尽干系。老辈人总是怀念吃河豚的往事，津津有味地谈起它无与伦比的美味，炫耀拼死吃河豚的豪气，常把后生们撩拨得垂涎三尺，心驰神往，甚至做梦说呓语时都在想吃河豚。

我曾游历过许多地方，至今无口福吃到河豚，纵有"朝吃河豚，夕可死矣"的气概也枉然。我不知道哪儿有河豚鱼馆? 我不明白河豚菜为什么在中国悄然消失了? 难道中国人的胆量豪气不如日本人吗? 难道中国人只有去日本才能吃到河豚吗? 难道不能像挖掘宫廷菜谱、国粹菜系那样开发河豚菜吗? 难道我们只能在诗篇里、传说中和教科书里领略到河豚美妙神秘的风味吗?

水　缸

　　女儿读司马光砸水缸救小伙伴的故事时，忽然问我："爸爸，水缸是什么东西？"我哑然失笑：城市都用自来水，是见不到水缸影子的，难怪女儿孤陋寡闻。

　　在乡下，水缸可是农户的宝贝，添置一口水缸等于置办了一件重要家当。有的人家一口水缸可用几代人，甚至分家时为水缸而发生龃龉械斗。水缸不算贵，但一口年代久远的好水缸是会惹农家喜欢的。因为水缸越用越结实，越老越吉利。水缸老，预示着家族吉祥、人丁兴旺；水缸不破，预兆着家庭和睦、老少平安。老水缸若到了古董级，那就等于顽石变成了玉，丑小鸭变成了白天鹅。我家邻居有一口老掉牙的水缸，据说是明代烧制的，被城里古董商收购去了，居然换了一头牯牛的价钱。就这样，人们还说邻居家傻盖帽，至少亏了九头牯牛钱。

　　在穷乡僻壤，一些拮据人家连饭碗都买不起，就更添置不起水缸了。添置得起水缸的人家，才算得上一个像模像样的人家。媒婆说媒时，爱往厨房跑，借口找水喝，实际上是考察水缸，家境如何，看水缸一目了然。于是就有贫苦人家在媒婆领女人上门相亲之前，去借一口好水缸装装门面。

　　打破水缸，是农家一大忌讳。农家认为，水缸破了，就是不祥之兆，轻则歉收蚀财、生病失和，重则遭祸罹难、家破人亡。农人结怨斗殴，有两毒招，一是挖门槛，二是砸水缸。不到深仇大恨不使这两毒招。但小孩打架时难免出这两毒招，当然是从大人那里耳濡目染而来。儿时的伙伴憨牛被大苕打破了鼻子，气急败坏，抱起一块石头直奔大苕家，将大苕家的水缸砸破了，当年闹了一场风波，至今两家关系还疙疙瘩瘩的。

　　不小心打破水缸的事也发生过。早年，村里住过知青。一位女知青给房东挑水，进厨房门槛时绊了一脚，踉跄几步，一桶水铿锵地磕在水缸上，水缸破成几块。房东心疼、忧虑，但没埋怨一句。女知青却受到带队干部的训责，郁闷在心，就疯了，哭哭笑笑地往水塘里跑，硬说水塘中的月亮影子是一口水缸。前几年，一位县里的干部来村里驻队蹲点，烧水洗澡时不小心碰倒了碗橱上的砧板，砧板滚落下来正好把水缸撞破了。驻队干部赔了房东一口好水缸，以为没事了。谁知阴错阳差，水缸破了的第二天，房东家的儿子在砍柴时滑下悬崖摔成了跛

964

子。房东硬说儿子摔残与水缸撞破有因果关系，找到驻队干部胡搅蛮缠。驻队干部无可奈何，只好凭关系将那跛子安排进乡办企业看守仓库。

破水缸，农家也舍不得随便扔掉的，或请锔匠锔好仍当水缸，或用水泥糊好当粪缸，或用篾藤扎好当粮缸。我见过一位民办老师，姓秦，在一所山区小学里教了三十多年书。学校穷得买不起钟，他更买不起手表，就发明了漏水计时法，就是在一只漏水的破水缸上刻上时刻记号，水漏到什么记号时该上课了，该放学了，一目了然。后来，毕业班的学生凑钱给学校买了一个闹钟。但秦老师仍执拗地使用漏水计时缸，偶尔也用用闹钟，只是用闹钟来向客人们证明他的漏水计时缸的精确性。

十年前，我给电视台写过十集儿童剧《历代聪慧少年》，其中写到司马光砸缸救人，因嫌故事太简单，没冲突，就添了一个误会风波的尾巴：司马光砸缸后，水缸主人凶巴巴地要他赔缸，直到弄清救人真相，水缸主人才羞愧难言、感激不尽。此剧在中央电视台播出后获金童奖。人们问我为什么想出这么好的故事尾巴，我说这得感谢生活，我知道农家珍惜水缸，知道水缸的禁忌。

我给女儿描绘了水缸的模样，也叙说了水缸的故事。女儿瞪着惊惑的眼睛，以为是天方夜谭。良久，女儿噗嗤一声笑了，说："爸爸，我家也去买一口水缸吧！"我问："买水缸干嘛？"女儿调皮地说："我想在水缸里洗澡一定会让人很开心吧！"

狐　狸

　　猎人下捕兽夹，捕住了一只小狐狸。小狐狸的一只前腿被尖利的铁齿夹夹断了，鲜血淋漓，露出白森森的骨头。小狐狸哀叫着，美丽的眼睛里噙满泪水。

　　猎人见惯了野兽可怜巴巴的样子，难得动恻隐之心。倘若他没这副铁石心肠，就别想当猎人，去喝西北风好了。何况，最近野兽稀少，猎运不佳，儿子还等钱缴学费哟！

　　猎人把小狐狸带回家来，操起猎刀正准备剖它的皮。猎人的儿子刚放学归来，看见縠觫哀鸣的小狐狸，扑上前央求道："爹，别杀小狐狸！把它放了吧！"

　　猎人一愣："放了？狐狸是偷鸡扒花生的坏东西，怎么能饶了它？"

　　儿子说："老师讲过，狐狸是受国家保护的野生动物。再说，它这么小，杀了它多可怜呀！它的爹妈不知会怎样伤心咧！爹，求你放了它吧！"

　　猎人瓮声瓮气地说："放了它，你的学费咋办？老师再上门来讨学费，我可不管了！"

　　儿子沉思片刻，说："你别杀了小狐狸。明天，我去问问老师，老师说杀就杀……"

　　当天夜里，小狐狸哀叫了一夜。小狐狸的爹妈循声寻来，也围着猎人的屋宅踯躅悲鸣了一夜。

　　第二天，儿子从学校回来，说："老师表扬我做得对，叫放了小狐狸，学费可以缓到年末交。"

　　猎人只好把小狐狸放了。小狐狸感激地望了望猎人的儿子，一瘸一拐地跑回了森林。

　　自从放走小狐狸后，村寨里再没发生狐狸偷鸡扒花生的事了。

　　猎人的儿子上学放学时，经常看见那只瘸腿的小狐狸。小狐狸睁着美丽的眼睛，冲着他温柔地叫着。猎人的儿子也朝小狐狸笑，招手，吹口哨。

　　第二年春天，山洪暴发，溪河涨水。猎人的儿子在蹚水上学时，一个趔趄，被急流卷走了。猎人的儿子在急流中拼命呼救，惊动了森林中瘸腿的小狐狸。

　　小狐狸一声长啸，瞬间引来了两只老狐狸。两只老狐狸飞快地朝溪河下游跑去，跳进急流，将沉浮挣扎着的猎人儿子叼了起来。

猎人的儿子把狐狸救他的奇遇讲给村人听，村人都摇头不信，唏嘘道："这孩子莫非淹傻了，吓疯了，咋说些莫名其妙的瞎话？"

猎人的儿子把狐狸的义举讲给老师同学们听，老师同学们也摇头不信，微笑着问："你是不是童话寓言看多了，也编了一个美丽的童话吧？"

猎人的儿子把这故事讲给猎人听，猎人起初也不相信。

儿子说："你不信，明天你躲在溪河旁，我假装在溪水中跌倒，让你亲眼看看狐狸救我的场面……"

第二天，猎人果然看见了狐狸救儿子的动人一幕。

猎人从此再不打猎捕兽了。

螃 蟹

徐悲鸿的马，齐白石的虾，刘海粟的牛，李苦禅的鹰，黄胄的驴……谁的螃蟹呢？从古至今，似乎没有哪个画家喜欢画螃蟹。唐诗宋词元曲中，有咏蝉的，有吟蚕的，有恋蝶的，有颂鹰的，有赋燕的，有赞蚯蚓的，有夸蜜蜂的，有叹蜗牛的，有挽蟋蟀的……却找不到写螃蟹的。诗人似乎都不喜欢螃蟹。

为什么文人墨客不喜欢螃蟹呢？

究其原因，大约是因为憎恶螃蟹面相丑陋，气势凶恶，张牙舞爪，横行霸道，喜欢强占鳝龟的洞穴，喜欢窝里斗相互钳制，喜欢弱肉强食欺负小虾小鱼……其实，人类是很虚伪很不仗义的，在享用了螃蟹的美味后，不思感恩与宽容，还要睥睨憎恶螃蟹，把一些污水泼在它身上，把一些恶名强加在它头上。这真是千古奇冤！螃蟹虽无言，但它口吐白沫，怒舞螯足，就是在无声地抗议呼冤！

我生在江南水乡，湖浜里螃蟹很多。小伙伴们常一起去摸螃蟹，是很快乐的事。摸的螃蟹拿到小镇上去卖，换些油盐蜡烛肥皂钱，还可攒起来缴学费。那时候，我们很感激螃蟹，喜欢螃蟹。摸螃蟹累了后，我们就趴在岸上，各自选出自己最大的螃蟹进行决斗，螃蟹们螯足相钳，甲壳相撞，铿锵有声，鏖战激烈，我们在一旁当啦啦队，喊哑了嗓子，笑弯了腰。让螃蟹赛跑也是挺有趣的游戏，螃蟹往往爬错方向，要靠我们用小树枝不时拨正方向，有的螃蟹偷懒，趴下不爬了，也得用小树枝轻轻抽打它。谁的螃蟹赢了，其他螃蟹就归谁了。

爷爷曾给我讲过螃蟹与蚯蚓的故事：从前螃蟹没长眼睛，找不到食物，饿得哭起来。正在岸边松土劳动的蚯蚓听见螃蟹哭泣，问："螃蟹大哥，你哭什么？"螃蟹说："蚯蚓老弟，救救我吧！我没长眼睛找不到食物，都快饿死了！"蚯蚓问："我怎么救你呢？"螃蟹说："你最富有同情心了，把你的眼睛借给我吧，我找点食物吃了就还给你！"蚯蚓心地善良，爱助人为乐，就把眼睛借给了螃蟹。螃蟹有了眼睛，立即钻进水里吃小虾小鱼，吃饱后就躲在洞穴里睡觉，把还蚯蚓眼睛的诺言忘到爪哇国去了。可怜的蚯蚓等不来螃蟹，也找不到螃蟹，只好钻进土里，靠吃泥巴为生。这童话故事让我改变了对螃蟹的印象，我不喜欢螃蟹了。

后来，我又从说书先生那里听到蟹和尚的神话传说：法海拆散了白蛇娘娘与许仙的姻缘后，将白蛇娘娘镇在雷峰塔下。小青常思报仇，乃去雁荡山练功。历经九个寒暑，三次寻法海决斗均败。小青又苦练三年，再寻法海斗法。法海斗不过小青，狼狈逃窜，遁身蟹壳。小青以剑在蟹壳上画符，使他永不能出。蟹壳上有道痕，就是小青画的符；蟹嘴常吐沫，就是法海在蟹腹中念经想出来；剖开蟹壳，内有酷似穿袈裟盘膝而坐的和尚图案，就是避难的法海。从此，我开始仇恨起螃蟹来。我心想：难怪螃蟹那么丑陋凶恶，原来它是坏和尚变的！

长大后，我对那些喜欢以人的需要和意志来褒贬生物的做法很反感。其实，人类要平等、博爱、宽容地对待大自然中的一切生物，不应该搞生物种族歧视，尤其是不应该向孩子们播撒仇恨的种子。在布封、蓬热、列那尔、哥尔斯密等著名作家描写兽鸟虫鱼的精品散文中，可以窥见他们热爱大自然、珍惜一切生命的拳拳之心，就连苍蝇、蜗牛、狼、狐狸、螳螂、蜥蜴、刺猬、蝙蝠、跳蚤、蚂蟥、乌鸦等令人厌恶的生灵，也对其给予了仁慈温情的笔墨，写出了它们每一点值得善待宽容的特征。我想如果让他们来写螃蟹，一定会写得憨态可掬、活泼可爱的。

女儿郊游归来，带回一只小石蟹，天天如宝贝般饲养它，还写观察笔记，最近写了一篇《我的朋友石蟹》，登在学校小报上。我很高兴：女儿懂得善待生命，把生物当朋友了！当然，女儿喜欢吃螃蟹，我也不反对她吃螃蟹，这与残忍无关，只是在尝完螃蟹美味后，不要恩将仇报诽谤憎恶螃蟹……

笨　猫

　　我曾收养过一只流浪猫。那年冬天，我闯荡南方处处受挫后，心力交瘁地回家来，那只流浪猫悄悄地跟着我上了楼梯进了房间，仿佛我就是它远游归来的老主人。等我放下沉重的行囊，我才发现可怜巴巴、脏兮兮的流浪猫。它温柔哀婉地朝我叫了一声，我顿生恻隐之心，就收养了它。

　　我给流浪猫起名"羊脂球"。我很喜欢莫泊桑的小说，就随意拿莫泊桑小说中的人物给我的猫冠名。如果莫泊桑健在，也许会以侵犯他小说人物的名誉权为由找我打官司；如果我的猫知道"羊脂球"是个法国妓女名字，也许很不乐意听我使唤，甚至会愤怒地拂须而去。

　　"羊脂球"与我待了月余，我就发现它是一只笨猫。它居然笨得不会捉老鼠。家中鼠患成灾，猖狂到某夜竟把我的鼻子咬得鲜血淋漓。"羊脂球"蜷缩在沙发上睡觉，对老鼠视而不见、充耳不闻。我先以为"羊脂球"是懒猫，满腹怨怼冲它发泄，狠狠踢了它一脚。后来仔细观察，我才发现"羊脂球"的右眼完全被白翳覆住，而且左眼也被白翳覆住三分之一。我抱着"羊脂球"去宠物医院求诊，医生说"羊脂球"的眼疾已无可救药，而且检查出它还有很严重的耳聋。难怪老鼠不怕它，老主人遗弃了它，原来它是一只又瞎又聋的猫！

　　"羊脂球"喜欢跟孩子们一起玩。喜欢做恶作剧的孩子就逼它爬树，它也不知道反抗逃跑。"羊脂球"老老实实地往树上爬，孩子们兴奋地蹦蹦跳跳着为它欢呼加油，也许它与人类一样虚荣心十足，喜欢戴高帽子，越爬越高，爬到树半腰累趴了，往上爬不动，往下不敢跳，憨态可掬地趴在树上哀叫。孩子们幸灾乐祸地欢呼雀跃着，起哄道："往上爬呀！""往下跳呀！""真是笨猫！"每次，"羊脂球"受困树上时，都是我搭桌椅或搭梯子爬上去把它营救下来。我真是又好气又好笑：天卜哪有爬上树却不敢下来的笨猫？

　　一个风雪黄昏，我下班回家，看见一群孩子围着一棵高大的白杨树起哄。我一眼就看见"羊脂球"趴在树梢上声嘶力竭地哀叫。这次，我傻眼了，这么高的树梢，是没法搭桌椅和梯子去营救它的，我又没有爬树的胆量和本领。有一个想出风头的小伙子跃跃欲试，被我婉言劝阻住了。万一他爬树救猫有个三长两短，我怎脱得了干系？我忽然想出一个绝妙办法：把邻居们的晒衣竿借几根来，绑在一起，搭在树梢上，让"羊脂球"顺竿溜下来。谁料胆小如鼠的"羊脂球"觳觫地抓住树枝不放，根本不敢抓竹竿。

此时，寒风呼啸，雪花飞舞，气温越来越低。树梢上的猫，叫声愈来愈凄婉，愈来愈微弱。我正在抓耳挠腮之际，忽然，传来一阵消防车的警笛声。瞬间，消防车就刹在我们的大院里，立即跳下几个消防队员，问："爬树的孩子在哪儿？"我倍感蹊跷：爬树的孩子？只有爬树的猫呀！消防队员说："刚才我们接到一个孩子打来的求救电话，说一个叫杨什么球的好伙伴爬上树梢下不来了，有生命危险，我们就赶来营救了。"我说："孩子没撒谎，这只猫就是他们的好伙伴，它叫'羊脂球'，你看，它现在快要冻死了，看在孩子们的分上，求求你们发发善心救救它吧！"消防队员面面相觑、瞠目结舌：救爬树的孩子是他们的职业范围，但救爬树的猫就超出其职业范围了。不过他们很乐意救一只可怜的傻猫。消防队员迅速架上云梯，轻巧地营救下来快要冻僵的猫，把它交给我手上时幽默地说："这在我们的消防史上填补了一项空白，值得记载在今天的消防日志上：今天救了一只爬树不敢下来的笨猫！"

我的笨猫后来给我闹了不少令人哭笑不得的风波与笑话，但与它给我带来的乐趣和慰藉相比就微不足道了。"羊脂球"死后，我从此不再养猫。

瘸　狗

　　邻居说，那只瘸狗是小时候被牛犊不小心踩瘸的，别的狗生下后几个月都叫人家抱跑了，只有这只瘸狗没人要，默默地跟着它的母亲混日子。邻居家男人几次想杀瘸狗解馋，但女人不忍心，劝阻道："一棵草都有一颗露水救，这只小狗虽瘸了，但也是一条生命呀！杀了它，会遭恶报应的！"男人只好作罢。

　　那年，中风的父亲看见瘸狗，也许是同病相怜，顿生了恻隐之心，就跟邻居家讨要来收养了它。父亲在清晨与黄昏时分拄着拐杖拖着残腿踽踽散步的时候，这只瘸狗就默默地伴随左右。父亲与狗都是一步一瘸的，甚至瘸的频率和姿势也很相似，不知道内情的人，还以为瘸狗在滑稽调皮地模仿父亲的步履。这情景成了乡村生活中一道宁静、淳朴、幽默的风景，如果我是画家，就把父亲与瘸狗散步的情景画成油画，绝对可与罗中立的油画《父亲》相媲美。

　　瘸狗很快成了父亲形影不离、相濡以沫的朋友。父亲串门忘了带烟斗烟袋，或散步时丢失了帽子手套，给瘸狗一比画一吆喝，它准能把烟斗烟袋送去，把帽子手套找回。父亲孤独寂寞时，就跟瘸狗谈心，把陈芝麻烂谷子的往事和难以向亲人倾吐的心事全抖落给它听；就对瘸狗唱戏，唱得壮怀激烈、泪沾衣襟，瘸狗不时狺狺叫几声，仿佛在唏嘘，在喝彩。父亲愁闷时爱喝茶，高兴时喜喝酒，有时还心血来潮，喂瘸狗几口酽茶或烈酒，看到瘸狗呛得打喷嚏或辣得伸舌头，就老顽童般哈哈大笑、手舞足蹈。父亲无论有什么好吃的东西，都会给瘸狗尝一尝，如果瘸狗吃了还想吃，父亲接着喂，直至让狗吃光，他却忘了吃上一口。父亲是从来舍不得打瘸狗的，也不让别人打瘸狗。一次村主任喝醉了酒，嫌瘸狗挡了他的路，抢起酒瓶砸得瘸狗呜呜哀叫。父亲闻声而出，把村主任骂得狗血淋头、狼狈逃窜。

　　后来，父亲在散步时又中风了。瘸狗慌忙跑回家，又是哀叫又是咬着我弟弟的裤腿往外拽。我弟弟顿时有了不祥之兆：父亲出事了！因瘸狗报信及时，赢得抢救时间，父亲才挣脱死神的魔爪。父亲全身瘫痪了，不能说话，神情痴呆，吃喝拉撒都靠人侍候。父亲时常犯糊涂，连儿女们都认不出来了，跟他说话也是爱理不理的，有时干脆闭上眼睛，让我们很伤心。只有瘸狗朝父亲哀叫时，父亲才眼睛放光，神情大振，还无力地挣扎着摇晃手指，嘴里含糊不清地嘟哝着什么。瘸狗经常直立起身子，趴在病榻上，伸出猩红温软的舌头舔父亲苍老的脸颊和瘫痪的手脚。瘸狗多么希望父亲能站起来，与它一起去邻家里串门，去田野上散步，去小河旁嬉戏呀！

父亲去世后，瘸狗蹲在墙角里流着清泪低声呜咽，放在它面前的食物一点没动，全让鸡抢光了。瘸狗曾叼着父亲的烟斗烟袋或帽子手套去挨家挨户寻找，去田野小河边搜索，都没发现父亲的身影。瘸狗不明白父亲为什么突然失踪了，不知道父亲已经长眠于九泉之下。人狗情未了。瘸狗找不到父亲，每天就冲着堂屋上挂着的父亲遗像哀叫。那年夏天发大水，洪水突然淹没了村庄。瘸狗泅着水竟把父亲的遗像叼出来了。

一天，当弟弟想把父亲的铜烟斗卖给一位下乡收古董的小贩时，瘸狗愤怒地狂吠起来，猛地扑上去，从小贩手上抢过烟斗，一溜烟跑得无影无踪了。直到小贩沮丧地离开村庄，瘸狗才叼着烟斗一瘸一拐地回家来。弟弟被瘸狗的灵性和情义感动了，不再动念卖父亲的烟斗。

瘸狗病死后，弟弟破例把它埋在父亲身边，让它陪伴着父亲。

这是我逢到的一只最有灵性和情义的狗，特怀念记之。

懒 豆 腐

平生最喜欢吃豆腐，每到一处，便寻觅小吃摊，品尝当地风味的豆腐。吃多了，便觉得天下豆腐大同小异，无非烹调各具特色而已。譬如四川的麻辣豆腐，湖南的豆豉豆腐，福建的虾汁豆腐，广东的鱼糕豆腐……都是在豆腐之外玩花样，烹调前，豆腐都一样。后来我吃到了一种不像豆腐的豆腐——懒豆腐。

那年深秋，我去清江中游的长阳旅行。在土家族古代首领廪君的诞生地——武落钟离山脚下的小客栈里，我饥肠辘辘，问客栈女主人覃嫂："有什么好吃的?"覃嫂面有难色："都卖光了，只有金包银和懒豆腐。"我问："金包银是什么?"覃嫂说："就是黄苞谷粉拌在白大米上蒸的饭，所以叫金包银。"我说："那就来一碗金包银，再来一盘懒豆腐。"不一会儿，覃嫂端上一盘青菜煮豆渣。我说："我要的是豆腐，不是豆渣。"覃嫂噗嗤一笑："这就是懒豆腐，你尝尝好不好吃嘛!"我一尝，真不错! 比起其他豆腐来，它虽粗糙难看，但原汁原味，鲜美醇香，口感独特，耐人咀嚼。我感到奇怪:别处的豆腐都是块状的，为什么土家族的豆腐散如豆渣呢? 覃嫂说："要不，它怎么叫懒豆腐? 懒豆腐磨浆粗，不滤豆渣，不点卤水，只有普通豆腐工序的一半。你知道吗? 懒豆腐还是一个懒媳妇发明的呢!"

覃嫂娓娓讲了一个民间传说:从前，武落钟离山下有一个懒媳妇，衣服懒得洗，头发懒得梳，针线懒得做，干活爱偷懒，白天爱睡懒觉。一天，丈夫刚磨完豆浆，邻居有急事把他叫走了。丈夫忙喊醒睡懒觉的媳妇，吩咐她把豆浆舀到锅里煮，等他回来滤豆渣点卤水。懒媳妇把豆浆舀到锅里煮着，又溜到房里睡着了。等到一觉醒来，跑进厨房一看，天呀，沸腾的豆浆鼓满泡沫，溢出锅外，淌下灶台，流了一地。她慌忙去拿锅盖压泡沫，泡沫仍咕噜咕噜往外冒。懒媳妇在忙乱中，将灶台上的一筲箕青菜撞翻进锅里，泡沫很快消散了。丈夫回来看见一锅青菜豆浆，哭笑不得，豆腐做不成了，喂猪又太可惜，只好撒上盐当菜吃。一吃味道挺好，既下饭又饱肚子。从此，土家族就流行吃懒豆腐了。

我觉得挺滑稽:这么鲜美可口的土家族小吃，竟是一个懒媳妇发明的! 静静琢磨:世界上的许多发明就是由懒人或偷懒而搞出来的，懒得走路，发明了汽车；懒得做针线，发明了缝纫机；懒得摇纺车，发明了纺织机；懒得洗衣，发明了洗衣机；懒得做饭，发明了电饭煲……从此，懒豆腐在我心目中留下不可磨灭的印象。每逢天南海北的朋友相聚神侃美食，我就眉飞色舞地说起土家族的懒豆腐，仿佛它真的赛过人间所有的山珍海味！后来，我又去了几次长阳，没什么要紧的事，几乎是专程去吃懒豆腐的。可惜在省城里吃不到它。

一天黄昏，我在街头闲逛，忽然看见一家新开张的覃嫂懒豆腐店。我寻思：会不会是我当年认识的那个覃嫂？土家族姓覃的多，不会这么巧吧？走进店内一看，果然是她！覃嫂也认出了我，分外高兴，立即给我做了一盘懒豆腐。我们边吃边聊，我问："你没开小客栈了?"覃嫂说："清江建电站，小客栈被淹了，我男人想在县城开懒豆腐店，我怂恿他要开就开到省城去！这不，开张生意不好，我男人与我吵了一架，扔下这烂摊子跑了，我正犯愁：是开下去还是关?"我鼓励她："初来乍到，城里人还不知道懒豆腐好吃，坚持下去，生意一定会红火起来的!"果然，覃嫂懒豆腐店渐渐名声大噪，食客盈门，生意兴隆。覃嫂成了老家第一个吃螃蟹的新闻人物，经济大潮中勇敢的弄潮人。许多土家族人在覃嫂的带动下，破除封闭保守观念，走出深山峡谷，进省城摆起懒豆腐摊，开起懒豆腐店。

我吃懒豆腐上了瘾，隔三岔五都要去覃嫂懒豆腐店里大吃一顿。在我的影响下，我的家人也喜欢吃懒豆腐了。有朋友自远方来，不请其吃生猛海鲜，而请其吃懒豆腐，既经济实惠，又独具风味，不亦乐乎！

小站老站长

梦中醒来，一轮冷月挂在树梢上，晚风把竹叶拨弄得窸窸窣窣直响，远处隐隐约约飘来萨克斯管的音乐。凝望着窗外的弯月，我依稀记起瞬间逝去的梦境，那多么像一幅油画：清冷的月光，孤零零的小站台，电线杆单薄细瘦，铁轨泛着冷光伸向远方。老站长提着信号灯巡查着铁路……

我为什么在这晚秋深夜梦见故乡的小站台呢？因为这小站的老站长曾是我熟悉的一位值得尊敬的老人。

中学毕业前后，我曾到小站台去看过火车，卖过鸡蛋，卸过煤，扛过包，但从没坐过火车。一次，我扛包上车厢故意磨蹭着，想过火车瘾，在下一站走回来。可还是叫老站长发觉了，他在车轮缓缓开动的瞬间将我揪下了火车。当时，我卑微的梦想破灭了，真恨不得一脚踹倒老站长。我痴望着远去的火车流了泪，默默发誓：总有那么一天，我会有钱买票，堂而皇之地坐火车的！

恢复高考那年，我考上了省城大学，终于圆了坐火车的梦。我用我爹卖柴攒下的血汗钱买了去省城的火车票，雄赳赳气昂昂地递给老站长剪票。老站长没认出我，笑吟吟地问："是去上大学的新生吧？"我骄傲地点头。老站长说："祝贺你！你可拿大学录取通知书去换成半票！"我换成半票进站时，老站长一边给我剪票，一边送给我一本列车时刻表小册子，说："你是从我们小站送走的第31个大学生！这是我们小站的一份小礼物，欢迎以后再光临我站，乘坐列车！"

从此，我与故乡小站结下不解之缘。每年寒暑假，我都要在小站上下车回家、上车返校。一个暴风雪之夜，因班车半途抛锚，耽搁了时间，等我大汗淋漓、气喘吁吁地赶到小站时，火车已轰隆隆地开走了。老站长认出了我，把我请进他的值班室里烤火，并给我烧了一壶姜汤暖身子。

那夜，我们唠了许多家常话。老站长说，他老家在神农架林区，还没通火车，乡亲们一辈子没见过火车。当年老站长带爱人和儿子坐火车来小站玩过一次。回去后，他儿子给小伙伴们讲，火车有上千头牛那么长，能拉得动几千号人，小伙伴们都讥笑他儿子吹牛，把他儿子狠狠揍了一顿。老站长喟叹："林区太偏僻闭塞了！我想攒一大笔钱，让林区的孩子们出山来坐坐火车见见世面！"夜深了，老站长将自己的床让给我睡觉，他却蜷缩在值班室的椅子上打盹。

大学毕业那年，我回家探亲，在小站上没看见老站长。一问，才知道老站长因伤残回老家了。那天，一位老农挑着两筐红薯横穿铁路，没看见飞驰而来的火车。老站长大喊："火车来了！"老农一急，跟跄几步，两筐红薯泼撒在铁轨中间。老农舍不得红薯，蹲在那里捡。老站长急忙冲上去，推开了老农，自己却被火车轧断了一条腿……

后来，我在省城安了家，很少回老家。偶尔回去探亲，经过那个小站，就不由得惦念起那位可敬的老站长：他在老家生活得好吗？他们老家通了火车吗？他们老家的孩子们坐过火车吗？

遍地月光，铮铮铁轨。故乡的小站和老站长翩翩入梦来。

故乡的小站叫纸坊。

老站长叫李树林。

老　船　长

　　我曾与老船长为邻三年。老船长鳏居多年，儿孙们远在异国他乡，无暇来照顾他。好在他虽年逾古稀，却精神矍铄、身体硬朗，无病无灾、无忧无虑，豁达乐观、风趣和蔼，与邻居的关系处得和睦亲密。

　　老船长姓霍，若问起他贵姓，他总自豪地说，霍元甲的霍。老船长崇拜霍元甲，他年轻时也迷过南拳北腿，有一些武功，在洋人的轮船上和异国的海员酒吧里也"偶尔露峥嵘"，让那些欺负中国人的洋人尝到了中国武功的厉害。

　　老船长从年轻时起就嗜酒如命，他说，远洋货轮在海上一航行就是几个月，不学会喝酒简直要把人闷死憋疯。老船长说，他喝酒是他的船长逼着学会的，他的船长说"船员不喝酒，莫在船上走"。他第一次醉酒时的滋味几十年后还记忆犹新，比第一次出海晕船时的滋味还难受，差一点儿呕吐出五脏六腑，脑袋疼得像要炸裂似的，胸膛里像揣着一盆炭火烧灼着。老船长老来酒量锐减，酒瘾却仍浓，一日三餐无酒不食，有酒则乐。但很少烂醉，多是微醺，对那些老人孩子不厌其烦地讲他当船长闯荡世界的传奇故事和冒险趣闻。

　　我喜欢听老船长的酒后絮叨。老船长很感激我，就和我结成了忘年之交。老船长给我讲了他年轻时遇海盗死里逃生的传奇经历：那年他在一艘葡萄牙籍货船上当水手，货船一出渤海湾，就遇到了海盗。海盗全是一些杀人不眨眼的家伙，把船上的人全押到甲板上，叫大家自选死法：一种叫"吃削面"，即用刀活劈；一种叫"下饺子"，就是捆绑投海。老船长那年刚新婚不久，他不想让美丽温柔的渔姑红霞变成"日夜望郎郎不归，泪干心碎化为石"的望夫岩，就选择了"下饺子"的死法，若挨"刀削面"必死无疑，若"下饺子"，兴许能绝处逢生。他凭借超人的潜水本领，扎下海底在礁石上磨断了绳子，在海上漂泊了一天一夜才游上海岸。多少次他精疲力竭了，真想撒手西去，但一想起红霞就有了勇气和力量，支撑着游呀游，终于战胜了死神。我被这个故事感动得流下了泪，后来几乎是纪实般写进了我的小说《海魂》。小说发表后，他很高兴，说："想不到我的破烂故事，还能有点正经用场。嘻嘻，你要不嫌弃我啰嗦，我的故事多着呢！"

　　没想到，在一个黄昏里，老船长在微醉中爬楼梯时跌了一跤，猝然中风，半身不遂。从此，老船长的神志不清，经常在病呓梦魇中狂呼高喊"大副""水手长""前进三""左舵四""打旗语""SOS""抛锚""鸣笛"等航海术语，甚至把医生、护士、保姆当作他的大副、水手长和报务员来叫唤、发脾气，叫人哭笑不得。我到医院去看他时，情况更糟，他竟横眉怒目地冲我吼叫："海盗来了！我不怕你！我跟你拼个鱼死网破！"我只好狼狈不堪地开溜……

老船长在病榻上辗转反侧半年多，在一个冬夜溘然长眠。据回国来护理他的儿子说，老船长在临终前曾清醒过一段时辰，要儿子去把我找来，他要趁活着时赶紧把他肚子里的故事全倾吐出来。儿子说，人家来探望你，你却把人家当海盗给骂走了。老船长悔恨不迭，一个劲地念叨："这可怎么办，这可怎么办呢?"老船长想来想去，就决定把他心爱的葡萄牙航海表送给我以示道歉。

老船长的葬礼虽说不上隆重热闹，但很独特。吊客中大多是老船长昔日的同事和同行，或仰慕老船长的海员后生，他们让老船长穿上了旧式船长服、望远镜、航海表、水手刀、指南针、航海日志、老式烟斗、青铜酒壶应有尽有，煞是气派。更引人注目的是，老船长躺的那灵柩，竟是大伙煞费苦心制作的一只小海轮模型！老船长躺在上面，仿佛不是去天国，而是去远航……

举办葬礼时，没有播放哀乐，播放着《大海》《船歌》《乘风破浪圆舞曲》《蓝色海洋狂想曲》等乐曲，新老海员们还唱起了一支古老粗犷的《船夫曲》：

> 系着你用头发编织的腰带，我出海哟，
> 走一万里，也走不出你的眼睛！
> 揣着你用爱缝成的烟袋，我远航哟，
> 死一千次，也会回到你的怀抱……

爬满青藤的小洋楼

多年后，我仍在怀念那座爬满青藤的小洋楼。那小洋楼在汉口原英租界区，传说是昔日英国神父的小别墅。砖木混合结构的小洋楼历经岁月的磨蚀和沧桑的浩劫，墙壁、木梯、门窗、壁橱、地板等处已斑驳陆离、满目疮痍，但那小洋楼尖塔仍傲然耸立着，那郁郁葱葱的青藤更给古老的别墅抹上了亮丽的生机。

那小洋楼在一个世纪中，走马灯似地换了许多主人。1927年1月3日，英国水兵在江汉关前刺杀示威游行的中国群众，汉口爆发了声势浩大的反英帝风暴，后来废除了英租界，驱逐了英帝分子，英国神父也受到株连，夹着《圣经》灰溜溜地跑了，小洋楼易主为美孚石油公司老板；汉口沦陷后，小洋楼被强征去做了日本宪兵大队部，成了杀人魔窟；日本鬼子投降后，小洋楼被国民党汉口城防司令霸占去，做了藏娇的金屋；1949年后，小洋楼里住上了一位受到人民政府礼待的民主宿将、辛亥老人；不久，这位老人神秘地失踪了，小洋楼里住上了一位防汛有功的水利专家；水利专家春风得意没几年，就被打成"右派"，被遣送到农场劳改，小洋楼里住上了一位副市长；副市长在"文革"中被打成"走资派"，住上了"造反派"坏头头；坏头头在"文革"后进了监狱，小洋楼里搬进了几户待落实政策的人家或拆迁过渡户。历览小洋楼的变迁，住户都感叹："这小洋楼简直是时代的镜子、历史的缩影，在这小洋楼里上演的壮剧、悲剧、丑剧、闹剧太多了！"

我搬进那小洋楼时已是20世纪80年代中期，那时还没有青藤。一位姓姜的退休老工人搬来后，闲不住手脚，就在小洋楼四周种起了青藤。那青藤俗称"爬山虎"，老姜师傅不无炫耀地说，别看它这么细的根藤，要不了一两年，就可让小洋楼披上绿装。老姜师傅这辈子阴错阳差地搬了上十次家，无论是工棚、平房、四合院，还是高楼大厦，他都醉心种爬山虎，让房子变绿变荫凉。他住一处就让房子爬满了青藤。有一次，他住上了十五层的大厦，有人说，这下子老姜师傅没辙了，不可能让爬山虎爬上十五层吧？老姜师傅想了一个"接力"的办法：在每层楼梯口处砌了一个水泥箱，撒上土，栽上爬山虎，不到三年，爬山虎就虎踞龙盘了整座楼，满楼住户皆大欢喜，都赞叹老姜师傅本领大，做了一桩大好事。

几年后，小洋楼上爬满了青藤，惹得左邻右舍羡妒不已。有人想种爬山虎，偷偷摸摸地挖去爬山虎的根去插，都没种活过。有人便向老姜师傅讨教种爬山虎的诀窍，他憨厚地一笑，说："没甚诀窍，只要心诚！别看爬山虎贱，却不能贱待，浇水施肥，不能一曝十寒，想起当宝贝，忘了当野草。"是呀，都市人熙熙来为生计，攘攘去图名利，有几人能平心静性地侍候花草，何况是极贱的花草？

我在那小洋楼里住了四年多，就搬家了。过了两年，再去看小洋楼时，赫然看见青藤几乎荡然无存。旧邻居告诉我，自从老姜师傅中风瘫痪回乡下老家后，这青藤无人侍候，每况愈下，渐渐枯萎凋零。我怅然若失，思忖：莫非这很贱的爬山虎也通人性，因思念故人而憔悴枯萎吗？

一次，我去参加一个关于租界建筑艺术的出版座谈会，偶尔在画册中看到一张爬着零零星星青藤的小洋楼的照片，心里咯噔一跳：这多像我住过的小洋楼呀！仔细一看，果真是的！再细看文字说明，瞠目结舌：不知是谁竟信口雌黄，妄下考语，说这青藤有近百年历史，系当年英国老神父所栽。原本葱茏茁壮，后被不爱惜名楼的平民住户糟蹋得如此狼藉凄惨……我愤然而起，把事实真相诉诸与会者："这青藤是一位姓姜的中国退休工人种的！"

一天深夜，我又梦见了那座爬满青藤的小洋楼，心中不由得惦记起老姜师傅：你的病好点了吗？你在乡下还种爬山虎吗？你的心中是否也爬满了青藤？

护 士 的 手

在护士节前夕，我采访了全省模范护士赵小珊女士。

赵小珊从护士学校毕业后，干了二十多年护士。本来，赵小珊有三次机遇可以改行的，第一次是她初恋时，男朋友倾慕她的人品和相貌，就是不满意她的职业，并通过他表叔的关系想调赵小珊到机关工作，赵小珊坚决拒绝了，男朋友只好忍痛割爱，与她分道扬镳。第二次是她三十岁那年，她精心护理过一位做了大手术的老人。老人很感动，临出院时悄悄对她说："我是一个千万富翁，想收你当干女儿和私人保健护士，只要你愿意，我给你十万元年薪，将来给你三分之一的遗产。"赵小珊婉言谢绝了。第三次是几年前，她侨居新加坡的姑妈催她去帮忙经营一片橡胶园，并许诺让她将来继承遗产，赵小珊仍然没动心。

赵小珊说她知道护士工作辛苦，生活无序，收入不多，地位不高，但她崇拜南丁格尔，热爱护士职业，因为热爱，所以执着。这使我不由得联想到了张爱玲的名言："因为懂得，所以慈悲。"

我采访赵小珊时，隔三岔五被打断，她或去替病人换针液，或去帮伤员导尿吸痰，或去辅导实习护士扎针绑绷带，或去劝慰被病魔折磨得想跳楼自杀的病危老人……我跟随着赵小珊，去观看她如何劝慰那位病危老人。赵小珊轻言细语地劝慰了病危老人几句，伸出双手抚摸病危老人的手、脸、胸、背和腿。渐渐地，病危老人安静下来，像闹累疯疲了的顽童一样睡着了……

我赫然发现，赵小珊的双手上有许多伤疤。我好奇地问："你手上的伤疤是怎么落下的？"赵小珊淡然一笑，说："你去看看这儿护士的手，哪个手上没有伤疤？干护士越久，伤疤越多。这些伤疤呀，有的是练扎针时发炎生疮落下的，有的是被酒精烧伤的，有的是被玻璃药瓶割伤的，更多的是病人咬伤、抓伤、烫伤、割伤的。"我瞠目结舌，仿佛听到天方夜谭。赵小珊看出了我狐疑的神色，说："是呀，好多朋友问起我昔日那么漂亮细嫩的手怎么会糟蹋成这个样子，我告之实情，朋友们也不相信。后来别人问起我手上的伤疤，我要么撒谎，要么沉默，你是记者，看来撒谎和沉默都不行，索性都告诉你吧！"

赵小珊举起伤疤斑驳的双手，逐一诉说："瞧这月牙形伤疤，是被一个患白血病的青年刺伤的，我深夜换针液时发现他割腕自杀，就冲上去夺水果刀，争抢间被刺伤了；瞧这个牙痕，是被一个患骨癌的少年咬伤的，动截肢手术那天，少年哭闹着逃跑，被我抓住了，少年拼命咬了我一口，他是个龅牙，咬得很深很痛；瞧这块铜钱状伤疤，是一个被病魔吓疯了的女人咬伤的，当时我不知道她已疯了，去给她量体温血压，她突然抓住我的手腕，狠狠地撕咬下一块血淋淋的肉；瞧这片地图般的伤疤，是一位住院的老奶奶怕打针，拼命挣扎哭闹，把床头柜上的开水瓶撞破了，开水溅到我手上烫伤的；瞧这个蜈蚣形伤疤……"

赵小珊娓娓诉说着伤疤的故事，并没有伤感、懊悔、怨恨，反而洋溢着乐观、宽容、自豪的神色，仿佛不是在诉说着伤疤，而是在数着一块块奖牌勋章。赵小珊说："当初受到病人的伤害时，说实在话，真有些委屈怨恨，有一种伤在手上、痛在心里的感受，真想赌气不干这倒霉窝囊的职业了。后来想明白了，这种伤害不是病人有意为之，是病人面临病魔和死神时痛苦、恐惧和绝望中的反常行为，南丁格尔说'护士是没有翅膀的天使'，天使就应该忍受一切痛苦与屈辱去帮助人们，怎么能受到一点委屈和伤害就放弃了天使的使命呢？懂了这道理就坦然了。前不久，有一个患绝症的老人剧痛难忍，我怜悯她，一只手为她抚摸，另一只手伸到她嘴前，说：'你咬着它，也许会好受的……'她咬着我的手，果然就不呻吟了，渐渐地去了。我没感觉到疼痛，而是快乐和幸福！"

吹埙的小保姆

小保姆从屈原的故乡走来，带着一支从战国时代走来的埙。

小保姆来到我家月余，只见她勤快地干活，谨慎地带伢，没见过她吹埙。也许她怕主人怪罪她吹埙耽误了干活带伢，也许她怕吹埙惊吓了襁褓中的婴儿，也许她怕人们讥笑她竟吹这么土里土气的玩意儿，也许她太疲惫了没那份雅兴吹埙，也许还没到她需要吹埙才能排遣蛰伏在心头的思念的时候……

那是一个中秋节的夜晚，皎月高照，爽风劲吹，万家灯火，千窗笑语。我和妻子抱着婴儿去湖畔散步赏月，小保姆没去，说要给父母写封家书。踏月归来，我和妻子忽然听见一阵如泣如诉、深沉悲怆的乐器声，不像笛箫，不像芦笙，更不像萨克斯双簧管。我和妻子狐疑：这是什么奇怪的乐器声呢？是电视里收音机里传出的乐器声，还是小保姆吹出的乐器声？

小保姆开门时一脸羞怯惶然，像做错了什么事似的。我们追问她，她支支吾吾、战战兢兢地从怀里掏出一个奇怪的陶器来。这陶器呈椭圆形，匀布六孔，虽土气粗拙，却古色古香。我们还是第一次看见这玩意儿，饶有兴致地问："它叫什么？你就是拿它吹出的乐曲？"小保姆说："它叫埙，我爷爷是个吹埙能手，我缠着爷爷也学会了吹埙。今天是中秋节，我想念爷爷和父母，就吹起埙来。你们要是不喜欢听，我以后再也不吹了……"我们忙说："我们挺喜欢听埙！要不，你再给我们吹一曲吧！"小保姆受宠若惊，捧着埙吹了一曲《哀郢》。

从此，小保姆在我家可以随意吹埙了，自然是在我们读书写作和宝宝睡觉的时间之外。有趣的是，她的埙不仅我们喜欢听，连我家宝宝和哈巴狗也喜欢听。每当宝宝吵夜时，小保姆就轻轻吹埙，埙声像催眠曲哄宝宝恬然入梦；每当哈巴狗狂吠哀叫时，小保姆就缓缓吹埙，让哈巴狗驯服地蜷缩在沙发旁或憨态可掬地跳起舞来。小保姆的埙声给我们家庭增添了无穷的乐趣和浪漫的情调。

那年春节，小保姆回家与家人团聚，归来时带来了一件令我惊喜的礼物——她爷爷亲手制作的埙。善解人意的小保姆竟然窥出了我朝思暮想的心愿！从此，小保姆当起我的小老师来。半年后，我也能用埙像模像样地吹出一些曲调来。一年后，小保姆说："我已经不够资格教你了，只好等春节我回去时请教爷爷再来教你，或干脆把我爷爷叫来教你。"我说："要不，我去拜访你爷爷，顺便逛逛屈原故乡的好山好水。"小保姆一蹦老高，笑声如铃："那太好了！到那时我给你当向导，包让你看个够，听个够，玩个够，吃个够!"

我和她都盼望着这一天。但这一天永远也不可能来临了。那天，妻子从家里打来电话，哽咽着说小保姆出事了。上午小保姆上街买菜，失魂落魄地跑回来。一高一矮两汉子尾追着她硬闯进我家，硬拽着她回老家去。妻子斥责："光天化日下你们咋能硬闯民宅绑架人呢？你们眼里还有没有王法?"矮汉子瓮声瓮气地说："她是我的童养媳，逃婚两年了，老子找得好苦哟！要不是心疼那一大笔彩礼，我真想一刀宰了她出出鸟气!"小保姆趁其不备，猛地挣脱开身子，冲上阳台，做了一个美丽悲怆的俯冲……

我永远也忘记不了小保姆那双怒睁着的眼睛，那条溅满脑浆的长辫，还有那支碎成几截的埙！悲剧为什么来得这么突然？为什么灾祸会降临到这么聪慧善良的女孩头上？为什么她不向主人发出呼救寻求庇护？为什么她勇敢坚毅地选择了自杀形式的反抗？为什么她忘了给我当向导让我看个够、听个够、玩个够、吃个够的诺言？是谁扼杀了她美丽的生命？是谁卡死了她古朴的埙声？问天天不语，问地地不言。我只能痴痴地吹埙，让埙声超度她的亡灵，寄托我的哀思，让埙声撞击冷漠的心灵，呼唤人性的复苏！

第一次"行贿"

那时我在一所林场小学里当民办老师。有一天进县城去给学生买课本，路过文化馆时，猛然看见有人在一扇窗口前借书。我立即凑上去碰碰运气，对那位面相和蔼的女管理员说："同志，我能借书吗？"女管理员笑着说："能的。把你的工作证拿来，办个借书证就可以借了。"我很尴尬："我是回乡青年、民办老师，没有工作证……"女管理员的脸色顿时冷若冰霜："按规定，没有工作证是不能办理借书证借书的。"我还想央求，她却懒得搭理，砰地关上了那扇窗。

我磨磨蹭蹭不愿离去。书的诱惑力太大了，使我不得不佯装笑脸，跟在她后面软磨硬泡。要知道，那年头，书店里只能买到《金光大道》《虹南作战史》等书。我暗地里观察，文化馆借书处竟开放了《红岩》《烈火金刚》《林海雪原》《红旗谱》《钢铁是怎样炼成的》《牛虻》《毁灭》《我的大学》《鲁迅杂文选》等书。我多么渴望能尽快读到这些书呀！要是她肯开恩偷偷借给我这些书，我就是喊她几声干妈、给她磕几个响头，都心甘情愿。

女管理员回到了文化馆后院的家门前，发现我还尾随着她，就有点愠怒了："喂！你干嘛还跟着我？跟你说了，不行就是不行，说一千道一万也白搭。你快走！"说罢，她不搭理我，劈柴生炉。那柴都是一些疙瘩料，她一斧劈下去，柴没裂开，斧却夹住了。兴许是她身单力薄，扳了半天也没扳出斧来。我感到表现的机会来了，不管她答不答应，上去一脚踩柴，一手扳斧，轻巧地扳出了斧头。接着，三下五去二，干净利落地劈碎了柴疙瘩。

女管理员的脸色由阴转晴，温和地问我在哪里教书，离县城有多远，教多少学生，拿多少补贴，挣多少工分……我暗喜：有门路了，看来她的原则性有了一点松动。女管理员问："你们那里是林场？"我说："是呀！"她说："你能不能给我搞一些好烧的引火柴？我付钱买！"我拍拍胸："没问题！哪能要你的钱呢？"

那天，我喜滋滋地回到学校。但等高兴劲头一过，我就犯难了：上哪儿去搞引火柴呢？要是原来，我带上几个学生，到山里走一趟，砍几百上千斤柴不费吹灰之力。可现在，厉行封山育林，狠抓了几个乱砍滥伐的典型，罚的罚款，撤的撤职，坐的坐牢，谁敢在这个风头上往枪口上撞？何况，我前不久还刚刚惹过祸，学校厕所顶叫狂风吹翻了，我带上学生上山砍了十几棵松树，盖了厕所，被护林员跟踪追击抓住了，又是罚款又是作检讨，总算过了关。若再重犯，就有尝铁窗风味之虞。

我抓耳挠腮，急得一宿没睡着。忽然想起，我家不是有一间废弃多年的老屋吗？拆了那些椽子，不就是顶好的引火柴吗？我欣喜若狂，立即回家跟娘商量拆老屋的事。娘自然舍不得拆，说要留着日后堆些杂物、柴草、农具、肥料什么的，但经不住我软磨硬泡，无奈答应了。

几袋烟工夫，我就把老屋拆了，叫来队里的手扶拖拉机，装了一满车厢，往县城里送。女管理员看到这么好的引火柴，高兴得合不拢嘴。当着院里许多邻居的面，她硬塞给我十元钱。我知道她是装姿作态，也就没跟她推托。趁人散去，我不声不响地将十元钱压在她家里的茶壶下，她分明瞥见了，却装作没看见。她把我送出后院时，小声说："下次来，我给你把借书证办好……"

我用一车柴"行贿"，换来一个借书证。两年多来，我隔三岔五往县城跑，把文化馆小小图书室的书几乎看了个遍，有千余册书吧！我后来能考上大学，当上记者、作家，真得感谢那次美丽、纯洁的"行贿"！

987

水　仙

　　临近春节，忽然想起没有养水仙，诧异何君今年怎么没有送水仙坨坨来。

　　何君在市郊一座植物园里当宣传干事，除了写新闻，也写诗歌和小小说，在一次笔会上，我们相识了。那年元旦，何君风尘仆仆地进城来，给我送来一坨水仙。从此，何君每年元旦前后都给我送一坨水仙坨坨来，十五年来从没间断过。记得有两年何君没有亲自送水仙来，一次是何君到外地进修去了，是托他妻子送来的；还有一次何君生病住院了，是嘱朋友送来的。

　　我本是疏懒粗犷之人，不喜欢养花种草，也怕把花草养死了，暴殄天物，亵渎花神。我曾经把一位朋友送的君子兰养死了，被朋友痛骂一顿，险些跟我绝交。他认为，爱屋及乌，尊友及花，不珍惜他送的君子兰，就等于不珍惜友情。我却认为，君子兰并不等于友情，正如养了君子兰并不等于成了君子。君子兰风波后，我概不接受朋友馈赠的花草，尤其是名花异草，倘若盛情难却，推辞不掉，我就把丑话说在先，要是伺候不了花草，把它养死了，可别怪罪我！

　　何君第一次给我送水仙坨坨来时，我没有推辞。一则水仙是既高贵又好养的花，只要一只素碗、一掬清水足矣；二则看见何君骑了两个多小时自行车，累得气喘吁吁、大汗淋漓的样子，真不忍心忤拂了他的一片好心。我不但没有推辞，而且装作极喜爱的样子。何君憨厚地一笑，说道："你喜欢水仙，以后我每年给你送。"何君果然恪守诺言，每年给我送来一坨水仙，让我的书房里幽香氤氲，绿色葱茏，春意荡漾，倩影婆娑，平添了些许雅趣与神韵。

　　记得第六个年头，何君给我送水仙来时，上楼来腿是一瘸一拐的。我很惊诧："你怎么了？"何君淡然一笑："不小心与人撞车了，没关系的，只是崴了脚……"我感到过意不去，顿生恻隐之心，说："明年你不用再给我送水仙了，太麻烦太辛苦你了，其实，附近市场小摊上有水仙坨卖……"何君忙叮嘱我："千万别在小摊上买水仙坨，要么是只长叶不开花的劣种，要么是野生葱头冒充的。我还是给你送水仙坨来，一点也不麻烦辛苦……"

　　何君每次给我送水仙来时，我都诚心诚意留他吃饭，他都婉谢了。只有一次，我拉他吃饭被谢绝后，佯装生气地说："今天你要不给我这面子，我就不要你的水仙!"何君无奈,才留下吃了一顿便饭。我曾想报答他,叫他挑一些作品来,我帮他推荐出去发表。何君很感激,喃喃道:"等我写出自己满意的作品后,一定请你修改和推荐……"可年复一年,只见何君送水仙来,不见他送作品来。每次问他,他都支吾,不知是一直没写出自己满意的作品,还是不忍心打搅麻烦我。每当遇到周围一些食言轻诺的伪君子和为名利钻营奔忙的小人,我就不由得敬佩何君,就凭他十五年来重一诺,辛苦为我送水仙,不图名利不图报答的行为,真算得上是我心目中高风亮节的君子,冰清玉洁的朋友!

何君今年没送水仙来,我由诧异转而忧虑,忐忑不安起来:何君是不是出了什么事?他要没出事是决不会背弃诺言的。我立即给何君家里打电话。

果然,何妻啜泣道:"他患了绝症,还没迈进新年门槛就去了……"

我愕然,继而怨怼:"为什么不通知我去看望他?"

何妻说:"他不想麻烦朋友们,曾留下遗言,不让操办丧事,把骨灰静悄悄地撒在植物园里。"何妻忽然想起什么,又说:"他临终时曾叮嘱我,一定记住给你送水仙,真抱歉,最近忙着处理他的后事,又沉浸在悲痛中,把这事给忘了。好在我家里养着一盆水仙,快开花了,明天我给你送去吧!"

我哽咽着说:"别、别、别……就把这盆水仙供在何君的遗像前,只有他这么纯洁善良的人才配得上这么高雅清纯的花!"

989

西瓜往事

正值暑期，西瓜大量上市，拿形象的俗话说：西瓜压断街。我每次看到西瓜都要买的，这不仅仅是因为我喜欢吃西瓜，还因为有着一段西瓜情结。

20 世纪 70 年代，那是以粮为纲的年代，生产队居然冒天下之大不韪，拿出一些坡地，请河南和四川来的种瓜师傅种西瓜。生产队出坡地，出肥料，出劳力，师傅们出技术，到西瓜收获后，按比例分成，我不记得比例了，但肯定是生产队拿大头，师傅拿小头。

种瓜师傅从播种起，就住在临时搭盖在瓜地旁的瓜棚里，有的瓜棚是用芦席和尼龙搭盖的，有的则是用茅草或稻草搭盖的。棚内仅能放一张竹床，或搭一张木板铺，棚外挖一个地灶，架一口锅，烧火做饭。种瓜师傅很孤独，很勤奋，侍候起瓜来真是全心全意，他们像变戏法一样让西瓜秧很快长成藤，藤很快结上瓜，瓜很快长大起来……那时的种瓜师傅就晓得保护技术了，一般都在保密的情况下劳作，只要有人，种瓜师傅就停下活儿，或躲进瓜棚纳凉，或陪人抽烟聊天。本地人也十分理解，你把人家的手艺偷到手了，就等于砸了人家的饭碗，来年人家就没活干了。但也有心狠手辣的人，使用美人计来偷学人家的手艺，下作地唆使自己的老婆去勾引种瓜师傅，捉奸后逼其就范，乖乖传授手艺；文明的则把种瓜师傅收为上门女婿，连人带手艺都劫收下来了。真是舍不得孩子套不到狼，舍不得老婆或女儿套不住种瓜师傅。于是，我们家乡落户了一些倒插门的种瓜师傅女婿，也有悲剧和闹剧，有的种瓜师傅不甘当倒插门女婿，或抛下媳妇和孩子跑了，或把媳妇拐跑回家乡去了，还有的老家的女人找来了，原来种瓜师傅瞒了已婚事实，犯了重婚罪。这样少不了要扯皮，甚至斗殴，没听说打死人的，但听说有被打伤致残的。

种瓜师傅种出的西瓜真是又大又甜，满地躺着的大西瓜，看到真是爱死人，馋死人。大队、公社，甚至县里的干部一到西瓜成熟的季节，就跑来揩油了。小时候我读过课本上有篇《西瓜兄弟》，讲的是两个种西瓜的兄弟，一个被国民党军队抢光了西瓜，一个把西瓜送给秋毫无犯的共产党军队，他们也不吃。可到了20 世纪 70 年代，干部们和那些关系户们，或打电话、写条子呀，或开着车直接到瓜地来，或假装买、或转弯抹角地讨、或直言不讳地索要，生产队不敢得罪他们，只好忍痛给瓜。后来实在抵挡不住了，就授意种瓜师傅唱黑脸，演苦肉计，不管对方来头有多大，不管关系有多铁，不交钱不给瓜。生产队干部假装跟种瓜师傅吵闹得脸红脖子粗，甚至为了演得真实可信，还得动拳动腿。有的干部或关系户也看得出个中猫腻和破绽，悻悻然，拂袖而去，临走还抛下一句狠话："哼，我吃你几个烂西瓜还给钱？你等着吧!"这太像电影《小兵张嘎》里那胖翻译官的话了。果然，生产队等来的是报复，那年正值秋旱，庄稼急需抽水抗旱，生产队跑到油站买柴油，油站负责人就是刁难不肯卖。还有一个粮站站长，在收购生产队上交的公粮时也是百般刁难，压级压价。说穿了，都是因为西瓜惹的祸!

夏夜，守西瓜是不错的活。除了种瓜师傅，还得有两个本地人。一是种瓜师傅看不过来，招架不住偷瓜的人；二是可以相互监督制约，避免搞鬼，防止串通偷瓜和偷卖西瓜。守夜人没情况时轮流值班，有情况时一起出动抓贼。可以敞开肚皮吃西瓜，但不可往家里带。我曾去守过几夜瓜，其实真要你敞开肚皮吃，也只能吃个把瓜，胀得肚子圆鼓鼓的，厉害的也只能吃上两个。偷瓜的三天两头都有，大多是孩子和女人，很少有男人偷瓜的，要么是歪瓜裂枣的男人，也就是手脚不干净名声不好的，或丧失劳动力的男人。小孩是因为调皮和嘴馋而偷，女人则是想占便宜耍小聪明而偷。对徒手偷瓜的，守夜人一般都手下留情，并不真抓，吓跑为止。但对拿着袋子、挑着箩筐来偷瓜的，守夜人是要真抓实撮的，出他们的丑不说，还要罚他们家的工分，扣他们家的口粮。但也有守夜人被偷瓜的女人脱裤子、说下流话而吓退的，有的守夜人因为"捉放曹"而与偷瓜女人碰撞出了爱情火花而成为夫妻的。这真是：西瓜为媒，偷出姻缘!

不过话说回来，那时偷西瓜，在我们家乡还不算严格意义上的偷，比偷钱、偷粮、偷牛等性质轻多了，好比古人眼里的"读书人窃书不为偷"。口渴了，顺手牵羊偷个瓜吃，是稀松平常事。我也曾干过偷瓜的勾当，而且还闹过两次笑话：一次是跟另一个伙伴到附近生产队去看守水渠里的水（防止邻村偷水），夜深人静时，没有月亮，又口渴又肚饿，就想去偷瓜吃。那伙伴自告奋勇说他去偷，扔在水渠里让瓜随水漂，我胆子小，就在水渠下游接瓜。等我接到两个大瓜时，真是欣喜若狂，黑暗中两个人用拳头把瓜捶开，发现不对头，拿起一块往嘴里一尝：呸，冬瓜! 还有一次，那时我已在大队小学里当民办教师了，有天夜里想吃西瓜了，我就忘记了人民教师是学生的楷模的师德，跑到附近自留地里去偷瓜。没想到，第二天，我家舅妈在我们学校门口破口大骂起来："哪个缺德鬼偷了我的西瓜呀! 吃了老娘的西瓜短阳寿呀! 要烂舌头烂肠子呀!"老师们都偷着笑，外甥偷了舅妈的西瓜，挨了一顿臭骂，真要乌鸦嘴显了灵，烂了舌头和肠子，那才掉得大哟！后来我把这事告诉我妈，我妈又好气又好笑。

我真怀念那时的西瓜，那时的西瓜多甜呀，都是用农家肥种出来的，自然甜呀，不像现在的西瓜大多是用化肥种出来的，吃第一口还甜，吃第二口就由甜变酸了，吃到瓜皮处已经酸不可咽了。还有，那时的西瓜多便宜呀，那么甜的西瓜只卖几分钱一斤，最贵也就一角左右。20世纪80年代，农村土地承包到户了，家家户户都种上了西瓜，瓜多不好卖，瓜贱伤农。那时我已经大学毕业，先是分配到湖北省某银行，两年后跳槽到电视台，每年西瓜成熟时，我都要着急，为我妈种的西瓜和乡亲们种的西瓜犯愁，我是个不大喜欢求人的人，也得厚着脸皮、变着性子，到处拉关系托熟人帮忙推销西瓜。为了推销西瓜，我碰过好多钉子，挨过多少白眼，受过多少窝囊气，甚至还挨过单位领导的批评和同事的讥笑，说我不务正业，不安心本职工作，想当二道贩子，捞取好处费。开始我还拼命解释、辩护，后来干脆缄口，因为跟那些不晓得农民甘苦的人说不通！

我永远也忘不了那次卖西瓜的经历，在我生命的历程中留下了难以磨灭的印象。记得那是1984年8月，我女儿即将出生，西瓜熟了。那时我刚调到电视台，因为参与了专题片《来自武汉的报告》(后获得中央电视台全国国庆专题片展播一等奖)的采访撰稿，我结识了武汉某焦化厂的一位办公室主任，也算"以权谋私"吧，我就向他诉说了家乡卖瓜难的情况，请他帮忙以职工福利的名义买些瓜，为我家乡的农民做点好事。他当即爽快答应，说没问题，并说数量较大，厂子人多，少则要个几万斤。我高兴坏了，那时家乡不通电话，只好搭长途汽车回家乡一趟，把这喜讯告诉我妈和乡亲们。

第二天，我一大早就赶回武汉，来到焦化厂，等待厂里派车去拖瓜。谁知那主任面有难色，说厂长有点不高兴，他得再商量商量，研究研究。我只好耐着性子等待，一直等到中午，他们还没商量研究个结果出来，我问到底是怎么回事，得给个准话，到底行不行呀？主任支支吾吾，说厂长临时有急事走了，得等他回来才能决定。那时还没有寻呼机和手机，主任到处打电话也找不到厂长，看来也蛮着急，不像是演戏给我看，还一个劲地给我赔礼道歉。我不忍心埋怨他，人家也是一片好心，想帮我的忙呀，谁知道会有这变故呢？我只好耐心等待，如坐针毡地等待，不时朝厂子门口张望，听到汽车声就跑出来看，是不是厂长回来了。可一次次失望，想到家乡的瓜地里，我妈和乡亲们也在一次次地盼望，一次次地失望，我急得要哭了，要骂了！可我欲哭无泪，欲骂无理！我能骂人家什么呢？

眼看着太阳偏西了，厂长回来了！我像看到救星一样冲上去，给厂长说了这情况，厂长一口回绝，说今年厂里已经研究了，就发降温费，不买福利西瓜。我一听傻眼了，近乎哀求地说："帮帮忙吧，那边已经把西瓜摘了等着车回去拉，这边要是不买，那我怎么交代呀？我真的流泪了，只是没哭出声来。男儿有泪不轻弹，只是未到伤心处呀！要是当时厂长同意买西瓜，哪怕要我给他磕三个响头、喊他几声大爷我都干的！可他仍然断然拒绝，铁面无情，与我采访他时的热情与谦恭判若两人。我突然想起，他是个炙手可热的改革典型、铁腕人物，也许这就是他的风格吧！我想再怎么求也不会有转机的，那时真的是急中生智，我突然想到退而求其次，能不能求他派个卡车回家乡拖瓜呢？总算谢天谢地，厂长开了恩，答应了。

拖瓜的卡车有了，可临时找谁买瓜呢？我硬着头皮，借用焦化厂办公室的电话，满世界打电话询问，得到的都是令我失望的回答。我几乎要绝望了，再要联系不上买主，人家卡车司机就要下班了呀！突然，我想到了一个熟人，那就是我原来的单位所辖的省银行干校的魏书记，他是个军人，直爽、和善、心肠好，我们虽没多少交往，但他给我的印象蛮好，虽没多大把握，但事到如此，只好抱着侥幸心理试一试了。电话打通后，我把情况如实一说，魏书记真是好人，爽快地答应，说："可以，你赶快拖来！"我感激得语无伦次，连声道谢，又解释说回家去拖，可能很晚才能拖到。魏书记说："没问题，我派人接瓜下瓜！"

我押着卡车，黄昏时分才回到老家，我妈和几位乡亲真可说是望眼欲穿，我妈哭了，说生怕我半途出了车祸，要是因为卖西瓜，儿子有个三长两短，那可真是天大的罪过！我听了这话，又流了泪……我颤声说了耽误时辰的情况，又一一跟乡亲们解释，情况有变，数量要得少多了，人家干校就那么几十号人，充其量只能买三四千斤，各家各户就匀着点卖吧！我一再赔罪："都怪我办事不牢，让你们把瓜摘了，对不起了！"我妈听了这情况，就说："让人家上瓜吧，我家就算了！"我说这怎么行呀？乡亲们也说不行，他们本来就是搭顺风车的，怎么能喧宾夺主呢？当然乡亲们还说不到喧宾夺主这个文绉绉的词，但就是这么个意思。我妈拗不过乡亲们，只好也上了几箩筐瓜。临走时，我妈找来一个大麻袋，挑了几个大西瓜，说这是给卡车司机的，人家免费拖瓜，得感谢人家。现在想想，那个师傅真是不简单，从头到尾没有一点怨言，对农民的感情也深厚，晓得农民种瓜的甘苦，他一再不肯要，我妈一定要他收下，说不收下就是瞧不起农民。他这才收下……

一路上，司机跟我聊天，说我妈真善良，本来儿子找的卡车和买主，却让给人家卖瓜；还夸我有孝心，进城了没忘本，还想着妈妈和乡亲们，为了帮他们卖瓜不怕有失记者的身份，到处求情，真是不简单！我唏嘘道："没办法，谁叫我是从这一方土地上走出去的呢？唉，只怪我没本事，我要是当上大官，或成了大款，我就把家乡的西瓜都买下来！决不让乡亲们再陷入卖瓜难、种瓜不赚钱的境况!"美国作家斯坦贝克写过小说《愤怒的葡萄》,讲的就是葡萄丰收成灾的惨景,我真想写一本《愤怒的西瓜》,诉说一下瓜难卖、瓜贱伤农的悲哀与无奈!

夜晚十点许,卡车才到武昌青石桥银行干校,听到卡车声,魏书记带着几个员工出来,排成一条龙下瓜。我问魏书记:"要不要过过秤?"他爽快地说:"这么晚了,过个么秤哟,我相信你,你是记者,又是从我们银行出去的!"我又抱歉地说:"这车瓜将近五千斤,比你要的数量多了千把斤,不好意思,你实在要不了,放在你这里,明天我想办法拉走。"魏书记哈哈大笑:"既然拖来了,就全买下了!"我真是感激他救了我的急,解了我的难!第二天,我去结账时,魏书记有事外出了,会计有意无意之间透露了瓜差两百多斤的事,我一惊:这是怎么回事呢?是乡亲们称错了?还是路上被人偷去了?我感到难为情,钱是小事,关键是不能让人家觉得我不诚实,觉得我的乡亲们耍了奸。我要求扣掉两百斤的瓜钱,会计却说,魏书记交代过:"瓜钱就按小叶说的数量结账,他当记者的不会扯谎,农民种瓜卖瓜也不容易!"

30多年过去了,我再无缘见到魏书记,但愿他能看到这篇小文,晓得我对他的感激与思念,也祝愿他好人一生平安,晚年幸福吉祥!

994

粮 食

枣阳笔会最深刻的印象是粮食。笔会结束的那天上午，从白水寺下来，便去参观枣阳最大的粮库。大粮库主人介绍，这座大粮库可储小麦、稻谷一亿三千万千克。对数字我们没什么具体概念，而走入粮库登上粮垛时，那印象太深刻、太震撼了。好多人惊讶地说，平生从未见过这么多粮食，真正称得上粮山！于是在粮食面前人人激动不已，或跳跃欢呼，或打滚翻跟头，或跃跃欲试扛粮袋，或钻进通风巷捉迷藏，或蹲在粮垛上拍照留影，或好奇地观望电脑检测设备，或即兴吟诗起来。

不知是谁激动而诙谐地高呼了一声："狗✕的粮食!"众人哄堂大笑，都知道这是作家刘恒当年获全国短篇小说奖的小说题目，那篇小说深刻地反映了农民对粮食刻骨铭心的爱憎，在文坛上影响很大。大家会意地欢呼："狗✕的粮食!"的确，有时不骂不足以吐块垒平愤懑，不骂不足以宣泄心头的亲昵兴奋。

那时刻，我满脑仍萦绕着粮食，想着那些粮食浸透着多少农民的心血汗水，凝聚着多少悲欢离合、酸甜苦辣的故事，遇到饥馑年可赈济多少灾民，战火纷飞时能养活多少子弟兵，出口能换回多少外汇，霉烂了、失火了该损失多少钱……

我不由得想起我人生中的一段记忆，便与粮食有关。那是1959年，我年仅3岁，与母亲一起去公社食堂领粥，清晰地记得那一瓦罐稀粥，香喷喷地诱人流涎。半途中我吵闹着要先尝为快，母亲说别烫着嘴回家再吃。我嚷着要提小瓦罐，喜滋滋地跑，不料过石坎时跌了一跤，瓦罐破碎了，稀粥淌了一地，沿石坎往下流。侥幸的是没烫着我。母亲忙用碎罐片将稀粥刮进衣襟里，那是全家人的晚餐呀！我闯了大祸，不敢哭泣，驯服地趴在石坎上，学着母亲的样子舔石坎上刮不起来的残粥……

我上大学时的某年寒假，在围炉烤火时，曾问母亲我童年时的那一段关于稀粥的记忆是否真实。母亲瞠目结舌，怪我不记得吃肉，只记得饿饭。虽说我生在新社会、长在红旗下，但毋庸讳言的是经常饿肚，尝够了糠菜饼、红薯粥、南瓜汤、荞麦粑、榆皮面的滋味，至今落下恐饿症，一饿肚就忐忑发慌，脑晕眼花出虚汗，口吐酸水，肠胃痉挛。至今，我可以掷千金吃顿宴，可以花万元藏幅画，但决不浪费粮食，暴殄天物。粮食是人生中严苛的老师，教人懂得生活的沉重和生命的庄严。

我母亲与刘恒的《狗×的粮食》中的母亲相似，一辈子温柔善良，很少与人争得面红耳赤，若是面红耳赤，必与粮食有关。我从小耳濡目染的大多是母亲为粮食呕心沥血、劳神费力，怎样用好粮食去换碎米，偷偷找谁家买点粮食，自留地种些什么可多代粮，巴结谁央求谁可多分点救济粮，谁缺德克扣了粮，谁好心施舍了粮，哪家缺布票可去换点粮，哪户办喜事愁肉票可去兑点粮……等到不缺粮的年代，母亲又患了绝症，吃不得饭了，临死时母亲还凄然哀叹："唉，我的命真苦呀！吃得饭时愁粮，不愁粮时又吃不得饭了。"听了叫人揪心流泪！

我曾跟女儿诉说过粮食的故事。她困惑不解，咧嘴笑道："没饭吃才好呀！我就讨厌吃饭！"蜜罐中的女儿喜欢吃零食，吃饭（包括吃肉）成了老大难问题，吃了多少补品也不顶用。有时愤然一想：这代人得受点饿饭教育！饿过肚子的人兴许更有出息些！

我是饿过饭的人，每当工作和生活遇到挫折困难时，一咬牙就过来了。有时想：中国人连饿饭都不怕，还怕困难吗？临走时，粮库主人拿出留言簿让我们留言，我就写了一句与粮食有关的话："作家与你们一样是搞粮食工作的，只不过是生产精神食粮。愿我们一起拥抱金色的秋天！"

葫 芦 王

　　故乡小镇的许老爹，人称"葫芦王"。葫芦王并不靠种葫芦称王，而是靠刻葫芦出名。他不刻其他葫芦，专刻酒葫芦、药葫芦。葫芦王并不是像其他匠人那样在长成的葫芦上用小刀刻文字、图案。如果是这样的雕虫小技，是称不上葫芦王的。葫芦王是在葫芦长到一半时，用小刀在葫芦的嫩皮上勾勒文字、图案。这样，葫芦长成后文字、图案毫无雕凿的痕迹，仿佛天然长成的。

　　这可是细活，勾勒深了，伤了葫芦；勾勒浅了，留不下痕迹。更难的是，葫芦从嫩到老会随着生长而变形，在嫩葫芦上刻文字、图案时就须考虑这因素，否则葫芦长成后，刻的文字、图案全变形走样了。葫芦王刻葫芦时文字像蝌蚪，图案像鬼画符，怎么看也看不出什么名堂来。可随着葫芦的生长，文字、图案渐渐鲜明清晰地呈现出来，或七夕相会，或八仙过海，或嫦娥奔月，或昭君出塞，或丹凤朝阳，或孔雀开屏，或鸳鸯戏水，或二龙戏珠，或松鹤长寿，或富贵牡丹，或龙舟竞技，或孩童斗蟋，或老翁对弈……

　　葫芦王终身未娶，曾收养过一个哑巴男孩，后患伤寒病夭折了。有人想拜葫芦王为师学刻葫芦的绝活，葫芦王执拗不肯收徒。有人钻进葫芦王的葫芦园里偷来嫩葫芦，把葫芦王刻的文字、图案描摹下来，再刻在自家的葫芦上，但葫芦长成后与葫芦王的文字、图案大相径庭。

　　葫芦王自家后院里有三分菜地，全种葫芦。葫芦只刻四五十个，够换钱、买米、买酒就行了，剩下的葫芦就摘来煮葫芦饭吃。葫芦王的葫芦名气很大，连省城的人都慕名跑来买。葫芦王的葫芦刻得少，卖得俏，有人想买到葫芦王的一只葫芦，得耐心等待三四年。当年葫芦王的一只葫芦只卖五元钱，而在黑市被人炒卖到一百元。有人劝葫芦王："你的手艺这么好，你的葫芦这么俏，干嘛不多刻一些呢？怕钱咬手烧身呀？"葫芦王瓮声瓮气地说："钱生不带来死不带去，要那么多钱干嘛？手艺在身比钱在身安全可靠得多，不怕人偷，不怕人抢。"

　　葫芦王喜欢喝酒，但性格孤僻，从不与人共饮。葫芦王酒量不大，经常独饮而醉。葫芦王醒来后，他的酒葫芦十有八九会被人顺手牵羊而去，或被人用别的酒葫芦掉了包。葫芦王不恼，不骂。酒葫芦出自他的手艺，没必要心疼吝啬。

葫芦王的人品很好，喜欢接济小镇上的孤寡老人。他接济孤寡老人时不给钱，给葫芦。孤寡老人可以将葫芦拿到市场上去卖高价，葫芦王睁只眼闭只眼。

葫芦王从不巴结权贵。当年，镇长派人打招呼，让葫芦王给一位新上任的县长刻一只极尽阿谀献媚的酒葫芦，葫芦王的脑袋摇摆得像拨浪鼓，他嗤之以鼻，啐之以沫："呸！他溜须拍马不怕丢人，我还怕玷污了我的手艺和名声哩！"镇长恼羞成怒，指使人将葫芦王的葫芦园全毁了。

葫芦王也从不给名声不好的人刻葫芦。小镇上有个暴发户，狂嫖滥赌，还喜新厌旧，纳了小妾。暴发户找到葫芦王央求给他刻一双喜葫芦挂在洞房里。葫芦王不点头。暴发户财大气粗地说："只要你刻，随便你开价！"葫芦王冷笑："嘿，我想刻，你一分一厘不给我也刻；我不想刻，你就是给个金娃娃我也不刻！"

葫芦王于前年冬天去世。他的刻葫芦手艺失传了，他生前刻的那些葫芦顿时身价百倍，收藏家们像收藏古董、书画、珍宝一样收藏葫芦王的葫芦，甚至有外国人闻名前来搜集的。葫芦最怕鼠啮虫蛀。我曾经收藏过葫芦王的一只酒葫芦，可惜被老鼠啃得面目全非，只好扔了。要是葫芦王还活着，该有多好！我会再找他刻个酒葫芦，带着它去游历山水，闯荡世界……

望　星　空

　　每次望星空，我就不由得想起故乡的小女孩月儿。

　　读大三那年，我回故乡度暑假。乡村的夏夜，蛙声蝉声交织，流萤星光辉映。孩子们都去捉迷藏或扑萤火虫了，唯独月儿孤零零地待在院子里的竹床上。

　　月儿的脖子上长了一个瘿袋，这个瘿袋足有三四斤重的柚子那么大，迫使月儿的脖子不得不歪扭着，仰伸着。月儿不能正视和平视，不能像其他孩子一样去自由嬉戏，想必她听见孩子们飘荡在夏夜中的欢笑声，会羡慕和忧伤的。

　　我顿生恻隐之心，放下一本正看得如痴如醉的书，走近月儿身边，想陪她说话，抚慰一下那颗孤独忧伤的童心。我问月儿："你爹呢？"月儿说："我爹去帮人烧砖窑了，说赚了钱，带我到城里去割瘤子。"我又问："你娘呢？"月儿答："我娘去菜园浇水了，说卖菜攒些钱，带我去城里割瘤子。"难怪月儿肯独自乖乖地待在家里，原来心中有一个卑微的憧憬呀！

　　月儿不腼腆，很健谈。她告诉我，班上好多同学嘲笑她的瘤子和歪脖子，但一到考试，就是月儿扬眉吐气的日子，她每门成绩都名列前茅。老师逮住欺侮月儿的调皮鬼就骂："你还有脸欺侮人家？你那脑袋猪头一个，成绩狗屎一堆，不如替人家把瘤子背过来！"老师预言："月儿是个读书的好料子，将来一定有希望考上大学！"月儿说："等我割了瘤子，读书会更用功，成绩会更好。"

　　这时远处传来一阵孩子们的欢呼声。我问月儿："你是不是很想与他们一起去玩耍？"月儿说："当然想……不过，只要我望星空，就不想了。"我诧异："你喜欢望星空？望星空能给你带来快乐吗？"月儿说："能的！我望着月亮和星星，会想起老人讲的嫦娥奔月、吴刚砍树、牛郎织女等传说，还会给那些无名的星星起个名字，编个传说。"我好奇心大增："能讲给我听听吗？"

　　月儿欣然答应，娓娓而谈："你看那两颗星，我给它们起名黄牛星和水牛星，传说天帝派遣它们下凡为人类耕田时，它们都是水牛，耕田时它们很卖力，但人类让它们耕地时，它们坚决不干，说天帝让它们下凡来只说耕田，没说耕地。人类只好托灶王爷向天帝请求再派耕地的牛。于是，天帝让一半水牛变成黄牛，黄牛耕地，水牛耕田，各司其职，不得推诿扯皮。你看现在，人们用水牛耕地时，水牛总怕热，喘着粗气，瞅住机会就往水里跑；用黄牛耕田时，黄牛总怕水，畏缩不前，趁人不备就往岸上跑……"我很惊讶："这传说是你编的吗?"月儿认真地说："是我编的，少先队员是不兴撒谎的!"

月儿当时还讲了许多自编的星星名字与传说，那些传说充满想象力与童趣，简直就是一个个瑰丽奇诡的童话，我不敢相信竟是一个十二岁女孩望星空而杜撰出来的。凭月儿的天赋与勤奋，她长大后大有希望考上大学，当个童话作家。遗憾的是，那年冬天，月儿没等到爹娘烧窑卖菜攒足钱带她进城割瘿袋，就永远闭上了美丽的眸子……世上从此少了一个喜欢望星空的女孩，也许她是世上唯一给星星起名字、编传说的少年吧？

前不久，看了外国影片《爱在星空下》：一个少年侏儒没有父亲，没有兄弟姐妹，没有朋友，他最大的快乐就是在每一个夜晚，笨拙地爬到屋顶上看星空。星空给了他抚慰与快乐，他的内心不再孤独而忧伤。有一天，他的母亲也爬上屋顶，发现儿子痴望着星空，那一刻，母亲深情地告诉儿子："唯有你拥有那些爱笑的星辰!"少年侏儒依偎在母亲怀里，幸福地笑了，我却流泪了……

此刻，我又想起故乡的月儿。夜不能寐，思不能遏，我步出户外，仰望星空，默默地说了一声："月儿，唯有你拥有那些爱笑的星辰!"

朋 友 如 蝶

你从哪里来？我的朋友，
你好像一只蝴蝶飞进我的窗口……

朋友如蝶。蜜蜂流连于花丛，并非真心喜爱花，而是充满功利色彩——酿蜜，一旦谁侵犯它，蜜蜂会以生命搏击，给人狠狠一蜇；而蝴蝶飞翔在花间，真心钟情于花，愿做花魁香魂，为花轻歌曼舞，为花传爱播情，它逆来顺受，视死如归，无搏无争，无怨无悔，无悲无忧，或甘当孩子们的温顺玩物，或愿做科学家的美丽标本。朋友之交，不可像蜜蜂那样私怀功利之图，暗揣攀附之欲，包藏觊觎之心，一旦厄运降临，灾祸当头，便作鸟兽散，甚至落井下石，卖友弃义，或一旦发生误会，出现分歧，就反目为仇，分道扬镳，甚至同室操戈，相煎太急；朋友之交，应该像蝴蝶那样充满平常心态和牺牲精神，趣合相交，志同相聚，交若淡水，聚如清风，朋友有权不狐假虎威，朋友有钱不如蚁附膻，朋友有错须宽容豁达，朋友有难须赴汤蹈火，不求功利，不望回报，但愿友谊天长地久。

朋友如蝶。蝴蝶是美丽善良的精灵，只耳濡目染过蜜蜂群殴、蚂蚁打仗、蟋蟀决斗、蝗虫开战、舴艋残杀、麻雀拼搏、公鸡斗架等情景，还没耳闻目睹过蝴蝶厮斗仇杀的奇谈怪事。朋友之交，不可趋炎附势、前倨后恭，不可忘恩负义、以怨报德，不可刚愎自用、盛气凌人，不可牢骚太盛、怨天尤人，不可口蜜腹剑、阳奉阴违，不可心胸狭窄、因妒生恨，不可一遇芥蒂剑拔弩张，不可争名夺利、尔虞我诈，不可乘人之危操戈反击，应该肝胆相照，休戚与共，平等相处，和谐相交，真诚相待，执着相伴，砥砺相进。

朋友如蝶。蝴蝶是温柔宁静的天使，它不像蜜蜂采花蜜时嗡嗡叫，不像苍蝇扑腥膻时嘤嘤叫，不像麻雀啄麦穗时喳喳叫，不像小猫吃小鱼时喵喵叫，不像羔羊啃青草时咩咩叫，它无论悲欢离合、喜怒哀乐，除了翅膀扇动空气、摇曳花叶的窸窣声，是不会发出声音的。看来蝴蝶是最信奉"沉默是金"的箴言，最善于用自由快乐的飞舞来展示自己的情怀和魅力。朋友之交，应学蝴蝶的沉默情怀，最重要的是用心灵和行动呵护交情，培植友谊，切勿山盟海誓、夸夸其谈，光打雷不下雨，光敲锣不唱戏，交往中稍有误会就怨怼喋喋，吃了一点暗亏或做了一件好事就满世界嚷嚷，生怕人家不知道。真正的友谊如蝴蝶般沉默、深沉、凝重。

朋友如蝶。蝴蝶的生命虽短暂，但做成标本，会给世界留下永恒的美丽。友谊也是有标本的，譬如管仲与鲍叔之交，俞伯牙与钟子期之遇，张良与刘邦之谊，桃园三兄弟之盟，建安七子之骨，竹林七贤之风，竟陵八友之结，韩愈与贾岛之情，元稹与白居易之契，王安石与苏东坡之义，扬州八怪之魂，民国七君子之魄……这些友谊的标本留存于史诗汗青中，流传在民间传说口碑里，世世代代受人景仰膜拜。

朋友如蝶。庄周梦蝶，梁祝化蝶，可见蝴蝶在人们心目中神圣的位置。世界上若没有蝴蝶，会减少一种非凡的美丽和情趣；人生若没有朋友，会失去一种宝贵的情感和财富。

怀念向日葵

世界上最昂贵的向日葵，莫过于荷兰印象派绘画大师凡·高的《向日葵》。他曾画过多幅《向日葵》，其中一些被世界著名美术博物馆重金收藏，有一幅流入民间，1987年曾在伦敦克里斯蒂拍卖行拍卖出2250万英镑的天价。

凡·高生前穷困潦倒，靠胞弟提奥资助度日。凡·高生前画了约800幅油画，约1000幅素描，只卖出一幅油画，仅值400法郎，还不够这幅油画的材料费。凡·高失恋了，疯了，就割下自己的耳朵送给算不上美丽纯洁的情人。

我常常凝望着凡·高的油画《向日葵》，陷入沉思：世界上那么多名花奇卉，凡·高为什么偏偏钟情于向日葵？为什么疯子凡·高竟能画出如此经典辉煌的向日葵？为什么凡·高生活得那么阴郁凄冷而喜欢用金黄明亮的暖色来勾勒向日葵？为什么凡·高把他痴迷的金黄色称为"爱的最强光"？为什么凡·高的向日葵在他生前没开花结籽呢？为什么凡·高的向日葵在百年后才得到世人青睐狂爱？为什么提奥愿意无怨无悔地帮助哥哥栽培浇灌向日葵？为什么凡·高割耳朵而不是送向日葵给情人？

凡·高的《向日葵》给人的沉思和启迪太多了，留下的谜团与悬念也太多。凡·高的《向日葵》里所包含的"神秘"与"永恒"不亚于达·芬奇的《蒙娜丽莎》。《蒙娜丽莎》是美人的"神秘永恒的微笑"，《向日葵》是花朵的"神秘永恒的微笑"。《蒙娜丽莎》的微笑勾魂摄魄，令人浮想联翩，而《向日葵》的微笑如阳光般温暖和煦，让人宁静淡泊。

怀念向日葵，因为现代的喧嚣、红尘的污染，已少有向日葵生长的沃土、水分、阳光。名利风摧折了向日葵叶，铜臭味侵蚀了向日葵秆，市侩气熏染了向日葵花。没有向日葵般的明朗、开放、纯朴、宁静的心，怎能创作出惊世之作？正如曹雪芹不是为"稻粱谋"去写《红楼梦》，凡·高也不是为名利去画《向日葵》。正因为没有了急功近利的浮躁，没有了心猿意马的动荡，锲而不舍地追求人生的目标，九死不悔地痴迷艺术的王国，才能够到达成功的巅峰。

怀念向日葵，因为向日葵深深懂得扎根沃土、热爱阳光的重要性。凡·高躲避都市的喧哗浮嚣，甘愿深入乡村，去画普通人和大自然。凡·高讨厌巴黎没有阳光的街景和没有光明的生活，毅然去追求"爱的最强光"，拥抱充满阳光的人生。而我们的许多艺术家热衷在封闭的象牙塔中无病呻吟，喜欢在阴郁的沙龙里孤芳自赏，乐此不疲地制造速朽的艺术次品甚至精神垃圾。

怀念向日葵，因为向日葵立于阡陌，不择环境，甘于寂寞，安贫乐道，不怨天尤人，不自卑自弃，默默地开自己的花，结自己的籽。世人中有多少人能立阡陌而不怨，出污泥而不染？有多少人能甘于寂寞，战胜自卑，不怕挫折，不怕逆境，最终开出灿烂花结出丰硕果？

怀念向日葵，因为向日葵虽然没有名花珍卉那般娇艳浓馥，但它有坚韧顽强、百折不挠的生命力，狂风吹不倒它，暴雨打不折它，冰雹打不趴它，雷霆劈不死它，地鼠咬不断它，害虫蛀不空它，烈日烤不蔫它，旱魔干不死它。人类若是多一些向日葵的生命力，什么样的灿烂人生不能书写？什么样的辉煌奇迹不能创造？

怀念向日葵，怀念它迎着太阳微笑、迎着人类微笑的情愫与心境。也许就是向日葵憨态可掬的微笑让凡·高怦然心动，激发了他的艺术灵感与创作激情，才画出了那么多幅《向日葵》。我们应该扪心自问：有没有向日葵般的微笑？有没有向日葵般明净热诚的心？

让我们做一棵凡·高笔下的向日葵吧，将凡·高的向日葵种在我们的精神家园中，栽在我们的人生驿站上，插在我们的摇篮旁与墓地里……

舍 得 修 剪

我种过一架葡萄。开始几年葡萄藤繁叶茂，每到夏秋之交，葡萄架上结满绿如翡翠、红若玛瑙的葡萄，煞是喜人。但过了五六年，葡萄藤叶疯长，郁郁葱葱的，而结的葡萄却又小又酸又少，到后来干脆就不结葡萄了。我瞠目结舌，百思不得其解，便请来一位园艺师看看我的葡萄怎么了。

园艺师一看，就断言："你从来就没修剪过葡萄吧！"我困惑地问："葡萄没有病藤败叶，也要修剪吗？"园艺师说："修剪不光要除掉它的病藤败叶，还要控制它畸形疯长，你舍不得修剪它，它才光长藤叶，不长葡萄。"

我恍然大悟。在园艺师的指导下，我把那些肥硕过密的藤蔓统统修剪去了，只剩下几支光秃秃的藤蔓在寒风中瑟瑟颤抖，葡萄架仿佛遭到一场浩劫。但第二年，葡萄架上又结出了又大又甜又多的葡萄。

由此，我联想到：人类也应该舍得修剪自己。

舍得修剪自己，就是要将自己的病枝败叶修剪去。譬如自己心灵上的阴影、伤疤、污垢、丑底、邪念，自己身上的毛病、错误、缺点、恶习、贪欲……这些显然易见的病枝败叶，只要不是忌病讳医、顽固不化的人，都是会舍得修剪的。

舍得修剪自己，就是要将自己的陈枝旧叶修剪去。诚然这些陈枝旧叶曾开过灿烂的花，结过丰硕的果，但不再开花结果后，就应该从容淡泊地离去，"化作春泥更护花"，而不应该厚着脸皮赖在那里争阳光、养分和空间。殊不见，生活中有许多这种人，或躺在过去的功劳簿上吃老本吹大牛；或靠咀嚼昔日的辉煌岁月来打发今天的无聊日子；或背上过去的成绩和荣誉的包袱，不思开拓进取；或嫉贤妒能，害怕别人超越了他，刷新了他昔日创下的纪录；或骄横跋扈，不容别人对他的学说和研究成果有一丝半点的质疑和商榷；或戴着老桂冠，凭着老名气，厚着老脸皮，到处蹭会走穴出风头，满世界兼职捞头衔……要这类人修剪自己是很难的，而那种舍得修剪自己的人也是很可贵的。

舍得修剪自己，就是要将自己的谎花赘叶修剪去。植物中，有的花开得娇艳鲜嫩，却不结果，被人讥为"谎花"；有的叶长得肥硕葱茏，却不护花遮果，被人视作"赘叶"。只有修剪去谎花赘叶，植物才能更好地生长。生活中就有这种谎花赘叶般的人；或好高骛远，高谈阔论，空怀远大理想，却不愿脚踏实地去干；或锱铢必较，机关算尽，到头来捡了芝麻丢西瓜，赔了夫人又折兵；或见异思迁，心猿意马，东一锹西一镐地挖井，到处留下牛蹄印；或攀权附贵，趋炎附势，靠谄媚吃香喝辣，借权势耀武扬威；或胸无大志，懒惰糊涂，做一天和尚撞一天钟，今朝有酒今朝醉；或投机钻营，沽名钓誉，空有光环和桂冠，没有真才实学硬本领……这类人总是把自己的谎花赘叶看作金招牌和命根子，是断断舍不得修剪自己的，等到命运来修剪他们时，才幡然悲鸣，悔之晚矣。

舍得修剪自己，就是孔子倡导的"吾日三省"的道德规范，就是佛家劝诫的"扫心地"的境界，就是鲁迅先生提倡的"勇于解剖自己"的精神，就是共产党人推崇的"自我批评""改造自己"等法宝。

只有舍得修剪自己，才能使一个人更加趋向完美，更有人格魅力，使一个民族从野蛮走向文明，从愚昧走向理智，从落后走向先进，从贫穷走向富强，从沉沦走向崛起，从黑暗走向光明，从苦难走向幸福……

梦是唯一行囊

　　我和妻子都喜欢旅游。不同的是，我喜欢轻装简行，恪守"多带钱、少带东西"的原则，一般都是带几件换洗衣服、一本书、一只茶杯，而我妻子信奉"勤带帽伞、饱带衣粮"的古训，每次出远门的前几天，就开始置备旅游中吃穿用的东西，每个环节、细节，每种用途、可能性都考虑到了，不把旅行箱塞满决不罢休。

　　每次出游前，我都要与妻子为该不该带哪些东西费一番口舌，有时甚至争得面红耳赤，以致扫了游兴，败了心境，或愤愤然取消行程，或悻悻然分道扬镳。每次看到妻子出游时大箱小包、步履沉重的情景，我都禁不住讥笑她，像一只背负躯壳艰难爬行的蜗牛，仿佛带着全部家当流浪天涯的吉普赛人。

　　一次旅途中，我给妻子讲了一个外国笑话：一个胆小如鼠的骑士将进行一次远途旅行。于是，他竭力准备好应付旅途中可能遇到的各种问题。他带了一把剑和一副盔甲是预备对付敌手，一把弓箭用来射杀凶禽猛兽，一把斧子用来披荆斩棘或砍柴火，一长串绳子用来攀崖荡涧，一大瓶药膏是为防太阳晒伤皮肤或毒藤划伤皮肤，还有一顶帐篷、一条毯子、一件雨衣、锅和盘碟以及喂马的草料。骑士出发了，叮叮当当，咕咕咚咚，好像一个马帮货郎。骑士来到一座破木桥的中间，桥板突然断裂，他和他的马都坠入河中，淹死了。临死前的瞬间，骑士很懊悔忘了带一只救生筏。

　　妻子被这笑话逗得咯咯笑了。我瓮声瓮气地说："笑个屁！你就像这愚蠢的骑士！"妻子马上反唇相讥："哼，你这德性，忘恩负义！大前年春天登泰山遇寒潮，不是我给你带着毛衣不冻病才怪咧！前年冬天游太湖，你受了寒犯了风湿性关节炎，不是我给你带着微型电疗器救急吗？去年夏天去张家界，你吃坏了胃拉肚子，不多亏我带着痢特灵，深山野坳里上哪儿去买药？你呀你，真没良心！"我瞠目结舌。妻子说的全是大实话，我自然词穷，但我不承认理亏。我总觉得，旅游就得轻松愉快，行囊太重，怎么轻松？累赘太多，何以愉快？不轻装简行，就会失去旅游的意义，简直等于畏途苦旅！我琢磨着怎么说服妻子。

　　忽然，我想起妻子酷爱三毛。三毛的书妻子收集了一书橱，每本都捧读得卷了边。当年三毛自杀的噩耗传来，妻子悲恸欲绝，如丧胞姐，真恨不得也找双尼龙长袜上吊。妻子如此痴迷崇拜三毛，何不用三毛作榜样开导妻子？酷爱旅游探险的三毛曾有一句名言："梦是唯一行囊。"三毛与爱人荷西闯荡撒哈拉大沙漠，只带了水、干粮、画夹、照相机，还有"梦中的橄榄树"。三毛在苦旅中常不断淘汰累赘物，包括在旅途中购买、收集或朋友馈赠的纪念品，有时回到家时，只剩下一身红尘两袖清风，还有一枕幽梦两肋豪情。我说起三毛时，妻子一反常态，温柔地聆听，宁静地沉思，渐渐泪眼婆娑，说道："以后旅游，我要像三毛那样浪漫洒脱！"妻子果真变了，逢出游精简行装，舒展心境，轻松旅游，嬉山戏水，优哉游哉！妻子轻装旅游后，成为摄影迷，发表了好多风景照片哩！

由"武装到牙齿"的骑士和"梦是唯一行囊"的三毛，我联想到：红尘滚滚，商潮滔滔，诱惑多多，欲望多多，生命不可承受如此之重之繁，人生不可以有限追无限、以一身搏万机，只有轻装简行，扔掉包袱，丢下累赘，选准梦想，坚定信念，才能成就一番事业。人生征途中，谁也无法完全预卜得到苦难与挫折、逆境与厄运，只有以梦为行囊，以信念为指南针，以生命激情为动力，勇敢前行，筚路蓝缕，顽强拼搏，终将能登上成功之巅，到达胜利彼岸。这就是生命旅行的真谛！

心灵旅行

　　也许你总抱怨工作太忙，交际应酬太多，生活琐事太杂，没空去远足旅行；也许你想通过一次长途旅行，拂去心灵的浮躁烦恼，荡涤精神的寂寞郁伤，疗治感情的痛楚创伤，却因事务缠身或囊中羞涩而不能如愿。那么就在工作环境、生活氛围里巧妙地作一些心灵旅行吧，也能给你带来意想不到的快乐和悠闲。

　　心灵旅行，是我的一位高位截肢的朋友提出的寻找快乐法。他喜欢收集中外风光照片、风景介绍、游记以及咏叹风景、歌颂大自然的诗歌。他没爬过庐山，却知道仙人洞的传说，美庐是谁的别墅；他没登过比萨斜塔，却对比萨斜塔斜多少度、高多少层、谁设计的了如指掌。他真的堪称"秀才不出门，全知天下景"。我曾跟随旅游团跑过不少名山大川，难免浮光掠影、走马观花，回来与我的这位朋友聊起来，亲历其境的我还不如纸上观景的朋友懂的风土人情多，不由得尴尬沮丧。朋友有时也善意地讥笑我："身游心不游，白花钱受累呀！"

　　无独有偶。后来，我认识了一位公司总经理。在他的办公室的墙上，悬挂着一幅巨幅照片，上面罩着帷幕。当他身心疲惫需要小憩时，就拉开帷幕，凝神欣赏照片中那遥远神秘、美丽纯朴的草原和小湖，渐渐心旷神怡、精力充沛起来。他也管这种不花钱、不费时的瞬间休憩叫"心灵旅行"。

　　现代生活节奏加快，生存竞争加剧，人们的神经越绷越紧，心理负荷愈来愈大，在工作、学习、生活之余，越来越需要心灵旅行，来减轻心理压力和精神负担，协调心情和情绪，给自己放一个短假，去寻找乐趣与悠闲。这种心灵旅行可以设计出许多：

　　收集《动物世界》《世界各地》等反映动物、大自然景观、城市风景的纪录片，心情不好时观看，便能忘情于山水，超然于红尘；

　　备一些如《刘三姐》《阿诗玛》《走西口》《康定情歌》《红河谷》《梭罗河》《莫斯科郊外的晚上》等中外优秀民歌唱片，以及维也纳圆舞曲《蓝色多瑙河》、舞剧《天鹅湖》选曲，或者美国乡村音乐音碟，在心力交瘁时倾心聆听，定能抚慰身心，驱散疲劳；

　　将过去旅游拍摄的照片汇集成影册，孤独寂寞时拿出来翻一翻，从每张照片上的笑脸与动作中，认真回忆一下当时的心境与小情趣、小插曲，想想为什么笑得那么开怀，为什么羞答答地低下头，为什么娇嗔地噘着嘴巴？这样的心灵旅行极易唤醒沉睡的友谊与爱情，重温幸福的感觉和快乐的滋味；

忧愁烦恼时，不妨将昔日旅游时收集的奇石异贝、根雕盆景、昆虫花卉标本、景点门票徽章等浏览一遍，想想这些收藏品是怎么在"踏破铁鞋无觅处"后蓦然发现的，回味一下当时的惊喜与振奋，让过去的欢乐濡染现在的心境；

默诵屈原的《离骚》，聆听盲人阿炳的《二泉映月》，临摹王羲之的《兰亭序》，仿唱梅兰芳的《霸王别姬》，凝视凡·高的《向日葵》，细读屠格涅夫的《猎人笔记》，是一种心灵旅行；

倚窗赏月，凭栏听雨，临池观鱼，提笼遛鸟，默打棋谱，独品酒茗，雕刻石印，捏搓泥人，也算一种心灵旅行……

总之，只要能让心灵开放、身心愉悦、精神放松的休憩，都可算心灵旅行。朋友，请选择和设计你的心灵旅行吧！

相信眼泪

西汉时卓文君与司马相如相恋私奔，当垆卖酒，传为千古佳话。殊不知，司马相如后来又有了红颜知己，卓文君悲愤欲绝，曾写过哀怨凄怆的《弃妇吟》。司马相如悔恨交加，流下忏悔的泪水。卓文君豁达大度，与司马相如重归于好。

俄国著名作家陀思妥耶夫斯基曾是酒鬼和赌徒，夫人实在忍受不了他的恶习，欲与他分道扬镳。陀氏痛心疾首，跪在夫人裙下痛哭流涕，发誓痛改前非。夫人相信了他的眼泪，扶助他写出了世界名著《罪与罚》《白痴》。

这是中外两则相信眼泪的范例。

人类历史中，不相信眼泪的人与事太多了。秦王不相信商鞅的眼泪，将他车裂分尸；楚王不相信屈原的眼泪，将他革职流放；罗马教皇不相信哥白尼的眼泪，将他处以火刑；希特勒不相信爱因斯坦的眼泪，将他驱逐出国；陆游母亲不相信唐婉的眼泪，造成离婚悲剧；唐明皇御林军不相信杨贵妃的眼泪，逼她自缢于马嵬坡；奥赛罗不相信苔丝狄蒙娜的眼泪，嫉妒杀妻；普希金不相信妻子的眼泪，决斗而死……

不相信眼泪的人认为，眼泪是烟幕弹，是腐蚀剂，是柔武器，是软刀子，是攻心战，是表演术，是权宜计，是鳄鱼泪，是生姜汁。的确，世界上许多眼泪都不是由心所流，为情所淌，但是，你不能怀疑世界上所有的眼泪都是阴险的、虚伪的、廉价的，比如牛痘疫苗发明者詹纳为天花病人流下的眼泪，英国护士南丁格尔为伤员流下的眼泪，美国总统林肯为黑奴流下的眼泪，德国商人辛德勒为犹太人流下的眼泪，中国县官焦裕禄为兰考百姓流下的眼泪，英国王妃戴安娜为艾滋病人流下的眼泪，你能说这些眼泪不是真诚、高贵、圣洁的吗？

请相信眼泪吧！再坚强、冷酷的人也要学会流泪，为真善美而流，为值得感动珍爱的事物而流，为奇迹和喜讯而流，为灾难与悲剧而流，眼泪与微笑一样会使你增添人格魅力，丰富情感内涵，加强公众形象。流泪并不是怯懦脆弱的代名词，无情未必真豪杰，有泪如何不丈夫？

请相信眼泪吧！多相信一掬泪水，就多一份宽容，为他人抹去忏悔的泪水，等于拆除彼此的心墙，不再耿耿于怀、貌合神离，不再积怨结仇、勾心斗角。尤其要相信犯错误的人的眼泪，若揪住辫子不放，一棍子打死，很可能会毁灭一个人的一生。若校长不相信鞋匠的儿子安徒生的眼泪，执拗要将偷同学东西的安徒生开除学籍或送进监狱，世界上的孩子们就会少了许多美丽动人的童话。

请相信眼泪吧！多相信一串泪珠，就多一份同情心，不要把每个失意者、窘困者的眼泪当作陷阱圈套，该扶持就扶持一把，该施舍就施舍一回。尤其要相信失败者的眼泪，再给他们一次机会，往往成功就在这最后一次机会里。若诺贝尔的科学试验资助者不相信诺贝尔的眼泪，就会撤走资金，将他赶出试验室，世界上也就没有炸药，更没有诺贝尔奖。

请相信眼泪吧！如果人类都不相信眼泪，精神家园就会变成沙漠，心灵就会永远闭上百叶窗，人人都会戴上假面具，龟缩在戒备森严的城堡中。

请相信眼泪吧！让眼泪荡涤心灵的污垢，抚慰灵魂的创伤，冲破精神的樊篱，滋润情感的花朵。

请相信眼泪吧！眼泪是金，眼泪是心灵之泉！

皱 纹

树有年轮，人也有年轮。人的年轮长在脸上，那就是皱纹。岁月老人的车轮在人的脸上碾过，留下的车辙，就是皱纹。只不过，岁月老人喜欢儿童和青年，驾着车从他们脸上腾空而过，因而留不下车辙。

岁月老人是公平的。没有任何人逃脱得了他的车轮的碾轧，多少爱美的女人奢望留下红颜，拒绝皱纹，不惜花费重金，甚至不怕肉体创伤，吃养颜回春的灵丹妙药，搽润肤祛皱的膏露脂粉，请美容大师做拉皮消纹手术，都无济于事，皱纹就像一个市井无赖，拼命地纠缠着那些女人，轰它不走。

岁月老人又是不公平的。他虽然无不例外地给每个人留下皱纹，但每个人的皱纹有多有少，有深有浅。历经厄运逆境、饱受苦难艰辛的人，欲望心机繁多、精神负荷沉重的人，岁月老人的车轮便重重地碾过他们的脸，让他们满脸皱纹如蛛网，若沟壑，似刀砍斧凿；养尊处优、舒适安乐的人，淡泊宁静、豁达开朗的人，岁月老人的车轮只轻轻地在他们脸上滑过，象征性地留下些许蜻蜓点水般的涟漪。

其实，人应该坦然从容地看待皱纹。皱纹正如树上的果实、田间的谷物，到了成熟季节自然要枯萎、坠落，聪明的人应该平静地接受这一境界。与其向自然规律挑战，拼命地想驱赶走皱纹，不如睥睨皱纹，素面朝天，任皱纹在自己脸上纵横交织，把心劲用在人生要义上。皱纹并非全是丑陋、衰老的标志，有些皱纹其实是岁月的最佳点缀，显示出成熟的魅力、练达的风情。在功高德劭的人的脸上，皱纹简直成了峥嵘岁月的烙印，辉煌人生的勋章。当我们瞻仰文坛泰斗托尔斯泰和科学巨匠爱因斯坦时，看到他们满脸的皱纹，宛若看到智慧的经纬、知识的网络、奋斗的轨迹、成功的菊瓣。

不知是哪位名人说过："没有皱纹的老奶奶是可怕的！"我想，可怕在她始终生活在优裕安逸中，没有经过人生风雨的洗礼和生命熔炉的淬火，无忧无虑，无牵无挂，无悲无喜，无荣无辱，无爱无恨，无得无失，人生就如一杯白开水平淡寡味，宛若一片荒原毫无风景。她怕风吹雨打影响容颜，怕日晒夜露加速衰老，甚至怕一颦一笑催生皱纹，最后也许她能成功地阻挡住皱纹的侵袭，却付出了惨重的代价：没有尽情享受人生快乐，没有真实体验生命的美丽，她成了人生中最悲哀的过客——一辈子都在关注自己的脸，而忘了观赏人生的风景！

当然，少生或晚生皱纹，是人生中很惬意的事。人们在防止或驱逐皱纹时，往往只注重良医名药，而忽视了心灵保养和精神调剂。心灵阴暗险恶，事事尔虞我诈，处处勾心斗角，时时剑拔弩张，机关算尽、脑汁绞干，还能不早生皱纹？徇私枉法、巧取豪夺，常怀"半夜敲门"之惊和"东窗事发"之忧，吃不香睡不甜，坐不安立不宁，还能不早生皱纹？在上司面前摧眉折腰、唯唯诺诺，拼命挤出谄笑媚颜，一举一动如履薄冰，成天担忧得罪上司失宠受冷落，警惕对立面的诽谤诬陷，还能不早生皱纹？一遇厄运逆境就怨天尤人、悲观绝望，遭到摧折打击就一蹶不振、心如朽木，或破罐子破摔，或踩着西瓜皮滑到哪儿算哪儿，还能不多生皱纹？骄奢淫逸、醉生梦死，狂赌滥嫖、酗酒吸毒，忍把青春赌明天，贱将年华弃流水，还能不多生皱纹？贪心难足，欲壑难填，挖空心思争蜗名，疲于奔命抢蝇利，得之则大欣喜大快活，失之则大沮丧大失落，还能不多生皱纹？

古人的养生驻颜术中，也有"心疗"之说。心病身必疾，心苦色必衰。养颜美容的人们在延医用药时，更应注重"心疗"。古人说得好："清心寡欲，寿之骨也。"从某种意义上来说，脸上的皱纹并不可怕，可怕的是心灵上的皱纹！

从"耻辱戒指"谈起

　　加拿大工学院誉满全球，国际知名度很高，但校史上也曾出现过一次"校耻"：一次，加拿大政府将一座大型桥梁的设计工作，交给了毕业于该校的一名工程师，但由于设计失误，桥梁倒塌了。为了记住这一惨重教训，加拿大工学院买下了这座断桥的废钢材，加工成戒指，称为"耻辱戒指"。从此以后，每届毕业生在领取文凭时，都要领取一枚耻辱戒指。毕业生们牢记"耻辱戒指"的教训，在工作中认真负责，兢兢业业，取得了许多辉煌的成就。

　　初读这则消息，心里不禁嘀咕：加拿大工学院似乎有点小题大做，"嫁出去的姑娘泼出去的水"，学生出了校门还认那倒霉账干啥？谁还会追究到学校头上？再说，毕业生千百万，"龙种"大大多于"跳蚤"，为母校争来的荣誉大大多于惹下的耻辱，难道还不能"百俊遮一丑"吗？但该校没有为自己开脱，严于责己，引为"校耻"，把"耻辱"变成了勇气和动力，变成了鞭策和警示，这种"知耻"精神真是难能可贵！

　　我们有这种"知耻"精神吗？平心而论，对于历史上的因外强入侵造成的国耻，比如割让香港澳门、北洋水师覆灭、火烧圆明园、卢沟桥事变、南京大屠杀等，我们还能念念不忘，知耻后勇。但某些人对当代的，由于自己失误、失策而造成的耻辱，却讳莫如深，遮遮掩掩，"犹抱琵琶半遮面"，"王顾左右而言他"。所以，知外耻容易，知内耻难；知旧耻容易，知新耻难；知人耻容易，知己耻难。

　　倘若参照加拿大工学院自定"校耻"的做法，我国有许多特大事故、事件是够得上一定等级的耻辱的，有的堪称国耻、省耻、市耻，有的堪称县耻、局耻、厂耻、村耻。倘若每一条战线、每一个部门、每一个团体、每一个单位，都能像加拿大工学院那样，自觉地反省自己，增强知耻观念，就可以促使我们克服好大喜功、骄傲自满、遮丑捂疮、讳疾忌医等毛病，以痛史为镜，以耻辱为鉴，以错误挫折为调，变聪明起来，不再"走麦城""失街亭"，就能把我们的工作搞得更好，把事业搞得更兴旺发达。

　　从某种意义上来说，耻辱也是"财富"，可以鞭策、激励人去雪耻洗辱，把坏事变成好事，把阻力变成动力，把逆境变成顺境，把耻辱变成荣誉。但是，重要的是要知耻。一个国家、民族有国耻并不可怕、可耻，真正可怕、可耻的是这个国家、民族患了健忘症，忘记了国耻，不思雪耻，反添新耻；一个单位、一个人蒙受过耻辱也不可怕、可耻，真正可怕、可耻的是讳丑遮耻，死不认账，或拼命推诿，嫁祸于人，或不以为耻，反以为荣……

忘记耻辱，就意味着重蹈覆辙！

（原载于 1997 年 8 月 15 日《人民日报》）

戒 心 动

佛家有这样一个故事：在一个寺院里，一群和尚正闭目静神打坐，突然吹来一阵风，把寺中旗杆上的幡吹动了。一个小和尚说："幡在动。"另一个小和尚插话说："不是幡动，是风在动。"第三个小和尚说："不，是风吹幡动。"这时，进来一个老方丈说："既非幡动，亦非风动，是心动。"

这个故事既有禅意，也有哲理。借鉴来防腐戒贪太贴切、太耐人寻味了。"苍蝇不叮无缝的蛋，狐狸爱钻有洞的窝。"我们当干部的，只要心不动，什么糖衣炮弹，什么金钱美女，什么香风毒雾，什么吹牛拍马，什么甜言蜜语，什么攻关绝招，什么秘密武器，都能抵挡。心灵的堡垒是最难攻破的，除非自愿打出白旗。

有的人贪污受贿东窗事发后，就痛哭流涕，哀求宽恕，推政策界限不明确，怨社会风气不好，扯物欲诱惑太多，怪行贿者手腕太高明，赖开后门拉关系的人太执拗，叹吃香喝辣的职业容易犯错误，责神通广大的权势容易将人拉下水，尤亲朋好友合伙坑害了自己，恨自己老婆吹了枕边风，就是不问问自己：心动了没有？守没守住自己的心堡？

古人在戒心动上是很有一些招法的，可资今人借鉴：

一曰"封心"。《清朝野史大观》载：清道光年间刑部大臣冯志圻酷爱收藏碑版书画，但一到外地巡视，就绝口不谈自己的爱好。一下属探知他的爱好，献给他一本宋拓名碑帖。冯志圻立即原封不动退还。有人劝他："何不启封看看？"他说："启封若是真品，将会爱不释手；不启封一赏，权当赝品也。封其心眼，断其诱惑，任尔物多美，色多艳，眼不见心不乱，其奈我何？"

二曰"惧心"。《韩非子》载：鲁国宰相公仪休喜欢吃鱼，国中许多人争先恐后地买鱼献给他，他一概不收。其弟感到很奇怪："你那么喜欢吃鱼，为何不收？"公仪休回答："正因为我喜欢吃鱼，所以不能收别人的鱼。一旦收下别人的鱼，就得徇情枉法替人家办事，徇情枉法就难免丢了相位，丢了相位，自己想吃鱼也买不起了。"这种惧怕心理也不失为一种自律法，可权衡利弊，掂量轻重，比较得失，分析荣辱，做到心中有数，不轻举妄动，免得身败名裂。

三曰"禅心"。《后汉书》载：东汉安帝时名儒杨震迁任东莱太守，路经昌邑，县令王密携带黄金十斤贿赂杨震。杨震坚拒不受。王密以为他故作姿态，劝说道："暮夜无人知。"杨震反唇相讥："天知神知我知你知，怎么说无人知呢?"这一名言与"老天有眼""要想人不知，除非己莫为""天网恢恢，疏而不漏""多行不义必自毙"等俗语、禅言如出一辙。别以为自己做得神不知鬼不觉，到头来还是会阴错阳差地让你暴露在光天化日之下，正所谓"天灭我也!"

四曰"洗心"。唐人笔记小说载：有一个想当清官的县令，却无奈长着一颗贪心和一双馋眼，见了钱就眼馋心痒。他很苦恼，找到阎王爷诉苦。阎王爷说："你果真要当清官也好办，只要洗净贪心，换掉馋眼就成。"阎王爷命鬼医替他洗心换眼，他果真做了清官。这虽然是个神话故事，却说明了一个道理：只要洗心革面，痛改前非，用正确的人生观武装头脑，自觉抵制物欲邪念的蛊惑，增强免疫能力，还是能做个拒腐蚀永不沾的清清白白之人。

五曰"贞心"。《左传》载：宋国京城长官子罕拒绝了一个拍马屁的人献的宝玉，他幽默地说："我以不贪为宝，你以宝玉为宝。假如你把宝玉送给我，我俩都丢了宝。倒不如我们各自拥有自己的宝为妙。"以不贪为宝，贫贱不移，富贵不淫，在金钱美女面前有颗坚贞不屈的心，任你什么"幡"、什么"风"都不动心，是最难能可贵的!

（原载于 1997 年 9 月 3 日《人民日报》）

但 是 歌

看女儿造句，那真是我的开心事，有时忍俊不禁笑弯了腰，有时感到拍案叫绝。譬如：天真——今天真热。假如——小店货假如牛奶就掺了水。勇敢——隔壁小勇敢撩大狗却怕小猫。就是——成就是干出来的，不是吹出来的。都是——我们都是害虫。一起——我们一起去自杀！女儿不是不会造句，只是逆反心理作怪，挖空心思与老师玩幽默。老师自然给她这些乱七八糟的造句打上大大的红叉，并在家访时狠狠地告了一状。

"我们都是害虫"，这句我耳熟，好像是电视上播放的农药广告歌词。"我们一起去自杀"，我不知道这是女儿玩的黑色幽默，还是真的有厌世情绪。这不仅把老师吓了一跳，也把我惊出一身冷汗。

我一改素日嘻嘻哈哈的面孔，严肃郑重地找女儿谈心。女儿做了一个鬼脸，嬉皮笑脸地说："这是从卡通片里抄来吓吓老师的，想不到把老爸也吓个半死，真好玩！我现在幸福透顶，哪会舍得自杀？"我虚惊一场，又好气又好笑，把女儿教训了一顿。

打这以后，女儿造句故意捣蛋的毛病改了许多，但免不了故态复萌。一次，老师布置家庭作业，用"但是"造句，女儿竟一口气写了一首《但是歌》：

报纸电视里天天喊"减负"，但是我们的作业天天在增加。
老师家长总在教导我们不说假话，但是大人们总在说假话。
我知道调皮捣蛋会惹老师生气，但是我不喜欢做一个乖孩子。
班长哪门功课成绩都不如我的棒，但是班长最听老师的话。
黄小岛玩弹弓射伤了林夕的眼，但是他爸是大款一点也不慌。
王大路哪次考试都偷看课本，但是他妈是区长一点也不怕。
今年班上搞了一次班干部竞选，但是最后还是老师说了算。
老师说教师节不要送礼，但是学生、家长还得纷纷送礼。
学校开展城乡儿童手拉手活动，但是班上就有同学闹矛盾没拉手。
学校昨天组织看电影《一个都不能少》，但是今天班上就少了一个……

我好奇地问女儿："班上少了谁?"女儿说："少了林夕呗，她的眼睛被打瞎了一只，她爹瘫痪了，她妈下岗了，她只好退学帮妈守小摊做生意。"我怅然无言。

　　那夜，我浮想联翩，辗转难眠，索性爬起来，拧亮电灯，为女儿写了一首《但是歌》：

　　　　你可以玩幽默耍调皮发牢骚，但是你得热爱生活认真做人。
　　　　你可以知道人生的假恶丑，但是心灵一定要追求真善美。
　　　　你可以保持你的个性，但是别染上孤傲尖刻虚妄自负的坏毛病。
　　　　你可以批评指责别人，但是别忘了养成自我批评解剖的好习惯。
　　　　你不能左右天气，改变容貌，但是你可以改变心情，展现笑容。
　　　　你不能时时顺心，样样顺利，但是你可以处处尽心，事事努力。
　　　　你不能控制他人，预知明天，但是你可以掌握自己，把握今天。
　　　　你不能决定生命的长度，但是可以决定生命的高度、宽度和质量……

　　　　　　　　　　　　　　　　　（原载于 2000 年 7 月 22 日《新民晚报》）

嫉 妒

一棵树看着一棵树，

恨不得自己变成刀斧；

一根草看着一根草，

甚至盼望着野火燃烧。

这是著名诗人邵燕祥的一首短诗《嫉妒》。寥寥四句就把嫉妒精神刻画得入木三分，揭露得淋漓尽致。

正如佛家所言："嫉妒是人间最大的恶行。"西方某位哲人说："嫉妒是一种可怕的精神病。"别以为嫉妒是女人的专利品、小人物的常见病，一些有学问、有才华、有出息的人也容易染上嫉妒病。譬如，儒家祖师爷孔子妒恨少正卯开学馆，吸引走了他不少门生，一旦权柄在手就杀了少正卯；同样很有才华韬略的靳尚嫉妒屈原，在楚王面前进谗言，迫使屈原被流放至洞庭湖，自沉汨罗江；同是鬼谷子得意门生的庞涓嫉妒孙膑，在当上魏国大将军后，将孙膑骗至魏国，凶残地砍断了他的双腿……在中国历史上，像这种因嫉妒作祟、人才残害人才的悲剧还可列举出许多，令人心寒齿冷。

在现实生活中，嫉妒的幽灵仍在游荡着，不时侵扰戕害我们。例如，甲歌星看到乙歌星一夜蹿红，其歌曲飙升为排行榜榜首，心生醋意，继生歹念，买凶"修理"乙歌星；丙演员看到丁演员捧了金鸡奖、金鹰奖，红眼病骤发，便无中生有、造谣中伤，向小报记者散布丁演员的"隐私""丑闻"；子作家看到丑作家出了文集，获了大奖，妒火中烧，紧锣密鼓地炮制攻击文章，把丑作家的文集骂成狗屎堆；寅画家看到卯画家出了画册，办了画展，心态失衡，便挖空心思诬蔑卯作家"拉关系走后门""学术不正""沽名钓誉"；A 教授看到 B 教授成为学科带头人，心翻醋浪，眼冒妒火，从政治、学术上无懈可击，便从生活作风上寻找突破口，散布 B 教授与某女弟子"关系暧昧"的谣言；C 专家看到 D 专家获得一笔不菲的科研奖金，嫉妒得牙痒痒、眼红红的，背后散布流言蜚语，说 D 专家的科研成果是"剽窃霸占"的……

小人物之间的嫉妒危害并不可怕，大人物之间的嫉妒却能造成极大的危害。因为大人物或权位显赫，或才能显著，或能量巨大，或德高望重，一旦染上嫉妒病，就能掀起千尺醋浪，烧起万丈妒火，或摧毁人才，或两败俱伤，对人才和事业都会造成极大的威胁和危害。好多人才济济的单位长期有人扯皮拉筋、勾心斗角，搞得乌烟瘴气、人心涣散、怨声载道，八成是嫉妒的幽灵在兴风作浪，造成两派旗鼓相当的人才在打内耗仗。这些"妒"令智昏的人才在毁灭事业的同时，也毁灭了自己的青春、才华和前途。

有些人本来很有本事，但就是见不得人家超越自己，否则，就下暗绊使阴坏，干出嫉贤妒能的蠢事来。殊不知，人才的脱颖而出和水平的突破超越，都是需要人梯精神的，你不能站在巨人的肩膀上往上攀登了，那么就需乐于当人梯，让别人踩着你的肩膀去征服成功巅峰，摘取胜利桂冠。这应该是快乐、幸福、崇高的牺牲与奉献，而不应该成为痛苦、耻辱、嫉恨的心结。真正高尚的人，看见别人超越自己，一会见贤思齐、奋勇直追，二会甘当人梯、乐于铺路。

鞋

《世说新语》记载：东晋时有两个文人，一个叫祖士少，喜欢收集财宝；一个叫阮遥集，喜欢收藏木屐。两种嗜好都是一种负担，但没人能分出他俩品位的高低来。一次，有人到祖士少家去，正好看见他在把玩财宝。祖士少见客人来了，急忙将装财宝的匣子藏在身后，显得很慌张。又有人到阮遥集家去，看见他正吹着火给木屐打蜡上光，还感叹道："不知道一辈子能穿几双木屐？"说话时神态悠闲，泰然自若。人们通过他俩对待嗜好的态度不同，评价他俩的品位是阮高祖低。

宋代著名爱国词人辛弃疾在一首《满江红》中引用了这典故，感叹道："佳处径须携杖去，能消几緉平生屐。"

一生能穿几双鞋？这是一个浅显的生活问题，也是一个深奥的哲学命题。

即使人活上百岁，一年穿一双鞋，一生也不过穿一百双鞋。但有人就是不明白这道理。譬如菲律宾前总统马科斯夫人用丈夫巧取豪夺来的民脂民膏，疯狂购买世界各地名鞋达三千多双，据说有双巴黎生产的镶嵌珍珠黄金的皮鞋竟价值一辆豪华轿车。马科斯终因暴政、巨贪激起政变，成为流亡总统，客死夏威夷。马科斯夫人的名鞋也成为笑柄、罪证，落得被展览、拍卖的可耻下场。

假如把鞋比作钱，那么，一生能用多少钱呢？即使你富可敌国，家有金山，每天也只能吃三顿饭，睡一张床，穿一双鞋，钱生不带来，死不带去，何苦做金钱的奴隶，甚至做金钱的罪囚呢？我真不理解那些"硕鼠"为什么要鲸吞千万元、亿元的巨款，几辈子都花不完呀，要那么多钱干嘛？其实，贪欲好比一个渴极的人喝海水，越渴越喝，越喝越渴，形成恶性循环。有的巨贪在银铛入狱后，愿交出所有家产，甘当农民，只求饶命。殊不知，法网无情，死罪难逃。早知如此，何必当初？早知"一生能穿几双鞋"的道理，何必捞了"鞋"而丢了头。

有一个故事里说，某座城市里出了一个贪官，被打入死牢。在待毙的日子里，他的皮鞋被牢霸抢去了，只得穿着牢霸废弃的一双又破又脏的球鞋。他不想穿着这双破鞋去见阎王，就捎信给家人和朋友买双新皮鞋送来。谁知，他入狱后，众叛亲离，昔日前呼后拥的朋友们生怕受株连，纷纷作猢狲散，连他的妻子也急匆匆地闹离婚，哪还有心思给他买鞋？最后，他不得不向探监的八十高龄老母哀求："我儿时是穿着您做的布鞋学会走路的，我要出远门了也想穿您做的布鞋……"

这个故事真叫人扼腕叹息。既替那贪官惋惜：本是山窝里飞出的金凤凰，是政界年富力强、才高学深的佼佼者，却"机关算尽太聪明，反误了卿卿性命"；更替那贪官的老母唏嘘：她曾挑灯熬夜为儿子做布鞋，期望着儿子争气，有出息，儿子果真争气了，考上了县城中学，又考上了省城大学，儿子果真有出息了，进了机关，又当了大官。她没文化，不懂世情，问天问地问乡亲：她儿子咋一下子变成了死囚？是不是被人陷害了？她儿子要那么多钱干嘛？她儿子可没往老家捎钱呀！她仍然住着茅棚，吃着粗粮，穿着布衣，睡着土炕，她给儿子做第一双布鞋时就希望他走正路，没想到儿子长大后不屑穿她做的布鞋了，就走上邪路了。可怜她人老力衰、眼花手颤，还得含着老泪忍着心痛为儿子做最后一双布鞋，希望能让他在另一个世界里走好，不跌跤。

一生能穿几双鞋？这是谶语，是警钟，能让我们深思警醒，不要穿上贪欲的魔鞋，跳起纸醉金迷的舞蹈，走上了罪孽深重的不归路……

毒　奶　酪

古希腊寓言家伊索写过一则著名的寓言，叫《乌鸦和狐狸》。这是一个世界上妇孺皆知的寓言故事：

一只乌鸦找到一块奶酪，得意洋洋地站在枝头上。这时，狐狸路过，看见了乌鸦嘴里衔着的奶酪，垂涎欲滴，心生一计，便谄媚地夸乌鸦长得漂亮，嗓子好听，撺掇乌鸦唱歌。乌鸦飘飘然，张嘴唱歌，奶酪掉在地上。狐狸急忙叼上奶酪，扬长而去。

伊索慨叹："当有人给你献媚唱赞歌时，一定要警惕呀！"

2300多年后，德国启蒙运动时期的思想家、剧作家和文艺理论家莱辛读了伊索寓言《乌鸦和狐狸》后拍案叫绝，又觉得意犹未尽，可恨那狐狸太卑鄙下流了，决不能让它得到好处，就即兴给《乌鸦和狐狸》续了一个出人意料的尾巴：

狐狸叼着那块从乌鸦嘴里骗来的奶酪，钻进了洞里，眉飞色舞地给母狐狸、小狐狸吹嘘起自己的聪明，揶揄乌鸦的愚蠢。狐狸们快乐地分享了这块奶酪。谁知吃下奶酪后，狐狸们剧痛难忍，肝胆俱裂，纷纷暴死。原来，这奶酪是人家用来诱杀老鼠的毒饵。

莱辛幸灾乐祸地诅咒："让那些喜欢谄媚的小人都吃上毒奶酪吧！"

伊索与莱辛"接力赛"般的寓言，颇像我国古代的寓言故事《塞翁失马》。塞翁失马，焉知祸福？乌鸦失酪，安言悲喜？莱辛没有狗尾续貂，而是将伊索的寓言深掘了，丰富了，升华了。身为奴隶的伊索同情弱者，抚慰庶民，身为贵族的莱辛疾恶如仇，蔑视权贵，可从各自的寓言中窥见一斑。仔细咀嚼他们的作品，琢磨个中的质朴情感和深邃哲理，宛若醍醐灌顶，芝兰沁心。

古往今来，谄媚的小人大多是能捞到许多好处的，或高官厚禄，或肥马轻裘，或浮名虚荣，或蝇头微利。古代的帝王将相身边，或多或少聚集着一些佞臣、拍马精、献媚者，这些小人无非是想哄到自己梦寐以求的"奶酪"。有的谄媚小人野心膨胀，欲壑难填，想哄的"奶酪"越来越大，竟是整个社稷江山，如杨国忠、秦桧、魏忠贤之流。当然，他们最终都吃了"毒奶酪"：一个在"安史之乱"中被愤怒的士兵乱刀砍死于马嵬驿，一个在杀岳降金后百姓的唾骂声中暴病而死，一个在黜职流放途中像丧家犬般自缢。这正应验了那句谶语："机关算尽太聪明，反误了卿卿性命。"

翻阅中外史册，没有哪个靠谄媚得势的人不留下骂名，受到历史唾弃的。谄媚的小人最终都会吃到历史和命运给他们安排的"毒奶酪"。

伊索和莱辛的同题寓言《乌鸦和狐狸》启迪我们：一方面，我们要警惕身边的溜须拍马者，不被甜言蜜语所惑，不受谄行媚态所扰，近君子远小人，重谏臣轻谗士，不让谄媚小人吃到"奶酪"；另一方面，我们对谄媚小人决不能心慈手软，要重拳打击这些心怀鬼胎、口蜜腹剑的家伙，要给他们准备大大小小的"毒奶酪"，或让他们上吐下泻，尝到谄媚的苦头，从此洗心革面，重新做人，或让他们一命呜呼，阴魂永远不再归来。

点 亮 心 灯

儿时，故乡小镇上有一个女疯子，经常赤身裸体往外面跑，饿了就趴在垃圾堆上扒烂菜帮吃，困了就卧在煤灰堆里睡觉。爷爷总叹息："这女人遭孽呀！"不谙世事的我问："她怎么会这样？"爷爷说："她疯了当然这样！"我又问："什么叫疯了？"爷爷一愣，说："什么叫疯了？这么说吧，每个人心上都有一盏灯，疯了就是心上的灯被吹熄了。"我仍然追问："谁吹熄了她心上的灯？"爷爷支支吾吾起来："这个……也许是老天爷，也许是魔鬼，也许是别人，也许是她自己……"

我问爷爷："怎样才能让心灯不熄灭呢？"爷爷说："灯熄灭了，一定是油烧完了。人做好事就等于添油，做坏事就等于减油，坏事做多了，油就减完了，心灯自然就熄灭了。"我问："那个女疯子做过许多坏事吗？"爷爷瞠目结舌，半晌才说："倒没听说她做什么坏事，也许前生做过许多坏事，是恶人投胎吧？"从那时起，我就对爷爷的心灯之说深信不疑，敬畏不已。我不敢做一件坏事，在小伙伴们撺掇和胁迫我去干一些诸如偷枣偷瓜、把瞎子往粪窖牵、在路上埋钉子扎车胎扎行人脚、往人家水缸里拉尿面缸里拉屎等恶作剧时，我都坚决不干，挨骂挨揍也不干，生怕心灯的油减光了会疯。

长大后，我才知道爷爷的心灯之说是迷信。但拿心灯比喻人的生命与灵魂还是挺恰当贴切的。医生救死扶伤，驱逐病魔，在点亮病人的心灯；教师传授知识，开启智慧，在点亮学生的心灯；作家著书立说，启迪心灵，在点亮读者的心灯；音乐家谱写乐曲，引吭高歌，在点亮听众的心灯；科学家探索奥秘，钻研科学，在点亮人类的心灯……

其实，人人都可以点亮别人的心灯。在别人遇到困难和危险时，你援之以手拉扶一把，就是在点亮心灯；在别人身处厄运或逆境而迷茫颓废时，你动之以情鼓励一番，就是在点亮心灯；在别人做蠢事犯错误时，你晓之以理劝说一下，就是在点亮心灯；在别人春风得意、趾高气扬时，你真诚坦直提醒一声，就是在点亮心灯；在别人孤独寂寞、悲伤惆怅时，你柔情义肠抚慰几句，就是在点亮心灯……正如佛家所说"处处是佛"，点亮心灯的善举也是处处可以做的，只要你有心。

当然，真正点亮别人的心灯，并使之永远不熄灭，这也是很复杂很困难的事。美国著名作家休伍·安德逊曾在小说《没有点亮的灯》中写道："人与人之间是很难互相了解的，即使是最亲密的人之间也无法沟通。"那盏心灯在两个无法沟通的父女之间永远没有点亮起来，而他们又是那么充满爱心，那么渴望点亮心灯。美国奥斯卡获奖影片《克莱默夫妇》《金色池塘》也反映了夫妇、父女之间如何点亮心灯的问题。点亮心灯虽难，但不是没有希望。《金色池塘》中那对父女的心灯就被真诚理解所点亮了。更有趣的是，扮演父女俩的亨利·方达和简·方达也是一对代沟很深、隔阂严重的父女，在演完《金色池塘》后，他们各自的心灯都被点亮了，父女俩重归于好。

佛家经卷中讲到瞎和尚走夜路提灯笼的故事，当别人讥讽瞎和尚走夜路提灯笼白费蜡时，瞎和尚说："我替别人照路，也在替我照路，防止别人看不见路把我撞倒了。"这看似浅显的故事反映了一个深邃的哲理：点亮别人的心灯，也等于点亮了自己的心灯！你的心灯照亮了别人，别人的心灯也会照亮你！

佛家有一首《扫地歌》："扫地扫地扫心地，不扫心地空扫地，人人都把心地扫，世上无处不净地。"借用来也可改编成《点灯歌》：点灯点灯点心灯，不点心灯空点灯，人人都把心灯点，世上无处不光明。点亮心灯，照亮人生征途和生命旅程，让丧失灵魂的人快点返回精神家园，让迷路的人快点回家……

牢　骚

　　牢骚并不一定是坏东西。屈原的《离骚》就是牢骚——忧国忧民、愤世嫉俗的牢骚；冯谖为食无鱼出无车居无屋而三弹铗，可算得上是个牢骚大王，但他在孟尝君的三千食客中堪称出类拔萃，为孟尝君运筹帷幄立下奇功；司马迁受腐刑后也牢骚满腹，但牢骚和屈辱促使他完成了不朽名著《史记》。可见牢骚不一定是消极情绪、颓废思想，发牢骚的也不一定是恨生不逢时、叹岁月蹉跎的人。

　　当然，牢骚要客观、适度。毛泽东在《七律·和柳亚子先生》一诗中说得好："牢骚太盛防肠断，风物长宜放眼量。"牢骚发多了，也会影响身体，影响斗志，影响观察事物的眼光和心态，影响人际关系和社会和谐。

　　牢骚多是对现状的不满。从某种意义上来说，牢骚是一种积极因素，表明对社会不良现象和弊病邪气还有义愤，还期待着改造现状，使社会趋向于真善美。正如鲁迅先生说的："不满是社会前进的车轮。"倘若大家都见怪不觉怪，见丑不觉丑，见恶不觉恶，那就说明麻木不仁、无可救药了。

　　人往往在年轻时牢骚最盛：开会时发牢骚，聚会时发牢骚，闲聊时发牢骚，家宴时发牢骚，不顺眼不顺心时发牢骚，兴高采烈、手舞足蹈时也发牢骚……这个年龄的牢骚，有涉世不深的因素，难免高谈阔论，慷慨激昂，书生气十足。牢骚虽然有些虚妄，但十分真挚可爱，有股"先天下之忧而忧"的气概。

　　步入中年，有了些许涉世经验和沧桑感，懂得事物的复杂性，能多角度、多层次地观察人生和社会，牢骚就发得少些了。有时不发牢骚，是一种宽容、体谅；有时不发牢骚，是一种无奈、默认。有些社会不良现象和弊病，你发牢骚也白发，只好睁一只眼闭一只眼，免得自寻烦恼，徒添郁愤。与其发牢骚，不如发愤行动，去改造现状；与其发牢骚，不如从自己做起，从现在做起，从小事做起，从身边做起……

　　人到老年时牢骚渐渐多起来，有九斤老太似的"一代不如一代"的哀怨，有老舍《茶馆》中常四爷那样的"年轻时牙好却没豆吃，现在有豆吃了牙又不行了"的慨叹，有"世风日下，人心不古"的愤世嫉俗式的感喟，有"菜价又涨了，电费又涨了"的鸡毛蒜皮式唠叨……老年人的牢骚对中青年人来说，有时是一种警醒，有时是一种鞭策，有时是一种教诲，有时是一种关爱，有时是一种抚慰。牢骚也罢，唠叨也罢，都含着浓浓情意、殷殷期望。因此，对老人的牢骚和唠叨，则更应有宽容谦逊之心，要洗耳恭听，要琢磨掂量，要善于从中捕捉到人生真谛和沧桑之鉴。当然，从老年人养身之道的角度来说，老年人还是少发牢骚和唠叨为好，保持心情舒畅，笑颜常开，则益寿延年，青春不老。世界毕竟是后代人的，得超脱些，放心让他们去闯；生活总是向上的，不能老是唱着过去的歌谣。老年人应多有这样的心境：斜倚藤椅，啜茗赏夕阳；青梅煮酒，举杯邀明月；采菊东篱，悠然见南山；重阳登高，放鹤听松涛；含饴弄孙，鹤首亦童心；染指丹青，闲来敲棋子；老骥伏枥，梦铁马冰河；踏歌吟诗，聊发少年狂……

当然，牢骚能与幽默、机巧、哲理联姻就更佳。伊索的牢骚披上了寓言的霓裳，令操生杀大权的奴隶主倾倒在幽默的迷宫中；阿凡提的牢骚装入了故事的魔瓶，让蛮横愚蠢的国王在机巧的陷阱里出尽洋相；战国纵横家们的牢骚插上了哲理的翅膀，三寸不烂之舌能抵百万铁骑……看来，发牢骚也有技巧和学问，发牢骚也是一门艺术。会发牢骚的人，能因势利导，能掌握火候，能亦庄亦谐，能刚柔相济，能嬉笑怒骂皆文章，能电闪雷鸣总是情……

木 钉

深山里有一座古庙，年久失修，破烂不堪。一天深夜突然刮起大风，庙被吹得嘎嘎作响，猛烈摇晃起来。庙里的三个和尚从睡梦中惊醒，吓坏了，光着身子往外跑。"轰隆"一声巨响，古庙塌了，瞬间变成一堆废墟。

风暴过后，三个和尚走近废墟一看，那些旧橡木并没有腐烂，仍然非常结实。和尚们感到十分蹊跷：橡木结实，为什么古庙塌了呢？再仔细查看，原来，雨水渗进连接榫头的木钉孔里，木钉腐烂了，就无法把巨梁连接起来。

三个和尚面面相觑，瞠目结舌。他们很后悔，平时只忙于烧香敬佛、敲磬撞钟，而疏忽了定期检查、维修古庙，本来只需花很少工夫更换木钉就能加固古庙的，而现在古庙塌了，重修的希望渺茫，悔之晚矣，只好作"猢狲散"了。

巍峨古庙，竟毁于木钉，令人恻然、深思。这故事给了我们深刻的启迪：别小觑了"木钉"呀！在社会中存在太多的"木钉现象"，譬如：

原本好端端的一个单位，因几个小人兴风作浪，挑拨离间，搞得单位乌烟瘴气，正不压邪，班子瘫痪，人心涣散，债台高筑，每况愈下，直至破产倒闭；

原本好端端的一个干部，因不注意小疵小节，不拒绝小恩小惠，不防微杜渐，由小贪小贿演变成大贪大贿，最终东窗事发，银铛入狱，甚至走上断头台；

原本好端端的一个家庭，亲人间因一些鸡毛蒜皮的小事怄气，发生一些小磨擦、小纠葛、小误会、小差错，相互不能宽容忍让，常常针尖对麦芒，唇枪对舌剑，积怨渐深，矛盾激化，终于反目为仇，分道扬镳；

原本好端端的一对朋友，因一桩小误会而心存芥蒂，或因一个小玩笑而刺伤自尊心，或因一件小错事而影响了友谊，没及时赔礼道歉、推心置腹，没豁达宽容、重修于好，而抱怨在心、耿耿于怀，导致友谊破裂，陌如路人，甚至成为仇敌；

原本好端端的一件事情，因一个小环节出了纰漏，或因一个小步骤疏忽大意，影响全盘，铸成大错，导致功亏一篑，棋输一子，好事落个坏结果；

原本好端端的一个身体，因一点小病懒上医院，硬撑软拖着，或讳疾忌医，把病当隐私捂着，结果病入膏肓，回春无力；

原本好端端的一台机器，因一颗螺丝帽滑丝了，或一个小齿轮生锈了，或一个小孔漏油了，若熟视无睹，天长日久，很有可能酿成毁机伤人的事故；

原本好端端的一棵大树，被一只蛀虫蛀蚀了一个小洞，若没有啄木鸟的及时光顾，或园丁的洒药除虫，就会被蛀虫掏空躯干而砰然折断；

原本好端端的一道长堤，被一窝白蚁侵入了，若不赶紧治蚁，留下隐患，要不了多久，固若金汤的大堤也会被白蚁蛀成豆腐渣，洪水一来，就会崩溃；

原本好端端的一条河流，日夜不停地流进一股股污水，河就变色了，发臭了，废弃了……

社会中充满这种"木钉"，人生无时无刻不在受"木钉"的困扰。我们离不开"木钉"，但又要警惕腐烂的"木钉"。我们既要防止"雨水"渗入"木钉"，又要在发现"木钉"腐烂后当机立断毫不留情地更换它！

蜘　蛛

佛教禅学中有这么一个耐人寻味的小故事：

一个小和尚第一次梦见蜘蛛在他眼前晃动，第二次梦见蜘蛛在他脑袋上爬行，第三次梦见蜘蛛在他心头织网。小和尚吓坏了，就去向老和尚哭诉求救："怎么驱赶这梦境中的蜘蛛呢?"老和尚交给他一根木炭，说："你再梦见蜘蛛时，就用这木炭在蜘蛛周围画个圆圈，将它圈住，它就不会再来惊扰你了。"

小和尚当晚又梦见了蜘蛛，便用木炭画圆圈圈住了蜘蛛。果然，蜘蛛消失了。小和尚猛地醒过来，忽见自己的肚皮上被木炭画了一个圆圈……小和尚豁然明白：哦，原来这梦中作祟的蜘蛛，还是自己肚皮中的俗欲杂念在作怪呀！

人生中，不是也有这种梦中的蜘蛛不时地纠缠、惊扰、咬噬我们吗?

有的人经不住灯红酒绿的考验和糖衣炮弹的袭击，在权力、金钱、美女面前，守不住初心，顶不住诱惑，思想防线崩溃了，精神支柱坍塌了，最后腐化堕落了，沦为罪人，或锒铛入狱，或命丧黄泉。他们在东窗事发后，往往痛心疾首、号哭流涕，诅咒拉他下水上贼船的人，怨恨社会上不正之风的影响，责怪外界环境物欲的诱惑，就是不扪心谴责自己意志的脆弱，操守的卑微，灵魂的肮脏，私欲的膨胀，道德的沦丧。

有的人在红尘万丈、物欲横流的生活中疲于奔命，忙应酬，忙钻营，忙做官，忙经商，忙炒股，忙混文凭，忙评职称，忙出名，忙出国，忙减肥，忙追新潮，忙休闲娱乐……他们太贪多，太求全，太浮躁，太急切，太痴迷，反而顾此失彼，或捡了芝麻丢了西瓜。这好比被人拖着到处凿浅井，东凿一点，西凿一点，到处留下"牛脚印"，每一口井都是半途而废，没凿到水源。这是生命和才力的浪费，到头来心力交瘁，一事无成，回首往事空悲嗟时，他们也许会喟叹世风的浮嚣，时尚的诱惑，而不反省自己没能把握自己真正的志趣与才能，没能找准自己的奋斗目标与支点，没有锲而不舍、九死不悔的精神与韧性。

有的人总在高谈阔论，慷慨激昂，总在孤芳自赏，牢骚满腹，指责天下肮脏，却不愿自扫脚下尘埃；诅咒世风颓败，却不能独善其身；哀叹人心不古，却不愿古道热肠；好高骛远，却心猿意马，患得患失；雄心壮志，却犹豫踯躅，裹足不前；临渊羡鱼，却不愿退而结网；拨浪弄潮，呛口海水就狼狈而返。他们总在抱怨命运不公，机遇颇少，生不逢时，才无用处，却没醒悟到，空谈、浮躁、自负、孤傲、虚幻、软弱、犹豫、不自信、无恒心等都是封杀他们心灵、阻碍他们成功的"毒蜘蛛"。

寂寞的蜘蛛爱在孤独的心里结网，自私的蜘蛛爱在贪婪的心里结网，虚伪的蜘蛛爱在欺诈的心里结网，自负的蜘蛛爱在狂妄的心里结网，放荡的蜘蛛爱在淫秽的心里结网，无知的蜘蛛爱在愚昧的心里结网，阴险的蜘蛛爱在嫉妒的心里结网，狠毒的蜘蛛爱在冷酷的心里结网，忧郁的蜘蛛爱在悲观的心里结网，欢乐的蜘蛛爱在乐观的心里结网，勇敢的蜘蛛爱在坚强的心里结网，美丽的蜘蛛爱在高尚的心里结网……朋友，你的心网上是什么蜘蛛呢？

关 于 琴

几次梦见古人抱琴而来，或弹琴抒怀，或摔琴泄愤，或抚琴悲叹，或抱琴行吟……我觉得这些梦境挺有意思，就把它们写出来，并加上自己的腹诽和议论。

俞伯牙在汉水之畔弹琴，砍樵的钟子期驻足聆听。俞伯牙弹琴想象高山时，钟子期赞叹："弹得多么好呀！巍巍然好像高山。"俞伯牙随着琴声想象着流水，钟子期品味："弹得多么好呀！洋洋然好像江河。"后来，钟子期病故了。俞伯牙悲恸欲绝，砸破了琴，拉断了弦，从此终生不复弹琴。他认为世界上再没有一双能欣赏他的琴声的耳朵了。

其实，俞伯牙大可不必砸琴戒琴。世界之大，只要琴声有高山流水之壮美，何愁前路无知音呢？世界上有什么样的琴声，就会有什么样的耳朵。再说，你的琴声只被一人所欣赏，只为一人而弹拨，是不是太阳春白雪了呢？音乐的感召力是不是太微弱了呢？音乐家的心怀是不是太狭窄了呢？

陶渊明不懂音乐，但是备有一张没有装弦的琴。每当酒喝得痛快、诗作得得意的时候，就在空琴上做一些弹琴的动作，借以抒发感情，寄托意趣，优哉游哉。

陶渊明若是把琴装上了弦，弹出的琴声一定是不堪入耳的噪音，而他弹不装弦的琴，就可想象他弹的琴声多优美、多动听呀！他的耳朵里充满想象的琴声，不亦乐乎？想象，有时可以把我们从生活贫寒的忧愁和地位卑微的沮丧中拯救出来。我们可以想象自己是精神的富豪，心灵的贵族。

汉代的司马相如是个穷困潦倒的流浪文人，一次在富豪卓王孙家做客时，他即兴弹奏了一曲《凤求凰》。其实，司马相如知道卓王孙的女儿卓文君新寡在家，有意娶她为妻，但又求亲无门，希望通过琴声向卓文君传达他的心声。卓文君正躲在屏风后细细品味着他的琴音。知音难求，卓文君不顾父兄的强烈反对，毅然决然与司马相如私奔，去了司马相如的家乡当垆卖酒。

现代生活中，像卓文君这样听一曲《凤求凰》就私奔的女人太少了！有的男人纵有司马相如般的高超琴艺，也是"对牛弹琴"。某些女人不需要琴，而需要钱和权。

唐代诗人陈子昂年轻时，才华横溢，踌躇满志，想到长安结交名人，谋官求爵。哪知到了长安后，虽四处奔走，却毫无结果。陈子昂满腹忧愤，在长安市上以百万钱买了一把胡琴，引起围观者的惊奇。他又当众宣布第二天在宣阳里公开演奏。第二天，当那些围观者聚集在宣阳里等他演奏时，他却将胡琴当场摔碎，并拱拱手对众人说："蜀人陈子昂，善于诗文，然奔走京城，不为人知。今有烦诸位，代为宣传。"说完就将诗文遍赠围观者。由于陈子昂的诗文确实写得好，没过多久，他的诗名大振，初登仕途。

陈子昂摔琴，是一个成功的炒作事件。但他的诗文若写得不好，就是摔一百把胡琴也枉然。现代人若想学陈子昂，首先得看自己的才华够不够，底气足不足。

工之侨得到一根良桐，把它削成琴，安上弦一弹，声音美妙如金玉。他认为这是天下最珍贵美妙的乐器，便把它献给朝廷。朝廷乐器师看了琴说："这琴不古老。"工之侨抱着琴回家来，让油漆工在琴上画了些断断续续的纹路，又请篆刻匠在琴上刻了些古代器皿上的文字，然后用匣子装着埋在土里。一年后他挖出琴，抱到街市上去卖。一位权贵之人看见这琴，用一百两银子买下它，再献给朝廷。朝中乐官争相传看，都说："这琴真是稀世之宝啊！"工之侨闻之感叹道："真可悲呀，这个世道！难道只有一张琴的遭遇如此吗？"

人才的命运也如琴的遭遇，与其怨天尤人、自暴自弃，不如另辟蹊径、独运匠心，去巧妙地包装自己，去成功地推销自己。当然，前提是你必须是一张好琴。

关 于 碗

在人类栖树居穴、茹毛饮血的年代，是没有碗的。

人类有碗后，就开始了贪婪。正如俗话所说："守着碗里，盯着锅里。"

人类有碗后，就开始了奢侈。嫌弃陶碗、木碗、瓷碗，就雕玉碗、象牙碗、犀牛角碗，就铸锡碗、铜碗、银碗、金碗。

人类有碗后，就开始了争斗。用武力去砸人家的饭碗，用权力去抢人家的饭碗，用计谋去骗人家的饭碗。

人类有碗后，就有了等级。帝王将相、达官贵人、巨贾豪绅可以用金碗银碗喂猫养狗，而穷人连讨饭的碗也没有。

人类有碗后，就有了追求。人人都想捧上金饭碗，人人都想让自己的饭碗里有饭有菜、有鱼有肉，于是就拼搏奋斗，社会也就进步了，历史也就演变了。

人生若是混到没有碗的日子，那就是厄运、逆境。不过在这样的日子里，人也应该像人，让人格飘扬得像一面猎猎作响的旗帜，把尊严挺立得像一座巍巍无言的大山，宁愿渴死不饮盗泉，宁愿饿死不吃嗟来之食，决不能破碗破摔，自己的碗砸了，也要去砸别人的碗。

人生若是混到有许多碗的境地，就算是成功人士了。在这样的境地里，要想到碗的来之不易，珍惜碗，不要在奢靡之风中丧失了金碗，而沦为乞丐；要想到还有许多人没有饭碗，应该乐善好施，慷慨济穷，让所有的人都有饭碗；要做到控制欲望，知足常乐，不要贪得无厌、私欲膨胀、利令智昏、巧取豪夺，最后东窗事发，银铛入狱，捧上牢碗，甚至走上不归路，让自己的饭碗死去。

碗是可以死的。

一休小和尚不小心将老和尚的茶碗砸了，他怕老和尚打骂他，就跑去问老和尚："师傅，人有生死，东西有生死吗?"老和尚不假思索地答："当然有。"一休小和尚说："师傅，您的茶碗死了!"

《五灯会元》记载：新的小僧参见赵州从谂禅师，问大师："如何是佛?"大师道："殿里的。""殿里的不是泥塑像吗?"大师道："是的。""那如何是佛?"大师仍答："殿里的。"小僧百思不得其解，恳求道："小僧初入丛林，还乞大师多多指点。"大师便问:"你吃过粥了吗?""吃过了。""那么先去把碗洗一洗。"小僧恍然大悟。修行悟道与日常生活都属于同样的事情,要确切领悟到生活的真实,这才是修行的要义。在佛家看来,担水劈柴、洗碗抹桌就是修道,从我做起,从现在做起,方是真实的。

还有这么两个关于碗的故事:

一对夫妻虐待老人,经常把残菜剩饭盛在一只小木碗里给老人吃。一天,他们发现儿子在雕着一块木头,问:"你想雕什么?"儿子答:"我想雕一只小木碗,等你们老了时,给你们吃饭用。"

你用小木碗虐待老人,你的儿孙也会用小木碗来虐待你。

一个城里人到乡下去旅行,看见一家农户在用一只古代瓷碗喂小猫。城里人不露声色,慷慨地买下了那只小猫。临走时,城里人装作漫不经心的样子,向农户讨要那只瓷碗。农户断然拒绝了,狡黠地说:"这只小碗可不能送给你,我已经靠它卖掉了七只猫了!"

你想用猫钓碗,人家却用碗钓了你!

世上有许多这样聪明反被聪明误的事,机关算尽太聪明,到头来,不仅捞不到那只朝思暮想的碗,反而把手中的碗给砸了……

关于耳朵

　　眼睛是心灵的窗户。那么，耳朵呢？耳朵应该是心灵的另一扇窗户。不信，你把耳朵堵上，那感觉宛若捂上眼睛一样难受，听不见天籁之声，听不见虫鸣鸟语，听不见欢歌笑语，心灵也就失聪了，人也渐渐迟钝了。小时候，我总感到奇怪：有些哑巴和正常人一样也有舌头，为什么不会说话呢？长大后才知道，他们是先聋后哑的，耳朵有恙，生下来就听不见人说话，自然也就学不会说话了。眼睛看不见，影响不了说话；耳朵听不见，却可影响到说话，可见耳朵比眼睛重要，是一扇比眼睛重要的心灵窗户。

　　尧时的许由，在箕山隐居种田，尧请他出来做九州长，他觉得这句利禄之言弄脏了他的耳朵，特地跑到颍水边洗耳。后世的李白大不以为然，讥讽他故作清高来扬名："洗心得真情，洗耳徒买名。"是呀，在诱惑面前，洗心比洗耳重要得多！

　　孔子喜欢听韶乐。一听就走火入魔，废寝忘食，进入"三月不知肉味"的忘我境界。孔子提倡"克己复礼"，告诫弟子们非礼勿视，非礼勿听，非礼勿言，非礼勿动……孔子周游列国，受困于陈蔡之间，挨了一位山野狂人的讥笑谩骂，弟子们尴尬万分，义愤填膺，而孔子泰然自若，仿佛没有听见。弟子问："先生，你怎么不生气呢？"孔子答："非礼勿听，我什么也没听见，生什么气？"看来，耳朵可以痴迷声音，也可以拒绝声音。关键要管好自己的耳朵。

　　陶渊明不懂音乐，但是备有一张没有装弦的琴。每当酒喝得痛快、诗作得得意的时候，就在空琴上做一些弹琴的动作，借以抒发感情，寄托意趣，优哉游哉。朋友善意地嘲笑他附庸风雅，陶渊明说："我不会弹琴，若是装上了弦，弹出的琴声一定是不堪入耳的噪音，而我弹不装弦的琴，就可想象我弹的琴声多优美、多动听呀！我的耳朵里充满想象的琴声，不亦乐乎？"陶渊明是一个最善于使用和保护耳朵的人！

　　汉代的司马相如在富豪卓王孙家做客时，弹奏了一曲《凤求凰》。其实，司马相如知道卓王孙的女儿卓文君新寡在家，有意娶她为妻，但又求亲无门，希望通过琴声向卓文君传达他的心声。卓文君正躲在屏风后细细品味着他的琴音。知音难求，卓文君不顾父兄的强烈反对，毅然决然与司马相如私奔，去了司马相如的家乡当垆卖酒。许多年后，司马相如产生了纳茂陵女为妾的念头。卓文君心情悲伤，吟哦了一首幽怨凄婉的《白头吟》。司马相如听了这首《白头吟》，羞愧满面，良心发现，顿时打消了纳妾的念头，与卓文君重归于好，白头偕老。愿天下的有情人皆有一双发现爱情、珍视爱情的耳朵！

俞伯牙在汉水之畔弹琴，砍樵的钟子期驻足聆听。俞伯牙弹琴想象高山时，钟子期赞叹："弹得多么好呀！巍巍然好像高山。"俞伯牙随着琴声想象着流水，钟子期品味："弹得多么好呀！洋洋然好像江河。"后来，钟子期病故了。俞伯牙悲恸欲绝，砸破了琴，拉断了弦，从此终生不复弹琴。他认为世界上再没有一双能欣赏他的琴声的耳朵了。其实，世界之大，只要琴声有高山流水之壮美，何愁前路无知音呢？世界上有什么样的琴声，就会有什么样的耳朵。

明代吏部尚书王翱有一爱女，嫁给了京郊官贾杰。王翱的夫人甚爱女儿，但每次去接女儿回娘家小住时，女婿就故意阻拦，并怨恨地对妻子说："你爹任吏部尚书，只要调我到京城任职，则你每天都可以就近侍候你娘了，而且你爹要调我职就如摇落树上的枯叶一样容易，为何要那么吝惜呢？"王翱的女儿把夫婿的话告诉了娘。一天，王翱的夫人备下美酒佳肴，跪下央求王翱让女婿调职。王翱大怒，将酒席掀翻，还拿酒壶砸伤了夫人，拂袖而去。壮哉！王翱有一双不听枕边风的耳朵！但愿当今官场上，多多拥有这样的耳朵！

关于舌头

孔子曾向老子讨教处世之道。老子默默无言,只是把嘴张了张,示意他满口的牙全没有了,又把舌头伸了伸,就转身而去。孔子纳闷:这是什么意思呢?孔子在回去的路上,忽然顿悟,情不自禁地赞叹:"啊,老子真是了不起呀!"原来,孔子悟出了老子哑谜的意思:牙齿是硬的,全没有了;舌头是软的,到老还在。

石头是硬的,水是软的,水滴石穿;树是硬的,风是软的,风摧大树;英雄是硬的,美女是软的,美女能俘虏英雄。永远不要小觑软的威力!

古代有个皇帝问大臣:"世上什么东西最好?"大臣答:"舌头。"皇帝纳闷:"为什么?"大臣说:"舌头能说好话。"皇帝又问:"世上什么东西最坏?"大臣答:"舌头。"皇帝惊异:"怎么又是舌头?"大臣说:"舌头也能说坏话。"

舌头能兴邦,也能祸国;舌头能救人,也能杀人;舌头能邀功,也能惹祸;舌头能传播真理,也能散布谬误。舌头是人体最复杂的器官。

小和尚问老和尚:"上吊而死的人为什么都伸着舌头?"老和尚说:"因为天堂和地狱都不喜欢人的舌头,死者提醒人们装殓时替他们割掉它。"小和尚又问:"那么,其他死法的人为什么都不伸舌头呢?"老和尚答:"因为天堂和地狱都喜欢人的舌头。"小和尚恍然大悟:天堂和地狱也需要说好话的舌头,何况人世间?

张仪游说诸侯时,曾到楚相国府上饮酒,不久相国家丢失了一块玉璧,便怀疑张仪偷了,把他抓去打了一百大板。张仪的妻子埋怨道:"你若不读书游说,怎么会遭受这种耻辱?"张仪张开嘴巴问妻子:"你看我的舌头还在不在?"妻子笑着说:"还在。"张仪说:"那就足够了!"后来张仪当了秦国丞相,写信给楚相国说:"当初我没偷你的玉璧,你却毒打我。现在请你小心点,我要回来偷你的城池了!"

一条巧舌胜过十万雄兵。舌头永远比刀剑厉害!

宋人曹商奉宋王之命出使秦国,去时车马只有数乘,秦王很赏识他,赏给他车马百乘。曹商回来后去见庄子,炫耀道:"像先生这样住穷巷陋屋,靠打草鞋谋生,面黄肌瘦地度日子,我可做不到。但我能游说万乘之主,使自己荣华富贵，车马百乘。"庄子嘲笑道："听说秦王有病，悬赏召医，能为他消肿挤脓的赏车一乘，能用舌头给他舔痔疮的可得车五乘，治疗方法越卑下，赏的车马就越多。难道你是为秦王舔痔疮的？"

古往今来，这种为权贵舔痔疮的小人太多了！这是舌头的堕落和悲哀！

越王勾践曾为吴王夫差尝粪辨病，唐朝侍郎郭霸曾为御史大夫魏元忠尝尿验病，同样是用舌头去干肮脏恶心的事，但境界悬殊，前者为了报邦仇雪国耻，而后者为了攀权贵往上爬。

明代杨士奇位居高官，其子杨稷却横行乡里，鱼肉百姓，名声极坏。有人从家乡来，将杨稷的恶行告诉了杨士奇。杨士奇甚感忧虑，特意撰写了一副对联寄回家劝告儿子改邪归正，对联是：不畏官司千状纸，只怕乡民三寸刀。意思是说，打官司并不可怕，最可怕的是百姓的三寸之舌。

众口铄金，群痰溺人，群众的眼睛是雪亮的，老百姓的舌头是锋利的！

古人说："防民之口，甚于防川。"洪水靠疏导不能堵塞，言路要畅通不能禁锢。只有尊重老百姓的舌头，老百姓才信赖你的舌头。

鹦鹉因为舌头而受人宠爱，乌鸦因为舌头而令人厌恶。说真话的人因为舌头而吃苦受难，说假话的人因为舌头而吃香喝辣。

男人的舌头多用于喝酒和吹牛，女人的舌头多用于接吻和唠叨。男人的舌头伴随着权力而高贵，女人的舌头伴随着婚姻而平庸。

沉默是金，疾呼也是金。关键要看你当谁的喉舌。

人 生 与 床

古人说："纵有仓廪千座，每日只需三餐饭；纵有广厦万间，每夜只需一张床。"这就是告诫世人：要知足常乐，不要贪得无厌，欲望若没有止境，就永远心累，没有快乐和幸福，哪怕他表面看起来幸福透顶，快乐如神仙。

庄子讨厌床。他经常赤身裸体地躺在野地里睡觉，人家嘲笑他时，他反唇相讥："世俗之人怎知我的心境？我这是以天为衣，以地为床!"庄子正是睡在大地这张"床"上做出了诡怪瑰丽的蝴蝶梦，写出了大气磅礴的《逍遥游》。

床有时还和家仇国恨联系在一起。

战国时孙膑与庞涓同是鬼谷子的得意门生，庞涓当上魏国大将军后，顿生嫉妒猜疑之心，把孙膑骗到魏国，割掉了孙膑的膝盖，又假惺惺地给他鲜衣美食、裘被玉床，还给他安排了美妾侍婢。孙膑装疯，撕碎鲜衣，打翻美食，吓怕妾婢，滚下玉床，爬到马厩里睡觉，渴了喝马尿，饿了吃马粪。这样，终于蒙蔽了庞涓，使他放松对孙膑的监禁。后来，齐国使者营救出了孙膑，孙膑成为齐威王的军师，成功地指挥了桂陵、马陵两大战役，大败魏军，逼迫庞涓羞愧自刎。倘若孙膑忘记复仇雪耻，躺在庞涓施舍的温柔富贵之床上苟度残生，也就没有那部奇诡的《孙膑兵法》，没有辉煌的桂陵、马陵大战。

春秋时的越王勾践，在吴国大军压境时，为避免城破国亡、生灵涂炭的惨剧，与王后一起到吴国做人质当奴仆。勾践怕自己忘了国耻邦仇，经常不睡舒适的床铺，而去卧扎身的柴薪；不吃鲜美的饭菜，而去尝苦涩的猪胆。勾践为了麻痹吴王夫差，表现他甘当亡国奴，他亲自把妻子送到夫差的床头，亲自给夫差尝粪辨病。夫差万万没想到，就是这么一个"奴颜媚骨"的亡国之君，竟然冲天一怒，拔剑而起，将他的脑袋砍了，将吴国灭了。值得咀嚼玩味的是，吴王夫差在越军偷袭进宫、复仇之剑直刺咽喉的时候，还躺在床上与美女蛇西施寻欢作乐。床呀床，你既是卧薪尝胆、雪耻复仇的摇篮，又是荒淫腐败、导致杀身灭国的温床!

床还与家园联系在一起。有家必有床，无床就不成其为家。

在那物资匮乏、住房紧张的年代，许多人领到了结婚证，却无处摆婚床，成不了家，只好上小客栈或亲戚朋友家"打游击"，甚至跑到郊外树林草丛中或公园僻静处"野合"。这样，经常闹出一些笑话：警察和联防队员抓到一对"野鸳鸯"，一审讯，竟是一对正儿八经的夫妻，叫人瞠目结舌，哭笑不得。

记得我读过一篇小说《纸床》，说的是一个教师之家，住房狭窄，一家三口只好睡双层床铺，读中学的女儿做梦都想拥有一张属于自己的床，可直到她患了血癌，美梦也没成真。女孩死后，她妈妈给她做了一张纸床，烧在她坟墓前，好让她在那个世界里有一张属于自己的床。这故事很揪心，读它时我这男子汉的泪水也流出来了。现在日子好了，再贫困的人家，也有了摆一张婚床的地盘和搁一张儿童床的空间。床，成了社会生活的缩影、时代进步的见证！

在《荷马史诗》中，也有一个关于床的有趣故事。

英雄奥德修斯经过十年征战、十年海上漂泊，终于回家来了。但妻子不认识他了，幸好还有一个只有他俩知道的暗号，那就是永远无法移动的床的秘密。奥德修斯家的院子里曾经长了一株橄榄树，粗得像一根柱子。奥德修斯在树的周围修建了卧室，然后用斧头削去枝梢，用铜锛把树干细细锛平修直，使这根树干成为床柱，又用钻子穿了孔。这样他做好床基，在上面镶嵌了金银和象牙，又铺上了漂亮的紫牛皮。这就是秘密暗号！这就是奥德修斯与家、与妻子的"契约"！

英国作家吉辛认为奥德修用橄榄树做的床柱就像可见的房屋之神。他说："我们能用什么方法更高贵地象征'家'的神圣性呢？没有持久的感觉，便没有家。没有家，便没有文明。"床—家—文明，吉辛把床的意义升华了！

现在，到哪里去找奥德修斯那样搬不动的爱情之床呢？茫茫人海中，有几个人参透了"人生只需一张床"的禅机？

废墟上的鲜花与猫

德国战败后，美丽的柏林几乎成为焦土废墟。一位美国随军记者去柏林贫民窟采访，惊奇地发现一间在残垣断壁上用旧油毡破帆布搭建的棚屋旁，盛开着一盆鲜花。更令记者惊奇的是，种鲜花的人竟是一位在战争中失去双亲和双腿的少女。这位美国随军记者撰文慨叹："从这盆废墟上的鲜花中，我窥出了日耳曼民族坚韧的性格和顽强的精神，他们一定能很快抹去战争带来的创伤与耻辱，重新站立起来……"果然，当时的西德很快就复兴经济，跻身强国之林。

无独有偶。唐山大地震，抹去了一座城市和十万生灵，千古天灾，惨绝人寰。一位英国摄影记者去唐山震区采访，拍摄到了一组生动感人的照片：在防震帐篷旁，几位死里逃生的伤残孤儿，收留了一只无家可归的猫，他们暂时忘记了失去亲人和伤残的痛苦，嬉笑着给猫洗澡梳毛，慷慨地拿出自己那份珍贵的水和食物来喂猫。那位英国摄影记者流着泪说："从这些伤残孩子身上，我看到了唐山的希望，中国的希望！"十年后，一座崭新的唐山城在废墟上矗立起来。

热爱生活，珍惜生命，这是一个民族的素质、精神中最闪光的东西，一个人的品德、性格中最宝贵的东西。大到一个民族，小到一个人，都要敢于面对厄运和逆境，像聋人乐圣贝多芬那样"紧紧地扼住命运的喉咙"，像盲人作家海伦·凯勒那样"将逆境当顺境，将地狱变天堂"，这样的民族才是大有希望的民族，这样的人才是大写的人。柏林废墟上的鲜花，唐山废墟上的猫，都是一种精神折射、人生寓意。生存空间发生坍塌、出现废墟不可怕，可怕的是精神发生坍塌，心灵出现废墟，那就逃脱不了被毁灭的厄运。譬如，古代巴比伦王国因精神坍塌，道德沦丧，由大肆淫乱导致瘟疫，终于族灭城毁；画过《向日葵》的凡·高堕入色网，精神坍塌，拜倒在妓女的石榴裙下，割耳求爱，开枪殉情；写过《热爱生命》的杰克·伦敦晚年精神苦闷，服毒自杀；写过《老人与海》的海明威，那么热情地赞美老渔翁"人生来不是被打败的"精神，自己却走不出心灵废墟，饮弹自杀；写过那么多高昂乐观的诗歌的马雅可夫斯基没能走出心灵的迷宫，自杀在他曾热情赞美过的土地上；写过《雪国》《千鹤》《睡美人》的川端康成，也因精神忧郁，自杀在他的艺术象牙塔里……

我常常陷入一种痛苦的困惑：这些令我们深深敬仰的艺术大师，创作出了那么感染人、鼓舞人的作品，给了我们精神营养和艺术熏陶，可他们一个接一个地毅然决然逃离了这个被他们热情歌颂赞美过的世界，这到底为什么呢？他们不是"人类灵魂的工程师、雕塑家"吗？为什么不能雕塑自己的灵魂，摆渡自己的心灵，呵护自己的精神家园呢？由此可见，经济危机不可怕，精神危机、信念危机是最可怕的，治理生活废墟不难，治理心灵废墟却很难、很难！

　　人生的逆境和厄运是不可选择的，就像台风与地震的不可避免。但要牢记：别让精神发生坍塌，心灵出现废墟！只要我们精神支柱不倒，生活废墟上也会盛开精神玫瑰；只要我们信念旗帜不倒，生命焦土上也会纵跃心灵之猫。博爱、热情、乐观、开放、灵活的心，像一只猫在森林里奔跑，在湖畔上嬉戏……

伞　吟

在下雨之前，人们往往忘记带伞；在雨停之后，人们往往丢失了伞。只有在刮风下雨时人们才想到伞，念叨伞的好处。人对伞，颇像负心汉薄情郎对弃妇痴女。但伞默默无言，从不怨怼，在主人需要它时挺身而出，撑开忠诚和圆圆的伞面，为主人遮挡风雨和烈日；在主人不需要的时候，伞则收拢起疲惫的身子和憔悴的心，静静地伫立在阁楼上或蜷缩在墙角里，与蛛网和尘埃做伴，受帽子与头盔的耻笑。扇子、凉席、扫帚、抹布、手套、手帕、鞋子、袜子，甚至痰盂、夜壶都曾腹诽过主人的薄情寡义，唯独伞任劳任怨。

伞的品德是高尚无私的。它宁愿自己遭风吹雨打，也不让主人淋雨受寒；它宁愿自己受烈日暴晒，也要给主人撑一圈荫凉。它该出手时就出手，撑出自己的情怀和风采，为主人淋一身湿，甚至粉身碎骨；它该收手就收手，收拢自己的欲望和个性，决不向主人邀功讨赏，决不趾高气扬，居功自傲。

伞很容易让人参悟到一些世态人情。在出门时叮嘱你带伞的人，在你忘了带伞而追到巷口车站给你送伞的人，不是你的慈母，就是你的贤妻，伞宛若试金石，能试出亲情的浓淡。下雨时钻进你伞下与你携手并肩的人，不一定是你真正的朋友，而在雨过天晴时提醒你别遗失了伞和热心帮你拿伞的人，也许是你值得倾心相交的朋友，伞犹如照妖镜，能照出友谊的真伪。在你位高权重时，有许多人会汇集在你的保护伞下，一旦你遭遇厄运或逆境，瞬间树倒猢狲散，在你被淋成落汤鸡的时候撞见你，他们会头一低伞一歪与你擦肩而过，形同陌路，伞就像温度计，能测出人间的冷暖。

关于伞，旧时民间有许多禁忌。譬如在屋内是不能撑伞的，否则小孩会变不高，大人会变驼背；戴斗笠是不能打伞的，据说犯了忌讳，会脱发长癞痢的；和尚是不能打伞的，要不，会被斥为"无法（发）无天"，忤逆佛祖；送礼是不能送伞的，因为伞与"散"是谐音，不吉利；下雪是不能打伞的，若不信邪就有死人戴孝之虞；打雷时不能打伞，据说雷公喜欢劈打伞的人；死人生前用过的伞是不能用的，据说伞上蕴藏着邪气阴魂会纠缠活人……人们给伞套了这么多绳索，泼了这么多污水，但伞仍然无怨无悔、忠心耿耿地做人类的朋友，赢得了人类的喜爱和信任。那些关于伞的禁忌渐渐被人们唾弃和淡忘，扔进了历史的垃圾箱。从某种意义上来说，伞征服了人心，让人类摒弃了对它的偏见和戒意，走出了愚昧迷信的误区。

伞不仅能庇护人类，而且能美化生活，点缀艺术，譬如在小巷或幽径中，娉娉婷婷地走来一位撑着油纸伞的丁香花般的少女，让人恍若走进唐诗宋词的意境；在草坪或沙滩上，游人们千姿百态的伞给环境增添了亮丽的风景线；在都市里，常见用五彩缤纷的花伞扎成的节日景观；在舞台上，常见少数民族姑娘跳起欢乐的彩伞舞；在画展上，陈列着丹青大师浓墨重彩的绸伞画。降落伞更是伞的大胆跨越和勇敢飞翔，每当看见空中英豪们精彩惊险的跳伞表演时，我会情不自禁地为伞欢呼，替伞自豪。

我常常羡妒伞，痴想：如果我能修炼得像伞那样该有多好呀！我就能为了别人而忘记自己，学会宁静淡泊，不再嫉妒别人，不再为奢望贪欲而浮躁焦灼，不再因平凡渺小而自卑气馁。我就能将幸福和快乐恣意地撑开，将痛苦和烦恼统统收拢；将美德和智慧频繁地撑开，将恶习和邪念永远地收拢；将理想与信念勇敢地撑开，将颓废和迷惘果断地收拢。

做一把伞吧，一把会思想的伞，一把会飞翔的伞……

木 屐

木屐与草鞋一样，是世界上最简朴、最廉价的鞋。木屐又与草鞋不一样，木屐比草鞋经穿耐磨。草鞋一般只有农人穿，而木屐不但农人穿，城市人也穿，且文人更喜欢穿。草鞋只配蜷缩在柴扉茅棚旮旯儿，而木屐可登大雅之堂。

在日本，木屐至今仍是老百姓喜欢的鞋。生日寿庆送木屐，逢年过节送木屐，娶亲出嫁送木屐，朋友交往送木屐，生意应酬送木屐，甚至外交礼仪也送木屐。在日本商店里，一双精雕细凿的檀香木屐比鳄鱼皮鞋还贵。在日本民间艺术展览中，木屐琳琅满目，绚丽多彩，惹人喜爱。在日本小说、影视片中，我们经常看见穿木屐的文人、剑客、舞女、渔民、农夫。曾获诺贝尔文学奖的日本作家川端康成在《雪国》《古都》《千纸鹤》等小说中一往情深地描写了那些穿木屐的丽人。据说川端康成酷爱木屐，一年四季穿。一次，川端康成趿着木屐去参加一个盛大宴会，被宾馆看门人挡住不让进，他拂袖而去。

其实，日本人喜欢木屐的风俗是从中国传去的。木屐是中国人发明的。中国在先秦时就有了木屐，魏晋时木屐成为文人的时髦物，竹林七贤哪个不是穿着木屐游荡竹林，饮酒吟诗？南朝著名山水诗人谢灵运也是个酷爱木屐的文人，常在浙东会稽一带游山玩水，寻幽探胜，他游山时常穿一种特制的木屐，上山时去其前齿，下山时去其后齿。一些唐诗宋词中也带有"木屐"的字眼，譬如李白诗："脚著谢公屐，身登青云梯。"辛弃疾词："佳处径须携杖去，能消几緉平生屐。"

关于木屐的趣闻有两则：

一则见于《庄子》：原宪在鲁国，住茅屋，吃粗饭，穿木屐，悠然端坐弹琴唱歌。子贡肥马轻裘来拜访原宪，原宪起身相迎时，木屐帮子断了。子贡见他如此寒碜，喟叹："唉，先生为何如此困苦呀？"原宪仰着头回答："我听说没有钱财叫贫穷，学而不能才叫困苦。我这是贫穷，不是困苦。至于像有些人那样，迎合世俗，结交小人，学习是为了做给别人看，教人是为自己谋利，仁义忘在脑后，只想着追求高车大马、轻裘丽服，我原宪是不忍心去做的！"

另一则见于《世说新语》：东晋时有一对好朋友，一个叫祖士少，喜欢收集财宝；一个叫阮遥集，喜欢收藏木屐。两种嗜好都是一种负担，但没人能分出他俩品位的高低来。一次，有人到祖士少家去，正好看见他在把玩财宝。祖士少见客人来了，急忙将装财宝的匣子藏在身后，并侧着身子遮掩，显得很慌张。又有人到阮遥集家去，看见他正吹着火给木屐打蜡上光，还感叹道："不知道一辈子能穿几双木屐？"说话时神态悠闲，泰然自若。人们通过他俩对待嗜好的态度不同，评品他俩的品位为阮高祖低。

这两则木屐趣闻都发人深省：人一辈子穿不了几双木屐，何必那么贪婪呢？假如把木屐比作名利的话，那么，人生中最重要的是走好路，而不是收藏木屐。

木屐在中国已成为淘汰东西、怀古之物。我却崇尚木屐，因为它简朴、结实、耐用，尤其是走起来一路竹板声，节奏铿锵，韵味悠长。我想，古代的踏歌舞恐怕就是穿着木屐跳的吧？我小时候家境贫苦，无钱买鞋，无布做鞋，只得穿木屐，穿久了就穿出了木屐瘾。现在虽然穿得起皮鞋了，却仍爱穿木屐。有人讥笑我返璞归真，附庸风雅，我点头："这话我爱听！附庸风雅总比附庸世俗好吧？"

红尘滚滚，商潮滔滔，我多想逃避城市的喧嚣和心灵的浮躁，像竹林七贤那样趿着木屐游荡于幽篁，忘情于山水。我梦见自己披一头飘逸长发，酷似游侠剑客，趿一双橐橐木屐，仿佛闲云野鹤……

心　窗

　　有两个关于窗的外国故事：

　　一个多愁善感的小女孩，在家里西窗前看见一行送葬的队伍，不禁神情黯淡，泪流满面，蜷缩在窗前发呆。爷爷看见了，把小女孩叫到东窗前，推开窗户让她看，只见一户人家正在举行婚礼，喜庆幸福的气氛顿时感染了小女孩的心情，她破涕为笑了。从此，在她幼小的心灵中，永远铭刻下了爷爷颇有哲理的教诲：人生有悲剧也有喜剧，有失败也有成功，有痛苦也有欢乐，你不能只推开一扇窗，只看一面的风景！

　　另一个活泼好动的小女孩，在滑雪中不幸摔折了腿，住进了医院。她躺在病床上不能动弹，苦不堪言，度日如年，整日以泪洗面。与她同病房、靠近窗口的是一位慈祥的老太太，她的伤已快痊愈了，每天能坐起来痴迷地观赏窗外的景色。小女孩多想看看窗外的世界呀！可她的腿上着夹板做着牵引，不能坐起来，病床又不靠窗，自然无法观赏窗外的景色。每当老太太推窗观景时，小女孩羡慕极了，情不自禁地问："您看见什么了？能不能说给我听听？"老太太爽快地答应："行，行！"于是，老太太每天给她细细描述窗外的景色和发生的事。小女孩边听，边想象着窗外的美景，不由得心旷神怡，心中那份郁闷寂寞顷刻化为乌有。一个月后，老太太出院了。小女孩迫不及待地恳求医生把她调到靠窗的病床。她挣扎着欠起身，伸长脖子，朝窗外一望，惊呆了：窗外是一堵黑墙！但小女孩豁然开朗：是老太太给她推开了一扇心窗！每当她遇到挫折时，就会想起这位可敬的老太太，想起老太太给她描述的窗外美景……

　　在人生旅程中，难免会遇到一些失败和挫折，甚至陷入厄运和绝境，心灵会堕入寒冷和黑暗中，精神会滑向崩溃的边缘，颓废绝望的情绪会紧紧攫住你，令你不能自拔，令你窒息。在关键时刻，就需要有人帮你推开一扇心窗，让和煦的阳光、轻柔的清风和新鲜的空气进入你的心灵，抚慰你灵魂的创伤。这推开心窗之人，可以是亲朋好友，也可以是陌客路人；可以是德高望重的哲人名流，也可以是名不见经传的小人物。

　　在我的故乡，就有两位善于给人推开心窗的小人物：

一位是小镇上的剃头匠陶胖子。他满腹的故事笑话，能聊善侃，且能对症下药，疗治心病，堪称小镇上的心理医生、精神疏导专家。一位区干部犯了错误，被罢官后隐居小镇，一蹶不振，整天愁眉苦脸，一副破罐子破摔、死猪不怕开水烫的样子。陶胖子在为他剃头时，给他讲了许多古代名人遭贬谪后仍自强不息的故事，推开了他的心窗。这位干部洗心革面，重整旗鼓，申请下到最偏僻穷困的乡驻点，扎扎实实地为乡亲们办事，后来东山再起，当上了副县长……

另一位是小河上的摆渡老人张老爹。一天傍晚，一个美丽的少妇投河自杀，被张老爹救起。张老爹问："你年纪轻轻，前程远大，为什么要寻短见？"少妇哭诉："我才结婚一年，丈夫就有了新欢，遗弃了我，活着还有什么意义？"张老爹又问："你结婚前是怎么生活的？"少妇回忆起婚前的时光，眼睛一亮："那时我自由自在，无忧无虑，对生活和未来充满了希望和追求……"张老爹继续问："那时你有丈夫吗？"少妇说："当然没有。"张老爹点拨道："那么，你不过是被命运之船送回到了一年前，你什么也没失去呀！现在你又可以自由自在、无忧无虑了，有什么可值得悲伤绝望的呢？"少妇一愣，沉思良久，心窗洞开，豁然明亮。

人濒临心灵窒息和精神危机时，最需要一双上帝般的手帮他推开一扇心窗，当然，那应是一扇充满欢乐与希望的心窗。其实，这只是举手之劳，人人都不难做到，但往往漠视了，遗忘了，甚至不屑为之了……

傻　鸟

我所见到的鸟，都是很聪明的。

会送信的鸽子，会学人语的鹦鹉，会唱歌的云雀，会跳舞的白鹤，就用不着说了。就拿最不起眼的麻雀来说，童年时我们设机关逮麻雀，用一根系着绳子的木棍支起簸箕，在簸箕下撒上一些米粒，待到麻雀们钻进簸箕下吃食的瞬间，躲在远处的孩子突然拉动绳子，簸箕倒下来便罩住了麻雀。但这种伎俩用上一两次就不奏效了，麻雀们很精，再也不受诱惑自投罗网了。

一次，我活捉了一只麻雀，把它养在鸟笼里。可它不吃不喝，先是在鸟笼中拼命扑腾，哀叫，后来就蜷缩在鸟笼一隅闭目而眠，奄奄一息。我焦急地问爷爷："麻雀是不是病了？"爷爷说："不是，它在绝食。"我惊惑："绝食？我每天喂它米，喂它芝麻，喂它蚱蜢，喂它小虫子，难道不比它到处辛勤找食、时刻担惊受怕强吗？这真是一只不知好歹的傻鸟！"爷爷诡谲地一笑，说："它才不傻哩！不信，你把鸟笼打开一会儿。"我打开鸟笼的瞬间，麻雀忽然振翅冲出鸟笼。爷爷哈哈大笑起来。我顿时明白了：麻雀在装死！我感到蹊跷，问爷爷："要是我不打开鸟笼呢？"爷爷感慨道："别小看麻雀，它是很有骨气的鸟，你要不打开鸟笼，它肯定会绝食而死。我从来没听过或见过谁用鸟笼养活过麻雀的。"如果硬要评出傻鸟，我想，第一傻鸟非鸵鸟莫属，鸵鸟一遇危险，就把脑袋深深埋进沙里或草丛中，却把尾巴高高地翘起，这种自欺欺人的举动实在够傻的；第二傻鸟的称号应授予棘鸟，棘鸟为了唱出最美妙凄婉的歌，总是选择最高的树枝，作美丽的俯冲，戳穿自己的胸膛，它没有受病魔的折磨，没有受暴力的戕害，却像一个厌世者那样以残酷的自我毁灭为惨重代价来追求完美的绝唱，这样对生命的漠视、对生命意义的亵渎，真是让人觉得它既可怜又可恨。

我的故乡人骂人时常骂为"傻鸟"。打肿脸充胖子，傻鸟；被人卖了还帮着人家数钱，傻鸟；偷鸡不成反蚀一把米，傻鸟；老婆被别人睡了在门外蹲着不敢咳嗽，傻鸟；为一头猪打官司反赔进去一头牛的代价，傻鸟；一不小心买了假种子、假化肥、假农药，傻鸟；一不留神老婆被人贩子拐跑了，傻鸟；辛辛苦苦打下的粮食却换来一张白条子，傻鸟；让孩子辍学去放牛放羊、打柴割草，傻鸟；

逼闺女嫁给有钱有势的残疾人或老翁，傻鸟……

城市中也有"傻鸟"。炒股被套牢，傻鸟；传销被骗惨，傻鸟；买房墙裂了，傻鸟；借钱讨不回，傻鸟；养狗被狗咬，傻鸟；交友被友骗，傻鸟；酗酒进医院，傻鸟；赌博败了家，傻鸟；吸毒毁了身，傻鸟；嫖娼嫖出病，傻鸟；贪污丧了命，傻鸟；练功练成法轮功，傻鸟……

在中国成语中，更有不少"傻鸟"：守株待兔，傻鸟；掩耳盗铃，傻鸟；郑人置履，傻鸟；齐人攫金，傻鸟；削足适履，傻鸟；剜肉补疮，傻鸟；画蛇添足，傻鸟；揠苗助长，傻鸟；东施效颦，傻鸟；南辕北辙，傻鸟；杯弓蛇影，傻鸟；滥竽充数，傻鸟；赔了夫人又折兵，傻鸟；捡了芝麻丢了西瓜，傻鸟……

其实，有的人真的不如鸟聪明。《聊斋》中写到一只聪明的鸟，站在窗棂上冲县官啾鸣。县官召懂鸟语的道士来解说。道士解道："偏向着她！偏向着她！"县官听了心服，内室里他的妻妾正在吵哩！道士又翻译："蜡烛一百八，银钱一千八。"县官面红耳赤，这正是他受贿的数目。道士接着说："丢官而去！丢官而去！"县官大怒，将道士逐出，将鸟赶跑。不久，他果然丢官而去。

人骂鸟是傻鸟，鸟也骂人是傻人哩！就拿一拨拨的贪官来说，就不如麻雀聪明，就不懂得吸取别人的覆灭教训，摆脱致命的诱惑。而那些摈弃人格与尊严、出卖肉体与灵魂的傻人，更不如麻雀的骨气和品格。

一　粒　沙

　　鞋里若灌进了沙，哪怕是一粒细小的沙，也会使人不舒服。这种不舒服当然比不上眼睛里若吹进了沙。但是，眼睛里吹进了沙，可以通过自然分泌出的眼泪冲洗出来，而脚没法把沙清除出去。若遇上粗心或懒惰的主子，脚可就遭罪了。

　　蒙古族有一首民歌：一粒沙子磨坏了一颗钉子，一颗坏钉子使马掌铁脱落了，一只脱落的马掌铁使骏马失蹄了，一匹失蹄的骏马摔伤了一位善战的将军，一位摔伤的将军打了一次败仗，一次败仗导致输了整个战争……可见，一粒沙的危害性有多大！

　　现代著名作家李广田曾写过一篇寓意深刻的散文《一粒沙》，讲一位旅人的鞋里灌进了一粒沙，很硌脚，但他赶路急，顾不得脱鞋去抖落沙。到驿站后他疲乏得要命，还没来得及脱鞋就沉沉睡去了。第二天又急忙启程。这样，他永远都没有取出一粒沙的机会。而且，那沙硌脚的痛楚也与日俱减，最后他麻木了，感觉不到痛楚了。他走啊走，一直走到死。人们把他脱得精光，当然也脱了他的鞋，一粒沙滚落在地……旅人至死也没醒悟：就是一粒沙毁灭了他！

　　眼里有沙，再粗心再懒惰的人也容不得它，而鞋里有沙，许多人就不那么认真急迫地取出它来，或不便在大庭广众中脱鞋抖沙，或急于赶路而尽力忍耐着。往往就是这一粒沙，既磨坏了鞋，又硌伤了脚，想早点赶到目的地，反而耽误了行程。所以，人们千万别小觑了"一粒沙效应"。

　　在现实生活中，"一粒沙"效应比比皆是：

　　领导身边的奸佞小人，就是"一粒沙"。领导明知道他成事不足、败事有余，明知道他不学无术、心术不正，但念他鞍前马后跟随多年，念他溜须拍马、乖巧听话，便一直宽容地豢养着他，殊不知天长日久，领导的名声就败坏在这种人手里，领导的前程甚至性命就断送在这种人身上。

　　人们身边的酒肉朋友和义气哥们，就是"一粒沙"。人们明知道他有酒有肉是朋友，无衣无食是陌人，明知道他赴汤蹈火义为先是假，大难当头走为上是真，但为了逢场作戏、交际应酬，为了世俗享受、低级趣味，为了排场虚荣、名声面子，总舍不得离开这些朋友和哥们，殊不知长此以往，这些朋友和哥们麻痹

1055

了人们的斗志，污染了人们的心灵，耽误了人们的前程，人们甚至会为所谓的"义气"铤而走险，干出愚蠢的事来。

单位里的闲人，就是"一粒沙"。闲人或滥竽充数，占着茅坑不拉屎；或平庸懒惰，做一天和尚撞一天钟；或好高骛远，大事干不了小事不愿干；或怨天尤人，总觉得生不逢时，英雄无用武之地；或溜须拍马，巴结上司往上爬；或嫉贤妒能，吃不到葡萄就说葡萄酸；或无事生非，摇唇鼓舌，拨弄是非……闲人大事不犯小事不断，单位把他们没办法，只能容忍他们，殊不知天长日久，单位就被这些闲人搞得乌烟瘴气，人心涣散，死气沉沉。

人们身上的坏习惯，就是"一粒沙"。人们往往漠视坏习惯，以为小节无害，小处无碍，殊不知这些坏习惯会渐渐由量变到质变，最终会导致人性的大滑坡，人生的大悲剧。

社会上的坏风气，就是"一粒沙"。人们往往轻觑坏风气，以为林子大了什么鸟都有，社会复杂了什么人都有，难免有一些歪风邪气，人们对坏风气并不深恶痛绝、同仇敌忾，往往姑息迁就，甚至同流合污。殊不知坏风气若不及时刹住，就会形成"龙卷风"，摧毁社会的道德之碑与法律之墙，摧毁人们的精神家园！

人们啊，请警惕"一粒沙"吧！

手　杖

　　手杖是老人的第三条腿。在古希腊神话中，长着翅膀的狮身人面女怪斯芬克斯用缪斯所传授的谜语去考过路人，谁猜不出来就吃掉谁。这谜语是：世上有一种动物，早晨是四条腿，中午变成两条腿，晚上变成三条腿，这是什么？奥狄浦斯猜中了这谜语："这是人！"因为人在婴儿时期就像早晨，匍匐爬行；长大后就像中午，两腿步行；到了晚年如同晚上，拄杖行走。斯芬克斯羞愧自杀。

　　其实，手杖并非老人的专利品，喜欢手杖的中青年大有人在。在西方世界，手杖很早以前就成为贵族绅士的饰品爱物，他们对手杖的偏爱和讲究到了走火入魔的地步，有些上流沙龙聚会，与其说是在进行社交往来，不如说是在炫耀攀比手杖。于是，在巴尔扎克的《人间喜剧》中，我们看到了出于虚荣攀比心态而倾家荡产甚至借高利贷买镶金嵌玉手杖的末路贵族；在柯南道尔的《福尔摩斯探案集》中，我们读到了为争夺一根昂贵的手杖链而走险、谋杀无辜的惨剧。这时的手杖已不是支撑老人行走的工具，而异化成了欲望和邪恶的魔杖。

　　权杖也是一种特殊的手杖。在中世纪，西方法老与国王的手杖就是权力的象征，就像中国皇帝的玉玺、诏书和尚方宝剑一样威重如山，令人臣服。哈姆雷特的叔叔为了抢夺国王的权杖，残忍地杀兄占嫂；拿破仑为了攫取法国大元帅的权杖，不惜采取铁血政策穷兵黩武……权杖可以造就英雄，也可以滋生阴谋家、野心家和暴君、佞臣。但也有睥睨权杖的人物，诗人阿波里奈尔吟咏道："如果给我一支柳笛，拿法国大元帅的权杖我也不换！"巴尔扎克也曾宣言："拿破仑用剑征服世界，我要用笔征服世界！"事实上，拿破仑没能用剑征服世界，自己却被囚死于圣赫勒拿岛，而巴尔扎克用笔征服了世界一代又一代读者的心。

　　还有一些不膜拜权杖，而崇拜科学、艺术之杖的人，譬如乐圣贝多芬在音乐灵感撞击他的心扉时，就用手杖在沙滩上写乐谱；文豪托尔斯泰经常拄着手杖在森林里散步，倾听着天籁；画家凡·高抢起手杖驱打那些把他当乞丐和疯子的顽痞和凶犬，去郊外画《向日葵》；电影大师卓别林则把手杖当作了幽默的道具和艺术魔杖；哲学家布鲁诺被宗教裁判所的人烧死在罗马鲜花广场时，他用手杖戳着地球说："你们可以烧死我，但阻止不了地球转动！"科学家爱因斯坦则愤怒地扬起手杖驱逐政客和记者，他深恶痛绝那些无聊庸俗的社交应酬和抛头露面的场合，甚至连国王的宴会也懒得参加……我想这些伟人的手杖是值得尊崇和怀念的，它支撑的不仅仅是肉体，更重要的是信念、精神和人格。人生是需要手杖的，更需要无形的手杖或精神的手杖。在向理想高峰攀登时，最需要信念之杖，要像夸父追日那样，哪怕死了也要让手杖化作一片邓林；在厄运和逆境中，最需要毅力之杖，不自暴自弃，不怨天尤人，不破罐子破摔，不踩着西瓜皮滑到哪儿算哪儿，而要咬住命运的喉咙，拼出生命的辉煌和人生的价值来；在事业中，我们需要智慧、勇敢之杖，这样才能让事业获得成功；在生活中，我们需要友谊、爱情之杖，这样才能生活得美好些；我们还需要真理之杖，去抽打歪理邪说；需要正义之杖，去惩罚假丑恶；需要人格尊严之杖，在私欲横流时能站得稳走得正；需要善良博爱之杖，去关心别人，奉献爱心……

人生又是需要甩掉许多手杖的，譬如成功之时要甩掉骄傲之杖，在挫折中要甩掉悲观之杖，在浮名虚利面前要甩掉虚荣之杖，在金钱、美女等诱饵面前要甩掉贪婪之杖，在需要自立自强时要甩掉依赖之杖，在需要见义勇为、助人为乐时要甩掉冷漠之杖，在强暴面前要甩掉懦弱之杖，在弱者面前要甩掉骄横之杖，在事业和学习中要甩掉懒惰之杖，在社交中要甩掉虚伪之杖，在生意场上要甩掉欺诈之杖，在文明社会里要甩掉野蛮之杖，在科学时代里要甩掉愚昧之杖……

饭　局

在都市生活中，饭局越来越成为一项举足轻重的内容。"革命不是请客吃饭"的名言已经时过境迁了，变成了"工作就是请客吃饭"的时尚，甚至大有"活着就是请客吃饭"的发展趋势。走到每一座城市，都能看见灯红酒绿、举盏飞觞的景象，满眼都是饕餮酪酊图，让人联想起人生就是一场大宴会。

饭局大致分三类：公宴，公私宴，私宴。公宴，指的是与官场应酬、工作招待、社会交际、单位往来、庆典活动等有关的宴请。公私宴，指的是那些公私不分宴、假公济私宴，譬如用公款宴请私人的亲朋好友，用私款摆假公宴贿赂腐蚀公家人等。私宴，指的是私人花钱的宴请，常与婚丧寿诞、乔迁调动、升迁晋级、恋爱幽会、朋友相聚、亲戚团圆、老乡邂逅、求人办事、礼尚往来、冤家调解等有关。饭局不再是名流、政客、商贾、艺人、交际花的专用辞藻，也成了寻常百姓经常参与的事件："口里淡出'鸟'来了，约几个朋友到酒店撮一顿"，"今天我高兴，全家去海鲜城'腐败'一次"。饭局越来越平民化、世俗化。组一个饭局不需要什么理由，也不抱什么企图，只是图个高兴、吃个痛快而已。

有些饭局，看起来灯红酒绿、轻歌曼舞，金杯银盏、山珍海味，温雅和谐、谈笑风生，却是暗藏杀机、巧设陷阱的"鸿门宴"，鲜花美酒掩盖着刀光剑影的"鸠山宴"，皓齿蛾眉中隐藏着阴谋诡计的"美女蛇宴"。这些饭局吃起来好受，吐出来难受，吃了就会上钩，后悔都来不及，只好被人家牵着鼻子走上不归路。

在有些人的心目中，饭局是一种荣耀，一种时髦，一种派头。饭局越多，应酬越忙，就越证明自己地位显赫，名气响亮，实力雄厚，结交广博。生命不能承受饭局之多，于是他们一面牢骚满腹地怨怼饭局，说讨厌应酬，一面疲于奔命地去蹭饭局赶场合。他们嘴里喊着累，心里却偷着乐。他们不在乎吃喝，而在乎参与。他们不注重饭局的标准，而注重参与饭局的人的档次。

在有些人的眼里，饭局就是试金石，就是分水岭。我设的饭局你不来，就是不给我面子，跟我有二心；你摆的宴席没请我，就是疏远排斥我，要跟我分道扬镳。饭局成了拉帮结派的工具，成了勾心斗角的战场。

文人的饭局多是谈金钱，而商人的饭局多是谈艺术。文人鄙视金钱以显示自己的清高，遮掩自己的穷酸，而商人赞美艺术以标榜自己的风雅，遮掩自己的苍白。文人请商人吃饭就大赞金钱大贬艺术，商人请文人吃饭就大赞艺术大贬金钱，在饭局上，永远别想听到赚钱的诀窍和艺术的真谛。

把同吃过一次饭局的人当作朋友，未免太草率；把人家在饭局上说的客套话醉话当作诺言誓言，未免太幼稚。在饭局上与你称兄道弟而第二天碰面就认不出你的人，你千万别大惊小怪；在饭局上发誓为朋友赴汤蹈火而不久后托他帮点小忙都推诿的人，你千万别生气发怒。

中国是个最讲礼节的民族，但在饭局上最不讲礼节，一是不择手段地劝酒，以让人喝醉出洋相为盛情为乐事；二是旁若无人地大声喧哗，不是猜拳行令，就是唱卡拉 OK。洋人很惊讶：连发明卡拉 OK 的日本人都不敢在饭局上唱歌，怎么自古提倡"吃不言，睡不语"的中国人反而流行了这种时弊？

某些外国人再富，招待中国人也只是寻常宴；某些中国人再穷，款待外国人也都摆盛宴。这是不是"集体无意识"地"打肿脸充胖子"？是不是潜藏在灵魂深处的"崇洋媚外思想"在作怪？其实，太盛情的款待并不一定能得到好的回报，不是有一些洋人"吃了便宜唱雅调"，回去还大写文章抨击中国的宴请奢侈风气吗？不是有一些外商来华考察时被东道主的豪门宴吓得慌忙放弃了投资意向吗？

茶　境

说茶，免不了要将它与酒比较。酒醉人，茶不醉人。酒误事，茶不误事。酒熏人，茶不熏人。

爱酒难使人成圣，爱茶能使人成圣。陆羽写了世界第一部《茶经》成了"茶圣"，没听说过古今中外谁写过《酒经》，只听说有酒神、酒仙之称，还没听说过酒圣之誉……

当然，酒比茶容易营造热烈欢乐的气氛，无怪乎上至国宴，下至朋友小聚，都让酒唱主角，而让茶演配角。每逢盛宴喜宴，只闻祝酒词、祝酒歌，不听祝茶词、祝茶歌。茶甘于寂寞，乐于做酒前饭后的点缀。茶永远不会像酒那样燃烧起人们心中的烈焰，掀动起人们胸中的狂涛，让人们手舞足蹈、物我两忘、喜忧两忘、荣辱两忘，茶会让人宁静淡泊，越喝越成熟清醒，越品越有韵味雅兴。

若用人来比喻，酒是初出茅庐、风风火火的小伙子，茶是饱经风霜、洞察事态的老翁；若用艺术形式来比喻，酒是抒情诗，茶是小品文，酒是狂想曲，茶是小夜曲；若用太阳来比喻，酒是炎炎夏日，茶是暖暖冬日；若用风来比喻，酒是狂飙，茶是微风；若用水来比喻，酒是海浪，茶是溪流。由此可悟出，为什么青年人爱酒，而老年人喜茶。青年人喜欢赌酒逞能，祝酒贺喜，把酒邀月问天，借酒浇愁泄怒，而老年人则嗜好请茶待客，品茗谈心，把茶冷眼看红尘，借茶静心度春秋。这就是酒趣与茶趣的区别，酒境与茶境的异处。

"朋友来了有好酒"，好茶也能待朋友。南来北往的朋友来了，我以茶待客，既经济实惠又清静、好谈话，别有风味。茶坊比酒馆安静，茶也比酒淡雅，在水甜茶香中，彼此心扉好打开。古训曰"君子之交淡如水"，我寻思这水指的是茶水。酒易使人交友，茶更能使人交友。世上喝茶的人一定比喝酒的人多，这就决定了茶比酒易使人交朋友。比如不沾酒的女人、和尚、老人、病人，以茶待之，就能搭起心桥，交流感情。

品茶可修心养性，过滤心境。为什么那么多高僧名儒喜品茶？奥妙就在此。品茶到了一定的境界，可使人拂去浮躁狂嚣、贪婪嫉妒等杂念，渐渐变得心胸开阔，光明磊落，不卑不亢，宠辱不惊，顺境不狂，逆境不馁，世事练达，人情洞悉。人要像品茶一样有滋有味、不急不躁地品尝生活，品尝时代。丰子恺先生有一幅品茗漫画，反映了茶的文化积淀。这就是品茗的极境，这就是茶趣的生动写照。